BASTEI
LÜBBE

Wolfgang Hohlbein im Bastei Lübbe Taschenbuchprogramm:

DER DRACHEN-ZYKLUS
20 152 Bd. 1: Die Töchter des Drachen
20 306 Bd. 2: Der Thron der Libelle

DER HEXER-ZYKLUS – DIRECTOR'S CUT
28 504 Bd. 1: Die Spur des Hexers
28 505 Bd. 2: Der Seelenfresser

In Vorbereitung:
28 506 Bd. 3: Engel des Bösen
28 507 Bd. 4: Der achtarmige Tod
28 508 Bd. 5: Buch der tausend Tode
28 509 Bd. 6: Das Auge des Satans
28 510 Bd. 7: Der Sohn des Hexers
28 511 Bd. 8: Das Haus der bösen Träume

KEVIN VON LOCKSLEY
14 354 Bd. 1: Kevins Reise
14 392 Bd. 2: Kevins Schwur

CHARITY
23 243 Bd. 1: Charity – Die beste Frau der Space Force
23 248 Bd. 2: Die Sonnenbombe
23 262 Bd. 3: Die Herren der Schwarzen Festung
23 270 Bd. 4: Das Erbe der Moroni
Weitere Charity-Romane in Vorbereitung

15 074 Intruder
15 560 Anubis
14 478 Dunkel
13 871 Der Widersacher
13 421 Die Moorhexe
15 203 Der Inquisitor
13 453 Die Hand an der Wiege
14 197 Wolfsherz
13 328 Geisterstunde
20 554 Von Hexen und Drachen
21 204 Die Kinder von Troja

Wolfgang und Heike Hohlbein
20 130 Die Heldenmutter

Wolfgang Hohlbein und Bernhard Hennen
14 612 Das Jahr des Greifen

Über den Autor:
Wolfgang Hohlbein ist ein Phänomen – mit mehr als hundertsechzig Büchern und einer Auflage von über sieben Millionen Exemplaren! Einer der produktivsten Autoren fantastischer Literatur im deutschsprachigen Raum. Bekannt wurde er neben seinen fantastischen Jugendbüchern vor allem durch seinen Romanzyklus »Der Hexer«, von dem in dieser Ausgabe ein »Director's Cut« vorliegt: Die Hexer-Geschichten in chronologischer Reihenfolge, gespickt mit vielen Hintergrundinfos.

Wolfgang Hohlbein

DER SEELEN-FRESSER

BASTEI LÜBBE

BASTEI LÜBBE TASCHENBUCH
Band 28 505

1. Auflage: September 2007

Bastei Lübbe Taschenbücher in der Verlagsgruppe Lübbe

Lektorat: Stefan Bauer/Ruggero Leò
Titelillustration: Dominic Harman/Agentur Schlück
Umschlaggestaltung: Gisela Kullowatz
Satz: Josefine Urban – SatzKonzept, Düsseldorf
Druck und Verarbeitung: Ebner & Spiegel, Ulm
Printed in Germany
ISBN-13: 978-3-404-28505-1

Sie finden uns im Internet unter
www.luebbe.de
www.bastei.de

Der Preis dieses Bandes versteht sich einschließlich
der gesetzlichen Mehrwertsteuer.

Inhalt

Der Seelenfresser

Vorwort

So ziemlich die erste Weisheit, die mir einer der drei Michaels über das Verlagswesen beibrachte, war ein denkwürdiger Satz, der seither (anfangs auf Papier geschrieben, später dann in massiven italienischen Granit gemeißelt) über meinem Schreibtisch hängt:

Termine sind zum Überziehen da.

Ein einfach wunderbarer Satz, der jedem Autor wie Öl runtergeht, zumal er von einem leibhaftigen Redakteur stammt. Selbstredend habe ich ihn *niemals* verinnerlicht oder gar zu meiner Maxime gemacht oder … ähm, also lassen wir das.

Unglückseligerweise sollte ich schon recht früh in der Geschichte des Hexers in die Verlegenheit kommen, genau diesen Satz unter Beweis zu stellen. Zu verdanken habe ich das zwei grundverschiedenen Tatsachen: Zum einen meiner Liebe zu Katzen, zum anderen meiner Begeisterung für alles, was neu ist und möglichst kompliziert und (un)praktisch.

Ich war damals, in den »Kindertagen« des Hexers, nicht nur bereits zuverlässiger Dosenöffner für ungefähr sechs Katzen, sondern auch einer der ersten Autoren des Bastei-Verlages, die ihre Texte auf einem Computer erstellten. Damals hießen die Dinger noch Home-Computer, waren ungefähr so groß wie ein Kühlschrank und hatten nicht ganz so viel Rechenkapazität wie die Fernbedienung des DVD-Players, den ich mir gerade zugelegt habe. Dafür kosteten sie aber so viel wie ein mittlerer Gebrauchtwagen. (Bevor ihr jetzt lacht, das ist grade mal 20 Jahre her. Die Zeit vergeht ganz schön schnell.)

Selbstredend gab es *keine* Disketten (das Wort CD stand damals allerhöchstens auf Seife, aber nicht mal im Duden), sondern die Programme und Texte kamen von stinknormalen Audiocassetten, was die Lade- und Speicherzeiten ungemein praktisch machte. Bis WordStar geladen war, konnte man in Ruhe duschen gehen, und zwischendurch mal eben eine Sicherheitskopie zu machen reichte locker für eine Portion Spiegeleier mit Speck – um sie *zuzubereiten* …

Trotzdem ließ ich mich nicht davon abbringen, schon die ersten Hexer-Manuskripte auf meinem nagelneuen Tandy-Computer (der erste Laptop – 27 kg schwer!) anzufertigen. Das dauerte zwar länger als auf einer Schreibmaschine und war nicht annähernd so zuverlässig, aber was soll's. Man geht ja mit der Zeit.

Und an dieser Stelle kam die Katze ins Spiel.

Hexie war eine echte reinrassige ägyptische Falbkatze. Für die zwei oder drei Leser, die nicht wissen, was das ist: Das sind diese zerbrechlichen kleinen Kätzchen, die nur aus Ohren und Schwanz zu bestehen scheinen und immer so aussehen, als stünden sie kurz vor dem Hungertod, auch wenn sie sich gerade drei Dosen Kitekat reingezogen haben, kaum drei Pfund schwer und mit Beinchen wie Streichhölzer. Für das, was gleich kommt, ist das wichtig.

Noch ein Detail hätte ich fast vergessen. Auch damals hatten Computer schon eine Reset-Taste. Praktischerweise war sie in der Tastatur untergebracht, aber damit man nicht versehentlich drankommt, war sie erstens rot und zweitens versenkt, ein unabsichtliches Betätigen also (fast) ausgeschlossen.

Außer, man ist eine ägyptische Hungerleider-Katze mit ganz extrem dürren Pfoten ...

Ich hatte also innerhalb von drei Tagen (damals mein persönlicher Rekord, aber den sollte ich schon binnen 24 Stunden überbieten) den fälligen Hexer-Roman in meinen Computer gehackt. Es war irgendwann zwischen 3 und 4 Uhr morgens, meine Frau döste langsam auf der Couch hinter mir ein, und ich hatte (natürlich) die letzten 30 Seiten *nicht* gespeichert. Wozu auch? Ich war am letzten Kapitel, noch eine gute halbe Stunde, und es war geschafft. Da kam mir die verhängnisvolle Idee, vor dem »Endspurt« noch eine Tasse Kaffee zu trinken.

Ich stand also auf und schlurfte in Richtung Küche. Hexie hatte die ganze Zeit auf meinem Schoß geschlafen und war nicht erbaut über die Störung, und meine Frau murmelte verschlafen irgendetwas von wegen »speichern« und »sicher gehen« oder so. Was für ein Unsinn. Was verstehen Frauen denn bitteschön von Computern?

Selbstredend ignorierte ich Heikes gute Ratschläge ebenso wie Hexies vorwurfsvolle Blicke, schlappte in die Küche und gönnte mir meinen wohlverdienten Kaffee.

Und kam gerade rechtzeitig zurück, um zu sehen, wie sich Hexie gähnend auf die Tastatur meines Computers fläzte. Nun wurde mir doch etwas anders. Und an dem, was danach kam, war ich eindeutig selbst schuld: Statt zu tun, was jeder, der Katzen kennt und seine fünf Sinne beisammen hat, getan hätte, nämlich sie mit einem Stück Schinken zu bestechen oder geduldig zu warten, dass sie ausgeschlafen hat und sich irgend woanders hin bequemt, versuchte ich, die arme gequälte Kreatur durch heftiges Gestikulieren und komische Geräusche davonzuscheuchen. Und ...

Na ja, Sie ahnen es schon.

Hexie verschwand –

Aber nicht, ohne mit einer ihrer dürren Pfoten *genau in die versenkte Reset-Taste zu latschen* ...

Der Rest der Geschichte ist schnell erzählt: Der Bildschirm wurde ebenso schwarz wie mir vor Augen, die dreißig Seiten waren futsch, und meine Frau war klug genug, nichts zu sagen. Allerdings konnte ich ihre vorwurfsvollen *ich-habe-es-ja-gleich-gesagt-aber-auf-mich-hört-ja-keiner-Blicke* noch ungefähr acht Stunden lang spüren.

Genau so lange, wie ich gebraucht habe, um den Text neu zu schreiben. Klar, dass der Termin, das Manuskript zur Post zu bringen und an den Verlag zu schicken, nicht mehr zu halten war. Nach ungefähr 38 Stunden Daueraufenthalt an der Tastatur durfte ich mich dann zu allem Überfluss auch noch ins Auto schwingen und das Manuskript höchstpersönlich zum Verlag schaffen.

Muss ich noch erwähnen, dass ich prompt in einen Stau geraten und gerade noch rechtzeitig angekommen bin, um zu sehen, wie die Verlagstüren geschlossen wurden?

Nein, eigentlich nicht.

Aber vom nächsten Honorar habe ich mir dann ein Diskettenlaufwerk gekauft ...

Dieses Kapitel enthält die Hefte:

Der Hexer 1: Das Erbe der Dämonen
Der Hexer 2: Der Seelenfresser
Der Hexer 3: Cthulhu lebt!

Das Erbe der Dämonen

Vor einer Sekunde hatte das Gesicht des Alten noch ganz normal gewirkt. Jetzt verzerrte sich sein Antlitz. Von einer Sekunde auf die andere erlosch das stumpfsinnige Grinsen auf seinen Zügen und machte einem Ausdruck tiefsten Entsetzens Platz.

Und in seinen Augen flammte ein Ausdruck auf, den ich nur zu gut kannte: Angst.

Todesangst.

Ich erstarrte mitten in der Bewegung, als ich die Veränderung auf den Zügen des ärmlich gekleideten Alten bemerkte. Seine Augen schienen vor Entsetzen halb aus den Höhlen zu quellen, während er mich anstarrte.

Zwei, drei Sekunden lang hielt ich seinem Blick stand, dann stieß ich mit einem entschlossenen Ruck die Tür der Kutsche vollends auf und sprang auf die staubige Straße hinab.

Als hätte meine Bewegung auch den Bann gelöst, der von dem Alten Besitz ergriffen hatte, prallte er zurück, schlug das Kreuzzeichen und wollte davonlaufen, aber ich hielt ihn mit einem raschen Griff an der Schulter zurück und zwang ihn mich anzusehen.

»Verzeihung, Sir«, sagte ich. »Es täte mir außerordentlich leid, wenn ich Sie erschreckt haben sollte, aber ich hätte gerne eine Auskunft von Ihnen.«

Der Alte keuchte, schlug meinen Arm mit erstaunlicher Kraft beiseite und machte abermals das Kreuzzeichen.

»Satan!«, wimmerte er. »Weiche von mir! Geh!«

Er begann zu kreischen, stolperte rücklings von mir fort und fiel, rappelte sich aber sofort wieder auf und rannte davon, so rasch ihn seine von der Gicht verkrümmten Beine trugen.

Verwirrt starrte ich ihm nach, bis er in einer der ärmlichen Hütten, die die schmale, ungepflasterte Hauptstraße von Innsmouth säumten, verschwunden war. Der Knall, mit dem die Tür hinter ihm zufiel, hörte sich in der Stille des Abends wie ein Kanonenschuss an. Es war nicht das erste Mal, dass ich erleben musste, wie ein Fremder erschrocken auf meine äußere Erscheinung reagierte – aber noch niemals in derart extremer Weise. Großer Gott, der Ausdruck in seinen Augen war *Todesangst* gewesen. Er hatte mich angestarrt, als stünde er dem Leibhaftigen persönlich gegenüber!

Verstört und mit allmählich aufkeimender Verärgerung wandte ich mich um und sah zu dem Kutscher hinauf, der zusammengesunken auf dem Bock des zweispännigen Fahrzeuges hockte. Er wirkte müde und hatte ein Recht dazu, denn er hatte annähernd sechs Stunden ununterbrochener Fahrt hinter sich. Aber auch in seinem Blick stand die gleiche, ungläubige Verblüffung geschrieben, die ich selbst empfand.

»Was in Dreiteufelsnamen ist denn mit dem los?«, murmelte er. »Was haben Sie ihm gesagt, Sir?«

»Gesagt?« Ich schüttelte den Kopf. »Ich wollte, ich hätte Gelegenheit gehabt, ihm irgendetwas zu *sagen*. Sind die Leute hier in der Gegend immer so gastfreundlich?«

Der Kutscher überlegte einen Moment, schüttelte dann den Kopf und unterdrückte ein Gähnen. »Eigentlich nicht«, murmelte er, sprang vom Wagen und schlug einem der Pferde spielerisch auf den Rücken. Das Tier schnaubte wie zur Antwort.

»Aber 's is' schon ein komisches Kaff, dieses Innsmouth«, fuhr er fort. »Ich war noch nicht oft hier, aber man erzählt sich die seltsamsten Geschichten über die Leute hier.«

Er grinste und tippte sich dabei bezeichnend an die Stirn. »Scheint, als wären sie allesamt nicht ganz beieinander, wenn Sie verstehen, was ich meine, Sir.« Er gähnte jetzt doch und deutete auf ein kleines, etwas abseits stehendes Haus, nur wenige Schritte entfernt.

»Das da ist das Gasthaus, Sir«, sagte er. »Oder das, was sich hier so schimpft. Was halten Sie von einer kleinen Pause, ehe wir weiterfahren? Die Pferde brauchen Ruhe.«

Und er ein Bier, fügte ich in Gedanken hinzu. Aber ich widersprach nicht. Die Aussicht auf ein kühles Bier oder wenigstens einen Kaffee erschien mir nach der langen Fahrt in einer schaukelnden Kutsche mehr als verlockend.

Ich sah mich neugierig um, während wir auf das Gasthaus zugingen. Wir schrieben den 16. April 1885, und die Landschaft, durch die wir während der letzten sechs Stunden gefahren waren, war die Neu-Englands, aber ich hatte eher den Eindruck, in einem verarmten irischen Fischerdorf zu sein. Die Häuser waren klein und buckelig und kamen mir vor wie Tiere, die sich angstvoll aneinanderdrängten, grau und hässlich. In ihnen hausten sicher ebenso graue und angstvolle Bewohner.

Ich verscheuchte den Gedanken, ging ein wenig schneller, um nicht den Anschluss zu verlieren, und trat hinter dem Kutscher in die Gaststube. Eine Welle erstickend warmer, verqualmter und nach Bier und Schweiß riechender Luft schlug mir entgegen. Der Eingang war so niedrig, dass ich den Kopf senken musste, um nicht gegen den eichenen Türsturz zu stoßen.

Als ich den Blick hob, bot sich mir ein so bizarres Bild, dass ich mitten im Schritt stehen blieb.

Alle Möbel in dem niedrigen, verwinkelten Schankraum wirkten verdreht und schief. Bänke, Tische, Stühle und die roh gezimmerte Theke im Hintergrund waren krumm und bizarr und sahen aus, als wären sie in sich zusammengestaucht; alle Linien irgendwie in sich verdreht und *falsch.* An den Wänden hingen Bilder so abscheulichen Aussehens, dass sich mein Blick weigerte, auf ihnen zu verharren.

Das Bizarrste aber waren die *Leute, die* sich in der Gaststube aufhielten.

Es waren ungefähr ein Dutzend Männer, zumeist alt und in zerschlissene Arbeitsjacken gekleidet. Und jeder Einzelne von ihnen war schrecklich verkrüppelt!

Im ersten Moment empfand ich nichts als Ekel, einen so starken Abscheu, dass ich am liebsten auf dem Absatz herumgefahren und wieder zur Kutsche gestürmt wäre. Dann wich der Ekel und machte einem starken Gefühl von Mitleid Platz. Ich hatte kein Recht, auf diese bedauernswerten Kreaturen herabzusehen oder sie gar zu verachten.

Langsam schloss ich die Tür hinter mir, ging zur Theke und wandte mich an den buckeligen Wirt, um ein kühles Bier zu bestellen.

Wenigstens wollte ich es.

Als ich seinem Blick begegnete, erstarrte ich.

Der Ausdruck in seinen Augen war der gleiche wie der, den ich im Blick des sonderbaren Alten draußen gesehen hatte. Es war Angst.

Angst vor *mir!*

Ein polterndes Geräusch hinter meinem Rücken ließ mich herumfahren.

Als ich den Raum betreten hatte, hatten seine sonderbaren Bewohner in kleinen Gruppen an den Tischen gesessen und leise miteinander geredet. Aber die Szene hatte sich in den wenigen Augenblicken, die ich abgelenkt gewesen war, vollkommen verändert!

Auf bedrohliche Weise verändert …

Es war ein Bild wie aus einem Albtraum. Die Männer hatten sich von ihren Stühlen erhoben und zu einem lockeren Halbkreis um mich und den Kutscher geschart.

»Was … was bedeutet das?«, keuchte ich. »Was geht hier vor?«

Eine der bedauernswerten Kreaturen löste sich aus dem Halbkreis und trat einen Schritt vor, und ein neuerlicher Schrecken durchfuhr mich, als ich ihn näher betrachtete. Seine Beine waren unterschiedlich lang, was seinen Gang seltsam trunken erscheinen ließ, und seine linke Hand hatte keine Finger. Sein Gesicht war in einem schauerlichen Grinsen gefangen. Nur eines seiner Augen konnte sehen; das andere war trüb und milchig wie eine Kugel aus weißem gesprungenem Glas. Torkelnd näherte er sich mir, hob die gesunde Hand und streckte *sechs* tastende, zitternde Finger nach meinem Gesicht aus.

Sein dünner Mund öffnete sich, und eine dumpfe, verzerrt klingende Stimme ließ mich erstarren.

»Du bist zurückgekehrt! Das ist dein Tod! Sieh, was du aus uns gemacht hast, du Teufel!«

Der fürchterliche Anblick und seine völlig sinnlosen Worte ließen meine bisher mühsam aufrecht gehaltene Selbstbeherrschung vollends zerbrechen. Ich schrie auf, prallte zurück und stieß schmerzhaft mit dem Rücken gegen die Theke.

Im gleichen Moment brach die Hölle los.

Ein vielstimmiger Schrei ging durch die Reihe der Verkrüppelten, und wie auf ein geheimes Kommando hin stürzten sie sich wie ein Mann auf mich!

Für Sekunden war ich gelähmt vor Schrecken und Überraschung. Eine Faust traf meine Lippe und ließ sie aufplatzen, gierige Finger zerrten an meinen Kleidern und Haaren, Hände rissen an meinen Armen, als wollten sie mir die Glieder aus dem Leib zerren, und eine gichtige graue Klaue schrammte über mein Gesicht und versuchte mir die Augen auszukratzen. Ich schrie auf, riss schützend die Arme vor das Gesicht und sank in mich zusammen, aber die Schläge und Tritte hörten nicht auf, sondern nahmen im Gegenteil noch zu.

»Aufhören!«, brüllte ich. »Zum Teufel, was soll das?« Ich wälzte mich herum, packte einen Fuß, der nach meinem Gesicht stoßen wollte, verdrehte ihn und brachte den Mann, der daran hing, zu Fall. Gleichzeitig schlug ich wütend mit dem anderen Arm um mich und bekam einen Moment Luft. Dann traf ein Fuß mit Wucht meine Nieren.

Der Schmerz brachte mich an den Rand einer Ohnmacht.

Ich wusste, dass sie mich töten würden, wenn ich das Bewusstsein verlor.

»NEIN!«

Der Schrei schien meine Kehle zu zerreißen, mit solcher Urgewalt brach er aus mir hervor. Gleichzeitig bäumte ich mich auf, sprang, von einer Kraft beseelt, die mich selbst erschreckte, auf die Füße und riss die Arme empor.

Die finstere Kraft, die meine Gedanken ausfüllte, explodierte wie ein unsichtbarer Vulkan. Ein vielstimmiger Aufschrei gellte in meinen Ohren. Furcht, nackte, panische Furcht, gegen die es keine Gegenwehr mehr gab, raste wie eine finstere Woge durch den Raum, ergriff die Angreifer und schleuderte sie zu Boden. Von einer Sekunde auf die andere verwandelte sich der aufgebrachte Mob in einen Haufen vor Angst kreischender Kreaturen.

Ich hörte ein Splittern hinter mir, spürte die Gefahr und wirbelte herum. Meine Faust kam hoch, traf das Handgelenk des Wirtes. Ich schmetterte ihm die zerbrochene Flasche aus der Hand, die er mir in den Nacken hatte stoßen wollen. Gleichzeitig schlug ich mit aller geistigen Macht zu.

Sein Körper schien von einer unsichtbaren Faust ergriffen zu werden. Er brüllte, fiel auf die Knie und wurde fast im gleichen Moment wieder hochgerissen, herum- und zurückgewirbelt und gegen die Theke geschleudert. Mit einem lautlosen Seufzer sank er in sich zusammen und verlor das Bewusstsein.

Ich fuhr abermals herum.

Aber aus dem tobenden Mob, der mich noch vor Sekunden hatte töten wollen, war ein Haufen verängstigter Männer geworden, von dem keine Gefahr mehr ausging. Zwei, drei von ihnen waren aus dem Raum gestürmt. Die anderen lagen oder hockten noch immer da, wo sie die Woge körperlicher Angst, die ich direkt in ihre Seelen geschleudert hatte, niedergeworfen hatte. Obwohl mich diese Männer noch vor Augenblicken mit Freuden umgebracht hätten, taten sie mir für einen Moment beinahe leid.

Dann ließ ich die Hände sinken, trat zu einer der gestürzten Gestalten hinüber und zerrte sie auf die Füße. Der Mann wimmerte, hob angstvoll die Hände und versuchte mich von sich zu schieben. Ich stieß ihn grob gegen die Theke, legte die linke Hand auf seine Schulter und drückte fest zu.

»Was bedeutet das?«, schnappte ich. »Was soll das heißen, Kerl? Warum greift ihr mich grundlos an?« Ich schüttelte ihn und verstärkte den Druck auf seine Schulter noch. Die einzige Reaktion, die ich damit erzielte, war ein leiser Schmerzlaut und ein erneutes Aufflammen von Angst in seinem Blick. Er versuchte sich meinem Griff zu entwinden, krümmte sich und machte mit der Hand das Kreuzzeichen auf der Stirn. »Satan!«, wimmerte er.

Verblüfft ließ ich ihn los.

»Was ... was soll das heißen?«, fragte ich. »Zum Teufel, was ist hier los? Ich verlange eine Antwort!«

Aber ich bekam keine. Statt dessen wirbelte der Bursche mit einer unerwartet flinken Bewegung herum, tauchte unter meinen zupackenden Händen hindurch und raste davon. Auch die anderen sprangen auf und begannen auf die Tür zuzuhasten; für einen Moment entstand Gedränge vor der viel zu schmalen Öffnung.

Ich sprang mit einem Satz hinterher, packte einen der Burschen und zerrte ihn am Kragen zurück. Er wehrte sich, aber der Zorn gab mir zusätzliche Kraft. Ich hielt ihn fest, schüttelte ihn kräftig durch und stieß ihn vor mir her in den Raum zurück. Der Mann kreischte, hob die Fäuste und versuchte nach mir zu schlagen.

Ich versetzte ihm eine Maulschelle, die seinen Widerstand endgültig zerbrach.

Plötzlich, von einer Sekunde auf die andere, begann er zu wimmern. »Nicht ... mehr schlagen, Herr!«, keuchte er. »Bitte, nicht mehr schlagen.« Er begann zu weinen und verbarg das Gesicht in den Armen.

Ich zerrte ihn hoch, drängte seine Arme auseinander und zwang ihn, mich anzusehen. »Keine Angst«, sagte ich, nicht mehr ganz so zornig wie bisher, aber noch immer in drohendem Ton. »Ich schlage dich nicht – aber ich will wissen, was hier gespielt wird, verdammt noch mal! Was soll das alles heißen?«

Voller Angst hob mein Gegenüber den Blick. Er war weniger verkrüppelt als die meisten der Männer, die auf mich eingedrungen waren, aber seine Augen waren leer und seine Mundwinkel hingen schlaff herunter; Speichel rann über sein Kinn, ohne dass er es überhaupt bemerkte. Ich unterdrückte ein enttäuschtes Stöhnen, als mir klar wurde, dass ich einen Schwachsinnigen vor mir hatte.

»Nicht mehr ... schlagen, Herr«, wimmerte er. »Floyd nicht mehr böse sein. Floyd nur Angst.«

»Floyd?«, wiederholte ich, nun schon weit weniger scharf als bisher. »Ist das dein Name?«

Er nickte, zog lautstark die Nase hoch und sah mich mit einer sonderbaren Mischung aus Furcht und – ja, und was, eigentlich? – an. Etwas in seinem Blick ließ mich schaudern. Es war nicht nur der Blick eines Schwachsinnigen. Er sah mich an, als ... als kenne er mich. Und es war ein Erkennen, das mit Furcht gepaart war ...

»Hör mir zu, Floyd«, sagte ich leise. »Ich tue dir nichts, bestimmt nicht.« Ich versuchte zu lächeln. »Ich bin dein Freund, weißt du?«, fuhr ich fort. »Aber du musst mir verraten, was hier geschehen ist. Warum habt ihr mich angegriffen? Ich habe euch nichts getan.«

»Nicht ... mehr schlagen, Herr«, wiederholte Floyd, als hätte er meine Frage gar nicht gehört. »Floyd ist ein lieber Junge.«

Ich seufzte. Es sah nicht so aus, als würde ich viel aus meinem Gefangenen herausbekommen. Zumindest nicht auf *diese* Weise.

Einen Moment zögerte ich noch. Der Gedanke an das, was ich tun musste, gefiel mir nicht. Ich habe es stets verabscheut, den Geist anderer Menschen zu missbrauchen, ihnen meinen Willen aufzuzwingen; es ist nicht fair, mit übersinnlichen Kräften gegen einen normalen Menschen vorzugehen. Aber es ist auch nicht gerade fair, zu zwölft über einen Wehrlosen herzufallen und ihn tot schlagen zu wollen.

»Sieh mich an, Floyd«, sagte ich. Er begann zu wimmern und wollte wieder die Hände vor das Gesicht heben, aber ich hielt seinen Blick fest. Seine Augen schienen zu flackern.

Dann brach sein Widerstand.

»Du verstehst mich?«, fragte ich.

Floyd nickte. »Ich verstehe Sie, Herr«, antwortete er. Seine Stimme klang mit einem Male sonderbar flach.

»Dann beantworte meine Frage«, sagte ich. »Warum wollten mich diese Männer töten?«

»Angst«, sagte Floyd. »Alle Angst. Alle sagen, Herr tot und Herr niemals wiederkommen. Jetzt sehen.«

»Zum Teufel, was soll das heißen?«, schnappte ich. »Ich war in meinem ganzen Leben noch nie ...« Ich sprach nicht weiter, als ich das neuerliche Aufflammen von Angst in seinem Blick sah. Trotz des suggestiven Bannes brodelte er innerlich vor Furcht.

»Ihr habt also Angst vor mir?«, fuhr ich wesentlich freundlicher als bisher fort.

Er nickte. »Viele Geschichten über Herr. Aber Herr tot, und jetzt ...«

Hinter meinem Rücken fiel die Tür krachend ins Schloss. Ich fuhr zusammen, drehte mich rasch herum und war für einen Moment abgelenkt.

Floyd schrie auf, stieß mir die Hände in den Rücken und stürmte an mir vorbei. Ich taumelte, fiel über einen zerbrochenen Schemel und schlug ziemlich unsanft mit dem Gesicht auf dem Boden auf.

Als sich die flimmernden Kreise und Punkte vor meinem Blick lichteten, fiel die Tür ein zweites Mal ins Schloss, und das Letzte, was ich von Floyd sah, war ein verzerrter Schatten, der draußen vor dem Fenster vorbeihuschte.

Enttäuscht stemmte ich mich hoch. Einen Moment überlegte ich, ob ich zur Theke zurückgehen und warten sollte, bis der Wirt aus seiner Bewusstlosigkeit erwachte, entschied mich aber dann dagegen und wandte mich zur Tür.

Es begann bereits dunkel zu werden, als ich auf die Straße hinaustrat. In der hereinbrechenden Dämmerung wirkte die Stadt düsterer und bedrohlicher als zuvor. Die Straße lag wie ausgestorben vor mir. Von den Bewohnern von Innsmouth war keine Spur mehr zu sehen.

Allerdings auch nicht von meiner Kutsche. Der Fleck, an dem das zweispännige Gefährt gestanden hatte, war leer, nur meine beiden Reisekoffer standen am Straßenrand. Der Kutscher musste wie von Furien gehetzt den Ort verlassen haben. Ich konnte es ihm nicht einmal verübeln.

Eine Weile blieb ich stehen und sah mich unschlüssig um.

Ich fühlte mich ziemlich hilflos in diesem Moment. Der plötzliche Angriff auf mich war durch Floyds Worte nicht logischer geworden; im Gegenteil. Ich fand weniger denn je eine Erklärung dafür.

Ich war noch nie hier gewesen – nicht einmal in der Nähe. Und doch schienen diese Menschen mich zu kennen. Und zu hassen. Und irgendwie schien ich die Schuld an ihrem Schicksal zu tragen. Es war gespenstisch.

Wenn ich ganz ehrlich zu mir selbst war, dann hatte ich Angst. Ich wollte diesen ungastlichen Ort mit seinen mörderischen Bewohnern so schnell wie möglich verlassen. Mein eigentliches Ziel war nicht mehr sehr weit entfernt, und später würde ich reichlich Gelegenheit haben, zurückzukommen und herauszufinden, welches Geheimnis dieses kleine Fischerdorf barg. Wenn ich auch ahnte, dass mir die Antwort nicht gefallen würde.

Mit einem resignierenden Seufzer ging ich zu meinen Koffern hinüber, hob sie auf und wandte mich nach Westen. Noch vor wenigen Minuten hatte ich geglaubt, den schlimmsten Teil meiner Reise hinter mir zu haben; es waren kaum noch fünf Meilen bis zu meinem eigentlichen Ziel. Aber fünf Meilen Fußmarsch über ausgefahrene Feldwege und unbekanntes Gelände, noch dazu beladen mit einem Zentner Gepäck, waren selbst für einen Hexer ein schönes Stück Weg ...

Das Zimmer mit seinen alten Möbeln und den düsteren Bildern hatte sich nicht verändert, seit er es zum ersten Mal gesehen hatte. Die Zeit schien innerhalb dieser vier Wände ihre Macht verloren zu haben, während sich die Welt draußen weiter entwickelte, ganze Reiche aufstiegen und wieder im Dunst der Geschichte verschwanden. Es war wie eine Welt in der Welt, ein winziges, abgeschlossenes Universum, das anderen Gesetzmäßigkeiten und Regeln unterworfen war. Es waren die Regeln des Bösen und die Macht der Dunkelheit, die das Leben in diesem Raum bestimmten. Der Atem der GROSSEN ALTEN, die gewesen waren, ehe der Mensch kam, hing wie eine unsichtbare Aura in der Luft ...

Shannon vertrieb die Vorstellung und zwang sich, an etwas anderes zu denken, erschrocken über seine eigenen Gedanken. Es war nicht richtig, an solche Dinge zu denken; nicht hier, und erst recht nicht in einem solchen Augenblick.

Er schob die Tür hinter sich ins Schloss, sah sich rasch und schuldbewusst um, beinahe, als hätte er Angst, von unsichtbaren Augen beobachtet und belauert zu werden. Er ging weiter und begann mit raschen, geübten Bewegungen den Tisch vorzubereiten. Sorgsam stellte er Becher und Krüge an den vorbestimmten Platz. Dann ordnete er die fünf schwarzen, halb heruntergebrannten Kerzen so an, dass jeweils eine auf einer Spitze des fünfstrahligen Sternes stand, der in das zolldicke Holz der Tischplatte gebrannt war. Zuletzt legte er das *Buch* vor den Stuhl Necrons.

Wie immer berührte er den mächtigen, in steinhartes braunes

Schweinsleder gebundenen Band nur mit den Fingerspitzen. Und wie immer hatte er trotzdem hinterher das Gefühl, etwas Verbotenes getan zu haben; ja, mehr noch, sich beschmutzt, auf schwer in Worte zu fassende Weise besudelt zu haben. Das *Buch* erfüllte ihn mit Furcht, und das war gut so. Es war gut, dass es Angst verbreitete und Grauen atmete, denn auf diese Weise sorgte es selbst dafür, dass kein Unbefugter es berührte und ihm seine Geheimnisse entriss.

Draußen vor der Tür wurden Schritte laut. Shannon fuhr erschrocken auf, blickte einen Moment mit klopfendem Herzen zur Tür und beeilte sich fertig zu werden. Er war sich der Ehre bewusst, trotz seines noch relativ geringen Alters von zweiundzwanzig Jahren bereits dem *Meister* persönlich dienen zu dürfen. Necron hatte ihm oft genug versichert, dass sein Talent gewaltig war und er eine große Zukunft vor sich hatte, sowohl in als auch außerhalb des Zirkels. Trotzdem wusste er, wie streng und gnadenlos der Meister sein konnte. Er ließ niemals einen Fehler durchgehen, und sei er noch so gering.

Shannon hatte kaum den letzten Handgriff beendet und war vom Tisch zurückgetreten, als der Riegel zurückgeschoben wurde und die Tür knarrend aufschwang. Aber es war nicht der *Meister*, der unter der niedrigen Öffnung erschienen war. Es war ein Fremder. Der Mann trug ein sonderbares, lang wallendes Gewand von strahlend weißer Farbe, auf dessen Brust ein flammend rotes, gleichschenkeliges Kreuz mit gespalteten Enden prangte, darunter ein Kettenhemd. An seinem Gürtel hing ein wuchtiges Schwert, dessen Griff der Form des Kreuzes auf seiner Brust nachempfunden war.

Er sieht aus wie ein mittelalterlicher Ritter, dachte Shannon verblüfft. Dann überwand er seine Überraschung und trat mit einem entschlossenen Schritt auf den Fremden zu.

»Was tun Sie hier?«, herrschte er den Mann an. »Wer hat Sie hereingelassen; und wer sind Sie?«

Statt einer direkten Antwort trat der Fremde einen weiteren Schritt in den Raum hinein und schob die Tür hinter sich ins Schloss. In einer Geste, die zufällig wirken sollte, es aber ganz gewiss nicht war, legte er seine Rechte auf den Gürtel, dicht neben den Schwertgriff.

»Wer sind Sie?«, fragte Shannon noch einmal, viel schärfer als vorher. »Wer hat Ihnen erlaubt, diesen Raum zu betreten? Antworten Sie, oder ...«

»Oder?«, fragte der Fremde. In seinen Augen stand ein hartes, entschlossenes Glitzern. »Oder was, Junge?«, fragte er, als Shannon nicht weitersprach. »Was willst du tun, wenn ich nicht antworte? Mich töten?«

Er lachte leise. Seine Hand rutschte ein Stück weiter auf den Schwertgriff zu, und Shannon sah, dass er die Beine ganz leicht spreizte und die Füße dabei nach außen drehte; weit genug, einen festen Stand zu haben.

Shannon erschrak. Plötzlich spürte er ganz deutlich, dass von diesem Fremden etwas Bedrohliches ausging, ein intensives Empfinden der Gefahr.

Er reagierte eine Zehntelsekunde, bevor die Hand des Fremden sich um den Schwertgriff schloss und die Waffe aus der ledernen Scheide riss. Mit einem gellenden Schrei flankte er über den Tisch, riss dabei Kerzen und Becher um und trat noch im Sprung zu.

Der Fremde prallte zurück und taumelte gegen die Wand. Shannon fiel, wälzte sich blitzschnell auf den Rücken und zog die Beine an den Körper, als er die schattenhafte Bewegung gewahrte. Als das Schwert des Angreifers auf ihn herabsauste, schnappten seine Beine wie eine gewaltige Schere zu, schlossen sich um Handgelenk und Ellbogen und rissen den Mann herum. Der Fremde schrie auf, fiel, durch die Wucht seines eigenen Angriffes vorwärts gerissen, auf die Knie und ließ das Schwert fallen. Aus seinem Gesicht war alle Farbe gewichen; sein Arm war gebrochen.

Aber Shannon blieb keine Zeit, auch nur eine Spur von Triumph zu empfinden. Hinter seinem Rücken wurde die Tür mit einem Schlag aufgesprengt, dann stürmten vier, fünf weitere Fremde in den Raum, alle auf die gleiche, sonderbare Weise wie der erste gekleidet und alle mit Schwertern oder anderen mittelalterlichen Waffen ausgerüstet.

Shannon warf sich zur Seite. Etwas Großes, Massiges zischte herab und zerschmetterte den Fußboden an der Stelle, an der gerade noch sein Kopf gewesen war. Dann jagte eine Schwertklinge heran, riss eine blutige Scharte in seine Schläfe und hämmerte dicht neben ihm in das Tischbein.

Der plötzliche Schmerz machte ihn fast wahnsinnig. Shannon schrie auf, stieß einen der Angreifer mit bloßen Händen von sich, tauchte unter dem singenden Schwert eines zweiten hindurch und rammte dem Mann die versteiften Finger in den Leib. Das Kettenhemd unter dem weißen Gewand nahm dem Schlag die Wucht, aber er reichte immer noch aus, ihn zurück – und gegen seine Kameraden taumeln zu lassen.

Für einen kurzen Moment hatte Shannon Luft. Er brachte mit ein, zwei schnellen Schritten den Tisch zwischen sich und die Angreifer und sah sich wild nach einem Fluchtweg um.

Es gab keinen. Einer der Männer war unter der Tür stehen geblieben und blockierte sie, während die vier anderen den Tisch zu umkreisen begannen. Zwei von ihnen waren mit Schwertern bewaffnet, der dritte mit einer sonderbaren Waffe, die fast wie ein übergroßer Kamm aussah, auf einer Seite aber eine rasiermesserscharfe Schneide hatte, während der letzte kampflustig den Morgenstern schwang. Und jeder Einzelne von ihnen war Shannon an Kraft und Körpergröße überlegen.

Er bewegte sich Schritt für Schritt rückwärts, bis er gegen den rauen Stein der Kaminfassung stieß und die Hitze der Flammen spürte. Sein Blick tastete verzweifelt über die Gestalten der vier Männer.

Sie hatten den Tisch umkreist und sich zu einem lockeren, aber undurchdringlichen Halbkreis aufgestellt. Jetzt begannen sie langsam auf ihn zuzugehen.

Shannon ließ langsam die Hände sinken, entspannte sich und atmete hörbar aus. Hätten die fünf Männer ihn einzeln und nacheinander angegriffen, hätte er eine gute Chance gehabt, obwohl er unbewaffnet war. Aber so ...

»Ich weiß nicht, wer ihr seid«, sagte er, leise und mit leicht zitternder Stimme, die mehr von seiner Furcht verriet, als ihm lieb war, »und ich weiß nicht, was ihr hier wollt. Aber ich gebe euch eine Chance. Verschwindet von hier, und ihr bleibt am Leben.«

Einen Moment lang hielten die Männer tatsächlich in ihrem Vormarsch inne, aber wohl eher aus Verblüffung über seine Worte. Einer von ihnen stieß ein ungläubiges Keuchen aus.

Dann verzerrte ein hämisches Grinsen sein Gesicht. Seine Augen blitzten. »Na, dann komm doch!«, sagte er kichernd. »Komm doch und zeig uns, wie du uns das Leben schenken willst, Kleiner.« Er lachte noch einmal, sprang plötzlich einen Schritt nach vorne und riss den gewaltigen Morgenstern in die Höhe.

Shannon hob die rechte Hand und murmelte ein einzelnes, sonderbar klingendes Wort. Der Fremde schien plötzlich auf eine unsichtbare Wand zu prallen. Sein Arm zuckte noch weiter zurück, aber diesmal war es nicht seine Bewegung, in der der Morgenstern am Ende seiner armlangen Kette zu kreisen begann.

Der Fremde schrie vor Schrecken. Shannon sah, wie sich seine

Muskeln unter dem Kettenhemd wie dicke knotige Stricke spannten, aber die Gewalten, gegen die er sich zu stemmen versuchte, waren seinen Kräften weit überlegen.

Der Morgenstern verwandelte sich in einen flirrenden, mit tödlicher Schnelligkeit wirbelnden Kreis und krachte auf den Schädel seines Nebenmannes herab.

Der Mann war tot, ehe sein Körper den Boden berührte, aber der Morgenstern kreiste bereits weiter, zischte auf den nächsten Weißgekleideten zu und verfehlte ihn nur um Haaresbreite.

Die stachelbewehrte Eisenkugel krachte in die Tischplatte, zermalmte sie und kam sofort zu einem neuen Hieb hoch. Sie traf das Schwert eines der Männer, zerschmetterte es und riss sein Gewand und das Kettenhemd wie Papier auf. Der Mann taumelte zurück, fiel auf die Knie und schlug beide Hände vor seine blutende Brust.

Shannons Hand bewegte sich weiter.

Der Mann mit dem Morgenstern begann wieder zu schreien, warf sich zurück und stemmte sich mit aller Gewalt gegen die Waffe, die plötzlich ihn führte, statt umgekehrt. Aber seine Anstrengungen waren sinnlos. Er vermochte nicht einmal die Hände vom Stiel des Morgensterns zu lösen, sondern wurde mitgerissen wie ein Kind, das versuchte, ein durchgehendes Pferd zu halten. Der Morgenstern begann erneut zu kreisen und sauste auf den Schädel des letzten verbliebenen Mannes herab.

Ein heller, knisternder Laut erscholl.

Shannon spürte, wie seine Kräfte von einer anderen, viel gewaltigeren Macht gebrochen wurden; gleichzeitig schien der Morgenstern eine Handbreit vor dem Gesicht des Ritters gegen ein unsichtbares Hindernis zu prallen. Er federte zurück und zerbrach mit einem peitschenden Knall. Kette und Stiel zersplitterten, während die Kugel wie ein stachelbewehrtes Geschoss davonzischte und sich krachend in den Boden bohrte.

Unter der Tür war ein weiterer Fremder aufgetaucht, etwas größer als die anderen und ähnlich gekleidet wie sie. Neben ihm stand ein weißhaariger Alter, der Shannon aus spöttisch glitzernden Augen musterte.

»Nee ... *Meister!*«, keuchte Shannon erleichtert. »Ihr? Was ... was bedeutet das? Ihr kennt diese Männer?«

Necrons Lächeln wurde noch ein wenig spöttischer. Er nickte und trat mit einem raschen Schritt vollends in den Raum hinein.

»Es ist alles in Ordnung«, sagte er rasch. Ein rasches, unwilliges Stirnrunzeln huschte über seine Züge, als er die Verwüstungen sah, die der kurze Kampf im Zimmer angerichtet hatte. Dann wandte er sich an den weißgekleideten Fremden, der mit ihm gekommen war.

»Nun?«, fragte er. »Habe ich zu viel versprochen, DeVries?«

Der Fremde schüttelte den Kopf. »Nein«, sagte er, ohne Shannon dabei auch nur eine Sekunde aus den Augen zu lassen. »Er hätte sie nicht gleich umbringen müssen, findet Ihr nicht?«

»Ich ... ich wusste nicht, dass diese Männer zu ... zu Euch gehören, Herr«, stammelte Shannon verwirrt, aber auch in wachsendem Maße beunruhigt. »Ich dachte, sie wollten ...«

»Es ist gut, Shannon«, unterbrach ihn Necron. »Du hast getan, was ich von dir erwartet habe. Du warst sehr gut.« In seiner Stimme schwang eine Spur von Ungeduld und Tadel, und Shannon hütete sich, noch eine weitere Frage zu stellen. Verwirrt blickte er zwischen dem Meister und dem Fremden hin und her.

Schließlich hatte DeVries seine Musterung beendet und wandte sich wieder an Necron. Den Verletzten, der sich direkt vor seinen Füßen vor Schmerzen krümmte, schien er überhaupt nicht zu sehen.

»Er ist ... sehr jung für eine Aufgabe wie diese«, sagte er. »Glaubt Ihr, dass er ihr gewachsen ist?«

Necron lachte leise. »Der Mann, den Ihr verfolgt, ist auch nicht viel älter, nicht wahr? Ihr habt gesehen, wozu Shannon fähig ist. Und glaubt mir – das war nicht alles. Hätte ich ihn nicht aufgehalten, dann wäre keiner Eurer Männer jetzt noch am Leben.«

»In Ordnung«, sagte DeVries nach einer Weile. »Wenn Ihr für ihn bürgt, nehme ich ihn.«

»Was ... was bedeutet das, *Meister?*«, stammelte Shannon verwirrt. Er war sich der Ungeheuerlichkeit der Tatsache bewusst, den Meister gegen seinen Willen angesprochen zu haben, aber seine Verwirrung war einfach zu groß. Er konnte nicht mehr schweigen, selbst wenn er dafür geschlagen oder auf andere Weise bestraft werden würde.

Aber Necron schien ihm seine Ungeduld nicht übel zu nehmen. »Du sollst alles erfahren«, sagte er. »Was hier geschah, war nur ein Test. Unser Gast bezweifelte deine Fähigkeiten, aber du hast ihn überzeugt.« Seine Stimme wurde ernst. »Dir wird eine große Ehre zuteil werden, Shannon«, sagte er. »Worauf wir seit langem gewartet haben, ist endlich geschehen. Wir haben den gefunden, den zu suchen uns unser Eid verpflichtet, Shannon. Der alte Fluch wird sich erfüllen. Wir haben Roderick Andaras Sohn aufgespürt.«

»Andaras Sohn?«, keuchte Shannon. Necrons Worte trafen ihn wie ein Schlag. »Ihr meint, den ... den Sohn des Magiers? Den Sohn des Verräters Andara?« Die letzten Worte schrie er fast.

Necron nickte. »Der Erbe des Magiers ist gefunden. Und du bist auserwählt, Shannon, den Hexer zu töten.«

Über den Dächern lag noch ein leiser Hauch von Nebel, als ich die Stadt erreichte. Die Häuser schienen sich hinter den wogenden Schleiern zu ducken, und obwohl die Sonne bereits vor einer guten halben Stunde aufgegangen war, war auf den Straßen weder Mensch noch Tier zu sehen. Nicht das geringste Zeichen von Leben regte sich. Selbst der Wind, der die letzten zwei Stunden meines Weges begleitet hatte, schien zu verstummen, kaum dass ich zwischen die ersten Häuser getreten war.

Erschöpft blieb ich stehen, setzte die beiden schwergewichtigen Koffer neben mich auf den Bürgersteig und sah mich mit einer Mischung aus Neugier und dumpfer Müdigkeit um. Jeder einzelne Knochen in meinem Körper schien zu schmerzen, und das Gewicht der Koffer hatte mir fast die Schultern aus den Gelenken gerissen. Meine Hände brannten höllisch, obgleich ich ein Stück aus meinem Hemd gerissen und um die Handgriffe der beiden Gepäckstücke gewickelt hatte.

Und was ich sah, war auch nicht gerade dazu angetan, meine Laune zu bessern.

Ich hatte – zumal heute Sonntag war – nach Howards Berichten nicht gerade damit gerechnet, eine vor Leben und Freundlichkeit strotzende Stadt zu finden. Was ich aber jetzt erblickte, erinnerte mich eher an eine ausgestorbene Geisterstadt. Sämtliche Fenster waren geschlossen, und vor den meisten waren zusätzliche Läden vorgelegt. Nirgends war ein Licht oder ein anderes Anzeichen menschlichen Daseins zu gewahren, und der einzige Laut, den ich hörte, war ein leises, irgendwie beunruhigendes Rauschen und Wispern, das vom Fluss herüberwehte. Die Häuser waren allesamt schmal und wirkten geduckt, und selbst das wenige Grün, das hier und da das triste graue Antlitz der Stadt durchbrach, wirkte kränklich und blass.

Das also war Arkham.

Der Ort, von dem ich jetzt schon so viel gehört hatte und dessen Name meist nur flüsternd ausgesprochen wurde. Aber vor allem der Ort, an dem ich meinen Freund Howard wiedersehen würde.

Ich nahm meine Koffer wieder auf und ging langsam die Straße hinab. Howard hatte mir in dem Brief, den ich vor zwei Monaten erhalten hatte, die Adresse eines Hotels genannt. Der Gedanke an ein weiches Bett und vielleicht sogar ein Bad war im Moment mächtiger als alle düsteren Bilder.

Nach einer Weile gewahrte ich das Hotel ein Stück vor mir. Ich wechselte den schweren Koffer von der Linken in die Rechte (was nicht viel nutzen würde, denn die beiden Gepäckstücke hatten auf den letzten drei Meilen beständig an Gewicht zugenommen und taten es noch) und betrat das Hotel.

Für einen ganz kurzen Moment spürte ich, wie mein sechster Sinn Alarm schlug. Irgendetwas stimmte hier nicht! Aber dann war das Gefühl wieder verschwunden. Mein Nervenkostüm schien auch nicht mehr das beste zu sein. Die Müdigkeit war wohl daran schuld.

Mit einem erleichterten Seufzer ließ ich die Koffer neben der Tür stehen, schlurfte mit hängenden Schultern zur Rezeption und schlug die Hand auf die kleine Glocke, die auf der zerkratzten Theke stand.

Es dauerte fast eine Minute, bis endlich hinter mir schlurfende Schritte laut wurden. Ich drehte mich herum und sah einen buckeligen, kahlköpfigen Alten, der ohne sonderliche Hast herbeigeschlurft kam.

»Guten Morgen«, sagte ich. »Mein Name ist Craven. Robert Craven. Für mich müsste ein Zimmer in Ihrem Hotel reserviert sein.«

Der Alte sagte nichts, schlurfte nur kopfschüttelnd an mir vorbei und hinter die Theke. Ich sah, dass seine rechte Hand von der Gicht verkrüppelt war, und beschloss, ihm seine Unfreundlichkeit nachzusehen.

»Zimmer reservieren wir nicht«, murmelte er unfreundlich. »Aber Sie können eins haben. Für wie lange?« Er bückte sich, holte einen abgewetzten Folianten unter seiner Theke hervor und schlug ihn auf. Die Seiten waren schmutzig und verknickt und mit kleinen Zeilen in einer fast unleserlichen Handschrift übersät.

Mit zitternden Fingern zog er einen Bleistiftstummel hervor, leckte ihn an und blinzelte aus kleinen roten Augen zu mir hinauf.

»Ihr Name?«

»Craven«, wiederholte ich, noch immer um Ruhe und freundliches Auftreten bemüht. »Robert Craven.«

»Roooobeeert Craaaven«, wiederholte der Alte gedehnt und begann etwas in sein Buch zu kritzeln, hielt dann aber inne und blinzelte mich wieder an. »Schreibt sich das mit K oder C?«, fragte er.

»Mit einem C«, erwiderte ich. »Einem großen, wissen Sie?«

Meine Geduld war nach einer durchwachten Nacht und einem Fünf-Meilen-Marsch, bei dem ich noch einen halben Zentner Gepäck hatte mitschleppen müssen, ziemlich erschöpft.

»Ce-er-e-ef-e-en«, buchstabierte der Alte. »Richtig?«

»Nein«, schnappte ich. »Ganz einfach Craven. Wie Raven, nur mit einem C vorne. Der Rabe, verstehen Sie?« Ich starrte ihn böse an, hob die Arme und machte eine flatternde Bewegung.

Aber wenn der Alte meinen Sarkasmus überhaupt begriff – was ich bezweifelte –, dann reagierte er nicht darauf. Er zuckte nur mit den Achseln, beendete seine Eintragung und klappte das Buch wieder zu. Dann klaubte er einen Zimmerschlüssel von dem Bord hinter sich und gab ihn mir.

»Zimmer dreihundertdrei«, sagte er. »Im dritten Stock. Die Nummer steht an der Tür. Wenn Sie Frühstück wollen, müssen Sie sich am Abend vorher anmelden. Heute ist's zu spät.«

Der Gedanke an Frühstück war mir noch nicht einmal gekommen. Alles, was ich wollte, war schlafen. Müde nahm ich den Schlüssel entgegen, wandte mich halb um und deutete auf die beiden Koffer, die neben der Tür standen.

»Mein Gepäck ...«

»Müssen Sie schon selbst aufs Zimmer bringen«, unterbrach mich der Alte. »Der Hausdiener ist krank, und ich bin zu alt. Und jetzt entschuldigen Sie mich.«

Ohne mich noch eines weiteren Blickes zu würdigen, drehte er sich um und schlurfte gebückt davon.

Ich starrte ihm mit einer Mischung aus Wut und Resignation nach. Howard hatte mich gewarnt, dass die Leute in Arkham seltsam seien und Fremden gegenüber nicht immer sehr freundlich. Aber eine Behandlung wie diese war mir in einem Hotel bislang noch nicht untergekommen.

Also holte ich die Koffer und begann schnaufend – und lautlos in mich hineinfluchend – die steile Treppe hinaufzusteigen.

Die morschen, gefährlich ausgetretenen Stufen ächzten und bebten unter meinem Gewicht, als wolle die gesamte Konstruktion jeden Moment zusammenbrechen, und die Luft roch zunehmend nach Staub und Alter, je höher ich kam.

Das Hotel war sonderbar still. Nicht der geringste Laut war zu hören, und viele der Türen standen offen. Die Zimmer dahinter waren leer und unbenutzt.

Als ich das dritte Stockwerk erreicht hatte, war ich vollkommen sicher, dass mir der Alte dieses Zimmer aus purer Gehässigkeit gegeben hatte, nachdem er sah, wie müde ich war und wie viel Gepäck ich schleppen musste. Ich würde mich später gehörig über ihn beschweren.

Aber erst, nachdem ich zwölf Stunden geschlafen hatte.

Ich betrat mein Zimmer, stellte das Gepäck neben der Tür ab und wankte zum Bett. Müdigkeit und Erschöpfung schlugen wie eine mächtige, warme Woge über mir zusammen, und für einen Moment wurde die Verlockung, mich einfach nach hinten sinken zu lassen und die Augen zu schließen, fast übermächtig.

Aber Howards Warnung war mir noch immer frisch im Gedächtnis. Ich war in der Nähe des vermutlich einzigen Ortes auf der ganzen Welt, an dem ich vollkommen sicher war. Und gleichzeitig in der Stadt, in der mir die größte Gefahr drohte, so absurd der Gedanke im ersten Moment klang.

Mühsam stand ich noch einmal auf, schlurfte zu meinen Koffern hinüber und klappte sie auf. Ich fand die beiden Kästchen unter ein paar Wäschestücken vergraben und klappte den Deckel des einen mit einer fast andächtigen Bewegung auf.

Sein Inneres war mit blauem Samt ausgeschlagen, auf dem drei kleine, unscheinbar aussehende fünfstrahlige Sterne aus porösem grauem Stein lagen. Sie waren nicht viel größer als ein Golddollar, und in ihre Oberflächen war ein grobes Muster eingeritzt: ein unregelmäßiger Rhombus mit einer Art Flammensäule in der Mitte, die – wenn man zu lange hinsah – hin und her zu wogen schien, als lebe sie.

Mit spitzen Fingern nahm ich zwei der Steine heraus und legte sie vor der Tür und dem einzigen Fenster auf den Boden.

Erst dann ging ich zu meinem Bett zurück und legte mich auf die zerknautschten Laken.

Gerade hatte ich die Augen geschlossen, als mir bewusst wurde, dass ich das Badezimmer vergessen hatte. Ich musste es auf Fenster oder einen Hinterausgang überprüfen; eine Nachlässigkeit konnte ich mir nicht erlauben.

Wankend vor Müdigkeit und mit halb geschlossenen Augen ging ich auf das Bad zu, öffnete die Tür und tat einen großen Schritt in den Raum hinein.

Dass er keinen Boden hatte, bemerkte ich erst, als mein Fuß ins Leere trat und ich wie ein Stein nach vorne kippte.

Man hatte ihn gewarnt.

Nicht nur der *Meister* hatte ihm gesagt, was ihn hier erwarten würde; selbst DeVries hatte eine entsprechende Bemerkung gemacht und ihm geraten, sehr vorsichtig zu sein. Obwohl die Aufgabe, die zu erledigen er hier war, eine große Ehre für ihn bedeutete, war sie einfach und schnell zu erledigen. Mit etwas Glück konnte er sich heute Abend bereits auf dem Rückweg befinden.

Aber trotz dieser Warnungen und der düsteren Geschichte, die er über die Stadt gehört hatte, überraschte ihn ihr Anblick.

Arkham war ...

Shannon suchte einen Moment vergeblich nach einem passenden Wort, die düstere, unheimliche Aura zu beschreiben, die wie ein unsichtbarer Nebel über der Stadt zu hängen schien.

Schließlich ging er mit langsamen Schritten die Hauptstraße hinunter und sah sich dabei unauffällig um – ganz in der Art eines Mannes, der fremd in einer Stadt war und sich interessiert umsieht, ohne nach etwas Bestimmtem Ausschau zu halten.

Die Stadt schien ausgestorben zu sein. Shannon spürte mit seinen scharfen, überentwickelten Sinnen das Leben hinter den geschlossenen Fenstern und Türen, aber auf den Straßen selbst war nicht die geringste Bewegung zu gewahren; nicht einmal ein Tier regte sich, geschweige denn ein Mensch.

Und doch ...

Etwas *war* hier.

Shannon blieb stehen. Er vermochte das Gefühl noch immer nicht in Worte zu kleiden, aber es wurde stärker, mit jedem Moment. Es war wie ein übler Geschmack, der sich auf der Zunge eingenistet hat und nicht weggeht.

Etwas war hier, in seiner Nähe, etwas Fremdes und Finsteres und Drohendes. Und plötzlich war er sicher, dass es dieses Fremde, Feindselige war, das die Menschen in ihre Häuser und die Hunde und Katzen und Ratten in ihre Löcher getrieben hatte. Sie spürten es wohl nicht so deutlich wie er, aber sie würden es wahrnehmen, den Atem des Fremden und Feindseligen, und sie hatten mit Furcht und Verwirrung reagiert und waren in ihren Häusern geblieben.

Shannon sah sich noch einmal sichernd nach beiden Seiten um, trat dann in die Mitte der Straße und hob langsam die Hände an die Schläfe.

Es fiel ihm seltsam schwer, sich zu konzentrieren. Im ersten Moment war es, als wäre da eine andere, unheimliche Kraft, die den magischen Schleier immer wieder zu zerreißen trachtete, dann: Für den Bruchteil einer Sekunde verschleierte sich sein Blick. Konturlose Schatten und wesenlose graue Umrisse wogten vor seinen Augen. Dann erlosch sein Sehvermögen ganz und kehrte verändert und hundertmal schärfer als zuvor zurück.

Er sah nur noch schwarz-weiß, und zudem waren Hell und Dunkel vertauscht, wie auf einer noch nicht zum Bild entwickelten fotografischen Platte. Trotzdem war alles viel deutlicher und klarer; er sah nicht nur die Häuser und die Straße, sondern auch das Netz unsichtbarer Kräfte und Energien, das sich zwischen den verschiedenen Ebenen der Wirklichkeit spannte.

Aber da war noch etwas.

Selbst jetzt vermochte er es nicht *wirklich* zu erkennen. Etwas schien zu verhindern, dass er sich auf eine bestimmte Stelle konzentrierte. Er konnte nur eine rasche Bewegung nicht sehr weit vor ihm erkennen, die aber immer wieder erlosch, wenn er hinsah, und spöttisch wieder auflebte, sobald er seinen Blick auf einen anderen Ort richtete.

Shannon griff mit einer wütenden Anstrengung nach einer der pulsierenden Energielinien, bediente sich ihrer Kraft und fügte sie seiner eigenen hinzu.

Und dann *sah* er …

Das *Ding* war nicht wirklich körperlich. Ein Schatten wogte und waberte wie ein hässliches Krebsgewächs dicht vor ihm auf und über und sogar ein Stück in der Straße. Schwarze Schlangenarme wanden sich und peitschten, dünne, haarige Fühler tasteten gierig umher, und der Blick gewaltiger blinder Augen bohrte sich brennend in die seinen. Alles war Schatten und Bewegung und Gestalt gewordene Bosheit und … Shannon taumelte instinktiv einen Schritt zurück, als er den eisigen, Jahrmillionen alten Hauch spürte, der das Schattending wie eine finstere Aura umgab.

Länger als eine Minute starrte der junge Magier abgestoßen und gleichzeitig gebannt auf den gigantischen Schatten. Erst dann gelang es ihm, sich von der morbiden Faszination des Bösen zu lösen und dorthin zu blicken, wo er vorhin die Bewegung wahrgenommen hatte.

Das Schattending hockte im Zentrum eines gigantischen, sanft pulsierenden Netzes aus grauen Strähnen, ein aufgedunsener ekeliger Balg im Herzen eines titanischen Spinnennetzes, das an zahllosen Stellen mit der Stadt verbunden war. Helle Bündel von Energie zuckten, den Fäden wie Straßen folgend, verschwanden, blitzten wieder auf oder vereinigten sich zu kurzlebigen, grellen Sternen.

Dann sah Shannon den schwarzen Strang, der wie ein Fangarm aus dem Balg der Kreatur hervorwuchs und in einem der Häuser auf der gegenüberliegenden Straßenseite verschwand.

Er hob die Hand und murmelte ein einzelnes, fremdartig klingendes Wort. Die Wand des Gebäudes schien von einer Sekunde auf die andere durchsichtig zu werden. Shannon konnte in sein Inneres blicken und dem Tentakel folgen.

Wie ein gewaltiger schwarz glitzernder Schlauch wand sich der Arm durch das Haus, durchstieß scheinbar mühelos Decken und Wände und faserte zu Dutzenden von dünneren biegsamen Fühlern auseinander.

Und an seinem Ende war …

Shannon starrte eine halbe Sekunde auf das entsetzliche Bild. Dann übernahmen seine antrainierten Reflexe das Kommando über sein Denken und seinen Körper.

Mit einem gellenden Schrei erwachte er aus seiner Erstarrung und rannte los.

Alles ging unglaublich schnell. Ich schrie auf, kippte mit haltlos rudernden Armen nach vorne und sah den Abgrund wie das aufgerissene Maul eines gigantischen steinernen Ungeheuers nach mir schnappen. Die zerborstenen Wände huschten an mir vorüber, und mein eigener Schrei hallte wie boshaftes Hohngelächter in meinen Ohren wider. Verzweifelt warf ich mich herum, bekam etwas Hartes zu fassen und klammerte mich mit aller Gewalt fest.

Der Ruck schien mir die Arme aus den Gelenken zu reißen. Ich schrie vor Schmerz, als ein zweiter, noch brutalerer Ruck durch meinen Körper raste. Meine Hände glitten an rauem Holz ab, drohten den Halt zu verlieren und klammerten sich mit verzweifelter Kraft fest. Ein Span riss mir die Rechte vom Daumen bis zur Handwurzel auf, meine Fingernägel brachen, und das Blut ließ den Balken glitschig werden, sodass ich erneut abzurutschen begann. Mit aller Kraft, die mir geblieben war, hangelte ich mich nach vorne und versuchte den grausamen Schmerz zu ignorieren, als die Bewegung den Holzspan wie ein Messer noch tiefer in meine Handwurzel trieb. Endlich fand ich Halt an dem Balken, der über mir aus der Wand ragte.

Sekundenlang blieb ich mit geschlossenen Augen so hängen und rang verzweifelt nach Atem.

Erst dann wagte ich es, die Augen zu öffnen und mich umzusehen.

Der Anblick ließ mein Herz einen schmerzhaften Satz machen.

Der Balken, an dem ich im letzten Moment Halt gefunden hatte, war alles, was vom Boden des Zimmers übrig geblieben war. Die Zwischendecke war zusammengebrochen, vielleicht schon vor Jahren, und hatte dabei die gesamte Einrichtung des kleinen Raumes mit sich gerissen. Aus den Wänden ragten die zerfetzten Überreste von Bleirohren und Leitungen wie im Todeskampf verkrümmte Schlangen. Selbst der Balken, an dem ich hing, war nur noch zu einem Drittel vorhanden. Wäre ich zehn Zentimeter weiter nach vorne gestürzt, hätten meine Hände ins Leere gegriffen.

Meine Beine pendelten frei über einem drei Stockwerke tiefen Abgrund. Nicht nur der Boden des Baderaumes war eingestürzt – die Trümmer mussten die darunter liegenden Etagen durchschlagen haben. Es war ein tödlicher, bis in die Kellergeschosse reichender Schacht.

Und an seinem Grunde bewegte sich etwas!

Ich vermochte nicht genau zu erkennen, was es war. Die Dunkelheit unter mir wogte und zitterte, als wäre sie zu einer glänzenden schwarzen Masse geronnen, und ich glaubte ein leises, unangenehmes Rauschen zu vernehmen.

Meine Hände meldeten sich mit pochenden Schmerzen. Ich löste meinen Blick von der wogenden Finsternis unter mir, biss die Zähne zusammen und versuchte mich mit einem Klimmzug auf den Balken hinaufzuziehen.

Aber es blieb bei einem Versuch.

Meine Schultermuskeln schienen zu explodieren. Der Schmerz war so heftig, dass ich um ein Haar den Halt verlor und mich nur mit letzter Kraft festzuklammern vermochte. Die Bewegung trieb den Holzsplitter noch tiefer in meine Hand. Ich schrie auf und begann wie wild mit den Beinen zu strampeln. Im letzten Moment begriff ich, dass ich auf dem besten Wege war, in Panik zu geraten und so meine letzte Chance zu verspielen.

Ich wartete, bis meine Muskeln aufgehört hatten, sich wie glühende Drähte in meinen Körper fressen zu wollen. Dann biss ich erneut die Zähne zusammen, löste ganz langsam die rechte Hand von ihrem Halt und versuchte sie zu heben, um den Holzsplitter herauszubekommen. Der Schmerz trieb mir die Tränen in die Augen. Warmes Blut lief klebrig an meinem Arm hinunter, aber ich machte weiter und bekam den reißenden Dorn schließlich aus dem Fleisch.

Langsam, unendlich langsam hangelte ich mich an dem Balken entlang auf die offen stehende Tür zu. Die Strecke war nicht weit – vielleicht dreißig Inch –, aber es hätten genauso gut dreißig Meilen sein können. Meine Muskeln begannen mir den Dienst zu versagen. Der Abgrund unter mir schien an meinen Beinen zu zerren wie ein unsichtbarer Sog.

Dann hörte ich das Geräusch.

Im ersten Moment klang es wie ein tiefes, mühevolles Stöhnen, dann steigerte es sich zu einem widerwärtigen Schmatzen und Saugen, gefolgt von einem sonderbar feuchten Schleifen. Ein Gleiten und Tasten, als ...

Ja – als kröche etwas zu mir herauf!

Ein gellender Schrei brach über meine Lippen, als ich in die Tiefe sah.

Der Abgrund unter mir war nicht mehr leer!

Was ich für Dunkelheit gehalten hatte, war in Wirklichkeit eine gigantische, sich windende Masse aus schwarzem Fleisch, ein Nest peitschender Schlangen und Tentakel, das unter mir wogte und zitterte wie schwarze Lava, die aus dem Schlund eines Vulkans emporsteigt.

Und noch während ich hinsah, lösten sich zwei, drei Peitschenarme aus der Masse und griffen mit zitternden unsicheren Bewegungen nach mir!

Ich schrie auf und hangelte mich mit verzweifelter Kraft auf die Tür zu.

Ich war nicht schnell genug. Ein armdicker, von Narben und Pocken übersäter Arm griff an mir vorbei, holte wie in einer spöttischen Verbeugung aus und schlug wuchtig gegen die offen stehende Tür. Der Hieb spaltete das Holz und warf sie ins Schloss.

Im gleichen Moment berührte etwas mein rechtes Bein.

Ich brüllte vor Schrecken und Ekel und riss verzweifelt den Fuß zurück. Ich spürte einen harten Ruck, gefolgt von einem Brennen, als wäre meine Haut mit ätzender Säure in Berührung gekommen. Schwarze Schatten griffen nach meinen Beinen, und der Arm, der die Tür zugeschmettert hatte, näherte sich mit tastenden Bewegungen meinem Gesicht. Wo er das Holz des Balkens berührte, begann sich dünner Rauch in die Höhe zu kräuseln.

Ich riskierte alles. Jeden Gedanken an Gefahr und Schmerz ignorierend, spannte ich noch einmal die Muskeln, holte mit den Beinen Schwung – und zog mich auf den Balken hinauf.

Die peitschenden Arme unter mir griffen ins Leere. Für einen Moment glaubte ich ein wütendes, enttäuschtes Zischen zu hören, dann verstärkte sich das Brodeln der schwarzen Masse. Ein ganzer Wald peitschender Tentakel und zitternder Nervenfäden schoss wie eine grausame Flutwelle auf mich zu. Gleichzeitig zuckte der Tentakel, der sich um meinen Balken gewickelt hatte, hoch und schlug nach meinem Gesicht.

Ich duckte mich, verlor dabei auf dem kaum handbreiten Balken beinahe den Halt und hieb instinktiv mit dem Arm nach dem *Ding*.

Es war ein Gefühl, als hätte ich in weiches, widerliches warmes Gelee geschlagen. Ein brennender Schmerz zuckte durch meinen Arm, und ein Teil meiner Jacke begann zu schwelen.

Aber der Hieb hatte das *Ding* zurückgeschleudert.

Für einen Moment hatte ich Luft. Mit verzweifelter Kraft richtete ich mich auf, streckte beide Arme aus und machte einen vorsichtigen Schritt auf die geschlossene Tür zu.

Ein schwarzes Etwas zuckte aus der Tiefe herauf, wickelte sich wie eine Peitschenschnur um mein Bein und riss daran. Ich fiel zur Seite, verlor das Gleichgewicht, prallte auf den Balken auf und drohte abzurutschen. Instinktiv klammerte ich mich fest, aber der Tentakel zog und zerrte mit unglaublicher Kraft an meinem Bein und ich spürte, wie ich unbarmherzig von meinem Balken herabgezerrt wurde. Mein rechter Fuß schien in Flammen zu stehen. Der Gestank von brennendem Stoff und verkohltem Fleisch erfüllte die Luft.

Plötzlich hörte ich einen Schrei. Irgendwo über mir polterte etwas, dann wurde die Tür mit einem Tritt aufgesprengt. und eine geduckte Gestalt erschien unter der Öffnung.

»Hilfe!«, brüllte ich. »Schnell doch – *helfen Sie mir!*«

Mit dem Mut der Verzweiflung löste ich eine Hand von meinem Halt, streckte sie in seine Richtung aus und spürte, wie mich der Tentakel ein weiteres Stück herunterzerrte. Das Schmatzen und Saugen unter mir klang plötzlich lauter und gieriger.

Aber der Fremde dachte nicht daran, meine ausgestreckte Hand zu ergreifen. Stattdessen fuhr er herum, stürzte davon und verschwand für eine schreckliche, endlose Sekunde aus meinem Sichtfeld. Dann tauchte er wieder auf, klammerte sich mit der linken Hand am Türrahmen fest und beugte sich vor. Ein schwarzer Schlangenarm zuckte in seine Richtung und versuchte sich um seine Beine zu wickeln.

Der Fremde ignorierte ihn. Seine andere Hand schleuderte irgendetwas Kleines, Graues in die Tiefe.

Eine halbe Sekunde lang geschah gar nichts. Dann lief ein spürbares Zittern durch das Gebäude. Grauer, übelriechender Dampf schoss wie ein Geysir aus der Tiefe und nahm mir den Atem, und der Gestank von verkohltem Fleisch wurde unerträglich. Der Schlangenarm löste sich mit einer zuckenden Bewegung von meinem Bein und verschmolz mit dem grauschwarzen Brodeln, in das sich die Masse verwandelt hatte.

Ich hustete. Meine Kräfte schwanden. Ich spürte noch, wie sich meine Hand langsam vom Holz des Balkens löste, und glaubte zu sehen, wie der Fremde mit einem erschrockenen Ächzen vorsprang und nach meinen Armen griff.

Dann verlor ich endgültig das Bewusstsein.

Jemand machte sich schmerzhaft an meiner Hand zu schaffen, als ich erwachte.

Ich blinzelte, versuchte mich aufzusetzen und gleichzeitig meine Hand zurückzuziehen, damit der grausame Schmerz aufhörte, schaffte aber weder das eine noch das andere. Eine Hand stieß mich mit sanfter Gewalt zurück, und eine andere hielt mein rechtes Handgelenk behutsam, aber mit großer Kraft fest. Ein dumpfer, pochender Schmerz wühlte im Rhythmus meines Herzschlages zwischen meinen Schläfen.

»Halten Sie still«, sagte eine Stimme. »Es dauert nur noch einen Moment.«

Ich gehorchte, biss die Zähne zusammen, als sich ein neuer, dünner Schmerz in meinen Arm bohrte, und öffnete die Augen.

Ich lag auf dem Bett meines Zimmers. Der Fensterladen war geöffnet worden, und das Sonnenlicht stach unangenehm grell in meine Augen. So konnte ich die Gestalt, die neben mir auf der Bettkante saß, im ersten Moment nur als verschwommenen Schatten gegen das Fenster ausmachen.

Der Schmerz in meiner Hand erlosch plötzlich, und auch das Hämmern hinter meiner Stirn sank auf ein erträgliches Maß herab. Die wirbelnden Schleier vor meinem Blick lichteten sich.

Der Mann ließ meinen Arm los, setzte sich auf und lächelte. Und jetzt erkannte ich ihn auch.

Es war der Unbekannte, der im letzten Moment aufgetaucht war und mich aus dem Schacht gezogen hatte. Sein blondes, fast schulterlanges Haar und das schmal geschnittene Gesicht waren das Letzte gewesen, was ich wahrnahm, ehe mir die Sinne schwanden.

Noch einmal versuchte ich mich aufzusetzen – und diesmal hinderte mich mein Retter nicht daran.

»Sie … Sie haben mir das Leben gerettet«, sagte ich, verwirrt und mit einem Male wieder von einer leisen Spur von Furcht erfüllt. Im gleichen Maße, in dem der dumpfe Druck aus meinem Schädel wich, kehrten die Erinnerungen zurück.

Unwillkürlich wandte ich den Kopf und blickte zur Badezimmertür hinüber. Sie war wieder geschlossen, aber der breite, gesplitterte Riss in ihrem Holz schien mich wie ein höhnisches Maul anzugrinsen. Ein eisiger Schauer lief über meinen Rücken.

Der Fremde war meinem Blick gefolgt, und als ich ihn wieder ansah, entdeckte ich eine sonderbare Mischung aus Freundlichkeit und Sorge in seinen Augen.

Überhaupt wirkte er sehr sanft, fand ich. Sein Gesicht war zart wie das eines Mädchens, und der Blick seiner Augen war sehr weich. Im ersten Moment schätzte ich ihn auf einen Knaben von siebzehn, vielleicht achtzehn Jahren. Dann gewahrte ich die dünnen Linien um seinen Mund und die Augen und sah, dass er älter war. Zwanzig, vielleicht zweiundzwanzig.

Plötzlich wurde mir bewusst, dass ich ihn anstarrte. Verlegen senkte ich den Blick und schwang die Beine vom Bett. Meine Muskeln reagierten mit einem wütenden Bombardement kleiner, stechender Schmerzen auf die plötzliche Bewegung.

Mein Blick streifte den verbrannten Saum meines rechten Hosenbeines, und der Anblick ließ die Erinnerung an einen grausamen Schmerz und den Gestank verschmorten Fleisches in mir aufsteigen.

Erschrocken beugte ich mich vor, zog das Hosenbein hoch und sah mein Bein an.

Die Haut unter dem verkohlten Stoff war unverletzt und rosig wie die eines Neugeborenen.

Einen Moment lang starrte ich das unglaubliche Bild an, dann fuhr ich hoch, hob mit einem Ruck die rechte Hand vor die Augen und drehte sie ungläubig.

Auf meiner Handwurzel war eine dünne, rote Linie zu sehen, weniger als ein Kratzer. Von der Wunde, die der Holzsplitter in mein Fleisch gerissen hatte, war nichts mehr geblieben.

Ungläubig ließ ich die Hand sinken und starrte meinen Retter an. »Was ... was haben Sie ... getan?«, keuchte ich.

Ein rasches, fast amüsiertes Lächeln huschte über die Züge meines Gegenübers. »Nichts, worüber Sie erschrecken müssten«, sagte er. »Sie waren ziemlich übel verletzt. Ich musste Ihnen helfen.«

»Aber das ...« Ich brach ab, starrte abwechselnd meine Hand und das Bein an und schüttelte ungläubig den Kopf. »Aber das ist doch unmöglich!«, keuchte ich. »Das ist ein Wunder!«

»Mit dem Wort sollte man vorsichtig sein«, sagte mein Retter, und in seiner Stimme war ein sonderbarer Ernst, den ich mir nicht erklären konnte. »Ich habe nichts getan, was nicht zu erklären wäre. Aber es wäre zu kompliziert, würde ich es jetzt versuchen. Sind Sie fremd hier in der Stadt?«

Es dauerte einen Moment, bis ich dem Gedankensprung zu folgen imstande war. »Ja«, antwortete ich. »Ich ... bin heute Morgen angekommen. Wie kommen Sie darauf?«

»Ich habe Ihr Gepäck gesehen«, antwortete der junge Mann. »Aber ich frage mich, warum Sie nicht in ein Hotel ziehen. Ihrer Kleidung nach zu schließen dürften Sie es kaum nötig haben, in einem Abbruchhaus zu schlafen. Oder verstecken Sie sich?«

»Aber ich *bin* in einem Ho ...«, begann ich, sprach dann aber nicht weiter, sondern blickte mich voller plötzlichem Schrecken um. Ich war bisher viel zu verstört und benommen gewesen, um wirklich auf meine Umgebung zu achten.

Ich war in meinem Hotelzimmer, wie ich behauptet hatte – und auch wieder nicht. Der Raum, in dem wir uns befanden, war derselbe.

Aber wie hatte er sich verändert! Die Wände waren grau und verfallen; überall lösten sich die Tapeten. Da und dort sah der nackte Putz oder graues, von Schwamm zerfressenes Mauerwerk hervor. Der Boden war eingefallen, die Bohlen verquollen und vom Alter geborsten, und durch das glaslose Fenster pfiff der Wind herein. Das Bett, auf dem ich erwacht war, war ein einziges Trümmerstück, schräg wie ein gestrandetes Schiff auf nur drei Beinen stehend und mit vermoderten, grauen Fetzen bedeckt.

Verstört sah ich meinen Retter an. »Das ist doch ... unmöglich«, murmelte ich. »Dieses Zimmer war ... war vollkommen in Ordnung, als ich heraufgekommen bin.«

»Sie müssen ein schlimmes Zeug geschluckt haben, heute Nacht«, erwiderte er lächelnd, wurde aber dann sofort wieder ernst. »Ich kenne dieses Haus nicht«, sagte er, »aber so, wie es hier überall aussieht, muss es schon seit mindestens zehn Jahren leer stehen.«

»Aber es war vollkommen intakt, als ich gekommen bin!«, protestierte ich. »Ich habe mich an der Rezeption eingetragen und vom Portier den Schlüssel zu diesem Zimmer bekommen, und ...«

Ich sprach nicht weiter, als ich den Ausdruck in seinen Augen sah. »Sie ... glauben mir kein Wort, wie?«, fragte ich leise.

Der andere zögerte. Sein Blick huschte nervös über die Tür zum Bad und kehrte zurück. »Ich weiß nicht, was ich glauben soll«, sagte er schließlich. »Nach dem, was ich da drinnen gesehen habe, scheint hier alles möglich zu sein.«

Seine Worte erinnerten mich an etwas. Ich ging rasch zur Tür, hob den kleinen, fünfzackigen Stein auf, den ich als Schutz vor die Schwelle gelegt hatte, und steckte ihn in meine Rocktasche. Dann wandte ich mich um und ging zum Fenster, um den zweiten Stein zu suchen, fand ihn aber nicht.

»Wenn Sie Ihren *Shoggotenstern* suchen«, sagte der Fremde ruhig, »dann muss ich Sie enttäuschen.«

Ich erstarrte. Seine Stimme hatte sich nicht verändert, sondern klang noch immer so freundlich und sanft wie bisher, aber ich glaubte trotzdem einen misstrauischen, beinahe lauernden Ton in ihr zu hören.

Mit betont langsamen Bewegungen drehte ich mich zu ihm herum und starrte ihn an. »Was ... meinen Sie damit?«, fragte ich gedehnt.

Der Junge lächelte. »Ich fürchte, er ist verloren«, sagte er ruhig. »Ich musste ihn opfern, um Ihr Leben zu retten.«

Ich schwieg einen Moment, starrte ihn an und suchte vergeblich nach einer passenden Ausflucht. Plötzlich erinnerte ich mich wieder, dass er irgendetwas in die Tiefe geschleudert hatte, Sekunden, ehe das Ungeheuer verging.

»Sie ... kennen das Geheimnis dieser Steine?«, fragte ich vorsichtig.

»Natürlich«, antwortete er. »Wäre es nicht so, hätte ich Sie kaum retten können, nicht wahr?« Ein misstrauisches Funkeln blitzte in den dunklen Augen meines Retters auf. »Wer sind Sie, dass Sie sechs *Shoggotensterne* und ein ganzes Sammelsurium magischer Utensilien mit sich herumschleppen?«

»Sie haben ...« Mein Blick fiel auf die Koffer, die aufgeklappt am Fußende des Bettes standen. Ihr Inhalt war durchwühlt und zum Teil auf dem Fußboden verteilt. »Sie haben mein Gepäck durchsucht?«

Der andere nickte. »Sicher. Ich weiß immer gerne, mit wem ich es zu tun habe. Sie nicht?«

»Doch«, antwortete ich, weitaus weniger freundlich als bisher. »Wer sind Sie, zum Beispiel?«

Der Junge lächelte. »Jemand, der Ihnen das Leben gerettet hat«, antwortete er. »Und falls Ihnen das noch nicht genügt, nennen Sie mich Shannon.«

»Shannon?«, wiederholte ich. »Ist das Ihr Vor- oder Nachname?«

»Shannon reicht«, antwortete er. »Und jetzt hören Sie mit dem Unsinn auf. Ich bin nicht Ihr Feind. Es sieht eher so aus, als hätten wir gemeinsame Gegner.« Er deutete mit einer Kopfbewegung zum Bad und stand auf. Ich bemerkte, dass er ein gutes Stück kleiner war als ich. Aber seine Bewegungen waren ungleich geschmeidiger und kraftvoller. Seine schmale Gestalt und die Zartheit seines Gesichtes täuschten.

»Wie heißen Sie eigentlich?«, fragte er plötzlich. »Ich habe keinerlei Papiere bei Ihnen gefunden.«

Ich wollte ihm geradeheraus Antwort geben, als sich *irgendetwas* in meinem Innern sträubte, ihm meinen richtigen Namen zu nennen. »Jeff«, sagte ich. »Jeff Williams.«

»Wir sollten zusehen, dass wir aus diesem Haus verschwinden, Jeff«, sagte er. »Jemand könnte Ihre Schreie gehört haben. Und ich bin nicht sicher, dass *es* wirklich vernichtet ist. Solange wir in dieser Stadt bleiben, sind wir in Gefahr.«

»*Es?*«, wiederholte ich. »Wovon reden Sie?«

Shannons Lippen zuckten unwillig.

»Hören Sie auf!«, sagte er zornig. »Ich finde Notizen über die GROSSEN ALTEN in Ihrem Koffer, Sie haben magische Steine und sind gerade dabei, sich von einem *Shoggoten* auffressen zu lassen, als ich Sie finde – und Sie wollen mir erklären, Sie wüssten nicht, wovon ich rede?«

Einen Moment lang blickte ich ihn noch unentschlossen an, dann verscheuchte ich meine Bedenken und lächelte verlegen. »Sie haben recht, Shannon«, sagte ich. »Tut mir leid. Ich ... bin es nicht gewohnt, mit irgendjemandem so offen über dieses Thema reden zu können, wissen Sie? Ich bin auf dem Weg zur Miscatonic-Universität. Ich treffe dort jemanden.«

»Die Universität?« Shannon überlegte einen Moment. »Warum nicht?«, sagte er schließlich. »So wie die Dinge liegen, ist das möglicherweise der einzige Ort, an dem wir sicher sind. *Es* wird zurückkommen, wenn wir hier in der Stadt bleiben. Würde es Ihnen etwas ausmachen, wenn ich Sie begleite, Jeff?«

»Nicht im Mindesten«, antwortete ich impulsiv.

Shannon nickte. »Gut«, sagte er. »Es scheint, als hätten wir nicht nur gemeinsame Feinde, sondern auch gemeinsame Interessen. Ich ... bin nämlich aus dem gleichen Grunde hier in der Stadt wie Sie. Ich suche jemanden.«

»So?«, sagte ich, ging an ihm vorbei und begann meine Kleider zusammenzuraffen und in den Koffer zu stopfen. »Und wen?«

Shannon ging neben mir in die Hocke und räumte den zweiten Koffer ein. »Einen Freund«, sagte er. »Aber Sie werden ihn nicht kennen, wenn Sie nicht aus Arkham sind.«

»Vielleicht kann ich Ihnen trotzdem helfen«, sagte ich. »Ich kenne einige einflussreiche Leute von der Universität. Sie könnten Erkundigungen einziehen. Wie ist der Name Ihres Freundes?«

Shannon hielt für einen Moment in seinem Tun inne, sah mich an und lächelte erneut. »Craven«, sagte er. »Robert Craven.«

»Ihr habt Nachricht von Shannon?«

DeVries' Stimme klang unangenehm und schneidend wie immer, und es war ein ungeduldiger, fordernder Ton darin, den Necron nicht gewohnt war und der seinen Zorn weckte. DeVries hatte seine

Kammer betreten, ohne anzuklopfen, und dabei hatte Necron die beiden Männer aus seiner Leibgarde bemerkt, die draußen auf dem Gang Aufstellung genommen hatten. Zudem trug er sein Schwert offen am Gürtel.

Jede einzelne dieser drei Ungeheuerlichkeiten hätte unter normalen Umständen vollends ausgereicht, DeVries aus der Festung zu jagen oder ihn gar zu töten. Aber die Umstände waren nicht normal und DeVries war ein mächtiger Mann. Nicht durch das, was er darstellte oder konnte, sondern durch die, die hinter ihm standen. Necron hatte lange überlegt, ob er den Handel mit ihm überhaupt eingehen sollte. Aber der Preis, den DeVries als Einstand in ihr Bündnis bot, war zu verlockend. Und die Macht, die hinter ihm stand, zu fremd und unberechenbar, um sie sich zu Feinden zu machen.

Jedenfalls jetzt noch nicht.

»Nein«, antwortete Necron mit einiger Verspätung. »Ihr müsst Geduld haben, DeVries. Er hat Arkham erreicht, aber es wird dauern, bis er Robert Craven gefunden hat. Vergesst nicht, dass er der Sohn eines Magiers ist.«

DeVries presste unwillig die Kiefer aufeinander, was den scharfen, raubtierhaften Zug seines Gesichtes noch verstärkte. »Warum habt Ihr mich dann rufen lassen?«, fragte er.

Necron runzelte die Stirn, lehnte sich zurück und deutete auf einen freien Stuhl auf der anderen Seite des Tisches. DeVries nahm widerwillig Platz.

»Es ist etwas geschehen«, begann Necron. »Etwas, das ein Zusammenarbeiten unserer beiden Gruppen vielleicht wichtiger als zuvor macht.«

»So?«, murmelte DeVries. »Und was? Stürzt der Himmel ein?«

»Möglicherweise«, antwortete Necron, vollkommen ernst. »Möglicherweise auch Schlimmeres. Ihr habt mir erzählt, dass Ihr befugt seid, für die Mächtigen Eurer Gruppe zu reden und Entscheidungen zu treffen. Ist das richtig?«

»Natürlich«, schnappte DeVries. »Aber ...«

Necron unterbrach ihn mit einer raschen Handbewegung. Der Blick seiner alten, harten Augen wurde noch ernster, und es war etwas darin, ein Ausdruck von solcher Besorgnis und – ja, und fast Furcht –, was DeVries tatsächlich verstummen ließ.

»Ich bin mir des Risikos dessen, was ich jetzt tue, vollkommen bewusst«, sagte Necron. »Doch ich fürchte, mir bleibt keine andere

Wahl mehr. Bisher haben Eure und unsere Gruppen nebeneinander existiert, und keiner hat die Kreise des anderen gestört. Jetzt ist etwas geschehen, was uns zwingt, zusammenzuarbeiten. Als gleichberechtigte Partner.«

Necron bemühte sich, mit unveränderter Stimme zu reden, aber er konnte trotzdem nicht verhindern, dass der Triumph, den er bei den letzten drei Worten empfand, in seiner Stimme mitschwang.

DeVries starrte ihn an. »Als ... gleichberechtigte Partner?«, vergewisserte er sich. »Heißt das, dass Ihr die Aufnahme in unsere Reihen abschlagen wollt? Jetzt, wo Ihr erhalten habt, was wir Euch geboten haben? Wollt Ihr uns betrügen?«

»Nicht betrügen«, verbesserte ihn Necron sanft. »Aber die Voraussetzungen haben sich geändert, DeVries. Bisher wart ihr stärker als wir, obgleich diese Frage niemals wirklich geklärt worden ist.«

DeVries zuckte zusammen. Die Drohung in den Worten des kahlköpfigen Alten war ihm nicht entgangen. Aber er schwieg.

»Jetzt haben wir etwas zu bieten, was uns gleichwertig macht«, fuhr Necron fort. »Ihr seid uns an Zahl und Stärke noch immer überlegen, aber wir haben etwas, das dieses Manko mehr als nur ausgleicht.«

DeVries lachte rau. »Und was soll das sein?«, fragte er böse.

»Informationen«, antwortete Necron. »Wissen, DeVries. Ein Wissen, das vielleicht unser aller Leben retten kann. Vielleicht sogar das der ganzen menschlichen Rasse.«

DeVries lachte erneut, aber es klang unsicher. Er schien zu spüren, dass es Necron ernst meinte.

»Redet«, sagte er schließlich.

Necron nickte. »Das werde ich tun, DeVries. Ich wollte die Dinge nur klarstellen. Ich offenbare Euch damit eines der bestgehüteten Geheimnisse unserer Bruderschaft. Habt Ihr« – er zögerte unmerklich und fuhr dann fort, ohne den dunkelhaarigen Flamen direkt anzublicken – »schon einmal den Namen der GROSSEN ALTEN gehört, DeVries?«

DeVries überlegte einen Moment und schüttelte dann den Kopf. »Niemals. Wer soll das sein?«

Necron überging seine Frage, als hätte er sie nicht gehört. »Ich will Euch eine Geschichte erzählen«, begann er. »Eine uralte Geschichte, die über Generationen und Generationen hinweg von den Mitgliedern unserer Bruderschaft bewahrt wurde. Danach werdet Ihr besser verstehen, was ich meine.«

Er schwieg einen Moment, lehnte sich zurück, fuhr sich nervös mit der Zungenspitze über die Lippen und begann mit leiser, monotoner Stimme zu erzählen …

»Die Welt war jung, und das Licht Sonne hatte noch kein Leben geboren, als sie von den Sternen kamen.

Sie waren Götter, gewaltige Wesen, unbeschreiblich und böse und bar jeder Empfindung, die nicht Hass oder Tod war.

Sie kamen auf den Wegen, die durch die Schatten führen, und setzten ihren Fuß auf eine Erde, die kahl und tot war. Und sie nahmen sie in Besitz, wie sie zuvor schon Tausende von Welten in Besitz genommen hatten, manchmal für kurze Zeit, manchmal für Ewigkeiten, ehe sie wieder gingen und in ihr kaltes Reich zwischen den Sternen zurückkehrten, um Ausschau nach neuen Welten zu halten, über die sie ihre scheußlichen Häupter erheben konnten.

Sie – das waren die, DEREN NAMEN MAN NICHT AUSSPRECHEN SOLL, will man nicht Gefahr laufen, sie zu rufen und den Preis für ihr Kommen zu zahlen, der schrecklich ist.

Nur die wirklich Wissenden sollen es wagen, sie zu rufen, und auch sie mögen auf der Hut sein.

Sie nannten sich selbst die GROSSEN ALTEN, und sie waren finstere, blasphemische Götter, oder doch zumindest Wesen, deren Macht der von Göttern gleichkommt.

Allen voran stand CTHULHU, der oktopoide Herr des Schreckens und der Schatten, ein Wesen, dessen Element das Meer ist, der sich aber genauso mühelos an Land oder auch in der Luft fortzubewegen vermag.

Ihm zur Seite, und nicht viel geringer an Macht und Bosheit, stehen YOG-SOTHOTH, der Alles-in-einem-und-einer-in-allem, AZATOTH, der Blasenschlagende-im-Zentrum-der-Unendlichkeit, SHUDDE-MELL, der Ewig-Eingegrabene und Herrscher über die Erde und die finsteren Reiche der Höhlen, SHUB-NIGGURATH, die schwarze-Ziege-mit-den-tausend-Jungen und letztlich NYARLATOTHEP, die Bestie-mit-den-tausend-Armen.

Aber auch andere; Wesen von geringerer Macht, trotzdem noch schrecklich wie Götter in ihrem Zorn. Wendigo, der auf den Winden geht, Glaaki, der Kometengeborene, der unaussprechliche Hastur und Tsathoggua, Yibb-Tsstl, der flammende Cthugha, Shodagoi, die Cho-Cho …

Ihre Zahl ist Legion, und ein jeder war schrecklich genug, ein Gott zu sein. Äonen lang herrschten sie über die Erde, und um ihre Macht ausüben zu können, erschufen sie schreckliche Geschöpfe aus verbotenem Protoplasma, wider-

wärtige Kreaturen, deren Gestalt sie nach Belieben formen konnten und die ihre Hände und Arme, ihre Beine und Augen wurden.

Aber so mächtig die GROSSEN ALTEN auch waren, so gering war ihre Voraussicht.

Millionen um Millionen Jahre herrschten sie über die Erde und ihre Kreaturen, und sie merkten nicht, dass die, die sie selbst erschaffen hatten, sich gegen sie aufzulehnen und Pläne gegen ihre Herrschaft zu schmieden begannen.

Dann kam es zum Krieg.

Die unterdrückten Völker der Erde, allen voran die Shoggoten, die die GROSSEN ALTEN selbst erschaffen hatten, standen gegen die finsteren Götter auf und versuchten ihr Joch abzuschütteln. Die Erde brannte, und der Krieg der Giganten verwüstete ihr Antlitz in einer einzigen, feurigen Nacht.

Die GROSSEN ALTEN siegten, doch dabei rührten sie an Mächte, die zu missbrauchen selbst ihnen verboten war. Ihr blasphemisches Tun rief andere, mächtigere Gottheiten von den Sternen herbei, die ÄLTEREN GÖTTER, die seit Urzeiten im Bereich der Sonne Beteigeuze schlafen und über das Wohl und Wehe des Universums wachen.

Sie mahnten die GROSSEN ALTEN, in ihrem Tun innezuhalten und nicht an der Schöpfung selbst zu rühren.

Aber in ihrem Machtrausch missachteten die GROSSEN ALTEN selbst diese letzte Warnung und lehnten sich gegen die ÄLTEREN GÖTTER auf, und abermals kam es zum Krieg, einem gewaltigen Kräfteringen derer, die von den Sternen gekommen waren, und derer, die noch dort lebten.

Die Sonne selbst verdunkelte ihr Antlitz, als die Mächte des Lichtes und die der Finsternis aufeinanderprallten. Eine der zehn Welten, die ihre Bahn um sie zogen, zerbarst zu Millionen Trümmern, und die Erde gerann zu einem flammenden Brocken aus Lava.

Schließlich siegten die ÄLTEREN GÖTTER, aber nicht einmal ihre Macht reichte aus, die GROSSEN ALTEN zu vernichten, denn was nicht lebt, vermögen nicht einmal die Götter zu töten.

Und so verbannten sie die GROSSEN ALTEN vom Antlitz dieses verwüsteten Sternes.

CTHULHU ertrank in seinem Haus in R'lyeh und liegt seit Äonen auf dem Grunde des Meeres.

AZATOTH erwürgte der Schlamm der finsteren Sümpfe, die sein Lebenselement gewesen waren.

SHUDDE-MELL wurde verschlungen von feuriger Lava und Fels, und all die anderen Kreaturen und Wesen wurden verstreut in alle Winde und verbannt in finstere Kerker jenseits der Wirklichkeit.

Zweimal hundert Millionen Jahre sind seither vergangen, und seit zweimal hundert Millionen Jahren warten sie, denn das ist nicht tot, das ewig liegt, bis dass der Tod die Zeit besiegt ...«

Eine lange Zeit, nachdem Necron mit seiner Erzählung zu Ende gekommen war, herrschte Schweigen in dem kleinen Raum. Der alte Mann hatte sehr langsam gesprochen und immer wieder lange Pausen eingelegt, in denen sein Geist in den Bereichen zwischen der Wirklichkeit zu wandeln schien. Über der Festung war die Sonne untergegangen; Dunkelheit und Kälte waren in die Kammer gekrochen, und es schien, als hätte sich mit ihnen noch ein anderer, düsterer Hauch über den Raum und die beiden ungleichen Männer gelegt, etwas wie ein unheimliches, lautloses Echo auf die Worte Necrons.

DeVries richtete sich ein wenig im Stuhl auf und sah Necron scharf an. Die Erzählung des alten Hexenmeisters hatte ihn stärker berührt, als er zugeben wollte. Er fühlte sich beunruhigt, auf eine Weise, die er selbst nicht zu erklären vermochte.

Es war, als hätten die Worte des Alten etwas in ihm berührt, ein tiefes, verborgenes Wissen geweckt, das die ganze Zeit über da gewesen war, ohne dass er es wusste.

»Das war ... sehr interessant«, brach er schließlich das bedrückende Schweigen, das zwischen ihnen lastete. »Eine wahrhaft erschreckende Geschichte, Necron. Warum habt Ihr sie mir erzählt?«

Necron sah ihn eine Weile schweigend an, ehe er antwortete, und in seinen Augen stand ein Ausdruck, der DeVries' Unwohlsein noch verstärkte.

»Weil es mehr ist als eine Geschichte«, sagte er schließlich. »Es ist die Wahrheit, DeVries. Alles ist so geschehen, wie ich es Euch erzählt habe. Und noch vieles mehr.«

DeVries schluckte nervös. »Selbst ... selbst wenn es so wäre«, sagte er. »Warum erzählt Ihr mir all dies, Necron? Was soll ich mit Geschichten über Wesen, die seit zweihundert Millionen Jahren tot sind?«

»Nicht tot«, verbesserte ihn Necron. *»Das ist nicht tot, das ewig liegt, bis dass der Tod die Zeit besiegt«,* wiederholte er die letzten Worte seiner Erzählung. »Sie schlafen nur, DeVries. Sie schlafen und warten.«

»Und nun ...«, begann DeVries stockend. Der Schrecken in seiner Seele wuchs. »Was ... was meint Ihr? *Redet!*«

»Und nun«, sagte Necron und atmete scharf und hörbar ein, »ist die Zeit des Wartens für sie vorbei, DeVries. Sie beginnen zu erwachen.«

Es wurde nahezu Mittag, ehe wir uns auf den Weg zur Miscatonic-Universität machten.

Mein neuer Weggefährte hatte mir geholfen, mein Gepäck aus dem Haus und in das *wirkliche* Arkham-Hotel zu schaffen, das der Ruine gegenüber auf der anderen Straßenseite lag. Und dann hatte ich das Haus zum ersten Mal so gesehen, wie es wirklich aussah: eine Ruine, seit einem Jahrzehnt oder mehr dem Verfall anheimgegeben und nur noch von Ratten und Spinnen bewohnt.

Die Treppe, über die ich nach oben gestiegen war, war an vielen Stellen durchgesackt, das Geländer zerborsten und selbst die Stufen hier und da von großen, gähnenden Löchern zerrissen. Im Nachhinein kam es mir wie ein Wunder vor, dass ich mir nicht schon auf dem Weg nach oben den Hals gebrochen hatte.

Die Halle, in der ich mich eingetragen und mit dem Alten gesprochen hatte – nein, zu *sprechen geglaubt* hatte, denn nichts von dem, was ich gesehen und erlebt zu haben glaubte, war wirklich gewesen –, erwies sich als großer, von Trümmern und Unrat übersäter Raum. Die Decke war an einer Seite niedergebrochen, sodass der Blick ungehindert bis zu dem durchlöcherten Dachstuhl hinauf reichte.

Ein Trugbild. Alles war nichts als eine Illusion gewesen; Lüge und Täuschung, eine der zahllosen Waffen unserer Feinde.

Im Nachhinein war es mir ein Rätsel, dass ich die Falle nicht erkannt hatte. Irgendjemand – oder etwas – musste meine übermüdeten Sinne beeinflusst haben, meine magischen Fähigkeiten blockiert.

Erst im Hotel kam mir wirklich zu Bewusstsein, wie knapp ich dem Tode (oder vielleicht Schlimmerem) entronnen war. Wäre Shannon nicht im buchstäblich letzten Moment aufgetaucht, hätte mein geplantes Wiedersehen mit Howard ein vorzeitiges Ende im Grab gefunden.

Ich zog mich rasch um und ging wieder in die Halle hinunter, wo mich Shannon bereits erwartete. Auch er hatte ein Zimmer im gleichen Haus angemietet, und als ich die Treppe hinunterstieg, stand er an der Rezeption und unterhielt sich mit dem Portier.

Als ich neben ihn trat, brach er mitten im Wort ab, verabschiedete sich von dem verblüfft dreinblickenden Hotelangestellten und deutete zur Straße hinaus.

»Machen wir uns auf den Weg«, sagte er. »Es ist ein gutes Stück bis zur Universität.«

Ich nickte, trat durch die gläserne Schwingtür auf den Bürgersteig hinaus und sah mich neugierig um. Die Stadt war zum Leben erwacht: Da und dort hastete jemand gebückt über das Trottoir oder die Straße, ein einzelner Wagen quälte sich knarrend über das ausgefahrene Kopfsteinpflaster, und der Wind trug den klagenden Laut einer Glocke heran.

Trotzdem wirkte der Ort auf schwer zu fassende Weise gelähmt; wie in Angst.

»Haben Sie Ihren Freund gefunden?«, erkundigte ich mich, als Shannon ebenfalls aus dem Hotel trat und neben mir stehen blieb.

Shannon verneinte. »Leider nicht. Er hat ein Zimmer hier im Hotel reservieren lassen, scheint aber noch nicht eingetroffen zu sein. Der Portier wusste auch nicht genau, wann er eintreffen würde.«

Ich hatte Mühe, in aller Harmlosigkeit zu nicken. Ich hatte mich unter dem falschen Namen im Hotel eingetragen und auf Shannons neugierige Fragen geantwortet, dass ich aus New York käme und einen Studienfreund hier in Arkham zu besuchen wünschte.

Er hatte mir die Geschichte geglaubt; der näselnde New Yorker Slang, den ich während des größten Teiles meiner Jugend gesprochen hatte, ging mir noch immer glatt von der Zunge. Das magische Erbe meines Vaters hat mich zudem schon immer dazu befähigt, auf Anhieb zu erkennen, ob mich mein Gegenüber belügt oder die Wahrheit spricht. Außerdem besaß ich ein manchmal schier unglaubliches Überzeugungstalent; wohl auch ein Teil meines magischen Erbes.

Howard hatte einmal bemerkt, dass er mich für fähig hielte, mich zum Präsidenten der Vereinigten Staaten hochzuschwindeln. Ich war mir bis zum heutigen Tage nicht sicher, ob seine Worte wirklich so scherzhaft gemeint waren, wie sie geklungen hatten.

Im Moment war ich froh, über diese Gabe zu verfügen. Shannon hatte mir längst nicht alles über sich erzählt, und es interessierte mich doch, ein wenig mehr über einen Mann zu wissen, der behauptete, ein guter Freund von mir zu sein, dessen Namen und Gesicht ich an diesem Morgen jedoch zum ersten Mal gehört und gesehen hatte.

Nebeneinander gingen wir los. Die Sonne war höher gestiegen und brannte auf die Hügel Neu-Englands herab, aber mir war trotzdem kalt. Ich bemerkte, dass auch Shannon die Hände in die Hosentaschen gesteckt hatte und mit angezogenen Schultern und leicht vornübergebeugt ging, als friere er. Es war, als kröche etwas aus den Schatten heraus in unsere Seelen und ließe sie erstarren. Shannon hob immer wieder den Blick und sah sich rasch und fast gehetzt nach beiden Seiten um. Er wirkte nervös.

»Ist es weit bis zur Universität?«, fragte ich; weniger aus wirklicher Neugier, als vielmehr, um überhaupt etwas zu sagen.

»Zwei, drei Meilen«, antwortete Shannon nach kurzem Überlegen. »Jedenfalls sagt das der Portier.« Er grinste. »Hoffentlich ist er nicht so bösartig wie der, an den Sie heute Morgen geraten sind, Jeff.«

Ich blickte ihn mit einer Mischung aus Trauer und Betroffenheit an. »Sie glauben mir immer noch nicht, wie?«

Shannon zuckte mit den Achseln. »Um ehrlich zu sein, ich weiß es nicht«, antwortete er. »Sie sind ... seltsam, Jeff. Normalerweise weiß ich immer sofort, mit wem ich es zu tun habe. Bei Ihnen stehe ich vor einem Rätsel.«

»Danke, gleichfalls«, erwiderte ich. »Aber trotzdem – warum lassen wir nicht das alberne *Sie?* Immerhin haben wir einige Gemeinsamkeiten.«

Shannon nickte. »Gerne, Jeff. Aber trotzdem: Ihre – *deine* – Geschichte gefällt mir nicht besonders. Wie bist du überhaupt in dieses Haus geraten?«

»Ich habe das Hotel gesucht. Wenn ich jemanden um Auskunft hätte fragen können ... aber die Stadt war ja wie tot.«

Shannon lachte heiser. »Arkham ist keine ... normale Stadt, weißt du?«, sagte er. »Ich bin zum ersten Mal hier, aber ich habe schon viel über diese Stadt gehört. Und ihre Bewohner.«

»Und was?«, erkundigte ich mich.

Shannon schwieg einen Moment, und ich spürte, dass es ihm bereits leid tat, das Thema überhaupt angeschnitten zu haben. »Dies und das«, sagte er schließlich ausweichend. »Fremde meiden die Stadt – und ihre Einwohner sind nicht beliebt. Und sie ihrerseits mögen keine Fremden.«

Er blieb plötzlich stehen und deutete nach rechts. Direkt vor uns gabelte sich die Straße in einen breiten, gut gepflasterten Fahrweg und eine schmale Nebenstraße, die nach wenigen Dutzend Schritten vor einem hölzernen Landungssteg endete. Ich hatte bisher nicht einmal bemerkt, dass wir uns dem Fluss genähert hatten.

»Der Miscatonic River«, erklärte Shannon. »Die Universität liegt am anderen Ufer, noch eine gute Meile entfernt. Aber es ist kürzer, wenn wir ihn hier bereits überschreiten. Dort unten liegt ein Boot, das jedermann benutzen darf, solange er es in ordentlichem Zustand zurückgibt.«

Für einen Mann, der zum ersten Mal in Arkham war, wusste er eine ganze Menge, fand ich. Aber ich schwieg auch diesmal, nickte nur und folgte ihm zum Fluss hinab.

Der Miscatonic war breiter, als ich geglaubt hatte. Auf der Karte, die ich während der dreiwöchigen Schiffspassage von England nach Nordamerika studiert hatte, war er nicht mehr als ein dünner, kaum erkennbarer Strich gewesen – jetzt offenbarte er sich als gewaltiger, beinahe eine halbe Meile breiter Strom, dessen Fluten mit erstaunlicher Geschwindigkeit dahinflossen. Ein machtvolles Rauschen schlug uns entgegen, und als ich auf den Steg hinaustrat, sah ich, dass seine Oberfläche hier und da gekräuselt war; wie von Strudeln oder Felsen, die sich dicht darunter verbargen.

Ein kühler, leicht modrig riechender Hauch schlug uns von der Wasseroberfläche entgegen. Dicht neben dem Steg schaukelte ein kleines, nicht sehr Vertrauen erweckendes Ruderboot auf den Wellen.

Shannon sprang ohne ein weiteres Wort in das Boot hinab. Er balancierte einen Moment lang mit gespreizten Beinen und ausgebreiteten Armen die Erschütterung aus und winkte mir grinsend, ihm zu folgen. In diesem Moment erschien er mir mehr denn je wie ein großer, fröhlicher Junge.

Und gleichzeitig spürte ich deutlicher denn je, dass sich hinter seinem mädchenhaft zarten Kindergesicht ein Geheimnis verbarg.

Vielleicht ein tödliches Geheimnis.

Ich folgte ihm – weit weniger elegant, aber dafür sicherer –, nahm auf der Bank ihm gegenüber Platz und griff wortlos nach einem der beiden Ruder. Shannon ergriff das andere und löste das Haltetau.

Die Strömung erwies sich als stärker, als ich geglaubt hatte, und sofort brauchten wir unseren ganzen Atem, um das Boot vorwärts zu rudern und nicht allzu weit vom Kurs abgetrieben zu werden.

Ich war froh, nicht mit Shannon reden zu müssen. Insgeheim zerbrach ich mir bereits den Kopf darüber, wie ich verhindern konnte, dass Shannon meine wahre Identität erfuhr, sobald wir die Miscatonic-Universität erreicht hatten.

Irgendetwas sagte mir, dass es wichtig für mich war, mich Shannon gegenüber nicht zu erkennen zu geben.

Vielleicht lebenswichtig.

Shannon war verwirrt. Zum ersten Mal in seinem Leben war er einem Menschen begegnet – mit Ausnahme des *Meisters* selbst –, den er nicht durchschauen konnte.

Er hatte es versucht, immer und immer wieder, am Morgen, während er Jeff dabei half, seine Kleider in die Koffer zu stopfen, vorher, als er bewusstlos auf dem Bett gelegen hatte, und auch hinterher, während sie nebeneinander durch die stillen Straßen Arkhams gingen.

Das Ergebnis war stets das gleiche gewesen.

Nichts.

Es war, als pralle er gegen eine unsichtbare Wand, jedes Mal, wenn er versuchte, in Jeffs Geist einzutauchen, hinter seine Stirn zu sehen und zu erkennen, wer dieser Mann *wirklich* war.

Einen Moment lang hatte er gar geargwöhnt, dass es der sein könne, nach dem er suchen sollte. Aber dieser Gedanke war absurd, und er verwarf ihn im gleichen Moment wieder, in dem er ihm gekommen war. Jeff war viel zu jung, und die Beschreibung, die ihm der *Meister* gegeben hatte, war ...

Auch das war etwas Sonderbares. Shannon hatte noch nie in seinem Leben etwas vergessen. Er erinnerte sich an jeden Augenblick, jedes Wort, das er jemals mit jemandem gewechselt hatte, jedes Buch, jede Zeile, die er gelesen, ja, jeden Gedanken, den er jemals gedacht hatte. All dieses Wissen war da, bereit, dass er nach ihm griff und sich seiner bediente.

An die Beschreibung von Roderick Andaras Sohn konnte er sich nicht erinnern.

Jedes Mal, wenn er es versuchte, schien eine unsichtbare Hand durch sein Denken zu fahren und das Bild fortzuwischen, als wache irgendetwas eifersüchtig über seine Gedanken und verhindere, dass sie in eine bestimmte Richtung gingen.

Aber selbst dieser Gedanke entglitt ihm, ehe er ihn richtig fassen oder auch nur wirklich misstrauisch werden konnte.

Das Boot hatte mittlerweile die Mitte des Flusses erreicht. Die Strömung wurde stärker, und für eine Weile bedurfte es Shannons ganzer Konzentration, sich gegen die Ruder zu stemmen und der Strömung Widerstand zu leisten.

Er bemerkte die Gefahr beinahe zu spät.

Etwas Körperloses, Eisiges, schien wie kalter Wind über den Fluss zu streifen – und dann verspürte er einen scharfen Schmerz, wie einen Stich in seinen Gedanken.

Shannon fuhr auf, ließ das Ruder fahren und drehte mit einem Ruck den Kopf.

Auf dem gegenüberliegenden Ufer des Miscatonic war eine Gestalt erschienen. Der Mann war zu weit entfernt, als dass Shannon Einzelheiten erkennen konnte, aber er schien auf erschreckende Weise düster und bedrohlich. An seinem Kopf war etwas Helles, das Shannon nicht genau identifizieren konnte, das ihn aber vage an etwas erinnerte.

Shannon hob die Hand, murmelte ein Wort der MACHT und schloss für eine halbe Sekunde die Augen.

Als er die Lider wieder hob, hatte sich die Welt vor ihm verändert. Sie war zu einem schwarz-weißen Negativbild geworden, durchzogen von grauen, pulsierenden Linien wie in einem gigantischen Spinnennetz. Hier und da ballten sich diese Linien, bildeten Knoten und pulsierende graue Nester – und eines dieser Machtzentren lag direkt über dem Fremden mit dem sonderbar hellen Haar!

Plötzlich fiel Shannon auf, wie viele der grauen Schattenlinien von der Gestalt des Fremden aus direkt ins Wasser liefen.

Aber die Erkenntnis kam zu spät.

Tief unter dem kleinen Boot erwachte ein mächtiger Schatten. Shannons warnender Schrei ging im Krachen splitternden Holzes unter, als das Boot von einer unsichtbaren Faust getroffen und in Stücke geschlagen wurde.

Schon den ganzen Tag über hatte Howard eine sonderbare Unruhe verspürt, eine Art von Sorge, das Empfinden einer nur vage fühlbaren Gefahr, die es ihm unmöglich machte, sich auf eine bestimmte Sache zu konzentrieren.

Selbst jetzt, während er Professor Langley zuhörte (oder es wenigstens versuchte), wühlte und grub eine starke Unruhe in ihm. Die Worte des grauhaarigen, kleinen Professors, dessen Vater bereits ebenso wie dessen Vater und auch Großvater bereits an der Miscatonic-Universität gelehrt hatte, entglitten ihm immer wieder, und er ertappte sich ein paar Mal dabei zu nicken oder zu antworten, ohne überhaupt verstanden zu haben, was Langley gesagt hatte.

Schließlich hielt Langley in seiner Rede inne, schüttelte den Kopf und begann sich eine Pfeife zu stopfen. Umständlich nahm er sich Feuer, sog am Mundstück, bis der Tabak im Kopf der geschnitzten Bruyère-Pfeife wie ein kleiner roter Vulkan aufleuchtete, und blies eine dicke Rauchwolke durch die Nase aus.

»Sie sind unaufmerksam, mein Freund«, sagte er. »Ich frage mich, ob Sie etwas bedrückt.«

Howard sah mit einem fast schuldbewussten Lächeln auf und blickte einen Moment an Langley vorbei aus dem Fenster. Es war fast Mittag. Von hier, aus der Wärme und Sicherheit von Langleys kleinem Studierzimmer hoch unter dem Dach des Hauptgebäudes der Miscatonic-Universität betrachtet, wirkte das sanft gewellte Wald- und Hügelland täuschend friedlich.

Aber Howard glaubte die Bedrohung zu fühlen, die sich hinter der Fassade von Ruhe und Beschaulichkeit verbarg.

»Ich ... bin nur ein wenig ungeduldig«, antwortete er auf Langleys Frage.

»Wegen Ihres jungen Freundes?« Langley nahm die Pfeife aus dem Mund, lächelte und lehnte sich kopfschüttelnd zurück.

»Er wollte schon gestern Abend hier sein«, antwortete Howard. »In dem Telegramm, das er mir geschickt hat, hat er extra darum gebeten, das Zimmer schon für die vergangene Nacht zu reservieren.«

»Er ist jung«, sagte Langley, als wäre dies schon Antwort genug. »Und ein halber Tag Verspätung ist nicht viel für ein so großes Land wie unseres.«

Howard nickte. Natürlich hatte Langley recht – es gab tausend Gründe, die für Roberts Verspätung verantwortlich sein konnten, und keiner davon war gefährlich.

Und trotzdem glaubte er zu spüren, dass da noch etwas anderes war ... Er dachte den Gedanken nicht zu Ende. Das Gefühl von Unsicherheit und Verwirrung wurde immer stärker. Er hatte einfach das Gefühl, etwas tun zu müssen.

Aber er wusste nicht, was.

»Warum verschieben wir unsere Unterhaltung nicht auf den Abend?«, schlug Langley plötzlich vor. »Sie könnten nach Arkham gehen und sich nach Ihrem Freund erkundigen. So, wie die Dinge stehen, ist es vielleicht ohnehin besser, wenn er an unserem Gespräch teilnimmt.« Er lächelte, klopfte seine Pfeife aus und erhob sich.

Auch Howard stand auf und verließ das Zimmer.

Einen Moment überlegte er ernsthaft, ob er tatsächlich einen Wagen nehmen und nach Arkham fahren sollte, verwarf den Gedanken aber sofort wieder. Robert würde sich melden, sobald er die Stadt erreicht hatte, daran zweifelte er nicht. Das Telegramm, das er ihm vor zweieinhalb Monaten nach London geschickt hatte, war dringend genug gewesen.

Howard begann ziellos durch die scheinbar endlosen, verwinkelten Gänge und Korridore des Universitätsgebäudes zu wandern. Jetzt, am Sonntag, war das Haus bis auf einige Unermüdliche verwaist und leer, und seine Schritte schienen lauter als normal von den Wänden widerzuhallen.

Selbst er, der diese Universität nun schon seit so vielen Jahren kannte und regelmäßig besuchte, hatte sich noch nicht vollends an den düsteren, irgendwie an Alter und Verfall erinnernden Hauch gewöhnt, der seinen Mauern innewohnte. Ganz egal, ob die Sonne schien oder Dunkelheit herrschte – den Gebäuden schien stets eine Atmosphäre von Gruft und Alter anzuhaften. Selbst die große, sonnenbeschienene Empfangshalle erinnerte an einen Friedhof.

Die Miscatonic-Universität war nicht groß, und es war eine besondere Art von Studenten, die an ihr lernten, so wie ihre Professoren und Dozenten einem ganz bestimmten Menschenschlag angehörten. Die meisten Fremden, die hierherkamen, begannen sich schon nach kurzem unwohl zu fühlen und gingen früher oder später wieder.

Aber vielleicht war das auch gut so. Denn nicht alles, was an der Universität gelehrt wurde, stand auf den offiziellen Lehrplänen der Regierung. Drei oder vier der Fächer hatten – gelinde ausgedrückt – ein ziemlich starkes Befremden bei den offiziellen Stellen ausgelöst.

Howards Schritte führten ihn – ohne dass er sich dessen selbst bewusst war – in einen kleinen, abseits gelegenen Flur im hinteren Teil des Gebäudes. Erst als er vor einer großen, geschlossenen Tür aus geschnitztem Holz stand, schrak er auf, sah sich verwirrt um und streckte schließlich die Hand nach der Klinke aus.

Der Raum hinter der Tür war erstaunlich groß und in graue Dämmerung gehüllt. Vor den Fenstern hingen schwere samtene Vorhänge, die nur schmale Streifen flackernder Helligkeit hereinließen. Die Einrichtung – die zum großen Teil aus deckenhohen, bis zum Bersten gefüllten Bücherregalen und -schränken bestand – war nur als schwarzer Schatten zu erkennen.

Howard schob die Tür hinter sich ins Schloss, lehnte sich dagegen und sah sich unschlüssig um. Er war nicht sicher, ob es wirklich Zufall gewesen war, dass er seine Schritte hierher gelenkt hatte. Dieser Raum war so etwas wie das Allerheiligste der Universität. Die dicht an dicht stehenden Regale und Vitrinen beherbergten die wahrscheinlich größte Sammlung okkulter und zum Teil sogar verbotener Bücher, die es in diesem Teil der Welt gab.

Und der Stahlschrank, der sich hinter einem der Regale verbarg, barg noch andere Dinge; Dinge, an die er lieber nicht dachte.

Zögernd löste sich Howard von seinem Platz, ging ein paar Schritte in den Raum hinein und sah sich unschlüssig um. Nein, er glaubte jetzt wirklich nicht mehr, dass er durch eine Laune des Zufalls hierhergekommen war. Vielmehr hatte er plötzlich das Gefühl, von irgendetwas *gerufen* worden zu sein ...

Plötzlich glaubte er eine Bewegung zu erkennen. Es war nichts Konkretes, sondern nur ein rasches Huschen und Wirbeln, als hätten sich die Schatten bewegt, aber es war auch zu deutlich gewesen, um eine Täuschung zu sein.

Howard ging zögernd in die Richtung, in der er die Bewegung gesehen hatte, und blieb abermals stehen. An diesem Teil der Wände befanden sich alte, in kostbare Goldrahmen gefasste Bilder, die historische Persönlichkeiten, aber auch Honoratioren und Förderer der Universität zeigten.

Eines davon bildete einen vielleicht fünfzigjährigen, schlank gewachsenen Mann ab. Er war elegant gekleidet und trug einen schmalen Spazierstock in den Händen, dessen großer Knauf aus einer Art Kristall zu bestehen schien. Sein Gesicht war schmal, fast asketisch, und um den Mund, der von einem scharf ausrasierten Kinnbart eingefasst war, lag ein entschlossener, beinahe verbitterter Zug. Seine Augenbrauen waren schmal und eckig, was ihm einen Hauch von Düsternis verlieh, und über seinem rechten Auge war eine breite Strähne seines Haares schlohweiß geworden, eine Strähne in der Form eines gezackten, nach hinten dünner werdenden Blitzes, die bis über den Scheitel hinaufreichte.

Roderick Andara ... dachte Howard. Wie oft hatte er schon hier gestanden und das Bild seines Freundes angeblickt, in den elf Monaten, die er nun in der Universität weilte? Wie oft hatte er mit dem Bild geredet, ihm seine Sorgen und Nöte anvertraut, so, wie er es früher bei Roderick gekonnt hatte? Jetzt war Andara tot, schon seit über zwei Jahren, und alles, was Howard von dem einzigen Freund geblieben war, war dieses Bild. Dieses Bild – und ein Junge von fünfundzwanzig Jahren, der die Macht seines Vaters geerbt hatte. Es würde lange dauern, bis Robert Craven sein Erbe so weit entwickelt hatte, dass er an die Fähigkeiten seines Vaters heranreichte, aber Howard spürte, dass er es schaffen würde. Er war jung und ungeduldig und verstand vieles nicht, aber er würde lernen. Und er, Howard, würde ihm dabei helfen, so gut er nur konnte.

Und nicht nur, weil er es seinem Vater schuldig war.

Länger als fünf Minuten stand er so reglos da, blickte das großformatige Ölgemälde an und schwieg. Dann seufzte er, senkte den Blick und wollte sich abwenden.

Als er die Drehung halb beendet hatte, sah er die Bewegung erneut. Und diesmal sah er auch, woher sie kam – nämlich direkt aus dem Bild Andaras!

Es war nicht mehr als ein rasches Verbiegen und Wogen der Wirklichkeit, ein Zucken, als betrachte er das gemalte Gesicht des Hexers für einen Moment durch schnell fließendes Wasser hindurch. Aber es war da, deutlich und sichtbar.

Und dann hörte er die Stimme ...

Es war nur ein körperloses Flüstern, ein Wispern wie das Rascheln des Windes in den Baumwipfeln, aber es erklang *direkt* in seinen Gedanken, und es waren die Worte, die ihn erstarren ließen, nicht die Art, in der sie zu ihm gesprochen wurden.

Howard, flüsterte die Geisterstimme, *du musst Robert helfen! Er ist in Gefahr! In großer Gefahr!*

Howard erstarrte. Noch einmal zuckte und wogte die Wirklichkeit vor ihm, dann erlosch der bizarre Effekt, und das Bild erstarrte wieder zu Bewegungslosigkeit.

Aber der Ausdruck in den gemalten Augen Roderick Andaras hatte sich verändert und wirkte jetzt erschrocken, beinahe voller Angst.

Plötzlich hörte Howard die Stimme noch einmal, und diesmal schwang ein fast panischer Ton darin mit, ein Ton so voller Angst und Furcht, dass Howard ein rasches, eisiges Frösteln verspürte.

Hilf ihm, Howard!, flehte die Stimme. *Mein Sohn ist in Gefahr, aber ich bin nicht stark genug, ihn allein retten zu können. Ich flehe dich an, hilf ihm! HILF MEINEM SOHN!*

Howard starrte das Bild noch eine halbe Sekunde lang an, dann fuhr er herum, riss die Tür auf und stürmte mit weit ausgreifenden Schritten aus dem Gebäude.

Für den Bruchteil einer Sekunde glaubte ich Shannons Stimme zu hören, die irgendetwas schrie, dann traf eine unsichtbare Titanenfaust das Boot, hob es zehn, fünfzehn Fuß weit in die Höhe und zermalmte es.

Der Fluss schien zu explodieren. Ich fühlte mich hochgerissen und herumgewirbelt, fünf, zehn Meter weit fast waagerecht durch die Luft geschleudert und dann mit mörderischer Kraft in den Fluss zurückgeworfen. Das Wasser verwandelte sich durch die schiere Wucht meines Sturzes in eine Glasscheibe, aber die gleiche Titanenfaust, die das Boot gepackt und mich davongeschleudert hatte, hämmerte mich jetzt hindurch und presste mich tief unter Wasser. Ich bekam Wasser in die Luftröhre und begann zu würgen. Noch immer wurde ich herumgewirbelt, und noch immer presste mich der Sog weiter unter Wasser. Rings um mich herum tanzte der Fluss, kochendes graues Wasser und sprudelnder Schaum, und vor meinen Augen begannen rote Ringe zu tanzen. Meine Lungen brannten, und eine unsichtbare Gewalt legte sich wie ein stählerner Reif um meine Brust und zog sich erbarmungslos zusammen.

Mit Armen und Beinen fing ich die irrsinnige Kreiselbewegung, in die mich der Sog gezwungen hatte, für einen Moment auf und sah die Wasseroberfläche wie einen tanzenden silbernen Himmel eine Armeslänge über mir.

Mit aller Kraft stieß ich mich ab, durchbrach den Fluss und schnappte nach Luft. Der erste Atemzug füllte meine Lungen mit köstlichem, süßem Sauerstoff und sprengte die tödliche Klammer, die sich um meine Rippen gelegt hatte.

Der zweite spülte brackiges Wasser in meinen Mund.

Mühsam öffnete ich die Augen. Der Anblick ließ mich aufstöhnen.

Das Boot war verschwunden, und der Miscatonic schien zu kochen wie ein sprudelnder Höllenpfuhl. Eine unablässige Folge lautloser Explosionen ließ seine Oberfläche immer und immer wieder aufbrechen, schleuderte zehn, zwanzig Meter hohe Geysire aus schäumendem Wasser in die Luft und riss Löcher in die Flussoberfläche, brüllende Strudel, die sich mit irrsinniger Geschwindigkeit drehten, bis sie nach Sekunden von den zusammenschlagenden Wassermassen geschlossen wurden. Da und dort barsten faustgroße Blasen im Fluss, und der Wind trug einen warmen, stickigen Hauch mit sich, der mir bewies, dass der Miscatonic nicht nur *scheinbar* kochte.

Der bizarre Effekt war auf einen relativ kleinen Bereich beschränkt – ein grob kreisförmiges Gebiet von vielleicht fünfzig Metern Durchmesser, an dessen äußerer Peripherie ich mich befand. Das war wahrscheinlich der einzige Grund, aus dem ich noch lebte. Im Zentrum dieses sprudelnden Höllenpfuhls kochte das Wasser und spie grauen Dampf aus, und selbst in meiner unmittelbaren Nähe wurde der Miscatonic bereits heiß.

Ich warf mich auf den Rücken, schwamm mit ein paar hastigen Stößen aus der unmittelbaren Gefahrenzone und hielt nach Shannon Ausschau. Alles war so unglaublich schnell gegangen, dass ich bisher nicht einmal Zeit gefunden hatte, auch nur an ihn zu denken.

Aber von dem Jungen war keine Spur zu entdecken.

Die Strömung begann sich allmählich stärker bemerkbar zu machen und schob mich wie eine sanfte, aber kraftvolle Hand wieder auf den kreisförmigen Bereich sprudelnden Wassers zurück. Ich stemmte mich dagegen und versuchte verzweifelt, irgendein Lebenszeichen meines Retters zu gewahren. Da und dort tanzten zerborstene Planken und Holzsplitter auf den Wellen – alles, was von unserem Boot geblieben war –, aber Shannon schien von den Fluten des Miscatonic verschlungen worden zu sein.

Plötzlich drang ein Laut durch das Crescendo des tobenden Flusses zu mir, ein Geräusch wie ein Schrei. Und dann sah ich Shannon!

Er war keine dreißig Meter von mir entfernt, aber er hätte genauso gut auf dem Mond sein können, denn er befand sich genau im Zentrum der schäumenden Wassermassen, dort, wo der Fluss noch immer tobte und das Wasser zischend zu Dampf und Nebel verkochte!

Er lebte, warf sich verzweifelt hin und her und schlug mit den Armen um sich, als kämpfe er gegen unsichtbare Fesseln an, aber ich zweifelte nicht daran, dass ich seinem Todeskampf zusah. Die Temperatur des Miscatonic musste da, wo er sich befand, weit über dem Siedepunkt liegen, und ich sah, dass sich sein Körper immer wieder wie in Krämpfen wand.

Und dann hörte ich seine Stimme!

Er schrie, gellend und in höchster Todesangst, stieß unmodulierte, fürchterliche Töne und Laute aus – und brüllte dazwischen immer und immer wieder meinen Namen!

»Jeff!«, schrie er. »Hilf mir! *So hilf mir doch!*«

Es waren Schreie, wie ich sie niemals zuvor in meinem Leben gehört hatte.

Eine endlose Sekunde blieb ich, wo ich war, und starrte den tobenden Hexenkessel vor mir an, dann kraulte ich los, so schnell ich konnte.

Direkt in den Kreis aus brodelndem Wasser hinein.

Der Fluss zog und zerrte mit unsichtbaren Händen an mir, die Strömung schlug wie mit Fäusten auf mich ein, und der wirbelnde Sog wollte mich abermals ergreifen und in die Tiefe zerren. Das Wasser wurde warm, dann heiß, aber ich schwamm weiter, keuchend vor körperlicher und geistiger Anstrengung.

Rings um mich herum siedete das Wasser, und aus der Tiefe stiegen immer wieder sprudelnde Ströme noch heißeren Wassers auf, als wäre auf dem Grund des Miscatonic ein Vulkan ausgebrochen. Der heiße Dampf verbrühte fast mein Gesicht und schnitt wie flüssiges Feuer in meine Lungen, wenn ich atmete, aber ich kämpfte mich weiter, stemmte mich gegen die unsichtbaren Hände, die mich zurückstoßen wollten.

Mit einem winzigen, klar gebliebenen Teil meines Denkens begriff ich, dass ich längst hätte tot sein müssen. Das Wasser, in dem ich schwamm, hatte den Siedepunkt erreicht, und die Schläge, die mir der Fluss versetzte, waren die gleichen, die zuvor unser Boot zerschmettert hatten. Irgendetwas schützte mich ...

Aber ich hatte nicht die Zeit, den Gedanken weiter zu verfolgen. In meinen Ohren gellten noch immer Shannons verzweifelte Hilferufe, vielleicht nur noch eingebildet, denn er musste längst tot sein, verbrüht und zerschmettert von den Gewalten, die rings um uns in den Wassern tobten. Aber ich schwamm weiter, kämpfte mich zäh und halb blind vor Schmerz weiter und auf die Stelle zu, an der er sein musste.

Dann sah ich ihn.

Er lebte noch, aber seine Bewegungen waren bereits merklich schwächer geworden, und sein Gesicht und seine Hände schienen eine einzige, fürchterliche Brandwunde zu sein.

Mit einer letzten Anstrengung warf ich mich vor, schrie seinen Namen und streckte die Hände nach ihm aus.

Eine unsichtbare Faust traf mich, schleuderte mich zurück und drückte mich mit grausamer Kraft in den Fluss. Ich schluckte Wasser, kämpfte mich wieder an die Oberfläche und rang keuchend nach Luft.

Direkt vor mir spritzte der Fluss auseinander, als hätte ihn ein titanischer Hammerschlag getroffen. Die Druckwelle schleuderte mich weiter zurück, weiter fort von Shannon, und wieder dauerte es Sekunden, ehe ich mich an die Oberfläche gerungen und wieder Luft bekommen hatte.

Shannons Bewegungen hatten fast aufgehört. Sein Gesicht war von Schmerz und Anstrengung verzerrt, aber sein Blick war sonderbar leer. Er sah mich an, aber er reagierte nicht, als ich seinen Namen schrie und die Hand ausstreckte. Dann fiel er nach hinten und begann unterzugehen.

Ich warf mich nach vorne, atmete tief ein und tauchte hinter ihm her.

Sein Körper zeichnete sich als dunkler Schatten unter mir ab, wie eine Gliederpuppe, die haltlos in der Strömung treibt. Er sank, viel schneller, als es normal war, fast, als würde ihn etwas in die Tiefe zerren, und aus seinem offenen Mund stieg Luft in glitzernden Blasen.

Ich bekam seinen Arm zu fassen und kämpfte mich wieder zur Oberfläche empor.

Aber die gleiche Kraft, die Shannon in die Tiefe gezerrt hatte, versuchte mich nun am Auftauchen zu hindern. Unsichtbare Hände zerrten an meinen Beinen, rissen und zogen an Shannons Körper und versuchten ihn meinem Griff zu entwinden.

Und dann, ganz plötzlich, ließ der Druck nach. Ich schoss regelrecht nach oben, durchbrach die Wasseroberfläche und zog Shannons reglosen Körper mit mir.

Das Wasser hatte aufgehört zu kochen, und der bizarre Amoklauf des Miscatonic hatte uns auf weniger als fünfzig Meter an sein jenseitiges Ufer getrieben.

Ich war völlig entkräftet, als ich das Ufer erreichte. Mit letzter Anstrengung kroch ich auf den schmalen Sandstreifen hinauf. Ich zerrte Shannon, der plötzlich Tonnen zu wiegen schien, so weit aus dem Fluss, dass sein Gesicht und Oberkörper aus dem Wasser waren, und brach vollends zusammen.

Minutenlang lag ich reglos und mit pfeifenden Lungen da, rang nach Atem und kämpfte gegen die schwarze Woge an, die meine Gedanken verschlingen wollte.

Schließlich stemmte ich mich wankend auf Hände und Knie hoch, wandte mich um und sah aus tränenden Augen zu Shannon hinüber.

Er lag noch genauso da, wie ich ihn zurückgelassen hatte: verkrümmt, das Gesicht halb im feuchten Sand vergraben, Arme und Beine in grotesken Winkeln abgespreizt und mit geschlossenen Augen. Was sich verändert hatte, war das Ufer selbst.

Der Anblick war grauenhaft und faszinierend zugleich. Der Sand, auf dem Shannon lag, schien auf bizarre Weise zum Leben erwacht zu sein. Kleine Strudel und Wellen liefen durch seine Oberfläche, winzige, zuckende Bewegungen, als huschten Käfer oder Ameisen unter dem Sand entlang. Der Boden zuckte, wand und bog sich, klaffte zu winzigen, fingerbreiten Spalten und Rissen auseinander ... und barst rings um Shannons Kopf auseinander.

Dann begann er einzusinken.

Als wäre unter dem Sand eine Höhle, die plötzlich einstürzte, bildete sich unter Shannons Gesicht ein flacher, kreisförmiger Krater, an zwei Stellen durch dünne Kanäle mit dem Fluss verbunden, sodass das Wasser sprudelnd hineinströmte.

Als ich aus meiner Erstarrung erwachte, war Shannons Gesicht schon halb unter Wasser, und die Fluten des Miscatonic begannen seinen Mund zu füllen.

Ich schrie auf, warf mich nach vorne und zerrte ihn in die Höhe und ein Stück vom Fluss weg.

Wenigstens wollte ich es.

Irgendetwas hielt ihn fest. Ich bekam seinen Kopf aus dem Wasser heraus, aber sein Körper rührte sich nicht, sondern blieb unverrückbar im Fluss, als hielten ihn unsichtbare Arme fest.

Meine Gedanken überschlugen sich.

Der Krater, der sich unter Shannons Gesicht gebildet hatte, wuchs rasend schnell. Schon lag sein ganzer Oberkörper in einer flachen, aber rasch tiefer werdenden Pfütze, und auch unter meinen Knien begann der Sand zu knistern und einzusinken. Der Fluss holte sich sein Opfer zurück!

Ich sprang auf, legte Shannon so hin, dass sein Gesicht wenigstens noch für Augenblicke über Wasser blieb, und sprang mit einem Satz in den Fluss. Meine Hände tasteten an seinem Leib entlang, fanden seine Beine, glitten tiefer – und stießen auf ein Hindernis!

Shannons Beine waren bis über die Waden hinauf im Morast des Flussgrundes versunken! Und noch während ich fassungslos dastand, ging ein sanfter Ruck durch seinen Leib, und sein rechtes Knie glitt in den Boden. Der Fluss saugte ihn auf, zerrte ihn wie ein tödlicher Sumpf in die Tiefe hinab!

Mit einem Schrei fiel ich auf die Knie und begann zu graben, schaufelte und hieb den Schlamm des Flussgrundes zur Seite.

Lass es, Robert.

Eine endlose, quälende Sekunde lang blieb ich wie versteinert sitzen, gelähmt von der Stimme und den Worten. Sie waren direkt in meinen Gedanken erklungen, lautlos und wispernd wie ein Ruf aus dem Jenseits, aber das war es nicht, was mich erstarren ließ.

Es war die Tatsache, dass ich diese Stimme kannte.

Lass es, Robert, sagte sie noch einmal. *Du kannst ihn nicht retten.*

Langsam, mit einer erzwungen ruhigen, fast verkrampften Bewegung, wandte ich mich um und sah zum Ufer zurück.

Wenige Schritte über mir stand ein Mann. Sein Körper wirkte sonderbar düster und bedrohlich gegen den grellen Hintergrund der Sonne, zugleich aber auch beinahe transparent und flackernd, als wäre er nur ein Schatten. So, wie er stand, konnte ich sein Gesicht nicht erkennen, aber das war auch nicht nötig.

Ich wusste, dass seine Züge den meinen stark ähnelten; dass er das gleiche scharf geschnittene Gesicht hatte wie ich, den gleichen penibel gestutzten Kinnbart und die gleichen dunklen, manchmal stechend wirkenden Augen.

Wenn ich mir die Farbe aus dem Haar wusch, mit der ich mich eigens für diese Reise getarnt hatte, würde ich sogar die gleiche gezackte weiße Haarsträhne über der rechten Braue haben, denn abgesehen von dreißig Jahren Altersunterschied ähnelte ich dem Mann wie ein Zwilling dem anderen.

Oder wie ein Sohn seinem Vater. Denn der Mann, der vor mir stand, *war* mein Vater.

Roderick Andara. Mein Vater, den ich erst vor zwei Jahren kennen gelernt hatte. Und der kurz darauf in meinen Armen gestorben war.

»Er hat versagt!«

DeVries' Stimme zitterte vor Wut, und sein Gesicht, das normalerweise blass und immer irgendwie krank aussah, hatte sich vor Zorn gerötet. Seine Rechte lag auf dem kreuzförmigen Griff des Schwertes, das er am Gürtel trug. Necron hatte den sicheren Eindruck, dass der dunkelhaarige Flame sich nur mit Mühe beherrschte. Instinktiv spannte er sich und bereitete sich auf einen möglichen Angriff vor. Nicht, dass er wirklich damit rechnete; DeVries wusste sehr gut, dass Necron mit weltlichen Waffen so gut wie nicht zu verletzen und schon gar nicht zu töten war. Und dass allein ein solcher Versuch sein sicheres Todesurteil gewesen wäre.

Aber DeVries war von Sinnen vor Zorn.

»Er hat versagt, Necron!«, zischte er noch einmal. »*Ihr* habt versagt. Er hätte ihn töten können, und stattdessen hat er Craven das Leben gerettet! Ist das die Art, in der Ihr Eure Absprachen haltet, Necron?«

Necron hielt DeVries' Blick gelassen stand. »Ihr wisst, was geschehen ist?«, fragte er in interessiertem Tonfall. »Woher?«

»Woher, spielt keine Rolle!«, zischte DeVries.

»Dann wisst Ihr auch, dass Shannon nicht für seinen Fehler verantwortlich zu machen ist«, entgegnete Necron ruhig. »Er wurde getäuscht. Craven steht unter dem Schutz mächtiger magischer Kräfte.«

»Die gerade dabei sind, ihn umzubringen, ja«, schnappte DeVries gehässig. »Was bedeutete das alles, Necron? Welches Spiel versucht Ihr mit mir zu spielen?«

»Spiel?« Necrons linke Augenbraue rutschte ein Stück seine Stirn hinauf. »So ... würde ich es nicht bezeichnen«, sagte er gedehnt.

DeVries machte eine zornige Handbewegung. »Es ist mir völlig egal, welche Worte Ihr dafür findet, alter Mann«, sagte er böse. »Ihr könnt die Worte verdrehen, aber nicht die Tatsachen. Was geschieht hier? Ich bin mit einem ehrlichen Angebot zu Euch gekommen, aber ich habe allmählich das Gefühl, dass Ihr vorhabt, uns zu hintergehen. Treibt es nicht zu weit, Necron!«

»Hintergehen?« Necron seufzte. »Ich wüsste nicht, wie, mein Freund. Ihr habt euren Teil der Abmachung gehalten und uns den Erben des Magiers gebracht. Was wir mit ihm tun, ist unsere Sache.«

»O nein«, erwiderte DeVries gereizt. »Das ist es nicht. Das Abkommen lautete, dass Ihr Craven zu vernichten habt. Erst wenn das geschehen ist, gilt unser Pakt. Oder habt Ihr es Euch anders überlegt?«

»Keineswegs«, antwortete Necron kalt. »Aber vielleicht erweitere ich meine Forderung und verlange noch Euren Kopf dazu, DeVries. Ich glaube nicht, dass Ihr wichtig genug seid, um nicht geopfert werden zu können.« Plötzlich wurde seine Stimme schneidend. »Ihr seid hier in meinem Haus, DeVries. Überlegt Euch lieber zweimal, ob Ihr mich beleidigen wollt oder nicht. Mein Wort gilt, und das wisst Ihr! Also hütet Eure Zunge, wenn Ihr nicht Gefahr laufen wollt, sie zu verlieren.«

DeVries erstarrte für einen Moment, und in die Zornesröte auf seinem Gesicht mischte sich ein Ausdruck von Schrecken. Dann flammten seine Augen in noch größerer Wut auf. »Ihr droht mir?«, keuchte er. »*Ihr* wagt es, mir zu drohen, alter Mann?«

»Nein«, erwiderte Necron gelassen. »Ich zeige nur Möglichkeiten auf, DeVries. Seht Ihr – Ihr seid nicht der Einzige, der in der Lage ist, sich Informationen zu verschaffen. Ich muss gestehen, dass Ihr mich in Erstaunen versetzt, so rasch über Shannons Schicksal Bescheid zu wissen. Aber auch ich habe mir Gedanken gemacht, wisst Ihr?«

»So?«, machte DeVries. Mit einem Male wirkte er nervös.

Necron nickte erneut. »Es sind nur Überlegungen, aber Euer Zorn lässt mich gewisse Dinge in einem anderen Licht sehen als noch gestern. Ich frage mich zum Beispiel, warum es für Euch so wichtig ist, Robert Craven tot zu sehen.«

»Er ist ...«, begann DeVries, wurde aber sofort wieder von Necron unterbrochen, der eine ungeduldige Geste machte.

»Er ist der Sohn Roderick Andaras, des Mannes, der am Untergang unseres Ordens die Schuld trägt und dessen Sippe zu vernichten wir geschworen haben«, sagte Necron in sonderbar hastigem, leierndem Ton, als bete er eine längst sinnlos gewordene Formel herunter. »Ich weiß das alles, DeVries – besser als Ihr. Ich frage mich nur, was er *Euch* getan hat.«

DeVries presste die Lippen zusammen und schwieg, und Necron fuhr nach einer Weile fort: »Vielleicht ist er aber auch gar nicht so bedeutungslos für Euch, wie Ihr bisher getan habt«, sagte er nachdenklich. »Wie gesagt – es sind nur Überlegungen, aber warum führen wir den Gedanken nicht einfach zu Ende – nur so zum Spaß?«

Er lächelte dünn, lehnte sich zurück und sah DeVries aus brennenden Augen an. »Möglicherweise, DeVries, ist es auch nicht Craven, sondern jemand, der sich in seiner Nähe aufhält, gerade jetzt in diesem Moment. Möglicherweise – nur möglicherweise – seid Ihr genauso am Tod dieses Jemand interessiert wie wir an dem Cravens. Und möglicherweise ist es Euch unmöglich, ihn zu vernichten, solange Craven am Leben ist und ihn mit seinem magischen Erbe schützt.«

DeVries schnaubte. »Unsinn«, sagte er.

Aber Necron ließ sich nicht beirren, sondern sprach ungerührt weiter. »Wäre es so, DeVries, müsste ich mein Angebot in der Tat noch einmal überdenken. Denn dann wärt nicht *Ihr* es, der uns einen Dienst erwiese, sondern es wäre gerade umgekehrt. Seht Ihr das ein?«

DeVries ballte zornig die Fäuste. »Das ist ...«

»Nur ein Gedankenspiel«, unterbrach ihn Necron ruhig. »Warum erregt Ihr Euch so, DeVries?«

Der Flame starrte ihn an, atmete hörbar ein und biss sich nervös auf die Unterlippe.

»Ich weiß nicht, worauf Ihr hinauswollt, alter Mann«, sagte er wütend. »Aber ich werde diese Demütigung nicht vergessen. Mein Wort darauf.«

»Das ist gut«, antwortete Necron. »Denn auch ich werde nicht vergessen, was geschehen ist. Und nun geht, DeVries. Geht in Eure Kammer und wartet dort, bis ich Euch rufen lasse, um Euch meine Entscheidung mitzuteilen.«

DeVries wollte auffahren, aber Necron schnitt ihm mit einer zornigen Handbewegung das Wort ab und richtete sich ein wenig in seinem Sessel auf.

»Geht, DeVries«, sagte er schneidend. »Geht und denkt meinetwegen über die *Demütigung* nach, die Euch widerfahren ist, solange Ihr es noch könnt«, fügte er freundlich hinzu.

»Du?«, flüsterte ich. Meine eigene Stimme klang fremd und Furcht einflößend in meinen Ohren. Die Wirklichkeit schien um mich herum zu verblassen. Der Fluss, Shannon, die Bedrohung, die wie ein düsterer Hauch über uns lag – alles wurde unwirklich und unwichtig. Die Welt schien zu einem winzigen kreisförmigen Ausschnitt der Realität zusammenzuschrumpfen, in dessen Zentrum sich die Schattengestalt meines Vaters befand.

Ich hatte die Wahrheit im gleichen Moment begriffen, in dem ich seine Stimme gehört hatte. Aber ich weigerte mich noch immer, sie zu glauben.

»Du?«, flüsterte ich noch einmal. »Du hast ... dies ... dies alles war *dein* Werk?«

Er nickte, eine schwebende, irgendwie irreale Bewegung. Sein Schattenkörper schien zu flackern.

Geh, Robert, wisperte seine Stimme in meinen Gedanken. *Geh und lass mich tun, was getan werden muss.*

»Aber warum?«, stöhnte ich. »Warum hast du das getan? Was ...«

Er muss sterben, unterbrach mich die Geisterstimme. Ich glaubte einen sanften Hauch von Bedauern, ja, fast Trauer darin zu vernehmen.

Geh, Robert. Ich kann dich nicht schützen, wenn er wieder erwacht. Meine Macht schwindet rasch.

»Schützen?«, keuchte ich. »Dieser ... dieser Junge hat mir das Leben gerettet! Du kannst ihn nicht töten!«

Ich sprang auf, beugte mich über Shannons Oberkörper und hob seinen Kopf an. Das Wasser hatte sein Gesicht fast erreicht. Noch wenige Augenblicke, und es würde in seinen Mund fließen und ihn ersticken, betäubt und hilflos wie er war.

»Du darfst es nicht tun!«, sagte ich noch einmal.

Er ist dein Feind, Robert, erwiderte mein Vater. *Er wird dich töten, wenn er erfährt, wer du wirklich bist.*

»Töten?« Ich schrie fast. »Er hat mich gerettet, Vater!«

Das war Zufall, antwortete er. *Bitte, Robert – sei vernünftig. Ich kann nicht mehr lange bleiben. Meine Kräfte vergehen rasch, wenn ich mich in dieser Welt aufhalte, und was du getan hast, hat mich zusätzlich geschwächt.*

Seine Worte lösten ein sonderbares Echo in mir aus. Wie in einer blitzartigen Vision glaubte ich meinen verzweifelten Kampf gegen den Fluss noch einmal zu durchleben, und diesmal wusste ich, dass es *seine* Kräfte gewesen waren, gegen die ich gekämpft hatte, die entfesselten magischen Gewalten meines eigenen Vaters!

Ich stand auf, trat ihm einen halben Schritt entgegen und hob beide Hände, lautlos die bizarren Worte flüsternd, die er selbst mich gelehrt hatte.

Seine Gestalt schien für einen Moment zu flackern, als seine übersinnlichen Mächte gestoppt und abgedrängt wurden. Zu meinen Füßen hörte der Fluss auf, an Shannons Beinen zu saugen. Das Wasser begann abzufließen, und ein überraschter, ungläubiger Ausdruck huschte über die Züge meines Vaters.

»Nein«, sagte ich ruhig. »Du wirst ihn nicht töten.«

Robert, du ...

»Du wirst ihn nicht töten«, wiederholte ich, sehr leise, aber so entschlossen, dass er mitten im Wort verstummte und mich eine endlose Sekunde lang mit einer Mischung aus ungläubigem Staunen und Sorge ansah.

Dann tötet er dich, sagte er schließlich.

»Das werde ich zu verhindern wissen«, sagte ich kalt. »Schließlich habe ich genug von dir gelernt, um mich meiner Haut zu wehren.«

Nicht genug für ihn, Robert! Er ist ein Magier! Ein wahrer Träger der Macht, tausendmal besser ausgebildet als du!

»Vielleicht«, antwortete ich. »Es wird sich zeigen. Aber ich lasse nicht zu, dass du ihn umbringst.«

Ich könnte dich zwingen, Robert!

»Versuch es«, sagte ich zornig. »Aber wenn du ihn umbringen willst, musst du erst mich töten, Vater.«

Diesmal widersprach er mir nicht mehr, nur der Ausdruck von Trauer in seinen Augen wurde stärker. Schließlich senkte er den Blick, trat einen Schritt zurück und sah schweigend zu, wie ich Shannons reglosen Körper aus dem Fluss zog und ein Stück die Böschung hinaufschleppte, in sicherer Entfernung zum Wasser.

Ich war fest davon überzeugt, wieder allein zu sein, als ich mich aufrichtete, aber die Schattengestalt stand noch da, merklich blasser und kraftloser als zuvor, aber noch immer zu erkennen.

»Was willst du noch?«, fragte ich. In meinem Inneren tobte ein Vulkan einander widerstrebender Gefühle. Meine Stimme zitterte.

Andara schüttelte sanft den Kopf, machte eine Bewegung, als wolle er den Arm heben und mich berühren, tat es aber dann nicht, sondern sah mich nur aus dunklen Augen an.

Du bist sehr stark, Robert, sagte er. *Stärker, als ich zu hoffen gewagt habe, nach dieser kurzen Zeit.*

»Wundert dich das?«, fragte ich böse. »Ich bin dein Erbe, vergiss das nicht, *Vater.*« Ich erschrak selbst, als ich spürte, wie ich das letzte Wort betont hatte. Es klang wie eine Beschimpfung; etwas Obszönes.

Warum hasst du mich?, fragte er.

»Hassen?« Ich schüttelte den Kopf, viel zu heftig, sah auf den reglosen Jungen zu meinen Füßen hinab und sagte noch einmal: »Hassen? O nein, Vater, ich hasse dich nicht. Ich verabscheue dich nur. Dich und all die, die sich mit Mächten eingelassen haben, die *so* etwas tun. Ich deutete mit einer zornigen Kopfbewegung zum Fluss zurück.

Andara lächelte voller Trauer. *Ich* verstehe *dich, Robert,* sagte er. *Besser, als du glaubst. Als ich so alt war wie du jetzt, da fühlte ich genauso.*

»Warum hast du dann nicht danach gehandelt? Warum hast du deine Macht nicht eingesetzt, um das Böse zu bekämpfen?«

Das habe ich, Robert, antwortete er. *Ich tat es und ich tue es noch. Aber manchmal muss man Dinge tun, die falsch sind, um das Böse zu besiegen.*

»Dinge wie ein Mord an einem Wehrlosen?«

Andara schwieg einen Moment. Dann nickte er. Die Bewegung wirkte resignierend. *Vielleicht hast du recht,* sagte er. *Vielleicht ist* es *gut, dass du mich daran gehindert hast, ihn zu töten. Ich habe schon zu viel Schuld auf mein Gewissen geladen.*

»Worte!«, schnappte ich. »Nichts als Worte! Ist das alles, was du mir geben kannst – außer dem Fluch, den ich von dir geerbt habe?«

Manchmal muss man Schuld auf sich laden, um größeres Unheil zu verhindern, sagte er sanft. *Aber ich verlange nicht, dass du verstehst, was ich meine. Ich habe nichts von dir zu verlangen, Robert. Vielleicht habe ich schon zu viel von dir verlangt.*

Ich wollte nicht antworten, aber ich war nicht mehr vollends Herr meines eigenen Willens. Ich hatte zu lange mit meinem Erbe gelebt, hatte die düstere brodelnde Macht, die lauernd wie ein finsterer Höllenhund am Grunde meiner Seele wartete, zu lange gespürt und bekämpft, um zu schweigen. Plötzlich sprudelten die Worte aus mir hervor, ohne dass ich ihren Fluss zu dämmen imstande war. Ich schrie fast.

»Ist das alles?«, keuchte ich. »Erwartest du wirklich, dass ich mich damit zufrieden gebe? Du *verlangst nicht,* dass ich dich verstehe, und das ist alles? So einfach ist es nicht, Vater! Vielleicht verlangst du nichts, aber ich verlange etwas von dir!«

Und was?, fragte er leise. Aber der Ausdruck in seinen Augen sagte mir, dass er die Antwort längst wusste.

»Ich will, dass du deinen Fluch von mir nimmst!«, schrie ich. »Ich will dieses Erbe nicht! Du hast es mir gegeben, ohne mich zu fragen. Ich will nicht mehr zusehen, wie unschuldige Menschen umgebracht werden, nur weil sie zufällig im falschen Moment am falschen Ort sind, oder weil ihr Tod in irgendwelche Pläne irgendwelcher anonymer Mächte passt. Du hast mir nicht nur deine magische Macht und deine Zauberkräfte vererbt, sondern auch deinen Fluch. Jeder Mensch, der zu lange mit mir zusammen ist, kommt zu Schaden, jeder, der mir Gutes tut, wird mit dem Tod oder Schlimmerem belohnt!

Ich will das nicht mehr! Ich habe nicht die Kraft, ein Leben lang Unglück und Leid zu bringen. Nimm es von mir! Mach mich zu einem ganz normalen Menschen, mehr will ich nicht!«

Ich redete Unsinn, und ich wusste es, aber die Worte hatten sich zu lange in mir aufgestaut, als dass ich sie jetzt noch zurückhalten konnte.

Und auch Andara schwieg und blickte mich eine lange, lange Zeit nur schweigend an. Sein Körper begann zu verblassen, ganz langsam, aber stetig. Aber kurz bevor er vollends verschwand, sagte er noch etwas, das ich erst viel, viel später wirklich begreifen sollte: *Es war falsch von mir, dich darum zu bitten, mich nicht zu hassen, Robert,* sagte er. *Bitte verzeih mir. Hasse mich, wenn du jemanden hassen musst. Nicht dich. Niemals dich selbst.*

Und damit verschwand er. Sein Körper zerstob zu dem, was er wirklich war – einer düsteren, irrealen Vision –, trieb wie ein nebeliger Hauch auseinander und war fort. Nicht einmal seine Fußabdrücke waren im feuchten Sand zurückgeblieben. Wie konnten sie auch?

Trotzdem war ich nicht mehr allein.

Ich hatte das Geräusch der Kutsche und die Schritte schon lange gehört, aber sie waren nicht wirklich bis an mein Bewusstsein gedrungen, während ich mit dem Geist meines Vaters sprach.

Als ich mich herumdrehte, stand ich Howard gegenüber. Und der Ausdruck in seinen Augen sagte mir, dass er alles gehört hatte. Jedes Wort.

Eine Weile sah er mich schweigend an, dann seufzte er, auf die gleiche traurige Art wie zuvor Andara, deutete mit einer Kopfbewegung auf den noch immer bewusstlos daliegenden Shannon und wies gleichzeitig mit der Hand zur Kutsche zurück.

»Komm«, sagte er. »Wir haben keine Zeit zu verlieren. Hilf mir, ihn in die Kutsche zu tragen.«

Der Abend war gekommen, und Dunkelheit hatte sich über das Gelände der Miscatonic-Universität gesenkt. Trotz des mächtigen Feuers, das Howard im Kamin der Bibliothek entzündet hatte, machte sich die Kühle des Abends unangenehm bemerkbar.

Howard hatte Shannon und mich im Gästetrakt der Universität untergebracht. Ihn in einem kleinen, wohl seit Jahren nicht mehr benutzten Zimmer, mich in einem größeren, aus zwei Räumen und einem separaten Bad bestehenden Appartement.

Wir hatten nicht viel geredet; weder während der Kutschfahrt hierher noch später. Howard war unfreiwillig Zeuge meiner bizarren Unterhaltung geworden, und obgleich er kein Wort darüber verloren hatte, spürte ich doch überdeutlich, dass ihm nicht gefiel, was er gehört und gesehen hatte. Ich war froh gewesen, als er mir stumm mein Zimmer gezeigt und mir gesagt hatte, dass er mich bis zum Dinner allein lassen würde.

Trotz allem, was geschehen war, holte mich meine Müdigkeit wieder ein. Ich fiel in einen unruhigen, von Albträumen und düsteren Visionen heimgesuchten Schlummer, aus dem mich Howard kurz vor Einbruch der Dämmerung geweckt hatte.

Dann hatte er mich in die Bibliothek geführt und mich einem kleinwüchsigen, frühzeitig ergrauten Mann namens Langley vorgestellt – Professor hier an der Universität für irgendetwas, das ich nicht verstand und das mich nicht interessierte.

Langley war trotz seines griesgrämigen Äußeren ein netter alter Mann, der meine knapp angebundene Art überging und mich freundlich aufforderte, vor dem Kamin Platz zu nehmen.

Eine Zeit lang betrieben wir Konversation; anders kann man das höfliche Frage-und-Antwort-Spiel, durch das wir uns quälten, wohl kaum bezeichnen.

Schließlich – nach einer Ewigkeit, wie es mir vorkam – räusperte sich Howard übertrieben. Er beugte sich ein wenig in dem wuchtigen Ohrensessel, in dem er Platz genommen hatte, vor und kam endlich zur Sache.

»Du hast keine Zeit verloren, Robert«, sagte er. »Langley und ich hatten kaum damit gerechnet, dich vor Ende des Monats hier zu sehen.«

»Ich habe ein schnelles Schiff bekommen«, antwortete ich. »Und ich bin sofort aufgebrochen, als dein Brief kam. Er klang dringend.«

»Das ist es auch«, sagte Howard, und seine Stimme klang deutlich besorgt dabei. »Ich hätte dir die lange Reise nicht zugemutet, wenn es nicht wichtig wäre.«

»Worum geht es?«, fragte ich gerade heraus. »Um die GROSSEN ALTEN?«

Langley schien überrascht, aber nur für einen Moment. »Sie wissen also Bescheid«, sagte er. »Das erleichtert die Sache ein wenig.«

»Ich habe einen kleinen Vorgeschmack bekommen«, antwortete ich sarkastisch. »Heute Morgen, in Ihrer gastfreundlichen Stadt, Professor.«

In seinen Augen erschien ein fragender Ausdruck. Offenbar hatte Howard ihm noch nicht erzählt, was mir widerfahren war, und so tat ich es.

Langley hörte stumm und ohne mich ein einziges Mal zu unterbrechen zu, aber der Ausdruck von Sorge auf seinem Gesicht wurde immer stärker. Als ich zu Ende gekommen war, hockte er verkrampft auf seinem Sessel und war bleich geworden. Auf seiner Stirn glitzerte Schweiß. Seine Hände zitterten.

»So schlimm ist es also schon«, murmelte er.

»So schlimm ist was?«, fragte ich betont. »Ich habe das Gefühl, dass Sie mir irgendetwas verheimlichen, Professor.«

Howard sah auf, presste die Lippen aufeinander und spielte einen Moment nervös an den Manschetten seiner Jacke, ehe er antwortete.

»Du erinnerst dich an den Tag, an dem wir Roderick ... das letzte Mal gesehen haben?«, fragte er. Ein rasches, warnendes Funkeln glomm in seinem Blick auf. Langley wusste also auch nichts von meiner unheimlichen Begegnung am Flussufer, und Howard schien wie ich der Meinung zu sein, dass es besser so bleiben sollte.

Ich nickte.

»Du erinnerst dich an die dreizehn GROSSEN ALTEN, die durch den Dimensionstunnel zu uns gelangt sind«, fuhr Howard fort. »Nicht sie selbst, aber ein Teil ihrer selbst, mächtig genug, die Tore der Zeit aufzustoßen und zu alter Macht aufzuerstehen. Wir alle ... haben gehofft, dass sie eine lange Zeit brauchen würden, sich in dieser Welt zurechtzufinden, aber ich fürchte, unsere Frist ist kürzer, als ich dachte.«

»Das heute Morgen war keiner der GROSSEN ALTEN«, widersprach ich.

»Natürlich nicht«, sagte Langley. »Wäre es so gewesen, dann wären Sie jetzt tot, mein Junge. Es war irgendeine ihrer Kreaturen. Und nicht die erste, von der wir hören.«

Plötzlich klang seine Stimme erregt. »Der Grund, aus dem Howard Sie hergebeten hat, Robert, ist das Auftauchen dieser Wesen. In den letzten Monaten erreichen uns immer wieder sonderbare Nachrichten, Gerüchte und Geschichten, an die niemand so recht glaubt.«

Er lachte rau. »Sie täten besser daran, sie zu glauben, Robert. Sie zeigen sich jetzt immer öfter.«

»Sie?«

»Die GROSSEN ALTEN, oder ihre Kreaturen«, sagte Howard ungeduldig. »Und das Beunruhigende ist, dass sie stets in der Nähe von Arkham auftauchen. Und sie scheinen näher zu kommen.«

»Was ist daran beunruhigender, als wenn sie in Hinterindien auftauchen würden?«, fragte ich.

»Arkham ist nicht irgendein Ort«, antwortete Howard ernst. »Es gab ... ein paar sonderbare Zwischenfälle um einen gewissen Alina Billingston, der vor hundert Jahren in der Nähe Arkhams gelebt hat. Die Sache wurde niemals wirklich geklärt, und so wenig, wie irgendeiner weiß, was damals wirklich geschehen ist, haben diese ... Zwischenfälle ... je wirklich aufgehört.«

»Was für Zwischenfälle?«, fragte ich.

Howard zuckte mit den Achseln. »Menschen verschwinden oder sterben auf rätselhafte Weise. Man hört Geräusche, vor allem nachts und vor allem in den Wäldern, und ein paar Einheimische behaupten, sonderbare Dinge am Himmel gesehen zu haben. Dazu kommt noch etwas. In dieser Bibliothek« – er machte eine Geste auf die Bücherborde, die uns umgaben – »ist der vielleicht größte Schatz an Wissen und Informationen über die GROSSEN ALTEN und den Cthulhu-Kult gesammelt, den es auf der Welt gibt. Ein großer Teil dieses Wissens, Robert«, fügte er mit veränderter Stimme hinzu, »stammt von deinem Vater. Er war einer der Gründer der Miscatonic-Universität. Auch wenn das fast niemand weiß.«

»Seit sechs Monaten, Robert«, fuhr Langley an Howards Stelle fort, »erreichen uns immer mehr Meldungen von sonderbaren Dingen. Es scheint, dass sie immer aktiver werden, von Tag zu Tag.«

»Und sie kommen näher«, fügte Howard hinzu. Sein Gesicht verdüsterte sich. »Aber ich habe nicht zu fürchten gewagt, dass sie schon so nahe sind. In Arkham. Nur ein paar Meilen von hier!«

Er schüttelte den Kopf, seufzte tief und sah mich an. »Professor Langley, ein paar seiner Kollegen und ich haben beschlossen, etwas gegen sie zu unternehmen. Wir lassen ergründen, wer diese Wesen sind, woher sie kommen, welche Ziele sie verfolgen und wo sie sich verbergen.«

»Und welche Rolle«, fragte ich, »hast du mir dabei zugedacht? Die des Lockvogels?«

Howard starrte mich an, suchte einen Moment krampfhaft nach Worten und versuchte die Situation dann mit einem Lächeln zu entspannen. Ganz gelang es ihm nicht.

»Du musst lernen«, sagte er. »Du weißt Manches über die GROSSEN ALTEN, aber es gibt noch so viel, das du nicht weißt. Ich ... hatte gehofft, dir mehr Zeit geben zu können. Jahre, vielleicht Jahrzehnte, um die Kräfte in dir in Ruhe reifen zu lassen. Aber diese Zeit werden uns unsere Feinde nicht lassen. Ich möchte, dass du hierbleibst und alles lernst, was es über die GROSSEN ALTEN zu lernen gibt. Langley und ich werden dir dabei helfen.«

»Das ist es also«, sagte ich leise. Meine Stimme zitterte. »Ihr ... ihr wollt gar nicht mich. Ihr wollt mein magisches Erbe. Die Kräfte, die mir mein Vater hinterlassen hat. Ihr wollt ...«

Howard wollte etwas sagen, aber diesmal war Langley schneller. Er sah mich mit sonderbarem Ausdruck an.

»Ihre Gefühle ehren Sie, Robert«, sagte er. »Ich wäre enttäuscht gewesen, wenn Sie nicht so reagiert hätten. Es ist Jahrzehnte her, aber ich erinnere mich an den Tag, als wäre es erst gestern gewesen, da saß Ihr Vater auf diesem Stuhl und schrie mich so an, wie Sie es jetzt am liebsten mit Howard getan hätten, wären Sie mit ihm allein gewesen.«

Ich blickte verstört zwischen ihm und Howard hin und her, und Langley fuhr mit einem flüchtigen Lächeln fort: »Glauben Sie, Sie wären der Erste, der so etwas durchmacht, mein Junge? Ihr Vater hat ganz genauso reagiert, als Howard und ich ihm die Wahrheit erklärten. Oh, er war älter als Sie jetzt und viel stärker, aber sein Zorn war so heiß wie der Ihre.«

»Wenn Sie glauben, ich würde so werden wie er«, unterbrach ich ihn wütend, »dann täuschen Sie sich, Professor. Nicht in tausend Jahren!«

»Das sollst du auch nicht, Junge«, sagte Langley sanft, beinahe ein wenig traurig. »Du bist hier, damit es nicht nötig ist, dass ein zweiter Roderick Andara aus dir wird. Dein Vater hatte keine Wahl, als so zu werden, wie er war. Er wurde gezwungen, von einem Schicksal, das das Wort Gnade nicht kennt, und er zahlte einen fürchterlichen Preis. Howard und ich wollen verhindern, dass es dir irgendwann ebenso ergeht, Robert. Wir sind deine Freunde, glaube mir.«

Seine Worte lösten ein sonderbares Echo in meinem Inneren aus. Ich war zornig, gleichzeitig aber fühlte ich mich so hilflos und verwirrt wie niemals zuvor in meinem Leben. Ich wusste einfach nicht mehr, was ich denken sollte.

»Vielleicht ist es besser, wenn wir dich jetzt für eine Weile allein lassen«, sagte Langley, während er bereits aufstand. »Ich glaube, du hast über eine Menge nachzudenken.«

Ich merkte kaum, wie Howard und er den Raum verließen.

Er wusste nicht, wie viel Zeit vergangen war. Er wusste auch nicht, wie er hierhergekommen war und wo und was dieses *hier* überhaupt war. Als er die Augen aufschlug, lag er auf einem frisch bezogenen Bett in einem kleinen, staubigen Zimmer, das nur durch schmale Streifen flirrenden Mondlichtes erhellt wurde, die sich durch die Fensterläden mogelten.

Shannon blinzelte, richtete sich vorsichtig auf die Ellbogen auf und sah sich aufmerksam um.

In seinem Kopf purzelten die Erinnerungen wirr durcheinander, und er vermochte nicht zu sagen, was davon Wahrheit war und was Bilder aus den Albträumen, die sein Erwachen zur Qual gemacht hatten.

Er war zusammen mit Jeff in das Boot gestiegen und losgerudert, und dann ...

Der Fluss war außer Rand und Band geraten und hatte versucht ihn zu verschlingen. Shannon glaubte sich schwach an eine Gestalt zu erinnern, die am jenseitigen Ufer erschienen war, an das Zuschlagen ungeheurer magischer Mächte.

Er glaubte sich an kochendes Wasser zu erinnern und saugende Strudel, die ihn in die Tiefe zerren und ertränken wollten, dann an Jeff, der im letzten Moment aufgetaucht war und ihn gerettet hatte.

Er war halbwegs ohne Bewusstsein gewesen, als sie das Ufer erreichten. Dann war dieser Fremde wieder aufgetaucht, und Jeff hatte irgendetwas getan, mit ihm geredet oder gekämpft, das vermochte er nicht mehr zu sagen.

Der junge Magier stöhnte wie unter einem Fausthieb, als die Schleier vor seinem Gedächtnis endgültig zerrissen und er begriff, was geschehen war.

Er hatte den Mann gefunden, den zu suchen er hier war, Robert Craven, den Mann mit der weißen Strähne im Haar, den Erben der Macht, wie der *Meister* ihn bezeichnet hatte.

Und er hatte diese Macht zu spüren bekommen!

Shannon begriff, dass sie alle den Sohn des Magiers unterschätzt hatten. Er war nicht der unwissende Narr, der seine Kräfte erst zu entdecken begann, sondern ein mächtiger, voll ausgebildeter Magier, dessen Mächte den seinen grenzenlos überlegen waren.

Wäre Jeff nicht dabei gewesen, dann wäre er jetzt tot.

Shannon verscheuchte den Gedanken, richtete sich vollends auf und schlug die Decke beiseite. Er war nackt, aber seine Kleider lagen ordentlich zusammengefaltet neben seinem Bett auf dem Boden. Als er sich danach bückte, stellte er fest, dass sie bereits wieder getrocknet waren. Er musste sehr lange bewusstlos gewesen sein.

Rasch zog er sich an. Die Tür war verschlossen, aber es kostete Shannon weniger als eine halbe Minute, das Schloss zu öffnen und auf den Gang hinauszutreten.

Es war eine seltsame Umgebung. Sein Zimmer hatte wie ein besserer Verschlag gewirkt, voller Staub und Spinnweben, aber der Gang, auf den er trat, konnte eher zu einem Schloss gehören. Die Decke war hoch und gewölbt, überall hingen Bilder und Wappen, und auf dem Boden lagen kostbare Teppiche.

Irgendwo tief im Inneren des Gebäudes schlug eine Uhr, ein mächtiger, tiefer Gong, der zehn-, elf-, schließlich zwölfmal ertönte und mit einem vibrierendem Nachhall verstummte.

Im gleichen Moment spürte Shannon das *Fremde.*

Es war so wie am Morgen, nur stärker, unendlich stärker. Die Luft schien plötzlich von einem üblen Geruch durchdrungen, und irgendetwas geschah mit dem Licht.

Shannon erstarrte, hob die Hand und schloss für einen Sekundenbruchteil die Augen.

Als er sie wieder öffnete, sah er die Linien. Pulsierende Linien, die sich wie Stricke eines überdimensionalen Spinnennetzes durch den Korridor spannten.

An ihrem Ende bewegte sich etwas. Eine Gestalt. Schmal, hell und flackernd wie ein Trugbild.

Und dann hörte er den Schrei. Einen gellenden, unglaublich entsetzten Schrei, der die Stille des Hauses auf fürchterliche Weise durchbrach.

Zum zweiten Mal an diesem Tage rannte Shannon los, so schnell er nur konnte.

Ich musste stundenlang vor dem Kamin gehockt und vor mich hingestarrt haben, denn als ich endlich aus meinem fast tranceähnlichen

Zustand erwachte, schmerzten meine Muskeln vor Verspannung, und meine Augen brannten.

Ich war nicht mehr allein.

Howard hatte die Bibliothek wieder betreten, hatte aber die Tür lautlos ins Schloss gezogen und war davor stehen geblieben. Ich fragte mich, wie lange er schon dastand und mich beobachtete.

»Bist du in Ordnung?«, fragte er, als er meinen Blick spürte.

Ich nickte, stand auf und machte einen Schritt in seine Richtung, ging dann aber nicht weiter. »Es ... geht schon wieder«, sagte ich. »Ich fürchte, ich habe ziemlich viel Unsinn geredet, vorhin. Es tut mir leid.«

»Das braucht es nicht«, sagte Howard, und es klang ehrlich. »Es ist wohl auch meine Schuld. Ich hätte dich warnen müssen, in meinem Brief. Als ich ihn abgeschickt habe, war alles noch nicht halb so schlimm wie jetzt.«

»Du glaubst, dass sie uns angreifen werden?«, fragte ich leise. »Hier?«

Howard zuckte mit den Schultern, löste sich von seinem Platz vor der Tür und kam näher. Ich sah, dass er einen Spazierstock in der Hand hielt, als wolle er ausgehen.

»Ich weiß nicht, was ich glauben soll«, gestand er. »Unsere Gegner denken und planen nicht wie Menschen. Aber irgendetwas wird geschehen, das spüre ich. Und es wird nichts Gutes sein.« Er seufzte und hielt mir den Spazierstock entgegen.

»Eigentlich bin ich nur gekommen, um dir dies zu geben«, sagte er. »Ich wollte es dir schon zur Begrüßung überreichen, aber ...« Er sprach nicht weiter, sondern rettete sich in ein verlegenes Lächeln, während ich ihm den Stock aus der Hand nahm und ihn neugierig betrachtete.

Es war ein prachtvolles Stück. Der Schaft war ungewöhnlich lang und aus einem mir unbekannten, tiefschwarzen Holz gefertigt, und auch sein Knauf schien eine Spur zu groß geraten und blinkte wie geheimnisvolles Kristall, als ich ihn gegen das Feuer hielt. In seinem Inneren war ein dunkler, nicht genau erkennbarer Gegenstand eingeschlossen. Vielleicht auch nur ein Schatten.

»Dreh ihn nach links«, sagte Howard.

Ich gehorchte. Der funkelnde Kristallknauf drehte sich mit sanftem Widerstand, dann klickte etwas, und die Klinge eines rasiermesserscharfen, beidseitig geschliffenen Stockdegens glitt aus dem schwarzen Holz. Bewundernd zog ich ihn vollends heraus und drehte ihn in den Händen. Die Waffe war sehr leicht, aber ich spürte einfach, wie kräftig der zerbrechlich aussehende Stahl war. Die Klinge schien scharf genug, ein Haar zu spalten.

»Er hat deinem Vater gehört«, sagte Howard. »Ich habe ihn damals in Verwahrung genommen, als er nach New York ging, um dich zu suchen. Ich ... musste ihm versprechen, gut auf ihn Acht zu geben, bis er zurück ist. Aber ich glaube, es ist in seinem Sinne, wenn du ihn bekommst.«

In seiner Stimme war ein sonderbarer Klang, als er die letzten Worte sprach. Ich schob die Klinge in ihren hölzernen Schaft zurück, legte den Degen auf den Tisch und sah auf.

»Es tut mir leid, was ich vorhin gesagt habe, Howard«, sagte ich noch einmal. »Ich wollte, ich könnte ihn um Verzeihung bitten.«

Howard lächelte. »Er weiß es, Robert«, sagte er. »Er wusste es schon, bevor du gekommen bist. Versuche uns bei unserem Kampf zu helfen, wenn du in seinem Sinne handeln willst.«

»Aber das kann ich nicht, Howard«, sagte ich gequält. Warum verstand er mich nur nicht?

»Begreif doch!«, fuhr ich beinahe flehend fort. »Ich habe es versucht, Howard. Ich habe während des letzten Jahres mehr über Magie und Okkultismus gelernt als andere in ihrem ganzen Leben. Ich habe versucht mich an diese Macht zu gewöhnen, die mein Erbe ist, aber ich kann es nicht. Ich will es nicht. Ich will nicht mein Leben lang in dem Bewusstsein existieren müssen, dass ich den Menschen, denen ich begegne, nur Unheil und Tod bringe!«

Irgendwo im Haus schlug eine Uhr, langsam und monoton, und ihr dumpfer hallender Klang schien meine Worte auf schauerliche Weise zu untermalen.

»Aber das stimmt doch nicht«, widersprach Howard sanft. »Es liegt in deiner Macht, was du aus deinem Erbe machst.«

Das Schlagen der Uhr hielt an, als wolle es seine Worte bestätigen.

»Und wenn ich nicht stark genug bin?«, fragte ich. »Wenn ich versage und der Verlockung der Macht erliege, wie die anderen, die meinen Vater getötet haben?«

Howard wollte antworten, aber er kam nicht dazu. Irgendwo unter uns im Haus schlug die Uhr ein letztes, zwölftes Mal.

Etwas Unheimliches geschah.

Das Licht flackerte. Ein eisiger Wind strich durch den Raum, ließ

Funken aus dem Kamin stieben und löschte eine der drei Gaslampen, die die Bibliothek erhellten. Und gleichzeitig färbte sich der Schein der beiden anderen grün.

»Gott!«, keuchte Howard. »Was ist das?«

Ein grauenhafter Gestank erfüllte mit einem Mal das Zimmer. Etwas Dunkles, körperlos Wirbelndes schien aus dem Nichts über dem Tisch zu erscheinen, und ein grässlicher Zischlaut verschluckte Howards Stimme.

Die fürchterliche Grünfärbung des Lichtes vertiefte sich, und plötzlich tanzte etwas Bleiches, formloses Weißes wie transparenter Nebel in der Mitte der Tischplatte. Howard schrie, prallte zurück. Seine Hand griff nach dem Stockdegen, verfehlte ihn und fegte ihn vom Tisch. Verzweifelt bückte er sich danach und versuchte ihn zu ergreifen.

Ich nahm von all dem kaum etwas wahr, sondern starrte weiter auf das tanzende Etwas, das wie Nebel über dem Tisch wallte und wogte. Plötzlich wurde es kalt, schneidend kalt, und mit einem Mal streifte mich ein moderiger Luftzug, wie der Hauch aus einem Grab.

Dann ballte sich der Nebel zusammen, wuchs in Augenblicken zu einer zwei Meter hohen, flackernden Säule aus wirbelndem Weiß und reiner Bewegung – *und formte sich zu einer menschlichen Gestalt!*

Eine eisige Hand schien meinen Rücken herabzufahren, als ich das Gesicht der Nebelgestalt erkannte.

»Priscylla!«, keuchte ich. Zitternd stand ich da, schrie wie von Sinnen und versuchte mit aller Kraft nicht wahnsinnig zu werden, während ich auf die flackernde, halb durchsichtige Mädchengestalt starrte.

Die Gestalt hob in einer sonderbar schwerelos wirkenden Bewegung die Arme. Ihr schwarzes, schulterlanges Haar wehte wie im Wind, und dann kam ein Ton tiefen, unendlich tiefen Leidens über ihre Lippen.

»Robert!«, stöhnte sie. *»Hilf ... mir ... hilf mir doch ... Sie ... kommen. Sie wollen meine ... Seele. Bitte helft! Helft mir.«*

Dann geschah etwas Furchtbares.

Unter der Gestalt, irgendwie im Inneren der massiven Tischplatte, erschien ein Klumpen formlos glitzernder ... *Dinge, die* sich wanden und zuckten und bebten. Ein peitschender, schleimig-schwarzer Arm zuckte wie eine glitzernde Schlange empor, drang durch den Nebelkörper des Mädchens und riss ihn auseinander, so rasch und plötzlich, wie eine Sturmböe den Morgennebel zerreißt.

Für den Bruchteil einer Sekunde glaubte ich einen Schrei zu hören, einen Schrei so voller Entsetzen und Furcht, wie ich ihn noch nie zuvor in meinem Leben vernommen hatte. Dann verstummte er. Der Nebelkörper und das schwarze *Ding* in der Tischplatte waren verschwunden, und plötzlich war das Licht wieder normal.

Aber nur für einen Moment.

Dann kehrte der grüne Schein zurück, und ein geradezu bestialischer Gestank raubte mir den Atem.

Und über der Tischplatte erschien zum zweiten Mal die flackernde Nebelgestalt.

Aber sie hatte sich verändert!

Ihr Körper schien auf bizarre Weise verkrüppelt, verzerrt und irgendwie in sich gestaucht und verdreht, sodass er mehr der Karikatur eines menschlichen Wesens glich. Das gerade noch blütenweiße, seidene Nachtgewand war mit schwarzen Flecken übersät, und in ihrem Haar klebten Blut und Schleim.

Mit einem Schrei prallte ich zurück, verlor das Gleichgewicht und stolperte über einen Stuhl.

Aber ich spürte den Schmerz kaum. Mein Blick hing wie gebannt an der grauenhaften Karikatur meiner Verlobten, an diesem fürchterlichen, grässlichen Etwas, in das sich ihr Bildnis verwandelt hatte.

Und es verwandelte sich weiter ...

Ihr Gesicht veränderte sich.

Eine unsichtbare Hand schien nach ihrem Antlitz zu greifen und ihre Züge zu kneten, auf grausige Weise zu verschieben und neu zu formen, als bestünden sie nur aus weichem Wachs. Aus dem zarten, knabenhaften Antlitz Priscyllas wurde eine grässliche Grimasse. Plötzlich war ihre Haut teigig und weiß, die Augen dunkle, tief in die Höhlen zurückgesunkene Pfuhle, aus denen mich der Wahnsinn angrinste. Hinter den zurückgezogenen, gerissenen Lippen höhnte ein fürchterliches Raubtiergebiss.

Langsam drehte sich die Nebelgestalt um, löste sich aus dem flackernden Lichtkranz, der sie umgab, und gewann weiter an Substanz. Ihre Hände hoben sich, und ich sah, dass sie sich zu Raubtierklauen verwandelt hatten.

Mit langsamen, sonderbar schwerelos wirkenden Bewegungen löste sich die Gestalt vom Tisch, blieb einen Moment reglos stehen und ging dann auf mich zu.

»Rette mich, Robert«, kicherte sie. *»So rette mich doch. Du musst mir helfen!«*

Irgendetwas in mir zerbrach. Ich wusste, dass das *Ding* vor mir nicht wirklich Priscylla war, sondern nur ein Trugbild, eigens zu dem Zweck geschaffen, mich zu quälen und mit der Karikatur des einzigen Menschen, den ich jemals geliebt hatte, zu verspotten. Aber der Anblick lähmte mich.

Ich begann rücklings vor dem näherkommenden Schauspiel zurückzukriechen. Die Bestie kicherte, verzog das Gesicht zu einem höhnischen Grinsen und schlug spielerisch mit den Krallen nach mir.

»Robert!«, brüllte Howard. »Das ist nicht Priscylla! Das ist ein *Shoggote! Wehr dich!«*

Gleichzeitig sprang er auf, riss den Stockdegen aus seiner Umhüllung und holte zu einem Hieb aus.

Das Monster war schneller. Blitzartig wirbelte es herum und schlug mit seinen fürchterlichen Krallen nach dem Angreifer. Howard versuchte dem Hieb auszuweichen, schaffte es aber nicht ganz. Die Tigerpranke des Ungeheuers berührte ihn fast sanft an der Brust.

Howard schrie auf, als wäre er von einem Blitz getroffen worden. Er taumelte zurück, prallte gegen ein Regal und riss es im Zusammenbrechen mit sich. Sekundenbruchteile später, ehe er unter einer Flut von zerberstenden Brettern und Büchern verschwand, sah ich, dass sich sein weißes Hemd über der Brust rot färbte.

Langsam wandte sich das Monster um.

»Du bist tot, Robert Craven!«, höhnte es, während es näher kam. *»Du wirst sterben. So wie alle anderen. Wir kriegen dich!«*

Seine Pranke zuckte vor, riss meinen Rock auf und hinterließ einen blutigen Schnitt in meiner Schulter. Der Schmerz riss mich in die Wirklichkeit zurück.

Plötzlich begriff ich mit schmerzhafter Klarheit, dass ich sterben würde. Das *Ding,* dem ich gegenüberstand, war keine Vision, kein Schattenbild, sondern ein *Shoggote, eine* Kreatur, die zu dem einzigen Zweck erschaffen worden war, zu töten.

Mich zu töten.

Der Unhold kicherte böse, als hätte er meine Gedanken gelesen. Vielleicht hatte er es. *»Du wirst sterben, Robert!«*, zischte die Spottgeburt. *»Du bist schon tot. Du hast es nur noch nicht gemerkt!«*

Im gleichen Moment erscholl draußen auf dem Korridor ein

Schrei. Die Tür wurde mit einem Schlag aufgesprengt, und unter der Öffnung erschien eine geduckte, schlanke Gestalt.

Shannon!

Der *Shoggote* reagierte mit übernatürlicher Schnelligkeit. Mit einem wütenden Zischen wirbelte er herum, riss die Hände in die Höhe – und schleuderte einen knisternden Blitz auf den jungen Magier.

Geblendet schloss ich die Augen, aber der gleißende Schein drang durch meine Lider und ließ mich wie in einem bizarren, lebenden Schwarz-Weiß-Bild erkennen, was weiter geschah.

Der Blitz raste auf Shannon zu – aber er erreichte ihn nicht. Die Gestalt des jungen Magiers schien plötzlich in einen Mantel aus knisternden Funken gehüllt zu sein. Sein Haar leuchtete auf, und vor seinen Füßen begann der Boden zu schwelen.

Dann schlug er zurück.

Ich konnte nicht erkennen, was er tat. Es war kein Blitz wie der des *Shoggoten,* kein plötzliches Aufflammen magischer Energien, sondern etwas Unsichtbares, das wie ein körperloser Schatten durch den Raum zuckte, den Leib des *Shoggoten* einhüllte und ihn zurücktaumeln ließ.

Die Schreie des Wesens klangen plötzlich gequält. Er taumelte, fiel auf die Knie und versuchte sich wieder aufzurichten.

»Jeff!«, brüllte Shannon. »Der Stein! Dein *Shoggotenstern!* Schnell!«

Endlich begriff ich, was Shannon meinte. Meine Hand zuckte zur Rocktasche, fuhr hinein – und griff ins Leere.

Ein eisiger Schrecken durchzuckte mich. Der Stein war verschwunden. Ich hatte mich umgezogen, nachdem wir die Universität erreicht hatten – und der *Shoggotenstern* befand sich noch in der Tasche meines anderen Rockes, zwei Zimmer entfernt und unerreichbar!

Das *Priscylla-Ding* richtete sich mit einem boshaften Zischen auf. Sein Blick irrte zwischen mir und Shannon hin und her, aber es schien in dem jungen Magier instinktiv den gefährlicheren Gegner zu erkennen.

Wieder zuckte seine Hand in die Höhe, und wieder brach ein knisternder Blitz blauweißer Helligkeit aus seinen Krallen.

Diesmal taumelte Shannon unter dem Anprall magischer Energien. Blaue, haardünne Lichtblitze zuckten aus dem unsichtbaren Mantel, der seinen Körper schützte.

Shannon wich Schritt für Schritt zurück. Auf seinem Gesicht lag ein angespannter, konzentrierter Ausdruck, und ich sah, wie seine Lippen lautlose Worte formten, als er sich auf den nächsten magischen Hieb der Bestie vorbereitete.

Um ein Haar hätte ihn dieser Irrtum das Leben gekostet.

Der *Shoggote* hatte endlich erkannt, dass er hier einem Gegner gegenüberstand, dessen magische Fähigkeiten den seinen ebenbürtig, wenn nicht überlegen waren.

Aber er war noch immer eine Bestie, deren schiere Körperkräfte denen eines Bären gleichkommen mussten!

Mit einem Schrei warf er sich vor, sprang auf Shannon zu und schloss die Krallen wie in einer Umarmung um seinen Oberkörper. Shannons Schrei wurde zu einem Stöhnen, als die Umarmung die Luft aus seinen Lungen presste.

Ohne auch nur einen Gedanken an die Gefahr zu verschwenden, in der ich schwebte, sprang ich vor und versuchte den Kopf des Monstrums zurückzureißen.

Der *Shoggote* knurrte wie ein gereizter Löwe, krümmte den Rücken und schüttelte mich ab wie ein lästiges Insekt.

Der Ruck ließ mich quer durch den Raum und gegen den Tisch prallen.

Ich fiel auf die Knie und fühlte etwas Hartes unter mir, griff zu und erkannte den Degen.

Der Zweikampf war fast zu Ende, als ich mich auf die Füße erhoben hatte und zu Shannon und dem *Shoggoten* hinübergetaumelt war. Der junge Magier wehrte sich kaum noch. Seine Augen waren trüb geworden, und da, wo ihn die Arme des Ungeheuers berührten, schien seine Haut verbrannt oder wie von Säure verätzt. Das weit aufgerissene Maul des Ungeheuers näherte sich seiner Kehle.

Ich hob den Degen, zwang meine gelähmten Muskeln, sich noch einmal mit aller Kraft zu bewegen – und schleuderte ihn wie einen Speer auf den *Shoggoten!*

Die schlanke Klinge schien sich in einen silbernen Blitz zu verwandeln. Die Waffe raste, als wäre sie plötzlich von eigenem Leben und Willen beseelt, mit zehnmal größerer Wucht als der meines Wurfes auf das Wesen zu, bohrte sich in seine Brust und schleuderte es zurück.

Der *Shoggote* schrie.

Seine Krallen griffen mit unsicheren, fahrigen Bewegungen nach dem kristallenen Knauf des Degens, zuckten zurück, als hätten sie glühendes Eisen berührt – und begannen sich aufzulösen.

Es war nicht das erste Mal, dass ich den Tod eines *Shoggoten* sah, aber der Anblick hatte nichts von seinem Schrecken verloren. Die unheiligen Kräfte, die den Protoplasmakörper in seiner Form hielten, schienen plötzlich zu erlöschen. Sein Leib *zerfloss,* verwandelte sich in grauen brodelnden Schleim und schrumpfte blitzartig zusammen. Der ganze Vorgang dauerte weniger als eine halbe Minute. Der Stockdegen schien plötzlich seinen Halt zu verlieren und fiel klappernd in eine Pfütze graugrüner, brodelnder Säure, die sich zischend in den Boden fraß und dabei mehr und mehr an Substanz verlor. Schwer atmend wandte ich mich um, überzeugte mich hastig davon, dass Shannon noch am Leben war, und hetzte dann zu Howard hinüber.

Er begann sich zu regen, als ich ihn unter dem Berg von Papier und zerborstenem Holz hervorzog. Behutsam richtete ich ihn auf, stützte seinen Oberkörper gegen die Wand und tastete nach der Wunde auf seiner Brust.

Sie war weniger gefährlich, als es im ersten Moment den Anschein gehabt hatte. Sehr tief und sicher sehr schmerzhaft, aber nicht lebensbedrohend. »Ist alles in Ordnung?«, fragte ich leise.

Howard stöhnte, hob die Hand an die Stirn und begann leise zu lachen. »Natürlich«, murmelte er. »Natürlich ist alles in Ordnung, du Witzbold.« Er schob meine Hand beiseite, richtete sich auf und blieb einen Moment stehen, als wäre er nicht sicher, sich aus eigener Kraft auf den Füßen halten zu können. Dann ging er mit hängenden Schultern zu Shannon hinüber und kniete neben ihm nieder. Seine Finger zitterten, als er Shannons reglosen Körper herumdrehte und sein Hemd öffnete.

»Was tust du?«, fragte ich verwirrt.

Howard antwortete nicht, sondern begann Shannons nackten Oberkörper Zentimeter für Zentimeter abzutasten. Im ersten Moment glaubte ich, er sehe nach seinen Verletzungen, aber ich erkannte schnell, dass das nicht stimmte. Howard *suchte* nach etwas. Nach etwas ganz Bestimmtem.

»Verdammt, was tust du da?«, fragte ich. Howard sah auf, runzelte unwillig die Stirn und machte eine abwehrende Bewegung. Nacheinander untersuchte er Shannons Oberkörper, seine Arme, den Hals, und zog zum Schluss sogar seine Hosen herunter, um seine Oberschenkel betrachten zu können.

Schließlich ließ er Shannon wieder zurücksinken und stand auf.

Dann begann er die kleinen Brände auszutreten, die überall im Zimmer aufgeflammt waren.

Shannon erwachte, als wir ihn zurück in seine Kammer gebracht und seine Wunde notdürftig versorgt hatten. Wie bei Howard waren seine Verletzungen nicht lebensbedrohend, aber sehr tief, und seine Stirn glühte vor Fieber. Aber sein Blick war klar, als er die Augen aufschlug und mich ansah.

»Jetzt ... hast du mir zum zweiten Mal das Leben gerettet, Jeff«, murmelte er. »Ich glaube, ich ... stehe in deiner Schuld.«

»Unsinn«, widersprach ich. »Wenn überhaupt, dann sind wir quitt. Heute Morgen warst du es, der mich gerettet hat.«

Shannon schüttelte den Kopf. Die Bewegung wirkte schwach, aber trotzdem sehr nachdrücklich.

»Ich weiß ... weiß, was geschehen ist«, sagte er leise. »Im ... Fluss. Du hast ... den Magier geschlagen. Er ... er war hinter mir her, Jeff. Er wollte mich ... töten.«

»Er?«, mischte sich Howard ein, ehe ich Gelegenheit fand zu antworten. »Wer war er, Shannon?«

Shannon schwieg. Bisher schien er Howards Anwesenheit überhaupt nicht bemerkt zu haben. »Du kannst ihm vertrauen«, sagte ich rasch. »Er ist ein guter Freund von mir.«

Shannon überlegte einen Moment. Dann nickte er. »Ich glaube, ich ... bin es dir schuldig, dir die Wahrheit zu sagen«, murmelte er. »Dieser Mann am Fluss ... du erinnerst dich an den Namen, den ich dir genannt habe?«

»Ihr Freund?«, fragte Howard hastig. »Dieser Raven?«

»Craven«, verbesserte ihn Shannon leise. »Robert Craven. Ich ... habe dich belogen, Jeff. Craven ist nicht mein Freund. Ich ... bin hier, um ihn zu vernichten.«

Seine Worte überraschten mich nicht. Nicht wirklich. Ich hatte es geahnt, die ganze Zeit über.

»Zu vernichten?«, vergewisserte sich Howard. Seine Stimme klang gepresst, und in seinen Augen stand ein warnendes Flackern, als er mich ansah.

»Er ist ... ein Magier«, murmelte Shannon. Er begann zu zittern. Ich spürte, dass er das Bewusstsein wieder zu verlieren begann.

»Nehmt euch ... vor ihm in Acht«, flüsterte er mit schwächer werdender Stimme. »Der Mann am Fluss heute, Jeff, das ... das war Craven. Der Mann mit der weißen Haarsträhne. Er ... weiß, dass ich hier bin. Er wird versuchen, mich zu ... töten. Nehmt euch in Acht vor ... Robert Craven!«

Seine Stimme versagte. Er fiel zurück, schloss die Augen und schlief auf der Stelle ein. Es dauerte lange, bis Howard das bedrückende Schweigen brach, das sich in dem kleinen Zimmer ausgebreitet hatte.

Er seufzte, richtete sich mit einer erschöpft wirkenden Bewegung auf und sah mich auf sonderbare Weise an. »Er hält deinen Vater für dich ... und dich für seinen Freund«, sagte er leise und in einem Ton, der mich frösteln ließ. »Ich glaube, du hast ein Problem, Robert.«

Der Seelenfresser

Die Nacht war still und fast endlos gewesen, und als die Dämmerung kam, wirkte die Morgensonne grell und hart. Lowry Temples wusste, dass es ein böser Tag werden würde für ihn, für Jane, für sie alle und für Innsmouth. Er hatte die ganze Nacht gebetet und zu Gott gefleht, ihn zu verschonen. Aber als aus dem angrenzenden Zimmer der erste, dünne Schrei des Neugeborenen drang und wenige Augenblicke später die Tür aufging und er in die Augen des Arztes sah, wusste er, dass seine Gebete nicht erhört worden waren. Der Fluch, der seit Generationen auf Innsmouth lag, hatte sich ein weiteres Mal erfüllt ...

Trotzdem stand er auf, schlurfte gebückt um den Tisch herum und streckte die Hand nach der Türklinke aus. Aber er führte die Bewegung nicht zu Ende, als der Arzt ihm den Weg vertrat und den Kopf schüttelte; sanft, aber trotzdem mit Nachdruck, vielleicht sogar mit einer Spur von Trauer.

»Nicht, Lowry«, sagte er, sehr leise und mit der erschöpften Stimme eines Menschen, der die Grenzen seiner Kraft längst erreicht und überschritten hat. »Geh nicht hinein. Wenigstens ... jetzt noch nicht.«

Lowry wusste, dass Doktor Maine recht hatte – wozu sollte er hineingehen und sich und Jane noch mehr quälen? Es änderte nichts an der Wahrheit, wenn man die Augen vor ihr verschloss.

Aber manchmal half es.

»Es ist ein Junge, nicht?«, flüsterte er.

Maine nickte, ohne ihn anzusehen. Sein Gesicht war bleich, und in seinen Augen stand ein Schrecken, der Temples mehr, viel mehr verriet als alles, was er hätte sagen können.

Er schluckte. Ein harter, stacheliger Kloß schien in seiner Kehle zu wachsen, als er weitersprach.

»Ist es ... schlimm?«

Maine seufzte. Er richtete sich auf, fuhr sich erschöpft mit der Hand über die Augen und sah ihn nun doch an. Sein Blick flackerte.

»Er ... wird leben«, sagte er schließlich. »Und soweit ich das beurteilen kann, ist er geistig gesund.«

Lowry lachte, aber es klang eher wie ein Schrei. »Geistig?«, wiederholte er bitter. »Wie schön. Sie meinen, er wird völlig normal sein, hier oben?« Er hob die Hand an die Stirn und starrte den Arzt aus brennenden Augen an. »Er wird ganz normal aufwachsen, und eines Tages wird er denken lernen und kurz darauf reden, und irgendwann wird er vor mir stehen oder hocken oder was immer er kann, und er wird mich fragen: Daddy, warum bin ich nicht so wie die anderen? Was soll ich ihm antworten, wenn er diese Frage stellt? Dass er für etwas bezahlt, was sein Ururgroßvater getan hat?«

»Bitte, Lowry«, sagte Maine sanft. »Ich ... ich verstehe dich, glaube mir. Aber es hätte schlimmer sein können.« Er versuchte zu lächeln, trat auf ihn zu und legte ihm in einer freundschaftlichen Geste die Hand auf die Schulter.

Lowry wich zurück und schlug seinen Arm beiseite. »Schlimmer?«, keuchte er. »Sie wissen nicht, was Sie da reden, Doc! Es kann immer schlimmer kommen, aber ... aber das heißt noch nicht ... dass ...« Er begann zu stammeln, ballte in plötzlichem, hilflosem Zorn die Fäuste und spürte, wie seine Augen zu brennen begannen und heiße Tränen über sein Gesicht liefen. Er schämte sich ihrer nicht einmal.

»Haben Sie Kinder, Doktor Maine?«, fragte er leise.

Maine nickte. »Drei«, antwortete er. »Ein Mädchen und zwei Jungen.«

»Und sie sind gesund?«

Maine antwortete nicht, aber Lowry hätte seine Worte wohl auch kaum gehört, selbst wenn er es getan hätte. »Sie wissen nicht, wie es ist«, fuhr er mit bebender Stimme fort. »O ja, Sie verstehen mich, Doc, das glaube ich Ihnen gerne. Schließlich sind Sie lange genug hier, um mich zu verstehen. Sie haben genug Kinder wie meinen Sohn gesehen, wie? Aber Sie verstehen trotzdem nicht. Sie können nicht verstehen, wie man sich fühlt, wenn es einen trifft. Niemand kann das. Niemand, dem es nicht selbst passiert ist.«

Seine Stimme begann immer stärker zu beben. Plötzlich zitterte er am ganzen Leib. »Ich will nicht mehr, Doktor«, keuchte er. »Ich ... ich habe zu lange stillgehalten. Ich werde diesen Wahnsinn beenden. Ich ...«

»Beruhige dich«, sagte Maine sanft. Er klappte seine Tasche auf, kramte einen Moment darin herum und zog schließlich ein kleines Etui hervor, aus dem er eine Spritze nahm.

»Ich gebe dir etwas«, sagte er. »Danach wirst du schlafen, und morgen früh reden wir noch einmal in Ruhe über alles.«

Er hob die Spritze und streckte die freie Hand nach Lowrys Arm aus, aber Temples wich mit einem keuchenden Laut zurück und hob abwehrend die Hände.

»Nein!«, sagte er entschlossen. »Ich will keine Spritze. Wenn Sie jemandem eine Spritze geben wollen, dann gehen Sie durch diese Tür und erlösen die arme Kreatur von ihren Leiden.«

Maine starrte ihn an. »Versündige dich nicht«, sagte er ernst. »Das Kind kann am allerwenigsten dafür.«

»Das stimmt.« Mit einem Mal war Temples Stimme ganz kalt. Alle Furcht und alle Verzweiflung waren daraus gewichen, aber dafür schwang eine Entschlossenheit in seinen Worten, die den Arzt schaudern ließ. »Sie haben vollkommen recht, Doktor«, sagte er. »Das Kind kann nichts dafür und Sie und ich und Jane auch nicht. Aber es gibt jemanden, der dafür kann.«

»Hör auf«, sagte Maine sanft. »Das ist lange vorbei. Zu lange, um noch etwas daran ändern zu können.«

»Und dieser jemand ist hier«, fuhr Temples fort, als hätte er die Worte des Arztes gar nicht gehört.

Maine erstarrte. »Was redest du da?«, fragte er. »Du ... du bist verwirrt, Lowry.«

»Ganz und gar nicht, Doc«, antwortete Temples. »Ich weiß, was ich sage. Er ist hier. Er lebt, Doktor. Der Teufel lebt, und er ist nicht einmal sehr weit von Innsmouth weg.«

»Das ist unmöglich«, behauptete Maine. Aber sein Blick flackerte und seiner Stimme fehlte die Entschlossenheit, die zu solchen Worten gehörte. Trotzdem fuhr er fort: »Es ist fast zweihundert Jahre her, Lowry. Das weißt du besser als ich.«

»Und doch lebt er«, beharrte Temples. Plötzlich fuhr er herum, riss seinen Mantel vom Haken und begann ihn mit fliegenden Fingern überzustreifen. Sein Gesicht rötete sich hektisch.

»Fragen Sie die anderen, wenn Sie mir nicht glauben«, fuhr er fort. »Fragen Sie Floyd und Bannister und Malone – sie haben ihn gesehen.«

»Gesehen?«, keuchte Maine.

Temples nickte. »Vorgestern«, sagte er. »Er kam in die Schänke. Sie alle haben ihn gesehen. Ich auch.«

Maine schüttelte verwirrt den Kopf. »Das ist nicht möglich«, murmelte er. »Es ... es muss sich um eine Verwechslung handeln. Jemand, der so aussieht wie er. Das kommt vor.«

»Er war es«, beharrte Lowry. »Ich habe es gespürt, genau wie die anderen. Er hat die gleiche Macht wie damals, Doktor. Ich habe das Böse gespürt, wie eine Hand, die mir die Kehle zuschnürte. Er ... er hat uns angegriffen. Und er hat gesiegt, er allein, gegen zwölf von uns. Er lebt.«

Maine starrte ihn lange an. »Und was willst du jetzt tun?«, fragte er schließlich.

Temples lachte, ganz leise und verbittert. »Das, was schon vor zweihundert Jahren hätte getan werden sollen«, sagte er. »Ich weiß, dass es meinen Sohn nicht normal macht und den Fluch vielleicht nicht einmal von uns nimmt. Aber ich werde ihn bestrafen für das, was er mir und den anderen angetan hat, und unseren Kindern. Ich werde den Hexer töten.«

»Hältst du es wirklich für eine gute Idee, noch einmal hierherzukommen?«

Meine eigene Stimme klang mir fremd in den Ohren, sie zitterte, und ihr Klang verriet mehr von meiner Nervosität, als mir recht war. Aber Howard antwortete nicht auf meine Worte, sondern zuckte nur mit den Achseln. Dann schnippte er seine kaum angerauchte Zigarre aus dem Fenster und öffnete die Tür der zweispännigen Kutsche.

»Komm mit«, sagte er einfach.

Der Wagen hatte schon an der Ortstafel angehalten, und die ersten Häuser lagen noch ein gutes Stück vor uns. Es war noch nicht richtig hell, sodass sie sich nur als buckelige Schatten vor dem grauen Hintergrund der Dämmerung abhoben. Die Lichter, die hier und da hinter den Fenstern zu sehen waren, wirkten auf sonderbare Weise farblos und blass, als würde ihr Schein von einem unsichtbaren Schleier halb aufgesogen.

Ein rascher, eisiger Schauer lief auf dünnen Spinnenbeinen meinen Rücken hinab, als ich hinter Howard aus dem Wagen stieg. Der Morgen schien mir selbst für einen April ungewöhnlich kühl, aber es war nicht allein die äußere Kälte, die mich frösteln ließ.

Der Ort, der sich vor uns auf der Kuppe des Hügels ausbreitete, bot ein Bild des Friedens und der Ruhe, aber ich wusste nur zu gut, dass dieser Eindruck täuschte.

»Ist das das Haus?«

Howard deutete mit einer knappen Geste auf ein heruntergekommenes, halb verfallenes Gebäude zur Linken.

Eine Zeitlang starrte ich das dreigeschossige graue Haus an, blickte verwirrt nach rechts und links und nickte schließlich; wenn auch weniger aus wirklicher Überzeugung, als vielmehr in Ermangelung eines anderen Hauses, auf das ich stattdessen hätte deuten können.

Das Gebäude lag an der Stelle, an der es sein musste, und nach allem, was mir mein logischer Verstand sagte, musste es das richtige sein.

Verwirrend war nur, dass es ganz und gar nicht so aussah, wie ich es in Erinnerung hatte ...

»Dann komm«, sagte Howard. Er lächelte, aber seine Stimme klang unsicher. Er war nervös. Dabei hätte wohl eher ich von uns beiden mehr Grund gehabt, nervös und unruhig zu sein.

»Wird schon gut gehen, Jungchen«, brummelte Rowlf vom Kutschbock herunter. Ich sah flüchtig auf und gewahrte ein gutmütiges Lächeln auf seinem von der Kälte geröteten Bullenbeißergesicht. Howard hatte darauf bestanden, dass Rowlf hier draußen zurückblieb, ohne einen konkreten Grund dafür anzugeben.

Ich wusste ihn trotzdem. Rowlf war unsere Rückendeckung und – wenn es zum Schlimmsten kam – unsere einzige Möglichkeit zur Flucht. Es war schon beruhigend, einen Zwei-Meter-Mann wie Rowlf, noch dazu bewaffnet, in seinem Rücken zu wissen. Solange er hier draußen war, konnten wir wenigstens sicher sein, nicht hinterrücks überfallen zu werden.

Nebeneinander gingen wir über die menschenleere Straße auf das verlassene Haus zu. Der Wind trug schwere, niedrig hängende Regenwolken mit sich, und gerade, als wir das unkrautüberwucherte Grundstück betraten, verfinsterte sich die Sonne. Es kam mir ganz so vor wie ein düsteres Omen.

Arkham lag wie eine Geisterstadt vor uns; selbst die wenigen Lichter, die ich bei unserer Ankunft bemerkt hatte, waren mittlerweile erloschen, und mit Ausnahme unserer Schritte und dem leisen, monotonen Heulen des Windes war nicht der geringste Laut zu vernehmen. Es war das gleiche unheimliche Schweigen, mit dem mich die Stadt bei meiner ersten Ankunft empfangen hatte.

Und es hatte nichts von seiner Drohung verloren.

Ich versuchte den Gedanken zu verscheuchen, warf Howard ein

schon fast übertrieben zuversichtliches Lächeln zu und trat mit einem entschlossenen Schritt durch die Tür. Das gesprungene Glas des Flügels löste sich unter meinen Fingern endgültig aus dem Rahmen und zerbarst; das Geräusch hörte sich in der Stille überlaut und unheimlich an.

Dämmerung umfing uns wie ein graues Leinentuch, als wir in die Halle traten. Unter unseren Schritten wirbelte grauer, seit Jahren nicht mehr berührter Staub auf, und ein Schwall muffig riechender Luft schlug uns entgegen.

Ich spürte plötzlich eine unheimliche Präsenz, aber als ich mich darauf konzentrieren wollte, entglitt sie meinen Gedanken und war verschwunden.

Die Eingangshalle des Hotels bot einen gespenstischen Anblick. Überall lagen Staub und Schmutz, trockene Blätter und Papier, die durch die zerborstenen Scheiben hereingeweht worden waren; ein Teil der Decke war eingebrochen. Die Theke, hinter der mich der Alte begrüßt hatte, stand schräg wie ein gestrandetes Schiff auf den eingesunkenen Bodenbrettern. Die Tapeten waren verblichen und rollten sich auf, wo sie nicht bereits heruntergerissen oder schlichtweg weggefault waren. Das Haus musste seit mindestens einem Jahrzehnt dem Verfall anheimgegeben sein.

Und trotzdem war es das gleiche Haus, in dem ich mich vor nicht einmal vierundzwanzig Stunden über einen unfreundlichen Hotelportier geärgert und ein Zimmer bezogen hatte ...

»Dort hinauf?« Howard deutete mit einer Kopfbewegung auf die Treppe, die nach oben führte.

Ich nickte, fuhr mir nervös mit der Zungenspitze über die Lippen und folgte ihm, als er die morschen Stufen emporzusteigen begann.

Die gesamte Treppe ächzte und bebte unter unserem Gewicht. Staub rieselte aus den Fugen der morschen Stufen, und als ich leichtsinnig genug war, die Hand auf das Geländer zu legen, neigte sich die ganze Konstruktion mit einem drohenden Ächzen zur Seite, sodass ich hastig zurücksprang.

Howard machte eine Geste, vorsichtiger zu sein, und ging weiter.

Wir erreichten die erste Etage, blieben einen Moment stehen und gingen langsam weiter. Irgendwo über uns knackte und vibrierte das Haus wie ein gewaltiges lebendes Wesen. Meine überreizten Nerven gaukelten mir Schritte und helle, mühsame Atemzüge vor, Schatten, die am oberen Ende der Treppe auftauchten und sich hastig wieder zurückzogen ...

Plötzlich blieb Howard abermals stehen, hob die Hand und runzelte die Stirn. »Du hattest recht, Robert«, sagte er leise. »Hier stimmt etwas nicht.«

Ich sah ihn fragend an. Wieder glaubte ich schlurfende Schritte zu hören, und wieder tauchte ein Schatten über uns auf und verschwand wieder.

Dann begriff ich, dass es nicht nur eingebildete Schritte waren; so wenig, wie ich mir den Schatten einbildete. Wir waren nicht allein.

Howard hob warnend die Hand an die Lippen, griff unter seinen Gehrock und förderte einen kurzläufigen Revolver zutage. Obwohl er den Hahn mit der Linken abdeckte, als er ihn spannte, klang das Knacken wie ein Kanonenschuss in meinen Ohren. Wie zur Antwort schlurften wieder Schritte über uns. Diesmal schienen sie sich zu entfernen.

Auf Zehenspitzen schlichen wir weiter, erreichten die nächste Etage und blieben am Fuße der Treppe stehen. Die Schritte waren jetzt ganz deutlich zu hören – schnell, schleifend und ungleichmäßig, als liefe dort oben jemand unruhig auf und ab, aber jemand, der einen Fuß nachzog.

Das war die eine Möglichkeit, dachte ich bedrückt.

Die andere war, dass dieser – wer immer dort oben auf uns wartete – keine Füße hatte, die er nachschleifen konnte, sondern mörderische Tentakel, und dass ...

Ich weigerte mich, den Gedanken weiterzudenken, und nahm, dicht gefolgt von Howard, der mir mit entsicherter Waffe den Rücken deckte, die letzten Stufen in Angriff. Ich hatte das ungute Gefühl, dass uns der Revolver nicht allzu viel nutzen würde gegen die Wesen, die dort oben auf uns lauerten. Trotzdem war es ein beruhigender Gedanke, nicht vollkommen schutzlos zu sein.

Wir erreichten die dritte Etage, blieben stehen und sahen uns aufmerksam um. Es war dunkel hier oben; durch die schmutzverkrusteten Fenster an den beiden entgegengesetzten Enden des Ganges drang nur wenig Licht. Die Luft war voller Staub, der in der Kehle brannte und alles hinter einem wirbelnden grauen Schleier verbarg.

Trotzdem sah ich die Spuren sofort.

Es waren zwei Reihen ungleichmäßiger, nebeneinander liegender Eindrücke, die Spuren menschlicher Füße, die die zolldicke Staubschicht auf dem Boden durchbrachen und in ungleichmäßigen Schlangenlinien im hinteren Teil des Ganges verschwanden. Aber wenigstens, dachte ich erleichtert, waren es menschliche Spuren …

Trotz der Kälte, die wie ein unsichtbarer Bruder der Nacht in den morschen Mauern des Hotels zurückgeblieben war, war ich in Schweiß gebadet, als wir das Zimmer im dritten Stock erreichten. Meine Finger schlossen sich um den Griff des Stockdegens, den ich wie ein Schwert unter den Gürtel geschoben hatte. Den Verschluss hatte ich bereits entriegelt, ehe wir aus der Kutsche stiegen. Es hatte nicht viel Sinn, es abstreiten zu wollen – ich war nervös wie selten zuvor.

Howard bedeutete mir zurückzubleiben. Langsam hob er die Rechte, legte die Hand auf die Tür und schob sie unendlich langsam auf.

Irgendetwas bewegte sich hinter der Tür. Es war eigentlich nur ein Gefühl, die Ahnung von Leben und Bewegung, verbunden mit einer intensiven Empfindung von Gefahr.

Howard schien es ebenso deutlich zu spüren wie ich, denn auch er hielt mitten in der Bewegung inne, sah sich alarmiert um – und warf sich ansatzlos durch die Tür.

Eine halbe Sekunde später folgte ich ihm auf die gleiche Weise. Ein Schatten tauchte im Halbdunkel des Zimmers auf; ich sah, wie Howard erschrocken die Arme hochriss und irgendetwas seine Hand traf. Er brüllte, taumelte zurück und versuchte die Pistole hochzubekommen, aber der Schatten schlug ein zweites Mal zu und schmetterte seine Hand beiseite.

Ein Schuss löste sich. Ich sah, wie die orangerote Mündungsflamme wie eine glühende Lanze nach dem schattenhaften Angreifer stach und ihn verfehlte. Der peitschende Knall schien meine Trommelfelle zum Zerplatzen und das gesamte Gebäude zum Erbeben zu bringen.

Aber wenn die Kugel auch ihr Ziel nicht traf, so zeigte der Schuss doch Wirkung. Der unheimliche Angreifer ließ von Howard ab, sprang mit einer behenden Bewegung zurück und packte einen Stuhl, um ihn nach Howard zu schleudern. Gleichzeitig gewahrte ich eine Bewegung aus den Augenwinkeln, warf mich instinktiv zur Seite und riss schützend die Arme über den Kopf.

Die Bewegung rettete mir vermutlich das Leben. Etwas Schweres, Hartes bohrte sich splitternd in die morschen Fußbodenbretter, wo ich gerade noch gestanden hatte, gleichzeitig traf ein Fuß meine Seite, ließ meine Rippen knacken und trieb mir die Luft aus den Lungen. Dieses verdammte Zimmer war nichts als eine einzige große Falle!

Ich hörte Howard aufschreien, als sich sein schattenhafter Gegner erneut auf ihn stürzte.

Taumelnd wich ich ein, zwei Schritte zurück und hob kampfbereit die Hände. Ein Schatten wuchs vor mir in die Höhe, und der Zorn, der mich gerade noch erfüllt hatte, wandelte sich binnen Sekunden in Schrecken, als ich sah, wie gewaltig er war – ein Riese, breitschultrig wie ein Bär und mindestens zwei Meter groß, dabei aber seltsam verschoben und deformiert.

Neben mir kämpfte Howard verzweifelt mit seinem Gegner, aber ich fand keine Zeit, ihm beizustehen, denn der Riese griff mich knurrend und mit drohend erhobenen Armen an. Ich sah ihn noch immer nur als verschwommenes Schemen, aber das, was ich von ihm erkannte, reichte durchaus, mich jegliche Lust auf einen Zweikampf verlieren zu lassen.

Hastig sprang ich ein weiteres Stück zurück, riss den Stockdegen aus seiner Hülle und führte die Klinge mit drei, vier raschen Schlägen vor dem Gesicht des Riesen hin und her. Der rasiermesserscharfe Stahl zischte mit einem boshaft klingenden Laut durch die Luft. Der Angreifer erstarrte, blieb einen Moment mit pendelnden Armen stehen – und begann Schritt für Schritt vor mir zurückzuweichen. Neben mir ertönten plötzlich fünf, sechs klatschende Schläge, sehr schnell hintereinander und von einem überraschten Keuchen gefolgt, und einer der beiden Schatten, die unter dem Fenster miteinander rangen, fiel nach hinten.

»Howard?«, fragte ich besorgt, ohne den Mann vor mir aus den Augen zu lassen.

»Alles in Ordnung, Robert«, antwortete Howard. »Halt sie in Schach – ich mache Licht.«

Ich hörte ihn im Dunkeln hantieren, dann wurde der schmutzige Lappen vor dem Fenster mit einem Ruck heruntergerissen, und helles Sonnenlicht erfüllte den Raum.

Der Anblick ließ Howard und mich im gleichen Moment aufschreien.

Unsere beiden Gegner hatten sich bis an die gegenüberliegende Seite zurückgezogen. Der, der mich attackiert hatte, hielt schützend die Arme vor das Gesicht, während der andere aus zusammengekniffenen Augen in die plötzliche Helligkeit blinzelte.

Wenigstens glaubte ich, dass es Augen waren.

Sein Gesicht war ein einziger Albtraum. Plötzlich erkannte ich, dass es nicht nur Dunkelheit und Furcht gewesen waren, die mich ihre Gestalten so seltsam deformiert und falsch hatten erkennen lassen. Im Gegenteil, die Dunkelheit hatte sie wie ein barmherziger Schleier verhüllt und das Schlimmste verborgen.

Die beiden Männer waren auf grässliche Art missgestaltet. Der Kleinere, der Howard angegriffen hatte, war ein Krüppel mit einem verunstalteten Gesicht und einem gewaltigen Buckel, ungleichen Armen und Beinen und Händen mit zu vielen Fingern, während der andere auf den ersten Blick beinahe normal erschien.

Bis er die Hände herunternahm, heißt das.

Howard überwand seinen Schrecken als Erster. Er bückte sich nach der Pistole, die ihm der Kleinere aus der Hand geschlagen hatte, und richtete die Waffe auf die beiden Männer.

»Keine Bewegung«, sagte er drohend. »Wir tun Ihnen nichts, wenn Sie vernünftig sind. Warum haben Sie uns angegriffen? Wer sind Sie?«

Natürlich bekam er keine Antwort. Der Kleinere knurrte wie ein gereizter Hund und hob seine Hände wie Krallen in Howards Richtung, während sich der Riese langsam rücklings von uns fortbewegte.

»Verdammt noch mal, antworten Sie!«, befahl Howard ungeduldig. »Wir ...«

Was dann kam, ging einfach zu schnell, als dass Howard oder ich noch Zeit gefunden hätten, zu reagieren. Der Kleinere sprang mit einem wütenden Bellen auf uns zu und zur Seite, während der Riese mit einer Bewegung, die ich einem Menschen seiner Körpermasse niemals zugetraut hätte, mit einem Satz bei der Badezimmertür und hindurch war.

Aber hinter der Tür war kein Boden, wie ich aus eigener Erfahrung wusste, sondern nur ein Schacht, der bis in die Kellergewölbe hinabführte ...

»Robert!«, brüllte Howard. »Halt ihn fest!«

Seine Worte galten dem Buckeligen, aber meine Reaktion kam um Bruchteile von Sekunden zu spät. Ich ließ den Degen fallen, warf mich nach vorne und bekam seinen Knöchel zu fassen, verlor aber das Gleichgewicht und fiel auf die Knie. Der Buckelige heulte auf, warf sich mit einer fast grotesken Bewegung herum und trat mit dem freien Bein nach meinem Gesicht.

Sein Fuß verfehlte meine Schläfe, aber ich lockerte instinktiv meinen Griff. Der Buckelige keuchte triumphierend, riss seinen Fuß aus meiner Umklammerung und raste auf allen vieren auf die offenstehende Tür zu.

Ich war mit einem Satz hinter ihm her, erreichte ihn aber nicht mehr.

Das Letzte, was ich von ihm sah, war ein huschender Schatten, der behende wie ein Baumaffe den Schacht hinunterturnte und mit den glitzernden Schatten an seinem Grund verschmolz ...

Niemand hatte ihm direkt *gesagt,* dass er ein Gefangener wäre: natürlich nicht. Er wurde weiterhin mit der gleichen, schon fast kriecherischen Ehrerbietung wie am ersten Tag behandelt, und er konnte sich weitestgehend frei in der Festung bewegen.

Aber er *war* ein Gefangener.

»Herr?«

DeVries wandte sich fast erschrocken vom Fenster um. Für einen Moment war er irritiert. Er war so in Gedanken versunken gewesen, dass er nicht einmal bemerkt hatte, wie der Bruder den Raum betreten hatte. *Seltsam,* dachte er. Seine Konzentration schien nachzulassen, seit er diese bizarre Festung am Ende der Welt betreten hatte. Es war nicht nur ihr Äußeres, das ihn irritierte, es war auch etwas *in* ihr, das er sich nicht erklären konnte. Etwas Gefährliches. Auch seine Brüder wirkten zunehmend nervöser und fahriger.

Er vertrieb den Gedanken, straffte sich und strich mit der Linken eine Falte aus seinem weißen Zeremonienmantel, während er den Bruder ansah. »Ja?«

»Necron erwartet Euch«, sagte der Bruder. Sein Gesicht war ausdruckslos, aber in seinen Augen loderte die Furcht. Sie alle hatten Angst vor Necron. Auch DeVries selbst – aber das gestand er nicht einmal sich selbst gegenüber ein.

Er nickte und verließ ohne ein weiteres Wort den Raum.

Graues Dämmerlicht umgab ihn, während er mit raschen Schritten den niedrigen Gang hinunterging. Die Festung war voller unheimlicher Geräusche, und ab und zu glaubte er mit dem Wind ein sonderbar klagendes Singen heranwehen zu hören.

Er schauderte. Vom ersten Moment an war ihm die Drachenburg unheimlich gewesen. Der Ordensmeister hatte ihm eingeschärft, höflich und zuvorkommend zu seinen Gastgebern zu sein und sich nichts von seinen Ängsten und Befürchtungen anmerken zu lassen, und DeVries bemühte sich nach Kräften, seinem Befehl nachzukommen. Aber das änderte nichts daran, dass er im Innersten felsenfest davon überzeugt war, dass Necron und seine Jünger mit dem Satan im Bunde waren.

Necron erwartete ihn in seinem Gemach, auf seinem mächtigen Thronsessel sitzend, und wie immer sah er aus, als hätte er sich die letzten fünfzig Jahre kaum bewegt. Ein alter, uralter Mann, der schon vor einem Jahrhundert hätte sterben sollen. Das Einzige, was an ihm noch wirklich *lebte,* waren die Augen. DeVries hatte noch nie einen so alten Menschen gesehen.

Und noch nie einen, der eine so körperlich fühlbare Macht ausstrahlte.

Er wartete, bis die Wächter die Tür hinter ihm geschlossen hatten, ging auf Necron zu und setzte sich, als der alte Mann eine auffordernde Handbewegung machte.

»Hattet Ihr eine gute Nacht, DeVries?«, erkundigte sich Necron. Seine Stimme stand in krassem Widerspruch zu seinem Äußeren – sie war stark und fest und klang wie die eines jungen Mannes. DeVries nickte.

»Ihr habt mich rufen lassen, Necron. Habt Ihr ... Neuigkeiten von Shannon?«

»Ja.« Necrons Miene verdüsterte sich, wenn auch nur für einen Moment. »Aber keine guten.«

»Keine guten?« DeVries runzelte die Stirn. »Ist er tot?«

Aus irgendeinem Grund schienen seine Worte Necron zu amüsieren, denn der Alte lächelte plötzlich. »Tot? Nein, mein Freund – tot ist er nicht. Aber es ist, wie ich Euch gestern schon sagte. Die Dinge entwickeln sich anders, als wir voraussehen konnten.«

»Was soll das heißen?« Plötzlich schwang ein hörbar misstrauischer Ton in seinen Worten. »Wir haben unseren Teil der Abmachung erfüllt. Jetzt erfüllt auch Ihr Euer Versprechen.«

Ein sonderbares Licht glomm in Necrons Augen auf. »Robert Craven lebt noch«, sagte er.

»Das ist Euer Problem«, gab DeVries hart zurück. Wut erfüllte ihn, Wut auf diesen alten Mann, der glaubte, ihn zum Narren halten zu können. »Es ist nicht unsere Schuld, wenn Euer Mann es nicht schafft, ihn zu vernichten. Wir haben einen Handel vereinbart – Ihr und mein Herr, in dessen Auftrag ich hier bin. Unseren Teil haben wir erfüllt, Necron.«

»Das stimmt.« Der alte Mann betonte seine Worte auf seltsam lauernde Art, und DeVries sah alarmiert auf. »Aber je länger ich darüber nachdenke«, fuhr Necron fort, »desto mehr komme ich zu dem Schluss, dass der Handel, den Ihr im Sinn hattet, von vornherein nicht ganz fair war. Ihr habt mir vieles verschwiegen,.«

DeVries biss sich auf die Lippen, aber er schluckte die wütende Antwort, die ihm auf der Zunge lag, noch einmal herunter und sagte mühsam beherrscht: »Was wollt Ihr damit sagen, Necron?«

»Ich will damit sagen«, antwortete der alte Mann, »dass die Existenz von Lovecraft und seine Geschichte« – er lächelte, als er DeVries' Erschrecken bemerkte, und legte eine Pause ein, um seinen Worten das gehörige Gewicht zu verleihen – »alles in einem anderen Licht erscheinen lässt.«

»Ihr ... wisst von Bruder Howard?«, stammelte DeVries.

Necron nickte. »Haltet mich nicht für einen Narren, DeVries«, sagte er in beinahe gelangweiltem Ton. »Nur weil ich ein alter Mann bin, bin ich noch lange nicht senil. Ihr gestattet, dass ich unsere Abmachung noch einmal überdenke.«

DeVries schluckte. »Heißt das, Ihr ... wollt Craven nicht töten?«

»Unsinn«, schnappte Necron. »Der Sohn des Hexers wird sterben. Aber es mag sein, dass ich den Zeitpunkt seines Todes noch einmal überdenke. Er kann uns von Nutzen sein, ehe er stirbt.«

»Dann brecht Ihr das Abkommen«, stellte DeVries fest.

Necron machte eine unwillige Bewegung mit seiner dürren, grau gewordenen Hand. »Es gibt kein Abkommen, das ich brechen könnte, DeVries«, sagte er. »Ihr seid hierhergekommen, ohne mir die Wahrheit gesagt zu haben.«.

»Überlegt Euch, was Ihr sprecht, alter Mann«, murmelte DeVries gepresst. »Unsere Bruderschaft –«

»Ist tausendmal mächtiger als ich und meine Jünger, ich weiß«, fiel ihm Necron ins Wort. Plötzlich wurde seine Stimme schneidend. »Aber Ihr seid in *meinem* Haus, DeVries, vergesst das nicht. Und jetzt geht in Euer Quartier zurück. Wenn die Sonne untergeht, werde ich Euch meine endgültige Entscheidung mitteilen.«

DeVries starrte den Mann noch eine Sekunde lang an, dann stand er mit einem Ruck auf und stürmte aus dem Raum. Voller Zorn lief er zu seinem Quartier zurück und schmetterte die Tür hinter sich ins Schloss.

Die Gespräche, die bei seinem Eintreten den Raum erfüllt hatten, brachen urplötzlich ab. Die Gesichter der Brüder, die an den niedrigen Tischen saßen und redeten, wandten sich in seine Richtung, und er las in mehr als einem Augenpaar die gleiche stumme Frage, die auch ihn seit Tagen bewegte.

DeVries trat ein paar Schritte von der Tür zurück, ballte die Fäuste und schloss für einen Moment die Augen. Geduldig wartete er, bis sich sein hämmernder Pulsschlag beruhigt hatte und er wieder mit der überlegen-eisigen Art zu reden imstande war, die seine Männer von ihm gewöhnt waren.

»Es ist geschehen«, sagte er. »Was ich befürchtet habe, ist eingetroffen.«

Niemand antwortete auf seine Worte, aber er sah den Schrecken, der über die Gesichter der weiß gekleideten Brüder huschte.

»Er betrügt uns«, sagte er nach einer Weile. »Ihr wisst, was wir zu tun haben.«

Noch immer reagierte keiner der elf Männer auf seine Worte, aber das war auch nicht nötig. DeVries war kein Narr, ebenso wenig wie Necron. Er hatte jede nur denkbare Entwicklung vorauszusehen versucht und auch diesen Fall in seine Pläne einbezogen. Jeder einzelne seiner Brüder wusste, was er zu tun hatte.

»Heute Abend«, sagte er. »Necron wird mich zu sich rufen, wenn die Sonne untergeht. Haltet euch bereit.«

Howards linkes Auge sah nicht besonders gut aus. Die Krallenhand des Buckeligen hatte einen langen, blutigen Kratzer in seine Wange gerissen; einen Zentimeter mehr, dachte ich schaudernd, und er hätte das Auge verloren.

»Verdammt noch mal, hör endlich auf«, sagte er mit zusammengebissenen Zähnen, während ich vorsichtig mit der Spitze meines Taschentuches das Blut aus seinem Augenwinkel tupfte. »Wir haben Wichtigeres zu tun.«

Er wollte meinen Arm herunterdrücken, aber ich schlug seine Hand grob beiseite und fuhr fort, sein Auge zu säubern.

»Was denn?«, fragte ich. »Willst du ihnen nachklettern?«

»Unsinn.« Howard hielt still, bis ich sein Gesicht verarztet hatte, so gut mir das mit den zur Verfügung stehenden Mitteln möglich war. Dann stand er auf, ging noch einmal zum Bad hinüber und blickte eine ganze Weile stumm und mit gerunzelter Stirn in die Tiefe.

»Ich möchte wissen, wer die beiden waren«, murmelte er. »Und was sie von uns wollten.« Er seufzte, drückte die Tür sorgfältig ins Schloss und drehte sich mit gerunzelter Stirn um.

Das Zimmer bot einen chaotischen Anblick. Von der Einrichtung schien einzig der dreibeinige Tisch neben dem Fenster noch unbeschädigt zu sein. Er war nicht leer. Auf der zerkratzten Platte lagen ... *Dinge.* Papiere, kleine, aus rechteckigen Lederstückchen und Schnüren selbstgebastelte Beutel, Gläser mit unidentifizierbarem Inhalt, ein Stapel pergamentener Blätter, die sich auf den zweiten Blick als aus einem Buch gerissene Seiten entpuppten, eine Kerze ...

Verwirrt starrte ich das sonderbare Sammelsurium einen Moment lang an, trat schließlich näher und wollte die Hand danach ausstrecken, aber Howard riss mich beinahe grob zurück.

»Nicht«, sagte er. »Rühr nichts an, ehe wir nicht wissen, was hier vorgegangen ist.«

Er beugte sich nun seinerseits über den Tisch und musterte die Sammlung obskurer Objekte mit einem Ausdruck von Misstrauen und Sorge.

»Weißt du, was das ist?«, fragte er schließlich.

Ich schüttelte den Kopf und zuckte gleich darauf mit den Achseln. »Wenn das hier ein Friedhof wäre und jetzt Mitternacht statt früher Morgen«, antwortete ich, »dann würde ich sagen, dass hier jemand sein Rheuma weghexen wollte.«

»Ich hoffe, dein Humor vergeht dir nicht so schnell«, murmelte Howard, ohne mich anzusehen. Seine Finger berührten die Pergamente und zuckten wieder zurück, als hätte er sich verbrannt.

»Ich weiß nicht genau, was es ist«, fuhr er fort, »aber es sieht aus, als hätten die beiden hier eine Beschwörung abgehalten. Oder es versucht.«

»Hier? Ausgerechnet hier?«

»Wundert dich das?« Howard lächelte, aber es wirkte, wie so oft bei ihm, eher düster. »Glaubst du wirklich, es wäre Zufall, dass wir ausgerechnet in diesem Haus auf die beiden getroffen sind?«

Ich antwortete nicht gleich, und Howard hob einen der kleinen

Lederbeutel hoch und schüttete seinen Inhalt auf den Tisch. Ich konnte nicht genau erkennen, worum es sich handelte – aber die kleinen schwarzen Körnchen erinnerten mich auf unangenehme Weise an getrocknete Spinnen oder Ameisen.

»Es ist kein Zufall«, behauptete Howard, als ich noch immer keine Anstalten machte, von mir aus zu reden. »Vor Tagesfrist bist du in diesem Haus einem leibhaftigen *Shoggoten* begegnet – und jetzt platzen wir mitten in irgendeine düstere Beschwörung.« Er seufzte, sah mich an und deutete ungeduldig auf den Tisch.

»Zum Teufel, Robert – muss ich dir jedes Wort aus der Nase ziehen?«, fragte er. »Schließlich bist du der Magier von uns beiden, nicht ich. Was bedeutet das alles hier?«

»Nichts«, antwortete ich, trat neben Howard an den Tisch und nahm eines der kleinen Gläser zur Hand. Auf seinem Boden lag ein verschrumpeltes braunes Ding, das irgendwann einmal ein Laubfrosch gewesen sein musste.

»Wirklich nichts, Howard«, wiederholte ich, so ernsthaft, wie ich konnte. »Ich wollte dich mit meiner Bemerkung über den Friedhof nicht auf den Arm nehmen, Howard. Das hier hat mit Magie und Hexerei so viel zu tun wie ich mit dem englischen Königshaus.«

Howard sah mich fragend an, und ich warf das Glas mit dem mumifizierten Frosch angewidert zu Boden, wo es zerbrach. »Ich habe mich in den letzten anderthalb Jahren beinahe ausschließlich mit Magie und Hexerei beschäftigt, Howard«, fuhr ich fort. »Und mit das Erste, was ich gelernt habe, war, dass so etwas nicht dazu gehört. Getrocknete Krötenbeine und Fledermausflügel, die man zu Mitternacht und Neumond auf dem Friedhof verbrennt – das ist Magie, wie sie sich Kinder und Narren vorstellen. Es hat nichts mit wirklicher Zauberei zu tun.«

»Die beiden kamen mir nicht wie Kinder vor«, murmelte Howard. »Auch nicht wie Narren. Im Gegenteil – ich hatte das Gefühl, dass sie es verdammt ernst meinten.«

»Möglich. Aber was immer sie vorhatten, hätte nicht funktioniert. Damit kannst du keine Beschwörung vornehmen, Howard. Es schadet höchstens denen, die sich damit beschäftigen.«

»Trotzdem sollten wir es mitnehmen«, beharrte Howard. »Ich will wissen, wer die beiden waren – und was sie hier wollten.«

Er blickte mich noch einen Moment nachdenklich an, löste sich dann von seinem Platz am Tisch und ging noch einmal zur Badezimmertür hinüber. Mein Herz begann wie wild zu schlagen, als ich sah, wie er sich – mit der Linken am Türrahmen Halt suchend – vorbeugte und in den schwarzen Abgrund hinabstarrte, der sich wie ein gierig aufgerissenes Maul unter ihm auftat. Es war weniger der Anblick, der mich schaudern ließ, als vielmehr die Erinnerung, die er in mir wachrief. Der Raum hatte keinen Boden. Er war nichts als ein rechteckiger, bis in die Kellergeschosse des Hauses führender Schacht. Um ein Haar wäre er mein Grab geworden, bei meinem ersten Besuch in diesem gastlichen Haus ...

»Weißt du, was dort unten ist?«, fragte Howard, als er sich wieder aufrichtete.

»Die Keller, vermutlich«, antwortete ich achselzuckend. »Warum?«

»Wir sollten hinuntergehen«, murmelte Howard. »Vielleicht finden wir irgendwelche Spuren. Die beiden können sich schließlich nicht in Luft aufgelöst haben.« Er drehte sich mit einem plötzlichen Ruck herum. »Komm.«

Ich widersprach nicht, denn ich war insgeheim froh, aus dem Zimmer verschwinden zu können. Dieses ganze Haus war verhext, beseelt von einer bösen, finsteren Macht, die uns aus unsichtbaren Augen zu belauern schien. Und es war nicht der *Shoggote*, der mich um ein Haar verschlungen hätte. Seine Gegenwart hätte ich gespürt. Aber es wäre mir fast lieber gewesen, sie zu fühlen. Denn dann hätte ich wenigstens gewusst, welcher Art von Feind wir gegenüberstanden.

Wir verließen das Zimmer und traten wieder auf den düsteren Korridor hinaus.

Irgendwo unter uns polterte etwas.

Howard blieb so abrupt stehen, als wäre er vor eine unsichtbare Wand geprallt. Das Poltern wiederholte sich, dann ertönte ein berstender Schlag, und plötzlich schien das gesamte Gebäude unter unseren Füßen wie von einem Hammerschlag getroffen zu erzittern.

Howard brüllte mir irgendetwas zu, das in einem neuerlichen, noch lauterem Krachen unterging, und rannte los.

Aber nur ein paar Schritte weit. Er hatte kaum die obersten Stufen der Treppe erreicht, als er abermals mitten im Schritt zurückprallte. Und als ich neben ihm anlangte, wusste ich auch, warum.

Mein Gefühl hatte mich nicht getrogen. Dieses Haus war eine Falle.

»Siehst du?«, schrie Howard. »Ich hatte recht – die beiden waren nicht zufällig hier. Ich glaube, irgendjemand in dieser Stadt hat etwas gegen uns.«

Ich fand seine Art von Humor nicht besonders originell.

Nicht in Anbetracht der brüllenden Flammenwand, die das untere Viertel der Treppe einhüllte und krachend und tosend auf uns zutobte.

Um ihn waren Stille und Dunkelheit wie eine warme, beschützende Decke, als er erwachte. Er wusste nicht, wo er war, wie er hierhergekommen war, nicht einmal, wer er war.

Shannon blinzelte, versuchte die Hand zu heben und stellte fest, dass sie so dick bandagiert war, dass er die Finger nicht bewegen konnte. Ein dünner, brennender Schmerz bohrte sich wie eine Nadel in sein Handgelenk, und als wäre dieser Schmerz der Schlüssel zu seinen Erinnerungen gewesen, zerriss der dumpfe Schleier, den der Schlaf um seine Gedanken gelegt hatte. Er erinnerte sich wieder. Und doch waren diese Erinnerungen ... *falsch?* War das das richtige Wort? Er wusste es nicht.

Er wusste nur, dass irgendetwas mit seiner Umgebung nicht stimmte.

Langsam richtete er sich in eine halb sitzende Position auf und schlug die Decke zurück. Er war nackt bis auf eine Pyjamahose, aber sein Körper war über und über mit Verbänden und Pflastern bedeckt, und selbst da, wo die bloße Haut noch sichtbar war, war sie zerschunden und gerötet. Er erinnerte sich an Flammen und Hitze.

Ja, das war es gewesen. Er hatte gegen den *Shoggoten* gekämpft, der Jeff töten wollte, und war dabei schwer verletzt worden. So schwer, dass er nicht einmal in der Lage gewesen war, sein geheimes Wissen anzuwenden und sich selbst zu heilen.

Mit einem entschlossenen Ruck schwang der junge Magier die Beine aus dem Bett und stand auf, obwohl sein Körper bei dieser Bewegung vor Schmerz zu zittern begann. Die beiden größten Verbände begannen sich dunkel zu färben, als die Wunden darunter wieder aufbrachen.

Shannon ignorierte den Schmerz, wankte mühsam zum Fenster und riss die Vorhänge mit einem Ruck auf. Helles Sonnenlicht strömte in den Raum, aber es flackerte und in seinem Schein war etwas Fremdes, Störendes. Wieder hatte Shannon das Gefühl, dass irgendetwas in seiner Umgebung nicht so war, wie es hätte sein müssen, und wieder entglitt ihm der Gedanke, ehe er ihn weiter verfolgen konnte.

Eine Zeit lang blieb Shannon reglos und mit geschlossenen Augen am Fenster stehen. Das Sonnenlicht umspielte seinen Körper wie eine streichelnde Hand, und Shannon spürte, wie das Reservoir magischer Energien tief in seinem Inneren Kraft aus dem Licht bezog. Die Schmerzen verebbten langsam, und das Gefühl von Müdigkeit und Schwäche wich einem neuen Empfinden von Kraft.

Fünf, sechs Minuten blieb Shannon reglos so stehen, dann ging er zum Bett zurück und trat vor den mannshohen Wandspiegel. Ein dünnes Lächeln spielte um seine Lippen, als er damit begann, die Verbände abzuwickeln.

Es dauerte lange, bis er fertig war. Als der letzte Verband zu Boden fiel, war von den zahllosen Wunden, die seine Haut zuvor bedeckt hatten, nichts mehr zu sehen. Seine Haut war so glatt und unversehrt wie die eines Neugeborenen.

Shannon bückte sich nach seinen Kleidern, die zusammengefaltet auf einem Stuhl neben dem Bett lagen, und zog sie rasch über.

Er lächelte seinem Spiegelbild zufrieden zu.

Was er sah, gefiel ihm – ein junger Mann von neunzehn Jahren, schlank, aber mit der Figur eines hochtrainierten Athleten. Seine verdreckten und mit Brandflecken übersäten Kleider und das eingetrocknete Blut an seinem Haaransatz ließen ihn wild und gleichzeitig abenteuerlich aussehen. Shannon war kein Narziss, aber er war mit Recht stolz auf seinen Körper. Und er wusste darüber hinaus, wie wichtig es war, dieses empfindliche, unersetzliche Werkzeug seines Geistes zu pflegen und ständig in Höchstform zu halten. In den letzten Tagen hatte er gleich mehrmals nur überlebt, weil er im wahrsten Sinne des Wortes in der Lage gewesen war, Übermenschliches zu vollbringen.

Shannon beendete seine Musterung, rieb das eingetrocknete Blut mit dem Handrücken von der Stirn, so gut es eben ging, und wollte sich zur Tür wenden, als irgendetwas seine Aufmerksamkeit erregte. Das schmale Jungengesicht seines Spiegelbildes blickte plötzlich misstrauisch drein.

Im ersten Moment sah er nichts Auffälliges, aber dann gewahrte er einen Schatten, der sich dicht hinter ihm bewegte, nicht viel mehr als ein Luftwirbel oder ein flüchtiger Hauch.

Shannon fuhr ansatzlos herum, riss die Arme hoch – und erstarrte.

Das Zimmer war leer. Aber plötzlich spürte er wieder den Atem des

Fremden, *Feindseligen,* der wie ein übler Geruch im Zimmer zu hängen schien. Es war ein Gefühl, als schlösse sich eine unsichtbare Hand um ihn, langsam, aber unbarmherzig. Verwirrt wandte er sich wieder um. Sein Herz begann zu rasen, als er erneut in den Spiegel sah.

Der Schatten war wieder da. Deutlicher jetzt als zuvor, als verdichte sich die Finsternis hinter ihm ganz allmählich zu einem Körper.

Aber hinter ihm war nichts!

Eine eisige Hand schien Shannons Rücken zu streifen, als er begriff, dass der Schatten nicht hinter ihm, sondern nur *hinter seinem Spiegelbild* war, und dass –

Er spürte die Gefahr beinahe zu spät.

Eine rasche, wellenförmige Bewegung lief über die Oberfläche des Spiegels, ein Zucken wie eine plötzliche Erschütterung in stillem Quecksilber, und von einem Sekundenbruchteil zum anderen wurde aus dem Schatten ein Körper, aus dem wogenden Schwarz ein Gesicht. Ein schmales, aristokratisch geschnittenes Gesicht, von einem dünn ausrasierten Bart beherrscht, ein Gesicht mit stechenden Augen und einem dünnen, grausamen Mund, darüber rabenschwarzes Haar mit einer weißen Strähne wie ein gefrorener Blitz …

Und dann hob die Gestalt die Arme, und ihre Hände griffen *aus dem Spiegelbild heraus und legten sich um Shannons Hals!*

Shannon schrie auf, warf sich zurück und versuchte den Würgegriff mit einem verzweifelten Schlag zu sprengen. Genauso gut hätte er versuchen können, einen Berg mit bloßen Händen beiseitezuschieben. Der Druck auf seine Kehle verstärkte sich eher noch.

Shannon keuchte und riss das rechte Bein in die Höhe. Seine Kniescheibe traf den Spiegel mit der Wucht eines Hammerschlages und zerschmetterte ihn vollends, aber hinter dem zerberstenden Glas war nichts, nur ein Schatten, ein Spiegelbild ohne reale Substanz. Und trotzdem spürte er den Griff des Unheimlichen weiter …

Shannon begann zu wanken. Rote, flammende Ringe tanzten vor seinen Augen auf und ab, und in seinen Lungen begann ein grausamer Schmerz zu rasen. Er fühlte, wie seine Kraft nachließ, wie die Hände Cravens das Leben aus ihm herauspressten und …

Craven.

Der Name erschien wie mit flammenden Lettern geschrieben vor Shannons Augen.

Irgendetwas schien in ihm zu zerbrechen. Plötzlich, von einer Sekunde auf die andere, kehrten seine Erinnerungen endgültig zurück. Plötzlich wusste Shannon, wem er gegenüberstand – Robert Craven, dem Sohn des Magiers! Dem Mann, den zu vernichten er hergekommen war.

Der Gedanke gab ihm noch einmal neue Kraft. Er spürte, wie der Hass in ihm emporkochte wie eine Woge aus glühender Lava, griff danach und wandelte ihn um in Kraft, so, wie es ihn Necron gelehrt hatte.

Mit einem verzweifelten Schlag sprengte er Cravens Griff, stürzte rücklings auf das Bett und wälzte sich blitzschnell zur Seite, als die Gestalt im Spiegel die Hand hochriss. Ein blauweißer Blitz sengte dicht neben seinem Kopf in die Kissen und verbrannte sie zu Asche.

Shannon fuhr herum, erhob sich mit einem Satz auf die Knie und schlug mit aller geistigen Macht zu. Die Gestalt hinter dem Spiegel schien zu flackern. Für einen Moment war es, als zeichneten kleine gelbe Flammen ihre Konturen nach; sie taumelte, verlor für die Dauer eines Herzschlages an Substanz und verdichtete sich wieder. Ihre Hände hoben sich. Blaue Elmsfeuer zuckten über ihre Finger.

Aber der tödliche Blitz, auf den Shannon gefasst war, blieb aus. Stattdessen gewann Cravens Körper mehr und mehr an Substanz, bis er schließlich keinem Spiegelbild mehr, sondern einem scheinbar lebenden Menschen aus Fleisch und Blut gegenüberstand. Aber der Eindruck zerstob, als er Cravens Stimme hörte. Es war nicht die Stimme eines lebenden Menschen, und seine Lippen bewegten sich nicht, als er sprach.

Ich könnte dich vernichten, Shannon, wisperte Cravens Stimme hinter Shannons Stirn. *Du bist mir ausgeliefert.*

Shannon starrte die unheimliche Erscheinung an und schwieg. Er wusste, dass Craven recht hatte – seine Kräfte waren schwach. Die Regeneration hatte ihn viel Energie gekostet; mehr, als er bisher gespürt hatte. Sein Angriff hatte Craven überrascht, mehr nicht. Und er fühlte, wie gewaltig die Macht des Hexers in diesem Augenblick war. Warum tötete er ihn nicht?

Weil ich dich vielleicht noch brauche, antwortete Craven, und Shannon begriff voller Schrecken, dass der Magier seine Gedanken las.

Craven lachte leise. *Wundert dich das?,* fragte er. *Hat dir dein Meister nicht gesagt, wer der Mann ist, den du vernichten sollst?* Er blickte Shannon einen Moment nachdenklich an und beantwortete seine eigene Frage dann mit einem Kopfschütteln. *Nein,* fuhr er fort. *Ich sehe, er hat es dir nicht gesagt. Necron hat sich nicht geändert, in all den Jahren.*

»Was willst du?«, fragte Shannon gepresst. »Mich vernichten oder mich verhöhnen?«

Keines von beiden, mein junger närrischer Freund, antwortete der Magier. *Ich hätte dich schon gestern vernichten können, wenn ich das wirklich gewollt hätte. Du warst mir ausgeliefert, so wie du es jetzt bist. Aber ich will dich nicht töten. Du bist nicht mein Feind.*

»Aber du meiner!«, keuchte Shannon. Voller Wut wollte er aufstehen, aber Craven machte eine rasche, fast beiläufige Bewegung mit der Hand und der junge Magier brach mit einem schmerzhaften Keuchen zusammen.

Das bin ich nicht, Shannon, widersprach er. *Man hat dir gesagt, dass ich dein Feind wäre, aber das stimmt nicht. Necron belügt dich. So, wie er euch alle belügt. Aber ich verlange nicht, dass du mir glaubst.*

»Was willst du?«, keuchte Shannon. »Töte mich, oder verschwinde. Ich –«

Was ich will. Craven lachte, und diesmal klang es so hässlich, dass Shannon instinktiv aufsah und die unheimliche Erscheinung mit neu erwachender Furcht anstarrte. *Ich will dir eine letzte Chance geben, deine Meinung zu ändern, du Narr,* sagte Craven zornig. *Ich bin nicht dein Feind, sondern im Gegenteil ein Feind derer, die auch du bekämpfst.*

»Was ... was meinst du damit?«, fragte Shannon stockend. Innerlich tobte er noch immer vor Hass und Zorn, aber Cravens Worte hatten irgendetwas in ihm berührt, etwas wie ein verborgenes Wissen, von dessen Existenz er selbst bis zu diesem Augenblick noch keine Ahnung gehabt hatte. Er wusste einfach, dass der Magier in diesem Augenblick die Wahrheit sagte. »Was soll das heißen?«

Du wirst alles erfahren, antwortete Craven. *Aber nicht jetzt, und nicht hier. Denke über meine Worte nach, Shannon, und wenn du deine Entscheidung getroffen hast, dann komm zu mir. Ich erwarte dich in Innsmouth, heute Abend, wenn die Sonne untergeht.*

Die Feuerwand kam mit unheimlicher Geschwindigkeit näher. Die Flammen fanden in dem ausgetrockneten Holz der Teppiche reichlich Nahrung und breiteten sich fast mit der Geschwindigkeit einer

Explosion aus. Eine unsichtbare, glühende Hand griff nach meinem Gesicht, und jeder einzelne Atemzug war wie flüssige Lava in meinen Lungen.

Ich fuhr zurück und riss Howard mit mir, der noch immer wie fasziniert auf die heranrasende Feuerwand starrte.

Der schmale Gang war plötzlich voller Qualm und erstickender Hitze, und noch während wir den Weg zurücktaumelten, leckten bereits die ersten roten Flammenzungen an den obersten Stufen der Treppe. Die Tapeten begannen sich schwarz zu färben und zu schwelen.

»Dort hinaus!«, brüllte Howard über das Krachen und Prasseln der zusammenbrechenden Treppe hinweg. Er deutete wild gestikulierend auf das schmale Fenster am Ende des Ganges und rannte los.

Ich begriff eine halbe Sekunde zu spät, was er vorhatte. Mit einem verzweifelten Schrei lief ich hinter ihm her und versuchte ihn zurückzureißen, aber es war zu spät. Howard hatte das Fenster erreicht, rüttelte einen Moment vergeblich am Rahmen – und schlug die Scheibe kurzerhand mit dem Ellbogen ein.

Hinter uns schien der Korridor zu explodieren. Der Sauerstoff, der durch das zerbrochene Fenster hereinfauchte, ließ das Feuer zu brüllender Weißglut aufsteigen. Ich schrie auf, als mich die Hitze wie eine glühende Faust in den Rücken traf, riss schützend die Arme vor das Gesicht und sah durch einen Schleier von Tränen, wie Howard Anstalten machte, aus dem Fenster zu klettern. Aber aus irgendeinem Grund hielt er mitten in der Bewegung ein und starrte mit schreckgeweiteten Augen nach unten.

Halb blind vor Schmerz griff ich nach dem Fensterrahmen, zerschnitt mir an den Glassplittern die Finger und starrte in die Tiefe.

Unter uns brannte das Haus wie eine Fackel.

Es war unmöglich. Der logische Teil meines Verstandes sagte mir, dass das Feuer nicht so gewaltig sein konnte, nach diesen wenigen Sekunden – aber die Wirklichkeit behauptete das Gegenteil. Schwarzer Rauch quoll aus den zerborstenen Fenstern, hier und da leckten bereits Flammen an den Außenmauern empor, und die Eingangstür, drei Stockwerke unter uns, spie Feuer wie ein Vulkan.

Für einen kurzen Moment dachte ich ernsthaft daran, den zehn oder zwölf Yard tiefen Sprung zu wagen und ein paar gebrochene Knochen – oder schlimmstenfalls ein schnelles Ende – dem qualvollen Tod in den Flammen vorzuziehen, verwarf den Gedanken aber sofort wieder und kletterte hastig in den Flur zurück. Die Hitze war ins Unerträgliche gestiegen. Ich spürte, wie das gesamte Gebäude unter meinen Füßen zu zittern begann, als sich die Flammen in sein morsches Gebälk fraßen. Logisch oder nicht – dieser ganze Trümmerhaufen würde in wenigen Augenblicken zusammenstürzen!

Howard taumelte hustend und keuchend an mir vorbei direkt auf die Flammenwand zu! Seine Gestalt schien sich vor dem weiß glühenden Hintergrund der Feuersbrunst aufzulösen, und ich sah, wie das Holz unter seinen Füßen zu schwelen begann. »Howard!«, brüllte ich mit überschnappender Stimme. »Bist du verrückt geworden? Komm zurück!«

Wieder erbebte das gesamte Gebäude wie unter einem Hammerschlag. Die Flammen schossen wie eine kompakte Wand aus unvorstellbarer Hitze wenige Schritte hinter Howard aus dem zerborstenen Boden, leckten gegen die Decke und ließen die Wände knacken und reißen. Die Helligkeit trieb mir die Tränen in die Augen; ich sah Howard nur noch wie durch einen blendenden Schleier.

Aber ich erkannte, wie er verzweifelt die Tür vor sich aufzustemmen versuchte – und begriff!

Mit einem Satz war ich neben ihm, verbrannte mir die Finger am glühenden Eisen des Türgriffes und zerrte mit aller Macht daran. Die Hitze hatte das Holz bereits verzogen, und für einen kurzen, schrecklichen Moment schien es fast, als hielte die Tür selbst unseren vereinten Kräften stand. Dann sprang sie mit einem berstenden Schlag auf, und Howard und ich stolperten nebeneinander in das Zimmer zurück, das wir vor Minuten erst verlassen hatten.

Als wir die Tür zum Bad erreichten, explodierte der Türrahmen hinter uns in blendender Weißglut. Die Luft schien zu kochendem Sirup zu gerinnen. Howard schrie auf, kämpfte sich, das Gesicht zwischen den schützend erhobenen Armen verborgen, zur Tür zurück und trat sie zu.

Seine Verzweiflungstat verschaffte uns noch einmal eine kurze Gnadenfrist. Die Tür begann augenblicklich zu schwelen; eine unheimliche, blauweiße Helligkeit drang durch ihre Ritzen, und Schloss und Angeln glühten plötzlich dunkelrot. Kleine Flammen leckten rings um sie herum aus dem Holz. Aber sie hielt die allerschlimmste Hitze zurück, wenn auch nur für Sekunden. Aber vielleicht für die Sekunden, die wir brauchten.

Als Howard zurückkam, hatte ich die Badezimmertür bereits aufgerissen und mich in den Schacht geschwungen. Der Stein vibrierte unter meinen Händen wie ein lebendes Wesen, und aus der Tiefe stieg ein Hauch brodelnder Hitze herauf wie aus einem Kamin. Rote Lichtreflexe zuckten durch die Schwärze am Grunde des Schachtes, und rings um uns wand sich das Haus wie in Krämpfen. Aber die Flammen hatten den Schacht noch nicht erreicht! Die tödliche Fallgrube, der ich vor Tagesfrist mit knapper Not entkommen war, konnte jetzt zu unserer letzten Rettung werden!

Es war ein bizarrer, tödlicher Spießrutenlauf. Über uns erscholl ein seltsam heller, splitternder Laut, kaum dass wir die ersten Meter hinuntergestiegen waren, und plötzlich wurde der Schacht von einem gnadenlosen, grellen Licht erfüllt. Ich spürte, wie das Gebälk, an dem wir hinabstiegen, binnen Sekunden heiß wurde, und plötzlich begann der Balken unter meinen Fingern zu schwelen.

Ein greller Schmerz zuckte wie eine Lanze durch meine Hände. Ich versuchte verzweifelt, mich trotz der Schmerzen festzuklammern, und sah, wie Howard neben mir den Halt verlor und mit einem lautlosen Schrei nach hinten kippte.

Dann verlor ich ebenfalls den Halt und stürzte wie ein Stein in die Tiefe.

Die Dämmerung begann sich wie ein graues Leichentuch über der Drachenburg auszubreiten. Die Schatten wurden länger und finsterer, und die Gestalten der Männer hoch oben hinter den Zinnen verblassten allmählich zu flachen Scherenschnitten, die mit sonderbar ruckhaften Bewegungen vor dem grauen Himmel hin und her patrouillierten.

Es war ein bizarres Bild. DeVries fühlte sich unwirklich; es fiel ihm immer schwerer, sich darauf zu besinnen, dass er sich immer noch im neunzehnten Jahrhundert aufhielt, nicht im elften oder zwölften. Nichts an seiner Umgebung ließ darauf schließen, dass sich hinter den Bergen, die im Westen mit der Dämmerung zu verschmelzen begannen, eine Welt verbarg, in der es moderne Städte gab, Gaslicht, Dampfmaschinen und Telegraphenleitungen, die ferne Staaten miteinander verbanden.

Aber schließlich trugen seine Brüder und er auch die historischen Gewänder des Ordens und waren mit Schwert und Schild bewaffnet; wie Figuren, die der Vergangenheit entsprungen waren. DeVries wusste natürlich, dass er sich auf jeden einzelnen seiner Begleiter verlassen konnte. Der Ordensmeister hatte die Männer, die mit ihm gingen, persönlich ausgesucht. Jeder von ihnen war ein Meister im Umgang mit Schwert, Morgenstern und Bogen, ein hochtrainierter Einzelkämpfer, in der Lage, allein mit einer kleinen Armee fertig zu werden.

Im Moment wären DeVries ein paar moderne Schusswaffen allerdings weitaus lieber gewesen. Bizarr oder nicht – die Burg der Hexer war Realität, und er hatte viele, sehr viele Männer mit Waffen gesehen. Es würde ein harter Kampf werden. Trotzdem würden sie ihn gewinnen, das wusste er. Sie fochten im Namen des Herren, und wo Gott und Satan aufeinanderstießen, da stand der Sieger von vornherein fest.

Trotzdem war er nervös, als er die Kammer verließ und zwischen die beiden Männer trat, die ihn zu Necron geleiten würden. Seine Hand spielte unruhig am Griff des gewaltigen zweischneidigen Schwertes, das er am Gürtel trug.

»Seid Ihr bereit, Herr?«, fragte einer der beiden. Seine Stimme klang unterwürfig und devot wie immer, aber DeVries meinte auch einen neuen, misstrauischen Klang darin zu vernehmen. Es waren nicht die gleichen Männer, die ihn bisher begleitet hatten. Vielleicht war es Zufall, aber vielleicht ahnte Necron auch, dass er auf die Herausforderung reagieren würde.

»Ich bin bereit«, antwortete DeVries.

Es waren die letzten Worte, die die beiden Männer in ihrem Leben hörten. Die Tür hinter DeVries' Rücken wurde mit einem Ruck aufgestoßen, und zwei seiner Männer sprangen auf den Gang hinaus. Die Schwerter in ihren Händen blitzten auf. Die beiden Hexenbrüder sanken tot zu Boden, ehe sie sich der Gefahr überhaupt wirklich bewusst wurden.

»Schnell jetzt!«, befahl DeVries. »Ihr wisst, was zu tun ist. Zwei Mann gehen zum Tor und überwältigen die Wache dort. Die anderen kommen mit mir!«

Rasch und lautlos wandten sich zwei der weißgekleideten Brüder nach links und verschwanden im Dämmerlicht des Ganges, während sich die anderen hinter ihm versammelten und ihre Waffen bereithielten. DeVries hatte ein ungutes Gefühl. Aber er gab sich alle Mühe, sich nichts anmerken zu lassen, sondern wies seine Männer mit stummen, präzisen Gesten ein. Dann zog er sein Schwert und huschte geduckt den Gang hinunter.

Der Innenhof der Festung lag leer und scheinbar verlassen vor ihm, aber er wusste, dass dieser Eindruck täuschte – er spürte einfach, dass diese gewaltige, bizarr geformte Festung alles andere als tot war. Im Gegenteil: Er spürte sich von unsichtbaren Augen beobachtet und belauert, und er glaubte die Gefahr beinahe zu riechen, die sich über ihm und seinen Männern zusammenballte.

Aber es war zu spät, noch irgendetwas an seinen Plänen ändern zu wollen. Necron hatte ihn herausgefordert. Jetzt würde er den Preis dafür zahlen müssen.

Geduckt lief DeVries über den kopfsteingepflasterten Hof, näherte sich dem Eingang des Haupthauses und wartete, bis das knappe Dutzend Männer, das ihm geblieben war, den Hof ebenfalls überquert hatte.

Lautlos öffnete er die Tür und huschte ins Innere des Hauses. Geräusche drangen an sein Ohr – Stimmen, wieder dieses dumpfe, monotone Singen und Raunen, das ihn so sehr beunruhigte, ein leises Klirren und Klingen wie von Metall. Sehr weit vor ihm war Licht; der flackernde Schein einer Kerze. Aber nirgends war auch nur die Spur eines Menschen zu sehen.

Unbehelligt durchquerten DeVries und seine Leute das Erdgeschoss, stiegen die Treppen hinauf und standen schließlich vor der Tür zu Necrons Gemach.

DeVries zögerte. Das ungute Gefühl, das er die ganze Zeit über verspürt hatte, steigerte sich zu nagender Furcht. Irgendetwas stimmte hier nicht, das spürte er überdeutlich. Es war zu leicht gewesen. Sie hätten niemals so weit kommen dürfen; nicht, ohne angegriffen oder zumindest aufgehalten zu werden.

Er vertrieb den Gedanken, nickte dem Mann, der auf der anderen Seite des Eingangs Aufstellung genommen hatte, kurz zu und schob die Tür behutsam auf.

Der Raum auf der anderen Seite war in absolute Finsternis getaucht. Die Fenster waren verdunkelt, und selbst die schwarzen, bizarr geformten Kerzen, die sonst immer auf dem Tisch gebrannt hatten, waren erloschen.

Fünf, zehn endlose Sekunden blieb DeVries reglos stehen und lauschte, aber alles, was er hörte, war das dumpfe Hämmern seines eigenen Herzens. Die Festung schien ausgestorben zu sein. Selbst die Geräusche, die er bisher gehört hatte, waren verstummt. Das gigantische, uralte Bauwerk war still. Still wie ein riesiges, steinernes Grab …

Dann …

DeVries wusste selbst nicht zu sagen, was es war, das ihn warnte. Er *spürte eine* Bewegung, warf sich zur Seite und schrie voller Schmerz und Wut, als reißender Stahl durch sein Kettenhemd drang und an seinen Rippen abglitt.

DeVries brüllte. Mit einer verzweifelten Bewegung warf er sich zurück, stolperte über ein Hindernis, fiel auf den Rücken und schlug noch im Sturz mit dem Schwert zu. Er spürte, dass er traf. Ein harter Ruck ging durch die Waffe, dann schlug etwas dumpf zu Boden, und mit einem Mal war der Raum voller Schritte und polternder Bewegung und dunkler, drohender Schatten. Gleichzeitig gellte draußen auf dem Gang ein fürchterlicher Schrei, und Stahl schlug mit dumpfem Krachen auf etwas Weiches.

DeVries sprang auf, packte sein Schwert mit beiden Händen und hieb wild und ungezielt um sich. Wieder traf er, aber die Klinge wurde ihm fast aus der Hand geprellt; er taumelte, spürte einen scharfen Luftzug und hörte einen machtvollen Schlag, als irgendetwas dicht hinter seinem Kopf in die Wand schlug.

DeVries duckte sich, fand wieder festen Stand und ließ das Schwert mit aller Kraft kreisen.

Es war ein bizarres, unwirkliches Gefecht. Die Schatten zogen sich um ihn zusammen. Metall blitzte auf, aber er sah nicht mehr als Schemen. So konnte er unmöglich siegreich kämpfen! DeVries wich zurück, stolperte dorthin, wo er die Tür vermutete, und prallte gegen die Wand, spürte aber rissiges Holz unter der rechten Schulter. Noch einmal hieb er wie wild um sich und trieb die Angreifer damit zurück, dann hatten seine tastenden Finger den Riegel gefunden und zerrten ihn zurück.

Mit einem verzweifelten Satz hechtete DeVries auf den Gang hinaus und riss das Schwert in die Höhe. Aber der Anblick, der sich ihm bot, ließ ihn erstarren.

Der Gang, noch vor wenigen Augenblicken verlassen und wie ausgestorben, hatte sich in ein tobendes Chaos verwandelt. Die Falle hatte nicht nur ihm gegolten. Seine Männer waren im gleichen Moment wie er angegriffen worden.

Aber DeVries sah erst jetzt, dass ihre Gegner keine Menschen waren …

Der Sturz schien endlos zu dauern. Die Wände rasten an mir vorüber, verbogene Eisenstangen und zerborstene Balken, und über mir tobte ein weißglühender Orkan aus Hitze und Licht. Mein letzter Gedanke galt Howard, dessen Schrei in meinen Ohren gellte und plötzlich abbrach.

Dann traf eine unsichtbare Faust meine Füße, versuchte mir die Beine in den Leib zu rammen und presste mir die Luft aus den Lungen, alles in Bruchteilen einer einzigen Sekunde. Dann brach das, was ich für tödlichen schwarzen Stein gehalten hatte, auseinander, und eine Woge eisigen Wassers schlug über mir zusammen.

Die Wucht des Sturzes presste mich tief unter Wasser. Ich schlug schmerzhaft gegen Stein oder Felsen. Fauliges Wasser drang in meinen Mund; ich würgte, unterdrückte mit letzter Kraft den Impuls zu atmen und kämpfte mich nach oben.

Flackerndes weißes Licht umgab mich, als ich durch die Wasseroberfläche brach. Irgendwo weit vor mir hüpfte Howards Kopf wie ein Korken auf den schwarzen Wellen, und ich hörte seine Stimme, die mir irgendetwas zuschrie, das ich nicht verstand.

Etwas Heißes streifte meine Wange, und plötzlich schien das Wasser neben mir wie unter einem Kanonenschuss auseinanderzuspritzen. Eine Flamme leckte nach meinem Haar und erlosch wieder. Und endlich begriff ich, in welcher Gefahr ich mich befand!

Der Schacht endete geradewegs in der Kanalisation, und das schlammige Wasser hatte meinen tödlichen Sturz gebremst, aber ich war keineswegs in Sicherheit. Aus dem Schacht regneten ununterbrochen brennende Trümmerstücke herab und schlugen wie kleine tödliche Meteoriten rings um mich ein!

Entsetzt warf ich mich nach vorn, spürte einen neuerlichen Schlag gegen die Seite und tauchte blindlings unter. Vier, fünf Züge weit schwamm ich unter Wasser, bis meine ausgestreckten Hände gegen rauen Stein stießen, tauchte wieder auf und sah mich keuchend um.

Der Anblick ließ mich schaudern. Der Schacht lag hinter mir, nicht sehr weit, aber immerhin weit genug, dass ich nicht mehr von einem herabstürzenden Trümmerstück erschlagen werden konnte. Über uns schien eine blauweiße, lodernde Sonne aufgegangen zu sein. Eine Welle intensiver Hitze fauchte aus dem Schacht herab. Das Wasser kochte unter den Einschlägen der Steine, die ununterbrochen aus der Höhe herabstürzten, und selbst an seinem Grund loderte jetzt ein unheimliches Licht, als brenne das Höllenfeuer noch unter Wasser weiter.

Ich riss mich von dem furchtbaren Anblick los, sah mich nach Howard um und schwamm mit drei, vier kräftigen Zügen zu ihm hinüber.

Howard hatte mittlerweile das jenseitige Ufer des Sieles erreicht und war gerade dabei, sich schnaubend auf den schmalen gemauerten Sims hinaufzuziehen, der den Abwasserkanal säumte. Mit letzter Kraft zog ich mich hinter ihm auf den rettenden Stein und blieb sekundenlang, mühsam um Atem ringend, liegen. Mein Herz raste, und in meinen Ohren rauschte das Blut.

»Wir müssen ... weiter«, keuchte Howard neben mir. Seine Stimme klang seltsam; die gewölbte Decke des Kanals verzerrte sie und warf meckernde Echos zurück, und das Brausen der Flammen verlieh seinen Worten einen unheimlichen Klang.

Ich stemmte mich hoch, wischte mir Wasser und Schmutz aus dem Gesicht und versuchte zu antworten, brachte jedoch nur ein hilfloses Ächzen zustande.

»Schnell«, sagte Howard. »Wir müssen weg. Ich fürchte, die Decke hält nicht.«

Wie um seine Worte zu bestätigen, lief in diesem Moment ein spürbares Zittern durch den Tunnel, und irgendwo hinter uns löste sich ein Stein aus der gewölbten Decke und fiel klatschend ins Wasser.

Mühsam drehte ich mich herum und begann dicht gegen die Wand gepresst auf dem schmalen Sims entlang zu balancieren.

Der Stollen ächzte unter dem Gewicht des zusammenstürzenden Hauses, und das Geräusch weckte die Erinnerung an einen anderen Brand in mir, ein Feuer, das ebenso unnatürlich gewesen war und lange zurücklag ...

Nach einer Strecke von vielleicht fünfzig Yard begann der Sims breiter zu werden. Gleichzeitig hob sich die Decke, bis aus dem niedrigen Tunnel plötzlich eine hohe, runde Höhle mit gemauerten Wänden wurde. Der Abwasserkanal verwandelte sich in einen flachen, runden See, der auf der anderen Seite der Kaverne gurgelnd durch einen zweiten, weitaus niedrigeren Tunnel abfloss.

Mit einem erleichterten Seufzen taumelte ich ein paar Schritte in die Kaverne hinein, ließ mich gegen die Wand fallen und sackte kraftlos daran zu Boden. Plötzlich begann sich der unterirdische Dom vor meinen Augen zu drehen; mir wurde schlecht. Für zwei, drei Sekunden kämpfte ich gegen die immer stärker werdende Übelkeit an, dann gab ich auf, beugte mich zur Seite und übergab mich würgend.

Als ich wieder klar zu sehen und zu denken vermochte, erblickte ich ein Paar Füße, die dicht vor meinem Gesicht inmitten der Pfütze von Erbrochenem standen, ohne dass es ihren Besitzer zu stören schien. Im Gegenteil – plötzlich klang ein dunkles, amüsiertes Lachen auf. Aber es war kein sehr freundliches Lachen ...

Ich blinzelte, stemmte mich mühsam in die Höhe und hob den Kopf.

Die Füße gehörten zu den gewaltigsten Beinen, die ich jemals erblickt hatte. Aber sie passten zu dem Körper. Dem Körper eines Riesen, mehr als zwei Meter groß und so breitschultrig, dass er schon fast verkrüppelt wirkte.

Und sein Gesicht ...

Sein Gesicht war ein Albtraum.

Aber das war der letzte Gedanke, den ich dachte. Dann traf mich eine Faust und löschte mein Bewusstsein aus.

»Sie haben ihn«, sagte Ayres. Das Gesicht der alten Frau war zu einer Maske der Konzentration geworden, wie immer, wenn sie in Trance fiel. Aber etwas war anders als die anderen Male, da Lowry die Hexe in diesem Zustand gesehen hatte. Ihre Stimme bebte vor Erregung. »Sie haben ihn«, sagte Ayres noch einmal. »Ihn und noch einen Mann. Einen Fremden.« Sie zögerte. »Etwas stimmt nicht«, fügte sie mit veränderter Betonung hinzu.

Lowry sah, wie Bannister und Floyd alarmiert aufblickten. Das Licht der einzigen Kerze, die den großen, abgedunkelten Raum tief unter der Erde erhellte, schien für einen Moment zu flackern, obwohl es keinen Luftzug gab.

»Was heißt das?«, fragte er. »Gibt es Schwierigkeiten?«

»Nein«, sagte Ayres hastig. Sie öffnete die Augen, fuhr sich mit den Fingerspitzen über die Lippen ihres faltigen, zahnlosen Mundes und sagte noch einmal und mit größerer Überzeugung: »Nein. Curd und Wulf bringen sie hierher. Es ist alles so gekommen, wie du geplant hast, Lowry.« Sie lächelte, und in ihren vom Alter trüb gewordenen Augen glühte Triumph auf. »In zwei Stunden werden sie hier sein. Dieser andere zählt nicht. Ich werde Curd sagen, dass er ihn töten soll.«

»Nein«, sagte Lowry schnell. »Ich ... möchte nicht, dass ein Unschuldiger stirbt. Ich will nur ihn.«

In Ayres Augen blitzte es spöttisch auf, aber zu Lowrys eigener Verwunderung nickte sie. »Wie du willst. Aber er wird alles verraten. Du wirst Schwierigkeiten bekommen, wenn alles vorbei ist.«

Lowry machte eine ungeduldige, wegwerfende Handbewegung. »Das zählt nicht«, sagte er. »Ich will ihn, alles andere ist gleich.« Er funkelte die Alte an. »Du wirst deinem Kretin sagen, dass er dem anderen nichts zuleide tut, hast du das verstanden?«

Ayres nickte. »Wie du befiehlst, Meister«, sagte sie spöttisch. »Es ist dein Leben, das du wegwirfst.«

Ein kurzes, eisiges Frösteln lief über Lowrys Rücken, als er die Worte der Alten hörte. Aber dann dachte er an ihn, den Mann, den Curd und der Wolfsmann brachten – und an seinen neugeborenen Sohn. Und plötzlich spürte er nur noch Hass.

Ein dumpfer Schmerz pochte in meinem Nacken, als ich erwachte. Ich lag mit dem Gesicht auf hartem, schmierig feuchtem Stein, und als ich die Hände zu bewegen versuchte, spürte ich, dass meine Arme brutal auf den Rücken gedreht und mit groben Stricken zusammengebunden worden waren. Es tat ziemlich weh.

Ich stöhnte und wälzte mich herum. Ein Fuß traf meine Seite und presste mir die Luft aus den Lungen.

»Versuch lieber keinen Unsinn«, sagte eine Stimme irgendwo über mir. »Es sei denn, du legst Wert darauf, dass ich dich gleich hier fertigmache.«

»Was ... was soll das?«, keuchte ich, als ich wieder einigermaßen zu Atem gekommen war. »Wer sind Sie und was ... was wollen Sie von uns?«

Der Mann über mir lachte hart. Es war der Riese, auf den wir schon oben im Hotel getroffen waren, und hinter ihm glaubte ich den verzerrten Schatten eines zweiten Mannes zu erkennen. Ein seltsam hechelndes, kaum mehr menschliches Atmen drang an mein Ohr.

»Spielen Sie nicht den Narren, Andara«, sagte der Riese ärgerlich. Im Gegensatz zu seinem abstoßenden Gesicht klang seine Stimme beinahe sympathisch, obwohl sie vor Zorn und mühsam unterdrückter Wut bebte. »Sie hätten niemals wieder hierherkommen sollen«, fuhr er fort.

»Ich ... ich verstehe nicht«, murmelte ich, sprach aber vorsichtshalber nicht weiter, als er den Fuß hob, als wolle er mich schon wieder treten. Offensichtlich verwechselte er mich – mit meinem Vater.

»Sie bleiben hier liegen und rühren sich nicht, bis ich zurück bin«, sagte er drohend. »Ich lasse Wulf bei Ihnen. Wenn Sie zu fliehen versuchen, zerreißt er Sie.«

Ich antwortete nicht. Allmählich begannen sich die grauen Schlieren vor meinem Blick zu lichten, und ich erkannte mehr von meiner Umgebung. Ich konnte nicht lange bewusstlos gewesen sein, denn wir befanden uns noch immer in der unterirdischen Kaverne, und aus dem Abwasserkanal drang flackernder Lichtschein. Ein schwacher Brandgeruch mischte sich in den Gestank des fauligen Wassers, und irgendwo, sehr weit entfernt, wie es schien, ertönte ein ununterbrochenes Poltern und Bersten. Aber das alles registrierte ich nur am Rande. Der größte Teil meines Bewusstseins konzentrierte sich auf den Riesen, der mit drohend geballten Fäusten und gespreizten Beinen über mir stand und auf eine Antwort zu warten schien.

Ich schwieg weiter, aber mein Blick saugte sich in dem seiner Augen fest und nach einer Weile schlug der Ausdruck von Hass darin um, wurde zu einem unsicheren Flackern, schließlich zur Furcht.

»Binde mich los!«, befahl ich.

Der Riese stöhnte. Seine gespaltenen Lippen zuckten, und auf seinem furchtbar verwüsteten Antlitz machte sich ein Ausdruck von Hilflosigkeit und Schrecken breit. Dann Panik.

»Binde mich los«, sagte ich noch einmal. »Sofort! Ich befehle es.«

Der Riese begann zu taumeln. Ich sah, wie sich seine Muskeln unter dem zerschlissenen Hemd spannten, als könnte er körperlich gegen den fremden Willen kämpfen, der seinen eigenen Geist beeinflusste. Ein dumpfes, gequältes Stöhnen kam über seine Lippen.

Natürlich verlor er den Kampf. Sein Geist war stark und stand seinem Körper in Zähigkeit und Kraft kaum nach, aber ich verfügte über die Macht eines Magiers; einer Macht, der kein Sterblicher gewachsen ist. Nach drei, vier endlosen Sekunden löste er sich von seinem Platz, trat mit einem mühsamen Schritt auf mich zu und hob die Hände; in einer Bewegung, die steif und puppenhaft wirkte.

Aber er führte sie nicht zu Ende. Der verschwommene Schemen hinter ihm stieß ein helles, winselndes Geräusch aus, sprang mit einem grotesken Satz auf den Riesen zu und schleuderte ihn zurück.

Ich spürte, wie das unsichtbare Band zerriss, das mich mit seinem Geist verbunden hatte, versuchte instinktiv nach dem zweiten Angreifer zu greifen und krümmte mich, als eine sechsfingrige Klaue mein Gesicht traf und scharfe Krallen meine Wange aufrissen.

»Zurück!«, brüllte ich. »Verschwinde – ich befehle es!«

Die einzige Reaktion auf meine Worte bestand in einem zweiten, noch gemeineren Hieb, der meinen Kopf mit solcher Wucht gegen den Steinboden krachen ließ, dass mir für einen Moment die Sinne schwanden.

Als sich mein Blick wieder klärte, sah ich in ein Albtraumgesicht.

Es war der Buckelige – oder das, was ich oben im Hotel für einen buckeligen Menschen gehalten hatte. Jetzt hatte er seine Jacke abgestreift, sodass ich seinen Körper sehen konnte. Er war nicht buckelig.

Und er war erst recht kein Mensch ...

»Wulf!«, brüllte der Riese. »Aus!«

Die Albtraumkreatur stieß ein keuchendes Bellen aus und schnappte nach meinem Gesicht. Ihr fürchterliches Gebiss klappte Millimeter über meinem Gesicht zusammen, und ein Schwall übelriechenden Atems streifte mich. Seine Raubtierkrallen bohrten sich in meinen Hals.

»Aus!«, schrie der Riese noch einmal. »Zurück, Wulf!«

Und diesmal gehorchte die Kreatur. Mit einem letzten, drohenden Zischen löste sie die Hände von meiner Kehle, richtete sich auf und kroch auf allen vieren ein Stück zurück, ohne mich jedoch auch nur eine Sekunde aus den Augen zu lassen.

»Das war nicht sehr klug von Ihnen, Andara«, sagte der Riese leise. Er hatte sich wieder gefangen und starrte hasserfüllt auf mich herab. »Ich hätte Lust, Sie gleich hier zu ersäufen. Aber das wäre zu leicht.«

Er wandte sich um, zischelte der Wolfskreatur etwas zu und verschwand gebückt in dem Abwasserkanal, der zum Hotel zurückführte.

»Tu etwas, Robert«, flüsterte Howards Stimme neben mir. »Schnell; ehe er zurückkommt.«

Mühsam drehte ich den Kopf und sah Howard an, der zwei Schritte neben mir lag, genauso wie ich an Händen und Füßen gefesselt. »Bitte, Robert!«, fügte er hinzu. Seine Stimme zitterte.

»Das kann ich nicht«, antwortete ich leise. »Es tut mir leid, Howard. Ich kann ihn nur beeinflussen, wenn ich seine Augen sehe.«

Howard presste enttäuscht die Lippen aufeinander.

»Und dieses ... Wesen?«, fragte er mit einer Kopfbewegung auf den Wolfsmann. Die Kreatur schien seine Worte zu verstehen, denn ihr Kopf ruckte herum, und ein drohendes Knurren drang aus ihrer Kehle.

Ich versuchte es, obwohl ich von vornherein wusste, wie sinnlos es war. Der Riese hatte genau gewusst, warum er dieses Wesen als Wächter bei uns zurückließ.

Trotzdem konzentrierte ich mich, erregte seine Aufmerksamkeit mit einem schnalzenden Laut und versuchte seinen Blick zu bannen. Behutsam tastete ich nach seinem Geist, aber alles, was ich spürte, waren animalische Instinkte. Wildheit und Hunger und Gier, und eine Mordlust, die mich zurückprallen ließ, als hätte ich glühendes Eisen berührt.

Ich schüttelte den Kopf. »Sinnlos«, sagte ich leise. »Dieses Ding hat kein Bewusstsein, das ich beeinflussen könnte.«

»Verdammt, Robert – was ist das für ein Wesen?«, knurrte Howard. »Und dieser Riesenkerl ... sein Gesicht! Hast du sein Gesicht gesehen?«

Ich nickte. Natürlich hatte ich das Gesicht des Riesen gesehen. Und ... nicht einmal zum ersten Mal! Es war kaum zwei Tage her, dass ich Gesichter wie dieses erblickt hatte, in einer kleinen Ortschaft wenige Meilen von hier ...

»Innsmouth«, sagte ich.

Howard sah auf, runzelte die Stirn und blickte mich an, als zweifle er an meinem Verstand. »Wie?«

»Innsmouth«, wiederholte ich aufgeregt. »Du hattest recht, Howard – es war kein Zufall, dass wir auf diese beiden getroffen sind. Ich bin Männern wie ihnen schon einmal begegnet; kurz vor meiner Ankunft in Arkham. Sie ... haben mich angegriffen. In Innsmouth, nur ein paar Meilen –«

»Ich weiß, wo Innsmouth liegt«, unterbrach mich Howard, und plötzlich war in seiner Stimme ein Klang, der mich aufhorchen ließ.

»Was hast du dort getan?«, fragte er scharf.

Ich schwieg einen Moment, warf einen unsicheren Blick auf den Wolfsmenschen, der unser Gespräch mit gespitzten Ohren und glühenden Augen verfolgte, und erzählte ihm in wenigen Sätzen von meinem Besuch in dem kleinen Fischerdorf.

Howards Gesicht verdüsterte sich mit jedem Wort, das er hörte. »Du hast mir nichts davon erzählt, dass du dort warst.«

»Du hast mich nicht danach gefragt«, antwortete ich verärgert. »Und ich hielt es nicht für wichtig.«

»Nicht wichtig?«, keuchte Howard. »Verdammt, Robert – du hältst es nicht für wichtig, wenn du in ein Dorf voller wildfremder Leute kommst und die versuchen dich umzubringen?«

»Ich ... ich habe einfach nicht mehr daran gedacht«, verteidigte ich mich. »Seit ich in diese verdammte Stadt gekommen bin, bin ich ja kaum dazu gekommen, einen klaren Gedanken zu fassen.«

»Schon gut«, sagte Howard leise. »Du hast ja recht. Es macht vermutlich auch keinen Unterschied mehr.« Er seufzte. »Aber du hättest niemals dorthin gehen dürfen.«

»Und warum nicht? Was ist so besonders an diesem Dorf, Howard?«

Howards Blick saugte sich an dem bizarren Gesicht des Wolfsmannes fest, aber in seinen Augen war ein Ausdruck, als sähe er etwas ganz anderes, Furchtbareres.

»Innsmouth«, murmelte er. Seine Stimme bebte vor innerer Erregung, und er sprach mehr mit sich selbst als zu mir. »O mein Gott. Nach all diesen Jahren ...«

»Verdammt – Howard, was bedeutet das?«, fragte ich wütend. »Ich habe keine Lust, herumzuraten! Was hat es mit Innsmouth auf sich, und diesen ... diesen ...«

»Krüppeln«, sagte eine Stimme hinter mir. Ich fuhr zusammen, sah auf und blickte in das Gesicht des Riesen, der zurückgekommen war, ohne dass ich es bemerkt hätte.

»Sagen Sie es ruhig, Andara«, sagte er böse. »Wulf und ich sind daran gewöhnt, dass man uns so nennt.«

Seltsamerweise machten mich seine Worte verlegen. »Das wollte ich nicht sagen«, murmelte ich. »Es tut mir leid.«

»So?« Der Riese lachte meckernd, und wie um ihm beizupflichten, stimmte der Wolfsmann ein meckerndes Kojotengelächter an. »Es tut Ihnen leid, Andara? Das braucht es aber nicht. Jetzt nicht mehr«, fügte er mit veränderter, drohender Stimme hinzu. »Leid hätte es Ihnen vor zweihundert Jahren tun sollen. Jetzt ist es zu spät. Jetzt werden Sie den Preis für Ihr Tun bezahlen.«

Der Kampf war so unwirklich wie grausam. Die Hälfte von DeVries' Männern war verschwunden; tot oder geflohen. Die Überlebenden hatten sich zu einem Halbkreis um die Tür zusammengezogen, eine lebende Mauer aus gepanzerten Leibern, tödlichen Klingen und fast mannsgroßen Schilden, die selbst dem Ansturm einer weit größeren Übermacht standgehalten hätte.

Zumindest, dachte DeVries schaudernd, wenn es eine Übermacht *menschlicher* Feinde gewesen wäre ...

Aber ihre Gegner waren keine Menschen. Sie waren nicht einmal lebendig.

Es waren Skelette. Große ausgeblichene Skelette mit langen gekrümmten Säbeln und kleinen, runden Schilden bewaffnet, deren Ränder gezackt wie die Blätter von Kreissägen waren.

Ein dumpfer Schlag ließ die Tür hinter DeVries erbeben und riss ihn aus seiner Erstarrung. Mit einer schnellen Bewegung fuhr er herum, sah eine dürre Skeletthand über dem Riegel auftauchen und warf sich mit aller Macht gegen das Holz. Die Tür fiel krachend zu; der ausgebleichte weiße Knochen zersplitterte wie Glas, und die abgebrochene Hand fiel zu Boden und zerbrach in kleine Stücke.

Ein neuerlicher Schlag ließ die Tür zittern. DeVries hörte das harte Kratzen blanker Knochen über Holz und tastete mit bebenden Fingern nach dem Riegel. Wild zerrte er an dem eingerosteten Metall und spürte, wie es sich Millimeter für Millimeter zu bewegen begann.

Eine Schwertspitze erschien im Türspalt, stocherte wild und ungezielt umher und verletzte ihn am Arm. DeVries ignorierte den Schmerz, mobilisierte noch einmal alle Kräfte und warf sich mit aller Gewalt gegen den Riegel.

Das rostige Eisen knirschte widerspenstig – und rastete mit einem hörbaren Klacken ein. Aufatmend drehte sich DeVries herum. Aber die Atempause war nur sehr kurz.

Die Skelettkrieger drangen weiter mit stummer Wut auf seine Männer ein. Ihre Schwerter krachten immer wieder gegen die Schilde seiner Leute, und mehr als eines durchbrach die Deckung der gepanzerten Krieger. Von dem halben Dutzend Soldaten, das DeVries geblieben war, war keiner mehr ohne Wunden; zwei von ihnen taumelten und hielten sich nur noch mit knapper Not auf den Beinen. Auch DeVries' weißes Wams mit dem roten Kreuz war schon über und über mit Blut besudelt.

Er löste seinen Schild vom Rücken, packte das Schwert fester und stürzte sich mit einem gellenden Schrei in den Kampf. Seine Klinge traf mit einem schmetternden Schlag das Schwert eines der Skelette und schleuderte es davon. Das bizarre Wesen taumelte, und für einen ganz kurzen Moment glaubte DeVries fast, einen Ausdruck von Furcht in seinen leeren Augenhöhlen zu erkennen.

Aber natürlich war das Unsinn.

Er hob sein Schwert und drang erneut auf seinen unwirklichen

Gegner ein. Der Skelettkrieger wehrte seine Hiebe mit dem Schild ab, so gut es ging, aber es blieb ihm nichts anderes übrig, als Stück für Stück vor DeVries zurückzuweichen, bis er schließlich mit dem Rücken zur Wand stand und sich beinahe angstvoll unter seinen Hieben duckte.

DeVries brüllte triumphierend auf, schlug den Schild des Knochenmannes mit einem wütenden Hieb beiseite und stach mit dem Schwert nach seiner Kehle.

Etwas Fürchterliches geschah. DeVries' Klinge verfehlte den dürren Knochenhals des Wesens, aber er spürte, wie die Schneide auf Widerstand traf. Ein dumpfer Schmerzlaut drang aus dem Knochenmund des Ungeheuers. Und plötzlich entstand über seinem linken Schulterblatt, eine gute Fingerbreite *über* dem Knochen und scheinbar in der leeren Luft, ein dunkler, rot glitzernder Fleck. Das Wesen *blutete!*

DeVries erstarrte. Ein eisiger, lähmender Schrecken machte sich in ihm breit, während der Knochenmann mit einem fürchterlichen Stöhnen vor ihm in die Knie brach, die dürre Skeletthand über der blutenden Schulter verkrampft.

Und dann veränderte er sich. Für einen ganz kurzen Moment flackerten seine Umrisse und dann – *verwandelte er sich in einen Menschen!*

In einen hochgewachsenen, dunkelhaarigen Mann, gekleidet in schwarze Hose und Kettenhemd, über dem er ein weißes Wams mit einem roten, gleichschenkligen Kreuz trug ...

Das kleine Zimmer war leer bis auf einen Stuhl, der verloren neben der Tür stand. Die beiden Fenster waren sorgsam mit schwarzen Stoffbahnen verhängt worden, sodass ich nicht zu sagen vermochte, ob es Tag oder Nacht war, und das einzige Licht kam von einer schwarzen, bizarr geformten Kerze, die neben dem Stuhl auf dem Boden stand.

Es war kalt. Meine Kleider klebten vor Nässe am Körper, ich fühlte mich müde, durchgefroren und hundeelend. Stunde um Stunde – wie mir schien – hatte uns der missgestaltete Riese durch die Abwasserkanäle geschleppt. Ich hatte insgeheim darauf gehofft, eine Möglichkeit zur Flucht zu finden, aber der hässliche Riese hatte, anstatt uns loszubinden, Howard und mich scheinbar mühelos über die

Schulter geworfen und uns getragen, selbst für einen Kerl wie ihn eine erstaunliche Leistung. In diesem Haus angekommen, hatte er mich in den verdunkelten Raum geworfen, die Kerze entzündet und die Tür hinter sich verschlossen.

Seitdem wartete ich. Ich wusste bloß nicht, worauf.

Ich wusste auch nicht, wie viel Zeit vergangen war; mein Zeitgefühl war durcheinandergeraten, und einmal war ich vor Erschöpfung eingeschlafen.

Schließlich hörte ich draußen vor der Tür Schritte. Ein Schlüssel drehte sich im Schloss, und die Tür schwang quietschend auf. Drei, vier Personen betraten den Raum, schwarze Schatten gegen den grell erleuchteten Hintergrund, dann wurde die Tür wieder geschlossen.

Der Luftzug hatte die Kerze gelöscht. Irgendwo vor mir raschelte es, dann flammte ein Streichholz auf, und der Docht verbreitete erneut trübgelbe Helligkeit. Es dauerte einen Moment, bis sich meine Augen wieder daran gewöhnt hatten und aus dem Schatten allmählich vier menschliche Gestalten wurden.

Zwei von ihnen kannte ich – es waren der Riese und Wulf. Der dritte war ein schlanker, dunkelhaariger Mann unbestimmbaren Alters, der auf den ersten Blick beinahe normal aussah; allerdings auch nur auf den ersten Blick.

Die vierte Person war eine Frau. Eine sehr alte Frau, achtzig, vielleicht sogar neunzig Jahre, schätzte ich. Ihr Gesicht glich einer zerschundenen Landschaft aus Falten und tief eingeschnittenen Narben, grau und fleckig wie altes Pergament und ebenso tot. Das einzige Lebendige darin waren die Augen. Augen, deren Blick mich schaudern ließ.

»Andara«, murmelte der Mann an ihrer Seite. »Endlich haben wir dich. Endlich!«

Seine Stimme drang nur wie durch einen dämpfenden Vorhang an mein Bewusstsein. Der Blick der Alten bannte mich. Es war keine Hypnose, sondern etwas anderes, etwas viel Finstereres und Böseres.

Mühsam löste ich meinen Blick von dem der Alten und versuchte mich aufzusetzen, so gut es die Fesseln zuließen. »Wer ... wer sind Sie?«, fragte ich stockend. »Wer sind Sie, und was wollen Sie von mir?«

»Mein Name tut nichts zur Sache, Andara«, antwortete der Mann grob. »Ich bin Lowry Temples, aber das wird Ihnen nichts sagen, vermute ich.«

»Nein«, antwortete ich. »So wenig, wie ich weiß, warum mich Ihre Schläger entführt haben und warum ich hier bin.«

Temples Augen blitzten auf. »Das wissen Sie wirklich nicht?«, fragte er. »Aber natürlich – es ist lange her, nicht wahr? Zweihundert Jahre sind selbst für einen Mann wie Sie eine lange Zeit, Roderick Andara.«

Ich wollte antworten, aber die Alte kam mir zuvor.

»Das ist nicht Andara«, sagte sie ruhig.

Temples erstarrte. Verwirrt blickte er mich an, dann die Alte und dann wieder mich. »Das ist ...«

»... nicht Roderick Andara«, sagte die Alte noch einmal. »Ich weiß, was ich sage, Lowry.«

»Aber er muss es sein!«, keuchte Temples, beinahe verzweifelt. »Er sieht so aus wie auf den Bildern, und ich ... ich habe seine Macht selbst gespürt. Und Curd auch und die anderen!«

»Er sieht aus wie er«, bestätigte die Alte. »Er hat seine Macht und sein Wissen. Aber er ist es nicht. Glaube mir, Lowry – ich würde ihn erkennen, stünde er vor mir.«

»Aber wer ...« Temples schluckte nervös, atmete hörbar ein und starrte aus brennenden Augen auf mich herab. »Wer sind Sie dann?«, fragte er.

»Ich bin sein Sohn«, sagte ich leise. »Mein Name ist Craven, nicht Andara. Robert Craven.«

»Sein Sohn ...« Temples erbleichte. Seine Lippen begannen zu zittern, und für einen Moment trübte sich sein Blick. »Der Sohn des Magiers.«

»Ich bin Andaras Sohn«, wiederholte ich, »aber glauben Sie mir, das ist alles, was ich mit ihm zu tun habe. Was immer mein Vater getan haben mag – ich weiß nicht, was es war, und ich weiß nicht, warum er es getan hat.« Ich seufzte. »Bis vor ein paar Tagen wusste ich nicht einmal, dass es einen Ort namens Innsmouth gibt.«

Temples lachte. Es klang hässlich. »Das ändert nichts«, sagte er hart. »Ob Sie nun Andara oder Craven heißen, spielt keine Rolle.«

»Lowry«, sagt die Alte. »Bitte – er kann nichts dafür. Er sagt die Wahrheit, glaube mir. Er weiß nicht, was hier geschehen ist.«

»Das weiß mein Sohn auch nicht!«, brüllte Temples. »Ich sage dir, sei still, Ayres! Er wird für die Tat seines Vaters bezahlen, so wie mein Sohn für das bezahlt, was mein Urahne getan haben soll. Auge um Auge.«

»Und du glaubst, du würdest das Unrecht gutmachen, indem du ein neues begehst?«, fragte Ayres leise. Ihr versöhnlicher Ton täuschte, das spürte ich. Es hörte sich an, als stünde sie auf meiner Seite, aber das stimmte nicht. Ich konnte das Fremde, Böse, das von ihrer Seele Besitz ergriffen hatte, fast sehen.

»Ich will nichts wiedergutmachen«, antwortete Temples hart. »Ich will Rache, Ayres, nichts als Rache.«

»Und wofür?«, fragte ich. »Ich weiß ja nicht einmal, was hier geschehen ist, Temples. Seien Sie vernünftig und –«

»Vernünftig?« Plötzlich schrie Temples auf, beugte sich vor und schlug mir mit der flachen Hand über den Mund; so heftig, dass mein Kopf zurückflog und meine Unterlippe aufplatzte. Der Wolfsmann stieß ein drohendes Knurren aus.

»Vernünftig?«, schrie Temples noch einmal. »Sie verlangen von mir, vernünftig zu sein, Craven? Sie wissen nicht, was Sie reden! Sie ... Sie werden sterben, das schwöre ich Ihnen. So qualvoll, wie mein Sohn leben wird und die Kinder der anderen, werden Sie sterben.« Wieder hob er die Hand, um mich zu schlagen, aber diesmal fiel ihm der Riese in den Arm und riss ihn zurück. Temples heulte vor Wut auf und versuchte nach dem Giganten zu schlagen, aber Curd schüttelte nur den Kopf und drückte seinen Arm herunter.

»Ruf ihn zurück!«, keuchte Temples. »Verdammt, Ayres, er soll mich loslassen!«

»Curd!« Die Stimme der Alten klang scharf wie ein Peitschenhieb. Der Riese fuhr zusammen, ließ Temples los und zog sich wie ein geprügelter Hund zurück. »Und du«, fuhr Ayres, an Temples gewandt, fort, »bist vernünftig. Er ist unschuldig.«

Temples starrte sie hasserfüllt an und massierte seine schmerzenden Oberarme.

»Unschuldig!« Er spie das Wort fast aus. »So wie mein Sohn, wie? Wie ich und Curd und Wulf und die anderen?«

Ich richtete mich wieder auf, zog die gesprungene Unterlippe zwischen die Zähne und spuckte Blut auf den Boden. »Ich verstehe nicht, was Sie meinen«, sagte ich gepresst. »Aber ich glaube, ich habe wenigstens das Recht auf eine Erklärung.«

Temples wollte auffahren, aber die Alte unterbrach ihn wieder. »Er hat recht, Lowry«, sagte sie ruhig. »Zeige es ihm. Zeige ihm, was sein Vater den Menschen in Innsmouth angetan hat.«

Das Feuer war erloschen, aber über der Ruine lag noch ein Hauch drückender, trockener Hitze. Aus den zerborstenen Stein- und Holzmassen, zu denen das Gebäude zusammengesunken war, stieg noch immer schwarzer Qualm, dann und wann auch ein Funkenschauer, je nachdem, wie der Wind stand.

Die Feuerwehr war mit zwei Spritzenwagen gekommen und hatte länger als eine Stunde gelöscht, und schließlich war es ihr auch gelungen, ein Übergreifen des Feuers auf die benachbarten Häuser zu verhindern. Trotzdem waren die Bewohner vorsorglich evakuiert worden. Sie hockten, etwas abgesondert von der Menge der Gaffer und Neugierigen, die die Arbeit von Polizei und Feuerwehr behinderten, auf ihren Koffern und den hastig gepackten Bündeln. Sie wirkten niedergeschlagen, beinahe unnatürlich ruhig und gefasst. Nur hier und da wimmerte ein Kind oder weinte eine Frau still in sich hinein.

Shannon hatte sich zur gegenüberliegenden Straßenseite zurückgezogen. Aufmerksam beobachtete er, wie sich zwei, drei Männer von ihren Plätzen erhoben und scheinbar ziellos die Straße hinunterzugehen begannen. Auf ihren Gesichtern stand ein Ausdruck grimmiger Entschlossenheit geschrieben.

Shannon begriff nicht, was hier vorging. Er war nach Arkham gekommen, weil die einzige Straße nach Innsmouth durch diesen Ort führte, und war geblieben, um dem Feuer zuzusehen und vielleicht zu helfen, falls dies nötig sein sollte. Aber er hatte den Hass und den aufgestauten Zorn, die wie eine übelrichende Wolke über der Stadt lasteten, schon von weitem gespürt.

Hass worauf?, dachte er verwirrt. Auf das Feuer? Lächerlich. Ein Feuer hasst man nicht.

Die Gruppe bewegte sich an ihm vorbei, und plötzlich erkannte Shannon, was ihr Ziel war. Ein Stück östlich die Straße hinab stand ein zweispänniger, geschlossener Wagen mit schwarzem Verdeck. Der Fahrer war abgestiegen und redete gestenreich mit zwei Männern in den dunkelblauen Uniformen der Stadtpolizei.

Kurz entschlossen schloss sich Shannon der Gruppe an. Niemand nahm von ihm Notiz, denn aus den drei Männern, die sich aus der Gruppe der Evakuierten gelöst hatten, war mittlerweile ein gutes halbes Dutzend geworden, und während sie sich der Kutsche näherten, schlossen sich immer mehr und mehr Männer an. Sie waren fast zwei Dutzend, als sie den Wagen erreichten. Unauffällig schob sich Shannon nach vorne und blieb zwei Schritte hinter dem Kutschfahrer stehen, der in einen heftigen Streit mit den beiden Polizisten verstrickt war.

»... nich, wasse von mir wolln!«, polterte er gerade. »Sucht lieber nach Howard unnem Jungen, statt mich anzupflaumen!«

Howard? Ein kurzer, rascher Schrecken durchfuhr Shannon. Hastig sah er auf und betrachtete den Wagen noch einmal und genauer. Er kannte das Fuhrwerk. Es war der gleiche Wagen, mit dem Jeffs Freund ihn vom Flussufer abgeholt hatte.

»Verzeihung«, sagte er. »Sie sind doch Rowlf, nicht? Ich möchte mich nicht einmischen, aber –«

Der Kutscher fuhr mit einer ärgerlichen Bewegung herum. »Warum tunses'n dann?«, schnappte er, brach aber dann plötzlich ab und sah Shannon beinahe erschrocken an. »Was machen Sie denn hier?«

»Sie sprachen von einem gewissen Howard«, sagte Shannon, ohne auf das unwillige Murren zu achten, das aus der Menge hinter ihm lauter wurde. Der Hass schien sich zu verdichten. Irgendetwas würde passieren, das spürte er. »Ich hoffe, Sie meinen nicht –«

»Ich meine Howard«, unterbrach ihn der Riese gereizt. »Howard Lovecraft und R... ich meine Ihren Freund.«

»Jeff?«, entfuhr es Shannon.

»Jeff«, bestätigte Rowlf nickend. »Sie sin beide da innem Haus gewesen, als das Feuer losgegangen is.« Er deutete wütend auf die beiden Polizisten. »Aber statt nach ihnen zu suchen, löchern mich die beiden Schießbudenfiguren mit Fragen.«

»Der Brand ist völlig grundlos ausgebrochen, Sir«, sagte einer der Polizisten steif. »Und zwar, nachdem Ihre beiden Begleiter das Haus betreten haben. Ich frage mich also, weshalb? Das Haus steht seit elf Jahren leer, und es gab dort drinnen absolut nichts, was sich von selbst hätte entzünden können.«

»Warum vertrödelst du deine Zeit überhaupt noch mit Fragen, Matt?«, sagte eine Stimme aus der Menge. »Hol einen Strick und häng den Burschen an den nächsten Baum.«

Der Polizist fuhr unwillig auf, aber schon stimmten andere in den Ruf ein. »Hängt ihn auf«, kreischte eine Frau. »Und den anderen gleich mit. Er kommt auch aus dieser verdammten Universität!«

»Seit diese Fremden hier aufgetaucht sind, hat der Teufel in Arkham Einzug gehalten«, fügte ein anderer hinzu. »Bringt sie um. Um ein Haar wäre unsere ganze Stadt niedergebrannt.«

»Tötet die fremden Teufel!«, brüllte jemand. »Verbrennt sie, so wie sie fast unsere Stadt niedergebrannt hätten!«, fiel ein anderer ein.

Shannon spannte sich. Er fühlte, wie die Stimmung den Siedepunkt erreichte und weiter stieg; ein Funke, dachte er, ein einziges falsches Wort, und der ganze Ort würde in einer Woge von Gewalt explodieren wie ein Pulverfass.

»Ich glaube, es ist besser, wenn wir jetzt gehen«, sagte er, so leise, dass nur Rowlf und einer der beiden Polizisten die Worte hörten. Der Beamte nickte abgehackt. Seine Lippen zitterten. Er spürte die Spannung ebenso wie Shannon. Und er wusste, dass er die aufgeputschte Menge nicht im Zaum halten konnte, wenn sie erst einmal losbrach.

»Es ist gut, Sir«, sagte er, mit absichtlich erhobener Stimme. »Das Beste wird sein, Sie fahren erst einmal zum Campus zurück. Wir wissen ja, wo wir Sie finden können, sollten sich noch Fragen ergeben.«

Aber es schien zu spät zu sein. Rowlf drehte sich um und griff zum Kutschbock hinauf, aber in diesem Moment löste sich ein Mann aus der Menge, die mittlerweile einen dichten Kreis um den Wagen gebildet hatte, und zog ihn am Arm zurück.

Wenigstens versuchte er es.

Rowlf knurrte zornig, fuhr herum und versetzte dem Burschen einen Stoß, der ihn zurück und gegen die anderen taumeln ließ.

Hätte er angefangen, auf die Menge zu schießen, wäre das Ergebnis kaum mehr anders gewesen. Ein gellender, vielstimmiger Schrei erhob sich aus der aufgeputschten Meute. Wie eine Woge flutete sie heran, begrub Rowlf und die beiden Polizisten unter sich und begann mit Fäusten und Füßen auf sie einzudreschen.

Auch Shannon ging unter dem plötzlichen Ansturm zu Boden, kam aber fast sofort wieder auf die Füße und stieß die beiden Männer, die sich an ihn klammerten, von sich. Jemand versuchte nach seinem Gesicht zu schlagen; Shannon wich dem Hieb aus, packte den Mann und brach ihm den Arm.

Aber er sah, dass er der Angreifer auf diese Weise nicht Herr werden konnte. Hastig wich er zurück, stieß einen Mann aus dem Weg und erreichte das Gespann.

Auch Rowlf hatte sich – auf seine gewaltige Körperkraft vertrauend und weniger elegant als Shannon (aber deswegen nicht weniger wirksam) – seiner Gegner entledigt. Er schwang die gewaltigen Fäuste wie Dreschflegel, während von den beiden Polizisten keine Spur mehr zu sehen war.

Shannon deutete mit einer Kopfbewegung zum Bock hinauf. »Steigen Sie auf, Mann«, sagte er hastig. »Ich versuche sie aufzuhalten. Schnell!«

Rowlf nickte, zog sich mit einer hastigen Bewegung auf den Kutschbock hinauf und griff nach der Peitsche. Die Pferde wieherten nervös.

»Bringt sie um!«, brüllte eine Stimme, und die Menge nahm den Ruf begeistert auf und wiederholte ihn, bis die Straße unter einem dröhnenden, an- und abschwellenden Chor widerzuhallen schien. Shannon gewahrte eine Bewegung aus den Augenwinkeln, duckte sich instinktiv und entging so im letzten Moment einer geschleuderten Fackel, die dicht über seinen Rücken hinwegsegelte und gegen den Wagenaufbau prallte. Sofort leckten kleine, gierige Flammen aus dem trockenen Stoff. Shannon sprang hinzu, schlug die Flammen mit bloßen Händen aus und warf die Fackel zurück in die Menge.

Ein zorniger, vielstimmiger Aufschrei ging durch die Reihen. Shannon sah, wie der Wagen unter dem Anprall Dutzender Männer wankte und Rowlfs Peitsche auf die Köpfe des tobenden Mobs herunterpfiff, der ihn vom Bock zu zerren versuchte, aber er hatte keine Zeit, dem Kutscher zu Hilfe zu eilen. Fast ein Dutzend Männer stürzte sich gleichzeitig auf ihn.

Shannon wehrte den Angriff ab und versuchte zu Rowlf hinauf auf den Kutschbock zu gelangen. Ein Messer blitzte auf. Shannon wich der Klinge aus, packte ihren Besitzer an Kragen und Handgelenk und verdrehte ihm so den Arm, dass er sich das Messer selbst in den Oberschenkel stieß. Aber sofort nahm ein anderer seine Stelle ein. Shannon taumelte unter Schlägen, wehrte einen neuerlichen, gemeinen Messerstich ab und verschaffte sich mit ein paar Ellenbogenstößen Luft.

Es war nur eine winzige Atempause, die ihm gegönnt war. Selbst einem so hochtrainierten Körper wie ihm wäre es unmöglich gewesen, sich auf Dauer einer so gewaltigen Übermacht zu erwehren.

Aber Shannon war nicht allein auf die Kraft seines Körpers angewiesen. Blitzschnell richtete er sich auf, trat der Meute mit hoch erhobenen Armen entgegen und brüllte ein einzelnes, scheinbar sinnlos klingendes Wort.

Und plötzlich war der Sturm da.

Es war kein normaler Wind, sondern eine heiße, sengende Bö,

brüllend und wild wie der Atem eines feurigen Drachen. Und sie kam aus dem Nichts, entstand an einem Punkt irgendwo zwischen Shannons hochgereckten Händen und den Gesichtern der Angreifer, trieb sie wie ein Hagel unsichtbarer Fausthiebe zurück, versengte ihre Haare und Brauen und ließ ihre Kleider schwelen. Kleine gelbe Flämmchen zuckten nach ihren Gesichtern, und das Geschrei der aufgeputschten Menge verwandelte sich urplötzlich in einen Chor von Schmerzlauten.

Shannon schwang sich rasch auf den Kutschbock hinauf, riss Rowlf, der dem Geschehen mit ungläubig aufgerissenen Augen gefolgt war, Zügel und Peitsche aus der Hand und hieb auf die Pferde ein.

Wenige Augenblicke später raste das zweispännige Gefährt wie von Furien gehetzt aus der Stadt.

Hinter ihnen tobte der Höllensturm weiter.

Das Haus stand am Ortsrand von Innsmouth, ein wenig abgesondert von den anderen und irgendwie geduckt und düster, als schäme es sich seiner Ärmlichkeit. Sein Inneres war kühl und dunkel, obwohl die Fenster offen standen und Licht und Wärme des Tages hineinließen. Es war sehr still; die Laute, die von draußen hereindrangen, wirkten irreal, als hätten Leid und Kummer hier ein eigenes Reich errichtet, in dem die Geräusche der lebenden Welt dort draußen nichts verloren hatten. Und ich spürte den Schmerz, der so zu diesem Haus gehörte, wie die grauen Wände und die ärmlichen, zum größten Teil selbst gebauten Möbel.

Temples bedeutete mir mit einer befehlenden Geste zurückzubleiben, und der Riese legte mir warnend die Hand auf die Schulter. Wulf hatte meine Füße losgebunden, sodass ich mein Gefängnis wenigstens aus eigener Kraft hatte verlassen können, aber meine Arme waren nach wie vor auf die gleiche, brutale Weise auf den Rücken gefesselt. Sie schmerzten unerträglich, und aus meinen Händen war das Gefühl längst gewichen. Sie würden absterben, wenn die Fessel nicht bald abgenommen oder wenigstens gelockert würde.

Während Temples den Raum durchquerte und hinter einer Tür in der gegenüberliegenden Wand verschwand, sah ich mich neugierig um. Das Haus wirkte so ärmlich, wie es von außen ausgesehen hatte – es gab keinen Luxus wie Tapeten oder Teppiche oder auch nur eine Lampe. Auf dem Tisch stand eine heruntergebrannte Kerze, und das einzige größere Möbelstück war ein offener Schrank, in dem ärmliches Blechgeschirr zu säuberlichen Stapeln sortiert war.

Ein sonderbares Gefühl von Bitterkeit überkam mich, als ich daran dachte, dass auch die anderen Häuser des Ortes kaum anders aussahen als Temples' Hütte. Die Leute hier in Innsmouth waren arm, mehr als arm.

Temples kam zurück, und Curd versetzte mir einen Stoß in den Rücken, der mich vorwärts und auf ihn zu taumeln ließ. Temples ergriff meinen Arm, dirigierte mich grob vor sich her durch die Tür und deutete auf das schmale, mit zerschlissenen grauen Tüchern bezogene Bett, das den winzigen Verschlag fast vollkommen ausfüllte.

In dem Bett lag eine Frau. Sie schlief, und trotz ihres blassen, von Fieber und Schmerzen gezeichneten Gesichtes erkannte ich, dass sie sehr schön sein musste und sehr jung; kaum älter als ich selbst. Nicht das, was ich mir als Lowry Temples Frau vorgestellt hatte ...

»Ihre Frau?«, fragte ich leise.

Temples nickte. Sein Gesicht war wie Stein, ohne die geringste Regung, aber in seinen Augen flackerte ein Licht, das mich schaudern ließ. »Ja«, antwortete er. »Aber das wollte ich Ihnen nicht zeigen. Ich bin Vater geworden, Craven. Heute Morgen.«

Etwas an der Art, in der er die Worte aussprach, hielt mich davon zurück, ihm zu gratulieren oder sonst irgendwie zu antworten. Wortlos starrte ich ihn an, bis er sich umwandte, am Bett vorbeiging und mir mit Gesten bedeutete, ihm zu folgen.

Neben dem Bett stand eine Wiege, hastig improvisiert aus einem längs durchgeschnittenen Fass und Stroh, über das ein zerschlissener Kissenbezug gestreift war. Tempels deutete hinein, wartete ungeduldig, bis ich näher getreten war, und legte die Hand auf das Laken, mit dem das Kind zugedeckt war.

»Mein Sohn«, sagte er.

Ich beugte mich über die Wiege, betrachtete den schlafenden Knaben eine Weile und sah dann wieder zu Temples auf. »Ein hübsches Kind«, sagte ich, und die Worte waren wirklich ehrlich gemeint. Ich habe eine Menge neugeborener Kinder gesehen in meinem Leben, und die meisten waren hässlich wie die Nacht. Temples' Sohn war es nicht; im Gegenteil.

»Meinen Glückwunsch«, fügte ich hinzu. »Ein so hübsches Kind sieht man selten. Sie können stolz darauf sein.«

»Finden Sie?«, fragte Temples. Dann zog er das Bettlaken mit einem Ruck herunter.

Darunter war das Kind nackt.

Und als ich seinen Körper sah, wurde mir übel.

»Hier – nehmen Sie.« Die alte Frau drückte mir einen Becher mit heißem, dampfendem Kaffee in die Hand. Mit zitternden Händen führte ich ihn an die Lippen, trank mit raschen, fast gierigen Zügen und schmeckte den Rum, den sie hineingegossen hatte.

»Es tut mir leid«, sagte sie und setzte sich mir gegenüber. »Aber ich hielt es für besser, wenn Sie mit eigenen Augen sehen, was hier geschehen ist.«

»Warum redest du noch mit ihm, Ayres?«, schnappte Temples. Sein Gesicht war bleich, und auf seiner Stirn glänzte Schweiß. Ihn hatte der Anblick des Säuglings ebenso getroffen wie mich.

Ayres schüttelte den Kopf, faltete die Hände auf der Tischplatte und sah Temples fast mitleidig an. »Du bist ein Narr, Lowry«, sagte sie. »Dieser Mann ist nicht Roderick Andara, begreifst du das nicht?«

»Er ist sein Sohn«, antwortete Temples stur. »Das macht keinen Unterschied.«

Ich sah auf, versuchte vergeblich seinem Blick standzuhalten, und sah betreten an ihm vorbei auf die geschlossene Tür zur Schlafkammer. »Es ... es tut mir leid, Mister Temples«, sagte ich leise. »Ich weiß nicht, was hier geschehen ist, aber Sie haben mein volles Mitgefühl.«

Als ich die Reaktion auf meine Worte sah, hätte ich mich am liebsten selbst geohrfeigt. Temples' Gesicht verzerrte sich zu einer Grimasse des Hasses. Ganz gleich, ob er mir glaubte oder nicht – diese bedauernswerte Kreatur dort drinnen war sein Sohn! Meine Worte mussten wie grausamer Hohn in seinen Ohren klingen.

»Was bedeutet das alles?«, fragte ich, nun wieder an Ayres gewandt.

Die alte Frau sah mich einen Herzschlag lang mit undeutbarem Blick an, ehe sie antwortete. Es war absurd – von allen hier war sie die Einzige, die mich bisher nicht als Feind behandelt hatte. Sie hatte mich im Gegenteil sogar in Schutz genommen, und wahrscheinlich hatte ich es einzig ihr zu verdanken, dass ich überhaupt noch lebte. Und trotzdem wurde das Gefühl der Bedrohung, das ich bei ihrem Anblick empfand, mit jeder Sekunde stärker.

»Was Sie hier sehen, Mister Craven«, sagte Ayres, »ist das Werk

Ihres Vaters. Der Fluch, den er auf die Bewohner dieser Ortschaft legte und der sie seit zweihundert Jahren verfolgt.«

»Sie meinen, dieses ... dieses Kind ist nicht das erste?«, fragte ich stockend, obwohl ich die Antwort längst wusste.

Temples lachte schrill, aber Ayres brachte ihn mit einem scharfen Blick zum Verstummen. »Nein«, sagte sie. »Sehen Sie sich doch um. Sehen Sie sich Lowry an, oder Curd oder« – sie zögerte unmerklich, hob dann mit einem Ruck die Hand und deutete auf den Wolfsmann – »oder Wulf. Alle anderen hier. Sie haben sie gesehen, als Sie im Gasthaus waren.«

Ich nickte, brachte aber keinen Ton hervor. In meiner Kehle saß plötzlich ein würgender, bitterer Kloß. O ja – ich hatte sie gesehen. Und plötzlich verstand ich ihren Hass.

»Aber wieso?«, murmelte ich schließlich. »Was ist geschehen? Warum sollte er so etwas tun?«

»Nicht *sollte«*, unterbrach mich Ayres, und mit einem Male klang ihre Stimme ganz kalt. »Er *hat* es getan, Mister Craven. Er kam hierher, eines Morgens im Jahre 1694, als er auf dem Wege nach Arkham war. Er wurde verfolgt. Von Menschen, deren Namen wir nicht kennen und über die wir nichts wissen; außer, dass sie Hexer wie Andara waren, vielleicht noch mächtiger als er. Er kam zu uns und suchte Unterschlupf und ein Versteck, und die Leute hier gewährten ihm beides. Aber seine Feinde entdeckten ihn bald, und es kam zum Kampf. Viele Bewohner von Innsmouth wurden getötet, und schließlich musste Andara fliehen. Aber bevor er ging, sprach er einen Fluch aus, denn er glaubte, von uns verraten worden zu sein.« Sie schwieg. Ihr Gesicht zuckte, als bereite es ihr körperliche Schmerzen, über die Vergangenheit zu reden, und ich sah, wie sich ihre dürren Hände fest um die Tischplatte krampften.

»Wir haben ihn nicht verraten, Mister Craven«, fuhr sie schließlich fort. »Niemand hier. Die Menschen, die damals hier lebten, waren einfache Menschen, aber sie waren ehrlich und standen zu ihrem Wort, ihn zu verstecken und ihm zu helfen, selbst, als ihr eigenes Leben dabei in Gefahr geriet.« Ihre Stimme wurde bitter. »Doch ihre Ehrlichkeit wurde ihnen schlecht gedankt. Andara floh, aber sein Fluch blieb zurück, und seither ist jedes männliche Kind, das in Innsmouth geboren wird, ein Krüppel. Jedes, verstehen Sie? Manche mehr, manche weniger. Manche haben nur eine leichte Behinderung; einen Buckel, einen Klumpfuß oder eine Hasenscharte. Manche sind körperlich normal, aber ohne Hirn, geistlose Idioten, die wie Tiere vor sich hinvegetieren. Andere ...« Sie sprach nicht weiter, aber ihr Blick suchte Wulfs Gesicht, und ich spürte einen eisigen, lähmenden Schauer.

»Sie meinen, er ... er ist auch ...«, stammelte ich.

Ayres nickte. »Er hätte ein Mensch werden sollen, Craven«, sagte sie. »Aber der Fluch Ihres Vaters hat ihn zu einem Ungeheuer gemacht. Nur ich bin in der Lage, mit ihm zu reden und ihn in Schach zu halten. Ich und Curd. Ohne uns wäre er hilflos wie ein Tier. Wenn er Innsmouth verließe, würde man ihn töten.«

»Und das alles hat Andara getan!«, fügte Temples gepresst hinzu. »Und nun sagen Sie noch einmal, dass es Ihnen leid tut, Craven.« Er beugte sich vor, packte mich beim Kragen und schüttelte drohend die Faust vor meinem Gesicht. »Sagen Sie es, und ich schlage Ihnen die Zähne ein!«, brüllte er. »Sagen Sie es!«

Ich blickte ihn an, schwieg aber und machte auch keinen Versuch, mich zu wehren oder seine Hand abzustreifen, und nach einer Weile senkte er den Blick, ließ mich los und trat wieder zurück. Ich seufzte, fuhr mir verstört mit den Händen durch das Gesicht und wandte mich wieder an die Alte.

»Ich kann nicht glauben, dass mein Vater so etwas getan haben soll«, sagte ich.

Ayres lachte. »Und doch hat er es getan, Craven. Die Beweise stehen neben Ihnen. Lebende Beweise. Wenn man so etwas Leben nennen kann.«

Ich ignorierte den letzten Satz. Ayres war verbittert, wie alle hier, und gegen Bitterkeit lässt sich nicht andiskutieren. »Diese Männer, die meinen Vater verfolgten«, sagte ich leise. »Wer waren sie? Woher sind sie gekommen?«

»Das wissen wir nicht«, antwortete Ayres. »Und es interessiert uns auch nicht. Andara hat uns in seinen Streit hineingezogen, einen Streit, an dem wir keinen Anteil hatten, und Andara war es, der diese Stadt verfluchte. Niemand weiß, wer die Fremden waren.«

Sie log.

Ich habe Lüge und Wahrheit stets voneinander unterscheiden können, so untrüglich, wie ich Schwarz und Weiß zu unterscheiden wusste. Es war ein Teil meines magischen Erbes, immer zu wissen, ob mein Gegenüber die Wahrheit sagte oder log, und in diesem Moment sprang mich die Lüge regelrecht an. Ayres hatte sich vorbildlich in der Gewalt – ich bin selten vorher einem Menschen begegnet, der so perfekt die Unwahrheit zu sagen wusste. Aber sie log.

Trotzdem nickte ich und blickte einen Moment mit gespielter Enttäuschung zu Boden, ehe ich fortfuhr: »Das ist schade. Aber vielleicht geht es auch so.«

»*Was* geht auch so?« schnappte Temples.

»Ich möchte Ihnen helfen, Lowry«, antwortete ich, so ruhig, wie ich überhaupt konnte. »Ich weiß nicht, was hier geschehen ist vor zweihundert Jahren. Aber ich werde Ihnen helfen. Ich werde es zumindest versuchen.«

»Sie werden überhaupt nichts«, zischte Temples. »Sie werden sterben, Craven.«

Ich tat so, als hätte ich seine Worte gar nicht gehört. »Hören Sie mir zu, Temples«, sagte ich. »Ich verstehe, was in Ihnen vorgeht, und es tut mir unendlich leid. Aber der Schmerz darf Sie nicht blind machen! Ich bin der Erbe Roderick Andaras, vergessen Sie das nicht, und ich besitze die gleiche magische Macht wie er. Vielleicht kann ich rückgängig machen, was hier geschehen ist.«

»Das ist ein Trick!«, behauptete Temples. »Sie suchen nur eine Möglichkeit, uns zu übertölpeln.« Er schüttelte grimmig den Kopf. »Nein, Craven. Ich habe geschworen, Sie zu töten, und ich werde es tun. Sie werden dafür bezahlen, was meinem Sohn geschehen ist. Und denen der anderen.«

»Und denen, die nach ihnen geboren werden?«, fragte ich leise. »Wollen Sie, dass der Fluch weiter wirkt? Dass Generation um Generation Kinder wie das Ihre geboren werden? Bitte, Lowry – ich meine es ehrlich. Ich kann Ihnen nichts versprechen, aber vielleicht kann ich Ihnen helfen.«

»Unsinn«, fauchte Temples.

Aber diesmal war es der Riese, der mir unerwartet zu Hilfe kam. »Warum gibst du ihm nicht die Chance?«, fragte er.

Temples fuhr mit einem wütenden Zischen herum. »Wer hat dich nach deiner Meinung gefragt, Curd?«, schnappte er. »Es ist mir egal, ob er schuldig ist oder nicht! Mein Sohn ist auch unschuldig, und niemand hat ihn danach gefragt!«

Ayres seufzte. »Du bist ein Narr, Lowry. Vielleicht verschenkst du die einzige Chance, die diese Stadt noch hat.« Ihre Stimme wurde fast beschwörend. »Er ist ein Magier, Lowry. Er könnte den Fluch brechen. Lass ihn zur Höhle gehen. Vielleicht gelingt es ihm.«

»Vielleicht findet er auch eine Möglichkeit zur Flucht«, zischte Lowry. »Oder denkt sich noch eine noch größere Teufelei aus. Nein! Er ist eine Bestie, ebenso wie sein Vater!«

»Er ist harmlos, solange Wulf und ich bei ihm sind«, sagte Ayres.

»Wir haben ein Abkommen«, beharrte Temples. »Du hast mir seinen Tod versprochen! Ich verlange, dass du dein Wort hältst.«

Ayres seufzte und sah mich beinahe bedauernd an. »Es tut mir leid, Mister Craven«, sagte sie. »Ich habe es versucht.«

»Genug geredet«, unterbrach sie Temples. »Ich habe getan, was du wolltest, Ayres, und ich werde den Preis bezahlen, den du verlangt hast – aber jetzt verlange ich, dass du dein Wort hältst. Töte ihn!«

Die alte Frau seufzte, stand ganz langsam auf und gab dem Riesen einen Wink mit der Hand. Curd beugte sich über mich, riss mich wie eine Puppe in die Höhe und packte mich mit einer Hand beim Gürtel, während seine andere Pranke meinen Nacken umklammerte.

»Was ... was haben Sie vor?«, stammelte ich. »Sie werden doch nicht auf diesen Verrückten hören, Ayres?«

»Ich tue es ungern, Craven«, antwortete sie. »Aber versprochen ist versprochen, das müssen Sie einsehen.« Damit kam sie noch näher, lächelte beinahe freundlich und gab Curd einen befehlenden Wink.

»Brich ihm das Genick!«, befahl sie.

Sie waren noch zu viert: DeVries selbst, zwei seiner Krieger, die das Gemetzel relativ leicht verwundet überstanden hatten, dazu ein Schwerverletzter, den die beiden Männer zwischen sich trugen und der sterben würde. Es war dunkel geworden, aber über dem Hof der Drachenburg lag ein unheimlich flackernder, grauer Schein wie leuchtende Dämmerung. Das Geräusch des Windes, der sich hoch über ihnen an den Drachenzähnen brach, die die Zinnen der Wehrmauer bildeten, klang wie meckerndes Hohngelächter in DeVries' Ohren.

Das Burgtor stand offen, aber irgendetwas sagte ihm, dass sie es nicht würden durchschreiten können. In der Dunkelheit, die wie eine schwarze Wand dahinter lastete, lauerte etwas Böses, Feindliches, das spürte er.

Von den beiden Männern, die er geschickt hatte, um das Tor zu öffnen und die Wachen zu überwältigen, war keine Spur zu sehen. Nur auf dem Boden, direkt neben dem Tor, lag ein zerbrochenes Schwert, daneben ein mit Blut getränkter Stofffetzen.

DeVries bedeutete den beiden Kriegern mit Gesten zurückzubleiben, huschte geduckt über den gepflasterten Hof und blieb schwer atmend im Schatten der Burgmauer stehen. Jenseits des Tores hatte die Nacht Einzug gehalten, und die zerschrundenen Felsen und Steine, die das steil abfallende Gelände vor der Burg bedeckten, wirkten wie schweigende Krieger, die nur auf ihn und seine Männer warteten.

DeVries richtete sich ein wenig auf und griff mit zitternden Fingern nach seinem Schwert. Er war erschöpft, und seine Gedanken begannen abzuschweifen. Die Schwäche beeinträchtigte sein Denkvermögen, so wie der unheimliche Atem dieser Hexenburg seine eigenen magischen Kräfte lähmte. Er erinnerte sich kaum, wie sie das Hauptgebäude verlassen hatten. Der Krieger, den er erschlagen hatte, war nicht der Einzige gewesen. Die Illusion war wie eine Seifenblase zerplatzt, und DeVries' Männer hatten plötzlich feststellen müssen, dass sie ihre eigenen Kameraden niedergemacht hatten; so wie diese ihrerseits geglaubt hatten, gegen Knochenmänner zu kämpfen. Es war nichts als Illusion gewesen, eine grausame, perfekte Täuschung, die sie dazu gebracht hatte, sich gegenseitig zu töten.

Eine eisige, hilflose Wut machte sich in DeVries breit, als er daran dachte, dass nicht einer von Necrons Männern gefallen war. Der alte Hexenmeister hatte in aller Ruhe zugesehen, wie sich seine Krieger gegenseitig abgeschlachtet hatten. Und wahrscheinlich war er selbst jetzt irgendwo hier in der Nähe und beobachtete ihn, während er bereits eine neue Teufelei ausheckte ...

DeVries trat mit einem entschlossenen Schritt aus dem Schatten der Burgmauer heraus und hob die Hand mit dem Schwert.

»Necron!«, brüllte er. »Wo bist du? Zeige dich, du verdammter Teufel!«

Seine Worte echoten unheimlich in der Stille des Hofes, aber die einzige Antwort, die er bekam, war das Wimmern des Sturms.

»Necron!«, schrie DeVries noch einmal mit überschnappender Stimme. »Zeige dich! Komm her und stell dich zum Kampf, wie es sich für einen Mann gehört! Du verdammter Feigling!«

Ein leises, misstönendes Lachen antwortete ihm. DeVries fuhr mit einem zornigen Knurren herum – und erstarrte.

Der alte Magier stand hinter ihm, einen metallenen Stab mit einem

Drachenkopf in den dürren Händen. Er war nicht allein. Vier Männer in schwarzen, sackähnlichen Gewändern hatten rechts und links von ihm Aufstellung genommen. Sie trugen Bögen in den Händen. Gespannte Bögen. Und die Pfeilspitzen deuteten genau auf DeVries' Brust.

»Du verdammter Feigling!«, keuchte DeVries. »Reicht es dir noch nicht, dass sich meine Männer gegenseitig getötet haben?«

Necron lächelte dünn. »Ihr ereifert Euch unnütz, DeVries«, sagte er spöttisch. »Es ist keine Frage von Mut oder Feigheit, wenn ein alter Mann wie ich nicht gegen einen Krieger wie Euch zu kämpfen gewillt ist«, fuhr er fort. »Ihr tätet es auch nicht im umgekehrten Falle, oder?«

DeVries starrte ihn an. »Du ... du verdammter Mörder«, zischte er. »Du –«

In Necrons Augen blitzte es zornig auf. »Ihr vergreift Euch im Ton, Mijnheer DeVries«, sagte er scharf. »Darf ich Euch daran erinnern, dass *Ihr* es wart, der den Frieden dieses Hauses gebrochen hat? *Ihr* seid mit Waffen in mein Gemach eingedrungen, und *Eure* Männer waren es, die die Torwächter ermordeten. Was verlangt Ihr? Dass ich mit den Achseln zucke und Eure Entschuldigung annehme?«

DeVries schluckte schwer. Ein bitterer Geschmack breitete sich auf seiner Zunge aus. Wenn er nur über seine magischen Kräfte gebieten könnte! Er würde diesen alten Mann zerquetschen wie ein Insekt! Aber er fühlte sich leer und ausgebrannt. Der Teil seiner geistigen Kraft, der über die Mächte der Magie und Zauberei gebot, war erloschen, im gleichen Moment, in dem er das Tor der Drachenburg durchschritten hatte.

»Dann tötet mich«, sagte er hart. »Ihr könnt mich umbringen, Necron, mich und meine Männer. Aber nach mir werden andere kommen und Euch vernichten.«

Necron lächelte kalt. »Das mag sein, DeVries«, sagte er leichthin. »Ich kenne die Macht und Größe Eurer Bruderschaft. Aber ich glaube nicht, dass irgendjemand Euren Tod rächen würde. Ihr seid mit einer Botschaft des Friedens zu mir gesandt worden, DeVries, und Ihr habt sie verraten und stattdessen das Schwert gegen mich und die Meinen erhoben. Nein – die Interessen Eurer Auftraggeber und meine sind sich zu gleich. Sie würden wegen eines Narren wie Euch keinen Krieg mit mir beginnen.« Er lachte leise. »Aber warum sollte ich Euch töten, deVries? Ihr seid geschlagen. Ihr seid keine Gefahr mehr.«

»Ihr ... Ihr lasst mich gehen?«, fragte DeVries ungläubig.

Necron nickte und deutete auf das offen stehende Tor. »Geht«, sagte er. »Nehmt den kümmerlichen Rest Eurer Armee und geht. Aber ich warne Euch – selbst meine Langmut hat Grenzen. Setzt Ihr noch einen Fuß auf mein Gebiet, werde ich keine Gnade mehr walten lassen. Wenn wir uns das nächste Mal sehen, DeVries, töte ich Euch.«

»Es tut mir leid«, sagte ich leise. »Ich wollte nicht, dass es so weit kommt, Temples.« Ich schüttelte bedauernd den Kopf, streifte Curds Hände ab und trat Temples und der alten Frau einen Schritt entgegen.

Temples' Augen weiteten sich ungläubig.

»Was ... bedeutet das?«, keuchte er. »Curd, was ... was tust du?«

»Du hättest auf ihn hören sollen, Lowry«, sagte Ayres leise. Sie wirkte wie jemand, der genau das erlebt, worauf er schon lange wartete. »Er wollte dir eine Chance geben.«

»Mir? Aber wieso ... was ... warum lässt Curd ...«, stammelte Temples. Dann begriff er, und der Schrecken in seinen Augen machte plötzlichem Erkennen Platz.

»Sie haben das gewollt«, keuchte er. »Sie ... Sie haben sich absichtlich gefangen nehmen lassen, Craven!«

Ich nickte. »Ja. Ich habe gehofft, Sie zur Vernunft bringen zu können, Lowry. Ich musste wissen, was hier vorgeht.« Curd stand wie gelähmt hinter mir. Er hatte nicht einmal gemerkt, wie ich seinen Willen ausgeschaltet und mir untertan gemacht hatte.

»Ich nehme es Ihnen nicht übel, Lowry«, fuhr ich fort. »Nicht nach dem, was ich gesehen habe.«

»Sie Teufel!«, stöhnte Temples. »Sie ... Sie verdammtes Ungeheuer. Sie sind genau wie Ihr Vater, Craven. Sie sind –«

»Ich werde Ihnen trotzdem helfen, Lowry«, unterbrach ich. »Jedenfalls werde ich es versuchen.«

Aber Temples schien meine Worte gar nicht zu hören. In seinen weit aufgerissenen, starren Augen glaubte ich Wahnsinn flackern zu sehen. Plötzlich schrie er auf, krümmte sich wie unter einem Hieb – und fuhr mit einer unglaublich schnellen Bewegung herum. »Wulf!«, brüllte er. »Pack ihn!«

Curd und der Wolfsmann reagierten im gleichen Augenblick, aber der Riese war um eine Winzigkeit schneller. Wulf stieß ein tierisches

Geheul aus und stürzte mit drohend vorgereckten Klauen auf mich zu, aber Curd ergriff ihn wie ein Spielzeug beim Kragen, riss ihn mitten in der Bewegung herum und hob ihn ohne sichtliche Anstrengung vom Boden hoch. Er bemühte sich, ihm nicht wehzutun, aber seine riesigen Hände fesselten Wulfs Arme wie Stahlseile an den Körper.

»Geben Sie auf, Lowry«, sagte ich. »Ich will Sie nicht auch noch zwingen müssen. Glauben Sie mir – es ist nicht schön, nicht mehr Herr seines eigenen Willens zu sein.«

Temples' Augen schienen vor Hass zu brennen. »Niemals!«, keuchte er. »Sie kriegen mich nicht. Eher bringe ich mich um.«

»Das ist nicht nötig, Lowry«, sagte Ayres leise.

In ihrer Stimme war ein Klang, der mich für einen Moment erstarren ließ. Sie sprach noch immer ruhig, beinahe freundlich, aber das vage Gefühl von Bedrohung, das ich die ganze Zeit über verspürt zu haben glaubte, steigerte sich plötzlich zu einem schrillen Alarmläuten.

Mit einer abrupten Bewegung fuhr ich herum, starrte sie an – und prallte mit einem Aufschrei zurück.

Die alte Frau hatte sich vollkommen verändert. Ihr Gesicht, das noch vor Augenblicken eine Maske aus Runzeln und tief eingegrabenen Falten gewesen war, begann sich zu glätten, als liefe die Zeit auf bizarre Weise rückwärts. Innerhalb von Sekunden wandelte sie sich von einer hundertjährigen Greisin in eine dunkelhaarige, schlanke Frau.

Aber die Veränderung ging weiter. Plötzlich begann sich ihr Gesicht zu verzerren, wurde zu einer Grimasse mit flammenden Dämonenaugen und gebogenen, blutig schimmernden Reißzähnen, die Hände krümmten sich zu Krallen, und über ihre plötzlich gesprungenen Lippen kam ein grässliches Hohngelächter.

»Genug des bösen Spieles, Craven«, kicherte sie. »Ich hoffe, Sie haben Ihren Spaß gehabt. Aber jetzt ist meine Geduld erschöpft.«

Ich sah aus den Augenwinkeln, wie Curd den Wolfsmann losließ und hinter mich trat, versuchte verzweifelt, ihn zum Stehenbleiben zu zwingen, und spürte, wie meine Kräfte gegen eine unsichtbare Mauer prallten.

»Das ist sinnlos, Craven«, kicherte Ayres – oder das, in was sich die Alte verwandelt hatte. »Deine Kräfte sind den meinen nicht gewachsen.« Ihr Gesicht war vollends zu einer Teufelsfratze geworden, und als ich ihrem Blick begegnete, hatte ich das Gefühl, direkt in die Hölle zu blicken.

»Du bist nicht der Einzige, der sich aufs Lügen versteht«, kicherte sie. »Ich hätte dich vom ersten Moment an überwältigen können. Aber ich wollte wissen, wie groß deine Kräfte sind.« Sie kicherte. »Nicht groß genug, scheint mir. Ich muss gestehen, ich bin enttäuscht. Vom Sohn Roderick Andaras habe ich mehr erwartet. Aber das spielt jetzt keine Rolle mehr. Curd!«

Wieder griff der Gigant mit beiden Händen zu. Seine Pranken legten sich um meinen Hals und schnürten mir die Luft ab; gleichzeitig begann er meinen Kopf nach vorne zu drücken. Ich bäumte mich auf, trat um mich und hämmerte ihm verzweifelt den Ellbogen in den Leib, aber der Druck seiner Pranken verstärkte sich im Gegenteil noch; ein scharfer, immer schlimmer werdender Schmerz tobte durch mein Rückgrat.

Dann geschah alles gleichzeitig. Ein fürchterlicher, splitternder Laut erscholl, der Schmerz in meinem Nacken explodierte, und plötzlich lösten sich Curds Hände, und ich fiel halb betäubt zu Boden.

Sekundenlang blieb ich auf Händen und Knien hocken, versuchte die dunklen Schwaden fortzutreiben, die meine Gedanken zu vernebeln trachteten. Dumpfe, polternde Geräusche drangen an mein Ohr, ich sah Schatten, ohne sie in Beziehung zu den Lauten bringen zu können, und ein sanftes Gefühl der Verwunderung machte sich in mir breit, noch am Leben zu sein.

Dann traf mich ein Stoß in die Rippen, und der neuerliche, stechende Schmerz schleuderte mich abrupt in die Wirklichkeit zurück. Die Haustür war von einem ungeheuren Schlag halb aus den Angeln gerissen und nach innen geschleudert worden. Helles Tageslicht drang in den kleinen Raum und ließ mich blinzeln.

Und unter der Öffnung waren zwei Gestalten erschienen. Sie waren nicht mehr als bloße Schatten gegen den grellen Hintergrund, und trotzdem erkannte ich zumindest einen von ihnen.

Es war Rowlf. Und als die beiden Männer nebeneinander ins Haus traten, erkannte ich auch den anderen.

»Shannon!«, keuchte ich. »Wo ... wie kommst du hierher?« Natürlich antwortete Shannon nicht; ich bezweifelte sogar, dass er meine Worte überhaupt hörte, denn auch Curd und der Wolfsmann hatten mittlerweile ihre Überraschung überwunden und wandten sich den beiden Neuankömmlingen zu. Hinter mir zog Temples ein Klappmesser aus der Jacke und ließ die Klinge herausspringen.

Ich wartete, bis er an mir vorbeikam, streckte blitzschnell den Fuß aus und trat ihm mit dem anderen in die Kniekehle. Temples keuchte überrascht, ruderte einen Moment hilflos mit den Armen und fiel nach vorne. Das Klappmesser entglitt seinen Händen und flog klappernd davon. Ich versetzte ihm einen Schlag und fing ihn auf, als er halb bewusstlos zur Seite kippte.

Als ich mich aufrichtete, hatten Curd und sein schrecklicher tierischer Begleiter die Tür erreicht. Ich sah, wie sich Shannon auf den Riesen stürzen wollte, aber Rowlf hielt ihn mit einem raschen Griff zurück, schüttelte den Kopf und hob kampflustig die Fäuste.

»Nimm den anderen«, nuschelte er. »Den Großen lass mir, der Knirps is nich so gefährlich.«

In diesem Punkt mochte er sich durchaus täuschen, aber Shannon blieb keine Zeit mehr zu protestieren, denn in diesem Moment sprang Wulf bereits vor und hieb mit seinen schrecklichen sechsfingrigen Krallen nach seinem Gesicht.

Eine halbe Sekunde später stürzte sich sein Begleiter auf Rowlf.

Unter anderen Umständen hätte mich der Kampf vielleicht sogar fasziniert, denn Curd schien selbst für Rowlf ein würdiger Gegner zu sein. Aber jetzt hatte ich nur Angst. Ich spürte, dass sich etwas Fremdes, Finsteres wie eine unsichtbare Wolke über unseren Köpfen zusammenballte. Der Atem des Bösen, der seit zweihundert Jahren über Innsmouth herrschte und jetzt zu einem letzten Hieb ausholte und ... Ayres!

Ich schrie auf, als ich begriff, dass ich bei allem die Hexe total vergessen hatte, wirbelte herum – die Stelle, an der die Alte gestanden hatte, war leer. Die Hexe war verschwunden.

Hinter mir erscholl ein dumpfer Schlag, gefolgt von einem wimmernden Heulen. Als ich wieder herumfuhr, sah ich, wie Shannon und der Wolfsmann aneinandergeklammert über den Fußboden rollten. Shannon hieb mit aller Kraft auf die halb tierische Kreatur ein, aber Wulf schien die Hiebe gar nicht zu spüren. Immer wieder schnappte sein Raubtiergebiss nach der Kehle des jungen Magiers. Shannons Gesicht war blutüberströmt.

Ich erwachte endlich aus meiner Erstarrung, sprang mit einem raschen Satz über den bewusstlosen Temples hinweg und schlug Wulf die Faust in den Nacken. Der Wolfsmann heulte auf. Der Griff, mit dem er sich an Shannon festgeklammert hatte, lockerte sich für einen Moment – und der junge Magier nutzte diese Chance sofort!

Blitzschnell sprengte er Wulfs Umklammerung ganz, stieß den Wolfsmann von sich und versetzte ihm einen Kinnhaken. Die bedauernswerte Kreatur verdrehte die Augen, sackte nach hinten und verlor mit einem seufzenden Laut das Bewusstsein.

Rasch drehte ich mich herum, um auch Rowlf beizuspringen, aber das erwies sich nicht mehr als nötig; sein Gegner lag bereits am Boden. Ich tauschte einen raschen, fragenden Blick mit Rowlf, und er deutete ihn richtig und schüttelte fast unmerklich den Kopf. Shannon wusste also noch immer nicht, wer ich wirklich war. Im Moment schien mir auch nicht unbedingt der richtige Zeitpunkt, mich ihm zu erkennen zu geben.

Shannon wirkte benommen, als ich ihm auf die Füße half. »Danke, Jeff«, murmelte er. »Das war ... in letzter Minute.« Er stöhnte, wischte sich mit dem Handrücken das Blut aus dem Gesicht und sah verwirrt auf den reglosen Wolfsmann hinunter. »Was ist das für eine Kreatur?«, murmelte er verstört.

»Das erkläre ich dir später«, antwortete ich. »Wo kommt ihr her? Jetzt müssen wir Ayres finden.«

»Ayres?«

»Die Frau, die hier war, als –« Ich sprach nicht weiter, als ich den fragenden Ausdruck in seinen Augen sah. »Ihr habt ... niemanden gesehen?«

»Keinen Menschen nich«, bestätigte Rowlf. »Schon gar keine alte Frau – nur die drei Typen da. Wo is Howard?«

»In einem Haus am anderen Ende des Dorfes«, antwortete ich ungeduldig. »Wir holen ihn später.« Ich kniete neben Temples nieder. Er war noch immer ohne Bewusstsein, schlug aber die Augen auf, als ich seinen Kopf anhob und nach einem bestimmten Nervenknoten in seinem Nacken tastete. Ich wusste, dass die Berührung ihm sehr wehtun musste, aber das musste ich in Kauf nehmen. Es war gut möglich, dass nicht nur sein Leben davon abhing, dass wir die vermeintliche Alte fanden.

Temples' Blick flackerte, als er mich erkannte. Sein Mund öffnete sich, aber ich kam ihm zuvor, bannte seinen Blick und hinderte ihn mit aller Macht daran, von sich aus zu reden oder gar meinen Namen auszusprechen.

»Hören Sie zu, Lowry«, sagte ich hastig. »Wir müssen Ayres finden.

Ich glaube, dass die alte Frau ganz genau weiß, was hier vorgeht. Wo ist sie? Lebt sie hier in Innsmouth?«

Temples' Lippen begannen zu zittern. Schweiß erschien auf seiner Stirn, und sein Adamsapfel begann wie wild auf und ab zu hüpfen, als er verzweifelt versuchte zu antworten. Aber alles, was er herausbekam, war eine Folge unverständlicher, würgender Töne.

Es ging ganz schnell. Wieder hatte ich das Gefühl, nicht allein zu sein, sondern die Anwesenheit eines fremden, unglaublich bösen Bewusstseins zu spüren – und plötzlich bäumte sich Temples auf, stieß einen gellenden, abgehackten Schrei aus und starb.

»Was is los?«, keuchte Rowlf erschrocken.

Langsam ließ ich Temples' erschlafften Körper zu Boden sinken, stand auf und wandte mich um. »Er ist tot«, sagte ich verwirrt. »Ich verstehe das nicht. Er –«

»– wurde umgebracht«, führte Shannon den Satz zu Ende.

Ich starrte ihn an. »Umgebracht?«, wiederholte ich. »Wie kommst du darauf?«

Shannon schluckte nervös. Auf seiner Stirn perlte Schweiß, und seine Hände zitterten. Langsam hob er den Arm, trat auf mich zu und berührte meine rechte Hand.

Es war wie ein Blitz, unerwartet und grell und schmerzhaft und so warnungslos, dass ich instinktiv zurückprallte und versuchte, mich Shannons Griff zu entziehen. Aber seine Hand hielt meine Finger fest.

Ich sah *Bilder.*

Im ersten Moment glaubte ich, in einer vollkommen fremden Umgebung zu sein, einer Welt, die mit der realen nichts zu tun hatte, aber dann begriff ich, dass ich wieder in dem kleinen Haus in Innsmouth war.

Aber ich sah es jetzt *durch Shannons Augen!*

Es gab keine Farben mehr, nur noch Schwarz und Weiß und alle nur denkbaren Schattierungen dazwischen, und auch sie waren verdreht. Was dunkel sein musste, war hell, und umgedreht. Die flackernde Kerze auf dem Kaminsims verströmte Dunkelheit, und Shannons und Rowlfs Gestalten hoben sich als helle Umrisse vor dem schwarzen Rechteck der Tür ab.

Aber ich sah nicht nur ihre beiden Schatten.

Über unseren Köpfen, scheinbar schwerelos und eine Hand breit unter der nackten Holzdecke, schwebte ein Gespinst dünner, weiß leuchtender Fäden. Auf den ersten Blick schien es sinnlos ineinander verstrickt und verknotet, und doch bildete es ein kunstvolles Muster wie ein unendlich kompliziertes Spinnennetz.

Das Gespinst bewegte sich. Überall dort, wo sich die Fäden berührten und kreuzten, pulsierten winzige, strahlend helle Lichtpunkte wie Sterne, und die dünnen Fäden selbst schienen sich in einem unfühlbaren Wind zu wiegen und sanft hin und her zu schwingen.

Und aus seiner Mitte wuchs ein schlauchförmiger Ausläufer in die Tiefe und verschmolz mit Temples' Nacken ...

»Mein Gott!«, flüsterte ich. »Was ist das?«

Temples antwortete nicht. Stattdessen deutete er auf die Tür am anderen Ende des Raumes. Das Gespinst setzte sich auch dort fort, und ein dünner, pulsierender Teil des gewaltigen grauen Netzes wuchs durch die geschlossene Tür hindurch und verschwand im Nebenzimmer.

Ich wusste, was ich sehen würde. Trotzdem begann mein Herz wie rasend zu hämmern, als ich, Shannons Hand fest umklammert, den Raum durchquerte und die Tür aufstieß.

Temples Frau schlief noch immer, aber aus der Wiege neben dem Bett drangen kleine, meckernde Laute, die das Neugeborene ausstieß.

Widerstrebend beugte ich mich über die Wiege und starrte aus schreckgeweiteten Augen auf den silbernen, noch dünnen Faden, der sich wie ein tastender Finger aus dem Gespinst unter der Decke herabsenkte und seinen Nacken berührte.

Mit einem Ruck löste ich meine Hand aus der Shannons, fuhr herum und stürmte aus dem Zimmer. Die bizarre Vision erlosch. Plötzlich war der Raum wieder normal und vertraut, aber ich glaubte das grauenhafte Gespinst noch immer zu sehen.

Shannon folgte mir, aber als ich mich herumdrehte und ihn ansah, war sein Blick leer. Seine Finger zuckten unkontrolliert, und seine Lippen bewegten sich unablässig, ohne dass er auch nur den geringsten Laut hervorbrachte.

»Was is'n mit dem los?«, fragte Rowlf. Auch ihm fiel Shannons sonderbares Verhalten auf, aber anders als ich hatte er das *Ding* nicht gesehen, das mit uns unsichtbar im Raum war.

Ich berührte Shannon am Arm und zwang ihn, mich anzusehen. »Shannon!«, sagte ich laut. »Was ist mit dir? Rede!«

»Der Seelenfresser«, murmelte er. Die Worte schienen kaum mir zu gelten; er wirkte noch immer benommen. Nein, nicht benommen –

erschüttert –, so tief erschüttert, wie ich selten zuvor einen Menschen erlebt hatte. »Er ... er ist es, Jeff. Ich täusche mich nicht.«

»Wer ist was?«, fragte ich betont.

Shannon starrte mich aus geweiteten Augen an. »Sie sind alle so, nicht?« Plötzlich fuhr er herum, sprang mit einem Satz auf den bewusstlosen Wolfsmann zu und erstarrte. Er sagte kein Wort, aber ich wusste, was er sah: ein Bündel glänzender, pulsierender Spinnfäden, die mit dem Nacken des bedauernswerten Geschöpfes verschmolzen, ebenso wie mit dem Curds, Lowrys – und zahlloser anderer. Jedes männlichen Einwohners von Innsmouth.

»Nein«, stammelte er. »Nicht ... nicht das. Nicht ...«

Ich streckte die Hand nach ihm aus, führte die Bewegung aber nicht zu Ende, sondern starrte ihn nur mit wachsender Verwirrung an. »Was ist los, Shannon?«, fragte ich. »Was hast du?«

»Er hat endlich erkannt, dass sie ihn belogen haben, Robert«, sagte eine Stimme hinter mir. Eine Stimme, die ich kannte.

Die Stimme meines Vaters!

Er stand hinter mir, eine dunkle, halb transparente Gestalt wie ein Schatten; groß, schlank und mit einem sanften Odem von Düsternis und Trauer umgeben wie immer, wenn er aus dem Reich der Toten zu mir sprach.

Aber nicht nur ich hatte seine Stimme gehört; auch Shannon war aus seiner Erstarrung erwacht und herumgefahren. Seine Augen weiteten sich, als er den dunkelhaarigen Mann mit der weißen Strähne im Haar erblickte.

»Robert?«, flüsterte er ungläubig. Sein Blick flackerte. Für einen Moment starrte er mich an, mit einem Ausdruck solchen Entsetzens, dass ich instinktiv einen Schritt zurückwich.

»Robert!«, wiederholte er. »Soll das heißen, du ...«

»Ich bin nicht der, den du töten solltest, Shannon«, sagte Andara sanft. Sein Blick war ernst, aber die Härte, mit der er Shannon am Tage zuvor betrachtet hatte, war daraus verschwunden. Vor vierundzwanzig Stunden hatte er Shannon töten wollen, aber jetzt war alles, was ich in seinen Augen las, ein tiefes, ehrliches Bedauern. »Ich habe dir gesagt, dass du hierherkommen sollst, um die Wahrheit zu erfahren«, fuhr er fort.

Shannon atmete hörbar ein. Seine Stimme zitterte so stark, als kämpfe er mit aller Macht dagegen an, nicht loszuschreien. »Sie sind ... Andara«, sagte er. »Roderick Andara. Der ... der Magier.«

»Ja, Shannon«, sagte ich an Stelle Andaras. »Dieser Mann ist mein Vater. Du hast den Falschen verfolgt. Ich bin Robert Craven.«

Der Ort lag wie ausgestorben vor uns, als wir das Haus verließen. Ein kalter Wind ließ Staub und trockene Blätter tanzen. Nirgends rührte sich auch nur die geringste Spur von Leben; selbst die Häuser wirkten tot.

Und über dem Ort schwebte das Netz.

Shannon hatte wieder meine rechte Hand berührt, und ich sah durch seine Augen. Und ich spürte einen ganz schwachen Hauch des Entsetzens, das den jungen Magier beim Anblick dieses bizarren pulsierenden Gespinstes ergriffen hatte.

Wie hatte er es genannt? Den *Seelenfresser}* Der Klang dieses Wortes allein reichte aus, mir einen eisigen Schauer über den Rücken zu jagen.

Das Netz schwebte wie eine grausilberne, leuchtende Wolke über den Dächern der Stadt, schwerelos und scheinbar unberührt von den Böen, mit denen der Wind den Staub durch die Straßen jagte.

An zahllosen Stellen senkten sich schlanke, schlauchartige Gebilde aus der pulsierenden Wolke herab und verschmolzen mit den Häusern, um sich in ihrem Innern wieder aufzuspalten und mit unsichtbaren Armen nach den Menschen zu tasten, die sie bewohnten ...

»Dort!«

Shannons Hand deutete nach Osten, zum entgegengesetzten Ortsrand. Das Gespinst verdichtete sich dort, und das Leuchten der grausilbernen Masse flammte wie ein Ball aus heiligem bösem Licht. Unter seinem Zentrum befand sich ein kleines, einzeln stehendes Haus, durch Tausende pulsierender, zuckender Lichtfäden mit der brodelnden Wolke über Innsmouth verbunden. Was immer dieses Gebilde beherrschte und lenkte, musste in diesem Haus sein.

Langsam gingen wir los. Wir waren allein – Rowlf hatte das Haus vor uns verlassen und war gegangen, um Howard zu befreien, und auch die Geistergestalt meines Vaters war wieder verschwunden, aber erst, nachdem Shannon und er sich lange, endlose Minuten lang angestarrt hatten. Und sie hatten – auf eine Weise, die selbst mir rätselhaft geblieben war – miteinander geredet. Ich wusste nicht, worüber, aber Shannon wirkte wie ein Mann, der innerlich zerbrochen war, als die Gestalt Andaras schließlich in die Schatten zurückkehrte, aus denen sie gekommen war. Seither hatte er kaum mehr ein Wort gesprochen.

Der Wind wurde nicht nur scheinbar stärker, als wir uns dem Haus näherten. Die Wolke begann zu brodeln, grelle Lichterscheinungen zuckten durch das bizarre Gebilde aus Licht und Gestalt gewordenem Entsetzen. Und mit einem Male kam ein Sturm auf, ein eisiger, brüllender Höllensturm, der wie mit unsichtbaren Händen an unseren Kleidern und Haaren riss. Winzige Lichtbälle lösten sich wie feurige weiße Sterne aus dem Netz, rasten Funken sprühend auf uns herab und erloschen, wenige Meter, ehe sie Shannon oder mich erreichen konnten.

Shannon führte mich mit sich wie ein willenloses Kind. Es war allein seine Macht, die uns vor dem Sturm und den flammenden Energiebällen schützte; das ungeheure Potenzial an Energie, das in diesem so sanft erscheinenden Jungen schlummerte und das ich bisher allerhöchstens geahnt, aber nicht wirklich erkannt hatte.

Der Sturm erlosch so plötzlich, wie er entstanden war, als wir das Haus erreichten. Ein schwerfälliges, von Tausenden kleiner, gleißender Lichtblitze begleitetes Zucken lief durch die lebende Wolke, und mit einem Male wurde es still, unheimlich still. Shannon ließ meine Hand los, atmete hörbar aus – und trat die Tür des kleinen Hauses mit einem einzigen kraftvollen Tritt ein.

Ich zog meinen Stockdegen, als wir nebeneinander in die Hütte traten. Die Waffe fühlte sich kalt und tot in meiner Hand an, und irgendetwas sagte mir, dass sie mich trotz ihrer magischen Macht gegen diesen Gegner nicht schützen konnte.

Im ersten Moment erkannte ich nichts, denn mit Shannons Berührung waren auch die Bilder erloschen, die ich durch seine Augen sah. Dann glaubte ich Schatten zu sehen; dünne, grau flackernde Linien, die die Luft in scheinbar sinnlosen Mustern durchzogen.

Und plötzlich stand Ayres vor uns. Die Schemen teilten sich wie ein unsichtbarer Vorhang, und die alte Frau trat hervor, schmalschultrig und gebückt, wie ich sie kannte, aber um fünfzig Jahre verjüngt.

Ich unterdrückte im letzten Augenblick einen Schrei, als ich sie ansah. Es war die gleiche, bizarr verzerrte Teufelsfratze, in die ich schon einmal geblickt hatte – aber es war ein Gesicht, das ich kannte! Ich hatte dieses Gesicht schon einmal gesehen! Diesen Ausdruck von Grausamkeit und Härte, die unstillbare Gier in ihren Augen, die nur durch den Anblick von Tod und Leid gestillt werden konnte ... Es war mehr als ein Jahr her, und ich war bis zu diesem Augenblick der Meinung gewesen, sie endgültig besiegt und vertrieben zu haben. Es war das Gesicht der Hexe, die von Priscylla Besitz ergriffen hatte …

»Lyssa!«

Ein dünnes, grausam-überhebliches Lächeln verzerrte den Mund der Hexe. Ihre Augen blitzten spöttisch. »Ich fühle mich geehrt, Robert«, sagte sie höhnisch. »Ich hätte nicht gedacht, dass du mich wiedererkennst.«

Ich schrie auf und wollte mich auf die Hexe stürzen, aber Shannon riss mich mit einer harten Bewegung zurück, schlug mir den Degen aus der Hand und gab mir einen Stoß vor die Brust, der mich haltlos gegen die Wand taumeln ließ. Dann – noch ehe ich irgendwie reagieren konnte – fuhr er wieder herum, trat der Hexe entgegen und blieb einen halben Meter vor ihr stehen. Seine Hände ballten sich zu Fäusten.

»Du!«, flüsterte er mit bebender Stimme. »Ich … ich wollte es nicht glauben. Ich habe mich geweigert, es zu glauben, selbst als ich den Seelenfresser erkannt habe. *Du!«* Das letzte Wort klang wie ein Schrei. Ein verzweifelter Schrei.

Lyssa nickte. Ihr Blick war kalt, aber in das spöttische Glitzern ihrer Augen hatte sich eine ganz leise Spur von Unsicherheit geschlichen. »Was mischst du dich ein, Shannon? Wir dienen dem gleichen Herrn, vergiss das nicht. Du hattest von Necron den Auftrag, Andaras Sohn zu töten.«

»Warum?«, flüsterte Shannon.

»Warum?« Lyssa lachte meckernd. »Warum was, Shannon? Andara hat –«

»Du weißt, was ich meine, Lyssa«, unterbrach Shannon sie mit bebender Stimme. »Der … der Seelenfresser. Die Menschen hier mögen glauben, was du ihnen erzählt hast, aber du und ich wissen, dass nicht einmal Andara die Macht hat, dieses Ungeheuer heraufzubeschwören. Du bist von allen die Einzige, die ihn beherrschen kann. Du hast ihn hierher gerufen, und du warst es, die die Männer von Innsmouth in seinen Bann brachte. Warum, Lyssa?«

Lyssas Blick wurde hart. »Als Strafe«, sagte sie. »Andara floh hierher, nachdem er unsere Sache verraten und so vielen von uns den Tod gebracht hat. Hast du das vergessen?«

»Nein«, keuchte Shannon. »Aber warum Innsmouth? Warum das Leben so vieler Unschuldiger?«

»Niemand ist unschuldig«, erklärte Lyssa ungeduldig. »Sie haben ihn versteckt und sich damit auf seine Seite gestellt, gegen uns. Sie wurden bestraft. So einfach ist das.«

»So einfach?«, keuchte Shannon. »Du ... du sprichst über unendliches Leid, das ihr über Generationen gebracht habt, und –«

»Du wirst sentimental, Shannon«, unterbrach ihn Lyssa kalt. »Ich habe immer gesagt, dass du zu weich bist. Niemand ist unschuldig, der sich gegen uns stellt. Sie haben dem Hexer Unterschlupf gewährt, und sie zahlen den Preis dafür.« Ihre Augen wurden schmal. »Ihr Schicksal sollte dir eine Warnung sein, Shannon. Auch du hast versagt. Du solltest Cravens Sohn töten – stattdessen hilfst du ihm. Sieh dich um und denke darüber nach, was mit denen geschieht, die sich unserem Willen nicht beugen, ehe du endgültig die Seiten wechselst.«

»Ich bin nicht sicher, ob ich das nicht schon getan habe«, murmelte Shannon.

Lyssa starrte ihn an. »Du ... verrätst uns?«, fragte sie lauernd.

Shannon schüttelte den Kopf. »Nein«, sagte er. »Verraten kann man nur eine Sache, zu der man einmal gehört hat, Lyssa. Und das, was ich hier gesehen habe, ist nicht meine Seite. Sie war es niemals.«

»Du hast einen Eid geschworen«, sagte Lyssa.

»Ja. Ich habe geschworen, unserem Orden und dem *Meister* zu dienen und die wahre Macht zu schützen. Ich habe niemals geschworen, Unrecht zu begehen. Und ich habe nicht geschworen, Unschuldige zu quälen.«

Zwei, drei Sekunden lang starrte Lyssa ihn schweigend an. Der Ausdruck von Unsicherheit in ihrem Blick wuchs. »Was bedeutet das?«, fragte sie schließlich.

»Du weißt, was ich meine«, antwortete Shannon. Plötzlich war seine Stimme ganz kalt. Zorn und Unsicherheit waren daraus verschwunden. »Ruf ihn zurück«, sagte er. »Schick diese Bestie wieder dorthin, wo sie hergekommen ist. Nimm den Fluch von Innsmouth!«

»Und wenn ich es nicht tue?«, fragte Lyssa lauernd.

»Dann töte ich dich«, antwortete Shannon.

»Du tötest mich?« Lyssa lächelte. »Wie interessant. Und wie willst du das anfangen, du kleiner Narr?«

Shannon antwortete nicht. Langsam hob er die Arme, streckte beide Hände in Lyssas Richtung aus und murmelte etwas. Ich konnte nicht erkennen, was geschah, aber Lyssa taumelte mit einem überraschten Keuchen zurück, prallte gegen den Tisch und fand im letzten Augenblick ihr Gleichgewicht wieder.

Aber Shannons Angriff hatte sie nur überrascht, nicht wirklich in Gefahr gebracht. Blitzartig wirbelte sie herum, stieß ein fast tierhaftes Kreischen aus und machte eine komplizierte, rasche Bewegung mit der Rechten.

Ein Zucken schien durch die Wirklichkeit zu gehen. Die Welt verbog und kräuselte sich auf unmögliche Weise, und für einen zeitlosen Moment glaubte ich in eine andere, fürchterliche Realität zu blicken. Ich sah den Blitz tödlicher magischer Energien, der aus dem Nichts herabzuckte und Shannon einhüllte, und für einen noch kürzeren Moment sah ich, wie Lyssas wirkliche Gestalt war.

Der Anblick brachte mich fast an den Rand des Wahnsinns.

Ich schrie auf, riss meinen Stockdegen vom Boden hoch und stürzte an Shannon vorbei, blind vor Entsetzen und Angst. Lyssa wirbelte herum und versuchte meinen Hieb abzufangen, aber die Bewegung kam den Bruchteil einer Sekunde zu spät; der rasiermesserscharfe Stahl riss eine lange, blutige Schramme in ihre Schulter.

Die Hexe brüllte vor Wut, schlug nach meinem Arm und prellte mir die Waffe aus der Hand. Und abermals glaubte ich ein rasches, unglaublich machtvolles Vibrieren der Wirklichkeit zu spüren, als sie die fantastischen Kräfte entfesselte, über die sie gebot; Kräfte, die selbst die Shannons um ein Hundertfaches überstiegen.

Und diesmal galt der Angriff mir.

Es war wie der Hieb eines zornigen Gottes. Eine unsichtbare Titanenfaust traf meine Brust, riss mich von den Füßen und schleuderte mich vier, fünf Meter weit durch die Luft. Ich prallte gegen die Wand, spürte einen zweiten, noch härteren Schlag und versuchte zu schreien. Ich brachte keinen Ton hervor. Die unsichtbare Gigantenhand griff erneut zu, packte meinen Körper aus allen Richtungen zugleich und begann das Leben aus mir herauszupressen.

Ich fiel nach hinten, sank kraftlos an der Wand entlang zu Boden und sah wie durch einen wogenden roten Schleier, wie sich Lyssa wieder Shannon zuwandte. Ein Netz grauer, flackernder Schatten hüllte den jungen Magier plötzlich ein; dünne Fäden wie die des Seelenfressers, fein wie Haar und von pulsierendem Leben erfüllt. Shannon taumelte, schlug hilflos mit den Händen um sich und sank mit einem keuchenden Laut auf die Knie. Das Netz begann sich dichter um ihn zusammenzuziehen.

Lyssa lachte. »Du bist ein Narr, Shannon!«, kreischte sie. »Ein ebenso großer Narr wie Craven, wenn du glaubst, mich besiegen zu können. Du bist stark, aber lange nicht stark genug. Und jetzt bezahlst du den Preis für den Verrat. Ich werde tun, was du nicht vollbracht hast. Ich werde den Sohn des Magiers vernichten! Aber zuvor soll er noch sehen, wie es denen ergeht, die sich gegen uns stellen!«

Sie machte eine befehlende Bewegung mit der Rechten, und das Netz zog sich weiter zusammen. Wie eine tausendfingrige tödliche Hand begann es sich um den jungen Magier zu schließen, zwang ihn auf die Knie und weiter herunter, begann seine Kleider zu durchschneiden.

Und dann ...

Für einen winzigen Moment war es, als flackere Shannons Gestalt. Seine Umrisse verdoppelten sich, und plötzlich schien sein Körper an Substanz zu verlieren und dünn und schwerelos wie Rauch zu werden.

Das magische Netz erschlaffte, fiel durch seinen Körper hindurch und blieb zuckend auf dem Boden liegen.

Lyssa schrie auf, riss erschrocken die Hände vor den Mund. Ihre Augen schienen vor Entsetzen aus den Höhlen zu quellen.

Vor ihr stand nicht mehr Shannon, sondern ein schlanker Mann mit schwarzem Vollbart, dunklem Haar und einer gezackten weißen Strähne über der linken Braue.

»Andara!«, rief sie.

Eine endlose Sekunde lang starrte Roderick Andara die Hexe wortlos an, dann nickte er, hob den Arm und berührte sie beinahe sanft an der Schulter. Lyssa kreischte, fiel nach hinten und krümmte sich auf dem Boden.

»Ja, Lyssa«, sagte er. »Ich bin es. Endlich sehen wir uns wieder. Ich habe lange auf diesen Augenblick gewartet. Zweihundert Jahre. Komm – bringen wir zu Ende, was du begonnen hast.«

Lyssa stemmte sich taumelnd hoch, starrte den Magier an und machte wieder jene eigenartigen, beschwörenden Gesten mit den Händen. Aber diesmal spürte ich, wie ihre Kräfte von einer anderen, viel machtvolleren Gewalt aufgefangen und zurückgeschleudert wurden. Sie taumelte. Ihr Kreischen klang plötzlich ängstlich, und das Flackern in ihrem Blick wurde mehr und mehr zu nackter Panik.

Vielleicht die Panik, dachte ich matt, die ein Mensch empfinden mochte, der sich für unsterblich gehalten hat und plötzlich begreift, dass seine Zeit abgelaufen ist.

Ich sah nicht weiter zu, was geschah, denn dies war ein Kampf, der mich nichts anging.

Aber ich dachte auch diesen Gedanken nicht zu Ende, denn mit einem Male fühlte ich mich nur noch müde, unendlich müde.

Während hinter mir ein Kampf endete, der vor zweihundert Jahren seinen Anfang genommen hatte, trat ich wieder auf die Straße hinaus, wo Howard, Rowlf und ein sehr nachdenklicher junger Magier namens Shannon bereits auf mich warteten.

Cthulhu lebt!

Necron erwachte.

Seine Lider hoben sich, aber der Blick der dunklen, fast pupillenlosen Augen dahinter blieb leer. Es dauerte lange, bis sich seine Brust in einem ersten, mühsamen Atemzug hob.

Sein Herz hatte nicht geschlagen, und seine Haut war so kalt gewesen wie der Fels, auf dem er lag. Jeder Arzt hätte seinen Tod festgestellt. Und doch – er lebte!

Seine Gedanken fanden nur allmählich in die Wirklichkeit zurück. Die Hände rührten sich, fahrig und unsicher. Es waren schmale, sehnige Hände, ausgemergelt vom Alter und mit pergamentener, trockener Haut, aber trotzdem noch voller Kraft. Die langen Fingernägel fuhren scharrend über den Stein und fanden Halt. Dann stemmten die Hände den Körper hoch, und nach einer weiteren sekundenlangen Pause, die er brauchte, um neue Kräfte zu sammeln, setzte sich Necron vollends auf und sah sich um.

Der Raum hatte die exakte geometrische Form eines Würfels. Wände, Decke und Boden bestanden aus Stein, in dem noch die Spuren der primitiven Werkzeuge sichtbar waren, mit denen der Raum vor Urzeiten aus dem Fels gemeißelt worden war. Es hatte zwei Menschenalter gedauert und zehn Dutzend Menschenleben gefordert, dem Berg diese Kaverne abzuringen. Der Raum hatte Blut und Leid und Tränen gesehen, aber nichts davon war geblieben, die Wände waren kalt und hart und bar jeden Lebens, und etwas Dunkles, Böses schien ihm zu entströmen wie ein finsterer Atem.

Das Licht der einzelnen, blakenden Fackeln warf zuckende Reflexe und dunkle Schatten gegen die Wände, und von irgendwo, weit entfernt, kam das monotone Geräusch von tropfendem Wasser. Trotzdem war es still in der Kammer.

Still wie in einem gewaltigen steinernen Grab.

Necrons Blick blieb an einem hölzernen Gestell vor der gegenüberliegenden Wand hängen. Auf der tischähnlichen Platte flackerte eine tiefschwarze, armdicke Kerze, daneben waren die heruntergebrannten Stummel von fünf weiteren Kerzen zu erkennen. Zerschmolzenes Wachs war über die schräge Platte gelaufen und zu Boden getropft.

Necron runzelte einen Moment nachdenklich die Stirn. Fünf Kerzen – das bedeutete, dass fünf Tage vergangen waren, seit er sich auf dem steinernen Tisch ausgestreckt hatte und in Trance verfallen war.

Viel mehr, als er geglaubt hatte. Ihm war es vorgekommen, als wären nur Augenblicke vergangen. Nicht mehr als ein rasches Schließen und Öffnen der Augen. Er erinnerte sich nicht einmal, eingeschlafen zu sein.

Aber die Kräfte, deren er sich bediente, waren unergründlich. Nicht einmal er wusste vorher zu sagen, ob er für Minuten oder Wochen oder Monate ins Reich der Schatten eintreten würde. Oder gar für ...

Er vertrieb den Gedanken schnell, stand auf und wandte sich zum Ausgang. Es gab keine Tür, sondern nur eine halbhohe Öffnung in der Felswand, hinter der sich ein dunkler Gang erstreckte.

Das Licht der Kerzen reichte nicht bis in den Gang hinein, sondern schien dicht hinter seinem Eingang absorbiert zu werden, als gäbe es dort einen unsichtbaren Vorhang, aber die Schatten teilten sich vor Necron, als er gebückt durch die niedrige Öffnung trat und den Stollen hinabging.

Kälte umfing ihn wie ein Hauch aus einer anderen, verbotenen Welt, und die Schatten schienen sich zu verdichten und seinen Körper zu umkreisen, wie kleine, aufmerksame Wächter, die in ihrer Ruhe gestört wurden.

Die Schatten wogten stärker, und plötzlich glaubte Necron Lichter zwischen ihnen aufblitzen zu sehen; boshaft grüne Lichter, die nicht von dieser Welt stammten. Ein Schwall eisiger, lähmender Kälte ergriff ihn. Er schauderte, fuhr herum – und erstarrte.

Der Gang war verschwunden. Hinter ihm dehnte sich plötzlich eine endlose, von grünem Licht beschienene Ebene!

Necron unterdrückte im letzten Moment einen Schrei. Das war es gewesen, was er gespürt hatte, als er den Schritt in die Wirklichkeit zurück tat!

Er war nicht allein gekommen. Er hatte das *Tor* benutzt, und mit ihm waren Wesen aus der anderen, fremden Welt herübergekommen, Wesen, die nur für den einen Zweck lebten – um zu töten!

Necron krümmte sich, als einer der Schatten plötzlich zu einem schwarzen, glitzernden Etwas gerann, groß und hässlich und wie ein

Haufen feucht-schwarzer, sich windender Schlangen oder Würmer. Ein dünner, mit Stacheln besetzter Tentakel peitschte auf ihn zu und wickelte sich wie eine Peitschenschnur um seinen Hals.

Necrons Schrei wurde zu einem erstickten Keuchen. Blut lief über sein Gewand, und mit einem Male spürte er einen grausamen, nie gekannten Schmerz, der wie flammende Lava durch seine Adern pulsierte.

Verzweifelt packte Necron den Tentakel und versuchte ihn herunterzureißen, erreichte damit aber nur, dass sich die tödliche Schlinge noch weiter zusammenzog. Sein Herz raste.

Er bekam keine Luft mehr, und vor seinen Augen begannen farbige Kreise zu flimmern. Das Ungeheuer und die endlose Ebene begannen sich vor seinem Blick aufzulösen.

Und dann war es vorbei.

Plötzlich, von einer Sekunde auf die andere, verging die Vision, und um ihn herum waren wieder die massiven Wände des Ganges. Necron keuchte, fiel kraftlos gegen den rauen Fels und schlug mit einem würgenden Laut die Hände gegen den Hals. Unter seinen Fingern war warmes Blut, und er spürte die winzigen, tiefen Wunden, die der Schlangenarm des Ungeheuers in seine Haut gerissen hatte.

Aber warum lebte er noch?

Weil ich dich noch brauche, du Narr.

Necron fuhr wie unter einem Peitschenhieb zusammen, richtete sich auf und sah sich wild um. Aber er war allein. Erst nach Sekunden begriff er, dass die Stimme – war es überhaupt eine Stimme? – direkt in seinen Gedanken erscholl, ein ungeheuer machtvoller, dröhnender Klang, der Necron erschauern ließ wie das Zürnen eines finsteren Gottes.

»Wer ... wer bist du?«, fragte er zitternd.

Weißt du es wirklich nicht?, antwortete die gedankliche Stimme.

Necron schwieg einen Moment. Wieder glaubte er eine Bewegung in den Schatten vor sich wahrzunehmen. Dann nickte er. »Doch. Ich ... glaube.«

Dann ist es gut, antwortete der Unsichtbare. *Du hast die Macht, die dir gegeben wurde, missbraucht, Necron. Ich müsste dich dafür bestrafen. Doch dein Ziel ist auch das meine.*

»Was ... was soll ich tun?«, flüsterte Necron.

Was du ohnehin vorhattest, erwiderte die Stimme des GROSSEN ALTEN in seinen Gedanken. *Doch du wirst es in unserem Sinne tun. Ich kam nur, um dich zu warnen. Versuche nicht, persönliche Vorteile aus Dingen zu ziehen, die zu wichtig sind, als dass du sie begreifen könntest.*

»Ich ... werde gehorchen, Herr«, antwortete Necron demütig.

Aber der Unsichtbare war schon nicht mehr da. Necron schauderte. Es war lange her, dass er einem GROSSEN ALTEN selbst gegenübergestanden hatte. Er hatte vergessen, wie mächtig diese Wesen jenseits von Raum und Zeit wirklich waren.

Er blieb stehen, bis sich das Zittern seiner Hände beruhigt hatte, dann wischte er sich das Blut vom Hals, wandte sich um und ging mit raschen Schritten weiter. Der Lichtschein am Ende des Stollens gewann an Leuchtkraft und Wärme. Es war, als träte er nun auch körperlich aus dem Reich des Todes und der Schatten wieder hinaus in die Welt der Lebenden.

Die beiden Posten rechts und links des Durchganges strafften sich, als der Alte gebückt auf den Korridor hinaustrat.

Die Züge der beiden Männer waren nicht zu erkennen. Ein Streifen des dunklen Tuches, das in der Art eines Turbans um ihre Köpfe geschlungen war, verhüllte auch ihre Gesichter. Trotzdem gewahrte der Alte den Schrecken in ihren Augen, als sie das Blut auf seinem Hals sahen. Aber keiner von beiden gab auch nur einen Laut von sich.

Die beiden Männer gehörten zu den wenigen Privilegierten, denen der Zugang zum innersten Bereich der Drachenfestung gestattet war. Sie dienten ihm seit Jahren treu und ergeben; wie alle seine Anhänger hätten sie mit Freude ihr Leben für ihn gegeben.

»Kommt mit«, sagte Necron. Seine Stimme stand in krassem Gegensatz zu seinem Äußeren. Er sah aus wie ein uralter Mann, aber seine Stimme war jung und befehlsgewohnt und seine Bewegungen waren voller Kraft und Energie. Rasch wandte er sich um und ging mit weit ausgreifenden Schritten den fensterlosen Korridor entlang.

An seinem Ende blieben die beiden Krieger stehen, während der Alte eine niedrige, metallbeschlagene Tür öffnete. »Holt Raoul«, befahl er dann.

Schweigend entfernten sich die Krieger, um seinen Befehl auszuführen, während der Alte vollends durch die Tür trat und unschlüssig auf und ab zu gehen begann.

Das Zimmer unterschied sich drastisch von der kahlen Felsenkammer, in der er aufgewacht war. Es war warm; man spürte die Hitze des brennenden Steines, der tief im Fels unter der Festung brodelte. Die

Wände verbargen sich hinter Bahnen schweren schwarzen Stoffes, und der Boden war mit wertvollen Teppichen, Fellen und Stoffballen bedeckt.

In der gegenüberliegenden Wand war eine Tür; niedrig, aus schweren geschwärzten Bohlen gefertigt und mit vergoldeten Beschlägen und Ziernägeln versehen. Wo das Schloss sein sollte, prangte ein bizarres Symbol, das auf geheimnisvolle Weise in Bewegung zu sein schien. Fast, als lebe es.

Es dauerte nur wenige Minuten, bis draußen auf dem Gang Schritte laut wurden und die Krieger zurückkamen. In ihrer Begleitung befand sich ein schmalschultriger, kleiner Mann mit schwarzem Haar und verschlagenen Augen, unter denen dunkle Tränensäcke hingen. Ein dünner Oberlippenbart versuchte vergeblich, seinem Gesicht einen Zug von männlicher Härte zu verleihen. Der Mann hatte Ähnlichkeit mit einer Ratte.

»Herr!« Raoul senkte den Blick, verbeugte sich tief und erschrak sichtlich, als er das Blut auf Necrons Gewand sah. »Ihr seid verletzt, Herr!«

Necron machte eine rasche, unwillige Geste. »Das spielt jetzt keine Rolle, Raoul«, sagte er. »Ich gehe fort. Solange ich nicht hier bin, wirst du für die Sicherheit der Festung verantwortlich sein.«

»Ihr ... geht fort?«, vergewisserte sich Raoul. Seine Stimme bebte, und seine Hände vollführten kleine nervöse Bewegungen. »Aber Ihr seid doch gerade erst –«

»Ich muss es tun«, unterbrach ihn Necron. »Ich habe herausgefunden, wo sich der Sohn des Magiers versteckt hält. Ich werde gehen und tun, was der Eid, den unsere Ahnen abgelegt haben, verlangt. Andaras Sohn muss sterben.«

»Aber das ... Ihr könnt einen anderen schicken!«, sagte Raoul zögernd. »Es ist gefährlich, Herr.«

»Einen anderen?« Necron lächelte humorlos. »Einen wie Shannon, Raoul?« Er schüttelte den Kopf. »Nein. Ich habe einmal den Fehler gemacht, Robert Craven zu unterschätzen.« Er schwieg einen Moment, um seinen Worten das gehörige Gewicht zu verleihen, straffte dann seine Gestalt und deutete auf die goldbeschlagene Tür am anderen Ende des Raumes. »Ich muss selbst gehen«, sagte er noch einmal.

Raouls Blick huschte nervös über die Tür. Er schluckte ein paar Mal. Seine Furcht war nicht mehr zu übersehen. Aber es war nicht die

Furcht vor Necron oder der Macht, die er darstellte, es war die Angst vor dem, was hinter dieser Tür lauerte.

»Ihr wollt ... allein gehen?«, fragte er stockend. Sein Adamsapfel hüpfte hektisch auf und ab.

»Nicht ganz allein«, erwiderte Necron. »Zehn deiner tapfersten Männer werden mich begleiten. Du wirst sie auswählen, während ich die nötigen ... Vorbereitungen treffe.«

»Nur zehn?«, entfuhr es Raoul. »Wäre es nicht besser, wenn –«

»Nur zehn«, unterbrach ihn Necron. »Und nun geh. Geh und suche die besten Krieger aus, die du hast. Ich erwarte sie in einer Stunde hier.«

Raoul nickte demütig, senkte das Haupt und entfernte sich, rückwärts gehend und von den beiden stummen Kriegern flankiert. Aber kurz, bevor er den Raum verließ, sah er noch einmal auf, und was er erblickte, ließ ihn erbleichen.

Necron hatte sich umgewandt und die Hände in einer beschwörenden Geste gegen die Tür ausgestreckt.

Das formlose Ding, das dort anstelle eines Schlosses hing, hatte angefangen zu pulsieren.

Es *schlägt*, dachte Raoul schaudernd. Es schlägt wie ein gewaltiges pulsierendes Herz ...

Den ganzen Vormittag über war es nicht richtig hell geworden. Ein grauer Nebel lag über der Stadt, und wie immer, wenn man ungeduldig darauf wartet, dass die Zeit vergeht, schienen die Minuten zäh wie Sirup zu verstreichen.

Gestern Nacht erst war ich nach einer vierwöchigen Schiffspassage und einer Tagesreise von Southampton in London eingetroffen. Nach den schrecklichen Vorfällen in Innsmouth musste ich Priscylla einfach wiedersehen. Der Geist der Hexe Lyssa, der lange ihren Körper beherrscht hatte, war von meinem Vater endgültig vernichtet worden.

Es war nicht leicht gewesen, Howard zu dieser Rückkehr zu bewegen, aber nicht umsonst besaß ich eine außergewöhnliche Überzeugungskraft. Schließlich willigte er ein, ließ es sich jedoch nicht nehmen, mir drei Tage vorauszureisen, um, wie er sagte, alles für meine Ankunft vorzubereiten.

Shannon und Rowlf blieben in Arkham zurück. Shannon hatte sich in sein Zimmer in der Universität zurückgezogen und wollte keinen Menschen sehen. Ich konnte ihn gut verstehen – zu viel war in den letzten Tagen auf ihn eingestürmt. Er brauchte Zeit, nachzudenken und mit seinen Zweifeln und Ängsten fertig zu werden. Rowlf hatte versprochen, gut auf ihn Acht zu geben.

Ich war einen Tag zu früh in London eingetroffen; ein günstiger Wind hatte das Segelschiff, mit dem ich die Reise angetreten hatte, schneller als geplant den Atlantik überqueren lassen.

So hatte ich die Nacht in einem Hotel verbracht, ohne Howard zu Gesicht zu bekommen. Statt dessen war im Morgengrauen Dr. Gray aufgetaucht, der Arzt, der Priscylla während ihrer »Krankheit« betreut hatte, ein guter Freund von Howard.

Pri war in London! Doch meine Vorfreude auf unser Wiedersehen wurde allzu schnell gedämpft. Dr. Gray hatte mich den ganzen Vormittag über durch – wie es mir schien – sämtliche Londoner Behörden geschleppt. Howard und er hatten alles vorbereitet, alle Papiere besorgt, die nötig waren, mich endgültig zum rechtmäßigen Erben meines Vaters zu machen. So hatte ich Stunde um Stunde Unmengen von Unterschriften geleistet, tausend Verbeugungen vor kleinlichen Beamten machen und hunderttausend dumme Fragen beantworten müssen.

Ein Trost blieb mir – wenn erst alle juristischen Belange geklärt waren (und erst dann), war ich auch für die engstirnigen britischen Behörden der Sohn Roderick Andaras. Als Magier wurde mein Vater selbstverständlich in keiner Kartei geführt, wohl aber als recht begüterter Staatsbürger.

Draußen auf den Straßen Londons schmolz der letzte Schnee, als Dr. Gray und ich das königlich-britische Gesundheitsamt verließen und wieder in der Kutsche Platz nahmen. Die weiße Decke, die sich über der Stadt ausgebreitet hatte, war zu einem Flickenteppich aus Nässe und braunem Matsch geschmolzen. Der Winter hatte nicht enden wollen in diesem Jahr, aber an diesem 15. Mai 1885 schien er endlich besiegt.

Ich fror.

Die Kleider, die ich trug, fühlten sich feucht und klamm an, obwohl ich sie erst am Morgen aus dem Koffer genommen hatte. Nicht einmal das mächtige Feuer, das die ganze Nacht über im Kamin des Hotelzimmers brannte, hatte die klamme Kälte vollends vertreiben können.

Ich zog den Kragen des pelzgefütterten Mantels mit einer Hand enger zusammen und vergrub die andere in der Tasche. Trotzdem zitterte ich vor Kälte.

»Zu viel alten englischen Scotch oder zu viele junge englische Mädchen?«, fragte Dr. Gray lächelnd.

»Zu wenig guten amerikanischen Schlaf«, erwiderte ich finster. Der beißende Spott, den ich in die Worte hatte legen wollen, blieb allerdings aus. Dafür klapperten meine Zähne im Takt der Erschütterungen, mit denen uns der kaum gefederte Wagen beutelte. Grays Grinsen wurde jetzt eindeutig unverschämt.

Ich musste mich beherrschen, um ihn nicht anzufahren. Wenn es etwas gibt, das mich noch mehr in Rage bringt als sture Beamte oder Leute, die auf mich schießen oder ähnliche Unfreundlichkeiten im Sinn haben, dann sind es Typen wie Gray. Menschen, deren Tag schon vor Sonnenaufgang anfängt und die noch dazu perfide genug sind, dann bereits guter Laune und strahlenden Frohsinns zu sein.

Gray war ein besonders ausgeprägtes Exemplar jener Gattung. Nicht genug, dass er mich vor dem Frühstück aus dem Bett geworfen hatte – ich frühstücke normalerweise gegen neun und betrachte Störungen vor acht als vorsätzliche Körperverletzung –, nein, er hatte es sich nicht einmal verkneifen können, noch dazu ununterbrochen zu lächeln, Scherze zu machen und vor lauter guter Laune schier aus den Nähten zu platzen.

Ich hätte ihn erwürgen können, wäre ich dazu nicht zu müde gewesen. Ich hatte kaum drei Stunden geschlafen.

»Du hast es bald überstanden, Robert«, sagte er. »Das Schlimmste liegt hinter dir. Die paar Formalitäten, die jetzt noch ausstehen, erledige ich.«

»Wie weit ist es noch?«, fragte ich.

Gray lehnte sich zur Seite, zog den Vorhang vor dem schmalen Kutschfenster zurück und spähte aus zusammengekniffenen Augen in den Nebel hinaus.

»Wir sind fast da«, sagte er. »Ich habe den Dienstboten gestern Abend schon Anweisungen gegeben, ein kräftiges Essen bereitzuhalten. Und literweise starken Kaffee.«

Baldrian und ein warmes Bett wären mir lieber gewesen, aber ich schickte mich mit einem lautlosen Seufzer in mein Schicksal, lehnte den Kopf gegen die weichen Polster und versuchte für die wenigen Minuten, die mir noch blieben, so etwas wie Schlaf zu finden.

Natürlich fand ich ihn nicht, denn trotz meiner Müdigkeit war ich von Ungeduld und Vorfreude erfüllt. Gray hatte es sich trotz seines Achtung gebietenden Alters nicht verkneifen können, mich den ganzen Vormittag über mit geheimnisvollen Andeutungen neugierig zu machen. Ich wusste weder, wohin wir jetzt fuhren, noch, was uns dort erwarten mochte. Ein Haus vermutlich, das er und Howard für mich gefunden hatten, damit ich eine ständige Bleibe in der Stadt hatte und nicht wechselweise in Hotels und Pensionen leben musste. Sicher. Aber das war auch schon alles.

Endlich hielt die Kutsche mit einem letzten Ruck an. Das Pferd stampfte unruhig auf dem nassen Kopfsteinpflaster. Sein Zaumzeug klirrte. Die Geräusche hallten unheimlich von den Häusern beiderseits der Straße wider. Dann wurde die Tür aufgerissen, und der zylinderbewehrte Schädel des Kutschers lugte zu uns herein.

»Wir sind da, Sir«, sagte er, an Gray gewandt. »Ashton Place Nummer 9.«

»Ashton ...« Ich sprach nicht weiter, als ich das spöttische Glitzern in Grays Augen gewahrte. Deshalb also hatte er ein solches Brimborium um mein neues Domizil gemacht! Ich war zwar noch nicht lange wieder in London, aber das musste auch nicht sein, um den Klang dieses Namens kennen zu lernen. Natürlich ist es nicht die teuerste Adresse in London; es gibt noch ein paar, die feudaler sind. Den Buckingham-Palast zum Beispiel ...

Der Nebel schlug uns wie ein eisiger, klammer Hauch entgegen, als ich um die Kutsche herumtrat und stehen blieb, um das Haus zu begutachten.

Es war nicht sehr viel zu erkennen. Der Nebel lag wie eine vom Himmel gefallene Wolke über dem Haus und dem Anwesen, tauchte alles in faseriges Grau und ließ die Konturen des Gebäudes verschwimmen. Aber das, was ich erkennen konnte, war eindrucksvoll genug. Das Haus war gewaltig. Hinter dem Nebel ragte es auf wie ein grauschwarzer Koloss, dreieinhalb Stockwerke hoch und an die hundert Schritte breit. Im ersten Moment erschrak ich fast; die Masse dieses ungeheuerlichen Hauses schien mich mit Armen aus erstarrtem Nebel erschlagen zu wollen, neigte sich wie ein gewaltiger Berg über mich und ...

Die Vision zerplatzte so schnell, wie sie gekommen war. Plötzlich war der Nebel wieder Nebel und das Haus ein Haus, mehr nicht.

Was blieb, war ein dumpfes Gefühl von Beklemmung. Der logische

Teil meines Denkens sagte mir, dass jedes Haus so aussehen würde, bei schlechtem Licht und noch dazu bei Nebel betrachtet. Aber ich hatte zu viel erlebt, um nur noch auf die Logik zu hören.

»Nun, Robert – gefällt es dir?« Grays aufreizend fröhliche Stimme brach den Bann vollends und brachte mich in die Wirklichkeit zurück. Plötzlich spürte ich die Kälte wieder und die Nässe, die mich frösteln ließ.

Ich lächelte und zuckte mit den Achseln. »Es ist eine Nummer zu groß«, sagte ich. »Oder zwei.«

Gray lachte. »Das mag sein. Aber es wird dir gefallen. Und jetzt geh weiter. Wahrscheinlich werden wir schon ungeduldig erwartet. Und mir ist kalt. Schließlich bin ich ein alter Mann.«

Er zog in einer absichtlich übertriebenen Geste die Schultern zusammen und ging mit weit ausgreifenden Schritten durch das Gittertor, das in den Vorgarten führte. Nach einem kurzen Zögern folgte ich ihm.

Der Nebel verwandelte den Garten in eine bizarre Landschaft, in der alles irgendwie unwirklich und verzerrt schien. Kleine graue Schwaden umspielten meine Füße, sodass ich den Kies, mit dem die Zufahrt bestreut war, nicht einmal sehen konnte, sondern nur sein Knirschen hörte. Ich fror, stärker, als es durch die Kälte allein zu begründen gewesen wäre. Unwillkürlich ging ich langsamer.

Gray blieb stehen, drehte sich ungeduldig zu mir herum. »Was ist los?«, fragte er.

Einen Moment lang suchte ich nach den richtigen Worten, um das sonderbare Gefühl, mit dem mich das Haus und der Nebel erfüllten, zu beschreiben, aber schließlich zuckte ich nur mit den Achseln. »Nichts«, sagte ich. »Es ist nichts. Gehen wir.«

Gray sah mich einen Herzschlag lang scharf an, wandte sich dann aber wieder um und hob die Hand zum Türklopfer.

Ein dröhnender Schlag erscholl.

Es war nicht das Geräusch des Messinglöwen, mit dem der Türklopfer gegen das Eichenholz schlug, sondern ein Ton wie von einer gewaltigen, hallenden Kirchenglocke, unglaublich tief und laut.

Gray zuckte zusammen, prallte einen halben Schritt von der Tür zurück und starrte mich an. Seine Lippen bewegten sich, aber seine Worte gingen in einem zweiten, vielleicht noch lauteren Gongschlag unter.

Vier-, fünf-, schließlich sechsmal erscholl das ungeheure laute

Dröhnen. Ich ließ meinen Spazierstock und die Reisetasche fallen und presste die Hände gegen Schläfen und Ohren. Das Dröhnen schien aus keiner bestimmten Richtung zu kommen, sondern von überallher zugleich, als schwänge jedes einzelne Molekül der Luft, die uns umgab, im Rhythmus der dumpfen Vibrationen.

Dann, mit einer Plötzlichkeit, die fast noch erschreckender war als das Dröhnen, herrschte wieder Stille, aber Gray und ich blieben noch sekundenlang reglos stehen, die Hände gegen die Ohren gepresst und jederzeit darauf gefasst, dieses ungeheuerliche Dröhnen noch einmal zu hören.

Schließlich nahm ich zögernd die Arme herunter, bückte mich nach der Reisetasche und dem Stockdegen und sah wieder zum Haus hinüber. Die Tür war aufgerissen worden, und ein verstört dreinblickender Mann in der gestreiften Livree eines Butlers lugte zu uns heraus.

Ich straffte mich, trat auf ihn zu und streckte ihm die Hand entgegen. »Guten Tag«, sagte ich, so ruhig, wie es mir im Moment überhaupt möglich war. »Man sagte mir, dass ich erwartet würde. Mein Name ist Craven. Robert Craven.«

Auf dem Gesicht des Alten erschien zuerst Verblüffung, dann ein Ausdruck wachsenden Unglaubens und – ja, und dann beinahe Schrecken.

»Mister ... Craven?«, vergewisserte er sich. »Sie sind ... Robert? Robert Craven?«

Ich kam nicht dazu zu antworten, denn in diesem Moment erscholl ein erfreutes »Robert! Junge!«, und Howard stürmte mit weit ausgreifenden Schritten auf mich zu. Er trug einen rotbraunen Hausmantel, und in seinem Mundwinkel qualmte die unvermeidliche Zigarre.

Ich setzte die Tasche ab, drückte dem Butler Hut und Stock in die Hände und fiel Howard in die Arme. Es war beinahe albern – seit wir uns das letzte Mal gesehen hatten, waren nur ein paar Wochen vergangen, aber ich freute mich, als hätten wir uns seit einem Jahr nicht mehr gesehen.

»Schön, dass du endlich da bist«, sagte Howard, nachdem er mich umarmt und mir dabei fast das glühende Ende seiner Zigarre ins Gesicht gedrückt hätte. Er machte eine weit ausholende Geste. »Wie gefällt dir dein neues Domizil?«

»Die Türglocke ist zu laut«, antwortete ich. »Aber nur eine Spur.«

Howard runzelte die Stirn. »Die Glocke? Was meinst du damit? Wir ... haben keine Türglocke.«

»Dann muss einer der Diener eine Taschenuhr mit einem ziemlich lauten Läutwerk haben.« Ich lachte leise, wurde aber sofort wieder ernst und drehte mich halb herum, um Gray zu uns zu winken. »Sagen Sie ihm, was passiert ist, Doktor.«

Gray kam gehorsam heran, wandte sich aber nicht an Howard, sondern blickte mich verwirrt an und runzelte die Stirn. »Ich fürchte, ich verstehe nicht, Robert«, sagte er.

»Kommen Sie, Doc – Sie verstehen recht gut. Was war das gerade? Ein kleiner Scherz zur Begrüßung?« Ich steckte den kleinen Finger ins linke Ohr und bohrte demonstrativ darin herum. »Also?«

Grays einzige Reaktion bestand aus einem raschen, verwirrten Blick in Howards Richtung.

»Was meinst du, Robert?«, fragte er. »Ich habe nichts gehört.«

»Sie ...« Ich stockte, sah abwechselnd ihn und Howard an. Ich hatte doch *gesehen,* wie Gray genau wie ich schmerzhaft das Gesicht verzog! Aber wenn die beiden sich darin gefielen, mich wie zwei Sextaner auf den Arm zu nehmen – warum nicht?

»Lassen wir das«, sagte ich achselzuckend. »Ihr könnt ja später darüber lachen. Wenn ich nicht dabei bin. Jetzt gibt es anderes zu besprechen.«

Howard starrte mich weiter mit so echt gespielter Verblüffung an, dass ich mich für einen Moment ernsthaft fragte, ob ich mir nicht alles nur eingebildet haben konnte. Aber nur für einen Moment. Mir klingelten noch jetzt die Ohren. Nein – das Einzige, was hier nicht stimmte, waren Grays und Howards infantiler Humor.

»Vergessen wir es«, sagte ich noch einmal.

Howard blinzelte, starrte Gray für die Dauer eines Herzschlages blöde an und nickte plötzlich. »Sicher. Es wird sich schon eine Erklärung finden.« Plötzlich lächelte er. »Wie gefällt dir das Haus, Robert?«

Statt einer Antwort trat ich einen Schritt zurück und sah mich erst einmal um. Die Halle, in der ich stand, war groß genug, um das ganze Haus aufzunehmen, in dem ich die ersten fünfzehn Jahre meines Lebens verbracht hatte.

»Ein bisschen groß für meinen Geschmack«, sagte ich.

Howards Enttäuschung war nicht zu übersehen. »Es gefällt dir nicht?«

»Doch, doch«, sagte ich hastig – obwohl mir dieses Monstrum von Haus ganz und gar nicht gefiel –, »es ist nur ... etwas zu bombastisch, findest du nicht? Ich weiß ja, dass ich jetzt reich bin, aber ...«

»Es hat dich keinen Penny gekostet, wenn es das ist, was dir Sorgen bereitet«, unterbrach mich Gray. »Das Haus und das Grundstück gehören zur Erbmasse.«

Ich begriff nicht gleich. »Erbmasse?«, wiederholte ich. »Sie meinen, mein Vater besaß auch Grundstücke?«

»Mehrere«, bestätigte Howard. »Das Haus hier gehörte ihm. Er hat immer hier gewohnt, wenn er in England war.«

Einen Moment lang blickte ich ihn verwirrt an, dann drehte ich mich um und musterte den Diener, der mich eingelassen hatte. Er hatte die Tür geschlossen, sich aber nicht von der Stelle gerührt, sondern starrte mich noch immer mit dieser Mischung aus Verblüffung und kaum verhohlenem Schrecken an. Nach allem, was ich bisher von den englischen Butlern gehört hatte, ein sehr sonderbares Benehmen. Aber es war nicht das erste Mal, dass ich einen solchen Blick sah. Jeder, der meinen Vater gekannt hatte und mich zum ersten Mal sah, blickte mich so an. Die Ähnlichkeit zwischen uns war verblüffend.

»Ich verstehe«, sagte ich leise. »Die Angestellten kannten meinen Vater.«

Howard nickte. »Einige. Sieh es ihnen nach, wenn sie vielleicht ein bisschen ... sonderbar sind, in den ersten Tagen. Sie haben deinen Vater alle gemocht. Viele sind schon ihr Leben lang hier.« Plötzlich lachte er. »Und jetzt komm. Es gibt noch jemanden, der schon ganz ungeduldig auf dich wartet.«

Er grinste und deutete auf die Treppe, die nach oben führte. Und auch auf Grays Zügen erschien das gleiche, dämliche Verschwörerlächeln. Ich schluckte die bissige Bemerkung, die mir auf den Lippen lag, herunter und fügte mich in mein Schicksal. Offenbar hatten die beiden ihren infantilen Tag. Und ich hatte keine Lust, ihnen die Freude zu verderben.

Ein leises Klingen drang an mein Ohr, und ich blieb unwillkürlich stehen und sah mich um.

»Was ist?«, fragte Howard spöttisch. »Hörst du wieder Kirchenglocken?«

Ich schenkte ihm einen giftigen Blick, drehte mich mit einem Ruck um und ging weiter.

Die Bewegung rettete mir das Leben.

Das Klingen wiederholte sich, lauter und mit einem spürbaren Unterton von Drohung. Gleichzeitig hatte ich ein fast körperliches Empfinden von Gefahr.

Plötzlich schrie einer der Diener auf, aber der Laut ging in einem ungeheuerlichen Bersten und Splittern unter. Eine unsichtbare Riesenfaust traf mich zwischen die Schulterblätter. Ich schrie auf, taumelte vier, fünf Schritte nach vorne und fiel **auf** die Knie. Etwas Hartes, Kaltes schrammte über meine Wange und hinterließ einen blutigen Kratzer in meiner Haut. Aus den Augenwinkeln sah ich, wie Howard und Gray ebenfalls von einer unsichtbaren Gewalt ergriffen und davongeschleudert wurden. Ein ungeheuerliches Bersten und Splittern erfüllte die Halle, und rings um mich herum schienen Millionen winziger, scharfkantiger Granatsplitter einzuschlagen. Ein schmerzhafter Hieb traf mein Bein.

Dann, so schnell, wie es begonnen hatte, war es vorbei. Der Lärm verebbte, und für eine halbe Sekunde breitete sich eine fast unnatürliche Stille über der Halle aus.

Dort, wo Howard und ich gerade noch gestanden hatten, lagen die zerborstenen Überreste eines gewaltigen Kronleuchters, der sich aus seiner Verankerung unter der Decke gelöst hatte und mit der Wucht eines Meteors zu Boden gestürzt war.

Die Trümmer des zersplitterten Kristalls waren überall in der Halle verteilt. Einige steckten sogar in den Wänden oder hatten sich wie tödliche Pfeilspitzen in Bilder und Möbelstücke gebohrt. Hätte ich eine Sekunde länger dort gestanden, dann ...

Ein leises Stöhnen riss mich in die Wirklichkeit zurück. Ich sprang auf und eilte mit hastigen Schritten zu Howard.

Er erhob sich, als ich neben ihm anlangte. Sein Gesicht war bleich vor Schrecken, aber er schien nicht ernsthaft verletzt, denn als ich nach ihm greifen wollte, schüttelte er den Kopf und deutete auf Gray, der auf der anderen Seite des Kronleuchters lag und sich nicht rührte.

»Hilf ihm«, sagte er gepresst. »Mir fehlt nichts.«

Ich nickte, eilte zu Dr. Gray hinüber und drehte ihn vorsichtig auf den Rücken. Der alte Mann hatte das Bewusstsein verloren. Sein Atem ging schnell und unregelmäßig und über seiner linken Braue klaffte ein hässlicher, tiefer Schnitt.

»Bleiben Sie ruhig liegen«, sagte ich hastig, als er die Augen öffnete. »Ich lasse einen Arzt kommen.«

»Nein!« Gray hob fast erschrocken die Hand. »Keinen Arzt. Ich ... fühle mich schon wieder ganz gut. Mir ist nichts passiert. Es war ... nur der Schrecken.« Seine Stimme zitterte vor Erregung. »Ich bin schon wieder ganz in Ordnung, siehst du?« Er lächelte schief, stemmte sich aus eigener Kraft hoch und schluckte einen Schmerzlaut hinunter, um mir zu beweisen, wie *gut* es ihm ging.

»Sie sind verrückt, Gray«, sagte ich entschlossen. »Sie bleiben liegen, und ich lasse einen Arzt kommen. Auch gegen Ihren Willen, wenn es sein muss.«

»Aber warum denn, Robert?«, fragte Howard. Erstaunt blickte ich ihn an. Sein Gesicht war noch immer bleich, aber es wirkte auf die gleiche, unnatürliche Weise gefasst wie das Grays. Irritiert stand ich auf und blickte hilflos von ihm zu Gray. Irgendetwas stimmte hier doch nicht!

»Wenn er keinen Arzt will, ist es in Ordnung«, fuhr Howard fort. »Er ist alt genug, um zu wissen, was gut für ihn ist, nicht? Du solltest lieber einen Handwerker kommen lassen, damit so etwas wie das hier nicht noch einmal passiert«, fügte er in verändertem Tonfall hinzu.

In seiner Stimme war eine Kälte, die mich schaudern ließ. Aber ich kam nicht dazu, irgendetwas zu sagen, denn Howard bückte sich, half Gray ziemlich grob auf die Beine und wandte sich mit einer Geste zur Treppe hin wieder an mich. »Und jetzt komm«, sagte er. »Die Diener können aufräumen und sich darum kümmern, dass der Schaden behoben wird, während wir hinaufgehen. Wir werden erwartet.«

Wieder war es anders als sonst gewesen.

Selbst für ihn, der es gewöhnt war, Wege zwischen den Wirklichkeiten zu gehen und in den Schatten zu wandeln, war es jedes Mal neu und erschreckend, das goldbeschlagene, lebende *Tor* zu benutzen.

Necron wusste nicht, wie viel Zeit vergangen war; Stunden, vielleicht auch Tage oder Wochen. Wie die Wege, die seinen Geist befähigten, losgelöst von seinem Körper die Welt zu durchstreifen, durch die Augen anderer zu sehen und mit den Händen anderer zu handeln, war auch das *Tor* unberechenbar.

Necron besaß die Macht, seinen Ausgang zu bestimmen, vorherzusagen, in welchem Teil der Welt er aus den Schatten treten würde, aber seine Macht reichte nicht, die Dauer seines Aufenthaltes in der anderen Welt zu bestimmen.

Jetzt, als er sich langsam auf die Knie erhob und darauf wartete, dass das quälende Schwindelgefühl zwischen seinen Schläfen verebbte, spürte er, dass diesmal nur wenig Zeit vergangen war. Vielleicht weniger, als *wirklich* verstrichen war, seit er den Schritt in die Schatten getan hatte. Manchmal lief die Zeit auch rückwärts, wenn er das *Tor* benutzte.

Langsam klärte sich sein Blick. Er war in einem niedrigen, dunklen Raum von unbestimmbaren Ausmaßen und mit gewölbter Decke. Es roch nach Ratten und Moder, und von irgendwoher kam graues, flackerndes Licht. Gestalten waren um ihn herum, schlanke drohende Schatten vor der Dunkelheit des Kellergewölbes.

Er versuchte auf die Knie zu kommen, sank kraftlos wieder zurück und griff dankbar nach der Hand, die sich helfend nach ihm ausstreckte. Necron fühlte sich schwach und ausgelaugt wie immer, wenn er das *Tor* benutzte, nur dass es diesmal viel, viel schlimmer gewesen war. Er hatte nicht nur für sich, sondern auch für zehn andere einen Weg durch die Schatten bahnen müssen. Selbst er, der die Zeit so viele Male betrogen hatte, spürte plötzlich das Gewicht der Jahrhunderte, die unsichtbar auf seinen Schultern lasteten.

Einen Moment lang wurde das Schwindelgefühl so stark, dass er echte Angst empfand, sich übernommen zu haben. Er wusste, dass die *Tore* nicht ungefährlich waren, nicht einmal für einen so mächtigen Magier wie ihn. Schon so mancher war nicht wieder zurückgekommen aus der Welt der Albträume und der Furcht. Und so mancher, der zurückgekommen war, war als bloßer Körper wieder aufgetaucht, als ausgebrannte, leere Hülle.

Aber dann spürte er, wie die Schwäche und das Schwindelgefühl wichen und wie ihn neue, finstere Energien durchströmten. Und ...

Sie waren nicht allein!

Etwas war mit ihnen in dem finsteren Gewölbe, etwas, das nicht aus dieser Welt, vielleicht nicht einmal aus diesem Universum stammte. Unsichtbar, lautlos, aber mächtig.

Und fremd. So unglaublich *fremd.*

Und dann erkannte Necron es.

Er fuhr mit einem keuchenden Schrei herum. Sein Blick bohrte sich in das wogende graue Meer der Schatten im hinteren Teil des Gewölbes.

Und dort begannen sich die Schatten zu formen. Wirbelndes Grau und Licht schluckendes Schwarz ballten sich zu einer vielfingrigen, amorphen Faust, faserten wieder auseinander und bildeten für einen kurzen Moment einen fast menschlichen Umriss, platzten wie unter einem Hieb auseinander und formierten sich neu.

Einer der Krieger prallte mit einem gellenden Schrei zurück, als das *Ding* am anderen Ende des Raumes materialisierte.

Der Alte erstarrte wie eine Marionette, deren Fäden mitten in der Bewegung durchtrennt worden waren. *Cthulhu!,* durchfuhr es ihn. *Er* ist es. Cthulhu! Zwei, drei Sekunden blieb er reglos stehen, dann senkte er langsam das Haupt und fiel demütig auf die Knie. »Herr ...«, flüsterte er.

Die Gestalt verbarg sich hinter einem Vorhang aus barmherzigen Schatten; ein wesenloses graues *Ding* mit zerfließenden Umrissen, voller ungewisser Bewegung und Schwärze. Trotzdem hätte das, was von ihr zu erkennen war, einen normalen Menschen in den Wahnsinn und vielleicht in den Tod getrieben.

Du bist selbst gekommen.

Der Alte hatte das Gefühl, die Berührung einer eisigen, unsichtbaren Hand zu spüren, die ganz allmählich sein Herz zusammenpresste. Sein Atem ging schnell. Trotz der Kälte, die sich in den Mauern ringsum eingenistet hatte, glitzerten plötzlich Schweißtropfen auf seiner Stirn. Hatte er Tadel in der Stimme des Unsichtbaren gehört?

»Ich ... kam, weil die Aufgabe, die zu tun ist, keinem ... Unwissenden übertragen werden darf«, antwortete er stockend. Seine Worte klangen holperig und waren nicht sehr geschickt gewählt. Er war halb von Sinnen vor Angst.

Ich weiß. Die Stimme des *Dinges* war kalt, ohne die geringste Spur irgendeines Gefühles. Aber das machte die Drohung, die in ihren Worten mitschwang, nur um so schlimmer. *Du wirst versagen, Necron. Deine Kräfte reichen nicht, Andaras Erben zu besiegen. Ihr habt ihn nicht bezwungen, und ihr werdet seinen Sohn nicht bezwingen, denn er ist stärker als der Vater.*

Necron fuhr wie unter einem Hieb zusammen. »Nein, Herr!«, keuchte er. »Ich kenne seine Macht, aber er ... er selbst hat keine Ahnung davon. Er ist ein Narr, der –«

Der einen der unseren vernichtet und zahllose Dienerkreaturen getötet hat, von denen jede einzelne mächtig genug gewesen wäre, dich zu zerquetschen, alter Narr!, unterbrach ihn das *Ding* kalt. *Du beginnst, Fehler zu machen. Ich sagte dir, du sollst ihn töten. Ich sagte nicht, dass du selbst gehen und dich in Gefahr bringen sollst. Du bist zu wichtig für uns. Aber vielleicht war es auch ein Fehler von mir, dir so viel Wissen und Macht zu verleihen.*

Der Alte antwortete nicht. Seine schmalen, blutleeren Lippen waren fest aufeinandergepresst, und an seinem dürren Hals pochte eine Ader, so heftig, als wolle sie jeden Moment zerplatzen. Aber er schwieg. Er wusste, wie wenig Sinn es hatte, *ihm* zu widersprechen.

»Ich ... werde ihn töten«, sagte er nach einer Weile. »Meine besten Krieger begleiten mich, und –«

Du wirst nichts dergleichen tun, unterbrach ihn das *Ding. Die Zeit ist gekommen, da sich unsere Pläne der Vollendung nähern. Sobald der Erbe des Magiers und seine Helfer beseitigt sind, gibt es niemanden mehr, der uns aufhalten könnte.*

Für einen Moment glaubte der Alte fast, ein leises, zufriedenes Lachen aus den Schatten heraus zu hören, aber er wusste, dass er sich getäuscht haben musste. Sie konnten nicht lachen, so wenig wie sie weinen, Zorn oder Freude oder irgendein anderes Gefühl als Hass empfinden konnten.

Ich selbst werde es tun.

»Ihr misstraut mir, Herr?«, murmelte der Alte. Seine Stimme bebte so heftig, dass die Worte kaum mehr zu verstehen waren.

Nein. Aber du bist ein Mensch, und Menschen machen Fehler. Ich sandte dich hierher, aber ich sehe jetzt, dass die Aufgabe zu groß für dich ist. Zu wichtig, um sie einem Menschen zu überlassen. Einem von euch. Es klang wie eine Beschimpfung.

»Und ... das Buch?«, fragte der Alte stockend.

Dein albernes Buch interessiert mich nicht, antwortete die Stimme. *Nimm es dir, wenn dir so viel daran liegt, doch hüte dich, meine Pläne zu durchkreuzen. Du wirst warten, bis alles vorüber ist. Danach kannst du dir dein närrisches Buch nehmen, wenn du willst. Und den Rest der Welt dazu.*

Und diesmal war der Alte sicher, ein dunkles, unendlich böses Kichern aus den Schatten zu vernehmen.

Mit einem Male war ihm kalt. Sehr kalt.

Schweigend stand er da und wartete, dass die Stimme weitersprach, aber sie schwieg, und als er es nach einer Weile wagte, vorsichtig den Blick zu heben, war die Schattengestalt verschwunden.

Mit einem lautlosen Aufatmen wandte er sich um und ließ seinen Blick über die Reihe der Krieger gleiten. Er spürte ihre Furcht, die Panik, die ihre Gedanken durchdrungen hatte. Sie waren tapfere Männer, vielleicht die tapfersten, die es in diesem Teil der Welt gab. Jeder von ihnen hätte sich ohne zu zögern in sein Schwert gestürzt, hätte er es verlangt. Aber was sie gesehen hatten, war kein Wesen von dieser Welt gewesen. Nicht einmal ein Dämon, denn auch den hätten sie kaum gefürchtet.

Was sie gesehen hatten, war das Grauen selbst gewesen, ein Ding aus Schatten und Furcht und Gestalt gewordenem Entsetzen.

Nein – er konnte es ihnen nicht verübeln, dass sie Angst zeigten, denn auch in seine Gedanken hatte sich die Furcht gekrallt. Trotzdem klang seine Stimme kalt wie immer, als er die Hand hob und auf einen der Männer deutete. »Du!«

Der Krieger trat vor und senkte demütig das Haupt.

»Du wirst gehen und den Mann suchen, den ich dir beschrieben habe«, sagte Necron. »Die anderen bleiben mit mir hier und warten, bis du zurück bist.«

In den Augen des Mannes blitzte es erschrocken auf. »Herr!«, sagte er. »Ich habe gehört, was –«

»Du hast gehört, was *ich* gesagt habe, oder?«, unterbrach ihn Necron. Seine Stimme klang schneidend. »Du sollst ihn nur suchen, weiter nichts. Du wirst nichts unternehmen. Nichts! Du wirst ihn finden und mir melden, wo er sich aufhält. Aber er darf dich nicht sehen! Ist er durch deine Unachtsamkeit gewarnt, wirst du es mit dem Leben bezahlen. Oder bist du anderer Meinung?«

»Nein, Herr«, flüsterte der Krieger. »Verzeiht meine Unverschämtheit.«

Necron machte eine wegwerfende Handbewegung. »Schon gut. Ich verstehe deine Verwirrung. Aber jetzt geh.«

Seine Hand vollführte eine rasche, komplizierte Geste. Ein kaltes, bläuliches Licht glomm auf, zeichnete die Konturen des Kriegers wie flackerndes Elmsfeuer nach – und erlosch.

Und mit ihm verschwand der Krieger.

Necron blieb noch einen Moment reglos und wie erstarrt stehen. Sein Blick war unverwandt auf die Stelle gerichtet, an der der Mann gestanden hatte, aber seine Augen sahen ins Leere. Und auf seinen Lippen erschien, ganz langsam, ein dünnes, beinahe triumphierendes Lächeln.

O ja, er hatte gehört, was *er* gesagt hatte. Aber er hatte auch die Unsicherheit in *seiner* Stimme vernommen. Und er hatte zwischen den Worten gelauscht und erkannt, dass *ihre* Macht lange nicht mehr so gewaltig war wie einst.

Vielleicht würde ihm Craven entgehen, aber das spielte keine Rolle. Er hatte zweihundert Jahre auf diesen Tag gewartet – welche Rolle spielten da ein paar Tage oder Wochen?«

Aber er würde das Buch bekommen. Noch heute.

Doch dafür musste er den Sohn des Hexers noch *vor* dem GROSSEN ALTEN finden. Nur Craven selbst wusste, wo das NECRONOMICON versteckt lag. Nein, er würde Craven nicht töten. Er würde ihm sein armseliges Leben lassen, für Cthulhu. Aber er würde sich das Buch holen.

Und wenn er es hatte, dachte er, die Worte des GROSSEN ALTEN in Gedanken wiederholend, dann würde er sich den Rest der Welt dazu nehmen. Dann gab es niemanden mehr, den er noch fürchten musste.

Nicht einmal die GROSSEN ALTEN selbst.

Das Zimmer lag im obersten Stockwerk des Hauses, unmittelbar unter dem Dach. Eine breite Marmortreppe hatte uns in die zweite Etage geführt, dann hatten wir eine versteckte Tapetentür durchschritten und waren über eine weitere, diesmal hölzerne Treppe hier hinauf unter das Dach gestiegen, wo das Haus nicht mehr von Symbolen des Reichtums und Wohlstandes strotzte (was mir äußerst angenehm auffiel). Doch alles wirkte frisch und ordentlich, als wäre es erst vor wenigen Tagen renoviert worden. In der Luft hing noch der Geruch von Farbe und Leim, alles war hell und freundlich – im Grunde fühlte ich mich hier wohler als unten.

Aber trotz der hellen Farben und der fröhlich gemusterten Tapeten und Vorhänge entgingen mir nicht die Gitter vor den Fenstern, so wenig wie die Türen, die ein ganz kleines bisschen *zu* solide wirkten. Die Schlösser hätten sogar einen talentierten Einbrecher vor erhebliche Probleme gestellt. Und die dicken Teppiche und Vorhänge dienten hier nicht mehr dem Prestige, sondern der Schallisolierung. Das Dachgeschoss war ein Gefängnis. Ein *schalldichtes* Gefängnis.

Mein Herz begann wie rasend zu klopfen, als ich die Hand auf den Türknauf legte und ihn zögernd drehte. Ich wusste, wen ich dahinter treffen würde, auch wenn Howard bisher nichts als sinistre Andeutungen gemacht hatte.

Priscylla saß auf ihrem Bett, als wir den Raum betraten, halb aufrecht und von einem Kissen gestützt, das Gesicht zum Fenster gewandt, aber mit geschlossenen Augen. Eine ältliche, grauhaarige Frau saß auf einem Stuhl neben ihr und las in einem Buch. Als wir eintraten, klappte sie es zu, legte einen Finger auf die Lippen und kam uns mit lautlosen Schritten entgegen.

Es dauerte einen Moment, bis ich sie erkannte.

»Mary!«

Mrs. Winden schüttelte missbilligend den Kopf ob meiner Lautstärke, lächelte aber gleich darauf und deutete mit einer übertrieben pantomimischen Bewegung hinter sich. Ich erkannte eine nur angelehnte Tür, die in einen zweiten, hell erleuchteten Raum führte. Sie bedeutete Howard und mir mit Gesten, ihr zu folgen, und ging auf Zehenspitzen an Priscyllas Bett vorbei.

Mein Blick streifte Pris Gesicht, und ich blieb unwillkürlich stehen. Ein seltsames, beklemmendes Gefühl machte sich in mir breit, als ich das schlafende Mädchen betrachtete.

Sie schien mir schöner als je zuvor, obwohl die Ereignisse, die sie durchgestanden hatte, tiefe Spuren in ihrem Antlitz hinterlassen hatten. Trotzdem war sie die schönste Frau der Welt.

Wenigstens für mich.

Meine Gedanken eilten zurück zu dem Tag, an dem ich sie das erste Mal gesehen hatte. Ich glaube, ich habe sie von der ersten Sekunde an geliebt, und nichts von dem, was danach geschah, hat irgendetwas daran ändern können. Sie war wie ich als Waise aufgewachsen; in einem kleinen Fischerdorf an der schottischen Küste.

Und kaum dass ich sie kennen gelernt hatte, wollte sie mich umbringen.

Natürlich nicht sie selbst. Ihr Körper, sicher – aber nicht sie. Nicht die Priscylla, die ich kennen und lieben gelernt hatte, sondern die Hexe Lyssa, deren Geist vom Körper dieses unschuldigen Wesens Besitz ergriffen hatte.

Howard ist vom ersten Tag an etwas anderer Meinung über diesen Punkt gewesen, aber ich weiß, dass die wirkliche Priscylla ein zartes, sanftmütiges Wesen voller Liebe und Zärtlichkeit war.

Und ich würde sie heilen. Howard und Dr. Gray hatten vergeblich versucht, sie aus dem Zustand der Verwirrung zu reißen, in den ihr Geist nach der Vernichtung der Hexe versunken war, aber mir würde es gelingen. Ich wusste es. Vielleicht würde es all meine Macht, das ganze magische Erbe meines Vaters kosten. Aber ich würde sie heilen.

Eine Hand legte sich auf meine Schulter. »Kommen Sie, Mister Craven«, sagte Mrs. Winden leise, um Priscylla nicht aufzuwecken. »Gehen wir nach nebenan. Dort können wir reden.«

Ich nickte und folgte ihr – wenn auch widerstrebend – in das angrenzende Zimmer.

Mary schloss die Tür und drehte sich mit einem befreiten Lächeln zu mir um. »Mister Craven!«, sagte sie. »Wie schön, dass Sie endlich da sind. Wir haben schon ungeduldig auf Sie gewartet. Besonders Priscylla.«

»Wie geht es ihr?«, fragte ich.

»Gut«, antwortete Mrs. Winden. »Sie schläft viel, aber manchmal, wenn sie erwacht, ist sie vollkommen klar, und ...« Sie brach ab, starrte mich einen Moment betroffen an und murmelte: »Verzeihung.«

»Schon gut.« Ich versuchte so gelassen wie möglich zu klingen, aber ganz gelang es mir nicht.

»Es tut mir leid, Mister Craven«, sagte sie niedergeschlagen. »Ich wollte Sie nicht –«

»Es ist gut, Mary«, unterbrach sie Howard. »Es wird Zeit, dass sich Robert an die Wahrheit gewöhnt.«

Ich fuhr herum und starrte ihn zornig an. Aber ich schwieg, obwohl alles in mir zu brodeln schien. Er hatte ja recht. Und er konnte nichts dafür, dass meine Gefühle nicht nach Recht oder Unrecht fragen.

»Es geht ihr wirklich gut, Mister Craven«, fuhr Mary fort. »Dr. Gray untersucht sie jeden Tag, und sie hat sogar schon nach Ihnen gefragt.«

Die letzte Behauptung war eine Lüge, und es hätte nicht einmal meines magischen Talentes, Lüge von Wahrheit zu unterscheiden, bedurft, um das zu spüren.

»Es ist gut, Mrs. Winden«, sagte ich sanft. »Ich verstehe. Aber hören Sie auf, mich ›Mister Craven‹ zu nennen, bitte. Mein Name ist Robert.«

»Nur, wenn Sie mich Mary nennen«, antwortete sie. »Ich fühle mich um fünfzig Jahre älter, wenn mich jemand mit ›Mrs. Winden‹ anredet.«

Diesmal war mein Lachen echt.

»In Ordnung ... Mary«, antwortete ich. Ich wollte noch mehr sagen, aber wieder unterbrach uns Howard.

»Vielleicht lassen Sie uns einen Moment allein, Mary«, sagte er. Ich blickte überrascht auf und sah ihn fragend an, aber Mary nickte gehorsam und verließ das Zimmer, noch ehe ich Gelegenheit fand, sie zurückzuhalten.

»Was soll das?«, fragte ich scharf, als wir allein waren. »Warum schickst du sie hinaus?«

»Weil ich mit dir zu reden habe«, antwortete Howard.

»Reden? Worüber?«

»Über Priscylla«, sagte Howard ernst. »Und über dich. Setz dich bitte.«

Ich gehorchte, ohne ihn aus den Augen zu lassen. Das unmerkliche Zögern in seinen Worten war mir nicht entgangen.

»Was soll mit Priscylla sein?«, fragte ich scharf. »Sie ist hier, und ich werde mich um sie kümmern.«

»Und du glaubst wirklich, du könntest es? Du glaubst, du hättest die Chance, etwas zu vollbringen, was Dr. Gray, einer der besten Spezialisten des Landes, vergebens versucht hat?«

»Das glaube ich«, antwortete ich zornig. »Du selbst hast mir doch immer wieder erklärt, dass ich ein Magier bin, oder? Magie hat sie krank gemacht, und Magie wird sie heilen. Ich werde ihr helfen, Howard, und wenn es den Rest meines Lebens in Anspruch nehmen sollte.

Howard blinzelte. »Ist mit dir alles in Ordnung?«, fragte er ruhig.

Ich nickte wütend, setzte zu einer neuerlichen scharfen Antwort an und schüttelte dann doch den Kopf. Welchen Sinn hatte es, Howard zu belügen?

»Nein«, sagte ich. »Nichts ist in Ordnung, Howard. Du hast Mary gehört. Ich ... hatte gehofft, dass sich ihr Zustand bessert, jetzt, wo Lyssa vernichtet ist. Aber ich muss es einfach versuchen.«

»Du fühlst dich schuldig«, behauptete Howard. »Du denkst, es wäre deine Schuld, und jetzt versuchst du es wiedergutzumachen.«

»Ist es denn nicht so?«, fragte ich leise.

»Nein, verdammt noch mal!«, schnappte Howard. »Dieses Mädchen war von Lyssas Geist besessen, lange bevor du aufgetaucht bist. Sie haben sie nur auf dich angesetzt, weil du zufällig so närrisch warst, dich in sie zu verlieben, das ist alles. Wie lange, glaubst du, haben sich die Ärzte in der Anstalt um sie gekümmert?«

Es war eine rhetorische Frage, auf die er keine Antwort erwartete. Trotzdem antwortete ich.

»Über ein Jahr.«

»Aber es hat sich nichts geändert.«

»Nein«, gestand ich niedergeschlagen. »Nichts. Ihr Zustand ist unverändert. Sie ist ruhig und manchmal sogar ansprechbar, aber sie ist noch immer ... noch immer ...«

»Geistesgestört«, sagte Howard, als ich nicht weitersprach.

Ich hätte ihm die Faust ins Gesicht schlagen können, für dieses Wort. Es war nicht wahr. Ich wusste es, und Howard wusste es. Priscyllas Verstand war nur verwirrt. Sie war so lange eine Gefangene in ihrem eigenen Körper gewesen, dass sie den Weg zurück in die Wirklichkeit nicht mehr fand. Nun war der Dämon in ihr gebannt. Doch ihr Selbst, die echte, wahre Priscylla, das Mädchen, das ich liebte, hatte sich immer noch nicht aus den Spinnweben lösen können, in die finstere Mächte ihren Geist verstrickt hatten.

»Sie ist nicht geistesgestört«, sagte ich leise.

»Es ist mir egal, wie du es nennst«, sagte Howard grob. »Ich habe diese Reise mitgemacht, weil die Hoffnung bestand, es hätte sich etwas geändert. Aber es ist alles beim Alten geblieben. Sie kann nicht hier bleiben, das weißt du. Nicht in diesem Haus. Nicht einmal in dieser Stadt.«

»Sie stellt keine Gefahr mehr dar!«, behauptete ich.

»Doch, Robert«, widersprach Howard. »Im Moment vielleicht noch nicht. Aber glaube mir, ich habe sie eingehend untersucht. Mehr als einmal. Sie könnte wieder zu dem werden, was sie war. Die Hexe in ihr ist tot, aber ihr Geist ist vergiftet.«

»Du stellst unsere Freundschaft auf eine harte Probe«, sagte ich leise.

Howard ignorierte meine Worte. »Du weißt sehr gut, dass ich recht habe«, sagte er. Sein Blick wurde hart. »Du liebst sie noch immer, nicht wahr?«

Ich antwortete nicht. Es war auch nicht nötig.

»Bist du wirklich sicher, dass du sie liebst?«, fragte Howard nach einer Weile. Er hob die Hand und machte eine besänftigende Geste, als ich schon wieder auffahren wollte. »Überlege dir deine Antwort gut, Robert. Ich verstehe deine Gefühle, aber ... bist du sicher, dass es nicht doch nur Mitleid ist?«

Diesmal blieb ich ihm die Antwort schuldig, wandte nur mit einem Ruck den Kopf und starrte die Tür an, hinter der Priscyllas Zimmer lag. Meine Augen brannten. Es war nicht das erste Mal, dass ich diese Frage hörte. Ich hatte sie mir selbst gestellt in den letzten Monaten, immer und immer wieder.

Aber ich hatte nie eine Antwort gefunden.

»Schon gut, Junge«, sagte Howard, als ihm die Bedeutung meines anhaltenden Schweigens klar wurde. »Ich wollte keine alten Wunden aufreißen. Aber wir sollten darüber reden. Später.«

Priscylla schlief noch immer, als wir das Zimmer durchquerten und wieder auf den Korridor hinaustraten. Howard schloss die Tür und lächelte mir noch einmal ebenso aufmunternd wie falsch zu.

»Der Lunch ist unten im Salon vorbereitet«, sagte er, während wir die Treppe zur Tapetentür hinabstiegen. »Aber vorher muss ich dir noch etwas sagen. Wir –«

Der Rest seiner Worte ging in einem dunklen, unglaublich machtvollen Dröhnen unter.

Ich hatte das Gefühl, das Haus unter meinen Füßen erheben zu fühlen. Fast wäre ich die Treppe hinuntergestürzt. Ein zweiter, lang hallender Schlag folgte, dann ein dritter, vierter; es war das gleiche unheimliche Dröhnen, das ich schon draußen vor dem Haus gehört hatte, ein Schlagen wie von einem gigantischen, dunklen Gong, der mich zurücktaumeln und vor Schmerz aufstöhnen ließ, selbst, als der fürchterliche Laut endlich mit einem letzten, vibrierenden Nachhall endete.

Howard blinzelte verwirrt, als ich die Hände von den Schläfen nahm. »Was ist los, Robert?«, fragte er. In seiner Stimme klang echte Verwunderung.

Ich starrte ihn an. »Das ... das Läuten«, stotterte ich. »Du musst es doch gehört haben.« Ich stockte und sah ihn fassungslos an. »Du hast ... nichts gehört?«, fragte ich.

Howard verneinte. »Nichts. Wovon zum Teufel sprichst du?«

Ich antwortete nicht. Vorhin, als er mich begrüßt hatte, hatte ich noch an einen kindischen Scherz geglaubt, den Gray und er sich zu meiner Begrüßung ausgedacht haben mochten. Aber er sagte die Wahrheit – er hatte wirklich nichts gehört!

»Ich muss mich geirrt haben«, murmelte ich verstört. »Entschuldige, Howard. Ich bin übermüdet, glaube ich.«

Howards Blick war jetzt eindeutig besorgt. Aber er sagte nichts mehr, sondern ging die letzten Treppenstufen hinab und trat durch die stahlverstärkte Tapetentür.

Ich bemerkte die Bewegung im letzten Augenblick, sprang mit einem entsetzten Schrei vor und riss ihn an der Schulter zurück; den Bruchteil einer Sekunde, ehe die Tür mit einem berstenden Schlag ins Schloss krachte!

Die Erschütterung riss uns beide von den Füßen. Die Tür bebte, und das Dröhnen, mit dem sie ins Schloss gekracht war, hallte noch lange in meinen Ohren. Kalk und kleine Holzsplitter rieselten aus dem geborstenen Rahmen, und im oberen Teil der Tür klaffte plötzlich ein fingerbreiter, gezackter Riss. Aber sie war doch aus Eisen!

Ich stemmte mich wieder hoch und näherte mich vorsichtig der Tür. Howard sagte kein Wort, aber in seinen weit aufgerissenen Augen flackerte die Angst. Die Tür war nicht durch Zugluft oder eine Laune des Zufalls zugefallen, sondern – wie von einem titanischen Fußtritt getroffen – ins Schloss geworfen worden. Nur ein Schritt mehr, und Howard wäre zerquetscht worden. Der Türrahmen war geborsten, und selbst im Mauerwerk zeigten sich Risse.

»Mein Gott ...«, stammelte Howard. »Was war das?«

Die Antwort auf diese Frage wusste ich so wenig wie er. Draußen auf dem Flur hatte niemand gestanden, das hatten wir beide gesehen. Es war, als hätte sich die Tür von selbst bewegt ...

Howard wollte die Hand nach dem Knauf ausstrecken, aber ich hielt ihn mit einer raschen Bewegung zurück, trat an ihm vorbei und berührte die Tür vorsichtig mit den Fingerspitzen.

Ich lauschte. All meine Sinne waren zum Zerreißen gespannt, nicht nur die normalen menschlichen Sinne. Ich wusste nicht genau, was ich erwartete – vermutlich nichts Bestimmtes.

Aber ich fühlte auch nichts. Das Eisen der Tür war glatt und tot. Es gab nichts; kein Anzeichen irgendeines fremden Einflusses, schwarzer Magie oder des üblen Atems der GROSSEN ALTEN. Die Tür war eine Tür, mehr nicht.

Langsam legte ich die Hand auf den Knauf, zögerte noch eine Sekunde – und drehte ihn ganz behutsam herum.

Die Tür schwang mit einem hörbaren Knirschen auf. Der ungeheure Schlag hatte sie vollkommen verbogen.

Mein Herz begann wie wild zu hämmern, als ich durch die Tür trat, in jedem Sekundenbruchteil darauf gefasst, sie wieder mit der gleichen mörderischen Wucht zufallen zu sehen.

Aber es geschah nichts dergleichen. Unbehelligt traten Howard und ich auf den Korridor hinaus. Ich atmete hörbar auf, während Howard sich noch einmal zur Tür umwandte. Jetzt, als wir beide außer Gefahr waren, hatte ich nichts mehr dagegen, dass er sie untersuchte. Ich half ihm im Gegenteil noch dabei, die Tür Zentimeter für Zentimeter abzutasten und zu überprüfen. Allerdings ohne Ergebnis. Es gab nichts – keine verborgene Mechanik, keine Fäden, keine Federn; nichts, was den Zwischenfall auch nur annähernd erklären konnte.

»Magie?«, fragte Howard knapp.

Ich schüttelte den Kopf, ebenso knapp wie er und beinahe enttäuscht. Gegen eine Gefahr, die man kannte, konnte man sich wenigstens schützen.

»Ich begreife das nicht«, murmelte Howard. »Es muss doch eine Erklärung geben. Was war das für ein Geräusch, das du gehört hast?«

Es dauerte einen Moment, bis ich dem plötzlichen Gedankensprung folgen konnte. »Eine Art Glockenschlag«, sagte ich. »Ich habe dasselbe unten vor dem Haus schon einmal gehört. Aber ich dachte, Gray und du würdet euch einen Scherz mit mir erlauben.«

»Einen Scherz?« Howard runzelte die Stirn »Du solltest mich eigentlich besser kennen, Junge.«

»Howard, was geschieht hier?«, fragte ich leise. »Was stimmt nicht mit diesem Haus? Diese Geräusche. Diese Tür. Der Kronleuchter, der Gray fast erschlagen hätte . . . was hat das alles zu bedeuten?«

»Das weiß ich so wenig wie du, Robert«, antwortete Howard. »Ich wollte, ich wüsste es.« Er schüttelte abermals den Kopf, Wandte sich um – und erstarrte.

Hinter uns stand ein Mann.

Er war sehr groß, schlank und in ein sackähnliches braungraues Gewand gekleidet. Sein Gesicht verbarg sich hinter einer Art Turban aus schwarzem Tuch, der nur einen schmalen Streifen über den Augen freiließ. Und in seiner Hand blitzte ein gewaltiges, zweischneidiges Schwert!

Der Fremde schien durch unseren Anblick ebenso überrascht zu sein wie wir durch den seinen – aber er reagierte mit beinahe übermenschlicher Schnelligkeit. Sein Schwert blitzte auf und beschrieb einen tödlichen, engen Halbkreis auf Howard zu.

Mit einer verzweifelten Bewegung trat ich Howard in die Kniekehlen. Er sank mit einem überraschten Keuchen zurück, und die Klinge verfehlte ihn um Millimeter, aber der Fremde griff bereits wieder an!

Seine Waffe zuckte in einer unglaublichen schnellen Bewegung auf Howard herab, traf ihn mit der Breitseite vor die Schläfe und ließ ihn halb benommen zu Boden sinken. Sofort kam die Klinge wieder hoch und stieß – reichlich ungezielt diesmal – auf mich zu.

Verzweifelt warf ich mich zurück. Das Schwert hämmerte wenige Zentimeter neben meinem Gesicht in das Holz und riss Splitter aus dem Türrahmen. Ich sprang auf, trat nach dem Schwert und hieb gleichzeitig nach dem Fremden.

Der doppelte Angriff war zu viel für ihn. Mein Tritt reichte nicht aus, ihm die Waffe aus der Hand zu prellen, aber meine Faust traf sein Kinn und der Hieb war hart genug, ihn aus dem Gleichgewicht zu bringen und zurücktaumeln zu lassen.

Er war nicht wirklich schwer getroffen. In den Jahren, die ich in den New Yorker Slums gelebt habe, musste ich genug Kämpfe überstehen, um zu erkennen, wann ein Feind wirklich getroffen ist und wann nicht – dieser Mann war es nicht. Mein Schlag hatte ihn nur überrascht, und er war – wenn überhaupt – allerhöchstens benommen.

Aber so kurz der Moment auch war – er reichte.

Hastig sprang ich zur Seite, um aus der Reichweite seiner Waffe zu kommen, wartete, bis der Maskierte aufsah und der Blick seiner dunklen Augen dem meinen begegnete – und schlug mit aller geistigen Macht zu.

»Bleib stehen!«, befahl ich.

Meine Stimme klang schneidend und scharf wie ein Peitschenhieb und wie immer, wenn ich das düstere Erbe meines Vaters entfesselte, erschrak ich fast selbst vor ihrem Klang. Aber ich spürte die Macht der hypnotischen Gewalt, die wie eine unsichtbare Welle in seinen Geist flutete und jeden Widerstand zerschmetterte.

Der Fremde erstarrte wie eine Puppe. Seine Augen weiteten sich, aber die wilde Entschlossenheit in seinem Blick war blankem Entsetzen gewichen.

Aber nur für einen Moment.

Dann – so plötzlich und unerwartet wie ein Blitz aus einem heiterem Sommerhimmel – drängte sich etwas anderes, Fremdes, zwischen seinen Geist und mich, zerriss das geistige Band und schmetterte meine eigene Kraft auf mich zurück.

Es war wie ein Hammerschlag.

Ich schrie auf, fiel auf die Knie und krümmte mich. Flammende farbige Kreise tanzten vor meinen Augen, und für einen winzigen, schrecklichen Moment spürte ich, wie die geistige Faust tiefer bohrte und nach der Substanz meines Selbst griff.

Dann erlosch der Druck; Bruchteile von Sekunden, ehe er tödlich hätte werden können.

Als ich wieder klar sehen konnte, hatte sich der Fremde wieder erhoben und das Schwert in den Gürtel gesteckt. Er stand lauernd und mit leicht gespreizten Beinen da. Ich kannte diese Art, einen Gegner zu erwarten, nur zu gut. Der kurze Kampf, der meinem geistigen Angriff vorausgegangen war, hatte mir gezeigt, dass der Maskierte ein Meister des waffenlosen Kampfes war.

Neben mir stemmte sich Howard auf die Füße, schüttelte benommen den Kopf und ging langsam, mit erhobenen Fäusten, auf den Fremden zu.

»Sei vorsichtig, Howard«, sagte ich warnend.

Howard nickte. Seine Zunge fuhr nervös über die Lippen.

Langsam bewegten wir uns auf den Fremden zu.

Der Mann sah uns ruhig entgegen. Aus irgendeinem Grunde verzichtete er darauf, seine Waffe abermals zu ziehen.

»Geben Sie auf«, sagte ich. »Sie haben keine Chance.«

Statt einer Antwort griff der Fremde an, und obwohl ich darauf vorbereitet gewesen war, kam meine Reaktion zu spät. Er sprang vor, einen gellenden, abgehackten Schrei auf den Lippen, schlug mit dem Handballen nach Howards Brust und trat gleichzeitig nach mir. Sein Fuß durchbrach meine Deckung. Ich prallte gegen die Wand und kämpfte einen Moment gegen die roten Schleier, die meinen Blick vernebelten. Howard versuchte nach dem Fremden zu schlagen, aber der wich seinem Hieb mit fast spielerischer Leichtigkeit aus, packte sein Handgelenk und brachte ihn mit einem kurzen, harten Ruck aus dem Gleichgewicht. Howard wurde von den Füßen gerissen und segelte in hohem Bogen über den plötzlich gekrümmten Rücken des Angreifers durch die Luft und auf die Marmortreppe zu.

Das Krachen des zerbrechenden Treppengeländers mischte sich mit Howards Schrei. Das armdicke gedrechselte Holz zersplitterte unter seinem Aufprall. Wie in einer grausigen Vision sah ich, wie Howard mit wilden Bewegungen nach hinten kippte.

Seine Hände fanden im letzten Moment Halt an einer abgebrochenen Strebe und klammerten sich fest. Das Holz knirschte unter seinem Gewicht, bog sich sichtbar durch – und brach!

Ohne auf den Fremden zu achten, sprang ich hinzu, erreichte ihn im letzten Moment und griff nach seinem Handgelenk.

Der Ruck, mit dem ich seinen Sturz abfing, schien mir die Arme aus den Schultern zu reißen. Für einen kurzen, schrecklichen Augenblick verlor auch ich auf den glatten Marmorstufen den Halt, fiel, von Howards Gewicht gezogen, nach vorne, rutschte auf den zweieinhalb Stockwerke tiefen Abgrund zu und klammerte mich irgendwo fest.

Die Zeit schien stehen zu bleiben. Howards Beine pendelten hilflos über der zwanzig Yard tiefen Schlucht, und aus dem Erdgeschoss drangen aufgeregte Schreie und Rufe zu uns herauf. Mit aller Kraft versuchte ich Howard hochzuzerren, aber sein Körper schien mit einem Mal Tonnen zu wiegen und ich spürte, wie auch ich Zentimeter für Zentimeter auf den Abgrund zugezogen wurde. Howard schrie wie von Sinnen und strampelte wild mit den Beinen.

Ich rutschte ein weiteres Stück nach vorne. Howards Hand kam hoch, krallte sich in meine Weste – und dann zog er sich mit der Kraft der Verzweiflung nach oben und über die Kante.

Dieser neuerliche Ruck war zu viel.

Ich schrie auf, ließ sein Handgelenk los und kippte, hilflos mit den Armen rudernd, nach vorne. Der Abgrund stürzte auf mich zu; ein gigantisches, bodenloses Maul, auf das ich zugezogen wurde!

Ein Schatten erschien über mir. Dunkle, von schwarzem Tuch umgebene Augen starrten mich an, und plötzlich griff eine Hand nach meinem Arm, riss mich zurück und wieder auf die Treppe hinauf.

Sekundenlang blieb ich benommen sitzen. Geräusche drangen an mein Ohr, und mit einem kleinen Teil meines Bewusstseins sah ich, wie Howard mit der dunkel gekleideten Gestalt zu ringen begann und plötzlich zu Boden sank.

Ich versuchte aufzustehen, griff kraftlos nach dem Angreifer und bekam einen Hieb, der mich erneut auf die Knie fallen ließ. Der Fremde wirbelte herum und begann mit weit ausholenden Schritten die Treppe hinabzustürmen.

Howard zerrte mich auf die Füße. »Los, Robert!«, keuchte er. »Er darf nicht entkommen!«

Noch halb betäubt von dem Schock taumelte ich hinter ihm her. Der Fremde jagte wie von Furien gehetzt die Treppe hinab, schwang sich plötzlich über das Geländer und überwand die letzten vier Yard bis zum Erdgeschoss mit einem gewagten Satz. Er fiel, rollte über die Schulter ab und kam mit einer eleganten, fließenden Bewegung wieder auf die Füße. Ich hatte selten jemanden gesehen, der sich so schnell und geschickt zu bewegen imstande war. Schnell hatte er einen großen Vorsprung vor Howard und mir.

Aber der Fremde versuchte nicht, den Ausgang zu erreichen – im Gegenteil.

Die schmale Tür unter der Treppe bemerkte ich erst, als er sie aufriss und hindurchstürmte.

»Er will in den Keller!«, schrie Howard. »Hinterher!«

Er riss im Vorüberlaufen einen Säbel von der Wand und stürmte mit gesenkten Schultern durch die Tür.

Der Fremde hatte das Ende der schmalen, steil in die Tiefe führenden Treppe fast erreicht, als ich dicht hinter Howard durch die Kellertür drängte. Howard fluchte vor Zorn und Enttäuschung, als er sah, dass ihm sein Opfer zu entkommen drohte, streckte den Säbel vor und raste, immer zwei, drei Stufen auf einmal nehmend, in die Tiefe.

Ein großer, mit allerlei Unrat und Gerümpel vollgestopfter Raum nahm uns auf. Das Licht sickerte durch wenige, schmale Fenster hoch oben unter der Decke, und ein Hauch von Feuchtigkeit und Kälte schlug uns entgegen. Die nackten Wände reflektierten das Geräusch unserer Schritte und warfen sie als verzerrte, unheimlich hallende Echos zurück. Und dann sahen wir den Fremden. Er war in der Mitte des Raumes stehen geblieben und hatte uns mit erhobenem Säbel erwartet.

Nun sprang er Howard einen Schritt entgegen und führte die Waffe in einem blitzartigen, halbkreisförmigen Hieb.

Seine Klinge traf Howards Säbel dicht über dem Heft und zerschmetterte ihn.

Howard schrie auf, stürzte und rollte sich instinktiv zur Seite, als er sah, dass der Mann den Säbel nun mit beiden Händen schwang und zu einem letzten Hieb ausholte.

Ich setzte alles auf eine Karte. Mit aller Kraft stieß ich mich ab, zog die Beine an den Körper und trat noch im Sprung zu. Den Tritt hatte ich von einem Chinesen in den New Yorker Slums gelernt. Doch anscheinend war ich kein sehr guter Schüler gewesen. Der Fremde wich mir nur zu leicht aus und ließ mich ins Leere stürzen. Unbeholfen prallte ich auf den harten Steinboden. Ein scharfer, glühender Schmerz schoss durch meine Kiefer. Meine Handgelenke schienen zu brechen, als ich versuchte, dem Sturz die allergrößte Wucht zu nehmen.

Mit einem Schrei wälzte ich mich herum, sprang auf die Füße und torkelte abermals auf den Maskierten zu. Er stand ganz ruhig da, das Schwert mit ausgestreckten Armen vor sich haltend. In seinen Augen blitzte ein sonderbares Feuer, als sich unsere Blicke trafen.

Aber er schlug nicht zu.

Stattdessen wirbelte er herum, stieß sein Schwert in den Gürtel und rannte davon. Für eine Sekunde war ich völlig perplex. Er hätte mich töten können. Warum floh er?

Doch jetzt war nicht der Augenblick, sich darüber den Kopf zu zerbrechen. Ich stürmte hinter dem Maskierten her. Der Fremde rannte mit gesenktem Kopf zwischen den aufgestapelten Kisten und Körben hindurch – direkt auf eine niedrige Tür an der Schmalseite des Raumes zu.

Er erreichte sie wenige Sekunden vor mir, riss sie auf und stürmte hindurch. Auch ich überwand die letzten Schritte mit einem wütenden Satz, riss mit aller Macht am Türgriff und –

Ich wusste hinterher nicht genau zu sagen, warum ich die Gefahr nicht bemerkte und irgendwie reagierte. Wahrscheinlich spielten mir meine eigenen, überschnellen Reflexe in diesem Moment einen bösen Streich, denn ich warf mich mit aller Kraft nach vorne und durch die Tür.

Dass dahinter eine massive, gemauerte Wand war, bemerkte ich einen Sekundenbruchteil zu spät.

Als ich erwachte, lag ich auf dem harten Kellerboden, und der helle Fleck über mir wurde langsam zu Howards Gesicht.

»Alles in Ordnung, Junge?«, fragte er besorgt.

Ich nickte, verzog das Gesicht, als mein Kopf mit einem dumpfen, pochenden Schmerz auf die plötzliche Bewegung reagierte, und versuchte mich hochzustemmen. Für einen Moment begann sich der Keller um mich herum zu drehen, und ich musste mich an Howards Arm festhalten, um nicht erneut zu stürzen. Als ich die Hand hob und vorsichtig nach meiner Stirn tastete, fühlte ich eine mächtige Beule.

»Wie oft muss ich dir eigentlich noch sagen, dass du nicht versuchen sollst, mit dem Kopf durch die Wand zu rennen?«, fragte Howard in einem Anflug von Galgenhumor.

Ich schenkte ihm einen giftigen Blick, schob seine Hand beiseite und näherte mich – weitaus langsamer als beim ersten Mal – der Tür. Sie war wieder geschlossen, und obwohl ich genau wusste, was ich dahinter zu erwarten hatte, ließ mich der Anblick für Sekunden den Atem anhalten und verblüfft auf die uralten, von Moder und Feuchtigkeit fleckig gewordenen Steine starren.

»Das ist doch nicht möglich!«, entfuhr es mir. »Verdammt, Howard, ich habe *gesehen, wie* er durch diese Tür gegangen ist.«

»Ich auch«, antwortete Howard düster.

Ungläubig tastete ich mit den Fingerspitzen über den morschen

Stein. Ich rechnete fast damit, meine Fingerspitzen in seine Oberfläche eindringen zu sehen, aber er war massiv; natürlich, massiv und undurchdringlich. Der pochende Schmerz in meiner Schläfe wäre nicht nötig gewesen, mich davon zu überzeugen.

»Diese Wand muss schon ziemlich lange hier stehen«, sagte Howard. »Sieh dir den Moder an – er ist zum Teil mit dem Türrahmen verwachsen. So etwas dauert Jahre!«

»Aber welcher Trottel würde einen Türrahmen vor eine massive Mauer bauen?«

Howard zuckte mit den Achseln. »Vielleicht hat sie jemand zugemauert. Aber wenn, dann vor ziemlich langer Zeit. Und jetzt frag mich bloß nicht«, fuhr er mit leicht erhobener Stimme fort, »wie dieser Bursche durch die Wand gekommen ist. Ich weiß es so wenig wie du. Was mich viel mehr interessiert, ist die Frage, wer er war.« Er blickte mich scharf an. »Hast du ihn je zuvor gesehen?«

Ich verneinte. Von seinem Gesicht war nicht viel zu erkennen gewesen, aber ich wusste zumindest, dass ich jemanden *wie ihn* noch nie zuvor gesehen hatte. Allein die Schnelligkeit, mit der er sich bewegte, hatte etwas Übernatürliches gehabt.

»Noch nie«, antwortete ich. »Ich weiß weder, wer er war, noch, was er wollte.«

Howard lachte rau. »Uns umbringen, was sonst?«

»Glaubst du? Er hatte mehr als eine Gelegenheit, uns beide zu töten. Er hat es nicht gewollt.«

Howard blickte mich einen Moment zweifelnd an. Dann hob er die Hand und tastete nachdenklich über seine Schläfe, dort, wo ihn die Klinge des Angreifers getroffen hatte. Mit der *Breitseite* getroffen hatte. Der Hieb hätte ihm auch den Schädel spalten können.

»Du hast recht«, murmelte er. »Als du von ... der Treppe gestürzt bist, hat er dich sogar gerettet. Aber was wollte er dann?«

Ich zuckte mit den Achseln. »Vielleicht stehlen. Wir sollten hinaufgehen und sehen, ob irgendetwas fehlt. Vielleicht ein Kronleuchter.«

Howard verzog das Gesicht, ging aber nicht weiter auf meine Worte ein; vielleicht spürte er, dass sie nicht halb so scherzhaft gemeint waren, wie sie im ersten Moment klangen. Trotzdem nickte er schließlich. »Du hast recht – gehen wir hinauf. Hier können wir ohnehin nichts mehr ausrichten.«

Nach einem letzten, verstörten Blick auf die zugemauerte Tür wandte ich mich um und ging zur Treppe zurück.

Ich fand erst jetzt wirklich Gelegenheit, mich im Keller umzusehen. Eigentlich gab es nichts Besonderes – er war sehr groß, und die Decke war, wie bei Kellern in alten Häusern oftmals üblich, mehrfach gewölbt und wurde von einer Reihe fast mannsdicker Stützpfeiler getragen. Trotz seiner Größe wirkte er eher beengt, denn er war fast zum Bersten mit Kisten, Fässern und in Tuch eingeschlagenen Ballen vollgestopft, die – ihrem verstaubten Äußern nach zu urteilen – schon seit sehr langer Zeit unangetastet hier liegen mussten. Das Licht, das durch die wenigen vergitterten Fenster hereinfiel, wirkte grau und blass.

Und ...

Ich war mir nicht sicher, und ich blieb auch nicht stehen, um mich zu überzeugen, aber ein paar der Linien und Winkel kamen mir *falsch* vor.

Das Gefühl war schwer in Worte zu kleiden, aber es war, als gäbe es hier und da einen Winkel, den es eigentlich nicht geben durfte, eine Linie, die gleichzeitig gerade und gekrümmt war, ein Rechteck, dessen Winkel mehr als dreihundertsechzig Grad maß.

Ich versuchte den Eindruck abzuschütteln. Es war nicht das erste Mal, dass ich so etwas sah – die Welt, in die ich getreten war, seit ich das Erbe meines Vaters übernommen hatte, war nicht die Welt der Menschen. Es gab Dinge in ihr, die dem menschlichen Begriffsvermögen entzogen waren, Dinge, die krank machten oder töten konnten, wenn man versuchte, ihr Geheimnis zu ergründen. Ich würde den Keller untersuchen müssen. Später.

Ohne dass ich es selbst gemerkt hatte, waren meine Schritte langsamer geworden, und Howard hatte die Treppe bereits halb erklommen, als ich sie erreichte.

Über uns fiel die Tür mit einem schmetternden Krachen ins Schloss.

Ein schwerfälliges Zucken lief durch die Treppe. Howard schrie auf, verlor das Gleichgewicht und griff blindlings nach dem Treppengeländer, als er fiel.

Das morsche Holz zerbrach unter seinem Griff; das Geländer barst, fiel wie eine bizarre Reihe übergroßer Dominosteine, und für Sekunden war der Keller vom Bersten und Splittern des zerbrechenden Holzes erfüllt.

Im gleichen Moment erbebte die Treppe unter einem zweiten mörderischen Hieb. Ich sah, wie die Stufen zerbrachen, sich in einer unmöglich erscheinenden Bewegung zu einer schrägen, steil in die

Tiefe führenden Ebene *hochstellten,* auf der Howard nach unten zu rutschen begann!

Gleichzeitig erreichte das Zucken das untere Ende der Treppe; das Geländer zersplitterte wie unter einem Hieb. Einer der Pfosten beugte sich vor und zur Seite. Sein Ende zerbrach, zermalmt wie von einer unsichtbaren Gewalt. Das zersplitterte Ende reckte sich Howard entgegen wie eine Speerspitze.

Ich schrie auf und warf mich nach vorne, aber die Stufe, auf die ich meinen Fuß setzte, zerbrach; ein Brett schnappte hoch und traf mein Schienbein wie ein Hammerschlag.

Indessen rutschte Howard hilflos die schräge Ebene herunter, in die sich die Treppe verwandelt hatte. Er schrie verzweifelt. Seine Hände glitten haltlos an dem glatten Holz ab; seine Fingernägel brachen. Immer schneller und schneller glitt er auf den Fuß der Treppe zu.

Ich ignorierte den betäubenden Schmerz in meinem Bein, sprang vor und packte das Holz. Mit aller Kraft zerrte ich daran, während Howard rasend schnell näher kam. Seine Augen waren entsetzt geweitet, und sein Schrei hallte unheimlich verzerrt von den Wänden wider.

Irgendwo unter mir zerbrach etwas. Ein mörderischer Schlag traf meine Rippen. Noch einmal warf ich mich zurück und zerrte mit letzter Kraft an dem Pfosten.

Er brach.

Eine halbe Sekunde später kam Howard wie ein lebendes Geschoss herangerast und riss mich mit sich. Aneinandergeklammert kugelten wir über den Boden, bis uns eine der Kisten auf recht unsanfte Weise bremste.

Ich weiß nicht, wie lange ich reglos dasaß und auf das zerbrochene Holz in meinen Händen starrte, gelähmt vor Entsetzen und Schrecken, unfähig, mich zu rühren oder auch nur einen klaren Gedanken zu fassen. Schließlich war es Howard, der sich als Erster hochstemmte und das Schweigen brach.

»Mein Gott«, stammelte er. »Was ... was war das?«

Ich sah auf. Howards Gesicht hatte alle Farbe verloren. Seine Mundwinkel zuckten, und aus seiner Nase und seiner aufgeplatzten Unterlippe sickerte Blut. »Wenn ... wenn du nicht ... nicht so schnell reagiert hättest«, murmelte er, »dann wäre ich aufgespießt worden wie ein ... Schmetterling.«

Langsam ließ ich das Holz sinken, stemmte mich hoch und sah zur Treppe. Das unheimliche Knirschen und Bersten hatte aufgehört, und die Treppe war wieder zu dem geworden, was sie vorher war – die Stufen hatten sich wieder in normale Treppenstufen zurückverwandelt.

Aber das Geländer war zerbrochen, und ein Teil der Treppe war geborsten wie unter einem gigantischen Hammerschlag. Und wieder hatte ich nicht den Hauch einer schwarzen Magie gespürt. Wieder hatten mich meine magischen Kräfte nicht vor der Gefahr gewarnt.

»Lass uns gehen«, sagte ich.

»Gehen?« Howard kreischte fast. »Du glaubst doch nicht im Ernst, dass ich noch einen Fuß auf diese verhexte Treppe setze!«

Ich nickte. Auch ich war nicht gerade versessen darauf, das Schicksal noch einmal herauszufordern. »Gibt es noch einen anderen Ausgang?«, fragte ich.

»Ja. Eine Treppe zum Garten hinauf«, sagte Howard mit einer entsprechenden Kopfbewegung tiefer in den Keller hinein. »Eine *Steintreppe.*«

Gegen meinen Willen musste ich lächeln.

Howard sah sich immer wieder unsicher um, während wir durch die schmalen Gänge schritten, die zwischen den Kistenstapeln geblieben waren. Es war kalt, und durch die zum Teil zerbrochenen Fenster schlichen sich Feuchtigkeit und dünne Nebelschwaden ein.

Wieder durchstreifte mein Blick den Raum, und wieder bemerkte ich hier und da Linien und Winkel, die nicht stimmten, und an der Wand ...

... den *Schatten!*

Der Anblick traf mich so überraschend, dass ich wie gegen eine unsichtbare Mauer geprallt stehen blieb und einen krächzenden Schrei ausstieß. Durch eines der Fenster fiel blasses Sonnenlicht herein, gerade kraftvoll genug, meinen und Howards Schatten auf die gegenüberliegende Wand zu werfen.

Und Howards Schatten war nicht der eines Menschen!

Howard fuhr herum, als er meinen Schrei hörte, sah mich eine halbe Sekunde verwirrt an, drehte mit einem Ruck den Kopf – und erstarrte ebenfalls, als er das groteske, tentakelschwingende *Ding* sah, was dort wogte, wo sein eigener Schatten neben meinem sein sollte.

Dann, so schnell, wie er gekommen war, verschwand der Schatten. Plötzlich waren wieder zwei ganz normale menschliche Schattenbilder an der Wand, aber etwas von der Kälte und Fremdartigkeit der Bestie schien zurückzubleiben.

Und plötzlich fror ich.

Ich hatte den Schatten an der Wand erkannt.

Es war nicht das erste Mal, dass ich ihn sah. Ich hatte sogar das Wesen, zu dem dieser Schatten gehörte, schon einmal gesehen, und ich hatte seine schwarze Seele in der meinen gespürt. Die weiße Haarsträhne über meinem rechten Auge war nur das äußere Zeichen meiner Begegnung mit einem dieser namenlosen Dämonen, die in Ermangelung einer anderen Bezeichnung die GROSSEN ALTEN genannt wurden.

»Mein Gott, Robert«, murmelte Howard. »Was ... was geschieht hier? Was geschieht mit diesem Haus?«

Diesmal antwortete ich nicht darauf. Aber die Kälte schien zuzunehmen.

Plötzlich hatte ich es sehr eilig, den Keller zu verlassen.

Es war sehr still in dem feuchten Kellergewölbe geworden. Keiner der neun Männer wagte es, auch nur einen Laut von sich zu geben, und selbst das Heulen des Windes, das von draußen hereindrang, schien gedämpft.

Langsam richtete sich der alte Mann auf. Seine Hand umspannte den Dolch so fest, als wolle er die Klinge aus weißem Elfenbein zermalmen, und auf seinem Gesicht lag ein Ausdruck von Härte und Entschlossenheit, der selbst die Männer, die ihn seit Jahren kannten, bis ins Mark erschauern ließ.

»Ihr habt gesehen, was mit denen geschieht, die es wagen, meine Befehle zu missachten«, sagte Necron. Er sprach nicht einmal besonders laut, aber in seiner Stimme schwang eine Kälte, die die Männer wie unter einem Hieb zusammenfahren ließ. Von der sichelförmig gekrümmten Klinge des Dolches tropfte Blut auf den reglosen Körper zu seinen Füßen.

»Er hat versagt«, sagte Necron verächtlich. Der Mann war gestorben, ohne den geringsten Versuch einer Gegenwehr zu wagen. In seinen weit geöffneten, gebrochenen Augen stand noch immer der Ausdruck ungläubigen Schreckens, den er empfunden haben musste, als er die Waffe in Necrons Hand sah.

»Er wurde bestraft«, fuhr Necron fort. »Aber seine wahre Strafe wird ihn erst noch treffen, denn seine Seele wird vergehen wie die eines Unwürdigen, ohne in den unseren weiterzuleben. Sie wird gequält werden von den Dämonen des Jenseits, solange die Zeit besteht.« Er legte eine genau bemessene Pause ein, um seinen Worten das gehörige Gewicht zu verleihen, drehte sich dann um und wischte die Klinge an den Kleidern des Toten sauber.

Einer der neun Krieger trat vor und senkte demütig das Haupt. »Meister«, flüsterte er. »Lasst mich gehen. Ich –«

»Nein«, unterbrach ihn Necron. »Keiner von euch wird allein gehen. Unsere Mission ist zu wichtig, um sie ein zweites Mal in Gefahr zu bringen. Craven ist nun gewarnt. Ich selbst werde gehen.«

»Aber Ihr könntet in Gefahr geraten, Herr!«, protestierte einer seiner Begleiter.

»Gefahr?« Necron lächelte dünn. »Nein. In Gefahr gerate ich höchstens durch einen Narren wie deinen Kameraden, der gegen seinen Befehl handelte. Ich werde selbst gehen, heute Abend, sobald die Sonne versunken ist. Ihr begleitet mich, doch um Andaras Sohn werde ich allein mich kümmern. Euch habe ich eine andere Aufgabe zugedacht ...«

»Hier.« Howard beugte sich vor, blies mir eine übel riechende blaue Qualmwolke ins Gesicht und hielt mir mit einem aufmunternden Lächeln eine randvoll gefüllte Tasse entgegen. »Der Kaffee wird dir sicher gut tun.«

Ich nickte dankbar, griff mit spitzen Fingern nach der Tasse und nahm einen vorsichtigen Schluck des brühheißen, höllisch starken Getränkes. Wir waren durch den Garten zurück ins Haus gegangen, und Howard hatte mich hier herauf in den Salon geführt. Dr. Gray hatte sich uns angeschlossen und schweigend zugehört, während Howard berichtete, was unten im Keller geschehen war.

»Und du weißt wirklich nicht, wer dieser Mann war und was er von euch wollte?«, fragte er. Es war vielleicht das zehnte Mal, dass er diese Frage stellte, und meine Antwort bestand, wie die neun Male zuvor, aus einem Kopfschütteln. »Fragen Sie Howard, Doc«, sagte ich zwischen zwei Schlucken. »Ich glaube, er weiß mehr, als er zugibt.«

Obwohl ich nicht hinsah, sondern weiter in meine Tasse starrte, entging mir Howards rasches, schuldbewusstes Zusammenfahren keineswegs. Und auch Gray legte den Kopf auf die Seite und blickte ihn fragend an.

»Was meint Robert damit?«

»Nichts«, sagte Howard ausweichend. »Ich weiß auch nicht, warum er –«

Ich setzte die Tasse mit einem hörbaren Klirren auf den Tisch zurück und blickte ihn strafend an. »Hast du vergessen, dass man mich nicht belügen kann, Howard?«, fragte ich sanft. »Du weißt mehr über diesen Vorfall, als du zugibst.«

»Ich ... weiß überhaupt nichts«, sagte Howard. Aber er sagte es in einer Art, die das Gegenteil behauptete. »Ich glaube, ich habe einen Mann wie diesen schon einmal gesehen«, gestand er schließlich. »Aber ich bin mir nicht sicher. Lass mir etwas Zeit, Nachforschungen anzustellen.«

»Wie lange?«, fragte Gray scharf. So einen Tonfall war ich gar nicht von ihm gewohnt. »Bis er wiederkommt und dich und Robert umbringt?« Sein Blick wurde hart. Er beugte sich vor, umklammerte die Sessellehne mit beiden Händen und starrte Howard herausfordernd an. »Sag es ihm!«

Howard zuckte erneut zusammen, senkte den Blick und blies eine Rauchwolke von sich, als wolle er sich dahinter verstecken.

»Was soll er mir sagen, Doktor?«, fragte ich.

Howard seufzte gequält. »Bitte, Gray«, sagte er. »Ich brauche einfach ein wenig Zeit. Die Dinge sind kompliziert genug.«

»Verdammt, Howard – wenn Sie es nicht tun, dann tue ich es!«, antwortete Gray scharf. »Was muss noch geschehen, ehe Sie begreifen, dass es ernst ist? Warum, glauben Sie denn, war dieser Kerl hier?«

Howard antwortete noch immer nicht, sondern zog nur eine Augenbraue hoch, drückte seine Zigarre im Aschenbecher aus und kramte sofort eine neue aus der Rocktasche. Ich unterdrückte ein Seufzen. Howard ohne Zigarre war so unvorstellbar wie ein Ozean ohne Wasser, und der Gestank von brennendem Tabak war in meiner Erinnerung untrennbar mit seinem Gesicht verbunden – aber allmählich konnte man die Luft im Salon fast schneiden. Wenn Howard länger blieb, dann würde ich das Haus neu tapezieren lassen müssen.

»Vielleicht haben Sie recht, Doktor«, sagte Howard schließlich. Der Klang seiner Stimme gefiel mir nicht. Er lehnte sich zurück und nahm einen tiefen Zug aus seiner Zigarre.

Plötzlich riss mir die Geduld. »Verdammt, was ist denn los?«, polterte ich. »Ihr beide benehmt euch wie kleine Kinder, die ein Geheimnis haben. Was ist passiert? Ist ein Krieg ausgebrochen?«

Ich versuchte zu lachen, aber das Lachen blieb mir im Halse stecken, als ich die Reaktion auf Howards Zügen bemerkte. Seine Miene verfinsterte sich, und ein Ausdruck tiefer Sorge glomm in seinen Augen auf.

»Ja, Robert«, sagte er. »Ich fürchte, die Antwort auf deine Frage ist ja. Und das, was du gerade erlebt hast, war nur die erste Schlacht.«

»Was ... ist passiert?«, fragte ich leise.

»Eine Menge«, erwiderte Howard ernst. »Wir hätten Arkham nie verlassen dürfen, Robert.«

Er schwieg einen Moment, starrte vor sich hin und tauschte einen langen, wissenden Blick mit Gray.

»Verdammt! *Was ist geschehen?«* Langsam saß ich auf glühenden Kohlen.

»Ich habe ein Telegramm erhalten, vor einigen Tagen. Professor Langley hat es über den Telegraf der Western Union laufen lassen. Es muss ihn ein Vermögen gekostet haben.« Howard drehte die Zigarre nervös zwischen den Fingern. »Er und Rowlf haben versucht, auf Shannon Acht zu geben, nachdem du abgereist warst.«

»Versucht?« Ein eisiger Schrecken stieg in mir auf. »Ist Shannon ...«

»Tot? Nein, das nicht. Drei Wochen nach deiner Abreise kamen die Männer nach Arkham, die ihm den Auftrag gaben, dich umzubringen. Die Hexer von Salem. Sie haben ihn mit sich genommen. Vielleicht ist er auch freiwillig gegangen.« Howards Lippen bebten, als er fortfuhr. »Sie haben die Universität überfallen. Es gab einen Kampf und mehrere Tote. Rowlf wurde schwer verletzt. Aber er ist außer Lebensgefahr. Robert, der Angriff galt nicht nur Shannon. Die Hexer haben etwas *gesucht!*«

»Und was?«, fragte ich, als Howard nicht weitersprach.

»Das NECRONOMICON«, sagte Gray. »Die Abschrift, die in der Universität aufbewahrt wird.«

»Und? Haben sie es bekommen?«, fragte ich, sehr leise und mit einer Stimme, der man den eisigen Schrecken, den ich bei Howards Worten empfunden hatte, nur zu genau anhörte.

Howard schüttelte den Kopf. »Nein. Aber ich fürchte, sie wissen jetzt, dass du im Besitz des zweiten Exemplares bist. Necron ist ...«

»Necron?«

»Ihr *Meister«*, erklärte Howard. »Der Herr der Drachenburg, von dem Shannon seinen Auftrag erhielt, dich zu töten. Dieser Necron ist ein sehr mächtiger Zauberer, und er weiß, dass du ein Exemplar des Necronomicons besitzt. Der Mann, der uns vorhin dort oben überfallen hat, war einer seiner Killer, Robert.«

Ich starrte ihn an. »Vermutest du das – oder weißt du es?«

»Ich vermute es«, gestand Howard. »Aber es ist die einzige Erklärung. Ihr Versuch, das Buch aus den Tresoren der Universität zu stehlen, ist fehlgeschlagen. Es wäre nur logisch, wenn sie jetzt versuchen, sich dein Exemplar zu holen. Necron wird alles daransetzen, das Buch zu bekommen. Hast du es hier?«

Die Frage kam so überraschend, dass ich um ein Haar den Kopf geschüttelt und geantwortet hätte. Aber Howard stellte sie in einem so lauernden Ton, dass ich bei seinen Worten wie unter einem Hieb zusammenfuhr.

»Warum?«, fragte ich.

Howard runzelte die Stirn. »Das ist eine ziemlich dumme Frage, findest du nicht?«, sagte er. »Der Killer wird wiederkommen, mein Junge. Und wahrscheinlich nicht allein. Wir müssen das Buch in Sicherheit bringen, ehe es Necron in die Hände fallen kann.«

»Dort, wo es jetzt ist, ist es in Sicherheit«, antwortete ich ausweichend.

Howard seufzte. »Ich habe befürchtet, dass du so reagieren würdest«, behauptete er. »Du traust niemandem, wenn es um das Buch geht, wie? Nicht einmal mir.«

»Warum fragst du überhaupt, wenn du es schon weißt?«, schnappte ich. »Verdammt, Howard, als dieses Buch das letzte Mal aufgeschlagen wurde, sind ein paar Dutzend Menschen gestorben und eine halbe Stadt ist niedergebrannt.«

»Ich weiß«, antwortete Howard lakonisch. »Aber es wird noch viel mehr geschehen, wenn es in Necrons Hände fallen sollte.«

»Das wird es nicht«, behauptete ich. »Selbst wenn ich sterben sollte, bekommt er es nicht. Vielleicht wäre es überhaupt das Beste, wenn dieses verdammte Manuskript endlich vernichtet würde.«

Howard seufzte, trank einen Schluck Kaffee und sah mich über den Rand seiner Tasse hinweg prüfend an. »Wo ist es?«, fragte er.

Etwas an der Art, in der er die Frage stellte, störte mich. Ich setzte zu einer Antwort an, biss mir aber stattdessen nur auf die Zungenspitze und schüttelte stur den Kopf. »Nein«, sagte ich. »Das wird niemand erfahren. Nicht einmal du, Howard. Es ist zu gefährlich.«

»Aber –«

»Es tut mir leid«, sagte ich, so scharf, dass er unwillkürlich die Tasse senkte und mich stirnrunzelnd ansah; beinahe erschrocken. »Ich habe geschworen, dieses Buch nie wieder anzurühren, und ich werde diesen Schwur halten«, sagte ich. »Ich weiß, was geschieht, wenn ich es berühre.«

»Aber du weißt nicht, was geschieht, wenn du es nicht tust!«, fuhr Howard auf. Dr. Gray warf ihm einen raschen, warnenden Blick zu. Howard atmete hörbar ein.

»Robert«, sagte Gray. »Ich –«

»Es hat keinen Zweck, wenn Sie versuchen, mich zu überreden, Doktor«, sagte ich. »Dieses Buch ist zu gefährlich. Ich bin Howard und Ihnen dankbar für die Warnung, aber das, was gerade geschehen ist, bestärkt mich noch in meinem Entschluss. Niemand wird erfahren, wo es ist.«

»Ich könnte dich zwingen, es mir zu geben, Robert«, sagte Howard leise.

Fassungslos starrte ich ihn an, suchte einen Moment nach Worten und stand schließlich mit einem Ruck auf.

Howard schien zu bemerken, dass er mit seinen Worten über das Ziel hinausgeschossen war. Hastig erhob er sich ebenfalls und trat um den Tisch herum auf mich zu. »Es tut mir leid, Robert«, sagte er. »Ich habe mich hinreißen lassen. Ich hätte das nicht sagen dürfen. Verzeih mir.«

Zum ersten Mal, seit ich Howard wiedergesehen hatte, spürte ich seine Unsicherheit. Er wirkte ruhig und gelöst wie immer, aber Howard war ein Mensch, der auch dann noch voller Heiterkeit lächeln würde, wenn man ihn an Händen und Füßen gefesselt von der Tower Bridge warf. In Wirklichkeit, das spürte ich plötzlich, war er mehr als nur nervös.

Er war verzweifelt.

Und halb verrückt vor Furcht.

Trotzdem ignorierte ich seine ausgestreckte Hand, wandte mich mit einem Ruck um und stürmte aus dem Zimmer.

Mit einem Mal hatte ich Angst vor ihm.

Schon den ganzen Tag über war es nicht richtig hell geworden. Die tief hängende Decke aus grauen Regenwolken, in die sich hier und da noch immer Schneeregen mischte, war während des ganzen Tages nicht aufgerissen, sodass die Dämmerung im Grunde nie aufgehört hatte, sondern nur ein wenig heller geworden war, um jetzt, am Abend, wieder in die Schatten der Nacht hinüberzugleiten.

Die Straßen waren nur dünn bevölkert gewesen; einige wenige Fußgänger waren vorübergehastet, die Mantelkragen hochgeschlagen und die Hüte tief ins Gesicht gezogen, und ein paar Fuhrwerke hatten mit ihrem hellen Klappern die Stille durchbrochen.

Niemand hatte die Gestalten bemerkt, die sich dem dreistöckigen Haus am Ashton Place näherten. Es waren neun hochgewachsene Männer, in bodenlange, dunkle Mäntel gehüllt, und ein zehnter, etwas kleinerer Mann, wie die anderen in Licht schluckendes Schwarz gekleidet, aber schlanker und vom Alter gebeugt.

Lautlos wie Schatten hatten die Männer die zwei Meter hohe Mauer überwunden, die den Park auf der rückwärtigen Seite des Anwesens umschloss. Dann waren sie, den Schutz von Bäumen und einzeln stehenden Ziersträuchern geschickt ausnutzend, bis zur Rückseite des Gebäudes vorgedrungen und mit den schwarzen Schlagschatten des Hauses verschmolzen. Die drei Hunde, die auf dem Gelände streunten, lagen tot in ihrem Blut, gut versteckt hinter einem Busch. Nicht einer von ihnen war auch nur dazu gekommen, ein warnendes Bellen von sich zu geben.

Sie warteten. Reglos, mit der Geduld von Männern, die es gelernt hatten, Stunden – und wenn es nötig war, Tage – in der gleichen Stellung auszuharren, hockten sie da und warteten, bis die Nacht vollends hereingebrochen war und sich Dunkelheit wie eine finstere Decke über dem Park ausgebreitet hatte.

Dann begannen sechs von ihnen an der Wand in die Höhe zu steigen; rasch und geschickt, mit sonderbaren, fließenden Bewegungen. Übergroßen schwarzen Spinnen gleich, glitten sie an der Mauer empor, umgingen geschickt Fenster und Balkone und erreichten in wenigen Augenblicken das oberste, dritte Stockwerk des Hauses. Hier, dicht unter dem burgartigen flachen Dach mit den angedeuteten Schmuckzinnen, gab es nur wenige Fenster, und sie waren alle vergittert.

Eine der Gestalten kletterte weiter, während die anderen regungslos unter ihr warteten. Sie erreichte eines der Fenster, hielt sich mit der linken Hand an dem geschwärzten Ziergitter fest und machte sich mit der anderen am Mauerwerk zu schaffen. Eine Weile geschah nichts; nur ab und zu drang ein gedämpfter, metallischer Laut durch die Nacht. Dann bewegte sich der Mann wieder, verlagerte sein Gewicht und schwang scheinbar schwerelos vom Fenster weg, mit Zehen und Fingerspitzen Halt an winzigen Rissen und Mauervorsprüngen findend. Das Ziergitter löste sich aus seiner Halterung und fiel in die Tiefe. Der dichte, vom tagelangen Regen aufgeweichte Rasen verschluckte das Geräusch seines Aufpralls fast vollkommen.

Während die Männer durch das Fenster glitten und im Inneren des Gebäudes verschwanden, richtete sich tief unter ihnen der Alte hinter seiner Deckung auf und sah sich um. Er spürte, dass sie nicht allein waren. Das *Fremde* war ihnen gefolgt, nicht unmittelbar, aber dichtauf. Es konnte nicht mehr lange dauern, bis es das Haus erreichte und mit all seiner Macht zuschlug.

Aber Necron wusste, dass er sich auf seine Männer verlassen konnte. Sie spürten die Gegenwart des Bösen so deutlich wie er, aber anders als er wussten sie nicht, was es wirklich war. Es machte ihnen Angst, und sie würden alles tun, ihre Aufgabe zu beenden, bevor es das Haus erreichte. Das allein zählte.

Als der Alte das nächste Mal den Blick hob und nach oben sah, war von den sechs Männern keine Spur mehr zu entdecken. Er lächelte zufrieden, bedeutete den drei anderen mit Gesten zurückzubleiben und huschte geduckt davon, auf die schwach erleuchtete Hintertür des Hauses zu.

Über ihm, im Inneren des Hauses, verharrten die sechs Männer kurz.

Der Raum, der hinter dem aufgebrochenen Gitter lag, war vollkommen leer. In der Luft hing der muffige Geruch alter Tapeten, und die Schritte der Männer wirbelten Staub auf, der seit einem Jahrzehnt nicht mehr berührt worden war.

Einer der Schatten huschte zur Tür und machte sich am Schloss zu schaffen. Ein helles, metallisches Klicken wie das Spannen eines Revolverhahnes durchbrach die Stille, dann schwang die Tür einen halben Finger breit nach außen, und ein Streifen blassen, gelben Lichts fiel in den Raum.

Zwei, drei Minuten lang erstarrten die Männer zu vollkommener Reglosigkeit. Aus den Tiefen des Hauses drangen Geräusche: Schritte, das gedämpfte Murmeln von Stimmen, das Klirren von Glas und Geschirr in der Küche; Laute, die den Sinnen eines weniger geübten Menschen entgangen wären, die für die sechs Krieger aber deutliche Hinweise waren. Steine in einem Mosaik, das ihnen verriet, wie es im

Inneren des Hauses aussah und wie viele Menschen sich wo aufhielten.

Erst als sie vollkommen sicher waren, nicht entdeckt zu werden, erhoben sie sich einer nach dem anderen aus der zusammengekauerten Stellung, in der sie gewartet hatten, und huschten auf den Flur hinaus. Zwei von ihnen glitten nach links davon und postierten sich an der Treppe, während die anderen auf die verschlossene Tür am Ende des Flures zu huschten.

Die drei Personen, die sich in dem Zimmer dahinter aufhielten, fanden nicht einmal mehr Zeit, einen Schreckensschrei auszustoßen. Zwei der Krieger ergriffen die Schwester und den Krankenpfleger, die neben der Tür an einem kleinen Tisch gesessen und Karten gespielt hatten; ihre Finger suchten nach einem bestimmten Nervenknoten im Nacken ihrer Opfer und drückten zu. Die beiden Menschen sanken reglos zu Boden; starr, aber mit weit aufgerissenen, starren Augen. Sie waren nicht tot, nicht einmal bewusstlos, denn die Männer töteten nicht aus purer Lust, sondern nur, wenn es ihr Auftrag war oder sich als unumgänglich erwies, aber ihre Muskeln waren gelähmt und es würde Stunden dauern, ehe sie wieder einen Finger rühren oder auch nur einen Laut von sich geben konnten.

Die beiden ergriffen das Mädchen auf dem Bett, betäubten es auf die gleiche Weise wie seine beiden Bewacher und fesselten es.

Nicht einmal eine Minute war vergangen, als die vier Männer das Zimmer wieder verließen. Einer von ihnen trug den reglosen Körper des Mädchens über der Schulter. Lautlos huschten sie zu dem Raum zurück, durch den sie in das Haus eingedrungen waren.

Die beiden anderen zogen ebenso lautlos ihre Waffen und begannen, geduckt und hintereinander, die Treppe hinabzusteigen …

Vor einer Stunde war es dunkel geworden, und nachdem wir – Howard, Dr. Gray und ich – unten im Salon ein hastiges Abendessen eingenommen hatten, war es im Haus rasch still geworden. Auch ich verspürte Müdigkeit wie eine unsichtbare Last, die an meinen Gliedern zerrte. Es war ein anstrengender Tag gewesen, und ich war seit den frühen Morgenstunden auf den Beinen – eigentlich wäre es das Klügste gewesen, Howards Beispiel zu folgen und zu Bett zu gehen.

Aber ich wusste, dass ich keinen Schlaf gefunden hätte. Zu viele Dinge gingen mir durch den Kopf, und die Welt, die heute Morgen noch halbwegs in Ordnung gewesen war, war plötzlich gründlich durcheinandergewirbelt worden.

Ich wusste nicht, was mich mehr verwirrte – dieses sonderbare, verhexte Haus, in dem Kronleuchter von der Decke fielen, Türen zu tödlichen Schafotts und Treppen zu mörderischen Fallgruben wurden – oder Howards sonderbares Verhalten.

Er schien wie ausgewechselt. Zuerst war mir sein Benehmen nicht aufgefallen, und dann hatten sich die Ereignisse zu sehr überschlagen, als dass ich überhaupt Gelegenheit gehabt hätte, einen klaren Gedanken zu fassen, aber – war der Mann, mit dem ich gerade zusammen gegessen hatte, wirklich noch Howard? Nicht, dass ich an seiner Identität zweifelte, nein, aber war er noch *der* Howard, den ich kannte? Und wenn ja, was mochte geschehen sein, ihn so zu verändern?

Natürlich fand ich keine Antwort auf diese Frage, aber das Gefühl von Unsicherheit und Verwirrung blieb und wurde nur schlimmer. Schließlich versuchte ich mich dazu zu zwingen, an etwas anderes zu denken, drehte den Knauf des Stockdegens in meinen Händen, sah auf meine Uhr und verglich ihre Anzeige mit dem Zifferblatt der monströsen Standuhr, die die Ecke neben dem Kamin beherrschte.

Howard hatte auf meine Frage, was es mit dieser Uhr auf sich hatte, nur mit einem Achselzucken geantwortet, und auch die Diener, die ich gefragt hatte, hatten mir nicht mehr sagen können, als dass sie schon immer hier gestanden hatte.

Die Uhr war ein Monstrum, in jeder Beziehung – so alt, dass das Holz an gewissen Stellen schon anfing, hart und grau wie Stein zu werden, und mit drei zusätzlichen kleinen Zifferblättern, die ein ungleichmäßiges Dreieck unter der großen, normalen Anzeige bildeten. Was sie anzeigten, wusste kein Mensch – auf jeden Fall nicht die Zeit. Eines hatte drei Zeiger, das zweite überhaupt keine, und auf dem dritten drehten sich drei kleine spiralige Scheiben, dass es einem schwindelte, wenn man zu lange hinsah.

Die Uhr war ungefähr das geschmackloseste Möbelstück, das ich jemals gesehen hatte – und ich habe eine Menge Dinge zu Gesicht bekommen –, aber irgendetwas hatte meinen Vater wohl stets davon abgehalten, sie wegzuwerfen und den Platz besser zu nutzen. Das große Uhrwerk hinter dem Zifferblatt zeigte immerhin pünktlich die Uhrzeit an.

Ich betrachtete die chronographische Missgeburt noch einen Moment, lehnte meinen Stockdegen gegen den Kaminsims und ging zum Fenster. Es war kurz nach acht, und das Leben draußen auf den Straßen schien mit Einbruch der Dämmerung vollends erstorben zu sein. Hinter den Fenstern der Häuser flackerte Licht, und im Süden war das glitzernde Band der Themse wie eine schwarze Schlucht im Lichtermeer der Stadt zu erkennen. Ein Bild von täuschendem Frieden.

Der Angriff kam so überraschend, dass meine Reaktion um Haaresbreite zu spät gekommen wäre.

Ein Schatten wuchs hinter mir auf und spiegelte sich verzerrt in der Scheibe vor meinem Gesicht, dann zischte etwas durch die Luft, verfehlte meine Schläfe um Millimeter und schlug mit solcher Wucht gegen den Kaminsims, dass Funken aus dem Stein stoben. Ich prallte zurück, glitt auf einem Läufer aus und fiel.

Der Sturz rettete mir das Leben. Ein silberner Blitz fuhr durch die Luft, dort, wo ich vor Sekundenbruchteilen noch gestanden hatte.

Das Schwert hämmerte dumpf mit der Breitseite auf den Parkettboden, kam wieder hoch und beschrieb einen kompliziert aussehenden Bogen – und zuckte wie eine angreifende Kobra auf mich herab!

Ich reagierte, ohne zu denken. Ich hatte gelernt, fair zu kämpfen, selbst wenn es um Leben und Tod ging, aber erstens ist es nicht gerade fair, einen Unbewaffneten mit einem meterlangen Schwert anzugreifen, und zweitens waren meinen Instinkten meine antrainierten Skrupel herzlich egal. Meine Hand krallte sich in den Läufer und zog mit einem kurzen, harten Ruck daran.

Der Angreifer verlor das Gleichgewicht, hing einen Moment in einer fast unmöglichen Schräglage mit wild rudernden Armen in der Luft und krachte schließlich schwer zu Boden.

Diesmal war ich eine Winzigkeit schneller als er.

Wir kamen beinahe gleichzeitig auf die Beine, aber als er sich hochstemmte und sein Schwert aufhob, war ich bereits heran und versetzte ihm einen gezielten Tritt.

Der Angreifer keuchte, blieb eine Sekunde reglos auf den Knien hocken – und fiel benommen zur Seite.

Hastig hob ich sein Schwert auf und legte es auf den Kaminsims, wo es erst einmal außer Reichweite war, dann öffnete ich die Schublade des Schreibtisches, von der ich wusste, dass sie eine Waffe enthielt, nahm den Revolver hervor und kontrollierte sorgfältig die Trommel. Erst dann drehte ich mich wieder zu meinem ungebetenen Besucher herum.

Der Kerl musste einen Schädel aus Granit haben, denn er stemmte sich bereits wieder auf Hände und Knie hoch und sah zu mir herüber – wenn auch noch aus leicht verschleiert wirkenden Augen.

Ich hatte erst jetzt Gelegenheit, ihn näher in Augenschein zu nehmen. Es war alles zu schnell gegangen, als dass ich ihn deutlicher denn als schwarzen Schatten erkannt hätte – aber viel mehr vermochte ich auch jetzt noch nicht zu sehen.

Er war nicht sehr groß, das sah ich, obwohl er auf den Knien hockte und zur Bewegungslosigkeit erstarrt war. Sein Gesicht war fast zur Gänze unter der Kapuze des schwarzen, bodenlangen Mantels verborgen, in den seine Gestalt gehüllt war. Alles, was ich sehen konnte, war ein schmallippiger, dünner Mund, der von einem schwarzen Bart eingerahmt war. Es war seltsam – wieder hatte ich den Eindruck gehabt, dass der Angreifer sein Schwert nicht tödlich geführt hatte. Er hätte mich eigentlich schon beim ersten Schlag treffen müssen. Was steckte dahinter?

»Also«, begann ich. »Wer sind Sie, und was wollen Sie hier?«

Er antwortete nicht, sondern starrte mich nur weiter schweigend unter seiner Kapuze hervor an, und mir fiel auf, wie faltig und zerfurcht sein Gesicht wirkte. Und ungewöhnlich blass. Er musste fast ein Greis sein – aber ein Greis mit den Kräften eines Athleten. Jedenfalls war er nicht der Mann; der Howard und mich am Nachmittag angegriffen hatte.

Er bewegte sich. Ich hob die Waffe ein wenig und spannte den Hahn. In der Stille, die nach dem kurzen Kampf in der Bibliothek eingekehrt war, klang das Knacken wie ein Peitschenhieb. Der Fremde erstarrte wieder.

Fast.

Ich hatte halbwegs mit einem Angriff gerechnet, und trotzdem kam seine Bewegung so schnell, dass ich kaum mehr die Zeit fand, zu reagieren. Seine Hand zuckte unter dem Mantel hervor, in einer Bewegung, die so schnell war, dass ich sie nicht einmal richtig sah. Gleichzeitig federte er in einem schlichtweg unmöglichen Satz auf die Füße und auf mich zu. In seinen Fingern blitzte ein gekrümmter Dolch. Diesmal schien er Ernst zu machen.

Mir blieb keine Wahl. Ich drückte ab.

Der Schuss war auf seine Schulter gezielt, aber er bewegte sich zu schnell – und sprang direkt in die Schussbahn!

Sein Körper schien von einer Riesenfaust getroffen und wie eine

Puppe zurückgeschleudert zu werden. Er schrie, ließ das Messer fallen, krümmte sich und taumelte rückwärts davon, prallte gegen den Kaminsims und fiel erneut zu Boden. Ein Zipfel seines Mantels geriet in die Flammen und fing Feuer.

Ich stieß einen Fluch aus, warf den Revolver von mir und eilte auf ihn zu, um ihn aus dem Feuer zu ziehen. Es waren nur wenige Schritte bis zum Kamin, aber als ich ihn erreichte, stand sein Mantel bereits in Flammen, und die Hitze schlug mir wie eine unsichtbare glühende Hand ins Gesicht.

Der Alte bewegte sich. Ich fiel auf die Knie, griff nach seinen Schultern, um ihn aus der Glut zu zerren und das brennende Kleidungsstück herunterzureißen – und fiel keuchend zurück, als mich ein Fausthieb traf!

Ich rollte herum und sah aus den Augenwinkeln, wie der Alte aufsprang und nach mir trat! Ich versuchte den Tritt abzufangen, schaffte es aber nicht ganz, rollte zur Seite und kämpfte einen Herzschlag lang gegen schwarze Bewusstlosigkeit.

Als die grauen Schleier vor meinen Augen wichen, bot sich mir ein Anblick wie aus einem Albtraum.

Der Alte hatte seine Waffe vom Kaminsims gerissen und hoch über seinen Kopf erhoben, aber er war nur als flackernder Schemen zu erkennen.

Grellweißes Feuer hüllte ihn wie ein lodernder Mantel ein. Er schrie, hoch und schrill, stieß Worte in einer fremden, guttural klingenden Sprache aus und taumelte auf mich zu, das Schwert in beiden Händen.

Die Hitze war unerträglich. Wo er ging, zerfiel der Teppich zu schwarzer Asche, und das Parkett darunter begann zu schwelen.

Ich sprang auf, packte den nächstbesten Gegenstand – es war eine Petroleumlampe – und schleuderte sie nach ihm. Er machte nicht einmal einen Versuch, dem Wurfgeschoss auszuweichen. Die Lampe traf seine Schulter, zerbrach und ging in brüllende Flammen auf.

Aber er fiel nicht.

Er blieb stehen. Sein Körper begann zu zittern, und ich sah, wie die Klinge des Schwertes langsam in dunklem, drohendem Rot zu glühen begann. Das Feuer musste heiß genug sein, um Eisen zu schmelzen, und doch torkelte er weiter auf mich zu, langsam, schleppend und unendlich mühevoll, aber unerbittlich. Wo er ging, blieb eine Spur aus prasselnden Flammen zurück.

Endlich erspähte ich meinen Revolver auf dem Fußboden. Er lag ein Stück neben dem Unheimlichen – und in der Trommel waren noch fünf Kugeln!

Mit der Kraft der Verzweiflung hechtete ich an dem brennenden Mann vorbei, rollte mich ab und sprang nach der Waffe. Ich bekam sie zu fassen, rollte mich auf den Rücken und schoss drei-, vier-, fünfmal hintereinander, bis die Trommel leer war und der Hammer klickend ins Leere schlug.

Jede einzelne Kugel traf. Ich sah, wie grellweiße Feuerbälle dort aufflammten, wo die Geschosse in die glühende Flammensäule schlugen, wie der Körper darunter bis ins Mark erschüttert wurde – und weiter auf mich zukam!

Der Anblick lähmte mich. Ich ließ die nutzlos gewordene Waffe fallen und kroch rücklings vor dem Unheimlichen davon, unfähig, einen klaren Gedanken zu fassen.

Der Angreifer taumelte. Die Waffe entglitt seinen Händen und fiel polternd zu Boden, um ein weiteres Stück des Teppichs in Brand zu setzen, aber der Mann kam noch immer auf mich zu. Brennende Fetzen seines Gewandes fielen zu Boden wie kleine, glühende Meteore. Er kam näher, blieb einen halben Meter vor mir stehen und hob die Arme. Seine schrecklichen Hände öffneten sich zu einem letzten, tödlichen Griff!

Ein dumpfer Schlag mischte sich in das rasende Hämmern meines Herzens. Ein Schuss peitschte, lauter und dumpfer als die Revolverschüsse, die ich abgefeuert hatte, dann erschien eine riesige, unglaublich breitschultrige Gestalt hinter dem brennenden Mann, hob ihn hoch – und warf ihn mit einer wütenden Bewegung quer durch das Zimmer gegen das Fenster!

Scheibe und Rahmen zerbrachen. Die Gardinen flammten auf wie trockenes Laub, als der Gluthauch des Unheimlichen sie streifte. Der Mann versuchte noch sich festzuklammern und stürzte mit einem Schrei in die Tiefe. Ein dumpfer Schlag folgte. Dann war Stille.

Wie durch einen roten Schleier sah ich, wie mein Retter die Flammen ausschlug, die auf seine Ärmel übergegriffen hatten, und zum Fenster stürmte. Das Zimmer begann sich vor meinen Augen zu drehen und zu verbiegen. Mir war plötzlich übel und kalt, gleichzeitig schien mein Körper wie unter einem inneren Feuer zu glühen. Ich spürte, dass ich das Bewusstsein zu verlieren begann.

Das Letzte, was ich wahrnahm, war Rowlfs breitflächiges Bullbeißergesicht, das sich vom Fenster abwandte und zu einem Grinsen zerfloss.

»Na, Junge«, sagte er. »Sieht aus, wie wenn wir grad noch im letzt'n Moment gekomm' wärn, wa?«

Ich konnte kaum länger als eine Minute ohne Bewusstsein gewesen sein, denn als ich die Augen das nächste Mal aufschlug, stand Rowlf noch immer am Fenster und blinzelte in die Dunkelheit hinaus. Eine Hand schlug mir immer wieder ins Gesicht, und als ich endlich den Kopf wandte und nach dem Quälgeist Ausschau hielt, erkannte ich Howards Gesicht, das zu einem Ausdruck tiefer Sorge verzogen war.

»Alles in Ordnung, Junge?«, fragte er.

Ich nickte, stemmte mich hoch und schüttelte gleich darauf den Kopf. Mein Blick saugte sich an Rowlfs breitem Rücken fest. *Rowlf!*

»Was zum Teufel ist hier passiert?«, fragte Howard. Seine Hand wies mit einer weit ausholenden Geste auf das verwüstete Zimmer. Die Luft war dick und grau vor Qualm, und hier und da flackerten noch immer kleine Brände und Nester roter Glut in dem geschwärzten Parkettfußboden.

»Was hier passiert ist?«, murmelte ich verstört. Ich hatte Mühe, seinen Worten überhaupt zu folgen. Ich konnte nichts anderes, als Rowlf anzustarren.

Schließlich riss Howards Geduldsfaden. Mit einem ärgerlichen Knurren packte er mich an der Schulter und zwang mich recht unsanft, ihn anzusehen. »Verdammt, ich habe etwas gefragt!«, schnappte er. »Was ist passiert? Was machst du überhaupt hier? Ich dachte, du triffst erst morgen hier ein.«

Mühsam löste sich seine Hand von meiner Schulter. »Was ich hier mache?«, fragte ich ungläubig. »Aber du hast ... du hast mich doch selbst ... und Rowlf ... ich meine, wieso ... was macht er hier überhaupt?«

Rowlf drehte sich vom Fenster weg und sah mich vorwurfsvoll an. »Hasse was gegen?«, nuschelte er.

Vorwurfsvoll streckte er die Hände aus und deutete auf die großen, blutigroten Brandblasen, die langsam auf seinen geschwärzten Fingern entstanden. »Hast 'ne komische Art, danke zu sagen«, sagte er.

Ich starrte Howard an. Langsam zweifelte ich ernsthaft an meinem Verstand.

»Aber du ... wir ... wir wissen doch beide ... Rowlf ist doch in Arkham, in der Universität. Du hast mir selbst erzählt, er wäre verletzt worden.«

»Ich habe dir das gesagt?«, vergewisserte sich Howard. Ich nickte.

»Wann soll ich dir das gesagt haben, Robert?«

»Vor ein paar Stunden«, antwortete ich verstört.

»Vor ein paar Stunden, so«, wiederholte Howard. »Ich habe dich seit über vier Wochen nicht mehr gesehen, Robert«, fuhr er fort. »Nicht, seit ich aus Arkham abgereist bin.«

»Seit –« Ich stockte, setzte mich vollends auf und starrte abwechselnd ihn und Rowlf an. Mir fiel erst jetzt auf, dass Howard einen anderen Rock trug als noch am Nachmittag. Und als ich genauer hinsah, sah ich auch, dass die blutunterlaufene Beule an seiner Schläfe, wo ihn das Schwert des Angreifers getroffen hatte, verschwunden war.

»Robert, was geht hier vor?«, fragte Howard, als ich nicht von mir aus antwortete. »Du solltest überhaupt nicht in diesem Haus sein, wenigstens jetzt noch nicht, sondern –«

»Ich bin seit heute Mittag hier, Howard«, unterbrach ich ihn, leise, aber sehr ernst. »Dr. Gray hat mich hergebracht – und du selbst hast mich empfangen, unten an der Tür. Hast du das schon vergessen?«

»Dr. Gray?«, vergewisserte sich Howard. »Bist du sicher?« Er runzelte die Stirn, stand auf und tauschte einen langen, sehr nachdenklichen Blick mit Rowlf.

»Howard, was bedeutet das alles?«, fragte ich schließlich. »Wo kommt Rowlf plötzlich her, und wieso kannst du dich nicht erinnern, mich selbst begrüßt zu haben? Verdammt, wir haben vor einer Stunde miteinander zu Abend gegessen!«

»Nein, Robert«, antwortete er leise. »Ich weiß nicht, mit wem du zu Abend gegessen hast, aber vor einer Stunde war ich noch nicht einmal hier.«

»Und wo willst du sonst gewesen sein?«

Howard überging den spöttischen Ton in meiner Stimme, richtete sich ein wenig auf und deutete mit der Hand auf die Standuhr. »Dort.«

Ich drehte mich herum, musterte Howard noch eine Sekunde mit einer Mischung aus Zweifel und allmählich größer werdendem Schrecken und ging auf die monströse Standuhr zu. Ihre Tür war jetzt halb geöffnet, aber dahinter war nicht das Innere einer Uhr zu erkennen, sondern eine zweite, niedrige Tür, die in einen angrenzenden Raum führte.

»Was ist das?«, fragte ich.

»Die ... die Geheimbibliothek deines Vaters«, antwortete Howard zögernd. »Jedenfalls glaube ich es.«

»Du *glaubst* es?«, wiederholte ich betont.

»Ich war niemals dort«, sagte Howard.

»Moment! Ich denke, Rowlf und du wart dort drüben?«

Howard lächelte flüchtig. »Du hast mich falsch verstanden, Junge«, sagte er. »Ich habe auf die Uhr gezeigt, nicht auf die Tür in ihrer Rückwand. Sie ist nur eine Tarnung, Rowlf und ich waren bis vor fünf Minuten in Arkham.« .

»Und es wäre auch besser gewesen, wenn Sie dort geblieben wären«, sagte eine Stimme hinter ihm.

Howard, Rowlf und ich fuhren in einer einzigen Bewegung herum. Die Zimmertür war lautlos aufgegangen, und unter dem Durchgang waren zwei Männer erschienen.

Howard und Dr. Gray.

Rowlf knurrte und spannte sich – zum Sprung, aber in den Händen des zweiten – falschen – Howard erschien plötzlich. eine kleine, doppelläufige Pistole. Der Hahn knackte hörbar.

»Ich würde das nicht tun, Rowlf«, sagte er mit einem bösen Lächeln. Rowlf erstarrte mitten in der Bewegung, und die beiden Doppelgänger Howards und Dr. Grays kamen langsam näher.

»Was bedeutet das?«, fragte ich verwirrt.

»Wissen Sie das wirklich nicht, Sie junger Narr?«, fragte der falsche Howard kalt.

Ich starrte ihn an, schluckte ein paar Mal, um den bitteren Geschmack loszuwerden, der mir plötzlich auf der Zunge lag, und nickte schließlich.

»Doch, Du ... Sie ... haben sich ja genug Mühe gegeben.«

Howard – der echte Howard – blickte mich verständnislos an. »Genug Mühe?«

Ich lachte, sehr leise und sehr bitter. »Das Buch, Howard. Das NECRONOMICON. Sie wollen das Buch.«

»Dann gehören Sie zu denen, die die Universität in Arkham überfallen haben?«, fragte Howard. Ich fuhr zusammen und sah erst ihn und dann seinen Doppelgänger irritiert an.

»Das ist wahr?«, fragte ich.

Der Howard-Doppelgänger nickte grimmig »Beinahe. Ich hasse es zu lügen, Craven, und ich tue es nur, wenn es unumgänglich nötig ist.

Ich habe Ihnen die Wahrheit gesagt: Die Universität wurde von unseren Verbündeten – unseren ehemaligen Verbündeten – überfallen. Von der Bruderschaft der Hexer. Auch, was Ihren Freund Shannon angeht, hat sich alles genau so abgespielt, wie ich es Ihnen erzählt habe. Und Rowlf wäre an seinen Verletzungen gestorben, wenn ihm Howard nicht beigestanden hätte. Aber während der echte Howard sofort nach Arkham reiste, als er das Telegramm erhielt, habe ich hier seine Rolle übernommen.« Er lachte böse. »Das NECRONOMICON ist viel zu wichtig, um es in den Händen eines solchen Narren zu lassen, wie Sie es sind, Craven. Ich wollte es ohne Blutvergießen bekommen, aber wenn Sie mich zwingen, werde ich Gewalt anwenden.«

»Ohne Blutvergießen?« Beinahe hätte ich gelacht. »Haben Sie deshalb ein paar Mal versucht, mich umbringen zu lassen?«

Der Mann schüttelte heftig den Kopf. »Ich gebe Ihnen mein Wort, dass ich nichts mit diesen sonderbaren Vorfällen zu tun hatte, Craven.«

»Was für Vorfälle?«, fragte Howard scharf.

Ich zögerte einen Moment, sah seinen Doppelgänger fragend an und erzählte Howard schließlich in wenigen Sätzen von den Zwischenfällen.

Howard hörte schweigend zu, aber der Ausdruck von Sorge auf seinem Gesicht wuchs mit jedem Wort, das er hörte. Als ich fertig war, schüttelte er ein paar Mal hintereinander den Kopf, sah seinen Doppelgänger an und lächelte auf seltsam spöttische Art.

»Sie sind ein Narr, Mister, wer immer Sie sind«, sagte er schließlich.

Sein Doppelgänger starrte ihn verwirrt an. »Was meinen Sie damit?«

»Warum, glauben Sie, bin ich so rasch zurückgekehrt?«, fuhr Howard fort. »Warum bin ich ein zweites Mal das Risiko eingegangen, das *Tor* zu benutzen? Ich wollte Robert noch in Southampton abfangen und ihn warnen. Aber nicht vor Ihnen. Der Mann, der versucht hat, Robert umzubringen, und der, den Sie am Nachmittag getroffen haben, gehörten zu Necron. Und ich fürchte, er ist selbst hier. Ich weiß nicht, ob es Ihnen gefallen würde, mit ihm zusammenzutreffen. Ihre beiden ... nennen wir sie Interessengruppen, sind nicht sonderlich gut aufeinander zu sprechen, habe ich gehört.«

Sein Doppelgänger zitterte vor Wut. »Sie wissen eine. Menge, Lovecraft«, schnappte er.

»Auf jeden Fall mehr als Sie«, gab Howard gelassen zurück. »Sie scheinen sich ein bisschen mit Magie auszukennen, denn sonst wäre es Ihnen kaum gelungen, Robert zu täuschen, aber leider sind Sie nicht gut genug. Sonst hätten Sie gespürt, dass dieses Haus alles andere als ein normales Haus ist.«

Der andere schien für einen Moment verwirrt. »Was wollen Sie damit sagen, Lovecraft?«, fragte er.

Howard lächelte. »Dieses Haus hat Roderick Andara gehört«, sagte er. »Roberts Vater. Er war ein Magier wie sein Sohn, haben Sie das vergessen? Das Haus spürt ganz genau, dass sein rechtmäßiger Besitzer wieder hier ist.«

Der Doppelgänger blickte ihn einen Moment erschrocken an, dann gab er sich einen sichtlichen Ruck und fasste seine Waffe fester. »Möglich«, sagte er. »Aber das spielt jetzt keine Rolle mehr. Ich will das Buch. Wenn Sie mich dazu zwingen, werde ich Gewalt anwenden, um es zu bekommen. Necrons Hiersein ändert nichts an meinem Entschluss, im Gegenteil. Es ist ein Grund mehr, den Band in meinen Besitz zu bringen.«

»Idiot«, sagte Howard freundlich.

In den Augen des anderen blitzte es auf, aber Howards Lächeln wurde eher noch breiter.

»Glauben Sie wirklich, wir würden das NECRONOMICON einfach so mit uns herumschleppen?«, fragte er.

»Mister Craven wird so freundlich sein, uns zu seinem Versteck zu führen.«

»Den Teufel werde ich tun«, versetzte ich.

»Wenn nicht«, fuhr der Mann fort, »sehe ich mich leider gezwungen, zuerst Rowlf und dann Mister Lovecraft zu erschießen, Robert. Und wenn das noch nicht ausreichen sollte, Ihre kleine Freundin oben unter dem Dach.«

Seine Worte ließen eine Welle heißer, mörderischer Wut in mir aufsteigen. Ich ballte die Fäuste und machte einen Schritt auf ihn zu, aber Howard riss mich im letzten Augenblick zurück.

»Lass das, Robert«, sagte er ruhig. »Er meint es ernst.«

»Glauben Sie ihm lieber, Robert«, fügte sein Doppelgänger schneidend hinzu. »Ich hasse es, jemanden unter Druck setzen zu müssen, aber ich schwöre Ihnen, dass ich das Buch bekommen werde.« Er lächelte dünn, hob die Waffe und richtete ihre beiden Läufe auf Rowlf. »Nun?«

»Selbst, wenn ich es Ihnen sagen würde, würde es Ihnen nichts nutzen«, sagte ich hastig und nur, um Zeit zu gewinnen. »Es ist ... geschützt. Es würde sie töten, wenn Sie versuchten, es zu berühren.«

Der Mann lachte hässlich. »Vielleicht lassen Sie das unsere Sorge sein, Craven«, sagte er. »Also?«

Im gleichen Moment erbebte das Haus wie unter einem Schlag.

Es war keine Erschütterung wie ein Erdstoß oder der Hieb eines Orkans, sondern ein trockener, unglaublich *harter* Stoß, der das Gebäude wie ein Hammerschlag traf und bis in die Grundfesten erschütterte.

Der Boden hob sich wie ein bockendes Pferd. Die Fensterscheiben explodierten und überschütteten den Raum mit einem Hagel kleiner scharfkantiger Geschosse. Die Decke barst, als einer der Balken brach und durch den Putz stieß. Ein gewaltiger, gezackter Riss spaltete die Südwand.

Und im gleichen Moment wurde die Tür aus den Angeln gerissen.

Ein widerliches grünes Licht tauchte den Raum für Sekunden in grelle Helligkeit. Ich schrie und schlug die Hände vor meine Augen, aber der Glanz war so intensiv, dass ich trotzdem sah, wie Gray von der zerberstenden Tür getroffen und durch den Raum geschmettert wurde, Stühle und Tische dabei niederreißend, und wie er schließlich mit Wucht gegen die Wand neben dem Fenster prallte.

Rowlf sprang mit einem wütenden Knurren vor, packte den Howard-Doppelgänger und schlug ihn nieder.

Als das Licht erlosch, sah ich die Gestalt. Sie kam mir wie eine jener umrisslosen Bestien vor, die uns manchmal in Fieberträumen heimsuchen: groß, bizarr verzerrt und mit stampfenden, plumpen Elefantenbeinen, einem albtraumhaften Kopf und peitschenden Tentakeln anstelle von Armen, dann zerfloss sie und wurde für Sekunden zu einer Karikatur menschlichen Lebens, ein Ding mit noch immer zu vielen Armen und peitschenden dünnen Fühlern.

Dann verwandelte sie sich abermals, und ich erkannte sie.

»Priscylla!«

Es war Priscylla – und auch wieder nicht, denn sie hatte sich auf fürchterliche Weise verändert!

Sie trug ein weißes, seidenes Nachthemd, aber der Stoff war mit Blut besudelt. Ihr Gesicht flammte, und in ihren Augen brannte ein unheimliches, verzehrendes Feuer.

Langsam, mit stockenden, taumelnden Schritten, als hätte sie kaum mehr die Kraft, sich auf den Beinen zu halten, kam sie auf mich zu und streckte dabei die Arme aus. Ihre Hände waren verkrümmt wie Krallen. Die Lippen öffneten sich wie zu einem Schrei, aber alles, was sie hervorbekam, war ein grässliches Keuchen. Ihre Fingernägel wuchsen, wurden zu Dolchen, und ihre Arme breiteten sich zu einer tödlichen Umarmung aus.

Etwas traf meine Schulter und schleuderte mich zu Boden. Priscyllas Hände schlossen sich mit einem sonderbaren, metallisch-schnappenden Laut genau dort, wo meine Kehle gewesen wäre.

Und trotzdem sprang ich, wie von einem fremden Willen beseelt, sofort wieder auf die Füße und versuchte zu Priscylla zu gelangen.

Rowlf sprang mich ein zweites Mal an und riss mich zurück – und diesmal spürte ich die ganze ungeheure Kraft seiner gewaltigen Hände. Ich versuchte seinen Griff zu sprengen, aber seine Pranken hielten mich wie Fesseln. Priscylla kreischte. Ihre Hände vollführten sinnlose, wirbelnde Bewegungen.

»Das ist nicht Priscylla, Robert!«, brüllte Howard. »Denk an Arkham! Es ist ein *Shoggote!* Sie versuchen es wieder!

Priscyllas Augen loderten.

Und dann begann sie sich zu verändern, langsam, aber auf fürchterliche Weise. Ihre Lippen zogen sich zu einem gemeinen, wölfischen Grinsen zurück, und ich sah, dass ihre Zähne plötzlich lang und spitz und nach hinten gebogen waren.

Ein heller, knisternder Laut erscholl. Irgendetwas Unsichtbares huschte an mir vorüber und traf Rowlfs Körper wie ein Hammerschlag. Seine Hände lösten sich von meinen Schultern. Mit einem Seufzen sank er hinterher und blieb reglos liegen. Auch Howard stürzte getroffen zu Boden.

Aber sein Schrei hatte den Bann gebrochen, und plötzlich wusste ich, welchem Wesen ich wirklich gegenüberstand – einem *Shoggoten*. Einem *Shoggoten* wie dem, der mich schon einmal in Priscyllas Gestalt angegriffen hatte, in der Gestalt des Menschen, den ich am meisten liebte und dessen Anblick mich am meisten treffen musste. Und endlich sah ich ihn, wie er wirklich war: eine furchtbare Persiflage Priscyllas; größer, knochiger, mit zerfurchter brauner Pergamenthaut, übersät von Warzen und Pusteln, aus denen schwarze Borsten wuchsen. Die Hände waren gewaltige Fänge, die mich zerreißen würden, und in den Augen flammte eine Bosheit, die nicht von dieser Welt war.

»Du wirst sterben, Craven«, sagte sie. Ihre Stimme hatte jede Ähnlichkeit mit der eines Menschen verloren – ein heiseres Krächzen, als hätte sie eine Kehle aus Stein, und für einen Moment glaubte ich durch ihren Körper hindurch einen zweiten, aufgedunsenen Leib zu erkennen, das Bild des *Shoggoten,* wie er wirklich aussah: gigantisch, mit stampfenden Säulenbeinen, Augen wie Blut und peitschenden, schleimigen Tentakeln, übersät mit Dornen und Saugnäpfen. Dann verschmolzen die beiden Bilder zu einem neuen, Grauen erregenden Wesen, einem Ding, das jeder Beschreibung spottete.

»Du wirst sterben, Craven«, keuchte das *Ding.* »Du bist der letzte Erbe des Hexers, und du wirst sterben und den Weg freimachen für die wahren Herren. Ich töte dich!« Das *Ding* kicherte. Die Schrunden und Runzeln in seiner Haut wurden tiefer, und plötzlich zuckte etwas wie ein schwarzer, öliger Nervenfaden über sein Gesicht, zog eine glitzernde Schleimspur über die Wange und verschwand in seinem Mund.

Mit einem entsetzten Keuchen wich ich vor der näher kommenden Albtraumgestalt zurück. Das *Ding* folgte mir, mit schleppenden, schwerfälligen Schritten, unablässig vor sich hin kichernd und fürchterliche Laute ausstoßend. Ich sah, dass sich seine Füße in Drachenklauen verwandelt hatten. Der Teppich begann zu schwelen, wo es ihn berührte.

»Robert!« Howards Stöhnen drang wie durch Watte an meine Sinne. Er wollte aufstehen, aber seine Beine gaben unter dem Gewicht seines Körpers nach. »Das *Tor«*, keuchte er. »Flieh. Benutze ... das *Tor ...«*

Noch einmal sammelte er alle Kräfte. Seine Hand vollführte eine rasche, ausholende Bewegung. Etwas Dunkles, Schlankes flog auf mich zu. Instinktiv griff ich danach, bekam es zu fassen und erkannte den Stockdegen, den ich vorhin am Kaminsims abgestellt hatte.

Die einzige Waffe, die einen *Shoggoten* zu töten imstande war!

Blitzschnell zog ich ihn aus seiner Fassung, die ihn wie einen gewöhnlichen Spazierstock aussehen ließ – und stieß ihn dem Priscylla-*Shoggoten* in die Brust.

Das Ungeheuer gab einen krächzenden, klagenden Laut von sich, taumelte einen halben Schritt zurück und griff sich mit seinen Klauen an die Brust. Ein neuer, dunkel glänzender Fleck erschien auf dem weißen Nachtgewand; die schwarze, unheimliche Flüssigkeit, die im Leib dieser Protoplasma-Wesen pulsierte. Grauer, übel riechender Dampf quoll unter seinem Kleid hervor. Der Auflösungsprozess hatte begonnen, und es gab keine Macht des Universums mehr, der ihn noch aufzuhalten imstande war.

Aber ich kannte diese Wesen zu gut, um nicht zu wissen, dass es noch immer gefährlich war. Es würde sterben – soweit etwas, das nie gelebt hatte, überhaupt sterben konnte – aber es war noch immer gefährlich.

Ein wütendes Knurren kam über die Lippen des Scheusals.

Mit tappenden, wankenden Schritten kam es wieder auf mich zu. Unter seinem Gewand brodelte und zischte es; eine Spur grauen, kochenden Schlammes blieb auf dem Teppich zurück, wo sich das schwarze Protoplasma seines Körpers wie unter der Einwirkung einer ätzenden Säure auflöste.

»Wir kriegen dich!«, kicherte es. »Du wirst sterben, Robert Craven!«

»Das *Tor!«*, keuchte Howard. »Flieh, Robert!«

Der *Shoggote* stieß ein krächzendes Brüllen aus und warf sich mit weit ausgebreiteten Tentakeln in meine Richtung.

Ich versuchte ihm auszuweichen, stolperte über Rowlfs reglosen Körper und schlug der Länge nach hin. Instinktiv umklammerte ich den Knauf des Stockdegens mit beiden Händen und stieß der heranstürmenden Kreatur die Waffe entgegen.

Selbst wenn der *Shoggote die* Gefahr bemerkte, so blieb ihm keine Zeit mehr, darauf zu reagieren. Sein eigener Schwung trug ihn vorwärts und stieß den Degen ein zweites Mal fast bis zum Heft in seine Brust.

Der Aufprall riss mir die Waffe aus der Hand und betäubte mich fast. Wie durch einen wogenden Schleier sah ich, wie sich der *Shoggote* aufbäumte, mit beiden Pranken an die Brust griff und die Waffe mit einem einzigen, wütenden Ruck herausriss.

Der Degen flog im hohen Bogen davon und blieb zitternd wie ein Pfeil in der Holzvertäfelung neben der Standuhr stecken.

Der *Shoggote* taumelte, bereits halb aufgelöst. Die Verletzung machte ihn rasend vor Schmerz. Seine Hände verwandelten sich zu übergroßen Hummerscheren, die mit einem ekelhaften Geräusch nach meinem Gesicht schnappten.

»Das *Tor!«*, brüllte Howard zum dritten Mal. »Flieh, Robert!«

Die Scherenhände des *Shoggoten* zertrümmerten den Schreibtisch, hinter dem ich Deckung gesucht hatte. Ein einziger Hieb dieser Monster-Arme musste mir die Knochen brechen, das wusste ich.

Ich musste mir den Degen wieder holen! Nur damit konnte ich dem *Shoggoten* vielleicht noch lange genug Paroli bieten, bis er sich völlig aufgelöst hatte. Howard schrie noch immer, aber der *Shoggote* vollführte einen solchen Lärm, dass ich seine Worte nicht verstand.

Ich prallte gegen die Standuhr, wich einem weiteren Hieb des Monstrums aus und riss mit beiden Händen den Degen aus dem Holz.

Im gleichen Moment schloss sich der Arm des *Shoggoten* von hinten um meinen Hals.

Der Schmerz war unbeschreiblich. Die Luft wurde mir aus den Lungen gepresst. Feuerringe tanzten vor meinen Augen. Blind vor Schmerz schlug ich mit dem Degen um mich, traf irgendetwas Weiches, Schwammiges.

Schwarzes Blut besudelte mein Gesicht, und plötzlich schleuderte mich das Wesen mit seiner ganzen Kraft von sich. Ich spürte, wie ich gegen die Uhr geworfen wurde und das morsche Holz barst, streckte instinktiv die Hände aus – und griff ins Leere.

Zwei, drei Sekunden vergingen, ehe ich merkte, dass irgendetwas nicht so war, wie es sein musste.

Das Zimmer, Howard, Rowlf, der *Shoggote,* die Standuhr, das alles war verschwunden. Um mich herum war nichts als eine gigantische, vollkommen leere Ebene, über der sich Schwärze wie die Kuppel eines gewaltigen, wolken- und sternenlosen Himmels spannte. Die Ebene verschmolz irgendwo mit der Unendlichkeit, es gab weder sichtbare Unterbrechungen noch so etwas wie einen Horizont.

Es war nicht mehr die Welt, in der ich geboren war.

Aber es war eine Welt, die ich kannte.

Und endlich begriff ich, was Howard gemeint hatte, als er mir zuschrie, das *Tor* zu benutzen.

Die Standuhr war keine Uhr, nicht einmal nur eine Geheimtür, sondern ein *Tor* in eine fremde Welt.

Ein Tunnel in eine Welt, die vor zweihundert Millionen Jahren untergegangen war, so wie die Wesen, die sie beherrscht hatten.

Die Welt der GROSSEN ALTEN.

Das Zimmer war dunkel, als Howard die Augen öffnete. Ein schwerer Körper lag halb über ihm, und etwas Warmes, Klebriges lief über sein Gesicht. Blut ...

Howard fuhr mit einem unterdrückten Aufschrei hoch, rollte den leblosen Körper des vermeintlichen Dr. Gray zur Seite und sah sich um. Wie lange war er ohne Bewusstsein gewesen?

Die Lampe war erloschen, und auch durch die zerborstenen Fenster sickerte nur wenig Licht. Aber die Beleuchtung reichte doch aus, ihn erkennen zu lassen, dass das Zimmer ein Bild der Verwüstung bot.

Möbel und Bücherregale waren umgestürzt und zerbrochen, als wäre ein Wirbelsturm durch den Raum gefahren, hier und da glühten Teppich und Boden noch, und die Uhr ...

Die Uhr!

Plötzlich, von einer Sekunde auf die andere, erinnerte sich Howard wieder. Mit einer abrupten Bewegung fuhr er hoch, stürmte auf die Uhr zu – und blieb stehen, als wäre er gegen eine unsichtbare Barriere geprallt.

Rings um die gewaltige Standuhr waren der Boden und die Wände geschwärzt, als wäre ein Blitz aus der Uhr gefahren und hätte das Holz verkohlt. Die Uhr selbst war unversehrt. Ihre Tür stand offen. Und dahinter ...

Howard vermochte nicht zu sagen, was es war.

Schwärze, sicher, aber auch noch etwas anderes, etwas wie ein großes, wogendes, lebendes Ding, das sich der genauen Betrachtung auf unheimliche Weise immer wieder entzog.

Sekundenlang stand er reglos da, starrte das Unfassbare an und presste die Lippen aufeinander. Robert hatte das *Tor* durchschritten, und nicht einmal Gott wusste, wohin es ihn verschlagen hatte. Endlich löste er sich von dem Bild, stieg über die zerbrochenen Möbelstücke hinweg und riss den Mann mit seinem Gesicht mit einem wütenden Ruck vom Boden hoch.

Der Doppelgänger öffnete stöhnend die Augen und versuchte Howards Hand wegzuschieben. Howard schlug seinen Arm herunter und ballte drohend die Faust.

»So!«, sagte er. »Und jetzt erzählen Sie mir alles, Freundchen. Wer sind Sie? Welche Rolle spielen Sie in diesem verdammten Spiel?«

»Ich ... weiß nichts«, murmelte der andere schwach. »Ich habe nichts damit zu tun.«

»Gem'sen mir, H.P.«, sagte Rowlf drohend. Howard sah auf und lächelte erleichtert, als er sah, dass Rowlf bereits wieder auf den Beinen und bis auf ein paar Kratzer wohl auch unverletzt geblieben war. Auf seinem breitflächigen Gesicht stand ein finster-entschlossener Ausdruck.

»Gem'sen mir«, sagte er noch einmal. »Ich schlagem die Wahrheit schon aus'm Maul.«

Howard lächelte dünn. »Sie haben gehört, was Rowlf sagt«, sagte er. »Ich muss gestehen, dass ich ernsthaft versucht bin, Sie ihm zu überlassen. Vielleicht reden Sie dann.«

Der Mann erbleichte. Sein Blick suchte angstvoll Rowlfs Gesicht und begann zu flackern.

»Ich ... weiß nichts«, sagte er hastig. »Ich sollte das Buch holen, im Auftrag von DeVries, meinem Herrn, aber ich habe keine Ahnung, woher dieses Monstrum kam.«

»Und Necron?«, fragte Howard wütend. »Was ist mit seinen Drachenkriegern? Welche Rolle spielen sie?«

Sein Gefangener setzte zu einer Antwort an, sog dann aber nur erschrocken die Luft zwischen den Zähnen ein und starrte auf einen Punkt dicht hinter Howard.

»Warum fragen Sie sie nicht selbst?«, sagte er leise.

Howard erstarrte.

Unter der zerborstenen Tür waren zwei hochgewachsene, schlanke Schatten erschienen. Männer in schwarzen, bis auf den Boden reichenden Mänteln, mit maskierten Gesichtern und langen, zweischneidig geschliffenen Schwertern in den Händen, auf deren Griffstücken ein goldener, Feuer speiender Drache prangte ...

Die Chrono-Vampire

Vorwort

Die Geschichte mit der Katze hatte ein Nachspiel, aber es sollte eine Weile dauern. Der Siegeszug des Hexers hielt unaufhaltsam an (dachten wir), und die begeisterten Leserbriefe stapelten sich immer höher auf Michaels Schreibtisch. Damals waren Verlage noch viel eher bereit, ein gewisses (Hüstel) Risiko einzugehen, und so stand schon bald die Frage im Raum (und in roten Leuchtbuchstaben auf meiner Stirn), warum dem Hexer eigentlich keine eigene Serie geben?

Nicht, dass ich etwas dagegen gehabt hätte. Unglückseligerweise war da die Geschichte mit dem Manuskript, das ich pünktlich einen Tag nach dem unwiderruflich allerletzten Termin abgeliefert hatte (den drei M die Geschichte von der Katze und der Computertastatur zu erzählen, habe ich mir gespart – sie hätten sie sowieso nicht geglaubt). Redakteure glauben *niemals* einer Ausrede, und wenn sie wahr ist, schon gar nicht, und in der Diskussion, die der endgültigen Entscheidung, dem Hexer eine eigene Serie zu geben, vorausging, fielen so hässliche Worte wie »Pünktlichkeit«, »Zuverlässigkeit« und »Drucktermine«.

Spaß beiseite: Natürlich muss ein Verlag dafür sorgen, dass eine regelmäßig erscheinende Serie auch regelmäßig erscheint (fragen Sie den Redakteur dieser Sammler-Edition, er weiß, was ich meine ...), und ich hatte damals schon das eine oder andere Angebot, Bücher zu schreiben oder in anderen Serien mitzuarbeiten, sodass allen (außer mir) klar war, dass eine regelmäßig erscheinende 14-tägige Serie vielleicht ein bisschen viel für mich allein war. Langer Rede, kurzer Sinn: Rolf Schmitz, der damalige Cheflektor, bestand darauf, mindestens einen, besser aber mehrere Co-Autoren in die Serie einzuarbeiten und vielleicht auch ein paar Bände »auf Vorrat« schreiben zu lassen, nur für den Fall, dass ich krank werden, mir eine neue, noch dürrere Katze zulegen, für die Konkurrenz arbeiten oder sonst wie ausfallen könnte, und letzten Endes musste ich zähneknirschend zustimmen.

Als Allerersterer stand Frank Rehfeld zur Debatte (der auch recht bald dazu stieß), aber der erste Roman eines »Fremdautors« kam dann doch von anderer Seite – und vollkommen überraschend. Ich war damals mit Elmar Wohlrath und seiner Frau Iny Klocke befreundet, zwei »Fandom«-Autoren, die schon die eine oder andere Story in Fanmagazinen und kleineren Publikationen veröffentlicht hatten. Ich weiß selbst nicht mehr warum, aber irgendwie erzählte ich ihnen von der Entscheidung des Verlages, Co-Autoren zu suchen – und Elmar legte mir ungefragt ein *fertiges* Hexer-Manuskript vor, das er »nur so zum Spaß« geschrieben hatte ...

Ich las es, war platt vor Staunen – und bequatschte Michael, es *sofort* einzuplanen.

Leider blieb es (aus persönlichen Gründen) der einzige »Gastauftritt« der beiden. Aber keiner, für den sie sich schämen müssten.

Ganz im Gegenteil.

Sie finden es in diesem Kapitel.

Viel Spaß!

Dieses Kapitel enthält die Hefte:

Der Hexer 4: Bote vom Ende der Nacht
Der Hexer 5: Die Chrono-Vampire
Der Hexer 6: Labyrinth der weinenden Schatten (Wolfgang Hohlbein zusammen mit Elmar Wohlrath)

Bote vom Ende der Nacht

Langsam kehrte sein Bewusstsein ins Leben zurück. Er war tot gewesen. Sein Körper war zerstört worden, nicht zum ersten Mal, aber so gründlich und brutal wie nie zuvor in seinem Jahrhunderte alten Leben. Er erinnerte sich vage an den Schmerz; einen Schmerz, wie er ihn niemals zuvor verspürt hatte, grausam und alles übertreffend, was er bisher empfunden hatte.

Und er erinnerte sich an den Mann, der ihn getötet, der seinen Körper in einer tosenden Flammensäule vernichtet hatte.

Robert Craven, der Hexer ...

Dann verging die Erinnerung an den Schmerz, und gleichzeitig, wie um sie zu ersetzen, erwachte ein anderer, neuer Gedanke in ihm. Der Gedanke an Rache.

Trotz allem, was man sich über ihn erzählte und über ihn dachte, war ihm dieses Gefühl neu. Er war niemals in seinem von Finsternis erfüllten Leben in eine Situation gekommen, in der er Vergeltung nötig gehabt hatte, weil er jeden Schmerz und jede Beleidigung sofort und grausam bestraft hatte.

Jetzt, Bruchteile von Sekunden, ehe sein Geist die Fesseln der Bewusstlosigkeit endgültig abstreifte, verspürte er dieses Gefühl zum ersten Mal in seinem Leben, einen Wunsch, der wie ein unstillbares Feuer in ihm brannte, ihn verzehrte und einen schwer zu beschreibenden, körperlosen Schmerz in seiner Seele zurückließ.

Dann öffnete er die Augen.

Necron, der Hexenmeister der Drachenburg, war ins Leben zurückgekehrt.

Zuerst war nichts als Dunkelheit um mich herum, eine Schwärze, die sich wie ein erstickender Mantel um meinen Körper und meine Erinnerungen schmiegte. Es dauerte nicht lange – nur einen kurzen, schrecklichen Augenblick, aber diese wenigen Sekunden wurden zu Ewigkeiten der Qual, in denen ich nicht wusste, wo ich mich befand, nicht einmal wer noch was ich war. Dann klärten sich die schwarzen

Nebel vor meinem Geist, und mit dem grausamen Schmerz, der in meinen Eingeweiden erwachte, kehrten auch die Erinnerungen zurück.

Da war eine Ebene, schwarz wie Teer und so unendlich wie die Ewigkeit, sanft gewellt wie ein Ozean, der mitten in Bewegung erstarrt war, und beschienen vom Licht eines kalten, knochenbleichen Mondes, der viel zu nahe und zu groß war, und –

Ich blinzelte und fuhr mir in der vollkommenen Dunkelheit, die mich immer noch umgab, verwirrt mit den Fingerspitzen über die Schläfen. Was waren das für Erinnerungen? Ich war nie in einem solchen Land gewesen, noch hatte ich davon gehört oder gelesen. Und doch hatte ich das Bild so plastisch und klar vor mir, dass ich für einen Moment meinte, nur die Hand ausstrecken zu müssen, um die schwarzen morastigen Wogen ergreifen, ihre widerliche Wärme spüren und die Hand durch ihre zähe, sirupartige Oberfläche stoßen zu können ...

Wieder wurden die Bilder so klar, dass ich spürte, wie mir die Realität zu entgleiten begann. Ich stöhnte und presste Daumen und Zeigefinger so fest gegen die geschlossenen Lider, dass kleine farbige Sterne vor meinen Augen aufzuflammen begannen.

Der Schmerz riss mich – endgültig – in die Wirklichkeit zurück. Für einen ganz kurzen Moment hatte ich das Gefühl, gegen einen unsichtbaren Widerstand ankämpfen zu müssen, wie ein Netz klebriger Spinnfäden, die mich hielten, dann zerriss es mit einem plötzlichen, harten Ruck, und die Bilder und Visionen verschwanden aus meinem Geist.

Als ich die Augen öffnete, war die Dunkelheit nicht mehr vollkommen. Ich erkannte graue, rissige Wände aus Holz vor, rechts und links von mir, und meine Hand umklammerte etwas Kaltes, Hartes. Ich selbst lehnte zusammengesunken an einer weiteren Wand in meinem Rücken.

Ich sah an mir herab. Meine Kleider waren verdreckt und hingen zum Teil in Fetzen, die Haut darunter war rot und schwarz, hier und da von kleinen Krusten erst halb geronnenen Blutes bedeckt. Mein ganzer Körper schien ein einziger, pulsierender Schmerz zu sein.

Durch das Holz vor mir drangen Stimmen, gedämpft und so verzerrt, dass ich ihre Worte nicht verstehen konnte. Aber es waren die Stimmen von Menschen; wenigstens das.

Ich versuchte mich aufzurichten, stieß mir den Schädel an der viel zu niedrigen Decke und wäre erneut gestürzt, hätte der winzige, kastenförmige Raum genug Platz dafür geboten.

Der winzige, kastenförmige Raum ...

Die Worte hallten ein paar Mal in meinem Schädel wider, bis ich begriff, warum sie ein so düsteres, erschreckendes Echo in meiner Seele auslösten.

Kastenförmig.

Klein.

Und aus Holz!

Für einen Moment geriet ich in Panik. Ein Teil meines Denkens blieb klar und überlegt, aber der andere, größere Teil ließ mich schreien und toben und gaukelte mir die schreckliche Vorstellung vor, in einem Sarg zu sein, vielleicht schon tief unter der Erde, die murmelnde Stimme dort draußen nichts als die Gebete des Priesters, der den Sarg segnete, während hinter ihm schon die Totengräber darauf warteten, dass die Zeremonie endlich vorüber war, damit sie beginnen konnten, den Sarg mit Erde zu bedecken.

Den Sarg, in dem ich lebend beerdigt worden war!

Dann, so schnell wie die Vision gekommen war, verging sie wieder, und der Panik folgte ein Gefühl von Schwäche und Erleichterung, das mich mit einem Seufzen gegen die raue Wand sinken ließ. Ich stand aufrecht, und Särge wurden üblicherweise waagerecht ins Grab gelassen.

Draußen hatten die Stimmen für einen Moment innegehalten, als ich zu schreien begonnen hatte. Jetzt erklangen sie wieder, lauter und aufgeregter, dann näherten sich hastige, trappelnde Schritte. Eine Hand schlug dumpf gegen das Holz meines Versteckes, etwas quietschte, und dann stach helles, blendendes Sonnenlicht in meine Augen.

Ich stöhnte, hob instinktiv die Hand über das Gesicht und versuchte die Gestalt zu erkennen, die vor mir aufragte. Der Mann zeichnete sich nur als schwarzer, von einem Strahlenkranz quälender Helligkeit umrandeter Schatten über mir ab, aber ich hörte sein ungläubiges Keuchen und seine Gestalt verkrampfte sich vor Überraschung.

»Zum Teufel!«, entfuhr es ihm. »Was machen Sie hier? Wer sind Sie überhaupt?«

Wieder vergingen einige Sekunden, ehe ich die Hand herunternahm und durch den Vorhang von Tränen, der meinen Blick verschleierte, zu ihm aufsah.

Und dann dauerte es noch länger, bis das Gefühl der Beunruhigung, das seine Worte in mir ausgelöst hatten, verging und einem lähmenden Schrecken Platz machte.

»Verdammt, antworten Sie!«, verlangte der Fremde noch einmal. »Wie kommen Sie hier herein, und wer sind Sie?«

Aber ich antwortete auch diesmal nicht. Nicht, dass ich es nicht wollte – ich konnte nicht.

Denn ich wusste die Antworten selber nicht, die er von mir hören wollte ...

Kälte hing in der Luft wie unsichtbarer Nebel, und von den Wänden hallten die Echos winziger harter Rattenfüßchen wider. Es war nicht sehr hell; durch die schmalen, vergitterten Fenster hoch unter der Decke drang zwar Licht herein, aber der Raum war sehr groß und von Schatten erfüllt, die das Licht zu absorbieren schienen. Als verberge sich hinter den grauen Schleiern etwas, das die Helligkeit und die Botschaft von Leben, die mit ihr kam, gierig verschlang.

Howard hob müde den Kopf, sog tief die Luft zwischen den Zähnen ein und zerrte zum wahrscheinlich hundertsten Mal an den dünnen Lederriemen, die seine Handgelenke auf den Rücken fesselten.

Zum hundertsten Male vergeblich. Der Mann, der ihn gefesselt hatte, verstand sein Handwerk; er konnte die Arme nicht einmal bewegen, geschweige denn, seine Hände befreien.

»Lassenses bleim«, nuschelte eine tiefe Stimme hinter ihm. Sie klang kräftig in der Stille, die in dem feuchten Kellerverlies herrschte. Trotzdem schwang ein hörbarer Unterton von Schmerz darin.

Howard wandte den Kopf und sah einen Moment schweigend auf den gefesselten Riesen neben sich hinab.

»Sie tun sich bloß weh«, fuhr Rowlf fort. »Der Kerl weiß, wie man'n Mann fesseln muss.«

Howard verzichtete auch diesmal auf eine Antwort. Sie waren seit beinahe acht Stunden in diesem Keller, aber sie hatten kaum ein Dutzend Sätze miteinander gewechselt. Die Angst hatte sich in ihre Seelen gekrallt und machte jede Unterhaltung unmöglich.

Er schloss die Augen, fuhr sich mit der Zungenspitze über die geschwollene, aufgeplatzte Unterlippe und atmete hörbar ein. Selbst das Luftholen tat weh. Wahrscheinlich hatten sie ihm eine oder gar mehrere Rippen gebrochen.

Er konnte sich kaum erinnern, wie alles gekommen war. Die beiden schwarz gekleideten Männer waren wie ein lebender Sturmwind über ihn und Rowlf hereingebrochen. Alles, an was er sich erinnern konnte, waren verschwommene Bilder an wirbelnde Arme und Beine.

Ein leises Stöhnen drang in seine Gedanken. Mühsam wandte er den Kopf, rutschte unbeholfen mit gefesselten Armen und Beinen herum und verdrehte den Hals, bis er auf den Mann hinabsehen konnte, der auf der anderen Seite lag, so gründlich gefesselt wie er und Rowlf, aber womöglich noch schlimmer zugerichtet.

Es war ein bizarrer Anblick. Jetzt, nachdem er Zeit und Muße gehabt hatte, das Gesicht des anderen in aller Ruhe zu studieren, war die Ähnlichkeit nicht mehr ganz so frappierend. Trotzdem hatte er im ersten Moment wieder das Gefühl, in einen Spiegel zu sehen. Der Mann neben ihm hatte sein Gesicht.

Stöhnend öffnete der Fremde die Augen, versuchte sich aufzusetzen und sank mit einem schmerzerfüllten Keuchen zurück.

»Geben Sie sich keine Mühe«, sagte Howard amüsiert. Eine morbide Heiterkeit stieg in ihm empor. Fast hätte er gelacht.

»Was ... o Gott, was ist passiert?«, murmelte der Fremde. Erneut versuchte er sich aufzusetzen – und diesmal gelang es ihm. Als sein Gesicht in den schmalen Streifen grauer Helligkeit geriet, der durch eines der Fenster fiel, sah Howard, dass sein linkes Auge zugeschwollen und die Wange darunter blau und grün angelaufen war. Außerdem löste sich sein Bart ab.

»Das hätte ich gerne von Ihnen gewusst«, antwortete er ruhig. »Warum erzählen Sie mir nicht alles? Zeit genug zum Reden haben wir, denke ich. Wer sind Sie?«

»Mein Name ist Lovecraft«, sagte der andere undeutlich. Der Blick seines offenen Auges war verschleiert; er schien noch nicht ganz in die Wirklichkeit zurückgefunden zu haben. »Howard Lovecraft. Ich –«

»Hören Sie auf!«, unterbrach ihn Howard ärgerlich. »Das ist wirklich nicht der richtige Augenblick für makabere Scherze.«

Der andere stockte, blinzelte ein paar Mal mit nur einem Auge und sah Howard verwirrt an. Dann flammte Schrecken in seinem Blick auf.

Howard lächelte schadenfroh. »Na, endlich wach?«

»Was ...« Der Mann stockte, sah sich verwirrt um und begann mit einem Male wie wild an seinen Fesseln zu zerren.

Howard wartete geduldig, bis sein Gegenüber die Sinnlosigkeit seiner Bemühungen eingesehen hatte. Dann lehnte er sich zurück, so weit es die unbequemen Fesseln zuließen.

»Wenn Sie das bisschen Verstand, das Sie zu haben scheinen, wieder zusammengekratzt haben, können wir vielleicht reden«, sagte er freundlich.

»Reden?« Die Stimme des anderen bebte. Panik loderte in seinem Blick. Sein Atem ging schnell und stoßweise. »Wo sind wir hier? Was ... was ist passiert?«

»Wo wir hier sind, weiß ich so wenig wie Sie«, antwortete Howard geduldig. »Und was passiert ist, sollten Sie besser wissen als ich.«

»Ich weiß gar nichts. Ich bin Howard Love –«

»Verdammt, hören Sie auf!«, brüllte Howard. »*Ich* bin Howard Lovecraft, nicht Sie. Und ich will wissen, wer Sie sind und wer Sie geschickt hat.«

Sein Doppelgänger starrte ihn an und schwieg. Howard musterte ihn genauer. Die Ähnlichkeit war nicht mehr so groß wie zu Anfang – der Bart war falsch und das Haar gefärbt, das konnte er jetzt sehen, und der andere war ein wenig dicker im Gesicht als er. Die Schläge und das Blut hatten die Schminke verschmiert, sodass das wahre Gesicht des anderen durch die Maske hindurchschimmerte. Trotzdem musste er ihm auch so ähnlich sehen wie ein Bruder.

»Ich weiß überhaupt nichts«, sagte der andere schließlich. Seine Stimme hörte sich an, als würde er jeden Moment anfangen zu weinen.

»Vielleicht erinnern Sie sich, wenn ich Ihnen ein wenig auf die Sprünge helfe«, murrte Howard. »Sie haben Rowlfs und meine Abwesenheit ausgenutzt, um an meiner Stelle mit Robert Craven Kontakt aufzunehmen. Aus dem einzigen Grund, in den Besitz des NECRONOMICON zu gelangen. So weit richtig?«

Der andere schwieg beharrlich, aber er hatte sein Gesicht nicht gut genug unter Kontrolle, als dass Howard die Antwort nicht aus seinen Zügen ablesen konnte.

»Also richtig«, sagte er zufrieden. »Übrigens – mein Kompliment. Die perfekteste Maske, die ich jemals gesehen habe. Wer hat Sie geschickt? Der Orden?«

Diesmal versagte die Selbstbeherrschung des anderen endgültig. Ein erschrockenes Keuchen kam über seine Lippen. »Sie ... wissen ...«

Howard lachte hart. »Halten Sie mich für einen Trottel, Mister

Doppelgänger? Ihre Brüder jagen mich seit zehn Jahren. Ich habe gewusst, dass Sie eines Tages kommen würden. Sie oder jemand wie Sie. Wie ist Ihr Name? Ich finde es ziemlich albern, Sie ständig mit Howard anreden zu sollen.«

»Van der Groot«, sagte der andere leise. »Henk van der Groot.«

»Holländer?«

Van der Groot nickte. Sein Blick bohrte sich in die graue Dunkelheit hinter Howard.

»Hören Sie zu, van der Groot«, sagte Howard geduldig. »Sie und ich sind Feinde, wie die Dinge liegen, aber ich schlage vor, wir schließen einen Burgfrieden. Wenigstens, bis wir hier heraus sind.«

Van der Groot starrte ihn an. »Heraus?«, krächzte er. »Sie sind von Sinnen, Lovecraft. Niemand entkommt den Drachenkriegern. Ich dachte, das wüssten Sie!«

»Irgendwann ist immer das erste Mal«, sagte Howard lächelnd. »Außerdem schadet ein Versuch nicht, oder?«

Es dauerte lange, bis van der Groot nickte. »Was ... haben Sie vor?«, fragte er.

»Zuerst einmal müssen wir diese verdammten Fesseln loswerden«, antwortete Howard. »Und danach werden wir sehen, ob Necrons Leibgarde wirklich so unbesiegbar ist, wie man sagt. Rowlf!«

Der breitschultrige Riese knurrte, zog die Beine an den Leib, so weit es die Fesseln zuließen, und begann über den feuchten Steinboden heranzukriechen. Auch Howard bewegte sich, schwang vor und zurück und kippte schließlich langsam zur Seite. Ein unterdrückter Schmerzlaut entrang sich seinen Lippen, als er auf den harten Steinboden aufschlug.

Van der Groot beobachtete ihn mit einer Mischung aus Unverständnis und Neugier. »Was haben Sie vor?«, fragte er.

Howard antwortete nicht, sondern rollte sich keuchend auf den Bauch, während Rowlf wie ein missgestalter Riesenwurm auf ihn zurobbte. Schließlich lag der Kopf des Riesen nahe seinen zusammengebundenen Händen.

»Achten Sie ... auf die Tür«, keuchte Howard. »Es wäre ... peinlich, wenn gerade jetzt der Zimmerservice käme.«

Van der Groot runzelte die Stirn, verdrehte aber gehorsam den Hals, um zu der niedrigen Holztür am anderen Ende des Raumes zu starren. Nicht, dass es etwas genutzt hätte. Wenn jetzt jemand hereinkam, das wussten sie alle, dann wäre es aus.

Rowlf nahm die dünnen Lederriemen zwischen die Zähne und begann darauf herumzukauen. Seine mächtigen Kiefer mahlten hörbar, und die Muskeln an seinem Hals traten wie knotige Stricke hervor.

Es dauerte lange, aber Rowlf ließ nicht locker. Blut lief an Howards Handgelenken herab, als die dünnen Lederriemen wie reißender Draht in seine Haut einschnitten, aber der schlanke Amerikaner gab keinen Laut des Schmerzes von sich. Endlich, nach zwanzig Minuten, rollte Rowlf mit einem erschöpften Keuchen herum und schloss die Augen. Sein Kinn war voller Blut

Howard richtete sich auf, hob die Hände vor das Gesicht und massierte seine Gelenke. Dann löste er rasch die Fesseln, die seine Füße hielten, und befreite dann Rowlf.

»He!«, sagte van der Groot, als Howard keine Anstalten machte, sich ihm zu widmen. »Und ich?«

Howard wandte sich mit einer betont langsamen Bewegung an den Holländer. Ein sonderbares Lächeln erschien auf seinen Zügen.

»Wir sollt'n einfach liegnlassn«, knurrte Rowlf. »Dieser Necron wird sich freuen, wenigstns noch ein Gefangn' zu haben.«

Van der Groot erbleichte. »Das ... das können Sie doch nicht machen!«, keuchte er. »Die ... die werden mich umbringen, wenn Sie mich zurücklassen.«

»Möglich.« Rowlf grinste. »Aber ganz langsam. Sie wem was davon ham, denk ich.«

»Sie Tier!«, keuchte van der Groot. »Lovecraft, Sie ... Sie werden mich doch nicht hier lassen!«

»Nicht, wenn Sie mir ein paar Fragen beantworten«, sagte Howard ruhig. »Also?«

»Das ist Erpressung!«, protestierte van der Groot.

»Und noch dazu ganz und gar überflüssig«, sagte eine Stimme aus dem Schatten.

Van der Groot schrie auf, während Howard und Rowlf in einer einzigen schnellen Bewegung herumfuhren.

Der Mann musste schon lange dort gestanden und sie beobachtet haben, unsichtbar und lautlos; vielleicht hatte er die ganzen Stunden als stummer Wächter dort gestanden und sich über ihre Befreiungsversuche amüsiert.

Jetzt verwandelte er sich von einer Statue in einen rasenden Schatten. Es ging unglaublich schnell. Sein Fuß zuckte vor, traf Rowlfs Knie und brachte ihn aus dem Gleichgewicht. Gleichzeitig kam seine Faust hoch, traf Howards Kinn und streckte ihn zu Boden.

Rowlf schrie wie ein wütender Stier, fing seinen Sturz im letzten Moment ab und wollte sich erneut auf den Schwarzgekleideten stürzen.

Es gelang ihm nicht. Der Mann tauchte unter Rowlfs wirbelnden Armen hindurch, packte sein Handgelenk und riss ihn zurück. Rowlf segelte über den gekrümmten Rücken des Kriegers hinweg, flog durch die Luft und krachte auf einen Kistenstapel, der unter seinem Gewicht zusammenbrach.

»Mijneer van der Groot hatte vollkommen recht, Lovecraft«, fuhr die Stimme aus dem Schatten fort. »Niemand entkommt meinen Männern. Sie hätten auf ihn hören sollen. Das hätte Ihnen eine Menge Kraft und Schmerzen erspart.«

Howard richtete sich mühsam auf. Der Schlag hatte ihn von den Füßen gefegt. Sein Kopf dröhnte, und für einen Moment sah er nichts als farbige Kreise. Aber er erkannte zumindest, dass es nicht der Krieger war, dessen Stimme er hörte. Der Mann war wieder zur Reglosigkeit erstarrt, zu einer stummen, drohenden Statue. Die Stimme, die er hörte, kam aus den Schatten im Hintergrund des Kellergewölbes. Stoff raschelte, und plötzlich erkannte Howard undeutlich eine zweite, kleinere Gestalt.

»Schade, dass wir uns unter solchen Umständen kennen lernen müssen, Lovecraft«, fuhr die Stimme fort. »Ich habe von Ihnen gehört, wissen Sie? Unter anderen Umständen hätten wir vielleicht sogar zusammenarbeiten können. Aber so ...« Er sprach nicht weiter, sondern seufzte nur hörbar und kam näher.

Howard schrie gellend auf, als aus dem Schatten ein Körper wurde und er Einzelheiten erkannte ...

»Also – zum letzten Mal, Freundchen. Wer sind Sie, und wie kommen Sie hierher?«

Tornhills Stimme – ich glaubte zumindest, in dem genuschelten Etwas, mit dem er sich vorgestellt hatte, den Namen »Tornhill« verstanden zu haben – klang scharf. Er war kein geduldiger Mensch.

»Mein Name ist ...« Ich stockte, kramte verzweifelt in meinen Erinnerungen herum und blickte Tornhill mit einer Mischung aus Furcht und Verwirrung an, die seinen ohnehin kaum noch verhohlenen Zorn noch zu steigern schien.

Ich hätte schreien können. Es war nicht so, dass ich an Amnesie litt. Ich wusste sehr gut, wer ich war, und vor allem, was geschehen war. Die Erinnerungen und Fakten waren da, aber jedes Mal, wenn ich danach greifen, meinen Namen oder irgendetwas anderes aussprechen wollte, schien eine unsichtbare Hand durch mein Bewusstsein zu fahren und alles fortzuwischen. Ich fühlte mich in der Lage eines Mannes, der unversehens aufwacht und merkt, dass er nicht mehr gehen kann.

Tornhill seufzte. »In Ordnung«, sagte er bissig. »Wenn Sie gerne Spielchen spielen, vergeuden wir eben unsere Zeit.« Er grinste ungefähr so freundlich wie eine Schlange, die gerade ein besonders fettes Kaninchen erspäht hatte – setzte sich vor mir auf die Schreibtischkante und stützte sein Doppelkinn auf die Faust. Tornhill war der mit Abstand fetteste Mensch, den ich jemals gesehen hatte. Er bewegte sich nur langsam – und wenn er ging, dann floss er eher von einem Punkt zum anderen, als dass er lief. Aber im Gegensatz zu den meisten Dicken war er weder gutmütig noch gemütlich.

»Ihren Namen kenne ich sowieso«, sagte er.

Nun, da wusste er mehr als ich. Natürlich kannte ich meinen Namen. Er lautete …

»Tut mir leid, Mister Tornhill«, murmelte ich. »Ich –«

»Inspektor Tornhill«, verbesserte er mich kalt. »Inspektor Tornhill von Scotland Yard. Mordkommission, um genau zu sein.«

Mordkommission? Für einen Moment durchbrach eisiger Schrecken das schwarze Gewusel, in das sich meine Erinnerungen verwandelt hatten. Aber ich vermochte das Wort nicht wirklich zu verarbeiten.

»Also, Mister Andara«, fuhr Tornhill fort, ein triumphierendes Glitzern in den Augen. »Ihren Namen kennen wir, wie gesagt.«

»Andara?« Ich sah auf. Andara war eindeutig *nicht* mein Name. »Wie kommen Sie darauf?«

Tornhill lächelte kalt. »Weil Ihr Bild unten in der Halle hängt, mein Lieber«, erklärte er.

Irgendetwas in meinem Bewusstsein machte hörbar »Klick«, und plötzlich war ein Teil meiner Erinnerungen frei. Ich sah das Bild vor mir, das kleine Namensschildchen aus Messing darunter und das Gesicht darauf.

»Das bin nicht ich«, widersprach ich. »Der Mann auf dem Bild ist mein Vater. Mein Name ist … Craven. Robert Craven.«

»Craven?« Tornhill runzelte die Stirn und sah mich scharf an. Aber er widersprach nicht. Unter dem Bild stand auch ein Datum, soweit ich mich erinnerte – und dass ich keine fünfundfünfzig Jahre alt war, begriff er wohl.

»Ihr Vater also«, sagte er nach einer Weile. »Dann sehen Sie sich wirklich ähnlich.« Die Art, in der er die Worte aussprach, gefiel mir nicht. Und als ich aufsah, bemerkte ich, wie sein Blick an meiner weißen Haarsträhne hing. Die meisten Menschen, die mich zum ersten Mal sehen, können sich einer abfälligen Bemerkung über den gezackten weißen Blitz in meinem Haar nicht enthalten. Die allermeisten mochten es für eine Modetorheit und mich folglich für einen leicht bescheuerten Geck halten; einige wenige ahnten wohl, dass es mit dieser Strähne etwas Besonderes auf sich hatte, und sehr wenige mochten auch instinktiv spüren, dass es kein angenehmes Geheimnis war, das sich hinter der schlohweißen Strähne verbarg. Ich hatte das sichere Gefühl, dass Tornhill zur letzten Gruppe gehörte.

Wenn ich mich nur erinnern könnte! Es war alles da, greifbar und nah, aber zwischen mir und meinem Denken schien eine unsichtbare Wand zu sein.

»Dann gehört Ihnen also dieses Haus«, fuhr Tornhill nach einer Ewigkeit fort.

Ich nickte. Die unsichtbare Hand fuhr wieder durch mein Gehirn, tastend, sondierend, suchend. Jemand spielte Scrabble mit meinen Erinnerungen, aber dieser Jemand musste Analphabet sein. »Was ... ist passiert?«, fragte ich.

Tornhills linke Augenbraue rutschte ein Stück nach oben, wie ein haariger Wurm, der seine Glatze hinaufkroch. »Sie wissen es wirklich nicht?«, fragte er. Seine Stimme klang noch immer kalt, aber schon merklich freundlicher als bisher. Einer seiner Assistenten – es waren allein drei hier in der Bibliothek, und den Geräuschen nach zu schließen musste sich noch eine ganze Armee draußen im Haus aufhalten – trat neben ihn und flüsterte ihm etwas ins Ohr. »Später!«, knurrte Tornhill und scheuchte den Mann mit einer unwilligen Geste fort.

»Was passiert ist?«, fragte er, wieder an mich gewandt. »Nun, eigentlich hatte ich gehofft, eine Antwort auf diese Frage von Ihnen zu erhalten. Jemand hat uns alarmiert, weil er Schreie und Schüsse aus dem Haus gehört hat.« Er zog eine Grimasse. »Ein brennender Mann soll aus dem Fenster gefallen sein.«

Die Gestalt taumelte wie eine lebende Fackel auf mich zu. Ich schoss immer und immer wieder, und ich sah, wie die Kugeln als kleine weißglühende Bälle in der Flammensäule explodierten, in die sich der Unheimliche verwandelt hatte, aber er kam näher und näher, die lodernden Hände vorgestreckt.

Ich stöhnte. Das Bild war wie eine Explosion in meinem Geist erschienen. Im ersten Moment erschien es mir zu schrecklich, um wahr sein zu können, ein Bild aus einem Albtraum. Aber ich wusste, dass es passiert war.

»Was haben Sie?«, fragte Tornhill.

»Nichts. »Ich schüttelte hastig den Kopf und richtete mich ein wenig in dem Sessel auf, in den mich Tornhill und sein Assistent gedrückt hatten. »Sprechen Sie weiter.«

Tornhills Augenbraue glitt noch ein Stück weiter nach oben und erreichte jetzt fast den Scheitel. Aber er fuhr unbeeindruckt fort: »Das ist es eigentlich schon. Mit Ausnahme von acht Toten und zwei Bewusstlosen, heißt das.«

»Toten?« Wieder blitzte ein Bild vor meinem inneren Auge auf. *Rowlfs Gesicht, verzerrt vor Schmerzen und über und über voller Blut. Howards verzweifelter Schrei. Das Ungeheuer …*

»Ihre Hausangestellten, Mister … Craven«, antwortete Tornhill. »Und ein Mann, in dessen Tasche ein gefälschter Pass war, der auf den Namen …« Er stockte, griff in die Innentasche des kleinen Zeltes, das er anstelle eines Überrockes trug, und nahm einen zerknitterten Pass heraus.

»Da haben wir es ja. Dr. Dr. Dr. Mortimer Gray«, las er vor und sah mich prüfend an. »Hat er gestottert?«

»Dr. jur., Dr. phil. und Dr. med.«, erklärte ich. Tornhill wusste recht gut, was die drei Dr. zu bedeuten hatten. »Hören Sie auf, den Deppen zu spielen, Tornhill.«

Ein amüsiertes Glitzern erschien in seinen Augen. »Wer war er wirklich?«, fragte er.

»Wie kommen Sie darauf, dass dieser Mann nicht Dr. Gray war?«, erwiderte ich; nur, um Zeit zu gewinnen. Wieder zuckten Bilder durch meinen Kopf. Und allmählich begannen sie sich zu einem Ganzen zu formen.

»Ich kenne Dr. Gray«, antwortete Tornhill. »Er ist ein berühmter Anwalt und Arzt, das sollten Sie wissen, Craven. Ich hatte oft genug mit ihm zu tun. Dieser Tote hier ist auf keinen Fall Dr. Mortimer Gray. Und ich hätte seinen falschen Pass nicht gebraucht, um es zu merken.«

Plötzlich stand er auf, knallte den Ausweis mit einer wütenden Bewegung auf den Tisch und funkelte mich an. Von seiner Ruhe war nichts mehr geblieben.

»Verdammt, Mister Craven«, schnauzte er. »Ich werde zu einem Haus gerufen, in dem ein Massaker stattgefunden hat, und alles, was ich von Ihnen höre, sind Fragen! Wie wäre es mit ein paar Antworten?« Er trat auf mich zu und beugte sich vor. »Wo waren Sie?«, brüllte er. »Meine Männer haben dieses Zimmer auf den Kopf gestellt, zweieinhalb Stunden lang, und es war keine Spur von Ihnen zu sehen!«

Ich hielt seinem Blick einen Herzschlag lang stand, ehe ich auf die Uhr deutete. »Dort ... drinnen«, sagte ich. »Sie haben mich doch selbst –«

»Hören Sie auf, Craven«, unterbrach mich Tornhill wütend. »Sie können nicht die ganze Zeit dort drinnen gewesen sein. Sie wären erstickt, in dieser Kiste.«

Wieder gab die unsichtbare Hand einen Teil meiner Erinnerungen frei. »Es ist ... keine Uhr«, sagte ich schleppend. »Dahinter ist noch ein Raum. Eine ... Bibliothek. Die Rückwand lässt sich öffnen.«

Tornhill starrte mich zweifelnd an, fuhr herum und walzte auf die offen stehende Uhr zu. Bei seiner Körperfülle war es ein Kunststück – aber er brachte es wirklich fertig, sich in die Uhr zu zwängen und seine fleischige Hand auf die Rückwand zu pressen.

Holz knirschte, dann schwang die Rückwand zur Seite und gab den Blick auf die Geheimbibliothek frei, die sich dahinter verbarg.

Meine Gedanken überschlugen sich. Die Information war plötzlich da gewesen, ein weiteres Bruchstück in dem Durcheinander hinter meiner Stirn. Es steckte Methode dahinter. Das war keine normale Amnesie, wie sie manchmal auftrat, wenn man bewusstlos gewesen war. Etwas kontrollierte meine Erinnerungen, mein Gedächtnis. Und dieses Etwas gab mir immer genau die Menge an Information, die ich unbedingt brauchte. Kein bisschen mehr.

»Eine Bibliothek, wie?«

Tornhill war durch die Uhr getreten und im angrenzenden Raum verschwunden. Seine Stimme erzeugte ein sonderbares, hallendes Echo.

Ich stand auf, näherte mich der Uhr und blieb wie versteinert stehen, als mein Blick in die dahinter liegende Bibliothek fiel. Oder das Etwas, was sich dort ausbreitete, wo nach Howards Aussage eine Bibliothek sein sollte.

Der Raum war vorhanden – vielleicht fünf Schritte breit und dreimal so lang. An den Wänden standen Regale, auf denen hier und da noch die vermoderten Überreste von Büchern zu erkennen waren, grünweiße Klumpen von Schimmel und schleimigem Moder.

Tornhill war stehen geblieben. Als er meine Schritte hörte, drehte er sich um und sah mich vorwurfsvoll aus seinen kleinen Schweinsäuglein an.

»Ich weiß, dass es Ihre Sache ist, Craven«, sagte er. »Aber wenn Sie einen Rat von mir wollen – Sie sollten Ihre Putzfrau entlassen.«

Ich konnte ihm nicht widersprechen. Auf dem Fußboden – oder dort, wo eigentlich der Fußboden sein sollte – lag eine dreißig Zentimeter hohe Schicht aus schwarzem, ölig glänzendem Schleim, in die er bis über die Waden eingesunken war.

Die Gestalt schien geradewegs aus einem Albtraum entsprungen zu sein. Es war ein Mensch, aber das war nur noch an seinen Proportionen zu erkennen; und selbst die waren verschoben, als wäre der ganze Leib zusammengestaucht und auf grausame Art deformiert worden. Seine Haut war, wo sie nicht geschwärzt und verkohlt war, zerrissen und mit braunroten feuchten Krusten übersät, und durch die zerfetzten Kleider war der blanke Knochen zu erkennen. Necrons Stimme klang, als käme sie aus einem zermalmten Kehlkopf.

»O mein Gott!«, keuchte Howard. »Was –«

Necron machte eine wütende Geste. »Der hilft Ihnen jetzt auch nicht mehr, Lovecraft«, zischte er. Aus seinen Worten sprach der Hass. »Schauen Sie mich ruhig an. Schauen Sie sich an, was dieser Hund Craven und Ihr Gehilfe mit mir gemacht haben. Sie werden dafür bezahlen, das schwöre ich Ihnen!«

»Aber ich –« Howards Stimme versagte. Jetzt, nachdem er den ersten Schock überwunden hatte, der dem Anblick der fürchterlichen Erscheinung gefolgt war, begann er zu begreifen.

»Das waren ... Sie?«, murmelte er ungläubig. »Sie selbst waren der Mann, der versucht hat, Robert zu ermorden?«

»Ermorden?« Necron lachte schrill. »Meinetwegen nennen Sie es so. Ich nenne es eine Hinrichtung.«

Van der Groot begann schrill zu wimmern. »Wer ist das, Lovecraft?«, keuchte er. »Was bedeutet das?«

Howard machte eine unwillige Bewegung mit der Linken, um den

Holländer zum Schweigen zu bringen, und trat gleichzeitig einen Schritt auf den verkrüppelten Magier zu. Sofort spannte sich die Gestalt des Kriegers neben Necron. Howard blieb stehen.

»Warum das alles, Necron?«, fragte er. Ein böses Lächeln spielte um seine Lippen. »Oder sollte ich Sie lieber Ab –«

»Schweigen Sie!« Necrons Worte waren wie ein Peitschenhieb. »Sprechen Sie diesen Namen nicht aus, Lovecraft. Niemals.«

»Wie Sie wollen, Necron. Aber das beantwortet meine Frage nicht. Warum das alles? Warum haben Sie mich nicht von Ihren Killern ermorden lassen?«

»Wenn es Sie stört, kann ich es nachholen«, erwiderte Necron böse. »Aber ich will Ihre Frage beantworten. Ich brauche Sie.«

»Lovecraft, was ... was hat dieser Teufel vor?«, wimmerte van der Groot. »Bitte, was –«

Necrons Hand machte eine blitzartige, kaum wahrnehmbare Bewegung. Die schwarze Gestalt des Drachenkriegers bewegte sich wie ein Schatten auf van der Groot zu. Seine Faust traf den Holländer am Kinn. Er brüllte, fiel nach hinten und krümmte sich auf dem Boden.

»Das war für den Teufel, vermute ich«, sagte Howard, ohne den Blick von der verstümmelten Gestalt des Alten zu nehmen. Er begriff es immer noch nicht ganz. Der logische Teil seines Bewusstseins sagte ihm mit aller Klarheit, dass er einer der geheimnisumwittertsten Gestalten gegenüberstand, die es jemals gegeben hatte, aber ein anderer, verborgener Teil seines Selbst weigerte sich einfach, die Tatsache anzuerkennen. Necron! Der Hexer der Drachenburg! Er stand einer lebenden Legende gegenüber. Einer Legende, die mit Blut und Tränen geschrieben war und eine endlose Geschichte des Leidens und der Furcht erzählte.

»Was wollen Sie von mir?«, fragte er, wieder an den Alten gewandt.

»Von Ihnen gar nichts«, erwiderte Necron hart. »Ich will etwas mit Ihnen. Vielleicht werden Sie es nie begreifen, aber Sie haben noch einmal Glück gehabt, Lovecraft. Ginge es nach mir, würde ich Sie töten, Sie und diese beiden jämmerlichen Narren da. Aber es geht nicht nach meinem Willen. Die Aufgabe ist wichtiger.«

»Welche Aufgabe?«, stammelte van der Groot. Wieder erhob der schwarzgekleidete Krieger die Hand, um ihn zu schlagen, aber diesmal hielt ihn Necron mit einer raschen Bewegung zurück.

»Sie und Ihre Brüder sind nicht die Einzigen, die hinter einem gewissen Buch her sind, van der Groot«, sagte Howard leise. »Das da vorne ist gewissermaßen die Konkurrenz.« Er lachte leise und blickte Necron fest ins Gesicht. »Oder?«

Der Magier nickte. Die Bewegung wirkte abgehackt wie die einer Puppe, die von einem ungeschickten Spieler gelenkt wurde.

»Und jetzt lassen Sie mich weiterraten«, fuhr Howard fort. »Sie sind gekommen, um Robert zu töten, weil Sie in ihm den Erben Roderick Andaras erkannt haben. Aber dann ist irgendetwas geschehen, das Sie zu einer Änderung Ihrer Pläne bewogen hat. Was war es?«

Necron antwortete nicht. Seine rechte, unversehrte Hand ballte sich zur Faust.

»Cthulhu.«

Howard drehte verwirrt den Kopf und wandte sich dann ganz um. Van der Groot hatte sich wieder aufgesetzt und blickte voller Angst zwischen ihm, dem Alten und der hoch aufgerichteten Gestalt des Drachenkriegers hin und her. Aber seine Stimme war fest, als er weitersprach.

»Es ist Cthulhu, Lovecraft«, sagte er. »Wir ... der Orden ... haben Informationen erhalten. Unser Ordensherr hatte ... eine Vision. Er sah ... Cthulhu. Er ist wiederauferstanden, in alter Macht. Das ... das Wesen, das in Gestalt des Mädchens auftrat und Craven getötet hat, war ein *Shoggote,* von Cthulhu nach seinem Vorbild erschaffen.«

»Stimmt das?«, fragte Howard. Natürlich antwortete Necron nicht, aber das war auch nicht nötig. Endlich ergab alles einen Sinn.

»So ist das also«, sagte Howard nachdenklich. »Sie kommen zurück, Necron. Die Mächte, denen Sie Ihre Seele verschrieben haben, sind lebendig geworden. Und sie fordern jetzt ihren Preis.« Er blickte nachdenklich in das zerstörte Gesicht des uralten Magiers. »Aber Sie sind nicht bereit, diesen Preis zu zahlen. Sie haben durch den Orden erfahren, dass Robert sich im Besitz des NECRONOMICONS befindet, und Sie wollen es haben. Glauben Sie wirklich, Sie könnten den GROSSEN ALTEN widerstehen?«

»Ich weiß es«, versetzte Necron zornig. »Sie mögen viel wissen, Lovecraft, aber Sie sind trotzdem ein Narr. Niemand außer mir ahnt, welche Macht das Buch dem gibt, der es wirklich zu lesen versteht. Es enthält Geheimnisse, denen selbst die GROSSEN ALTEN nicht gewachsen sind. Mit diesem Buch kann selbst ich ihnen die Stirn bieten.« Er lachte meckernd. »In gewissem Sinne sind wir sogar Verbündete. Wenigstens bin ich ein Mensch.«

»Da bin ich mir gar nicht so sicher«, antwortete Howard; wohlweislich aber so leise, dass Necron seine Worte nicht hören konnte. Laut sagte er: »Sie haben sich verrechnet, Necron. Cthulhu wird Ihren Verrat bemerken. Er wird Sie töten.«

»Nicht, wenn ich das Buch habe.«

»Sie ... Narr«, keuchte van der Groot. »Der einzige Mensch, der wusste, wo das Buch verborgen liegt, ist tot.«

»Robert ist nicht tot«, sagte Howard, ohne ihn anzusehen.

»Nein«, fügte Necron hinzu. »Und er wird mir das Buch aushändigen. Nicht wahr, Lovecraft?«

Howard schwieg, aber er wusste nur zu gut, wie recht der Alte hatte. Natürlich würde Robert das Buch herausgeben, aller Logik und allen Warnungen zum Trotz. Es war ganz einfach. So einfach, dass er fast gelacht hätte. Necron hatte ein Pfand, gegen das Robert selbst seine Seele verkauft hätte. Ihn, Rowlf – und Priscylla.

»Sie ... müssen verrückt sein, Necron«, sagte Howard. Seine Stimme zitterte. »Sie bilden sich ein, gegen Wesen kämpfen zu können, deren Macht die von Göttern ist. Dabei sind Sie nichts als ein jämmerlicher Taschenspieler, im Vergleich zu ihnen!«

»So?«, machte Necron. Howards Worte schienen ihn eher zu amüsieren als zornig zu machen.

»Sehen Sie sich doch an!«, begehrte Howard auf. »Ich weiß nicht wie Sie es gemacht haben, dass Sie noch leben – aber schon ein ganz normaler Mensch wie Robert hätte Sie um ein Haar getötet.«

Necron lachte leise, richtete sich auf und schnippte mit den Fingern. Eine hochgewachsene, ganz in schwarzes Tuch gekleidete Gestalt trat aus den Schatten hervor und blieb mit demutsvoll gesenktem Blick zwei Schritte vor ihm stehen.

»Vielleicht war es Absicht, Lovecraft«, sagte er leise. »Vielleicht wollte ich ja, dass Sie mich so sehen – damit ich Ihnen beweisen kann, wie groß meine Macht wirklich ist. *Schauen Sie!*«

Und damit hob er die unversehrte Hand und machte eine rasche befehlende Geste. Der Krieger trat näher, fiel auf die Knie herab und senkte das Haupt.

Necron begann zu summen. Seine Stimme wurde hoch, dann schrill, formulierte sinnlos erscheinende und doch irgendwie drohend klingende Worte.

Und dann ging eine unheimliche Veränderung mit ihm vor.

Sein zerstörtes Gesicht begann sich zu glätten. Die klaffenden

Wunden schlossen sich. Die Blutkrusten verschwanden, zerbrochene Knochen fügten sich wieder zusammen, die gerissene Haut begann auf wundersame Weise zu heilen, in Sekunden, wozu die Natur Monate gebraucht hätte. Seine gebeugte, zusammengestauchte Gestalt straffte sich, die Schultern wurden wieder gerade, und unter dem zerrissenen schwarzen Stoff seiner Kutte drang ein fürchterliches Rascheln und Knistern hervor.

Der unheimliche Vorgang dauerte nicht einmal eine Minute. Als er vorüber war, war aus dem verkrüppelten Zerrbild eines Menschen ein alter, schwarzhaariger Mann mit scharfer Adlernase und dunklen, stechenden Augen geworden.

Und dort, wo der Drachenkrieger gekniet hatte, lag nur noch eine leere Kutte aus schwarzem Tuch.

»Was ist das hier?«

Tornhill sprach langsam, überdeutlich und über die Maßen betont, um seinen Worten das gehörige Gewicht zu verleihen. Dass seine Stimme dabei vor kaum verhohlenem Schrecken bebte, verdarb ihm den Effekt. Seine Augen waren unnatürlich geweitet; und auf der Stirnglatze perlte kalter Schweiß.

»Was ist das hier?«, fragte er noch einmal. »Ein Irrenhaus oder was? Oder treiben Sie ein besonders ausgekochtes Spielchen mit mir, Craven?« Er beugte sich vor, zog mit spitzen Fingern den Stoff seiner Hose über dem rechten Bein nach oben und betrachtete angeekelt seine Schuhe. Er hatte den schwarzen Schleim mit einem Zipfel der Gardine abgewischt, aber aus Strümpfen und Hose hatte er das Zeug nur notdürftig herausbekommen.

Und den Geruch schon gar nicht.

»Also, Craven ...« Er setzte sich auf und atmete hörbar ein. »Ich fasse noch einmal zusammen – soweit ich die unglaubliche Geschichte, die Sie mir aufgetischt haben, richtig verstehe. Sie behaupten also, dieses Haus gestern bezogen zu haben. Ein Erbstück von Ihrem Vater, sozusagen.«

»Sozusagen«, bestätigte ich. Das Wort kam noch schleppend über meine Lippen. Die Klammer um mein Bewusstsein begann sich zu lockern, aber es war ein langer und beinahe schmerzhafter Prozess und die Informationen, die ich bekam – die man mir zubilligte, berichtigte ich mich in Gedanken –, waren sorgsam gefiltert. Ich wusste gerade genug, um Tornhills Fragen beantworten zu können, nicht mehr. Aber ich hatte auch zugehört, und bei allem Schrecken, mit dem mich seine Worte erfüllt hatten, spürte ich trotzdem eine vorsichtige Erleichterung. Mary, die sich um Priscylla gekümmert hatte, war am Leben. Verletzt und in keinem guten Zustand, aber am Leben.

Priscylla selbst war verschwunden, genau wie Howard, Rowlf und Howards sonderbarer Doppelgänger. Und irgendetwas sagte mir, dass sie ebenfalls noch lebten. Ich spürte es einfach.

Tornhill nickte. »Sie behaupten weiter, von einem Mann, der aussah wie Dr. Gray und sich auch als dieser ausgab, hier hergebracht worden zu sein. Anschließend haben Sie Ihren alten Freund Lovecraft getroffen. Aber beide waren nicht die Männer, für die sie sich ausgaben, sondern Doppelgänger – was Sie allerdings erst später erfuhren. Weiter behaupten Sie, von einem schwarz gekleideten Mann angegriffen worden zu sein. Sie haben mehrmals auf ihn geschossen, dabei dieses Zimmer in Brand gesetzt und ihn anschließend aus dem Fenster geworfen. Danach sei dann plötzlich der richtige Lovecraft aufgetaucht –«

»Nicht danach«, unterbrach ich ihn. »Er war es, der mich gerettet hat, als mich der Fremde angriff.«

»Geschenkt«, sagte Tornhill ungehalten. »Jedenfalls behaupten Sie weiter, dass der echte Lovecraft danach auf seinen Doppelgänger getroffen ist. Aber bevor Sie Licht in die Sache bringen konnten, tauchte ein Doppelgänger ihrer Braut auf, schlug Gray tot und jagte Sie in diese Uhr. So weit richtig?«

Ich nickte, war aber klug genug, ihn dabei nicht anzusehen. Wir waren allein in der Bibliothek. Als ich angefangen hatte zu erzählen, hatte Tornhill all seine Gehilfen und Assistenten aus dem Zimmer geschickt.

»Wissen Sie, wie sich diese Geschichte anhört, Craven?«, fragte Tornhill ruhig.

»Ziemlich ... verwirrend.«

»Ziemlich bescheuert«, verbesserte mich Tornhill. »Und das ist noch gelinde ausgedrückt.« Er beugte sich vor und fuchtelte mit einem Finger vor meinem Gesicht herum. »Erstens«, sagte er, »haben wir den Toten, den Sie angeblich aus dem Fenster geworfen haben, nicht gefunden, Craven. Diesen Mann hat es nie gegeben. Und dann Ihr Gerede von den Doppelgängern. Wo sind die denn alle? Haben sich in Luft aufgelöst, wie? Ich habe Ihnen von einem brennenden Mann erzählt, den irgendeine hysterische Ziege zu sehen glaubte, als sie uns rief. Das hat wohl Ihre Fantasie angeregt, Craven. Aber es gab keinen brennenden Mann. Das Feuer hier ist weiß Gott wie entstanden, und wer diesen ... falschen Gray umgebracht hat ...« Er zuckte die Achseln. »Nach dem ersten Gutachten unseres Polizeiarztes hat man ihm das Genick gebrochen. Das bringt ein kräftiger Mann wie Sie leicht fertig, wenn er weiß, wie.«

»Warum verhaften Sie mich nicht gleich?«, fragte ich wütend. Das Schlimme war, dass ich ihm nicht einmal wirklich böse sein konnte. Wäre ich an seiner Stelle gewesen und hätte eine derart unglaubliche Geschichte von einem Mann, der aus einem Uhrkasten gekrochen war, gehört, hätte ich ihn gleich ins nächste Irrenhaus eingeliefert. Aber vielleicht holte er das noch nach.

»Weil ich wissen will, was hier wirklich passiert ist«, antwortete Tornhill ruhig. »Verdammt, Craven, ich glaube nicht, dass Sie all diese Leute hier umgebracht haben. Aber ich glaube, dass Sie eine ganze Menge mehr wissen, als Sie zugeben.« Plötzlich wurde seine Stimme laut. »In diesem Haus sind acht Menschen ums Leben gekommen, Craven! Und wenn Sie die Wahrheit gesagt haben, dann sind vier weitere verschwunden. Glauben Sie, ich würde jetzt nur den Kopf schütteln und Tee trinken gehen?«

»Natürlich nicht. Aber –«

»Kein *Aber,* Craven«, sagte Tornhill. »Ich schwöre Ihnen, dass ich Sie von hier aus direkt in den Tower bringe und den Schlüssel in die Themse schmeiße, wenn Sie nicht gleich mit einer glaubwürdigen Erklärung herausrücken.«

Ich sah ihn an, aber er hielt meinem Blick mühelos stand und lächelte sogar: kalt, fordernd und beinahe ohne Gefühl.

»Die Geschichte ist kompliziert«, begann ich langsam.

»Versuchen Sie's«, sagte Tornhill. »Ich bin nicht ganz blöd, wissen Sie?«

»Es geht ... um ein Buch«, sagte ich stockend. »Ich glaube, es geht um ein Buch. Ein ganz bestimmtes Buch. Die Männer, die hier waren und sich als Howard und Dr. Gray ausgaben, waren hinter einem Buch her, das sich in meinem Besitz befindet. Ein sehr wertvolles Buch.«

»Das muss es wohl sein«, knurrte Tornhill. »Wenn sie bereit waren, sieben Menschen dafür umzubringen.«

»Sie hätten auch siebenhundert Menschen ermordet, um in Besitz dieses Buches zu kommen«, antwortete ich. Tornhill zog erneut die Augenbrauen hoch, und ich beeilte mich, hinzuzufügen: »Sie sind nicht mit normalen Maßstäben zu messen, Inspektor. Diese Männer sind ... Fanatiker. Religiöse Fanatiker.«

Es war ein Schuss ins Blaue. Eine glatte Lüge, auch wenn ich später begreifen sollte, dass ich der Wahrheit damit sehr sehr nahe gekommen war. Im Moment war es einfach das überzeugendste Argument, das mir einfiel. Und Tornhill schien geneigt, mir zu glauben. Jedenfalls widersprach er nicht.

»Ich ... erinnere mich nicht genau an den Kampf«, fuhr ich fort. »Es ging alles so schnell ... Irgendwie gelangte ich in den Nebenraum. Sie konnten mich dort nicht finden. Diese Uhr ist eine perfekte Tarnung.«

»Und Sie wollen mir erzählen, diese Männer hätten Sie ebenfalls nicht gefunden?«, fragte Tornhill.

»Sie hatten nicht viel Zeit zum Suchen«, gab ich zu bedenken. »Sie und Ihre Leute waren schnell zur Stelle. Und wer sucht schon in einer Uhr?«

Tornhill runzelte die Stirn. Aber zu meiner Überraschung sagte er nichts, sondern stand auf, ging wortlos wieder zu der Standuhr und lugte durch ihre beiden offen stehenden Türen.

»Dann bleibt nur noch die Frage, was das hier für ein ... Zeugs ist«, sagte er. »Nur so – aus persönlicher Neugier, Craven. Würden Sie es mir erklären?«

Er fragte ganz und gar nicht aus persönlicher Neugier. Das fühlte ich. Trotzdem stand ich auf, ging zu ihm hinüber und ...

Die Ebene reichte bis zum Horizont und darüber hinaus, und hoch über ihr, am Himmel, hing ein bleicher, knochenweißer Mond. In der Luft lag der Gestank verwesender Körper, und zwischen den schwarzen, in sanfter Monotonie auf- und abstrebenden Wellen, zu denen sich der Boden aufgeworfen hatte, lagen blasphemische Dinge von unbeschreiblicher Gestalt ...

Ich stöhnte. Das Bild hatte mich mit der Wucht eines Fausthiebes getroffen, und obgleich ich mir mit aller Gewalt einzuhämmern versuchte, dass es nichts als eine üble Vision war, wusste ich doch mit unerschütterlicher Gewissheit, dass diese Spottgeburt von einer Welt existierte, irgendwo, verloren in den Weiten der Zeit und doch real und drohend und tödlich.

»Was haben Sie?«

Tornhills Stimme war so deutlich, als stünde er direkt neben meinem Ohr, aber seine Worte erreichten mein Bewusstsein nicht.

Die Mauer war wieder da, diesmal in anderer Richtung: eine Wand, die zwischen der Welt und meinem Denken lag und an der alles Reale, Greifbare und Wirkliche abprallte, die Platz für den Wahnsinn schuf, der sich mit eisigen Händen in meinen Verstand wühlte.

»Craven!«, sagte Tornhill scharf. »Was ist mit Ihnen?«

Wie durch einen auf und ab wogenden Schleier aus Nebeln und bösen Schatten sah ich, wie er sich herumdrehte und einen halben Schritt in meine Richtung tat. Dann blieb er plötzlich wieder stehen, aufmerksam geworden auf irgendetwas hinter der Tür.

»Nicht!«, stöhnte ich. Dieses eine, kaum verständliche Wort kostete mich unendliche Überwindung. Ich begann zu zittern. Die Kraft floss aus meinem Körper wie Blut, das durch eine fürchterliche Wunde entweicht und nur Schwäche und Tod zurücklässt. Ich wollte ihn warnen, ihm zuschreien, dass er sich herumdrehen und laufen sollte, so schnell er konnte, weg, nur weg von der Uhr, aber *ich war Stunde um Stunde gewandert, unfähig, eine längere Pause oder wenigstens eine kurze Rast einzulegen, denn der Boden war nicht fest, und wenn ich länger als ein paar Augenblicke auf der gleichen Stelle verharrte, begann ich in den höllischen schwarzen Sumpf einzusinken und* ich konnte mich nicht rühren, hatte nicht einmal die Kraft, auf ihn zuzutaumeln und ihn zurückzureißen.

»Gehen Sie nicht ... dorthinein«, stöhnte ich. »Um Gottes willen, Inspektor, gehen ... Sie ... nicht durch die ... Tür.«

Meine Stimme versagte. Ich stürzte, fiel hilflos zu Boden, aber der Schmerz, als ich mir das Gesicht blutig schlug, erreichte mein Bewusstsein nicht.

Tornhill war mit einem Schritt bei mir und riss mich in die Höhe.

»Verdammt, Craven, was ist passiert?«, fauchte er.

»Nicht dorthinein«, keuchte ich. Meine Gedanken begannen sich vollends zu verwirren. Ich konnte nicht mehr richtig sehen, begann die Kontrolle über meine Glieder zu verlieren und wäre erneut gestürzt, hätte Tornhill mich nicht gehalten. Sein Gesicht zerfloss vor meinen Augen zu einer amorphen weißen Fläche, seine Augen sanken ein und wurden zu lichtlosen schwarzen Tümpeln, aus denen mir der Wahnsinn entgegengrinste.

Dann veränderte es sich abermals. Seine Züge wurden schmaler, jünger, weiblicher und sanfter, wurden zum Antlitz des einzigen Menschen, den ich jemals geliebt hatte. Aber nur für einen Moment, dann zerplatzte es erneut, und hinter der Maske Priscyllas kam ein grauenhaftes *Ding* zum Vorschein, eine boshafte perverse Karikatur menschlichen Lebens, die fleischgewordene Verspottung Priscyllas, der höllische *Shoggote,* der an Priscyllas Stelle in meinem Haus aufgetaucht war, denn *das Ding war mir gefolgt, als ich durch das Tor in die Vergangenheit geschleudert wurde. Zusammen mit mir hatte es den magischen Tunnel betreten, der in der Standuhr meines Vaters begann und in der Welt der GROSSEN ALTEN endete. Etwas war geschehen während dieses Sturzes durch die Ewigkeiten, etwas hatte uns getrennt, sodass er in einigem Abstand zu mir – räumlich oder zeitlich – die Welt seines Ursprunges erreicht hatte, aber er war da und er sah mich und hörte mich und er hatte begonnen, mich zu verfolgen und würde mich einholen, um zu vollenden, was ihm in der Bibliothek meines Hauses nicht gelungen war ...*

Ich schrie. Für einen Moment überschritt ich die Grenzen zum Wahnsinn; die Welt um mich herum wurde zu einem Albtraum aus grauschwarzen Spinnweben und Furcht. Ich brüllte und schrie und schlug in Panik um mich, bis Tornhill mich brutal an den Schultern hochriss und mir mit der flachen Hand vier-, fünf-, sechsmal hintereinander ins Gesicht schlug.

»Sind Sie wieder normal?«, fragte er. Seine Stimme klang kalt und ärgerlich wie zuvor, aber ich glaubte echte Sorge in seinem Blick zu erkennen. Mühsam löste ich seine Hand von meiner Schulter, richtete mich auf und nickte. Dann schüttelte ich den Kopf.

»Aha«, machte Tornhill. »Und was heißt das jetzt?«

»Ich bin ... in Ordnung«, sagte ich. »Glaube ich.«

Tornhills Blick verdüsterte sich. »Was sollte das?«, fragte er. »Warum wollen Sie nicht, dass ich durch diese Tür gehe? Es wäre besser, wenn Sie mir jetzt endlich die Wahrheit sagen würden – ich bekomme sie sowieso heraus. Ich werde nämlich ganz Scotland Yard auf dieses Haus und ganz besonders dieses Zimmer dort ansetzen, wenn es sein muss. Was ist dort drüben, Craven? Was ist dieses schwarze Zeug?«

Ich wollte antworten, kam aber nicht dazu.

Durch die offen stehende Tür der Uhr wehte ein unheimliches Geräusch heran. Im ersten Moment klang es wie das Heulen eines Wolfes, weit, weit entfernt und verzerrt vom Wind und der Leere. Aber dann wurde es schriller, bizarrer und fremdartiger, ein Laut, der nicht von dieser Welt war, ein unbeschreibliches wildes und feindseliges Kreischen, mit dem *irgendetwas* eine äonenalte Wut in die Welt hinausschrie.

Tornhill erbleichte. Seine Augen weiteten sich, und seine Lippen begannen zu zittern. Aber kein Laut entrang sich seiner Brust. Und dann drehte er sich mit starren, gezwungen wirkenden Bewegungen zur Standuhr herum.

»Nicht!«, keuchte ich. »Gehen Sie nicht dorthin, Tornhill!«

Aber wenn der Inspektor meine Worte überhaupt hörte, so reagierte er nicht darauf – oder konnte es nicht. Langsam, mit Schritten, die von einer gnadenlosen unsichtbaren Kraft gelenkt wurden, näherte er sich der Tür.

Ich sprang hoch, warf mich auf ihn und zerrte ihn mit aller Gewalt zurück. Mein Blick fiel durch die Tür.

Und was ich sah, ließ mich erstarren.

Wände und Decke waren verschwunden, und wo die Geheimbibliothek meines Vaters gewesen war, erstreckte sich jetzt wieder die Welt der GROSSEN ALTEN, eine Welt, die vor zweihundert Millionen Jahren untergegangen war. An einer Stelle, noch weit entfernt, zuckte und bebte der Boden wie die schrundige Haut eines gewaltigen, hässlichen Tieres. Die erstarrten schwarzen Wellen bewegten sich wie unter Schmerzen.

Aber es war System in dieser Art der Bewegung. Es war kein wirkliches Erzittern, kein Beben dieser schwarzen lebenden Masse, nein, es war, als – *krieche etwas dicht unter der Oberfläche des Bodens heran, langsam und mit schwerfälligen Bewegungen, aber zielstrebig und unaufhaltsam. Etwas Großes, Massiges, ungeheuer Starkes …*

»Mein Gott, Craven – was ist das?«

Tornhills Hand krampfte sich so fest um meine Schulter, dass ich vor Schmerz aufschrie und seinen Arm beiseiteschlug. Aber er starrte bloß weiter auf das grauenhafte Bild, das Zucken und Wogen des Bodens, und das schwarze *Etwas,* das dicht unter seiner Oberfläche auf uns zukroch.

»Was ist das, Craven?«, wimmerte er. Jetzt schien er es zu sein, der am Rande des Wahnsinns entlangbalancierte.

Die Wellen kamen näher. Ein dunkler, scheinbar formloser Körper arbeitete sich dicht jenseits der Tür zur Oberfläche empor und –

Es war wie eine lautlose Explosion. Schwarzer Schlamm spritzte auf, mit Urgewalt auseinandergefetzt wie von einer Mörsergranate. Faustgroße Brocken der widerlichen schwarzen Masse schossen zu uns heraus, besudelten den Teppich oder klatschten gegen die Wände, schwarze Streifen wie zähes Blut hinter sich herziehend.

Etwas Großes, Formloses brach aus der zerfetzten Oberfläche des schwarzen Sumpfes, ein ungeheures Brüllen ausstoßend. Für einen Moment glaubte ich peitschende Krakenarme zu erkennen, eine verzerrte Fratze, beherrscht von einem fürchterlichen, zahnbewehrten Papageienschnabel und einem einzelnen, blutig roten Auge, dann verging die Vision, und das *Ding* war nichts als eine formlose schwarze Masse, groß wie ein Bär und wankend. Dünne, zuckende Fäden des schwarzen Sumpfes tropften von seinem Leib.

Ich reagierte, ohne überhaupt zu wissen, was ich tat. Aus den Augenwinkeln sah ich, wie Tornhills Hand unter seinen Überrock fuhr und mit einer langläufigen Pistole wieder zum Vorschein kam.

Ich wirbelte herum, warf mich mit meinem ganzen Körpergewicht gegen ihn. Der Revolver entlud sich dicht neben meinem rechten Ohr mit einem Knall, der mir die Trommelfelle zu zerfetzen schien, aber die Kugel fuhr harmlos über uns in die Decke. Tornhill und ich stürzten aneinandergeklammert zu Boden.

Als ich mich wieder aufrichtete, war das schwarze *Ding* halbwegs aus der Uhr herausgetreten. Es wankte. Große, an schwarzen Eiter erinnernde Brocken des Sumpfes lösten sich von einem Leib, liefen an seinem Schädel herab und gaben Teile eines menschlichen Gesichtes frei.

Eines Gesichtes, das von unvorstellbarem Entsetzen zu einer Grimasse verzerrt war, wie ich sie noch nie zuvor erblickt hatte.

Und aus dieser scheußlichen Visage kam eine Stimme. Eine Stimme, die kaum mehr Menschliches an sich hatte und aus der alle Qualen der Hölle zu sprechen schienen.

»Helft ... mir«, röchelte sie. »Ihr müsst ... mir ... helfen!«

Es waren nicht die Worte, die mich aufschreien und in die Höhe fahren ließen. Es war die Stimme selbst. Ich kannte sie, ebenso wie dieses vom Entsetzen zerstörte Gesicht.

Es war Rowlfs Stimme.

»Verdammt, halten Sie still, van der Groot!« Howards Stimme erzeugte hallende Echos an den Wänden des Gewölbekellers, und er sah aus den Augenwinkeln, wie ihr Wächter rasch aufblickte und sie aus kalten Augen misstrauisch musterte, sich aber nicht rührte.

Van der Groot stöhnte, als Howards Fingerspitzen über sein angeschwollenes Kinn tasteten. »Das ... tut verdammt weh«, murmelte er.

»Es hört gleich auf.« Howard hielt den Kopf des anderen mit der linken Hand, tastete mit den Fingerspitzen der rechten weiter über sein Kinn, suchte einen bestimmten Nervenknoten und drückte kurz und hart zu, als er ihn gefunden hatte. Van der Groot schrie auf, schlug seine Hand beiseite und machte plötzlich ein sehr verblüfftes Gesicht.

»Was ... haben Sie gemacht?«, stammelte er. »Die Schmerzen sind weg!«

Howard grinste und lehnte sich zurück. »Nichts Weltbewegendes«, antwortete er. »Nur ein kleiner Trick. Vielleicht lernen Sie ihn auch einmal, wenn Sie lange genug leben, um über den Rang eines bezahlten Killers hinauszukommen.«

Die Augen des Holländers wurden schmal vor Zorn. »Sie wissen ganz genau, dass ich kein bezahlter Mörder bin, Lovecraft«, sagte er.

»Ach?«, machte Howard. »Und was hatten Sie vor, mit Rowlf und mir?«

»Jedenfalls keinen Mord.«

»Nennen Sie es, wie Sie wollen«, antwortete Howard. »Es läuft aufs Gleiche hinaus.«

»Das tut es nicht«, protestierte van der Groot. »Sie sind zum Tode verurteilt worden und haben sich der gerechten Strafe entzogen. Wundern Sie sich, wenn man Männer hinter ihnen herschickt?«

»Nein«, erwiderte Howard trocken. »Es kränkt mich allerdings, dass man dazu solche Nieten einsetzt wie Sie und diesen angeblichen Doktor Gray.« Er blickte van der Groot ernst an und fügte hinzu: »Verurteilt? Von welchem Gericht, van der Groot?«

»Vom Rat der Ordensherren. Und über ihnen steht die höchste Gerichtsbarkeit der Schöpfung.«

»Und daran glauben Sie, wie?«

Van der Groot schien für einen Moment nicht mehr zu wissen, was er antworten sollte. Howards Stimme war frei von Spott oder Hohn gewesen.

»Natürlich«, sagte er schließlich. »Warum fragen Sie, Lovecraft? Sie wissen, dass keiner von uns aus Gewinnsucht oder anderen niederen Beweggründen handelt. Sie waren selbst einer von uns, bevor Sie ... bevor Sie den Orden verraten haben.« Der letzte Teil des Satzes klang irgendwie trotzig. Er blickte an Howard vorbei auf den schwarzgekleideten Drachenkrieger, aber seine Augen schienen etwas anderes zu sehen.

»*Verrat?*« Howard betonte das Wort auf sonderbare Weise. »Welche Art von Verrat meinen Sie, van der Groot?«

Der Holländer druckste herum. »Nun«, sagte er, »ich ... man hat mir gesagt, dass Sie den Orden verraten haben, und man hat mir das Urteil gezeigt, unterzeichnet und besiegelt vom obersten Ordensherren selbst.«

»Und das reicht, nicht wahr?« Howard lächelte, aber es wirkte irgendwie traurig. »Nun – es spielt vermutlich keine Rolle mehr, ob Sie mir glauben oder nicht, van der Groot, aber ich versichere Ihnen, dass ich weder den Orden noch einen seiner Brüder in irgendeiner Form verraten habe. Ich habe das Schweigegelübde gehalten. Nicht einmal Rowlf weiß von meiner ... Vergangenheit.«

»Das glaube ich Ihnen nicht«, antwortete van der Groot verstockt. »Der Ordensherr würde kein Fehlurteil sprechen.«

»Das hat er ja auch nicht«, sagte Howard. »Von seinem Standpunkt aus hatte er gar keine andere Wahl, als mich eliminieren zu lassen. Ich verstehe ihn sogar, auch wenn ich seine Meinung verständlicherweise nicht ganz teilen kann. Ich hasse ihn deswegen nicht.«

»Was haben Sie dann getan, wenn Sie den Orden nicht verraten haben?«, wollte van der Groot wissen.

»Etwas viel Schlimmeres«, antwortete Howard. »Ich habe die Wahrheit erkannt, van der Groot. Ich habe erkannt, dass der Orden Unrecht tut und dass seine Regeln auf den falschen Grundsätzen aufgebaut sind. Die Ziele seiner Brüder mögen gerecht sein, aber auf schlechtem Boden wachsen keine guten Bäume. Was immer der Orden tut, wird Übles hervorbringen.«

Van der Groot erbleichte. »Das ist ... Gotteslästerung!«, krächzte er.

»Nein«, erwiderte Howard. »Nur die Wahrheit. Aber ich glaube, wir sollten uns nicht darüber streiten. So, wie die Dinge liegen, wird wohl keiner von uns noch lange Gelegenheit haben, der einen oder anderen Seite zu dienen.«

»Sie ... glauben, Necron wird uns umbringen?«, flüsterte van der Groot.

Howard schwieg, und nach einer Weile wandte sich der Holländer wieder um und starrte in die grauen Schlieren, die den Keller in zwei ungleiche Hälften teilten. Necron und seine Junker waren auf der anderen Seite dieser Barriere. Nur einer der Drachenkrieger war als Wächter bei ihnen zurückgeblieben, nachdem der Alte gegangen war und Rowlf mitgenommen hatte.

Rowlf …

Howard hätte viel darum gegeben, nur einen Blick durch den Nebelvorhang werfen zu können. Necron hatte mit keinem Wort angedeutet, was er mit Rowlf zu tun beabsichtigte. Howard glaubte nicht, dass er ihn töten wollte. Necron war grausam, aber nicht dumm, und wie seine Männer tötete er niemals ohne Grund – wenngleich ihm schon der geringste Anlass einen solchen bieten konnte.

Nein, Howard fürchtete nicht um Rowlfs Leben. Nicht im Moment. Aber er hatte das bedrückende Gefühl, dass der Tod vielleicht nicht das Größte aller Übel sein mochte, das seinem Diener und Freund im Moment zustoßen konnte. Es gab Dinge, die schlimmer waren als der Tod.

Er seufzte und wandte sich wieder an van der Groot. »Wissen Sie«, sagte er, »wenn es nicht so traurig wäre, würde ich laut darüber lachen. Sie und Ihre Brüder sind vielleicht die einzige Macht auf der Welt, die die GROSSEN ALTEN noch aufhalten könnte. Und statt mit dieser Macht zusammenzuarbeiten, laufe ich vor Ihnen und Ihresgleichen weg, und Sie setzen Himmel und Hölle in Bewegung, um mich umzubringen.«

»Es gibt keine Gemeinsamkeit zwischen uns«, antwortete van der Groot kalt. »Sie sind ein Verräter. Ganz gleich, wie Sie es nennen. Ihr Todesurteil wird vollstreckt werden. Wenn nicht jetzt, dann später.« Er lachte böse. »Warum fragen Sie nicht Necron? Seine Seele gehört dem Teufel doch schon. Vielleicht arbeitet er mit Ihnen zusammen. Wir brauchen Männer wie Sie nicht, Lovecraft. Gott wird uns die Kraft geben, die Dämonen, die Sie die GROSSEN ALTEN nennen, zu schlagen, ohne dass wir deshalb einen Handel mit dem Satan eingehen müssten.«

»Sie glauben nicht an sie, was?«, fragte Howard.

»An wen? Die GROSSEN ALTEN?«

Howard nickte.

»Nein«, sagte van der Groot nach kurzem Überlegen.

»Aber haben Sie nicht selbst gerade erst gesagt, dass Ihr Ordensherr die Anwesenheit Cthulhus gespürt hat?«

»Das stimmt«, gestand van der Groot unbeeindruckt. »Wenn Sie diese Art von Dämonen meinen – an die glaube ich. Ich weiß, dass es sie gibt. Es sind die üblen Geister und finsteren Mächte, die in der Seele der Menschen hausen.« Er überlegte einen Moment, blickte den Drachenkrieger durchdringend an und fuhr fort: »Ich glaube an die Existenz des Bösen an sich. Wenn Sie das meinen, haben Sie recht. An Wesen wie Ihre GROSSEN ALTEN glaube ich nicht.«

»Sie Narr«, sagte Howard. »Haben Sie so wenig gelernt in den Jahren, die Sie ausgebildet wurden, ehe Sie in den Orden aufgenommen werden konnten? Oder sind die Regeln so gelockert worden, seit ich ausgeschieden bin? Zu meiner Zeit war es eine Ehre, sich Tempelherr nennen zu dürfen!«

»Das ist es auch noch!«, protestierte van der Groot. »Aber ich glaube nicht an Geschichten, mit denen man kleine Kinder und Idioten erschrecken kann. Dämonen aus der Urzeit – das ist doch lächerlich!«

»Und was war das für ein Wesen, das uns in der Bibliothek angegriffen hat?«, fragte Howard ruhig.

Van der Groot schien einen Moment verunsichert. »Täuschung«, sagte er, aber der Klang seiner Stimme bewies, dass es nur eine Ausrede war, an die er selbst nicht glauben konnte. »Finstere Magie und Teufelszeug.«

»Nennen Sie es, wie Sie wollen«, sagte Howard. Aber es ist –« Er stockte, blickte den dunkelhaarigen Holländer einen Moment verwirrt an und stand dann mit einem Ruck auf. Er ging auf die Nebelbarriere zu und hob beruhigend die Hand, als sich der Krieger spannte. »Ruf deinen Herrn«, sagte er. »Ich muss ihn sprechen.«

Der Krieger starrte ihn einen Moment unschlüssig an, dann wandte er sich um und verschwand mit raschen Schritten durch die Nebelwand.

Wenige Sekunden später kam er in Begleitung Necrons zurück. Hinter ihnen schoben sich zwei weitere Drachenkrieger durch die grauen Schwaden.

»Was wollen Sie?«, fragte Necron unwillig. »Ich habe keine Zeit, mich mit Ihnen zu unterhalten.«

»Das glaube ich gerne«, antwortete Howard amüsiert. »Sie haben alle Hände voll zu tun, sich Cthulhu vom Halse zu halten, nicht wahr? So, wie ich ihn einschätze, wird er es Ihnen nachtragen, dass Sie seinen Befehl missachtet haben.«

»Was geht Sie das an?«, schnappte Necron.

»Nichts«, sagte Howard achselzuckend. »Ich dachte, wir könnten einen Handel abschließen.«

»Einen Handel?« Necrons gnadenlose Augen wurden schmal. »Was für einen Handel, Lovecraft?«

»Sie haben einen Fehler gemacht, Necron«, begann Howard. »Sie haben einen Befehl der GROSSEN ALTEN missachtet, und Sie haben einen ihrer Pläne zum Scheitern gebracht, was vermutlich schlimmer ist.«

»Habe ich das?«

»Behandeln Sie mich nicht wie einen Narren«, sagte Howard zornig. »Robert ist noch am Leben. Ich weiß nicht ob er das wirklich Ihrer Eigenmächtigkeit zu verdanken hat, aber da der Charakter der GROSSEN ALTEN noch miserabler sein dürfte als der Ihre, wird Cthulhu Sie garantiert zum Sündenbock machen.«

Wieder blieb Necron ihm die Antwort schuldig, und Howard fuhr fort: »Sie wissen, dass es so ist. Vielleicht dauert es eine Zeit, bis er reagiert, aber wenn, wird seine Rache fürchterlich sein. Er wird Sie nicht einfach umbringen. Ich weiß nicht, was er tun wird, aber ihm fällt bestimmt etwas viel Amüsanteres ein – von seinem Standpunkt aus.«

»Was wollen Sie?«, fragte Necron. Seine Stimme war kalt wie Eis, aber in seinen Augen blitzte es.

»Ihnen einen Handel vorschlagen«, sagte Howard. »Ich helfe Ihnen, wenigstens noch ein paar Tage zu leben. Vielleicht gelingt es Ihnen sogar, Ihre sagenhafte Bergfestung zu erreichen und sich dort zu verbarrikadieren – das soll nicht meine Sorge sein. Jedenfalls werden Sie dieses Land lebend verlassen.«

»Und wie?«, fragte Necron lauernd.

Howard lächelte und schüttelte den Kopf. »So nicht, Necron. Erst meine Bedingung.«

»Sie haben keine Bedingungen zu stellen«, zischte Necron. »Aber bitte – sagen Sie, was Sie wollen.«

»Nichts, als dass Sie verschwinden«, antwortete Howard. »Sie gehen, nehmen Ihre Männer mit und lassen mich, Rowlf, van der Groot und das Mädchen frei. Und Sie lassen die Finger von Robert.«

»Mehr nicht?«, fragte Necron sarkastisch.

»Mehr nicht«, erwiderte Howard. »Überlegen Sie es sich, Necron. Die Dinge haben sich durch Ihre Eigenmächtigkeit geändert. Sie kamen, um Robert zu töten und sich des Buches zu bemächtigen, aber ihr Verrat an Cthulhu hat alles geändert. Wir sind jetzt Verbündete, ob es uns passt oder nicht. Wenn wir die GROSSEN ALTEN besiegen wollen, dann können wir das nur mit vereinten Kräften. Wenn es einer von uns allein versucht, wird er untergehen.«

»Sie unterschätzen mich, Lovecraft«, antwortete Necron hart. »Und Sie überschätzen sich. Aber gut – ich habe Ihre Forderung gehört. Was wollen Sie mir bieten?« Er kicherte. »Eine Schiffspassage über den Ärmelkanal?«

»Ein *Tor«*, antwortete Howard ruhig.

Diesmal vergingen Sekunden, ehe Necron antwortete. »Sie ... wissen von den ... *Toren?«*, fragte er zögernd.

Howard nickte. »Ja. Was glauben Sie, wie ich sonst so rasch von Arkham nach London kommen konnte, Necron? Ich weiß davon, und ich weiß auch, dass Sie das *Tor*, durch welches Sie hierhergekommen sind, nicht mehr benutzen können. So, wie es im Moment aussieht, können Sie überhaupt keines der Ihnen bekannten *Tore* benutzen. Die Wege, die Sie gehen, werden ausnahmslos von den GROSSEN ALTEN beherrscht und überwacht. Sie würden geradewegs in Cthulhus Rachen marschieren, wenn Sie eines der *Tore* benutzen würden.«

»Und Sie –«

»Ich kenne ein *Tor*, das nicht ihrem Einfluss unterliegt«, sagte Howard. »Ich weiß, wo es ist, und ich weiß, wie man es aktivieren kann. Seine Position gegen unsere und Roberts Freiheit.«

»Sie lügen!«, behauptete Necron.

Howard setzte sein sonnigstes Lächeln auf.

Der Alte starrte ihn eine endlose Sekunde lang an, dann ballte er die Fäuste und trat wütend einen Schritt auf ihn zu. »Sagen Sie, wo es ist!«, befahl er. »Sagen Sie mir den Standort!«

»Es ist hier in London«, erwiderte Howard seelenruhig. Necrons Zorn schien ihn nicht im Geringsten zu beeindrucken. »Warum suchen Sie es nicht?«

Necron keuchte vor Zorn. »Ich könnte Sie zwingen!«

»Versuchen Sie es«, antwortete Howard. »Sie können eine Menge, Necron, das gebe ich zu. Aber gerade haben Sie behauptet, ich würde Sie unterschätzen. Begehen Sie nicht den gleichen Fehler! Ich bin kein Hexer wie Sie oder Robert, aber ich verstehe genug von Magie, um mich zu schützen. Selbst vor Ihnen.«

»So?«, kreischte Necron. »Das wollen wir sehen.«

»Wenn Sie zum Beispiel versuchen sollten –«, begann Howard.

Necron hob die Hände und begann dunkle Worte in einer gutturalen Sprache zu murmeln.

»– meinen Willen mit magischen Kräften zu brechen –«

Zwischen Necrons Fingern begann sich dünner grauer Rauch zu kräuseln. Rauch, der wie spinnenfingrige Hände durch die Luft auf Howard zuglitt und sein Gesicht umspielte.

»– dann könnte es durchaus sein, dass ich in meinem Unterbewusstsein einen hypnotischen Befehl verankert habe –«

Der Rauch ballte sich dichter. Necrons Stimme wurde höher und schriller, und plötzlich begann er wie ein Derwisch hin und her zu hüpfen. Die rauchigen Spinnenhände hüllten Howards Kopf so ein, dass sein Gesicht kaum noch zu erkennen war. Etwas bewegte sich zwischen ihnen.

»– der mich tötet, wenn ich das Geheimnis verraten will. Sie verwenden doch den gleichen Trick bei Ihren Männern, oder? Die sterben auch, ehe Sie irgendetwas gegen Sie tun oder sagen können.«

Necron erstarrte mitten in der Bewegung, mit offenem Mund und halb in der Luft erhobenen Händen. Sein Adamsapfel hüpfte auf und ab, als hätte er eine lebende Kröte verschluckt.

»Sie lügen!«, behauptete er. Seine Stimme zitterte.

Howard zuckte mit den Schultern. »Stellen Sie mich auf die Probe, Necron. Einen Versuch haben Sie frei. Aber nur einen.«

Drei, vier endlose Sekunden starrte Necron Howard Lovecraft aus zornblitzenden Augen an, dann ließ er die Hände sinken, ballte sie zu Fäusten und knirschte hörbar mit den Zähnen.

»Also gut«, sagte er. »Sie haben gewonnen. Jedenfalls für den Moment.«

»Sie willigen ein?«

»Einwilligen?« Necron schüttelte zornig den Kopf. »Nein, Lovecraft. So schnell nicht. Aber ich werde Sie noch nicht umbringen. Und ich werde über Ihren Vorschlag nachdenken.«

»Tun Sie das«, riet Howard. »Aber lassen Sie sich nicht zu viel Zeit.«

»Zum hundertsten Male«, brüllte Tornhill. »Ich will wissen, was in diesem Haus vorgegangen ist, Craven. Alles. Jede Einzelheit.«

Dabei schlug er mit der flachen Hand auf die Platte des gewaltigen Schreibtisches, der den Großteil seines Büros ausfüllte. Jeder, der auf der anderen Seite dieses gewaltigen Möbelstückes auf dem unbequemen Besucherstuhl saß, musste sich klein und schäbig vorkommen, zumal der Stuhl ein Gutteil zu klein geraten war und man zu Tornhill aufsehen musste; ein ziemlich mieser Trick und dazu nicht einmal besonders originell.

Aber er funktionierte, zumindest in meinem Fall. Ich wusste nicht mehr, wie viel Zeit vergangen war, seit mich Tornhill von Rowlf fortgerissen und an zwei seiner Leute übergeben hatte.

Wir waren in Scotland Yard – zumindest nahm ich das an –, und dieser kleine Raum mit dem schmalen, zusätzlich vergitterten Fenster im zweiten oder dritten Stock war Tornhills Büro. Von der freundlichen, ja beinahe mitfühlenden Art, die er in meinem Haus an den Tag gelegt hatte, war nichts mehr geblieben. Vielleicht lag es daran, dass Tornhill hier gewissermaßen auf eigenem Boden kämpfte.

Vielleicht hielt er mich auch schlichtweg für einen Mörder.

»Also?« Er schrie jetzt nicht mehr, aber die Ruhe, mit der er sprach, war fast drohender.

Ich sah auf und fuhr mir mit dem Handrücken über die Stirn. Meine Augen brannten, und auf meiner Zunge lag ein pelziger, bitterer Geschmack. Ich hatte Durst. »Ich habe Ihnen alles erzählt, Tornhill«, sagte ich leise. »Glauben Sie mir. Ich ... weiß nicht, wer meine Hausangestellten umgebracht und die anderen entführt hat.«

Tornhill starrte mich einen Moment mit verändertem Ausdruck an, dann seufzte er, lehnte sich zurück und verschränkte die Hände vor dem Bauch.

»Wissen Sie was, Craven?«, sagte er. »Ich glaube Ihnen sogar.«

»Dann lassen Sie mich gehen«, stöhnte ich. »Ich kann Ihnen nicht helfen, begreifen Sie das doch endlich! Mein Gott, es sind meine Freunde, die diese Männer entführt –«

»Diese Männer?«, unterbrach mich Tornhill. Seine Stimme klang lauernd. »Was für Männer, Craven? Woher wissen Sie, dass es Männer waren?«

»Ich glaube nicht, dass die Kidnapper Säuglinge waren, die aus ihren Kinderwagen gestiegen sind und ein Blutbad im Haus angerichtet haben«, antwortete ich wütend. »Ich weiß nicht, wer sie sind, und ich weiß noch viel weniger, wo Howard und Priscylla abgeblieben sind.«

»Ich behaupte ja auch gar nicht, dass Sie es wissen«, sagte Tornhill ruhig. »Aber Sie wissen mehr, als Sie zugeben, Craven. Sehr viel mehr!«

Er beugte sich vor, und wieder war seine Ruhe wie fortgewischt. »Verdammt, für wie blöd halten Sie die englische Polizei eigentlich?«, schnauzte er. »Ich komme in ein Haus, in dem ein Massaker stattgefunden hat, ziehe Sie aus einer Uhr und finde ein Zimmer voller ... voller ...« Er suchte einen Moment krampfhaft nach den richtigen Worten. »Voller was-weiß-ich. Und dann taucht einer ihrer vermissten Freunde buchstäblich aus dem Nichts auf und –«

»Warum lassen Sie mich nicht mit ihm reden?«, unterbrach ich ihn. »Vielleicht hat er die Antworten auf ein paar von Ihren Fragen.«

»Das geht im Moment nicht«, antwortete Tornhill. Ich wusste, dass er die Wahrheit sagte. Er und seine Leute hatten mich fast sofort aus dem Zimmer gezerrt, nachdem Rowlf aufgetaucht war, doch ich hatte noch sehen können, in welch schlimmem Zustand Howards Leibdiener war.

»Wie geht es ihm?«, fragte ich.

Tornhill zuckte die Achseln. »Er wurde ins Hospital gebracht«, sagte er. »Ich habe Anweisung gegeben, dass man mich sofort ruft, wenn er aufwacht.« Seine Augen wurden schmal. »Was hat er damit gemeint, Craven?«

»Womit?«

»Mit dem, was er gesagt hat, bevor er das Bewusstsein verlor«, sagte Tornhill gepresst. »Und falls Sie es vergessen haben sollten, Craven – seine Worte lauteten: *Er will dich, Robert. Er will dich haben!*«

Er hätte sie nicht zu wiederholen brauchen. Ich wusste nur zu gut, was Rowlf gemeint hatte. Trotzdem antwortete ich nach kurzem Zögern: »Ich habe keine Ahnung, Tornhill.«

Zu meiner Überraschung explodierte der fettleibige Scotland-Yard-Mann nicht.

»Wie Sie wollen, Craven«, sagte er nur. »Dann eben nicht.« Er lächelte kalt, stand mit einem Ruck auf und kam um den Tisch herum auf mich zugewalzt. »Stehen Sie auf!«, befahl er.

Ich gehorchte. »Was haben Sie vor?«, fragte ich.

Tornhill lächelte dünn. »Ich sperre Sie ein, Craven«, antwortete er in einem Ton, als hätte ich ihn gefragt, warum die Sonne morgens aufgeht. »Was denn sonst?«

Er streckte die Hand nach mir aus, aber ich wich unwillkürlich ein Stück zurück. »Mit welcher Begründung?«

Tornhill ächzte. »Mit welcher Begründung? Sind Sie von Sinnen, Craven? Ich finde ein Dutzend Gründe, um Sie für zweitausend Jahre hinter Gitter zu bringen, wenn ich will.«

»Sagten Sie nicht gerade, dass Sie mich für unschuldig halten?«

»Möglich«, antwortete Tornhill lächelnd. »Aber das hat ja keiner gehört außer Ihnen, nicht?« Er wandte sich um, riss die Tür auf und machte eine einladende Geste. »Bitte, Mister Craven. Ihr Zimmer ist gerichtet.«

Das Geräusch, mit dem die Gittertür, hinter mir zuschlug, klang in meinen Ohren wie das Zukrachen eines stählernen Sargdeckels. Lange Zeit stand ich reglos da und lauschte auf das Klirren des Schlüssels, der sich hinter mir drehte, und das Pochen meines Herzens.

Gefängnistüren.

Sie ähnelten sich überall, ganz gleich, in welchem Land man war. Bevor ich nach England kam und ein neues Leben als reicher Millionenerbe antrat, hatte ich sie zu Dutzenden gesehen – von beiden Seiten –, und oft genug waren sie hinter mir verschlossen und erst nach Monaten wieder aufgemacht worden. Wegen lächerlicher Dinge wie dem Diebstahl eines Brotes oder ähnlicher Kapitalverbrechen.

Ich hatte gehofft, diesen Abschnitt meines Lebens ein für alle Mal hinter mir zu haben, nachdem ich das Erbe meines Vaters übernommen hatte, aber die Vergangenheit hatte mich eingeholt.

Es war zum Verzweifeln!

Die Klammer um meine Erinnerungen war noch immer da, wenngleich sie sich gelockert hatte und ich mich jetzt mehr und mehr auf die Dinge zu besinnen begann, die sich vor Howards und Priscyllas Verschwinden ereignet hatten.

Er will dich, Robert!

Rowlfs Worte schienen immer und immer wieder hinter meiner Stirn widerzuhallen. *Er will dich!*

Wer wollte mich? Wer war dieser *er,* und was wollte *er* von mir? Wer hatte die Männer geschickt, die ich für Howard und Dr. Gray gehalten hatte, und ...

Ich schüttelte den Kopf, um das taube Gefühl zwischen meinen Schläfen zu vertreiben, ging zu der schmalen Pritsche, die auf der anderen Seite in die Wand eingelassen war, und ließ mich daraufsinken. Fragen. Fragen über Fragen, aber keine Antworten.

Und der einzige Mensch, der vielleicht wenigstens ein bisschen Licht in das Dunkel bringen konnte – Rowlf – lag in einem Krankenhausbett, unerreichbar und durch ein Dutzend verschlossener Stahltüren und eine Armee von Polizisten von mir getrennt.

Für einen Moment dachte ich ernsthaft daran, nach Tornhill zu rufen und ihn einzuweihen, ihm alles zu erzählen, von Anfang an. Aber ich verwarf den Gedanken so schnell, wie er mir gekommen war. Alles, was ich damit erreichen würde, war, dass ich die Zelle im Keller von Scotland Yard mit einer Gummizelle im nächsten Irrenhaus vertauschte. Tornhill konnte mir gar nicht glauben.

Ich ließ mich zurücksinken, legte den Kopf gegen den feuchtkalten Stein der Wand und schloss die Augen. Mein Körper verlangte nach Schlaf, und so, wie die Dinge im Moment standen, war ich sowieso dazu verdammt, in diesem Loch bis zum nächsten Morgen zu warten.

Vielleicht nicht nur bis zum nächsten Morgen. Es standen acht Tote auf der Sollseite meines Kontos, und wie ich Tornhill einschätzte, würde er sich an mich halten, wenn er niemand anderes fand, der die Rechnung beglich ...

Ich seufzte, rutschte auf der harten Pritsche in eine bequemere Stellung (wenigstens versuchte ich es) und verschränkte die Hände hinter dem Kopf. Der Schlaf kam fast sofort.

Die gestalt war in ein weißes nachtgewand gehüllt aber es war blutig und zerrissen das haar versengt und schwarz und die augen dunkle wunderschöne augen in denen goldener und silberner sternenstaub blitzen sollte waren voller tod alles war rot und blut und schrecken und priscyllas alabasternes antlitz hatte sich in eine fratze des grauens verwandelt das dämonische abbild eines wesens das nicht leben durfte und niemals gelebt hatte der sturz durch zeit und raum hatte uns getrennt aber es spürte mich folgte meiner fährte wie ein bluthund und kam näher ... näher ... näher ... näher ... ab und zu verschwand die gestalt wie ein schiff auf stürmischer see hinter den erstarrten schwarzen wogen der höllischen landschaft die die kulisse für unser bizarres Wettrennen bildete aber sie tauchte immer wieder auf und war jedes Mal näher heran ganz egal wie schnell ich lief schien ihre geschwindigkeit immer eine Winzigkeit höher zu sein als die meine und ich wusste dass ich ihr nicht entkommen konnte und ...

Mit einem Schrei fuhr ich von der Pritsche hoch. Die Zelle war dunkel, schwarz und lichtlos wie ein Grab. Es war Nacht geworden, während ich geschlafen hatte.

Aber ich war nicht mehr allein ...

Etwas war bei mir. Unsichtbar, körperlos und tödlich.

Draußen auf dem Gang wurden Schritte laut, dann klirrte ein Schlüssel im Schloss, und die Tür wurde mit einem unsanften Ruck aufgerissen. Ein rothaariger Bursche mit kantigem Kinn und dunklen, übermüdeten Augen blickte zu mir herein. In der Rechten hielt er eine Lampe, die er direkt auf mein Gesicht richtete.

»Was ist passiert?«, fragte er. »Wer hat geschrien wie am Spieß?«

»Geschrien?« Ich musste nicht einmal schauspielern, um wirklich verwirrt zu klingen. Mein Herz jagte. Ich hatte Mühe, mich auf die Worte des Polizeibeamten zu konzentrieren.

»Verdammt noch mal, ja!«, blaffte der Mann. »Ich hab's doch deutlich gehört!«

»Ich ... ich weiß nicht«, log ich. »Ich habe geschlafen. Vielleicht ... jemand in einer der anderen Zellen?«

»Da ist keiner«, antwortete der Wächter, schüttelte den Kopf und zog die Tür wieder halb zu. Dann sah er mich scharf an. »Wenn Sie irgendwelche blöden Scherze versuchen, mein Lieber«, sagte er, »dann denken Sie daran, dass ich auch Humor habe. Ich weiß nur nicht, ob er *Ihnen* gefallen wird.«

»Ich ... habe nichts getan«, antwortete ich, so überzeugend, wie ich überhaupt konnte. »Vielleicht ...«, fügte ich hinzu, »habe ich im Schlaf geschrien.«

»Im Schlaf, wie?« Er überlegte einen Moment. Plötzlich war der Ausdruck auf seinen Zügen viel freundlicher. »Zum ersten Mal hier?«

Ich nickte.

»Dann kann ich Sie fast verstehen«, sagte er. »Ist nicht besonders angenehm, hier eingesperrt zu sein. Aber die erste Nacht ist ein bisschen früh, um schon einen Gefängniskoller zu kriegen. Wer bearbeitet Ihren Fall?«

»Tornhill«, antwortete ich.

»Au weia«, murmelte der Beamte. »Na dann viel Spaß. Mit dem ist noch keiner ausgekommen. Wenn Sie einen Rat wollen – sagen Sie ihm die Wahrheit, das erspart Ihnen eine Menge Ärger.«

»Und wenn ich unschuldig bin?«

»Dann sagen Sie's ihm«, sagte er »Wenn's stimmt, dann wird er Ihnen auch glauben.« Er lächelte noch einmal, wandte sich endgültig um und zog die Tür hinter sich ins Schloss. Die Schlüssel klirrten, dann hörte ich, wie sich seine Schritte entfernten.

Mit einem lautlosen Seufzen ließ ich mich wieder zurück auf die Pritsche sinken. Der Mann hätte keine zehn Sekunden länger in meiner Zelle bleiben dürfen. Meine Selbstbeherrschung war zu Ende. Zum Schluss war sein Gesicht zerflossen, und durch seine Züge hatte mich die bizarre Dämonenfratze aus meinem Traum angestarrt, eine verzerrte Verhöhnung von Priscyllas lieblichen Zügen ...

Aber war es wirklich nur ein Traum gewesen? Alles schien so unglaublich echt zu sein, von einer Realität, die die Grenzen des Erträglichen fast überstieg. Hatte ich von der Welt der GROSSEN ALTEN wirklich nur geträumt – oder war ich dagewesen?

Ich versuchte die Vorstellung abzuschütteln, aber das machte es eher noch schlimmer. Wenn ich mich doch nur erinnern könnte!

Die Vorstellung, dass sich Priscylla wirklich in diese ... diese Bestie verwandelt haben könnte, war ...

Irgendwo neben mir knirschte etwas.

Ich erstarrte. Für einen Moment vermochte ich nicht einmal zu denken. Das Geräusch wurde lauter, dunkler ... als bewegte sich eine Tür in uralten, rostigen Scharnieren ...

Langsam, zitternd vor Entsetzen, hob ich den Kopf und blickte nach links.

Auf der gegenüberliegenden Wand der Zelle war ein Umriss entstanden. Ein schmales, vielleicht anderthalb Meter hohes Rechteck, gebildet von dünnen, grün flackernden Linien – der Umriss einer Tür!

Und diese Tür schwang langsam, ganz, ganz langsam, nach außen ...

Dahinter wogte die Unendlichkeit.

Eine Welt, so fremd, dass sie sich der Vorstellungskraft des Menschen entzog. Auch ich kann sie in diesen Zeilen nicht beschreiben. Man kann Äußerlichkeiten benennen, Dinge, die man sehen und anfassen kann, nicht aber den Schrecken, den diese Welt atmete wie finsteren Pestgestank, eine Welt, in der das Leben keinen Platz hatte, in der Tod und Furcht die Ordnung der Dinge aufrechterhielten und deren Pulsschlag vom Grauen bestimmt wurde.

Eine Ebene, schwarz wie die Hölle und sanft gewellt wie der finstere Boden eines blasphemischen Ozeans, besudelt von schrecklichen, unaussprechlichen Dingen, die seine pockige Oberfläche durchbrachen.

Ein Himmel, den niemals das Licht einer Sonne beschienen hatte, bar jeden Sternes, beherrscht vom grinsenden Knochengesicht eines bleichen Todesmondes.

Und – weit, weit entfernt, aber näher kommend – eine Gestalt.

Weiß. Ein weißes Kleid, besudelt von Blut. Dunkles Haar, das wie ein Medusenhaupt wogte und zitterte. Krallen, so tödlich und scharf wie Dolche. Eine verzerrte Dämonenfratze, die bekannten Züge darin zu einer grotesken Verhöhnung allen Lebens verzerrt.

Und dann hörte ich die Stimme.

Zuerst erkannte ich sie nicht einmal – es war ein hohes, dünnes Kreischen, ein Schrei dämonischer Wut, der in meinen Ohren gellte und lauter und lauter wurde –, aber dann hörte ich die Worte.

»Wir kriegen dich, Robert Craven«, wisperte sie, immer wieder unterbrochen von einem dämonischen, bösen Kichern wie das Lachen verzerrter Kinderstimmen. *»Wir kriegen dich, Robert Craven. Du bist tot.«*

Und es war nicht irgendeine Stimme, so wenig wie die Fratze dieser höllischen Ausgeburt irgendeine Fratze war.

Es war Priscyllas Stimme, und es war ihr Mund, der diese Worte formte.

Ich begann zu schreien – und diesmal hörte ich auch nicht auf, als die Tür aufgerissen wurde. Ich merkte nicht einmal, wie der rothaarige Polizist zurückprallte, als wäre er von einem Schlag getroffen worden, und wie auch er zu schreien begann.

Etwas Helles, Flirrendes raste aus der Öffnung in der Wand und schmiegte sich wie eine Aureole aus verzehrendem Licht um seinen Körper. Und mit dem Licht kamen Schemen, in denen höllische Fratzen aufblitzten, und rauchige Geisterfinger, die an seinem Haar und seinen Kleidern zerrten, Striemen in sein Gesicht rissen und ihm die Augen auskratzen wollten.

Blindlings sprang ich auf, warf mich gegen ihn und stieß ihn rücklings aus der Tür. Ich glaubte noch ein wütendes Zischen zu hören, dann traf etwas meinen Rücken.

Noch ehe ich den Schmerz spüren konnte, wurde mir schwarz vor Augen ...

Das Gesicht des Mädchens war bleich wie das einer Toten. Ihre Augen waren geschlossen, und die Lippen hatten alle Farbe verloren und wirkten wie zwei dünne, blasse Narben auf der weißen Haut.

Necron hob langsam die Hand, beugte sich vor und berührte die Lippen der Schlafenden fast zärtlich mit den Fingerspitzen. Sekundenlang blieb er reglos so sitzen, dann zog er seine Hand zurück, richtete sich mit einem Ruck auf und winkte mit einer befehlenden Geste zwei seiner Krieger heran. Die Männer kamen näher und senkten demütig das Haupt, um die Befehle ihres Meisters entgegenzunehmen.

»Ihr beide haftet mir mit eurem Leben für dieses Mädchen«, sagte Necron. »Niemand wird sie berühren. Tötet jeden, der sich ihr auch nur nähert.«

Die beiden Drachenkrieger zogen schweigend ihre Waffen und postierten sich rechts und links des improvisierten Lagers, auf dem das Mädchen lag.

Necron betrachtete die Bewusstlose noch einen Moment, mit einer sonderbaren Mischung aus Unglauben und Verwirrung, dann wandte er sich um und blickte nachdenklich von Howard zu van der Groot und wieder zurück. Vier seiner Krieger hatten Howard und den Holländer herbeigeschleift und hielten sie mit stählernem Griff zwischen sich.

»Ich habe über Ihren Vorschlag nachgedacht, Lovecraft«, sagte Necron leise.

Howard sah auf. Es waren Stunden vergangen, seit er das letzte Mal mit Necron gesprochen hatte; Stunden, in denen die Sonne draußen untergegangen und seine Hoffnung nahezu auf den Nullpunkt gesunken war.

»Sind Sie einverstanden?«, fragte er.

Necron antwortete nicht. Stattdessen gab er einem der beiden Krieger, die Howard gepackt hielten, einen knappen Wink. Der Mann hob die Hand und schlug sie seinem Gefangenen in den Nacken. Howard sank mit einem unterdrückten Schmerzenslaut auf die Knie, biss die Zähne zusammen und schrie erneut auf, als ihn der Krieger wieder auf die Beine riss.

Necron lachte leise. »Das nur als Warnung, Lovecraft. Sie haben nur zu reden, wenn ich es Ihnen ausdrücklich gestatte. Wie gesagt – ich habe über Ihren Vorschlag nachgedacht. Man könnte das, was Sie mir angetragen haben, eine Erpressung nennen, oder?«

»Ich schlage Ihnen ein Geschäft vor«, erwiderte Howard. »Ihr Leben gegen unseres und das des Jungen.«

»Ein Leben gegen vier?«

»Das eigene Leben ist immer ein bisschen mehr wert, oder?«

Wieder hob der Drachenkrieger die Faust, aber diesmal winkte ihn Necron im letzten Moment zurück. Er lachte sogar. Wenn auch auf eine Art, die Howard einen Schauer über den Rücken laufen ließ.

»Sie amüsieren mich, Lovecraft«, sagte er. »Entweder sind Sie wirklich sehr mutig oder ein Narr. Aber zur Sache.« Er trat ein Stück zur Seite, sodass Howard direkt auf die bewusstlose Priscylla hinabsehen konnte, und fuhr fort: »Wie gesagt, ich habe über Ihren Vorschlag nachgedacht.«

»Sie haben gar keine andere Wahl, als anzunehmen«, sagte Howard leise. »Das wissen Sie. Sie sitzen mit Ihren Männern in der Falle. Früher oder später wird Cthulhu hier auftauchen oder eine seiner Kreaturen. Dann ist es um Sie geschehen.«

»Das mag sein«, bekannte Necron ungerührt. »Trotzdem werde ich nicht auf den Handel eingehen, den Sie mir vorschlagen. Ich habe eine bessere Idee.« Er lächelte dünn. »Ich werde Sie zwingen, mir zu sagen, wo dieses *Tor* ist – falls es überhaupt existiert.

»Und wie?«, fragte Howard. »Ich habe keine Angst vor dem Tod, Necron. Und Ihre magischen Kunststückchen funktionieren nicht bei mir!

»Wer spricht von Magie?«, entgegnete Necron lächelnd. »Sehen Sie, Lovecraft, Sie sind ein Europäer, und ihr Abendländer seid uns auf gewissen Gebieten schon immer unterlegen gewesen. Zum Beispiel im Ertragen von Schmerzen. Oder im Zufügen.«

Howard schluckte. »Sie wollen mich ... foltern?«

»Der Gedanke ist mir gekommen«, sagte Necron. »Aber nur für einen kurzen Moment. Ich bin sicher, dass Sie Schmerzen nicht lange aushalten würden, aber ich bin fast ebenso sicher, dass Sie einen Weg fänden, sich selbst zu töten, ehe Sie reden würden. Wie Sie sehen, begehe ich nicht den Fehler, Sie zu unterschätzen. Aber ich habe noch zwei weitere Gefangene, nicht?« Er wies auf van der Groot, der erschrocken zusammenzuckte. »Meine Männer sind Spezialisten im Zufügen von Schmerzen«, fuhr Necron fort. Und darin, das Opfer dabei möglichst lange am Leben zu erhalten. Ich könnte es Ihnen an diesem Narren demonstrieren, Lovecraft. Es wäre kein großer Verlust.«

»Warum tun Sie es nicht?«, fragte Howard kalt. »Wir sind nicht gerade Freunde. Glauben Sie, ich würde Robert verraten, um einen Mann zu retten, der mich umbringen wollte?«

»Sie bluffen«, behauptete Necron. Ich kenne Sie besser. Sie würden reden. Ich bin überzeugt, dass Sie nicht zusehen würden, wie ein anderer an Ihrer Stelle leidet. Aber – wie gesagt, das ist nur meine Meinung. Ich kann mich täuschen. Deshalb bin ich auf eine bessere Lösung verfallen.«

Er starrte Howard durchdringend an, drehte sich plötzlich herum und trat mit einem schnellen Schritt hinter Priscyllas Lager. Seine

Hand krallte sich in ihr Haar und riss ihren Kopf in die Höhe. Sie erwachte nicht, aber über ihre Lippen kam ein halblautes Stöhnen.

»Ich gebe Ihnen mein Wort, dass meine Männer dieses Mädchen vor Ihren Augen zu Tode foltern werden, Lovecraft«, sagte er leise. »Sagen Sie mir, wo sich das *Tor* befindet.«

»Du Teufel!«, keuchte Howard. »Du verdammte Bestie! Ich –«

Ein Faustschlag traf ihn zwischen die Schulterblätter und ließ ihn erneut auf die Knie brechen.

»Wenn Sie sie ... auch nur anrühren, Necron«, würgte er hervor, »töte ich mich selbst. Dann haben Sie nur noch eine Leiche und niemanden mehr, der Ihnen den Weg zurück zeigen könnte.«

»Das würde nichts nutzen«, sagte Necron kalt. »Ich würde sie trotzdem töten lassen, Lovecraft. Wenn ich meinen Männern den Befehl dazu gebe, würden sie weitermachen, gleich, ob Sie tot sind oder nicht. Ihr Opfer wäre sinnlos. Glauben Sie mir – ich meine, was ich sage.«

Howard stemmte sich mühsam auf Hände und Knie. Sein Blick war getrübt. »Sie sind ... ja kein Mensch mehr«, keuchte er. »Warum begreifen Sie nicht, dass wir auf der gleichen Seite stehen? Cthulhu ist auch *Ihr* Feind, Necron!«

»Nicht, wenn ich ihm etwas bringe, das noch wertvoller ist als das Leben Robert Cravens«, sagte Necron leise.

»Er wird Sie vernichten«, beharrte Howard. »Und Sie wissen es. Sie kennen die GROSSEN ALTEN besser als jeder andere Sterbliche. Er wird Sie benutzen und Sie dann vernichten, sobald Sie Ihren Zweck erfüllt haben.«

»Vielleicht.« Necrons Blick glitzerte wie der eines Wahnsinnigen. »Aber wenn, so werde ich mich zu wehren wissen.« Er hob die Hand. Einer der schwarzgekleideten Mörder zog einen schmalen, gekrümmten Dolch unter dem Gewand hervor, kniete neben dem Mädchen nieder und setzte seine Spitze auf ihrem linken Augenlid an.

»Nein!«, keuchte Howard.

Necron starrte ihn an. »Sie werden reden?«

»Ich ... sage Ihnen alles«, sagte Howard niedergeschlagen. »Sie haben gewonnen, Necron. Lassen Sie das Mädchen in Frieden.«

Necron lächelte triumphierend und winkte den Drachenkrieger zurück.

Howard richtete sich mühsam auf. »Es ist ... hier«, sagte er leise. »Hier im Haus. Dieser Keller hier gehört doch zu Roberts Haus, nicht?«

»Woher wissen Sie das?«, schnappte Necron.

Howard lachte leise. »Ich bin kein Narr, Necron. Ich war oft genug hier. Ein paar von den Kisten dorthinten habe ich selbst hier heruntergeschafft, zusammen mit Andara. Das *Tor* ist hier, direkt über Ihrem Kopf sozusagen.«

»Hier?«, murmelte Necron ungläubig. »Ein *Tor?* Ein magisches *Tor* der GROSSEN ALTEN hier im Haus?«

»Andara entdeckte es vor vielen Jahren«, bestätigte Howard. »Er, ich und ein paar befreundete Männer versuchten es für unsere Zwecke umzupolen und hierher zu schaffen. Es gelang.« Er lachte leise. »Es ist noch immer da, und es arbeitet noch. Lassen Sie uns gehen, und ich zeige Ihnen –«

»Das wird nicht mehr nötig sein«, unterbrach ihn Necron.

»Was soll das heißen?«

»Nichts.« Necron lächelte. »Ich weiß, was ich wissen wollte, Lovecraft. Ich und meine Männer werden gehen – sobald wir das NECRONOMICON haben.«

»Sie brechen Ihr Wort?«

»Ich habe Ihnen kein Wort gegeben, das ich brechen könnte«, sagte Necron kalt. »Ich bin gekommen, um mein Eigentum zurückzuholen, und ich werde es bekommen. In einem anderen Punkt allerdings«, fügte er nach einer merklichen Pause hinzu, »gebe ich Ihnen recht, Lovecraft. Es wäre ein Fehler, Craven und Sie zu beseitigen. Wenn dieses ... Hexer-Söhnchen mir das Buch übergibt, dann schenke ich Ihnen Ihr jämmerliches Leben. Wer weiß – vielleicht sind Sie ja noch einmal ganz nützlich.«

»Wir sollten zusammenarbeiten, Necron«, sagte Howard in fast beschwörendem Tonfall.

Necron lachte. »Niemals. Ich lasse Sie, Craven und das Mädchen am Leben – und das ist schon mehr, als Sie verdient haben. Betrachten Sie es als ein Zeichen meiner übergroßen Güte. Und nun genug. Ich habe zu tun. Vorbereitungen müssen getroffen werden. Beten Sie, dass Ihr geistesschwacher Gehilfe diesen jungen Narren bald findet, denn lange wird meine Geduld nicht mehr vorhalten.«

»Rowlf?« Howard sah sich um, als vermisse er Rowlf erst jetzt. »Sie haben ihn zu Robert geschickt?«

Necron nickte. »Ja. Auf einem Wege, der Sie amüsieren wird. Jetzt, da ich alles weiß, offenbart sich mir erst die Ironie meiner Wahl.« Er kicherte böse.

»Was soll das heißen?«, fragte Howard. »Was haben Sie mit Rowlf gemacht?«

»Gemacht? Nichts. Ich habe ihn zurückgeschickt, als Boten, und wenn Sie so wollen, als einen, der die Sicherheit meines Heimweges testet. Wir werden sehen, ob er angekommen ist.«

Es dauerte einen Moment, bis Howard begriff. Sie ... haben ihn durch ... durch eines Ihrer *Tore* geschickt?«, keuchte er.

Necron nickte. »Es war der kürzeste Weg.«

»Sie Wahnsinniger!«, brüllte Howard. »Sie haben Rowlf durch ein *Tor* gehen lassen, von dem Sie wussten, dass Cthulhu dahinter lauert und –«

»Nicht *wusste*«, unterbrach ihn Necron kichernd. »Nur vermutete. Ich glaube nicht, dass Azatoth, der Blasenschlagende im Zentrum der Unendlichkeit, einen harmlosen Narren wie Rowlf vernichten wollte.«

»Und wenn er es doch getan hat?«, fragte Howard. Plötzlich klang seine Stimme ganz kalt.

Necron zuckte die Achseln. »Werde ich einen anderen Weg finden, Craven zu erreichen«, sagte er. »Jetzt, wo ich die Lage des unbewachten *Tores* kenne, spielt Zeit keine Rolle mehr.«

Howard schrie auf, warf sich nach vorne und streckte die Hände nach der Kehle des Alten aus. Einer der Drachenkrieger machte eine blitzschnelle Bewegung, und Howard stolperte, fiel auf den Steinboden und blieb verkrümmt und um Atem ringend liegen. Seine Augen waren verschleiert, als er endlich wieder die Kraft fand, sich auf den Rücken zu wälzen und zu dem Alten hochzusehen.

»Sie Teufel«, keuchte er. »Sie verdammter ... Teufel.«

Necron lachte leise. »Zu viel der Ehre, Lovecraft«, sagte er. »Ein solches Kompliment habe ich gar nicht verdient. Jedenfalls noch nicht.«

»Es reicht! Es ist mir ganz egal, was für Gründe Sie haben, den Geheimnisvollen zu spielen, Craven. Das hier war zu viel. Ich will wissen, was hier gespielt wird. Jetzt und alles!«

Tornhills Augen blickten kalt, und eine innere Stimme sagte mir, dass er jedes Wort ganz genau so meinte, wie er es ausgesprochen hatte. Eine der Wachen hatte ihn geradewegs aus dem Bett geholt und zu mir gebracht. Er hatte sich schweigend angehört, was der rothaarige Wachmann zu berichten hatte, dann hatte er ohne ein weiteres Wort alle außer mir und dem Rotschopf aus der Zelle geschickt, die Tür geschlossen und zu reden begonnen.

Er hatte eine Menge gesagt, und nichts davon hatte mir gefallen. Die Worte »Irrenanstalt« und »lebenslänglich« waren ein paar Mal vorgekommen und noch einiges mehr.

»Ich muss zu Rowlf«, sagte ich leise und ohne ihn anzusehen. »Bitte, Tornhill, lassen Sie mich zu ihm. Meinetwegen legen Sie mich in Ketten und Fußeisen, aber ich muss zu ihm.«

»Nein«, sagte Tornhill leise. »Nicht, ehe Sie reden.«

»Sie würden mir nicht glauben, Tornhill«, antwortete ich.

»Glauben?« Tornhill seufzte. »Sie müssen noch viel lernen, junger Freund«, sagte er, und in seiner Stimme war ein überraschend sanfter, verzeihender Ton. »Zum Beispiel, dass ein Polizist prinzipiell nichts glaubt, sondern sich von Tatsachen überzeugen lässt.« Er schüttelte den Kopf, lehnte sich gegen die Zellentür und sah abwechselnd mich und den rothaarigen Polizisten an, der wie ein Häufchen Elend zusammengesunken auf dem Rand meiner Pritsche hockte.

»Erzählen Sie noch einmal, Devon«, sagte er. »Was ist passiert?«

Devon sah auf. Tornhills Worte schienen ihn aus einer Trance geweckt zu haben. Sein Blick flackerte. »Ich ... weiß es ja selbst nicht genau«, sagte er weinerlich. »Craven hat geschrien, und da war diese ... Stimme.«

»Seine Stimme?«

»Nein«, antwortete Devon, wenn auch nach langem Zögern und sehr unsicher. »Ich ... glaube nicht. Ich bin sicher, dass es nicht seine Stimme war. Sie hat gelacht und ... und etwas geflüstert. Etwas wie ...« Er brach ab und starrte wieder zu Boden.

»Wir kriegen dich, Robert«, sagte ich.

Devons Kopf ruckte herum. Seine Augen weiteten sich. »Ja«, flüsterte er. »Sie ... haben es auch gehört?«

Diesmal hätte ich fast gelacht.

»Weiter«, sagte Tornhill rasch, und Devon fuhr fort: »Als ich in die Zelle kam, war da dieses Licht, und ...« Wieder stockte er, lächelte nervös und warf mir einen hilfesuchenden Blick zu. »Und das Gespenst«, stieß er schließlich hervor. Ich hörte, wie schwer es ihm fiel, das Wort auszusprechen.

Seltsamerweise blieb Tornhill vollkommen ruhig. Er hatte auch keine Miene verzogen, als Devon seine Geschichte zum ersten Mal erzählt hatte.

»Es packte mich«, fuhr der Polizist nach einer Weile fort. »Und dann ... dann geschah etwas mit mir. Ich ... ich weiß nicht, was es war. Ich ... es war ... es war, als ... als würde etwas aus mir *herausgesaugt*. Als ...« Seine Stimme schwankte und drohte überzukippen. Er atmete ein paar Mal tief ein, zwang sich zur Ruhe und sprach stockend und langsam weiter: »Es war, als würde ich innerlich aufgefressen. Anders kann ich es nicht beschreiben. Craven hat mich dann hinaus auf den Gang gestoßen, das ist alles, woran ich mich erinnern kann.«

Er sprach nicht weiter – und auch Tornhill schwieg einen Moment. Dann lächelte er, trat von der Tür zurück und warf Devon einen auffordernden Blick zu. »Okay, Devon. Gehen Sie nach Hause und erholen Sie sich. Ich sage dem Captain Bescheid, dass Sie bis zum Ende der Woche bezahlten Krankenurlaub haben. Und – kein Wort zu irgendjemandem, verstanden?«

Devon nickte, sprang auf und verließ beinahe fluchtartig die Zelle. Tornhill drückte die Tür wieder hinter ihm zu. »Und jetzt möchte ich den Rest der Geschichte hören«, sagte er an mich gewandt.

»Auch wenn er noch verrückter ist als das, was Sie schon gehört haben?«, fragte ich.

Tornhill lachte hart. »Ich habe Ihnen schon einmal gesagt, dass ich prinzipiell nichts glaube, Craven«, sagte er. »Aber ich halte auch prinzipiell nichts für unmöglich, es sei denn, man beweist mir das Gegenteil. Was Devons Geschichte angeht – ich glaube nicht, dass es ein Gespenst war, das ihn überfallen hat. Aber ich weiß, dass er sich eine solche Geschichte nicht aus den Fingern saugen würde, um sich wichtig zu machen. Was ist wirklich passiert?«

»Das weiß ich so wenig wie Sie«, antwortete ich niedergeschlagen. »Und das ist die Wahrheit, Tornhill. Ich weiß nur, dass mich jemand verfolgt, jemand oder besser gesagt – etwas.«

»Und was ist dieses ... *Etwas?«*, fragte er betont. »Sicher nicht der Geist Ihrer Großmutter, der keine Ruhe finden kann, oder?«

Ich starrte ihn an, presste die Lippen zusammen und schwieg. Tornhills Miene verdüsterte sich, und ich spürte, dass er die Grenzen seiner Geduld erreicht und überschritten hatte.

Und dann tat ich etwas, was ich nie zuvor in meinem Leben getan hatte, etwas, von dem ich nicht einmal wusste, ob es mir gelingen würde. Und das ich nie wieder in meinem Leben tun sollte.

Ich stand auf, hob den Arm und streckte die Hand nach Tornhill aus. »Kommen Sie her«, sagte ich.

Tornhill zögerte. Sein Blick tastete über meine bloße Hand, als fürchte er, dass sie sich jeden Moment in eine Schlange verwandeln könnte. Dann löste er sich von seinem Platz an der Tür, kam auf mich zu und berührte zögernd meine Finger.

Ich griff zu, ehe er auch nur Gelegenheit fand, einen Schreckensschrei auszustoßen. Meine Finger schlossen sich mit aller Gewalt um die seinen und pressten sie zusammen.

Und zum allerersten Mal in meinem Leben benutzte ich die Macht, die ich von meinem Vater geerbt hatte, in vollem Umfang.

Es war grauenhaft.

Mein Geist – ein Teil meines Geistes, etwas, von dem ich bisher nicht einmal wirklich gewusst hatte, dass es existiert, etwas Dunkles und Finsteres, das aus den tiefsten Abgründen meiner Seele emporquoll wie finstere Lava – berührte seinen Geist, zerschmetterte die Barrieren, die das menschliche Bewusstsein vor Wahnsinn und Verfall schützen, mit einem einzigen Schlag.

Für einen Moment, einen furchtbaren, zeitlosen Moment, nicht mehr als den millionsten Teil einer Sekunde vielleicht, waren wir eins. Es war nicht so, wie ich es mir vorgestellt hatte. Ich las nicht seine Gedanken oder übermittelte ihm Wissen – ich war Tornhill. Sein Leben, der ganze ungeheure Schatz an Erfahrungen und Informationen, die in den millionenfach verschlungenen Windungen seines Gehirns gespeichert waren, war plötzlich in mir.

Ich erinnerte mich, erinnerte mich an jede Sekunde seines Lebens, jeden Triumph, jede Niederlage, jedes Gespräch, jede Schmach und jede Peinlichkeit, jede einzelne Erfahrung, die er irgendwann einmal gemacht hatte, durchlebte fünf Jahrzehnte in Millisekunden und *wusste.*

Und er war ich. Der entsetzte Ausdruck in seinen Augen sagte es mir, dass er umgekehrt das Gleiche erlebte wie ich, dass er Robert Craven war, der Sohn des Hexers, meine Jugend, mein Leben als Tagedieb in den Slums von New York miterlebte, den Schrecken spürte, als mir meine wahre Identität enthüllt wurde, das ungläubige Entsetzen, als ich begriff, dass es hinter unserer Welt noch eine zweite, schrecklichere gab, meine Furcht, das erdrückende Gefühl der Hilflosigkeit ...

Unsere Hände lösten sich mit einem Ruck. Ich taumelte, sank auf die Pritsche zurück und verbarg das Gesicht in den Händen, während Tornhill wie versteinert stehen blieb und mich aus entsetzt aufgerissenen Augen anstarrte.

Sein Gesicht hatte alle Farbe verloren. Seine Lippen bebten, und plötzlich begannen seine Hände zu zucken, als hätte er die Kontrolle über seine Glieder verloren. »Was ...«, krächzte er. »Mein Gott, Craven, was ... was haben Sie ... getan?«

»Das wollte ich nicht«, murmelte ich. Auch meine Stimme zitterte, und ich spürte, wie ich mehr und mehr die Beherrschung zu verlieren begann. Das Entsetzen lähmte mich. Ich war über seine Seele hergefallen, hatte an den ureigensten Geheimnissen dieses Mannes gerüttelt und an den Tag gezerrt, was nur ihm gehörte und was kein anderer Mensch auf der Welt zu wissen berechtigt war. Ich hatte ihn gezwungen, mein eigenes Leben zu teilen, hatte seine Seele vergewaltigt, vielleicht die Grundlage all dessen, woran er glaubte, zerstört. Ich hatte das Leben eines Menschen seziert, nur weil ich es wollte, Kraft eines einzigen, unbedachten Gedankens. Plötzlich wurde mir klar, welch ungeheure *Macht mir* Roderick Andara hinterlassen hatte!

»Das wollte ich nicht, Tornhill«, keuchte ich. »Bitte, glauben Sie mir! Ich ... ich wusste nicht, was ich tat. Verzeihen Sie mir – bitte!«

Tornhill machte einen schwerfälligen Schritt auf mich zu, hob die Hand und berührte mich beinahe sanft an der Schulter.

»Es ist in Ordnung, Robert«, sagte er. »Ich weiß, dass du ... dass du das nicht geahnt hast.« Er atmete hörbar ein, fuhr sich nervös mit der Zungenspitze über die Lippen und setzte sich neben mich auf die Pritsche.

Ich glaubte zu ahnen, was in ihm vorging, und wenn es nur halb so schrecklich war wie das, was ich in diesem Moment durchmachte, dann ging er durch die Hölle.

»Verzeihen Sie mir«, murmelte ich noch einmal. »Ich wollte das nicht. Ich wollte nur, dass ... dass Sie mir glauben.«

Tornhill lachte, aber es klang wie ein Schrei in meinen Ohren. Plötzlich packte er mich, riss mich mit brutaler Kraft an den Schultern herum und schüttelte mich wild. »Ist das alles wahr?«, brüllte er. »Sagen Sie die Wahrheit, Craven! Wenn es ein Trick war, um –«

Behutsam löste ich seine Hände von meinen Schultern, rutschte ein Stück zurück und schüttelte den Kopf. »Es war kein Trick, Tornhill!«, sagte ich.

Er wusste, dass ich die Wahrheit sprach. Er hatte keine Sekunde daran gezweifelt. Sein plötzlicher Ausbruch war nur ein letzter, verzweifelter Versuch gewesen, die Augen vor der Wahrheit zu verschließen.

Tornhill stöhnte, ließ sich mit geschlossenen Augen gegen die Wand sinken und begann krampfhaft zu schlucken. »Das ... das ist schrecklich«, keuchte er.

»Aber es ist die Wahrheit«, sagte ich. »Und ich fürchte, es wird noch viel mehr Schreckliches geschehen, wenn wir nicht zu Rowlf gehen und versuchen, herauszubekommen, was er uns sagen wollte.«

Tornhill nickte, sah mich aber nicht an.

Auch nicht, als wir wenig später das Gebäude von Scotland Yard verließen und in einer vierspännigen Kutsche nach Norden fuhren, auf das Regency-Hospital zu.

Das Hospitalgebäude war selbst während der Nacht von Licht und Leben erfüllt. Rowlfs Zimmer lag ganz am Ende eines der zahllosen Korridore, die das Hospital wie die Gänge eines steinernen Ameisenbaues durchzogen. Vor der Tür hielt ein Polizist in der schwarzen Uniform der Londoner Bobbys Wache, der sich bei Tornhills Auftauchen straffte und einen diensteifrigen Ausdruck auf seine verschlafenen Züge zu zaubern versuchte. Tornhill scheuchte ihn mit einer Handbewegung aus dem Weg, öffnete die Tür und wedelte unwillig mit den Armen, als uns der Arzt, der uns zu Rowlfs Zimmer geleitet hatte, folgen wollte.

»Wir müssen allein mit ihm sprechen«, sagte er.

Der Arzt zögerte sichtlich. »Der Mann ist schwer krank!«, sagte er. »Ich weiß nicht, ob es –«

»Aber ich«, unterbrach ihn Tornhill ärgerlich. »Wir machen es kurz, Doktor, das verspreche ich – aber wir müssen mit ihm reden, und zwar allein.«

Einen Moment lang leistete der Arzt noch Widerstand; aber nur mit Blicken, nicht mehr mit Worten. Dann fuhr er auf dem Absatz herum und stapfte beleidigt davon.

Tornhill grinste geringschätzig, trat noch einmal auf den Gang hinaus und überzeugte sich davon, dass niemand in der Nähe war, der uns belauschen konnte, ehe er die Tür schloss.

Rowlf lag allein in dem Zimmer; zwei weitere Betten standen leer. Er schlief; zumindest waren seine Augen geschlossen, und er regte sich nicht, auch nicht, als sich Tornhill über ihn beugte und seine Hand berührte.

»Lassen Sie mich es versuchen«, sagte ich leise. Tornhill blickte mich einen Moment zweifelnd an, dann nickte er und trat beiseite, um mir Platz zu machen.

Ich erschrak zutiefst, als ich Rowlfs Gesicht sah. Er war gewaschen und ärztlich versorgt worden, aber er bot jetzt einen beinahe noch schrecklicheren Anblick als am Morgen, als er mit letzter Kraft aus dem Sumpf gekrochen war. Seine Stirn glänzte fiebrig, und seine Wangen waren eingefallen und mit grauen Schatten belegt. Seine Lippen waren gesprungen, und ein rascher Blick auf seine Hände zeigte mir, dass seine Fingernägel abgebrochen und gesplittert waren, als hätte er versucht, sich mit bloßen Händen durch die Erde zu wühlen. Sein Körper zitterte unter der Bettdecke, als hätte er Schüttelfrost.

Vorsichtig beugte ich mich vor, legte die Hand auf seine Stirn und flüsterte seinen Namen. Rowlf stöhnte leise, bewegte den Kopf hin und her und öffnete für einen ganz kurzen Moment die Augen. Sein Blick war leer. Alles, was ich darin las, war ein tiefer, unglaublich tiefer Schrecken.

»Er wacht auf«, flüsterte Tornhill.

Ich gebot ihm mit einer hastigen Geste zu schweigen, setzte mich auf die Bettkante und ergriff mit der Linken Rowlfs Hand, während ich die andere Hand auf seiner Stirn ruhen ließ. Immer wieder flüsterte ich seinen Namen, aber es dauerte sehr lange, bis er wieder eine Reaktion zeigte.

Seine gesprungenen Lippen öffneten sich, und ein tiefes, schmerzerfülltes Stöhnen drang aus seiner Brust. Dann flogen seine Lider mit einem Ruck auf.

»Es ist alles in Ordnung, Rowlf«, sagte ich rasch. Sein Blick war wild, und seine Hand presste die meine plötzlich so fest, dass ich beinahe vor Schmerz aufgeschrien hätte. »Keine Angst, Rowlf«, fuhr ich in ruhigem Ton fort. »Du bist in Sicherheit. Alles ist gut.«

»Ich ... Sicherheit?«, wiederholte er. »Was ist ... wo ... mein Gott, wo bin ich? Wie ... Howard! Er hat –«

»Sie brauchen sich keine Sorgen zu machen«, sagte Tornhill. »Sie sind im Hospital. Der Albtraum ist vorbei.«

Rowlf blinzelte verwirrt, starrte Tornhill eine Sekunde lang an und wandte sich dann wieder an mich. »Wer is dat?«

Diesmal konnte ich ein Grinsen nicht unterdrücken. Wenn Rowlfs fürchterlicher Slang wieder zum Vorschein kam, war alles in Ordnung. Er sprach nur dann reines Oxford-Englisch, wenn er sich allein glaubte oder vollkommen aus der Fassung gebracht war.

»Das spielt jetzt keine Rolle«, sagte ich. »Er ist ... ein Freund. Erinnerst du dich, was passiert ist?«

»Erinnern?« Rowlfs breitflächiges Gesicht verdüsterte sich. »Und ob«, knurrte er. »Necron hat uns entführn lassn, von sein' schwarzen Schlägern. Er hat Howard un das Mädchn.«

»Necron?«

Ich sah Tornhill nicht an, aber ich bemerkte aus den Augenwinkeln, wie sich seine Gestalt straffte. Seine Stimme klang angespannt. »Wovon reden Sie, Mann?«

»Vom Alten!«, knurrte Rowlf. »Diesem Pfeifengesicht Necron. Von wem sonst?«

»Nee –« Tornhill brach mitten im Wort ab, sog überrascht die Luft ein und beugte sich erregt vor. »Sie meinen doch nicht ... Necron, den ... den Magier von Salem?«, keuchte er. »Necron – den Herrscher der Drachenburg?«

»Sachich doch«, antwortete Rowlf. »Aber was gehtn Sie das an?«

»Es ist schon in Ordnung, Rowlf«, sagte ich rasch. Dann wandte ich mich an Tornhill. »Sie kennen ihn? Diesen Necron?«

»Kennen?« Tornhill schüttelte heftig den Kopf. »Natürlich nicht. Aber ich habe von ihm gehört. Bisher war ich allerdings der Annahme, dass er nichts als eine Legende ist, mit der man allenfalls Kinder erschrecken kann.«

»Wenn ichn zwischen die Finger krich«, versprach Rowlf düster, »dann könnse hinterher nichmal mehr'n Hund mittem erschrecken.«

»Du musst uns alles erzählen, Rowlf«, sagte ich. »Was ist passiert? Wieso hat er Howard entführt, und wie bist du in ...« Ich zögerte, rettete mich in ein verlegenes Lächeln und begann neu. »Wie ist dir die Flucht gelungen?«

»Flucht?« Rowlf verzog das Gesicht und starrte betreten die Bettdecke an. »Überhaupt nich«, gestand er kleinlaut. »Er hat mich gehn lassn. Ich weiß nich, wasser gemacht hat – zwei von sein Prügelknaben ham mich gepackt und durch so ne Art Tür geschmissen, un das Nächste, woran ich mich erinnern kann, is dieser schwarze Sumpf.« Er verzog angeekelt die Lippen, sagte aber nichts mehr. Aber ich hatte seine Schreie gehört. Rowlf war durch ein Inferno gegangen, während er in der Welt der GROSSEN ALTEN gewesen war.

»Er hat dich gehen lassen?«, fragte ich, als klar wurde, dass er nicht von selbst weiterreden würde.

Rowlf nickte. »Ich ... soll dir was sagn.«

»Und was?« Die Frage war im Grunde überflüssig. Ich wusste, was Necron von mir wollte.

Statt einer Antwort drehte Rowlf den Kopf in den Kissen und blickte Tornhill einen Herzschlag lang durchdringend an.

»Du kannst ihm vertrauen«, sagte ich.

»Vertraun?« Rowlfs Augen wurden schmal. »Wie viel weiß'n der?«

»Alles«, sagte ich. Rowlf fuhr zusammen, und ich fügte hastig hinzu: »Jedenfalls genug. Du kannst sprechen.«

»Er will dich«, sagte Rowlf leise. »Dich und das Buch, Robert. Aber ich weiß nicht, was er mehr will!«

»Das Buch?« Tornhill sah mich alarmiert an. »Das NECRONOMICON?«

Rowlf starrte mich mit einer Mischung aus Staunen und Zorn an. »Verdammt, was weiß der Kerl'n noch alles?«, schnappte er.

»Genug«, antwortete Tornhill an meiner Stelle. »Jedenfalls genug, um zu wissen, dass wir ihm dieses Buch nicht geben können. Wohin haben er und seine Leute Lovecraft und das Mädchen gebracht?«

»Wieso *wir?«,* fragte ich betont. Den letzten Teil seiner Frage überhörte ich bewusst. »Bisher bin ich der Einzige, der weiß, wo das NECRONOMICON ist.«

Nein, ich war nicht der Einzige, der das Versteck des Buches kannte! Es gab noch jemanden. Jemanden, der alle meine Gedanken und Geheimnisse so genau kannte, als wären es seine eigenen.

»Versuchen Sie nicht, sich in Dinge zu mischen, die Sie nichts angehen«, sagte ich drohend.

Tornhill lachte leise. »Ich? Ich glaube, Sie verwechseln da etwas, Craven. Sie haben mich nicht gefragt, ob ich all diese Dinge wissen wollte. Ich wollte sie nicht wissen, und ich gäbe meinen rechten Arm dafür, sie wieder vergessen zu können. Aber ich bin nun einmal mit drin, in diesem Fall.«

»Es ist keiner von Ihren Fällen, Tornhill«, unterbrach ich ihn scharf. »Sie können mir helfen, aber versuchen Sie nicht, mir in die Quere zu kommen. Es geht hier um mehr als ein Buch mit alten Zaubersprüchen. Das Leben meiner Freunde ist in Gefahr.«

»Sie wissen ganz genau, dass das NECRONOMICON kein Buch mit alten Zaubersprüchen ist«, antwortete Tornhill kalt. »Sie spielen doch nicht ernsthaft mit dem Gedanken, es Necron zu geben?«

»Er wird Howard un die Kleine töten, wenners nich kriegn tue«, sagte Rowlf.

»Das wird er nicht«, antwortete Tornhill gereizt. »Ich werde ihn daran hindern.«

»Sie?« Ich lachte, hart und bewusst herablassend. Tornhill erbleichte und starrte mich wütend an. »Sie wissen genau, dass Sie das nicht können, Tornhill«, sagte ich. »Wenn Sie versuchen sich einzumischen, bringen Sie Howard und Priscylla in Gefahr. Ich werde das nicht zulassen.«

»Aha. Und wie? Ich weiß, wo das Buch ist, vergessen Sie das nicht.«

»Dann wissen Sie auch, was geschieht, wenn Sie es auch nur anrühren«, antwortete ich. »Ihr Wissen nutzt Ihnen nichts, Tornhill. Was mit dem Buch geschieht, entscheide allein ich.«

Bevor er noch etwas sagen konnte, wandte ich mich wieder an Rowlf. »Was hat er genau gesagt? Versuch dich zu erinnern, Rowlf. Ich muss jedes einzelne Wort wissen.«

»Nicht viel«, antwortete Rowlf. »Nur dass du ... bezahl'n sollst, glaub ich. Dasser dich ham will. Dich persönlich. Un du sollst das Nickernemikon mitbringn.«

»Und wohin?«

»Ins Haus«, sagte Rowlf nach kurzem Schweigen. »Mehr hatter nich gesacht. Er würd dich schon fin'n, meinte, du sollst zum Haus komm', mittem Buch.«

»Das verbiete ich«, sagte Tornhill ruhig.

Rowlf lächelte, »'n Wort, unich hau ihm aufs Maul«, sagte er liebenswürdig. »Sin noch zwei Betten frei hier.«

Tornhill reagierte nicht auf die Drohung, aber seine Stimme klang versöhnlicher, als er weitersprach. »Er wird Sie umbringen, Craven«, sagte er. »Und Howard und Priscylla auch. Glauben Sie im Ernst, er lässt einen von Ihnen am Leben, wenn er das Buch hat?«

»Mich sicher nicht«, antwortete ich. »Aber vielleicht Priscylla. Verdammt, Tornhill, was würden Sie tun, wenn er Ihre Freundin und Ihren besten Freund dort gefangen hätte und als Geiseln benutzte?«

»Das weiß ich nicht«, antwortete Tornhill. »Und ich denke auch nicht über Fragen nach, die mit was-wäre-wenn beginnen, Craven. Mich interessieren Fakten.«

Er stand auf, trat ein paar Schritte vom Bett zurück und griff in die Manteltasche. Als er die Hand wieder hervorzog, lag eine Pistole darin. Der Hahn knackte hörbar.

»Und diese Fakten«, fuhr er fort, »besagen eindeutig, dass Sie im Moment nicht der richtige Mann sind, eine Entscheidung zu treffen.

Sie sind nicht objektiv, Craven. Sie lieben dieses Mädchen und würden alles tun, um sie zu befreien. Selbst diesem wahnsinnigen alten Mann das Buch überlassen. Und das kann ich nicht gestatten.«

Ich stand auf, aber ich griff ihn nicht an. Tornhill würde schießen – ich kannte ihn so gut wie er sich selbst. Er würde ohne Zögern abdrücken, wenn ich einen Trick versuchte.

»Und was haben Sie vor?«

»Ich bringe Sie zurück in den Yard in Ihre Zelle«, sagte Tornhill. »Dann nehme ich zehn von meinen besten Leuten und räuchere Necron und seine Mörderbande aus. Morgen früh ist alles vorbei.«

»Damit bringen Sie Howard und Priscylla um.«

»Das ist möglich«, gestand Tornhill. »Aber nicht sehr wahrscheinlich, Craven. Wir haben gute Leute beim Yard. Und ich habe schon mehr als eine Geisel befreit.«

»Aus den Händen eines Magiers?«

»Der ist auch nicht kugelfest«, sagte Tornhill lakonisch.

»Sind Sie sicher?«

Meine Frage brachte ihn sichtlich aus dem Konzept. Aber nur für einen ganz kurzen Moment. Dann schüttelte er unwillig den Kopf, steckte die Hand mit der Waffe in die Manteltasche und deutete mit der anderen zur Tür. »Gehen Sie, Craven«, befahl er. »Und denken Sie daran: eine falsche Bewegung, und ich erschieße Sie. Besser, Sie glauben mir.«

Und ob ich ihm glaubte! Für Tornhill war die Sachlage im Grunde ganz einfach. Er wusste ebensogut wie ich, welche Gewalten in dem Buch schlummerten und welchen Schaden der verrückte Magier mit dieser Macht anrichten konnte. Er konnte sich zum Herrscher über Länder oder Kontinente aufschwingen; vielleicht sogar der ganzen Welt. Es war eine ganz einfache Rechnung – Howards, Priscyllas und mein Leben gegen das von Tausenden. Tornhill blieb gar keine andere Wahl, als mich lieber zu erschießen, ehe er das NECRONOMICON aushändigte.

Die Gänge waren menschenleer, und nirgendwo bot sich eine Gelegenheit, Tornhill zu überrumpeln.

Er hatte dem Bobby vor Rowlfs Krankenzimmer Befehl erteilt, niemanden zu Rowlf vorzulassen, nicht einmal die Ärzte.

Immer wieder hatte ich auf dem Weg zum Ausgang auf ihn eingeredet, mich wenigstens mit Necron verhandeln zu lassen – vergebens. Tornhill reagierte gar nicht mehr darauf.

Wir bogen auf den breiten, von Dutzenden von Gaslampen taghell erleuchteten Hauptkorridor ein. Ich wollte die Haupttreppe ansteuern, aber Tornhill bugsierte mich mit unsanften Stößen seines Pistolenlaufes nach rechts, auf eine kleine, versteckte Tür zu.

»Wir nehmen den Lieferanteneingang«, sagte er. »Mir ist wohler, wenn ich allein mit Ihnen bin. Sie könnten auf dumme Gedanken kommen, wenn zu viele Menschen in der Nähe sind, Craven.«

Gehorsam öffnete ich die Tür und trat hindurch. Dahinter lag ein muffig riechendes Treppenhaus. Eine einfache Metalltreppe führte in waghalsigen Windungen in die Tiefe; einen Luxus wie Lampen gab es hier nicht, und die einzige Helligkeit kam durch schmale, in die Südwand eingelassene Fenster.

Etwas war nicht so, wie es sein sollte.

Ich konnte das Gefühl nicht in Worte kleiden. Es war das gleiche, unheimliche *Etwas,* das ich in der Zelle gespürt hatte, etwas Fremdes und Lauerndes, das sich in den Schatten zu verbergen schien und uns aus unsichtbaren Augen anstarrte. Unwillkürlich blieb ich stehen.

»Weitergehen!«, fauchte Tornhill. »Versuchen Sie keine Tricks, Craven. Ich warne Sie.«

»Das ist ... kein Trick«, sagte ich stockend. »Irgendetwas ... ist hier, Tornhill!«

Tornhill starrte mich an. Er hatte die Hand wieder aus der Tasche gezogen und die Pistole auf mich gerichtet. Ich konnte direkt sehen, wie es hinter seiner Stirn arbeitete.

Ein dumpfes, unheimliches Krachen wehte durch den Treppenschacht zu uns hinauf, und plötzlich verblasste das Mondlicht hinter einem flackernden grünen Schein, der irgendwo hinter mir entstand und flackernde Schatten an die gegenüberliegende Wand warf.

Ich fuhr herum, als ich sah, wie sich Tornhills Gesicht zu einer Maske des Entsetzens verzerrte.

Es war wie eine getreuliche Wiederholung der Szene, die ich im Keller von Scotland Yard erlebt hatte. Auf der nackten Ziegelwand in meinem Rücken erschienen die Umrisse einer Tür und dahinter, verzerrt und wie durch einen finsteren, auf und ab wogenden Schleier, die monotone Schwärze der alten Welt. Auch die Gestalt war da, weiß und grässlich, und hinter meiner Stirn kicherte ihre Stimme. *Wir kriegen dich, Robert Craven. Du bist tot! Tot! Tot!*

Und doch war etwas anders. Noch drei, vier der schwarzen Wellentäler, ein paar Dutzend lächerliche Schritte, und die Schimäre würde hinaustreten aus der Welt des Wahnsinns in die wirkliche, würde ihre Krallen in mein Fleisch schlagen und mich töten. Ich wusste, dass es kein Entkommen gab. Und in diesem Moment, endlich, erkannte ich die Wahrheit.

Die Vision war nie echt gewesen. Das Monster war nichts als Illusion, so wie die Welt, in der zu sein ich geglaubt hatte, nichts als ein böses, körperloses Ding war, das in mir existierte und sonst nirgendwo. Aber es würde real werden, real und tödlich, im gleichen Moment, in dem es die Tür erreichte und hinaustrat; ein Gedanke, der zum Körper wurde, geschaffen um zu töten und zu keinem anderen Zweck. Diese Monster-Priscylla war nicht wirklich, sondern nur ein Spuk, ein Bote, der vom Ende der Nacht kam und den Tod brachte.

Wir kriegen dich, Robert, wisperte die Stimme. *Wir kriegen dich. Du bist tot!*

Dann schloss sich die Tür, lautlos und schnell. Das grüne Leuchten verblasste, und plötzlich war die Wand wieder eine Wand und das Treppenhaus nur vom blassen Licht des Mondes erhellt.

Ich erwachte den Bruchteil einer Sekunde vor Tornhill aus meiner Erstarrung. Als die Lähmung von ihm abfiel, hatte ich mich bereits auf ihn gestürzt. Er versuchte, seine Pistole herumzubringen und auf mich zu richten, aber ich ließ ihm keine Chance. Es stand zu viel auf dem Spiel, als dass ich noch an Dinge wie Fairness denken konnte.

Meine Faust traf sein Handgelenk. Die Waffe flog in hohem Bogen davon und schlitterte klappernd über die Metallstufen der Treppe in die Tiefe. Tornhill stolperte zurück, versuchte seinen Sturz abzufangen und gleichzeitig nach mir zu treten. Ich packte seinen Fuß, verdrehte ihn und brachte Tornhill mit einem kurzen harten Ruck aus dem Gleichgewicht. Er schrie auf und krachte mit dem Hinterkopf gegen die Wand; keuchte noch einmal, starrte mich aus glasig werdenden Augen an und sank reglos zu Boden.

Rasch kniete ich neben ihm nieder, überzeugte mich hastig davon, dass er nicht ernstlich verletzt war, und zerrte seinen zentnerschweren Leib keuchend in eine einigermaßen bequemere Position. Dann wandte ich mich ab und ging auf die Treppe zu.

Auf der obersten Stufe machte ich noch einmal Halt und sah zu der Wand zurück, an der die Tür erschienen war. Sie war nicht mehr da; natürlich nicht. Die Wand war so glatt und unberührt, als wäre alles nur ein Spuk gewesen, ein Trugbild, mit dem mich meine eigenen Sinne genarrt hatten. Aber ich wusste, dass sie da gewesen war.

Wenn sie das nächste Mal aufging, würde ich sterben.

»Dort hinein!« Necron deutete mit einer befehlenden Geste auf die offen stehende Tür der Bibliothek und versetzte van der Groot einen Stoß, als der nicht schnell genug reagierte. Der Holländer taumelte und fiel der Länge nach auf den Boden.

Necron lachte hässlich. »Stehen Sie auf, van der Groot. Zum Liegen haben Sie bald Zeit genug. Eine Ewigkeit.«

Van der Groot richtete sich stöhnend auf und starrte den Magier aus brennenden Augen an. Seine Lippen zuckten. Aber er war klug genug, keinen Laut von sich zu geben, sondern schweigend zu einem der Sessel zu gehen, auf die Necron gedeutet hatte, und sich hineinzusetzen.

Auch Howard nahm Platz. Zwei schwarzgekleidete Drachenkrieger nahmen hinter ihnen Aufstellung und zogen ihre Säbel.

Der Alte begann seinen restlichen Männern schnell und in einem unverständlichen arabischen Dialekt Anweisungen zu geben. Nacheinander entfernten sie sich. Ihre Schritte waren auf dem Parkettfußboden draußen in der Halle beinahe nicht zu hören.

»Und jetzt –« Necron wandte sich um und streckte fordernd die Hand in Howards Richtung »– das *Tor*, Lovecraft!«

Howard zögerte, wenn auch nur für eine Sekunde. Schließlich legte er den Kopf schräg, starrte an Necron vorbei ins Leere und flüsterte: »Es ist hier, Necron. Direkt hinter Ihnen.«

Necron starrte ihn für die Dauer eines Lidzuckens misstrauisch an, dann drehte er sich mit einem Ruck herum und ging quer durch den verwüsteten Raum auf die gewaltige Standuhr in der Ecke zu. Seine Augen leuchteten auf.

»Natürlich«, flüsterte er. »Ich muss blind gewesen sein, nicht von selbst darauf zu kommen. Auf diesem Wege muss Craven verschwunden sein, und ich selbst habe die fremde Macht gespürt, als ich das erste Mal in diesem Zimmer war.« Er hob die Arme und streckte die Hände nach dem Uhrgehäuse aus, berührte es aber noch nicht, sondern drehte sich wieder zu Howard und van der Groot um.

Howard starrte ihn finster an. »Was wollen Sie noch, Necron? Warum benutzen Sie es nicht und gehen endlich?«

»Bald«, antwortete der Magier. »Nur noch ein wenig Geduld, Lovecraft. Dieser junge Narr ist bereits auf dem Weg hierher, um mir mein Eigentum zurückzugeben. Sobald ich es habe, gehe ich zurück.«

Er lachte, hoch, schrill und triumphierend, wandte sich an den einzigen *Haschischim,* der zurückgeblieben war und unter der Tür Wache hielt, und sagte: »Bring das Mädchen. Wir wollen doch alle beisammen sein, wenn Craven erscheint, nicht wahr?«

Seinen Worten folgte ein dünnes, boshaftes Kichern. Er warf einen triumphierenden Blick in Howards Richtung, schlug sich vor Vergnügen auf die Oberschenkel und eilte ohne ein weiteres Wort hinter dem Krieger her. Howard und van der Groot blieben allein zurück.

»Der ... der Kerl ist wahnsinnig, Howard«, murmelte der Holländer. »Das ist kein Mensch mehr, sondern ein Ungeheuer.« Er schluckte ein paar Mal, versuchte sich zur Ruhe zu zwingen und fuhr dann, noch erregter als zuvor, fort: »Und Sie wollen ihm das Buch ausliefern? Sie sind genauso verrückt wie er. Glauben Sie im Ernst, dieser Irre wird sein Wort halten?«

Seltsamerweise lächelte Howard. »Sollte ich das nicht?«

»Nein, ganz und gar nicht!«, schnappte van der Groot. Howards Ruhe und Gelassenheit schien ihn zur Raserei zu treiben. »Wissen Sie, was er tun wird? Er wird Sie betrügen, Howard! Er wird Craven das Buch abnehmen und durch dieses *Tor* verschwinden!«

»Ich weiß«, antwortete Howard gelassen. »Aber vielleicht ist es gerade das, was ich will.«

Diesmal antwortete van der Groot nicht mehr. Aber seine Verwirrung stieg im gleichen Maße, in dem der zufriedene Ausdruck auf Howards Gesicht zunahm.

In einer halben Stunde würde die Sonne aufgehen, und das Grau der Dämmerung würde die schwarze Herrschaft der Nacht brechen. Aber noch lag Dunkelheit wie eine finstere Glocke über der Stadt, ließ die Umrisse der Häuser zu flachen schwarzen Schatten verblassen und verwandelte die Straßen in finstere Schluchten.

Es war sehr kalt, und am Zenit des tief hängenden Himmels sammelten sich bereits wieder Wolken, um mit dem Beginn des neuen Tages eisigen Regen auf die Stadt herabregnen zu lassen.

Ich war stehen geblieben, als das weite Oval des Ashton Place vor mir aufgetaucht war. Mein Herz jagte, und trotz der Kälte war ich in

Schweiß gebadet. Ich war gelaufen, quer durch die Stadt, immer auf Nebenstraßen oder schmalen Gassen, damit ich niemandem begegnete oder gar einer Polizeistreife auffiel. Der Weg vom Bahnhof bis zum Ashton Place war nicht sehr weit – zwei, allerhöchstens drei Meilen; eine kurze Fahrt in einer Kutsche und ein gemächlicher Spaziergang bei Tageslicht.

Für mich war es ein verzweifeltes Wettrennen geworden, und die drei Meilen hatten sich zu drei Ewigkeiten gedehnt.

Länger als fünf Minuten blieb ich im Schatten des letzten Hauses stehen und beobachtete das weite, menschenleere Areal des Platzes. Jetzt, bei Nacht und verlassen, wirkte er wie ein stiller, bodenloser See, ein Loch in der Erde, in dem das Mondlicht versickerte. Ich wusste, dass es ein Trugbild war, nichts als Einbildung. Meine Nervenkraft war am Ende, und meine Fantasie begann mir Dinge vorzugaukeln, die es nicht gab. Trotzdem brannte sich das Bild in mein Bewusstsein ein und verstärkte die Angst noch, die in meiner Seele wühlte.

Umständlich wechselte ich das in braunes Packpapier eingeschlagene Paket vom linken in den rechten Am und löste mich aus meiner Deckung. Ich ging nicht quer über den Platz, sondern umkreiste ihn, bemüht, stets im Schatten der Häuser zu bleiben.

Nicht dass es etwas genutzt hätte, darüber war ich mir im Klaren. Necron war nicht darauf angewiesen, mich zu sehen. Wahrscheinlich wusste er schon lange, dass ich auf dem Wege war.

Aber was ich tat und was ich dachte, stand nicht mehr im Einklang. Ich wollte nur noch dorthin, in dieses Haus am anderen Ende des Platzes, in dem der irrsinnige Magier auf mich wartete und Howard und Priscylla in seiner Gewalt hatte. Er würde mich töten, dessen war ich mir sicher. Aber in diesem Moment war es mir vollkommen gleich, was mit mir geschah. Alles, was ich wollte, war, Priscyllas Leben zu retten.

Der Weg kam mir viel weiter vor als sonst, und das Buch schien mit jedem Schritt schwerer zu werden. Eine dünne, aufdringliche Stimme in meinen Gedanken flüsterte mir zu, dass mein Vorhaben vollkommener Wahnsinn war. Necron würde mich töten, das Buch nehmen und Howard und Priscylla umbringen. Aber ich konnte nicht zurück. Der logische Teil meines Denkens war ausgeschaltet, machtlos, nicht mehr als eine Stimme, die kein Gehör mehr fand.

Alles, woran ich denken konnte, war Priscylla, meine liebe, kleine Pri, die in der Gewalt dieses Ungeheuers war.

Vor dem Gartentor hielt ich noch einmal an. Das schmiedeeiserne, drei Meter hohe Gitter war nur angelehnt, und für einen Moment bildete ich mir ein, hastig tapsende Schritte und das Hecheln von Atemzügen zu hören. Aber ich war allein. Was ich hörte, war nur meine Einbildung.

Das Haus ragte wie ein Berg aus Schwärze vor mir auf, als ich das Gitter aufschob und auf den breiten, kiesbestreuten Weg trat, der zum Eingang hinaufführte. Hinter den bemalten Bleiglasfenstern rechts und links des Portals glomm gelbes Licht, und auch das Fenster der Bibliothek im ersten Stock war erleuchtet. Aber die Lichter wirkten verloren; das Haus war zu einer Festung des Bösen geworden. Zu einem Grab.

Meinem Grab.

Ich schob das Gitter hinter mir zu, straffte die Schultern und ging mit festen Schritten auf das Haus zu. Necron erwartete mich. Ich konnte seine Blicke spüren.

Irgendwo links von mir raschelte etwas in den Büschen. Ich glaubte einen Schatten zu sehen, blieb stehen, sah mich erschrocken um – und erstarrte.

Eine Gestalt trat neben mir aus den Büschen; ein Mann wie ein Koloss, groß, massig, mit einer glänzenden Stirnglatze.

»Tornhill!«, keuchte ich.

Er nickte. Der Revolver in seiner Hand richtete sich langsam auf meine Stirn. Sein Zeigefinger spannte sich um den Abzug.

»Schön, dass Sie mich wenigstens noch erkennen, Craven«, sagte er kalt. »Aber ich weiß nicht, ob Sie sich lange darüber freuen werden!«

»Wie ... wie kommen Sie ...«, stotterte ich, brach verwirrt ab und blickte mich wild um. Schlagartig wurde mir klar, dass die Schritte und Atemzüge, die ich gehört hatte, alles andere als Einbildung gewesen waren. Tornhill war nicht allein gekommen.

»Wie ich hierherkomme?«, fragte Tornhill. »Sie haben Pech gehabt, Craven. Ihr Schlag war nicht fest genug, mich umzubringen.«

»Ich habe Sie nicht ... Sie sind gegen die Wand ...«

»Jemand vom Krankenhauspersonal hat mich gefunden«, fuhr er ungerührt fort. »Nur ein paar Minuten, nachdem Sie geflohen waren. Pech für Sie. Um ein Haar hätte es geklappt.« Ein boshaftes Lächeln erschien auf seinen Zügen. »Genau genommen haben Sie mir sogar einen Gefallen getan, Craven«, sagte er mit einer Kopfbewegung auf das Buch. »Sie haben es ja selbst gesagt – ich allein hätte den Band nicht einmal berühren können. Aber jetzt haben Sie den Schutzzauber ja wohl aufgehoben, oder?«

Hinter ihm raschelte etwas in den Büschen, und eine zweite Gestalt trat auf den Weg hinaus. Wie Tornhill war sie in Mantel und Hut gekleidet, nicht in die Uniform eines Polizeibeamten, wie ich halbwegs erwartet hatte. Der Mann war groß und sehr schlank und bewegte sich mit der katzenhaften Geschmeidigkeit eines hochtrainierten Sportlers. In seiner rechten Armbeuge lag eine Winchester mit Zielfernrohr.

»Wie ich sehe, haben Sie Ihre Spezialeinheit zusammengetrommelt«, sagte ich bitter. »Halten Sie immer noch an ihrem Wahnsinnsplan fest, Tornhill?«

Tornhill nickte ungerührt. »Ja. Und Sie werden uns dabei helfen, Craven. Ich gebe zu, dass ich nicht genau wusste, wie wir Necron und seine Killer ablenken können. Das werden Sie übernehmen.«

»Und wenn ich mich weigere?«

»Das werden Sie nicht«, behauptete Tornhill. »Wenn Sie es nämlich tun, lasse ich meine Männer stürmen. Wir kriegen Necron auch so. Aber vielleicht bleibt ihm dann Zeit, ihre Verlobte und Howard zu töten.«

Und in diesem Moment begriff ich, dass er verrückt war. Tornhill war wahnsinnig geworden. Das Wissen, das er von mir erhalten hatte, hatte seinen Verstand zerstört.

Tornhill war ein Mann der Logik gewesen, Zeit seines Lebens, jemand, der nur glaubte, was er sah. Ich hatte ihn gezwungen, sein Weltbild zu ändern, praktisch alles zu verleugnen, woran er jemals geglaubt hatte. Ich hatte ihm nicht nur die Augen geöffnet, ich hatte seine Welt zerstört, die Fundamente seines Lebens erschüttert. Und er hatte nicht einmal Zeit gehabt, sich an dieses Wissen zu gewöhnen. Es war im Bruchteil von einer Sekunde über ihn hereingebrochen, wie eine schwarze brodelnde Flut, die seinen Verstand hinweggespült hatte. Tornhill war verrückt geworden, wahnsinnig auf eine gefährliche, stille Art.

Und ich war schuld daran.

»Tornhill«, begann ich, »Sie –«

»Kein Wort mehr«, unterbrach er mich. »Wir haben schon viel zu viel Zeit mit Reden vergeudet. Gehen Sie!«

Langsam wandte ich mich um, wechselte das Buch abermals in den anderen Arm und trat wieder ganz auf den Weg hinaus. Es war sinnlos, weiter mit Tornhill reden zu wollen.

Die Tür wurde geöffnet, als ich noch vier oder fünf Schritte von der kurzen Steintreppe entfernt war. Flackerndes gelbes Licht fiel auf die Stufen, und dann trat eine schlanke, in schwarzes Tuch gehüllte Gestalt aus der Tür.

Der Anblick traf mich wie ein Hieb. Es war nicht das erste Mal, dass ich Necron erblickte. Es war der gleiche Mann, der mich in der Bibliothek überfallen hatte.

Der gleiche, den ich erschossen zu haben glaubte.

Der Mann, der verbrannt war.

Den Rowlf aus zehn Metern Höhe aus dem Fenster geschleudert hatte.

Ich hatte gesehen, wie sein Körper von den Flammen verzehrt wurde, hatte gehört, wie er auf dem harten Pflaster der Straße zerschmetterte.

Aber er lebte. Er lebte!

Necron schien meine Gedanken zu lesen, aber vermutlich standen sie auch deutlich auf meinem Gesicht geschrieben. Ich habe nie zu den Leuten gehört, die noch die Fassung behalten, wenn sie mit einem Toten reden.

»Wie schön, dich wiederzusehen, Robert Craven«, sagte er. Seine Stimme klang unheimlich laut in der klaren Nachtluft. »Du bist also gekommen. Ich weiß nicht, ob ich dich bewundern oder verachten soll.«

»Wo ist Priscylla?«, fragte ich. »Sie haben gesagt –«

»Nichts habe ich gesagt«, unterbrach mich Necron. Aber das Mädchen ist hier und dein närrischer Freund auch. Gib mir das Buch.«

Ich rührte mich nicht. »Sonst nichts?«, fragte ich. »Nur das Buch. Mich nicht?«

Necron lachte leise. »Du bist klüger, als ich dachte, Craven. Aber ich will dich nicht. Ich gebe zu, dass ich an Rache dachte, zuerst. Aber du bist unwichtig. Nicht mehr als ein Werkzeug, das man nicht zerstört, wenn es sich noch einmal als wichtig erweisen könnte. Gib mir das Buch, und ich bringe dich zu Howard und dem Mädchen.«

Ich bewegte mich noch immer nicht.

Necron stieß einen halblauten Fluch aus, ging zwei Schritte weit die Treppe herab und hob die Hand. Zwei schwarzgekleidete Gestalten tauchten hinter ihm auf und glitten an seine Seite.

Ich schauderte.

Ich hatte einen dieser Männer schon einmal gesehen, aber damals hatte ich noch nicht gewusst, wen ich vor mir hatte. Das waren nicht irgendwelche Krieger oder gedungene Mörder. Wenn dieser Mann wirklich Necron war, der legendäre Führer und Herr der Drachenburg, dann stand ich seiner Leibgarde gegenüber, den Drachenkriegern. Den gefürchtetsten und härtesten Einzelkämpfern, die es jemals auf der Welt gegeben hatte.

Diese beiden Männer allein waren durchaus in der Lage, es mit Tornhills ganzer Spezialabteilung aufzunehmen.

»Das Buch!«, befahl Necron.

Ich machte einen Schritt auf ihn zu und nahm den Band in beide Hände.

Im gleichen Moment wurde die Nacht vom kalkweißen Lichtstrahl eines Karbidscheinwerfers zerrissen. Irgendwo krachte etwas, auf der Rückseite des Hauses fiel ein Schuss, und hinter mir erschollen hastige, trappelnde Schritte.

»Necron!«, dröhnte Tornhills Stimme, verstärkt durch ein Sprechrohr und unheimlich verzerrt durch die hallenden Echos der Nacht. *Dieser Narr!* «Hier spricht die Polizei! Das Haus ist umstellt. Sie haben keine Chance mehr! Geben Sie auf!«

Necron blinzelte. Das grelle Licht des Scheinwerfers wurde von einem zweiten gleißenden Strahl verstärkt, der von der anderen Seite des Gartens her kam.

Necrons Gesicht verzerrte sich.

»Du hast mich verraten, Craven!«, keuchte er. »Du hast mich hintergangen! Dafür wirst du bezahlen!«

»Rühren Sie sich nicht von der Stelle, Necron!«, brüllte Tornhill. »Die Hände hoch! Wir schießen bei der geringsten verdächtigen Bewegung!«

Necrons Lippen verzogen sich zu einem kalten, überheblichen Lächeln. Langsam hob er die Arme, streckte die Hände aus – und verschwand.

Er lief nicht etwa davon oder löste sich auf, nein – er verschwand, von einem Sekundenbruchteil auf den anderen. Dort, wo er gerade noch gestanden hatte, war plötzlich nichts als die leere Treppe und die Gestalten seiner beiden Leibwächter.

Alles geschah gleichzeitig. Die beiden Drachenkrieger wirbelten herum. Tornhill begann zu brüllen, und hinter mir krachten Schüsse.

Instinktiv warf ich mich nach vorn. Die Kugeln pfiffen über mich hinweg und klatschten gegen die Wand oder heulten als Querschläger davon. Einer von Necrons Männern bäumte sich auf und fiel.

Dann war es vorbei. Die Polizisten feuerten noch immer, und auch von der anderen Seite des Hauses erklangen jetzt Schüsse, aber es gab keine Ziele mehr. Necron und der zweite Drachenkrieger waren entkommen.

»Feuer einstellen!«, brüllte Tornhill. »Hört auf zu schießen! Wir stürmen!«

Er tauchte vor mir auf, blieb stehen und riss mich mit einer hastigen Bewegung auf die Füße.

Ich schlug seine Hand beiseite. »Sie Idiot!«, brüllte ich. »Jetzt wird er Pri und Howard umbringen! Und es ist Ihre Schuld!«

»Nicht wenn wir es verhindern können!«, antwortete Tornhill. In seinen Augen stand ein gehetzter Ausdruck. Seine Züge wirkten schlaff, als hätte er die Kontrolle über sein Gesicht verloren. »Wir stürmen das Haus. Kommen Sie, Craven!«

Abermals ergriff er meinen Arm – und diesmal packte er so fest zu, dass ich einfach mitgeschleift wurde. Die Schüsse von der Rückseite des Hauses nahmen zu, und dann hörte ich einen Schrei, langgezogen und furchtbar, der plötzlich abbrach. Der Todesschrei eines Menschen.

»Der Erste!«, keuchte Tornhill. »Sie sehen, so unbesiegbar sind diese Zauberkrieger gar nicht.«

Ungläubig starrte ich ihn an. Begriff er wirklich nicht, wer da geschrien hatte?

Drei, vier seiner Männer erreichten das Haus, feuerten blindlings durch die offen stehende Tür in die Halle und warfen sich rechts und links des Einganges in Deckung. Tornhill versetzte mir einen Stoß in den Rücken, der mich die Treppe hinauftaumeln ließ.

»In ein paar Minuten ist der ganze Albtraum vorbei!«, keuchte er. »Ich kenne meine Männer, Craven. Keine Angst. Wir hauen das Mädchen heraus!«

»Sie sind ja wahnsinnig!«, schrie ich ihn an. »Necron wird ein Blutbad unter Ihren Männern anrichten und Pri und Howard umbringen!«

Tornhills Antwort ging im Krachen einer neuen Gewehrsalve unter. Zwei seiner Männer sprangen hinter ihrer Deckung hervor und hetzten geduckt durch die Tür, während die anderen wie wild ins Haus schossen.

»Jetzt!«, befahl Tornhill.

Geduckt rannten wir durch die Tür. Tornhill versetzte mir einen Stoß, der mich nach rechts torkeln ließ, und sprang gleichzeitig in die entgegengesetzte Richtung. Hinter ihm hetzten zwei Polizisten durch die Tür, ließen sich auf die Knie fallen und hoben die Gewehre.

Aber sie schossen nicht, und nach einigen Sekunden hörten auch die beiden anderen auf, wie wild in der Gegend herumzufeuern und ihre Munition zu vergeuden.

Die Halle war leer.

»Aber das ist doch unmöglich!«, stammelte Tornhill. »Wo sind sie? Sie ... sie können nicht die Treppe hinauf sein, die haben wir die ganze Zeit gesehen. Was ... was ist mit den Türen?«

»Unmöglich«, sagte einer der Männer.

Seine Stimme klang zwar beherrscht, aber doch von einer hörbaren Nervosität erfüllt. »Manners und ich haben sie die ganze Zeit im Blick gehabt. Die Kerle sind weder die Treppe hinauf noch durch eine Tür.«

Tornhill fuhr sich nervös mit der Zungenspitze über die Lippen. Sein Blick tastete unstet durch die Halle, saugte sich an Schatten und Winkeln fest und begann immer stärker zu flackern.

»Wo sind sie?«, murmelte er verstört. »Die ... die Kerle können sich doch nicht in Luft aufgelöst haben. Das ... das ist doch unmöglich!«

Der Blick, den er mir zuwarf, war beinahe flehend. Ich bemerkte ihn kaum. Tornhill musste selbst mit dieser Erkenntnis fertig werden. Meine Gedanken drehten sich in diesen Sekunden nur um zwei Menschen: Howard und Priscylla. Wenn ich jetzt nicht handelte, waren sie verloren!

Ich erhob mich, packte mein Buch fester und huschte geduckt auf die Treppe zu.

Als ich die unterste Stufe fast erreicht hatte, wuchs ein Schatten vor mir in die Höhe – schwarz, groß wie ein Riese und einen Krummsäbel schwingend. Ich schrie auf und riss instinktiv das Buch schützend über den Kopf, als der Säbel des Drachenkriegers herabsauste.

Die Klinge zerfetzte das Papier, in das das Buch eingeschlagen war, und prallte an dem steinharten Leder des Einbandes ab, aber ich spürte die ungeheure Kraft, die hinter dem Schlag gesessen hatte, als vibrierenden Schmerz bis in die Schultern hinauf.

Hinter mir peitschten Schüsse. Der Drachenkrieger bäumte sich auf, taumelte zwei, drei Stufen hinauf und sank mit einem Keuchen zurück. Seine Hand ließ den Säbel fallen, glitt zum Gürtel und zerrte etwas Kleines, Glänzendes hervor.

Meine Warnung ging im Schmerzensschrei eines der Polizisten unter. Einer von Tornhills Männern hatte sein Gewehr fallen lassen und die Hände um den Hals gekrampft. Blut quoll zwischen seinen Händen hervor. Der Drachenkrieger hatte seinen Mörder noch im Tode mit sich genommen.

Aber Tornhill missachtete auch diese allerletzte Warnung. Dass er einen seiner Männer verloren hatte, schien ihn nicht im geringsten zu beeindrucken; im Gegenteil.

Er stemmte sich hoch, lief mit einem triumphierenden Schrei zu dem toten *Haschischim* hinüber und gab aus nächster Nähe noch einen Schuss aus seiner Pistole auf den Toten ab.

»Nummer drei, Craven!«, brüllte er. »Wir kriegen sie alle! Und Necron entkommt uns auch nicht.« Er richtete sich auf, sah sich wild um und schwenkte den Lauf seiner Pistole hierhin und dorthin, als ob er an nichts anderes mehr denken konnte, als zu töten. Seine drei Begleiter gesellten sich zu ihm, aber auf ihren Gesichtern war kein Triumph, sondern, wenn überhaupt ein Gefühl, so allerhöchstens Furcht.

»Wir kriegen sie, Craven!«, wiederholte Tornhill triumphierend. War es wirklich Zufall, dass er beinahe die gleichen Worte benutzte wie das Gespenst aus meiner Seele?, dachte ich schaudernd.

Aber das sprach ich nicht aus. Stattdessen trat ich mit einem großen Schritt über den getöteten Drachenkrieger hinweg, blieb auf Armeslänge vor Tornhill stehen und blickte ihn ernst an.

»Sie haben Glück gehabt, Tornhill«, sagte ich beschwörend. »Aber das wird sich ändern. Hören Sie!«

Tornhill legte den Kopf auf die Seite und lauschte eine Sekunde. »Ich höre nichts«, sagte er.

»Eben.« Ich nickte. »Gar nichts.«

Tornhill setzte zu einer unwilligen Antwort an, aber dann breitete sich Schrecken auf seinen Zügen aus und vertrieb den Zorn.

Es war still geworden. Unheimlich still. Das Gewehrfeuer von der anderen Seite des Hauses war verstummt. Und wir wussten beide, dass es nur eine einzige logische Erklärung dafür gab.

»Verschwinden Sie von hier, Tornhill«, sagte ich. »Nehmen Sie Ihre Männer und gehen Sie, solange Sie es noch können.«

»Verschwinden?«, wiederholte Tornhill schrill. »Jetzt, wo ich gewonnen habe?«

»Sie begreifen noch immer nicht, wie?«, sagte ich. »Necrons Männer haben Ihre Leute auf der anderen Seite des Hauses erledigt und jetzt kommt er zurück, um Sie zu holen, Tornhill. Gehen Sie, ehe noch mehr Blut vergossen wird!«

Auf den Gesichtern seiner drei Begleiter breitete sich Panik aus. Ich sah, wie die Männer nervös an ihren Gewehren zu fingern begannen und ihre Blicke unstet hierhin und dorthin huschten. Sie waren gewiss keine Feiglinge, aber sie alle hatten gesehen, wie Necron vor ihren Augen verschwunden war, und sie hatten den Krieger, der mich angegriffen hatte, aus dem Nichts auftauchen sehen. Und das Schweigen, das plötzlich auf dem Haus lastete, sprach seine eigene Sprache.

»Nein«, sagte Tornhill schließlich. »Ich werde diesen Verrückten nicht entkommen lassen.« Sein Blick wurde hart. »Die Männer haben aufgehört zu schießen, weil sie diese Wilden erledigt haben, das ist alles! Eine Bande verrückter Fanatiker mit Messern und Säbeln kann es eben nicht mit einem Dutzend guter Gewehre aufnehmen.«

Seine Stimme klang ganz klar, so überlegen und bewusst wie immer. Aber der Ausdruck in seinen Augen behauptete das Gegenteil. Tornhill war für rationale Argumente nicht mehr zugänglich. Es hatte keinen Sinn mehr, mit ihm reden zu wollen.

Wortlos drehte ich mich herum und begann die Treppe hinaufzusteigen.

»Wo wollen Sie hin, Craven?«, rief Tornhill. »Kommen Sie zurück!«

Ich antwortete gar nicht, sondern beschleunigte meine Schritte noch. Das Licht am oberen Ende der Treppe schien zu flackern, und für einen ganz kurzen Moment bildete ich mir ein, einen schlanken Schatten vorüberhuschen zu sehen, aber ich lief ungerührt weiter. Plötzlich hatte ich keine Angst mehr. Necron würde mich töten, das wusste ich, aber nicht jetzt und nicht hier. Nicht, solange ich ihm das Buch nicht übergeben hatte.

Tornhill fluchte, rief seinen Männern einen scharfen Befehl zu und begann hinter mir die Treppe hinaufzuwanken. Zwei seiner Männer begleiteten ihn, während der dritte mit angeschlagenem Gewehr unten zurückblieb und die Halle sicherte.

Der Inspektor erreichte nicht einmal die Hälfte der Treppe. Über mir wuchs plötzlich die hünenhafte Gestalt eines Drachenkriegers in die Höhe.

Ein gellender Schrei erklang. Metall blitzte auf, und etwas Kleines, Flaches surrte wie ein Diskus an mir vorüber, so dicht, dass ich den scharfen Luftzug spüren konnte. Tornhill schrie auf und versuchte dem Wurfgeschoss auszuweichen, aber der kleine, sechszackige Stern aus Stahl folgte seiner Bewegung. Tornhill keuchte, prallte seitlich gegen die Wand und blieb eine halbe Sekunde mit ungläubig aufgerissenen Augen stehen. Blut tropfte auf die steinernen Stufen.

Die drei Polizisten begannen zu schießen. Verzweifelt warf ich mich nach vorn und prallte hart auf den Marmor der Treppe. Rechts und links von mir klatschten Kugeln gegen die Wand und die Stufen. Aber der Drachenkrieger war schon längst nicht mehr da.

Ich wälzte mich herum und begann zu schreien, so laut ich konnte. »Lauft!«, brüllte ich. »Lauft weg! Sie bringen euch um!«

Einer der beiden Männer auf der Treppe beherzigte meinen Rat, während die beiden anderen, halb wahnsinnig vor Angst und Entsetzen, ungezielt weiter auf den Balkon und das obere Ende der Treppe feuerten.

Das Ende kam schnell. Längs der Halle wurden plötzlich drei, vier Türen aufgerissen, und auch über mir erschienen zwei oder drei der schwarzen Schatten.

Keiner der drei Scotland-Yard-Beamten erreichte auch nur den Ausgang.

Auf dem Gang brannte kein Licht. Nur durch die Tür der Bibliothek, deren rechter Flügel halb offen stand, fiel ein schmaler Streifen trübgelber Helligkeit.

Die Gestalten der beiden Drachenkrieger, die mich wie zwei stumme Schatten flankierten, wirkten in der Dunkelheit drohender und gefährlicher denn je.

Aber ich hatte keine Angst. Jetzt nicht mehr. Das Entsetzen, das mich gepackt hatte, als ich hilflos zusehen musste, wie Necrons Killer Tornhill und seine Männer töteten, war einer dumpfen, betäubenden Leere gewichen, als wäre meine Fähigkeit, Schrecken und Furcht zu empfinden, erschöpft. Selbst das Wissen, dass der Tod hinter jener Tür dort vorne auf mich wartete, schreckte mich nicht mehr. Im Gegenteil. Es kam mir fast wie eine Erlösung vor.

Trotzdem begann mein Herz zu rasen, als ich die Tür erreichte. Auf meiner Zunge breitete sich ein bitterer, metallischer Geschmack aus, verbunden mit einer immer stärker werdenden Übelkeit, die aus meinem Magen emporkroch.

Aber es war keine Furcht. Es war der Geschmack der Niederlage, den ich zum ersten Mal im Leben wirklich zu spüren begann.

Einer meiner Begleiter bedeutete mir mit einer befehlenden Geste, stehen zu bleiben, stieß die Tür vollends auf und trat mit einer angedeuteten Verbeugung in die Bibliothek.

Ich hatte geahnt, was mich erwartete. Trotzdem krampfte sich etwas in mir zusammen, als ich das halb ausgebrannte Zimmer betrat und mich umsah.

Howard hockte in einem Sessel unter dem Fenster und blickte mir mit steinernem Gesicht entgegen. Sein linkes Auge war halb zugeschwollen, und auf seiner Wange war ein frischer, verkrusteter Schnitt. Die Art, in der er die Rechte in den Schoß gelegt hatte, sagte mir, dass sie verstaucht oder gebrochen sein musste.

Neben ihm, in einem zweiten Sessel, saß der Mann, den ich für die Dauer eines Tages für Howard gehalten hatte. Die Ähnlichkeit war jetzt nicht mehr ganz so verblüffend, aber noch immer groß. Sie waren sich in Statur und Wuchs gleich, und obwohl der falsche Bart des Howard-Doppelgängers mittlerweile entfernt war und die Farbe in seinem Haar zu verblassen begann, hätte man sie noch immer leicht für Brüder halten können. Was ihn von Howard unterschied, war die Furcht. Während Howard fast gelassen in seinem Sessel saß, war das Gesicht seines Doppelgängers verzerrt und glänzte vor Schweiß.

Ich trat vollends in das Zimmer, als einer der Drachenkrieger mir einen Stoß versetzte, und sah mich um. Meine Gedanken begannen zu rasen, als ich die schlanke, in ein weißes Nachthemd gekleidete Gestalt auf der kleinen Couch neben dem Kamin entdeckte.

Pri! Sie war hier!

Aber ich hatte mich gut genug in der Gewalt, stehen zu bleiben und nicht zu versuchen, zu ihr zu kommen. Necrons Leute würden mich bei der geringsten verdächtigen Bewegung töten.

Die Tür hinter meinem Rücken schloss sich mit einem dumpfen Knall. Ich widerstand im letzten Moment der Versuchung, mich herumzudrehen.

Stattdessen blieb ich reglos stehen und blickte zu Priscylla hinüber, gierig auf jede Sekunde, die ich sie noch sehen konnte. Sie war ohne Bewusstsein, aber sie lebte, wie das regelmäßige Heben und Senken ihrer Brust bewies, und sie schien unverletzt. Wenn ich starb, dann war es dieses Bild, was ich mit hinübernehmen wollte. Wo immer dieses *hinüber* sein mochte.

Eine Gestalt in Schwarz trat an mir vorbei, kleiner als die Drachenkrieger und älter, aber auf schwer zu beschreibende Art gefährlicher und drohender als sie.

Necron ging mit raschen Schritten zu der Couch, auf der Priscylla lag, blickte einen Moment versonnen auf ihr regloses Antlitz hinab und hob dann mit einer ruckartigen Bewegung den Kopf, fast, als bemerke er meine Anwesenheit erst jetzt.

»Du hättest mich nicht hintergehen sollen, Craven«, sagte er. Seine Stimme war ganz kalt, ohne irgendeine Spur von Zorn oder Hass. Aber gerade das machte die Drohung darin um so schlimmer. »Du hättest allein kommen sollen, wie ich es verlangt habe«, sagte er. »Jetzt bin ich nicht mehr an unsere Abmachung gebunden.«

»Ich konnte nichts dafür, Necron«, antwortete ich, obwohl ich wusste, wie sinnlos jedes Wort war. Wir hatten keine Abmachung; es hatte nie eine gegeben. Und wenn, hätte Necron sich ohnehin nicht an irgendwelche Zusagen gehalten. »Diese Männer sind mir ohne mein Wissen gefolgt.«

»Wie dumm von dir«, murmelte Necron. »Aber das spielt nun auch keine Rolle mehr. Du hast mein Eigentum zurückgebracht, wie ich sehe?«

Er streckte fordernd die Hand aus, aber ich zögerte noch, ihm das Paket mit dem NECRONOMICON auszuhändigen., »Warum haben Sie das getan?«, fragte ich.

Necron blinzelte in gespielter Verwirrung. »Was?«

»Die Toten«, murmelte ich. »Sie haben sie umbringen lassen. All diese Menschen hätten nicht sterben müssen.«

»Sie haben mich angegriffen«, erinnerte Necron.

Ich fegte seine Antwort mit einer ärgerlichen Geste beiseite. »Wenn Sie auch nur halb so mächtig sind, wie man sich erzählt, Necron, dann hätten Sie andere Möglichkeiten gehabt, sich zu wehren. Aber Sie haben sie umbringen lassen. Warum?«

»Warum?« Necron lachte meckernd. »Vielleicht, weil es mir Spaß macht«, sagte er. »Die Männer müssen im Training bleiben, weißt du, Craven? Und was kümmert es dich? Tornhill hätte dich eingesperrt, wenn das hier vorüber wäre. So oder so. Er war verrückt. Und gefährlich.«

»Aber er war ein Mensch!«, begehrte ich auf. »Woher nehmen Sie sich das Recht, über das Leben anderer zu entscheiden, Sie Wahnsinniger?«

In Necrons Augen blitzte es auf. Aber zu meiner eigenen Überraschung blieb der erwartete Zornesausbruch aus. Er lächelte nur, trat auf mich zu und streckte abermals die Hand aus. »Das Buch!«

Diesmal gehorchte ich. Necron entriss mir das Paket, fetzte mit zitternden Fingern das Papier herunter und hielt das Buch mit beiden Händen in die Höhe. Seine Augen flammten.

»Das NECRONOMICON!«, keuchte er. »Ich habe es wieder. Jetzt gibt es niemanden mehr, der sich mir noch entgegenstellen könnte. Niemanden!« Er lachte irr, presste den riesigen Folianten wie einen Schatz an die Brust und blickte aus brennenden Augen von Howard zu mir und wieder zurück. »Niemand!«, wiederholte er. »Sie Narr haben ja nie gewusst, welchen Schatz Sie hatten! In diesem Buch steckt die Macht, das Universum zu erschüttern!«

Howard antwortete irgendetwas, aber ich verstand seine Worte nicht. Denn in diesem Moment hörte ich die Stimme.

Wir kriegen dich, Robert Craven!, kicherte sie. *Du bist tot! Tot! Tot!*

Ein lautloses Stöhnen kam über meine Lippen. Ich taumelte. Meine Knie gaben unter dem Gewicht meines Körpers nach. Ich tastete blindlings nach Halt, griff ins Leere und stürzte schwer.

Vor meinem geistigen Auge entstand ein Bild. Ich sah eine Tür, klein und niedrig, gezeichnet mit flimmernden Linien aus unheimlichem grünem Licht, und ich wusste, dass dahinter der Wahnsinn lauerte, das *Ding* aus meiner Seele, der Dämon mit Priscyllas Gesicht, der mich töten würde. Und ich spürte, dass er nahe war, ganz nahe ...

Wir kriegen dich, Robert Craven!, wisperte die Stimme. Eine verzerrte Fratze tauchte vor mir auf, und durch das rasende Hämmern meines Herzens glaubte ich ein dumpfes Knarren zu hören, als bewegte sich eine Tür in uralten rostigen Angeln.

Necron drehte sich mit einer abgehackten Bewegung herum. »Was bedeutet das, Craven?«, schnappte er. »Wenn Sie einen Trick versuchen, töte ich Sie!«

»Er versucht keinen Trick«, sagte Howard. »Er ist krank. Schon lange.« Ich hörte seine Stimme kaum. Hinter meiner Stirn gellte das böse Kinderlachen der Schimäre. Necrons Antlitz schien immer wieder zu zerfließen, und durch die grausamen Augen des alten Magiers grinste mich der Wahnsinn an.

»Krank?« Necron starrte Howard an. »Was fehlt ihm?«

»Was interessiert Sie das?«, antwortete Howard. »Sie haben, was Sie wollten. Jetzt nehmen Sie Ihre Mörderbande und gehen Sie!«

Wir kriegen dich, Robert Craven!, wisperte die Stimme. *Du bist tot!*

Necron zögerte. Ich begriff nicht, was Howards Worte bedeuteten, und ich begriff auch nicht, warum Necron mich nicht umbrachte. Irgendetwas musste zwischen ihm und Howard vorgefallen sein, während meiner Abwesenheit.

Aber der Gedanke entglitt mir, als ich danach greifen wollte. Das Lachen der Schimäre wurde lauter. *Wir kriegen dich!*, wisperte sie. *Du bist tot!*

Necron starrte noch einen endlosen Moment auf mich herab, dann fuhr er herum, klemmte sich das Buch unter den linken Arm und durchquerte mit raschen Schritten die Bibliothek. Aber sein Ziel war nicht die Tür, sondern die monströse Standuhr in der Ecke. Er trat an das uralte Möbel heran, hob die freie rechte Hand und berührte die Tür.

Und im gleichen Moment, in dem sie mit einem hörbaren Knarren nach außen schwang, begriff ich. Aber es war zu spät.

Die Tür öffnete sich weiter, und ein unheimliches, flackerndes grünes Licht erfüllte die Bibliothek mit giftigem Schein. Necron schrie auf und prallte zurück, als sich die Uhr vollends geöffnet hatte.

Hinter der Tür stand die Schimäre.

Alles geschah gleichzeitig. Necron stieß ein markerschütterndes Brüllen aus und torkelte zurück, aber sein Schrei ging im irrsinnigen Kreischen der Albtraumgestalt unter. Das Ungeheuer sprang mit einem Satz aus der Uhr hervor und riss den Alten vom Berge von den Füßen.

Necron brüllte vor Schmerz. Zwei, drei Drachenkrieger stürzten herbei und versuchten das tobende Ungeheuer von ihrem Herrn wegzuzerren, aber die Bestie stieß sie davon, als wären sie schwache Kinder, und fuhr fort, auf den Alten einzuschlagen. Necrons Schreie wurden spitzer. Sein schwarzes Gewand war zerfetzt und färbte sich überall rot.

Erneut griffen die Drachenkrieger an – und diesmal waren es alle sechs, die sich gleichzeitig auf das Ungeheuer stürzten.

Das Priscylla-*Ding* brüllte vor Zorn und Schmerz, als der Stahl der Krummsäbel in seinen Leib biss. Mit einem fürchterlichen Kreischen richtete es sich auf, schleuderte den Körper des Alten von sich und schlug nach den Männern, die es attackierten. Die Drachenkrieger wichen blitzartig zurück. Vier von ihnen umkreisten das *Ding* weiter, während die beiden anderen herumfuhren und sich um Necron kümmerten.

Es war ein bizarrer, unwirklicher Kampf. Die Drachenkrieger bewegten sich schneller, als ich es jemals bei einem Menschen beobachtet hatte, aber sie standen einem Feind gegenüber, der nicht von dieser Welt war. Immer wieder stieß das Ungeheuer blitzschnell auf sie zu, und immer wieder parierte ein irrsinnig schneller Schwerthieb die Hiebe der Bestie. Das Monster focht mit bloßen Armen gegen Schwerter, und ich sah, wie die Krummsäbel der Drachenkrieger schreckliche Wunden in seinen Leib rissen.

Aber sie schlossen sich so schnell, wie sie entstanden, und der Schmerz schien die Wut des Ungeheuers nur noch zu steigern. Seine Schreie wurden spitzer und schriller.

Und dann traf es einen der Krieger. Seine Krallenhand packte den Säbel des *Haschischim,* verdrehte und zerbrach ihn mit einer einzigen, starken Bewegung und zerrte den Krieger gleichzeitig zu sich heran. Die mörderischen Fänge, in die sich seine Hände verwandelt hatten, blitzten auf, und der Medusenkopf wurde zu einem gehörnten Knochenschädel und biss wie eine vorschnellende Kobra zu. Der Drachenkrieger sackte lautlos in sich zusammen.

Die drei anderen wichen hastig zurück, als sich das Monster wieder aufrichtete und mit einem wütenden Zischen erneut angriff. Sie attackierten die Bestie jetzt nicht mehr, sondern beschränkten sich darauf, sie mit ihren Säbeln auf Distanz zu halten und zusammen mit den beiden anderen Drachenkriegern einen lebenden Schutzwall um ihren *Meister* zu bilden.

Das Ungeheuer blieb stehen. Ein fürchterliches Fauchen kam aus seinem Rachen. Seine Krallen öffneten und schlossen sich unentwegt, als gierte es danach, irgendetwas zu packen.

Aber es griff nicht weiter an.

Dann hörte ich das Summen.

Es begann als ganz hohes, dünnes Geräusch, beinahe jenseits der Hörgrenze, aber es nahm rasch an Lautstärke und Kraft zu; gleichzeitig wurde es tiefer.

Hinter der lebenden Mauer der Drachenkrieger richtete sich eine schreckliche Gestalt auf.

Necron! Sein Körper war zerfetzt, aber er lebte noch immer – und er war es, der diesen sonderbaren, summenden Laut ausstieß, ein

Geräusch, das immer mehr und mehr an Kraft gewann und die Bestie zu lähmen schien.

Irgendwoher nahm er die Kraft, seine Hände noch einmal zu heben und unsichtbare Figuren in die Luft zu malen, Linien und Striche aus Rauch und flirrendem graublauem Licht, die sich irgendwie dem Auf und Ab des Summens anpassten.

Das Monster begann zu zittern. Sein Knochenschädel wurde wieder zu einem Medusenhaupt, und ein sonderbarer, beinahe ängstlich klingender Laut drang über seine Lippen. Seine Hände griffen ziellos ins Leere.

Necron summte immer lauter; gleichzeitig nahm der blaue Glanz, der zwischen ihm und dem Ungeheuer hing, an Intensität zu. Träge wie gefärbtes Wasser kroch das Licht durch den Raum, bildete Schlieren und vergängliche Figuren und näherte sich der Schimäre. Das Monster versuchte zurückzuweichen, aber die gleiche Kraft, die es daran gehindert hatte, Necron und seine Männer weiter anzugreifen, bannte es nun an seinem Platz.

Dann berührte das Licht den Körper des Ungeheuers. Winzige blauweiße Funken glommen auf, und ich spürte, welche gigantischen unsichtbaren Kräfte da aufeinanderprallten. Es dauerte nur Sekunden, aber es war ein Kampf, der mit beispielloser Härte ausgefochten wurde, ein Duell der Giganten, von dem wir nur einen winzigen Teil wirklich zu sehen bekamen.

Die Bestie verlor.

Necrons Summen nahm mehr und mehr zu und wurde drohender, fordernder und lauter. Und im gleichen Maße begann der Körper des Ungeheuers zu verblassen. Er verlor an Substanz, wurde heller und durchsichtig, bis er schließlich nicht mehr war als ein bleicher Schemen. Dann verging auch er.

Necron sank mit einem Wimmern in sich zusammen. Das blaue Licht erlosch, und aus seinem Summen wurden keuchende Schmerzenslaute.

Aber er starb noch immer nicht. Obwohl es absolut unmöglich war, stemmte er seinen geschundenen Körper noch einmal in die Höhe und starrte mich an.

»Dafür ... wirst ... du bezahlen ... Craven«, krächzte er. »Du wirst ... leiden bis an dein ... Lebensende. Du hast mich ... zweimal verraten, Robert Craven, und du wirst zweitausend Tode sterben für jeden ... Verrat.«

Er keuchte. Der Teppich unter ihm begann zu zucken wie unter Krämpfen. Er schrie, fiel nach hinten und wälzte sich auf dem Boden. Aber noch immer war Kraft in ihm, und noch einmal richtete er sich auf und starrte mich aus blinden Augen an. »Ich verfluche dich, Robert Craven!«, schrie er. »Ich verfluche dich mit aller Macht, die mir gegeben wurde. Du wirst niemals Ruhe finden! Du wirst ein Leben als Gejagter führen, als Ruheloser. Alles, was du liebst, soll zerbrechen, und alles, was du tust, soll Übles zur Folge haben! Ich gebe dir das Unheil. Leid und Tod sollen deine Brüder werden, und die Menschen werden dich verfluchen, wohin du deine Schritte auch lenkst! Du wirst an meine Rache denken, Robert Craven!«

Wieder sackte er nach hinten und begann schrille Worte in einer mir unverständlichen Sprache hervorzustoßen.

In die fünf überlebenden Drachenkrieger kam plötzlich Bewegung. Zwei von ihnen hoben den Körper ihres *Meisters* auf, während der dritte zu der Standuhr eilte und ihre Tür mit einem einzigen kraftvollen Schlag aus dem Rahmen riss.

Dahinter dräute die schwarze Sumpflandschaft, die ich in meinen Albträumen – von denen ich jetzt wusste, dass es keine Träume gewesen waren – gesehen hatte.

Und der vierte eilte zu der kleinen Couch neben dem Kamin und hob Priscylla auf die Arme.

Mit einem gellenden Schrei sprang ich in die Höhe und stürzte mich auf ihn.

Ich sah den Schlag nicht einmal, so schnell kam er. Plötzlich hatten meine Beine nicht mehr die Kraft, meinen Körper zu tragen. Ich fiel, sah eine schattenhafte Bewegung aus den Augenwinkeln und krümmte mich in neuem, irrsinnigem Schmerz, als der Fuß des Drachenkriegers in meine Seite stieß.

Ich verlor nicht das Bewusstsein, sah und hörte alles, was um mich herum vorging, aber ich war unfähig, die Bilder und Geräusche zu verarbeiten oder gar darauf zu reagieren.

Die beiden Drachenkrieger trugen den Alten zu der Standuhr. Ich hörte, wie er noch etwas zu Howard sagte, verstand die Worte aber nicht, dann traten sie vollends durch die Tür und begannen zwischen den schwarzen Wogen des erstarrten Sumpfes hindurchzugehen.

Meine Gedanken umnebelten sich. Für einen Moment wurde mir schwarz vor Augen, und ich spürte nichts als Schmerzen und ein nie gekanntes Gefühl der Hilflosigkeit.

Als ich wieder sehen konnte, waren Necron und seine schwarzen Killer verschwunden. – Und mit ihnen Priscylla.

»Es war meine Schuld«, sagte Howard leise. »Es tut mir leid, Robert.« Seine Stimme bebte, und in seinen Augen stand ein Flehen, wie ich es noch nie zuvor bei einem Menschen erblickt hatte. »Bitte verzeih mir«, flüsterte er.

Er und van der Groot hatten mich aufgehoben und zu der Couch getragen, auf der Priscylla zuvor gelegen hatte. Ich war wieder vollkommen bei Sinnen, und mein Körper schmerzte nicht mehr so unerträglich, wenn ich auch bei jedem Atemzug einen brennenden Stich in der Brust verspürte. Der Drachenkrieger musste mir eine Rippe gebrochen haben; vielleicht auch mehrere.

Aber von all dem bemerkte ich kaum etwas. Ich hörte auch Howards Worte nur mit einem Teil meines Bewusstseins, und es fiel mir schwer, überhaupt darauf zu reagieren und ihn anzusehen.

»Deine Schuld?«

Er nickte. Mit einem Male wirkte er sehr traurig. »Ja. Ich ... wusste, was geschehen würde, wenn er die Uhr öffnet. Und wollte es. Es war die einzige Chance, ihn zu vernichten. Dachte ich.«

Mein Blick wanderte zu der geöffneten Standuhr. Die schwarze Albtraumlandschaft war verschwunden und hatte wieder dem rissigen Holz der Rückwand Platz gemacht, nachdem Necron gegangen war. Für einen Moment versuchte ich mir einzureden, dass alles nicht mehr als nur ein Albtraum war, aus dem ich erwachen würde, wenn ich es nur fest genug wollte.

Aber ich würde nicht erwachen, denn der Albtraum, in dem ich mich befand, hieß Wirklichkeit.

»Es tut mir so leid«, murmelte Howard. »Als ... Necron uns gefangen nahm, da ...«

»Es ist gut, Howard«, sagte ich leise »Du kannst nichts dafür.«

Er sah mich an, und in seinen Augen glomm ein schwacher Funke von Hoffnung auf. »Du ... hasst mich nicht?«, fragte er.

»Hassen?« Meine Stimme klang ganz kalt. Ich erschrak fast selbst über ihren Klang. »Warum sollte ich dich hassen?«

»Er hat Priscylla entführt«, sagte Howard vorsichtig. »Er hätte es nicht getan, wenn ich nicht versucht hätte, ihm eine Falle zu stellen.«

Ich antwortete nicht, aber das war auch nicht nötig. Howard begriff auch so, was in diesem Moment in mir vorging.

»Weißt du, wo seine ... Bergfestung ist?«, fragte ich leise.

»Necrons Drachenburg?«

Ich nickte.

Howard überlegte einen Moment, dann schüttelte er den Kopf. »Nein. Niemand weiß genau, wo sie ist. Du willst ihn ... suchen?« Sein Blick flackerte.

»O ja«, antwortete ich. »Ich werde ihn suchen, Howard. Ich werde ihn finden, und wenn ich bis ans Ende der Welt reisen müsste. Und dann werde ich ihn töten!«

Die Chrono-Vampire

Gerade war die Stelle am Ufer des kleinen Sees noch leer gewesen. Jetzt standen plötzlich drei Männer dort. Niemand, der zu dieser späten Stunde noch in den Regent's Park gegangen wäre, hätte sie kommen sehen, denn sie waren buchstäblich aus dem Nichts herausgetreten.

Nur eine streunende Katze war Zeuge ihrer Ankunft. Und sie allein spürte die schreckliche, abgrundtief böse Aura, die die drei Männer umgab. Ihr rostrotes Fell sträubte sich, bevor sie mit hastigen Sprüngen und in wilder Panik davonstob.

Für einen winzigen Moment hatte sie den Tod gespürt ...

Sekundenlang standen die drei hochgewachsenen Gestalten reglos am Ufer des Sees, lauschten auf das Rascheln der Blätter und das leise Murmeln des Wassers, dessen Oberfläche der Wind kräuselte.

Dann verschwanden sie, in verschiedene Richtungen und beinahe so lautlos, wie sie aufgetaucht waren. Nur ihre Fußspuren blieben im feuchten Sand des schmalen Seeufers zurück.

Aber selbst die würden bis zum Morgengrauen verschwunden sein ...

»Warum können wir das *Tor* nicht benutzen? Ich sehe keinen Grund, der mich daran hindern sollte, das Gleiche zu tun wie Necron!«

Howard zog missbilligend die Brauen zusammen, als er den vorwurfsvollen Unterton in meinen Worten gewahrte, nahm einen tiefen Zug aus seiner Zigarre, griff umständlich nach seiner Tasse mit längst kalt gewordenem Kaffee und tat so, als tränke er. Seine übertrieben zur Schau gestellte Ruhe machte mich allmählich rasend. Wir saßen seit mehr als zwei Stunden in der Bibliothek beisammen und redeten; das heißt –, ich redete, und Howard hörte zu, runzelte dann und wann die Brauen oder schüttelte den Kopf und beschränkte seinen Beitrag an unserer *Aussprache* ansonsten auf ein gelegentliches »hm« oder »tztztz!«.

Nicht, dass ich etwas anderes erwartet hatte. Wenn ich jemals einem Menschen begegnet war, der eine wahre Meisterschaft darin entwickelt hatte, auf konkrete Fragen keine Antworten zu geben, dann war es Howard.

»Also? Warum nicht?«

Howard lächelte, hob die Zigarre an die Lippen und blies eine übel riechende Qualmwolke in meine Richtung. »Weil es nicht geht«, sagte er schließlich.

»Weil es ... nicht geht?«, wiederholte ich. »Warum hast du das nicht gleich gesagt? Wenn es so ist, sehe ich natürlich ein, dass du recht hast.«

»Du brauchst überhaupt nicht zynisch zu werden, Robert«, sagte Howard kopfschüttelnd. »Reicht dir nicht, was du mit diesem Ding erlebt hast?«

»Du hast es auch benutzt, zusammen mit Rowlf«, sagte ich ärgerlich.

Howard schürzte wütend die Lippen. »Das war etwas anderes. Rowlf schwebte in Lebensgefahr; ich musste ihm beistehen. Und ich wusste selbst nicht, wie gefährlich es war. Hätte ich es gewusst, hätte ich mir meinen Entschluss zweimal überlegt. Verdammt, Robert – du hast selbst erlebt, was dieses *Ding* anrichten kann!«

Diesmal antwortete ich nicht sofort, sondern blickte einen Moment stumm an ihm vorbei auf die monströse Standuhr, die, wie ein Überbleibsel aus einer längst vergangenen Zeit in einer Ecke der Bibliothek hockte.

Genaugenommen war sie das ja auch: ein Überbleibsel aus einer Zeit, die untergegangen war, lange bevor es so etwas wie Leben auf diesem Planeten gegeben hatte. Leben in unserem Sinne ...

Ich versuchte den Gedanken abzuschütteln, aber es gelang mir nicht ganz. Wie immer, wenn ich an die Welt der GROSSEN ALTEN dachte, blieb eine Art dumpfer Benommenheit zurück; etwas wie ein schlechter Geschmack auf der Seele, der nur langsam verblasste.

Obwohl fast anderthalb Wochen vergangen waren, seit Necron, der Alte vom Berge, durch das magische *Tor* entkommen war, das sich hinter der täuschend harmlos aussehenden Front der vermeintlichen Uhr verbarg, überlief mich ein eisiger Schauer.

Im Grunde wusste ich sehr wohl, dass Howard recht hatte. Einmal war ich mit knapper Not dem Verhängnis entgangen, das hinter der geschlossenen Tür der Uhr lauerte. Aber ich konnte schlecht darauf spekulieren, auch ein zweites Mal ein so unverschämtes Glück zu haben. Aber der Gedanke, tatenlos hier herumzusitzen, während die Zeit verstrich und Necron mit Priscylla weiß Gott wo war, war einfach unerträglich.

»Necron hat es auch benutzt«, sagte ich störrisch. »Ich sehe nicht ein, warum –«

– »Wenn zwei das Gleiche tun, Robert«, sagte Howard in belehrendem Tonfall, »ist das noch lange nicht dasselbe.«

Ich funkelte ihn an. Howard meinte es nur gut, das wusste ich genau, aber einem anderen, boshaften Teil meines Ichs erschien er im Moment als die ideale Zielscheibe für meine schlechte Laune.

»Warum hast du Necron nicht auch mit einem Sprichwort empfangen?«, schnappte ich. »Zum Beispiel: Unrecht Gut gedeihet nicht? Ich bin sicher, er hätte sich entschuldigt und wäre gegangen.«

»Kaum«, antwortete Howard trocken. »Er hätte ein Komma hinter das *gedeihet* gesetzt.« Er beugte sich vor und drückte seine Zigarre aus. »Necron ist ein erfahrener Magier«, sagte er eindringlich. »Ein Mann, der diese *Tore* seit Jahrhunderten benutzt, Robert. Er kennt die Gefahren, die auf diesen Wegen lauern können, und weiß, wie er ihnen begegnen muss. Du nicht.«

»Aber du! Und trotzdem hast du ...«

Ich verstummte wieder und kniff die Lippen zusammen.

Meine Worte taten mir im gleichen Moment schon wieder leid, als ich sah, wie Howard wie unter einem Hieb zusammenzuckte. Er antwortete nicht, sah mich auch nicht mehr an, sondern blickte starr an mir vorbei aus dem Fenster, ohne indes wirklich hinauszusehen. Er machte sich schwere Vorwürfe, und nicht erst seit heute. Meine ständigen Beteuerungen, dass er nichts dafür konnte, dass seine Falle nicht wie geplant funktioniert hatte, hatten daran nichts geändert.

Und wenn ich ganz ehrlich zu mir selbst war, dann gab es einen kleinen, unlogischen Teil in meinem Bewusstsein, der mir ständig zuflüsterte, dass Howard die Schuld an Priscyllas Verschwinden trug. Ich hatte versucht dagegen anzukämpfen und die lautlose Stimme zum Schweigen zu bringen, aber es war mir nicht gelungen.

Howard stand plötzlich auf, straffte übertrieben die Schultern und wandte sich zur Tür.

»Wohin willst du?«, fragte ich scharf. »Wir sind noch nicht fertig.«

Howard lächelte. »Ich komme wieder. Meine Zigarren sind alle. Ich gehe nur nach unten und hole eine neue Kiste aus meinem Koffer. Die Luft hier ist noch zu gut, weißt du.«

Ich runzelte missbilligend die Stirn, aber Howard reagierte darauf nur mit einem noch breiteren Lächeln, ging mit raschen Schritten zur Tür und verließ das Zimmer.

Ich hatte das sichere Gefühl, dass er nicht nur hinausgegangen war, um neue Zigarren zu holen; wahrscheinlich wollte er ein paar Minuten in Ruhe darüber nachdenken, wie er mir am besten den Wind aus den Segeln nehmen könnte. Wäre es nach mir gegangen, dann wären wir jetzt schon an Bord eines Schnellseglers, der uns zurück nach Amerika bringen würde.

Aber es ging nicht nach meinem Willen, und Howard trug nicht einmal Schuld daran, auch wenn ihm die Entwicklung sicherlich ganz gelegen kam. Während der letzten anderthalb Wochen hatte er es mit beinahe übernatürlichem Geschick verstanden mir auszuweichen, mich zu vertrösten oder irgendwelche furchtbar wichtigen Dinge vorzuschützen, nur um diesem Gespräch aus dem Wege zu gehen.

In den ersten Tagen war ihm dies sehr leicht gemacht worden – das Haus hatte sich in einen Bienenkorb verwandelt, in dem ein ununterbrochenes Kommen und Gehen geherrscht hatte. Eine halbe Hundertschaft von Scotland-Yard-Beamten war über uns hergefallen, und während der ersten fünf Tage war ich kaum zum Schlafen gekommen, geschweige denn, dass ich eine freie Minute gefunden hätte, mit Howard zu reden.

Jetzt war es vorbei. Irgendwie hatten es Howard und Dr. Gray – der *echte* Dr. Gray, den Howard mit einem Blitztelegramm herbeizitiert hatte – fertiggebracht, meinen Kopf aus der Schlinge zu ziehen; wenigstens vorerst.

Nicht, dass die Angelegenheit vollkommen erledigt gewesen wäre – wir hatten eine kleine Verschnaufpause bekommen, mit den üblichen Auflagen: die Stadt nicht zu verlassen, jederzeit zur Verfügung zu stehen und so weiter. Die polizeiliche Untersuchung würde weitergehen, so lange, bis ein Verantwortlicher gefunden oder die Akten als unerledigt abgelegt wurden. Der erste Fall würde nie eintreten, und auf den zweiten konnten wir Jahre warten, mit etwas Pech.

Wieder suchte mein Blick wie von selbst die mächtige Standuhr in der gegenüberliegenden Ecke. Sie wirkte bedrohlich und finster, ein grauer, hölzerner Obelisk, der nur darauf wartete, erneut mit aller Macht zuzuschlagen.

Ich stand auf, näherte mich der Uhr mit vorsichtigen, kleinen

Schritten und streckte die Hand nach dem rissigen Holz ihrer Seitenwand aus. Mein Herz schlug ein wenig schneller, obwohl ich wusste, dass – zumindest im Augenblick – keine Gefahr mehr von diesem ... *Ding* ausging.

Trotzdem bildete ich mir ein, ein unangenehmes, helles Kribbeln in den Fingerspitzen zu spüren, als ich das Holz berührte. Vor meinem inneren Auge sah ich die Tür sich öffnen, und dahinter war plötzlich nicht mehr das komplizierte Laufwerk der vier unterschiedlichen Ziffernblätter, sondern die monotonen schwarzen Wogen eines mitten in der Bewegung erstarrten Ozeans, ein krankes, böses Land, beschienen von einem bleichen Schädelmond ...

Mit einem Ruck zog ich die Hand zurück und presste die Lider zusammen, so fest, dass blitzende Punkte vor meinen Augen auftauchten. Trotzdem dauerte es endlose Sekunden, bis die Vision verblasste und mein Herz aufhörte, wie rasend zu schlagen.

Ich wandte mich um, atmete ein paar Mal erzwungen tief und langsam durch und versuchte jeden Gedanken an die GROSSEN ALTEN, an Necron und seine Drachenkrieger aus meinem Gehirn zu vertreiben.

Als ich zu meinem Platz am Tisch zurückgehen wollte, fiel mein Blick auf einen kleinen Gegenstand unter Howards Stuhl. Neugierig bückte ich mich danach, hob ihn auf und erkannte einen abgegriffenen amerikanischen Pass. Howards Pass.

Er musste ihm aus der Tasche gefallen sein, als er die Jacke ausgezogen und über den Stuhl gehängt hatte. Ich schüttelte den Kopf, öffnete sein Jackett und schob den Ausweis wieder in die Innentasche des schwarzen Rockes.

Der Pass fiel durch die Tasche, die innen ausgerissen sein musste, glitt mit einem seidigen Schleifen bis an den unteren Saum der Jacke und fiel durch einen Riss im Futter erneut auf den Teppich.

Jedenfalls sah es so aus. Das Einzige, was diesen Eindruck störte, war die Tatsache, dass ich den Pass noch gar nicht losgelassen hatte, sondern noch immer zwischen Daumen und Zeigefinger hielt ...

Verwirrt zog ich die Hand wieder hervor, starrte einen Moment unschlüssig auf den zerknickten blauen Pass in meinen Fingern, dann auf den auf dem Teppich, hob ihn schließlich auf und drehte die beiden Pässe in den Händen.

Es dauerte einen Moment, bis mir bewusst klar wurde, was meinem Unterbewusstsein schon im ersten Moment aufgefallen sein musste und worauf es mit einem lautlosen Alarmschrei in meinen Gedanken reagiert hatte. Etwas stimmte nicht mit diesen beiden Pässen.

Und dann erkannte ich auch, was.

Sie waren gleich.

Sie ähnelten sich nicht bloß, wie es Pässe der gleichen Nationalität nun einmal tun, nein – sie *waren* gleich!

Vollkommen identisch.

Verblüfft starrte ich zehn, fünfzehn Sekunden lang auf die beiden blaugoldenen Dokumente in meinen Händen, dann trug ich sie zum Tisch, setzte mich und legte sie nebeneinander auf die Platte.

Alles an diesen beiden Pässen stimmte überein – der zerfranste, an einen fünfarmigen Zwerg erinnernde Tintenklecks auf dem Einband, die abgeblätterten Stellen in seinem Golddruck, das Eselsohr in der rechten oberen Ecke; alles. Sie ähnelten sich wie zwei vollkommen identische Abgüsse aus ein und derselben Form.

Wieder zögerte ich endlose Sekunden. Mein schlechtes Gewissen begann sich zu regen, als mir klar wurde, dass ich hier in Howards persönlichen Dingen herumschnüffelte, die mich absolut nichts angingen. Aber meine Neugier war stärker. Langsam klappte ich die Pässe in einer synchronen Bewegung auf, wie um ihre Gleichförmigkeit noch zu unterstreichen, und blickte mit immer stärker werdender Verwirrung auf die erste Seite.

Die sonderbare Übereinstimmung setzte sich im Inneren der Pässe fort. Der amerikanische Weißkopfadler, der auf dem von Linien und Symbolen durchzogenen Spezialpapier prangte, hatte einen Schmutzfleck auf der rechten Schwinge – in *beiden* Pässen! –, hier war ein winziger, halb ausradierter Bleistiftstrich, dort eine Linie, an der das Papier geknickt und gebrochen war. Verwirrt blätterte ich weiter, sah die verschiedenen Stempel und Eintragungen durch und stellte auch hier fest, dass sie identisch waren, sowohl in Lage und Reihenfolge, als auch in Daten, Farbstärke und Anordnung.

Dann schlug ich die Seite mit Howards persönlichen Daten auf. Meine Hände zögerten unmerklich, als wollten sie mich ein letztes Mal daran erinnern, dass ich etwas tat, wozu ich kein Recht hatte. Ich wusste seit langem, dass es ein Geheimnis um Howards Identität gab, aber er hatte auf meine diesbezüglichen Fragen niemals geantwortet und ich hatte einfach kein Recht, hinter seinem Rücken in seinen Papieren zu lesen.

Trotzdem tat ich es. Und diesmal fand ich einen Unterschied in den beiden Zwillingsbrüdern aus blauem Papier.

Es war nur eine Winzigkeit; zwei kleine, harmlos aussehende Zahlen in der Spalte, in der Howards Geburtsdatum stand. Und trotzdem erschütterten sie mich bis ins Innerste.

In dem einen, linken Pass war Howards Geburtsdatum mit dem 20. August 1840 angegeben. Der 20. August stand auch in dem zweiten Papier – nur die Jahreszahl stimmte nicht.

Sie lautete 1890.

Meine Hände begannen zu zittern. Ein eisiger Hauch schien mich zu streifen. Mir war mit einem Male heiß und kalt zugleich, und in meinem Magen saß plötzlich ein eisiger, harter Klumpen. Beinahe gegen meinen Willen hob ich den Kopf und starrte auf den kleinen Dauerkalender, der auf einer Ecke meines Schreibtisches stand.

Er zeigte das heutige Datum an. Den 11. Juni 1885!

Der Mann mochte Mitte dreißig sein, und was dem Portier als Erstes an ihm auffiel, war seine ungewöhnlich dunkle Gesichtsfarbe. Er war kein Neger, aber die Sonne hatte seine Haut so sehr gebräunt, dass der Unterschied nur noch in Nuancen feststellbar war. Er war sehr groß – sicherlich an die zwei Meter –, aber er bewegte sich nicht mit der Schwerfälligkeit, die Menschen seines Wuchses meistens auszeichnet, sondern ungemein geschmeidig.

Er hatte – ganz anders als die meisten Gäste, die zum ersten Mal hierherkamen – nicht gezögert, nachdem er durch die Tür getreten war. Er hatte sich nur kurz und aufmerksam aus seinen tiefblauen, ein wenig schräg stehenden Augen umgesehen und war dann weitergegangen, zielstrebig direkt auf die Rezeption zu.

Der Portier stand auf, schnippte hastig die Krümel des Käsesandwichs, mit dem er sich die letzte halbe Stunde vertrieben hatte, von seiner Hose und sah dem Mann mit einem berufsmäßigen Lächeln entgegen; nicht, ohne vorher einen raschen, missbilligenden Blick auf die Zeiger der mächtigen Messinguhr zu werfen, die hinter ihm an der Wand hing. Es war annähernd drei Uhr. Eine recht ungewöhnliche Zeit, sich ein Zimmer zu suchen.

»Sir?«, begann er fragend.

Der Fremde sah ihn einen Moment wortlos an, und irgendetwas war in seinem Blick, was den Portier schaudern ließ. Seine Augen schienen eine beinahe körperlich spürbare Kälte auszustrahlen. Es war, als würde er von einem eisigen Hauch getroffen.

»Ein Zimmer«, sagte der Fremde. Seine Stimme klang sonderbar; rau und tief und so kehlig, als befleißige er sich normalerweise einer Sprache, deren Klangfarbe mit dem Englischen nichts gemein hatte.

»Für ... wie lange, Sir?«, fragte der Portier.

Der Fremde zuckte die Achseln. »Zwei, vielleicht drei Tage«, antwortete er nach kurzem Überlegen. »Vielleicht auch mehr. Ich weiß es noch nicht.«

Das Stirnrunzeln des Portiers vertiefte sich. Er räusperte sich, beugte sich demonstrativ über die niedrige Theke und blickte nach rechts und links. Sie haben ... kein Gepäck, Sir?«, fragte er.

Seine Stimme klang spröde.

»Kein Gepäck«, bestätigte der Fremde.

»In diesem Fall, Sir«, sagte der Portier nach einem neuerlichen, etwas längeren Zögern, »muss ich leider auf einer Vorauszahlung bestehen. Eine Regel unseres Hauses.«

Seltsamerweise zeigte der Fremde keinerlei Spur von Zorn oder auch nur Verärgerung. Schweigend griff er in die Tasche, zog eine zusammengefaltete Fünfzig-Pfund-Note hervor und legte sie auf die Theke. »Reicht das?«

Der Portier widerstand im letzten Moment der Versuchung, die Hand auszustrecken und die Banknote an sich zu reißen. »Das ist ... mehr als genug«, sagte er stockend. »Aber ich fürchte, ich werde Ihnen nichts herausgeben können. Die Kasse ist abgeschlossen. Wenn Sie sich bis morgen früh gedulden könnten, Sir ...«

»Das wird nicht nötig sein«, antwortete der Fremde; und seine Worte überzeugten den Portier endgültig davon, dass er entweder total verrückt oder auf der Flucht vor der Polizei war. »Sie können den Rest behalten.« Er lächelte, nahm schweigend den Schlüssel entgegen, den ihm der Portier reichte, und wandte sich um, aber der Mann hinter der Theke rief ihn noch einmal zurück.

»Sie ... müssen sich noch eintragen, Sir«, sagte er. »Der Meldezettel wäre noch ...«

Er verstummte, als ihn der Blick der stahlblauen Augen traf. Etwas hatte sich darin geändert, etwas, das nicht mit Worten zu beschreiben war.

»Das wird nicht nötig sein«, sagte der Fremde. Seine Stimme klang plötzlich ganz anders als bisher ...

Der Portier wollte widersprechen, aber er konnte es nicht. Stattdessen nickte er, klappte das Meldebuch wieder zu und legte den Füllfederhalter aus der Hand. »Es wird nicht nötig sein«, bestätigte er.

»Vielleicht ist es sogar besser, wenn niemand von meinem Hiersein erfährt«, fuhr der dunkelhäutige Fremde fort.

»Selbstverständlich, Sir«, nickte der Portier. »Niemand wird etwas erfahren.« Was ist das?, dachte er entsetzt. Das waren nicht seine Worte!

»Vielleicht sollten Sie auch vergessen, mich jemals gesehen zu haben, mein Freund«, fuhr der Fremde fort.

»Das wäre wohl ... das Beste«, bestätigte der Portier.

»Wenn Ihre Ablösung morgen früh kommt«, fuhr der Fremde fort, »dann sagen Sie ihm einfach, auf Zimmer« – er warf einen raschen Blick auf den Schlüsselanhänger – »auf Zimmer hundertzehn ist ein frisch verheiratetes Paar, das nicht gestört werden will. Und tragen Sie eine entsprechende Meldung in Ihr Buch ein.«

Der Portier nickte, schraubte den Füller wieder auf und senkte den Blick. Beinahe entsetzt sah er, wie seine Hand ohne sein Zutun zu schreiben begann und die Linien mit Namen und Daten nicht existierender Personen füllte. Anschließend krakelte er ein unleserliches Etwas als Unterschrift darunter. Niemand würde Verdacht schöpfen, das wusste er. Es kam häufig vor, dass sich ein junges Paar unter falschem Namen in einem der Zimmer einmietete, im Voraus bezahlte und für Tage nicht gesehen wurde.

»Sehr gut«, sagte der Fremde, als er fertig war. »Und, wie gesagt – am besten vergessen Sie selbst auch, dass Sie mich jemals gesehen haben.«

»Das ... werde ich tun«, antwortete der Portier stockend. Noch einmal versuchte er sich gegen den fremden Einfluss zu wehren, der ihn zwang, Dinge zu tun und zu denken, die er nicht tun oder denken wollte.

Aber als sich der Fremde abermals umwandte und zur Treppe hinüberging, hatte er schon vergessen, dass er ihm überhaupt jemals begegnet war.

Es dauerte lange, bis Howard zurückkam; viel länger, als nötig gewesen wäre, um wirklich in sein Zimmer im Erdgeschoss hinunterzugehen und neue Zigarren zu holen. In seinem Mundwinkel hing eine glimmende Zigarre, als er die Bibliothek wieder betrat, und in der rechten Hand hielt er einen Brief mit einem mächtigen, amtlich aussehenden Siegel.

»Das ist gerade gekommen«, sagte er und hielt mir den Brief hin. »Eingeschrieben. Scheint wichtig zu sein.«

Ich nahm den Brief entgegen, warf aber noch nicht einmal einen Blick auf den Absender, sondern legte ihn ungeöffnet vor mich auf den Tisch und blickte Howard weiter unverwandt an.

Die sonderbare Lähmung, die von mir Besitz ergriffen hatte, hielt mich noch immer gepackt. Ich fühlte mich ... erschlagen. Und es war noch etwas; etwas, das mir nur langsam klar wurde und das mich mit einem tiefen, ungläubigen Schrecken erfüllte. Das Gefühl der Freundschaft, diese beinahe väterliche Verbundenheit, die ich Howard gegenüber empfunden hatte, war gestört.

Howard hielt meinem Blick ein paar Sekunden lang stand, dann nahm er die Zigarre aus dem Mund und sah mich stirnrunzelnd an. »Was ist los mit dir, Robert?«, fragte er. »Habe ich plötzlich ein drittes Auge auf der Stirn?«

»Nein«, antwortete ich gepresst. Bisher hatte ich mich mit aller Mühe beherrscht; jetzt, als ich sprach, fiel es mir plötzlich immer schwerer, wenigstens äußerlich die Fassung zu bewahren. »Ich bewundere dich nur, das ist alles.«

Howards Stirnrunzeln vertiefte sich. Er zog sich einen Stuhl heran und setzte sich. »Was ist los?«, fragte er. »Ist irgendetwas passiert, während ich ...« Er stockte, wandte den Kopf mit einer ruckartigen Bewegung und starrte die Standuhr an.

»Es hat nichts damit zu tun«, sagte ich rasch. »Nicht das Geringste, Howard. Ich bewundere dich nur, das ist alles. Ich habe schon von frühreifen Kindern gehört, aber du setzt selbst mich in Erstaunen.«

»Bist du verrückt geworden?«, murmelte Howard. Seine Selbstsicherheit war sichtlich erschüttert. Er spürte, dass ich auf etwas Bestimmtes hinauswollte, aber er wusste nicht, worauf.

»Keineswegs«, antwortete ich. Meine Hand glitt unter die Tischkante und griff in die Schublade, in die ich die beiden Pässe gelegt hatte.

»Dein Jackenfutter hat einen Riss«, sagte ich betont, während ich langsam den Pass – einen der beiden Pässe – aus der Schublade nahm und ihn quer über den Tisch auf Howard zuschob. »Das hier ist herausgefallen.«

Howards Augen weiteten sich. Ich sah, wie er hinter der blaugrauen Qualmwolke, die er wie eine Barriere zwischen uns gelegt hatte, erbleichte.

Seine Hand zuckte, als wolle er den Pass an sich reißen, dann beherrschte er sich im letzten Moment und nahm das Dokument mit einer erzwungen ruhigen Bewegung auf. Seine Finger spielten nervös an dem Eselsohr in seinem Einband. Er lächelte, sog wieder an seiner Zigarre und schlug den Pass auf, in einer bewusst gleichmütigen Geste, so als hätte er eigentlich keinen Grund dazu, und beschäftigte nur seine Finger. Sein Blick bohrte sich in den meinen, aber ich schwieg und tat so, als würde ich auf einen Punkt irgendwo hinter ihm an der Wand starren.

»Du solltest besser auf deine Papiere Acht geben«, sagte ich. »Du könntest Ärger bekommen, wenn du sie verlierst.«

»Das ... stimmt«, antwortete Howard. Seine Finger hatten die Seite aufgeblättert, auf der seine persönlichen Daten standen. Ich sah, wie er im letzten Moment ein erleichtertes Aufatmen unterdrückte, als sein Blick auf das Geburtsdatum fiel.

Rasch klappte er den Pass zu und schob ihn in die Hosentasche. »Ich werde ihn in meinen Koffer legen«, sagte er. »Am besten sofort, ehe ich es wieder vergesse.«

Er wollte aufstehen, aber ich hielt ihn mit einer raschen Geste zurück. »Warte«, sagte ich. »Du hast ... noch etwas verloren. Das hier.«

Und damit zog ich den zweiten Pass aus der Schublade, legte ihn zwischen uns auf den Tisch und machte eine auffordernde Geste.

Howard erbleichte. Seine Lippen begannen zu zittern. Um ein Haar wäre ihm die Zigarre aus dem Mund gefallen. Ungläubig starrte er den Pass in seiner Hand an, dann den zweiten, der zwischen uns lag. Dann bohrte sich sein Blick in meine Augen.

»Du ... du hast –«

»Ich habe nichts«, unterbrach ich ihn. »Deine Jacke ist wirklich zerrissen. Der da« – ich deutete mit einer Kopfbewegung auf den zweiten Pass – fiel heraus, als ich den anderen zurückstecken wollte.«

Howard schluckte ein paar Mal. Sein Adamsapfel begann hektisch auf und ab zu hüpfen. Dann riss er den Pass mit einer abrupten Bewegung an sich und presste ihn an die Brust wie einen Schatz.

»Ich habe hineingesehen«, sagte ich leise.

»Und?« Howards Stimme klang störrisch. »Ich habe einen falschen Pass. Überrascht dich das? Willst du mich jetzt bei der Polizei anzeigen?« Das Lachen, mit dem er diese Worte hervorbrachte, klang unecht und nervös. »Unten in meinem Koffer liegen noch drei oder vier. Es gibt manchmal Situationen, in denen es von Vorteil ist, unter einem anderen Namen zu reisen.«

»Auch als ein Mann, der noch gar nicht geboren ist?«, fragte ich ruhig.

Diesmal dauerte es lange, bis Howard antwortete. Eine Weile blickte er mich nur an, aber der Zorn, den ich erwartete, kam nicht. In seinem Blick stand eher ein Ausdruck von Trauer. Vielleicht Bestürzung.

Und Enttäuschung.

Schließlich klappte er den Pass auf, legte ihn aufgeschlagen vor sich auf den Tisch und zog auch den anderen aus der Hosentasche hervor, um ihn danebenzulegen. »Ich könnte jetzt sagen, dass ... es sich dabei um einen Fehler handelt«, sagte er. »Ein Irrtum, den der Fälscher begangen hat.«

»Das könntest du«, bestätigte ich.

Howards Blick flackerte. »Aber du würdest mir nicht glauben.«

»Nein«, antwortete ich. »Das würde ich nicht, Howard. Welcher von diesen beiden Pässen ist echt?« Ich beugte mich und berührte den zweiten Pass, den mit dem unmöglichen Geburtsdatum. Howards Hand zuckte in einer erschrockenen Bewegung vor, als wolle er mir das Dokument entreißen. Aber er führte die Bewegung nicht zu Ende.

»Das ist der echte«, behauptete ich. »Aber damit kannst du dich schlecht in irgendein Amt wagen, nicht wahr? Nicht als ein Mann, der erst in fünf Jahren geboren wird.«

»Und wenn es so wäre?«, murmelte Howard.

»Wer bist du?«, fragte ich. Ich gab mir Mühe, ruhig zu sprechen, aber ich hörte selbst, wie verzerrt und fremd meine Stimme klang. »Wer bist du, *Howard?*«

Eine endlose Sekunde lang hielt er meinem Blick stand, dann senkte er den Kopf, lehnte sich in seinem Stuhl zurück und fuhr sich mit einem erschöpften Seufzer über Kinn und Mund. Ich hatte ihn nie so verwirrt und aus der Fassung gebracht wie in diesem Moment. Aber er schwieg.

»Ich hätte es wissen müssen«, murmelte ich, als Howard auch nach einer Weile keine Anstalten machte, auf meine Frage zu antworten oder in irgendeiner Art zu reagieren. »Ich war ein Narr, Howard. Und du hast mich genauso behandelt, wie ich es verdient habe. Wie einen Trottel.«

»Unsinn«, murmelte Howard.

»Nein, das ist ganz und gar kein Unsinn. Die Beweise waren deutlich genug. Erinnerst du dich an unser Zusammentreffen mit Lyssa?«

Howard antwortete nicht, aber das war auch nicht nötig. Keiner von uns hatte die Szene vergessen. Auch nicht die Worte, die Howard zu der Hexe gesagt hatte, die von Priscyllas Körper Besitz ergriffen hatte.

»Du hast dich nicht verändert seit Salem«, zitierte ich seine Worte aus dem Gedächtnis. »Salem, Howard. Damals hielt ich es für Rhetorik, eine reine Redewendung. Aber es war genau das, was du gesagt hast. Du hast diese Frau in Salem getroffen. In einer Stadt, die vor zweihundert Jahren zerstört wurde!« Plötzlich wurde meine Stimme lauter, ich schrie beinahe, obwohl ich es nicht wollte. Aber die Erregung übermannte mich einfach. »Du bist nichts als ein Freund meines Vaters, wie? Sonst nichts. Nur ein –«

»Ich bin ein ganz normaler Mensch«, unterbrach mich Howard. Seine Stimme war plötzlich ganz ruhig, bar jeden Gefühles oder jeder Regung. Sie klang eisig.

Mit einer abrupten Bewegung stand er auf, nahm seine Jacke von der Stuhllehne und steckte die beiden Pässe in die Innentasche. Sie rutschten durch das Innenfutter und fielen wieder heraus. Howard presste wütend die Lippen aufeinander, bückte sich und stieß sich den Schädel an der Schreibtischkante, als er sich wieder aufrichtete.

»Es reicht wirklich, Robert, sagte er gepresst. »Ich habe mich deiner angenommen, als du damals hierhergekommen bist, obwohl wir uns nie zuvor gesehen haben. Ich habe es getan, weil dein Vater und ich Freunde waren, und ich habe gedacht, dass wir vielleicht auch einmal Freunde werden würden! Er lachte bitter. »Eine Weile habe ich wirklich geglaubt, dass es so wäre. Ich dachte, ich hätte meinen Freund Roderick wiedergefunden, in dir. Aber ich habe mich getäuscht.«

»Bitte, Howard«, sagte ich. »Du weißt genau –«

Howard schnitt mir mit einer wütenden Bewegung das Wort ab und schlüpfte in seine Jacke. »Nichts weiß ich«, sagte er. »Ich weiß nur, dass du mich enttäuscht hast, Robert. Ich dachte, dass das, was wir gemeinsam erlebt haben, ausreicht, um dich von meiner Loyalität zu überzeugen. Aber alles, was ich sehe, ist Misstrauen.«

Auf meiner Zunge breitete sich ein unangenehmer Geschmack aus. Ich wusste, dass seine Worte zu einem Gutteil nur aus Zorn geboren waren – es war ganz normal, dass er nun seinerseits zum Angriff überging wie ein Tier, das in die Ecke gedrängt war und keine Möglichkeit mehr sah zu fliehen.

Und trotzdem waren sie mehr. Sie enthielten die Wahrheit, die mir bisher selbst verborgen gewesen war. Und die wehtat. Sehr weh.

»Es ... tut mir leid, Howard«, sagte ich.

Howard lächelte, sehr dünn und sehr bitter. Er wich meinem Blick aus. »Mir auch, Robert«, sagte er leise. »Mir auch.«

Das Haus lag in einem Außenbezirk Londons, in einem Gebiet, in dem sich die Stadt vor Jahrzehnten einmal auszubreiten begonnen hatte, ihr Wachstum dann aber aus Gründen, die heute niemand mehr zu sagen wusste, wieder einstellte. Zwei, drei der Straßen, die das heruntergekommene Viertel durchzogen, endeten im Nichts; Fragmente einer Planung, die niemals zu Ende geführt worden war.

Ein paar Grundstücke waren abgesteckt, Keller ausgehoben und Fundamente gemauert worden, aber die Häuser waren niemals gebaut worden. Jetzt gähnten dort, wo prächtige Villen und fünfstöckige Mietshäuser hatten entstehen sollen, nur eine Anzahl regelmäßig angeordneter Löcher im Boden; Gruben, die wie bizarre rechteckige Krater wirkten, zum Teil mit Regen- und Grundwasser gefüllt, sodass sie zu kleinen öligen Seen geworden waren, mit Unkraut und Gestrüpp überwuchert.

Auch das Haus war verfallen. Es war gebaut und für kurze Zeit auch bewohnt gewesen, aber die Menschen, die es bezogen hatten, waren wieder fortgegangen. Wie viele Gebäude in diesem Viertel stand es leer und war Verfall und Alter preisgegeben.

Und trotzdem beherbergte es Leben. Die Natur, die schon die Baugrundstücke und Gruben zurückerobert hatte, hatte auch hier mit Moos und Flechten und dünnen Wurzelfingern Fuß gefasst; seine Wände waren vom Schwamm durchzogen, und da und dort hatte ein Busch oder Strauch seine Wurzeln in die Fugen gekrallt und begann das Mauerwerk zu zermürben, langsam, in einem Prozess, der vielleicht Jahrzehnte dauern würde. Irgendwann würden Eis und Wasser hinzukommen und das spröde gewordene Mauerwerk von innen heraus sprengen.

Schon jetzt hing über der zugenagelten Tür ein Schild, das jeden Besucher warnte, das Haus zu betreten. Jemand hatte mit roter Farbe *Einsturzgefahr!* darüber gemalt. Die Farbe war abgeblättert und von Wind und Jahreszeiten heruntergewaschen worden. Aber es betrat auch so nie jemand dieses Haus, denn es gab etwas Unheimliches an ihm, etwas, das nicht in Worte zu fassen, aber deutlich zu spüren war wie ein finsterer Atem. Die Menschen, deren Weg an dem Haus vorbeiführte, machten einen großen Bogen um die Ruine, selbst am Tage.

Seine leeren Fensterhöhlen, die wie ausgestochene Augen auf die Straße hinabzustarren schienen, flößten ihnen Furcht ein, und der eingesunkene Dachstuhl mit den nackten, halb verwitterten Balken erinnerte sie an das Skelett eines gewaltigen urzeitlichen Ungeheuers, das die Jahrmillionen überdauert hatte, um hier zu sterben.

Hoch unter diesem eingestürzten Dach, in einem finsteren, von Feuchtigkeit und Moder durchtränkten Winkel des morschen Gebälkes, nisteten die Motten.

Es waren keine besonderen Tiere. Selbst im Vergleich mit anderen ihrer Art hätten sie nicht gut abgeschnitten: Sie waren klein, nicht einmal einen Zentimeter lang, unansehnlich und blass. Ihre Flügel wirkten immer ein bisschen zerknittert und sahen aus wie mit klebrigem grauen Staub bedeckt.

Das einzig Sonderbare an ihnen war vielleicht ihre Art zu leben. Anders als es Motten normalerweise tun, nisteten sie in einem großen, wie ein Bienenkorb an einem abgebrochenen Balken hängenden Klumpen, einem Ball aus winzigen Fasern, aus Abfall und Moder und zerkauten Pflanzenteilchen. Das Innere dieses Balles wurde von einem Labyrinth tausender feiner Gänge und Kavernen durchzogen, Kriechgänge, in denen sich die blinden grauen Larven der Motten fortbewegten und fraßen, bis sie groß genug waren, sich zu verpuppen und kurz darauf selbst als unansehnliche verkrüppelte Schmetterlingswesen ans Tageslicht zu kriechen.

Sie waren harmlos, diese Stiefkinder der Natur. Hässliche kleine Ungeheuer, die niemandem Schaden zufügen konnten und erschlagen wurden, wo man sie sah. Eine Laune der Natur, ohne die Fähigkeit, in dem gnadenlosen Kampf der Evolution lange zu überdauern.

Bis zu diesem Augenblick.

Der Mann war mit einer Mietkutsche gekommen, aber er hatte den Wagen lange, bevor er den Block erreichte, verlassen und fortgeschickt, um die letzten paar hundert Schritte zu Fuß zu gehen.

Der Kutscher hatte ihm einen sonderbaren Blick zugeworfen, als er mit einer Zehn-Pfund-Note bezahlte und sich herumdrehte, ohne auf sein Wechselgeld zu warten, aber er war sofort abgefahren, froh aus der Gesellschaft dieses sonderbaren, schweigsamen Mannes, den eine seltsame Aura des Unheimlichen und der Gefahr zu umgeben schien, entkommen zu können.

Niemand hatte den Fremden gesehen auf dem Weg hierher. Lautlos war er von Ruine zu Ruine gehuscht, auf der Suche nach etwas, von dem er selbst nicht wirklich wusste, was es war, das er aber erkennen würde, sobald er es fand.

Schließlich hatte er das Haus betreten. Nachdem er Zimmer für Zimmer durchsucht hatte, war er hier hinauf gelangt, in den zerfallenen Dachstuhl.

Dort hatte er die Motten entdeckt.

Lange, Stunde um Stunde, war er so stehen geblieben, eine Statue, die zur Reglosigkeit erstarrt war, bis er selbst zu einem Teil dieser staubigen, verfallenen Umgebung geworden zu sein schien.

Und doch tat er etwas.

Etwas ging mit diesen kleinen, harmlosen Tieren vor sich. Sie spürten es nicht, und ihren primitiven Nervensystemen war die Veränderung nicht einmal bewusst. Sie hatten nichts, was man mit einem Gehirn vergleichen konnte oder was gar in der Lage gewesen wäre, zu *denken.*

Aber als die Veränderung abgeschlossen war, waren sie keine harmlosen kleine Schädlinge mehr.

Sie waren zu Killern geworden.

Der Fremde ging, ehe die Sonne den Horizont erreicht hatte, und wieder nahmen die Motten keine Notiz von ihm, denn er gehörte zu einer Welt, die für die primitiven Sinne der kleinen Insekten auf ewig bizarr und fremd und unverständlich bleiben musste. Er würde wiederkommen, an diesem Abend und auch an den nächsten, aber auch das würden sie nicht bemerken.

Für die Motten hatte sich nichts geändert. Die Welt war, wie sie immer gewesen war – groß, unverständlich und voller Gefahren und Beute.

Und doch waren sie zu etwas ganz anderem geworden ...

Als sich das nächste Mal die Dämmerung über die Stadt senkte und eine Heerschar winziger hässlicher Motten aus dem Haus aufstieg, um in der näheren Umgebung nach Nahrung und Beute zu suchen, teilte sich ein winziger Teil der Tiere vom Hauptschwarm ab und flog lautlos nach Westen.

Mit ihnen flog der Tod.

Mit der Dämmerung hatte sich auch über das Haus Stille und Dunkelheit gesenkt, eine Dunkelheit, die bedrückend wirkte, und eine Stille, die mich an das Schweigen eines steinernen Mausoleums erinnerte.

Ich machte mir schwere Vorwürfe. Howard hatte die Bibliothek verlassen und war in sein Zimmer gegangen, und ich hatte ihn bisher nicht wieder gesehen; auch nicht zum Essen. Charles, mein neuer Majordomus und – solange ich noch nicht genug Personal eingestellt hatte – in gleicher Person auch Kutscher, Butler und Küchengehilfe, hatte mehrmals an seine Tür geklopft und ihn zum Essen gerufen, aber er war nicht gekommen.

Jetzt stand ich vor der Tür des kleinen Gästetraktes, den Rowlf und er bewohnten; aber ich stand schon eine ganze Weile dort, fünf, vielleicht sogar zehn Minuten, ohne dass ich bisher den Mut gefunden hatte, anzuklopfen.

Nachdem Howard gegangen war, war mir ganz allmählich klar geworden, wie schwer ihn meine Worte gekränkt haben mussten.

Wenn Howard nicht mein Freund war, dann war das Wort Freundschaft bedeutungslos. Er hatte ein halbes Dutzend Mal sein Leben riskiert, um das meine zu retten. Hätte er sich nicht um mich gekümmert – einen Fremden, mit dem ihn nichts weiter verband als die Tatsache, dass dieser zufällig der Sohn seines verstorbenen Freundes war, dann könnte er vermutlich heute noch sicher in seiner kleinen Pension im Norden Londons sitzen und Gott einen guten Mann sein lassen.

Aber er hatte es nicht getan, sondern mich mit offenen Armen empfangen und mich wie einen Sohn aufgenommen. Er hatte seine gesicherte Existenz und sein Leben als zurückgezogener Sonderling, den man vielleicht belächelte, dem aber niemand etwas Böses wollte, für das Leben eines Gejagten eingetauscht.

Und ich dankte es ihm, indem ich ihm misstraute! Ich Idiot.

Mit einer entschlossenen Bewegung hob ich die Hand und klopfte an. Ich bekam keine Antwort, aber damit hatte ich auch nicht gerechnet. Ich klopfte noch einmal, wartete noch ein paar Sekunden und legte die Hand auf die Klinke. Sie bewegte sich knirschend nach unten und brach ab.

Verblüfft starrte ich auf das verzinkte Stück Metall in meiner Hand. Seine Oberfläche war fleckig und zerschrunden, und aus dem abgebrochenen Bolzen rieselte feiner brauner Rost wie trockenes Blut.

Die Türklinke sah aus, als hätte sie ein Jahrhundert in feuchter Erde gelegen.

Ich schrak aus meinen Gedanken hoch, als die Tür unsanft aufgerissen wurde und Howard zu mir heraussah. In der dämmerigen Beleuchtung, die hier draußen auf dem Gang herrschte, vermochte ich den Ausdruck auf seinem Gesicht nicht richtig zu erkennen, aber seine Stimme hatte einen eisigen, reservierten Klang.

»Warum kommst du nicht herein, statt die Tür zu demolieren?«, fragte er.

Ich lächelte nervös, trat an ihm vorbei in sein Zimmer und drehte die abgebrochene Türklinke in der Hand.

Howard zog die Tür hinter sich zu, drückte sie aber vorsichtshalber nicht ins Schloss. Auch auf dieser Seite der Tür war die Klinke heruntergefallen; wir hätten Schwierigkeiten bekommen, den Raum wieder zu verlassen, wenn das Schloss einschnappte.

»Warum zertrümmerst du die Einrichtung?«, fragte Howard. »Gefällt dir dein Haus plötzlich nicht mehr?« Sein Gesicht blieb bei diesen Worten ausdruckslos; ihr scherzhafter Klang täuschte.

»Ich ... verstehe das nicht«, murmelte ich. »Ich habe die Klinke ganz normal berührt. Nicht einmal besonders fest.«

»Es ist ein altes Haus«, sagte Howard achselzuckend. »Vielleicht solltest du einen Handwerker kommen und die ganze Bude auf Vordermann bringen lassen. Was willst du?«

Ich sah ihn an, legte die zerbrochene Türklinke auf den Kaminsims und senkte den Blick. »Mich entschuldigen«, sagte ich. »Was ich gesagt habe, war wohl ziemlich dumm. Es tut mir leid.«

Howard nickte. »Ich glaube dir, Robert. Nimm es nicht zu schwer – ich habe auch nicht gerade intelligent reagiert.« Plötzlich lächelte er, und diesmal sah es ehrlich aus. »Im Grunde ist es meine Schuld. Es war ziemlich dumm von mir, diesen Pass mit mir herumzuschleppen. Ich sollte dir dankbar sein, statt dich anzugreifen. Das Dokument hätte auch einem anderen in die Hände fallen können.«

Ich seufzte erleichtert, wandte mich zu ihm um und wollte antworten.

Aber ich tat es nicht. Mein Blick streifte Howards Bett, und die Worte, die ich mir mühsam zurechtgelegt hatte, blieben mir im Halse stecken.

Auf dem ungemachten Bett lag Howards Koffer. Der Deckel war aufgeklappt, und seine Kleider und persönlichen Gegenstände waren in einem wüsten Durcheinander ringsum auf dem Bett verstreut.

»Du ... packst?«, sagte ich stockend.

»Wie du siehst.« Howard eilte an mir vorbei zum Bett, stopfte ein zu einem unordentlichen Bündel zusammengewuseltes Hemd in den Koffer und klappte den Deckel zu. »Ich reise morgen früh«, sagte er. »Mit dem ersten Zug nach Dover.«

»Aber du ...« Ich brach verwirrt ab, suchte einen Moment nach Worten. Der eisige Klumpen in meinem Magen war wieder da. Ich fühlte fast so etwas wie Verzweiflung. »Bitte, Howard«, sagte ich leise. »Es tut mir leid. Ich ... wollte das nicht sagen. Ich wollte nicht –«

»Meine Abreise hat nichts mit dem zu tun, was vorhin geschehen ist«, unterbrach mich Howard. Seine Stimme war ganz kalt; so reserviert, als spräche er mit einem Fremden. Einem Fremden dazu, den er nicht besonders gut leiden konnte.

»Aber warum dann? Warum diese überstürzte Abreise?«

»Sie ist nicht überstürzt«, sagte Howard ruhig. »Du überschätzt deine Wichtigkeit, Robert. Ich wäre auch so gefahren.« Er zuckte mit den Achseln. »Vielleicht ein paar Tage später. Aber ich muss weg.«

Seine Worte trafen mich wie Ohrfeigen.

»Und warum?«, fragte ich.

»Es hat nichts mit dir zu tun. Das ist eine Sache, die mich allein angeht. Sie hängt mit van der Groot zusammen – und den Leuten, die ihn geschickt haben.«

»Van der Groot? Was ist mit ihm? Ich dachte, die Polizei –«

»Hat ihn festgenommen«, unterbrach mich Howard. Der Blick, mit dem er mich maß, sagte mir deutlich, wie wenig mich seine Angelegenheiten in seinen Augen angingen. Jetzt nicht mehr. »Aber es geht nicht um ihn. Van der Groot ist unwichtig. Wichtig sind nur die Leute, die hinter ihm stehen. Die Sache hat nichts mit dir zu tun, Robert. Es ist ... eine alte Rechnung, die ich schon lange hätte begleichen sollen.«

»Gibt es ... keine Möglichkeit, mich bei dir zu entschuldigen?«, fragte ich leise. »Ich habe einen Fehler gemacht. Es tut mir leid. Mehr kann ich nicht sagen.«

»Das ist auch nicht nötig«, erwiderte Howard. »Und was Fehler angeht, so haben wir uns beide nichts vorzuwerfen. Ich hätte es besser wissen sollen. Ein Mann wie ich sollte keine Freunde haben.«

»Howard, ich –«

»Ich meine das nicht so, wie du jetzt glaubst«, sagte er rasch. »Irgendwann wirst du es verstehen, Robert. Nicht jetzt.« Er lächelte, nahm eine Zigarre aus der Westentasche und drehte sie in der Hand, machte aber keine Anstalten, sie anzuzünden. Dann wechselte er abrupt das Thema.

»Was war mit dem Brief, den ich dir gebracht habe?«, fragte er. »Der Stempel sah amtlich aus. Wenn du meine oder Grays Hilfe brauchst ...«

Einen Moment blickte ich ihn verwirrt an, ohne überhaupt zu wissen, was er meinte. Nach dem hässlichen Vorfall zwischen uns hatte ich den Brief in die Tasche gesteckt, ohne auch nur noch einen weiteren Gedanken daran zu verschwenden. Ich zog ihn heraus, warf einen raschen Blick auf das Siegel und riss den Umschlag auf.

»Eine Vorladung? Vor Gericht?« Howard zog überrascht die Brauen zusammen. »Seit wann ist die englische Justiz so schnell?«

»Das hier hat nichts mit dem Überfall auf das Haus oder Tornhills Tod zu tun«, sagte ich und reichte Howard den Brief. »Es ist eine Vorladung des Seegerichtes. Es geht um Bannermann.«

»Du wirst hingehen müssen«, sagte er, nachdem er ihn gelesen hatte. »Gray kann dich begleiten.«

»Mir wäre lieber, wenn du ... auch dabei wärst«, sagte ich stockend.

»Am Montag?« Er schüttelte den Kopf. »Das wird nicht möglich sein, Robert. Am Montag bin ich bereits in Paris. Ich hoffe es jedenfalls.«

Es hätte noch viel gegeben, was ich hätte sagen können. Aber ich spürte, dass es nutzlos war. So schwieg ich, wandte mich um und verließ das Zimmer.

Ich fühlte mich erschlagen, betäubt und wie in einem unseligen Traum gefangen. War es wirklich möglich, mit ein paar schnellen, unbedachten Worten alles zu zerstören, was sich in den Monaten unserer Bekanntschaft entwickelt hatte?

Necrons Worte fielen mir ein, und zum ersten Mal, seit er sie ausgesprochen hatte, glaubte ich in ihnen mehr zu erkennen als den Fluch eines Sterbenden. Vielleicht war dies hier bereits sein Fluch, der sich zu erfüllen begann.

Meine Augen brannten, als ich die Treppe zur Bibliothek hinaufrannte.

»Dort drüben ist es.« Der Kutscher deutete mit einer Kopfbewegung auf das mächtige dreistöckige Gebäude, das sich finster und massig vor dem dunkel gewordenen Himmel abzeichnete. »Macht zwei Shilling, six Pence, Ma'am.«

Gloria Martin griff in den kleinen handgestrickten Beutel, zählte die geforderte Summe ab und drückte sie dem Kutscher in die Hand. Der Mann ließ das Geld in der Tasche verschwinden ohne nachzuzählen, nahm Glorias Reisetasche vom Bock und stellte sie behutsam auf dem Bürgersteig ab.

»Und das ist ... auch wirklich die richtige Adresse?«, vergewisserte sich Gloria. Ihr Blick irrte unsicher über das gewaltige Haus hinter dem schmiedeeisernen Zaun.

»Ashton Place 9«, bestätigte der Kutscher. »Ich sagte Ihnen ja – eine der feinsten Adressen der Stadt.« Er lächelte, deutete auf die Tasche und fragte: »Soll ich sie Ihnen noch ins Haus tragen, Ma'am?«

Gloria verneinte hastig. »Danke. Sie ... ist nicht sehr schwer.«

Der Mann zuckte mit den Achseln. »Wie Sie wollen. Wenn Sie sonst noch irgendetwas benötigen ...« Er lächelte verlegen, als er Glorias Blick bemerkte. »Heute ist sowieso kein guter Tag«, sagte er. »Kein Geschäft. Wenn Sie wollen, warte ich hier.«

Einen Moment lang dachte Gloria ernsthaft über das Angebot nach. Sie hatte sich auf dem Weg vom Bahnhof bis hierher mit dem Mann unterhalten und ihm erzählt, dass sie aufgrund einer Zeitungsannonce herkam, um sich auf die ausgeschriebene Stelle einer Hausdame zu bewerben. Und sie hatte gleich gespürt, dass der Mann mehr als rein geschäftsmäßiges Interesse an ihr hatte. Nun, warum nicht? Sie war sechsundzwanzig und nicht gerade hässlich, und er ... Wenn sie sich den viel zu großen Mantel und den unmöglichen Zylinder wegdachte, sah er bestimmt gut aus.

Aber dann verscheuchte sie den Gedanken. Nein – es ging nicht. Sie war hierher nach London gekommen, um sich in der besseren Gesellschaft nach oben zu dienen. Hausdame, vielleicht sogar Gesellschafterin irgendeiner reichen alten Glucke, das war es, was sie werden wollte.

Vorerst. Später würde man sehen ... Es gab genug allein stehende junge Männer in der Londoner Gesellschaft. Nein. Ein Mietkutscher passte nicht zu ihr. Auch wenn er noch so gut aussah.

Sie schüttelte den Kopf, griff nach ihrer Tasche und wandte sich mit einem kecken Hüftschwung um. Aber der Kutscher hielt sie noch einmal zurück. Gloria fuhr unmerklich zusammen, als sie spürte, wie hart sein Griff war.

»Vielleicht sollte ich doch besser warten«, sagte er, deutlich verlegen und ohne sie anzusehen. »Es geht mich ja nichts an, aber ich würde da nicht hineingehen.«

Gloria streifte seine Hand ab. »Warum nicht?«, fragte sie. »Sie haben doch selbst gesagt, es wäre eine der vornehmsten Adressen der Stadt, oder?«

»Man erzählt sich komische Dinge über dieses Haus«, fuhr der Mann fort, als hätte er ihre Worte gar nicht gehört. »Es hat eine ganze Weile leer gestanden, und die Leute, die jetzt dort wohnen, kennt hier niemand. Und vor ein paar Tagen soll es eine wilde Schießerei gegeben haben.«

Und?, dachte Gloria. Was machte das? Wer sich ein solches Haus leisten konnte, musste reich sein. Nicht vermögend, sondern reich. Sie wiederholte das Wort ein paar Mal in Gedanken und genoss seinen prickelnden Klang.

»Ich werde hier warten«, fuhr der Kutscher fort, als er ihr Schweigen registrierte und falsch auslegte. »Wenn Sie in einer Stunde nicht wieder da sind, verschwinde ich, und Sie können mich vergessen.«

»Aber kommen Sie nicht auf die Idee, dass ich Ihnen den Verdienstausfall bezahlen soll«, sagte Gloria spöttisch. »Meinetwegen warten Sie ... äh ...«

»Ronald«, sagte der Kutscher. »Ron, für meine Freunde.«

Gloria nickte. »Gut, Ron. Eine Stunde.«

Der Kutscher lächelte, zog sich mit einem kraftvollen Ruck auf den Kutschbock hinauf und ließ die Zügel knallen. Gloria sah ihm nach, bis der Wagen ein kurzes Stück die Straße hinuntergefahren und wieder zum Halten gekommen war, weit genug, dass er vom Haus aus nicht direkt gesehen werden konnte, aber so, dass er seinerseits das Tor und einen Teil des dahinterliegenden Gartens gut im Blick hatte.

Warum nicht?, überlegte sie. Wenn sie die Stelle nicht annahm, war Ron vielleicht nicht der Schlechteste, um sich mit ihm die Zeit zu vertreiben. Bis sie etwas Besseres gefunden hatte.

Sie nahm ihre Tasche auf, öffnete das Tor und trat mit einem entschlossenen Schritt hindurch. Das Haus und der Garten – eigentlich war es schon eher ein kleinerer Park – waren dunkel, nur hinter einem Fenster hoch oben im zweiten Stock brannte ein einsames Licht.

Gloria ging langsamer, als nötig gewesen wäre, aber sie sah sich dabei aufmerksam um. Das Haus wirkte sehr alt, wie Ron gesagt hatte, aber es war – genau wie der Garten – sehr gepflegt. Und es sah nach Geld aus. Nach sehr viel Geld. Es gefiel ihr.

Irgendetwas berührte ihr Gesicht.

Gloria blieb abrupt stehen, sah sich erschrocken nach beiden Seiten um und hob die Hand an die Wange, wo sie die Berührung gespürt hatte. Es war nicht viel mehr als ein flüchtiger Hauch gewesen, kaum spürbar. Vielleicht ein Insekt, das im Dunkeln die Orientierung verloren hatte und gegen sie geprallt war.

Das junge Mädchen runzelte die Stirn, packte seine Tasche fester und ging weiter.

Sekunden später spürte sie eine weitere Berührung, ein wenig fester als beim ersten Mal, und diesmal glaubte sie etwas zu sehen: einen kleinen, verschwommenen Schatten, der trunken vor ihrem Gesicht auf und ab torkelte und blitzschnell verschwand, als sie die Hand hob und danach schlug.

Ihr Herz begann ein wenig schneller zu schlagen. Für einen ganz kurzen Moment spürte sie nagende Furcht, aber sie vertrieb das Gefühl, schalt sich in Gedanken selbst eine dumme Ziege und blinzelte aus zusammengekniffenen Augen in die Dunkelheit. Es gab eine Menge Dinge, die man Gloria nachsagen konnte – aber Feigheit gehörte nicht dazu.

Irgendwo zwischen ihr und dem sorgsam gestutzten Rhododendrenbusch rechts neben dem Weg bewegte sich etwas; ein Spiel unruhiger kleiner Schatten, die mit hektischen Bewegungen auf und ab hüpften.

Was war das?, dachte sie. Mücken? Aber nein; Mücken schwärmten nach Dunkelwerden nicht mehr. Außerdem hätte sie sie hören müssen.

Ohne auf die warnende Stimme in ihrem Inneren zu achten, setzte sie die Reisetasche ab und näherte sich vorsichtig dem Busch. Die Schatten wurden deutlicher, schälten sich jetzt als kleine graue Umrisse aus der Dunkelheit und torkelten wie wild hin und her. Einer von ihnen huschte auf sie zu und wich hastig zur Seite, als sie die Hand hob und damit wedelte.

Dann erkannte Gloria, was sie vor sich hatte.

Motten. Nichts als einen Schwarm kleiner, unansehnlicher grauer Motten.

Sie lächelte, schüttelte den Kopf über ihre eigene Neugier und Dummheit und ging zurück zu der Stelle, an der sie die Tasche abgestellt hatte.

Als sie sich danach bückte, berührte etwas ihre Hand. Und diesmal tat die Berührung weh.

Gloria fuhr mit einem unterdrückten Schrei hoch, sah ein graues Etwas von ihrer Hand fortflattern und schlug blindlings danach. Sie traf. Das kleine Flügeltier wurde aus der Bahn geworfen, torkelte zu Boden.

Sie zertrat es.

Der Kies unter ihrem Schuh knirschte, als zermalme sie Knochen, als sie den Fuß über dem winzigen Insekt drehte.

Ihre Hand tat immer noch weh. Gloria hob die Finger vor die Augen und versuchte im schwachen Mondlicht die Stelle zu erkennen, an der sie die Motte gebissen hatte – denn etwas anderes konnte es nicht sein –, aber alles, was sie sah, war ein kleiner grauer Fleck auf der Haut, wie Staub.

Angeekelt wischte sie sich die Hand an ihrem Rock sauber, nahm ihre Tasche auf und ging weiter.

Eine Motte flog auf sie zu, wich Millimeter vor ihrem Gesicht zur Seite und berührte sie ganz sanft mit den Flügelspitzen an der Stirn.

Gloria schrie erschrocken auf, schlug nach dem Tier und glitt auf dem Kies aus. Ihre Arme ruderten hilflos, sie verlor vollends das Gleichgewicht und stürzte. Ihre Tasche platzte auf, ihr Inhalt quoll hervor und fiel auf den Weg.

Und plötzlich waren überall Motten. Tausende der kleinen grauen Tiere schienen mit einem Male die Luft um sie herum zu erfüllen, ein flatternder, torkelnder, lautloser Schwarm, der immer wieder auf sie herabstieß und ihr Gesicht und ihre Hände, die nackte Haut ihrer Beine und ihren Nacken berührte.

Gloria schrie vor Angst. In blinder Panik schlug sie um sich, zermalmte Dutzende der winzigen Tierchen mit den Händen und krümmte sich vor Furcht, als eine ganze Wolke der hässlichen grauen Schmetterlinge auf ihr Gesicht herabstieß.

Im ersten Moment war ihre Berührung sanft, beinahe zärtlich, wie ein Streicheln. Dann begann sie weh zu tun.

Schrecklich weh.

Über ihr im Haus flammten Lichter auf. Stimmen erklangen, dann wurde eine Tür aufgerissen, und hastige Schritte näherten sich.

Aber von alldem nahm Gloria kaum etwas wahr! Plötzlich, so rasch, wie die Schmerzen gekommen waren, verschwanden sie wieder. Sie war nur noch müde.

So unglaublich müde.

Die Bibliothek war nicht mehr leer. Jemand hatte das große Licht gelöscht und dafür die kleine Petroleumlampe auf dem Schreibtisch entzündet, und das Feuer im Kamin war zu höherer Glut entfacht worden. In dem hochlehnigen Ohrensessel davor saß eine breitschultrige, in einen seidenen Hausmantel gehüllte Gestalt.

»Rowlf!«, sagte ich verblüfft. Was …« Ich brach ab, schob die Tür hinter mir ins Schloss und eilte auf ihn zu, blieb aber auf halbem Wege stehen. Auf seinem breitflächigen Gesicht stand ein Ausdruck, den ich mir nicht erklären konnte. Irgendetwas zwischen Trauer und Vorwurf.

»Du bist … nicht unten?«, fragte ich vorsichtig.

»Howard kommt mit dem Gepäck schon allein zurecht. Aber er glaubt auch, dass ich in meinem Zimmer bin und schlafe. Er weiß nicht, dass ich hier bin, und er muss es auch nicht wissen. Ich muss mit dir reden«, sagte Rowlf. Seine Stimme klang verändert. Sehr ernst »Wenn du Zeit hast, heißt das.«

»Natürlich.« Ich wandte mich zu dem kleinen Teewagen neben der Tür, auf dem Gläser und Flaschen bereitstanden. »Einen Drink?«, fragte ich. Rowlf nickte, und ich schenkte für uns beide Whisky ein. Meine Hände zitterten so stark, dass die Eiswürfel wie ein kleines Glockenspiel klirrten, als ich mit den Gläsern zu Rowlf ging.

Er nahm mir eines davon aus der Hand, nippte daran und sah zu, wie ich mich nervös in den Sessel sinken ließ und mein Glas mit einem einzigen Zug zur Hälfte leerte. Prompt verschluckte ich mich und hustete qualvoll.

Aber das spöttische Lachen, das ich von ihm erwartete, blieb aus. Und jetzt, im Nachhinein, fiel mir auch noch etwas auf: Rowlfs Dialekt war verschwunden. Er hatte das reinste Oxford-Englisch gesprochen, das ich jemals gehört hatte. Bisher hatte er seinen Slang, den er normalerweise sorgsam pflegte und zur Perfektion zu entwickeln versuchte, nur ganz wenige Male in meiner Gegenwart vergessen – und da war er in Lebensgefahr gewesen.

»Also?«, fragte ich, nachdem ich wieder einigermaßen zu Atem gekommen war. »Was gibt es?«

»Du hast mit Howard gesprochen?«

Ich nickte. Mein Gesicht verdüsterte sich. War er gekommen, um mir Vorwürfe zu machen?

»Er packt«, murmelte ich. »Aber das weißt du sicher schon.«

»Ja«, antwortete Rowlf. »Deshalb muss ich mit dir reden. Vielleicht hört er auf dich. Mich hat er gar nicht erst zu Wort kommen lassen.«

»Auf mich?« Ich schluckte im letzten Moment das schrille Lachen herunter, das in meiner Kehle emporstieg. »Rowlf, es ist meine Schuld, dass er packt.«

»Quatsch«, sagte Rowlf heftig. »Glaubst du wirklich, Howard würde wie ein beleidigter Oberschüler davonlaufen, nur weil ihr euch gestritten habt?« Er schüttelte heftig den Kopf, leerte sein Glas mit einem Zug und drehte es nervös in den Fingern. »Wir wären sowieso gefahren, früher oder später. Euer kleiner Streit hat nur den Ausschlag gegeben, jetzt schon aufzubrechen. Es hat mit diesem van der Groot zu tun.«

»Das hat Howard mir gesagt«, murmelte ich. »Aber mehr auch nicht. Was ... ist passiert?«

»Passiert?« Rowlfs Gesicht verdüsterte sich. Seine Hände spannten sich mit einer kurzen, kraftvollen Bewegung um das Glas. Es knackte, und in dem dickwandigen Whiskyglas entstand ein sichelförmiger Sprung. Rowlf zog eine Grimasse. »Was passiert ist?«, fuhr er fort. »Dieser van der Groot ist passiert. Ich hätte ihm den Schädel einschlagen sollen, als noch Zeit dazu war. Ich Idiot hätte wissen müssen, was passiert.« Er schnaubte. »Eigentlich habe ich seit Jahren darauf gewartet.«

»Ich ... verstehe kein Wort«, sagte ich stockend. »Wer ist dieser van der Groot überhaupt?«

»Was«, sagte Rowlf. »Die Frage muss lauten, *was* ist van der Groot, Robert. Die Geschichte ist nicht so einfach zu erklären. Und du musst mir versprechen, Howard kein Wort davon zu verraten, dass ich hier war.«

»Sicher«, sagte ich. »Ich verrate nichts. Bisher habe ich ja auch nichts gehört, was ich verraten könnte.«

Rowlf grinste, stand auf und ging zum Teewagen, um sich ein neues Glas zu holen. »Dieser van der Groot«, begann er, »hat nicht aus eigenem Antrieb gehandelt. Er selbst ist ein ziemlich unwichtiger kleiner Handlanger, weißt du? Er kam hierher, um ... einen Auftrag auszuführen.«

»Ich weiß«, antwortete ich. »Er wollte das NECRONOMICON.«

Rowlf drehte sich herum, nippte an seinem Drink und sah mich über den Rand des Glases hinweg scharf an. »Nein«, sagte er schließlich.

»Nein?« Ich blinzelte verwirrt. »Aber was –«

»Er war schon sehr viel länger in der Stadt. Die Sache mit dem NECRONOMICON war eigentlich gar nicht geplant. Van der Groot und dieser Gray-Abklatsch konnten nur nicht widerstehen, als sie erfuhren, was sich in deinem Besitz befindet. Wahrscheinlich«, sagte er mit einer abfälligen Grimasse, »haben sie gedacht, sie würden als Helden gefeiert, wenn sie mit dem Buch als Beute zurückkommen. Aber in Wahrheit waren sie hinter Howard her. Seit Monaten.«

»Hinter ... Howard?«, stotterte ich. »Aber was ... was wollen sie von ihm?«

»Seinen Kopf«, sagte Rowlf trocken. »Und nicht nur bildlich gesprochen. Sie und ihre ... Brüder verfolgen Howard seit Jahren.«

Das unmerkliche Zögern in seinen Worten entging mir keineswegs. »Brüder?«, wiederholte ich. »Was meinst du damit, Rowlf?«

»Du weißt nicht viel über Howard, nicht?«, fragte er anstelle einer Antwort. Ich schüttelte den Kopf, und Rowlf füllte sein Glas ein drittes Mal, ehe er antwortete. Ich hatte ihn selten zuvor so viel in so kurzer Zeit trinken sehen; ein deutlicher Beweis für seine Nervosität. »Sie haben ihn um die halbe Welt gejagt«, begann er, »in dem letzten Jahr, in dem du die Bücher deines Vaters studiert hast. Vielleicht hätten wir eine Weile Ruhe vor ihnen gehabt, wenn wir in Arkham geblieben wären.«

»Sie? Wer sind sie?«, fragte ich.

»Die ... diese Männer«, antwortete Rowlf stockend. »Van der Groot und seine sogenannten Brüder. Es ist ... eine Art Organisation. Ein ... Bund wie ...«

»Eine Loge?«, half ich aus.

Rowlf nickte. »Man könnte es so nennen. Ich weiß selbst nicht mehr darüber als ein paar Andeutungen, die Howard einmal entschlüpft sind. Ich habe ihn erst kennen gelernt, als er bereits auf der Flucht vor ihnen war.«

»Aber warum?«, fragte ich. »Wer sind diese Männer, und warum verfolgen sie Howard?«

»Weil er einmal zu ihnen gehört hat«, antwortete Rowlf. »Er war selbst Mitglied bei den ...« Wieder stockte er und starrte einen Moment in sein Glas, dann fuhr er fort: »Bei diesen Leuten eben. Ich kann dir nicht mehr darüber sagen, aber sie sind mächtig, Robert.«

»Wenn sie mächtig genug sind, selbst Howard Angst einzujagen, dann müssen sie sehr mächtig sein«, sagte ich halblaut.

Rowlf nickte. »Das sind sie. Und sie haben Howard zum Tode verurteilt, schon vor Jahren. Van der Groot und sein Spießgeselle waren nichts als Henker.«

»Van der Groot sitzt im Gefängnis«, sagte ich. »Und der andere ist tot.«

»Und?« Rowlf machte eine wegwerfende Geste. »Sie werden andere schicken.«

»Ist das der Grund, aus dem Howard packt?«, fragte ich. »Weil er Angst hat, dass sie ihn –«

»Angst?«, keuchte Rowlf. »Bist du bescheuert, Kleiner? Howard und Angst?« Er schnaubte, stellte sein Glas mit einem Ruck auf den Tisch und trat erregt einen Schritt auf mich zu. »Verdammt, wenn er Angst hätte, dann wäre ich jetzt nicht hier. Ich wäre froh, wenn es so wäre! Glaubst du, es würde mir etwas ausmachen, wieder vor ihnen davonzulaufen? Wir haben zehn Jahre Verstecken mit diesen Hunden gespielt. Nein, Howard hat keine Angst. Im Gegenteil.«

»Aber was ... was willst du dann von mir?«, fragte ich verwirrt.

»Howard hat sich entschlossen, nicht länger vor ihnen davonzulaufen«, sagte Rowlf düster. »Das ist das Problem, verstehst du? Er will zu ihnen.«

»Er will –«

»Nach Paris«, bestätigte Rowlf. »Er hat gesagt, dass es keinen Sinn mehr hätte, davonzulaufen. Er will sich ihnen stellen. Und sie werden ihn umbringen.« Plötzlich klang seine Stimme erregt, beinahe beschwörend. »Sprich du mit ihm, Robert. Auf mich hört er nicht mehr, aber vielleicht auf dich! Du musst ihm diesen Wahnsinnsplan ausreden! Er glaubt, er könnte mit ihnen sprechen, aber ich weiß, dass sie ihn nicht einmal anhören werden!«

»Aber wie soll ich –«

Der Rest meiner Worte ging in einem markerschütternden Schrei unter, der aus dem Garten heraufscholl.

Der Mann wankte, griff mit unsicheren, fahrigen Bewegungen nach der einsam dastehenden Gaslaterne, verfehlte sie und schlug schwer auf dem Gehsteig auf. Zwei, drei Sekunden lang blieb er reglos liegen, dann stemmte er sich taumelnd hoch, wankte wie ein Halm im Sturm hin und her und versuchte einen Schritt zu machen. Prompt verlor er abermals das Gleichgewicht und fiel erneut, diesmal aber nur auf die Knie.

Seffinger beobachtete sein Treiben nun schon eine ganze Weile. Der Bursche musste mehr als nur einen über den Durst getrunken haben, dachte er, während er zusah, wie sich der Mann erneut aufzurichten versuchte. Er war vor einigen Minuten aus der Dunkelheit aufgetaucht und zielstrebig auf das Gefängnis losmarschiert, schien aber dann die Orientierung verloren zu haben. Seither umkreiste er die Laterne und konnte sich offensichtlich nicht entscheiden, in welcher Richtung er nach Hause gehen – besser gesagt, fallen – sollte.

Jemand klopfte. Mort Seffinger schrak aus seiner Betrachtung hoch, rief ein deutliches »Herein« und wandte sich gleichzeitig vom Fenster ab. Die Tür wurde geöffnet, und ein vielleicht fünfzigjähriger, grauhaariger Mann in der schmucklosen schwarzen Uniform des Gefängnispersonals betrat die kleine Wachstube. Cowley, seine Ablösung.

»Hi, Mort«, begrüßte er Seffinger. Er lächelte, rieb fröstelnd die Hände über dem kleinen Kohleofen und beugte sich neugierig über das Wachbuch, das aufgeschlagen vor Mort auf dem Tisch lag.

»Was Besonderes?«, fragte er.

Seffinger schüttelte den Kopf. »Nichts. Keine Neuzugänge – auch keine angekündigt –, keine Gefangenenrevolte.« Er grinste und deutete mit einer Kopfbewegung zum Fenster. Durch die beschlagene Scheibe war der Betrunkene schemenhaft zu erkennen. Er umkreiste noch immer die Laterne und hatte mittlerweile daran Halt gefunden. Außerdem hatte er angefangen, ein Lied zu grölen.

»Du hast Gesellschaft«, sagte er. »Ich amüsiere mich schon eine ganze Weile über den Burschen.« Er lachte. »Muss wirklich randvoll sein, der Kerl, wenn er sich ausgerechnet ein Gefängnis aussucht, um davor zu randalieren.«

Cowley beugte sich vor und blinzelte einen Moment lang durch das Fenster nach draußen. Ein tiefes Stirnrunzeln zog seine Brauen zusammen.

»Wie lange macht er das schon?«, fragte er.

Seffinger zuckte mit den Achseln. »Was weiß ich – ein paar Minuten.«

»Dann geh hinaus und hilf ihm«, sagte Cowley. »Du kennst die Vorschriften.«

Seffinger stöhnte übertrieben. »Ja, ja. Jede verdächtige Bewegung und so. Aber der Kerl da draußen ist nicht verdächtig, sondern besoffen!«

»Ein Grund mehr, sich um ihn zu kümmern«, antwortete Cowley streng. »Was glaubst du, was dir blüht, wenn er sich verletzt und jemand kriegt raus, dass du ihn die ganze Zeit beobachtet hast?« Er schüttelte den Kopf, richtete sich auf und machte eine auffordernde Bewegung. »Geh raus und setz ihn in die nächste Kutsche. Meinetwegen kannst du dann gleich nach Hause fahren. Ich übernehme deine Runde.«

»Na, mein Freund?«, sagte Seffinger. »Einen zu viel gekippt, wie?« Er rechnete nicht damit, Antwort zu bekommen; dazu war der Mann viel zu betrunken. Trotzdem hob der Fremde nach Sekunden den Kopf und blickte Seffinger an.

Der Gefängnisbeamte konnte sein Gesicht trotz der Gaslaterne nicht richtig erkennen, denn der Fremde trug einen breitkrempigen schwarzen Hut, dessen Schatten seine Züge beinahe unkenntlich machte. Trotzdem wirkte es fremdländisch und streng auf ihn.

Auch noch ein Ausländer, dachte Seffinger resignierend. Und seiner Kleidung nach zu schließen ein verdammt reicher Ausländer; vielleicht irgendein Botschafter oder Attaché. Heute war wirklich nicht sein Glückstag. Wahrscheinlich verstand der Bursche kein Wort Englisch, und am nächsten Morgen konnte er auch noch Ärger bekommen, wenn er ihn nicht ausgesucht höflich behandelt hatte.

Er seufzte, streckte die Hand nach dem Mann aus und zwang sich zu dem freundlichsten Lächeln, das er zustande brachte.

Der Fremde schlug seine Hand zur Seite, kippte nach hinten und klammerte sich im letzten Moment am Laternenpfahl fest. »Schschscheißtommy«, stammelte er.

Seffingers Lächeln gefror. Immerhin war er eine Amtsperson. Ihn konnte irgend so ein dahergelaufener reicher Ausländer ja ruhig beleidigen, aber nicht die Uniform, die er trug. »Wie bitte?«, fragte er steif. »Ich fürchte, ich habe Sie nicht richtig verstanden, Sir.«

»Dusch ... duhasch ... duhaschmischhonrischtisch ... standen«, nuschelte der andere mit schwerer Zunge. »Aber isch schasch gern noch ... noch mal. Scheißschtommy! Jawoll! Scheischbeamter in einem Scheischland!«

»Sie vergreifen sich im Ton, Sir«, sagte Seffinger scharf. »Ich muss doch bitten!«

»Kannschtu«, sagte der andere, rülpste lautstark und fiel erneut auf die Knie. »Bitten kannscht du, worum du ... willscht. Aber isch bleib dabei. Daschischt ein Scheißland! Und ein Scheisch ... könig! Jawoll.«

Seffinger erstarrte. Ein Schlag ins Gesicht hatte ihn kaum härter treffen können.

»Was haben Sie gesagt, Sir?«, fragte er. »Sie sollten über das nachdenken, was Sie einem Beamten der Krone sagen.«

Der Fremde kicherte schrill. »Krone!«, kreischte er. »Eine Scheischkrone isch ... ischdasch, jawoll. Ich pisse auf eure Krone!«

»Das ist ... Majestätsbeleidigung!«, keuchte Seffinger. »Wer immer Sie sind, Sir, ich kann das nicht durchgehen lassen!«

»Kannschtdunisch?«, kicherte der Betrunkene. »Dann unternimm doch wasch! Verteidige deine Krone doch!« Er stemmte sich hoch, brachte das Kunststück fertig, einen Moment aus eigener Kraft aufrecht zu stehen und hob kampflustig die Fäuste.

Mort Seffinger kam zu einem Entschluss. Es war ihm gleich, wer dieser dunkelhäutige Ausländer war. Und sollte es der König von Mesopotamien persönlich sein – niemand beleidigte das Königshaus ungestraft in seiner Gegenwart. Niemand.

Mit einer raschen Bewegung zog er seine Pfeife aus der Tasche und blies dreimal hintereinander hinein. In spätestens einer Minute würde Cowley bei ihm sein, zumal er die ganze Szene unter Garantie durch das Fenster verfolgt hatte.

Der Betrunkene hob den Kopf und stierte blöde in die Runde. »Waschnlosch?« nuschelte er. »Schon ... schon Zeit zum Aufschtehn?«

»Nein«, antwortete Seffinger böse. »Im Gegenteil, mein Freund – Sie können weiterschlafen. Wir haben eine Menge gemütlicher Zimmerchen in unserem Hotel, wissen Sie? Und eins davon ist ganz speziell für Sie reserviert!«

Mit einem triumphierenden Lächeln steckte er die Pfeife wieder in die Tasche, zog fröstelnd die Schultern hoch und warf einen Blick über die Schultern zurück, um nachzusehen, wo Cowley blieb.

Hätte er in diesem Moment das Gesicht des Betrunkenen gesehen, wäre ihm vielleicht das rasche, triumphierende Lächeln aufgefallen, das um seine Lippen spielte.

Aber er hätte es kaum verstanden.

Rowlf erstarrte. »Was war das?«, keuchte er. »Wer hat da –«

Wieder erscholl dieser grässliche, gellende Schrei von unten, dann hörten wir ein dumpfes Poltern.

Rowlf fuhr herum und stürmte aus dem Raum, und auch ich sprang auf und lief hinter ihm her, so schnell ich konnte.

Das Haus war voller huschender Lichter und Schritte, als wir die Halle erreichten. Die Tür zu Howards Zimmer stand halb offen, und als ich die letzten drei Stufen mit einem Satz überwand, tauchte Charles in der Halle auf, eine qualmende Petroleumlampe schwenkend.

Die Schreie hatten aufgehört, als wir die Haustür erreichten. Ich erkannte Howard, der auf ein Knie herabgesunken war und sich über einen dunklen, unförmigen Körper beugte.

Rowlf und ich erreichten ihn gleichzeitig.

»Was ist passiert?«, fragte ich erregt. »Wer hat da geschrien?«

Howard sah auf, gebot mir mit einer hastigen Geste zurückzubleiben und deutete mit der anderen Hand auf den verkrümmt daliegenden Körper vor sich. Etwas Graues, Winziges erhob sich von dem dunklen Bündel und flatterte davon.

»Wer ist das?«, murmelte ich.

Howard zuckte die Achseln. »Ich weiß nicht«, murmelte er. »Eine Frau. Aber ...« Er stockte und sah mich prüfend an. »Kennst du sie?«

Neugierig beugte ich mich vor.

Der Anblick war unheimlich. Es war eine Frau, aber selbst das konnte ich nur noch anhand ihrer Kleider und des langen, bis weit über die Schulter fallenden grauweißen Haares erkennen. Ihre gebrochenen Augen standen weit offen und waren trübe geworden, und in ihrem erstarrten Blick hatte sich ein Ausdruck so tiefen Entsetzens festgesetzt, dass ich unwillkürlich ein Stück zurückschrak.

Das Gesicht der Toten war eine Kraterlandschaft aus Runzeln und Falten. Graue, pergamenttrockene Haut spannte sich um einen zahnlosen Mund, der vor Jahrzehnten einmal sehr schön gewesen sein musste. Hässliche schwarze Flecken verunstalteten das Gesicht, und über der rechten Schläfe war die Haut gerissen und begann sich abzuschälen. Es war alt, dieses Gesicht. Unglaublich alt.

So alt wie ihre Kleider, dachte ich schaudernd. Das einteilige, hoch geschlossene Kleid musste vor einem Jahrhundert einmal farbenfroh gewesen sein; jetzt war es ein Fetzen, vermodert, grau, dünn und zerschlissen, sodass an unzähligen Stellen der Stoff durchsichtig geworden war. Es sah aus wie von Motten zerfressen.

»Sie ... muss mindestens hundert sein«, murmelte Howard verstört. »Aber wie ist das möglich? Wer ist diese Frau, und wie kommt sie hierher?«

»Diese Frage kann ich beantworten«, sagte eine Stimme.

Howard, Rowlf und ich fuhren im gleichen Moment herum. Keiner von uns hatte den Fremden bemerkt, der sich uns genähert hatte. Natürlich nicht, wir waren viel zu aufgeregt gewesen, um die leisen Schritte auf dem Kies zu hören.

»Wer sind Sie?«, blaffte Rowlf. Drohend richtete er sich zu seiner vollen Größe auf und trat auf den Fremden zu, aber dieser zeigte sich davon nicht im Geringsten beeindruckt. Er hatte es wohl auch nicht nötig – seine Schultern waren fast so breit wie die Rowlfs, und mit seinem schwarzen Zylinder überragte er Howards Leibdiener sogar noch um eine gute Handbreit.

»Wer zum Teufel sind Sie?«, schnappte Howard, als der Fremde nicht antwortete. »Und was machen Sie hier?«

»Mein Name ist Ron«, sagte der Mann. Er kam näher, trat in den blassen Lichtschein von Charles Lampe, und ich erkannte, dass er den schwarzen Mantel und Hut eines Kutschfahrers trug.

Er deutete auf die Tote. »Ich habe sie gefahren.«

»Sie kennen sie?«

Ron nickte, schüttelte gleich darauf den Kopf und machte eine vage, unbestimmte Geste. »Ja und nein. Ihr Name ist Gloria, und das ist schon so ziemlich alles. Ich ... habe sie vom Bahnhof hierher gebracht.«

»Gloria?« Irgendwie kam mir der Name bekannt vor, aber ich wusste nicht, wo ich ihn unterbringen sollte.

Howard sah mich scharf an. »Du kennst diese Frau?«

»Ich ... nein«, antwortete ich nach kurzem Überlegen. »Eine Gloria Martin wollte heute oder morgen hierherkommen, um sich auf die Stelle als Hausdame zu bewerben, die ich ausgeschrieben habe. Aber das kann sie unmöglich sein.«

»Sie ist es aber«, sagte Ron hart. »Ich habe mich mit ihr unterhalten. Sie erzählte, dass sie sich vorstellen wollte.«

Verblüfft starrte ich auf das ausgetrocknete Greisengesicht vor mir hinab. »Aber das ist unmöglich!«, entfuhr es mir. »Diese Frau hat wohl kaum noch die Kraft gehabt, auf eigenen Füßen zu stehen.«

»Blödsinn!«, schnappte Ron. »Sie ist –«

Sein Unterkiefer klappte herunter, als sein Blick auf das zerfallene graue Antlitz der Toten fiel. Seine Augen weiteten sich. Trotz der Dunkelheit sah ich, wie sein Gesicht alle Farbe verlor.

»Das ... gibt es ... nicht!«, stammelte er. »Das ist doch ... unmöglich!« Seine Hände begannen zu zittern. Er wankte, griff Halt suchend um sich und wäre vielleicht gestürzt, wenn Rowlf nicht blitzschnell zugegriffen hätte.

»*Was* ist unmöglich?«, fragte Howard betont.

»Diese ... diese Frau!«, stammelte Ron. »Gloria. Sie ... O mein Gott, das ist doch nicht möglich!« Sein Kopf flog mit einem Ruck hoch. Seine Augen weiteten sich noch mehr, als er Howard und mich anstarrte. Ich hatte selten einen Ausdruck so ungläubigen Entsetzens im Gesicht eines Menschen gesehen. »Gloria«, stammelte er. »Sie ... sie war allerhöchstens zwanzig.«

»Was reden Sie da?«, murrte Howard. »Sie –«

»Aber es stimmt!«, sagte Ron. Seine Stimme wankte und drohte überzukippen. Speichel lief an seinem Kinn herab. Er merkte es nicht einmal. »Ich bin doch nicht verrückt! Ich habe mit diesem Mädchen gesprochen und ... und sie hier abgesetzt! Sie war keine zwanzig Jahre alt!«

»Diese Frau hier«, antwortete Howard betont, »ist eher zweihundert als zwanzig, Ron. Überlegen Sie in Ruhe. Vielleicht haben Sie Ihre Gloria vor einem anderen Haus abgesetzt. Sie müssen sich getäuscht haben!«

»Nein!«, keuchte Ron. Es klang wie ein Schrei, den er im letzten Moment unterdrückte. »Ich habe sie keine Sekunde aus den Augen gelassen! Ich habe gewartet, weil ... weil sie noch nicht wusste, ob sie die Stelle annimmt, und ...« Er brach ab, rang hörbar nach Worten und begann kleine, unverständliche Laute auszustoßen.

»Ich glaub, er hat recht«, sagte Rowlf leise. »Seht euch die Klamotten an.« Er deutete auf die zerschlissene Reisetasche, die ein Stück neben der Toten lag. Sie war aufgeplatzt, und ihr Inhalt hatte sich über den Weg verstreut. Er bestand aus nichts als Lumpen. Wenn die grauen, halb vermoderten Fetzen irgendwann einmal Kleider gewesen waren, dann musste es Jahrzehnte her sein.

Howard streckte die Hand nach einem der Kleider aus. Es zerfiel zu Staub, als er es berührte.

»Das ist Hexerei!«, keuchte Ron. »Das ist ... Teufelswerk!« Seine Stimme wurde höher, schriller. »Es stimmt, was man sich über Sie erzählt!«, behauptete er. »Es ist alles wahr! Sie sind ein Hexer!«

»Beruhigen Sie sich!«, sagte Howard scharf, aber Rons Erregung stieg eher noch.

»Sie sind ein Hexer!«, keuchte er. »Es ist wahr! Sie sind mit dem Satan im Bunde, wie die Leute behaupten!«

Howard hob rasch die Hand. Rowlf drehte sich herum, bedachte Ron mit einem freundlichen Lächeln – und schlug ihm warnungslos die Faust unter das Kinn. Der hünenhafte Kutscher stieß ein ersticktes Keuchen aus, kippte nach hinten und fiel wie ein nasser Sack zu Boden.

»Er hätte die ganze Nachbarschaft zusammengeschrien«, sagte Howard mit einem entschuldigenden Lächeln. Dann wandte er sich wieder an Rowlf. »Trag ihn ins Haus. Und dann bring eine Decke oder besser noch ein Betttuch. Wir müssen die Frau wegschaffen, ehe jemand aufmerksam wird.«

»Was hast du vor?«, fragte ich. »Wir müssen die Polizei rufen, Howard! Hier ist ein Mensch ums Leben gekommen!«

»Die Polizei?« Howard schüttelte den Kopf. Der Blick, mit dem er mich musterte, war fast mitleidig. »Aber sicher«, sagte er. »Wir rufen Scotland Yard und erklären ihnen, dass dieses Mädchen innerhalb Sekunden um hundert Jahre gealtert ist. Nachdem vor knapp einer Woche in deinem Haus fast ein Dutzend Menschen umgebracht worden sind, werden sie mit den Köpfen nicken und zur Tagesordnung übergehen.«

Betroffen starrte ich ihn an. Natürlich hatte Howard recht – es war ohnehin nur einem mittleren Wunder und Dr. Grays juristischen Haarspaltereien zu verdanken, dass wir alle noch in Freiheit waren und nicht die Verliese des Towers genossen. Die Männer von Scotland Yard lauerten nur auf den geringsten Anlass, uns einsperren zu können.

Ohne ein weiteres Wort des Protestes half ich Rowlf, Ron ins Haus zu tragen und behutsam auf die Couch im Salon zu legen. Rowlf verschwand kommentarlos in seinem Zimmer, riss die Decke vom Bett und kam Sekunden später zurück.

Als wir das Haus wieder verließen, war außer Charles auch die gesamte übrige Dienerschaft auf der Treppe zusammengelaufen. Es war ein bedrückendes Gefühl, als sie vor mir auseinanderwichen, um mich durchzulassen. Niemand sagte ein Wort, aber die Blicke, mit denen sie mich musterten, waren eindeutig.

Sie hatten Angst.

Angst vor mir.

Rowlf scheuchte das halbe Dutzend Männer und Frauen beiseite, kniete neben der Toten nieder und breitete seine Decke aus. Dann hob er den ausgemergelten Leib der Greisin auf die Arme und legte ihn auf den Stoff.

Jedenfalls wollte er es.

Sie zerfiel.

Ein widerliches, papierenes Rascheln war zu hören, als Rowlf die Hände unter den Körper der Toten schob. Grauer Staub quoll aus den zerfallenden Kleidern des Leichnams, und plötzlich begann der ganze Körper in sich zusammenzusacken; wie eine jahrtausendealte Mumie, die man unvorsichtig berührt hatte. Ein Schwarm winziger grauer Schatten löste sich aus den vermoderten Fetzen des Kleides und stob in alle Richtungen auseinander.

Motten!, dachte ich verwirrt. Es waren Motten! Dutzende, wenn nicht hunderte von kleinen, unansehnlichen grauen Motten!

Es war eine Szene wie aus einem Albtraum. Alles geschah in wenigen Sekunden, aber die Zeit schien plötzlich langsamer abzulaufen und die Furcht und das Entsetzen schärften mein Wahrnehmungsvermögen, sodass ich jede Kleinigkeit mit fast übernatürlicher Schärfe sah.

Die Motten stoben auseinander und verschwanden in der Nacht, aber eines der winzigen Tierchen schoss direkt auf Rowlf zu, machte wenige Zentimeter vor seinem Gesicht kehrt und setzte sich auf seine Schulter. Seine winzigen grauen Flügel schlugen erregt.

Rowlfs seidener Hausmantel färbte sich grau.

Es war ein unheimlicher, bizarrer Vorgang. So, wie sich Tinte in einem Stück Löschpapier ausbreitet, verblassten die Farben von Rowlfs Hausmantel in einem lautlosen Fließen. Der Stoff alterte in Sekundenbruchteilen, verlor seine Farbe, wurde dünn und unansehnlich …

Hinter mir erscholl ein spitzer Schrei. Irgendetwas fiel zu Boden und zerbrach klirrend. Howard erwachte aus seiner Erstarrung, warf sich nach vorne und schlug mit der geballten Faust auf die winzige Motte.

Das Tier wurde zermalmt; Rowlf kippte nach hinten und riss Howard dabei mit sich, und aus dem vermoderten Lumpenbündel, das einmal eine Reisetasche gewesen war, erhoben sich drei weitere graue Schatten und flogen mit trunkenen Schaukelbewegungen auf Howard und Rowlf zu ...

»Zurück!«, brüllte ich. »Es sind die Motten!« Verzweifelt warf ich mich vor, versuchte Howard und Rowlf gleichzeitig auf die Füße zu zerren und schlug nach den winzigen Tierchen. Ich traf nicht, aber die hektische Bewegung verscheuchte die Tiere wenigstens für einen Moment.

Howard stemmte sich keuchend auf Hände und Knie hoch, starrte mich aus schreckgeweiteten Augen an und erhob sich vollends. Aber er machte keine Anstalten, zum Haus zurückzugehen.

»Verdammt, Howard – worauf wartest du?«, keuchte ich. »Wir müssen –«

Ich verstummte, als mein Blick in die Richtung fiel, in die seine ausgestreckte Hand deutete. Die Motten, die ich verscheucht hatte, hatten sich ein Stück in die Luft erhoben und torkelten unsicher nach links, auf den Rhododendrenbusch zu, der neben dem Weg wuchs.

Das Licht reichte nicht aus, um wirklich Einzelheiten zu erkennen, aber was ich sah, reichte, um mir den Magen umzudrehen.

Der Busch war einmal grün gewesen.

Jetzt war er grau. Ein unförmiger, aufgequollen wirkender Ball, in dem es ununterbrochen zuckte und bebte.

Motten!

Tausende, wenn nicht zehntausende der winzigen grauen Tiere bedeckten den Busch über und über.

Und fast, als hätten sie nur darauf gewartet, aus ihrer Ruhe aufgestört zu werden, lief plötzlich ein rasches, nervöses Zucken durch die Masse der winzigen Tiere. Der graue Ball zog sich zusammen, zuckte wie in einem Krampf – und platzte auseinander.

In einer lautlosen Wolke erhoben sich tausende von Motten in die Luft und stürzten sich auf uns ...

»Ist er sicher untergebracht?«

Statt einer Antwort hob Seffinger den Schlüsselbund in die Höhe, grinste kurz und ließ die Schlüssel klimpern. »Zelle sieben«, sagte er. »Die für unsere ganz speziellen Gäste.« Er legte den Bund auf den

Tisch, schloss demonstrativ den obersten Knopf seines Mantels und sah auf die Uhr. Seine Laune sank noch weiter, als er sah, wie spät es geworden war. Er würde jetzt nicht mehr eine halbe Stunde eher, sondern fast eine Stunde später als normal nach Hause kommen. Die Aussicht auf ein kaltes Abendessen und die misstrauischen Fragen seiner Frau hob seine Stimmung nicht gerade.

Er wollte gehen, aber Cowley rief ihn noch einmal zurück. »Hast du dir schon überlegt, was ich ins Wachbuch schreiben soll?«, fragte er. »Vielleicht: Betrunkenen wegen Randalierens auf dem Trottoir festgenommen?«

»Wegen Majestätsbeleidigung«, korrigierte Seffinger.

Cowley schnaubte. »Das ändert auch nichts«, sagte er übellaunig. »Wir werden nur eine Menge Ärger kriegen. Hast du seine Kleider gesehen und das Geld, das in seiner Brieftasche war?«

»Reichtum schützt vor Strafe nicht«, sagte Seffinger grinsend.

»Aber Beziehungen, mein Lieber«, gab sein Kollege zurück. »Außerdem haben wir gar nicht das Recht, jemanden zu verhaften und einzusperren.«

Seffinger wollte widersprechen, tat es aber dann doch nicht, sondern blickte Cowley nur einen Moment nachdenklich an. Sein Kollege hatte durchaus recht. Je nachdem, wer dieser südländisch aussehende Fremde war – seine Brieftasche war bis auf ein gewaltiges Bündel Banknoten leer gewesen, sodass sie seine Identität nicht hatten feststellen können –, konnte es gut sein, dass er am nächsten Morgen keine Belobigung, sondern eine kräftige Kopfnuss von seinem Vorgesetzten erhielt. Möglicherweise war er ein wenig über sein Ziel hinausgeschossen.

»Wer spricht von verhaften?«, sagte er schließlich. »Der Mann war vollkommen betrunken, oder? Wir haben ihn nur zu seiner eigenen Sicherheit in eine Zelle gelegt, damit er seinen Rausch ausschlafen konnte.«

Cowley dachte einen Moment über diese Version nach. Sie schien ihm zu gefallen. »Okay«, sagte er. »Aber dann geh noch einmal zurück und schließ die Zellentür auf, damit er nicht durchdreht, wenn er wach wird. Ich sehe bei meiner nächsten Runde nach ihm.«

Seffinger grunzte, hütete sich aber zu widersprechen. Mit einem geknurrten »Ich bin ja auch erst eine Stunde zu spät dran« klaubte er den Schlüsselbund vom Tisch, wandte sich um und verließ die Wachstube.

Der Gang, den er betrat, war dunkel; nur an seinem hinteren Ende brannte eine kleine, ganz heruntergedrehte Gaslampe, sodass die Türen zu dunklen Schatten auf einem noch dunkleren Hintergrund wurden. Aber Seffinger kannte jeden Fußbreit Boden in diesem Gefängnis, besser als seine eigene Wohnung. Er versah seinen Dienst hier seit mehr als fünfzehn Jahren, und er hätte den Weg zu der kleinen, einzelnen Zelle auch mit verbundenen Augen gefunden.

Der Raum gehörte nicht zu dem verwinkelt angelegten Zellentrakt des Gefängnisses und stand normalerweise leer. Er wurde nur benutzt, um Gefangene für kurze Zeit – etwa vor einem Transport – unterzubringen. Entsprechend war seine Ausstattung: Das Glas in dem kleinen, vergitterten Fenster war schon vor Jahren zerbrochen und nie ersetzt worden, und das Bett war kein Bett, sondern ein Brett, auf dem allerhöchstens ein Fakir schlafen konnte.

Cowley hatte recht, dachte Seffinger übellaunig, während er die Zellentür aufschloss. Wenn ihr Gast am nächsten Morgen in dieser Folterkammer aufwachte und die Tür noch dazu verschlossen fand, würde er wirklich durchdrehen.

Er drehte den Schlüssel herum, öffnete die Tür, trat in die Zelle – und blieb wie angewurzelt stehen.

Der Betrunkene schlief nicht mehr, sondern saß aufrecht auf der Pritsche.

Er war auch nicht mehr betrunken, sondern blickte Seffinger mit einem dünnen, überheblichen Lächeln an.

»Gut, dass Sie noch einmal vorbeikommen, Sir«, sagte er. »Das erspart es mir, auf Ihren Kollegen zu warten.«

Mort Seffinger kam nicht mehr dazu, den Fremden nach dem Sinn dieser Worte zu fragen. Er kam auch nicht mehr dazu, zurückzuspringen und die Tür hinter sich ins Schloss zu werfen. Er kam nicht einmal mehr dazu, einen Hilferuf auszustoßen.

Das Letzte, was er wahrnahm, war das Blitzen von Stahl in den schlanken Fingern des Fremden …

Es war ein Wettlauf mit dem Tod.

Die wenigen Schritte zum Haus wurden zu einer Ewigkeit. Die Nacht war plötzlich voller grauer Schatten, und das Schwirren und Rascheln zehntausender winziger Schwingen hallte wie boshaftes Hohngelächter in meinen Ohren.

Ich spürte eine Berührung, schlug in blinder Furcht um mich und stolperte die Stufen hinauf. Etwas hüpfte vor meinem Gesicht auf und ab, ich duckte mich, tauchte darunter hinweg und prallte gegen den Türrahmen. Eine Hand ergriff mich am Arm und zerrte mich ins Haus. Jemand brüllte, und das Rascheln und Zirpen der Schmetterlingsflügel wurde lauter. Ich fiel, rollte mich instinktiv zur Seite und sah, wie sich Rowlf mit seinem ganzen Körpergewicht gegen die Tür warf und sie ins Schloss schmetterte.

Keine Sekunde zu früh.

Es klang, als werfe jemand Sand gegen die Tür. Das Rascheln und Knistern verstummte, aber dafür hörte ich ein hohes, wütendes Prasseln, rasch und schneller werdend und zornig. Grauer Staub quoll durch die Türritzen, als die Motten in blinder Wut gegen die Tür prallten. Etwas Winziges, Flatterndes schwang sich in die Höhe und verschwand unter der Decke.

»Sie sind hier!«, brüllte Rowlf. »Ein paar sind reingekomm'n. Passt auf!« Seine Stimme überschlug sich fast. Ich sah, wie er mit einem grotesken Hüpfer zur Seite sprang und den Kopf einzog, als einer der grauen Schemen wie ein angreifender Raubvogel auf ihn niederstieß, kam endlich selbst auf die Füße und blickte mich wild um.

Rowlf hatte die Tür im letzten Augenblick geschlossen. Der Mottenschwarm prasselte noch immer wie Sand gegen die Tür, aber die Hauptmasse der Tiere war ausgesperrt.

Trotzdem war eine Hand voll von ihnen ins Haus gelangt ...

Rowlf drehte sich plötzlich zur Seite und schlug nach etwas, das vor ihm hin und her torkelte.

»Fass sie nicht an!«, schrie Howard entsetzt. »Nicht berühren, Rowlf!«

Wenn Rowlf seine Worte überhaupt hörte, so reagierte er nicht darauf. Gleich drei der winzigen grauen Killer-Insekten attackierten ihn. Er sprang in lächerlich aussehenden Bewegungen hin und her, versuchte den Motten auszuweichen und schlug immer wieder mit den Händen nach ihnen, traf aber nicht.

»Das Licht!«, brüllte Howard. »Löscht das Licht!«

Seine Worte gingen fast in dem hellen Prasseln unter, das plötzlich von außen hereindrang. Entsetzt wandte ich den Kopf und sah, wie die beiden Fenster rechts und links der Tür grau wurden.

Die Motten hatten aufgehört, gegen die Tür anzurennen – aber dafür warfen sie sich jetzt wie in stummer Raserei gegen die Scheiben! Hunderte von ihnen zerschmetterten am Glas, aber aus der Dunkelheit tauchten immer neue auf, flogen mit wild schlagenden Schwingen gegen das unsichtbare Hindernis und starben. Die Scheiben waren binnen Sekunden mit einer dicken, schmierigen, grauen Schicht bedeckt – aber es kamen immer neue.

»Löscht endlich das Licht!«, brüllte Howard. »Es macht sie rasend!«

Irgendjemand schrie eine Antwort, dann flackerte der große, gasbetriebene Kronleuchter unter der Decke der Halle – und erlosch.

Dunkelheit senkte sich wie ein schwarzer Schleier über den Raum. Ich erstarrte. Meine überreizten Nerven gaukelten mir noch immer huschende Bewegung und das Schwirren kleiner Flügel vor, aber alles, was ich wirklich hörte, waren Rowlfs keuchende Atemzüge und – irgendwo weit im Hintergrund – das gedämpfte Weinen einer Frau. Die prasselnden Laute waren verstummt. Die Motten hatten aufgehört, gegen die Fensterscheiben zu fliegen; im gleichen Moment, in dem das Licht erloschen war.

Howards Stimme kam irgendwo aus der Dunkelheit links von mir. »Niemand rührt sich von der Stelle«, sagte er. »Sie greifen nur an, wenn ihr euch bewegt. Charles – sind Sie da?«

Es dauerte einen Moment, bis der Majordomus antwortete, und als er es tat, war seine Stimme vor Furcht und Erregung so verzerrt, dass ich sie kaum erkannte.

»Ich bin ... hier«, stammelte er. »Bei der Treppe.«

»Gut«, flüsterte Howard. »Haben Sie die Lampe noch?«

»Sicher. Ich ... habe sie gelöscht.«

»Dann stellen Sie sie vorsichtig auf die Treppe«, befahl Howard. »So weit weg, wie Sie können.«

Irgendwo in der Dunkelheit klirrte und klimperte etwas, dann schabte Metall über harten Marmor. »In ... Ordnung, Sir«, sagte Charles stockend.

»Jetzt nehmen Sie den Kolben herunter. Vorsichtig.«

Wieder klirrte Glas. »Fertig?«, fragte Howard.

»F ... fertig, Sir«, stammelte Charles. »Was soll ich jetzt tun?«

Howard zögerte einen Moment. »Drehen Sie den Docht so weit heraus, wie es geht«, sagte er. Nehmen Sie ein Streichholz und zünden ihn an. Und dann laufen Sie, so schnell Sie können.«

Im Stillen bewunderte ich Howards Kaltblütigkeit. Er tat das Einzige, was in diesem Moment Sinn ergab – nämlich den Motten, die trotz allem ihre angeborenen Verhaltensweisen nicht vergessen zu haben schienen, eine Falle zu stellen.

Es war die einzige Möglichkeit, die wir überhaupt hatten. Selbst wenn nur ein Dutzend der winzigen Tierchen ins Haus eingedrungen war, konnten wir sie im Dunkeln nicht aufspüren und töten, ohne dass es zu einem Desaster gekommen wäre. Und das Licht wieder einzuschalten käme einem Todesurteil für die meisten von uns gleich.

»Ich … bin so weit, Sir«, drang Charles' Stimme aus der Dunkelheit in meine Gedanken. »Aber ich … ich habe Angst.«

»Aber Sie müssen es tun«, antwortete Howard. »Ich weiß nicht, wie lange diese Biester sich noch still verhalten.«

»Gut, Sir«, antwortete Charles. Seine Stimme bebte. »Ich nehme jetzt das Streichholz.«

»Alle anderen weg von der Treppe«, befahl Howard. »Nehmt euch irgendetwas, womit ihr zuschlagen könnt – einen Schuh; reißt von mir aus Streifen aus euren Kleidern. Ihr dürft sie auf keinen Fall mit bloßen Händen berühren!«

Die Zeit schien stehen zu bleiben. Ich hörte raschelnde, schleifende Geräusche, ein kaum hörbares Klappern, als Charles die Streichholzschachtel öffnete …

Dann glomm ein winziger Funke auf, wuchs zu einer Flamme empor und erwachte zu greller Weißglut, als der petroleumgetränkte Docht der Lampe mit einem hörbaren Knistern Feuer fing. Auf den unteren Stufen der Treppe entstand eine kleine, flackernde Insel aus gelbem Licht; und ein halbes Dutzend winziger grauer Schatten stieß aus der Dunkelheit herab.

Charles schrie in Panik auf und brachte sich mit einem verzweifelten Satz in Sicherheit, während die Flamme hinter ihm höher und höher wurde. Plötzlich blitzte es auf, winzige, knisternde Funken barsten im Herzen der Flamme auseinander.

»Es funktioniert!«, keuchte ich. »Sie … stürzen sich hinein, Howard!«

Immer mehr und mehr Motten schwebten lautlos aus der Dunkelheit herbei und stürzten sich blindlings in die Flamme, um zu verglühen. Es waren mehr als die zehn oder zwölf, die ich gesehen hatte; viel mehr. Hunderte der kleinen Tiere schienen den Weg ins Haus gefunden zu haben – und sie wurden magisch von der immer höher und höher auflodernden Flamme angezogen!

Aber das flackernde gelbe Licht enthüllte auch noch einen anderen Anblick. Ein Bild, das mir wie eine eisige Faust den Magen zusammenkrampfte ...

Es war Rowlf. Er war in blinder Panik durch die Halle gestürzt und wohl im Dunkeln zu Fall gekommen. Jetzt saß er in einer grotesken, wie mitten in der Bewegung erstarrten Haltung halb auf dem Rücken liegend, halb auf die Ellbogen hochgestemmt und die rechte Hand zur Brust erhoben, da. Er starrte aus hervorquellenden Augen auf die winzige graue Motte, die wie ein Kolibri mit irrsinnig schnellen Flügelschlägen dicht über seiner Brust in der Luft schwebte und sich nicht entschließen zu können schien, ob sie sich auf ihn oder die lockende Flamme wenige Schritte weiter entfernt stürzen sollte ...

»Um Gottes willen, Rowlf!«, keuchte Howard. Seine Stimme klang beschwörend. »Rühr dich nicht! Ich komme!«

Rowlfs Lippen zuckten. Sein Gesicht war schreckensbleich. Kalter Schweiß perlte auf seiner Oberlippe. Der eine Arm, auf den er sich erhoben hatte, zitterte vor Anspannung. Er würde diese unbequeme Stellung nur noch Sekunden aushalten können, das sah ich.

»Ich komme!«, flüsterte Howard. »Rühr dich nicht, Rowlf! Ich helfe dir!«

Rowlf schluckte mühsam. Die winzigen grauen Flügel berührten nahezu sein Gesicht.

Howard überwand die letzten Meter mit einem verzweifelten Satz, warf sich nach vorne und schlug mit einem dunklen, langgestreckten Gegenstand zu, den er in der Hand hielt.

Die Motte wurde davongewirbelt, prallte mit einem hörbaren Knacken gegen das Treppengeländer und fiel zuckend zu Boden. Sekunden später senkte sich Howards Fuß auf das Tier herab und zermalmte es.

Aber es war noch nicht vorbei. Das Blitzen und Funken im Herzen der Flamme war erloschen, aber von draußen drang jetzt wieder das helle Prasseln der Tiere herein, die das Licht durch das Fenster sahen und hereinzukommen versuchten.

Ich hatte das Gefühl, die Scheiben unter ihrem Ansturm klirren zu hören. Aber das war natürlich Unsinn. Selbst Milliarden der kleinen Tiere konnten das massive Glas der beiden Bleiglasfenster nicht eindrücken.

»Wir müssen weg hier!«, keuchte Howard, als hätte er meine Gedanken gelesen. »Die Tür hält ihrem Ansturm nicht stand.«

Ich wollte widersprechen, aber ein rascher Blick zum Ausgang belehrte mich eines Besseren. Die Motten prasselten noch immer wie Sand, der vom Sturm gepeitscht wurde, gegen die Tür und die beiden Fenster – *aber es war keine massive Eichentür mehr,* gegen die sie anrannten! Das zwei Finger dicke Holz war rissig und porös geworden. Die Farbe blätterte in großen Flecken von ihrer Oberfläche, und das Holz darunter war alt und hässlich geworden; breite, wie erstarrte Blitze verlaufende Risse durchzogen seine Oberfläche. Grauer Staub rieselte an ihr herab.

Sie alterte. Die Tür alterte in Sekunden um die gleiche Anzahl von Jahren …

»Mein Gott!«, murmelte ich. »Sie … kommen durch!«

»In die Bibliothek!«, sagte Howard. »Wir müssen hinauf. Das ist der einzige Ort, an dem wir sicher sind.« Er richtete sich auf und wies mit einer befehlenden Geste zum oberen Ende der Treppe. »Alles nach oben!«, schrie er. »In die Bibliothek, schnell!«

Charles und zwei oder drei der Dienstboten, die sich angstvoll in die Ecken gekauert hatten, begannen die Treppe hinaufzustürmen, während Howard mit einer abrupten Kopfbewegung auf eine Tür am anderen Ende der Halle wies. »Der Kutscher!«, sagte er. »Wir müssen ihn holen.«

Rowlf wollte sich umdrehen und loslaufen, aber Howard hielt ihn zurück. »Bring die Diener nach oben!«, befahl er. »In die Bibliothek – schnell. Robert und ich holen ihn.«

Nebeneinander rannten wir los. Das Prasseln gegen die Tür und die Fenster wurde lauter und klang jetzt wie Gewehrfeuer; und als ich im Laufen den Kopf wandte und zurücksah, bemerkte ich, dass die Tür nicht mehr ganz gerade in den Angeln zu hängen schien. Eine Anzahl winziger dunkler Punkte schien vor ihr in der Luft auf und ab zu hüpfen, aber ich war mir nicht sicher, ob sie wirklich da waren oder ob es nur meine Angst war, die sie mir vorgaukelte.

Howard stieß die Tür ohne viel Federlesens mit der Schulter auf, stürzte hindurch – und blieb so abrupt stehen, dass ich um ein Haar gegen ihn geprallt wäre.

Der Kutscher lag noch so auf dem Bett, wie wir ihn hingelegt hatten. Und über seinem Kopf kreiste ein ganzer Schwarm der kleinen, fahlgrauen Motten.

Howard deutete stumm auf ein offen stehendes Fenster. Rahmen und Glas waren alt und brüchig geworden, und durch den handbreiten Spalt quollen immer mehr und mehr Motten herein. Es mussten bereits hunderte sein – und von draußen kamen immer mehr nach.

Vorsichtig näherten wir uns dem Bett. Der Kutscher regte sich stöhnend, und die quirlende Bewegung des Mottenschwarmes wurde schneller, unruhiger. Erschrocken blieb ich stehen, fuhr mir nervös mit der Zungenspitze über die Lippen und machte einen weiteren, vorsichtigen Schritt.

Der Kutscher öffnete stöhnend die Augen. Sein Blick war noch verschleiert. Er versuchte sich hochzustemmen, sank mit einem Seufzer wieder zurück – und erstarrte vor Schreck, als er das graue Wirbeln über sich gewahrte. Ich konnte direkt sehen, wie seine Erinnerungen mit grausamer Wucht zurückkehrten.

»Um Gottes willen – rühren Sie sich nicht!«, keuchte Howard. »Keine hastige Bewegung!«

Aber es war – wenn Ron seine Warnung überhaupt hörte – zu spät. Der lebende Teppich über ihm wogte weiter hin und her, und drei, vier der kleinen Tiere ließen sich neben ihm auf die zerwühlte Bettdecke sinken.

Sofort begann der Stoff unansehnlich und grau zu werden. Und eine einzelne, münzgroße Motte ließ sich mit einem lautlosen Flügelschlag auf seine Brust sinken.

Ron schrie auf, fuhr hoch und schloss mit einer blitzschnellen Bewegung die Faust um das Tier.

»Nein!«, schrie Howard. »Nicht! Werfen Sie sie weg!«

Ron schloss die Faust noch fester um die Motte, richtete sich auf und blickte abwechselnd Howard und seine zusammengepressten Finger an.

Es ging ganz schnell.

Seine Finger wurden grau. Die Haut riss, aber sie blutete nicht, sondern rollte sich wie trocken gewordenes Pergament auf. Adern und Sehnen traten wie Stricke durch die dünner werdende Haut, seine Hand verkrampfte sich, zog sich wie unter einer inneren Spannung zusammen und wurde zu einer verkrümmten, ausgemergelten Klaue.

Der Hand eines alten, eines uralten Mannes …

Rons Lippen öffneten sich. Ein würgender, ungläubiger Laut drang aus seiner Brust. »Helft … mir!«, keuchte er. »Ich … ich sterbe …«

Howard sprang vor, packte den Mann bei den Schultern und zerrte ihn vom Bett herunter. Der Mottenschwarm über ihm begann zu kochen. Dutzende der kleinen grauen Tiere fielen wie Staub auf das Bett herab, regneten rings um Howard und den Kutscher auf den Teppich oder ließen sich auf den Wänden und dem Boden nieder. Howard brüllte, zertrat eines der Insekten, das einen Finger breit vor ihm zu Boden gefallen war, warf sich herum und robbte, Ron mit sich zerrend, vom Bett fort.

»Das Licht!«, schrie er. »Robert – das Licht!«

Ich reagierte beinahe zu spät. Bisher hatte wie durch ein Wunder keines der grauenhaften Wesen Howard oder den Kutscher berührt, aber die hektische Bewegung der beiden schien die Tiere zur Raserei zu bringen. Meine Hand zuckte zu dem kleinen, versteckt angebrachten Rädchen, das die Gaszufuhr regulierte, und warf es mit einem Ruck herum. Das Licht wurde blasser und erlosch.

Aber es wurde nicht vollkommen dunkel. Durch das zerborstene Fenster fiel ein blasser Lichtschimmer hinein und versilberte die Motten, die wie toll hin und her flatterten und das Zimmer in ein Chaos aus Bewegung und raschelnden, knisternden Geräuschen verwandelten, und das Kaminfeuer begann plötzlich höher zu brennen; winzige, kurzlebige Funken flammten auf und erloschen, und in das Rascheln der Mottenflügel mischte sich ein trockenes, widerliches Knacken.

Es war genau wie draußen in der Halle. Die Tiere wurden vom Licht des Feuers magisch angezogen und stürzten sich blindlings in die Flammen ...

Howard versetzte mir einen Stoß, der mich endgültig aus meiner Starre riss, bugsierte Ron hinter mir unsanft aus dem Raum und zog die Tür hinter sich ins Schloss. Das Knacken und Prasseln des Kaminfeuers wurde immer lauter, und für einen Moment bildete ich mir ein, ein flackerndes rotes Licht unter der Tür hervorscheinen zu sehen.

»Weiter!«, keuchte Howard. »Zur Bibliothek, Robert! Um Gottes willen schnell!«

Die Motten rannten noch immer gegen die Tür und die Fenster an, und ich wusste, dass es nur noch Sekunden dauern konnte, ehe sie ihrem Ansturm erliegen und zerbrechen mussten. Selbst das eigentlich unzerstörbare Bleiglas musste alt und brüchig werden, wenn jede Sekunde ein Jahrzehnt bedeutete, und es würde irgendwann einfach unter seinem eigenen Gewicht zerfallen und zu Staub werden.

Aber der Schrecken vermochte die dumpfe Betäubung, die sich um meine Gedanken gelegt hatte, nicht zu durchbrechen.

»Beeil dich!«, sagte Howard ungeduldig. »Wir müssen nach oben. In die ...«

Er sprach nicht weiter.

Vom oberen Ende der Treppe erscholl ein gellender, verzerrter Schrei: »Bleibt unten! Es ist eine Falle!«

Irgendetwas polterte, dann erklang ein Laut, als schlüge Stahl oder Stein auf Fleisch, und plötzlich torkelte Rowlfs hünenhafte Gestalt auf den Balkon hinaus. In einem grotesken Satz prallte er gegen das Treppengeländer, drehte sich herum und suchte nach Halt, aber seine Hände schienen nicht mehr die Kraft zu haben, seinen Körper zu stützen. Er wankte, glitt auf der obersten Stufe aus und prallte schwer gegen die Wand. Sein Mund öffnete sich, aber kein Laut drang über seine Lippen. Ich sah, wie er qualvoll nach Atem rang.

Dann trat eine zweite Gestalt auf den Balkon hinaus, langsamer als Rowlf und hoch aufgerichtet, mit gestrafften Schultern.

Es war ein Mann. Sein Gesicht war hinter einem schwarzen Tuch verborgen, das Nase und Mund bedeckte und an den Schläfen mit seinem Turban verbunden war. Wie seine ganze Kleidung war dieser Turban schwarz, ein Schwarz, das tiefer war als das der Nacht und das Licht aufzusaugen schien. Nur der halbmeterlange, rasiermesserscharf geschliffene Krummsäbel in seiner Hand reflektierte das Licht der flackernden Lampe.

Der Anblick ließ mich erstarren. Ich vergaß Rowlf, der sich zu Füßen des Fremden auf den Stufen krümmte. Ich vergaß Howard, der irgendetwas stammelte, was ich nicht verstand, und ich vergaß den Kutscher, der vollends zwischen uns zusammengebrochen war. Ich sah nur noch den Fremden.

Den Drachenkrieger, den Necron geschickt hatte, um zu vollenden, was ihm nicht gelungen war.

Hinter uns zerbarst die Haustür mit einem ungeheuren Dröhnen; beinahe gleichzeitig zersprangen die Fenster wie unter einem Fausthieb. Durch die Öffnung quoll eine kochende Wolke winziger grauer Motten ...

Lautlos wie ein Schatten verschwand der Mann in der Nacht. Niemand hatte ihn gesehen, als er die kleine Seitentür des Gefängnisses hinter sich zugezogen hatte, so wenig, wie ihn jemand sah, als er sich in nördliche Richtung wandte und ohne sichtliche Hast losging.

Und hätte ihn jemand beobachtet, hätte er nichts als einen elegant gekleideten, vielleicht etwas fremdländisch aussehenden Mann bemerkt, der zu nächtlicher Stunde nach Hause eilte.

Er hatte getan, wozu er gekommen war. Der Verräter war bestraft, ein Exempel statuiert worden. Es war leicht gewesen, beinahe schon zu leicht für seinen Geschmack.

Das Gefängnis war alt, seine Wachen unaufmerksam und leicht zu täuschen gewesen. Es war keines jener sorgsam bewachten Gebäude gewesen, die wie Festungen abgeschirmt waren, sondern nur eine Art Übergangslager. Die Männer und Frauen, die hier festgehalten wurden, waren keine Kapitalverbrecher, sondern kleine Diebe, Betrüger, Untersuchungsgefangene. Entsprechend lasch waren die Sicherheitsvorkehrungen.

Aber auch wenn sie schärfer gewesen wären, hätten sie den Mann kaum daran gehindert, zu tun, weshalb er gekommen war.

Am nächsten Morgen, dachte er zynisch, würden sich eine Menge Leute die Köpfe darüber zerbrechen müssen, wie sie dieses Gefängnis sicherer machen konnten.

Spätestens dann, wenn die drei Leichen entdeckt worden waren, die in einer kleinen Zelle im Erdgeschoss des Gebäudes lagen ...

Howards gellender Schrei verklang in meinen Ohren. Ich hörte, wie die Fensterscheiben vollends zerbarsten und die Luft über uns plötzlich vom seidigen Schlagen von Millionen und Abermillionen winziger Flügel erfüllt war, und ich hörte, wie Ron neben uns hysterisch zu kreischen begann, aber all dies registrierte ich nur mit einem winzigen Teil meines Bewusstseins, einer winzigen, halbwegs klar gebliebenen Insel in dem Chaos tobender Emotionen, das meine Gedanken erfüllte. Dieser Mann war ein Drachenkrieger.

Ein *Drachenkrieger.* Immer und immer wieder hämmerten meine Gedanken dieses einzelne Wort, und mit jedem Male wurde der Wille, die Treppe hinaufzustürzen und ihm die Hände um die Kehle zu drücken, unbezwingbarer. Er war ein Drachenkrieger, eine jener Bestien, die Necron begleitet hatten, als er gekommen war, um Priscylla zu entführen.

Howard erwachte plötzlich neben mir zu hektischer Bewegung, riss den hilflos dahockenden Kutscher auf die Füße und schrie irgendetwas, aber ich achtete nicht auf ihn. Von irgendwoher drang ein tiefer, dröhnender Laut wie ein machtvoller Glockenschlag an mein Ohr, aber auch das registrierte ich kaum.

Der klar gebliebene Teil meines Bewusstseins sagte mir, dass ich mich in Lebensgefahr befand, dass nur noch Sekunden vergehen konnten, bis die Motten über uns waren und uns töteten, aber ich war unfähig, auf diese Stimme der Vernunft zu hören.

Mit einem gellenden Schrei stürzte ich los, sprang immer drei, vier Stufen auf einmal nehmend, die Treppe hinauf und über Rowlf hinweg. Howard brüllte eine Warnung, aber sie prallte von der unsichtbaren Wand, die plötzlich um mein Bewusstsein war, ab.

Der Drachenkrieger erwartete mich gelassen. Er trat einen halben Schritt zurück, als ich heranstürmte, wie um mir Gelegenheit zu geben, den Balkon zu erreichen und mich zum Kampf zu stellen, bewegte den Säbel und hob gleichzeitig die Linke, als wolle er mir zuwinken. Seine Gestalt spannte sich.

Ich versuchte erst gar nicht ihn abzulenken, wie es normal gewesen wäre, wenn man mit leeren Händen einem Mann mit einem Säbel gegenübersteht, sondern stürmte ungebremst auf ihn los und drehte erst im allerletzten Moment den Oberkörper zur Seite.

Seine Säbelspitze schnitt mit einem reißenden Laut durch meine Jacke und schrammte schmerzhaft über meine Rippen, aber im gleichen Moment prallte ich gegen ihn und brachte ihn allein mit der ungestümen Wucht meines Angriffs aus dem Gleichgewicht.

Ein überraschtes Keuchen entrang sich den Lippen des Drachenkriegers, als wir aneinander geklammert zu Boden fielen und mein Knie seine Rippen traf.

Ich kämpfte wie ein Rasender. Unter normalen Umständen hätte ich keine Chance gegen diesen Mann gehabt, aber meine Wut gab mir übermenschliche Kräfte und ich war nicht mehr in der Verfassung, Rücksicht auf mich selbst zu nehmen. Mit der bloßen Hand schlug ich seinen Säbel beiseite, als er den Arm hochriss, um mir die Klinge in die Seite zu rammen, warf mich nach vorne und drang mit wütenden Schlägen auf ihn ein.

Diesmal schrie er vor Schmerz, aber ich tobte weiter, riss ihn hoch und herum und schmetterte ihn gegen die Wand. Der Säbel entglitt seinen Händen und polterte zu Boden. Irgendwoher nahm ich die Geistesgegenwart, die Waffe mit dem Fuß zur Seite zu stoßen, wirbelte blitzartig wieder zu dem Drachenkrieger herum und zielte auf seinen ungeschützten Hals.

Aber der Sekundenbruchteil, den ich abgelenkt gewesen war, seine Waffe beiseitezustoßen, war schon zu viel gewesen. Der Arm des Mannes kam mit einer blitzartigen Bewegung hoch, fing meinen Hieb ab und brachte mich aus dem Gleichgewicht. Nahezu im gleichen Sekundenbruchteil traf seine andere Hand meinen Leib, in einer sonderbaren Haltung nach oben gereckt und die Finger einwärts gekrümmt, sodass mich nur der Handballen traf.

Es war wie eine Explosion. Ich prallte gegen die Wand, bekam keine Luft. Farbige Kreise tanzten vor meinen Augen. Meine Glieder wurden schwer. Alle Kraft schien aus meinem Körper gewichen, und meine Bewegungen waren von einer quälenden Langsamkeit. Wie durch einen roten Nebel sah ich, wie der Drachenkrieger einen halben Schritt zurückwich, ganz leicht in den Knien einknickte und sich blitzartig um die eigene Achse drehte.

Sein Fuß traf meine Rippen. Ich hörte meine eigenen Knochen knacken, kippte mit einem lautlosen Schmerzensschrei – denn ich bekam noch immer keine Luft – nach vorne und griff blindlings zu. Zwischen meinen Fingern war plötzlich glatter, seidiger Stoff. Instinktiv klammerte ich mich daran, riss mit aller Kraft und zerrte ihn mit mir, als ich zu Boden stürzte.

Der Drachenkrieger machte sich mit einem zornigen Ruck frei, taumelte ein Stück nach hinten und griff instinktiv nach der steinernen Balkonbrüstung.

Sie zerbröckelte unter seinen Fingern zu Staub.

Die Augen des Maskierten weiteten sich entsetzt. Einen Moment lang hing er mit wild rudernden Armen in einer unmöglichen Schräglage in der Luft, dann kippte er ganz langsam nach hinten, stieß einen gellenden Schrei aus und stürzte in die Tiefe. Das Geräusch, mit dem er in der Halle aufschlug, klang seltsam gedämpft und weich in meinen Ohren.

Ich krümmte mich vor, krampfte die Hände über dem Leib zusammen und rang verzweifelt nach Luft. Ich konnte wieder atmen, aber jeder einzelne Atemzug war eine Orgie der Qual. Schleier wogten vor meinen geschlossenen Augen, und mein Herz schlug rasend, als wolle es zerbersten. Jemand berührte mich an der Schulter, stellte mich auf die Beine, und ich hörte eine Stimme, die meinen Namen rief, aber alles erschien mir unwirklich und sehr weit weg, als hallten die Worte über einen unendlich tiefen Abgrund zu mir herüber …

Eine Hand klatschte in mein Gesicht, und der neuerliche Schmerz riss mich in die Wirklichkeit zurück. Ich stöhnte, öffnete die Augen und hob instinktiv die Hände vor das Gesicht, um mich vor neuen Schlägen zu schützen. Rowlf hatte mich gepackt und gegen die Wand gelehnt. In seinem Blick flammte eine Mischung aus Sorge und Angst, und seine Linke war zum Schlag erhoben.

»Nicht mehr ... schlagen!«, stammelte ich. »Es ... geht wieder.«

Rowlfs Blick nach zu schließen, zweifelte er diese Tatsache erheblich an. Aber er ließ die Hand gehorsam sinken und ließ auch meine Rockaufschläge los, griff aber sofort wieder zu, als ich prompt zusammenzusacken begann. Wieder überkam mich Schwäche, aber diesmal war es nicht dieser böse, rasende Blutrausch, der meine Sinne zu vernebeln begann, sondern nur die Nachwirkungen der mörderischen Hiebe, die ich hatte hinnehmen müssen.

»Howard«, murmelte ich. »Was ist mit ... Howard?«

Statt einer Antwort richtete Rowlf mich auf, griff mit beiden Händen unter meine Achseln und schleifte mich zur Balkonbrüstung.

Trotz des nur schwachen Lichtes, das die einzeln dastehende Lampe verbreitete, konnte ich die weitläufige Eingangshalle gut überblicken. Aber das Bild, das sich mir bot, ließ mir abermals den Atem stocken.

Howard und der Kutscher hockten zusammengesunken wenige Schritte vor der Treppe, zwei einsame Gestalten in einem Meer winziger, grauer Körper. Der Drachenkrieger lag wenige Schritte neben ihnen, verkrümmt und halb eingesunken in die knöcheltiefe graue Masse, die seinem Aufprall nichts von der tödlichen Wucht genommen hatte. Einer Masse, die den Boden der Halle von einem Ende zum anderen bedeckte.

Motten.

Es mussten Millionen sein, Millionen und Abermillionen der winzigen tödlichen Tiere, die durch die zerborstenen Fenster hereingequollen waren. Sie bedeckten nicht nur den Boden, sondern auch die Möbel, Bilder- und Türrahmen, Deckenleisten ... jeder noch so winzige Vorsprung schien mit flockigem grauem Schnee bedeckt, und plötzlich spürte ich auch den fremdartigen scharfen Geruch, der die Luft erfüllte.

Und die Motten waren nicht nur unten in der Halle. Auch die Treppenstufen waren von dem grauen Schnee bedeckt, und als ich den Blick senkte, gewahrte ich auch unter meinen Füßen eine dünne graue Schicht, in der es ununterbrochen zu zucken und zu beben schien, zertrampelt und aufgewühlt von den Spuren des Kampfes, aber allgegenwärtig.

Dann begann der lähmende Schrecken zu weichen, und ich sah, dass die drohende Bewegung nur meiner Einbildung entsprungen war.

Die Motten rührten sich nicht mehr, so wenig wie die, die den Boden der Halle bedeckten.

Sie waren tot.

Alle.

Der Mann erwachte aus seiner Starre. Stundenlang hatte er wie tot dagestanden, ohne sich zu bewegen, ohne auch nur die Lider zu heben, ja, selbst ohne zu atmen. Es war nur sein Körper gewesen, der unter dem Dach des verfallenen Hauses zurückgeblieben war. Sein Geist hatte an einem anderen Ort geweilt, nur ein paar Meilen entfernt und doch durch Welten von dem einzeln dastehenden, abbruchreifen Haus entfernt.

Jetzt erwachte er. Seine Brust hob sich mit einem mühevollen Atemzug, und sein Blick irrte einen Moment unstet hin und her, als fände er den Weg in die Wirklichkeit nicht gleich zurück.

Etwas war nicht so, wie es sein sollte.

Er wusste nicht, was es war. Er hatte getan, was man ihm aufgetragen hatte, aber irgendetwas anderes, Fremdes, etwas ... ja, *Feindseliges* hatte das geistige Band, das ihn mit dem Haus am anderen Ende der Stadt verband, zerschnitten.

Lange Zeit stand er schweigend im Dunkeln und starrte den grauweißen Riesenkokon vor sich an. Nur wenige Motten waren darauf zurückgeblieben, als die Dunkelheit und die Zeit ihres Schwärmens gekommen war, und auch sie wirkten seltsam träge und schwach. Als lähmte sie etwas, dachte der Mann.

Aber was? Er versuchte erneut Kontakt mit seinen mörderischen kleinen Dienern aufzunehmen, aber die Verbindung war abgeschnitten; etwas blockierte die Wege, die sein Geist gegangen war, um die Tiere zu lenken.

Wieder vergingen Minuten, bis der dunkel gekleidete Fremde aus seiner Starre erwachte. Er trat noch einmal an den gewaltigen grauen Kokon heran, streckte die Hand aus, als wolle er ihn berühren, führte die Bewegung aber nicht zu Ende, sondern wandte sich im letzten

Moment um und verließ mit raschen Schritten den Dachboden. Die ausgetretenen Stufen ächzten unter seinem Gewicht, als er die baufällige Treppe hinuntereilte.

Er würde wiederkommen. Er würde wiederkommen und herausfinden, was es war, das ihn an der Vollendung seiner Aufgabe hinderte. Er würde es herausfinden, das Hindernis beseitigen und tun, wozu er gekommen war. Er zweifelte nicht daran, denn er war etwas, das man ihm nicht ansah, etwas, das ihn mächtiger und gefährlicher machte als die, deren Gestalt er sich bediente, solange er in dieser Stadt war.

Er war ein Magier.

Howards Hand zitterte so stark, dass er fast das Streichholz fallen ließ, mit dem er seine Zigarre anzünden wollte. Er war bleich, und sein Atem ging stoßweise und schnell, als wäre er meilenweit gelaufen.

Auf der Tischplatte vor ihm stand ein geleertes Glas, auf dessen Boden noch ein kleiner Rest goldgelben Whiskys schimmerte; es war das achte oder neunte, das er im Laufe der letzten halben Stunde hinuntergestürzt hatte. Aber die beruhigende Wirkung des Alkohols war bisher ausgeblieben.

Es war seltsam still geworden in der Bibliothek. Obwohl sich annähernd zehn Personen in dem kleinen Raum aufhielten, war es so ruhig, dass man die berühmte Stecknadel hätte fallen hören können.

Ich fühlte mich elend. Es waren nicht allein die pochenden Schmerzen, die wie kleine brennende Nadeln von meinen geschundenen Rippen ausgingen und jeden Atemzug zu einer Qual machten, und nicht allein die Schwäche und die Nachwirkungen der Todesangst, die ich in wenigen Minuten ein Dutzend Mal hintereinander gespürt hatte.

Mein Blick tastete über die Gesichter der drei Dienstboten, die eng nebeneinander auf der winzigen Couch unter dem Fenster saßen; Mary und eine weitere Frau, der junge Bursche, den ich als Kutscher und Mann fürs Grobe eingestellt hatte, und hinter ihnen Charles, mein neuer Majordomus. Von allen hatte sich Charles vielleicht noch am besten in der Gewalt, denn er war ein Mann, der es ein Leben lang gelernt hatte, seine Gefühle hinter einer Maske von Freundlichkeit zu verbergen. Aber auch in seinen Augen loderte die Angst.

Und es waren nicht nur ihre Gesichter, die ich sah. Für einen Moment bildete ich mir ein, das speckig glänzende Gesicht Tornhills zu erkennen; die täuschend echt imitierten Züge Grays, die ich im Antlitz seines Doppelgängers erblickt hatte, die in Ehren alt gewordenen Augen Henrys, des alten Butlers, der mich bei meiner Ankunft in diesem verfluchten Haus so freundlich begrüßt hatte – all diesen Menschen (und nicht nur ihnen) hatte ich den Tod gebracht, in der einen oder anderen Form.

Schließlich kam ich zu einem Entschluss. Ich stand auf, ging ohne ein einziges Wort zu meinem Schreibtisch und zog die Schublade heraus. Unter Howards fragenden Blicken öffnete ich mein Scheckbuch, schrieb vier gleichlautende Schecks über je eintausend Pfund Sterling aus und schob sie mit der Hand über den Tisch.

In Charles Augen glomm ein fragender Ausdruck auf, und auch die drei anderen Domestiken sahen nacheinander in meine Richtung, als spürten sie meine Blicke.

Ich stand auf, ging um den Tisch herum und machte eine auffordernde Geste auf die vier kleinen, rechteckigen Stückchen Papier hinter mir. »Nehmen Sie es«, sagte ich.

»Sir?« Charles blickte irritiert auf die Schecks. »Ich fürchte, ich verstehe nicht ...«

»Sie verstehen sehr gut, Charles«, antwortete ich. Ich hatte Mühe, meine Stimme wenigstens so weit unter Kontrolle zu halten, dass ich klar sprechen konnte. »Ich möchte, dass Sie gehen. Alle.«

Charles und das Zimmermädchen wollten auffahren, aber ich hob befehlend die Hand und sprach rasch und beinahe eine Spur zu laut weiter: »Es tut mir leid, aber ich muss mich von Ihnen trennen. Ich weiß, dass ich Sie erst vor wenigen Tagen eingestellt habe, aber ich kann es nicht länger verantworten, Fremde in meiner Umgebung zu haben.«

Howard runzelte die Stirn, griff nach seinem Glas und verzog enttäuscht die Lippen, schwieg aber beharrlich.

»Nehmen Sie das Geld und gehen Sie, bitte«, sagte ich noch einmal. »Sie haben alle erlebt, was gerade passiert ist. Vielleicht kommen Sie das nächste Mal nicht so glimpflich davon.«

Der Majordomus kam zögernd auf mich zu, sah mir einen Herzschlag verwirrt in die Augen und streckte die Hand nach einem der Schecks aus. Seine Augen weiteten sich, als er die Summe sah, die ich darauf eingetragen hatte. »Aber Sir!«, keuchte er. »Das ist –«

»Eine angemessene Entschädigung«, unterbrach ich ihn. »Sie haben Ihre alten Stellungen aufgegeben und sind zum Teil aus Ihren Wohnungen ausgezogen. Es wird eine Weile dauern, bis Sie wieder Fuß gefasst haben.«

»Aber Sir, das ist mehr, als ich in drei Jahren verdiene!«, protestierte Charles. »Das kann ich nicht annehmen.«

»Sie können!«, beharrte ich. »Und die anderen auch. Betrachten Sie das, was Ihrer Meinung nach zu viel ist, als Entschädigung für die ... Ungelegenheiten, die Sie erlitten haben.«

»Und als Schweigegeld«, fügte Howard hinzu. Seine Stimme klang ein wenig schleppend, und er sprach langsamer als gewohnt. Der Alkohol zeigte seine Wirkung. Aber sein Blick war klar, als ich ihn ansah. »Sie werden natürlich niemandem sagen, was hier passiert ist.«

Charles schwieg einen Moment. »Niemandem, Sir?«, fragte er. »Und die ... Toten?«

»Darum kümmere ich mich«, sagte ich rasch. »Ich werde Rowlf gleich morgen zu Scotland Yard schicken. Keine Sorge, Charles. Was Howard – Mister Lovecraft – meint, sind die ...«

»Die Motten.« Charles nickte. »Das würde uns ohnehin niemand glauben, Sir.«

»Dann ist es ja gut.« Howards Stimme klang ärgerlich, obwohl ich mir den Grund dafür nicht erklären konnte. »Nehmen Sie das Geld und gehen Sie. Alle.«

Charles zögerte noch einen Moment, dann aber griff er nach dem Scheck, faltete ihn ordentlich in der Mitte zusammen und ließ ihn in der Innentasche seines Jacketts verschwinden. Auch der Kutscher und das Zimmermädchen folgten nach kurzem Zögern seinem Beispiel. Nur Mary blieb sitzen, und der Blick, mit dem sie auf mein ungeduldiges Stirnrunzeln antwortete, hielt mich davon ab, sie in Gegenwart der anderen Dienstboten noch einmal zum Gehen aufzufordern.

Howard gab Rowlf mit einem stummen Wink zu verstehen, dass er sich um Charles und die beiden anderen kümmern sollte, bis sie das Haus verlassen hatten, stand auf und ging mit leicht schwankenden Schritten zu dem kleinen Teewagen hinüber, um sich sein Glas erneut zu füllen. Ich verfolgte sein Tun mit missbilligenden Blicken, hütete mich aber wohlweislich, auch nur eine Bemerkung zu machen. Es gab Wichtigeres zwischen uns zu besprechen.

Als Rowlf den Raum verlassen hatte, um Charles und die anderen nach unten zu begleiten, wandte ich mich an Mary. Sie hatte die ganze Zeit stumm auf der Chaiselongue gesessen und mich nur mit seltsamen Blicken gemustert, aber bisher keine Anstalten gemacht, in irgendeiner Form auf meine Kündigung zu reagieren.

»Und Sie, Mary?«, fragte ich. »Was ist mit Ihnen?« Ich lächelte, drehte mich halb herum und deutete auf den letzten Scheck, der noch auf dem Tisch lag. »Mein Angebot gilt auch für Sie.«

»Ich weiß«, sagte sie. »Aber ich möchte bleiben.«

»Das habe ich befürchtet«, antwortete ich leise. »Und wenn ich ... darauf bestehe, dass Sie gehen?«

»Ich habe keine Angst«, antwortete sie.

»Das hatte Priscylla auch nicht«, erwiderte ich so ernst, wie ich konnte. »Und auch dieses Mädchen nicht, das sich auf eine Zeitungsannonce gemeldet hat, um hier zu arbeiten.«

Für einen Moment verdüsterten sich ihre Züge, und ein unbestimmter Ausdruck von Trauer trat in ihre Augen. Aber sie hatte sich schnell wieder in der Gewalt. »Ich ... weiß«, sagte sie. »Aber das ändert nichts an meinem Entschluss. Sie können nicht allein in diesem Riesenhaus bleiben.«

Ihre Stimme klang sehr bestimmt, und irgendetwas sagte mir, dass es vollkommen sinnlos war, sie umstimmen zu wollen. Trotzdem nahm ich den Scheck vom Tisch, ging zu ihr hinüber und legte ihn neben sie auf die Couch.

»Ich bestehe darauf«, sagte ich. »Es sind schon zu viele Unschuldige zu Schaden gekommen, Mary. Ich bringe Unglück. Es ist nicht gut, sich zu lange in meiner Nähe aufzuhalten. Nehmen Sie das Geld und suchen Sie sich irgendwo eine hübsche kleine Wohnung für sich und Ihre Tochter.«

Mary lächelte, nahm den Scheck zwischen Daumen und Zeigefinger beider Hände und riss ihn genüsslich in kleine Streifen.

»Ich bleibe«, erklärte sie bestimmt. »Und ich will einen solchen Unsinn wie *ich bringe Unglück* nicht mehr hören, mein Junge.«

»Es ist kein Unsinn«, widersprach ich. »Es –«

»Und selbst wenn es so wäre, würde ich bleiben«, fuhr sie unbeeindruckt fort. »Verwechseln Sie mich nicht mit Charles und den beiden anderen. Sie haben sie vor zwei oder drei Tagen eingestellt, und im Moment ist wahrscheinlich alles, was sie wollen, so schnell wie überhaupt möglich von hier zu verschwinden. Ich kenne Sie schon länger, Robert. Schon viel zu lange. Glauben Sie im Ernst, dieses Geld würde mich vergessen lassen, was ich erlebt habe, Robert? Ich würde nie wieder irgendwo Ruhe finden, solange ich weiß, dass diese Bestien existieren. Haben Sie vergessen, was sie meiner Tochter angetan haben?«

»Nein. Aber Sie scheinen zu glauben, in irgendeiner Schuld bei mir zu stehen, Mary, und –«

»Und genauso ist es«, unterbrach sie mich. »Ohne Sie wäre meine Tochter jetzt tot oder vielleicht besessen von einem dieser Ungeheuer – ich weiß nicht, was schlimmer wäre.«

»Aber das ist –«

»Lass sie, Robert.« Howard hob sein Glas, prostete mir zu und leerte es mit einem Zug. »Sie hat recht«, fuhr er fort. »Du kannst ... kannst nicht allein in diesem Kasten wohnen.«

»Wer sagt, dass ich das will?«, antwortete ich. Howard grinste, drehte sich um und griff erneut nach der Whiskyflasche. Mit einem raschen Schritt trat ich neben ihn, nahm ihm die Flasche aus der Hand und bugsierte ihn mit sanfter Gewalt zu seinem Sessel zurück. Howard wollte protestieren, aber ich brachte ihn mit einer befehlenden Geste zum Schweigen und wandte mich an Mary.

»Wenn Sie schon mit aller Macht bleiben wollen, dann seien Sie so lieb und machen uns einen starken Kaffee«, bat ich. »Ich glaube, Howard kann ihn gebrauchen. Und sehen Sie nach dem Kutscher.« Rowlf hatte Ron, der erneut das Bewusstsein verloren und zu fantasieren begonnen hatte, in eines der angrenzenden Zimmer gebracht und die Tür von außen verschlossen. Aber mir war wohler zumute, wenn jemand ab und zu nach ihm sah.

Mary lächelte und verließ die Bibliothek; nicht ohne im Vorübergehen die Whiskyflasche mitzunehmen, was ihr einen wütenden Blick Howards eintrug.

Ich ging ihr nach, öffnete die Tür noch einmal einen Spalt breit und blickte auf den Korridor hinaus. Erst als ich mich davon überzeugt hatte, dass wir wirklich allein und ungestört waren, drückte ich die Tür wieder zu und drehte mich zu Howard herum.

Sein Blick war ganz klar. Der Alkohol, den er getrunken hatte, beeinträchtigte sein Denken nicht im Geringsten. Er hatte den Betrunkenen gespielt, vielleicht, um nicht auf die Fragen antworten zu müssen, die ich ihm stellen würde.

»Also?«, sagte ich.

»Was – also?«, wiederholte Howard. Seine Lippen zuckten ein ganz kleines bisschen, und seine Finger hielten das dickwandige leere Glas fester, als nötig gewesen wäre.

»Bitte, Howard«, sagte ich leise. »Du weißt ganz genau, was ich wissen will. Was ist passiert? Wie hast du diese Ungeheuer getötet?«

»Ich?« Howard lachte, als hätte ich einen Witz zum Besten gegeben. »Wer von uns ist hier betrunken, Junge – du oder ich?« Er lachte bitter, beugte sich vor und machte eine Armbewegung, die das ganze Haus einschloss. »Es war dieses Haus, das sie getötet hat, Robert. Nicht ich. Diese Macht habe ich nicht.«

»Red keinen Unsinn!«

»Ich rede keinen Unsinn«, behauptete Howard. »Erinnerst du dich, was ich dir über das Haus deines Vaters erzählt habe? Es ist nicht irgendein Haus. Dieses Gebäude ist eine Festung. Es weiß sich sehr wohl zu wehren. Denk nur an meinen und Dr. Grays Doppelgänger. Dich konnten sie mit ihrer Maskerade täuschen, aber nicht das Haus. Es hat sich gegen sie gewehrt, auch wenn du erst geglaubt hast, dass die Angriffe dir galten. Und warum glaubst du, hat Necron seine Killer nicht auf uns gehetzt, um uns zu töten, ehe er durch das *Tor* geflohen ist? Weil er es nicht konnte! Er hat ganz genau gespürt, welche Kräfte dieses Haus hat. Er hat gewusst, dass er dir nicht beikommen konnte. Nicht hier.«

Und plötzlich erinnerte ich mich auch wieder an den sonderbaren, hallenden Ton, den ich zu hören geglaubt hatte, als ich mich auf den Drachenkrieger stürzte. Der gleiche unheimliche Klang aus dem Nirgendwo, mit dem die schlummernden Mächte dieses Hauses versucht hatten, mich vor Howards und Grays Doppelgängern zu warnen. Und dann das zerfallende steinerne Geländer ...

»Aber das ist ... das ist verrückt«, widersprach ich verstört. »Das ergibt keinen Sinn.«

Howard zog eine Grimasse. »Der Einzige, der hier schon eine geraume Weile seine fünf Sinne nicht beisammen zu haben scheint, bist du, mein Junge. Was ist in dich gefahren, die Diener wegzuschicken? In drei Tagen weiß die ganze Stadt, was hier passiert ist.«

»Niemand wird ihnen glauben«, antwortete ich ruhig.

»O nein, sicher nicht.« Howards Stimme troff vor Sarkasmus. »Auch die beiden Toten werden niemanden interessieren. Glaubst du wirklich, sie werden nicht darüber sprechen, nur weil du ihnen Geld gegeben hast? Im Gegenteil, Robert! Sie werden nur noch misstrauischer werden. In spätestens drei Tagen sind die Beamten von Scotland Yard wieder hier. Mit Handschellen und einem Haftbefehl.«

»Das wird nicht nötig sein«, antwortete ich. »Ich habe es ernst gemeint, als ich sagte, dass ich Rowlf morgen zum Yard schicken werde.« Howard ächzte, aber ich ließ ihn nicht zu Wort kommen, sondern sprach rasch weiter. »Es waren keine leeren Worte, Howard. Ich ... ich kann nicht mehr. Es ist nur ein paar Wochen her, dass ich nach London gekommen und in dieses Haus eingezogen bin, und alles, was ich erlebt habe, waren Tod und Schrecken. Necron hatte recht – ich verbreite Unheil, wohin ich auch komme. Die Menschen sterben, wenn sie zu lange in meiner Nähe sind. Mein Gott, Howard – ich habe eine Spur aus Toten hinterlassen, begreifst du das nicht?«

»Ich begreife nur, dass du Unsinn redest«, erwiderte Howard ruhig. »Es war nicht deine Schuld, dass Necron hierhergekommen ist. Und es war auch nicht deine Schuld, dass dieser Tornhill verrückt genug war, seine Drachenkrieger angreifen zu wollen.«

Zumindest in diesem Punkt irrte er. Juristisch traf mich vielleicht keine Schuld daran – aber ich gab mir die Verantwortung, zumindest zu einem Teil. Aber das gehörte nicht hierher. Ich hatte Howard nichts davon erzählt, und ich würde es auch nicht tun. Das war eine Sache, die nur mich anging.

»Und heute?«, fragte ich. »Diese ... diese Motten, oder was immer sie waren?«

Howard schwieg. Auf seiner Stirn glänzte Schweiß, obwohl es kühl in der Bibliothek war. »Das hatte nichts mit dir zu tun«, sagte er leise. »Ich ... dachte es im ersten Moment auch, aber es stimmt nicht.«

»Was meinst du damit?«, fragte ich. Eine unbestimmte Ahnung stieg in mir auf. Ich spürte, dass die Einzelteile des Puzzles alle da waren – aber noch ergaben sie keinen Sinn, weigerten sich, sich zu einem Bild zusammenzufügen.

»Es sollte so aussehen«, antwortete Howard, ohne mich anzusehen. »Du solltest glauben, dass dieser Anschlag dir galt. Dieser nachgemachte Drachenkrieger diente keinem anderen Zweck, als dich zu täuschen, Robert.«

»Sagtest du – nachgemacht?«, fragte ich verwirrt.

Howard sah mich mit einem beinahe mitleidigen Blick an. »Dieser Mann war kein Drachenkrieger«, sagte er. »Wenn er das wirklich gewesen wäre, dann wärst du jetzt tot, mein Junge.«

Ich legte demonstrativ die Hand auf meine zerschundenen Rippen und zog eine übertrieben schmerzhafte Grimasse. »Viel hat ja auch nicht gefehlt.«

»Das ist der Unterschied«, sagte Howard ernst. »Bei einem wirklichen Drachenkrieger hätte dieses *nicht viel* eben nicht gefehlt. Du glaubst vielleicht, diese Männer zu kennen, Robert, aber du täuschst dich. Wäre er wirklich das gewesen, als was er sich ausgegeben hat, dann hätte er dich aufgeschlitzt, ehe du ihm auch nur nahe gekommen wärst.«

»Ich hatte Glück«, sagte ich, »das war alles. Hätte er keinen Fehltritt gemacht –«

»Blödsinn«, unterbrach mich Howard. »Du hattest kein Glück, Junge, er hatte Pech, so herum gibt die Sache einen Sinn. Er wollte dich nicht töten. Er wollte, dass du genau das denkst – dass du Glück gehabt hast. Er sollte dich verletzen; dich ein bisschen wütend machen. Dass er sich dabei das Genick bricht, war wohl nicht vorgesehen, aber das ist auch schon alles.«

»Und wer war er wirklich?«, fragte ich, ganz leise und obwohl ich die Antwort im Grunde schon wusste.

Howard antwortete nicht, sondern blickte nur starr an mir vorbei ins Leere, aber sein Schweigen war schon Antwort genug. Langsam ordneten sich die wirr durcheinanderliegenden Teile des Puzzles zu einem Ganzen.

»Der Angriff galt dir«, sagte ich. »Diejenigen, die diesen Mann geschickt haben, waren die gleichen, in deren Auftrag van der Groot und der Doppelgänger Grays gekommen sind!«

»Und wenn?«, fragte Howard. Seine Stimme war jetzt ganz leise. Sie klang flach, tonlos wie die eines Menschen, der mit allerletzter Kraft um seine Beherrschung kämpft.

»Es ist diese ... Loge«, fuhr ich fort. »Die Männer, zu denen du gehen willst. Nach Paris.«

Howard sah auf. Für einen ganz kurzen Moment blitzte Zorn in seinen dunklen Augen. »Rowlf hat mit dir geredet.«

»Das hat er«, gestand ich. »Aber es wäre nicht nötig gewesen. Es ist nicht sehr schwer, eins und eins zusammenzuzählen, weißt du? Ich werde nicht zulassen, dass du dorthin gehst, Howard.«

»So?«, machte er spöttisch. »Wirst du nicht?«

Ich schüttelte entschieden den Kopf. »Nicht nach dem, was heute passiert ist. Diese Loge, oder wer immer sie sind –«

»Es ist keine Loge«, unterbrach mich Howard zornig. Seine Hände pressten sich so fest um die Sessellehne, dass das Holz ächzte. »Wofür hältst du mich, Robert? Für einen Gecken, der seine Zeit mit spiritistischen Sitzungen oder Geheimtreffen vertut? Diese ... Loge, wie du sie nennst, ist eine Organisation, die ...«

»Eine Organisation von Magiern?«

Howard überging meine Frage. »Es ist ein Geheimbund«, sagte er. »Ein sehr mächtiger Geheimbund, Robert, vielleicht der mächtigste überhaupt. Ich habe gedacht, ich könnte seiner Macht trotzen, aber ich habe mich geirrt. Ich bin länger als zehn Jahre vor ihnen davongelaufen, aber es hat keinen Sinn mehr.« Plötzlich wurde seine Stimme bitter. »Du glaubst, dich träfe die Schuld an allem, was passiert ist?« Er lachte böse. »Ich bin es, dem du Vorwürfe machen müsstest, Robert, nicht dir selbst. Das alles wäre nicht geschehen, wenn ich nicht hier gewesen wäre. Aber in einem Punkt hast du recht – es hat schon genug Tote gegeben. Viel zu viele. Ich werde das tun, was ich schon vor Jahren hätte tun sollen. Ich stelle mich ihnen.«

»Dann werden sie dich töten«, sagte ich.

»Möglich.« Howard hatte sich jetzt wieder vollkommen in der Gewalt. Seine Stimme klang, als rede er über ein Kochrezept. »Ich werde versuchen, es zu verhindern.«

»Aber das ist Selbstmord!«

»Vielleicht«, gestand Howard ungerührt. »Aber wenigstens werden dann keine Unschuldigen mehr sterben, Robert!«

Ich fand keinen Schlaf in dieser Nacht. Howard war in sein Zimmer zurückgegangen, und auch ich hatte mich zurückgezogen und versucht ein wenig Ruhe zu finden; natürlich vergebens. Rowlf hatte die zerbrochenen Fenster und die Tür repariert, so gut es ging, nachdem Charles und die beiden anderen das Haus verlassen hatten.

Wie konnte ich auch Schlaf finden? Was heute Abend geschehen war, war mehr als ein Anschlag auf mein Leben. Wenn Howard recht hatte – und ich zweifelte keine Sekunde daran –, dann war hier eine neue, vielleicht noch gefährlichere, dritte Macht auf den Plan getreten, von deren Existenz ich bis vor wenigen Stunden nicht einmal eine Ahnung gehabt hatte.

Allmählich begann die Sache unübersichtlich zu werden.

Eine Stunde – die mir wie eine Ewigkeit vorkam – wälzte ich mich unruhig auf meinem Bett hin und her und versuchte den Schlaf herbeizuzwingen (womit ich natürlich das genaue Gegenteil erreichte), dann kapitulierte ich, stand auf und zog mich wieder an.

Ich verließ mein Zimmer, blieb einen Moment auf dem Korridor stehen und sah mich unschlüssig um. Ich wusste selbst nicht zu sagen, was ich eigentlich wollte; die Unruhe hatte mich einfach hochgetrieben.

Das Haus war seltsam still, und es schien etwas Dumpfes, Bedrückendes in dieser Stille zu liegen. Es war jene sonderbare, mit Worten nur sehr unzureichend zu beschreibende Stille, wie man sie manchmal in Mausoleen oder uralten Kellern antrifft, der dumpfe Geruch von Zeit.

Vielleicht war es die Berührung der anderen, den menschlichen Sinnen normalerweise verschlossenen Welt, die ich spürte. Vielleicht war ich ihr nahe, in diesem sonderbaren, magischen Haus.

Ich ging ein paar Schritte, blieb wieder stehen und sah mich im Dunkeln um. Was hatte Howard gesagt? Dieses Haus ist eine Festung.

Das war es, aber es war auch noch mehr. Es war ein Ort unheimlicher und dunkler Geheimnisse, eine Stelle, an der der Vorhang zwischen der Welt der Menschen und der des Magischen dünn und zerschlissen war und an der man den Atem dieses fremden, bizarren Universums wie einen eisigen Grabeshauch spürte.

Es machte mir Angst. Und die Tatsache, dass mir die Kräfte, die dieses Haus beherbergte, wohlgesonnen waren, änderte daran gar nichts.

Unschlüssig ging ich den Korridor hinab, zögerte einen Moment und trat dann mit einem entschlossenen Schritt auf den Balkon hinaus, der die zwei Stockwerke hohe Empfangshalle in zehn Metern Höhe umlief. Das zerborstene Treppengeländer, durch das der vermeintliche Drachenkrieger gebrochen war, kam mir in der wattigen Dunkelheit wie ein hämisches Grinsen vor.

Mein Blick tastete über den Boden. Hier und da waren noch kleine Haufen flockigen grauen Staubes zu erkennen, und der geflieste Boden unten in der Halle kam mir wie mit grauem Ausschlag bedeckt vor. Aber die Kadaver der Killer-Motten begannen sich bereits aufzulösen.

Ich war nicht einmal sonderlich überrascht; im Gegenteil. Es hätte mich eher gewundert, wenn es nicht passiert wäre. Dieses Haus war ein Vampir, ein Moloch, der alles, was nicht zu ihm gehörte, verschlang. Ich war sicher, dass von dem ganzen Spuk keine Spur mehr zu sehen sein würde, wenn die Sonne am nächsten Morgen aufging.

Ein heller, langgestreckter Gegenstand am anderen Ende des Balkons erregte meine Aufmerksamkeit. Ich erinnerte mich, dass Rowlf und Charles den Leichnam des Drachenkriegers – besser gesagt des Mannes, der sich als solcher ausgegeben hatte – in ein Betttuch gewickelt und aus der Halle geschafft hatten. Es kam mir etwas geschmacklos vor, ihn wie einen Teppich in einer Ecke abgelegt zu sehen. Aber vermutlich war jetzt nicht der Zeitpunkt für Geschmacksfragen.

Zögernd bewegte ich mich auf ihn zu, ließ mich neben dem reglosen Körper auf die Knie sinken und streckte die Hand nach dem Tuch aus. Mein Herz schlug ein wenig schneller, als ich es auseinanderfaltete, um einen Blick auf sein Gesicht zu werfen; warum, wusste ich selbst nicht zu sagen.

Ich bin sicher kein Nekromane. Im Gegenteil. Aber vielleicht fand ich an seinem Leichnam irgendetwas, was Licht in das Durcheinander unbeantworteter Fragen und Geheimnisse bringen konnte.

Das Gesicht des Toten war starr, wie eingefroren in dem Augenblick, in dem das Leben aus ihm gewichen war. Ich hatte halbwegs erwartet, es vor Schrecken oder Entsetzen verzerrt zu sehen, aber alles, was ich gewahrte, war ein Ausdruck ungläubigen Staunens, als hätte er bis zum allerletzten Moment nicht begriffen, dass er versagt hatte.

Für einen Moment glaubte ich zu ahnen, was er in den letzten Sekundenbruchteilen seines Lebens gespürt haben mochte. Keine Angst, sicher nicht. Dazu war alles viel zu schnell gegangen. Er hatte auch gar keinen Grund gehabt, Angst zu empfinden, denn er war nicht gekommen, um zu töten oder gar getötet zu werden. Ich war es, der sich nicht an die Spielregeln gehalten hatte, der aus der Finte Ernst, aus einem Spiel einen Kampf auf Leben und Tod gemacht hatte.

Ich war sein Mörder.

Es kostete mich ungeheure Überwindung, das Gefühl abzuschütteln und wieder in die Wirklichkeit zurückzukehren. Mit einer heftigen Bewegung richtete ich mich auf, griff nach dem weißen Tuch und wollte es wieder über das Gesicht des Toten streifen, verhielt dann aber mitten in der Bewegung.

Das schwarze Drachenkrieger-Gewand des Toten hatte sich geöffnet, sodass ich seinen nackten Brustkorb erkennen konnte.

Direkt über seinem Herzen war eine Tätowierung. Das Licht reichte nicht aus, sie genau zu erkennen, und so ließ ich mich nach kurzem Zögern abermals auf die Knie sinken, zog ein Streichholz aus der Tasche und riss es an.

Das flackernde Licht der Flamme offenbarte mir ein winziges, kunstvoll mit blauvioletten Linien in seine Haut tätowiertes Bild. Es war kaum größer als mein Daumennagel, aber von einer Detailtreue, wie ich sie sonst nur auf kunstvoll angefertigten Miniaturen erblickt hatte.

Es war ein Kreis mit gezacktem Rand, wie eine stilisierte Sonnenscheibe. In seinem Inneren war ein Pferd abgebildet, auf dem zwei nur mit Lendenschürzen bekleidete Männer saßen, beide das Gesicht dem Betrachter zugewandt. Der zuvorderst Sitzende hielt eine Lanze in der hochgereckten Rechten, während sein Hintermann die Hände wie zum Gebet zusammengelegt hatte.

Das Streichholz war abgebrannt, und die Flamme versengte mir die Fingerspitzen. Ich warf es fort, deckte das Gesicht des Toten wieder zu und stand auf.

Ich fühlte mich elend. Ich war in der Lage eines Menschen, der tatenlos zusehen muss, wie die Welt, in der er bisher gelebt hat, Stück für Stück um ihn herum auseinanderbricht. Zum ersten Mal in meinem Leben begann ich zu begreifen, was das Wort Hilflosigkeit wirklich bedeutete.

Ich schluckte, um den bitteren Geschmack loszuwerden, der plötzlich auf meiner Zunge war. Fast gegen meinen Willen fand mein Blick das goldgerahmte Bild meines Vaters, das als letztes in einer schier endlosen Reihe von Portraits die Wände zierte.

Langsam ging ich weiter, blieb auf Armeslänge vor dem überlebensgroßen Portrait stehen und betrachtete die scharfen, asketisch wirkenden Züge des Mannes, den es zeigte.

Roderick Andara.

Mein Vater …

Irgendwie klangen die Worte bitter in meinen Gedanken; seine Züge kamen mir härter vor als die Male, die ich das Bild vorher angesehen hatte, der Ausdruck in seinen dunklen, klaren Augen erbarmungsloser, nein – entschlossener.

Er war mein Vater gewesen – aber was wusste ich wirklich über ihn? Wenig mehr als seinen Namen. Ich hatte sein Erbe angetreten, beinahe gegen meinen Willen, und ich hatte bisher nicht einmal in Ansätzen begriffen, woraus dieses Erbe bestand.

Robert Craven – der Hexer.

Fast hatte ich gelacht. Ich hatte gelernt, ein paar Kunststückchen aufzuführen. Ein bisschen Firlefanz, ein paar Täuschungen, gerade genug, mich auf irgendwelchen langweiligen Stehpartys der besseren

Londoner Gesellschaft wichtig zu machen. Einmal, ein einziges Mal, hatte ich die Macht, die mir Andara vererbt hatte, wirklich benutzt.

Und damit einen Menschen getötet.

»Ist es das, was du mir vererbt hast Vater?«, fragte ich leise. »Ist das dein Erbe? Tod und Unheil?«

Natürlich bekam ich keine Antwort. Auch wenn ich mehrmals Kontakt mit dem Geist – oder der Seele oder wie immer man es nennen will – meines verstorbenen Vaters gehabt hatte, so glaubte ich doch nicht im Ernst daran, mich mit einem *Bild* unterhalten zu können. Aber ich musste einfach reden, zu irgendjemandem oder auch irgendetwas. Manchmal erleichtert es selbst, mit einem Bild zu sprechen.

»Oder ist es der Fluch Necrons?«, fuhr ich fort.

»Etwas von beidem, Robert«, sagte eine sanfte Stimme hinter mir.

Ich drehte mich herum und erkannte Rowlfs massige Gestalt wie einen Berg in der Dunkelheit hinter mir.

»Was weißt du von ihm?«, fragte ich.

»Andara?« Rowlf überlegte einen Moment. »Nicht viel. Ich habe ihn nur ein paar Mal gesehen, und da auch meist nur kurz. Aber Howard hat viel über ihn gesprochen. Ich glaube nicht, dass er ein so harter Mann war, wie du denkst, Robert.«

»Denke ich das?«

Rowlf nickte. »Deine Stimme klang sehr bitter gerade. Aber du tust ihm Unrecht. Und dir auch.«

»Worte«, murmelte ich. »Worte, Rowlf. Sie bringen Priscylla nicht zurück und machen Tornhill und all die anderen nicht wieder lebendig.«

»Aber dich trifft keine Schuld!«, beharrte Rowlf.

»Ich werde dieses Haus verlassen«, sagte ich. »Sobald ... alles vorbei ist.«

»Vorbei?« Rowlf schüttelte den Kopf. »Es wird nie vorbei sein, Robert. Glaubst du, du könntest deinem Schicksal davonlaufen?«

»Ich ... glaube überhaupt nichts«, antwortete ich unsicher. »Ich weiß nur, dass ich Katastrophen anzuziehen scheine wie das Aas die Fliegen. Wenn das das Erbe meines Vaters ist, dann will ich es nicht.«

»Und was willst du stattdessen? Aufgeben?« Er machte eine kurze Pause. »Aufgeben!«, sagte er dann noch einmal, und diesmal hörte es sich an wie eine Beschimpfung. »Du läufst weg. Du schließt die Augen und vergräbst den Kopf im Sand, statt dich zu wehren! Und ich dachte, du könntest mir helfen!«

»Helfen?« Ich lächelte bitter. In mir war nichts als Leere. »Wobei sollte ich dir helfen können? Auf eine besonders originelle Art und Weise ums Leben zu kommen, wie dieser Mann?«

»Dein Selbstmitleid hilft dir auch nicht weiter«, sagte Rowlf hart.

»Selbstmitleid? Ich glaube nicht, dass es nur das ist, Rowlf. Es sind Menschen gestorben.«

»Dann suche die, die dafür verantwortlich sind, und bestrafe sie, verdammt noch mal!«, polterte Rowlf. »Begreifst du eigentlich nicht, dass Necron und diese ... diese Ungeheuer in Menschengestalt nichts als ein Spiel mit dir spielen? Und du lässt dich herumschubsen wie eine Schachfigur und gibst dir auch noch die Schuld an allem! Verdammt, ich bin hier, weil ich deine Hilfe brauche, Robert!«

»Und wobei?«, fragte ich. Seine plötzliche Erregung war mir unerklärlich. Aber eigentlich war es auch alles andere als normal, dass Rowlf mitten in der Nacht aufstand, um mit mir zu reden.

»Howard«, sagte er. »Du hast mit ihm gesprochen, nicht wahr?«

»Ich habe es versucht«, antwortete ich. »Aber ich fürchte, es hat nicht viel genutzt.«

»Genutzt?« Rowlf lachte auf, brach abrupt ab und wandte in einer fast ängstlichen Geste den Kopf. Aber hinter der Tür von seinem und Howards Zimmer blieb es still. »Er will gehen, Robert«, sagte er.

»Ich weiß.«

Rowlf schüttelte fast zornig den Kopf. »Du weißt gar nichts. Der Angriff auf uns galt ihm, Robert. Und der Mann, der hinter all dem steckt, ist nicht dieser Tote hier.«

»Du ... meinst, sie könnten ... sie könnten wiederkommen?«.

»Ich meine gar nichts«, sagte Rowlf grob. »Aber Howard hat Angst davor. Er weiß, dass wir unangreifbar sind, solange wir dieses Haus nicht verlassen. Aber er hat Angst, dass diese Ungeheuer anderswo in der Stadt auftauchen könnten. Er ... er glaubt, was heute Abend passiert ist, war nur eine Warnung, verstehst du?«

»Nein«, sagte ich ehrlich.

Rowlf seufzte. »Wir – das heißt, Howard – glaubt, dass seine ... Brüder hier in der Stadt sind. Nicht van der Groot oder dieser gedungene Mörder hier, sondern einer vom Inneren Zirkel, ein Magier wie du oder dein Vater. Er ist hier, um ihn zu holen, Robert. Der erste Anschlag ist danebengegangen, aber er wird es wieder versuchen. Und das nächste Mal wird er vielleicht an einem Ort zuschlagen, an dem wir nicht geschützt sind. Und andere auch nicht.«

Seine Worte ließen mich innerlich erschauern. Wie in einer blitzartigen, furchtbaren Vision liefen die grausigen Szenen noch einmal vor meinem inneren Auge ab. Die Vorstellung eines Schwarmes der mörderischen Killer-Motten, der irgendwo frei in der Stadt herumflog, war unerträglich.

»Und was ... hat Howard vor?«, fragte ich.

»Er glaubt zu wissen, wo sich der Magier verborgen hält«, antwortete er. »Er will zu ihm gehen.«

»Und wann?«

»Morgen früh«, antwortete Rowlf. Ich spürte, wie schwer es ihm fiel, diese beiden Worte auszusprechen. Für ihn musste es so sein, als verriete er Howard. »Kurz vor Einbruch der Dämmerung verlässt er das Haus. Wenn die Sonne aufgeht, will er ihn treffen. Es ... hat irgendetwas mit ihren Regeln zu tun.«

»Mit *ihren* Regeln«, sagte ich betont, auf eine so lauernde Art, dass Rowlf aufsah und mich fast misstrauisch anblickte. »Wer sind diese geheimnisvollen *sie,* Rowlf?«, fuhr ich fort. »Wer sind diese Männer, dass selbst Howard Angst vor ihnen hat?«

Rowlf wollte antworten, aber ich spürte, dass er wieder eine seiner üblichen Ausflüchte vorbringen würde, und schüttelte rasch den Kopf.

»Sag mir die Wahrheit, Rowlf«, sagte ich leise, aber so eindringlich, wie ich konnte. »Ich glaube dir nicht mehr, dass du nicht weißt, wer sie sind. Und ich bekomme es so oder so heraus.«

Rowlf starrte zu Boden und druckste eine Weile herum. »Ich ... habe Howard geschworen, niemandem etwas zu sagen«, murmelte er.

»Vergiss es«, antwortete ich grob. »Es geht um sein Leben, Rowlf!«

»Templer«, sagte er schließlich. »Es sind Templer.«

»Templer?!« Ich starrte ihn aus ungläubig aufgerissenen Augen an. »Du ... du meinst den Orden der ... der Tempelherren?«

Rowlf nickte. »Ja. Die kämpfenden Mönche, Robert.«

»Aber das ... das ist unmöglich«, flüsterte ich, obwohl ich ganz genau wusste, dass er die Wahrheit sagte. »Das ist –«

»Es ist die Wahrheit, Robert.«

Verzweifelt kramte ich in meinen Erinnerungen, suchte nach irgendetwas, womit ich seine Behauptung entkräften oder ihr wenigstens etwas von ihrem Schrecken nehmen konnte. Aber die ... die Tempelritter wurden ausgelöscht«, sagte ich schließlich schwach. »Soweit ich weiß, hat sie –«

»– Philipp der Schöne im dreizehnten Jahrhundert vernichtet«, unterbrach mich Rowlf. »Ich weiß.« Plötzlich klang seine Stimme ungeduldig. »Jeder glaubt, dass es so wäre. Aber es ist nicht die Wahrheit. Der Orden der Tempelritter hat niemals aufgehört zu existieren. Sie sind in den Untergrund gegangen, das ist alles. Sie existieren weiter, und sie sind mächtiger als je, Robert. Viel mächtiger als dieser Narr Necron. Er ist nur einer, aber sie sind Hunderte. Sie sind nicht mehr, was sie waren. Viele von ihnen haben magisches Wissen erworben. Howard hat Angst vor ihnen, Robert, und mit Recht. Du hast erlebt, wie wenig diesen Bestien ein Menschenleben gilt. Sie werden weiter töten, wenn Howard sich ihnen nicht ausliefert.« Er brach ab, schwieg einen Moment und fügte, viel leiser und in niedergeschlagenem Tonfall hinzu: »Aber wenn er es tut, bringen sie ihn um.«

»Dann müssen wir ihn daran hindern«, sagte ich.

Rowlf schnaubte. »Hindern? Eher hinderst du die Themse daran, ins Meer zu fließen, Junge. Howard würde mich erschießen, wenn er wüsste, dass ich jetzt hier bin und mit dir rede.« Er schüttelte den Kopf, blickte mich einen Moment durchdringend an und starrte dann zu Boden.

»Und was«, sagte ich, als klar wurde, dass er nicht von sich aus weiterreden würde, »willst du tun?«

Er sagte es mir.

Im Osten begann ein Streifen blassroter Helligkeit das Grau der Dämmerung aufzulösen. Die Straße atmete noch die Kälte der Nacht, und im roten Gegenlicht des Sonnenaufganges sah die Silhouette der Stadt aus wie eine gezackte, an zahllosen Stellen ausgebrochene Festungsmauer.

Rowlf machte mir mit der Hand ein Zeichen und ich duckte mich tiefer hinter den moosbewachsenen Mauerrest, hinter dem ich Deckung genommen hatte. Mein Blick bohrte sich in das wogende Grau der Schatten, die die Straße vor uns in eine bizarre, irreal wirkende Kulisse verwandelten. Das einzig Wirkliche schien der schwarze, zu einem tiefenlosen Schatten gewordene Umriss der Kutsche zu sein, die ein Stück weiter die Straße hinunter stand.

Die beiden Pferde in ihrem Geschirr regten sich von Zeit zu Zeit; dann und wann scharrte ein Huf über Stein oder klirrte Metall, aber selbst diese Laute wirkten irgendwie falsch und unwirklich auf mich. Ich verscheuchte den Gedanken und versuchte mich ganz auf das

Fuhrwerk und seinen Insassen zu konzentrieren. Das Ruinengrundstück, auf dem Rowlf und ich Stellung bezogen hatten, gewährte uns freien Blick über die ganze Straße, ohne dass wir selbst gesehen werden konnten.

Allerdings hätte es auch kaum jemanden gegeben, der uns hätte sehen können. Der Teil Londons, in dem wir uns befanden, schien ausgestorben zu sein. In keinem einzigen der Häuser, die die Straße vor uns flankierten, brannte Licht, nirgends waren die Spuren menschlichen Lebens sichtbar; unsere Umgebung wirkte wie eine Geisterstadt.

Rowlf und ich hatten uns abgewechselt, in einem finsteren Winkel der Halle Wache zu halten, bis Howard – wie Rowlf es vorausgesagt hatte, wenige Minuten vor Einbruch der Dämmerung – aus seinem Zimmer getreten war und das Haus durch den Hinterausgang verlassen hatte; zweifellos, um die Kutsche aus der Remise zu holen und zu seiner *Verabredung* zu fahren.

Wir hatten ihn erwartet, als er das Grundstück verließ. Rowlfs Rechnung war aufgegangen – Howard hatte der Kutsche, die ein paar Dutzend Schritte nördlich des Hauses am Straßenrand stand; keinerlei Beachtung geschenkt, sondern war schnurstracks in entgegengesetzter Richtung losgefahren.

Von da ab waren wir ihm gefolgt; Rowlf, der sich in Rons Kutschermantel und -zylinder prächtig auf dem Bock des Wagens ausmachte, ich hinter den zugezogenen Gardinen des Zweispänners. Howard hatte ein scharfes Tempo eingeschlagen, und eine kurze Weile hatte ich beinahe befürchtet, dass er uns bemerkt hätte, denn er fuhr, immer schneller und schneller werdend, kreuz und quer durch die Stadt, scheinbar ohne Ziel oder Plan.

Dann hatte ich begriffen, dass er suchte. Er wusste selbst nicht genau, wo dieser Mann war, der ihm am vergangenen Abend seine furchtbare Botschaft hatte zukommen lassen.

Immer wieder hatte er angehalten, einmal sogar gewendet, um ein Stück des Weges zurückzufahren, dann jedoch wieder die ursprüngliche Richtung eingeschlagen und war weitergefahren, bis er schließlich das Gebiet der Stadtmitte verließ und sich mehr und mehr nach Norden wandte.

Kurz vor Sonnenaufgang schließlich hatte er seinen Wagen in dieses verfallene, scheinbar menschenleere Viertel am nördlichen Rande der Stadt gelenkt. Rowlf hatte unseren Wagen weiter zurückfallen lassen, denn den Verkehr, den es trotz der frühen Stunde weiter stadteinwärts bereits gegeben hatte und der uns Schutz gewährte, gab es hier nicht mehr, und schließlich hatten wir uns nur noch an den Echos der Pferdehufe orientieren können.

Dann hatte er angehalten. Rowlf und ich hatten unseren Wagen in sicherer Entfernung zurückgelassen, waren zu Fuß weiter herangekommen und hatten uns schließlich auf diesem Ruinengrundstück auf die Lauer gelegt.

Seither warteten wir.

Ich wusste nicht, wie lange ich schon frierend hinter dem halbmeterhohen Mauerrest lag und zu der Kutsche hinüberstarrte.

Meine Finger waren taub und gefühllos geworden, und die geprellten Rippen schmerzten beinahe unerträglich. Das Warten wurde zu einer Qual, aber wir konnten nichts anderes tun, als dazuliegen und zu beobachten. Howard würde sofort die Flucht ergreifen, wenn er auch nur argwöhnte, dass wir ihm gefolgt sein könnten.

Unsere Situation kam mir mit jedem Moment absurder vor. Während der Nacht, als Rowlf mit mir geredet hatte, hatte alles so klar und logisch ausgesehen; aber jetzt ...

Allein die Vorstellung, Howard – ausgerechnet Howard, diesen eiskalten Logiker – mit irgendeinem obskuren Geheimbund in Verbindung zu bringen, erschien mir aberwitzig. Howard und Mitglied einer Loge? Howard als Jünger irgendeiner Bruderschaft, die bei Mitternacht in albernen Kostümen herumhüpfte und den Mond oder den heiligen St. Einseifer anbetete?

Lächerlich!

Irgendetwas traf die Mauer dicht vor meinem Gesicht. Ich schrak zusammen, sah auf und zog instinktiv den Kopf zwischen die Schultern, als Rowlf einen zweiten Kiesel in meine Richtung warf, um meine Aufmerksamkeit zu erregen. Seine Linke deutete heftig gestikulierend nach oben. Ich rutschte hinter meiner Deckung auf den Knien herum und blickte in die Richtung, in die seine Hand wies.

Im ersten Moment erkannte ich nicht einmal, was er meinte. Der Himmel hatte sich weiter aufgehellt, und der flimmernde rosarote Streifen über der Stadt war breiter geworden. Es wurde hell. Trotzdem hing über unseren Köpfen noch eine dräuende Decke aus grauer Dämmerung und bauchigen schweren Wolken.

Und dann sah ich, dass sich ein Teil dieser Wolken bewegte ...

Es war wie ein lautloses Fließen und Gleiten. Die Wolke bewegte sich unstet hierhin und dorthin, zog sich zusammen, dehnte sich wieder aus, sank wie im Spiel ein Stück herab und gewann dann mit einem fast hektischen Hüpfer wieder an Höhe, während sie langsam näher kam.

Es waren Motten.

Milliarden von Motten.

Rowlf begann verzweifelt Grimassen zu schneiden und zu gestikulieren, um meine Aufmerksamkeit auf sich zu lenken. Hastig legte er den Zeigefinger über den Mund; als ich zu ihm hinübersah, wedelte er mit der Hand und deutete auf die Kutsche.

Die straßenwärts gewandte Tür des Wagens hatte sich geöffnet, und Howard war ins Freie getreten. Er musste wie wir die Annäherung des Mottenschwarmes bemerkt haben, denn er legte den Kopf in den Nacken, blinzelte einen Moment zu der lebenden Wolke empor und wandte sich dann langsam um. Das Geräusch seiner Schritte ging in einem seidigen, allmählich an Lautstärke gewinnenden Schleifen und Sirren unter, das aus den Wolken zu uns herabdrang.

Dann waren sie heran. Die Wolke senkte sich in einer nur scheinbar schwerfälligen Bewegung auf die Straße herab, berührte die Dächer der Häuser rechts und links von uns und barst wie in einer lautlosen Explosion auseinander. Millionen und abermillionen pennygroßer grauer Punkte erfüllten die Straßenschlucht wie wirbelnder, schmutziger Schnee, und die Luft war plötzlich von einem scharfen, auf schwer zu bestimmende Weise *drohend* wirkenden Summen und Wispern erfüllt.

Ich warf mich instinktiv nach vorne und verbarg das Gesicht zwischen den Händen, als die Killer-Insekten zu Tausenden über Rowlf und mich hereinbrachen ...

Unendlich zarte, federleichte Finger schienen meinen Nacken und meine bloßen Handgelenke zu berühren, überall war raschelnde, huschende, flatternde Bewegung, grauer Staub, der von den kleinen Schwingen emporstieg und die Luft mit einem scharfen Geruch durchsetzte.

Aber der tödliche Schmerz, auf den ich instinktiv wartete, blieb aus. Die Motten berührten mich zu Hunderten, bedeckten meine Kleider wie ein lebender grauer Teppich – aber es geschah nichts.

Vorsichtig richtete ich mich auf, hob die Hände vor die Augen und starrte mit einer Mischung aus Schrecken und ungläubiger, noch vorsichtiger Erleichterung auf das Schwirren und Flattern auf meinen

Händen hinab. Die Tiere flogen davon, als sie die Bewegung spürten, aber sofort schwebten andere herbei und ließen sich auf den freigewordenen Plätzen nieder. Es schien, als hätten sie ihre furchtbare Fähigkeit, die Zeit tausendmal schneller ablaufen zu lassen, verloren.

»Robert!«

Rowlfs hastig geflüsterter Ruf riss mich in die Wirklichkeit zurück. Ich wedelte mit den Händen, um die Motten davonzuscheuchen, stemmte mich auf die Knie hoch und sah zu ihm hinüber.

Seine Gestalt war kaum zu erkennen, so sehr war die Luft vom Wirbeln und Tanzen der Insekten erfüllt. Aber ich sah, wie er aufsprang und nach vorne deutete, in die Richtung, in die Howard verschwunden war.

Am Ende der Straße, ein wenig abgesetzt von den anderen Gebäuden, erhob sich ein zweistöckiges, halb verfallenes Haus. Sein Dachstuhl war eingesunken, und das Grundstück davor war mit Trümmern und zerborstenen Balken übersät. Unkraut und verkrüppelte kleine Bäume hatten Halt in den Trümmern gefunden, und die schier unendliche Zahl der Insekten, die es wie ein lebender Schneesturm umtosten, verwischten seine Konturen zusätzlich und verstärkten den unheimlichen, geisterhaften Eindruck, den dieser Haus-Leichnam schon am Tage hervorrufen musste.

»Schnell jetzt!«, keuchte Rowlf. »Ehe er verschwindet!« Er sprang hoch, raffte den Rucksack auf, den er neben sich abgelegt hatte, und setzte mit einem Sprung über den Mauerrest.

Wir liefen los, ohne noch darauf zu achten, in Deckung zu bleiben. Selbst wenn sich Howard umgedreht hätte, hätte er uns hinter den kochenden grauen Schleiern, die in der Straße wirbelten, kaum gesehen.

Aber er drehte sich nicht um, sondern ging zielstrebig auf das Haus zu und verschwand gebückt in einem halb eingebrochenen Eingang. Ich war mir nicht sicher – aber ich hatte den Eindruck, dass das Toben der Insekten zunahm, als Howard das Haus betrat. Das Sirren und Schleifen ihrer Flügel wurde immer lauter, und die Luft war plötzlich so voll von ihrem grauen, wirbelnden Staub, dass ich kaum noch atmen konnte.

Rowlf erreichte die Tür wenige Schritte vor mir und ließ sich keuchend gegen den zerborstenen Rahmen sinken.

»Er ist ... die Treppe hinauf!«, keuchte er. »Schnell. Ich ... fange hier unten an.«

Ich wollte widersprechen, aber Rowlf zerrte mich kurzerhand am Arm zu sich heran und gab mir einen Stoß, der mich haltlos ins Haus hinein und auf die baufällige Treppe zutaumeln ließ, die vor mir in die Höhe führte.

»Fünf Minuten!«, rief er. »Keine Sekunde länger! Denk daran!«

Instinktiv sah ich noch einmal zum Himmel empor. Der Streifen rotglühenden Tageslichtes war breiter geworden. Fünf Minuten waren beinahe zu lang. Aber dieses Risiko mussten wir eingehen, wenn Howard eine Chance haben sollte.

Während Rowlf hinter mir den mitgebrachten Rucksack aufriss und hektisch in seinem Inneren zu wühlen begann, lief ich die Treppe hinauf; zuerst schnell, immer zwei, drei Stufen auf einmal nehmend, dann, als ich das erste Stockwerk erreicht hatte, langsamer und beinahe mit angehaltenem Atem.

Howards Schritte waren dicht über mir. Ich glaubte seine Stimme zu hören, war mir aber nicht sicher, denn selbst hier drinnen war das Sirren und Schleifen der Insektenflügel mittlerweile deutlich zu hören, dann fiel eine Tür ins Schloss, und kurz darauf war ein polternder Laut zu vernehmen, als schlüge ein schwerer Körper auf den Boden.

Vorsichtig ging ich weiter. Meine Hand tastete nach dem Griff des sechsschüssigen Revolvers, den ich unter dem Mantel trug. Rowlfs Worte hatten mich dazu bewogen, außer meinem Stockdegen auch noch den Revolver mitzunehmen, obwohl ich Schusswaffen normalerweise verabscheue. Aber das Gefühl der Sicherheit, das einem das Gewicht einer Waffe gewöhnlich vermittelt, blieb diesmal aus. Meine Handflächen waren feucht vor Schweiß.

Die Treppe begann wie ein lebendes Wesen unter meinem Gewicht zu ächzen und zu beben, als ich weiter in die Höhe stieg. Dunkelheit umgab mich, nur hier und da durchbrochen von einem bleichen Streifen fahlgrauer flimmernder Dämmerung, die durch die Ritzen und Löcher des baufälligen Gemäuers hereinfiel. Wieder hörte ich Stimmen – und diesmal war ich sicher, sie mir nicht einzubilden.

Schließlich erreichte ich einen kurzen, an der einen Seite schrägen Korridor, der nach wenigen Schritten vor einer verfaulten Holztür endete. Die Stimmen kamen von jenseits der Tür. Eine davon gehörte einem Fremden, die andere war die Howards. Sie klang sehr erregt. Ich blieb stehen, zwang mich, möglichst flach zu atmen, und schob mich lautlos weiter, bis mein Ohr am rissigen Holz der Tür lag.

»... nicht selbst gekommen?«, verstand ich Howards Stimme. Sie klang erregt, aber eher zornig als voller Angst. »Ich habe verstanden, was er mir sagen wollte. Ich bin hier. Was zum Teufel wollt ihr noch von mir?«

»Sprich diesen Namen nicht aus, Bruder Howard«, sagte die andere, fremde Stimme. »Versündige dich nicht in deinen letzten Minuten.«

Howard lachte hart. »Hör mit dem Geschwafel auf, *Bruder«*, sagte er betont. In seiner Stimme war ein fremder, böser Klang, den ich noch nie zuvor darin bemerkt hatte. »Du weißt so gut wie ich, warum ich hier bin. Ihr wolltet mich haben – also bitte! Aber ruft diese Ungeheuer zurück, die ihr erschaffen habt. Sie haben genug Unschuldige getötet.«

»Du hast dich nicht verändert, Bruder Howard«, sagte die andere Stimme vorwurfsvoll. »Wann wirst du einsehen, dass die Wege des Schicksals vorgezeichnet sind? Nichts, was wir Menschen tun oder unterlassen, vermag den Willen des Herrn zu beeinflussen.«

»Dann war es vielleicht auch der Wille des Herrn, dass zwei unschuldige Menschen sterben mussten, durch eure ... eure Bestien?«, schnappte Howard zornig.

»Hüte deine Zunge, Bruder Howard! Nicht mehr lange, und du wirst dem gegenüberstehen, den du jetzt noch lästerst. Und deine Vorwürfe sind unberechtigt. Es ... mag sein, dass ein scheinbar Unschuldiger sterben musste, doch wenn, so trifft allein dich die Schuld daran. Hättest du dein Schicksal angenommen, statt vor ihm zu fliehen, wäre all dies nicht geschehen.«

»Ruf sie zurück!«, verlangte Howard, als hätte er die Worte des anderen gar nicht gehört. »Du weißt nicht, was du tust! In dieser Stadt leben sechs Millionen Menschen! Sind sie vielleicht auch nur scheinbar unschuldig, du ... du verdammte Bestie?« Howards Stimme bebte. Ich hatte ihn niemals so erregt erlebt.

Aber seltsamerweise blieb die Stimme des anderen ruhig, ja, sie klang beinahe erheitert, als er antwortete.

»Du hast nichts zu verlangen, Bruder Howard«, sagte er. »Und selbst wenn, so stünde es nicht in meiner Macht, deiner Forderung nachzukommen. Nur der, der sie erschaffen hat, kann sie auch wieder zu dem machen, was sie waren.« Er lachte, ganz leise und sehr, sehr böse. »Du hättest nicht später kommen dürfen, Bruder Howard. Die Geduld des *Meisters* hat Grenzen, wie du weißt. Noch sind all diese

Tiere dort draußen nichts als harmlose kleine Insekten. Doch wenn die Sonne das nächste Mal sinkt, schwärmen sie aus.«

»Ihr ... ihr würdet das tun?«, keuchte Howard. »Ihr würdet diese Bestien auf eine Stadt mit sechs Millionen Menschen loslassen, um einen einzigen Mann umzubringen?«

»Hinzurichten, Bruder Howard. Das Urteil über dich ist schon lange gesprochen. Niemand entgeht seiner gerechten Strafe. So, wie der Verräter van der Groot bestraft wurde, wirst auch du den Preis für den Frevel zahlen, den du begangen hast.«

»Van der Groot? Was ist mit ihm?«

»Ich habe ihn liquidiert. Es war recht einfach, in das Gefängnis einzudringen. Er hat unsere Sache verraten, wie du. Verräter leben nicht lange. Was jetzt geschieht, ist alles deine Schuld, Bruder Howard.«

»Das ... das ist teuflisch!«, keuchte Howard. »Ihr maßt euch an, im Namen des Herrn zu sprechen, und im gleichen Atemzug verurteilst du Millionen Unschuldiger zum Tode.«

»Es steht mir nicht zu, über die Ratschlüsse des *Meisters* zu urteilen«, antwortete der andere lakonisch. »Du kannst selbst mit ihm diskutieren, Bruder Howard. Wenn er dich anhört, heißt das.«

»Selbst?«, wiederholte Howard verwirrt. »Was ... was heißt das?«

»Er erwartet dich«, antwortete der andere. »Nicht sehr weit von hier. Und wir sollten gehen, ehe seine Geduld vollends erschöpft ist. Du weißt, wie wenig langmütig er sein kann.«

»Er ist hier?«, keuchte Howard. »In London? DeVries selbst ist hier in der Stadt? Der *Animal-Master* des Ordens ist selbst gekommen?«

Der andere lachte leise. »Ja. Du siehst, es geht hier nicht nur um einen einzelnen Mann, Bruder Howard. Es geht um dich. Und du bist etwas Besonderes.«

Irgendwo tief unter mir klirrte etwas. Glas zerbrach, und dann glaubte ich ein leises Prasseln und Knistern zu hören. *Fünf Minuten!*, hatte Rowlf gesagt. Keine Sekunde länger!

Ich versuchte erst gar nicht, auf die Uhr zu sehen – die fünf Minuten mussten längst um sein, und draußen wurde es hell –, sondern wich einen Schritt zurück, holte Schwung und warf mich mit aller Gewalt gegen die Tür.

Das morsche Holz zersplitterte unter meinem Anprall. Ich taumelte durch die Tür, fiel auf ein Knie und sprang sofort wieder auf. Die Pistole sprang wie von selbst in meine Hand.

Ein Schatten flog auf mich zu. Ich wirbelte herum, riss die Waffe in die Höhe und krümmte den Finger um den Abzug. Aber ich drückte nicht ab. Denn der Mann, der auf mich zusprang, war Howard!

Howards Gesicht war zu einer Grimasse des Entsetzens verzerrt. Er schrie wie in Todesangst, warf sich auf mich und entrang mir mit einer einzigen, zornigen Bewegung die Waffe.

Seine Hand tastete nach meinem Arm, packte ihn und drehte ihn mit grausamer Wucht herum. Ich schrie auf, fiel nach vorn und begann hilflos mit den Beinen zu strampeln, als sich Howard auf meinen Rücken schwang und mich mit den Knien am Boden festnagelte.

»Es war nicht meine Schuld!«, brüllte er. »Ich wusste nicht, dass er mir folgt! Du musst mir glauben!«

Immer und immer wieder brüllte er diese Worte, und in seiner Stimme schwang dabei ein Entsetzen, das mich schaudern ließ.

»Ich wusste es nicht!«, schrie er. »Sag DeVries, dass ich es nicht wusste! Er kann mich haben! Er kann mich haben!«

Aber es war niemand mehr da, der auf seine Worte antworten konnte.

Nach einer Weile ließ er meine Hand los, stand auf und ließ sich mit einem unterdrückten Schluchzen gegen die morsche Bretterwand in seinem Rücken sinken, und auch ich drehte mich herum, presste den schmerzenden Arm an mich und versuchte auf die Füße zu kommen. Mein Kopf dröhnte. Für einen Moment begann sich der zerfallene Dachboden vor meinen Augen zu drehen, als ich aufstand. Howard hatte wie ein Irrsinniger zugeschlagen.

Aber er machte keine Anstalten, mir auf die Beine zu helfen, sondern blickte mich nur aus starren Augen an.

»Du ... Narr«, flüsterte er. »Du verdammter, elender Narr. Weißt du überhaupt, was du getan hast?« Seine Stimme war ganz ruhig. Es war kein Vorwurf mehr darin, nicht einmal Zorn. Nur eine Kälte, die mich schaudern ließ. »Er ist fort«, murmelte er.

»Ich weiß«, presste ich zwischen zusammengebissenen Zähnen hervor. Irgendwo tief unter uns klirrte wieder Glas. Durch die nackten Dachsparren über unseren Köpfen sickerten die ersten Sonnenstrahlen herein.

»Er ist fort«, wiederholte Howard tonlos. »Er ist fort, Robert.«

»Verdammt, das war der Sinn der Aktion!«, brüllte ich. »Wenn du dich nicht wie ein Rasender auf mich geworfen hättest, dann hätte ich den Kerl über den Haufen geschossen!«

Howard gab einen sonderbaren, beinahe schluchzenden Laut von sich. »Du weißt ja nicht, was du getan hast«, sagte er noch einmal.

»Doch«, antwortete ich. Allmählich begann ich in Rage zu geraten. Über unseren Köpfen ging die Sonne auf. Rowlf konnte gar nicht mehr länger warten! »Ich habe dir das Leben gerettet, du starrköpfiger, alter Narr! Glaubst du, ich sehe zu, wie du Selbstmord begehst?«

»Selbstmord?« Howard lachte schrill. »Es war die einzige Möglichkeit, diese Ungeheuer zurückzurufen! Begreifst du denn nicht? Wenn die Sonne das nächste Mal untergeht, werden sie zu Millionen über die Stadt herfallen!«

»Wenn die Sonne das nächste Mal untergeht, wird es sie nicht mehr geben«, antwortete ich gehetzt. »Und uns auch nicht, wenn wir nicht machen, dass wir hier herauskommen.«

Howard starrte mich verständnislos an.

»Was –«

Ich unterbrach ihn, indem ich ihn an der Schulter packte und mit einem unsanften Stoß auf den Gang hinausbugsierte. Graue Schatten tanzten vor uns in der Luft. Motten, die von ihrem nächtlichen Schwärmen heimkehrten, um bis zum nächsten Sonnenuntergang zu ruhen.

Howard wehrte sich nicht mehr, aber er machte auch keine Anstalten, aus eigenem Antrieb weiterzugehen, sondern ließ sich wie ein willenloses Kind von mir an der Hand mitschleifen.

Noch einmal glaubte ich das helle Klirren von Glas zu hören, und das Geräusch spornte mich noch einmal zu größerer Schnelligkeit an. Wie von Furien gehetzt, jagte ich die Treppe hinab und zerrte Howard erbarmungslos mit mir. Wir fielen, polterten aneinandergeklemmt die letzten zehn, fünfzehn Stufen hinab und blieben einen Moment benommen liegen.

Als ich die Augen öffnete, sah ich einen winzigen, orangeroten Funken vor mir aufglühen ...

Ich sprang hoch, zerrte Howard mit einem Ruck mit mir – und setzte im letzten Moment über den halbmeterbreiten Kreis aus Petroleum hinweg, den Rowlf um das Haus gelegt hatte.

Eine weißglühende Faust traf meinen Rücken. Ich schrie, aber der Laut ging im Brüllen der tobenden Feuersäule unter, die das Haus hinter Howard und mir verschlang.

Eine ungeheure Hitzewelle fauchte über uns hinweg. Verzweifelt stemmte ich mich auf Hände und Knie hoch, zog den Kopf zwischen die Schultern und kroch von den Flammen fort.

Erst als ich mehr als zehn Yards von der Ruine entfernt war, wagte ich es, mich herumzudrehen und zurückzublicken.

Rowlf und Howard knieten ein Stück neben mir, Howard noch immer starr, wie gelähmt und mit stierem, abwesenden Blick, aber unverletzt. Wahrscheinlich hatte er noch gar nicht begriffen, was geschehen war.

Eine dumpfe Explosion wehte aus dem Prasseln der Flammen zu uns herüber, als eine der Petroleumflaschen, die Rowlf im Keller und Erdgeschoss des Hauses verteilt hatte, detonierte, dann eine zweite, dritte, vierte ...

Das Haus verwandelte sich in wenigen Augenblicken in einen gigantischen Scheiterhaufen. Der Flammenschein wurde gelb, dann annähernd weiß, bis er mir die Tränen in die Augen trieb und wie eine zweite, künstliche Sonne im verblassenden Grau der Dämmerung loderte.

Aber trotz der Tränen, die meinen Blick verschleierten, sah ich die grauen Schwaden, die wie feinkörniger Staub aus allen Richtungen herbeistürzten, der tödlichen, unwiderstehlichen Helligkeit entgegen. Zu Tausenden und Abertausenden stürzten sie aus dem Himmel herab, stürzten sich in die Flammen und verglühten.

Aber so viele es auch waren – ihre Zahl schien kein Ende zu nehmen. Die brodelnde graue Wolke über unseren Köpfen wurde nicht kleiner, sondern schien sich im Gegenteil noch zu verdichten, dunkler und schwerer zu werden.

Und dann hörte ich das Geräusch. Es war nicht das Summen und Schleifen der Motten, sondern ein tiefes, gequältes Keuchen und Ächzen, ein steinerner Laut, als schrien die Häuser entlang der Straße vor Entsetzen auf. Plötzlich ertönte ein schmetternder, ungeheuerlicher Schlag, und durch das Wirbeln und Wabern der Mottenschwärme sah ich, wie der Dachstuhl eines der benachbarten Gebäude wie in einer grotesk verlangsamten Bewegung in sich zusammensank, wie Risse, schwarzen Spinnenfingern gleich, die Wände des Hauses spalteten, Fenster und Türen zu grauem Staub zerfielen ...

Das Haus alterte ...

Und der Prozess beschränkte sich nicht nur auf dieses eine Gebäude. Wie die Zeichen einer ansteckenden, mit unglaublicher Geschwindigkeit um sich greifenden Krankheit breitete sich der Verfall aus, griff auf andere Gebäude über, ließ den Straßenbelag stumpf und rissig werden. Überall, wo die Motten Stein oder Holz berührten, zerfiel dies in grotesker Schnelligkeit, spulten sich Jahre in Sekunden, Jahrzehnte in Minuten ab. Und der Prozess wurde schneller!

»Robert!«, brüllte Howard. Seine Stimme überschlug sich fast. Ich hatte niemals einen Ausdruck solch überwältigender Panik in der Stimme eines Menschen gehört. »Er lebt! Er lebt noch!«

Aus dem brennenden Haus hinter uns ertönte ein gellender Schrei, und als ich herumfuhr, bot sich mir ein furchtbarer Anblick.

Die Flammenwand, die das Haus verschluckt hatte, hatte sich geteilt. Unter der rauchgeschwärzten Tür war eine Gestalt erschienen, die Gestalt eines Mannes – jedenfalls nahm ich an, dass es ein Mann war.

Sein Gesicht war nicht mehr zu erkennen.

Er schrie, torkelte auf uns zu, in eine Feuersäule gehüllt.

Ich hatte den Mann noch nie zuvor in meinem Leben gesehen, und trotzdem wusste ich sofort, wen ich vor mir hatte. Dieser Mann war DeVries, der geheimnisvolle *Animal-Master*, den Howard bei seinem Gespräch mit dem Fremden erwähnt hatte! Er musste sich irgendwo im Haus verborgen gehalten haben, um Howard zu erwarten.

Als Rowlf den Brand gelegt hatte, war es zu spät für ihn gewesen, zu fliehen. Vielleicht hatte er auch versucht, sich mit seiner unheimlichen magischen Macht zu schützen, aber wenn, dann hatte sie versagt.

Schreiend taumelte er durch die wabernde Flammenwand, fiel auf die Knie, schleppte sich weiter auf uns zu.

Nicht ein Quadratzentimeter seiner Haut war von den Flammen nicht gezeichnet.

Und trotzdem lebte er.

Der furchtbare Anblick schlug mich so in seinen Bann, dass ich fast zu spät reagierte. Der Mann kroch auf mich zu, hob die Hände in einer beschwörend wirkenden Geste und schrie ein einzelnes, unglaublich lautes Wort.

Eine schwerfällige Bewegung ging durch die Masse der Mördermotten. Wie ein einziges, gigantisches Wesen zuckte die Wolke, formierte sich neu und stürzte sich auf mich.

Ein unhörbares Knistern ging durch die Luft. Ich spürte, wie sich die Zeit um mich herum zu biegen und zu winden begann, wie Jahrhunderte zu Sekunden zusammenschrumpften, wie mein Leben komprimiert wurde.

Meine Hand zuckte in einer Bewegung, die nicht meinem Willen entsprang, unter meinen Mantel, schmiegte sich um den Griff des Stockdegens und riss ihn aus seiner Umhüllung. Die Motten kamen näher. Ich fühlte, wie mein Leben zu zerbrechen begann, aufgesogen von Millionen der winzigen Tiere, die mir meine Zeit stahlen.

Der Degen zuckte nach vorne, schnitt mit einem reißenden Geräusch durch den Stoff meines Mantels und zielte wie ein stählerner Blitz auf DeVries' Herz. Eine sanfte, unendlich leichte Hand schien mich im Nacken zu berühren, dann im Gesicht, auf den Händen, den Schultern. Die Welt um mich herum wurde grau, versank in einem Strudel grauer, flatternder, schlagender Flügel und rasend schnell verstreichender Zeit.

Die Klinge des Stockdegens bohrte sich in DeVries' Brust.

Der Magier erstarrte. Seine vom Feuer getrübten Augen weiteten sich. Er brach vollends zusammen, stemmte sich noch einmal auf die Hände und tastete mit einer fast erstaunt wirkenden Bewegung nach der täuschend kleinen Wunde über seinem Herzen.

Und im gleichen Moment verschwanden die Motten.

Wie ein Spuk hoben sich die winzigen Tierchen wieder in die Luft, das sanfte Streicheln ihrer Schwingen und Fühler verschwand, und wieder hörte ich dieses mächtige, seidige Rauschen und Wispern, als sie sich erneut zu einem gewaltigen Schwarm formierten.

Aber es war nichts Tödliches, nichts Übernatürliches mehr in ihrem Tanzen und Flattern. Ihr Fluch war erloschen, das spürte ich mit absoluter Sicherheit. Plötzlich, von einer Sekunde auf die andere, waren sie wieder das, was sie immer gewesen waren. Nichts als kleine, hässliche Tiere.

DeVries starb kaum eine Minute später, aber es war nicht meine Macht gewesen, die ihn vernichtet hatte, so wenig, wie die Bewegung des Degens in Wahrheit meinem Willen entsprungen war.

Weder Howard noch Rowlf hatten es gesehen, und ich würde mich hüten, ihnen jetzt oder zu irgendeinem anderen Zeitpunkt etwas davon zu berichten, aber ich hatte den kleinen, fünfzackigen Stern aus grauem Stein gesehen, der in seinen kristallenen Knauf eingelassen war, den *Shoggotenstern,* dieses uralte, magische Ding, das für einen Moment die Kontrolle über mein Handeln übernommen und letztlich auch DeVries vernichtet hatte. All seine furchtbare magische Macht vermochte ihn nicht mehr zu retten, nachdem ihn die Klinge des Degens getroffen hatte.

Er starb in meinen Armen, aber während seiner letzten Sekunden ging eine Veränderung mit ihm vor, etwas, das nicht mit Worten zu beschreiben, wohl aber zu spüren war.

Es war, als fiele die dunkle, dämonische Aura, die ihn umgeben hatte, wie ein getragenes Kleidungsstück von ihm ab. Im gleichen Maße, in dem das Leben aus seinem Körper wich, wurde er wieder zum Menschen.

Seine Augen waren klar, als ich mich über ihn beugte.

Und dann formte sein zerstörter Mund Worte ...

Seine Stimme klang schrecklich, verzerrt und schrill und von einem rasselnden, grässlich feuchten Geräusch begleitet, aber er sprach, und so sehr ich mich dagegen zu wehren versuchte, ich *verstand die* Worte, die er flüsterte.

»Necro ... nomicon«, flüsterte er. »Die ALTEN. Amster ... dam ... Geht nach ... Amsterdam ... Keine Zeit zu ... verlieren. Es ... kommt näher und ...«

Er bäumte sich auf, krümmte sich.

»Es ... stärker«, keuchte er. »Immer ... stärker ... das Buch ... müsst Amsterdam ... Van Dengsterstraat ... Geht zur ... Van Dengsterstraat.«

Dann starb er.

Lange, endlos lange blieb ich reglos sitzen und hielt seinen erschlafften Körper in den Händen, bis mich Rowlf schließlich an der Schulter berührte und mir mit Zeichen zu verstehen gab, dass wir gehen mussten.

Ich nickte, stand mühsam auf und ging zu Howard hinüber, der noch immer in unveränderter Haltung auf den Knien hockte und aus ungläubig aufgerissenen Augen auf den toten Magier starrte.

»Wir müssen gehen, Howard«, sagte ich. Er reagierte nicht, und so fügte ich hinzu: »Es ist vorbei, Howard.«

Er sah auf. Sein Gesicht wirkte wie eine Maske; starr und blass. »Vorbei?«, murmelte er. »O nein, Robert, es ist nicht vorbei.«

»DeVries ist tot.«

Er schluckte, schüttelte plötzlich den Kopf und schlug meine Hand zur Seite. »Es ist nicht vorbei, Robert«, wiederholte er. »Sie ... werden einen anderen DeVries schicken.«

Ich widersprach nicht, sondern zwang ihn mit sanfter Gewalt, sich zu erheben und zwischen mir und Rowlf zum Wagen zurückzugehen. Aber kurz bevor wir einstiegen, blieb er noch einmal stehen und blickte zu dem brennenden Haus zurück.

»Wir müssen fort«, murmelte er. »Du hast ... gehört, was er gesagt hat.«

Ich nickte. »Amsterdam. Was ist dort?«

Howard schien meine Frage gar nicht zu hören, und so fuhr ich nach einer Weile fort: »Du willst noch immer nach Paris?«

Howard nickte. »Ich muss, Robert. Jetzt erst recht. Sie werden nicht aufgeben.«

Ich widersprach nicht. DeVries war tot, aber wenn das, was Rowlf mir gesagt hatte, auch nur zur Hälfte wahr war, dann konnten sie hundert DeVries' schicken, um Howard zu vernichten. Nein – er musste nach Paris. Jetzt erst recht.

Aber ich würde ihn nicht begleiten. Vielleicht noch ein kurzes Stück, vielleicht sogar noch auf dem Schiff, das uns zum Festland brachte, aber dann würden sich unsere Wege trennen.

Howard würde nach Paris gehen, um sich den Männern zu stellen, die ihm dieses Ungeheuer hinterhergeschickt hatten, und wenn es mir irgendwie möglich war, würde ich ihm folgen und versuchen, ihm in diesem ungleichen Kampf beizustehen.

Aber vorher musste ich in eine andere Stadt. Zu einem Ort, von dem ich nicht wusste, ob es ihn überhaupt gab, und wenn, was mich dort erwarten mochte.

In eine ganz bestimmte Straße in Amsterdam ...

Labyrinth der weinenden Schatten

Es war alt, uralt und voller Gier noch Leben. Die Quelle dämonischer Kraft tief im Inneren seines monströsen Leibes, sein im Takt der Zeit pulsierendes Herz, der dunkle Keim seines Selbst, war voller Gier und Hunger. Einem Hunger, der niemals zu stillen war.

Es tötete, es verschlang und fraß und nahm die Dinge in sich auf, deren es auf seinem Weg durch die Ströme der Zeit habhaft werden konnte, versuchte seine Gier an den Auren lebendiger Geschöpfe und an den so seltenen Trägern reiner Magie zu stillen.

Und nun schloss sich seine Falle wieder um ein Opfer. Ein ganz besonderes Opfer diesmal. Eines, auf das es lange, sehr lange gewartet hatte …

»Die Stele der GROSSEN ALTEN! Endlich! Arne, wir haben es geschafft!« Mit einem begeisterten Ausruf eilte Magnus Morjaerd auf den grauen Stein zu, der in der Mitte des sonst leeren, sternförmigen Raumes stand. »Wir haben es geschafft, Arne! Geschafft!« Seine Stimme zitterte vor Erregung, und seine Bewegungen, sonst eher behäbig und langsam, waren mit einem Male hektisch und voll kaum noch unterdrückter Nervosität und Ungeduld.

Arne Sten konnte den Triumph seines Herrn nicht ganz teilen; im Gegenteil. Das Gefühl dumpfer, substanzloser Bedrohung, das Unwohlsein, das er die ganze Zeit schon gespürt hatte, wurde mit jedem Moment stärker. Sein Herz schlug schnell, und seine Finger kribbelten, als würden unsichtbare Ameisen über seine Haut rennen.

Er blieb an der Tür stehen und starrte misstrauisch auf den – doppelt mannshohen Findling, der das Ziel ihrer Suche war. Ohne dass er einen Grund dafür nennen konnte, erfüllte ihn der Anblick mit fast körperlichem Unbehagen. Die Linien und Konturen des Steines waren … falsch. Falsch und verdreht, als wären sie nach den Regeln einer Geometrie erschaffen, die anders als die war, die er kannte. Und er schien … *zu leben,* dachte Arne schaudernd.

Eben hatte das Ding noch bis auf drei halbkugelförmige Auswüchse vollkommen glatt gewirkt. Jetzt aber zeigten sich auf dem grauen Stein von einem Augenblick auf den anderen bizarre Linien, die tief in die Oberfläche des Gebildes eingeschnitten waren oder sich wie ungefüge Schlangen aus ihm emporwölbten. Form und Farbe des Steins schienen sich in jeder Sekunde zu verändern, und Morjaerds Diener hatte den Eindruck, als sei er mit einer Art unheilvoller, tückischer Intelligenz erfüllt; ein böses, steinernes Grinsen, mit dem er die beiden Eindringlinge lautlos verhöhnte.

Aber nicht allein die Kuppel wirkte bedrohlich. Der ganze Raum schien in eine giftige schwarze Wolke gehüllt, die wie der heiße Atem eines Höllenhundes um Arnes Glieder strich. Irgendwo im Hintergrund glaubte er ein höhnisches, selbstzufriedenes Kichern zu hören.

Arne zuckte zusammen und sah sich rasch und erschrocken um. Morjaerd schien das Geräusch nicht zu bemerken, doch Arne war sicher, es sich nicht eingebildet zu haben.

Aber sein Herr schritt langsam um den Stein herum und streckte die Hand aus, als ob er ihn streicheln wollte. Dann rieb er sich nervös die Hände und drehte sich ungeduldig zu seinem Diener um.

»Arne, wo bleibst du denn? Gib mir endlich die Tasche!«

»Meister, bitte, lasst uns gehen!«, flüsterte Arne. Voller Angst ließ er die Tasche auf den Boden fallen. Das Geräusch hallte dumpf in der Stille des Raumes wider. »Hier ist es nicht geheuer! Hier lauert etwas Böses!«

»Gehen?«, keuchte Morjaerd. »Bist du verrückt geworden? Ich stehe hier vor der Krönung meines Lebens! Soll ich etwa so kurz vor dem Ziel aufgeben und dies alles zurücklassen?«

»Ja, Herr! Ich bin sicher, Ihr geht zu weit! Ich fühle es, ich ...«

»Was ist denn jetzt auf einmal mit dir los? Vertraust du mir plötzlich nicht mehr?« Morjaerd lächelte, gleichzeitig voller Verachtung und voller Verständnis. Aber es war die Art von Verständnis, die man einem Idioten oder einem dummen Tier entgegenbringt.

»Arne, erinnere dich daran, wer ich bin! Ich habe die geheime Magie der ägyptischen Pharaonen studiert. Ich bin in den Dschungel von Guatemala eingedrungen, um die Mysterien der Maya-Priester zu enträtseln und meinen magischen Kompass zu finden. Ich habe mir Kenntnisse und Fähigkeiten angeeignet, die kein zweiter Mensch auf dieser Erde besitzt. Und das soll ich alles umsonst getan haben, nur weil du nach all den Jahren an meiner Seite plötzlich die Hose voll hast? Arne Sten ...« Er seufzte und schüttelte tadelnd den Kopf. »Ich bin enttäuscht von dir!« Morjaerd streifte sein Faktotum mit einem verächtlichen Blick und kam zurück, um seine Tasche selbst zu holen.

Einen Augenblick verharrte er noch in der stolzen Pose, die Arne so gut kannte, dann öffnete er die Tasche. Als Erstes zog er einen weiten Talar hervor, dessen roter Samt über und über mit kabbalistischen Symbolen bestickt war, und schlüpfte hinein.

Dann hängte er sich eine Kette aus einem Metall, von dem Arne wusste, dass es weder aus den Tiefen der Erde noch aus den Weiten des bekannten Himmels stammte, um den Hals. Ein blutroter Widderkopf hing an der Kette, und das gleiche Symbol schmückte auch den Ebenholzstab, den er zuletzt aus der Tasche nahm.

»Freue dich, Arne, mein getreuer Servant, denn du wirst Zeuge eines Zaubers, den bisher noch kein Mensch gewoben hat«, rief er mit sonorer Stimme. »Dort drinnen«, er zeigte mit seinem Stab auf die Kuppel, »dort drinnen liegt der Schlüssel zur Macht! Und er wird mir, Magnus Morjaerd, dienen!«

Unter allen anderen Umständen hätten die Worte theatralisch und albern geklungen. Jetzt erfüllten sie Arne mit einer Angst, die er sich selbst nicht erklären konnte. In den Augen seines Meisters loderte ein Feuer, das er noch nie zuvor an ihm beobachtet hatte.

Während Arne Sten hilflos die Hände rang und ihm das Grauen mehr und mehr die Kehle zuschnürte, zog sein Meister mit fluoreszierender Kreide einen Kreis um den lebenden Stein.

Danach schritt er, unruhig den Boden absuchend, durch den Saal und malte schließlich ein fünffarbiges Pentagramm auf eine Stelle, an der die Reste eines verwaschenen Symboles zu sehen waren; vielleicht auch nur eine natürliche Maserung im Stein, das konnte Arne nicht so genau unterscheiden. Er wollte es auch gar nicht. Alles, was er wollte, war, von diesem Ort zu verschwinden, so rasch und so weit fort wie nur möglich.

Arne kam es vor, als trete dieses Symbol im gleichen Augenblick, in dem Morjaerds Pentagramm geschlossen wurde, deutlicher aus dem Grund und begänne zu zittern. Doch es lag keine Furcht in diesem Beben, das fühlte er genau. Eher eine gierige Vorfreude und ein dunkles Verlangen, wie es auch aus allen Ritzen und Winkeln des Raumes herauskroch und sie lauernd umschlich.

Warum nahm das der Meister denn nicht wahr?, dachte er entsetzt. Er musste doch sehen, was um ihn vorging!

Er wollte Morjaerd eine Warnung zuschreien, doch er brachte nur ein unverständliches Stammeln hervor. Er streckte die Arme aus und wollte zu ihm hinlaufen, ihn aus der Mitte des Pentagramms wegzerren, fort von diesem schrecklichen, bösen, namenlosen *Etwas,* das dort lauerte ...

Doch er kam nicht mehr dazu. Wieder glaubte er dieses dunkle, böse Kichern zu hören, und im selben Moment wallte eine schwarze Wand rings um ihn auf und hüllte ihn ein wie undurchdringlicher Nebel.

Eine entsetzliche Kälte begann durch seine Poren zu dringen und machte sich in seinen Gliedern breit. Gleichzeitig wurde ihm so heiß, dass ihm der Schweiß in Strömen über die Stirn und den Rücken rann.

Seine Beine knickten unter ihm weg, er taumelte, griff Halt suchend um sich und stürzte als hilfloses Bündel auf den Boden des Zimmers. Durch das Wallen und Wogen des schwarzen Nebels glaubte er Dämonenfratzen in den Raum quellen zu sehen, scheußlich verzerrte Visagen, die sich aus jedem Stein und jedem Stück Holz herausschälten und von Sekunde zu Sekunde deutlicher wurden.

Dann drang die Stimme seines Meisters in seine Gedanken. Morjaerd hatte mit seiner Beschwörung begonnen, dachte Arne entsetzt. Er schien nicht einmal bemerkt zu haben, was mit seinem getreuen Diener geschehen war!

Ein leichtes Summen drang aus dem Stein, und einer der drei Buckel, die aus der Stele herausstanden, drehte sich knackend um seine Achse. Es klang wie ein Kanonenschuss, der von den Wänden widerhallte und den Magier aus seiner Konzentration riss.

Jetzt erst bemerkte Morjaerd den schwarzen Nebel, der nun auch ihn umgab und gierig an seiner Kutte zerrte. Mit einem Schrei wollte er zurückspringen, doch seine Füße waren wie auf dem Boden festgenagelt. Seine Augen weiteten sich vor Entsetzen, und aus seiner Kehle brach ein gellender, unmenschlicher Schrei.

Aber er verhallte ungehört. So wie all die anderen Schreie, die vorher die unheilige Stille der Kammer durchbrochen hatten ...

»Tut mir leid, Mijnheer – ich kann Ihnen nicht sagen, wo Sie die Van Dengsterstraat finden. Amsterdam ist groß, wissen Sie?« Der Portier lächelte Verzeihung heischend, reichte mir den Zettel, auf den ich die Adresse geschrieben hatte, über die Theke zurück und fuhr sich mit der Linken durch das schwarze, ölig glänzende Haar.

Enttäuscht faltete ich das Blatt wieder zusammen und wandte mich um; mit einer Mischung aus Resignation und langsam stärker werdendem Zorn. Trotz der frühen Stunde herrschte in der hohen, verschwenderisch ausgestatteten Hotelhalle bereits ein unablässiges Kommen und Gehen, und der Portier sprach bereits wieder mit einem der anderen Gäste; schnell und in unverständlichem holländischen oder belgischen Gebrabbel – für mich machte das keinen Unterschied; ich verstand beides nicht.

So wenig, wie ich diese Stadt verstand, genauer gesagt, die Leute, die sie bewohnten. Nach allem, was ich auf der Überfahrt und auch vorher schon über Amsterdam gehört hatte, hatte ich eine freundliche, vor Leben sprudelnde Stadt mit netten Menschen erwartet.

Nun – was die Stadt anging, waren meine Erwartungen fast übertroffen worden; was die Menschen anging, nicht. Ich war seit drei Tagen in Amsterdam. Den ersten Tag hatte ich zusammen mit Howard damit verbracht, unser weiteres Vorgehen zu besprechen (und mich von ihm zu verabschieden, was den allergrößten Teil der darauffolgenden Nacht und vier Flaschen Genever in Anspruch genommen hatte), die beiden anderen damit, die Van Dengsterstraat zu suchen.

Bisher allerdings vergeblich. Ich hatte am Hauptbahnhof einen Stadtplan erstanden, aber die Straße, die uns der sterbende Templer genannt hatte, war nicht darauf eingetragen – was kein Wunder war, denn Amsterdam wuchs in den letzten Jahren schneller, als die Kartenzeichner und Verlage mithalten konnten.

Danach hatte ich angefangen, auf andere Weise nach der Van Dengsterstraat zu suchen; zuerst auf dem üblichen Wege, in dem ich mich bei Droschkenfahrern und Kutschern erkundigte, später beim Hotelportier – nicht dem, der jetzt Dienst tat, sondern seinen Vorgängern –, dann bei der Polizei, im Rathaus, schließlich sogar bei einer Spedition.

Und alles war vergeblich gewesen. Es war nicht so, dass es die Van Dengsterstraat nicht gab – auch diese Möglichkeit hatte ich nach meinen ersten enttäuschenden Erlebnissen in Betracht gezogen –, sondern vielmehr, dass man mir nicht sagen wollte, wo sie war. Ich spürte ganz deutlich, wie die Männer und Frauen, die ich nach dem Weg fragte, innerlich zusammenfuhren, wenn sie den Namen auch nur hörten. Und ich hätte nicht unbedingt ein Magier sein müssen, um zu erkennen, dass ihr gebrabbeltes *Kannitverstan* oder *Weißichnicht* gelogen war.

Und mir blieben noch genau zwei Tage, um die Van Dengsterstraat zu finden und herauszubekommen, wovor uns DeVries im Augenblick seines Todes hatte warnen wollen, wenn ich pünktlich in Paris ankommen wollte, um mich mit Howard zu treffen.

Nein – ich hatte bisher bewusst darauf verzichtet, eines meiner besonderen Talente in die Waagschale zu werfen; aber es sah ganz so aus, als bliebe mir jetzt keine andere Wahl mehr, wollte ich die Mauer des Schweigens, gegen die ich bisher angerannt war, brechen.

Plötzlich hatte ich es sehr eilig. Rasch durchquerte ich die Halle und verließ das Hotel, ohne meine Zeit mit dem ausgiebigen holländischen Frühstück zu vergeuden. Es war ohnehin erst neun Uhr vormittags. Zu so nächtlicher Stunde hätte ich sowieso nicht mehr als eine Tasse Kaffee und ein Marmeladenbrötchen vertragen.

Ich lief auf die Straße und winkte einen Kutscher herbei. Der Wagen hielt schwerfällig, und der Mann auf dem Bock beugte sich herab. »Wohin kann ich Sie hinbringen, Mijnheer?«, fragte er höflich.

Ich zögerte einen Moment, dann zauberte ich den unschuldigsten Ausdruck der Welt auf mein Gesicht, nannte ihm in perfekt geschauspielertem, geistesabwesenden Ton die Van Dengsterstraat und wollte einsteigen.

Aber ich wollte es nur.

Der Kutscher beugte sich mit einer blitzschnellen Bewegung vor, fauchte irgendetwas auf Holländisch und stieß mir ziemlich grob den Peitschenstiel vor die Brust. Seine Wangenmuskeln zitterten so stark, dass er kaum sprechen konnte.

»Tut mir leid, Mijnheer«, sagte er. »Aber dort fahre ich Sie nicht hin!«

»Doch«, antwortete ich, so ruhig ich konnte. »Das werden Sie, mein Freund. Ich bin ganz sicher.«

Ich hatte ganz leise gesprochen, aber es waren auch nicht meine Worte, auf die es ankam. Im gleichen Moment, in dem mich der Kutscher ansah, bannte ich seinen Blick, brach seinen geistigen Widerstand und befahl ihm mit aller suggestiven Macht, meinen Befehlen zu gehorchen.

Der Droschkenlenker erstarrte mitten in der Bewegung. Sein Unterkiefer klappte herunter, und seine Gesichtsmuskeln erschlafften, als hätte er plötzlich nicht mehr die Kraft, sie unter Kontrolle zu halten. Mit einem Male war sein Blick leer.

»Haben Sie mich verstanden?«, fragte ich.

Er nickte, sehr langsam und so steif, als koste ihn selbst diese kleine Bewegung unendliche Mühe.

»Sie werden mich in die Van Dengsterstraat fahren, nicht wahr?«

»Ich werde Sie in die ... Van Dengsterstraat fahren«, antwortete der Kutscher.

Und als ich in seine Augen sah, erblickte ich das Grauen. Es war eine Furcht, viel tiefer, als ich sie jemals bei einem Menschen gesehen hatte; ein Grauen, das ihn selbst jetzt an den Rand des Zusammenbruches trieb.

Es war nicht die Angst vor mir, wie ich im ersten Moment glaubte. Trotz des suggestiven Bannes, in dem ich sein Bewusstsein hielt, löste allein die Erwähnung der Van Dengsterstraat eine fast panische Angst in ihm aus.

Erschrocken löste ich meinen geistigen Griff, trat einen halben Schritt von der Kutsche zurück und sah den Mann mit einer Mischung aus Bestürzung und Unverständnis an. Er machte mir nichts vor; das konnte er gar nicht. Nein – sein Schrecken war echt.

Der Kutscher blieb noch eine Sekunde lang wie gelähmt und in sonderbar erstarrter Haltung auf seinem Bock hocken, dann stieß er einen keuchenden Schreckenslaut aus, schwang seine Peitsche und raste davon.

Verstört blickte ich der Kutsche nach. Es wäre mir ein Leichtes gewesen, den Mann zurückzurufen; selbst jetzt noch. Aber ich tat es nicht. Ich hatte nicht nur die Macht meines Vaters geerbt, sondern mit ihr auch Verantwortung. Es stand mir nicht zu, einem Menschen eine solche Qual zu bereiten, wie ich sie in seinen Augen gelesen hatte.

Aber warum?, dachte ich verwirrt. Was war in dieser Van Dengsterstraat, dass der bloße Gedanke daran einen Menschen halbwegs in den Wahnsinn trieb?

Erst nach einigen Augenblicken bemerkte ich den Passanten, der neben mir stehen geblieben war. Es handelte sich um einen kleinen, verhutzelten Mann, der einen schlecht sitzenden und selbst für Amsterdamer Verhältnisse mehr als altmodischen Anzug trug und dessen spitzes Gesicht mich irgendwie an eine Ratte erinnerte. Seine Augen waren fast ohne Pupillen.

»Habe ich recht gehört, Mijnheer? Sie suchen die Van Dengsterstraat? Da kann ich Ihnen ganz sicher helfen«, sagte er und entblößte seine gelben Zähne zu einem widerlichen Grinsen. Die kleinen, roträndert Augen starrten mich so lauernd an, als wolle er mein Innerstes nach außen kehren, um zu untersuchen, wie er mich am besten übers Ohr hauen konnte.

Der Kerl gefiel mir ebenso wenig wie ein Kilo Arsen zum Frühstück. Aber ich war viel zu verwirrt und betäubt von der extremen Reaktion des Kutschers, um den Gedanken zu Ende zu verfolgen. Und es war das erste Mal, dass ich jemanden traf, der wenigstens zugab, diese Straße zu kennen.

Der Fremde deutete mein Schweigen wohl als stumme Aufforderung weiterzureden, und kam ihr nach. »Sie haben Ihre Suche an der falschen Stelle begonnen, Mijnheer. In diesem vornehmen Viertel werden Sie vergebens nach jemandem suchen, der Sie zur Van Dengsterstraat fährt. Da müssen Sie schon in die Nähe des Hafens gehen und sich von einem Kahnführer hinbringen lassen.«

Er deutete eine Verbeugung an, die mir ziemlich grundlos erschien, und fuhr verschlagen fort: »Darf ich Ihnen den Schiffer Nies empfehlen? Sie finden ihn an der St.-Vincentius-Brücke!«

Mit einem Kichern lüftete der Mann seinen Hut und schlurfte die Straße hinab. Er ließ mich mit dem Gefühl zurück, dass er mehr über diese geheimnisvolle Adresse wusste, und so rief ich ihm nach.

»He! Sie da! Warten Sie! Ich habe noch eine Frage!«

Der Fremde ging unbeeindruckt weiter. Ich rief noch einmal nach ihm, aber mein geheimnisvoller Helfer schien ganz plötzlich mit Taubheit geschlagen zu sein.

Als ich hinter ihm herlief, begann auch er zu rennen. Er musste Augen im Hinterkopf haben, denn ganz gleich, wie schnell oder wie langsam ich mich bewegte, er passte sich immer meinem Schritt an, obwohl er sich kein einziges Mal nach mir umdrehte.

Zuerst rannte er immer geradeaus an der Gracht entlang, und ich dachte schon, er wolle schnurstracks zum Hafen laufen. Doch mit einem Mal bog er ohne jede Vorwarnung in eine schmale Lücke zwischen zwei Häusern ein.

Keine fünf Sekunden später erreichte ich die Gasse ebenfalls und schaute hinein.

Sie war wie leergefegt. Von dem kleinen Mann mit dem Rattengesicht war nichts mehr zu sehen.

Meine Unachtsamkeit verwünschend, ging ich zweimal zwischen den tür- und fensterlosen Mauern auf und ab, ohne jedoch die geringste Spur von dem Mann zu finden. Schließlich gab ich die Suche auf und machte mich zur St.-Vincentius-Brücke auf, im Stillen auf eine neuerliche, endlose Odyssee durch diese Stadt gefasst. Aber zu meiner größten Verwunderung fand ich sie wenige Schritte hinter der Einmündung der Gasse, in der der rattengesichtige Mann verschwunden war. Und mit einem Mal war ich ganz sicher, dass er nicht zufällig in diese Richtung gelaufen war ...

Ein unbestimmtes Gefühl hielt mich davon ab, sofort nach dem Schiffer Nies zu fragen. Ich stieg zu einem Steg hinab, an dem einige nicht besonders Vertrauen erweckende Bootsleute herumlungerten, wartete, bis sie mit ihrer stummen Musterung fertig waren, und forderte dann einen von ihnen auf, mich zur Van Dengsterstraat zu bringen.

Er erbleichte, sah mich einen Herzschlag lang wie einen Verrückten an, spie wortlos seinen Priem ins Wasser der Gracht, sprang in seinen Kahn und ruderte wortlos davon.

Der nächste Schiffer, den ich fragte, machte erschrocken das Kreuzzeichen.

Dem dritten, der gerade anlegte, fielen vor Schreck die Riemen aus der Hand.

Und so weiter.

Nies sah aus wie ein alter Pirat, dem es auf das eine oder andere Menschenleben nicht ankommt. Sein Gesicht war eine Ruinenlandschaft aus Narben und tiefen, von Salzwasser und Wind eingegrabenen Linien, und der Blick seiner eng beieinander stehenden, trüben Augen ließ mich innerlich frösteln.

Trotzdem wurde auch er kreidebleich, als ich ihm mein Fahrziel nannte. Erst nach einem tüchtigen Schluck aus dem Geneverkrug, den er unter seiner Sitzbank stehen hatte, fasste er sich wieder so weit, dass er »Macht zehn Gulden« murmeln konnte.

Für einen Moment wusste ich nicht, ob ich aus der Haut fahren oder ihn schlichtweg auslachen sollte. »Wie bitte?«, fragte ich. »Sagten Sie – *zehn Gulden,* Mijnheer? Bei allem Verständnis, aber dafür kann ich ja Ihren Kahn kaufen.«

»Sie können ja wieder aussteigen!«, antwortete er mit einer

Stimme, der ich anmerkte, dass ihm das wirklich am liebsten gewesen wäre. »Vielleicht schwimmen Sie lieber hin. Oder Sie zahlen fünfzehn Gulden.«

Ich ächzte. »Fünfzehn? Gerade waren es noch zehn!«, begehrte ich auf.

Nies schüttelte mit steinerner Miene den Kopf. »Sie irren sich, Mijnheer. Gerade waren es *zwanzig*. Jetzt sind es *fünfundzwanzig*.«

Ich starrte ihn an, schluckte die Bemerkung, die mir auf der Zunge lag, herunter und beeilte mich, zustimmend zu nicken und ihm zuzulächeln, als hätte er mir eine Freude gemacht – ehe sein Preis eine Höhe erreicht hatte, für den ich die komplette Van Dengsterstraat kaufen konnte. Eine unbestimmte Ahnung sagte mir, dass ich selbst für die zehnfache Summe keinen zweiten Bootsmann finden würde, der mich zur Van Dengsterstraat fahren würde.

»Abgemacht«, murmelte ich.

Nies sah mich mit zusammengekniffenen Lidern an, musterte mich noch einen Herzschlag lang mit gierigem Blick, dann löste er die Kette, mit der der Kahn am Ufer befestigt war, und lenkte ihn mit gemächlichen Ruderschlägen in die Gracht hinaus.

Das Boot gefiel mir noch weniger als sein Besitzer, so alt und morsch war es. Verfaultes Bilgenwasser schwappte auf seinem Boden hin und her und spritzte auf meinen Mantel. Ein Tropfen streifte meine Wange. Ich wischte angewidert mein Gesicht ab und sah dann auf die Gracht hinaus. Der Dreck, der am Ufer lag, die verrotteten Fischerkähne und schmierigen Hausboote rechts und links und der Gestank, der vom Wasser hochstieg, zeigten deutlich, dass wir in kein sehr vornehmes Viertel dieser Stadt hineinfuhren. Trotzdem hätte ich nicht so angeekelt sein dürfen. Es war eine Gegend wie diese, in der ich aufgewachsen war und die meisten Jahre meiner Jugend verbracht hatte. Und es war noch nicht einmal sehr lange her …

Wir kamen an einigen halb verfallenen Häusern vorbei und bogen schließlich in eine schmale Gracht ein, die auf beiden Seiten von hohen grauen Mauern eingeschlossen war. Ich fühlte eine seltsame Anspannung, die jedoch nicht aus mir selbst kam, sondern irgendwie von diesen Wänden ausging. Häuser können im Laufe der Zeit Eigenleben entwickeln, ähnlich wie alte Bäume und gewisse Landschaften. Doch das, was ich hier wahrzunehmen glaubte, ging weit über jedes normale Maß hinaus, und es bedeutete nichts Gutes. Für einen Moment verglich ich das Gefühl mit dem finsteren Hauch, der das

Haus meines Vaters am Ashton Place in London umgab, den Odem der Magie und verbotenen Macht, der sich in seinen uralten Mauern eingenistet hatte.

Aber der Vergleich stimmte nicht. Das hier war etwas anderes. Etwas ganz anderes.

Ich roch förmlich das Böse hinter dem Moder, der aus den schief in den Angeln hängenden Fenstern herauswehte, den unsichtbaren Griff dunkler, dräuender Mächte, als blickten die glaslosen Fensterrahmen beiderseits der Gracht wie erloschene Augen auf den Fremden herab, der sich in ihren Machtbereich verirrt hatte. Unwillkürlich stand ich auf.

Dabei übersah ich, wie das Boot auf eine niedrige Brücke zufuhr, und knallte mit dem Kopf unsanft gegen die Steine. Als ich wieder mehr als kreisende Sterne vor meinen Augen sehen konnte, fand ich mich in der fauligen Brühe zwischen den Spanten wieder. Heute war wirklich nicht mein Glückstag.

Spott funkelte aus den Augen des Schiffers, als ich auf die Knie kam und meinen schmerzenden Schädel betastete.

»Sie hätten mich ja auch warnen können!«, murmelte ich. »Oder ist das zu viel verlangt für fünfundzwanzig Gulden?«

Nies grinste, sagte ungerührt: »Dreißig« und brachte den Kahn mit ein paar kräftigen Ruderschlägen neben der Brücke zum Halten. Erneut schluckte ich die wütende Antwort, die mir auf den Lippen lag, herunter. Nies hätte ohnehin nur mit »Fünfunddreißig« oder »Vierzig« geantwortet.

»Dort ist die Van Dengsterstraat«, quetschte er zwischen den Zähnen hervor und deutete mit dem Daumen nach vorne.

Ich nickte ärgerlich, streifte den Dreck so gut es ging von meinem Mantel und meiner Hose und stieg ans Ufer.

Nies wartete stumm, bis ich ihn bezahlt hatte, dann stieß er seinen Kahn ab und legte sich so wild in die Riemen, dass sich die Schäfte bogen. Er ruderte nicht einfach davon, er floh ...

Nachdenklich sah ich mich um. Die Van Dengsterstraat wirkte wie eine Scharte, die ein Riesenschwert in die düsteren Mauern geschlagen hatte: finster und hart, mit scharfen, wie mit wütenden Messerstrichen gezogenen Kanten und Linien. Ich suchte vergebens nach einem Stück blauen Himmels über ihr. Ich war in eine höhlenähnliche Schlucht geraten, in die sich seit Jahrhunderten kein Sonnenstrahl mehr verirrt hatte.

Von den meisten Häusern war der Verputz abgeblättert. Einige der alten Bruchsteinmauern waren unter ihrem Gewicht zusammengestürzt und nur notdürftig repariert worden, und auf der Straße türmte sich der Schutt. Er stank nach menschlichen Ausscheidungen und Fäulnis, und an einer Wand lag der halb verfaulte Kadaver eines dürren Hundes.

Ganz langsam begann ich zu begreifen, warum außer Nies niemand bereit gewesen war, mich hierher zu bringen. Die Straße war nicht nur eine Beleidigung für Auge und Nase, sie schien mir ein wahres Paradies für Straßenräuber zu sein. Ich bedauerte, zu meinem Stockdegen nicht noch einen Revolver mitgenommen zu haben. Doch es war zu spät, sich jetzt noch anders zu besinnen. Also fasste ich meinen Spazierstock fester und trat beherzt auf die erstbeste Tür zu. DeVries hatte mir zwar den Straßennamen, nicht aber die Hausnummer gesagt, bevor er starb. Geschweige denn, wonach ich suchen sollte.

Nun – sehr viele Bewohner konnte diese Straße kaum haben – sah man von Kakerlaken und Ratten ab.

Auf mein Klopfen hin hörte ich es drinnen rascheln. Heisere, zischende Stimmen erklangen hinter blinden Scheiben, irgendetwas polterte, dann brüllte jemand zornig und in einer Sprache, die ich nicht verstand. Doch niemand machte mir auf.

Ich schaute durch ein mit zerrissenem Papier notdürftig abgedecktes Fenster und glaubte noch, eine Bewegung im Hintergrund zu erkennen. Dann war alles still. Verwundert klopfte ich noch einmal und ging dann weiter zur Nachbarstür.

Der Erfolg war der gleiche.

Mit ständig sinkender Hoffnung wanderte ich die Van Dengsterstraat hinab, im Zickzack, immer von einer Straßenseite zur anderen wechselnd, um nur kein Haus und keine Tür auszulassen. Mein Zorn auf DeVries wuchs. Vielleicht hatte er mich doch belogen; vielleicht hatte er mir diese Adresse sogar absichtlich genannt, damit ich in dieser zweifellos von Dieben und Mordgesindel bewohnten Gegend ums Leben kam und er sich so noch nach seinem Tode an mir rächen konnte. Schließlich erreichte ich ein Haus, das nicht ganz so verfallen und heruntergekommen aussah wie die anderen Ruinen, die die Van Dengsterstraat zierten; was nicht hieß, dass es etwa in gutem Zustand gewesen wäre.

Es befand sich ganz am Ende der Straße und lehnte ein wenig schräg, als hätte es nicht mehr die Festigkeit, aus eigener Kraft zu stehen, an der graubraunen Ruine des Nachbargebäudes. Es war das letzte Haus der Straße, und nachdem ich überall vergeblich geklopft hatte, hatte ich kaum noch Hoffnung, hier Erfolg zu haben.

Trotzdem – ich musste es versuchen. DeVries hatte die Wahrheit gesagt, ehe er starb. Das, was ich suchte, war hier, in dieser Straße, in irgendeinem der heruntergekommenen Rattennester, die einmal von menschlichen Wesen bewohnte Häuser gewesen waren.

Nur, dass ich selbst nicht genau wusste, wonach ich eigentlich suchte …

Mit gemischten Gefühlen stand ich vor einer breiten Freitreppe aus weißem Carrara-Marmor mit vergoldetem Geländer. Über der ersten Stufe wölbte sich ein Torbogen aus zwei Schlangen, deren Schwänze und Köpfe miteinander verflochten waren. Am oberen Ende prunkte eine mit filigranhaften Bronzebeschlägen geschmückte Tür.

Treppe und Tür gehörten zu einem wuchtigen Patrizierhaus in altertümlich holländischem Stil, das in dieser schäbigen Gegend ebenso verfehlt wirkte wie ein Hilfsmatrose in einem feinen englischen Club. Früher einmal musste dieses Haus eine prachtvolle Villa gewesen sein; das sah man ihm auch nach den vielen Jahrzehnten noch an. Es schien ein unsichtbares Flair von Zeitlosigkeit und Anmut auszustrahlen; trotz der abblätternden Farbe und der zerborstenen, schräg in den Angeln hängenden Läden, hinter denen grau gewordene Scheiben wie getrübte Augen das Licht der Sonne aufsaugten.

Ich hatte das Haus erst gesehen, als ich genau davor stand, dessen war ich mir sicher. Dabei war ich jedoch mit Sicherheit in keine Nebengasse der Van Dengsterstraat abgebogen. Und an eine Kurve konnte ich mich auch nicht erinnern. Verwirrt drehte ich mich um und sah zur Gracht hinab. Die Straße führte wie mit dem Lineal gezogen genau auf die Brücke zu, an der mich Nies abgesetzt hatte.

Wieder ein Rätsel; keines, das mir diese unheimliche Gegend sympathischer machte. Doch obwohl ich mehr Widerwillen denn je empfand, stieg ich die Treppe empor und betätigte den löwenköpfigen Türklopfer. Vielleicht fand ich hier endlich Leute, die mir einen Hinweis auf das Haus geben konnten, in dem ich das geheime Quartier der Templer vermutete.

Schon nach wenigen Sekunden waren Schritte zu vernehmen. Die Tür schwang auf, und ein livrierter Lakai steckte seinen Kopf heraus. »Womit kann ich dienen, Mijnheer?«, fragte er.

Ich war über diesen plötzlichen, nach all den Enttäuschungen schon unerwarteten Erfolg derart überrascht, dass ich einen Moment herumstotterte, ehe ich wieder Worte fand.

»Verzeihen Sie die Störung«, sagte ich. »Ich ... ich suche einen Bekannten, der irgendwo in dieser Straße wohnt. Aber ich kann leider sein Haus nicht finden.«

Ich nannte ihm den Namen des umgekommenen Templers und beschrieb sein Äußeres, so gut ich konnte. Dabei behielt ich ihn genau im Auge. Aber sein blasiertes Gesicht zeigte keine Regung. Entweder hatte er den Namen DeVries wirklich noch nie zuvor in seinem Leben gehört – oder er war der beste Schauspieler, der mir je untergekommen war.

Der Diener schien einen kurzen Moment zu überlegen, dann bat er mich mit einer Verbeugung, einzutreten. »Bitte, Mijnheer, wenn Sie einen Augenblick im Salon warten wollen. Mein Herr befindet sich zwar im Moment außer Haus, aber ich bin sicher, dass Ihnen die Herrin behilflich sein kann!«

Der Boden der Empfangshalle war mit wertvollen Teppichen ausgelegt, und die Möbel und Seidentapeten hätten dem Schloss jeden Herzogs zur Zierde gereicht. Doch auch der Duft der Rosen, die in allen möglichen Gefäßen herumstanden, konnten den Geruch nach Moder und Verwesung nicht überdecken, der mir aus jeder Ecke entgegenströmte. Ich kam mir vor wie in einem Museum, in dem man vor zwei oder drei Menschenaltern vergessen hatte, eine Putzfrau einzustellen.

Der Lakai führte mich in ein holzgetäfeltes Zimmer, von dessen Decke ein schwerer Lüster aus böhmischem Kristall hing. Obwohl sicher mehrere hundert Kerzen in ihm brannten, hatte ich das Gefühl, in eine schwarze Grube gefallen zu sein. Etwas Unsichtbares, Düsteres schien in der Luft zu hängen und die Helligkeit aufzusaugen. Auch das hoch auflodernde Holzfeuer im Kamin vertrieb weder die Dunkelheit noch die Kälte, die meine Knochen schier zu Eis erstarren ließ.

Ich trat an den Kamin, um die Hände über den Flammen zu reiben, und überlegte bereits, wie ich mich so schnell wie möglich wieder aus diesem unheimlichen Haus entfernen konnte. Es war nicht gut, sich in einem Haus wie diesem lange aufzuhalten. Unwillkürlich musste ich wieder an die sonderbare Reaktion des Kutschfahrers denken. Die Angst, die ich in seinen Augen gelesen hatte ...

Ich hörte die Tür gehen, drehte mich um und sah eine ältliche Matrone in großer Toilette hereinrauschen. Ihr Kleid war wohl das Teuerste an Garderobe, was ich bis zu dem Zeitpunkt gesehen hatte. Es wirkte nur um die vierzig Jahre hinter der Mode zurück und roch so muffig und scharf, als käme es direkt aus einer Manufaktur für Mottenkugeln. Nun – wenigstens passte es zum Gesicht seiner Trägerin; oder dem, was unter den zahllosen Schichten von vor zwanzig Jahren eingetrockneter Schminke zu erkennen war. Gottlob war es nicht viel.

Hinter meiner Stirn begann eine Alarmglocke zu läuten. Dieses Haus war nicht nur alt. Irgendetwas stimmte hier nicht. Ich wusste noch nicht, was, aber ich spürte die Gefahr wie eine körperliche Berührung. Etwas schien mich zu belauern, etwas Großes, Mächtiges und Gefährliches.

Ich verbeugte mich, unterdrückte meine Abneigung gegen Mottenkugeln und führte die rechte Hand der Dame an meine Lippen, um sie zu küssen.

Es war, als hätte ich eine vom Nachtfrost erstarrte Schlange ergriffen. Oder eine Leiche.

Sie grüßte mich freundlich und lud mich ein, neben ihr auf dem Diwan Platz zu nehmen. »Frans sagte mir bereits, dass Sie einen Freund in dieser Straße aufsuchen wollen, ihn aber nicht finden«, sagte sie mit einer Stimme, die überraschend weich und geschmeidig klang. »Ich bin sicher, Ihnen helfen zu können, denn ich kenne alle Leute, die hier wohnen. Wie heißt denn Ihr Freund?«

»Er ist ein Ausländer und nennt sich ...«, begann ich, sprach aber nicht weiter, als ich sah, dass meine Gastgeberin sich nicht einmal die Mühe machte, wenigstens so zu tun, als höre sie mir zu.

Im gleichen Augenblick sah ich im Licht der Kerzen einen Schatten auf mich zugleiten; schnell und mit einer kraftvollen, aggressiven Bewegung. Instinktiv sprang ich auf.

Die Bewegung rettete mir vermutlich das Leben, denn den Bruchteil einer Sekunde später krachte eine Keule auf die Stelle, an der ich eben noch gesessen hatte, zerfetzte den Stoff und riss einen armlangen Span aus der Diwanlehne.

Ich duckte mich, trat hastig einen Schritt zurück und hob kampfbereit die Hände.

Der vierschrötige Kerl, der mich angegriffen hatte, sprang erstaunlich leichtfüßig über den Diwan und stürmte mit erhobener Keule auf mich zu. Ich wich seinem Schlag aus, brachte ihn mit einem Fußfeger zu Fall und schlug ihm den Kristallknauf meines Stockdegens gegen die Schläfe.

Der Bursche sank mit einem erstickten Seufzer zu Boden, verdrehte die Augen und erschlaffte.

Aber der rasche Sieg brachte mir keine Atempause, denn schon hatte ich zwei weitere Kerle am Hals, die wie aus dem Nichts aufgetaucht waren. Auf ihren Gesichtern stand eine Mischung aus grimmiger Entschlossenheit und einer dämlichen Erheiterung geschrieben, die ich mir nicht erklären konnte.

Einen Augenblick lang glaubte ich es mit einem Banditenüberfall von außen zu tun zu haben, doch ein Blick in das beinahe freudig erregte Gesicht der Matrone belehrte mich eines Besseren. Sie hatte ganz genau gewusst, welcher Art die Hilfe war, die sie mir angedeihen lassen wollte. Dieses Haus war eine Falle. Und ich war vermutlich nicht der Erste, der durch seine Tür hinein-, aber nicht mehr herauskam.

Nun, was diesen Umstand anging, gedachte ich ihr und ihren Mordbuben eine Lektion zu erteilen.

Ich durchquerte mit einem mächtigen Satz den Raum und zog den Stockdegen. Die beiden Männer zögerten, als die Klinge im Licht des Lüsters aufblitzte. Dann sahen sie sich kurz an, trennten sich und kamen von zwei Seiten auf mich zu. Gleichzeitig stand der Kerl, den ich niedergeschlagen hatte, schon wieder auf und reihte sich in die Front meiner Gegner ein, als sei nichts geschehen. Der Bursche musste die Widerstandskraft eines Ochsen besitzen.

Einige Sekunden später hatten mich die Burschen bis an die Wand zurückgedrängt. Wenigstens nahmen sie an, dass es so war. Ich tat so, als wäre ich halb von Sinnen vor Angst, bewegte den Stockdegen mit kleinen, nervösen Rucken hin und her und suchte scheinbar verzweifelt nach einer Möglichkeit, zwischen den Kerlen durchzubrechen.

Einer von ihnen fiel auf die Finte herein, kam mit kampflustig erhobenen Händen näher und ging keuchend zu Boden, als ich mit dem Degen antäuschte und ihm gleichzeitig eine so schallende Ohrfeige versetzte, dass er meinen musste, Big Ben in seinem Schädel schlagen zu hören.

Die beiden anderen blieben erschrocken stehen. Aber nur für einen Moment. Die Überraschung wich so schnell von ihren Zügen, wie sie gekommen war, und machte wieder dem dümmlichen, irritierten Lächeln Platz.

Ein höhnisches Kichern ertönte, und eine weitere Gestalt betrat den Raum.

Es war der verhutzelte Mann, der mir vor meinem Hotel den Weg zur Van Dengsterstraat gewiesen hatte. Sein Blick gefiel mir ganz und gar nicht. Es war genau die Art, in der ein Raubtier seine Beute anstarrt, die ihm nicht mehr entkommen kann. Sein Rattengesicht verzog sich zu einem zufriedenen Grinsen.

»Wir wollen und dürfen Sie nicht töten, Craven«, sagte er mit einem süffisanten Grinsen. »Doch es macht meinen Männern nichts aus, Sie zum Krüppel zu schlagen, wenn Sie sich uns nicht freiwillig ergeben und mit uns kommen!«

Und plötzlich war etwas in seinem Blick, was mich innerlich zu Eis erstarren ließ. Es war wie das düstere *Etwas,* das das Licht im Zimmer aufsaugte und Kälte verbreitete, ungreifbar und körperlos, aber deutlich zu spüren. Irgendetwas war plötzlich anders. Aus dem Spiel war Ernst geworden.

Und mit einem Male begriff ich, dass es unter Umständen hier nicht mehr um Leben und Tod, sondern um mehr ging ...

»Wer sind Sie, und was wollen Sie von mir?«, fragte ich ihn mit mehr lauter als fester Stimme.

Rattengesicht zuckte mit den Achseln. »Das geht Sie im Moment zwar noch nichts an«, sagte er, »aber vielleicht erzähle ich es Ihnen, wenn Sie Ihre Waffe wegwerfen und die Hände über den Kopf heben!«

»Glauben Sie, ich würde mich wie ein Lamm zur Schlachtbank führen lassen?«, fragte ich. »Wenn Sie mich wirklich so gut kennen, wie es scheint, dann sollten Sie wissen, dass ich das nicht tun werde. Was wollen Sie von mir? Ich kenne Sie nicht, und ich habe keinen Streit mit Ihnen.«

»Nun, ich habe Ihnen eine Chance gegeben, Craven!«, antwortete er mit hässlich verzogenem Gesicht und wandte sich an die drei Schlägertypen. »Los, entwaffnet und bindet ihn!«

Wie durch ein Wunder gelang es mir, den ersten Schlägen der wuchtigen Keulen auszuweichen. Ich steppte zur Seite und nahm einen Schlag gegen die Schulter hin, um einem der Burschen meine Degenklinge in den Oberschenkel zu rammen. Der Kerl wankte einen Moment und schaute wie verwundert auf die klaffende Wunde. Dann hob er die Keule ungerührt zum nächsten Schlag. Er schien den Schmerz nicht einmal zu spüren!

Aus den Augenwinkeln sah ich, wie die Tür aufsprang und der Diener hereinstürmte, eine wertvolle chinesische Vase packte und nach mir schleuderte. Das antike Wurfgeschoss zerschellte neben meinem Gesicht an der Wand und überschüttete mich mit scharfkantigen Splittern. Aber ich war für einen Moment abgelenkt, und meine drei Gegner nutzten diesen kurzen Moment aus. Eine Hand krallte sich in mein Haar und riss daran. Gleichzeitig streifte ein Keulenschlag meine Rippen und trieb mir die Luft aus dem Leib.

»Gut gemacht, Croff. Ja! Passt auf! Gleich habt ihr ihn!«, schrie Rattengesicht, schlug sich vor Vergnügen auf die Oberschenkel und sprang herum, als hielte er sich für Rumpelstilzchen. Seine Handlanger bildeten einen Halbkreis um mich und droschen mit ihren Keulen nach meinem Stockdegen. Sie hätten mich jetzt längst treffen können, aber sie gehorchten Rattengesichts Befehl und versuchten nur mich zu entwaffnen.

Ich unterlief einen Hieb und rammte dem Kerl, der zugeschlagen hatte, das Knie in den Unterleib; das war zwar nicht sehr fair, aber wirksam.

Jedenfalls war es das bisher immer gewesen ...

Es war ein Gefühl, als hätte ich gegen eisverkrustetes Holz geschlagen. Der Mann verzog die Lippen zu einem hässlichen Grinsen und holte zum nächsten Schlag aus.

»Du kannst nicht entkommen, Craven! Gib doch auf!«, kicherte der Kleine.

Mein Blick irrte durch den Raum und blieb auf einem großen, straßenseitigen Fenster haften. Ich raffte alle Kraft, die ich noch hatte, zusammen, nahm einen weiteren, mörderischen Hieb gegen den Leib in Kauf, trat dem Besitzer der Keule dafür mit aller Macht auf den Fuß und drehte den Absatz, kurz und schnell und mit dem ganzen Gewicht meines Körpers belastend, um.

Der Kerl brüllte auf, ließ seine Keule fallen und sprang, ungeschickt mit den Armen rudernd und nur auf einem Bein hüpfend, zurück. Ich half der Entwicklung noch ein wenig nach, indem ich ihm einen Stoß vor die Brust versetzte, der ihn haltlos gegen seine beiden Spießgesellen taumeln ließ.

Im nächsten Moment schoss ich zwischen ihnen hindurch, fegte den Diener mit dem Ellbogen beiseite und hechtete durch das splitternde Glas.

Für einen Moment war ich benommen. Ein dumpfer Schmerz pochte in meinem Schädel, und vor meinen Augen tobten graue und rote Schleier. Mühsam stemmte ich mich hoch, blinzelte die Tränen fort und sah mich mit einer Mischung aus Staunen und banger Besorgnis um.

Ich war nicht auf der Straße gelandet, sondern in einem mit allerlei Gerümpel vollgestopften, niedrigen Raum. Bestialischer Gestank raubte mir den Atem, schrille Schreie peinigten meine Ohren. Ich sprang auf, duckte mich kampfbereit und hob die Waffe. Mein Degen beschrieb einen Halbkreis, doch er traf nur leere Luft.

Wo war die Straße?, dachte ich verstört. Ich war durch das Fenster nach *draußen* gehechtet – aber um mich herum waren Wände ...

Langsam begannen sich meine Augen an das Dämmerlicht zu gewöhnen, und aus amorphen Schatten wurden Umrisse.

Ich war nicht allein! Eine Anzahl lemurenähnlicher Geschöpfe drückte sich in den hintersten Winkel der Kate. Zweimal musste ich hinsehen, bis ich in ihnen Kinder erkannte. Ihre weit aufgerissenen Augen wirkten wie leuchtende, gläserne Murmeln, in denen die Furcht wie verzehrendes Feuer loderte.

»Keine Angst! Ich tue euch nichts!«, sagte ich, trat einen Schritt auf sie zu und senkte mit verlegenem Lächeln den Degen. Doch sie drängten sich noch ängstlicher aneinander und verschmolzen stumm mit den Schatten.

Dann hörte ich hinter mir ein Geräusch, schnellte herum und starrte auf ein kleines Loch in der Wand, das nur wenig mehr als die Breite meiner Schultern besaß und vor einer Sekunde noch nicht da gewesen war. Einer meiner Gegner riss gerade die Reste einer Papierbespannung beiseite und zwängte seinen Oberkörper durch den brüchigen Rahmen.

»Gleich habe ich dich, Craven!«, jubelte er und holte mit der Keule aus.

Ein Zurückweichen war unmöglich. So stieß ich zu. Ich wollte ihm den Degen in die Schulter bohren, um ihn zu entwaffnen. In dem Augenblick jedoch verlor er den Halt, schlitterte auf mich zu und rammte sich selbst den Degen in die Kehle.

Der Stich hätte tödlich sein müssen. Doch der Mann schrie nur auf, riss sich die Klinge aus der Wunde und glitt aus dem berstenden Fensterrahmen. Er schlug auf dem Boden auf und erhob sich sogleich wieder mit der Leichtigkeit einer Katze.

Einen Augenblick später verwandelte sich sein Gesicht in eine dämonische Fratze. Er wälzte sich wie ein gereizter Bär auf mich zu und streckte seine Pranken nach meinem Hals aus. Mit einem verzweifelten Satz sprang ich zurück und schlug mit dem Degen nach seinem Arm, aber der unheimliche Angreifer schien diese neuerliche Verletzung nicht einmal zu spüren.

Verzweifelt sah ich mich nach einem Fluchtweg um. Die Kinder hatten sich in eine Ecke des Raumes gedrängt und verfolgten den ungleichen Kampf aus großen, schreckgeweiteten Augen; hinter und neben ihnen stapelten sich Gerümpel und Abfall – und dann entdeckte ich eine Tür. Verzweifelt sprang ich hin, sah einen verrosteten Schlüssel stecken, riss ihn vor Erregung fast aus dem Schloss und versuchte verzweifelt, die Tür aufzubekommen.

Hinter mir begann der Boden unter den stampfenden Schritten meines Verfolgers zu zittern. Ein Schatten wuchs über meinem eigenen auf der Tür auf, und plötzlich spürte ich den eisigen Luftzug.

Ich versuchte nicht einmal dem Hieb auszuweichen, sondern warf mich mit aller Macht nach hinten und stieß mit dem Ellbogen zu.

Die Keule traf wenige Zentimeter neben meinem Kopf gegen die Tür und ließ das Holz splittern; im gleichen Augenblick krachte mein Ellbogen gegen das Brustbein des Angreifers.

Sein wütendes Brüllen verwandelte sich in eine Folge unnatürlicher, keuchender Laute. Er wankte, ließ seine Keule fallen und krampfte die Hände über dem Leib zusammen.

Als ich mich zu ihm herumdrehte, sank er ganz langsam in die Knie und starrte mich aus hervorquellenden Augen an.

Ich stieß seine Keule mit dem Fuß vollends zur Seite, versetzte ihm einen Stoß, der ihn hilflos nach hinten und zur Seite fallen ließ – und stöhnte auf.

Die Kinder waren näher gekommen, während ich mit dem Schläger gekämpft hatte. Ihre Gesichter wirkten leer und starr wie zuvor, so leblos wie die von Puppen, aber der Ausdruck in ihren Augen hatte sich verändert.

Vorhin hatte ich Furcht in ihren Blicken gelesen.

Jetzt starrten sie mich voller Zorn und Wut an.

Und plötzlich blitzten Waffen in ihren Händen – schartige Messer, gezackte Glas- und Spiegelscherben, rostige Nägel; einer schwang ein Brett, durch das Nägel geschlagen waren, und eine kleine Gestalt richtete einen altertümlichen Vorderlader auf mich und fummelte ungeschickt an seinem Spannschloss.

Instinktiv hob ich den Degen. Die zuvorderst stehenden Kinder prallten zurück, aber ich las keine Angst in ihren Augen.

Trotzdem senkte ich meine Waffe wieder. Ganz egal, aus welchem Grund sie mich angriffen – es waren Kinder. Ich konnte nicht gegen sie kämpfen. Nicht einmal, wenn es um mein Leben ging.

Ich wartete, bis sie wieder näher kamen, dann versetzte ich einem von ihnen einen überraschenden Stoß, der ihn zurücktaumeln und gegen die anderen prallen ließ, wirbelte herum und riss die Tür auf. Hinter mir zerriss ein ohrenbetäubender Knall die Stille, und dicht neben meiner Schulter schlug etwas in den Türrahmen. Die Luft stank plötzlich durchdringend nach Schießpulver.

Ich stürzte durch die Tür, warf sie hinter mir ins Schloss und suchte einen Moment vergebens nach einem Riegel oder irgendeiner anderen Möglichkeit, sie zu versperren. Mit einem wütenden Knurren fuhr ich herum, blickte einen Moment unentschlossen nach rechts und links und rannte schließlich los.

Es vergingen nur wenige Augenblicke, bis die Tür hinter mir erneut aufgerissen wurde. Ich sah im Laufen über die Schulter zurück. Aber es waren nicht die Kinder, die mich verfolgten, sondern die beiden Schläger, die mich im Salon überfallen hatten. Der Anblick erleichterte mich fast.

Ich lief noch schneller, erreichte eine Gangbiegung und stürzte nach rechts, ohne zu denken. Eine verschlossene Tür versperrte mir den Weg. Ich suchte gar nicht erst nach einem Schlüssel, sondern rammte das morsche Holz mit der Schulter ein, taumelte in den dahinterliegenden Raum und fing meinen Sturz im letzten Moment mit wild rudernden Armen ab.

Sofort verdoppelten meine Verfolger ihre Anstrengungen mich einzuholen. Gehetzt sah ich mich um, erkannte aber nichts als Dunkelheit und die verschwommenen grauen Schatten wehender Spinnweben und hob kampfbereit die Klinge.

In diesem Augenblick erfüllte ein Fiepen und Pfeifen die Schwärze des Raumes um mich. Schwarze Schatten stürzten von oben auf mich zu und schlugen klatschend auf mich ein. Ich sah riesige gelbe Augen und lange weiße Fangzähne vor meinen Augen tanzen und spürte, wie ich wieder und wieder gebissen wurde.

Irgendwie gelang es mir, mein Gesicht mit einem Zipfel meines

Mantels zu bedecken, um die Augen zu schützen. Dann ließ ich die Klinge wirbeln und hackte auf die schwirrende Wolke ein, so schnell ich konnte. Trotzdem brannte mein Gesicht nach drei, vier Atemzügen schon so, als wäre meine Haut versengt. Die Berührung der winzigen Krallen und Zähne schmerzte höllisch.

Der Spuk hörte ebenso schnell wieder auf, wie er gekommen war. Ich hörte noch sich rasch entfernendes Flügelrauschen, dann waren die schwarzen Schatten verschwunden.

Keine zehn Sekunden später erreichten meine Verfolger hinter mir die Tür und stürmten brüllend in den Raum. Da ich keine zweite Tür und kein Fenster sah, durch das ich fliehen konnte, rannte ich die Treppe hoch in den nächsten Stock und kletterte dann eine wacklige, halb verfaulte Leiter empor, die zum Dachboden führen musste. Zum Teufel – wie groß war dieses Haus?

Die Falltür klemmte, doch ich stieß sie mit einem Ruck auf und zwängte mich rücksichtslos hindurch. Das Dach war halb eingebrochen. Zerbrochene Sparren und Balken hingen wie bleiche Knochen eines bizarren Riesengerippes herab, aber es gab wenigstens Licht; und ich konnte zum ersten Mal, seit ich die Van Dengsterstraat und dieses Häuserlabyrinth betreten hatte, wieder die Sonne sehen,

Schnell zog ich die Leiter zu mir herauf und schloss die Falltür wieder. Ein Schwall wilder Flüche drang durch das morsche Holz zu mir hoch, und durch die breiten Risse zwischen den halb vermoderten Dielen sah ich, wie meine Verfolger die Fäuste in hilfloser Wut schüttelten.

Für einen Moment hatte ich Luft.

Meine Lage war mehr als verzweifelt. Meine Verfolger kannten dieses Gebäude zweifellos wie ihre Westentaschen, und sie würden über kurz oder lang einen Weg finden, zu mir heraufzugelangen. Einen Moment lang spielte ich ernsthaft mit dem Gedanken, auf das Dach hinaufzuklettern, um von dort auf ein Nachbarhaus zu springen, verwarf ihn aber rasch wieder. Selbst die Balken, die noch halbwegs fest aussahen, zerbröckelten mir unter den Händen; auf das Dach hinauszusteigen wäre glatter Selbstmord gewesen.

Dann entdeckte ich auf der anderen Seite des Dachbodens eine Tür und balancierte vorsichtig darauf zu.

Ziegelschutt knirschte unter meinen Sohlen; die Bohlen knarrten gespenstisch. Schon nach wenigen Schritten trat ich auf ein verfaultes Brett. Ich konnte mit Mühe einen Sturz in die Tiefe vermeiden und blieb mit klopfendem Herzen stehen. Allmählich verging mir auch der letzte Rest von Galgenhumor. Diese Ruine war nicht nur eine Mördergrube, sondern das reinste Irrenhaus.

Ich biss die Zähne zusammen und balancierte weiter auf die Tür zu. Hinter mir begann jemand mit einem harten Gegenstand gegen die Klappe zu hämmern. Holz knirschte, und plötzlich hörte ich einen unflätigen Fluch. Irgendetwas sauste an mir vorbei, so dicht, dass ich den Luftzug spürte, und löste eine wahre Holz- und Ziegellawine aus, als es in das Dach einschlug.

Ich spurtete los und spürte einen endlos langen Augenblick den Boden unter mir zittern, als die morschen Bretter vollends unter meinem Gewicht nachzugeben begannen. Ich stieß mich mit aller Macht ab, sprang, die Schulter voraus und mit zusammengebissenen Zähnen, gegen die geschlossene Tür – und spürte noch, wie hinter mir eine Art Falltür herunterschlug.

Zuerst war nur Dunkelheit gewesen. Eine Schwärze, die viel tiefer als die bloße Abwesenheit von Licht war; als wäre da etwas anderes, etwas wie eine körperliche Dunkelheit, ein stoffliches Nichts, erfüllt von Bosheit.

Er erinnerte sich, dass Zeit vergangen war, sehr viel Zeit. Zeit, in der er Schmerz verspürt hatte, Schmerz und eine Art der Furcht, die ihm neu gewesen war. Er hatte ...

Ja – was eigentlich?

Shannon war verwirrt. Er erinnerte sich nicht, wo er war, nicht, wie er hierhergekommen war, und nicht, was dieses *hier* überhaupt war. Er war *drüben* gewesen, in dem schmalen Grenzbereich zwischen Realität und Wahnsinn, dem Reich der Schatten und der Furcht. Nicht aus freien Stücken, so viel wusste er. So wenig, wie er aus freien Stücken hier war. Er war geschickt worden. Er war hier, weil er irgendetwas tun sollte.

Aber er wusste nicht, was.

Plötzlich überkam ihn Übelkeit; ein rascher, schmerzender Schwindel, in dem noch ein schwacher Hauch des Terrors mitschwang, den sein Geist in der davorliegenden Zeit ertragen hatte. Selbst die bloße Erinnerung daran ließ ihn aufstöhnen.

Shannon taumelte, stützte sich mit der linken Hand an einer Mauer ab und versuchte das Schwindelgefühl zurückzudrängen, aber die absolute Kontrolle, die er normalerweise über seinen Körper ausübte, war ihm genommen.

Dann spürte er, wie *etwas* nach seinem Geist griff.

Ohne dass er es wollte, wurden seine Augen auf eine bestimmte Stelle in der Nähe des Hafens gerichtet.

Dächer, die vorher so normal und vollkommen unauffällig ausgesehen hatten, verschwanden nun trotz des herrlichen Sonnentages unter einer Dunstglocke, die sich zu einem dichten, dunklen Nebel verdickte. Für einen Moment sah Shannon nichts als wabernde Schatten.

Häuser schälten sich aus dem konturlosen Grau und verschwanden wieder. Einmal sah Shannon in einen tiefen See, dann erblickte er ein weites Meer vor sich, aus dem sich ein gewaltiger Tempelkomplex erhob. Eine urweltliche Landschaft löste die Tempel ab. Auf sie folgten herrliche Paläste aus vergangenen Zeiten, Straßen voller Leben und verfallene Mauern, hinter denen der Tod lauerte.

Es war das Kaleidoskop der menschlichen Welt, das auf Shannon einströmte und sich in seinen Gedanken festsetzte. Er spürte die Zufriedenheit, die sein *Meister* bei diesem Anblick empfand, und seine eigene Erleichterung darüber, dass er für diesen Auftrag auserwählt war. Es war wichtig, dass er diese Chance erhielt. Obwohl dort, wo seine Erinnerungen sein sollten, noch immer nichts als ein gewaltiger leerer Abgrund voller Schwärze und dumpfem Schmerz war, wusste er plötzlich, dass es eine Chance war.

»Schau es dir genau an, Shannon«, hörte er die Stimme seines *Meisters* in seinen Gedanken, eine Stimme, die unhörbar und wie von einem körperlosen, eisigen Hauch begleitet war. »Es ist das Labyrinth von Amsterdam, eine Quelle ungeheuer starker magischer Kraft. Schon viele sind an ihm zugrunde gegangen. Du aber wirst es bezwingen. Du wirst das unfehlbare Werkzeug sein, mit dem ich den Dämon des Labyrinths meinem Willen unterwerfe!«

Es war sowohl ein Befehl wie auch die Androhung der schlimmsten Strafe, die der *Meister* aussprechen konnte: den Entzug seiner Gnade. Er sagte es nicht, aber manchmal war gerade das, was der *Meister* nicht sagte, das Schlimmere.

»Ich werde nicht scheitern!«, antwortete Shannon leise. Ein ganz leichtes Gefühl von Furcht und Drohung mischte sich in seine Gedanken. Versagen ... Er hatte schon einmal versagt. Plötzlich wusste er, dass sein Hiersein eine Bewährung war, gleichzeitig die

Strafe für etwas, das er getan – oder vielmehr gerade *nicht* getan – hatte und an das er sich nicht mehr erinnerte.

»Ich weiß«, wisperte die Stimme Necrons in seinen Gedanken. »Es wäre dein Ende, Shannon, denke immer daran. Niemand enttäuscht mich zweimal. Die Strafe, die dich erwarten würde, wäre tausendmal schlimmer als das, was du erlebt hast.«

Shannon nickte demütig. Er spürte sich dem *Meister* so nahe, dass er dessen Herz schlagen hörte und seinen Atem vernahm. Sie waren beinahe eins. Zwei Körper, die von einem einzigen, unglaublich mächtigen Geist beseelt wurden. Die räumliche Distanz zwischen ihnen zählte nicht mehr.

»Dringe in das Herz des Labyrinths vor, töte seinen Diener Adurias und sei dann meine Hand und mein Mund!«, sagte der Alte. Dann erstarb seine Stimme; das unsichtbare Band, das Shannon und Necron über Raum und Zeit hinweg miteinander verbunden hatte, begann zu zerfasern wie vergänglicher Nebel, den die Sonne hinwegschmilzt.

Aber kurz, ehe es endgültig zerriss, hörte Shannon noch einmal Necrons Stimme: »Du weißt, welch wichtige Aufgabe ich dir damit übertrage. Enttäusche mich nicht noch einmal, Shannon!«

Shannon wartete, bis sein *Meister* sich aus ihm zurückgezogen hatte, warf noch einen Blick auf das wieder ganz alltäglich wirkende Viertel, drehte sich um und ging die Treppe hinab. Die Straßen der Stadt waren voll von Menschen. Niemand vermochte den jungen Mann zu sehen, der lautlos wie eine Katze und unsichtbar wie der Wind seinem Ziel zusteuerte.

Die Luft roch modrig und so verbraucht, dass ich im ersten Moment das Gefühl hatte, ersticken zu müssen. Außerdem war es so dunkel, dass man die sprichwörtliche Hand vor Augen nicht mehr sehen konnte. Instinktiv drehte ich mich um und suchte nach der Tür, die hinter mir herabgefallen war, spürte aber nur kalte, feuchte Steine unter meinen Händen.

Da ich nichts sah, tastete ich mich vorsichtig an der Wand entlang. Doch nach wenigen Schritten versperrte mir etwas den Weg, eine Art flacher, langgestreckter Steinblock von der Größe eines Sarges. Es dauerte einen Moment, bis ich begriff, dass es wirklich ein Sarg war.

Da sich meine Augen allmählich an die Dunkelheit gewöhnten, nahm ich jetzt auch den grünlich phosphoreszierenden Schimmer wahr, der von den Steinen ausging. Konturen schälten sich aus der Finsternis und formten sich zu einem niedrigen Gewölbe, das aus wuchtigen, grob behauenen Quadern errichtet worden war.

Auf dem Boden standen sechs oder sieben Dutzend steinerne Sarkophage, in Reih und Glied ausgerichtet wie Soldaten. Mit einer für das spärliche Licht erschreckenden Deutlichkeit nahm ich die bleichen Knochen wahr und die Totenschädel, die mich durch die zersprungenen und verschobenen Deckel der Särge angrinsten.

Eine Weile starrte ich auf die unerfreuliche Gesellschaft, in die ich nun geraten war, und versuchte einen klaren Kopf zu bekommen. Doch das seltsame Labyrinth und seine lebenden und toten Bewohner verwirrten mich so sehr, dass ich einfach selbst nicht mehr wusste, was ich suchte und wohin ich eigentlich wollte.

Ich versuchte erst gar nicht einen Sinn hinter diesem ganzen Wahnwitz zu finden. Letztlich hatte ich mir mein Schicksal wohl selbst zuzuschreiben. Howard hatte mich oft genug vor dem *Animal-Master* der Tempelherren gewarnt, aber ich hatte ja nicht hören können, verdammter Narr, der ich war! DeVries hatte mich noch im Tode in eine Falle gelockt.

Ich unterdrückte das Grauen, das mir wie eine eisige Hand das Rückgrat entlangstrich, ging langsam weiter und schaute mich so aufmerksam wie möglich um. Nach einigen Ewigkeiten entdeckte ich dann schließlich im dunkelsten Winkel des Gewölbes eine steile Treppe, die vor einer eisenbeschlagenen Tür endete.

Ich rannte hinauf und drückte die Klinke nieder. Doch nichts rührte sich. Ich verfluchte im Stillen alle Türen dieses höllischen Labyrinths, warf mich gegen dieses Musterexemplar vor mir und rüttelte dann mit aller Kraft. Ich hätte ebenso gut an den Steinen rechts und links neben mir rütteln können. Die Tür war nicht nur verschlossen; die Klinke bewegte sich nicht einmal.

Schließlich kehrte ich mit zusammengebissenen Zähnen in die Gruft zurück und durchsuchte sie nach einem zweiten Ausgang. Doch da gab es nichts außer Steinen, Knochen, Dreck und Moder.

Die schlechte Luft und das ekelhafte grünliche Licht zerrten in einer Art und Weise an meinen Nerven, dass ich nicht mehr klar denken konnte. Plötzlich packte mich die Angst, in dieser Gruft lebendig begraben zu sein. Und dann gingen meine Nerven mir durch. Verzweifelt rannte ich die Treppe hoch und hämmerte mit aller Macht gegen die Tür.

Shannon blieb vor einem alten Haus stehen und sah zum Dachfenster hoch. Das war ein Weg, wie er ihn liebte; ein Weg, auf dem ihn niemand sehen konnte und auf dem er zu kommen und zu gehen verstand wie die Nacht, lautlos und schnell. Aber zuvor musste er dafür sorgen, dass er sich im Inneren des Labyrinths zurechtfand. Er suchte sich eine abgelegene Ecke, verschmolz mit ihren Schatten und versetzte sich in Trance.

Seine Gedanken bewegten sich mit spielerischer Leichtigkeit durch das weitgespannte, dreidimensionale Spinnennetz, das ihn seine besonderen Fähigkeiten sehen ließen. Er folgte einem Strang, der sich deutlich von den übrigen abhob und ihm den direkten Weg zu seinem Ziel wies. Dabei schälten sich die Umrisse von Zimmern und Hallen aus dem gleichförmig grauen Hintergrund, einmal eine verborgene Tür und dann wieder Menschen und Tiere, die wie Schlafwandler dahinschritten und mit menschlichen Bewegungen irgendwelche sinnlosen Dinge taten.

Shannon war so zufrieden, wie es jemand sein kann, der am Beginn einer Aufgabe steht und sich bestens vorbereitet weiß. Er wusste, dass es Tage dauern konnte, bis er sein Ziel erreichte, das Herz des Labyrinths, das sich als kobaltblaue Sonne im Zentrum des Spinnennetzes abzeichnete.

Doch so viel Zeit blieb nicht. Behutsam tastete er weiter, sondierte und suchte mit der Magie, die ihm der Alte vom Berge geliehen hatte, tastete die einzelnen Stränge des Spinnennetzes ab und fand schließlich, was er suchte.

Es waren vier grauschimmernde Sterne, die sich in einiger Entfernung um die dunkle Sonne bewegten. Der hellste dieser Sterne stellte Adurias dar, die magisch befähigte Kreatur des Labyrinths; dies hatte der *Meister* ihm mitzuteilen geruht. Bei den drei anderen Sternen musste es sich um Gehilfen oder Leibwächter handeln, um niedere Kreaturen, die ihn kaum stören oder behindern würden.

Shannons Geist kehrte in die Wirklichkeit zurück. Er stand auf, sah sich noch einmal sichernd auf der menschenleeren Straße um und kletterte die Wand des Hauses mit der Leichtigkeit einer Spinne hoch. Oben beim Dachfenster angekommen, zog er seinen Dolch, dessen Knauf mit scharfen Diamantsplittern besetzt war, und schnitt damit ein rundes Stück Glas aus der Scheibe. Mit einer lautlosen Bewegung schwang er sich ins Innere des Hauses.

Mit unhörbaren Schritten durchquerte Shannon den Dachboden

und blieb vor der nächsten Wand stehen. Mit seinen Fingern tastete er sanft über das Mauerwerk und suchte die geheime Tür, die weiter ins Innere des Labyrinths führte. Die winzige Erhebung im Verputz, die den Mechanismus verbarg, war mit bloßen Augen nicht zu erkennen, doch Shannon entdeckte sie sofort. Er klopfte mit dem Dolch den Mörtel ab und betätigte den Riegel.

Die Geheimtür schwang mit einem Seufzer auf und gab Shannon den Weg in eine von Säulen getragene Halle frei. Er schlich an der Wand entlang und verbarg sich hinter einem ledernen Vorhang, als er menschliche Stimmen hörte. Nicht weit vor ihm saß ein junges, weißgekleidetes Mädchen auf einem reich verzierten Dreifuß aus Silber über einer Spalte im Boden, aus der heißer, scharf riechender Dampf herausquoll.

Neben ihr stand ein alter Mann mit gelocktem Haar, das von einem blauen Band gehalten wurde. Er trug eine blaue Toga über einem weißen Hemd und hielt in der Hand einen langen Stab, dessen Knauf aus einem silbernen Halbmond bestand. Der Alte sprach hastig auf das Mädchen ein. Zunächst verstand Shannon kein Wort. Als er dann aber die Augen schloss und sich in einen leichten Trancezustand versenkte, verwandelte die fremde Sprache sich für ihn in heimatlich klingende Laute.

»... und so fragen wir dich, o Apollo, du Fernhintreffender. Wird Athen sich der Tyrannei der Perser beugen müssen, oder wird es in Freiheit weiterbestehen?«

Das Mädchen beugte sich noch tiefer über die Spalte und sog den heißen Dampf hörbar in ihre Lungen. Als sie antwortete, rollte sie irr mit den Augen, und ihre Stimme hörte sich wie die Stimme eines Mannes an.

»Harre aus, o Athen, hinter der hölzernen Mauer, und du wirst den Sieg erringen!«

Shannon zuckte zusammen. Ein Schauer lief ihm über den Rücken. Instinktiv fühlte er, dass hier Mächte am Werk waren, die selbst die Kraft seines *Meisters* zu einem Staubkorn in der Wüste degradierten.

»Umso wichtiger ist es, dass ich meinen Auftrag ausführe«, murmelte er.

Obwohl er ganz leise gesprochen hatte, blickten der Alte und das Mädchen erschrocken auf und sahen in seine Richtung.

Shannon lächelte, spannte sich ein ganz kleines bisschen und legte die Hand auf seinen Dolch.

Der Wahnsinn ging weiter.

Ich wusste nicht, wie lange ich wie ein Irrsinniger gegen die Tür gehämmert und getreten hatte. Minuten vielleicht, aber mir kamen sie wie Stunden vor.

Dann, mit der Unberechenbarkeit, die dieser irrsinnigen Umgebung eigen war, gab die Tür unter meinen Faustschlägen nach; ich stolperte, verlor, vom Schwung meiner eigenen Bewegungen nach vorne gerissen, den Halt und fiel auf die Knie.

Meine Umgebung hatte sich abermals verändert, als ich aufsah. Vor mir lag ein von Menschen überquellendes Kirchenschiff. Ich schätzte, dass mindestens dreihundert Leute auf den harten Holzbänken Platz genommen hatten und nun voller Inbrunst fromme Lieder sangen; eine Umgebung von täuschender Friedfertigkeit, die mich eigentlich hätte beruhigen müssen. Und doch fröstelte ich beim Anblick des hoch aufragenden, kahlen Domes. Selbst der schmucklose Altar mit dem einfachen Holzkreuz strömte etwas Kaltes, Fremdes aus, das ich als bedrohlich empfand.

Erst wollte ich das Gotteshaus auf dem schnellsten Weg verlassen, doch dann beschloss ich, durch das Seitenschiff nach vorn zu gehen, um in einer stillen Ecke den Gottesdienst abzuwarten, um nicht irgendjemandem aufzufallen. Denn als ich mich dem Hauptportal zuwandte, kam der Pastor mit wehendem Talar aus einer schmalen Pforte neben dem Altar. Er warf einen zufriedenen Blick auf die versammelte Menge und stieg dann die gemauerte Treppe zur Kanzel hoch. Die Gläubigen verstummten und wandten ihm ihre ganze Aufmerksamkeit zu.

Ich hatte kaum die erste Bankreihe erreicht, da sprangen die beiden Flügel des Hauptportals krachend auf. Zuerst konnte ich gegen die tiefstehende Sonne nur drei drohende, schwarze Schatten sehen. Dann erkannte ich meine Verfolger und wich hinter eine der schmucklosen Säulen neben den altersgrauen, aber leider fest verschlossenen Beichtstühlen zurück.

Die drei Kerle verharrten einige Augenblicke auf der Schwelle und schauten grimmig herein. Dann setzten sie sich in Bewegung und kamen mit hallenden Schritten näher. Seltsamerweise schienen sie weder dem Pastor noch den Gläubigen aufzufallen, denn sie setzten ihren Gottesdienst fort, ohne auch nur einmal aufzuschauen. Es war, als bemerkten sie die Männer gar nicht.

Sie kümmerten sich auch nicht um die Eindringlinge, als diese einen jungen Mann, der mir entfernt ähnlich sah, aus der Bank zerrten und auf ihn einzuschlagen begannen; selbst dann noch, als sie ihren Irrtum bemerkten, wenn auch jetzt wohl eher aus Wut. Schließlich stießen sie ihn zur Seite und holten den nächsten heraus. Dabei kamen sie mir näher und näher.

Ich wartete, bis die Aufmerksamkeit meiner Gegner wieder auf die Bankreihen gerichtet war. Dann huschte ich aus meinem Versteck und schlich gebückt zwischen zwei Reihen hindurch. Zu meinem Glück waren die Leute in der Kirche so in ihr Gebet versunken, dass ich genauso wenig Beachtung wie meine Verfolger fand.

Ohne entdeckt zu werden, erreichte ich den Altar und benutzte ihn als Deckung. Meine Feinde wurden mittlerweile immer ungeduldiger. Sie zwängten sich rüde durch die Bänke. Ich hoffte schon auf einen Aufruhr in der Kirche und darauf, dass sich die Gläubigen endlich zur Wehr setzen würden. Doch die Leute setzten sich so, als wenn nichts geschehen wäre, wieder auf ihre Plätze. Das waren doch keine Menschen!, dachte ich entsetzt. Sie bewegten sich, redeten und atmeten und sangen, aber was immer ich vor mir hatte, sah nur aus wie eine Gemeinde lebender Menschen. Sie waren wie ... Puppen.

Verrückt, dachte ich und blickte auf die Pforte, durch die der Pastor vorhin das Kirchenschiff betreten hatte. Dann vergewisserte ich mich, dass keiner der Verfolger zu mir hersah, und raste wie von Furien gehetzt durch die Tür.

Oder durch das, was ich für eine Tür hielt.

Das Wasser einer breiten Gracht dämpfte meinen Fall. Ich tauchte bis auf den schlammigen Grund und wollte dann mit einigen Schwimmstößen wieder an die Oberfläche. Doch meine Kleidung hatte sich mit Wasser vollgesogen. Sie hing wie ein schwerer Klotz an mir und hielt mich einfach unten fest.

Meine Lungen stachen vor Schmerz, und Sterne tanzten vor meinen Augen. Halberstickt mühte ich mich, meinen Mantel und meinen Überrock abzustreifen, und stieg dann endlich mit kraftlosen Schwimmbewegungen wieder hoch.

Endlich kam ich mit dem Kopf über die Wasseroberfläche und rang gierig nach Atem. Da beugte sich ein dunkler Schatten über das Ufer, packte mich am Genick und zog mich wie eine nasse Katze heraus.

»Du willst doch nicht sagen, dass Craven euch wieder entkommen ist?«, brüllte Adurias. »Seid ihr unfähigen Narren denn zu überhaupt nichts zu gebrauchen?«

Der Gescholtene zog den Kopf zwischen die Schultern und murmelte eine Entschuldigung.

»Es tut mir leid, *Meister.* Wir hatten Craven buchstäblich schon zwischen den Fingern. Aber das Labyrinth ist unruhig, sodass wir selbst in Schwierigkeiten geraten sind. Wir haben einfach keinen Durchgang gefunden, um Craven weiter folgen zu können. Darum hat Croff Yaccur und mich hergeschickt, um uns von Euch Cravens Spur zeigen zu lassen.«

»Und was macht Croff?«

»Er sucht, ob er nicht doch einen Weg findet, um Craven auf den Fersen bleiben zu können.«

»Auf den Fersen bleiben?«, schnappte Adurias. »Fangen sollt ihr den Kerl! Fangen und zum Zentrum bringen! Und sonst nichts. *Das Labyrinth ist in Aufruhr!* Natürlich ist es das, du Narr! Es spürt Cravens Anwesenheit so deutlich wie ich, und es will ihn haben. Und wenn es ihn nicht bekommt, wird es sich an anderen schadlos halten. Vielleicht an dem, den es für den Verlust verantwortlich macht. Hast du verstanden?«

»Ja, *Meister* ... aber ...«, stotterte der Wächter.

»Entweder, ihr schnappt euch Craven auf dem schnellsten Weg, oder ich muss mir neue Wächter suchen, Sidos«, antwortete Adurias leise. Aber in seiner Stimme schwang der Tod.

Sidos' Gesicht verlor alle Farbe. Seine Hände fuhren mit kleinen, nervösen Bewegungen, die er selbst nicht einmal spürte, über seine Kehle.

»Wir werden Craven fangen, *Meister*«, flüsterte er stockend. »Aber gebt uns ein wenig Zeit. Und beruhigt vor allem das Labyrinth, sonst ...«

Sein Begleiter Yaccur stieß sich von der Wand ab, gegen die er sich gelehnt hatte, und blieb knurrend vor Adurias stehen. Auch in seinen Augen loderte die Angst vor dem, was Adurias angedeutet hatte. Aber anders als Sidos war es *nur* die Angst vor dem Labyrinth. Für Adurias empfand er allerhöchstens ... Respekt. Wenn überhaupt.

»Ich finde, Ihr macht ein wenig zu viel Wirbel um diesen jämmerlichen Kerl. Er kann ja sowieso nicht mehr aus dem Labyrinth heraus. Also warum sollen wir ihn jagen? Einmal kommt er ja doch dem Zentrum zu nahe, und dann macht das Labyrinth so!« Er schloss mit einem saugenden Laut.

»Idiot«, sagte Adurias ruhig. Seine Augen glitzerten tückisch, als spüre er ganz genau, was hinter Yaccurs Stirn vorging. Aber Yaccur ignorierte die wortlose Warnung. Irgendwann, dachte Adurias, würde er ihn ersetzen müssen. Yaccur war nicht der erste seiner Diener, der seine Macht überschätzte und glaubte, sich an seine Stelle setzen zu können.

»Das Labyrinth kann nicht mehr warten«, fuhr er fort. »Es ist verdammt hungrig. Das letzte Opfer, das wir ihm gebracht haben, besaß viel zu wenig Energie, um es zu sättigen!«

»Und ihr glaubt, dieser Craven würde ihm besser schmecken?«, fragte Yaccur hämisch.

»Craven ist kein solcher Hohlkopf wie Morjaerd, der zwar etwas Wissen, aber kaum eigene magische Essenz besaß.«

Adurias schwieg einen Moment und sah erst Sidos, dann Yaccur durchdringend an. Als er weitersprach, spürten seine Diener, dass er jedes einzelne Wort genoss. »Craven ist Roderick Andaras Sohn!«

»Der Sohn des Hexers von Jerusalem Lot?« In Sidos' Stimme war plötzlich ein neuer, beinahe Panik erfüllter Klang. Er erbleichte noch mehr.

Adurias nickte triumphierend. »Richtig, Sidos! Richtig! Wir haben viermal vergebens versucht, Andara in das Labyrinth zu locken. Er war ein Teufel, der jeder Falle spielerisch ausgewichen ist. Doch jetzt ist sein Sohn hier, der Erbe seiner Macht. Versteht ihr jetzt, dass er so rasch wie möglich unschädlich gemacht werden muss?«

Die beiden Wächter nickten betreten. Selbst Yaccurs Überheblichkeit war sichtlich gedämpft, wie Adurias befriedigt feststellte.

»Gut, dann verschwindet. Ihr findet Croff an der Vachter-Gracht«, beantwortete Adurias die stumme Frage seiner Kreaturen. »Er hat ihn gerade erwischt!«, setzte er mit einem hämischen Grinsen hinzu. »Geht und helft ihm, ehe Craven ihm erneut entkommt. Ich weiß nicht, wie lange ich das Labyrinth noch beruhigen kann.«

Während Sidos und Yaccur Hals über Kopf losrannten, rieb sich der Magier zufrieden über die Fingerknöchel und starrte scheinbar gedankenverloren ins Leere. Sein Körper erstarrte, während sein Geist durch die sinnverwirrenden Tiefen des Labyrinths streifte und mit dem des Labyrinth-Geschöpfes Kontakt aufzunehmen suchte.

Die Antwort, die er empfing, drückte jedoch keine Erleichterung aus, sondern Sorge und Zorn.

Adurias sah Bilder in seinem Kopf entstehen, die Robert Craven zeigten. Andaras Sohn hielt einen Gegenstand in der Hand, einen Stock, an dessen einem Ende ein blauer Stern strahlte. Gleichzeitig empfand Adurias einen stechenden Schmerz.

»Ich verstehe, Mächtiger. Dieser Zauber muss gebrochen werden. Und zwar schnell!«, flüsterte er, als die Bilder erloschen. Die Antwort des Labyrinth-Geschöpfes drückte fordernde Zustimmung aus, und das Bild eines schwarzgewandeten, bis auf Sehschlitze verhüllten Mannes erschien vor Adurias innerem Auge, verbunden mit der drohend gestellten Frage, warum es Adurias bis jetzt entgangen wäre, dass noch ein weiterer magisch begabter Mensch ins Labyrinth eingedrungen sei – ein Magier Necrons, des Herren der Drachenburg.

Vor mir stand der Mann, dem ich in dem Elendsquartier mit knapper Mühe entkommen war, und musterte mich mit einem diabolischen Grinsen. In der kurzen Zeit zwischen unserer letzten Begegnung und jetzt hatte er sich entsetzlich verändert.

Er glich nun einer mumifizierten und von unmenschlichem Leben erfüllten Wasserleiche. Ein leichtes, widerlich schwammiges Platschen begleitete seine Bewegungen, und von dem Gestank, der von ihm ausging, wurde mir beinahe übel.

Seine Hände schlossen sich um meine Oberarme, und er hob mich wie ein kleines Kind in die Höhe. Mit einem heftigen Ruck prellte er mir den Stockdegen aus der Hand. Ich trat mit beiden Beinen zu, doch er schüttelte nur lachend den Kopf. Meine Gegenwehr schien ihn zu amüsieren.

»Deine Zeit ist um, Robert Craven. Mir ist noch nie jemand entkommen!«, grinste er und verstärkte seinen Griff. Seine Augen glühten vor Hass. Verzweifelt versuchte ich mich aus seinen Pranken zu winden, doch ich hätte ebenso gut versuchen können, zolldicke Eisenfesseln aufzubrechen.

Stöhnend gab ich meinen Widerstand auf und ließ meine Arme hängen. Dabei berührte ich mit meiner Rechten die Hosentasche und fühlte etwas Hartes unter meinen Fingern. Es war ein Taschenmesser, das Rowlf mir bei irgendeiner Gelegenheit geschenkt hatte und das ich seither mit mir herumtrug.

Wenn es mir gelang, diese Waffe zu ziehen, hatte ich vielleicht eine Chance. Zwar hielt der Unheimliche meine beiden Oberarme umklammert und schleppte mich wie eine Puppe mit sich, aber ich konnte zumindest meine Ellbogen frei bewegen und die rechte Hand in die Hosentasche zwängen. Beim dritten Zugreifen hatte ich das Messer in der Hand und versuchte es aufzuklappen.

Der erste Versuch misslang, doch dann brachte ich die Klinge ein Stück aus dem Griff und stemmte den Daumen zwischen Schneide und Griff.

Um den Kerl zu täuschen, stieß ich mit dem Kopf in sein Gesicht. Er geriet aus dem Gleichgewicht und ließ mich für einen Augenblick los. In dem Moment zuckte mein Messer hoch und bohrte sich in seine Wange.

Schmerz schien das Monstrum noch empfinden zu können, denn es heulte auf und drehte sich um seine eigene Achse. So schnell mich meine schmerzenden Beine trugen, stolperte ich zu der Stelle, an der mein Stockdegen lag, und nahm die Waffe aufatmend an mich.

Als ich wieder in das Gesicht des Unheimlichen blickte, erstarrte ich.

Die Wunde, die ich ihm zugefügt hatte, war nicht mehr als ein lächerlicher Schnitt, sicherlich schmerzhaft, aber ganz und gar ungefährlich. Aber sein Körper begann sich aufzulösen …

Verwirrt prallte ich zurück, starrte das zerlaufende Gesicht des Unheimlichen an und blickte dann auf das Messer hinab. Und plötzlich begriff ich. Die Klinge des Taschenmessers war aus Silber – einem Metall, dessen Berührung auf ein untotes Wesen wie ihn tödlich wirkte! Guter Rowlf.

Aber wenn er auch blind war, war mein Feind doch keineswegs ungefährlich. Sein Körper begann zu zerfallen, als der unselige Zauber, der ihn über so lange Zeit auf widernatürliche Weise am Leben gehalten hatte, erlosch, aber noch war er in der Lage, sich zu bewegen. Er schien jede Bewegung, die ich machte, im Voraus zu ahnen, denn er war mit einem Schlag still und drehte lauernd seinen Kopf hin und her. Dann begann er plötzlich laut zu schnüffeln und stampfte mit ausgebreiteten Armen auf mich zu.

»Das hättest du nicht tun sollen, Robert Craven! Das war ein Fehler, den du noch sehr bedauern wirst. Hier kannst du mir nämlich nicht entkommen. Du kennst die geheime Tür in der Wand nicht, und im Wasser lauert der Tod!« Grässlich lachend trommelte er mit beiden

Fäusten auf seine Brust und torkelte mir entgegen. Feuchte, dampfende Pfützen blieben zurück, wo er ging. Er schien nicht einmal zu bemerken, was mit ihm geschah!

»Ich werde dich zermalmen, Robert Craven! Du wirst schreien, dass man es in ganz Amsterdam hören wird. Doch es wird dir niemand helfen, denn das Labyrinth ist eine eigene Welt mit ihren eigenen Regeln, die nichts mit der Welt draußen gemein hat. Du spürst ja schon die Vorfreude auf deine Schmerzen, Robert Craven. Du zitterst doch schon vor Angst, nicht?« Er kicherte, und in seinem Blick loderte der Wahnsinn. Er berauschte sich förmlich an seinen eigenen Drohungen. Doch das Schlimme war, dass er recht hatte. Meine Zähne klapperten vor Furcht, und ich musste mir auf die Lippen beißen, um das Geräusch zu dämpfen. Ich hatte einfach nicht die Kraft, meinen Gegner anzugreifen und mit dem Degen zu attackieren. So wich ich vor ihm zurück, bis ich mit dem Rücken zur Gracht stand. Er folgte mir mit schief gehaltenem Kopf.

Ich tauchte unter seinen zugreifenden Pranken hindurch und hoffte, dass er weitergehen und ins Wasser stürzen würde. Doch er blieb genau an der Uferkante stehen und sog prüfend die Luft ein. Dann drehte er sich langsam herum.

Ich sprang ihn mit dem Mut der Verzweiflung an und traf ihn mit der Fußspitze über dem Knie. Er verlor das Gleichgewicht und ruderte mit den Armen in der Luft.

Dann kippte er nach hinten und fiel rücklings ins Wasser. Einen kurzen Moment lang konnte er sich noch an der Oberfläche halten. Dann ging er unter und versank in der Tiefe.

Eine Sekunde später glomm unter der Wasseroberfläche ein unheimliches blaues Licht auf. Zuerst dachte ich, das Wasser würde brennen. Dann erkannte ich, dass das Licht von meinem Verfolger ausging. Er wurde immer heller, bis er nach wenigen Sekunden wie ein in der Tiefe der Gracht brennender Holzstoß aussah. Zwei Augenblicke später explodierte er mit einem dumpfen Knall.

Ich war so erschöpft, dass ich nicht einmal Erleichterung über das Ende meines Verfolgers empfand. Meine Hüfte schmerzte, als würde jemand mit einer glühenden Stange hineinstechen, und meine Oberarme waren von dem Griff meines Verfolgers taub. Dazu pochte mein verletzter rechter Daumen wie verrückt. Ich wickelte mein Taschentuch darum, um die Blutung zu stillen, und las dann die Scheide meines Stockdegens auf.

Meine Hände zitterten vor Schwäche, sodass ich kaum die Klinge in die Scheide einführen konnte. Danach war ich so erschöpft, dass ich mich hinsetzen und verschnaufen musste.

Ich wäre am liebsten nicht mehr aufgestanden. Doch nach einigen Minuten wankte ich auf die Mauer zu und untersuchte sie. An einer Stelle war sie zwar nur fünf Meter hoch, aber praktisch fugenlos glatt. In meinem desolaten Zustand war es mir unmöglich, an ihr hochzuklettern.

So blieb mir nichts anderes übrig, als die geheime Tür zu suchen, die mein Verfolger erwähnt hatte. »Wenn es sie überhaupt gibt und der Kerl dich nicht zum Narren gehalten hat«, flüsterte mir ein Gedanke ein. Ich versuchte ihn zu ignorieren, aber nach einer halben Stunde erfolgloser Sucherei sah es so aus, als ob sich diese Befürchtung bewahrheiten würde. Ich hatte die Mauer von Ufer zu Ufer untersucht und nichts als glatten Stein gefunden.

Ich sank müde und enttäuscht zu Boden und blieb auf dem Rücken liegen. Meine Rippen stachen, und meine Zunge lag mir wie ein angeschwollener Schlauch im Mund. Wenn ich nicht bald etwas zu trinken bekam, würde ich in kurzer Zeit nicht mehr weiter können. Auch meldete sich jetzt mein Magen und rächte sich dafür, dass ich am Morgen in meiner Eile auf das Frühstück verzichtet hatte.

Das Wasser der Gracht schlug mit sanftem Klatschen gegen das Ufer, und ich konnte diesem Ruf nicht widerstehen. So rasch mich meine Beine trugen, eilte ich hin und tauchte beide Hände ins Wasser. Der Gestank, der dem Wasser entströmte, ließ die Übelkeit wieder in mir hochsteigen. Ich würgte, kämpfte erfolglos gegen den Brechreiz an und übergab mich.

Schließlich kam ich wieder so weit zu mir, dass ich mich auf die Beine quälen und zur Mauer zurückgehen konnte.

Doch ich hatte keine Hoffnung mehr, die geheime Tür noch zu finden. Meine Knie wurden weich; ich knickte ein und stützte mich mit einer Hand an der Mauer ab. Das heißt, ich wollte es tun. Ich spürte keinen Widerstand, sondern versank mit der Hand in der Mauer. Als ich meine Verblüffung endlich überwunden hatte, ertasteten meine Finger einen verborgenen Hebel, ergriffen ihn und legten ihn um.

Ein mannshohes Stück Mauer verschwand so spurlos, als hätte es sich in Luft aufgelöst. Helles Licht schien durch die Öffnung und blendete mich. Ich achtete nicht darauf, sondern taumelte innerlich aufatmend durch die Tür. Dann gewöhnten sich meine Augen an das Licht – und ich hielt unwillkürlich den Atem an.

Ich stand am Eingang eines langen Saales, der sich in unzähligen Abteilungen so weit erstreckte, wie ich schauen konnte. Das Licht stammte von zigtausenden von Kerzen, die auf übermannshohen Kerzenständern aus massivem Silber brannten oder auf bemalten Porzellanlüstern, die an der mit reichem Stuck verzierten Decke hingen.

Die Wände des Saales waren mit kitschigen Gemälden geschmückt, die irgendwelche Schlachten der Weltgeschichte darstellten. Dazu gab es noch große Gobelins mit höfischen Jagdszenen und Bildern aus den antiken Mythen sowie Marmorbüsten französischer Könige.

Erst allmählich erkannte ich, dass sich die Bilder in jeder der scheinbaren Abteilungen des Saales wiederholten, und begriff, dass ich ein Opfer meiner überreizten Sinne geworden war. Für die scheinbare Unendlichkeit des Saales sorgten zwei riesige Wandspiegel, die sich genau gegenüberstanden und sich auf diese Weise tausendfach widerspiegelten. Es war der gleiche Trick, der im Spiegelsaal von Versailles für den Effekt der Unendlichkeit des Raumes sorgte.

Da auch die Tische und Stühle über und über mit Bourbonenlilien bestickt waren, hätte ich durchaus in Versailles sein können. Aber ich wusste genau, dass ich mich in der Van Dengsterstraat von Amsterdam befand. Außerdem glaubte ich gewisse Unterschiede zum Versailler Spiegelsaal zu sehen und schätzte, dass ich mich in einer Kopie dieses Saales befand, den sich irgendein abendländischer Potentat in Amsterdam hatte erbauen lassen.

Ich riss mich von dem Anblick los und entdeckte auf einem kleinen Tischchen ein Silbertablett, auf dem eine volle Kristallkaraffe und ein leeres Glas standen.

Müde, wie ich war, holte ich mir einen Stuhl und ergriff die Karaffe. Sie schien mit genau der Sorte erstklassigen Burgunders gefüllt zu sein, den ich am liebsten trank. Zuerst war ich verblüfft und schaute mich suchend um. Da ich aber nur mein eigenes Spiegelbild sehen konnte, beruhigte ich mich wieder und füllte das Glas bis zum Rand.

Dann lehnte ich mich gemütlich zurück und trank mit Genuss den ersten Schluck.

»Du musst ja ein verdammt harter Bursche sein, Craven«, sagte eine Stimme hinter mir.

Ich verschluckte mich vor Schrecken, ließ das Glas fallen – und erstarrte mitten in der Bewegung, als ich den Druck einer Messerklinge am Nacken spürte. Langsam, um den Mann hinter mir nicht durch eine unbedachte Bewegung zu provozieren, wandte ich mich um. Ich war nicht einmal sonderlich überrascht, in die Gesichter der beiden übrig gebliebenen Verfolger zu sehen.

»Du musst wirklich etwas ganz Außergewöhnliches sein«, sagte der, der mir das Messer nun gegen die Kehle drückte, noch einmal, »wenn du sogar mit Croff fertig geworden bist. Aber denk jetzt bitte nicht, du hättest das Glück gepachtet. Mit Yaccur und mir wirst du nicht so ein leichtes Spiel haben!« Er lächelte kalt und drehte mir die Arme auf den Rücken.

Die beiden machten sich wenig Umstände mit mir. Unsanft rissen sie mich vollends vom Stuhl hoch, fesselten mich und stießen mich in eine Ecke.

Der, den der andere Yaccur genannt hatte, holte sich einen zweiten Stuhl und setzte sich mit dem Gesicht zur Lehne darauf. Sein Kumpel schenkte den Burgunder in zwei Gläser und reichte Yaccur eines davon.

»Auf unseren Erfolg, Robert Craven!«, lachten sie und tranken mir zu. »Wenn es dich beruhigt, du warst ein harter Brocken für uns und hast uns viel Mühe bereitet. Dagegen war die Jagd auf die anderen Narren, die auf die Köder des Labyrinths hereingefallen sind, beinahe ein Kinderspiel.«

Ich zerrte wütend an meinen Fesseln, doch der einzige Erfolg war, dass die Stricke in meine Handgelenke einschnitten. Schließlich gab ich es auf und fragte: »Was habt ihr mit mir vor?«

»Ich muss schon sagen, du bist verdammt neugierig, Craven! Warum willst du deine Gedanken schon jetzt damit belasten? Warte doch ab, dann wirst du schon erleben, was das Labyrinth aus dir macht!«, kicherte Yaccur. »Du wirst es sehen. Nur keine Ungeduld.«

Als die Karaffe leer war, trat Yaccur zu mir her und beugte sich über mich. »Komm, Sidos, hilf mir, den Kerl rauszubringen«, rief er seinem Spießgesellen zu. Doch dieser winkte nur ab.

»Ach komm, Yaccur, warum sollen wir Craven von hier fortschleppen? Es ist doch weitaus besser, wenn wir hier warten, bis der *Meister* kommt!«

»Aber wir müssen ihn doch ins Zentrum bringen«, brummte der andere widerstrebend.

»Ich weiß nicht, Yaccur. Bist du so blöd, oder willst du es bloß nicht begreifen? Dieser Kerl ist kein so harmloser Spinner wie die anderen Idioten, die bis zum Stehkragen voll von magischen Kräften waren und dann vor Angst vor unseren Keulen in die Hosen machten. Der hier aber hat immerhin Croff umgelegt! Ich bin froh, dass wir ihn endlich erwischt haben, und habe keine Lust, auch nur das Geringste zu riskieren, bevor der *Meister* hier ist.«

»Du bist ein Feigling, Sidos. Oder glaubst du etwa, Craven würde uns noch einmal entkommen? Immerhin habe ich ihm die Fesseln angelegt, und auf meine Knoten ist Verlass!«

»Willst du etwa damit sagen, dass ich schlechtere Knoten binde als du?«, fuhr Sidos auf und stemmte sich von dem Stuhl hoch. Yaccur warf einen verächtlichen Blick auf die geballten Fäuste seines Kumpans und ließ mich wie eine Strohgarbe zurück auf den Boden fallen. Dann grinste er Sidos anzüglich an. »Ich habe gedacht, du willst nichts riskieren? Warum bist du dann so scharf auf Prügel? Oder glaubst du wirklich, gegen mich gewinnen zu können?«

Ich muss gestehen, ich hatte in dem Augenblick wirklich gehofft, dass sich die beiden Kerle gegenseitig an die Kehle gehen würden. Aber meine Hoffnung wurde nicht erfüllt. Mit einem Mal verzerrte sich Sidos' Gesicht zu einer schmerzhaften Grimasse, und die erhobenen Fäuste sanken wie von einer unsichtbaren Kraft gezwungen nieder. Er zischte Yaccur einen gemeinen Fluch zu und ließ sich auf einen Stuhl fallen.

Auch Yaccur wirkte mit einem Male stiller, fast ängstlich – ein Verhalten, für das ich im ersten Moment keine Erklärung fand. Er warf sich in einen Sessel, ballte die Fäuste und begnügte sich damit, abwechselnd mir und seinem Kumpan bitterböse Blicke zuzuwerfen.

Gleichzeitig legte sich etwas über meinen Körper, das sich wie ein unter Strom stehendes, straff gespanntes Netz anfühlte.

»Craven, können Sie mich hören?«, flüsterte jemand leise hinter mir. Ich zuckte überrascht zusammen und versuchte mich umzudrehen.

»Vorsicht! Bleiben Sie liegen und bewegen Sie sich nicht! Oder wollen Sie, dass die beiden da vorne auf mich aufmerksam werden? Hören Sie mir jetzt ganz genau zu, was ich Ihnen sage. Wenn Sie mich verstanden haben, so strecken Sie die Finger Ihrer Hand aus. Verstanden?«

Ich streckte gehorsam die Finger der rechten Hand aus. Sofort setzte die Stimme wieder ein: »Sehr gut! Jetzt rutschen Sie ganz langsam rückwärts auf die Wand zu, aber so, dass es den Kerlen da nicht auffällt!« Ich schaute unwillkürlich zu meinen Wächtern hinüber. Yaccur erhob sich gerade, stampfte wie ein Kampfstier durch den Saal und blieb vor mir stehen.

»So, du Saukerl. Der *Meister* ist unterwegs. Er wird dich gleich übernehmen und dich für die Zeremonie im Zentrum vorbereiten. Aber vorher werde ich dir noch einen Denkzettel verpassen, dafür, dass du Croff umgelegt hast!« Er schnaubte, holte aus und gab mir einen Fußtritt, der mir die Tränen in die Augen trieb.

Ich schrie auf, besaß aber noch genug Selbstbeherrschung, mich auf die Wand zuzuwälzen. Yaccur lacht höhnisch, drehte sich um und setzte sich wieder.

Ich wunderte mich, dass er den hinter mir liegenden Fremden übersehen hatte. Ich überlegte schon, ob es sich dabei um einen schäbigen Trick handeln könnte, mit dem man mich hereinlegen wollte. Da atmete jemand neben mir hörbar auf und legte seine Hand auf meinen rechten Unterarm. Sie fühlte sich an wie in Eiswasser getaucht.

»Gut gemacht, Craven. Und jetzt folgt die Überlistung der Wachen, zweiter Teil. Wundern Sie sich über nichts, was jetzt geschieht, und bleiben Sie um Gottes willen mucksmäuschenstill!«

Mit diesen Worten packte mich der Fremde am Kragen und am Gürtel und zog mich vorsichtig nach hinten. Mit einem Mal verschwamm die Welt vor meinen Augen. Tränen liefen mir über die Wangen und machten mich für einige Sekunden blind. Als ich wieder sehen konnte, erschrak ich trotz der Warnung des Fremden.

Ich löste mich aus mir selbst heraus. Während ich doch spürte, wie ich langsam nach hinten gezogen wurde, blieb mein Körper genau dort liegen, wo mich Yaccurs Fußtritt hingefegt hatte. Ich starrte entsetzt auf meinen Rücken, schaute dann an mir selbst herab und erschrak noch mehr. Wo eigentlich mein Körper und meine Beine hatten sein müssen, sah ich leere Luft.

»Sie können mir jetzt gratulieren, Robert Craven«, raunte mir der Fremde zu. »Auch dieses verdammte Labyrinth war nicht in der Lage, die magischen Kräfte eines Magnus Morjaerd völlig zu zerstören!«

Als ich diesen Namen hörte, zuckte ich zum dritten Mal zusammen. Ich kannte diesen Mann! Erregt wollte ich mich herumwälzen, doch der Fremde drückte mich zurück.

»Nicht so heftig, Craven. Lassen Sie mich Ihnen erst die Fesseln lösen!«, flüsterte er und nestelte an meinen Handgelenken herum. Ich konnte in meiner Aufregung nicht warten, bis er fertig war, sondern drehte den Kopf so weit wie möglich nach hinten.

»Sind Sie wirklich Magnus Morjaerd, der bekannte Okkultist aus Kopenhagen?«, fragte ich den Unsichtbaren.

»Natürlich«, antwortete er. Seine Stimme klang beleidigt.

Eindeutig.

Als wir durch die hinter einem Vorhang verborgene Tapetentür glitten, schälte sich die Gestalt meines Retters so abrupt aus dem Nichts, dass ich im ersten Moment zurückprallte. Es war fast so, als ob wir die Grenze zu einem Reich der Unsichtbarkeit hinter uns gelassen hätten. Die versteckte Tapetentür war nicht nur eine von zahllosen Türen in diesem unübersehbaren Labyrinth, sondern eine Tür zurück in die Wirklichkeit – oder zumindest ein Stück näher heran an die Wirklichkeit und die Welt, die ich kannte und in der ich aufgewachsen war, denn auch ich nahm wieder Gestalt an.

Mein Begleiter schloss die Tür zum Spiegelsaal mit einem zufriedenen Schnaufen, drehte sich zu mir herum und reichte mir die Hand. Sie war so kalt wie alles Lebendige, was ich in diesem Labyrinth schon berührt hatte. Er bemerkte mein Zurückweichen, und sein Blick wurde finster. Dennoch begrüßte er mich mit einer gewissen, wenn auch distanzierten Freundlichkeit.

»Ich freue mich sehr, Sie zu sehen, Mister Craven. Willkommen in diesem Labyrinth des Wahnsinns!« Er lächelte bei diesen Worten, aber in seinen Augen stand eine Kälte, die mir sagte, dass sie mehr waren als eine Floskel.

Obwohl er einen mit allen möglichen magischen Zeichen bestickten Talar trug, erkannte ich ihn doch sofort. Sein hageres Gesicht, das jetzt noch bleicher als früher wirkte, und das schüttere blonde Haar waren unverkennbar.

Dieser Mann war Magnus Morjaerd, der bekannte Wissenschaftler und Sammler okkulter Schriften und Gegenstände. Persönlich hatte ich ihn niemals gesehen, aber Howard hatte von ihm erzählt und mir dabei Bilder gezeigt, die einmal in der *Herald Tribune* erschienen waren. Er war vor einigen Jahren in London aufgetaucht und hatte dabei auch Howard besucht, um mit ihm über seine neuesten Erkenntnisse zu diskutieren.

Das Gespräch war für beide nicht sehr angenehm gewesen. Howard nannte ihn im Zorn einen üblen Scharlatan, während ich ihn nur für verschroben hielt; nach allem, was ich über ihn gehört hatte. Später hatte Howard ihn dann noch einmal im Palais der Lady Lyssonhall getroffen, wo er eine Séance leitete, zu der ihn die Gastgeberin als Medium eingeladen hatte.

Ich konnte mich gut an die bissigen Bemerkungen Howards erinnern, was die Szene anging – er hatte von einem albernen Brimborium geredet …

Kurz und gut, ich hielt verdammt wenig von Morjaerd. Aber ich stand nun einmal tief in seiner Schuld.

»Mister Morjaerd, ich … stehe in Ihrer Schuld«, sagte ich dann auch, als ich mich wieder etwas gefasst hatte. Die Worte klangen ein wenig holperig, aber ich war noch immer nervös und durcheinander.

Genau genommen war ich nicht dazu gekommen, auch nur einen klaren Gedanken zu fassen, seit ich in dieses – wie hatte Morjaerd es genannt? – Labyrinth des Wahnsinns gekommen war …

»Das war nicht der Rede wert«, wehrte er weniger bescheiden als überheblich ab.

Ich lächelte, sah demonstrativ an mir herab und starrte dann den skandinavischen Magier an. »Ich hoffe, Sie verzeihen mir die Frage, aber ich würde doch gerne wissen, wie Sie diese eigenartige Unsichtbarkeit erzeugt haben«, sagte ich.

»Mit Magie, Mister Craven«, antwortete er herablassend. »Durch die Macht über Zauberkräfte, die Sie weder kennen noch verstehen dürften. Damit habe ich uns beide für menschliche Augen unsichtbar gemacht und Sie gleichzeitig durch ein Scheinbild ausgetauscht. Der Rest war ein Kinderspiel!«

»Und wie lange, glauben Sie, werden Yaccur und Sidos auf meinen Doppelgänger hereinfallen?«

»Auf alle Fälle so lange, bis wir uns in das von mir vorbereitete Versteck zurückgezogen haben, in dem uns auch Adurias, die mächtigste Kreatur dieses Labyrinths, nicht finden wird«, erklärte er mit verächtlich klingender Stimme.

»Die Kreatur des Labyrinths? Wer ist das?«

Morjaerd runzelte die Stirn, als fühle er sich durch meine Neugier aufs Höchste belästigt. »Das werden Sie erfahren, wenn es an der Zeit ist. Jetzt müssen wir erst einmal weiter«, sagte er kurz angebunden, wandte sich um und klatschte einmal in die Hände. Ein untersetzter Mann trat hinter einer Säule hervor, verbeugte sich vor ihm und öffnete uns die Tür ins nächste Zimmer.

»Das ist mein Diener Arne Sten«, stellte mir Magnus Morjaerd den Mann vor und ließ sich die große Ledertasche reichen, die Arne Sten mit sich schleppte. Er warf einige magische Utensilien, die er wohl für den Unsichtbarkeitszauber gebraucht hatte, hinein und bedeutete mir, ihm zu folgen.

Er führte mich durch mehrere große Barockräume, deren Wände und Decken unter ihrer Gold- und Stuckverzierung beinahe zusammenbrachen. Ich fühlte mich müde und zerschlagen, und jetzt, nachdem die unmittelbare Gefahr vorüber war, begann sich mein Körper wieder zu melden; mein Gaumen schmerzte vor Durst, und in meinem Magen machte sich ein Hungergefühl breit, das beinahe an Übelkeit grenzte. Ich blieb stehen, sah Morjaerd Verzeihung heischend an und bat ihn um einen Schluck Wasser.

Aber der Magier schüttelte nur bedauernd den Kopf. »Ich fürchte, in Dingen wie Essen und Trinken kann ich Ihnen nicht dienen, Craven«, sagte er. »Wir Labyrinthgeschöpfe ernähren uns auf ... andere Weise.«

Verwirrt starrte ich Morjaerd und sein Faktotum an, und wieder fiel mir der sonderbare, kaum in Worte zu kleidende Unterschied zwischen ihnen und wirklichen, lebenden Menschen auf. Mit einer Mischung aus Furcht und einem Gefühl matter Neugier musterte ich meine beiden Begleiter noch einmal genauer, gründlicher.

Natürlich waren sie keine Zombies, dazu sahen sie noch zu sehr wie Menschen aus. Ich glaubte auch nicht, Widergänger oder Vampire vor mir zu haben. Und doch unterschieden sich Morjaerd und sein Diener in irgendeiner Art von lebenden Menschen. Es war weniger die Kälte, die sie verströmten, nicht einmal ihre Augen, die wie gläserne Murmeln aussahen, sondern vielmehr ihre Bewegungen, die seltsam müde und kraftlos wirkten.

Ich erinnerte mich an die Dame in dem Herrenhaus, wo ich zum ersten Mal mit Croff, Sidos und Yaccur gekämpft hatte. Sie war mir schon so leblos vorgekommen. Noch schlimmer war es bei den Gläubigen in der Kirche gewesen, die wie Marionetten in einem obskuren Puppenspiel gewirkt hatten.

»Warum nennen Sie sich Labyrinthgeschöpfe? Was ist mit Ihnen geschehen?«, fragte ich.

Morjaerd zog unwirsch die Augenbrauen zusammen. »Ich sagte Ihnen doch schon: alles zu seiner Zeit!«

Wir kamen durch eine weitere Tür und standen plötzlich in einer düsteren, rußigen Kate. Ihr Boden war dick mit halb verfaulten Binsen bestreut. Die Platte des schmutzigen Tisches war gesprungen, und der Schemel, der davor stand, besaß nur noch drei Beine. In der Ecke war ein wirres Strohlager aufgeschichtet, das nach Schweiß und menschlichen Ausscheidungen stank.

Ich konnte mir keinen stärkeren Gegensatz zu den prunküberladenen Räumen vorstellen, durch die wir eben gekommen waren. War dies das Versteck, in das Morjaerd mich bringen wollte?

Doch da räumte Arne Sten auf einen Befehl seines Herrn die schmutzigen Binsen beiseite und öffnete eine Falltür, die darunter zum Vorschein kam. Der Luftschwall, der aus der Öffnung quoll, roch ausnahmsweise nicht nach Moder und Fäulnis, sondern brachte den Geruch von feuchter Erde mit sich.

»Diesen Weg hier kennen nicht einmal Adurias und seine Kreaturen«, erklärte Morjaerd stolz, wandte sich um und machte Anstalten, unverzüglich in die Tiefe zu steigen. Ich fasste ihn am Arm und hielt ihn auf.

»Können Sie mir jetzt endlich sagen, was es mit diesem Adurias und diesem Labyrinth auf sich hat? Ich habe keine Lust, Ihre Rätselspiele noch länger mitzumachen!«, sagte ich verärgert.

»Ich habe es Ihnen doch schon zweimal gesagt –«

»Ja, ja, alles zu seiner Zeit!«, unterbrach ich ihn ungehalten.

»Wenn Sie es wissen, brauche ich es nicht zu wiederholen, Craven«, erwiderte er und stieg die Treppe hinab. Ich sah Arne Sten wütend an.

»Ist Morjaerd eigentlich immer so komisch?«

»Der Meister und komisch?«, fragte mich der Diener entsetzt. »Er ist der erhabene Herr aller Magie! Nur seine Kraft kann uns davor bewahren, auf ewig in diesem schrecklichen Labyrinth eingeschlossen zu werden. Außerdem sollten Sie dankbar sein, dass er sich herabgelassen hat, Sie zu befreien!«

»Das bin ich ja«, antwortete ich unwirsch. »Aber mich ärgert trotzdem die Art, wie er mich behandelt. So kann er vielleicht mit einem Rotzjungen umgehen, aber nicht mit mir!«

Arne Sten musterte mich mit einem empörten Blick, sagte aber nichts und schob mich die Treppe hinab.

»Die verschobenen Binsen werden unseren Verfolgern den Weg weisen«, warf ich ein, während er die Falltür schloss.

Morjaerd sah mich mit einer so eisigen Miene an, als hätte ich ihn öffentlich einen Esel genannt.

»Craven, begreifen Sie denn noch immer nicht, dass ich nicht einfach nur ein Gaukler bin, der in London einigen halb verrückten Gesellschaftsdamen seine Taschenspielertricks vorgeführt hat? Ich bin ein Träger gewaltiger magischer Kräfte und der Herr über tausend Geister. Mein Zauber deckt unseren Rückzug sicherer, als ganze Armeen es könnten.«

Er erklärte natürlich nicht, mit welchem Zauber er diesen Schutz bewerkstelligen wollte. Ich hätte ihn zwar gerne gefragt, hatte aber keine Zeit mehr dazu, denn nun gerieten wir buchstäblich in die Unterwelt.

Der Gang, durch den wir mehr krochen als gingen, war in den nackten Fels gehauen. Sein Boden war so uneben und glatt, dass ich ausrutschte und mir die Knie aufschürfte. Dann erreichten wir den Eingang zu einer Höhle, in der es so dunkel war, dass ich die Hand nicht vor den Augen sehen konnte.

Zu meinem Glück wurde es jedoch bald heller, und wir erreichten einen viereckigen Schacht, der aus behauenen Sandsteinblöcken gemauert war.

Eine alte Holzleiter, der schon etliche Sprossen fehlten, führte an der Wand nach oben. Morjaerd und sein Diener kletterten sofort ohne Pause hoch. Ich sah ihnen nach, bis sie eine Art Brüstung erreichten und auf eine andere Leiter überwechselten, dann folgte ich.

Der Schacht kam mir irgendwie seltsam vor. Seine Erbauer hatten in gewissen Abständen kleine Fenster oder Luken ins Mauerwerk eingelassen, obwohl dahinter nur blanker Fels zu sehen war. Die Anlage erinnerte mich an irgendetwas. Ich wusste nur, dass diese Erinnerung nichts mit Bergbau zu tun haben konnte.

Nachdenklich stieg ich die letzte Leiter hoch. Arne Sten erwartete mich oben und half mir in eine viereckige Kammer, in der ein Gerüst aus wuchtigen Balken stand, das drei schwere Glocken trug.

Zuerst glaubte ich nicht richtig zu sehen. Doch als ich den Mantel der größten Glocke berührte und vorsichtig mit dem Knöchel dagegenschlug, hörte ich einen vollen, bronzenen Klang.

»Was machen Sie denn schon wieder für einen Unsinn!«, kreischte Morjaerd in komisch gespielter Verzweiflung. »Wollen Sie uns unbedingt Verfolger auf den Hals hetzen?«

Ich starrte die Glocken an und musste sie als Realität anerkennen. Der Schacht war nichts anderes als ein Kirchturm, der durch irgendeinen verrückten Zauber *unter die Erde geraten* war.

Nach einem letzten Blick in die Glockenstube folgte ich schließlich den beiden Dänen in das Innere der kupferbeschlagenen Kirchturmkuppel. Zwei primitiv gefertigte Betten, ein wackeliger Tisch und zwei Obstkisten, die wohl Stühle darstellen sollten, bildeten das ganze Mobiliar. Arne Sten stellte die Ledertasche, die er den ganzen Weg mit sich geschleppt hatte, an die Wand und stieg wieder in den Schacht hinab.

Eine Minute später kam er mit einem großen Tonkrug und zwei Bechern zurück. Er stellte beides wortlos auf den Tisch und schenkte ein. Während Morjaerd einen Becher ergriff und mir zutrank, holte der Diener ein Tablett mit verschiedenen Speisen und legte es uns vor.

»Wir Labyrinthgeschöpfe benötigen zwar weder Speise noch Trank, um existieren zu können, aber Sie werden sicher nichts dagegen haben, wenn ich bei Ihrer Mahlzeit mithalte. Zum einen besitzen wir doch eine gewisse Gier nach solchen Dingen, und zum anderen ist es für mich ein symbolischer Akt, der die Verbindung zur Welt von draußen aufrechterhält«, bemerkte Morjaerd so höflich, wie ich es von ihm nicht erwartet hätte. Gleichzeitig war ihm deutlich anzumerken, wie sehr er mich um meinen Appetit beneidete.

Trotzdem griff ich nach Kräften zu und aß und trank; zuerst schnell und beinahe überhastet, dann, nachdem der erste quälende Hunger und Durst gestillt war, langsamer. Schließlich schob ich den Teller zurück, nickte Sten noch einmal dankbar zu und wandte mich an Morjaerd.

»Also«, sagte ich »jetzt wird es Zeit, dass Sie mich über dieses ... Labyrinth aufklären, finden Sie nicht?«

Der Däne verzog sein Gesicht zu einer Grimasse hilflosen Zorns und starrte mich aus seinen glasig wirkenden Augen an. Dann stellte er sein Weinglas heftig auf den Tisch und nickte.

»Das sollen Sie erfahren, Robert Craven. Von Anfang an. Ich weiß, Sie sind wie auch Ihr Freund Howard in London ein reiner Dilettant und kaum je mit den wesentlichsten Geheimnissen der Magie in Berührung gekommen. Daher werde ich mit meinen früheren Erlebnissen beginnen, bevor ich auf das Labyrinth zu sprechen komme. Da Sie in London Zugang zu Zirkeln hatten, die sich oberflächlich mit okkulten Wissenschaften befassen, haben Sie vielleicht schon einmal den Begriff der GROSSEN ALTEN gehört.«

Ich musste mich beherrschen, um nicht vor Überraschung aufzuspringen. Was redete dieser Morjaerd von Dingen, mit denen mein Schicksal so eng verknüpft war? Aber ich beherrschte mich im letzten Moment. Was ich darüber wusste, ging ihn natürlich nichts an, und angesichts seiner Arroganz beschloss ich, den Laien in magischen Dingen zu spielen.

»Die GROSSEN ALTEN?« Ich tat so, als müsse ich überlegen, wo und in welchem Zusammenhang ich dieses Wort schon gehört hatte. Dann nickte ich. »Ja, gehört habe ich den Begriff schon einmal«, sagte ich mit harmlos klingender Stimme.

Morjaerd warf mir einen halb zufriedenen, halb verächtlichen Blick zu und begann zu erklären: »Die GROSSEN ALTEN existierten vor vielen Millionen Jahren. Sie waren damals die Herren der Erde und besaßen ein Wissen, das die Menschheit auch in tausenden von Jahren nicht erreichen wird. Doch im Verlauf der Zeit verschwanden die GROSSEN ALTEN von der Erde. Es gibt heutzutage nur noch einige wenige, meist magisch befähigte Dinge, die von ihnen stammen. Bei einer Séance in London«, fuhr er fort, »natürlich nicht bei dieser lächerlichen Sitzung im Haus der Lady Lyssonhall, wo ich das Medium spielte, sondern bei einer Sitzung erfahrener und mächtiger Kenner der Magie kam ich einem dieser Relikte auf die Spur. Als Standort machte ich die Van Dengsterstraat in Amsterdam ausfindig.«

Morjaerd machte eine Pause und sah mich gespannt an.

Ich versuchte, dem Okkultisten noch weitere Informationen zu entlocken und lachte spöttisch auf. »Aber das sind doch nur Märchen!«

Morjaerd fuhr zornig von seiner Obstkiste hoch. »Sie nichtsnutziger Grünschnabel! Schweigen Sie wenigstens, wenn Sie schon nichts von diesen Dingen verstehen! Würde es sich nämlich wirklich um ein Märchen handeln, dann säßen wir beide nicht hier!«

»Also gut«, sagte ich, um die Sache nicht auf die Spitze zu treiben. »Selbst wenn Sie recht hätten – welche Konsequenzen hätte das für uns?«

»Die schlimmsten! Es sei denn, es gelingt mir, die Sache zum Guten zu wenden«, antwortete Morjaerd im Vollgefühl seiner Überlegenheit. »Doch bevor ich auf meine Pläne zu sprechen komme, will ich meinen Bericht zu Ende bringen. Also, ich erfuhr in London von diesem Relikt der GROSSEN ALTEN und erkannte auch sofort, dass um dieses ... Versteck herum Gefahren lauerten, mit denen selbst so ein geübter Magier wie ich zu rechnen hätte. Ich traf sofort die Vorbereitungen für diese ungewöhnliche Expedition und machte mich mit meinem getreuen Diener auf den Weg hierher. Wir erreichten glücklich die Van Dengsterstraat und drangen in das Labyrinth ein. Schon nach kurzer Zeit wurden wir von Adurias und seinen Kreaturen angegriffen. Es gelang mir jedoch mit meinen Kräften, ihre Angriffe abzuwehren. Mit Hilfe meines magischen Kompasses drangen wir immer tiefer in das Labyrinth ein und erreichten schon bald jenes kuppelförmige Ding, welches das Herz dieses magischen Irrgartens bildet. Ich begann mit einem Ritual, welches mir das Versteck eines ... äh ... gewissen Buches eröffnen sollte und sah auch schon den Erfolg greifbar vor mir. Da griffen die schwarzen Mächte des Labyrinths ein und störten meine Zeremonie. Ich versuchte mich gegen sie zur Wehr zu setzen, doch ich war nicht auf diesen Angriff vorbereitet und unterlag. Mein Diener und ich wurden von dem Wesen des Labyrinths bezwungen und zu dem gemacht, was wir heute sind. Und was Sie morgen sein werden, wenn Sie meinen Rat nicht befolgen, Craven!«

Morjaerds Stimme schwoll an, und seine letzten Worte trafen mich wie Peitschenhiebe. Ich erschrak, denn ich nahm in Morjaerd Kräfte wahr, die jeder Beschreibung spotteten. Vor mir stand nicht der linkische und verschrobene Hokuspokusexperte, den Howard in London kennen gelernt hatte, sondern tatsächlich ein Träger wahrer magischer Macht. Mit ihm als Verbündeten konnte es sehr wohl gelingen, das Geheimnis, das uns umgab, zu enträtseln.

»Was raten Sie mir?«, fragte ich ihn mit scheinbar eingeschüchterter Miene.

In seinen Augen flammte es triumphierend auf. »Das erfahren Sie, wenn ich Sie tiefer in die Geheimnisse des Labyrinths eingeweiht habe und Sie bereit sind, sich meiner überlegenen Führung anzuvertrauen!«

Zuerst stürmten nur verworrene Muster auf Shannon ein, die wenig Ähnlichkeit mit dem Spinnennetz des Labyrinths besaßen. Dann nahm er wirre Bilder von hoch aufragenden Tempeln und Häusern wahr und sah in tiefe Keller und Höhlen. Zuletzt entdeckte er bleiche, kalte Gestalten, die keine Menschen mehr waren, weil das Labyrinth ihnen die Lebensessenz geraubt hatte.

Er stöhnte und warf seinen Körper wie in einem Albtraum herum. Dann strömte ihm neue Energie aus seinem Inneren zu und gab ihm die Kraft, seine Gedanken zu klären. Für einen flüchtigen Augenblick sah er noch einmal Schatten und bizarre, sinnlose Dinge. Dann stürmten die Informationen, die er benötigte, wie ein Wasserfall auf ihn ein.

Als Erstes leuchtete die kobaltfarbene Sonne im Zentrum des Labyrinths auf. Dann folgte das Spinnennetz, welches die Wege durch das Gewirr bezeichnete. Gleichzeitig entdeckte er sich selbst und nahm befriedigt wahr, dass er ein gutes Stück näher an das Zentrum des Labyrinths herangekommen war. Als Nächstes wurde sein geistiger Blick auf den graublauen Stern gelenkt, der den Labyrinthmagier Adurias darstellte.

Shannon bemerkte, dass sich nur mehr zwei Wächter des Labyrinths bei Andurias aufhielten. Zwar befand sich ein einzelner, kleiner, dunkler Stern in der Nähe des Labyrinthmagiers, doch dabei handelte es sich um keinen Wächter, höchstens um eine Gestalt, die sich in der Entwicklung zum Wächter befand.

Also musste der dritte Wächter, den Shannon bei der Orientierung vor seinem Eindringen in das Labyrinth entdeckt hatte, in der Zwischenzeit umgekommen sein. Doch dazu waren Kräfte vonnöten, wie sie nur ein so gründlich ausgebildeter Magier wie er besaß.

Seine Beobachtung konnte nur eines bedeuten – nämlich dass sich noch jemand in diesem Gewölbe aufhielt, um das Geheimnis des Zentrums zu enträtseln. Trotz des Trancezustandes, in dem sich Shannon befand, krampfte sich seine Rechte um den Dolch. *Es darf dir niemand zuvorkommen,* hörte er in Gedanken seinen *Meister* befehlen. Erregt durchsuchte er das Labyrinth. Plötzlich entdeckte er jenseits des Zentrums zwei helle Sterne.

Einer davon wirkte so kalt wie die Wintersonne und war irgendwie dem Labyrinth verhaftet. Der ist unwichtig, befand Shannon und konzentrierte alle Energie auf den anderen. Nicht lange, da schälte sieh vor seinen Augen ein schmales Gesicht heraus. Er sah die hohen Backenknochen, den gepflegten Bart und die weiße, wie ein Blitz gezackte Strähne im schwarzen Haar so deutlich vor sich, dass ihn sein eigener Aufschrei aus der Trance herausriss.

»Das Herz des Labyrinths«, erklärte Morjaerd, »wurde vor unendlichen Zeiten von den GROSSEN ALTEN als ein Zentrum ungeheurer magischer Kräfte geschaffen. Welchen Zweck sie damit verfolgten, habe ich leider nicht herausfinden können. Nur eines ist sicher: Das Labyrinth selbst hat damals noch nicht existiert. Erst als die GROSSEN ALTEN bezwungen wurden und diesen Pol magischen Potenzials nicht mehr kontrollierten, konnte es sich selbstständig machen und zu wachsen beginnen. Es wurde im Verlauf der Jahrhunderttausende immer stärker und begann zuletzt eigenes Leben und eigene Intelligenz zu entwickeln. Doch schon bald reichten die Kraftreserven nicht mehr aus, die das neu geschaffene Wesen dem magischen Pol, aus dem es entstanden ist, entziehen konnte. Um seine unheilvolle Existenz zu erhalten, musste es sich andere Formen von lebender Energie suchen und begann zunächst, Tieren ihre Lebenskraft zu entziehen. Aus dieser Zeit stammen die Ungeheuer, die in seinen Tiefen leben. Aber die von den Tieren gewonnene Kraft genügte diesem ungeheuerlichen Geschöpf nicht. Um seinen Hunger nach essentieller Nahrung zu stillen, griff es nach den Lebensenergien von Menschen und verleibte sie sich samt ihren Häusern, Burgen, Schlössern und heiligen Stätten ein. Dabei entdeckte es schon bald, dass es Menschen und auch von Menschen geschaffene Orte mit einer besonderen Art von geistiger Kraft gab ...«

»Magie?«, warf ich ein und erntete dafür einen bösen Blick.

»Natürlich nicht nur Magie! Jede Art von spiritueller Kraft dient dem Labyrinthungeheuer als Nahrung! Lassen Sie mich gefälligst ausreden und unterbrechen Sie mich nicht mit dummen Bemerkungen! Also ... Das Monstrum, das aus den außer Kontrolle geratenen Kräften der GROSSEN ALTEN entstand, ließ sich als Parasit in den menschlichen Zivilisationen nieder, verleibte sie sich häuser- und städteweise ein und wuchs und gedieh wie nie zuvor. Doch gerade die Menschen mit magischen Fähigkeiten, die seine liebste Beute waren, ließen sich am schwersten fangen. Sie setzten sich zur Wehr und schlugen die Angriffe des Wesens öfter zurück, als dass sie ihm zum Opfer fielen. Da verlockte das Wesen Adurias, einen der Magier, der sich gegen es behauptet hatte, in seine Dienste zu treten. Auf seinen Wanderungen durch Raum und Zeit hatte es die Landschaften und Gebäude zusammengestohlen, aus denen Adurias nun ein fallenreiches Labyrinth schuf. Kein Zauberer und kein Magier sollte mehr eine Chance bekommen, dem Zugriff des unheilvollen Wesens zu entgehen. Soweit ich weiß, ist dies auch nur noch einigen wenigen Mächtigen gelungen ...«

»Der große Magnus Morjaerd hat wohl nicht dazugehört!«, sagte ich bissig.

Morjaerds Gesicht verzerrte sich vor Wut, und ich glaubte schon, dass er mir an die Kehle springen würde Aber er befahl nur seinem Diener, die Tasche zu bringen, und zog einen schwarzen, eiförmigen Gegenstand heraus.

»Nehmen Sie es in die Hand!«, befahl er. Ich folgte zögernd seinem Willen und erschrak beinahe vor der magischen Energie, die zwischen meinen Fingern pulste.

»Dies ist mein magischer Kompass, den ich vor vielen Jahren in einem Maya-Tempel im Dschungel von Guatemala gefunden habe. Mit seiner Hilfe bin ich schon einmal an Adurias und allen seinen Fallen vorbei bis in das Herz des magischen Irrgartens vorgedrungen. Er wird mich auch ein zweites Mal führen. Und im Gegensatz zu meinem ersten Vorstoß weiß ich jetzt, wie ich das Labyrinth überlisten kann!«

So einfach, wie es sich Morjaerd vorstellte, schien mir die Lösung unserer Probleme nun doch nicht zu sein. Außerdem, wenn er sich so sicher fühlte, warum hatte er dann das Labyrinthwesen noch nicht überlistet? Ich fragte ihn danach. Doch er lachte mich nur aus.

»Weil mir eine entscheidende Waffe dazu fehlte – Sie! Nun, genauer gesagt, irgendein Mensch, der eine gewisse Ahnung von magischen Dingen hat. Und der vor allem dem Labyrinth noch nicht zum Opfer gefallen ist.«

Bei dem Wort *Waffe* fiel mir mein Stockdegen ein. Ich sah mich unwillkürlich um und erregte dadurch Morjaerds Unwillen.

»Was haben Sie auf einmal?«, fragte er ungehalten.

»Es geht um meinen Spazierstock. Er muss noch in dem Barocksalon liegen, aus dem Sie mich befreit haben! Es handelt sich dabei um ein altes Erinnerungsstück, an dem ich sehr hänge und das ich ungern verlieren würde«, antwortete ich und überlegte, wie ich Morjaerd dazu bringen könnte, mich dorthin zu führen, ohne dass ich ihn in das Geheimnis des im Knauf eingeschmolzenen *Shoggotensterns* einweihen musste.

»Sie haben ja Ideen! Mein Herr will Ihnen erklären, wie wir diesem Labyrinth entkommen können, und Sie machen sich Sorgen um einen alten Gehstock«, fauchte Arne Sten empört.

Doch Morjaerd schien meinen Verlust weit tragischer zu nehmen als sein Diener.

»Das ist kein Problem, Mister Craven. Wenn Sie es wünschen, wird mein Diener Ihren Stock sofort holen«, sagte er eilfertig.

»Ich wäre Ihnen sehr verbunden«, antwortete ich ebenso verblüfft wie erleichtert.

»Aber *Meister,* Sie können mich doch nicht wegen eines simplen Spazierstocks durch das Labyrinth hetzen. Das ist doch zu gefährlich! Wenn mich Adurias oder seine Leute entdecken, können sie mir bis hierher folgen!«, protestierte der Diener erregt.

Morjaerd fixierte ihn böse mit seinem Blick. »Du vergisst, dass du zu gehorchen hast!«, sagte er scharf.

Arne Sten wollte widersprechen, doch Morjaerd schlug mit der Faust auf den Tisch. »Damit basta. Und jetzt geh!«

Arne Sten senkte den Kopf und drehte sich mit müden Schritten um. Morjaerd sah ihm nach, bis er verschwunden war, und nickte mir dann zufrieden zu. Er schien regelrecht erleichtert, Sten unter einem Vorwand fortgeschickt zu haben.

»Ich danke Ihnen, dass Sie mir unbewusst einen Grund gegeben haben, meinen Diener fortzuschicken. Denn er ist schon zu stark vom Labyrinth beherrscht, als dass er in meinen Plan eingeweiht werden dürfte! Also, hören Sie zu!«

»*Was* wollen Sie, Morjaerd?«, fragte ich den Dänen fassungslos. »Meine Lebenskraft?«

»Aber Mister Craven! Sie tun ja geradezu, als hielten Sie mich für einen Vampir! Natürlich will ich Sie nicht völlig aussaugen. Ich brauche nur ein ganz klein wenig Ihrer Kraft, um mich gegen das Labyrinth stellen zu können. Sehen Sie, dieser Dämon hat mir all mein magisches Wissen und Können gelassen. Doch ich kann nichts davon richtig anwenden. Für so kleine Taschenspielereien, wie mich und Sie unsichtbar zu machen, reicht es noch gerade. Aber wenn ich dem Labyrinth gegenübertreten und es unter meinen Willen zwingen will, brauche ich genau das, was es mir geraubt hat, nämlich Lebensessenz!«

»Aber Sie haben es doch schon einmal nicht geschafft!« antwortete ich misstrauisch.

»Da hatte ich noch nicht so viele Informationen über unseren Gegner wie jetzt«, erklärte Morjaerd in entschuldigendem Tonfall. »Vielleicht hätte es sogar geklappt, wenn mich dieser Esel von einem Sten nicht in der wichtigsten Phase meiner Beschwörung gestört hätte. Außerdem kann ich diesmal ja auf Ihre Unterstützung rechnen, oder etwa nicht?«

Ich nickte, aber ich vermochte den Keim des Misstrauens, der einmal gelegt worden war, nicht mehr vollends zu ersticken. Der Däne belog mich nicht direkt, dessen konnte ich mir sicher sein. Aber er sagte mir auch nicht die ganze Wahrheit – oder zumindest nur das, was er selbst für die Wahrheit halten wollte.

»Warum misstrauen Sie mir denn dann noch?«, fragte Morjaerd leicht beleidigt. »Wenn ich auf Ihre Hilfe angewiesen bin, darf ich Ihnen doch nicht schaden! Das sehen Sie doch wohl ein, oder nicht? Na also! Ich darf Sie außerdem daran erinnern, dass Sie ja im Grunde gar nicht mehr als ein Gefangener des Labyrinths sind und ihm früher oder später zum Opfer fallen würden. Es gibt keinen anderen Ausweg als den offenen Kampf. Entweder wird es zerstört, oder es zerstört uns. Und ohne mich und meine Magie sind Sie verloren, Craven!«

»Und was ist mit Adurias, Sidos und Yaccur? Wie sollen wir mit denen fertig werden?«

»Wenn ich erst meine Kräfte wieder richtig benutzen kann, werde ich diese Kreaturen mit Schattenbildern von uns fortlocken und so lange beschäftigt halten, bis alles vorbei ist«, erklärte Morjaerd. »Keine Sorge, Craven – sie sind schon einmal darauf hereingefallen; sonst wären Sie kaum hier, nicht wahr? Los, Craven! Sagen Sie ja und schlagen Sie ein!«

Es sah so aus, als hätte Morjaerd recht. Ich sah tatsächlich keine Möglichkeit, mich aus eigener Kraft aus dieser höllischen Falle zu befreien. So ergriff ich die Hand, die er mir entgegenstreckte, und sagte beinahe gegen meinen Willen: »Einverstanden!«

»Wunderbar«, rief Morjaerd, und in seinen Augen leuchtete es triumphierend auf. »Kommen Sie! Wir dürfen keine Minute verlieren!«

Da ertönte unter uns ein schleifendes Geräusch. Morjaerd sprang auf und eilte zur Luke, um in den Turm hinabzusehen. Nach einer Weile zuckte er mit den Achseln und wandte sich wieder zu mir um. »Nichts zu sehen. Es muss wohl eine Ratte gewesen sein.«

Er warf noch einen letzten Blick in die Tiefe, kam zum Tisch zurück und öffnete die große Ledertasche, die seine Zauberutensilien enthielt. »Wenn Sie nichts dagegen haben, beginnen wir jetzt mit der Beschwörung.«

»Sollten wir nicht besser auf Ihren Diener warten? Soviel ich gehört habe, braucht man für solche Zeremonien stets drei Leute«, wandte ich ein.

»Pah, da könnten wir ja gleich einen Ochsen oder ein Kamel in unseren Zirkel aufnehmen. Nein, nein. Sten hat kein magisches Geschick und auch nicht das erforderliche Wissen. Er stört uns höchstens. Außerdem besitze ich genug Kraft, um den Zauber auch ohne einen dritten Pol zu einem guten Ende zu bringen!«

Morjaerd sagte das in einem Ton, der keinen Widerspruch mehr duldete, und begann seine Vorbereitungen zu treffen. Mit pedantischer Genauigkeit zeichnete er mit magischer Glimmerkreide zwei Drudenfüße auf den Boden der Turmstube, zog zwei Kreise um sie und verband diese durch weiße und schwarze Pfeile, deren Spitzen auf den rechten Kreis zuliefen.

Als er damit fertig war, hängte er sich eine Kette mit einem roten Widderkopf um, nahm einen Elfenbeinstab aus der Tasche und kam auf mich zu.

»Die Beschwörung ist nicht ganz einfach, Mister Craven. Denken Sie daran, Sie dürfen sich während des Rituals nicht heftig bewegen oder aufspringen, denn sonst gefährden Sie uns beide! So, und jetzt legen Sie sich bitte in die Mitte des linken Kreises.«

Sein Gesicht gefiel mir gar nicht. Es hatte irgendwie einen lauernden, bösartigen Ausdruck angenommen, so als wäre eine Maske gefallen. Die Kälte, die seine Gestalt verströmte, schien zuzunehmen. Ich zögerte, aufzustehen.

»Bitte, Mister Craven. Die Zeit läuft uns davon. Die Beschwörung duldet keinen Aufschub«, drängte er.

Da ich mich immer noch nicht rührte, packte er mich am Arm und zog mich auf den Kreis zu. Ich protestierte gegen dieses rüde Verhalten. Doch er zerrte mich auf den Drudenfuß, stieß mich zu Boden und drückte mir dann die Spitze seines Stabes ins Gesicht, als wolle er mich brandmarken.

Ein heftiger Schlag fuhr durch meinen Körper und schien jede Faser in mir zu zerfetzen.

Ich wollte aufspringen, aber ich konnte es nicht mehr. Der unheimliche, eisige Hauch, der den Magier umgab, nahm weiter an Intensität zu – und plötzlich war es mehr als nur ein Gefühl. Meine Muskeln waren wie gelähmt. Ich bekam nicht einmal mehr den Mund auf, um meine Schmerzen hinauszuschreien.

Morjaerd sah mit diabolischer Freude auf mich herab. In seinen gläsernen Augen spiegelte sich sogar ein Anflug von Leben, als er mich an den Beinen packte und wie eine Gliederpuppe hin und herschleifte, bis ich in der von ihm gewünschten Position lag. Dann zog er ein Dreieck um die beiden Kreise, wobei er sorgfältig darauf achtete, die frisch gezeichnete Linie nicht mehr zu berühren oder zu überschreiten.

»Jetzt können Sie mir endgültig gratulieren, Craven«, sagte er mit höhnischem Lachen. »Die Zeit meiner Gefangenschaft in diesem Labyrinth des Wahnsinns neigt sich ihrem Ende zu. Schwillt nicht auch Ihr Herz vor Freude, dass Sie es sein dürfen, der mir zu meiner Freiheit verhilft? Wenn Sie williger gewesen wären, hätte ich Ihnen ja ein wenig von Ihrer Lebensenergie gelassen. Da Sie sich jedoch widerspenstig gezeigt haben, brauche ich mir keine Schranken aufzuerlegen! Jetzt wird es mir gelingen, mir das Labyrinth zu unterwerfen und das Herz seiner Macht an mich zu bringen. Aber Sie sollten mich nicht für allzu undankbar halten. Wenn ich mich zum Herrn des Dämons gemacht habe, werde ich Adurias und seine Spießgesellen beseitigen und Sie an seiner Stelle zu meinem ersten Diener machen.«

Er beendete seine Vorstellung mit einem hässlichen Lachen und stellte sich in den anderen Kreis. Die kabbalistischen Symbole auf seinem Talar leuchteten mit einem Mal auf, und der Widderkopf auf seiner Brust wurde von einem strahlenden Kranz umgeben. Doch noch war Morjaerd nicht bereit für seine Beschwörung. Er wollte seinen Sieg über mich bis zur Neige auskosten.

»Sie sind ein armer Narr, Craven. Ich habe beinahe Mitleid mit Ihnen«, spottete er. »Sie haben sich von Ihrem Freund Howard, der übrigens ein noch größerer Narr ist, dazu verführen lassen, Ihre Hände in die Geheimnisse der Magie und der verborgenen Mächte zu stecken. Jetzt empfangen Sie den gerechten Lohn für diese Vermessenheit.«

Bezüglich des Narren war ich mit ihm einer Meinung, und ich empfand eine furchtbare Wut auf mich selbst. Ich hätte mich selbst ohrfeigen können, doch er hatte mich so hilflos gemacht wie einen frisch geschlüpften Vogel. Nein, noch hilfloser, denn ein Küken besitzt wenigstens noch seinen Schnabel, mit dem es piepsen und hacken kann, wenn man ihm zu nahe kommt.

Ich konnte ja nicht einmal die Lippen bewegen, geschweige denn eine Hand.

Schon bei den ersten Worten von Morjaerds Beschwörung fühlte ich einen heftigen Schmerz und ein Zerren an meinen Gliedern. Gleichzeitig wurde es dunkel vor meinen Augen, doch ich verlor mein Bewusstsein nicht. Heiße Zungen leckten hungrig an meinen Armen und Beinen.

Für einen Moment wurde die Stimme des Magiers leiser. Sofort kehrte meine Sehkraft zurück, und die Muskellähmung wich ein wenig. Ich schöpfte schon Hoffnung, dass Morjaerd sich übernommen haben könnte, und drehte mühsam den Kopf.

Wie eine riesige Fledermaus stand Morjaerd mit weit ausgebreiteten Armen in seinem Kreis und flüsterte heiser seine Zauberformeln. Sein Atem ging schwer, und sein Gesicht hatte sich zu einer Grimasse verzerrt.

Hilflos musste ich zusehen, wie die Pfeile, die er zwischen den Kreisen gezogen hatte, aufglühten und sich tief in den Boden fraßen. Mit jedem Wort, das Morjaerd hervorstieß, mit jeder Sekunde, die verging, floss meine Lebenskraft zu ihm hinüber.

Der Magier blühte förmlich auf. Seine bleiche Farbe wich einem lebendigen Teint, seine Augen strahlten vor Begeisterung, und er reckte seine Fäuste triumphierend empor. Da tauchte neben ihm ein Schatten auf.

Im ersten Moment glaubte ich ein Trugbild zu sehen. Doch es war tatsächlich Arne Sten. Er trat jetzt mit wütender Miene an das flammende Dreieck und tippte Magnus Morjaerd mit dem Knauf meines Stockdegens an.

»*Meister*, Ihr habt doch auf mich warten wollen. Ihr habt gesagt, Craven hätte genug Leben in sich für uns beide. Und jetzt habt Ihr die Beschwörung ohne mich angefangen. Ihr wolltet mich doch nicht etwa übergehen oder betrügen?«

Morjaerds Gesicht färbte sich bei diesen Worten blutrot. Er wirbelte herum und schrie Sten an. »Störe mich nicht, du elender Kretin! Wer bist du denn schon, dass ich das wertvolle Leben meines Opfers mit dir teilen müsste? Verschwinde! Verkriech dich im nächsten Rattenloch!«

»Nein! Ihr dürft mich nicht im Stich lassen!«, kreischte Sten und wollte Morjaerd an der Schulter packen.

Dieser jedoch schwang seinen Zauberstab und rief etwas, das wie eine Verwünschung klang. Sofort glühte die Spitze des Stabes auf. Ein greller, unerträglich gleißender Blitz brach aus dem Stab, traf Arne Sten wie eine Nadel aus Licht in die Brust und schleuderte ihn mit haltlos rudernden Armen gegen die Mauer.

Ein paar Sekunden lang starrte Morjaerd noch auf seinen Diener, der ohne Bewusstsein am Boden lag. Dann trat er wieder in das Dreieck zurück und zog dessen Linien sorgfältig nach.

»Dieser verdammte Idiot«, schimpfte er vor sich hin. »Jetzt muss ich noch einmal von vorne anfangen!«

Der Gedanke, die nächsten Jahrhunderte als untotes Gespenst in diesem Labyrinth zu verbringen, womöglich noch als Faktotum dieses größenwahnsinnigen Dänen, erschien mir fast schlimmer als der Tod. Doch in dem Augenblick, in dem die Pfeile wieder aufleuchteten und ich das vampirhafte Zerren und Saugen spürte, begannen Stens Lider zu zittern.

Er bleckte die Zähne, stemmte sich mit hölzern wirkenden Bewegungen in die Höhe und streckte seine Hand nach meinem Stockdegen aus. Ohne jedes Geräusch hinkte er auf Morjaerd zu – und zog ihm den Kristallknauf über den Hinterkopf.

Der Däne ging ächzend in die Knie. Mit unmenschlicher Energie kam er jedoch sofort wieder hoch, wirbelte herum und schlug mit dem Zauberstab nach Sten.

Der Diener wich aus und hieb auf Morjaerds Unterarm. Der Zauberstab flog im hohen Bogen davon.

Morjaerd trieb Sten mit einem Fußtritt zurück und griff mit der Linken nach dem Stab. Da ließ Arne Sten den Stockdegen fallen, sprang seinen *Meister* an und krallte seine Hände um dessen Hals.

Der Magier bäumte sich auf und schlug um sich. Dabei stolperte er und riss Sten mit sich zu Boden.

Sie stürzten dabei aus dem Zauberkreis. Sofort hörte der Sog an meinem Körper auf, und ich konnte mich wieder bewegen. Morjaerds Abwehrversuche wurden nun immer kraftloser. Schließlich fuchtelte er nur noch mit beiden Armen in der Luft herum und sackte dann haltlos zusammen. Einen Moment lang hielt Sten noch Morjaerds erstarrten Körper in seinen Armen. Dann flammte der Magier auf und zerfiel zu glühender Asche.

Im selben Augenblick kehrte alle Energie, die mir Morjaerd bis dahin abgezogen hatte, in meinen Körper zurück. Ich sprang erleichtert auf, wich hastig zwei, drei Schritte von den beiden magischen Kreisen zurück und sah Sten dankbar an. »Besten Dank, Sten. Sie haben mir das Leben gerettet!«

Der Diener streifte die an seinen Händen haftende Asche ab und sah mich aus funkelnden Augen an. Dann schüttelte er den Kopf und verzog sein Gesicht zu einem schiefen Grinsen.

»Das war nicht der Rede wert, Mister Craven! Ich habe nur einen Verräter bestraft, der mich betrügen wollte. Außerdem habe ich ihm all die Demütigungen heimgezahlt, die ich im Lauf der Jahre durch ihn erfahren musste. Und dann musste ich natürlich verhindern, dass Ihre wertvolle Lebensenergie an eine so nutzlose Kreatur verschwendet wird.«

»Wollen Sie mich vielleicht selber aussaugen?«, scherzte ich.

»Nein, natürlich nicht!«, antwortete er lächelnd. Doch sein Lächeln gefiel mir nicht. Ich spürte, dass in dem Mann etwas vorging, das sich mit dem Verstand nicht begreifen ließ. Seine blassen Augen wurden dunkel wie die Nacht.

Er schoss so schnell auf mich zu, dass ich nicht mehr ausweichen konnte. Seine Hände packten mich und pressten mich gegen die Wand. Ich sah sein Gesicht dicht vor dem meinen und roch den kalten Moderatem, der aus seinem Mund drang.

»Jetzt ist dein sinnloser Kampf gegen das Labyrinth vorbei, Robert Craven«, sagte er. »Denn ich habe beschlossen, einem neuen Herrn zu dienen: Adurias! Ich will ihm den Wächter ersetzen, den du umgebracht hast. Und du wirst meine Referenz sein, damit er mich nimmt!«

Ich spürte die ungeheure Kraft, die Sten entwickelte, und wusste, dass ich kaum eine Chance gegen ihn hatte. Und doch war es eine andere Situation als bei meinem Kampf mit Croff. Sten besaß nicht die animalische Härte des Wächters, und ihm fehlte vor allem die Übung im Kampf.

Ich riss mich mit einer heftigen Bewegung aus seiner Umklammerung frei. Doch bevor ich meinen Stockdegen fassen konnte, war er wieder über mir.

Er täuschte einen Schlag in meinen Magen vor. Meine Hände zuckten unwillkürlich herab, da knallte er mir seine Faust gegen die Schläfe. Dann holte er mich von den Beinen und versuchte sich auf mich zu werfen.

Ich wälzte mich zur Seite, sah die Bodenluke auf mich zukommen und stürzte in die Glockenstube hinab, streifte im Fallen die große Glocke und blieb halb benommen auf dem Bretterboden liegen.

Über mir glitt Arne Sten durch die Luke und sprang mit einem einzigen Satz herab. Irgendwie schaffte ich es, auf die Beine zu kommen und das leicht hin und her schwingende Bronzemaul zwischen ihn und mich zu bekommen.

Wir schlichen mehrmals im Kreis um das Hindernis herum, bis es Sten zu dumm wurde. Grollend packte er den Rand der Glocke und zog ihn auf sich zu. Dann stieß er sie auf mich zu. Ich duckte mich hastig und wich bis zur Wand zurück.

Der Klöppel schlug gegen den Glockenrand. Ein Dröhnen erfüllte die Kammer und hallte von den Wänden wider. Das Geräusch ging mir durch Mark und Bein, und ich presste die Hände auf meine Ohren.

Sten hinkte herum wie Quasimodo, stieß die Glocke auf ein Neues an und brachte dann auch eine zweite zum Klingen.

Bei jedem Schlag bohrten sich glühende Drähte durch mein Gehirn, und mein Körper vibrierte im Takt der Glocken.

»Geben Sie auf, Craven!« Stens Stimme drang wie ein Wispern durch das wahnsinnige Geläut. Irgendetwas in mir zwang mich zu nicken. Der Däne gab der großen Glocke lachend noch einen kräftigen Stoß.

Ich sah sie auf mich zukommen und krümmte mich in Erwartung des Glockenschlages. Doch da kam mir eine wahnwitzige Idee: Als die Glocke ihren höchsten Punkt erreicht hatte und zurückzuschwingen begann, sprang ich vor und krallte mich an ihren Rand fest. Ich ließ mich von ihr durch die ganze Glockenstube tragen. Sten wurde von meinen ausgestreckten Beinen erfasst, gegen ein Schallloch geschleudert – und flog hindurch.

Ich starrte für den Bruchteil einer Sekunde auf die Öffnung, hinter der vor wenigen Augenblicken noch massiver Fels zu sehen gewesen war, rannte zum Schallloch und steckte den Kopf hinaus.

Wie ein Stein fiel Sten in die Tiefe und schlug zwischen moosbedeckten Grabsteinen auf. Sein Schreien brach abrupt ab. Dann flammte ein kurzer Lichtschein auf, und es wurde still dort unten. Die ausklingenden Schläge der Glocken hörten sich auf einmal an wie Totengeläut.

Einen Moment lang blieb ich noch stehen und starrte in die Dunkelheit hinab, dann richtete ich mich auf, ging zurück und konzentrierte mich für eine Weile ganz darauf, mein wie wild rasendes Herz wieder zu beruhigen.

Ich zitterte am ganzen Leib. Stens Hände hatten schmerzende Abdrücke in meinem Fleisch hinterlassen, und ich glaubte noch jetzt, die ungeheure Kraft zu spüren, die in dem Körper dieses bizarren, untoten Labyrinthgeschöpfes geschlummert hatte.

Als ich mich etwas erholt hatte, kletterte ich in die Kirchturmkuppel zurück und nahm als Erstes meinen Stockdegen wieder an mich. Die Waffe gab mir einen Teil meiner Sicherheit zurück, sodass ich der Zukunft wieder mit einem gewissen Optimismus entgegensehen konnte. Da ich bisher nur sinnlos in diesem Labyrinth herumgeirrt war, beschloss ich, mein weiteres Vorgehen genauer zu planen.

Magnus Morjaerd hatte mir klargemacht, dass es normalerweise keine Chance mehr gab, das Labyrinth je wieder zu verlassen. Wer hineingeriet, wurde von Adurias und dessen Leuten gejagt, schließlich zur Strecke gebracht und seiner Lebensenergie beraubt. Dadurch wurde er selbst ein Teil des Labyrinths und führte ein Schattenleben in seinem Inneren. Das waren herrliche Aussichten: Ich fühlte mich wie eine in der Falle gefangene Ratte.

Aber nein, noch war ich zumindest Herr meiner Entschlüsse. Eine winzige Chance hatte ich noch – und die musste ich nutzen. Wenn Morjaerd recht hatte, war es anderen schon gelungen, den Kampf mit dem Wesen des Labyrinths aufzunehmen und es zumindest so lange unter Kontrolle zu halten, bis sie ihre Freiheit zurückgewonnen hatten.

Da ich diesen Kampf jedoch nicht aus der Ferne führen konnte, musste ich in das magische Herz des Labyrinths vordringen. Ich wusste nicht, was mich dort erwartete, und vor allem nicht, wie ich siegen konnte.

Um dem Monstrum zumindest nicht mit vollkommen leeren Händen gegenübertreten zu müssen, untersuchte ich die magischen Utensilien, die Morjaerd mit sich geschleppt hatte. Sein Stab war ausgebrannt, wie ich mit einem gewissen Bedauern feststellen musste; nur noch ein verkohltes Stück Elfenbein, das mir unter den Fingern zerbröckelte.

Mit dem, was ich sonst in der Tasche fand, konnte ich nichts anfangen. Die Kristalle, Figurinen und Wachsbilder besaßen entweder keine magischen Kräfte oder vielleicht nur solche, die allein Morjaerd hätte wecken können.

Nur der magische Kompass reagierte auf mich. Ich nahm ihn in die Hand und konzentrierte mich. Sofort spürte ich einen starken Zug in eine bestimmte Richtung und sah die Stele der GROSSEN ALTEN wie einen Scherenschnitt vor meinem inneren Auge auftauchen.

Shannon erstarrte in der Bewegung. Er hatte schon mehrmals miterlebt, wie sich das Labyrinth um ihn herum umschichtete, doch so stark wie diesmal war es noch nie gewesen. Es zog sich zusammen, stülpte sich wie ein Handschuh um, ließ Regionen in sich versinken und brachte andere aus seinen verborgensten Tiefen ans Licht.

Nicht um seiner selbst willen jedoch, das fühlte Shannon ganz deutlich, sondern weil es auf der Jagd war, auf der Jagd nach jemandem, dem es nicht mehr seine Kreaturen, sondern sich selbst entgegenwarf.

Einen Augenblick fürchtete der junge Magier, wieder an den Rand des Labyrinths geschleudert worden zu sein. Doch eine kurze Trance bewies ihm, dass die Veränderungen ihn stattdessen sogar bis fast an das Zentrum herangetragen hatten. Er musste nur noch die langgestreckte, hölzerne Halle durchqueren, deren Rückwand sich mit einem Mal hinter ihm geschlossen hatte.

Es war die seltsamste Halle, die Shannon je zu Gesicht bekommen hatte. Kaum mehr als drei Meter hoch und fünf Meter breit glich sie eher einem langgestreckten Gang, dessen anderes Ende im Halbdunkel versank. Eine Feuergrube, über der Rinder, Schafe und Schweine an eisernen Spießen gebraten wurden, zog sich durch die Mitte der Halle beinahe von einem Ende bis zum anderen. Und um das Feuer herum saßen einige Dutzend wilder Gestalten, die geradezu aus einem Land böser *Dschinns* zu stammen schienen.

Shannons Blick blieb an wirren blonden Mähnen und roten Bärten hängen, an gehörnten Helmen, riesigen Äxten, Schwertern und Schilden und an Gewändern aus grober Wolle und ungepflegten Pelzen, die zu den muskulösen, narbigen Körpern ihrer Träger passten. Zwischen den Bänken und Tischen liefen große, schmutzige Hunde herum und schnappten nach den Knochen, die die Männer ihnen zuwarfen. Ausgemergelte, armselige Sklaven schleppten berauschende Getränke herein, drehten die Spieße und bedienten ihre barbarischen Herren.

Diese sahen nicht so aus, als würden sie einen ungebetenen Gast willkommen heißen. Shannon, der im Schatten eines mit dämonischen Figuren geschmückten Hochsitzes stand, zerbrach sich den Kopf, wie er ungesehen durch die von Menschen und Hunden wimmelnde Halle schlüpfen konnte. Er vertraute den schwarzen Kräften, die ihm sein *Meister* übertragen hatte, und war überzeugt, mit diesen Nordlandbarbaren fertig zu werden. Aber er durfte sie nicht an untote Gespenster vergeuden, sondern musste sie für den Feind seines Herrn aufbewahren.

Da stand ein kahlköpfiger Mann auf, der sofort die Aufmerksamkeit aller anderen auf sich zog. Er trat vor den Hochsitz, verbeugte sich vor dem Fürsten, der darauf saß, und begann dann mit klangvoller Stimme raue Verse vorzutragen. Auch die Sklaven richteten ihre Blicke nach vorne, und Shannon stellte fest, dass sie die Hunde zum Schweigen brachten.

In die Stille fielen die Worte des Skalden wie Trommelschläge. Sie fesselten sogar Shannon, der sich durch das Spiel von Licht und Schatten wand, das die Flammen auf Wände warfen.

»Skallagrimson, du verstehst es, deinen König zu preisen!«, rief der goldhaarige Mann auf dem Thron, als der Skalde wieder schwieg. Er war von den Versen sichtlich geschmeichelt, denn er streifte seinen goldenen Armreif ab und warf ihn dem Skalden zu. Dieser fing den Ring geschickt auf und verbeugte sich erneut.

»Ich danke Euch für das Gold, König Harald. Doch müsstet Ihr Euch für die Verse selber danken. Denn es ist Euer Ruhm, der sie in meinem Munde formt!«

Die Antwort des Königs hörte Shannon nicht mehr. Er nutzte den Augenblick aus, in dem die Aufmerksamkeit der Wächter ganz auf den Hochsitz gerichtet war, und huschte durch das offene Tor ins Freie.

Im nächsten Moment versank er hüfttief in nassem Schnee. Beim nächsten Schritt aber fand er sich auf einem ebenen, von einem silbrigen Himmel überspannten Platz wieder. Sein Blick fand keinen Horizont. Doch er fühlte, dass es hier Grenzen gab, die sein Geist nicht mehr erfassen konnte.

Er trat unsicher in die Ebene hinaus und überlegte, aus welchem Material der Boden unter seinen Füßen bestand. Denn es war weder Erde noch Stein, noch Metall. Noch während er den Boden betrachtete, entdeckte er in der Ferne einen Mann. Obwohl dieser wie von einem Wasserschleier verdeckt war, atmete Shannon erleichtert auf und strich mit den Fingerspitzen fast zärtlich über den Griff seines Dolches.

Der magische Kompass zog mich auf das Schallloch zu, durch das Arne Sten gestürzt war, und ich folgte ihm unsicher. Sollte ich etwa die vierzig oder fünfzig Meter bis zum Fuß des Turms an der Mauer draußen hinabklettern?

Als ich jedoch hinausschaute, verwandelte sich das Schallloch in eine Tür, die auf eine schier endlose Ebene hinausführte. Um mich zu vergewissern, ob das, was ich sah, auch der Realität entsprach, warf ich einen Stein hinaus. Er fiel auf das spiegelnde Pflaster und kollerte einige Schritte weit auf den Platz hinaus. Als ich dann ins Freie trat, begann sich vor mir eine Art Pagode aus dem Nichts zu schälen.

Zuerst sah das Bauwerk aus, als wenn es durch einen Schleier oder einen Wasserfilm verdeckt würde. Doch mit jedem Meter, den ich darauf zuging, nahm es handfestere Konturen an. Ich fühlte mich immer mehr in eine jener kolorierten Daguerrotypien über Asien versetzt, die ich vor einiger Zeit gesehen hatte. Denn vor mir stand eine naturgetreue Kopie des Palastes des himmlischen Friedens aus der Verbotenen Stadt von Peking.

Es war absurd, dass ausgerechnet dieses Filigranwerk aus glasierten Ziegeln, vergoldeten Balken und dem drachengeschmückten Dach das äußerliche Symbol finsterster Macht darstellte. Doch aus jedem Fenster und jeder Tür des Palastes kroch schwarzer Nebel und breitete sich über die Ebene aus.

Innerhalb kürzester Zeit hatten mich die Schwaden erreicht und leckten gierig an meinen Schuhen. Der Nebel strahlte so einen Hunger nach Leben aus, dass ich angeekelt zurückwich. Was immer auch hier entstanden war, es hatte Kräfte entwickelt, die selbst einen *Yog-Sothoth* vor Probleme stellen würden.

Ich fühlte mich mehr als nur hilflos. Bisher hatte ich immer einen Ausweg aus dem schlimmsten Schlamassel gefunden. Reichten meine eigenen Kräfte nicht aus, waren Howard und Rowlf für mich eingesprungen. Aber hier musste ich ohne jede Hilfe den Kampf mit dieser Ballung schwärzester Magie aufnehmen. Ich hatte das ungute Gefühl, dass ich hier auf einen Gegner gestoßen war, der alles, womit ich es bisher zu tun gehabt hatte, an Macht übertraf.

Inzwischen hatten mich die Nebelschwaden eingekreist. Und es war kein normaler Nebel. Dunkle, auf und ab hüpfende Schatten tanzten hinter den grauen Schwaden, dann glaubte ich einen großen, grässlich verzerrten menschlichen Umriss zu erkennen, und plötzlich schoss etwas wie ein glühender Feuerball auf mich zu, wurde zu einem irisierenden Stein, der in so rascher Folge seine Konturen änderte, dass es aussah, als wenn er aus allen möglichen und unmöglichen geometrischen Figuren zugleich bestehen würde.

Das war ein Relikt der GROSSEN ALTEN. Ich konnte die Gewalten, die in dem *Ding* schlummerten, beinahe mit Händen greifen. So intensiv wie hier hatte ich die Ausstrahlung der magischen Manifestationen noch niemals zuvor gespürt.

Ich fühlte, dass ich vor einem Geheimnis stand, das nicht einem der GROSSEN ALTEN allein gehörte. Dieses unaussprechliche Ding konnte nur ein Werk der ganzen Rasse sein.

Als ich näher auf die Kugel zuging, begann der *Shoggotenstern* in meinem Degenknauf zu glühen. Gleichzeitig schoben sich drei Metallhöcker aus der blau strahlenden Kugel. Auf diesen Höckern waren Schriftzeichen eingraviert, die so fremdartig waren, dass ich nicht einmal ihre Form in mich aufnehmen konnte.

Ich streckte unwillkürlich die rechte Hand nach einem der Höcker aus, ohne ihn jedoch zu berühren. Doch die Bewegung reichte aus, um wieder eine Veränderung der Kugel zu bewirken.

Sie dehnte sich knisternd aus, bis sie Decke und Boden berührte. Dabei wurde sie so heiß, dass mir die glühende Luft fast die Lungen verbrannte. Ich taumelte bis an die Wand zurück. Sofort packten mich die Balken und Steine mit unsichtbaren Krallen und Händen und rissen mich zu Boden.

Der schwarze Nebel schlug über mir zusammen und drang durch jede Pore meines Körpers in mich ein. Er saugte an mir, schlimmer als Morjaerds Beschwörung, und mir war, als würde er mir in Sekundenschnelle das Leben aus dem Leib reißen.

Da bemerkte ich, dass die gierigen, fratzenhaften Schatten dem glühenden *Shoggotenstern* auswichen, und alles in mir bäumte sich auf. Ich schlug wild um mich, rammte den Knauf meines Stockdegens in nebelhafte Dämonenfratzen und zog schließlich einen feurigen Kreis um mich herum.

Sofort wurde die Kraft, die mich gepackt hatte, schwächer und erlosch schließlich mit einem Seufzen. Ich sprang auf die Beine und sah, dass die Stelle zu einem bizarren, von vier hornartigen Auswüchsen gekrönten Totenkopf geworden war.

Blaue und grüne Flammenzungen schlugen aus der Mundhöhle und verschlangen alles, was ihnen in den Weg kam.

Im gleichen Moment sprang mich jemand an, warf mich zu Boden und stieß mir einen Dolch in die Schulter.

Für einen Moment drohte ich das Bewusstsein zu verlieren. Halb blind schlug ich um mich, spürte, wie ich etwas traf, aber der Hieb war kraftlos und stachelte die Wut meines Gegners eher noch weiter an. »Du wirst meinem *Meister* nicht mehr in den Weg kommen, Robert Craven!«, sagte eine triumphierende Stimme über mir.

Mühsam blinzelte ich die roten Schlieren vor meinen Augen weg und starrte in ein schmales, von lockigem blonden Haar umgebenes Gesicht.

Einen Augenblick glaubte ich, einer weiteren Halluzination zum Opfer gefallen zu sein. Doch der brennende Schmerz zwischen Herz und Schultergelenk und mein blutiges Hemd waren real. Auch das Gesicht war echt; und ich kannte es.

»Shannon!«

Der Mann, der rittlings auf meiner Brust hockte, war niemand anders als der junge Magier, den Necron auf mich angesetzt hatte und der in Arkham zurückgeblieben war, nachdem er mir geholfen hatte, den Fluch von Innsmouth zu brechen – mein Freund Shannon.

Aber er war nicht mehr er selbst. Für einen ganz kurzen Moment schien so etwas wie Erkennen in seinen Augen aufzublitzen, als ich seinen Namen rief, dann trübte sich sein Blick wieder, er schrie, riss den Dolch mit beiden Händen hoch und holte zum letzten, entscheidenden Stoß aus.

»Shannon, nicht!«, keuchte ich verzweifelt. »Ich bin nicht dein Feind!«

Er erstarrte. Der Dolch, den er mit beiden Händen hoch über den Kopf erhoben hatte, begann zu zittern, und in seine Augen trat ein Flackern wie in den Blick eines Wahnsinnigen. Dann spürte ich, wie der unselige Bann, der von seinem Denken Besitz ergriffen hatte, sich verstärkte; Shannon bäumte sich wie unter Schmerzen auf – und stieß zu!

Ich rollte mit verzweifelter Kraft zur Seite, zog die Knie an den Körper und versuchte ihn von mir herunterzustoßen. Meine Kraft reichte nicht ganz, aber die Bewegung brachte Shannon aus dem Gleichgewicht; er wankte, das Messer schrammte nur über meinen rechten Oberarm, prallte mit einem hässlichen Klirren auf den Boden und brach ab. Ich bäumte mich noch einmal auf und stieß ihn mit verzweifelter Kraft von mir herunter.

Ich rollte zur Seite, krümmte mich und versuchte meinen Stockdegen zu ziehen. Seine Arretierung klemmte, und ich bekam die Klinge nicht sofort heraus. In meiner Verzweiflung richtete ich mich auf und holte mit dem Stock zum Schlag aus. Dabei berührte der Knauf mit dem *Shoggotenstern den* riesigen Totenkopf hinter mir.

Eine blaue Feuerlohe schlug aus den Augen des Totenschädels, raste durch den Saal und schlug tosend gegen die Wände. Sein Maul öffnete sich so weit, dass die Kiefer Decke und Boden berührten.

Ehe Shannon erneut auf mich losgehen konnte, wurden wir von dem steinernen Rachen verschlungen.

Ich wanderte durch einen Wald aus tosenden Flammen und wunderte mich, dass ich noch lebte. Ja, mehr noch, ich empfand das Feuer auf einmal als ganz angenehm. Ich spürte keine Schmerzen und keine Schwäche, sondern nur jene wunderbare Leichtigkeit, die man nach einer Flasche Champagner empfindet; jene gefährliche Art von Euphorie, die der beginnenden Hysterie vorausgeht und der das Ende folgen konnte. Ich fühlte mich wirklich gut.

Bis zu dem Moment, in dem ich begriff, dass ich kein Mensch mehr war. Entsetzt starrte ich an dem glosenden Ding hinab, das meinen Körper darstellte, und begann hysterisch zu lachen. Die magische Macht der GROSSEN ALTEN hatte aus mir einen gelblich gleißenden Feuerball gemacht. Ich schwamm scheinbar schwerelos durch ein glühendes Meer und hatte keine Ahnung, wie ich diesen Zustand wieder beenden konnte.

Ein giftiges Fauchen störte meine Gedanken. Ich schwang herum und sah wenige Meter hinter mir einen indigofarbenen Feuerball schweben.

Obgleich er ebenso verwandelt war wie ich, erkannte ich ihn. Es war Shannon. Oder das, was von dem Menschen geblieben war, den ich einmal unter dem Namen Shannon gekannt hatte ... Er versuchte alles, um mich einzuholen. Außerdem lernte er weitaus schneller als ich, mit seinem nichtmenschlichen Körper umzugehen. Er schoss auf mich zu und stach mit einer Flammenlanze auf mich ein.

Auf meinem Feuerkörper bildeten sich dunkle Flecken. An einer Stelle riss sogar die Hülle auf, und eine Art brennendes Öl spritzte heraus. Mir wurde plötzlich eiskalt, und ich schauderte. Wenn es mir nicht gelang, mich zu wehren, war ich in kurzer Zeit verloren. Ich konzentrierte alle Gedanken auf meine Gestalt und stellte mir vor,

Shannon mit einem rechten Haken zu stoppen. Und wirklich schoss im selben Moment eine schillernde Feuerfaust auf ihn zu.

Der Aufprall schleuderte seinen Flammenkörper zurück. Er blieb fauchend zurück und deckte mich aus der Ferne mit einem Hagel feuriger Pfeile ein.

Ich versuchte zurückzuschießen, aber ich brachte nur die Energie für ein paar Pfeile auf. Doch zu meinem Glück wurden auch die Angriffe Shannons stockender. Jeder Pfeil, den er verschoss, zog ihm einen Teil seiner Körpermasse ab. Dadurch begann er merklich abzukühlen und wurde unsicher. Er traf nicht mehr mit jedem Geschoss, hatte außerdem Schwierigkeiten, mir zu folgen.

Ich ließ ihn toben und beschränkte mich auf gelegentliche Konter, achtete jedoch sorgfältig darauf, die dabei aufgewendete Körpermasse wieder zurückzuholen. Ich boxte sozusagen auf die feine englische Art ganz nach den Regeln des Marquis of Queensburry, während mein Gegner mit verbissener Wut auf mich eindrosch.

Die ganze Situation war so verrückt, dass sie eher einem Albtraum als der Wirklichkeit entsprungen sein konnte. Nur die Schmerzen, die ich dabei empfand, waren real.

Und der Wahnsinn war noch nicht zu Ende. Im Gegenteil. Ich hatte plötzlich das sichere Gefühl, dass er gerade erst begann ...

Ich spürte, dass sich mein Körper erneut veränderte. Noch bevor mir klar war, was ich jetzt darstellte, blies ich meinen Leib auf und streckte meine fünf Tentakel nach der Felswand aus. Zuerst fanden sie an dem glatten Stein keinen Halt. Doch dann blieben meine Saugnäpfe mit einem schmatzenden Geräusch haften.

Ich erschrak, als ich erkannte, dass ich mich in einem grünen Krakenkörper nach der Art eines GROSSEN ALTEN befand.

Ich gab es auf, irgendeine Art von Logik in diesem bizarren Kampf sehen zu wollen. Eine leise, schon halb erloschene Stimme tief in dem Chaos, das mein klares Denken verschlungen hatte, sagte mir, dass all dies nicht real war; wir verwandelten uns nicht wirklich, so wenig, wie all die Dinge, die ich zu sehen glaubte, wirklich hier waren.

Ich hangelte mich nach oben und packte die Schlange Shannon mit drei Tentakeln und zerrte sie auf meinen monströsen Papageienschnabel zu.

Doch bevor ich sie zwischen die Kiefer bekam, veränderte sich die Umgebung erneut. Ich fand mich auf einem vielfach gezackten Felsband wieder, das auf einen großen, einem Totenkopf ähnlichen Felsen zulief. Hinter mir schälte sich Shannon in seiner natürlichen Gestalt aus dem Nichts.

Es gab auch diesmal keinen Kampf, so sehr sich mein Gegenüber auch bemühte, mich einzuholen. Ein blauer Blitz raste aus dem Himmel und schlug zwischen uns in das Felsband ein. Ein hohes Summen ertönte, und das Felsband setzte sich in Bewegung. Schneller und schneller wurde es und raste mit der Geschwindigkeit eines Eilzuges auf den Totenkopf zu, der durch seine hell strahlenden Augen und Rachenöffnung wie ein makaberer Riesenkürbis aussah.

Der Fahrtwind zerrte an meiner Kleidung und nahm mir fast den Atem. Hinter mir hörte ich Shannon schreien, doch ich hatte genug zu tun, mich an einer Felszacke festzuhalten, als dass ich mich um ihn kümmern konnte. Der Totenkopf kam in rasender Eile näher und wuchs bis an den Himmel. Ich schoss genau auf den Mund des Schädels zu und bedeckte mein Gesicht mit den Händen, um mich vor dem Feuer zu schützen. Doch ich spürte die Hitze nur einen kurzen Moment und klatschte dann kopfüber in einen zähen Brei.

Mühsam wühlte ich mich aus dem Schlick heraus und öffnete die Augen. Vor mir stand ein Kamelreiter, der seine Flinte zum Stoß erhoben hatte ...

Doch der Kolbenstoß blieb aus. Der Reiter machte auch keine Anstalten, mir zu folgen, als ich hastig zurückkroch. Er saß starr wie eine Statue auf seinem grauen Dromedar, das beinahe bis zum Bauch im Schlick eingesunken war. Sein brauner Kapuzenumhang stand steif von seinem Körper ab, als wenn ihn der Wind tragen würde. Seine nackten Beine hingen an den Seiten des Dromedars herab und endeten in einem Paar vielfach geflickter Sandalen.

Seine Waffen sahen genauso alt wie die Sandalen aus. Er hatte einen Säbel ohne Scheide in seinen als Gürtel verwendeten Schal gesteckt. Doch dessen Klinge bestand buchstäblich nur aus Rost und Scharten. Auch der Lauf des Gewehres, das der Reiter noch wie zum Schlag erhoben hatte, sah aus, als wenn er ihn zu lange in Säure gebadet hätte.

Das Fell des Dromedars war rau wie Stacheldraht und seine Haut hart wie Stein. Bei dem Reiter war es dasselbe. Obwohl sein verzerrtes Gesicht überraschend lebendig wirkte, hatte ich einen Toten vor mir.

Ich versuchte über meinen Schrecken zu lachen und sah nach der Verletzung, die mir Shannon zu Beginn unseres Kampfes beigebracht hatte. Zu meinem Glück hatte der Dolch keine Organe verletzt und nur eine Fleischwunde hinterlassen. Sie blutete kaum noch, und der Schmerz hielt sich in Grenzen. Verbandszeug hatte ich nicht, und so blieb mir nur, Hemd und Rock zurechtzuziehen und mich um naheliegendere Dinge zu kümmern.

Von dem jungen Magier war nichts zu sehen. Ich war nicht traurig darüber. Von mir aus hätte er am Ende der Welt sein können. Für mich ging es jetzt erst einmal darum, meine eigene Umgebung zu erforschen und zu sehen, wohin mich die durch Raum und Zeit führenden Tunnel der GROSSEN ALTEN diesmal geschleudert hatten.

Ich hatte beinahe das Gefühl, von einem glitzernden Brei umgeben zu sein, konnte jedoch seltsamerweise – den verrückten, auf den Kopf gestellten Naturgesetzen dieser Irrsinnsumgebung folgend – weiter atmen. Dann entdeckte ich, dass ich mich in einer Art Luftblase aufhielt. Sie ging von dem *Shoggotenstern* meines Stockdegens aus und besaß einen Durchmesser von gut anderthalb Metern. Außerhalb dieser Blase befand sich eine sirupartige Masse, die dick genug war, um Kamel und Reiter aufrecht zu halten.

Ich vermutete, dass ich auf den Grund eines mit Salzlake gefüllten Teiches oder Sees geraten war, in dem der Tote wahrscheinlich vor einiger Zeit zusammen mit seinem Tier versunken war. Der Salzanteil dieser Brühe hatte beide so konserviert, dass sie auf den ersten Blick lebendig wirkten.

Auch mir drohte das Schicksal, zu einer Salzmumie zu werden. Ich konnte mir nämlich ausrechnen, dass der Luftvorrat meiner Blase nicht mehr als zwei oder drei Stunden vorhielt.

Also musste ich so schnell wie möglich hier raus. Ich hatte jedoch nicht die geringste Ahnung, wohin das *Tor* mich verschlagen hatte. Und selbst wenn das rettende Ufer nicht mehr als zwei- oder dreihundert Meter entfernt lag, konnte ich es niemals erreichen. Denn der feine, zähe Schlick, durch den ich watete, machte jeden Schritt zu einem minutenlangen Kampf.

Meine einzige Chance bestand darin, den Totenkopffelsen, durch den ich gekommen war, wiederzufinden und sein Geheimnis zu entziffern. Ich spürte, dass ich dem Rätsel des Transportsystems der GROSSEN ALTEN näher war als je zuvor. Mit seiner Hilfe würde ich in der Lage sein, mich an jeden beliebigen Punkt der Erde zu versetzen. Vielleicht konnte ich mich sogar zurück nach London in die Sicherheit meines Hauses versetzen lassen und so dem mörderischen Labyrinthwesen ein Schnippchen schlagen. Oder …

Ich dachte den Gedanken nicht zu Ende. Im Augenblick sah es nicht so aus, als käme ich überhaupt noch einmal irgendwohin. Soweit ich durch die trübe Brühe um mich sehen konnte, gab es außer mir und der Salzmumie nur eine gewellte schwarze Ebene.

Nach ein paar vorsichtigen Schritten schälten sich nicht weit von mir entfernt bizarre Umrisse durch die Salzlake.

Ich quälte mich vorwärts, fand, am Ziel angekommen, jedoch keinen Totenkopffelsen, sondern ein etwa fünf Meter hohes Bauwerk aus poliertem Material. Seine Form war so abstrakt und irreal, wie es nur im Baustil der GROSSEN ALTEN möglich war. Das Einzige, was sich an dem *Ding* nicht veränderte, waren drei große schwarze Öffnungen, die meiner Ansicht nach den feurigen Öffnungen des Totenkopfes entsprachen.

Ich hatte das *Tor* gefunden. Nur wie ich es öffnen und dafür sorgen sollte, dass ich in die normale Welt zurückkam, wusste ich nicht. Einen Moment blieb ich ratlos vor dem Monstrum aus Schwärze und Stein gewordenem Wahnsinn stehen, dann begann ich es mit kleinen, vorsichtigen Schritten zu umkreisen.

Hinter dem Bauwerk entdeckte ich einen Lichtschimmer, der die Salzlake wie einen paillettenbesetzten Stoff schimmern ließ. Das Licht beleuchtete eine kleine unterseeische Stadt, die nur aus ein paar Dutzend Gebäuden bestand. Doch die waren das Bizarrste, was ich je gesehen hatte.

Zunächst erschienen sie mir wie ganz normale Häuser. Eine Sekunde später glaubte ich große Wohnkugeln vor mir zu sehen. Kaum hatte sich mein Gehirn damit abgefunden, veränderten sich die Konturen der Häuser in immer schnellerer Folge. Zuerst wurden sie stumpfe Kegel mit einer wuchtigen Basis, dann zu schmalen spitzen Kegeln, die oben abgeschnitten waren. Einige Augenblicke schwebten sie noch als fünfkantig geschliffene Riesenedelsteine im Salz, und schließlich begann das Spiel von Neuem.

Es war ein bizarrer, sinnverwirrender Anblick. Nichts von der Bewegung, die ich zu sehen glaubte, schien real zu sein; sie hörte auf, sobald ich meinen Blick auf einen bestimmten Punkt konzentrierte, und begann von Neuem, sobald ich wegsah. Meine Umgebung veränderte sich ununterbrochen.

Beinahe hätte ich die breite Straße übersehen, die die Stadt mit dem Bauwerk verband. Es konnte natürlich auch ein schmales Band oder eine Art Riesenschwertklinge sein. Denn ich sah nur einen vollkommen ebenen, dunklen Streifen, der beim Näherkommen einer getrockneten Schlangenhaut glich.

Den Mann jedoch, der diese Straße entlanglief, erkannte ich auf den ersten Blick. Auch dem Salzsee war es nicht gelungen, mir Shannon vom Hals zu schaffen.

Ich verspürte keine besondere Lust, noch einmal mit ihm zu kämpfen. Ganz davon abgesehen, dass mir Shannon nicht nur in magischer, sondern auch in körperlicher Hinsicht um Welten überlegen war, verspürte ich noch immer eine starke Sympathie für den jungen Magier und wollte ihn nicht verletzen. Vielleicht würde es mir eines Tages gelingen, ihn vollends aus Necrons Bann zu befreien. So beeilte ich mich, um vor meinem Gegner die Öffnungen in dem magischen *Tor* zu erreichen. Doch Shannon hatte den Vorteil, dass er auf glattem, festen Boden laufen konnte, während ich durch immer tieferen Schlick waten musste.

Doch es kam nicht mehr zum Kampf. Ein schriller Schrei erscholl aus der Stadt. Eine Sekunde später quoll eine Woge von glitzernden, wabbeligen Leibern daraus hervor und wälzte sich auf uns zu. Die Wesen stießen dabei ein grauenhaftes, unmenschliches Geheul aus.

Mein erster Gedanke war: *Shoggoten*. Doch für richtige *Shoggoten* waren sie zu klein. Außerdem sahen sie zu sehr wie Quallen aus, und ihre Leiber schimmerten wie kristallenes Salz. Es musste sich um einen Stamm der *Shoggoten* handeln, der in dieser abgelegenen Gegend überlebt und sich auf unnatürliche Weise vermehrt hatte. Sie schienen mir so degeneriert, dass sie von den GROSSEN ALTEN sicher nicht mehr in deren Umgebung geduldet wurden.

Doch sie waren verdammt gefährliche kleine Teufel. Innerhalb kürzester Zeit erreichten sie Shannon, begannen ihn zu umkreisen und schlugen mit bizarr verzerrten Tentakeln und Schwänzen nach ihm. Shannon begann sich verzweifelt zu wehren, aber mir blieb keine Zeit, dem Kampf weiter zuzusehen oder ihm gar zu Hilfe zu eilen, denn Sekunden später stürzten sie sich auf mich und versuchten mich in den Schlick zu drücken.

Ich sandte ein Stoßgebet zu dem hier unsichtbaren Himmel, dass diese Wesen auf meinen *Shoggotenstern* reagierten, und stieß dem ersten den Knauf meines Stockdegens in die schwabbelige Masse. Er sank in den Dreck und löste sich in eine ölig schillernde Wolke auf, die von der Strömung davongetragen wurde.

Ich schlug mit dem Degenknauf um mich. Vier, fünf *Shoggoten* wurden getroffen. Sie fielen in sich zusammen und verliefen zu einem schillernden Nebel. Die anderen wichen kreischend zurück. Nur ein besonders großes Exemplar raste auf mich zu, versuchte meinen Degen zu unterlaufen und berührte den Knauf ganz leicht. Sein Körper löste sich beinahe augenblicklich auf, doch er riss mir im letzten Moment noch den Degen aus der Hand, und ich verlor die schützende Luftblase. Sofort drang mir die scharfe Salzlake in Mund und Nase. Gleichzeitig brannten mir die Augen, sodass ich nichts mehr sehen konnte.

Ich warf mich blind nach vorne, landete auf der Waffe und spie die mit feinem Sand versetzte Salzlauge aus. Sofort bekam ich wieder Luft in die Lungen. Abgestandene, stickige Luft zwar, aber sie reichte noch zum Überleben.

Richtige *Shoggoten* hätten mir den Garaus gemacht, während ich hilflos dalag. Doch diese degenerierten Wesen bildeten einfach einen Kreis um mich und schienen auf irgendetwas zu warten.

Ich wischte mir das Salz aus den Augen, stand auf und versuchte mir einen Weg durch die quallige Masse zu bahnen. Da ertönte in der Stadt ein dumpfer Gong, dem ein heller Trommelwirbel folgte.

Die *Shoggoten* warfen sich kreischend zu Boden. Ihre amöbenhaften Leiber flossen ineinander über und bildeten einen silbern schimmernden Belag auf der Straße. Eine Sekunde später hörte ihr Heulen auf, und sie skandierten mit ängstlich verzückten Stimmen einen Namen.

»Wugg! Wugg! Wugg Sothoth! Der Große erscheint!«

Plötzlich wurde es über der Stadt so hell, dass ich zuerst glaubte, es wäre ein Brand ausgebrochen.

Über dem größten Gebäude stieg eine Lichtblase auf, die Sekunden später zu schillernden Schlieren zerplatzte. Eine riesenhafte Gestalt löste sich aus den Resten der Blase. Sie reckte ihren monströsen Leib und stieß dabei einen Schrei aus, der mich wie ein Hammerschlag traf.

Einer der GROSSEN ALTEN! Nein, nicht ganz. Das Wesen wirkte ebenso degeneriert wie die qualligen *Shoggoten,* deren Abgott es offenbar war. Trotzdem blieb mir fast das Herz stehen, als ich die riesenhaften, wie zerfaserte Taue wirkenden Tentakel sich ausbreiten sah und den monströsen, schleimigen Körpersack zwischen ihnen, dessen Maulöffnung mit Hunderten unterarmlanger Fangzähne bestückt war.

Obwohl die Angst mich fast zur Salzsäule erstarren ließ, wandte ich mich zur Flucht. Das Ungeheuer folgte mir, und seine Geschwindigkeit war viel höher als die, die ein Mensch je erreichen konnte. Es war über mir, lange bevor ich die Öffnungen des magischen *Tores* erreichte.

Seine drei Stielaugen glühten wie dämonische Lampen zu mir herab, dann plusterte es seinen runden Körper drohend auf.

Ein Tentakel schnellte herab, wollte sich um mich schlingen. Mein Stockdegen glitt wie von selbst aus der Scheide. Ich schwang ihn über den Kopf und schlitzte das schwammige Gewebe auf. Das Monstrum über mir zog den Arm mit einem widerlichen Zischen zurück und schlug dann mit fünf Armen zugleich zu.

Ich stach und hieb und schlug um mich, während meine Füße tiefer und tiefer in den Schlick sanken. Grünes Blut spritzte dampfend aus den Wunden. Ich wollte zur Seite springen, um dieser Teufelsbrühe zu entgehen, blieb jedoch im Salzsumpf stecken und fiel auf den Rücken. Sofort trafen einige Spritzer meine ungeschützten Beine und bohrten sich wie glühende Nägel in mein Fleisch.

Das Ungeheuer über mir senkte sich herab, schlang zwei seiner Tentakel um meine Beine und versuchte mich aus meiner Luftblase zu ziehen. Ich stach nach ihm, doch es wich aus. Ein weiterer Tentakel wickelte sich um meinen Arm und drehte ihn mir fast aus dem Gelenk.

Ich fing den Degen mit der freien Hand auf und trennte den Tentakel mit einem Hieb ab. Dann befreite ich mit zwei schnellen Hieben auch meine Beine, wälzte mich auf die schuppige Straße und sprang auf.

Doch sofort war das gereizte Monstrum wieder hinter mir her. Seine Tentakel wirbelten den Schlick auf. Ein Schlag traf mich in den Rücken und schleuderte mich nach vorne. Ich sah noch eine der dunklen Öffnungen in der Pyramidenwand auf mich zuschießen, dann wurde es still um mich.

Das Feuer war erloschen, doch es hatte seine Spuren in der ganzen Halle hinterlassen. Die Risse in dem kostbar gefliesten Boden glichen einem übergroßen Spinnennetz. Die Wände und Decken waren angesengt und die vorher so farbenprächtigen Balken schwarz gebrannt. Außerdem lag eine Spannung über dem Raum, die Adurias bis in jede Faser spürte. Furcht packte ihn und schüttelte ihn durch, und er brachte kaum die Kraft auf, vor das Herz des Labyrinths zu treten.

Jetzt glitt sein Blick tastend über den mannshohen Höcker, der in der Mitte des Raumes stand und wie eine blauschimmernde Riesenschildkröte aussah. Es war schon unvorstellbar, dass dieses so harmlos aussehende *Ding* die Quelle jener schrecklichen Macht war, die seinem Herrn das Leben gab. Noch unbegreiflicher erschien es ihm jedoch, dass es einem Menschen gelungen war, diese Macht unter seinen Willen zu zwingen und dem Labyrinthwesen solche Qualen zu verursachen.

Er konnte das Stöhnen und Ächzen seines dämonischen Herrn einfach nicht aus seinem Schädel verbannen. Und auch nicht den ungezügelten Hass, den die über dem Raum hängende schwarze Wolke abstrahlte und der vor allem ihm galt.

»Ich konnte nichts dafür, Gewaltiger! Ich konnte nicht ahnen, dass dieser Robert Craven in der Lage war, die schlafende Macht zu wecken, die die Älteren Götter in Euch zurückließen und die Ihr betäuben konntet.«

Eine Flut von Gedankenbildern, die Wut, Ärger und Angst ausdrückten, überschwemmte sein Gehirn. »Ich weiß, dass es Euch wehgetan hat! Aber Ihr werdet sie doch besiegen?«, wimmerte Adurias. In seiner Stimme klang Unsicherheit mit. Sofort spürte er einen starken Druck auf seinem Schädel und durchlebte das flammende Inferno ein zweites Mal.

Sein Blick tauchte tief in die Kuppel ein und starrte in die grelle Glut, die eine ungeheure Kraft ausdrückte, und einen Hunger, der ihn schier verzehrte.

»Das Feuer ... kann doch nicht noch einmal ausbrechen, Gewaltiger?«, stotterte er mit blutleeren Lippen. Die Bilder blieben die Antwort schuldig. Dafür hackten sie zornig in seine Gedanken, bis er keuchend in der Ecke lag.

»Ich verstehe, dass du mit mir unzufrieden bist, Gewaltiger. Doch es wird nicht mehr vorkommen, das schwöre ich!«

Du hast versagt, Adurias, sagten ihm die Bilder. *Du hast sowohl Robert Craven wie auch den Diener Necrons entkommen lassen. Obwohl du wusstest, dass ich hungrig bin! Schaffe mir Ersatz, oder du wirst selbst mein Opfer werden!*

»Nein! Nein! Ich ... Ihr ... Gnade!«, schrie Adurias. Doch die schwarzen Nebelschwaden wallten schon von der Decke und hüllten ihn mit eisiger Kälte ein. Adurias spürte ein Zerren und Saugen an allen Gliedern.

Doch so schnell, wie ihn der Nebel gepackt hatte, löste er sich wieder auf, und ein schneller Bilderreigen wirbelte durch Adurias Kopf. *Das war nur eine Warnung,* las er daraus. *Und jetzt spute dich. Der Schädel der Älteren Götter kommt näher. Ich brauche die Kraft dieses Hexers, um ihn zu besiegen!*

Eine Sekunde später waren die schwarzen Wolken aus der Halle verschwunden. Adurias erhob sich schnaufend und starrte die Kuppel an. Der um sie liegende blaue Schimmer war intensiver geworden, fast greifbar, und er formte seltsame Auswüchse. Feuerarme strebten knisternd in die Höhe und sahen eine kurze Zeit wie zwei monströse Hörner aus. Dann kamen sie an den Spitzen zusammen und bildeten einen makellosen, blau strahlenden Ring.

Adurias wich unwillkürlich zurück. Doch es brach kein Feuer heraus, sondern ein Schwall glitzernder Brühe. Sie schlug klatschend auf den Boden und bildete eine große Lache. Inmitten dieser Lache lag ein nasser, regungsloser Mensch.

Andurias trat vorsichtig näher und drehte den Bewusstlosen mit dem Fuß auf den Rücken. Ein böses Grinsen verzerrte sein Rattengesicht, und er winkte seine beiden Gehilfen herrisch herbei. Dann verbeugte er sich in Gedanken und rief mit triumphierender Stimme: »Kommt, Gewaltiger. Das Opfer ist bereit!«

Das Klirren einer Kette weckte mich aus schrecklichen Albträumen auf. Mein Schädel dröhnte, als hätte ihn ein böser Geist als Trommel missbraucht. Die Stellen meines Körpers, die mit dem Blut des degenerierten GROSSEN ALTEN in Berührung gekommen waren, brannten wie Feuer.

Ich wollte mich auf die andere Seite wälzen. Da klirrte die Kette erneut, und ich wurde von einer eisigen Hand zurückgerissen. Es dauerte eine Weile, bis ich begriff, dass es sich um keine Hand handelte, sondern um einen Eisenring, der eng um meine Taille lag. Das Klirren kam von zwei Ketten, mit denen der Ring am Boden befestigt war.

Dann merkte ich, dass auch meine Arme mit Ketten an den Boden gefesselt waren und ich nur noch die Beine bewegen konnte. Ich konnte mir nicht einmal das verkrustete Salz von meinen Lippen wischen.

»Waidmannsheil, Robert Craven! Der Hirsch ist zwar noch nicht tot, aber gestellt. Die Jagd ist vorbei. Endlich, denn es hat eh viel zu lange gedauert. Das Labyrinth ist schon ungeduldig geworden!«

Ich schloss die Augen, um Adurias Visage nicht sehen zu müssen. *Aus und vorbei,* hämmerten meine Gedanken. Ich fühlte weder Verzweiflung noch Angst. Dafür machte sich eine große Müdigkeit in mir breit. Mir war in diesem Augenblick egal, was aus mir werden würde. Nur schnell sollte es gehen.

Schon hörte ich das hungrige Wispern und Raunen des Labyrinthdämons und fühlte seine geisterhaften Zähne an mir nagen. Ich krümmte mich vor Ekel zusammen und hörte Adurias kichern. Der Labyrinthmagier ging um mich herum und blieb mit verschränkten Armen zwischen mir und der Kuppel stehen.

»Eigentlich schade, dass ein so mächtiger Magier wie Sie ein so unrühmliches Ende nimmt. Sie könnten mir sicher viel erzählen. Zum Beispiel, wie es im Inneren der Kuppel hier aussieht. Ich würde gerne hinter dieses Geheimnis kommen. Wissen Sie was«, sagte er kichernd, »wenn das Labyrinth mit Ihnen fertig ist, werde ich Sie zu meinem dritten Wächter machen. Sie haben Croff umgebracht. Also werden Sie ihn ersetzen. Das ist doch logisch, oder?«

Ich achtete nicht auf sein Gefasel, sondern starrte das *Tor zur* Stadt unter dem Salzsee unverwandt an. Es war nicht mehr blau und schimmernd, sondern schwarz wie die Neumondnacht. Zwei große rotleuchtende Kreise und ein halbmondförmiger »Mund« ließen es wie den Kopf eines bösartigen Riesen aussehen.

Einen Augenblick später verwandelte es sich in einen gewaltigen Schädel. Die Augenhöhlen strömten eine dämonische Kraft aus, die sogar Decke und Wände erschaudern ließ und die irgendwie anders war als die Kraft der GROSSEN ALTEN. Der Mund wurde immer größer, bis er den Kopf wie ein gezackter Riss in halber Höhe waagerecht spaltete. Einen Moment betrachtete der Schädel aus seinen glühenden Augen die Umwelt, dann sog er zum ersten Mal den Atem ein.

Es klang wie das Brüllen und Röhren von tausend Büffeln. Adurias drehte sich erschrocken um und starrte entsetzt auf das *Tor*. In seiner Erregung machte er mich für die Verwandlung verantwortlich.

»Ihre magischen Tricks können Ihnen doch nicht mehr helfen,

Craven«, fuhr er mich an und schrieb mit der Hand eine Abwehrrune in die Luft. Doch das *Tor* dachte nicht daran, sich diesem Zauber zu beugen. Im Gegenteil. Es wuchs bis zur Decke hoch und drängte Adurias dabei auf mich zu.

Im Bruchteil eines Augenblicks erkannte ich meine Chance und zog die Beine an den Leib. Mit aller Kraft schnellte ich sie wieder von mir und gab Adurias einen Stoß, der ihn mitten in das riesige rote Maul hineinschleuderte.

Sein Schrei gellte durch die Halle, steigerte sich zu einem schrillen Heulen und erlosch schlagartig. Sidos und Yaccur, die sich im Hintergrund gehalten hatten, stürzten brüllend auf mich zu. Doch sie erreichten mich nicht. Das *Tor* explodierte förmlich und packte die Diener des Labyrinths. Einen kurzen Moment lang schwebten sie in der Luft, dann verschwanden auch sie im unersättlichen Maul des Riesenschädels.

Das *Tor* erreichte die Rückwand der Halle und sprengte sie auf. Ziegel und zerborstene Balken regneten herab und wurden von dem gierigen Maul verschluckt. In unersättlichem Hunger griff das *Ding* nach dem Labyrinthdämon und riss schwarze Nebelschwaden aus dem nebelhaft wogenden Leib des Geschöpfes heraus.

In meinem Kopf echoten die Wutschreie des Labyrinthwesens, und ich schrie mit, um mein eigenes Entsetzen zu betäuben. Das zu einer riesigen Dämonenfratze verwandelte *Tor* war bis auf Armlänge an mich herangekommen.

Schon spürte ich seinen heißen Atem über mich streichen. Ich sah mich schon in seinen Schlund verschwinden und wusste, dass es diesmal kein zweites *Tor* geben würde, durch das ich die Zwischenwelt wieder verlassen konnte. Das *Ding*, das aus dem *Tor* der GROSSEN ALTEN entstanden war, dieser brennende Teufelsschädel, war mehr als ein geistloses Werkzeug. Es war ein Monstrum, eine grauenhafte Perversion alles Lebenden. Es fraß alles, was es erreichen konnte. Sein Opfer war das Labyrinthwesen, aber auch das Labyrinth selbst und alles, was sich darin aufhielt. Unter anderem ich.

Steine und Balken lösten sich aus der Decke und prasselten auf meinen Stockdegen nieder, der neben dem Portal lag. Ich zerrte verzweifelt an meinen Ketten und – zerbrach sie mit einem Ruck. Verwirrt starrte ich auf das spröde, zerfallende Metall, das ich in meinen Fingern hielt, schleuderte es dann in das Maul und sprang auf die Füße. Im gleichen Moment glühte der *Shoggotenstern* meines Degenknaufes unter den Trümmern auf, so als hätte er auf mich gewartet. Ich riss die Waffe an mich und taumelte ins Freie.

Hinter mir zerfiel der Palast des himmlischen Friedens zu Staub. Er und ein großer Teil des Labyrinthwesens verschwanden auf Nimmerwiedersehen im *Tor*. Doch dieser Happen regte den Appetit des Schädels nur noch mehr an. Er saugte alles, was sich in seinem Bereich befand, in sich hinein. Selbst die Marmorplatten des großen Platzes konnten ihm nicht widerstehen. Sie brachen krachend aus dem Boden und flogen dicht an mir vorbei in das Riesenmaul.

Ich rannte, so schnell mich meine schmerzenden Knochen trugen, und fragte mich, wie lange es wohl dauern würde, bis mich eine zusammenbrechende Wand oder ein herabstürzender Stein umbrachten – oder die Hitze des flammenden Schädels, der sich in die Substanz des Labyrinthwesens hineinfraß.

Kurze Zeit später erreichte ich die Mauer, die den Platz begrenzte, entdeckte eine Pforte und rannte darauf zu. Mit fliegenden Händen schob ich den Riegel zurück und wollte die Tür aufstoßen. Doch sie war in den Angeln festgerostet. Verzweifelt warf ich mich dagegen und rüttelte an ihren Gitterstäben, bis mir die Handflächen aufplatzten und Blut in meine Ärmel rann.

Da packte eine lange Feuerzunge nach mir, erwischte aber nur die Pforte und riss sie buchstäblich in Stücke. Ich zwängte mich hastig durch die Öffnung und stürmte auf die Straße hinaus.

Oder das, was ich für eine Straße gehalten hatte.

Ich wusste nicht, *was* geschah: Die Welt schien vor meinen Augen zu einem Vorhang aus wirbelndem Grau und auf und ab tanzenden Schleiern zu zerschmelzen; ich sah Umrisse, Gesichter, Visionen, eine Stimme: »*Jetzt! Holt ihn heraus!*«

Und dann das Kreuz.

Das Bild war ganz deutlich: ein flammendes, gleichschenkeliges Balkenkreuz in blutigem Rot, das wie ein Fanal durch das Chaos der zerberstenden Wirklichkeit auf mich herabstieß.

Ich schrie, riss die Hände über den Kopf und versuchte zur Seite zu springen. Aber meine Reaktion kam zu spät.

Plötzlich waren die tobenden Schatten verschwunden, und die Welt versank im grellen Rot des Kreuzes …

Das Nächste, was ich bewusst wahrnahm, waren Stimmen. Die Stimmen von vier, fünf, vielleicht mehr Menschen, die sich gedämpft miteinander unterhielten, dazu all die anderen, einzeln kaum erkennbaren Laute, die mir verrieten, dass ich nicht allein und zumindest in einem halb realen Teil der Welt war, einer Welt, in der es wieder lebende Menschen und richtige, massive Häuser gab, Häuser aus Stein und Holz, die nicht versuchten, einen aufzufressen.

Ich blinzelte, hob rasch die Hand vor die Augen und verbiss mir im letzten Moment ein Stöhnen, als das grelle Licht einer Gaslampe wie eine dünne Nadel in meine Augen stach.

Eine Hand berührte mich an der Stirn, blieb einen Moment darauf liegen, wie um meine Temperatur zu überprüfen, und zog sich zurück.

»Bewegen Sie sich nicht, Mister Craven«, sagte eine Stimme. »Die Schmerzen und das Schwindelgefühl werden bald vergehen. Aber Sie müssen Geduld haben. Und keine Angst mehr. Sie sind in Sicherheit. Bei Freunden.«

Etwas an der Art, in der er das Wort *Freunde* aussprach, mischte sich wie ein unangenehmer Geschmack in den freundlichen Klang seiner Stimme.

Mühsam hob ich erneut die Lider. Im ersten Moment war das Licht so grell, dass ich nichts außer Schatten mit verschwommenen Rändern und leeren Flächen erkannte, wo die Gesichter sein sollten. Dann gewöhnten sich meine Augen an die gleißende Helligkeit.

Ich lag auf dem Rücken in einem breiten, sauber bezogenen Bett. Um mich herum stand eine Anzahl Männer – vier oder fünf, die ich erkennen konnte, ohne den Kopf zu wenden, auf der anderen Seite des Bettes weitere, deren Stimmen ich hörte.

»Das Labyrinth«, murmelte ich. »Der …« Ich brach ab, verwirrt und verstört, versuchte den Kopf zu bewegen und zahlte dafür mit einem raschen, dumpfen Schmerz, der wie eine stumpfe Nadel durch meinen Schädel stach.

Einer der Fremden beugte sich über mich, sah mich einen Moment ernst an und lächelte dann. »Erschrecken Sie nicht«, sagte er. »Sie haben nichts zu befürchten. Wir werden Ihnen alles erklären.«

Aber ich hörte seine Worte kaum.

Mein Blick hatte sich weiter geklärt, und ich erkannte die Männer jetzt deutlicher denn als verschwommene Schatten.

Es waren Männer unterschiedlichen Alters, aber eines hatten sie alle gemeinsam.

Ihre Kleider.

Es waren sehr sonderbare Kleider. Schwarze, in wadenhohen, weichen Lederstiefeln steckende Wollhosen, darüber ein weites wollenes Gewand von blendendweißer Farbe. Darunter schien Metall zu schimmern, als trügen sie Kettenhemden.

Aber was mich am meisten faszinierte – und gleichzeitig einen ersten, noch beinahe sanften Hauch von Furcht in mir erweckte, ein Gefühl, das stärker und stärker wurde – war das blutigrote, gleichschenklige Kreuz, das auf den Brustteilen ihrer Kleider prangte.

Ich hatte Kleider wie diese schon einmal gesehen. Nicht wirklich, nicht an einem Menschen, sondern auf einer Abbildung in einem Buch.

Es waren nicht irgendwelche Kleider.

Es war eine Uniform.

Die Uniform der Tempelherren. Der Männer, die Howard Lovecraft den Tod geschworen hatten …

Im Bann des Puppenmachers

Vorwort

Der Hexer« – das ist die Geschichte Robert Cravens, eines Mannes, der sich einer ungeheuren dämonischen Bedrohung entgegenstellt. Diese Bedrohung, die GROSSEN ALTEN, sind eine Schöpfung des Autors Howard Phillips Lovecraft, der von 1890 bis 1937 lebte. Der große Erfolg blieb ihm zu Lebzeiten verwehrt, er veröffentlichte seine Geschichten in billigen Magazinen mit geringer Leserzahl. Erst in den Jahrzehnten nach seinem Tod wurde er zu einem der bekanntesten und meistgelesenen Autor der Fantastik, was nicht zuletzt seinem Fan August Derleth zu verdanken war, der dafür sorgte, dass Lovecrafts Werke ständig nachgedruckt wurden, und sie mit eigenen, neuen Romanen ergänzte.

Seine wohl berühmteste Schöpfung ist der Cthulhu-Mythos, eine Sammlung von Geschichten und Romanen um die GROSSEN ALTEN, finstere Dämonengötter, die die Erde Millionen von Jahren vor den Menschen beherrscht haben. Aber in ihrer Machtgier überschätzten sie sich selbst und rührten an Mächte, die auch ihnen verboten waren. In einem schrecklichen Krieg wurden sie von den ÄLTEREN GÖTTERN besiegt, doch auch diese vermochten die GROSSEN ALTEN nicht zu töten, sondern nur zu bannen. Seit dieser Zeit warten sie in ihren Verliesen jenseits der Wirklichkeit auf den Tag ihrer Auferstehung, um die Erde erneut in Besitz zu nehmen. Wer sich allzu intensiv mit dem Wissen um die GROSSEN ALTEN oder ihren im Verborgenen lauernden Hinterlassenschaften beschäftigt, kann von Glück sagen, wenn er nicht nur mit dem Leben, sondern auch mit einem heilen Verstand davonkommt, was bei Lovecraft eher selten der Fall ist. Meist bringt das Erbe der alten Dämonengötter dem Unglücklichen, der damit konfrontiert wird, Tod oder zumindest Wahnsinn. Vielleicht ein Grund für den mangelnden Erfolg, den Lovecraft lange hatte. Bei ihm gibt es keine strahlenden Helden, die das Böse bezwingen, sondern bestenfalls Überlebende.

Lovecraft selbst hat schon frühzeitig andere Autoren aufgefordert, eigene Geschichten zum Cthulhu-Mythos beizusteuern; seine Korrespondenz, die ungleich umfangreicher als sein literarisches Werk ist,

ist legendär. Aber gerade die Beschäftigung anderer, zum Teil weitaus populärerer Autoren als er selbst, mit dem Mythos verhalf diesem zu stetig wachsender Bekanntheit.

In diese Fußstapfen trat 1983 auch der deutsche Autor Wolfgang Hohlbein, der zu dieser Zeit noch am Beginn seiner Karriere stand und mit Büchern wie »Märchenmond« und dem »Enwor-Zyklus« gerade erste Erfolge feierte.

Das Ergebnis war die vollkommen neuartige Serie »Der Hexer«.

Frank Rehfeld

Dieses Kapitel enthält die Hefte:

Der Hexer 7: Das Haus unter dem Meer
Der Hexer 8: Im Bann des Puppenmachers
Der Hexer 9: Das Mädchen aus dem Zwischenreich

Das Haus unter dem Meer

Selbst in der Nacht wirkte die Straße finster wie eine schwarze Bresche in der Dunkelheit, ein Riss in der Welt, durch den das Unheimliche, Böse wie ein übler Geruch herüberwehte. Irgendwo an ihrem Ende schienen sich Schatten zu bewegen, schienen namenlose Wesen unaussprechliche Dinge zu tun und sich vor der Schwärze dunkle Umrisse in noch tieferem Schwarz zu ballen.

Grodekerk schauderte. Sein Herz schlug schneller, je näher er der Straße kam. Das Gewicht der Waffe an seinem Gürtel verlor seine beruhigende Wirkung, während er auf die Schatten zuging, Schritt für Schritt dem Grauen entgegen.

Er fühlte sich verloren – und allein ...

Aber er war es nicht – unsichtbar und lautlos näherten sich mit ihm fast ein Dutzend Männer der Straße von beiden Seiten, und jeder Einzelne war ein sorgsam ausgesuchter Ritter, einer der besten, wie Grodekerk wusste. Sie allein hätten eine Stadt nehmen oder eine kleine Armee in die Flucht schlagen können.

Aber dort vorne, hinter dem Vorhang aus Schwärze und Furcht, der die Straße überzog, lauerten keine menschlichen Gegner. Die hätte Grodekerk nicht gefürchtet, gleich, wie stark und in welcher Überzahl sie antreten mochten.

Dort vorne lauerte ...

Ja, was eigentlich? Er wusste es nicht; keiner von ihnen wusste es, und vielleicht war es gerade das, was die Sache so schlimm machte. War es nicht immer das Unbekannte, mit dem die Furcht einherging?

Er seufzte, legte die Hand auf den Schwertgriff und zog die Waffe lautlos aus ihrer ledernen Scheide. Es waren vielleicht noch sieben oder acht Schritte, die ihn vom Anfang der Straße trennten. Ein rascher Sprung, mehr nicht.

Und doch ein Schritt in eine andere Welt.

Aber er tat ihn nicht, diesen Schritt, so wenig wie seine elf Brüder, die neben und hinter ihm auf der Lauer lagen. Sie waren nicht hier, um zu kämpfen, sondern nur, um zu wachen. Der Befehl des *Meisters* war eindeutig gewesen; sie durften die Straße unter keinen Umständen betreten. Alles, was sie zu tun hatten, war, dafür zu sorgen, dass niemand die schmale Gasse verließ.

Ein leises, schleifendes Geräusch drang in Grodekerks Gedanken und ließ ihn jäh auffahren.

Vor ihm bewegte sich etwas. Er konnte nicht ausmachen, was es war – es war groß und finster und massig schwarz. Und es kam näher.

Hendrik Grodekerk spannte sich. Plötzlich war die Furcht verschwunden, als jahrzehntelang antrainierte Reflexe und Disziplin die Herrschaft über seinen Körper und Geist übernahmen. Der schlanke Mann in dem weißen Mantel verwandelte sich von einer Sekunde auf die andere in einen tödlichen Krieger.

Und trotzdem kam seine Reaktion zu spät.

Er sah den Schatten neben sich und registrierte entsetzt, dass es einer seiner Brüder war, der hinter seiner Deckung aufsprang und mit gezücktem Schwert auf den schwarzen Umriss zusprang. Er schrie eine Warnung und federte hoch, aber er war zu langsam.

Seine ausgestreckte Hand griff ins Leere; der Bruder jagte mit weit ausgreifenden Schritten an ihm vorbei, schwang seine Klinge und stieß ein wütendes Heulen aus.

Dann verschwand er in der Gasse. Sein Schatten verschmolz mit dem großen, umrisslosen *Ding,* das Grodekerk gesehen hatte, und plötzlich wurde die Stille von klatschenden Schlägen unterbrochen, dann einem Schrei und schließlich einem schauderhaften, knirschenden Laut.

Grodekerk schluckte einen Fluch herunter, schob seine letzten Bedenken beiseite und jagte dem Bruder nach, die warnenden Rufe der anderen hinter sich ignorierend. Mit zwei, drei Sätzen war er bei ihm, hob kampfbereit sein Schwert – und erstarrte.

Der Bruder war tot. Er lag, grotesk verkrümmt und mit unnatürlich weit in den Nacken gebogenem Kopf, auf dem mit Unrat übersäten Boden, das Schwert noch in der verkrampften Hand und einen Ausdruck ungläubigen Staunens auf den Zügen.

Und sein Mörder stand über ihm.

Der Mann war nicht sehr groß. Trotz der Dunkelheit konnte Grodekerk erkennen, dass seine Haut tief braun und das Haar, von dem nur eine Strähne sichtbar war, blond und leicht gewellt war. Er war ganz in ein schwarzes, bis über die Knöchel fließendes Gewand gekleidet, das nahtlos in den schwarzen Turban überging, der auf seinem Kopf thronte.

»Keine Bewegung!«, brüllte Grodekerk. Gleichzeitig riss er sein Schwert hoch und führte einen mächtigen, beidhändig geführten Streich nach dem Schädel des Mannes.

Der Schwarzgekleidete lachte, wich mit einem fast spielerischen Satz zur Seite – und verschwand.

Hendrik Grodekerk registrierte die Gefahr im letzten Moment, aber die Bewegung, mit der er herumfahren und sein Schwert heben wollte, kam zu spät.

Den Hieb, der ihn tötete, sah er nicht einmal mehr ...

Über den Dächern von Amsterdam ging die Sonne auf. Die Dämmerung hing noch wie ein Hauch dünnen, rauchigen Nebels in der Luft und verwischte die Konturen der Häuser und Straßenschluchten, aber das Licht der roten Morgensonne war schon jetzt kräftig genug, die Nacht zu durchdringen und aufzulösen. Selbst hier drinnen, hinter den geschlossenen Doppelscheiben des Fensters, glaubte ich die Wärme ihrer Strahlen wie ein sanftes Streicheln auf der Haut zu spüren.

Es würde ein schöner Tag werden. Die wenigen Wolken, die sich an den Morgenhimmel dieses Julitages verirrt hatten, waren klein und weiß, und das Wasser der Grachten tief unter mir glänzte wie geschmolzenes Gold. Die wenigen Kähne, die darauf fuhren, wirkten wie Spielzeugschiffchen aus der Höhe meines in der vierten Etage gelegenen Zimmers betrachtet.

Ja – es würde ein schöner Tag werden, nicht nur für Amsterdam. Nach dem ungewöhnlich harten und langen Winter, mit dem das Jahr begonnen hatte, brach der Sommer nun mit doppelter Macht herein, als wolle er gutmachen, was sein kalter Bruder den Menschen zugefügt hatte.

Und trotzdem spürte ich in mir nichts als Kälte. Kälte und ein Gefühl der Leere, das auf schwer in Worte zu fassende Weise wehtat.

Mein Blick löste sich von dem trügerisch ruhigen Bild, das das erwachende Amsterdam bot, und saugte sich am östlichen Horizont fest. Natürlich war es Einbildung, dessen war ich mir vollends bewusst, aber für einen Moment meinte ich, einen dunklen, pulsierenden Fleck in der Masse der Häuser zu erkennen, ein höllischer schwarzer Pfuhl, der wie das aufgerissene Maul eines steinernen Ungeheuers zuckte und bebte ...

Mit einem Ruck wandte ich mich vom Fenster ab, presste die Lider zusammen und zwang mich, an etwas anderes zu denken. Das Bild war nicht real. Es existierte nicht wirklich. Das mächtige Patrizierhaus, in dem ich mich aufhielt, befand sich nahezu am anderen Ende Amsterdams; Meilen um Meilen von der Van Dengsterstraat und dem Menschen mordenden Moloch entfernt.

Und trotzdem kostete es mich unglaubliche Mühe, es zu vertreiben. Es war nicht dieses Bild, das mich ängstigte. Es war das *Wissen,* aus dem es geboren wurde.

Ich trat vom Fenster zurück, ging unschlüssig zwei oder drei Mal durch das kleine, behaglich eingerichtete Zimmer und ließ mich schließlich auf die Bettkante sinken. Ich war nicht müde, sondern im Gegenteil von einer kribbelnden, unangenehmen Energie erfüllt; jenem sonderbaren Tatendurst, der manchmal willkürlich und ziellos auftritt und es einem unmöglich macht, still zu sitzen und nichts zu tun.

Aber das Einzige, was ich im Moment tun konnte, war eben *nichts.*

Seit nahezu sechsunddreißig Stunden war ich jetzt ein Gefangener dieses Zimmers. Nicht, dass ich Grund zur Beschwerde gehabt hätte – der Raum war wesentlich behaglicher und komfortabler eingerichtet als das Hotelzimmer, in dem ich meine ersten Nächte in dieser Stadt verbracht hatte, das Essen, das drei Mal am Tag von einem muskelbepackten und offenbar mit Taubstummheit geschlagenen Lakaien gebracht wurde, vorzüglich und das Regal neben der Tür bot eine exorbitante Auswahl kurzweiliger Bücher (mit dem kleinen Schönheitsfehler, dass sie in Holländisch abgefasst waren). Aber die Tür hatte eben an der Innenseite keine Klinke, und der Diener, der auf jedes Klingeln binnen Sekunden erschien, hatte eine Statur, die selbst Rowlf davon abgehalten hätte, ihn angreifen und überwältigen zu wollen.

Es war ein Gefängnis, wenn auch ein komfortables.

Die ersten dreißig der besagten sechsunddreißig Stunden hatte ich vorwiegend damit verbracht, zu schlafen.

Zwei weitere Stunden lang war ich zuerst wütend, dann ausfallend und schließlich hysterisch geworden und hatte mich als krönenden Abschluss in einer Art Amoklauf immer wieder gegen die Tür geworfen und mich damit vollends lächerlich gemacht.

Und während der restlichen vier Stunden hatte ich gewartet. Ger

Looskamp – von dem Dutzend Männer, die mich aus dem wild gewordenen Labyrinth gerettet hatten, war er der einzige, dessen Namen ich überhaupt kannte! – hatte mir versprochen, mich in alles einzuweihen, sobald die Zeit dazu reif war. Nur wann dieser Zeitpunkt sein würde, wusste ich nicht.

Es gab in diesem Zimmer keine Uhr, und mein Taschenchronometer hatte die Attacken des Labyrinthes nicht halb so gut überstanden wie ich, sodass ich die Zeit nur schätzen konnte. Aber wenn jetzt die Sonne aufging, dann musste ich gegen zwei oder drei Uhr nachts aufgewacht sein – eine Zeit, zu der ich normalerweise zu Bett zu gehen pflegte. Meine Ungeduld hatte mittlerweile ein Ausmaß erreicht, das mich schon ernsthaft mit den Gedanken an eingeschlagene Scheiben und verwegene Sprünge aus dem vierten Stockwerk spielen ließ.

Aber dazu war immer noch Zeit.

Ich war vielleicht eine weitere halbe Stunde unruhig im Zimmer auf und ab gegangen, als draußen auf dem Korridor Schritte laut wurden und ich Stimmen vernahm. Sekunden später klopfte es an meine Tür, und auf mein gemurmeltes »Bitte!« hin klirrte der Riegel, und der vierschrötige Lakai blickte durch einen Spalt zu mir herein.

»Mijnheer Mister Craven? Der Meister möchte Ihnen jetzt schaun, wenn du sich ruhig geschlafen genügend vorkommst.«

Gegen meinen Willen stahl sich ein flüchtiges Grinsen auf meine Lippen. Der Riesenkerl sprach das Englische fast ohne Akzent, aber mit dem orthografischen Feingefühl einer Dampframme. Ich nickte und folgte ohne ein weiteres Wort seiner einladenden Geste. Looskamp hatte neue Kleider neben meinem Bett bereitlegen lassen, aber ich glaubte kaum, dass ich Hut und Mantel jetzt brauchte.

Vielleicht würde ich sie überhaupt nie wieder brauchen.

Der Diener schloss pedantisch die Tür hinter mir, wiederholte seine auffordernde Handbewegung und ging vor mir den Korridor entlang.

Trotz meiner Erleichterung, endlich aus dem Zimmer heraus zu sein, machte sich ein nagendes Gefühl der Beunruhigung in mir breit, während ich dicht hinter dem breitschultrigen Riesen die schmalen, für meine an englische Verhältnisse gewohnten Sinne überaus steile Treppe hinabstieg.

Die freundliche Behandlung, die mir bisher zuteil geworden war, mochte durchaus täuschen. Vielleicht war es die gleiche Art von Zuvorkommenheit, die man einem zum Tode Verurteilten in seiner letzten Nacht angedeihen ließ. Looskamp und seine Brüder waren Tempelherren, und wenn ich von Necron und seinen Mordbuben absah, dann stand dieser Orden ziemlich einsam an der Spitze meiner Feinde.

Meiner *menschlichen* Feinde.

Wir erreichten das Erdgeschoss. Mein Führer gebot mir mit einer Geste zurückzubleiben und klopfte an eine gewaltige, zweiflügelige Tür, die genau gegenüber des Einganges tiefer in das Gebäude hineinführte. Einen Moment lang musterte ich die Eingangspforte beinahe sehnsüchtig – sie sah recht stabil aus, aber es gab in jedem Flügel ein großes, bunt bemaltes Fenster aus Bleiglas und ohne irgendwelche Gitter oder sonstigen Zierrat. Ich traute mir durchaus zu, mit einem beherzten Sprung das Glas durchbrechen zu können.

Aber ich verwarf den Gedanken beinahe ebenso rasch wieder, wie er mir gekommen war. Die scheinbare Sorglosigkeit, mit der mich mein »Diener« stehen gelassen hatte, bewies mir, wie sicher er meiner war.

Mit einem lautlosen Seufzer wandte ich mich wieder um, trat neben ihn und wartete, bis er die Tür geöffnet hatte.

Dahinter lag ein großer, überraschend heller Raum; etwas, das wie eine gelungene Mischung aus Bibliothek, Arbeitszimmer und Salon aussah. An den Wänden wechselten sich Bücherborde mit Bildern, antiken Waffen und kleinen, aus edlen Hölzern gefertigten Schränkchen ab, und vor dem mächtigen Kamin, in dem trotz der Jahreszeit ein mächtiges Feuer loderte, thronte ein Monstrum von Tisch, wie ich noch keines gesehen hatte.

Der Mann hinter diesem Tisch wirkte verloren angesichts der Unmenge von Pergamentrollen, Karten und Büchern, mit der die Platte überladen war. Und gleichzeitig ... es fiel mir schwer, das richtige Wort zu finden ... würdevoll. Sein grau gewordenes, streng zurückgekämmtes Haar gab dem faltigen Gesicht darunter etwas Weises, und die eingesunkenen Augen, vom Alter längst trüb geworden, musterten mich mit einer sonderbaren Mischung aus sanfter Neugier und Kälte. Er war alt, dieser Mann. Uralt.

»Mister Craven!«

Der Klang der Stimme ließ mich zusammenzucken. Sie war hinter mir erklungen! Erschrocken fuhr ich herum.

Looskamps Lippen verzogen sich zu einem verzeihenden Lächeln. Er hatte neben der Tür gestanden, wohl nicht aus Zufall in einem

Winkel, in dem ich ihn nicht sofort sehen konnte. Überhaupt hatte ich plötzlich das bestimmte Gefühl, dass der Eindruck, den der weißhaarige Alte auf mich gemacht hatte, genau berechnet gewesen war.

»Ich hoffe, Sie haben sich gut erholt«, sagte Looskamp, als ich auch nach endlosen Sekunden noch keinen Laut von mir gab.

»Das ... Zimmer ist sehr komfortabel, danke«, sagte ich. »Nur fehlt die Klinke an der Tür. Sie sollten einen Schlosser kommen lassen.«

Looskamp lachte. Er löste sich mit einer Bewegung, die seine schwerfällige Erscheinung Lügen strafte, von seinem Platz an der Tür und ging an mir vorbei auf den Tisch zu, hinter dem der Alte saß. Ich folgte ihm unaufgefordert, blieb zwei Schritte davor stehen und blickte abwechselnd zu Looskamp und dem Alten.

Wie der schwarzhaarige Flame trug auch der Greis das weiße, mit einem blutroten Kreuz bestickte Zeremonienhemd der Tempelherren. Der einzige Unterschied war, dass das Kreuz auf seiner Brust nicht gleichschenkelig war, sondern dem glich, das man in Kirchen und auf Bibeln zu sehen pflegt. Er musste sehr weit oben in der Hierarchie der Templer stehen. Wenn mich meine Erinnerung nicht trog, trugen dieses Kreuz nur wenige, mächtige Mitglieder des Zirkels.

»Mister Craven«, sagte Looskamp mit einer Geste auf den Alten, »darf ich Ihnen Jean Balestrano verstellen? Er hat sich sehr auf dieses Treffen gefreut.« Er lächelte flüchtig. »Man kann sagen, dass Ihr Name mittlerweile auch in den höchsten Rängen unseres Ordens einen gewissen Ruf genießt.«

»Balestrano?« Der Name kam mir bekannt vor, irgendwie auf unangenehme Weise, aber ich vermochte ihn nicht einzuordnen.

»*Bruder* Balestrano«, sagte Looskamp mit eigenartiger, fast lauernder Betonung, und als ich ihn ansah, gewahrte ich ein sonderbares Flackern in seinen Augen. Was war das? Ehrfurcht?

»Das ... sagt mir leider nichts«, antwortete ich vorsichtig.

»Sag es ihm, Bruder Ger«, sagte der Alte. Seine Stimme klang überraschend klar. Kräftig und fest wie die eines jungen Mannes. »Jetzt ist nicht der Moment für ein geheimnisvolles Gehabe.«

Looskamp zögerte noch einen Moment, dann zuckte er die Achseln und sagte: »Bruder Balestrano, Robert Craven, ist der Großmeister unseres Ordens.«

Obwohl ich halbwegs darauf vorbereitet gewesen war, trafen mich seine Worte wie eine Ohrfeige.

»Der ... *Groß*meister?«, keuchte ich. »Sie sind ...«

»Der Mann, den zu treffen Bruder Howard jetzt in Paris ist«, unterbrach mich der Alte. »Sie sehen, Mister Craven, es gibt nicht viel, worüber ich nicht informiert wäre.«

Ich wollte auffahren, aber er schnitt mir mit einer herrischen Geste das Wort ab und fuhr mit einer Stimme, die jeden Gedanken an Widerspruch gleich im Keime erstickte, fort: »Ich weiß nicht, was Bruder Howard über mich erzählt hat. Aber was immer es war, ich bitte Sie, es für zehn Minuten zu vergessen und mich anzuhören.«

»Er hat nicht viel erzählt«, sagte ich kalt, hin und her gerissen zwischen Zorn, Überraschung und ganz einfacher, banaler Wut. Das also war der Mann, der Howard zehn Jahre lang wie ein Tier rund um die Welt hatte hetzen lassen! Auf seinen Befehl hin waren zahllose Mörderkommandos ausgeschwärmt, um sein so genanntes *Todesurteil* auszuführen.

Er hatte Howard bisher nicht erwischt, aber zahllose Unschuldige waren allein bei dem Versuch, den Mordbefehl auszuführen, ums Leben gekommen. »Nur, dass Sie ihn umbringen lassen wollen«, fügte ich hinzu. Meine Stimme bebte.

Balestrano machte eine wegwerfende Geste. »Ich sagte bereits – jetzt ist nicht die Zeit, darüber zu streiten, Mister Craven«, sagte er. »Was Bruder Howard getan hat, geht nur mich und den Orden etwas an, und ich werde nicht darüber diskutieren. Auch nicht mit Ihnen.«

»Was wollen Sie dann?«, schnappte ich.

Balestranos uralte, wissende Augen glitzerten. »Sie sind uns etwas schuldig, Mister Craven«, sagte er.

»So?« Ich versuchte, meiner Stimme einen möglichst abfälligen Klang zu verleihen. »Bin ich das?«

Balestrano nickte. »Ihr Leben, Craven. Ohne das rechtzeitige Eingreifen Bruder Looskamps und seiner Ritter wären Sie schon vor Tagesfrist gestorben.«

»Das war wohl eher Zufall«, begann ich, wurde aber sofort wieder unterbrochen, diesmal von Looskamp.

»Nein, Craven, das war es nicht«, sagte er ernst. Er lächelte, wartete, bis ich aufgehört hatte ihn anzustarren und den Unterkiefer wieder nach oben klappte, und deutete auf einen freien Stuhl.

Ich folgte der Einladung, und auch Looskamp zog sich eine Sitzgelegenheit heran und ließ sich darauf nieder. Er sah sonderbar aus in seinem mittelalterlichen Ritterkostüm, ein mächtiges, zweischneidiges Schwert an der Seite und die Ärmel eines Kettenhemdes unordentlich nach oben geschoben, sodass seine muskulösen Unterarme sichtbar wurden.

»Sehen Sie, Craven«, begann er schließlich, »als wir Sie aus dem Labyrinth holten, war das alles andere als Zufall. Denken Sie nicht, dass es leicht war – ein Dutzend der Begabtesten von uns waren nötig, die dämonischen Kräfte dieses Höllenwesens zu brechen. Wir haben uns alle in Gefahr begeben, denn hätte das Labyrinth unser Eingreifen vor der Zeit bemerkt, so hätte es zweifellos versucht, auch uns zu vernichten.«

»Was soll das?«, murrte ich. »Wollen Sie mir Schuldgefühle verpassen?«

»Ja«, antwortete Looskamp lächelnd. »Zumindest möchte ich Sie erinnern, dass Sie uns ... sagen wir, eine gewisse Hilfe schuldig sind.«

»Hilfe?«, wiederholte ich. »Und wobei?«

Looskamp machte eine besänftigende Geste. »Gleich, Craven. Zuerst lassen Sie mich zu Ende erklären, damit Sie auch wirklich verstehen, was wir von Ihnen wollen. Wir wussten schon, dass Sie kommen, ehe Sie Amsterdam erreichten. Bruder De Vries informierte uns noch vor seiner ... Niederlage. Sie haben keinen Schritt getan, von dem wir nicht wussten.«

Seine Worte stimmten mich nicht gerade versöhnlicher. Ich mag es nicht, wenn man mich wie eine Figur in einem Spiel behandelt. »Auch als ich ... in die Van Dengsterstraat ging?«, fragte ich misstrauisch.

Ein flüchtiger Schatten huschte über Looskamps Gesicht. »Ja«, gestand er. »Wir wollten Sie warnen, aber wir waren nicht schnell genug. Und wir hatten nicht genügend Vertraute in Ihrer Nähe, um Ihnen direkt zu Hilfe eilen zu können. Aber wir haben Sie beobachtet. Jeden Schritt, den Sie im Einflussbereich des pervertierten Tores getan haben.«

»Des was?«, fragte ich.

Looskamp lächelte. »Gemach, Craven. Sie werden alles erfahren. Aber zuvor möchte ich etwas von *Ihnen* wissen.«

»Und ... was?«, fragte ich gedehnt.

»Wir brauchen Ihre Hilfe«, antwortete Balestrano an Looskamps Stelle. »Wir möchten Sie bitten, uns bei einer Mission zu helfen. Möglicherweise reicht es schon, wenn Sie uns begleiten.«

»Begleiten?« Ein Gefühl eisigen Schreckens breitete sich in meinem Magen aus. »Und wohin?

»Dorthin, wo Sie schon einmal waren, Craven«, antwortete der Großmeister lächelnd. »Zum Herzen des Labyrinths.«

Es wartete. *Es* hatte geschlafen, millenienlang, ein träumender Gigant, dessen Träume Furcht und dessen Atem Schrecken gebar. Dann und wann war *es* erwacht, wenn *es die* Nähe eines Opfers gespürt hatte, war wie ein schlafender Drache aus seiner Ruhe aufgeschreckt, hatte sondiert und getastet, manchmal auch gelockt, und seine Opfer mit einer blitzartigen Bewegung verschlungen.

Dann hatte *es die* Nähe eines besonderen Opfers gespürt, eines Opfers, wie *es* selbst in seinem schier endlos langen Leben nur wenige hatte erlangen können. Wie immer hatte *es* seine Fallstricke ausgelegt, hatte mit Visionen und Trugbildern gespielt und sein Opfer belauert, schließlich zugeschlagen.

Aber der Magier war ihm entkommen. Und er hatte ihm Schmerzen zugefügt, unerträgliche Schmerzen.

Der Schmerz war vergangen, aber der Zorn war geblieben.

Jetzt wartete *es. Es* wusste, dass das Opfer wiederkommen würde, denn *es* hatte den feindseligen Geist, von dem es beseelt war, gespürt. *Es* wartete und beobachtete und lauerte, belauschte die Wesen, die sich in ihrer Überheblichkeit anmaßten, sich seine Feinde zu nennen, sah zu, wie sie ihre Vorbereitungen trafen, ihre lächerlichen Waffen zusammentrugen und sich in den Wahn steigerten, seiner Macht widerstehen zu können.

Einen Moment lang war *es* versucht, mit aller Gewalt zuzuschlagen und ihnen zu demonstrieren, wie mächtig *es* war. Aber dann erkannte *es, wie* dumm ein solches Vorgehen gewesen wäre.

Es würde warten, bis sie von selbst zu ihm kamen, freiwillig und zahlreich. Opfer, viel mehr, als *es* sonst in Jahrzehnten erlangen konnte. Lebensenergie, die ausreichen würde, die Wunden zu heilen, vielleicht sogar noch seinen Machtbereich zu vergrößern.

Wäre *es* in der Lage gewesen, so etwas wie Freude zu empfinden, hätte *es* zufrieden in sich hineingekichert.

Aber das konnte *es* nicht, und so tat *es* das Einzige, was ihm stattdessen ein Gefühl der Befriedigung verlieh.

Es wartete.

Es hatte Zeit.

Es war unsterblich.

»Sie wissen nicht viel über das Labyrinth, nicht wahr?«, fragte Balestrano. Seine Stimme klang sanft, aber gleichzeitig wissend und mächtig.

»Nicht ... nicht viel mehr, als mir Morjaerd darüber erzählt hat«, antwortete ich stockend. Es fiel mir schwer, mich zu konzentrieren. Die Worte des Alten hatten mich stärker in Erregung versetzt, als ich zugeben wollte. Glaubte er im Ernst, ich würde auch nur im Traum daran denken, noch einmal einen Fuß in dieses höllische Häuserlabyrinth zu setzen?

»Morjaerd!« Balestrano machte eine wegwerfende Geste. »Er war ein Narr, Craven. Ein Narr mit großen Talenten, aber trotzdem ein Narr. Er wusste nichts. Nichts außer ein paar Brocken, zu denen er sich den Rest aus den Fingern gesaugt hat.«

»Dann ... ist dieses Labyrinth kein –«

»Es ist, was er Ihnen sagte«, unterbrach mich der Alte. Es schien zu seinen Gewohnheiten zu gehören, seine Gesprächspartner selten aussprechen zu lassen. »Der Kern der Geschichte ist wahr, und auch wieder nicht.«

»Aha«, machte ich.

Balestrano gestattete sich ein rasches, flüchtiges Lächeln, bei dem seine Augen vollkommen kalt blieben, und wurde sofort wieder ernst. »Vor Urzeiten«, begann er, »war es wirklich nicht mehr als ein *Tor, ein* unbedeutender Bestandteil jenes magischen Transportsystems, das die Wesen, die Sie die GROSSEN ALTEN nennen, errichteten.«

»Wie meinen Sie das?«, hakte ich nach. »Haben Sie einen anderen Namen für sie?«

Balestrano nickte. Auf seiner Stirn erschienen drei steile Falten. »Ja. Den haben wir in der Tat, Craven. Aber das spielt im Moment keine Rolle. Lassen Sie mich zu Ende berichten, denn die Zeit drängt. Morjaerds Bericht ist nicht vollkommen, Craven. Es ist wahr, dass das *Tor* entartete und zu etwas Fremdem und Bösem wurde, etwas, das nicht einmal seine alten Herren anerkannte, sondern selbst sie vernichten würde, hätte es die Gelegenheit dazu.«

»Das habe ich gesehen«, murmelte ich, aber wieder machte Balestrano diese schnelle, ärgerliche Geste, die mich davon abhielt, weiterzusprechen.

»Nichts haben Sie gesehen, Craven«, fauchte er. »Was Sie gesehen haben, waren Visionen, Bilder, die dieses Ungeheuer Ihnen vorgegaukelt hat, um Sie zu verwirren und in Furcht zu stürzen. Schein und

Wahrheit sind dort nicht mehr, was Sie hier in unserer Welt sind, Craven. Es kämpft mit den Waffen der Hölle, und die Lüge ist eine ihrer mächtigsten. Was wirklich geschah, haben Sie nicht gesehen.«

»Aber wir«, sagte Looskamp düster. Auf seinem Gesicht erschien ein Ausdruck ehrlicher, tiefer Sorge.

»Es war kein Zufall, dass sich ein Dutzend der besten Magier unserer Bruderschaft hier in Amsterdam aufhielt, Craven«, sagte er.

»Ich weiß.«

Looskamp lächelte verzeihend. »Jetzt überschätzen Sie Ihre Wichtigkeit, Robert«, sagte er in gutmütigem Spott. »Wir warfen ein Auge auf Sie, als wir hörten, dass Ihr Weg Sie nach Amsterdam führte, aber wir kamen nicht Ihretwegen zusammen.«

»Und weshalb dann?«, fragte ich.

»Das Labyrinth«, antwortete Looskamp, nun wieder vollkommen ernst. »Mit dem Auftauchen derer, die Sie die ... GROSSEN ALTEN nennen« – er sprach den Namen erst nach kurzem Zögern und dann sehr hastig aus, als hätte er eigentlich etwas ganz anderes sagen wollen –, »erwachten auch die Kräfte des pervertierten Tores wieder. Es hat geschlafen, Tausende und Tausende von Jahren. Das, was Sie als das Labyrinth kennen und zweifellos fürchten gelernt haben, war nur ein schwacher Abglanz seines wahren Selbst. Nicht mehr als ein Schatten, den seine Träume in die Wirklichkeit warfen.«

»Und jetzt ... jetzt erwacht es?«

Looskamp nickte. »Ja. Der Prozess begann vor einem Jahr, aber selbst wir spürten es erst, als es fast zu spät war. In gewissem Sinne haben Sie ihn sogar beschleunigt, durch Ihr Eingreifen.« Er hob rasch die Hand, als ich auffahren wollte. »Aber Sie haben es auch geschwächt. Die Wunde, die Sie ihm zugefügt haben, ist schmerzhaft, wenn auch nicht tödlich. Trotzdem wird es erwachen. Sehr bald.«

Er sprach nicht weiter, und auch ich schwieg eine ganze Weile. »Und jetzt wollen Sie, dass ich Ihnen helfe, es vollends unschädlich zu machen?«, fragte ich schließlich.

Looskamp nickte, stand auf und ging wortlos zu einem der kleinen, an der Wand aufgehängten Schränke. Als er zurückkam, hielt er einen langen, in ein Tuch eingeschlagenen Gegenstand in der Hand.

Ich fuhr zusammen, als Looskamp den weißen Stoff zurückschlug und ich erkannte, was er verborgen hatte.

Es war mein Stockdegen. Die Waffe, die mir mein Vater hinterlassen hatte.

Im letzten Moment unterdrückte ich den Impuls, danach zu greifen, konnte aber wohl ein verräterisches Flackern in meinem Blick nicht ganz verhindern, denn Looskamp lächelte auf sehr eigentümliche Weise, legte den Degen vor sich auf den Tisch und setzte sich wieder.

»Sie müssen verrückt sein«, murmelte ich. »Ich ... ich bin diesem ... diesem *Schatten, wie* Sie es nennen, mit Mühe und Not entkommen, und selbst dazu war Ihre Hilfe nötig. Und jetzt erklären Sie mir, dass wir hingehen und dieses Ding vernichten sollen! Was erwarten Sie? Dass es still hält?«

»Natürlich nicht«, sagte Balestrano ärgerlich. Er beugte sich vor, streckte den Arm aus und griff mit einer dürren, weiß behandschuhten Hand nach dem Degen. Etwas schien sich in mir zusammenzuziehen, als ich sah, wie er den Knauf aus milchigem Kristall in die Höhe und gegen das Licht hielt.

Dann sah er wieder mich an. »Wir sind vielleicht Ihre Feinde, Robert Craven«, sagte er, »obwohl dieses Gefühl keineswegs auf Gegenseitigkeit beruht, wie ich Ihnen versichern darf. Bruder De Vries hat es ehrlich gemeint, als er Ihnen anbot, zu uns zu kommen. Aber das spielt jetzt keine Rolle. Wie gesagt: Wir sind vielleicht Ihre Feinde, aber wir sind nicht dumm. Wir kennen die Macht des Labyrinthwesens besser als Sie. Und wir wissen, wie es zu vernichten ist.«

»Warum haben Sie es dann nicht schon lange getan?«, fragte ich zornig.

Balestrano drehte den Stockdegen scheinbar versonnen in den Händen. Der Wunsch, aufzuspringen und ihm die Waffe zu entreißen, wurde immer stärker in mir.

»Weil wir es nicht konnten«, sagte er schließlich. »Weil uns etwas fehlte, Craven. Eine Waffe.«

»Eine ... Waffe?«, wiederholte ich stockend.

Balestrano lächelte kalt. »*Diese* Waffe«, sagte er, beugte sich vor und hielt mir den Degen hin.

Verblüfft starrte ich erst ihn, dann den Degen, dann wieder ihn an und griff schließlich zögernd nach dem vermeintlichen Spazierstock mit dem großen, milchigen Knauf aus gesprungenem Kristall.

»Sie ... wissen ...«, murmelte ich verstört.

Balestrano nickte. »Selbstverständlich. Wir wissen von dem besonderen *Shoggotenstern,* der im Knauf dieser Waffe eingearbeitet ist, und wir wissen von seiner Tödlichkeit für die, die Sie die GROSSEN ALTEN nennen.« Er lächelte und verschränkte die Hände vor der Brust.

»Sie sehen, wir sind ehrlich zu Ihnen«, fuhr Balestrano fort. »Ich gehe sogar noch einen Schritt weiter, Craven. Ich gestehe Ihnen ein, dass uns diese Waffe allein nichts nutzt. Nur in Ihren Händen entfaltet sie ihre ganze vernichtende Macht. Bruder Looskamp oder ich könnten das Labyrinthwesen damit verletzen, mehr nicht. Sie können es töten.«

Ich zögerte zu antworten. Balestranos Offenheit verwirrte mich, und ich spürte genau, dass er die Wahrheit sagte.

»Und es ist nicht einmal nötig«, fügte Balestrano hinzu. »Bruder Looskamp wird es Ihnen erklären, wenn Sie einverstanden sind, uns zu begleiten. Es gibt einen Weg, es unschädlich zu machen, ohne es zu zerstören.«

Verwirrt blickte ich zwischen den beiden ungleichen Männern hin und her. Ich spürte, dass jedes Wort, das sie sagten, genau berechnet war. Sie spielten sich die Sätze zu wie Bälle, nur um mich zu verwirren und in die Enge zu treiben.

»Ich verstehe Ihre Sorge, Craven«, fuhr Looskamp fort. »Auch ich habe Angst und auch die anderen, die uns begleiten werden. Aber wir haben keine Wahl. Und wir können uns schützen. Die Visionen des Labyrinths vermögen uns nichts anzuhaben, und gegen seine Kreaturen werden uns unsere Schwerter verteidigen.«

»Sicher«, sagte ich. »Das hört sich ganz einfach an. Wie ein Spaziergang.«

»Das wird es nicht werden«, fuhr der Tempelherr ernst fort. »Fünfzig unserer tapfersten Ritter werden uns begleiten, Craven, und nicht alle von ihnen werden zurückkehren. Vielleicht nicht einer. Vielleicht nicht einmal Sie und ich. Doch wir müssen es tun.«

»Und was«, fragte ich nach einer endlosen Pause, »bringt Sie auf die Idee, dass ich Sie freiwillig begleiten würde?«

»Der Umstand, dass wir Sie kennen, Robert«, antwortete Looskamp ernst. »Das Labyrinth wird erwachen, zu einem Wesen ungeheurer Macht und Bosheit. Es hat bereits zu wachsen begonnen, und wenn es erst einmal vollends erwacht ist, kann keine Macht dieser Welt sein Vordringen mehr aufhalten. Es wird sich weiter ausbreiten, Robert. Es wird die benachbarten Straßen verschlingen, die Wasser der Grachten verpesten und ganz Amsterdam unter seine Kontrolle bringen. Dann die umliegenden Städte. Schließlich das ganze Königreich. Vielleicht sogar die ganze Welt.«

Ich schwieg. Looskamps Worte ließen mich erschaudern, denn wie bei Balestrano zuvor spürte ich, dass sie weder gelogen noch übertrieben waren. Er meinte alles, was er sagte, vollkommen ernst.

Für die Dauer eines Atemzuges glaubte ich mich zurückversetzt in die den Sinn verdrehenden Gänge und Katakomben des Labyrinths, spürte ich noch einmal den Pestgestank des Bösen, der dieses Wesen beseelte. Und dann hatte ich fast so etwas wie eine Vision.

Die Vision einer Stadt, Amsterdams, das von diesem Moloch verschlungen worden war, einer gigantischem Masse zusammengeballter Häuser und Gebäude, Grachten, in denen Blut floss statt Wasser, Häuser, die zu Menschenfallen geworden waren, Straßen, die geradewegs in die Hölle führten. Ich schauderte.

Looskamp hatte recht. Er war ein Zyniker, ein berechnender, gemeiner Zyniker, hinter dessen freundlichem Lächeln sich pure Bosheit verbarg.

Aber er hatte recht.

Ich hatte gar keine andere Wahl, als mich ihnen anzuschließen und mich dem Grauen ein zweites Mal zu stellen.

»Sie haben gewonnen«, murmelte ich. »Ich helfe Ihnen.«

Balestrano nickte. »Das habe ich erwartet, Craven.«

Ich sah ihn an und versuchte eine Spur von Falschheit oder Verrat in seinen uralten Augen zu gewahren, aber da war nichts.

»Wann wird es ... so weit sein?«, fragte ich leise. »Wann wird dieses ... Ding erwachen?«

»Wenn wir nichts dagegen unternehmen?« Looskamp überlegte einen Moment und zuckte dann die Achseln. »Bald. In ein paar Tagen. Vielleicht in einer Woche. Länger nicht.«

»Dann bleibt uns nicht viel Zeit«, murmelte ich.

Looskamp schüttelte den Kopf. »Nein.«

Ich nickte, strich versonnen mit den Fingerspitzen über den Kristallknauf meines Degens und atmete hörbar ein, ehe ich die entscheidende Frage stellte: »Wann brechen wir auf?«

Balestrano lächelte. »Jetzt.«

Es war Mittag geworden. Die Stadt war vollends zum Leben erwacht und pulsierte wie ein gewaltiges steinernes Herz. Auf den Grachten tummelten sich Boote und Kähne, und die schmalen Straßen, die die Wasserwege säumten und durch zahllose Brücken miteinander verbunden waren, quollen schier über von Menschen.

Mir war kalt. Trotz der wärmenden Strahlen der Sonne, die wie ein großes gütiges Auge im Zenit des Himmels stand, schien ich innerlich zu Eis erstarrt; meine Finger und Zehen prickelten, und meine Muskeln schienen in einem einzigen, großen Krampf gefangen.

Aber es war diesmal nicht der Odem des Bösen, den ich spürte und der mich frösteln ließ, sondern Angst. Ganz ordinäre Angst. Der Gedanke, ein zweites Mal – und noch dazu *freiwillig* – in dieses Labyrinth zu gehen, trieb mich schier in den Wahnsinn. Meine Hände zitterten und mein Unterkiefer schmerzte, so fest presste ich die Zähne zusammen.

Looskamp, der hoch aufgerichtet im Heck des Bootes neben mir stand und mit einer Hand das Ruder führte, lächelte aufmunternd. Seit wir das Haus verlassen hatten, hatten wir kaum ein Wort miteinander geredet, obgleich wir jetzt die zweite Stunde unterwegs waren. Looskamp hatte das Boot, das von vier stummen Ordensbrüdern gerudert wurde, kreuz und quer durch die Stadt gelenkt.

Immer wieder hatten wir angehalten, und der Tempelherr war an Land gegangen, um in einem Haus zu verschwinden oder mit einem Passanten, der scheinbar zufällig am Ufer stand, ein paar hastige Worte zu wechseln.

Es war ein Aufmarsch. Der Templer rief seine Leute zusammen, und ich wusste, dass außer uns jetzt noch fast vier Dutzend andere Männer unterwegs zur Van Dengsterstraat waren. Eine kleine Armee. Aber erbärmlich wenig gegen den Feind, gegen den wir zogen.

Wir erreichten eine Stelle, an der sich zwei Grachten wie Straßen kreuzten, und Looskamp stemmte sich gegen das Ruder, um unser Boot in die rechtsseitige Abzweigung zu lenken. Wir wurden schneller, und mit jedem Häuserblock, der an uns vorüberglitt, schien das Leben hinter uns zurückzubleiben.

Die Zahl der Passanten nahm ab, zuerst langsam, dann immer schneller, und schließlich ruderten die Männer das Boot durch das brackige Wasser der heruntergekommenen Hafengegend, die ich nur zu gut kannte. Ich schauderte.

»Angst?«, fragte Looskamp plötzlich.

Irritiert sah ich ihn an, schüttelte den Kopf und nickte gleich darauf.

Looskamp lachte. »Ich auch, Robert.« Er deutete mit einer Handbewegung auf die vier breitschultrigen, in braune Umhänge gehüllten Männer, die das Boot von der Stelle pullten. »Auch diese Männer haben Angst. Aber wir müssen es tun.«

Er straffte sich ein wenig, sah an sich herunter und schloss einen Knopf seines Mantels, der sich weit geöffnet hatte. Darunter trug er die weiße Templeruniform, und wenn man genau hinsah, konnte man die Umrisse des mächtigen Schwertes durch den Stoff erkennen.

»Wir müssen es tun, weil vielleicht das Überleben zahlloser Unschuldiger davon abhängt, dass wir Erfolg haben«, sagte er. Die Worte klangen wie eine Rechtfertigung.

»Wie ... wollen Sie – *wir«,* korrigierte ich mich hastig, »vorgehen?«

Looskamp wies mit einer Kopfbewegung zum Bug hinab. »Wir erreichen die Van Dengsterstraat in wenigen Minuten«, sagte er. »Dort warten wir, bis auch die anderen Brüder eingetroffen sind. Einige sind schon dort und erwarten uns, aber es wird eine Stunde dauern, bis wir vollzählig sind. Dann gehen wir hinein. Auf dem gleichen Wege, den Sie genommen haben, Robert.«

»Das meine ich nicht«, antwortete ich verärgert. »Ich mache mir keine besonderen Sorgen darüber, wie wir hineinkommen, Looskamp.«

»Ger«, sagte er. »Nennen Sie mich Ger. Wir ziehen Schulter an Schulter in einen Kampf auf Leben und Tod, Robert. Wir sollten uns nicht mit Förmlichkeiten aufhalten.«

»Meinetwegen«, antwortete ich gröber, als ich eigentlich wollte, denn ich verspürte – fast gegen meinen Willen – ein starkes Gefühl der Sympathie für den schwarzhaarigen Holländer. »Ich frage mich nur, wie wir das Herz des Labyrinths finden wollen. Ich kann dir den Weg nicht zeigen. Ich weiß ja selbst nicht, wie ich hingekommen bin.«

Ger winkte ab. »Das ist kein Problem, Robert. Es wird uns selbst hinführen, in seiner Gier. Aber es wird nicht leicht werden. Ich –«

Das Boot erzitterte. Etwas Gigantisches, Dunkles erschien unter der glitzernden Wasseroberfläche, und plötzlich wurde Looskamp das Ruder aus der Hand geprellt, so wuchtig, dass er mit einem Aufschrei nach hinten kippte und ich ihn im letzten Augenblick davor bewahren konnte, über Bord zu fallen.

Aber nur für einen Moment. Dann erbebte das Boot unter einer zweiten Erschütterung, hart wie ein Faustschlag. Ich verlor den Halt unter den Füßen, kippte nach vorne und fiel, halb geworfen, halb von Gers Gewicht gezogen, kopfüber ins Wasser.

Der Schatten glitt an mir vorüber. Ich spürte den Sog, als das Wasser von einem gigantischen Körper mit Macht beiseitegepresst wurde, geriet in einen Strudel und wurde mit haltlos rudernden Armen und Beinen herumgewirbelt.

Verzweifelt rang ich nach Atem. Alles war so schnell gegangen, dass ich nicht einmal Zeit gefunden hatte, wirklichen Schrecken zu empfinden.

Dafür schnürte mir der Anblick, der sich mir bot, schier die Kehle zu.

Dicht vor uns schien die Gracht zu explodieren. Das Wasser wurde von ungeheuren Kräften beiseitegepresst und hochgeschleudert, sodass weißer Schaum bis an die Wände der Häuser rechts und links der Gracht spritzte.

Das Boot hatte sich schräg auf die Seite gelegt und war achtern abgesackt, sodass sein tangbewachsener Bug steil in die Luft stach. Etwas Großes, Grüngraues, Schleimiges hatte sich um das hintere Drittel des kleinen Schiffchens geschlungen.

Ich wollte den Männern an Bord eine Warnung zuschreien, aber in diesem Augenblick traf mich eine zweite Druckwelle, presste mich wieder unter Wasser und schleuderte mich gegen das gemauerte Grachtenufer. Der Aufprall trieb mir die Luft aus den Lungen. Ich schrie, bekam Wasser in den Mund, würgte und versuchte an die Oberfläche zu kommen, aber schon raste eine neue Druckwelle heran und presste mich noch tiefer in das schlammige Wasser hinab.

Dann packte mich eine Hand, zerrte mich nach oben und hievte mich mit übermenschlicher Kraft an die Luft.

Ich warf mich zurück, spuckte Wasser und Schleim aus und sog gierig die Luft ein. Wie durch einen Schleier sah ich, wie sich dicht vor uns der letzte Akt des Dramas anbahnte.

Das Boot war schon zur Hälfte unter Wasser gezogen worden. Nicht nur einer, sondern ein ganzes Dutzend gigantischer, grüngrauer, mit riesigen Saugnäpfen und Warzen übersäter Tentakel hatte sich um den Rumpf geschlungen und zerrte es weiter in die Tiefe. Das Wasser kochte, und sein Schäumen und Brüllen verschluckte die Todesschreie der vier unglücklichen Templer, die noch an Bord des Schiffes waren.

Die Hand, die mich am Kragen gepackt und an die Oberfläche gezerrt hatte, packte ein zweites Mal zu und stieß mich grob zum Ufer hin. Instinktiv packte ich zu, ergriff die feuchte Ufermauer und zog mich mit letzter Kraft hinauf.

Looskamp kletterte wenige Sekunden nach mir an Land. Taumelnd sprang er hoch, zerrte mich auf die Füße und versetzte mir einen Stoß, der mich weitertorkeln ließ, weg von der Gracht und dem tobenden Ungeheuer, das sie beherrschte.

Ich versuchte mich umzudrehen, aber Looskamp stieß mich weiter vor sich her, bis wir eine schmale Lücke zwischen zwei der halb verfallenen Häuser erreicht hatten.

Er blieb erst stehen, als wir dreißig, vierzig Schritt von der Gracht entfernt und somit aus der Reichweite der peitschenden Tentakel waren.

Keuchend ließ ich mich gegen die Wand sinken, sah Looskamp aus brennenden Augen an und versuchte ein Wort herauszubekommen, brachte aber nur ein würgendes Stöhnen zustande. Meine Lungen brannten, und ich begann erst jetzt, als alles vorbei war, den lähmenden Schrecken zu spüren, den der Anblick der Bestie in mir ausgelöst hatte.

»Mein Gott, Looskamp, was ... was war das?«, stöhnte ich.

Das Gesicht des Tempelherren schien zu einer steinernen Maske zu erstarren.

»Es hat schon begonnen, Robert«, sagte er leise. Sein Gesicht blieb weiter unbewegt, aber in seinem Blick stand plötzlich ein furchterfülltes Flackern. »Mein Gott, es ... es hat schon begonnen. Es weiß, dass wir hier sind.«

»Und ... die Männer?«, fragte ich leise. Von der Gracht her klangen immer noch die fürchterlichen Laute des Kampfes: das Bersten von Holz, das Geräusch kochenden, von ungeheuren Gewalten auseinandergerissenen Wassers, das dumpfe, vibrierende Grollen des Ungeheuers. »Es waren noch vier Männer auf dem Boot! Sie ... sie sind verloren.«

»Die anderen«, murmelte Looskamp plötzlich. »Mein Gott, es ... es wird sie umbringen. Sie haben ja keine Ahnung!«

»Die anderen?«, fragte ich verwirrt. »Wovon sprichst du?«

Looskamp starrte mich an. Dann drehte er sich schweigend um, streifte den durchnässten Mantel von der Schulter, zog sein Schwert aus dem Gürtel und wandte sich wortlos um.

»Um Gottes willen, Ger – was hast du vor?«, keuchte ich.

»Ich muss zurück«, sagte er. »Bleib meinetwegen hier, wenn du Angst hast.«

»Verdammt, darum geht es nicht!«, sagte ich wütend. »Die Männer sind längst tot – begreifst du das nicht?«

Statt einer Antwort ging er los, so schnell, dass ich laufen musste, um mit ihm Schritt halten zu können.

Das Drama war vorüber, als wir das Ufer der Gracht erreichten. Bis auf ein paar auf den Wellen schaukelnde Holztrümmer und Stofffetzen war keine Spur des Bootes oder seiner Besatzung mehr zu sehen. Aber das Ungeheuer war noch da, das spürte ich überdeutlich. Für einen Moment vermeinte ich, die Blicke seiner großen, starren Telleraugen wie einen körperlichen Druck auf mir zu spüren.

Es griff an, als Looskamp noch einen halben Schritt vom Ufer entfernt war. Das Wasser spritzte in einer schaumigen Explosion auseinander, und ein gewaltiger, narben- und saugnapfübersäter Fangarm reckte sich wie eine angreifende Schlange auf den Tempelritter zu.

Aber so schnell es auch war – Looskamp war schneller. Mit einer beinahe eleganten Bewegung sprang er zur Seite und zurück, duckte sich unter dem peitschenden Tentakel hindurch und führte gleichzeitig einen mächtigen, beidhändigen Hieb.

Seine Klinge zerschnitt den oberschenkelstarken Fangarm so leicht, als bestünde er nur aus Papier.

Ein dickflüssiger, übel riechender Strahl dunkelroter Flüssigkeit schoss aus der Wunde. Looskamp keuchte, brachte sich mit einem verzweifelten Satz in Sicherheit – und stürzte, als ein zweiter, nicht weniger dicker Schlangenarm aus dem Wasser schoss und sich wie eine Peitsche um seinen rechten Fuß wickelte. Ich sah, wie sich die gewaltigen Muskelstränge des Ungeheuers spannten.

Looskamp ließ sein Schwert fahren und versuchte sich mit den Händen in den Rillen des Kopfsteinpflasters festzukrallen. Aber der widernatürlichen Kraft dieser gigantischen Kreatur hatte er nichts entgegenzusetzen. Hilflos wurde er auf das Ufer zugezerrt. Und aus dem Wasser tauchten schäumend zwei, drei weitere Tentakel auf.

Ich reagierte, ohne noch zu denken. Mit einem Satz war ich neben dem Tempelherrn, riss meinen Stockdegen aus der Hülle und stieß mit aller Kraft zu. Die schlanke Klinge durchbohrte den Fangarm, ohne dass sie auf fühlbaren Widerstand gestoßen wäre.

Aber obwohl die Wunde im Vergleich mit der Verletzung, die Looskamp dem Monstrum beigebracht hatte, nicht mehr als ein Nadelstich sein konnte, war die Wirkung meines Hiebes unvergleichlich stärker.

Die gigantische Kreatur zuckte. Der Fangarm, der sich um Looskamps Bein gewickelt hatte, löste sich mit einem Ruck, der mir um ein Haar den Degen aus der Hand geprellt hätte, und schnappte mit einem saugenden Geräusch zurück ins Wasser.

Dann schien die ganze Gracht zu explodieren.

Das Wasser schoss zehn, zwanzig Meter hoch und klatschte gegen die Hauswände. Der Boden unter unseren Füßen erzitterte, und plötzlich gellte in meinen Ohren ein ungeheurer Schrei, das Brüllen einer zyklopischen Kreatur. Für einen ganz kurzen Moment konnte ich den Leib des Scheusals durch den Vorhang aus brodelndem Wasser und Schaum hindurch erkennen: ein sackähnlicher, vier oder fünf Meter durchmessender Balg, scheußlich aufgedunsen und von zwei radgroßen, lidlos starrenden Augen beherrscht. Seine acht Arme peitschten ziellos das Wasser, und für einen Moment sah es beinahe so aus, als wolle es sich auf seinen riesigen Tentakeln aus der Gracht emporstemmen, um sich auf uns zu werfen.

Dann schäumte das Wasser noch einmal auf, und als ich wieder sehen konnte, war das Monstrum verschwunden. Nur aus der Tiefe der Gracht leuchtete ein grelles, boshaftes Licht zu uns herauf, gewann für die Dauer eines Atemzuges an Intensität und verblasste.

Ich wusste, was dieser Schein bedeutete. Ich hatte mehr als einmal gesehen, auf welche Weise die Labyrinthkreaturen starben ...

Neben mir erhob sich Looskamp stöhnend auf Hände und Knie, griff nach seinem Schwert und spuckte würgend Wasser. »Danke«, murmelte er. »Ich dachte schon, es wäre aus.«

»Das war ich dir schuldig, oder? Wir sind quitt.« Ich grinste – ein wenig schief –, stemmte mich hoch und reichte Ger die Hand. Dankbar griff er danach, stand ebenfalls auf und wandte sich noch einmal zur Gracht um.

»Was war das?«, murmelte er. »Eines dieser ...«

»Der GROSSEN ALTEN?«, half ich ihm aus. Looskamp nickte, und ich überlegte einen Moment und schüttelte dann den Kopf. »Nein«, sagte ich. »Im ersten Moment dachte ich es, aber es war wohl ein Oktopus. Ein ganz gewöhnlicher Riesenkrake. Das Labyrinth muss ihn irgendwann einmal verschlungen haben. Trotzdem«, fügte ich in leicht verändertem, tadelndem Ton hinzu, »war es ziemlich überflüssig, sich dieser Bestie zu stellen, findest du nicht? Wir haben reines Glück gehabt.«

»Es musste sein«, antwortete Looskamp.

»So?«, fragte ich. »Und warum?«

Statt einer direkten Antwort deutete er die Gracht hinab, in die Richtung, aus der wir gekommen waren.

Die brackige Wasserstraße war nicht mehr leer. Fast ein Dutzend Boote näherte sich unserem Standort; kleine, von zwei, manchmal nur einem Ruder bewegte Schiffchen, jeweils mit drei oder vier Männern in der weißen Uniform der Templer besetzt. Sie hatten in ihrer Fahrt innegehalten, und ihre Insassen starrten aus schreckgeweiteten Augen zu uns hinüber.

Jedenfalls dachte ich im ersten Moment, dass sie uns anstarrten.

Erst, als Looskamp neben mir ein ungläubiges Keuchen ausstieß und herumwirbelte, bemerkte ich den wahren Grund ihres Entsetzens.

Auch auf der anderen Seite war die Gracht nicht mehr leer.

Auf dem braungrauen, öligen Wasser schwamm ein Schiff; und es war ein Schiff, dessen Anblick selbst in einer Stadt wie Amsterdam ungewöhnlich war.

Genaugenommen wäre es überall aufgefallen, in jedem Hafen der Welt.

Es war ein wahrhaftiges Drachenboot. Und es war mit mindestens hundert wild dreinblickenden, Waffen schwingenden Wikinger-Kriegern besetzt.

Es war ein Anblick wie aus einem grotesken, irrealen Traum: Von einer Sekunde auf die andere war der blaue Mittagshimmel verschwunden, und der Wind, der plötzlich eisig und durchdringend war und nach Schnee roch, jagte tief hängende graue Wolken über die Gracht. Ein hohes, monotones Geräusch wie das Heulen eines gigantischen Wolfes schwang in seinem Wimmern mit; ein Laut, der tiefer drang als die Kälte und mich erschauern ließ.

Das rotweiß gestreifte Segel des Drachenbootes blähte sich knatternd. Die grotesken, mit Hörnerhelmen und großen runden Schilden bewaffneten Männer hinter seiner Reling stimmten ein triumphierendes Grölen an, als das Langboot wie ein Pfeil auf die zerbrechlichen Kähne der Tempelherren zuschoss.

Das Kriegsgeschrei der Wikinger hallte unheimlich verzerrt von den Häusern beiderseits der Gracht wider, und in ihrem Geheul und Gebrüll glaubte ich die Namen der alten nordischen Götter zu verstehen: »Für Odin! Für Thor!«, schrien sie, immer und immer wieder.

Das Schiff raste heran. Das Gebrüll der Wikinger steigerte sich ins Unerträgliche, und plötzlich erfüllte ein scharfes, böses Zischen und Sirren die Luft.

Looskamp erkannte die Gefahr einen Sekundenbruchteil eher als ich. Mit einem unterdrückten Fluch sprang er zurück, versetzte mir einen Stoß, der mich meterweit zur Seite und gegen die Hauswand taumeln ließ, und riss gleichzeitig sein Schwert in die Höhe. Einer der schlanken, tödlichen Schatten, die plötzlich auf uns herabregneten, zerbrach mitten im Flug und fiel in zwei Stücke zerschnitten zu Boden.

Dort, wo wir gerade noch gestanden hatten, zerbarst plötzlich ein ganzer Hagel von Pfeilen. Looskamp schrie mir eine Warnung zu, wich abermals zurück und zerrte mich mit sich, als eine zweite, besser gezielte Salve heranraste.

Dann war das Schiff vor uns, groß, hässlich und unglaublich alt. Es war wenig mehr als ein Wrack, und es erschien mir fast wie ein Wunder, dass es sich überhaupt noch auf dem Wasser halten konnte.

Aber es konnte und es schoss mit fantastischer Geschwindigkeit an uns vorbei, den Bug mit dem hochgereckten, hässlichen Drachenkopf tief in das schäumende Wasser der Gracht getaucht, als wäre es wirklich ein Meeresungeheuer, das sich auf die hilflosen Templerkähne stürzen wollte. Ich sah, wie die Männer an Bord der kleinen Boote plötzlich in hektische Aktivität gerieten und ihre Schiffe aus der Bahn des Langschiffes zu bringen versuchten, dann schrie Looskamp abermals auf, und als ich den Blick wandte, gewahrte ich ein gutes halbes Dutzend hünenhafter Wikinger, das vom Deck des vorbeirasenden Langbootes sprang und mit wirbelnden Schwertern, Äxten und Keulen auf uns eindrang.

Einer von ihnen sprang zu kurz, verlor auf dem glitschigen Stein der Uferbefestigung den Halt, stürzte rücklings ins Wasser und versank mit einem Schrei, als er zwischen die Wand und den Rumpf des Schiffes geriet. Er tauchte nicht wieder auf.

Looskamp packte sein Schwert mit beiden Händen, trat mit einem raschen Schritt vor mich und spreizte die Beine. Im ersten Moment wollte ich ihn beiseiteschieben, aber er stieß nur ein zorniges Brummen aus und stieß mich abermals zurück.

Dann waren sie heran.

Die Wikinger schienen in dem breitschultrigen Flamen mit dem weißen Templergewand instinktiv den gefährlicheren Gegner erkannt zu haben, denn gleich vier von ihnen stürzten sich auf Looskamp, während die beiden anderen in seinen Rücken zu kommen versuchten und mich attackierten.

Ich schwang meinen Degen, stürzte mich den beiden Angreifern todesmutig entgegen – und starrte verdutzt auf meine Hände, die plötzlich leer waren. Einer der Wikinger hatte mir den Degen mit einer fast spielerischen Bewegung seiner Streitaxt aus den Händen geschlagen.

Ich prallte zurück, fühlte den feuchtkalten Stein der Mauer in meinem Rücken und schalt mich in Gedanken einen Narren. Looskamp hatte mich nicht zurückgestoßen, weil er ein so netter Mensch war oder sich um meine Gesundheit sorgte, sondern weil er genau gewusst haben musste, wie lächerlich mein Stockdegen gegen die wuchtigen Schwerter und Keulen der Nordmänner war!

Die beiden Wikinger kamen mit wiegenden Schritten näher. Jetzt, da ich waffenlos war, schienen sie es gar nicht mehr so eilig zu haben, mich zu erledigen; im Gegenteil. Sie schienen mit einem Male Gefallen an dem Spiel zu finden.

Einer von ihnen verzog das Gesicht zu einem hässlichen Grinsen, legte Axt und Schild zu Boden und kam mit erhobenen Fäusten näher, während der andere ein Stück zurücktrat, das Schwert kampfbereit in der Faust, falls ich seinen Kameraden wider Erwarten doch besiegen sollte.

Meine Gedanken überschlugen sich. Unter normalen Umständen hätte ich eine gute Chance gehabt, auch gegen zwei solcher Männer mit bloßen Händen bestehen zu können. Aber die scheinbare Fairness, die sie an den Tag legten, war nur eine Finte, eine kleine Grausamkeit, um mich in Sicherheit zu wiegen und mich so umso mehr quälen zu können. Der Zweite würde keine Sekunde zögern, mir sein rostiges Schwert in den Leib zu rammen, falls ich seinen Kumpan auch nur in Schwierigkeiten bringen sollte.

Als der Wikinger angriff, wirbelte ich mit einem verzweifelten Satz herum, tauchte unter seinen zupackenden Armen hindurch – und griff seinen Kameraden an.

Der Nordmann war viel zu überrascht, um auch nur reagieren zu können. Mein Fuß traf seine verrottete Lederrüstung dicht über dem Herzen, schleuderte ihn zurück und ließ ihn zusammenbrechen.

Ich fiel, rollte mich blitzschnell herum und trat nach dem zweiten Wikinger. Er taumelte, fiel mit haltlos rudernden Armen nach vorne und stützte sich an der Wand ab.

Als er sein Gleichgewicht endlich wiedergefunden hatte, war ich hinter ihm. Diesmal ließ ich ihm keine Chance. Ich drehte mich halb um meine Achse, riss den Arm hoch und traf seinen ungeschützten Nacken.

Der Wikinger brach mit einem lautlosen Seufzer in die Knie, blieb einen Moment reglos hocken und kippte dann nach vorne.

Ich fuhr herum, bückte mich nach dem Schwert des einen, riss die Waffe an mich und war mit einem Satz neben Looskamp.

Meine Hilfe kam buchstäblich im letzten Augenblick. Der Templer kämpfte wie ein Wahnsinniger. Seine Hiebe krachten mit unglaublicher Gewalt auf Schilde und Schwerter seiner Gegner herunter, und er schien mindestens vier Arme zu haben, so schnell schlug er zu. Aber er stand einer vierfachen Übermacht gegenüber, und es handelte sich um Krieger, die mindestens so kräftig und erfahren waren wie er. Looskamps Gewand war bereits zerfetzt; er blutete aus einem halben Dutzend Wunden, und sein Atem ging schwer.

Mit einem gellenden Schrei warf ich mich in das Getümmel. Die schartige Klinge in meiner Hand zuckte in einem geraden Stich vor, bohrte sich knirschend durch eine Lücke in der Panzerung eines der Männer und tötete ihn auf der Stelle. Der Krieger hatte nicht einmal gemerkt, dass er plötzlich nicht mehr einem, sondern gleich zwei Gegnern gegenüberstand.

Mein Eingreifen entschied den Kampf. Die drei überlebenden Wikinger waren für einen kurzen Moment verwirrt. Und Looskamp nutzte den Sekundenbruchteil. Seine Klinge krachte auf den Hörnerhelm des Mannes, der rechts von ihm stand, schnitt in der gleichen, fließenden Bewegung waagerecht durch die Luft, traf den vor ihm Stehenden tödlich und hatte immer noch genügend Wucht, den Dritten, der die Gefahr im letzten Augenblick bemerkte und seinen Schild hochriss, aus dem Gleichgewicht zu bringen und zu Boden zu schleudern.

Looskamp gab ihm keine Chance, sich noch einmal zu erheben.

Keuchend ließ der Tempelritter sein Schwert sinken, torkelte, als hätte er plötzlich nicht mehr die Kraft, auf eigenen Beinen zu stehen, und fing sich im letzten Moment wieder.

»Danke«, keuchte er schwer atmend. »Das war ... im letzten Moment. Wo ... wo hast du so zu kämpfen gelernt?«

Ich schüttelte hastig den Kopf und deutete zur Gracht hinab, und Looskamp verstand, was ich mit meiner Geste meinte. Wir hatten keine Zeit zum Reden. Der Kampf war keineswegs vorüber. Im Gegenteil.

Er begann erst.

Während des kurzen Handgemenges mit den Wikingern war das Drachenboot unter die Templerkähne gefahren und hatte ihre geordnete Formation wie ein Wirbelwind zerschmettert. Einer der kleinen Kähne war gekentert. Seine Insassen trieben hilflos auf den Wellen und versuchten das Ufer zu erreichen, während von Bord des Wikingerschiffes Pfeile und Speere auf sie herabregneten. Nur wie durch ein Wunder schien bisher keiner von ihnen getroffen worden zu sein.

Looskamp war mit einem Satz am Ufer und bildete mit den Händen einen Trichter vor dem Mund. »Aus dem Wasser heraus!«, brüllte er. »Verlasst die Boote! An Land sind sie schwach!«

Keiner der Tempelritter reagierte auf seine Worte; wahrscheinlich hörten sie sie über dem Heulen des Sturmes und dem Gebrüll der Wikingerkrieger gar nicht.

Und sie hätten auch kaum darauf reagieren können; die Männer in den acht oder neun Booten, die sich noch im Wasser befanden, hatten alle Hände voll zu tun, ihre winzigen Schiffchen am Kentern zu hindern und gleichzeitig den unaufhörlich heransirrenden Pfeilen der Wikinger zu entgehen.

Die Gracht war ein einziges Chaos. Das Drachenboot füllte die schmale Wasserstraße fast zur Gänze aus, und alles, was ich erkennen konnte, war spritziger Schaum und scheinbar sinnlos hin und her wogende Körper.

Dann bäumte sich einer der Templer auf, griff sich an den Hals und stürzte mit einem Schrei über Bord.

Die Wikinger kommentierten den Tod des Ritters mit johlendem Gebrüll; gleichzeitig verstärkte sich der Pfeilhagel noch, und ein zweiter Tempelherr brach getroffen in seinem Boot zusammen.

Looskamp wurde bleich vor Zorn. Eine Sekunde lang stand er starr da, in einer Haltung, als wolle er einfach vorspringen und zu dem Drachenboot hinüberschwimmen, dann hob er noch einmal die Hände und schrie mit vollem Stimmaufwand:

»Entern!«

Es dauerte einen Moment, bis ich wirklich begriff, was er gebrüllt hatte. »Sind ... bist du verrückt geworden?«, keuchte ich. »Sie werden deine Männer schlachten!«

Looskamp reagierte nicht. Aber dafür schwenkte eines der kleinen Ruderboote plötzlich herum, richtete den stumpfen Bug auf das zehnmal so große Langschiff. Es war ein bizarrer, unwirklicher Anblick. Das Ruderboot wirkte winzig gegen das mit mehr als fünfzig Kriegern besetzte Drachenboot; ein David, der Goliath angriff, aber seine Schleuder vergessen hatte. Selbst die Wikinger schienen für einen Moment verblüfft über die Dreistigkeit des Angriffes, denn der Pfeilhagel hörte für Sekunden auf; das Boot schoss ungehindert heran.

Dann regneten die Pfeile doppelt heftig herab. Die Templer duckten sich hinter die niedrige Bordwand, versuchten den Pfeilen auszuweichen oder schlugen sie gar mit ihren Schwertern beiseite, wie es Looskamp zuvor getan hatte. Zwei von ihnen hoben große, dreieckige Schilde vom Schiffsboden auf und duckten sich dahinter.

Aber die Pfeile fielen zu dicht. Erst einer, dann zwei Templer sanken getroffen in sich zusammen, dann durchschlug eine mit übermenschlicher Kraft geschleuderte Axt den Schild des Dritten und tötete ihn. Der letzte Tempelritter suchte sein Heil in der Flucht. Er kam nicht weit.

Das Boot schob, von seinem Schwung weitergetragen, auf das Drachenschiff zu, prallte mit einem hässlichen Knirschen gegen seine Wandung und geriet mit dem Bug unter Wasser.

Die Wikinger stießen ein wildes Geheul aus, als der winzige Kahn unter den Rumpf des Drachenbootes gedrückt wurde und knirschend zerbrach.

Aber ihre triumphierenden Schreie verklangen rasch. Der selbstmörderische Angriff des Bootes hatte kaum eine Minute in Anspruch genommen – aber diese kurze Spanne hatte den anderen Templern gereicht, mit ihren Booten die Ufer zu erreichen und an beiden Seiten der Gracht an Land zu gehen. Jetzt schwärmten sie beiderseits des Schiffes und dicht am Ufer aus. Jeweils die Hälfte von ihnen war mit den großen, schneeweißen Schilden bewehrt, die sie jetzt vor sich auf den Boden stützten und sich dahinter duckten, während ihre Kameraden, plötzlich mit fast mannslangen Bögen bewaffnet, hinter ihnen Aufstellung nahmen.

Es war eine Szene wie aus einem militärischen Lehrbuch, wenn auch einem seit sechs- oder siebenhundert Jahren veralteten.

Die Templer schossen mit fast automatenhafter Präzision, immer jeder zweite von ihnen, während der andere in dieser Zeit einen neuen Pfeil auf die Sehne legte und zielte. Ein dünner, aber unaufhörlicher Strom von Pfeilen ergoss sich von beiden Ufern auf das Deck des Langschiffes. Und beinahe jedes einzelne der schlanken, weißen Geschosse traf sein Ziel.

Aus dem triumphierenden Gebrüll der Wikinger wurden Angst- und Schmerzensschreie. Nach den ersten Augenblicken des Schreckens begannen sie zurückzuschießen, aber die Templer, nun nicht mehr hilflose Gefangene ihrer Boote, duckten sich immer wieder hinter ihre Schilde und entgingen den heranjagenden Pfeilen.

Die Templer schossen bar jeder Furcht oder Erregung, und plötzlich begann ich zu ahnen, woher der Ruf dieser weißgekleideten, kriegerischen Mönchskaste stammte. Während des zwölften und dreizehnten Jahrhunderts hatte sie der Nimbus der Unbesiegbarkeit umgeben.

Die Nordmänner hatten keine Chance. Schon die ersten Salven streckten fast die Hälfte von ihnen nieder.

Looskamp hob noch einmal die Hände an den Mund und schrie ein einzelnes, weit hallendes Wort:

»Feuer!«

Die Bogenschützen schienen nur auf seinen Befehl gewartet zu haben. Von den Spitzen ihrer Pfeile kräuselten sich plötzlich dünne graue Rauchfahnen, und mit einem Male zeichneten schwarze flockige Striche die Flugbahnen ihrer Pfeile nach. Wieder brachen vier oder fünf Nordmänner getroffen zusammen, und plötzlich flammten auf dem Deck des Schiffes zahllose kleine Flämmchen auf.

Die überlebenden Wikinger gerieten in Panik. Mehr als einer schleuderte seine Waffen davon und versuchte sich mit einem verwegenen Sprung ins Wasser zu retten, aber die Templer gaben ihnen keine Chance. Auch die, die bisher die Schilde gehalten hatten, erhoben sich nun und griffen nach ihren Bögen.

Das Schiff verwandelte sich in Sekunden in einen schwimmenden Scheiterhaufen: Was nicht hinter weiß lodernden Flammen verschwand, zerbrach knackend in der plötzlichen Hitze oder zerfiel zu Staub.

Es dauerte nicht einmal fünf Minuten, bis das Schiff sank.

Es war verwirrt. Mit seinen Millionen unsichtbaren Augen und Ohren hatte *es* das Geschehen im *Draußen* verfolgt, begierig darauf gespannt, wie sich die Sterblichen seines Angriffes erwehren würden. Es hatte nicht damit gerechnet, sie vollkommen zu vernichten; das war auch gar nicht die Aufgabe der Kreaturen gewesen, die *es* aus den unerschöpflichen Reihen seiner Diener ausgewählt hatte. Sie hatten die Angreifer nur schwächen und in Zorn versetzen sollen.

Trotzdem war *es* überrascht über die Leichtigkeit, mit der die Sterblichen einen seiner stärksten Diener vernichtet hatten, und über die Schläue, die sie bewiesen, als *es* ihnen die Nordmänner entgegenwarf. Weder der Riesenkrake noch die Wikinger-Zombies hatten seinen Erwartungen entsprochen.

Dann begriff *es*. Der Kampf hatte außerhalb seines direkten Machtbereiches stattgefunden, dort, wo seine Kreaturen schwach und verwundbar waren. Nur ein Bruchteil der dämonischen Kräfte, die sie im Inneren des Labyrinths beseelten, stand ihnen dort draußen zur Verfügung. Kaum genug, sie am Leben zu erhalten.

Es überlegte eine Weile, dann kam es zu einem Entschluss.

Die Zahl seiner Diener war beinahe grenzenlos, aber es hatte keinen Sinn, sie zu vergeuden. Die Sterblichen würden freiwillig in seinen Machtbereich kommen; dorthin, wo *es* sie mit seiner ganzen Kraft angreifen und mit seiner ganzen Schläue überlisten konnte.

Mit einem lautlosen Befehl rief *es die* anderen Kreaturen, die den Sterblichen auflauerten, zurück.

Dann wartete es.

»Halt still!«

Ger nickte und presste die Zähne aufeinander, zuckte abermals wie unter einem Hieb zusammen, als ich den Verband festzog und seine Enden sorgsam miteinander verknotete. Er bestand nur aus einem Stück Stoff, das ich aus seinem ramponierten Leinenhemd gerissen hatte, aber er tat seine Dienste und stoppte wenigstens die Blutung.

Ich trat zurück, musterte mein Werk kritisch. »Du solltest eigentlich damit zu einem Arzt gehen«, sagte ich. Looskamp blickte stirnrunzelnd an seinem bandagierten Arm hinunter, zog eine Grimasse und machte eine wegwerfende Bewegung mit der unverletzten Hand. Der Schnitt, den ich ihm verbunden hatte, war keineswegs der einzige, er hatte fast ein Dutzend mehr oder weniger schwerer Schmisse abbekommen.

»Das erledige ich später«, sagte er. »Wenn wir zurück sind.« Er deutete bei diesen Worten auf das baufällige, schräg gegen das Nachbarhaus gelehnte Gebäude mit der weißen Marmortreppe, an deren Fuß sich seine kleine Armee versammelt hatte – oder das, was davon übrig war.

Nur siebenunddreißig der fünfzig Mann, von denen Balestrano gesprochen hatte, waren noch am Leben. Die anderen waren dem Angriff des Wikingerschiffes zum Opfer gefallen oder einfach verschwunden, während sie die Van Dengsterstraat bewachten – aber das hatte ich nur aus den paar Brocken, die ich hatte aufschnappen können, geschlossen.

Ein sanfter, unangenehmer Schauder lief meinen Rücken hinab, als ich zu dem heruntergekommenen Gebäude emporblickte. Es war nicht das erste Mal, dass ich dieses Haus sah – vor nicht einmal ganz zwei Tagen hatte ich schon einmal vor dieser Treppe gestanden, damals noch nicht ahnend, in welches Reich des Wahnsinns und Grauens die verquollene Tür an ihrem Ende führte. Allein bei der Vorstellung, dieses Haus noch einmal zu betreten, sträubten sich mir die Haare.

Ich löste meinen Blick mühsam von dem Bild und wandte mich wieder an Ger.

»Gibt es wirklich keinen anderen Weg hinein?«, fragte ich.

Der Flame lächelte, aber es wirkte vollkommen humorlos.

»Doch«, sagte er. »Dutzende. Aber keinen, den wir gehen könnten. Auf allen anderen Wegen würden wir sterben, ehe wir seinem Herz auch nur nahe gekommen wären.«

»Hier nicht?« Ich versuchte sarkastisch zu klingen, aber ich spürte selbst, dass meine Stimme einen eher kläglichen Klang hatte.

»Jedenfalls nicht so schnell«, antwortete Ger unbeeindruckt.

»Das Gefühl hatte ich nicht«, murmelte ich. »Verdammt, wir haben dieses Ding noch nicht einmal betreten, Ger, und du hast schon ein Fünftel deiner Männer verloren. Gib es auf!«

Looskamp schüttelte ernst den Kopf. »Du weißt, dass wir das nicht können«, sagte er leise. »Und es ist nicht so gefährlich, wie du glaubst, Robert. Ich ... war unvorsichtig. Was geschehen ist, ist allein meine Schuld. Ich habe nicht damit gerechnet, dass es schon so mächtig sein könnte, uns außerhalb seines eigentlichen Machtbereiches angreifen zu können. Ich habe dir gesagt, dass uns seine Visionen nichts anhaben können, und das ist die Wahrheit. Gegen seine Kreaturen schützen uns nur unsere Schwerter. Bisher haben sie niemals außerhalb des Labyrinths zugeschlagen. Sie konnten es nicht, Robert. Aber es ist mächtiger geworden, sehr viel mächtiger. Wären wir vorbereitet gewesen, wäre das nicht passiert.«

»Aber es ist nun einmal geschehen!«, widersprach ich, obwohl ich ganz genau spürte, wie sinnlos es war, den Templer von seinem Vorhaben abbringen zu wollen.

Plötzlich fiel mir etwas ein.

»Ihr habt mich doch aus dem Labyrinth herausgeholt«, sagte ich. »Du und deine Brüder. Ich habt mich mit magischen Kräften aus diesem Ding gerettet – warum können wir es nicht auf dem gleichen Wege betreten?«

»Es wäre unser aller Tod«, antwortete Ger ernsthaft. »Zwölf unserer begabtesten Magier haben sich stundenlang konzentriert, um die Kraft für diesen einzigen Schritt aufzubringen, und auch er gelang uns nur, weil die Kreatur des Labyrinths nichts von unserer Anwesenheit ahnte. Hätte sie es gewusst, hätte sie unsere eigenen Kräfte gegen uns wenden und uns alle vernichten können. Jetzt ist sie gewarnt.« Er schüttelte heftig den Kopf. »Nein, Robert. Es gibt nur einen einzigen Weg – den, den du gegangen bist.«

»Wenn du glaubst, ich könnte euch führen, dann täuschst du dich«, sagte ich. »Ich habe keine Ahnung, wo dieses so genannte Herz ist. Ich habe es beim ersten Mal nur gefunden, weil ich Morjaerds magischen Kompass hatte.«

»Papperlapapp«, unterbrach mich Looskamp. »Du hast es gefunden, weil es *wollte,* dass du zu ihm kommst, aus keinem anderen Grund. Dieser Kompass hätte dir nichts genutzt. Er war ein ebensolcher Firlefanz wie das angebliche NECRONOMICON, das im Inneren des Labyrinths verborgen sein soll.«

»Verborgen sein soll?«, wiederholte ich fragend.

Ger nickte. »Ja. Es existiert nicht. Es hat niemals existiert.«

»Aber Morjaerd –«

»Morjaerd war ein Narr«, sagte Looskamp hart. »Ein Narr, der auf ein Gerücht hereingefallen ist, das absichtlich ausgestreut wurde, um Narren wie ihn anzulocken.« Er lachte; ein trockener, harter Laut, der mir einen neuerlichen Schauer über den Rücken laufen ließ. Für einen Moment erblickte ich eine Härte in seinen Zügen, die mir bisher nicht aufgefallen war.

»Ein Gerücht«, sagte ich leise. »Und wer hat es in Umlauf gebracht? Ihr?«

Einen Moment zögerte der Templer, dann nickte er. »Wir«, bestätigte er. »Es war eine Falle. Allein die Erwähnung dieses verfluchten Buches reicht, Idioten wie Morjaerd anzulocken wie der Honig die Fliegen.«

»Idioten wie Morjaerd ...« Ich lächelte dünn. »Und mich, wolltest du sagen?«

Diesmal dauerte es länger, ehe Ger antwortete. Und als er es tat, wich er meinem Blick aus. »Reden wir jetzt nicht darüber, Robert. Wir haben einen Burgfrieden geschlossen, vergiss das nicht. Wenn das alles hier vorbei ist, sprechen wir uns aus. In aller Offenheit, das verspreche ich dir.«

Er wandte sich mit einem fast zornigen Ruck um und ging, ohne mir Gelegenheit zu weiteren Fragen zu geben.

Einen Moment lang sah ich ihm nach, dann blickte ich wieder zu der Tür am Ende der Treppe hinauf. Erneut machte sich dieses eisige Gefühl in mir breit. Die Pforte schien vor meinem Blick zu zerfließen, sich zu biegen und zu zittern wie ein gewaltiges, weit aufgerissenes Maul, das sich zu einem höhnischen Grinsen verzerrte.

Im Grunde war es das wohl auch – ein Maul; das Maul dieses titanischen Molochs, der seit Äonen existierte und nichts anderes tat als zu verschlingen. Vielleicht war ich das erste seiner Opfer gewesen, das ihm jemals entkommen war. Und vielleicht – für einen ganz kurzen Moment schlich sich diese Idee wie der Funken eines Verrats in meine Gedanken –, vielleicht hatte es mich sogar entkommen lassen, damit ich zurückkehrte und ihm neue, lohnendere Opfer brachte ...

Eine Hand berührte mich an der Schulter und riss mich in die Wirklichkeit zurück. Ich blickte auf.

»Wir sind so weit«, sagte Ger ernst.

Ich nickte, atmete noch einmal tief und gezwungen ruhig ein und trat mit einem entschlossenen Schritt auf die Treppe hinauf. Hinter uns setzten sich auch die anderen Templer in Bewegung – in einer weit auseinandergezogenen Formation, bei der immer zwei Männer mit Schilden einen dritten, mit einem Bogen oder einer Armbrust bewaffneten Ritter deckten.

Trotz ihrer großen Zahl war ihr Vormarsch nahezu lautlos. Erneut musste ich die Disziplin und militärische Präzision dieser Männer bewundern. Im ersten Moment, als ich sie in ihren altertümlichen Kostümen und veralteten Waffen an Bord der kleinen Schiffchen gesehen hatte, waren sie mir hilflos, ja beinahe lächerlich vorgekommen. Aber dieser Eindruck war falsch. Vollkommen.

Ich blieb stehen, als wir die Tür erreicht hatten. Looskamp trat neben mich, lächelte aufmunternd – und trat die Tür mit einem einzigen, wuchtigen Fußtritt ein.

Looskamp, ich selbst und vielleicht ein Dutzend seiner Männer stürmten vorwärts, in den Salon, in dem ich dem buckeligen Croff und den beiden anderen Dienern Adurias beinahe zum Opfer gefallen wäre, während sich der Rest der Truppe in der Halle verteilte oder mit gezückten Schwertern die angrenzenden Räume stürmte.

Der Salon hatte sich verändert. War er mir beim ersten Mal schon alt und heruntergekommen erschienen, so bot er sich unseren Blicken jetzt als Ruine dar – die Möbel waren zusammengebrochen, ihre Stoffbezüge verfault und vermodert, und von den Gardinen und Teppichen waren nur noch graue, unansehnliche Fetzen geblieben. Die Holzvertäfelung war überall herabgebrochen, sodass man die feuchten, von Schwamm und Moder zerfressenen Wände dahinter sehen konnte. Ein nahezu unerträglicher Fäulnisgestank lag in der Luft. In den Ritzen des aufgequollenen, überall eingesackten Fußbodens schwappte brackiges Wasser.

»Mein Gott!«, entfuhr es mir. »Was ist das?«

Looskamp senkte sein Schwert, das er kampfbereit erhoben hatte, als wir den Salon stürmten, drehte sich sichernd noch einmal um seine Achse und verzog das Gesicht zu einer Grimasse.

»Das Labyrinth«, sagte er. »So, wie es wirklich aussieht. Was du gesehen hast, war nichts als Schein. Täuschung und Illusion sind Satans mächtigste Waffen, Robert.«

»Satan?«

»Satan, der Teufel, Beelzebub – nenn ihn, wie du willst«, grollte Looskamp. »Alles nur verschiedene Namen für das gleiche Ding.«

Ich verzichtete auf eine Antwort. Jetzt war nicht der Moment, mich auf eine theologische Diskussion einzulassen.

Nach und nach kamen auch die anderen Templer zu uns in den Salon. Sie hatten das Haus untersucht, waren aber nirgends auf Widerstand oder auch nur ein Zeichen von Leben gestoßen.

Ger hörte sich ihre Berichte der Reihe nach an, reagierte aber mit keiner Miene darauf, sondern wartete stumm, bis auch der Letzte zu uns gestoßen war. Dann deutete er auf die Tür am anderen Ende des Salons.

»Dort entlang.«

»Das ist nicht der Weg, den ich gegangen bin«, sagte ich.

Looskamp verzog ungeduldig die Lippen, während zwei seiner Männer sich bereits in Bewegung setzten, die Tür kurzerhand aufbrachen und geduckt in den angrenzenden Raum verschwanden. »Ich sagte dir doch, dass wir nicht den Weg nehmen, den du kennst«, sagte er. »Keine Sorge – wir finden schon, wonach wir suchen.«

»Und was ist das?«, fragte ich.

Looskamp lächelte. »Sein Herz«, sagte er. »Das *Ding*, das dieses Labyrinth geschaffen hat und beherrscht.« Dann wandte er sich um und ging. Aber ich hatte das sichere Gefühl, dass seine Antwort nicht die volle Wahrheit war. Er belog mich nicht – das hätte ich unweigerlich gespürt –, aber er *verschwieg mir* etwas.

Und ich würde herausfinden, was. Irgendetwas sagte mir, dass es wichtig für mich sein konnte, es in Erfahrung zu bringen.

Lebenswichtig.

Sie kamen näher. Misstrauisch beobachtete und belauerte *es* jede ihrer Bewegungen, hielt sich aber noch weiter im Hintergrund und schickte nur dann und wann einige seiner Kreaturen aus, damit ihr Vormarsch nicht zu leicht wurde und so ihr Misstrauen erwachte.

Es wäre ihm ein Leichtes gewesen, sie zu vernichten, jetzt, da sie in seinem Einflussbereich waren; dort, wo seine Macht am größten war.

Aber *es* wartete. *Es* wartete und lauerte und spann geduldig sein Netz.

Die Falle, in die die Sterblichen mit offenen Augen hineinliefen.

Manche der Räume und Gänge, durch die wir kamen, erkannte ich wieder. Andere waren mir fremd, und bei einigen glaubte ich eine vage Ähnlichkeit zu erkennen, war mir aber nicht sicher, denn alles war alt und verfallen und von grauem und grünem Schimmel und von wuchernden Pilzkolonien überzogen.

Mehr als einmal brach der Boden unter den Schritten der Männer ein, zerbarst Stein oder zerfiel Holz zu krumigem Staub, um jäh aufklaffenden Abgründen Platz zu machen, und es glich mehr und mehr einem Wunder, dass niemand dabei zu Schaden kam.

Ich wusste nicht, wie lange ich schon hinter Looskamp und den drei Männern, die die Spitze unseres kleinen Stoßtrupps bildeten, durch die finsteren, von dräuendem grauem Licht erfüllten Gänge und Treppenfluchten des Labyrinthes ging. Meine Uhr war stehen geblieben, im gleichen Augenblick, in dem wir das Labyrinth betreten hatten, als hätte die Zeit hier drinnen ihre Bedeutung verloren.

Der Weg schien meistenteils nach unten zu führen; Treppen, schräge Rampen oder Gänge, deren Böden sich in absurden Winkeln vor uns abwärts neigten, aber nicht einmal dessen war ich mir sicher. Ich hatte die bizarre Geometrie der GROSSEN ALTEN zur Genüge kennen gelernt, um zu wissen, wie schnell sie die Sinne eines Menschen narren und in die Irre führen konnte.

Ein paar Mal waren wir angegriffen worden – meistens von dürren, im Grunde bedauernswerten Kreaturen, die scheinbar aus dem Nichts auftauchten und unter den Klingen der Tempelritter ein rasches Ende fanden –, aber nicht einer der Männer war verwundet oder gar getötet worden.

Aber die scheinbare Leichtigkeit unseres Vormarsches beunruhigte mich eher, und auch der Ausdruck auf Gers Zügen wurde von Minute zu Minute ernster. Die Angriffe waren nicht wirklich ernst gemeint; es waren nicht mehr als Nadelstiche, die uns eher in Sicherheit wiegen als wirklich schaden sollten.

Das Gefühl, in eine Falle zu laufen, wurde von Augenblick zu Augenblick stärker in mir.

Irgendwann – draußen über dem Labyrinth musste längst die Sonne untergegangen sein – erreichten wir eine niedrige, von Spinnweben und grauen Staubvorhängen beherrschte Gruft. Ihre Decke war gewölbt und aus massiven, tonnenschweren Steinquadern zusammengesetzt, und auf dem Boden standen rechteckige, geborstene Kasten aus porös gewordenem Stein.

Ich blieb stehen, sah mich stirnrunzelnd um und wandte mich an Ger, der ebenfalls mitten im Schritt verharrt war.

»Ich kenne diese Gruft«, murmelte ich. »Ich ... war schon einmal hier.« Ich deutete auf die niedrige Tür, die am Ende einer kurzen Steintreppe auf der anderen Seite aus dem Gewölbe hinausführte. »Dahinter liegt die Kirche.«

Ger nickte. Seine Zunge fuhr nervös über die aufgeplatzten, rissig gewordenen Lippen, während sein Blick unstet hierhin und dorthin tastete, als hätte er Angst, die Schatten könnten plötzlich lebendig werden und sich auf uns stürzen.

»Ich ... weiß«, sagte er stockend. Das niedrige Gewölbe warf seine Worte vielfach gebrochen und verzerrt zurück und verlieh ihnen einen unheimlichen Klang.

»Wir ... nähern uns dem ursprünglichen Labyrinth.« Die Spitze seiner Waffe deutete nach oben, zur Decke. »Wir sind schon unter der Erde, Robert. Tief unter der Erde.«

Seine Worte berührten mich unangenehm. Plötzlich hatte ich das Gefühl, das Gewicht der Erd- und Steinmassen, das auf dem steinernen Gewölbe lastete, wie einen unerträglichen Druck zu spüren, einen Druck, der mir langsam die Brust zusammendrückte und mich am Atmen hindern wollte.

Irgendetwas war hier. Ich war auf irgendetwas – oder jemanden – getroffen, hier oder in der Nähe dieses Gewölbes, als ich das erste Mal hier gewesen war, aber ich vermochte mich nicht zu erinnern, was es gewesen war. Es war zu viel geschehen, nachdem ich in dieses Labyrinth eingedrungen war.

Wir gingen weiter. Die Tür am anderen Ende war diesmal nicht verschlossen, und nachdem Looskamp zwei Männer vorausgeschickt hatte und sie zurückgekommen waren und gemeldet hatten, dass alles in Ordnung sei, traten auch wir hindurch.

Vor uns erstreckte sich das Schiff einer uralten, sehr großen Kirche, das gleiche Gotteshaus, durch das ich meine verzweifelte Flucht vor Croff und seinen beiden Begleitern fortgesetzt hatte.

Aber wie hatte es sich verändert!

Beim ersten Mal hatte es nur leicht angestaubt gewirkt, eine Kirche, die vielleicht ein wenig vernachlässigt, aber durchaus noch lebendig war.

Jetzt war es eine Ruine. Die Fenster waren zerschlagen, schwarze leere Augenhöhlen, hinter denen wesenlose Finsternis wallte. Ein Teil des Daches war herabgestürzt und hatte mit seinen Trümmern die Bankreihen zermalmt. Das große Holzkreuz, das an der Wand über dem Altar gehangen hatte, lag zerbrochen auf dem Boden, darunter das Skelett eines Menschen, den es erschlagen hatte. Vermutlich den Priester.

Das Schlimmste aber waren die Gebetsstühle. Bei meinem ersten Hiersein hatten Dutzende, wenn nicht Hunderte von Menschen darin gesessen, gebetet und gesungen. Schon damals waren sie mir unnatürlich starr und wie Puppen vorgekommen.

Jetzt waren es Leichen. Mumifizierte, in betenden Haltungen erstarrte Körper, schon vor Jahrzehnten oder vielleicht sogar Jahrhunderten gestorben und in einem zeitlosen Augenblick des Grauens eingefroren. Deutlicher als bisher begriff ich plötzlich, was Looskamp gemeint hatte, als er sagte, dass das Labyrinth mit Schein und Trug arbeitete. Ich hatte Leben gesehen, wo Tod war, Bewegung, wo die Stille der Ewigkeit längst Einzug gehalten hatte. Was ich gesehen hatte, war nichts als ein Schatten einer längst vergangenen Wirklichkeit gewesen.

Looskamps Gesicht war zu einer Maske des Zornes geworden, als ich mich zu ihm herumdrehte. Seine Augen waren geweitet, während sein Blick in hilflosem Entsetzen über die Bankreihen tastete.

»Selbst dies«, murmelte er. Seine Stimme zitterte und hörte sich an, als wolle sie brechen. »Selbst ein Haus des Herrn hat es in seiner Gier verschlungen.«

Seine Worte ließen mich innerlich erschauern. Ich hatte fast vergessen, dass die Tempelherren mehr als eine Vereinigung fanatischer Männer waren, sondern auch Priester, kämpfende Mönche, die sich zusammengetan hatten, um das Wort des Herren mit dem Schwert in alle Welt zu tragen. Sicher waren sie irregeleitet, religiöse Fanatiker, die sich in ihrem Wahn mehr vom Kern ihres Glaubens entfernt hatten, als sie selbst ahnten. Trotzdem waren sie sehr gläubig. Für einen Mann wie Looskamp musste der Anblick dieser Kirche hundert Mal schlimmer sein als für mich.

Ich wollte ihm ein Wort des Trostes sagen, aber in diesem Moment ertönte aus dem hinteren Teil des Gebetshauses ein splitternder, berstender Laut.

Ich fuhr herum. Ein Teil der Rückwand war zusammengebrochen; ein mannshohes und vielleicht vier Meter breites Loch war entstanden. Grauer Staub wallte auf, und aus der zerborstenen Maueröffnung regneten noch immer Steintrümmer herab.

Und hinter der Öffnung, halb verborgen hinter brodelndem Staub, bewegten sich Gestalten. Kleine, verkrüppelt wirkende Gestalten, Wesen, die auf grausige Weise an furchtbar verunstaltete Kinder erinnerten ...

Ein vielstimmiger Schrei brach aus den Reihen der Templer, als das erste dieser Wesen durch den Vorhang aus Staub und Qualm trat und ihm weitere folgten.

Es waren Kinder. Aber sie waren nicht verkrüppelt oder verunstaltet. Das, was hinter dem verwischenden Nebel wie grausige Buckel und pockennarbige Auswüchse ausgesehen hatte, waren Teile ihrer Kleidung; Fetzen, die von ihren verdreckten Körpern herabhingen, Säcke, die sie auf den Schultern oder den Rücken trugen.

Looskamp stöhnte. Manche der Kinder – es mussten an die dreißig sein, die mit wiegenden Schritten aus der Maueröffnung heraustraten und die Templer allmählich einzukreisen begannen – schleppten blanke Knochen mit sich herum.

Der Anblick war so furchtbar, dass wir die Gefahr, in der wir uns befanden, beinahe zu spät bemerkten!

Die Kinderarmee hatte uns eingekreist. Mit wiegenden, wie trunken erscheinenden Schritten waren sie näher gekommen, bis sie einen weit geschwungenen, an drei Seiten geschlossenen Dreiviertelkreis bildeten, in dessen Zentrum sich die Templer befanden.

Und plötzlich ging eine Veränderung mit ihnen vor sich. Sie blieben stehen, alle zugleich, wie auf ein geheimes, unhörbares Zeichen hin. Einige von ihnen schienen mich aus ihren erloschenen Augen direkt anzublicken, und auf ihren Gesichtern erschien plötzlich ein blödes, beinahe glückliches Lächeln.

Und dann blitzten Messer in ihren kleinen Händen auf.

Einer der Templer brüllte auf und taumelte zurück, beide Hände gegen den Oberschenkel gepresst. Aus seinem Bein ragte der Griff eines Dolches, den ihm eines der Kinder warnungslos ins Fleisch gestoßen hatte!

»Zurück!«, schrie Looskamp. Gleichzeitig sprang er selbst zur Seite, wich einem Messer aus, mit dem eines der Kinder nach ihm hieb, und versetzte dem Knirps gleichzeitig eine schallende Ohrfeige, die ihn zurück und zu Boden taumeln ließ. Dicht neben ihm riss einer der Templer sein Schwert in die Höhe; Looskamp wirbelte herum, fiel dem Mann in den Arm und fing den Hieb im letzten Moment ab.

Der vielleicht zehnjährige Knabe, dem er damit das Leben gerettet hatte, dankte es ihm auf recht sonderbare Weise – in seinen Händen blitzte plötzlich ein langer Dolch auf, mit dem er auf Looskamp eindrang. Der Tempelherr fluchte, schlug dem Knaben die geballte Faust auf das Handgelenk und brach in die Knie, als ihn ein geschleuderter Stein an der Stirn traf.

Endlich erwachte auch ich aus meiner Erstarrung. Mit einem Satz war ich neben Ger, wehrte mit einem Arm die heranstürmende Kinderhorde ab und versuchte ihn mit dem anderen auf die Füße zu zerren.

Looskamp stöhnte. Seine rechte Augenbraue war aufgeplatzt; Blut lief in bizarren Linien über sein Gesicht, und seine Augen wirkten glasig: »Wir müssen ... zurück«, murmelte er. »Keinen ... Kampf. Es sind ... Kinder.«

Ich nickte, richtete ihn ächzend auf und zog mich Schritt für Schritt zurück, während die Tempelritter bereits unter dem Ansturm der Kinderarmee zu wanken begannen. Wie durch ein Wunder war bisher keiner von ihnen ernsthaft zu Schaden gekommen – ihre fast mannsgroßen Schilde schützten sie vor den immer dichter heransausenden Steinen und Wurfgeschossen und bildeten eine Barriere. Aber lange würden sie sich nicht mehr halten können, das sah ich. Immer wieder zuckte eine Klinge durch eine Lücke zwischen zwei Schilden, mogelte sich unter ihren Rändern hindurch und fügte den Männern Wunden zu.

Wahrscheinlich wäre es ein Leichtes für Looskamps Männer gewesen, die Angreifer niederzumachen. Und wahrscheinlich war ich nicht der Einzige, der ahnte, dass unsere Gegner nur scheinbar Kinder waren; in Wahrheit waren es Labyrinthgeschöpfe, Kreaturen des Bösen, die die unsichtbare Monstrosität, die dieses Tunnelsystem beherrschte, erschaffen hatte, um uns ins Verderben zu stürzen, absichtlich in dieser äußeren Form, den Körpern unschuldiger Kinder, um unseren Widerstandswillen zu brechen; vielleicht auch nur, um uns zu quälen.

Und trotzdem hob nicht einer sein Schwert, um die Höllenkreaturen zu vernichten. Schritt für Schritt zogen sich die Templer zurück, bildeten einen immer dichter werdenden Kreis um mich und Looskamp und beschränkten sich darauf, mit ihren Schilden die geschleuderten Steine und Messer abzuwehren, so gut es ging.

Ich war froh, dass die Männer so und nicht anders reagierten. Ich wusste sehr wohl, dass wir Kreaturen der Hölle gegenüberstanden, aber meine Augen sagten mir das Gegenteil.

Looskamp fand endlich seine klare Besinnung wieder, streifte meinen helfenden Arm ab und nickte kurz und dankbar. Dann richtete er sich auf und rief seinen Männern mit hoch erhobener Stimme Befehle zu; Worte in einer fremden, schnellen Sprache, die ich nicht verstand.

Die Tempelritter reagierten sofort. In einer fließenden, schnellen Bewegung zog sich der Kreis aus Schilden noch einmal um die Hälfte zusammen, sodass der Vormarsch der Kinder für einen Moment ins

Leere stieß, platzte dann auseinander und bildete einen schlanken, nach vorne spitz zulaufenden Keil. Blitzartig formierten sich die Templer um, stießen die Angreifer mit ihren Schilden zu Boden oder trieben sie allein durch die ungestüme Wucht ihres abrupten Angriffes zurück.

Looskamp schwang sein Schwert, schlug eine heranstürmende Labyrinth-Kreatur mit der Breitseite der Klinge zu Boden und stürmte los. Hinter uns schloss sich die Gasse, die die Templer mit ihren Schilden gebildet hatten, wieder.

Aber auch die Kinder hatten sich von ihrer Überraschung erholt und gingen nun erneut zum Angriff über. Und diesmal verlegten sie sich auf eine andere Taktik. Sie versuchten nicht mehr, mit Steinen zu werfen oder ihre Messer durch Lücken in der Schildmauer zu stoßen, sondern griffen mit schrillen, an Vogelrufe erinnernden Schreien an, klammerten sich mit ihren kleinen Händen an die Schildränder und versuchten den Wall aus Schilden zu übersteigen.

Es war ein bizarrer, unwirklicher Kampf. Ich sah, wie die Reihen der Templer zu wanken begannen. Immer wilder und wilder wogten die Labyrinthkreaturen heran, und einer der Tempelritter taumelte mit einem Schmerzensschrei zurück, ließ seinen Schild fallen und wurde im letzten Moment von zwei seiner Kameraden gedeckt.

Looskamp deutete keuchend auf den Mauerdurchbruch, durch den die Kinder gekommen waren. »Dorthin!«, sagte er schwer atmend. »Schnell!«

Ich sah eine Bewegung aus den Augenwinkeln und warf mich instinktiv zur Seite. Dort, wo ich einen Sekundenbruchteil zuvor gestanden hatte, krachte eine fast meterlange Eisenstange zu Boden und zermalmte den Stein. Ein wütendes Kreischen erscholl.

Ich wirbelte herum. Der Bursche, der nach mir geschlagen hatte, stieß ein enttäuschtes Zischen aus, riss seine Eisenstange mit erstaunlicher Kraft in die Höhe und holte zu einem zweiten, besser gezielten Hieb aus. Blitzschnell sprang ich auf ihn zu und versetzte ihm eine Backpfeife. Er ließ die Stange fallen und begann zu weinen.

Der Anblick schien irgendetwas in mir zu zerbrechen. Wut, unbezwingbare, kochende Wut auf die Bestie, die dieses Labyrinth erschaffen hatte, wallte in mir empor und fegte jeden klaren Gedanken beiseite. Dieses Ding da vor mir war kein Kind, sondern nur ein Schatten, auf widernatürliche Art am Leben erhalten und zu einer ewigen, mörderischen Existenz gezwungen.

Ich hatte mir geschworen, die dämonische Macht, die tief am Grunde meiner Seele lauerte, nie wieder zu entfesseln, das tödliche Erbe meines Vaters auf ewig gefangen und still zu halten. Aber mein klares Denken war ausgeschaltet. Ich fuhr auf, schrie vor Zorn und riss in einer beinahe beschwörenden Geste die Arme hoch.

»Komm her!«, hörte ich meine eigene Stimme schreien, laut, unglaublich laut und dröhnend, Worte bildend, die nicht aus mir herauskamen, sondern aus dem schrecklichen, brodelnden *Ding* in meiner Seele, dem dämonischen Erbe meines Vaters. »Komm heraus und zeige dich, du Bestie! Komm her, und kämpfe selbst, wenn du den Mut dazu hast!«

Etwas Sonderbares geschah. Für einen zeitlosen Augenblick war mir, als ginge eine rasche, unruhige Bewegung durch unsere Umgebung, ein Zucken, als wäre alles nichts als ein bewegliches Bild, das eine unsichtbare Hand blitzartig zusammenzog und wieder straffte. Ein tiefer, drohender Laut erscholl; ein Brummen und Rauschen, wie ich es noch nie zuvor vernommen hatte.

Dann endete der Kampf. Plötzlich, von einer Sekunde auf die andere, ließen die Labyrinthgeschöpfe von ihren Gegnern ab. Ihre Arme sanken herab; Messer und Knüppel fielen zu Boden, und das bizarre Heer zog sich wie ein großes, aus vielen einzelnen Gliedern bestehendes Tier zurück.

Das Licht flackerte. Für einen Moment wurde es dunkel, dann kam die Helligkeit zurück, aber es war ein anderes, giftgrünes Licht diesmal, ein unheiliger böser Schein, der aus keiner bestimmten Quelle kam, sondern aus der Luft direkt zu strömen schien, und ich sah, wie die vermeintlichen Kinder plötzlich zur Reglosigkeit erstarrten, eines nach dem anderen zu Boden sanken und zu Staub zerfielen.

Das grüne Glühen verstärkte sich. Irgendwo zwischen mir und dem Altar mit dem toten Priester begann sich vage Bewegung zu bilden, kein Körper, sondern ein wesenloses Glühen und Wogen, als zöge sich das Licht dorthin zurück, um ein Loch in die Wirklichkeit zu brennen.

Und genau das war es auch.

Der grelle Glanz wurde unerträglich. Ein wabernder, wie eine winzige Sonne gleißender Ball entstand, anderthalb Meter über dem Boden reglos in der Luft schwebend, zog sich wieder zusammen, dehnte sich wieder aus, zog sich wieder zusammen ...

Schneller und schneller wurde sein Pulsieren, bis es schlug wie ein gewaltiges, rasendes Herz. Ein widerlich summender Ton erfüllte plötzlich das zerfallene Kirchenschiff, und mit einem Male hörte ich einige von Looskamps Männern vor Schreck aufschreien.

Im Zentrum des pulsierenden Herzens aus Licht erschien eine Gestalt.

Zuerst war es nur ein Schatten, halb durchsichtig und an den Rändern verlaufen, wie von Säure zerfressen. Dann gewann er an Substanz und Größe, wuchs, dehnte sich aus und wurde zu einer absurden, tentakelbewehrten Monstrosität.

Das Ding war fast doppelt so groß wie ein Mann und massig wie ein Bär. Sein Leib war ein aufgedunsener grauschwarzer Ball, triefend vor Schleim und Algen, und unter seinem Kopf, der von einem einzigen, rot flammenden Auge beherrscht wurde, saß ein Kranz peitschender, saugnapfbewehrter Tentakel, doppelt so lang wie ein menschlicher Arm und ständig in unruhiger Bewegung, wie ein Nest schwarzer, sich windender Schlangen. Aus seinen Schultern wuchsen zwei gewaltige, muskulöse Arme, die in fürchterlichen, an groteske Hummerscheren erinnernden Klauen endeten.

Und dann hörte ich die Stimme.

Sie war mit nichts vergleichbar, was ich jemals zuvor vernommen hatte; keine Stimme, sondern ein Grollen wie das Brüllen eines erzürnten Gottes, ein unglaublich lautes und böses Schreien, das das Kirchenschiff in seinen Grundfesten erbeben ließ.

»Du hast mich gerufen!«, donnerte sie. *»Ich bin hier, Craven! Lange habe ich auf diesen Augenblick gewartet, allzu lange, Robert Craven! Ich habe dich erwartet! Dich, den Sohn des Magiers! Jetzt komm her und kämpfe!«*

Das Monstrum bäumte sich auf. Seine Tentakel peitschten wütend die Luft, die gigantischen, tangbewachsenen Klauen zuckten in meine Richtung, und das faustgroße, rote Auge flammte auf.

Unter den Tempelrittern begann eine Panik auszubrechen. Schreiend wichen sie zurück, ließen ihre Waffen fallen und bargen die Gesichter in den Händen; Looskamp brüllte irgendetwas, das ich nicht verstand. Der Boden erzitterte unter der Wut der Dämonenstimme, und von der Decke regneten Steine und zerborstene Balken herab.

Aber ich nahm von alledem kaum etwas wahr. Ich war wie gefangen in einem Rausch. Alles in mir war Zorn, ein unglaublicher, uralter Zorn, der warnungslos aus meiner Seele hervorbrach und mein klares Denken in ein Chaos verwandelte. Mein ganzes Denken und

Wahrnehmen war auf einen winzigen Ausschnitt der Wirklichkeit konzentriert, in dessen Zentrum sich das grüne Leuchten und die schwarze Monstrosität befand, die es geboren hatte.

Und ich spürte, wie sich meine Hand um den Griff des Stockdegens schloss ... Mein Körper spannte sich, sammelte Kraft für den Sprung, eine Bewegung, die ohne und gegen meinen Willen erfolgte, als wäre ich nicht mehr Herr meines Leibes, sondern nur noch ein unbeteiligter, hilfloser Beobachter.

»Ja«, flüsterten meine Lippen. »Ich komme!«

Das waren nicht meine Worte, so wenig, wie die Bewegung, die meine Hand machte, als sie den Stockdegen aus seiner Umhüllung löste, meine Bewegung war. »Ich komme!«, flüsterten meine Lippen. »Auch ich habe auf diesen Moment gewartet; viel zu lange.«

Ich wollte schreien, aber nicht einmal das konnte ich. Mein Arm hob sich, schwang den Degen, und ein gellender Schrei brach über meine Lippen. Das Monstrum vor mir breitete mit einem zornigen Kreischen seine Scherenarme aus und ließ die Tentakel peitschen.

Das Letzte, was ich registrierte, war eine rasche, ruckhafte Bewegung neben mir. Und Looskamps Hand, die in meinen Nacken krachte und mein Bewusstsein auslöschte.

Zum ersten Mal in seinem nach Jahrmillionen zählenden Leben verspürte *es* einen sanften Hauch von Beunruhigung, ja beinahe Furcht; ein Gefühl, das ihm bisher fremd gewesen war.

Die Falle war zugeschnappt, wie *es* es geplant hatte; seine Diener hatten die Sterblichen angegriffen, um sie dorthin zu treiben, wo *es* sie hatte haben wollen, um sie vollends zu vernichten.

Und plötzlich war etwas Neues, Fremdes da gewesen, ein Quell solch unglaublicher magischer Macht, wie *es* niemals einem begegnet war.

Erst nach Sekunden hatte *es* begriffen, wem *es* da gegenüberstand. In seinem Zorn und seiner Wut hätte *es* beinahe einen Fehler begangen und sich dem verhassten Feind zum Kampf gestellt; einem Kampf, den *es* nicht verlieren konnte und nicht gewinnen durfte.

Ohne es zu ahnen, hatten die Sterblichen selbst *es* vor einem furchtbaren Fehler bewahrt, als sie sich einmischten und den Kampf verhinderten.

Hastig hatte *es* sich zurückgezogen, zurück in die Tiefen seines chtonischen Palastes, wo *es* unangreifbar und sicher war. Wo *es* Zeit hatte, zu überlegen und sich auf die neue Situation einzustellen.

Neue Pläne zu schmieden.

Das Auftauchen dieser neuen, unerwarteten Macht veränderte die Lage vollkommen. *Es* empfand keine wirkliche Furcht, denn *es* wusste um seine Unangreifbarkeit.

Aber *es* erkannte die Möglichkeit, die sich ihm plötzlich bot. Wenn es ihm gelang, die furchtbare Macht, die *es* gespürt hatte, mit seiner eigenen zu vereinen, würde *es* stärker sein als jemals zuvor; unbesiegbar, mächtiger, als *es* sich in seinen kühnsten Träumen vorzustellen gewagt hatte.

Schließlich, nach einer Weile, streckte *es* behutsam seine gedanklichen Fühler aus, um erneut nach seinem Feind zu tasten, nicht um ihn anzugreifen, sondern nur suchend, sondierend.

Es musste vorsichtig vorgehen, anders als sonst nicht mit seiner ganzen magischen Macht kämpfen, sondern mit List und Verschlagenheit. *Es* wusste, dass *es* den *anderen* dort, wo er jetzt war, wohl vernichten, sich aber seine Kräfte nicht nutzbar machen konnte, doch gerade das war es ja, was *es* wollte.

Behutsam begann *es, ein* neues, raffiniertes Netz zu spinnen ...

Ein dumpfer Schmerz pulsierte in meinem Schädel, als ich erwachte. Ich stöhnte, versuchte den Kopf zu heben und biss mit einem neuerlichen Stöhnen die Zähne zusammen, als eine dünne glühende Nadel in meinen Nacken zu stechen schien.

Dann tastete eine Hand nach meinem Hals, suchte mit kundigen Bewegungen nach einer bestimmten Stelle und drückte kurz und heftig zu. Der Schmerz flammte noch einmal zu grausamer Wut auf und erlosch. Ich öffnete die Augen.

Das Erste, was ich registrierte, war, dass wir nicht mehr in dem zerfallenen Kirchenschiff waren, sondern uns unter dem gewaltigen, steinernen Dach einer Höhle aufhielten, das eine Meile oder mehr über mir zu schweben schien. Eine unangenehme, gläserne Kälte hing in der Luft, und es roch nach Meer und fauligem Tang.

»Alles wieder in Ordnung?«, fragte eine wohl bekannte Stimme neben mir.

Ich wandte den Kopf, begegnete Looskamps ernstem Blick und nickte. »Was ... ist passiert?«, fragte ich mit schwerer Zunge.

Looskamps Augen wurden dunkel vor Sorge. »Das wollte ich gerade dich fragen«, sagte er. Er versuchte zu lächeln, aber der bebende Unterton in seiner Stimme machte den Effekt zunichte.

Allmählich begann ich mich zu erinnern. »Du ... hast mich niedergeschlagen«, sagte ich, während ich mich unsicher auf die Ellbogen hochstemmte und mich umsah.

Die Höhle war so gewaltig, dass ihre Wände irgendwo im ungewissen Dunst der Entfernung verschwammen. Ich lag auf einem Untergrund aus grobem, dunkelbraunem Sand, der mit schwarzen Lavaklumpen durchsetzt war. Linker Hand, sehr weit entfernt, glaubte ich die dünne, schwarz glänzende Uferlinie eines Sees oder Flusses zu erkennen.

Die Templer hatten einen weiten, lockeren Kreis um Looskamp und mich gebildet. Hier und da brannte ein Feuer und versuchte vergeblich, die unangenehme Kälte zu vertreiben, die unseren Atem zu grauem Dunst machte. Ich war mir nicht sicher, aber es schien mir, als wäre es kein Zufall, dass sie alle so weit von Looskamp und mir fortgerückt waren. Keiner von ihnen sah in meine Richtung.

»Du hast mich niedergeschlagen«, sagte ich noch einmal und sah Looskamp an.

Auch er wich meinem Blick aus. »Ja«, sagte er. »Du warst auf dem besten Wege, dich umzubringen.« Er schüttelte den Kopf, setzte dazu an, noch etwas zu sagen, zog aber dann nur mit einem stummen Seufzer die Knie an den Körper und starrte an mir vorbei.

»Was war das?«, murmelte ich. »Dieses ... Ding, Ger – was war das?«

Ger starrte mich an. »Weißt du das wirklich nicht?«, fragte er.

Ich schüttelte zornig den Kopf. »Verdammt, wozu sollte ich fragen, wenn ich es wüsste?« schnappte ich. »Ich –«

»Es war die Kreatur«, unterbrach mich Ger. »Die Kreatur des Labyrinths, Robert.«

Ich schwieg, gleichermaßen verwirrt wie erschrocken. Ein eisiges, lähmendes Gefühl des Unglaubens machte sich in mir breit. »Du ... du meinst, dieses ... dieses Ding war ...«

»Die Verkörperung des Labyrinthwesens«, bestätigte er. »Und du hast sie gerufen, Robert.« Seine Lippen pressten sich zu einem dünnen, blutleeren Strich zusammen.

»Wer bist du?«, flüsterte er plötzlich. »Wer bist du, dass du solche Macht hast, die Kreaturen der Hölle heraufzubeschwören, Robert Craven?«

Unter allen anderen Umständen hätten seine Worte – und vor allem die Art, in der er sie aussprach – theatralisch und albern gewirkt. Jetzt ließen sie mich innerlich erschauern.

Denn ich begriff plötzlich, warum die Templer so weit von mir fortgerückt waren. Warum keiner von ihnen in meine Richtung sah und selbst Looskamp meinem Blick nur mit äußerster Mühe standhielt.

Sie hatten Angst.

Angst vor mir.

»Das ... das war nicht ich«, antwortete ich stockend. »Ich weiß ... selbst nicht, was es war, Ger. Bitte, glaube mir. Ich ... bin ebenso erschrocken wie du. Es war ... plötzlich in mir.«

Der Blick in seinen dunklen Augen schien sich in den meinen zu bohren. Eine endlose Sekunde lang starrte er mich an, dann senkte er mit einer erschöpft wirkenden Bewegung den Kopf und nickte.

»Ich glaube dir«, sagte er einfach. Er atmete scharf ein, schloss einen Moment die Augen und schüttelte plötzlich den Kopf. Seine Hand grub in dem großen Sand unter uns, ohne dass er es überhaupt zu bemerken schien.

»Du bist nicht nur irgendein Magier, nicht?«, flüsterte er, ohne mich anzusehen. »Ich meine, du ... du bist nicht einer wie ... wie ich und die anderen, die gelernt haben, mit Magie umzugehen. Du bist ...«

»Ich bin Roderick Andaras Sohn«, sagte ich leise, als er nicht weitersprach. »Und was du gesehen hast, war sein Erbe, Ger. Aber ich will es nicht. Ich ... habe versucht, es zu vertreiben. Ich wollte es irgendwo in mir vergraben und für immer vergessen.«

»Andara«, murmelte Ger, als hätte er meine letzten Worte gar nicht gehört. »Der Hexer.«

Ich nickte. Plötzlich fühlte ich mich niedergeschlagen und elend. Es war nicht das erste Mal. Ich hatte versucht, mit diesem Erbe zu leben, aber es hatte sich mehr und mehr als Fluch erwiesen, eine Macht, die eher mich beherrschte als umgekehrt.

»Bruder Balestrano muss es gewusst haben«, murmelte Ger. Seine Stimme klang flach, tonlos. »Er hat gewusst, dass du ein wirklicher Magier bist. Vielleicht der letzte, den es gibt. Deshalb wollte er, dass du uns begleitest.«

Einen Moment blickte ich ihn an, dann wandte auch ich mich um und sah dorthin, wo ich den See zu erkennen geglaubt hatte. Ein schwacher Salzwassergeruch schlich sich unter der Kälte heran. Eine

Erinnerung blitzte hinter meiner Stirn auf und verging wieder, ehe ich sie fassen konnte.

»Natürlich hat er es gewusst«, sagte ich leise. »Glaubst du wirklich, er hätte mich nur deswegen mitgeschickt?« Ich hielt den Stockdegen mit dem Kristallknauf in die Höhe und lachte rau. »Eine Waffe wie diese mag mächtig sein, aber gegen die Labyrinthkreatur nutzt sie nicht viel. Nicht viel mehr als eure Schwerter.« Ich schüttelte den Kopf, ließ den Degen wieder sinken und starrte Ger so lange an, bis er meinen Blick spürte und den Kopf wandte.

»Warum sind wir wirklich hier?«, fragte ich leise.

Ger schwieg einen Moment. »Was ... meinst du damit?«, fragte er. Seine Stimme klang lauernd.

»Das weißt du genau«, antwortete ich, noch immer sehr leise, damit keiner der anderen unsere Unterhaltung hörte, aber scharf und fordernd. »Wir sind nicht hier, um dieses Labyrinth zu vernichten«, behauptete ich. »Das können wir nicht. Weder ich noch du. Nicht fünftausend deiner Ritter, und wenn sie noch so mächtig sind; geschweige denn fünfzig. Warum sind wir wirklich hier?«

»Ich sage die Wahrheit, Robert!«, sagte Ger, aber ich unterbrach ihn mit einer zornigen Geste und fuhr ihn an:

»Versuche nicht, mich zu belügen, Ger«, sagte ich. »Ich bin ein Magier, vergiss das nicht. Man kann mich nicht belügen. Niemand kann das. Ich spüre, wenn man mich belügt.«

Ger hielt meinem Blick einen Moment lang stand, dann senkte er abermals den Kopf und fuhr fort, mit den Fingern im Sand zu graben. »Du hast recht«, sagte er schließlich. »Zu Anfang war es mein Plan, die Kreatur zu vernichten und dieses Satanswerk hier unschädlich zu machen. Aber ich erkannte schnell, dass das nicht möglich ist.«

»Und weshalb sind wir dann hier?«, fragte ich.

Looskamp atmete hörbar ein. »Du weißt nicht viel über die *Tore* der GROSSEN ALTEN«, begann er. »Nicht?«

»Nur, dass es sie gibt«, antwortete ich. »Und das, was mir Balestrano erzählt hat.«

»Er hat dir erzählt, dass die Kreatur des Labyrinths aus einem pervertierten *Tor* entstanden ist«, sagte Ger. »Und das ist die Wahrheit. Aber wir können es nicht vernichten. Keine Macht des Universums kann das, ausgenommen der Herr selbst. Was entstand, wird bleiben, solange dieses Wesen existiert. Aber wir können es aufhalten. Wir können es daran hindern, sich noch mehr auszudehnen. Niemand vermag die armen Seelen, die ihm bisher zum Opfer gefallen sind, zu retten. Aber wir können dafür sorgen, dass es nicht noch mehr Opfer findet.«

»Und wie?«, fragte ich. »Du hast mich zurückgehalten, als ich das Monster angreifen wollte.«

»Um dir das Leben zu retten, du Narr!«, fuhr Looskamp auf. »Es hätte dich vernichtet. Auch deine magischen Kräfte hätten dir nicht geholfen. Nicht hier, im Herzen seiner Macht, Robert!«

»Wie wollt ihr es dann aufhalten?«

Looskamp blickte an mir vorbei. »Die *Tore«,* sagte er, und ich spürte, wie schwer es ihm fiel, weiterzusprechen, »sind keine ... technischen Dinge. Sie sind auch nicht magischer Natur; nicht so, wie wir dieses Wort verstehen. Sie ... leben.«

»Leben?«, murmelte ich verstört. »Du meinst dieses spezielle *Tor* hier!«

Looskamp schüttelte ernst den Kopf. »Nicht nur dieses«, sagte er. »Es sind ... Kreaturen. Unbegreifliche Wesen, von den GROSSEN ALTEN nur für diesen einen Zweck erschaffen. Sie sind nicht wirklich in der Lage zu denken oder eigene Entscheidungen zu treffen, aber sie leben, wenn auch in einem unbegreiflichen, fremden Sinn dieses Wortes, den wir niemals wirklich verstehen werden. Wenn wir es aufhalten wollen, dann müssen wir sein Herz erreichen und zerstören.«

Es dauerte einen Moment, bis mir der Sinn seiner Worte klar wurde. »Du meinst das so, wie du es sagst, nicht?«, fragte ich. »Nicht im übertragenen Sinne. Es gibt dieses Herz wirklich.«

Ger nickte. »Ja. Niemand weiß, wie es aussieht, aber es gibt dieses Herz, in jedem *Tor.* Der Sitz seines Lebens. Wenn wir ihn finden und zerstören, wird es wenigstens aufhören zu wachsen.«

»Und du glaubst, es würde tatenlos zusehen, wie wir –«

»Natürlich nicht«, unterbrach mich Ger. »Aber wir werden einen Weg finden, zu ihm zu gelangen.« Er machte eine weit ausholende Geste, die die ganze gigantische Höhle einschloss. »Es ist nicht mehr weit«, sagte er. »Ich spüre seine Nähe bereits wie den Höllenatem Satans.«

Ich antwortete nicht gleich, sondern sah mich noch einmal in der großen, vollkommen leeren Höhle um. Aber wieder konnte ich nichts anderes erkennen als eine schier endlose Ebene aus braunem Sand und Lavaklumpen und ungewissen Schatten, irgendwo sehr, sehr weit entfernt. »Wo sind wir überhaupt?«, fragte ich schließlich.

»Unter dem Labyrinth«, antwortete Ger nach kurzem Zögern. »Wir fanden einen Tunnel, nachdem wir die Kirche verließen. Er brachte uns direkt hierher.« Plötzlich bebte seine Stimme hörbar. »Es muss ganz nahe gewesen sein«, flüsterte er, mehr zu sich selbst als zu mir gewandt. »Wir sind tief unter der Stadt; vielleicht sogar unter dem Meer. Dies muss eine der verfluchten Höhlenwelten sein, von denen die alten Bücher sprechen.«

Seine Worte ließen auch mich erschauern. Hieß es nicht im NECRONOMICON, Cthulhu selbst läge ertrunken in seiner verfluchten Stadt R'lyeh am Grunde des Meeres und verträume die Ewigkeit?

Ich verjagte den Gedanken, aber er verschwand nicht ganz, sondern blieb wie ein unangenehmer Geschmack dicht unter der Oberfläche meines Bewusstseins zurück.

»Dies muss der Ort sein, an dem das ursprüngliche *Tor* stand«, fuhr Looskamp mit leiser Stimme fort. »Ich frage mich, wohin es geführt hat. Welche Schrecken mag diese Höhle geborgen haben, Robert? Wie viele –«

Er kam nicht dazu, den Satz zu Ende zu sprechen. Es schien, als hätte die unsichtbare Macht, die uns belauerte, nur auf diese Frage gewartet, um sie auf furchtbare Weise beantworten zu können.

Ein dumpfes Krachen und Bersten erklang. Zwischen den im Kreis sitzenden Templern spritzte der Sand in einer brüllenden Explosion auseinander. Ein greller, giftgrüner Blitz fraß sich wie ein unerträglicher Schmerz in meine Augen, und ich sah plötzlich nur noch Schatten und krasse, mit harten Linien gezeichnete Hell-Dunkel-Kontraste.

Aber ich sah immer noch genug, um den Wald peitschender schwarzer Tentakel zu erkennen, der plötzlich hinter dem Kreis der aufspringenden Tempelritter aus dem Boden brach!

»Zurück!« Looskamps Stimme überschlug sich. Er sprang auf, raffte Schwert und Schild an sich und machte einen hastigen Schritt, blieb dann aber mitten in der Bewegung stehen.

Auch ich sprang hoch und sah mich hastig um. Es war ein furchtbarer, grauenhafter Anblick. Rings um den Kreis der Templer war der Boden aufgebrochen und hatte Dutzende, wenn nicht Hunderte von schwarzen, horngepanzerten Kreaturen ausgespien, meterhohe Monstrositäten, die mit peitschenden Fühlern und metallisch schnappenden Beißzangen auf die weiß gekleideten Ritter vorrückten.

Was ich im ersten Moment für die Fangarme cthulhuscher Kraken-Monster gehalten hatte, waren in Wahrheit dünne, doppelt armlange, biegsame Fühler, die aus den stachelbewehrten Schädeln gewaltiger schwarzer Käfer wuchsen.

Skarabäen, ins Groteske vergrößert, jedes ihrer sechs Beine dick wie ein Kinderarm, mit Mandibeln, die kräftig genug erschienen, einem Mann mit einem Biss eine Hand oder ein anderes Gliedmaß abzutrennen. Ihre kleinen, starren Insektenaugen schienen vor boshafter Intelligenz zu funkeln, und aus ihren dreieckigen Hornmäulern erscholl ein widerliches, seidiges Zischen und Rascheln, während sie auf wirbelnden Beinen näher kamen.

Die Templer zogen sich hastig zurück. Zwei, drei der mittelalterlich gekleideten Gestalten lagen reglos ausgestreckt auf dem Sand. Die weißen Kleider färbten sich dunkel, während der Sand unter ihnen langsam eine schmutzig rote Farbe anzunehmen begann.

Die anderen hatten ihre Überraschung überwunden und formierten sich, stumm und ohne ein sichtbares äußeres Zeichen von Furcht oder Erregung, zu einem geschlossenen Kreis aus Schilden und abwehrbereit vorgestreckten Schwertern.

Aber ein Kampf war aussichtslos. Die Käfer hatten eine Rückenhöhe von annähernd einem Meter, und ihre peitschenden Fühler krachten mit solcher Wucht auf die geschlossene Schildreihe der Templer nieder, dass die Männer unter jedem Hieb aufschrien und weiter zurücktaumelten.

Einer – ein einziger nur – ließ seinen Schild sinken und stürzte sich in einem selbstmörderischen Angriff auf die heranwogende Masse der Rieseninsekten. Sein Schwert sauste herab, durchtrennte zwei, drei der peitschenden Fühler, krachte mit fürchterlicher Wucht auf den horngepanzerten Schädel des Riesenskarabäus – und brach ab. Der Mann stolperte, fiel mit einem Schrei nach vorn und verschwand unter einer wogenden schwarzen Masse aus glänzendem Horn.

»Zurück!«, brüllte Looskamp noch einmal. »Lasst euch nicht auf einen Kampf ein! Wir müssen durchbrechen!«

Seine Krieger reagierten sofort, zogen sich – wie zuvor beim Angriff der scheinbaren Kinder – blitzschnell zu einem Kreis zusammen und formierten sich neu, um den immer enger werdenden Ring der Riesenkäfer zu durchbrechen.

Diesmal versagte die Taktik.

Drei, vier der strahlend weiß gekleideten Krieger gelang es tatsächlich, die Monsterinsekten allein durch die Wucht ihres ungestümen Vormarsches zurückzudrängen und eine Lücke in ihren Kreis zu schlagen. Aber nur für einen kurzen Augenblick; dann stürmten die Skarabäen mit neuer Wucht heran, überrannten die Ritter schlichtweg.

Die Abwehrlinie zerbrach; Schilde zerbarsten unter den wütenden Hieben der Käfer, Männer fielen, als ihre Schwerter auf den stahlharten Rückenpanzern der Rieseninsekten zersplitterten oder ihren Händen von peitschenden Fühlern entrissen wurden.

Auch ich sah mich plötzlich von einem schwarzen, hässlichen Etwas, das nur aus Horn und schnappenden Kiefern zu bestehen schien, attackiert, wich mit einem hastigen Sprung zurück und schlug mit meinem Stockdegen zu.

Das Ergebnis war verblüffend. Der Käfer schien die Gefahr, die von der täuschend harmlosen Klinge ausging, instinktiv zu spüren und prallte zurück, war aber nicht schnell genug. Die Spitze des Degens berührte seinen Hornschädel; ganz leicht nur. Aber schon dieses kurze Streicheln genügte. Sein Körper zuckte wie in einem Krampf. Die biegsamen dünnen Fühler peitschten noch einmal die Luft – und lösten sich auf!

Der ganze Vorgang nahm nicht mehr als eine Sekunde in Anspruch. Die vorher noch stahlharten Panzerplatten des Skarabäus wurden weich, verloren ihren Glanz und zerliefen zu einem grauen Brei. Seine Beine knickten ein und zerbrachen wie Glas, ehe auch sie sich in graues Protoplasma verwandelten; der ganze Körper sackte wie ein Ballon, aus dem unversehens die Luft entweicht, in sich zusammen. Alles, was von der Bestie blieb, war eine graue, brodelnde Pfütze, von der widerliche Dämpfe aufstiegen.

»Shoggoten!«, keuchte ich. »Ger – es sind gar keine Käfer! Es sind *Shoggoten!*«

Der Templer wandte mit einem Ruck den Kopf, wich einem peitschenden Tentakel aus und starrte aus geweiteten Augen auf die dampfende graue Pfütze, die von dem vermeintlichen Teufelskäfer geblieben war. »Was ...«

»Zurück!«, brüllte ich. »Ruf deine Männer zurück, Ger! Wir müssen fliehen! Ein Kampf ist sinnlos!«

Ger nickte, stieß einen heranstürmenden Käfer mit einem verzweifelten Fußtritt von sich und begann wieder in der mir unverständlichen Sprache der Tempelherren Kommandos zu schreien. Die verzweifelten Handgemenge nahmen ab, als sich die einzelnen Männer von ihren Gegnern trennten und einen Fluchtweg zu finden suchten.

Mit einem Satz sprang ich zu Looskamp heran, tötete den Skarabäus, der auf ihn eindrang, mit einem blitzschnellen Degenstoß und ließ die Klinge kreisen. Zwei, drei der Protoplasmageschöpfe wurden von dem tödlichen Stahl berührt und zerfielen zu grauer Widerwärtigkeit, während die anderen, als spürten sie, wie tödlich die Berührung meiner Waffe für sie sein musste, hastig aus meiner Reichweite zurückwichen.

»Zum Wasser!«, keuchte Looskamp. »Wir treffen uns ... am Wasser!«

Der Kampf wogte weiter hin und her. Mehr und mehr Templer durchbrachen mit dem schieren Mut der Verzweiflung den Belagerungsring der Käfer-Bestien und rannten davon, aber es waren auch viele, sehr viele, die stürzten, zu Fall gebracht von dünnen peitschenden Armen, die sich plötzlich um ihre Glieder wickelten. Die schreiend zur Seite oder vornüberkippten, als der Boden plötzlich unter ihnen nachgab und peitschende schwarze Arme aus tödlichen Fallgruben nach ihnen griffen.

Nur in meiner unmittelbaren Nähe zogen sich die *Shoggoten* zurück, bildeten aber weiterhin einen tödlichen, allseits geschlossenen Kreis, aus dem es kein Entkommen zu geben schien. Ein gutes halbes Dutzend Templer hatte sich um mich und Ger geschart, der Rest war geflohen oder tot.

Dann begann sich der Kreis der Riesenkäfer wieder zusammenzuziehen. Die zuvorderst Stehenden versuchten die Bewegung aufzuhalten, wurden sie doch auf meinen Degen zugeschoben, aber die ungeheure Masse der Tiere drängte und schob sie einfach weiter. Wir waren plötzlich in einem Ozean aus schwarz glänzenden Hornkörpern gefangen, ein halbes Dutzend verlorener Männer auf einer winzigen Insel, die von Sekunde zu Sekunde weiter schrumpfte.

Selbst der sichere Tod, der die *Shoggoten* erwartete, wenn sie mit meinem Degen in Berührung kamen, würde sie nicht für lange Zeit abschrecken. Ich kannte diese fürchterlichen Protoplasmawesen, die die GROSSEN ALTEN als Diener und Soldaten erschaffen hatten, zu gut, um mich dieser Hoffnung länger als für einen Sekundenbruchteil hinzugeben. Sie waren keine Wesen, die wirklich Furcht empfinden konnten. Sie dachten nicht, kannten keine Gefühle wie wirkliche Lebewesen, sondern bestanden nur aus hirnlosem Protoplasma, das nur von primitiven Instinkten geleitet wurde und jede beliebige Form annehmen konnte ...

Mit dem Mut der Verzweiflung sprang ich vor, schwang meine Klinge und stieß sie einem *Shoggoten* in den Leib. Das Wesen zuckte zusammen und starb. Aber diesmal hörte der Auflösungsprozess nicht auf, nachdem der *Shoggote* zerfallen war.

Die fließende Linie schwammigen Graus, die das vermeintliche Horn verschlang, lief weiter, breitete sich wie ein rasend schnell wachsender Fleck zersetzenden Giftes unter den benachbarten *Shoggoten* aus und verschlang auch sie. Es war, als zerbreche etwas den magischen Bann, der die Scheinexistenz des Protoplasmas aufrechterhielt, ein unmittelbar wirkendes Gift, das jeden *Shoggoten* dahinraffte, der mit einem Sterbenden irgendwie in Berührung stand.

Die ungeheure Masse, in der die Käfer herangerückt waren, wurde ihnen selbst zum Verhängnis. Nur hier und da gelang es einem Käfer, sich von seinen Nachbarn zu lösen, ehe der graue Tod auch ihn erreichte; Innerhalb weniger Augenblicke zerbarst die Formation der Skarabäen zu einem Chaos rennender, flüchtender Leiber.

Aber nur den allerwenigsten gelang die Flucht.

Der Auflösungsprozess, einmal in Gang gekommen, schien durch nichts mehr aufzuhalten zu sein. Der Sand brodelte. Kleine, kochende Fontänen aus Erdreich und grauem Morast brachen wie höllische Geysire auf, als auch die unter dem Erdboden verborgenen *Shoggoten* von dem lautlosen Tod erfasst wurden, und in der Luft lag plötzlich ein ätzender, an Säure erinnernder Geruch.

Looskamp ergriff mich unsanft beim Arm und zerrte mich mit sich, während das halbe Dutzend Männer, das bei uns verblieben war, mit ihren Leibern und Schilden einen Abwehrring um ihn und mich bildete.

Der Boden unter unseren Füßen fühlte sich schwammig und weich an, als wir durch den zerlaufenen Kreis aus grauem Protoplasma taumelten. Der Horizont schien vor meinen Augen zu zerfließen. Die ätzenden Dämpfe nahmen mir den Atem, und meine Lungen brannten, als wollten sie zerplatzen. Ich taumelte, verlor die Balance und spürte, wie kräftige Hände unter meine Achselhöhlen griffen und mich wie eine leblose Puppe mitschleiften.

Erst als wir den höllischen Todeskreis um fast hundert Schritt hinter uns gelassen hatten, gab Ger seinen Männern das Zeichen zum Anhalten.

Erschöpft sanken die Krieger zu Boden. In ihren Gesichtern hatte sich ein Ausdruck tiefsten Entsetzens festgekrallt. Kaum einer von ihnen war unverletzt geblieben, und einer blutete aus einer fürchterlichen Bisswunde am Hals und würde sterben.

Es dauerte lange, bis Ger das Schweigen, das sich wie eine erstickende Decke über uns ausgebreitet hatte, brach.

»Wir müssen ... weiter«, murmelte er. »Schnell, ehe sie ... zurückkommen.«

Instinktiv sah ich in die Richtung zurück, aus der wir gekommen waren. Hier und da waren noch dunkle, zuckende Flecken auf dem Sand zu erkennen, wenige Skarabäen, die das Inferno überstanden hatten. Alles in allem nicht mehr als ein Dutzend. Aber ich wusste zur Genüge, wie widerstandsfähig diese Höllenkreaturen waren – und wie schnell sie sich vermehren konnten.

Looskamp hatte recht – wir mussten weiter, ehe die Ungeheuer uns erneut angriffen. Das nächste Mal mochten sie eine Taktik oder eine Gestalt wählen, gegen die meine Waffe nutzlos war.

»Und ... wohin?«, fragte ich. Ein dumpfes Gefühl von Hoffnungslosigkeit breitete sich in mir aus. Beinahe wäre mir wohler gewesen, wenn wir noch in der bizarren Umgebung des Labyrinths gewesen wären. Dort hatte es wenigstens ein »Irgendwo« gegeben, zu dem wir gehen konnten. Hier gab es nichts. Nichts als Sand und Leere. Ich fühlte mich verloren.

Ger antwortete nicht, sondern stand auf und deutete auf die dünne schwarze Linie am Horizont. Wieder glaubte ich, einen schwachen Hauch von Salzwassergeruch in der Luft zu spüren, und wieder war mir, als erinnerte ich mich an etwas, konnte aber auch diesmal nicht sagen, was es war. Für einen Moment glaubte ich, so etwas wie das Gesicht eines jungen Mannes zu sehen: schmal, fast zart geschnitten, mit wachen blauen Augen und von schulterlangem blondem Haar eingefasst. Ein seltsamer Ausdruck stand in diesen Augen; ein stummer, unausgesprochener Vorwurf, der irgendetwas tief in mir berührte. Er tat weh. Sehr weh. Dann verging das Bild, und zurück blieb ein Gefühl sonderbarer Leere.

Mit einem Achselzucken stand ich auf und reihte mich in die zerbrochene Kette taumelnder Gestalten ein.

Zwei Stunden später erreichten wir den Strand. Was von weitem wie die Uferlinie eines Flusses oder Sees ausgesehen hatte, erwies sich beim Näherkommen als ein gewaltiger, matt schwarzer Ozean, dessen Wellen lautlos gegen einen Lavastrand rollten und das Licht verschluckten.

Nach und nach waren auch die ersten Überlebenden des kleinen Heeres zu uns gestoßen. Es waren nicht viele; Ger und mich mitgerechnet, waren wir nicht einmal mehr zwanzig, und kaum einer von uns war unverletzt. Es war ein zerschlagener, mutloser Haufen, in dem wir uns dem Strand entgegenschleppten. Keiner von uns gab sich noch der Hoffnung hin, dieses Labyrinth des Wahnsinns noch einmal zu verlassen. Wir waren weiter von der wirklichen Welt entfernt als je zuvor. Vielleicht waren wir nicht einmal mehr in unserer Zeit.

Der Salzwassergeruch wurde fast unerträglich, je mehr wir uns dem Strand näherten. Die Lautlosigkeit, mit der die finsteren Wellen heranwogten, hatte etwas Bizarres, und als ich genauer hinsah, fiel mir auf, dass die Bewegung des Wassers sonderbar träge und langsam wirkte, als wäre es gar kein Wasser, sondern Sirup oder geschmolzenes Pech.

Müde erreichte ich das Ufer, ließ mich dicht vor der Flutlinie auf die Knie sinken und tauchte vorsichtig den Finger in eine der heranrollenden Wellen.

Das Wasser war kalt und fühlte sich zäh an, irgendwie schleimig, und als ich den Finger an die Lippen hob und ganz vorsichtig kostete, hatte ich das Gefühl, mit purem Salz in Berührung gekommen zu sein.

Und dann ...

Das Bild entstand so plötzlich in meinem Geist, dass ich unwillkürlich zusammenfuhr.

Für einen Moment glaubte ich ein Kamel zu erblicken, die mumifizierte Leiche eines Arabers in einem zeitlosen Augenblick auf seinem Sattel erstarrt, beide konserviert und aufrecht gehalten von einer unendlichen Einöde salzigen Wassers, das sie einschloss. Dann schälten sich die Umrisse der *Stadt* aus dem grauen Nebel meiner Erinnerungen ... Shannon ...

Plötzlich wusste ich, was das Gesicht bedeutet hatte, der Vorwurf in seinen Augen. Es war Shannons Gesicht gewesen, das Gesicht des jungen Magiers, der beinahe mein Freund geworden wäre und dem ich – zum zweiten Mal – Unheil und Leid gebracht hatte.

Ich glaubte nicht, dass er tot war. Die *Shoggoten,* die ihn und mich angegriffen hatten, waren nicht zum Töten da gewesen; hätte die Labyrinthkreatur ihre Geschöpfe *deshalb* ausgeschickt, so hätten auch Shannons gewaltige magische Kräfte kaum mehr gereicht, ihn zu retten. Nein – er lebte, das spürte ich.

Aber vielleicht war es auch gerade das, was ich fürchtete, denn ein Leben hier mochte schlimmer sein als der Tod.

Ich vertrieb den Gedanken, stand auf, wandte mich zu Looskamp um, der mir gefolgt war, und sagte: »Wir sind am Ziel, Ger. Ich weiß, wo das Herz des *Tores* ist.«

In seinen Augen blitzte für einen Moment noch einmal der alte Kampfgeist auf. »Wo?«, fragte er scharf.

Mit einem matten, erschöpften Lächeln hob ich die Hand und deutete auf den gigantischen Salzozean hinter uns. »Dort«, sagte ich. »Am Grund dieses Meeres, Ger. Ich glaube, nicht einmal sehr weit von hier entfernt.«

Er erbleichte, denn das, was ich *nicht* sagte, musste all seine Hoffnungen mit einem einzigen Schlag zunichte machen.

Vielleicht waren wir dem Herzen des Labyrinthes näher gekommen als jemals ein lebender Mensch zuvor – und trotzdem schien es, als wäre alles sinnlos gewesen. Ich war dort gewesen, in jener Stadt auf dem Grunde des Salzwassers, ohne zu wissen, wie nahe ich dem Beherrscher der Albtraumwelt gewesen war.

Aber es nutzte mir nichts, den Weg zu wissen. Beim ersten Mal hatte mich die magische Kraft meines *Shoggotensterns* vor dem Ertrinken bewahrt, aber er konnte uns nicht alle schützen. Und allein zu gehen wäre einem Selbstmord gleichgekommen.

Looskamp wollte etwas sagen, aber seine Worte gingen in einem dumpfen, drohenden Grollen unter, das den Strand unter unseren Füßen erbeben ließ. Seine Augen weiteten sich, während sein Blick an mir vorbei auf den See hinausging.

Voller plötzlichem Schrecken fuhr ich herum.

Die gewaltige schwarze Fläche des Ozeans schäumte und kochte, brach plötzlich wie unter dem Hieb einer unsichtbaren Riesenfaust auseinander. Fontänen aus schaumigem Schlick erhoben sich hundert und mehr Meter in die Luft, barsten auseinander und stürzten in sich zusammen.

Und dann ...

Zuerst war es nicht mehr als ein Schatten, ein zitternder, wogender

Umriss hinter dem Vorhang aus kochendem salzigen Wasser, gigantisch groß. Er wuchs weiter, gewann an Substanz und ...

Dicht vor dem Strand, weniger als hundert Meter von der lavabesetzten Flutlinie des schwarzen Wassers entfernt, wuchs eine Insel aus dem Meer. Geboren aus kochendem Schaum erhob sie sich über uns, ein schwarzes Ungeheuer, das seinen felsgekrönten Schädel weit über das schaumige Wasser reckte.

Und es war nicht nur eine Insel ...

Aus dem schwarzen Fels wuchsen Gebäude. Titanische Stützpfeiler aus schwarzem, von Salz und Jahrmillionen zerfressenem Basalt trugen absurde Konstruktionen in der fremdartigen, unangenehmen Geometrie der GROSSEN ALTEN. Brücken und Stege reckten sich wie greifende Arme empor und endeten im Nichts ...

Ich weiß nicht, wie lange der Vorgang dauerte. Das Wasser überschüttete uns mit Schaum und Salz und Kälte, und die Insel stieg weiter aus den Wogen empor, wuchs und wuchs und wurde zu einer gigantischen Abscheulichkeit. Immer mehr und mehr Gebäude, Türme und absurd geformte *Dinge* wuchsen aus den Fluten empor, und endlich erhob sich vor uns mit einem Schlag, als würde die Wasseroberfläche von einem Axthieb gespalten, ein schmaler, geländerloser Steg; eine Brücke, die sich über das tobende Wasser hinweg zu den Ufern der schwarzen Stadt spannte.

Schließlich, nach einer Ewigkeit, beruhigte sich das Meer, die Wogen wurden wieder kleiner, und der Ozean hörte auf zu toben.

Looskamps Schritte drangen wie ein Laut aus einer fremden, irrealen Welt in meine Gedanken, als er neben mich trat. Sein Gesicht hatte alle Farbe verloren; er wirkte nicht nur bleich, er war *weiß* vor Furcht und Entsetzen.

Und als ich seine Augen sah, erkannte ich, dass er so genau wie ich wusste, dass wir das Ziel unserer Suche erreicht hatten.

Ich hätte es wissen müssen, schon beim ersten Mal, als ich diese Monstrosität erblickte, damals noch auf dem Grunde des Salzsees gefangen und auf den Augenblick seines Erwachens wartend. Aber ich erkannte es erst jetzt.

Trotzdem war es Looskamp, dessen Lippen das verfluchte Wort formten, den Namen dieser Stadt, die durch die Legenden geisterte und niemals hätte auferstehen dürfen. Seine Lippen bebten, und als er das Wort aussprach, klang es wie ein Fluch.

»R'lyeh!«

Seine Unsicherheit wuchs. Die Sterblichen waren in seine Falle gegangen, wie *es* geplant hatte. Sie wehrten sich kaum; die wenigen Diener, die sie auf ihrem Wege vernichtet hatten, waren nicht der Rede wert. Sie waren ersetzbar. Wenn *es* gewollt hätte, hätte *es* Millionen von ihnen erschaffen können. Aber es war nicht nötig. Es war nicht einmal nötig, die Sterblichen in die Richtung zu treiben, in der *es* sie haben wollte; sie kamen freiwillig, näherten sich dem Zentrum seiner Macht wie Schlachtvieh der Bank und schienen es kaum erwarten zu können, ihm gegenüberzutreten, närrisch, wie sie waren.

Alles lief wie geplant.

Und doch war etwas anders. Etwas, das *es* sich nicht erklären konnte.

Es spürte die Präsenz einer weiteren, fremden Macht, noch schlafend, aber bereit und lauernd. Für einen Moment überlegte *es* ernsthaft, seine Pläne zu ändern und seine Diener auszuschicken, um sie zu vernichten, schnell und ehe sie seinem verwundbaren Herzen noch näher gekommen waren. Aber dann verwarf *es* den Gedanken wieder. Was immer dieses schlummernde Etwas war, würde das Opfer nur vergrößern, seine eigene Macht mehren.

Schweigend sah *es* zu, wie sich die Falle hinter den Sterblichen endgültig schloss.

Die Brücke war nicht lang, und dennoch kam mir der Weg hinüber zur Insel vor wie eine Ewigkeit; jeder Schritt schien uns weiter von ihr fort zu führen statt näher heran, und die unwirkliche Architektur der GROSSEN ALTEN gaukelte meinen Augen Dinge vor, die in krassem Gegensatz zu dem standen, was mir mein Gleichgewichtssinn und die anderen Sinne sagten.

Der Steg begann unmittelbar am Ufer, als hätte er all die Jahrmillionen unbemerkt wenige Zentimeter unter dem Sand begraben gelegen und nur darauf gewartet, wieder aufzutauchen, und führte in kühnem Schwung zu der Insel hinüber, aber er war glatt und rund und ohne Geländer, und in seiner Mitte schwang er sich mehr als hundert Yard weit in die Höhe, sodass ein Sturz ins Meer so tödlich gewesen wäre wie auf massiven Fels.

Trotzdem hatte nicht einer von Looskamps Männern auch nur gezögert, die Brücke zu betreten. Es war kein Zufall, dass die Insel ausgerechnet jetzt aus den Fluten emporgetaucht war, so wenig, wie das Auftauchen dieser Brücke zufälliger Natur sein konnte.

Sie war eine Einladung, eine stumme Aufforderung, hinüberzugehen und zu tun, weshalb wir gekommen waren.

Und gleichzeitig war es eine Warnung, bedeutete ihr Vorhandensein doch, dass die Labyrinthkreatur wusste, dass es uns gab und wo wir waren.

Mein Herz schlug langsam und schwer wie ein altes, bronzenes Läutwerk, als wir uns der abwärts geneigten Krümmung der Brücke näherten und unsere Schritte uns wieder dem Wasser entgegenbrachten, gleichzeitig aber auch der Insel, auf deren Fels die verfluchte schwarze Stadt wie ein steinernes Krebsgeschwür wucherte.

R'lyeh ...

Ich wiederholte den Namen ein paar Mal in Gedanken, aber er verlor nichts von seinem unheimlichen, bedrohenden Klang. Wie oft hatte ich ihn gelesen, diesen verfluchten Namen, wie viele Geschichten über den Ort gehört, wie viele düstere Prophezeiungen und Mahnungen?

R'lyeh – Stadt und Palast Cthulhus, des schrecklichsten der furchtbaren alten Götter, die Howard und mein Vater die GROSSEN ALTEN genannt hatten. Irgendwo in den Tiefen dieser Stadt, verborgen unter dem grindigen Fels, aus dem seine Häuser und Türme und Brücken errichtet worden waren, lag sein Haus, die Thronkammer des Giganten, in der er seit hundert Ewigkeiten begraben lag, ertrunken und tot, seit R'lyeh in den Fluten des Urmeeres versunken war, und doch träumend und bereit für den Tag, an dem er sich erheben und die Herrschaft seiner furchtbaren Rasse erneut beginnen würde.

Das Meer begann zu toben und wie rasend an den steinernen Stützpfeilern zu zerren, die den Brückenbogen trugen. Obgleich sie zehn oder mehr Meter dick sein mussten, spürte ich die Erschütterungen wie Hammerschläge unter meinen Füßen, und die Brecher zerbarsten mit solcher Urgewalt an dem schwarzen Fels, dass schaumige Spritzer bis zu uns hinaufgelangten. Große, zerfließende Umrisse begannen sich unter der schwarz glitzernden Oberfläche des Wassers zu bilden, tauchten manchmal beinahe auf und versanken wieder, ehe ich genau erkennen konnte, was es war. Tangglitzernde Tentakel wickelten sich wie Schlangen um die steinernen Stützen unseres Steges und wurden von der Wut der Brandung zurück in die chtonische Tiefe gerissen, aus der sie emporgestiegen waren; gewaltige, pupillenlose Augen, die kalt wie Stahl und ohne jedes Gefühl zu uns hinaufblickten, schrecklich gelbe Fänge, von pockennarbigen Zungen in gieriger Vorfreude auf unser Fleisch geleckt ...

Es kostete mich unsägliche Mühe, die Bilder, die mir meine überreizten Nerven vorgaukeln wollten, zu vertreiben und mich darauf zu konzentrieren, weiterzugehen und auf dem schlüpfrigen Fels der Brücke nicht die Balance zu verlieren.

Je näher wir der Insel kamen, desto mehr Einzelheiten konnte ich erkennen, und nichts von dem, was ich sah, gefiel mir. Der Strand, der wie die gesamte Insel aus nacktem schwarzen Fels zu bestehen schien, war mit unförmigen dunklen Wesen übersät, Bewohnern der salzigen Tiefen, in denen R'lyeh bisher geschlafen und geträumt hatte, abrupt mit in die Höhe und den Tod gerissen. Manche der schwarzen, ekelhaft deformierten Leiber zuckten und zitterten noch, Flossen peitschten den Stein, faustgroße schwarze Augen blickten unverstehend in eine Welt, die ihnen fremd war und ihnen den Tod brachte, zahllose Münder schnappten vergebens nach Luft ...

Ein gellender Schrei riss mich aus meinen Gedanken. Einer der Männer hatte auf dem schlüpfrigen, mit schmierigen Algen und Tang bewachsenen Fels der Brücke den Halt verloren und war in die Tiefe gestürzt. Das Wasser spritzte auf, als er hineintauchte, dann, für Bruchteile von Sekunden, bäumte sich ein mit Zacken und Flossen bewehrtes Etwas in den Fluten auf und verschwand wieder.

»Geh ... weiter«, krächzte Ger hinter mir. Seine Stimme bebte. Aber er schob mich behutsam voran, und sein Griff war fest.

Die Dunkelheit ballte sich um uns zusammen, als wir uns der Insel weiter näherten. Ein kalter, irgendwie klebriger Hauch mischte sich in den Wind, und durch das starke Salzwasseraroma des Sees drängte sich der Geruch von Moder und Fäulnis. Vergebens versuchte ich, genauere Einzelheiten der schwarzen Stadt vor uns zu erkennen. R'lyeh blieb, was es war: ein wogender, sich ständig in ungewisser Bewegung befindender Koloss aus zusammengeballter Finsternis.

Als ich von der Brücke herunter auf den gewachsenen Fels der Insel trat, spürte ich das Pochen. Es war ein tiefes, ungemein dunkles und langgezogenes Vibrieren, wie das Schlagen eines riesigen, steinernen Herzens, das tief im Felsen der Insel verborgen sein mochte.

Ich schauderte. Eine unsichtbare, eisige Hand berührte etwas in meiner Seele und ließ es erstarren. Die Schatten zogen sich enger um uns zusammen.

Looskamp deutete stumm nach vorn.

Nicht weit von uns befand sich die Mauer, die die eigentliche Stadt umschloss. Bizarre Türme und Erker wucherten wie steinerne Pilze aus ihren Flanken, und da und dort hingen Gebilde wie Tränen aus Basalt, halb an der Wand herabgelaufen und mitten in der Bewegung erstarrt. Aber es gab auch einen Durchgang, ein Tor aus braunem, rostzerfressenem Eisen, mit Schlamm und grüngrauen Algen bewachsen. Es stand offen, und wie zu einer Begrüßung drehte sich in diesem Moment der Wind und trug dumpfen Modergeruch zu uns heraus.

Für einen Moment erschien mir dieses Tor wie ein aufgerissenes steinernes Maul. Niemand, der seinen Fuß durch diese Tür setzte, das wusste ich plötzlich, würde sie je wieder in umgekehrter Richtung durchschreiten ...

Trotzdem zögerte ich keine Sekunde weiterzugehen, als Ger das Zeichen dazu gab. Rasch näherten wir uns der Mauer und dem zyklopischen Tor, durchschritten es und standen unversehens in einer bizarren, so vollkommen fremden Welt, dass ich unwillkürlich aufstöhnte.

Es war nicht möglich, mit Worten zu beschreiben, was ich sah. Die Gebäude, die die Straße – war es eine Straße? – säumten, waren Ausgeburten einer kranken Fantasie, schwarze Scheußlichkeiten, in unmöglichen Winkeln zueinander angeordnet, nach Regeln erbaut, die den Naturgesetzen spotteten.

Der Boden unter unseren Füßen war aus hartem grindigem Stein, und trotzdem schien er auf unheimliche Weise zu leben; und der Salzwassergeruch war nun fast vollkommen dem Gestank von Fäulnis und Moder und Tang gewichen.

»Wohin ... jetzt?«, fragte ich. Unwillkürlich hatte ich die Stimme gesenkt, denn ich befürchtete grausig verzerrte Echos von den Wänden widerhallen zu hören. Aber der schwarze Stein verschluckte jeden Laut, so wie er auch jedes Licht und jedes bisschen Wärme zu verschlucken schien.

Looskamp sah sich mit steinernem Gesicht um, als suche er etwas. Ich fragte mich, wie er sich in dieser sinnverwirrenden Umgebung zu orientieren vermochte, aber ehe ich eine entsprechende Frage stellen konnte, deutete er auf ein dunkles, auf den ersten Blick formloses Gebäude nicht weit von uns entfernt.

Beim Näherkommen stellte es sich als schwarzer, grob zylinderförmiger Turm heraus, an einer Seite mit schwarzen Auswüchsen versehen, wie Lava, die an seiner Flanke herabgetropft und erstarrt war.

Ein niedriges Tor führte ins Innere des Turmes, dahinter waren die ersten Stufen einer Treppe zu erkennen, die sich in ungewisser Dunkelheit verlor. Alles in mir sträubte sich gegen die bloße Vorstellung, dort hinunterzusteigen, hinab in den Leib R'lyehs, dorthin, wo Cthulhu lag und seine bösen Träume träumte.

Aber Looskamp ging bereits mit forschen Schritten weiter, bückte sich unter dem Türsturz hindurch und verschwand in der Tiefe, ohne auch nur den Bruchteil einer Sekunde zu zögern, und auch seine Männer folgten ihm im gleichen Tempo, sodass ich ihnen wohl oder übel folgen musste, wollte ich nicht allein in dieser Stadt des Wahnsinns zurückbleiben.

Das kranke graue Licht blieb hinter uns zurück, als wir die Treppe hinabzusteigen begannen. Ein paar Templer zündeten mitgebrachte Fackeln an, aber ihr Licht schien mir blass und verloren, als sauge irgendetwas hier in diesem Turm die Helligkeit der Flammen auf. Der Schein reichte gerade, uns die Stufen unter unseren Füßen erkennen zu lassen.

Die Treppe führte in engen Windungen in die Tiefe hinab, und jede einzelne Stufe schien von anderer Form und Größe als die vorhergehenden, was das Gehen auf ihnen zu einer äußerst schwierigen Angelegenheit machte. Ich begann die Stufen zu zählen, verzählte mich aber bald und gab es wieder auf. Irgendetwas sagte mir, dass ich den Turm ohnehin nicht auf diesem Wege verlassen würde; wenn überhaupt.

Nach einer Ewigkeit hörte das unregelmäßige Klacken der Schritte unter mir auf, und die Fackeln, die bisher eine lang auseinandergezogene, zerbrochene Kette verlorener kleiner Lichtinseln auf der Krümmung der Treppe gebildet hatten, sammelten sich zu einem Kreis. Ich begriff, dass wir den Fuß der Treppe erreicht hatten.

Looskamp wartete, bis auch der Letzte seiner kleinen Armee zu ihm gestoßen war. Dann hob er den Arm und schwenkte seine Fackel, um das Zeichen zum Weitergehen zu geben.

Diesmal war der Weg nur kurz. Zwei, allerhöchstens drei Minuten gingen wir noch schweigend durch die Licht schluckende Dunkelheit, und ich fragte mich erneut, wie der Tempelherr die Orientierung behalten konnte.

Nach kurzer Zeit hatten wir den Raum, in den die Treppe mündete, durchquert und standen vor einer weiteren, nur halb geschlossenen Tür aus rostzerfressenem Eisen. Tiefe, auf den ersten Blick sinnlos erscheinende Linien waren in ihre Oberfläche eingeritzt und bildeten ein abscheuliches Muster, und aus dem dahinter liegenden Raum strahlte ein grünlicher, flackernder Schein zu uns heraus.

Looskamp zögerte einen endlosen, quälenden Moment. Sein Blick streifte mich, und was ich darin sah, war ein Ausdruck, der mich erschauern ließ.

Dann gab er sich einen sichtlichen Ruck, senkte seine Fackel, legte die Hand auf die Tür und stieß sie mit einer übertrieben heftigen Bewegung auf.

Es triumphierte. Sein Plan war aufgegangen, die Falle hinter den Sterblichen vollends zugeschnappt, und das Opfer war nahe, sehr nahe.

Und es war noch mächtiger, als *es* bisher geglaubt hatte, ein Quell ungeheurer magischer Gewalten, der seine Macht ins Unvorstellbare steigern würde, wenn *es* sich mit ihm vereinte.

Für einen ganz kurzen Moment spürte *es* noch einmal einen flüchtigen Hauch von Besorgnis, das Gefühl, dass irgendetwas vielleicht nicht so war, wie es schien. Aber *es* verscheuchte den Gedanken und konzentrierte sich ganz darauf, Kraft für den entscheidenden Schlag zu sammeln ...

Der Raum war gigantisch, so groß, dass sich seine Decke und Wände in der Ferne verloren, lange, ehe sie dem Blick Widerstand leisten konnten. Er musste größer als die Insel sein, größer als R'lyeh selbst, vielleicht größer als die Höhle, in deren Zentrum der See lag. Aber dieser Gedanke verwirrte mich nur für einen Augenblick, denn wir waren nicht mehr in der Welt der Menschen, sondern im Palast des ertrunkenen Cthulhu, in dem die Naturgesetze keine Gültigkeit mehr hatten und das Innere sehr wohl größer als das Äußere eines Dinges sein konnte. Ein unheimlicher, grünlicher Schein hing wie leuchtender Nebel in der Luft, und unter unseren Füßen gluckerte eine knöcheltiefe Schicht aus Tang und sterbenden Muscheln, stieläugigen Tiefseefischen und Wesen, die noch keines Menschen Auge zuvor erblickt hatte.

Aber an all dies verschwendete ich wenig mehr als einen flüchtigen Gedanken. Meine ganze Konzentration galt dem gigantischen, aus erstarrter Lava geformten Thron, der sich vor uns erhob. Und dem unbeschreiblichen *Etwas,* das hässlich und tot auf ihm lag; gestorben, als die Welt noch leer und die Sterne jung waren, und doch nur schlafend; eine groteske Spottgeburt, die sich jedem Versuch, sie zu beschreiben, entzog.

Es war Cthulhu, der mächtigste der GROSSEN ALTEN, der träumende Gott selbst!

Looskamp stöhnte. Seine Hand schmiegte sich so fest um den Griff seines Kreuzfahrerschwertes, dass seine Gelenke knirschten. Sein Gesicht verzerrte sich.

Aber als ich auf den gigantischen Lavathron zueilen wollte, hielt er mich zurück und schüttelte den Kopf, in einer Art, als verlange die Bewegung unendliche Mühe von ihm.

»Nicht«, flüsterte er. »Sieh ... nicht hin, Robert. Er ist ... nicht wirklich.«

»Nicht wirklich?«, wiederholte ich verwirrt. »Was meinst du damit?«

Looskamp machte eine Bewegung, die die ganze gigantische Halle einschloss. »Nichts von dem, was du zu sehen glaubst, existiert wirklich«, murmelte er. Trotz der grausamen Kälte, die in der Luft lag, glänzte seine Stirn vor Schweiß, und in seinen Augen stand das Flackern des beginnenden Irrsinns.

»Es sind ... Erinnerungen«, fuhr er fort. »Die Erinnerungen der ... Labyrinthkreatur. Nur Trugbilder, Robert. Bilder dessen, was es gesehen hat, Orte, zu denen es führte, und der Wesen, die es benutzten, als es noch ein *Tor* war. Aber wir sind ihm nahe. Ich ... kann es spüren.«

Irritiert blickte ich zu der tintenfischköpfigen Monstrosität auf dem Riesenthron hinüber. Die Bestie kam mir ganz und gar nicht wie eine Illusion vor – aber ich hatte keinen Grund, an Gers Worten zu zweifeln. Ganz davon abgesehen, dass mir der kleine Rest logischen Denkens, der mir noch geblieben war, ganz klar sagte, dass, wäre dies hier wirklich das sagenumwobene R'lyeh gewesen, wir kaum noch am Leben sein würden. Nein – diese Stadt, der träumende Gott und die Insel, die schäumend aus dem Meer aufgestiegen war; sie alle waren nicht mehr als Schatten, blasse Bilder, die in der Erinnerung des Labyrinthwesens und sonst nirgends Realität hatten.

Und trotzdem würden sie uns vernichten, wenn wir nur einen winzigen Augenblick unaufmerksam waren ...

Looskamp setzte sich wieder in Bewegung, und auch ich beeilte mich, an seiner Seite zu bleiben und den Anschluss nicht zu verlieren. In respektvollem Abstand zu dem Riesenthron mit dem schlafenden Krakengott begannen wir den Raum zu durchqueren.

Die scheinbare Unendlichkeit der Halle war eine Täuschung. Schon nach wenigen Dutzend Schritten schälte sich die gegenüberliegende Wand aus dem grünlich leuchtenden Nebel, und vor ihr stand etwas, das ich nur als groß und schwarz und drohend bezeichnen kann, weil es sich einer genaueren Betrachtung auf unheimliche Weise entzog. Gleichzeitig nahm das grüne Leuchten an Intensität zu, und es wurde wärmer. Auch der Geruch nach faulendem Seetang schien sich zu verstärken.

Und dann erreichten wir das, was von weitem wie ein schwarzer Altar ausgesehen hatte.

Ich erkannte es erst, als Looskamp wenige Schritte davor stehen blieb und auch mir mit Handzeichen bedeutete, zurückzubleiben. Es war ein schwarzer, vielleicht doppelt mannshoher Höcker aus rissigem Stein, über und über mit Linien und von geheimnisvoller Bewegung erfüllten Mustern übersät, von warzigen Auswüchsen und Dingen, die wie abgerissene Fühler aussahen ...

Das *Tor.*

Das geheimnisvolle Herz des *Tores,* vor dem ich schon einmal gestanden hatte, vor nicht einmal zwei Tagen, ohne zu ahnen, was es wirklich war. Damals hatte es mir eine andere Umgebung vorgegaukelt, und auch sein Aussehen war nicht genau das gleiche gewesen. Jetzt, zum ersten Mal, sah ich es so, wie es wirklich war: alt und halb zerstört, zerfressen von Zeit und Krankheit.

Und an seinem Fuß, in einer Schale aus schwarzem Basalt und von sonderbarer Form, lag ...

Im ersten Moment glaubte ich, einen kopfgroßen, bunt schillernden Diamanten zu erblicken, dann wieder erschien es mir wie ein riesiges, aus blitzendem Kristall gefertigtes Herz, das in dumpfem Rhythmus schlug und hämmerte, aber als ich näher trat, erkannte ich die zerfurchte Oberfläche, die gleichzeitig vertraute und erschreckende Form ...

Es war ein Gehirn.

Ein riesiges, blitzendes Gehirn aus geheimnisvoll leuchtendem Kristall!

Looskamp erblickte es im gleichen Augenblick, in dem ich mich danach bücken wollte. Mit einem Schrei war er bei mir, stieß mich zur

Seite und griff mit beiden Händen nach der schwarzen Opferschale, in dem es lag.

Ein Blitz von grausamer Helligkeit zuckte aus dem schwarzen Kegel des *Tores,* stach wie eine Nadel aus Licht in Looskamps Brust und schleuderte ihn wie ein Faustschlag zu Boden. Er schrie, hielt seine verbrannten Hände vor das Gesicht und wand sich wie in Krämpfen. Gleichzeitig flackerte das grüne Licht, das die Halle erhellte, und für eine endlose Sekunde hüllte uns Dunkelheit ein.

Dann begann der Kegel zu glühen. Etwas knackte, als würde ein Hebel aus hartem Stein oder Eisen mit Gewalt umgelegt, und ein paar der Buckel und Auswüchse auf dem steinernen Kegel drehten und wanden sich auf unmögliche Weise in sich selbst.

In der Luft vor mir entstand ein grellgrüner Punkt. Rasend schnell wuchs er heran und gewann dabei immer mehr und mehr an Leuchtkraft, bis mir sein Licht die Tränen in die Augen trieb, und dann begann in seinem Herzen ein dunkler, hin und her zuckender Umriss Gestalt anzunehmen.

Es war das Gleiche wie oben, in der Kirche, in der uns die Labyrinthkreaturen angegriffen hatten, nur hunderte Male schlimmer und furchtbarer. Wieder materialisierte das Monstrum dicht vor mir, und erneut spürte ich seinen höllischen Atem. Aber diesmal wusste ich, dass ich ihm nicht mehr entkommen würde.

Plötzlich begriff ich, dass es mich auch oben in der vermeintlichen Kirche schon hätte vernichten können, mit der gleichen Leichtigkeit, mit der ein Mensch ein Insekt zerquetscht, das ihm lästig wird. Aber es hatte gewartet, bis ich zu ihm gekommen war, hier herunter, ins Herz des Labyrinths, wo seine Macht am größten war!

Das Ungeheuer hatte vollends Gestalt angenommen, als ich endlich aus meiner Erstarrung erwachte. Sein Brüllen übertönte die angsterfüllten Rufe der Templer und meine eigenen, hallenden Schreckensschreie, und aus seinem Krakenmaul erscholl ein fürchterliches Zischen und Geifern. Mit einem fast behäbigen Schritt trat es aus dem Zentrum des grünen Leuchtens heraus, hob die beiden Scherenarme und drang auf mich ein.

Verzweifelt schwang ich meinen Degen, duckte mich unter seinen peitschenden Tentakeln hindurch und rammte die Spitze der Klinge tief in das faulige Fleisch der Kreatur. Die Bestie schrie auf, prallte zurück und fegte mich von den Füßen. Ich fiel, rollte mich ein paar Meter zur Seite und sprang wieder hoch.

Die Kreatur des Labyrinths war zurückgeprallt und hatte einen ihrer Arme erhoben. Dunkles, ölig glänzendes Blut tropfte aus dem handlangen Schnitt, den meine Klinge in seine Haut gerissen hatte.

Aber die erhoffte Wirkung blieb diesmal aus! Der *Shoggotenstern* im Inneren des Degenknaufes wirkte nicht auf diese furchtbare Kreatur!

Mein Herz machte einen schmerzhaften Sprung. Die tödliche Wirkung der magischen Waffe war meine letzte Hoffnung gewesen, meine einzige Hoffnung sogar.

Jetzt war ich verloren.

Aber seltsamerweise machte die Kreatur keinerlei Anstalten, sich erneut auf mich zu stürzen und der Sache ein Ende zu bereiten. Unentschlossen und mit pendelnden Armen, wie ein Boxer, der noch nicht weiß, ob er sich auf seinen Gegner stürzen soll oder nicht, blieb sie stehen, musterte mich aus ihrem riesigen blutroten Auge – und wandte sich plötzlich mit einem Ruck um.

Erst jetzt fiel mir auf, dass sich die Templer, während ich mit der Kreatur gekämpft hatte, zu einem dichten Kreis um den schwarzen Höcker zusammengezogen hatten. Keiner von ihnen hatte auch nur versucht, mir zu Hilfe zu eilen.

Eine bange, ungläubige Ahnung stieg in mir empor, und als ich in Looskamps Gesicht sah, wusste ich, dass sie auf Wahrheit beruhte.

Er wich meinem Blick aus. In seinen versengten Fingern lag das schimmernde kristallene Hirn.

Das Monstrum stieß ein ärgerliches Fauchen aus, fuhr herum – und blieb abrupt stehen, als Ger das Kristallhirn hoch über den Kopf erhob und so tat, als wolle er es vor sich auf dem Boden zerschmettern.

»Keinen Schritt näher!«, sagte er. »Eine Bewegung, und ich vernichte es.«

Das Ungeheuer erstarrte. Seine Tentakel peitschten wild, aber es machte keine Bewegung mehr in Looskamps Richtung.

Und endlich begriff ich.

Das Ding, das Ger in den Händen hielt, das blitzende Gehirn aus Kristall, war nichts anderes als das wahre Labyrinthwesen, der Sitz seines unheiligen Lebens, von dem er mir berichtet hatte. Auch die Krakenkreatur vor mir war nichts weiter als eine Illusion, ein Werkzeug, das es sich kraft seiner Gedanken erschaffen hatte, um Hände und Arme zu haben. Das wahre, einzige Labyrinthwesen, die Kreatur, die all dies hier geschaffen hatte, befand sich im Inneren des kristallenen Hirnes. Und sie war hilflos, so verwundbar wie ein menschliches Hirn.

Mit einem erleichterten Keuchen ließ ich den Degen sinken und machte einen Schritt auf Looskamp zu.

Die Krakenkreatur fuhr mit einem wilden Zischen herum und hieb nach mir. Ich machte einen verzweifelten Satz, entging ihrer herabsausenden Klaue mit knapper Not und strauchelte erneut.

»Bleib, wo du bist, Robert«, sagte Looskamp, als ich mich hochstemmte und ihn ansah. »Es tut mir leid.«

»Was ... was willst du damit sagen?«, keuchte ich. Ich ahnte, was er meinte, aber der Gedanke war zu schrecklich, als dass ich ihn sofort akzeptieren konnte.

»Du wirst nicht mit uns zurückkehren«, antwortete Ger leise und ohne mich dabei anzusehen. »Es tut mir leid, Robert, ehrlich. Aber du wirst hier bleiben.«

Ich wollte auffahren, aber mit einem Male fehlte mir die Kraft dazu. Im Grunde hatte ich vielleicht die ganze Zeit über geahnt ...

»Ihr habt das von Anfang an vorgehabt, nicht wahr?«, fragte ich leise.

Ger sah mich noch immer nicht an, sondern starrte weiter unverwandt auf die riesige Krakenkreatur vor sich. Seine Hände umspannten das kristallene Hirn so fest, als wolle er es zermalmen. In seinem Inneren schienen geheimnisvolle Lichter zu pulsieren.

»Nicht wir«, sagte er leise. »Es war ...« Er stockte, suchte einen Moment nach Worten und setzte noch einmal und mit veränderter, harter Stimme an: »Es ist Bruder Balestranos Ratschluss gewesen. Ich wollte es nicht. Aber er ist der Ordensherr.«

»Ihr habt mich als Opfer mitgenommen, nicht wahr?«

Ger schüttelte den Kopf. »Nicht als Opfer«, sagte er. »Als Köder.«

Ich lachte. »Und wo ist der Unterschied? Ihr habt mich benutzt, das ist alles!«

»Es musste sein, Robert«, unterbrach mich Ger. Seine Stimme klang beinahe flehend. »Bitte begreife das. Wir wären niemals so weit gekommen, ohne etwas, das dieses Ungeheuer dazu verleiten konnte, uns zu seinem Herz zu führen. Wir hätten es nicht einmal gefunden, wenn es uns nicht selbst hergeleitet hätte.«

Das Krakenmonster bewegte sich fauchend. Looskamp hob das Kristallhirn höher über den Kopf und spannte die Muskeln. Sofort blieb die Bestie stehen.

»Dann zerstöre es!«, sagte ich verzweifelt. »Vernichte es, und alles hat ein Ende! Oder hast du Angst?«

»Angst?« Ger lachte schrill. »Du bist ein Narr, Robert. Glaubst du, ich hätte eingestimmt, das Leben eines Unschuldigen zu opfern, wenn es nur darum ginge?« Mit einer Kopfbewegung deutete er auf das Kristallhirn, in dessen Innerem das Wabern und Glühen stärker geworden war. »Du hast ja keine Ahnung, was das hier wirklich ist! Ich habe dir erzählt, dass es das Hirn dieses *Tores* sei, aber das war nicht die ganze Wahrheit! Kein normales *Tor* der GROSSEN ALTEN hätte jemals zu diesem Labyrinth werden können, ganz gleich, wie sehr es entartete. Das hier ist das *Meister-Tor,* Robert, das *Tor,* von dem aus alle anderen *Tore* in Raum und Zeit beherrscht werden können. Und wer sein Herz besitzt, der kann sie lenken! Begreifst du jetzt?«

Ich starrte ihn an. Und ob ich begriff! Es war Balestrano nicht nur darum gegangen, das pervertierte *Tor* der GROSSEN ALTEN unschädlich zu machen. Er hatte erkannt, welch ungeheure Macht da zum Greifen nahe vor ihm lag. Die *Tore!* Ich wusste nicht viel über dieses fantastische Transportsystem der GROSSEN ALTEN, aber was ich wusste, genügte vollauf. Es musste tausende von ihnen geben, verteilt über den ganzen Erdball. *Tore,* die es dem, der sie beherrschte und zu lenken verstand, ermöglichten, in Augenblicken von einem Erdteil zum anderen zu gehen, ja, sich vielleicht sogar in der Zeit zu bewegen.

Und Balestrano hatte erkannt, welche Chance sich ihm hier bot. Wenn es Ger gelang, das Kristallhirn zu ihm zurückzubringen, würde er unendlich mächtig werden. Seinem Orden – und ihm – würde die Welt gehören, denn wer vermochte einem Gegner Widerstand zu leisten, der praktisch an allen Orten der Welt zugleich sein konnte?

Nein – Ger *konnte* mich gar nicht mit zurücknehmen. Ich musste hier bleiben, als Opfer für die blutgierige Labyrinthkreatur, der Preis, den er und die Männer an seiner Seite für den Schatz zahlten, den sie mitnahmen.

Etwas regte sich in mir. Etwas Dunkles, Machtvolles. Ich schrak davor zurück, und für einen Moment erlosch es, erwachte aber gleich darauf wieder und nahm beständig an Kraft zu.

»Es wird euch vernichten, Ger«, sagte ich leise. »Ihr werdet niemals zurück zur Oberfläche kommen.«

Ger lächelte kalt. »O doch, Robert. Du vergisst, dass es trotz allem noch immer ein *Tor* ist. Und dass ich es beherrsche, hiermit!«

Er streckte das Kristallhirn noch weiter in die Höhe. Einer seiner

Männer wich zurück, bis seine Hände den schwarzen Kegel berührten. Looskamps Lippen formten ein einzelnes, dunkel klingendes Wort in einer Sprache, die ich noch nie zuvor gehört hatte, und die Hände des Templers drückten nacheinander auf verschiedene Ausbuchtungen und Warzen des steinernen Kegels.

Die Krakenkreatur stieß ein wütendes Fauchen aus. Ihre Arme peitschten. Aber sie wagte es nicht, sich auf Looskamp und seine Begleiter zu stürzen.

Über dem Stein begann die Luft zu glühen, erneut in diesem grünen, unheimlichen Schein, aber noch viel intensiver diesmal. Es war ein Licht, das sich wie ein brennender Kreis in die Wirklichkeit fraß. Und in seinem Zentrum öffnete sich ein schwarzes Loch.

Das *Tor.* Der Weg, auf dem Ger und seine Begleiter gehen würden, während ich zurückblieb, um den Blutdurst der Kreatur zu stillen. Das Opfer, das verhindern würde, dass es ihnen folgte.

Das körperlose Wühlen und Brodeln in meinem Inneren wurde stärker. Eine Erinnerung blitzte hinter meinen Schläfen auf, aber wie zuvor verging das Bild, ehe ich es richtig fassen konnte.

Einer der Templer wandte sich um, trat mit einem Schritt in den Kreis aus wabernder Schwärze hinein und verschwand. Das Ungeheuer zischte wütend. Seine Tentakel schnitten mit pfeifenden Lauten wie Peitschenschnüre durch die Luft. Aber noch immer wagte es nicht, Looskamp oder seine Begleiter anzugreifen.

Ein zweiter Tempelherr verschwand im Inneren des *Tores,* dann ein dritter, vierter, fünfter ...

Irgendwo in mir spannte sich etwas. Ein Gefühl, als würde eine Feder aus Stahl zusammengedrückt, immer weiter und weiter und weiter, bis der Druck unerträglich wurde. Schwärze kroch aus meiner Seele empor. Die Erinnerungen wurden deutlicher. Shannon. Ich sah Shannons Gesicht. Und ich spürte, dass er nicht tot war. Er lebte. Irgendwo in den Weiten des Labyrinths lebte er noch. Ich spürte seine Anwesenheit so deutlich wie einen kalten Hauch.

Der vorletzte Tempelherr verschwand im Inneren des brodelnden Kreises aus Schwärze, und dann standen nur noch Ger und einer seiner Männer da, der Templer schweigend und in sonderbar verkrampfter Haltung, die rechte Hand auf dem Schwert, während sein Blick unstet zwischen Ger, dem Krakenmonster und mir hin und her irrte, Looskamp hoch aufgerichtet und das Kristallhirn noch immer über den Kopf erhoben.

»Warum gehst du nicht endlich?«, fragte ich. Meine Stimme hatte einen bitteren Klang, der mich fast selbst erschreckte. Ich fühlte keinen Hass, nicht einmal Zorn Ger gegenüber. Ger konnte nichts dafür, nicht wirklich. Necrons Fluch hatte mich eingeholt, das war alles. Ich war ein Hexer, und Hexer haben keine Freunde.

»Robert«, sagte er, »es –«

»Ger!«, unterbrach ich ihn. »Geh und bringe deinem Herrn, was er will.«

Gers Blick flackerte. Einen Moment lang starrte er noch auf die fürchterliche Krakenkreatur, die aufgehört hatte, wild mit den Tentakeln die Luft zu peitschen, als verstünde sie, was zwischen uns vorging. Dann nickte er, wandte sich mit einem Ruck um und trat in das *Tor.*

Jedenfalls wollte er es.

Aber eine halbe Sekunde, ehe er in das flackernde Loch treten konnte, riss der verbliebene Tempelritter sein Schwert in die Höhe, vertrat ihm den Weg und drückte ihm die scharfe Schneide der Klinge gegen die Kehle.

Looskamp keuchte und ließ um ein Haar das Kristallhirn fallen.

»Grodekerk!«, keuchte er. »Was –«

»Ich bin nicht Grodekerk«, unterbrach ihn der Templer.

»Dein Spiel ist aus, Tempelherr! Leg das Kristallhirn zu Boden.«

Dann hob er die Hand und zog mit einem Ruck Helm und Kettenmütze ab. Darunter kam ein schmales, jungenhaft wirkendes Gesicht und schulterlanges blondes Haar zum Vorschein.

»Shannon!«, schrie ich.

Wie zur Antwort auf meine Stimme stimmte die Labyrinthkreatur ein fürchterliches Gezischel und Gekreische an und begann erneut, wild mit den Armen die Luft zu peitschen.

»Wer sind Sie?«, keuchte Looskamp.

Shannon lachte leise. »Niemand, den du kennst, Templer. Aber jemand, der deine Pläne vereiteln wird. Leg das Kristallhirn zu Boden, oder ich töte dich!«

Wieder schlug die Kreatur drohend mit den Armen. Einer ihrer langen, peitschenden Tentakel schlängelte über den Boden und stieß wie eine angreifende Schlange in Shannons Richtung.

Der Angriff war nicht ernst gemeint, aber der junge Magier war für Bruchteile von Sekunden abgelenkt.

Und Looskamp nutzte diese Chance!

Mit einer blitzartigen Bewegung sprang er zur Seite, schlug Shannons Arm herunter und versetzte ihm einen Stoß vor die Brust, der ihn zurücktaumeln ließ. Dann wirbelte er herum und sprang mit einem gewaltigen Satz in das *Tor.*

Shannon fluchte, fand sein Gleichgewicht wieder und stürmte hinter ihm her. Ich sah, wie sich seine Muskeln zum Sprung spannten.

Aber er tat es nicht, denn im gleichen Moment zerriss ein ungeheurer, berstender Schlag die Luft.

Die Höhle erzitterte. Ein unerträglicher blauweißer Blitz löschte das grüne Licht aus, und plötzlich hatte ich das Gefühl, von innen nach außen gestülpt zu werden. Ich schrie auf, als die Labyrinthkreatur mit einem irrsinnigen Kreischen auf mich zusprang. Ihre tödlichen Arme peitschten auf mich herab.

Aber der vernichtende, alles auslöschende Schmerz blieb aus. Stattdessen fühlte ich mich plötzlich gepackt und herumgewirbelt. Mit einem Male war Shannons Gesicht vor mir, verzerrt zu einer Maske des Entsetzens und nackter Wut, und dann war die Luft voller Blitze und stechendem Brandgeruch und wirbelnden, brennenden Schlangenarmen. Alles ging unglaublich schnell. Die Labyrinthkreatur wirbelte herum und hob mit einem fürchterlichen Brüllen die Arme, aber sie stürzte sich nicht auf mich, denn zwischen ihr und mir war plötzlich etwas anderes, etwas, das *aus Shannons Körper hervorgebrochen war wie eine Wolke brodelnden schwarzen Nebels* und sich zu einer Kreatur verdichtete, die ihr ähnelte, aber noch größer, noch furchtbarer und noch wilder war!

Mit einem verzweifelten Satz war ich dort, wo Looskamp gerade noch gestanden hatte, und warf mich blindlings nach vorne. Das *Tor* begann sich zusammenzuziehen, rasend schnell, und für eine endlose, fürchterliche Sekunde schien die Zeit stillzustehen, während ich in einem verzweifelten Hechtsprung durch die Luft segelte und das *Tor* vor mir weiter schrumpfte.

Dann nahm ich nur noch Schwärze wahr.

Ich schwebte in einem endlosen, finsteren Nichts. Um mich herum war keine Leere, kein Raum, keine Zeit, nichts mehr. Ein Geist ohne Körper, ein Bewusstsein, in die Ewigkeit eines endlosen Augenblickes geschleudert, der Gefangene einer Dimension, aus der die Schrecken und die Albträume stammten. Ich war allein, allein mit mir und meinen Erinnerungen, und der Furcht, die auf unsichtbaren Spinnenfüßen in meine Seele kroch.

Und dann hörte ich die Stimme.

Sie sprach zu mir, und ich verstand sie, obgleich sie Worte aus einer Sprache formte, die vor Millionen Jahren untergegangen war. Sie sprach von finsteren Geheimnissen und flüsterte von Dingen, die zu wissen den Menschen auf ewig verboten war, aber sie sprach auch von dem, was geschehen war, als ich das Labyrinth und den Machtbereich seiner Kreatur zum ersten Mal betrat, sie selbst hatte den Keim zu ihrem eigenen Untergang gelegt, als sie mich im Traum in den Körper eines GROSSEN ALTEN versetzte, denn obgleich er nur ein Schatten war, sind doch die Träume das ureigenste Reich Cthulhus, des Obersten der GROSSEN ALTEN, und er war es, ein winziger Teil seiner träumenden Macht, die ich in mir gespürt hatte, der böse Keim, den schon die Berührung seines Schattenbildes in meiner Seele hinterlassen hatte. Er hatte den Verrat gespürt, den die Labyrinthkreatur plante.

Ohne dass ich es auch nur ahnte, hatte ich den Tod zurück in das Labyrinth von Amsterdam gebracht, wie der Träger einer schleichenden Krankheit, der selbst nicht infiziert war, aber Tod und Verderben säte, wohin sein Atem auch fiel.

Dies und noch viel mehr flüsterte mir die unhörbare Stimme zu, und obgleich ich keinen Beweis, keinen logischen Anhaltspunkt dafür hatte, wusste ich, dass es Cthulhu selbst war, der in seinen Träumen zu mir sprach.

Dann erlosch die Schwärze, so übergangslos, wie sie mich ergriffen hatte. Plötzlich spürte ich meinen Körper wieder, und als ich die Augen öffnete, stach helles Sonnenlicht in meine Netzhäute und ließ mich blinzeln.

Vorsichtig setzte ich mich auf. Ich befand mich in einem heruntergekommenen, baufälligen Raum, dessen eine Seite nur noch aus moderigen Brettern bestand. Die Fenster waren zerbrochen und ließen das flirrende Licht der Morgensonne herein, und die Luft roch nach Verfall und Tod.

Als ich mich bewegte, gab eines der Fußbodenbretter nach und brach. Die Erschütterung ließ Steine aus der Wand und Kalk von der Decke brechen. Staub wallte in grauen, zum Husten reizenden Wolken auf.

Aber ich erkannte, wo ich mich befand. Es war der Salon in dem

Haus in der Van Dengsterstraat, der Raum, in dem der Albtraum begonnen hatte. Und in dem er enden würde.

Während ich aufstand und mit vorsichtigen Schritten zur Tür ging, begann das Haus hinter und über mir zu zerbrechen. Ächzend neigten sich die altersschwachen Balken und Wände, Steine kollerten, und ich hatte kaum das Gebäude verlassen und den Fuß der plötzlich zerborstenen Marmortreppe erreicht, als der gesamte Dachstuhl sich zu neigen begann und dann krachend und polternd zusammenstürzte.

Ich begann zu rennen, so verzweifelt und schnell wie noch niemals zuvor in meinem Leben, während rings um mich herum ein tiefes, beinahe schmerzhaft klingendes Stöhnen durch die Häuser ging, sich Wände neigten und Zwischenböden und Dächer krachend zusammenstürzten.

Das Labyrinth starb. Und mit ihm zerfielen die Häuser, starben die Gebäude, deren Verfall es seit Jahrzehnten mit seiner finsteren Macht aufgehalten hatte.

Als ich das Ende der Gasse erreichte und keuchend am Ufer der schmalen, schlammigen Gracht stehen blieb, war die Van Dengsterstraat zu einer Trümmerlandschaft geworden.

Aber ich empfand keine wirkliche Befriedigung bei dem Anblick. Es gab etwas, das sich wie mit glühenden Lettern in meine Erinnerung gebrannt hatte und jeden anderen Gedanken, jedes andere Gefühl vertrieb.

Die Stimme. Cthulhus Stimme. Ich würde ihren Klang niemals wieder vergessen. So wenig, wie die letzten Worte, die er zu mir gesagt hatte, kurz bevor sich das *Tor* schloss und mich zurück in die Wirklichkeit spie:

»Für diesmal sollst du davonkommen, Robert Craven, denn du hast uns einen Dienst erwiesen«, hatte er gesagt. *»Doch ich warne dich. Kommst du uns noch einmal in die Quere, vernichte ich dich, denn auch meine Großzügigkeit hat Grenzen. Mische dich nie wieder in unsere Angelegenheiten.*

Nie.«

Im Bann des Puppenmachers

»Haltet Euch bereit, Brüder.«

Balestranos Stimme bebte vor Erregung, und auch die Bewegungen des alten Mannes hatten viel von der Ruhe verloren, die de Laurec immer so an ihm geschätzt und bewundert hatte. Seine Finger zitterten, als er langsam auf den niedrigen, altarähnlichen Tisch zutrat, und in seinen Augen stand ein Glitzern, das vielleicht nur Anspannung ausdrücken mochte.

Vielleicht aber auch Angst.

Angst vor dem, dachte de Laurec schaudernd, was sich außer den sieben Großmeistern der Templer-Loge noch in dem kleinen, fensterlosen Raum aufhielt.

Dem Geist des Satans.

Sarim de Laurec versuchte den Gedanken zu vertreiben und schalt sich im Stillen einen Narren. Das kristallene Gebilde, das auf dem Tisch vor Bruder Balestrano stand, hatte absolut nichts mit dem Antichristen zu tun; weder im übertragenen noch im wörtlichen Sinne. Es war nichts als das Artefakt einer Rasse von vielleicht unglaublich mächtigen, aber nichtsdestotrotz sterblichen Wesen, prähistorischen Monstrositäten, denen sie in Ermangelung einer besseren Bezeichnung den Namen die GROSSEN ALTEN gegeben hatten und deren Macht an die von Göttern heranreichen mochte.

Sie hatten nichts mit dem Teufel zu tun.

Es war nicht das erste Mal, dass sich de Laurec dies einzureden versuchte. Und es war auch nicht das erste Mal, dass der Gedanke die beruhigende Wirkung, die er eigentlich haben sollte, verfehlte.

Vielleicht gab es Dinge zwischen Himmel und Hölle, die schlimmer waren als der Teufel.

»Kommt näher, Brüder.« Balestrano war stehen geblieben. Jetzt hob er die Arme und streckte die Hände in einer beschwörend wirkenden Geste über das gehirnähnliche Kristallgebilde aus.

Lautlos traten die sechs anderen *Master* des Templer-Ordens neben ihn, bildeten einen weit auseinandergezogenen Kreis um den Stein und das Kristallgehirn und ergriffen sich bei den Händen.

De Laurec fuhr unmerklich zusammen, als er die Hand Bruder Looskamps berührte. Sie war kalt wie Eis und trotzdem schweißfeucht, und als de Laurec aufsah und dem Blick des dunkelhaarigen Flamen begegnete, bemerkte er die gleiche Nervosität darin, die er schon in Balestranos Augen zu sehen geglaubt hatte.

Irgendwie beruhigte es ihn, dass er nicht allein mit seiner Furcht war.

»Jetzt, meine Brüder«, flüsterte Balestrano.

De Laurec wusste nicht genau, was Balestrano tat. Obwohl er einer der sehr wenigen Templer war, die jemals den Rang eines *Masters* erreicht hatten, hatte er nie verstanden, was es war, das ihn und die anderen hier im Raum von normalen Sterblichen unterschied. Er war ein ebenso begabter Magier wie die anderen hier, aber anders als Balestrano – oder auch Looskamp – bediente er sich der Kräfte, die ihm zur Verfügung standen, rein instinktiv. Er hatte niemals logisch begründen können, woher seine Macht kam. Vielleicht wollte er es auch nicht.

Aber gleich, was es war – de Laurec spürte, wie irgendetwas geschah. Unsichtbare Energien brachten die verbrauchte Luft in dem kleinen Zimmer zum Knistern. Ein unheimlicher grünlichblauer Schein ließ die Luft erglühen, ohne dass de Laurec hätte sagen können, woher er kam, und im gleichen Moment glaubte er ein sanftes Tasten und Fühlen zu spüren, die unsichtbare Berührung der sechs anderen Geister, die sich gleich ihm auf die magische Welle des Kristallgehirnes einzuschwingen versuchten ...

De Laurec unterdrückte ein Schaudern. Es war – seines Wissens nach – erst das dritte Mal in der gesamten Geschichte des Templerordens, dass sich eine so mächtige Loge zusammenschloss. Bei den beiden anderen Versuchen war es um nichts Geringeres als die Rettung der Welt gegangen. Und jetzt?

»Bruder Laurec!« Balestranos Stimme schnitt wie ein Peitschenhieb in seine Gedanken, und de Laurec fuhr erschrocken zusammen. Verwirrt ließ er Looskamps Hand los und wandte sich an den Großmeister. »Herr?«

In Balestranos Augen blitzte es zornig. »Beherrsche dich, Bruder«, sagte er streng. »Unsere Aufgabe ist wichtig. Das Leben zahlloser Menschen kann vom Gelingen unserer Mission abhängen. Disziplinere deine Gedanken und beherrsche dich!«

De Laurec senkte ehrfurchtsvoll das Haupt, griff wieder nach den

Händen seiner Nebenmänner und flüsterte eine Entschuldigung. Balestrano hatte recht. Ihre Aufgabe war zu wichtig, als dass er seinen Gedanken erlauben konnte, auf eigenen Wegen zu wandeln.

Erneut machte sich das lautlose Knistern und Beben magischer Energien in dem kleinen Kellerraum bemerkbar. Die Luft begann stärker zu glühen, bis der unheimliche grüne Schein das Licht der Kerzen überstrahlte und selbst durch de Laurecs geschlossene Lider stach. Der Franko-Araber glaubte ein ganz sachtes Vibrieren zu spüren, dann begann das Licht zu pulsieren; zuerst langsam, dann rascher und beinahe wütend, bis es in einen dunklen, an das Schlagen eines gewaltigen Herzens erinnernden Rhythmus fiel.

De Laurec öffnete die Augen – und stieß einen gellenden Schrei aus!

Das Zimmer hatte sich auf grässliche Weise verändert. Auch aus dem Inneren des Kristallgehirns erstrahlte jetzt ein pulsierendes, giftiges Licht; sein Schein war so grell und gnadenlos, dass er die Gestalten der sechs anderen Templer zu flachen grauen Schemen verblassen und de Laurec die Tränen in die Augen steigen ließ. Schatten von unbestimmbarer Gestalt huschten in irrwitzigem Hin und Her durch den Raum, und plötzlich hatte de Laurec das Gefühl, in einen gewaltigen, grundlosen Schacht zu blicken, der sich vor ihm auftat.

Warum merken die anderen nichts?, dachte de Laurec verwirrt.

Er versuchte, Looskamps Hand loszulassen, aber es ging nicht. Die Finger des Flamen waren steif geworden, und als de Laurec in sein Gesicht sah, erkannte er, dass das Antlitz des Mannes zu einer Maske des Entsetzens erstarrt war.

Mit verzweifelter Kraft riss er sich los, fuhr herum – und keuchte abermals vor Schrecken.

Er war der Einzige, der sich noch bewegen konnte!

Nicht nur Looskamp war wie zur Salzsäule erstarrt. Außer de Laurec selbst standen die Mitglieder der Templer-Loge reglos wie menschengroße Statuen da, mit verzerrten Gesichtern und zum Teil in grotesken Haltungen, aber unfähig, sich zu bewegen oder auch nur einen Muskel zu rühren.

»Balestrano!« keuchte de Laurec »Brüder! Was ist mit euch?« Aber er bekam keine Antwort. Und plötzlich fiel ihm auch die Stille auf.

Es war keine normale Stille, sondern ein Schweigen von gewaltiger, allumfassender Tiefe. Er hörte ... nichts!

Verwirrt drehte sich der *Puppet-Master* des Templer-Ordens einmal um seine Achse, ließ den Blick über die Gestalten der Brüder schweifen und starrte schließlich wieder auf das Kristallgehirn hinunter.

Etwas hatte sich daran verändert, aber er vermochte nicht zu sagen, was. Zögernd machte er einen Schritt auf den niedrigen Altartisch zu, ließ sich auf ein Knie sinken und streckte die Finger nach dem riesigen Diamantgebilde aus.

Im gleichen Augenblick zerbrach die Wirklichkeit.

Es war, als zersplittere die Welt unter einem ungeheuren Hammerschlag. Ein greller Blitz löschte das grüne Leuchten aus, und plötzlich waren überall Flammen und rotes, heißes Licht. Dann ...

Es war wie die Berührung einer unsichtbaren Hand, ein Tasten und Wühlen und Suchen in de Laurecs Gehirn, als drehe etwas jeden einzelnen seiner Gedanken herum, sondiere seine Seele bis in die tiefsten Tiefen und hinterließe nichts als Chaos. Er spürte die Gegenwart einer fremden, unglaublich bösen Macht, das plötzliche, fast explosive Auftreten finsterer Energien, die aus den Abgründen der Zeit emporstiegen wie glühende Lava aus dem Schlund eines Vulkanes.

Das Kristallgehirn begann zu pulsieren. Kleine graue Flecke erschienen mit einem Mal in der Luft, wuchsen in rasendem Wirbel heran und bildeten zerfaserte Nebelgebilde, die wie mit dünnen grauen Spinnfäden miteinander verbunden waren.

Und plötzlich begriff Sarim de Laurec, was er da beobachtete.

Die grauen Wirbel waren *Tore*.

Was er sah, war das Entstehen der gefürchteten *Tore* der GROSSEN ALTEN, jener unbegreiflichen Verbindungen zwischen den Dimensionen, über die das Kristallgehirn herrschte!

De Laurec keuchte vor Schrecken, als er sah, wie sich Dutzende der faustgroßen grauen Gebilde zu zwei, drei mannshohen grauen Nebelflecken zusammenschlossen. Plötzlich waren sie nicht mehr leer, sondern von wogender Bewegung erfüllt. Dann bildeten sich *Dinge* im Inneren der *Tore,* Dinge von namenlos schrecklichem Aussehen – graue, miteinander verwobene Arme, schreckliche Fratzen mit zu vielen Augen und in falschen Farben.

Und es war noch nicht vorbei.

Plötzlich ertönte ein scharfer, peitschender Knall – und aus einem der *Tore* zuckte ein oberschenkelstarker, grünlicher Fangarm, tastete einen Moment blind hin und her und bewegte sich dann zielstrebig auf Bruder Balestrano zu. Der Krakenarm erreichte die erstarrte

Gestalt des greisen Tempelritters, wickelte sich in einer fast spielerisch erscheinenden Bewegung um seine Schultern – und begann, ihn langsam, aber unbarmherzig auf das pulsierende graue *Tor* zuzuzerren!

De Laurec schrie auf, warf sich nach vorne und riss verzweifelt an dem grüngrauen Strang. Aber seine Anstrengungen waren vergeblich. So schleimig und nachgiebig der Tentakel aussah, war seine Haut hart wie Stahl und seine Kraft die eines Giganten.

Erneut erscholl dieser peitschende, schreckliche Laut, und ein zweiter Tentakel ringelte sich aus einem der *Tore,* packte einen weiteren Templer und begann ihn auf den Dimensionsriss zuzuziehen. Und kaum eine Sekunde später griff auch aus dem dritten *Tor* einer der schrecklichen Krakenarme heraus. Für eine Sekunde glaubte de Laurec ein fürchterliches, unmenschliches Lachen zu hören.

Verzweifelt fuhr der Tempelritter herum. Seine Gedanken überschlugen sich. Balestrano hatte das *Tor* fast erreicht. Es konnte nur noch Sekunden dauern, bis er in den grauen Wogen verschwand!

De Laurec dachte in diesem Moment nicht mehr, sondern handelte rein instinktiv. Mit einem gellenden Schrei riss er das Zeremonienschwert aus dem Gürtel, schwang die Waffe mit beiden Händen hoch über den Kopf – und ließ die Klinge mit aller Macht auf das Kristallgehirn heruntersausen!

Es war ein Gefühl, als hätte er auf Stahl geschlagen. Der Hieb prellte ihm das Schwert aus der Hand und zuckte als vibrierender Schmerz bis in seine Schultern hinauf; die Klinge flog davon und zerbrach noch in der Luft, und das höhnische Lachen, das de Laurec gerade noch gehört hatte, verwandelte sich urplötzlich in ein panikerfülltes, zorniges Kreischen.

Ein greller Blitz zerriss das gehirnähnliche Kristallgebilde. De Laurec sah noch, wie die peitschenden Krakenarme verblassten und sich die Tore wie zuckende Wunden schlossen, dann traf ihn ein Splitter des Kristallhirns an der Schläfe, und er verlor das Bewusstsein.

Vor dem Fenster des Eisenbahnabteils zog die Landschaft vorbei, grau und schaukelnd und halb verborgen hinter niedrig hängenden Regenwolken, aus denen es schon seit dem frühen Morgen wie aus Eimern goss. Obwohl das Erste-Klasse-Abteil geheizt war, glaubte ich die Kälte zu fühlen, die wie ein klammer Hauch über dem Land lag und dem Sommer, der dem Kalender nach schon vor über einem Monat Einzug gehalten hatte, eine lange Nase drehte.

Seit meiner Abreise aus Amsterdam war das Wetter beständig schlechter geworden. Es regnete ununterbrochen, und die Temperaturen schienen mit jeder Meile, der ich mich Paris näherte, zu sinken. Es hätte mich nicht einmal mehr verwundert, die Seinestadt unter Eis und Schnee vorzufinden.

Missmutig wandte ich mich vom Fenster ab, blickte einen Moment auf die zerlesene englische Zeitung mit dem Datum vom 23. Juli 1885, die auf dem freien Platz neben mir lag, und ließ mich zurücksinken. Ich hatte sie vor meiner Abreise in Amsterdam erstanden und kannte sie auswendig. Ich hatte mich dazu entschlossen, mit der Bahn nach Paris zu reisen, wo ich Howard zu treffen hoffte. Es gab bequemere Arten des Reisens, auch komfortablere – aber kaum eine schnellere. Und im Moment war Zeit das, was ich am allerwenigsten hatte. Es war nicht mehr weit bis Paris – nicht einmal mehr achtzig Minuten, hatte der Schaffner gesagt –, aber nach zwanzig Stunden, die ich nahezu ununterbrochen unterwegs gewesen war, erschien mir selbst diese kurze Spanne wie eine Ewigkeit.

Paris ... Ich wiederholte den Namen ein paar Mal in Gedanken und versuchte vergeblich, ihm etwas von dem geheimnisvollen Flair abzugewinnen, das man der Stadt an den Ufern der Seine nachsagte. Für mich hatte dieser Name eher einen düsteren Klang. Bestenfalls würde ich Howard dort wiederfinden und gleich ein halbes Dutzend Wunder bewirken müssen, um ihn vor einer Riesendummheit zu bewahren, und schlimmstenfalls ...

Ich verscheuchte den Gedanken, schloss die Augen und versuchte zu schlafen, was natürlich misslang. Nicht, dass ich nicht müde gewesen wäre; im Gegenteil. Aber wer einmal mit der französischen Eisenbahn gefahren ist, weiß, wovon ich spreche. Die Eisenbahngesellschaft wirbt auf ihren Plakaten mit der Bequemlichkeit und Schnelligkeit ihrer Züge. Was das Tempo angeht, hat sie sicherlich recht. Aber die Bequemlichkeit? Der Marquis de Sade hätte seine helle Freude an diesem Beförderungsmittel gehabt.

Der Zug wurde langsamer. Ein schriller, misstönender Pfiff ertönte von der Lokomotive her, dann griffen die Bremsen mit einem Geräusch, als kratze eine Gabel über den Kochtopfboden. Der Zug verlangsamte weiter und hielt mit einem letzten, magenumstülpenden Ruck vor einem einstöckigen Bahnhofsgebäude.

Neugierig beugte ich mich vor und spähte aus dem Fenster. Das schlechte Wetter schien den Leuten hier auch die Lust am Bahnfahren vergällt zu haben, denn der Bahnsteig war nahezu leer; nur ein ältliches Ehepaar und ein schlanker, mittelgroßer Mann unbestimmbaren Alters standen frierend neben den Gleisen. Das Ehepaar verschwand irgendwo im hinteren Teil des Zuges, wo die Wagen der zweiten und dritten Klasse waren, während der Mann einen Moment lang unschlüssig stehen blieb, sich plötzlich mit einem Ruck umwandte und zielstrebig auf mein Abteil zusteuerte. Ein Schwall eisiger Luft und Feuchtigkeit drang herein, als er die Tür öffnete.

Ich nickte ihm zu, wie es die Höflichkeit verlangt, wenn man einen Fremden während einer Bahnfahrt trifft, und wollte ebenso höflich den Blick wieder abwenden – aber dann fiel mir irgendetwas an ihm auf. Ich konnte nicht sagen, was es war, aber irgendetwas an ihm war sonderbar. Ich vermochte den Gedanken nicht gleich zu fassen, aber irgendwo hinter meiner Stirn begann eine schrille Alarmglocke anzuschlagen, als der Mann mit seltsam eckigen Bewegungen in das Abteil kletterte und die Tür hinter sich schloss.

Dann wusste ich, was es war.

Er war zu schwer. Die Bodenbretter ächzten unter seinem Gewicht, als hätte er Blei gefrühstückt, und die Wucht, mit der er die Zugtür schloss, ließ das Glas klirren, obwohl die Bewegung eher langsam war. Instinktiv richtete ich mich ein wenig im Sitz auf und musterte ihn genauer.

Der Mann drehte sich herum, erwiderte meinen Blick für die Dauer eines Atemzugs mit steinernem Gesicht und ließ sich in den Sitz genau mir gegenüber fallen. Die Bank zitterte wie unter einem Hammerschlag. Ich glaubte die Sprungfedern in den Polstern unter seinem Gewicht ächzen zu hören. Er musste der schwerste Mann sein, dem ich jemals begegnet war. Dabei war er nicht einmal so groß wie ich und sogar noch eine Spur schlanker.

Plötzlich wurde ich mir der Tatsache bewusst, dass ich den Fremden noch immer unverwandt anstarrte, lächelte entschuldigend und wandte hastig den Blick ab. Mein Gegenüber war nicht ganz so höflich – er starrte mich weiter mit unbewegtem Gesicht an, und obwohl ich mich fast krampfhaft bemühte, nicht in seine Richtung zu sehen, spürte ich seinen Blick mit fast unangenehmer Deutlichkeit.

Von draußen ertönte wieder der schrille Pfiff der Lokomotive. Ein erster, noch sanfter Ruck ging durch den Zug, dann fassten die Räder.

Als ich wieder aufblickte, starrte mich der Fremde noch immer an. Diesmal hielt ich seinem Blick stand; wenn auch nicht sehr lange. Der Blick seiner grauen, blitzenden Augen war ... unangenehm. Sie sahen gar nicht aus wie lebende Augen, sondern wirkten vielmehr wie bunt bemalte Glaskugeln, und die Härte, die ich darin las, ließ mich schaudern.

Schließlich senkte ich ein zweites Mal den Blick, griff nach der Zeitung neben mir und tat so, als lese ich. Aber ich spürte seinen Blick weiter.

Schließlich wurde es mir zu bunt. Mit einer Geste, die selbst dem dümmsten Trottel klargemacht hätte, dass meine Geduld am Ende war, senkte ich die Zeitung und blickte mein Gegenüber feindselig an. »Excusez-moi, Monsieur«, begann ich, wurde aber sofort von dem Fremden unterbrochen.

»Sie können ruhig Englisch sprechen, Mister«, sagte er und entblößte dabei ein wölfisches Gebiss, das wie poliertes Silber blitzte. »Das erleichtert die Sache. Ich spreche Ihre Sprache.«

Ich nickte überrascht. Meine Französischkenntnisse waren mit den beiden Worten, die ich gesagt hatte, in der Tat so gut wie erschöpft, aber der hochmütige Ton, in dem der Bursche sprach, brachte irgendetwas in mir zum Kochen. Er war nicht einmal aggressiv – aber er sprach mit einer Kälte, als wäre sein Stimmapparat aus dem gleichen Stahl, aus dem sein unappetitliches Gebiss bestand. Trotzdem schluckte ich die scharfe Entgegnung, die mir auf den Lippen lag, noch einmal herunter, bedachte die Silberzähne meines Gegenübers mit einem bewusst angewiderten Blick und fragte: »Woher wissen Sie, dass ich Engländer bin?«

»Sie lesen eine englische Zeitung«, antwortete er.

»Scharf beobachtet.«

»Nicht besonders«, sagte der Fremde. »Es fällt auf, wenn jemand in Frankreich eine englische Zeitung liest. Ich bin nicht dumm.«

Diesmal kostete es mich wirklich meine ganze Selbstbeherrschung, ihm nicht die Antwort zu geben, die er verdiente.

Wütend faltete ich die Zeitung ganz auseinander, lehnte mich in die Polster zurück und hielt das Blatt vor das Gesicht, um wenigstens seinem unangenehmen Blick entzogen zu sein.

Aber mein eisenzähniger Mitreisender gab nicht so leicht auf. Zwei, vielleicht drei Minuten lang spürte ich seine bohrenden Blicke durch das Papier der Zeitung hindurch, dann räusperte er sich so lautstark, dass ich unwillkürlich die Zeitung sinken ließ und ihn ansah.

»Bis Paris kommt jetzt keine Haltestelle mehr«, sagte er.

»Und?«

»Nichts und.« Er zuckte mit den Achseln und grinste.

Dabei sah ich, dass seine Zähne wirklich aus Eisen waren. Nun ja, das war sein Problem. Paris war schließlich nicht nur eine Stadt der High-Society, sondern auch der Sonderlinge, um nicht zu sagen Spinner. Und vermutlich kam ich ihm mit meiner weißen Strähne im Haar genauso verrückt vor wie er mir. Ich seufzte und verkroch mich wieder hinter meiner Zeitung.

»Es ist praktisch, dass wir nicht mehr halten«, sagte Eisenzahn kalt. Eigentlich sprach er gar nicht wie ein Mensch, sondern zählte Tatsachen auf. Kalt, sachlich und ohne die geringste Spur irgendeines Gefühles. »Dann kann mich wenigstens niemand stören.«

»Wobei?«, fragte ich in bewusst gelangweiltem Ton.

Diesmal antwortete er nicht – worüber ich nicht sonderlich böse war –, aber nach ein paar Sekunden hörte ich die Sitzpolster quietschen; dann schien das ganze Abteil zu erbeben, als er aufstand und mit einem schwerfälligen Schritt auf mich zutrat.

Vollends am Ende meiner Geduld angelangt, ließ ich die Zeitung sinken, starrte wütend zu ihm empor – und erstarrte.

Eisenzahn stand breitbeinig vor mir. Seine Hände waren halb erhoben und geöffnet, als wolle er mich packen. Sein Gesicht war noch immer so reglos wie eine Wachsmaske, aber in seinen Augen war plötzlich ein Glanz, der mich schaudern ließ.

»Was soll das?«, fragte ich. »Was haben Sie vor?«

»Was soll ich schon vorhaben, Craven?«, sagte Eisenzahn. »Ich bringe Sie um – was denn sonst?«

Und dann geschah alles gleichzeitig.

Seine Hände zuckten nach meinem Hals. Die Finger waren wie tödliche Krallen gekrümmt. Im gleichen Augenblick stieß sein Knie hoch und versuchte mich zwischen die Oberschenkel zu treffen.

Dem Kniestoß wich ich im letzten Moment durch eine blitzartige Drehung aus; seinen Händen nicht mehr.

Die Krallen verfehlten zwar meine Kehle, aber seine Linke fuhr wie eine stählerne Forke neben mir in das Sitzpolster und zerfetzte es, während sich die Finger seiner Rechten in meine Schulter gruben und zudrückten, dass ich glaubte, meine Knochen knirschen zu hören. Ich schrie auf, warf mich im Sitz zur Seite und schlug ihm gleichzeitig die Faust gegen das Kinn.

Ein Hieb gegen massiven Fels hätte kaum weniger Erfolg gezeigt. Ein greller Schmerz explodierte in meiner Hand und ließ mich erneut aufschreien, während Eisenzahns Gesicht nicht einmal zuckte. Mit einem wütenden Ruck zerrte er mich herum.

Verzweifelt bäumte ich mich auf, warf mich gleichzeitig zur Seite und nach vorne und versuchte seinen Griff zu sprengen. Aber der Bursche war stark wie ein Elefant. Und er schien immun gegen jegliche Art von Schmerz zu sein. Seine Rechte umklammerte noch immer meine Schulter und schien sie zermalmen zu wollen, und die wütenden Hiebe, die ich immer wieder gegen sein Gesicht und seinen Hals abschoss, schien er nicht einmal zu spüren.

Er gab sich nicht einmal die Mühe, meine Schläge abzuwehren. Sein Kinn war voller Blut, aber es war mein Blut, das aus meinen aufgeplatzten Knöcheln quoll, und als ich mich herumwarf und ihm das Knie gegen den Leib schmetterte, zuckte er noch nicht einmal.

Dafür löste er endlich die Linke aus den zerfetzten Polstern, ballte sie zur Faust und schlug mit aller Macht nach meinem Gesicht.

Im letzten Moment drehte ich den Kopf beiseite. Seine Faust streifte meine Schläfe und zerschmetterte die Abteilwand.

Die Berührung ließ meinen Schädel wie eine angeschlagene Glocke dröhnen. Rot flammende Kreise tauchten vor meinen Augen auf und trübten meinen Blick, und für eine schrecklich lange Sekunde drohte ich, das Bewusstsein zu verlieren.

Eisenzahn riss mich wie eine Puppe in die Höhe, schleuderte mich in die Polster zurück und hob die Faust zum letzten, entscheidenden Hieb. Ich wusste, dass ich sterben würde, würden mich seine schrecklichen Fäuste auch nur ein einziges Mal mit aller Kraft treffen.

Ein harter, plötzlicher Ruck ging durch den Boden, als der Zug über eine Weiche hüpfte und sich die Erschütterung über die ungefederten Achsen bis in die Abteile fortpflanzte. Ich spürte es kaum, denn ich lag halb ausgestreckt und hilflos auf der Sitzbank, aber Eisenzahn, der mit leicht gespreizten Beinen über mir stand, wankte wie eine angeschlagene Statue und drohte für einen Moment nach vorne zu kippen.

Ich reagierte, ohne zu denken. Im gleichen Moment, in dem er seinen Sturz abzufangen versuchte, zog ich die Knie an den Körper, raffte das letzte bisschen Kraft, das mir geblieben war, zusammen – und trat ihm mit aller Gewalt zwischen die Beine.

Es war wie vorhin, als ich nach seinem Kinn geschlagen hatte – der Bursche musste Betonplatten unter der Kleidung tragen, denn ich hatte das Gefühl, vor einen Felsen getreten zu haben. Ein grässlicher Schmerz zuckte bis in meinen Rücken hinauf und drohte ein zweites Mal, mir das Bewusstsein zu rauben.

Aber ich sah immerhin, wie Eisenzahn wie ein gefällter Baum nach hinten kippte, in der gleichen grotesken Haltung, in der er über mir gestanden hatte – die Arme ausgestreckt und die Hände halb geöffnet –, auf die gegenüberliegende Sitzbank fiel und das Möbelstück mit seinem ungeheuren Gewicht kurzerhand zerschmetterte.

Als er sich aus den Trümmern der Bank zu befreien versuchte, war ich über ihm. Seine Hand griff nach mir, aber ich wich ihr aus, warf mich mit meinem ganzen Körpergewicht auf ihn und schlug ihm drei, vier, fünf Mal hintereinander die Handkante gegen den Hals. Schon ein einziger dieser Hiebe hätte gereicht, selbst einen Giganten wie Rowlf zu betäuben – aber Eisenzahn schien sie nicht einmal zu spüren!

Dafür schnappte seine Hand nach meiner Kehle. Ich warf mich zurück, fühlte, wie seine Finger an meinem Hals entlangschrammten und dabei einen Teil meiner Haut mitnahmen, warf mich verzweifelt aus der Reichweite seiner schrecklichen Hände und griff blindlings um mich. Meine Finger ertasteten etwas Hartes, Schweres und klammerten sich darum. Es war ein Eisenstück; ein zollstarker, mehr als armlanger Stab, der aus der zerborstenen Bank herausschaute und an einem Ende mit den scharfkantigen Resten abgebrochener Bolzen versehen war.

Blind vor Angst schlug ich zu.

Eisenzahn versuchte den Hieb abzuwehren, aber er war nicht schnell genug. Meine improvisierte Stachelkeule traf seinen Schädel mit vernichtender Wucht, schmetterte ihn abermals zu Boden – und wurde mir durch die schiere Wucht meines eigenen Schlages aus der Hand geprellt.

Und im gleichen Moment zuckte Eisenzahns Hand nach vorne und schloss sich wie eine stählerne Klammer um meinen Unterarm!

Noch einmal bäumte ich mich auf. Aber diesmal versuchte ich nicht mehr, seinen Griff mit Gewalt zu sprengen, sondern warf mich im Gegenteil in die Richtung, in die er mich zu zerren versuchte, drehte mich gleichzeitig um meine eigene Achse und brachte ihn mit einem plötzlichen Ruck in die entgegengesetzte Richtung aus der Balance.

Eisenzahns eigene Kraft wurde ihm zum Verhängnis. Den Zug seiner eigenen übermenschlich starken Muskeln ausnutzend, hebelte ich ihn über meinen Rücken hinweg, half der Entwicklung noch durch einen kräftigen Stoß nach – und schleuderte ihn quer durch das Abteil gegen die Außenwand!

Die Tür schien wie von einer Kanonenkugel getroffen und zerschmettert zu werden. Eisenzahns Gewicht zermalmte das massive Blech wie Papier, ließ die Fensterscheibe in einem Hagel von Glassplittern explodieren und beulte die halbe Abteilwand ein. Er griff mit hilflos rudernden Armen um sich, klammerte sich am Türrahmen fest – und verlor abermals das Gleichgewicht, als seine Finger das Eisenblech wie Pergament zerfetzten.

Sein Gesicht verzerrte sich zu einer Grimasse, aber über seine Lippen kam nicht der geringste Laut, als er in einer grotesken Bewegung weiter nach hinten kippte und aus dem fahrenden Zug fiel.

Dunkelheit und die Geräusche zahlreicher Menschen waren um ihn herum, als sich seine Sinne klärten. Eine Hand machte sich an seiner Schläfe zu schaffen und linderte geschickt den quälenden Schmerz, der dort tobte, und eine Stimme redete auf ihn ein. Er verstand die Worte nicht, aber sie beruhigten ihn irgendwie. Nach einer Weile hörte auch der irre Veitstanz auf, den seine Gedanken aufführten, und Sarim de Laurec tastete sich langsam in die Wirklichkeit zurück.

Das Erste, was er sah, als er die Augen aufschlug, war das faltenzerfurchte Gesicht Jean Balestranos. Seine Lippen waren zu einem Lächeln verzogen, aber de Laurec sah trotzdem den Ausdruck von Sorge, der in den Augen des alten Mannes geschrieben stand.

»Was ... ist geschehen?«, fragte de Laurec mühsam. Er wollte die Hand heben, um nach der Schläfe zu tasten, aber Balestrano drückte seinen Arm mit sanfter Gewalt herunter.

»Es ist alles in Ordnung, Bruder«, sagte er. »Du hast uns alle gerettet.«

»Ich?« De Laurec versuchte zu lächeln, aber es misslang, Schmerz und Schock ließen nur eine Grimasse daraus werden. Verwirrt stemmte er sich auf die Ellbogen hoch, fuhr plötzlich zusammen und drehte mit einem erschrockenen Laut den Kopf, um zum Altarstein und dem Kristallgehirn hinüberzublicken.

Der schwarze Steintisch stand unberührt da, aber das Kristallgehirn war zur Seite gefallen und halb von der Platte heruntergerutscht.

De Laurec sah deutlich die Stelle, an der sein Schwert eine Scharte in den diamantharten Kristall geschlagen hatte. »Was ist passiert?«, murmelte er. »Ich ... erinnere mich kaum.«

Balestrano lächelte. »Das ist normal«, sagte er. »Ich fürchte, du hast eine schwere Gehirnerschütterung, Bruder Laurec.« Er schwieg einen Moment, und als er weitersprach, waren seine Augen dunkel vor Sorge. »Es ist meine Schuld«, sagte er. »Ich hätte diesen Versuch niemals zulassen dürfen.«

De Laurec hörte seine Worte kaum. Es fiel ihm schwer, sich auf den alten Mann zu konzentrieren. Seine Gedanken begannen sich zu verwirren, und für einen ganz kurzen Moment fragte er sich vollen Ernstes, wer er überhaupt war und wie er hierherkam.

Verwirrt hob er die Hand an den Kopf und tastete mit den Fingerspitzen über die Schläfe. Warum hatte er plötzlich das Gefühl, eine lautlose Stimme in seinem Schädel flüstern zu hören?

»... unterschätzt«, sagte Balestrano. De Laurec fuhr zusammen und sah den Großmeister schuldbewusst an. Er begriff erst jetzt, dass Balestrano die ganze Zeit mit ihm gesprochen hatte. Er hatte die Worte nicht einmal gehört!

»Deine Befürchtungen waren nur zu berechtigt«, fuhr Balestrano fort. »Dieses Ding« – er verzog angewidert das Gesicht und deutete auf das beschädigte Kristallgehirn – »ist Teufelswerk. Wir hätten es niemals berühren dürfen!«

De Laurec schwieg. Was hätte er auch sagen sollen? Sie waren zusammengekommen, um das Kristallgehirn, das seinem Besitzer Gewalt über die magischen *Tore* der GROSSEN ALTEN gab, unter ihre Kontrolle zu bringen. Aber das Geschehen bewies, dass sich das magische Artefakt sehr wohl zu schützen vermochte, selbst gegen eine Loge der Tempelritter.

»Um ein Haar wären wir alle gestorben«, fuhr Balestrano fort, »hättest du es nicht zerschlagen.«

De Laurec blickte unsicher an Balestrano vorbei auf das schimmernde Kristallgebilde. »Ist es ... zerstört?«, fragte er.

Balestrano schwieg einen Moment, dann zuckte er mit den Achseln. »Ich weiß es nicht«, gestand er. »Zumindest ist es im Augenblick ungefährlich. Und ich werde dafür sorgen, dass es so bleibt.« Er schürzte entschlossen die Lippen. »Wir haben an Kräften gerührt, die nicht für Menschen sind«, sagte er bestimmt. »Um ein Haar hätten wir den Preis dafür gezahlt.«

»Was wollt ihr tun?«, fragte de Laurec. »Es ... vernichten?« Warum erschrak er so sehr bei diesem Gedanken? Bei der Vorstellung, das kristallene Gebilde zu zerstören, verspürte er eine beinahe körperliche Angst.

Balestrano schüttelte den Kopf. »Nein«, sagte er, »denn dazu ist es zu wertvoll. Ich bezweifle auch, dass wir es könnten. Aber ich werde es an einen sicheren Ort bringen und dafür sorgen, dass niemand seine Kräfte weckt, ehe wir nicht genau wissen, womit wir es zu tun haben.« Er stand auf, wartete, bis auch de Laurec sich erhoben hatte, und deutete mit einer befehlenden Geste zur Tür.

»Geht«, sagte er. »Geht alle hinaus. Lasst mich allein. Was zu tun ist, muss ich allein tun.«

De Laurec starrte den weißhaarigen Tempelritter sekundenlang an. Seine Verwirrung wuchs mit jeder Sekunde. Er hatte plötzlich eine absurde Angst davor, dass Balestrano trotz seiner gegenteiligen Worte das Gehirn zerstören würde, und sei es nur aus Angst vor dessen Macht.

Aber er sprach nichts davon aus, sondern drehte sich schließlich ebenso wie die anderen um und wollte den Kellerraum verlassen. Doch diesmal war es Balestrano selbst, der ihn zurückhielt.

»Noch einen Moment, Bruder Laurec«, sagte er. De Laurec blieb gehorsam unter der Tür stehen und wandte sich noch einmal um. Balestrano war dicht an den Tisch mit dem kristallenen Gehirn herangetreten, und auf seinem Gesicht lag ein angespannter, konzentrierter Ausdruck. »Fühlst du dich wieder kräftig genug, einen Moment mit mir zu reden?«, fragte er.

De Laurec nickte. »Natürlich.«

»Dann warte draußen auf mich«, sagte Balestrano. »Wir müssen noch bereden, was mit Bruder Howard geschieht. Du weißt, dass er in Paris ist?«

De Laurec nickte. »Seit geraumer Zeit. Und dieser Narr Craven ist ebenfalls auf dem Weg hierher.«

Balestrano machte eine unwillige Geste. »Craven interessiert uns nicht«, sagte er. »Er ist nicht unser Feind, Laurec.«

»Er ist –«, begann de Laurec, aber Balestrano fiel ihm sofort ins Wort:

»Er hat uns einen großen Dienst erwiesen, vergiss das nicht.«

»Ohne es zu wollen!«, entgegnete de Laurec ärgerlich. Den Zorn, den er bei diesen Worten empfand, verstand er selbst nicht ganz. Er wusste sehr wohl, dass Robert Craven schlimmstenfalls unbedeutend und bestenfalls ein potenzieller Verbündeter in ihrem unablässigen Kampf mit dem Antichristen war. Warum empfand er eine solche Wut, wenn er nur an diesen Namen dachte?

»Muss ich dich erinnern, was Bruder DeVries geschehen ist?«, sagte Balestrano streng. »Er hat gegen meinen Willen versucht, Craven zu töten.«

Und dafür mit dem Leben bezahlt, fügte de Laurec zornig in Gedanken hinzu. Aber er senkte gehorsam den Blick. »Craven wird nichts geschehen, Bruder«, sagte er demütig. Dann wandte er sich um und verließ den Raum, um draußen zu warten.

Der Schmerz in seiner Schläfe wurde stärker.

Mit einem einzigen Satz war ich bei der Tür. Der Zug schaukelte und hüpfte wie ein bockendes Muli unter meinen Füßen, sodass ich um ein Haar das Gleichgewicht verloren und hinter Eisenzahn hergefallen wäre. Der Fahrtwind trieb mir die Tränen in die Augen, als ich mich an der verbeulten Kabinenwand festklammerte und hinausbeugte.

Im ersten Moment sah ich nichts als die Schatten der vorüberhuschenden Landschaft, dann drehte ich das Gesicht aus dem Wind, blickte zum Heck des Zuges zurück – und sah, wie sich eine Gestalt unmittelbar neben den Bahngleisen in die Höhe stemmte und mit einem unglaublich kraftvollen Satz direkt auf den fahrenden Zug sprang!

Hätte es nach allem noch eines endgültigen Beweises bedurft, dass mein unheimlicher Gegner alles andere als ein normaler Mensch war, dann wäre es dieses Bild gewesen.

Eisenzahn versuchte nicht, sich auf eine der Plattformen zu schwingen, die die Wagen der ersten und zweiten Klasse abschlossen, sondern ging die Sache entschieden direkter an. Wie ein lebendes Geschoss krachte er gegen den Zug. Seine Hand zerschmetterte das Blech einer Abteiltür und fand irgendwo drinnen Halt, während er selbst das Gleichgewicht verlor, mit den Füßen auf den Schotter neben den Geleisen geriet und ein gutes Stück mitgeschleift wurde, ehe er auch mit der anderen Hand sicheren Halt fand und sich in die Höhe ziehen konnte. Wie eine Spinne kletterte er an der Außenwand des Zuges entlang, wobei sich seine Finger und Zehen in das lackierte Stahlblech gruben und kleine runde Löcher darin hinterließen.

Der Anblick war so unglaublich, dass ich für einen Moment sogar die Gefahr vergaß, in der ich mich befand.

Der Unheimliche war zu weit entfernt, als dass ich Einzelheiten erkennen konnte – aber, zum Teufel, er war bei einer Geschwindigkeit von beinahe fünfzig Meilen aus einem fahrenden Zug gestürzt und musste sich alle Knochen dabei gebrochen haben! Und trotzdem kroch er langsam, aber stur wie eine Maschine, über die Außenseite des Zuges weiter auf mich zu!

Erst als Eisenzahn schon fast die Hälfte des Zuges überwunden hatte und den Kopf hob, um sich zu orientieren, wurde ich mir der Tatsache wieder bewusst, dass er dieses Kunststück nicht aus reinem Sportsgeist aufführte, sondern zurückkam, um zu Ende zu bringen, was er begonnen hatte, ehe ich ihn aus dem Zug warf – nämlich mich umzubringen!

Erschrocken prallte ich von der Tür zurück und sah mich hastig nach einer Waffe oder einem Fluchtweg um.

Das Abteil bot einen Anblick, als wäre eine Granate darin explodiert, aber es gab nichts, was sich auch nur annähernd als Waffe angeboten hätte. Wie unempfindlich der Fremde gegen Hiebe mit Eisenstangen oder ähnlichen Spielzeugen war, hatte er ja bereits bewiesen.

Und es gab auch keinen Fluchtweg. In Gedanken verfluchte ich mich dafür, eines jener Erste-Klasse-Abteile gewählt zu haben, die nur von außen zu betreten waren. Ich hatte mir auf diese Weise eine ungestörte Fahrt sichern wollen, aber es konnte gut sein, dass ich mir eine Karte zu meinem eigenen Grab gelöst hatte …

Hastig trat ich zu dem Trümmerhaufen, der von meiner Sitzbank übrig geblieben war, zog den Stockdegen aus meinem Reisekoffer und verstaute ihn sicher unter meinem Gürtel.

Einen Moment lang blieb mein Blick auf dem roten Bügel der Notbremse haften, aber ich verwarf den Gedanken, sie zu ziehen, schnell wieder. Nein, es gab nur einen Weg. Auch wenn mir allein bei dem Gedanken daran schon der kalte Angstschweiß ausbrach.

Eisenzahn war bis auf eine gute Wagenlänge herangekommen, als ich abermals an die Tür trat und mich – vorsichtig mit beiden Händen an dem zerfetzten Rahmen Halt suchend – hinausbeugte. Seine Augen waren starr geöffnet, trotz des rasenden Fahrtwindes, und ich sah jetzt, als er näher gekommen war, dass sein Gesicht ein bisschen eingedrückt zu sein schien.

Der Anblick ließ mich auch meine letzten Hemmungen vergessen. Vorsichtig beugte ich mich weiter hinaus, griff mit beiden Händen nach oben, bis meine Finger irgendwo an dem verbeulten Blech Halt fanden, löste den linken Fuß vom Boden und schwang mich mit einer kraftvollen Bewegung aus dem Zug.

Eine endlose, grauenerfüllte Sekunde lang schwebte ich über dem Nichts. Der Fahrtwind schlug mir wie eine unsichtbare Faust entgegen und nahm mir den Atem, und der Zug sprang und zitterte unter mir wie ein bockendes Pferd, das mit aller Kraft versucht, einen Reiter abzuschütteln.

Aus den Augenwinkeln sah ich, wie Eisenzahn seine Anstrengungen verdoppelte und schnell näher kam. Seltsamerweise kam er immer noch nicht auf den Gedanken, das Nächstliegende zu tun und auf das Zugdach hinaufzuklettern, um mich dort in aller Ruhe zu erwarten, sondern krabbelte weiter wie eine Spinne an der Außenseite des Waggons entlang.

Der Anblick gab mir zusätzliche Kraft. Meine Füße fanden irgendwo Halt, ich ließ mit der linken Hand los, tastete blind nach oben und fühlte die Krümmung des Daches, dann etwas Kleines, Spitzes, das stabil genug schien, mein Körpergewicht zu tragen, und zog mich mit einem verzweifelten Ruck nach oben.

Zwei, drei Sekunden blieb ich reglos liegen, rang nach Atem und wartete darauf, dass meine Hände und Knie zu zittern aufhörten. Dann stemmte ich mich vorsichtig hoch, kroch bis in die Mitte des Daches und sah zurück.

Über der Kante des Zugdaches erschien eine Krallenhand, grub sich mit einem schmetternden Knall in und durch das Blech und fand an einem Träger darunter festen Halt. Sekunden später erschien ein dunkler Haarschopf über dem Dach, und kalte, polierte Glasaugen starrten mich an.

Ich schluckte einen Fluch herunter, sprang auf die Füße und wirbelte herum. Der Wagen, auf dessen Dach ich mich befand, war der letzte gleich hinter der Lokomotive, sodass mir keine andere Wahl blieb, als an Eisenzahn vorbei wieder in Richtung Zugende zu rennen, wobei seine Hand um ein Haar mein Bein erwischt hätte und ich mich nur durch einen riskanten Hüpfer in Sicherheit bringen konnte.

Eine höchst zweifelhafte Sicherheit allerdings, wie sich bald herausstellte. Ich hatte kaum ein Dutzend Schritte zurückgelegt, da hatte ich auch schon das Ende des Wagens erreicht – und das Dach des dahinter liegenden war gute zwei Yards entfernt und sprang und hoppelte wie ein wild gewordener Maulesel auf und ab!

Zwei Yards sind vielleicht kein besonders wagemutiger Sprung für einen durchtrainierten Mann wie mich, unter normalen Umständen. Aber ein Fehltritt würde einen Sturz unter die Räder des Zuges bedeuten, bestenfalls auf den Schotter des mit mehr als fünfzig Meilen vorbeirasenden Bahndammes – und wahrscheinlich wäre das eine so tödlich wie das andere.

Hinter mir erscholl ein splitterndes Geräusch, und als ich zurückblickte, sah ich, wie sich Eisenzahn umständlich auf die Beine erhob und mit ausgebreiteten Armen auf mich zugetapst kam. Seine Füße hinterließen tiefe Dellen im Blech des Daches.

Ich vergaß meine Furcht, spannte die Muskeln – und stieß mich ab.

Es war leichter, als ich befürchtet hatte. Der Wagen schien mir noch entgegenzuspringen. Ich kam ungeschickt auf, fiel auf die Knie, fing den Sturz mit beiden Händen auf und stieß mich wie ein Hundert-Meter-Läufer am Start ab. Verzweifelt rannte ich los, während Eisenzahn mir auf die gleiche Weise folgte; zwar wenig elegant, dafür aber erheblich lauter.

Es war aussichtslos. Ich rannte, so schnell es der schwankende Untergrund zuließ, sprang von Wagendach zu Wagendach und vergrößerte die Entfernung zwischen mir und meinem unheimlichen Verfolger allmählich.

Schließlich hatte ich das Ende des Zuges beinahe erreicht und blieb unsicher stehen. Vor mir lag ein letzter Wagen und dann nichts mehr. Es sah aus, als wäre meine Flucht zu Ende, ehe sie richtig begonnen hatte. Verzweifelt drehte ich mich herum, tastete nach dem Stockdegen unter meinem Gürtel und blickte meinem Gegner mit einer Mischung aus Entsetzen und trotzigem Zorn entgegen. Ich wusste weder, wer der Bursche war, noch, was er von mir wollte, aber ich würde mein Leben so teuer wie möglich verkaufen.

Dann sah ich den Schatten am vorderen Ende des Zuges; noch weit vor der Lokomotive. Ein verzweifelter Plan begann hinter meiner Stirn Gestalt anzunehmen. Hätte ich Zeit gehabt, ihn in allen Einzelheiten zu durchdenken, hätte ich es vermutlich zehn Mal lieber auf einen Kampf mit dem Unheimlichen ankommen lassen, aber gottlob blieb mir keine Zeit.

So wandte ich mich noch einmal um, sprang auf den letzten Wagen und wirbelte abermals herum, kaum dass ich sicheren Stand gefunden hatte. Der Stockdegen glitt wie von selbst aus seiner Umhüllung und funkelte wie ein gefangener Blitz in meiner Hand. Der Schatten erreichte die Lokomotive und jagte über sie hinweg. Noch zwei Sekunden, schätzte ich. Allerhöchstens.

Eisenzahn blieb stehen, kaum einen Schritt vom Ende des Wagendaches entfernt. Seine kalten Glasaugen musterten die Waffe in meiner Hand, und für einen Moment zögerte er, als schätze er ihre Gefährlichkeit ab. Dann machte er eine wegwerfende Handbewegung, spannte sich – und sprang.

Ich ließ mich zur Seite fallen, schloss die Augen – und stürzte mit angehaltenem Atem vom Wagendach herunter. Was dann geschah, ging so unglaublich schnell, dass ich selbst hinterher nicht sicher war, es wirklich gesehen oder mir nur eingebildet zu haben.

Der Boden raste auf mich zu. Eisenzahn landete wie ein lebender Amboss auf dem Dach und beulte es ein, fand mit wild wedelnden Armen sein Gleichgewicht wieder. Sein Stahlgebiss blitzte.

Aber nur für eine halbe Sekunde.

Hinter ihm jagte der Schatten heran. Die Lokomotive stieß einen schrillen Pfiff aus, dann fiel der Schatten der Brücke direkt über unseren Wagen. Eisenzahn versuchte noch zu reagieren, wirbelte mit übermenschlicher Schnelligkeit herum und duckte sich gleichzeitig, aber obwohl er sich mindestens doppelt so schnell bewegte wie ein normaler Mensch, hatte er die Drehung nicht einmal halb beendet, als der Zug unter der Brücke hindurchdonnerte.

Es war eine sehr niedrige Brücke.

So niedrig, wie ich gehofft hatte …

»Pardon, Monsieur – wie war doch gleich Ihr Name?« Der livrierte Lakai, der nach dem dritten Klopfen unter der Tür des Hauses in der Rue des Gascogne No. 17 erschienen war und den beiden sonderbaren Besuchern den Einlass verwehrte, legte demonstrativ seine Stirn in Falten. »Oh-ahr?«

»Howard«, sagte der Ältere der beiden, ein hagerer, eher konservativ gekleideter Gentleman mit scharf geschnittenen Zügen, der einen erbärmlich stinkenden Zigarillo rauchte und mit der anderen Hand mit einem Stockschirm spielte. »Howard Phillips Lovecraft, um genau zu sein. Aber Howard dürfte genügen. Wenn Sie mich jetzt bitte Monsieur Benoit melden würden?«

Der Lakai hob in einer abwehrenden Geste die Hände. »Ich fürchte, Sie unterliegen einem bedauernswerten Irrtum, Monsieur«, sagte er und warf Howards Begleiter, einem bulligen, vierschrötigen Kerl mit der Gestalt eines Preisboxers samt der dazu passenden breitgeschlagenen Nase, einen fast ängstlichen Blick zu.

»Hier wohnt kein Monsieur Benoit«, fuhr er hastig fort. »Dies ist das Stadthaus von Monsieur Guy de Mortignac. Von einem Monsieur – äh ... *Benoit* habe ich noch nie gehört. Vielleicht war er der Vorbesitzer des Hauses.«

»Un seit wann wohnta hier, dieser Monsö Moritkack?«, erkundigte sich Howards Begleiter in einem Französisch, das noch zerschlagener wirkte als sein Gesicht. »Vielleicht holnsen ma her. Kann ja sein, dasser was übba Bennoa weiß.«

Der Lakai erbleichte, schien aber nach einem weiteren Blick auf Rowlfs schaufelgroße Hände zu der Ansicht zu kommen, dass es besser wäre, die Beleidigung zu überhören. »Ich fürchte, auch das wird nicht möglich sein, Monsieur«, erwiderte er steif. »Die Herrschaften sind auf ihr Landgut gefahren, und ich weiß nicht, wann sie wiederkommen«, fügte er hastig hinzu.

Rowlf setzte zu einer wütenden Entgegnung an, aber Howard legte ihm rasch und beruhigend die Hand auf den Unterarm. »Lass gut sein, Rowlf«, sagte er und fügte an den Lakai gewandt hinzu: »Bitte entschuldigen Sie die Störung. Vielleicht habe ich mich wirklich in der Hausnummer getäuscht. Es ist lange her, dass ich in Paris war. Au revoir.«

»Au revoir, Monsieur.« Verwirrt blickte der Lakai den beiden Männern nach, die auf dem Absatz kehrtmachten und auf die um diese Tageszeit beinahe leere Rue de Gascogne hinaustraten. Von hinten boten ihre so ungleichen Gestalten – der eine ein Kleiderschrank von einem Mann, der andere eine wahre Bohnenstange – einen fast komischen Anblick. Der Lakai begann sich zu fragen, warum er sich jemals vor diesen beiden gefürchtet hatte. Aber als er mit einem Kopfschütteln die schwere, reich verzierte Eichentür wieder schloss, überlief ihn ein merkwürdiger Schauer, der auch nicht vergehen wollte, nachdem er sich ausgiebig an dem Likörkabinett seiner Herrschaften bedient hatte.

Die beiden Männer, das spürte er, waren der Verzweiflung nahe gewesen. Und Verzweifelte taten oft Dinge, die irrational und gefährlich waren.

»Die wievielte Adresse war das?«

Rowlfs grollende Stimme riss Howard Lovecraft aus seinen düsteren Gedanken. Sie waren von der Rue de Gascogne abgebogen und promenierten nun die belebtere Rue de Rivoli entlang. Junge, vorwiegend weiß gekleidete Damen an den Armen ihrer Kavaliere, Kinder in blauen Matrosenanzügen und zart rosa gerüschten Kleidchen, die vornehm herausgeputzt zwischen ihren Eltern von Auslage zu Auslage der teuren Geschäfte stolzierten, zwei- und vierspännig gezogene Kutschen – es war ein Treiben, das das Herz eines jeden Flaneurs höher schlagen lassen musste. Nur Rowlf und er schienen nicht so recht hierher zu passen. Sie waren zu düster für dieses heitere Treiben, zwei schwarze Farbtupfer in diesem hellen Gemisch aus Licht, Luft und den schwerelosen Farben des Sommers.

Aber schließlich war Howard nicht nach Paris gekommen, um den Sommer in dieser ungekrönten Hauptstadt der zivilisierten Welt zu genießen. Er war gekommen, weil er sich einem Gericht stellen wollte, dessen Schergen ihn von Kontinent zu Kontinent verfolgt und zu töten versucht hatten. Aber jetzt, da er an den Ort seiner Aburteilung zurückgekehrt war, wollten sie offensichtlich nichts mehr von ihm wissen.

Seufzend zündete er sich einen neuen Zigarillo an dem alten, fast bis zu den nikotin- und teerverfärbten Fingern heruntergebrannten Stummel an. Er inhalierte tief, bis sein Kopf von einer bläulichen, übel riechenden Wolke eingehüllt war. »Ich verstehe das einfach nicht mehr, Rowlf«, sagte er. »Seit einer Woche klappern wir jetzt alle alten Kontaktadressen ab, und überall scheint plötzlich eine Mauer zu sein. ›Nie gehört, den Namen.‹ ›Nein, der ist unbekannt verzogen.‹ ›Monsieur Lasalle? Nein, den gibt es hier nicht, und ich wohne seit zehn Jahren hier.‹ – Es ist zum Verrücktwerden!«

»Stimmt«, pflichtete Rowlf seinem Herrn und Meister bei. Wie immer, wenn sie allein waren, hatte er sein Pidgin-Englisch vergessen und sprach ohne Akzent, und auch der dümmliche Ausdruck war von seinen Zügen verschwunden. »Aber wie ich dich kenne, gibst du nicht auf, wie?«

Lovecraft lachte rau, was ihm die verwunderten Blicke einiger Passanten einbrachte. »Nein, Rowlf«, antwortete er. »Natürlich werde ich nicht aufgeben. Aber vielleicht bleibt mir bald nichts anderes mehr übrig. Die Adressenliste wird allmählich kürzer. Offen gestanden weiß ich nur noch eine einzige Möglichkeit, doch noch Kontakt mit meinen ehemaligen *Brüdern«* – er spie das Wort beinahe aus – »aufzunehmen.«

»Und die wäre?«, fragte Rowlf. Sein Blick spiegelte eine sanfte Sorge. Er hatte bisher kein Geheimnis daraus gemacht, wie wenig er mit dem einverstanden war, was Howard tat.

»Gaspard«, antwortete Howard. »Immer vorausgesetzt, dass er nicht ebenso verschwunden ist wie alle anderen, wäre es mir sehr ... unangenehm, zu ihm gehen zu müssen. Aber es scheint, als gäbe es keine andere Möglichkeit mehr.« Er seufzte enttäuscht.

»Warum reisen wir nicht zurück nach London?«, schlug Rowlf vor. »So, wie es aussieht, scheinen sie kein Interesse mehr an dir zu haben.«

Howard nickte böse. »Du drückst es schon ganz richtig aus, Rowlf – so, wie es *aussieht.«* Er schüttelte heftig den Kopf, trat an den Straßenrand und hielt nach einer Kutsche Ausschau. »Hast du vergessen, was in London passiert ist?«, fragte er. »DeVries kam nicht aus freien Stücken. Ich kann es nicht riskieren, dass noch mehr Unschuldige meinetwegen in Gefahr geraten.« Er erspähte eine freie Mietkutsche, hob die Hand und wartete schweigend, bis der Wagen vor ihnen angehalten hatte und der Kutscher vom Bock sprang, um den Schlag aufzureißen. Rasch sagte er ihm eine Adresse, die Rowlf nicht genau verstand, wartete, bis sein hünenhafter Begleiter in den Wagen gestiegen war und kletterte schnaubend hinterher.

»Wohin fahren wir?«, fragte Rowlf, als sich die Kutsche schaukelnd in Bewegung setzte. »Ins Hotel?«

Howard schüttelte den Kopf. »Zu Gaspard«, sagte er nach kurzem Zögern. »Oder zumindest dorthin, wo er gewohnt hat, als ich das letzte Mal hier in Paris war.«

»Du hast den Namen nie erwähnt«, bemerkte Rowlf. »Was ist das für ein Mann? Ein ... Freund von dir?«

Ein sonderbarer Ausdruck von Trauer huschte über Lovecrafts hagere Züge. »Freund?«, wiederholte er. Dann lächelte er, aber auch dieses Lächeln wirkte traurig. »Ja, wir ... waren einmal Freunde«, antwortete er, aber er sprach in einem Ton, als rede er mit sich selbst. »Gute Freunde sogar. Aber dann habe ich seine Freundschaft missbraucht, und jetzt würde ich mich schämen, ihm unter die Augen zu treten.«

»Und trotzdem fahren wir hin?«

Howard nickte. »Nach allem, was vorgefallen ist, kann er mich eigentlich nur noch hassen«, sagte er leise. »Er würde mir bestimmt mit Freuden helfen, Kontakt mit den Templern herzustellen. Er weiß, dass das hiesige Templerkapitel mich zum Tode verurteilt hat. Und wenn er mich zu ihnen bringt, kann er sich wenigstens an mir rächen. Ohne auch nur einen Finger zu krümmen.«

Rowlf runzelte die Stirn und setzte dazu an, eine weitere Frage zu stellen, aber dann fiel ihm der sonderbare Ausdruck in Howards Augen auf und er schwieg. Er war lange mit Howard zusammen, vielleicht länger, als irgendein anderer Mensch vor ihm. Und vielleicht kannte er ihn besser als irgendein anderer. Aber es gab noch immer eine Menge Dinge, die er nicht wusste. Und er hatte das sichere Gefühl, dass Howard ohnehin schon mehr gesagt hatte, als er wollte.

Länger als eine halbe Stunde fuhren sie schweigend weiter, jeder mit seinen eigenen Gedanken beschäftigt. Die Kutsche rollte über das gepflegte Kopfsteinpflaster der Pariser Straßen, fuhr über den Montmartre und ein paar Minuten lang an den Ufern der Seine entlang, dann begann die Umgebung ganz langsam an Pracht und Schönheit zu verlieren. Die Kleider der Passanten, an denen sie vorüberkamen, waren nicht mehr ganz so teuer und exklusiv. Hier und da tauchte ein Karren mit Gemüse oder Kohlen zwischen den Mietdroschken auf, eine Schlägermütze zwischen den weißen Hüten der Damen, eine schwarze Arbeiterjacke unter den maßgeschneiderten Ausgehanzügen ihrer Kavaliere.

Als die Kutsche schließlich anhielt, schienen sie nicht nur in einem anderen Teil, sondern in einer anderen Stadt zu sein. Rowlf sah sich misstrauisch um, als sie aus dem Wagen stiegen und von der Bordsteinkante zurücktraten. Die Straße war schmal, flankiert von düsteren, im Laufe der Jahrzehnte schwarz gewordenen Häusern und von Schlaglöchern übersät. Ein unangenehmer, leicht fauliger Geruch hing in der Luft und die wenigen Menschen, die ihnen begegneten, bedachten Howards vornehme Kleidung mit eindeutig feindseligen Blicken. Rowlf spannte sich instinktiv, als Howard mit weit ausgreifenden Schritten auf ein Gebäude am anderen Ende der Straße zuhielt.

»Bist du sicher, dass wir hier richtig sind?«, fragte er.

Howard zuckte mit den Achseln. »Was die Adresse angeht – ja. Allerdings war die Gegend vor fünf Jahren noch nicht so heruntergekommen wie jetzt. Ich hoffe nur, Gaspard wohnt noch hier.«

Sie überquerten die Straße, wichen einer großen, ölig schimmernden Pfütze aus und blieben schließlich vor einem winzigen Ladengeschäft stehen. Auf den blind gewordenen Scheiben verkündete abblätternde Farbe:

François Gaspard
An- und Verkauf von Büchern, Antiquariat
Okkulte Schriften

»Er scheint wirklich noch hier zu wohnen«, murmelte Howard. Seine Stimme war so leise, als spräche er mit sich selbst, und auf seinen Zügen lag mit einem Mal ein Ausdruck von Schmerz, den sich Rowlf nicht erklären konnte.

»Vielleicht ist es besser, wenn ich erst einmal allein hineingehe«, bot sich Rowlf an. »Es könnte eine Falle sein.«

Howard drehte mit einer ruckartigen Bewegung den Kopf. Dann lächelte er verzeihend. Kaum«, sagte er. »Wenn dort drinnen eine Gefahr auf mich warten sollte, dann bestimmt keine, vor der du mich schützen kannst, Rowlf.«

Rowlf verstand nun überhaupt nichts mehr. Aber Howard machte keine Anstalten, seine Worte zu erklären, sondern straffte mit einem Seufzer die Schultern, streckte die Hand nach der Türklinke aus und drückte sie übertrieben kräftig herunter.

Kühle, Halbdunkel und der charakteristische Geruch alter Bücher schlugen ihnen entgegen, als sie den kleinen Laden betraten. Der Raum hinter den Scheiben mochte in Wahrheit groß sein, aber er war derart vollgestopft mit Regalen und Tischen, auf denen sich Bücher und Folianten aller nur denkbaren Art und Größe stapelten, dass Rowlf beinahe Platzangst bekam. Eine kleine Glocke über der Tür kündete ihr Kommen an, und schon nach Sekunden ertönten aus dem Hintergrund des Raumes schlurfende Schritte. Howard spannte sich. Seine Finger zupften mit kleinen, nervösen Bewegungen am Saum seines Gehrockes.

Die Schritte kamen näher, dann schälte sich ein Schatten aus dem Gewirr von Bücherregalen und -stapeln. Rowlf erkannte einen grauhaarigen, hageren Mann schwer bestimmbaren Alters. Sein Gesicht war zu einem knappen, berufsmäßigen Lächeln verzogen, und seine Haut hatte den kränklichen, wächsernen Farbton eines Menschen, der zu selten an frischer Luft und Sonne war.

»Monsieur?«, begann er. »Was kann ich für Sie –«

Der Mann stockte. Das Lächeln auf seinen Zügen erlosch und wurde dann zur Grimasse. Seine Augen flammten auf, und Rowlf sah, wie sich seine Hände blitzartig zu Fäusten ballten und dann wieder öffneten.

»Hallo, Gaspard«, sagte Howard leise.

Gaspard schwieg. Sein Gesicht zuckte, und in seinen Augen wechselten sich in Sekunden Hass und Unglauben und Schrecken und Verzweiflung ab, so rasch, dass Rowlf nicht zu sagen wusste, welches Gefühl nun die Oberhand behielt.

»Du ... du bist tatsächlich gekommen«, sagte er schließlich. »Du hast es wirklich gewagt.« Seine Stimme bebte.

Der Ausdruck von Trauer auf Howards Zügen vertiefte sich. »Du hasst mich noch immer, Gaspard«, sagte er leise. »Ich hatte gehofft, dass –«

Gaspard unterbrach ihn mit einer wütenden Handbewegung. »Hassen?«, schnappte er. »Wie kommst du darauf, Howard? Ich hasse dich nicht. Ich verachte dich. Und ich verfluche den Tag, an dem ich dich kennen gelernt habe. Du bist es nicht wert, dass ich dich hasse.«

Lovecraft fuhr wie unter einem Schlag zusammen. »Es tut mir leid, Gaspard«, flüsterte er. »Ich hatte gehofft, dass die Zeit die Wunde ein wenig geheilt hat, aber ich sehe, dass du mir nicht vergeben hast.«

»Was willst du?«, schnappte Gaspard. Sein Gesicht war jetzt zur Maske erstarrt, und seine Stimme klang kalt und schneidend wie die einer Maschine.

Howard atmete hörbar ein. »Ich brauche deine Hilfe, Gaspard.«

»Meine Hilfe?« Gaspard lachte, aber es klang nicht sehr amüsiert. »Wobei, mein Freund?«, fragte er. »Ich habe nur eine Tochter. Wenn du auf ein Abenteuer aus bist, kann ich dir leider nicht dienen. Aber Paris ist groß.«

Howard krümmte sich wie unter einem Hieb. »Bitte, Gaspard«, sagte er, beinahe flehend. »Ich kann nicht mehr sagen, als dass es mir leid tut. Und es war niemals ein Abenteuer für mich, das musst du mir glauben. Ich habe es ernst gemeint.«

Gaspard nickte. »Das habe ich auch gedacht, damals. Und Ophelie auch. Bis zu dem Morgen, an dem du verschwunden warst.«

Rowlf blickte verwirrt zwischen Howard und dem grauhaarigen Franzosen hin und her. Ophelie?, dachte er. Er hatte diesen Namen noch niemals gehört.

»Ich hatte keine andere Wahl«, antwortete Howard leise. »Ich musste Paris verlassen. Ich war in Gefahr. Und Ophelie und du wäret es auch gewesen, wenn ich geblieben wäre.«

»Wäre sie auch in Gefahr geraten, wenn du geschrieben hättest?«, fragte Gaspard kalt. »Oder hattest du kein Geld mehr, um das Porto zu bezahlen?«

Howard seufzte. »Ich hatte keine Wahl«, sagte er noch einmal. »Du weißt nicht, was damals geschehen ist.«

»Doch«, sagte Gaspard ruhig. »Du scheinst mich für einen Narren zu halten, Howard. Deine Brüder kamen zu mir, keine Woche, nachdem du Ophelie im Stich gelassen hattest.«

Howard erschrak sichtlich. »Sie waren hier?«, keuchte er. Haben sie ... haben sie Ophelie etwas getan?«

Gaspard schürzte die Lippen, schüttelte den Kopf und starrte Howard mit unverhohlenem Hass an. »Nein«, sagte er. »Sie haben ihr nichts getan. Aber das war kaum dein Verdienst. Was willst du?«, fragte Gaspard noch einmal. »Ophelie ist nicht hier. Sie ist nicht einmal in Paris.« Er schnaubte. »Wenn du gekommen bist, um sie zu sehen, hast du den Weg umsonst gemacht. Sie will dich nie wiedersehen. Und ich auch nicht.«

»Ich bin nicht ihretwegen hier«, murmelte Howard. »Ich versuche seit einer Woche, Kontakt mit dem Orden aufzunehmen. Bisher ist es mir nicht gelungen.«

»Und jetzt glaubst du, ich könnte dir dabei helfen?« Gaspard lachte hart. »Wenn das alles ist – warte.« Er drehte sich um, verließ den Raum durch eine Seitentür und kam kaum eine Minute später zurück, ein kleines, in braunes Papier eingeschlagenes Päckchen unter dem Arm.

»Was ist das?«, fragte Howard verwirrt, als Gaspard ihm das Paket entgegenhielt.

»Woher soll ich das wissen?«, schnappte Gaspard. »Es wurde für dich abgegeben, vor ein paar Tagen.«

Howard griff zögernd nach dem zigarrenkistengroßen Päckchen. »Abgegeben?«, vergewisserte er sich. »Von wem?«

»Einem Fremden«, antwortete Gaspard. »Einem Mann, den ich vorher nie gesehen habe. Er hat mir fünfhundert Francs gegeben und das Päckchen.« Sein Gesicht verzog sich, als spräche er über eine Obszönität. Plötzlich griff er in die Innentasche seines abgewetzten Rockes, zog ein zusammengefaltetes Bündel Geldscheine hervor und schleuderte es Howard vor die Füße. »Das sind die fünfhundert Francs«, sagte er angewidert. »Nimm sie und gib sie ihm wieder. Ich will nichts, was irgendwie mit dir zu tun hat, behalten. Er sagte, du würdest kommen und es holen!« Er wartete, bis Howard das Päckchen an sich genommen hatte, dann deutete er mit einer Kopfbewegung zur Tür.

»Aufmachen kannst du es draußen«, sagte er kalt. »Geh. Und komm nicht wieder!«

Eine endlose Sekunde lang starrte Howard den grauhaarigen Franzosen noch an, dann drehte er sich auf dem Absatz herum und stürmte aus dem Laden, so schnell, dass Rowlf Mühe hatte, überhaupt mit ihm Schritt zu halten.

Der Aufprall hatte mir das Bewusstsein geraubt, aber es konnte kaum mehr als eine Minute vergangen ein, denn das Erste, was ich wahrnahm, war das schrille Pfeifen der Lokomotive. Sekundenlang blieb ich reglos liegen und wartete darauf, dass der hämmernde Schmerz in meinem Hinterkopf nachließ, dann öffnete ich die Augen, erkannte einen Ausschnitt regengrauen Himmels über mir und fand mich langsam mit der Tatsache ab, noch am Leben und – wenigstens einigermaßen – unverletzt zu sein.

Mühsam richtete ich mich auf. Das quälende Hämmern in meinem Schädel ließ rasch nach, aber in meinem Körper schien kein einziger Muskel zu sein, der nicht irgendwie geprellt, gestaucht oder überdehnt war. Als ich versuchte, mich auf Hände und Knie zu erheben, unterdrückte ich nur mit Mühe einen Schmerzensschrei.

Dabei hatte ich noch Glück gehabt. Ich war nicht direkt auf den schotterbestreuten Bahndamm geprallt, sondern ein Stück weit die Böschung hinabgerollt, ehe ein Busch meinen rasenden Sturz gebremst und mich vermutlich vor einigen üblen Knochenbrüchen oder Schlimmerem bewahrt hatte. Wenn ich, von den zahllosen Kratzern und Abschürfungen an meinen Händen und dem Gesicht absah, schien ich fast unverletzt zu sein.

So unverletzt, wie man eben ist, wenn man von einem mit voller Geschwindigkeit dahinpreschenden Eisenbahnzug springt ...

Irgendwo, sicher schon eine oder zwei Meilen von mir entfernt, pfiff die Lokomotive ein weiteres Mal, und der Laut erinnerte mich daran, dass ich einen triftigen Grund gehabt hatte, vom Dach des Waggons zu springen. Ich bog die Zweige des Busches auseinander, sah mich sichernd nach beiden Seiten um und trat dann vollends aus meiner Deckung hervor. Mühsam und noch immer unsicher auf den Beinen, erklomm ich die Böschung, sah noch einmal nach beiden Seiten und bewegte mich auf die Brücke zu. Ich war nicht sehr weit von der Stelle entfernt, an der sie sich über die Gleise spannte – zwanzig, vielleicht dreißig Yards. Weniger als eine Sekunde bei der Geschwindigkeit, die der Zug gehabt hatte. Der Gedanke ließ mich frösteln. Eine Sekunde ... Wenn ich auch nur um eine Winzigkeit zu spät reagiert hätte ...

Mein Blick tastete über das regennasse Gras der Böschung, fand einen niedergewalzten Busch und folgte der Spur aus aufgewühltem Erdreich und entwurzelten Sträuchern, die sich fast zwanzig Schritt weit die Böschung hinabzog. Einen Moment lang ergriff mich eine fast absurde Angst, dass sich die Böschung bewegen und Eisenzahn in alter Mordlust auftauchen könnte, aber ich vertrieb den Gedanken und nannte mich im Stillen einen Narren. Alles, was ich finden würde, war eine Leiche.

Trotzdem zögerte ich noch, von den Bahngleisen hinunterzutreten und Eisenzahns Körper zu suchen. Allein der Gedanke an den Anblick, den sein Leichnam bieten musste, drehte mir schier den Magen herum. Aber dann verscheuchte ich auch diese Vorstellung, ging die Böschung hinab und folgte der Spur. Der Boden war fast handtief aufgerissen, wie von einer gewaltigen Egge umgepflügt, Gras und kleinere Büsche glattweg abgeschnitten und selbst ein junger Baum, der fast die Stärke meines Handgelenkes hatte, abgebrochen, als wäre ein Meteor vom Himmel gestürzt. Überall lagen Fetzen von Kleidern, zerborstenes Metall und Dinge, die derart zusammengestaucht und zerstört waren, dass ich ihre ursprüngliche Bestimmung nicht einmal zu erraten wagte. Dann fand ich einen Schuh, der wie von einer Kreissäge halbiert worden war. Schließlich eine ganze Ansammlung kleiner, bis zur Unkenntlichkeit verbeulter Metallgegenstände. Schließlich endete die Spur am Ufer eines schmalen, aber allem Augenschein nach reißenden Flüsschens, das sich parallel zum Bahndamm dahinzog.

Was ich nicht fand, war Eisenzahn.

Zwei, drei Mal hintereinander suchte ich den Bahndamm rechts und links der gewaltigen Schleifspur ab, zuerst flüchtig und in aller Hast, dann gründlicher. Aber das Ergebnis war jedes Mal das gleiche: Die Schleifspur endete nach einer Strecke von mehr als dreißig Yards im Uferschlamm des Flusses, aber dort, wo der zerschmetterte Leichnam meines Gegners liegen sollte, war nichts.

Sekundenlang stand ich wie versteinert da und starrte die Stelle an, an der er hätte liegen müssen. Die logischste Erklärung war, dass ihn die Wucht des Sturzes bis in den Fluss geschleudert hatte, wo ihn die

Strömung davontrug; aber irgendetwas sagte mir, dass es nicht so war und ich gut daran tat, mich trotz allem in Acht zu nehmen.

Direkt vor meinen Füßen schimmerte etwas im Gras. Ich blieb stehen, bückte mich und streckte die Hand nach dem Gegenstand aus, führte die Bewegung dann aber nicht zu Ende. Eine eisige Faust schien sich um mein Herz zu legen und rasch und schmerzhaft zuzudrücken, und die Übelkeit in meinem Magen erwachte zu neuer Wut.

Es war ein Auge.

Wie eine kleine glitzernde Murmel lag es vor mir im Gras, schimmernd und lidlos und von einem stummen, im Tode erstarrten Vorwurf erfüllt. Ein *menschliches* Auge.

Oder zumindest die perfekteste Nachbildung eines menschlichen Auges, die ich jemals zuvor gesehen hatte. Das Einzige, was die Illusion störte, waren die dünnen, glitzernden Drähte, die sich wie abgerissene metallene Adern aus seiner Rückseite hervorkräuselten.

Einige Sekunden blieb ich weiter reglos stehen, dann ließ ich mich auf die Knie herabsinken, nahm das gläserne Auge behutsam zwischen die Fingerspitzen und hob es hoch. Es war schwer, viel schwerer, als ich geglaubt hatte, und als sich versehentlich zwei der dünnen Drähtchen berührten, gab es einen winzigen blauen Funken. Ein leises Schnarren ertönte aus dem Inneren des Gebildes, und die Pupille bewegte sich von links nach rechts und wieder zurück.

Ich war nicht einmal sonderlich überrascht. Nach allem, was geschehen war, hatte es eigentlich nur diese eine Erklärung geben können.

Was nicht etwa hieß, dass sie mich beruhigt hätte. Ganz im Gegenteil.

»Es tut mir außerordentlich leid, Monsieur, aber ich fürchte, es steht nicht in meiner Macht, Ihnen zu helfen.« Das Gesicht des Mannes hinter der durchbrochenen Glasscheibe drückte aufrichtiges Bedauern aus – vor allem wohl in Anbetracht der zusammengefalteten Fünfzig-Franc-Note, die Howard unter dem Schalter hindurchgeschoben hatte; diskret genug, dass keiner der hinter ihm Stehenden etwas davon gemerkt hatte. »Wir sind ausverkauft. Schon seit Wochen. Heute ist Premiere, müssen Sie wissen.«

»Aber ich bitte Sie, mein Lieber!« Howard seufzte, nahm eine zweite Banknote aus der Westentasche und legte sie neben die erste. »Es wird sich doch eine Möglichkeit finden. Eine einzige Karte.«

»Ich nehm auchn Stehplatz!«, fügte sein hünenhafter Begleiter hinzu. »Kann meinetwegn auch Rasierloge sein. Ich mach mir sowieso nix aus dem Gesinge.«

Der freundliche Ausdruck auf dem Gesicht des Kartenverkäufers wurde um mehrere Grade kälter, während Howard mit Mühe ein Grinsen unterdrückte. »Rowlf meint das nicht so«, sagte er hastig. »Aber es wäre wirklich sehr unkommod für uns, nicht zusammen in die Vorstellung gehen zu können.«

Der Kartenverkäufer maß die beiden ungleichen Männer erneut mit einem langen, bedauernden Blick, sah fast wehmütig auf die beiden Banknoten vor sich hinunter und schob sie dann mit spitzen Fingern zurück. »Es tut mir leid, Monsieur«, sagte er. »Glauben Sie mir, ich würde Ihnen helfen, wenn ich könnte. Aber wir sind restlos ausverkauft.«

Howard blickte ihn noch einen Moment fast flehend an, dann zuckte er mit den Achseln, strich sein Geld wieder ein und trat vom Schalter zurück. Rowlf folgte ihm, nicht ohne dem Verkäufer hinter der Scheibe noch ein missbilligendes Stirnrunzeln zuzuwerfen.

»Das gefällt mir nicht«, sagte er ohne viel Umschweife, als Howard stehen blieb. »Du willst wirklich allein da rein?« Mit einer Kopfbewegung deutete er auf die beiden gewaltigen Türen, die ins Innere des Opernhauses führten. »Kann 'ne Falle sein«, fügte er hinzu.

Eine Falle?« Howard lächelte. »Kaum, Rowlf. Um jemanden in eine Falle zu locken, wüsste ich auf Anhieb ungefähr zehntausend bessere Örtlichkeiten, allein hier in Paris.«

Howard lächelte erneut, um seine Worte zu unterstreichen. Aber trotzdem ertappte er sich dabei, einen verstohlenen Blick über die Menschenmenge zu werfen, die sich in der Empfangshalle der Pariser Oper drängte. Er glaubte nicht wirklich, dass ihm hier irgendeine Gefahr drohte, die Templer waren keine Männer, die dramatische Auftritte suchten. Sie scheuten nicht davor zurück, wenn es unbedingt nötig war, aber wo es ging, erledigten sie ihre Aufgaben im Stillen. Um ihn zu töten oder zu entführen, hätten sie weiß Gott bessere Orte finden können als ausgerechnet das Opernhaus.

Und trotzdem war ihm nicht sonderlich wohl in seiner Haut. Das Paket, das ihm Gaspard übergeben hatte, hatte das Siegel des Pariser Templerkapitels getragen, und niemand, der auch nur die Hälfte seiner fünf Sinne beisammen hatte, hätte es gewagt, *dieses* Siegel zu fälschen. Aber alles, was das Päckchen enthalten hatte, war eine Karte für diese Premiere gewesen – und ein kleines, in Gold und Emaille gearbeitetes Opernglas.

Nun, dachte Howard, es gab wohl nur eine einzige Möglichkeit, dieses Rätsel zu lösen ...

»Es wird Zeit«, sagte er. »Ich gehe hinein. Das Beste wird sein, wenn du hier draußen irgendwo auf mich wartest.« Er deutete auf ein kleines Straßencafe, dessen Lichter auf der entgegengesetzten Seite des Opernplatzes funkelten. »Warum setzt du dich nicht dorthin und genehmigst dir ein Bier, bis ich zurück bin? Oder auch zwei!«

Rowlf erwiderte sein Lächeln nicht. »Ich wäre lieber bei dir«, sagte er. »Ich trau diesem Templerpack kein Stück.«

»Vermutlich erwarten mich da drinnen nichts als zweieinhalb Stunden tödlicher Langeweile«, sagte Howard.

Diesmal widersprach Rowlf nicht mehr, und nach einer weiteren Sekunde drehte sich Howard herum und verschwand im Inneren des Opernhauses.

Vor der Garderobe herrschte ein solches Gedränge, dass Howard seinen Mantel anbehielt und, den strafenden Blick der Garderobiere ignorierend, gleich die breite Treppe zu den Galerien hinaufging. Ein livrierter Dienstbote kam ihm entgegen, verlangte höflich, aber bestimmt seine Eintrittskarte zu sehen und führte ihn zu einer Tür am Ende des Ganges, die auf den ersten Rang hinausführte. Obwohl bis zum Beginn der eigentlichen Vorstellung noch eine gute halbe Stunde verstreichen würde, waren die gepolsterten Sitzreihen schon fast bis auf den letzten Platz besetzt. Der Lakai führte ihn zu seinem Platz, bedeutete ihm mit Gesten, sich zu setzen, und verschwand wieder.

Howard sah sich mit einer Mischung aus allmählich stärker werdender Unruhe und Enttäuschung um. Aus dem Zuschauerraum unter ihm drang das Raunen der Menschenmenge wie das dunkle Echo seines eigenen Herzschlages herauf, und das Licht war bereits gedämpft, sodass er die Gesichter der Männer und Frauen in seiner Umgebung nur undeutlich erkennen konnte. Aus dem Orchestergraben drang das misstönende Stimmen und Quietschen der Instrumente, und der dunkelrote Samtvorhang, der die Bühne noch vom Zuschauerraum trennte, bewegte sich träge, wie von unsichtbarem Wind gebauscht. Howards Verwirrung stieg. Was sollte er hier? Seine ehemaligen Brüder hatten keinen Zweifel daran gelassen, dass sie seinen Tod wollten – aber wollten sie ihr Urteil etwa hier vollziehen, vor den Augen hunderter, wenn nicht tausender Zeugen? Howard konnte sich das kaum vorstellen.

Die Zeit verging träge. Dann und wann öffnete sich eine Tür, und ein weiterer Zuschauer trat auf den Rang hinaus, und jedes Mal fuhr Howard herum und musterte den Neuankömmling mit einer Mischung aus Furcht und banger Erwartung.

Schließlich änderte sich etwas im Raunen der Menschenmenge unter ihm, und als Howard aufsah, begann das Licht allmählich dunkler zu werden, gleichzeitig ertönten aus dem Orchestergraben die ersten Takte der Ouvertüre. Sekunden später öffnete sich der Vorhang und gab den Blick auf eine fantastische Bühnendekoration frei. Howard wurde sich beinahe schuldbewusst darüber klar, dass er nicht einmal wusste, welches Stück heute gespielt wurde.

Aber schließlich war er nicht hier, um eine Opernpremiere zu genießen. Während sich rings um ihn herum die anderen Gäste in ihren Sitzen zurücksinken ließen, beugte sich Howard weiter vor, blickte einen Moment lang konzentriert auf die Bühne hinab und hob schließlich das Opernglas an die Augen.

Obwohl es sehr klein war, erwies es sich als erstaunlich gut. Howard betrachtete einen weiteren Moment lang die Bühne, richtete sich dann ein wenig auf und ließ seinen Blick über die in vier übereinander liegenden Reihen angeordneten Balkone schweifen, die den Zuschauerraum an beiden Seiten säumten. Die Gesichter in den kleinen Separees schienen plötzlich zum Greifen nahe; Gesichter von Männern und Frauen der guten und besten Gesellschaft, alte und junge, hübsche und hässliche und ...

Der Anblick traf ihn wie ein Fausthieb.

In der ersten Sekunde glaubte er es nicht. Etwas in ihm sträubte sich mit aller Gewalt dagegen, das Bild als das anzuerkennen, was es war, aber er wusste auch im gleichen Moment, dass es keine Illusion sein konnte.

Er kannte dieses Gesicht zu gut, um sich zu täuschen.

Die dunklen, scheinbar grundlosen Augen, die dem schmalen Gesicht einen leicht exotischen Ausdruck verliehen, der sinnliche Mund, der immer zu einem sanften, spöttischen Lächeln bereit zu sein schien, der freche schwarze Haarschopf, der sich jedem Versuch, ihn zu einer Frisur zu ordnen, widersetzte ...

Nein – er kannte dieses Gesicht zu gut, um sich zu täuschen.

Seine Hände begannen zu zittern, und mit einem Male spannten sich seine Finger so fest um das Glas, dass das kleine Instrument hörbar knirschte.

»Ophelie!«, flüsterte er. »Mein Gott!«

Der Mann zu seiner Rechten sah strafend auf, aber Howard merkte es nicht einmal. Sein Blick saugte sich an dem blassen Mädchengesicht fest, das in der Optik seines Glases erschienen war wie eine Vision aus einer längst vergangenen Zeit. Dann bewegte sich ein Schatten, ein Stück hinter und neben dem Antlitz Ophelies, und ein zweites Gesicht erschien im Sichtfeld des Glases. Das Gesicht eines schlanken, dunkelhaarigen Mannes mittleren Alters, beherrscht von einem Paar nachtschwarzer stechender Augen und einem sorgfältig ausrasierten Kinnbart.

Howard schrie auf. »Nein!«, keuchte er. »Nicht ... nicht das! So grausam können sie nicht sein!«

Aber dann bewegte sich der Mann, und als Howard seinem Blick begegnete, wusste er, dass sie es konnten.

Und plötzlich wusste er auch, warum er hier war.

Und wie seine Strafe aussehen würde.

Seine Hand schloss sich so fest um das Glas, dass die beiden Objektive klirrend zerbarsten.

Es musste auf Mitternacht zugehen, als ich Paris erreichte. Die Straßen der Millionenstadt waren verlassen, und das Kopfsteinpflaster glänzte vor Nässe. Über dem Zentrum der Stadt, noch Meilen entfernt, schien eine pulsierende Glocke aus Licht zu schweben, und das Geräusch des klapperigen Fuhrwerkes, auf dem ich die letzten zwanzig Meilen zurückgelegt hatte, wurde von den Häusern rechts und links der Straße unheimlich verzerrt zurückgeworfen. Während der letzten zehn Minuten hatte sich der zweispännige Karren am Ufer der Seine entlanggequält, aber alles, was ich von diesem berühmten Fluss wahrgenommen hatte, war ein schwarzer Graben, der die Stadt in zwei Hälften zu teilen schien, und dann und wann ein leiser Geruch nach fauligem Wasser. Wie immer sich das Viertel von Paris nannte, in dem wir waren – es schien nicht unbedingt zu den vornehmsten Gegenden der Stadt zu gehören.

Das Fuhrwerk hielt mit einem letzten Schaukeln, und der Kutscher drehte sich zu mir herum. »Wir sind da, Monsieur«, sagte er. »Rue de la Provence.« Er nickte bekräftigend, deutete mit dem Stiel seiner Peitsche über den Fluss und fügte hinzu: »Ich hab extra einen Umweg gemacht, damit Sie nicht so weit laufen müssen. Ist keine so sichere Gegend hier. Vor allem nicht um diese Zeit. Sie brauchen nur noch über die Brücke zu gehen.«

Ich verstand den Wink, stieg umständlich von der Ladefläche des Gemüsekarrens herunter und zog meine Geldbörse aus der Rocktasche.

»Aber das ist doch nicht nötig, Monsieur, ich bitte Sie!« Der Mann begann abwehrend zu gestikulieren, schüttelte ein paar Mal hintereinander den Kopf – und griff blitzschnell nach dem Fünfzig-Franc-Schein, den ich ihm hinhielt. Ich unterdrückte ein Grinsen, dankte ihm noch einmal für seine Hilfe und wandte mich um, um auf die Brücke zuzuhumpeln. Hinter mir verklang das Geräusch der Karrenräder auf dem Pflaster.

Von der Oberfläche der Seine schlug mir ein eisiger Hauch entgegen, als ich auf die Brücke hinaustrat, und die Dunkelheit schien intensiver zu werden, als sauge etwas über dem Fluss auch noch das bisschen Licht auf, das Mond und Sterne spendeten. Ich schauderte und sah mich hastig nach beiden Seiten um.

Aber die Straße war leer. Für einen ganz kurzen Moment glaubte ich einen Schatten zu erkennen, sehr weit entfernt und fast am Ende der Straße. Irgendetwas klirrte, ein Geräusch wie Stahl, der über harten Stein scharrt. Aber als ich genauer hinsah, war er verschwunden, und das Klirren von Metall wurde zum ärgerlichen Fauchen eines Katers, den ich bei seinem nächtlichen Streifzug gestört hatte.

Ich schalt mich in Gedanken einen Narren, schlug den Jackenkragen hoch, denn die Luft war hier, direkt über dem Fluss, feucht und empfindlich kalt, und ging schneller weiter. Als ich das Hotel betrat, hatte ich den Schatten bereits wieder vergessen.

Das Haus war dunkel. Der Flur roch durchdringend nach kaltem Zigarrenrauch und Kohl, und irgendwo in den oberen Stockwerken plärrte ein Kind. Unschlüssig blieb ich stehen, sah mich nach so etwas wie einem Empfang um und klopfte schließlich an eine Tür, über der ein lieblos gekritzeltes Schild *Concierge* verkündete. Im Stillen fragte ich mich, welcher Teufel Howard geritten haben mochte, in einem derartigen Loch Unterschlupf zu suchen. Selbst die heruntergekommene Pension, in der ich ihn zum ersten Mal getroffen hatte, war ein Prachtquartier gewesen im Vergleich zu dieser Absteige.

Ich musste vier Mal klopfen – und jedes Mal etwas lauter –, ehe schließlich hinter der Tür schlurfende Schritte laut wurden. Eine Kette klirrte, dann wurde die Tür einen Spalt breit geöffnet, und ein verschlafenes Auge blinzelte zu mir heraus.

»Wissen Sie, wie spät es ist?«, murmelte eine Stimme. Das Auge blickte ein wenig feindseliger – was ich ihm, bei dem Anblick, den ich bieten musste, nicht einmal verdenken konnte.

»Mitternacht«, antwortete ich automatisch, lächelte so freundlich, wie es mir im Moment noch möglich war, und fügte hinzu: »Verzeihen Sie die Störung, Monsieur –«

»Madame«, unterbrach mich die Stimme. Die Tür wurde mit einem Ruck ganz geöffnet, und eine Zwei-Zentner-Matrone schob mir ihren gewaltigen Busen entgegen. Das Gesicht, das verschlafen unter einer Nachtmütze hervorblinzelte, sah aus wie ein zerknautschter Scheuerlappen. Aber irgendwie passte es zu diesem Hotel. »Madame Dupre, um genau zu sein«, fuhr sie fort. »Und Sie müssen Monsieur Craven sein, wenn ich nicht irre.«

»Das ... stimmt«, sagte ich verblüfft. »Woher wissen Sie –«

»Ich bin nicht dumm, junger Mann«, sagte Madame Scheuerlappen herablassend. »Ihre beiden Freunde haben gesagt, dass Sie kommen würden.« Der verschlafene Ausdruck wich jetzt rasch von ihrem Gesicht, und als sie weitersprach, wurden ihre Worte von einem Augenaufschlag begleitet, der mich sicher auf dumme Gedanken gebracht hätte, wäre sie zwanzig Jahre jünger und anderthalb Zentner leichter gewesen. »Ein gut aussehender junger Mann mit einer weißen Strähne im Haar«, fuhr sie fort. »Monsieur Lovecraft hat ein Zimmer für Sie reservieren lassen.«

»Hier?«, entfuhr es mir.

»Natürlich hier«, antwortete sie, griff zielsicher hinter sich und hielt mir einen handlangen Schlüssel vor das Gesicht. »Zimmer einundzwanzig. Im zweiten Stock.«

Automatisch griff ich nach dem Schlüssel, rührte mich aber nicht von der Stelle, sondern sah unsicher zwischen ihr und der ausgetretenen Treppe hin und her.

»Sie sind sicher, dass er möchte, dass ich –«

»Ganz sicher, junger Mann«, unterbrach mich Madame Dupre. »Um die Miete brauchen Sie sich nicht zu sorgen. Monsieur Lovecraft hat alles im Voraus bezahlt. Für zwei Wochen.«

»Aha«, machte ich.

»Er sagte auch, ich solle Ihnen zu essen geben, wenn Sie kommen«, fuhr Madame Scheuerlappen wichtigtuerisch fort. »Es ist zwar schon recht spät, aber für Gäste, die im Voraus zahlen, mache ich schon einmal eine Ausnahme.«

»Das ist sehr freundlich«, antwortete ich hastig, »aber es wäre mir im Moment wichtiger, mit Monsieur Lovecraft reden zu können. Welches Zimmer hat er?«

»Zweiundzwanzig«, antwortete sie. »Gleich neben Ihrem. Aber es hat gar keinen Zweck, hochzugehen. Die Herren sind nicht da.« Ihr Augenaufschlag wurde noch verführerischer. »Warum kommen Sie nicht herein? Ich mache Ihnen einen starken Kaffee.«

»Später«, sagte ich eilig, als sie bereits Anstalten machte, die Tür vollends zu öffnen und mich kurzerhand zu sich hereinzuzerren. »Ein Kaffee wäre göttlich, aber es ist im Moment sehr wichtig, dass ich mit Howard spreche. Wissen Sie, wohin er gegangen ist?«

Einen Moment lang blickte mich Madame Dupre fast vorwurfsvoll an, dann seufzte sie, fuhr sich mit einem fettigen Daumen über den Nasenrücken und deutete zur Tür. »In die Oper. Aber es hat gar keinen Zweck, wenn Sie ihnen nachfahren.«

»In die ... Oper?«, fragte ich zweifelnd. »Sind Sie sicher?«

»Und ob ich sicher bin«, entgegnete sie beleidigt. »Ich habe selbst den Wagen bestellt. Aber es hat keinen Sinn, wenn Sie ihnen nachfahren. Die Vorstellung ist garantiert ausverkauft. Heute ist Premiere, da gibt es schon Tage vorher keine Karten mehr. Und die Vorstellung ist sowieso bald aus. Warum kommen Sie nicht herein und trinken Kaffee mit mir, bis Ihre Freunde zurückkommen? Sie sehen aus, als hätten Sie es nötig«, fügte sie hinzu.

Einen Moment lang war ich wirklich versucht, ihr Angebot anzunehmen; ich war hundemüde und fühlte mich – im wahrsten Sinne des Wortes – ziemlich zerschlagen. Der Gedanke, auf der Treppe der Pariser Oper herumzustehen und darauf zu warten, dass Howard und Rowlf auftauchten, erfüllte mich nicht gerade mit Begeisterung. Aber dann blickte ich wieder in Madame Dupres treue Schweinsäuglein, und der Ausdruck, den ich darin las, überzeugte mich davon, dass sie weit mehr im Sinne hatte als Kaffeetrinken. Vielleicht war ein wenig frische Luft doch nicht zu verachten.

»Später«, sagte ich noch einmal. »Wenn ich zurück bin. Wie komme ich zur Oper?«

Das Lächeln auf Madames Gesicht wurde eisig. »Mit einem Wagen«, antwortete sie spröde. »Aber um diese Zeit kriegen Sie keinen mehr. Nicht in dieser Gegend. Und zu Fuß brauchen Sie eine Stunde.« Allmählich begann ich ihre Hartnäckigkeit zu bewundern.

»Trotzdem«, begann ich. »Ich muss Howard sprechen. Wenn Sie so nett wären, mir den Weg –«

Weiter kam ich nicht. Madame Dupre kam auch nie mehr dazu, mir statt des Weges zur Oper den in ihr Bett zu zeigen. Denn in diesem Augenblick wurde die Tür in meinem Rücken mit einem einzigen, gewaltigen Hieb eingeschlagen, und ein verzerrter menschlicher Schatten erschien unter der Öffnung.

Madame Dupre begann wie von Sinnen zu kreischen, während ich herumfuhr und instinktiv die Hand auf den Griff meines Stockdegens sinken ließ.

Aber ich führte die Bewegung nicht zu Ende, denn im gleichen Moment fegte der Eindringling die Reste der zerbrochenen Tür vollends beiseite, und ich erkannte sein Gesicht.

Oder das, was davon übrig war.

Die linke Hälfte seines Kopfes war nahezu unversehrt, während die andere regelrecht zermalmt worden war. Das braune Material, das menschlicher Haut so täuschend ähnlich sah, war zerrissen und hing in Fetzen herunter. Der eiserne Knochen darunter war zerbrochen und eingedrückt, und aus dem zerfransten Loch, in dem einmal die Nachbildung eines menschlichen Auges gewesen war, ragten die abgerissenen Enden dünner, silberner Drähte.

»Aber Monsieur, ich bitte Sie – das geht doch nicht!« Der Lakai begann verzweifelt mit den Händen zu ringen. Seine Stimme wurde schrill, und die Blicke, die er Howard zuwarf, grenzten eindeutig an Panik. Aber Howard beachtete ihn gar nicht, sondern schob ihn kurzerhand zur Seite und stürmte mit gesenktem Kopf an ihm vorbei. Hinter ihm wurden aufgeregte Stimmen laut, gefolgt von den Schritten von gleich drei, vier Männern. Ohne auch nur zurückzusehen, rannte Howard weiter, erreichte die schmale Tür am Ende des Ganges und riss sie auf.

Die Musik aus dem Bühnenraum wurde lauter, als er auf den winzigen Balkon hinaustrat. Hinter ihm erscholl ein fast entsetztes Keuchen, und eine Hand legte sich auf seine Schulter und versuchte ihn festzuhalten. Howard schüttelte sie ab, fuhr ärgerlich herum und funkelte den Lakai so zornig an, dass der Mann unwillkürlich ein Stück zurückprallte.

»Aber ich bitte dich, Bruder Howard!«

Obwohl die Stimme sehr leise war, schnitt sie wie ein Peitschenhieb in Howards Geist. Seine Hand, die zu einer abwehrenden Geste erhoben war, erstarrte mitten in der Bewegung. Eine halbe Sekunde lang blieb er reglos stehen, dann wandte er sich mit starren, fast puppenhaften Bewegungen um und starrte den dunkelhaarigen Mann an, der die Worte gesprochen hatte.

»Bitte mach hier nicht so einen Lärm, Bruder Howard«, fuhr der Mann fort. »Immerhin haben diese Leute sehr viel Geld bezahlt, um sich in Ruhe einem Kunstgenuss hingeben zu können – den du zweifellos nicht zu würdigen weißt.« Er lächelte dünn und humorlos, machte mit der Linken eine Geste auf den freien Platz neben sich und wandte sich an den Lakai, der mittlerweile Verstärkung bekommen hatte. »Es ist gut, Jean-Luc. Ich kenne den Herrn.«

»Du –« Howards Stimme zitterte vor Erregung, aber wieder unterbrach ihn der Fremde mit einer knappen, befehlenden Geste.

»Bitte, Bruder – nicht vor den Domestiken.«

Sekundenlang starrte Howard den dunkelhaarigen Mann mit unverhohlenem Hass an. Seine Finger spannten sich so fest um den zerdrückten Operngucker, dass die Knöchel wie kleine weiße Narben auf seiner Haut sichtbar wurden. Aber er wartete gehorsam, bis die Diener wieder gegangen waren. Erst dann trat er auf den Fremden zu, hob die Arme und streckte die Hände aus, als wolle er ihn packen und erwürgen.

»Wo ist sie?«, keuchte er. »Was hast du mit ihr gemacht?«

»Mit ihr?« Die dünnen, wie aufgemalt wirkenden Brauen des Mannes zogen sich zu einem fragenden Stirnrunzeln zusammen. »Von wem sprichst du, Bruder? Wir sind allein. Sieh dich um.«

Howard keuchte wütend. »Du weißt genau, von wem ich rede, du Ungeheuer«, zischte er. »Ich habe sie gesehen. Du ... du hast mir doch extra dieses Ding schicken lassen, damit ich sie sehe!« Er schwang das Opernglas wie eine Waffe und trat einen weiteren halben Schritt auf den Fremden zu. »Wo ist Ophelie, Sarim? Sag es, oder ich gebe dir mein Wort, dass du diesen Balkon nicht lebend verlässt!«

Sarim de Laurec lächelte flüchtig. »Du hast dich nicht verändert, Bruder Howard«, sagte er. »Ich habe deinen scharfen Geist und deinen wachen Verstand immer bewundert. Und ich habe nie verstanden, dass du dich in einen Idioten verwandelst, sobald diese Frau im Spiel ist. Wir hätten dich schon einmal beinahe getötet, ihretwegen.«

»Wo ist sie?«, keuchte Howard. »Rede, oder –«

»Oder?«, unterbrach ihn de Laurec kalt. »Oder was, Howard? Willst du mich töten? Was glaubst du, würde mit ihr geschehen, wenn du Hand an mich legen würdest?«

»Du Bestie!«, keuchte Howard. »Ihr ... ihr verdammten Bestien. Warum zieht ihr sie mit hinein? Ich bin hier, weil ich mich euch stellen wollte. Ihr könnt mich haben, aber lasst Ophelie aus dem Spiel. Sie hat nichts mit euch zu schaffen.«

»Aber mit dir, Bruder«, antwortete de Laurec kalt. »Du willst dich stellen? Gut. Ich habe Tapferkeit immer respektiert, auch bei meinen Feinden. Aber du täuschst dich, wenn du glaubst, du bräuchtest nur hierherzukommen und alles wäre in Ordnung. Du willst Ophelie?«

»Lasst sie in Ruhe«, sagte Howard. Seine Stimme bebte und drohte zu brechen. Seine Hände zuckten, als kämpfe er wirklich mit aller Macht gegen den Wunsch, sich auf de Laurec zu stürzen und ihn kurzerhand zu erwürgen. Aber im Grunde war es nur eine Geste der Hilflosigkeit. »Ich flehe dich an, Bruder de Laurec – Ophelie hat euch nichts getan. Sie ... sie ist unschuldig.«

»Niemand ist unschuldig, Bruder Howard«, erwiderte de Laurec kalt. »Aber ich werde dir beweisen, wie großmütig die Bruderschaft ist, auch denen gegenüber, die sie verraten haben. Du hast zwölf Stunden, um zu mir zu kommen. Allein und ohne Waffen.«

»Aber ich bin da!«, begehrte Howard auf. »Du hast mich! Was willst du noch, du Bestie?«

De Laurec schüttelte tadelnd den Kopf. Howard fiel eine winzige, schon halb verkrustete Wunde an seiner Schläfe auf, aber der Gedanke entglitt ihm, ehe er ihn vollends greifen konnte. »So nicht, Bruder«, sagte der Franko-Araber. »Du denkst, du bräuchtest nach zehn Jahren nur aufzutauchen und zu sagen *ich bin da* und alles wäre in Ordnung?« Er lächelte. »Du weißt, dass es nicht so leicht ist.«

Howard ballte in hilflosem Zorn die Fäuste. »Gut«, sagte er. »Ihr habt gewonnen, de Laurec. Was ... soll ich tun?«

»Du kennst mein Haus?«

»Das kleine Chalet außerhalb der Stadt?«

De Laurec nickte. »Du wirst dorthin kommen. Allein und waffenlos – und ohne den hirnlosen Schläger, der dich begleitet.«

»Und was geschieht mit ... mit Ophelie?«, fragte Howard stockend.

De Laurec zuckte mit den Achseln. »Das hängt ganz von dir ab, Bruder Howard. Glaube nicht, dass ich vergessen hatte, wie gefährlich du bist. Ich traue dir sogar jetzt noch zu, mich zu besiegen. Möglicherweise könntest du der gerechten Strafe auch diesmal entkommen.«

»Aber dann würdet ihr Ophelie töten«, murmelte Howard.

De Laurec nickte.

Eine endlose Sekunde lang starrten wir uns nur an. Ich mit einer Mischung aus schierem Unglauben und ganz langsam stärker werdendem Entsetzen, Eisenzahn mit unbewegtem Gesicht. Sein einzelnes, verbliebenes Auge schien vor Hass zu brennen, und seine Hände vollführten unentwegt kleine zupackende Bewegungen, die von einem ganz leisen Summen begleitet wurden.

Schließlich war es Madame Dupre, die mit einem Schrei die lähmende Stille brach. Eisenzahn und ich erwachten beinahe gleichzeitig aus unserer Erstarrung, aber ich war um eine Zehntelsekunde schneller. Eisenzahns Kopf ruckte mit einer harten Bewegung herum. Sein Kunstauge glühte stärker, und seine rechte Hand hob sich und grabschte in Madame Dupres Richtung, für einen Moment schien er unschlüssig, welchem Gegner er sich zuerst zuwenden sollte.

»Zurück!«, brüllte ich. »Um Gottes willen – *laufen Sie um Ihr Leben!*«

Gleichzeitig sprang ich vor, versetzte ihr einen Stoß vor die Brust, der sie rücklings in ihr Zimmer und ziemlich unsanft auf das gepolsterte Hinterteil fallen ließ, duckte mich unter Eisenzahns Klaue hindurch und führte die Drehung zu Ende. Mein Fuß kam hoch, beschrieb einen perfekten Halbkreis und traf Eisenzahns Kopf schräg von unten. Es war ein Tritt wie aus dem Lehrbuch; ganz genau so, wie ihn mir mein chinesischer Freund beigebracht hatte.

Aber hier zeigte er keine Wirkung. Stattdessen griff Eisenzahn mit einer beinahe gemächlichen Bewegung nach meinem Fuß und brachte mich mit einem kraftvollen Ruck aus dem Gleichgewicht. Ich schrie auf, kämpfte mit wild rudernden Armen um meine Balance – und fiel nach hinten, als Eisenzahn unversehens meinen Fuß losließ. Sekundenlang sah ich nichts als flammende rote Punkte und graue Schemen.

Als sich mein Blick klärte, kam Eisenzahn mit einem triumphierenden Klappern auf mich zu. Sein Stahlgebiss blitzte, und seine Hände waren zu Klauen verkrümmt. »Ich habe Ihnen doch gesagt, dass ich Sie töten werde, Craven«, sagte er ruhig und mit schnarrender Stimme. »Es ist meine Aufgabe.« Damit sprang er vor.

Mit einer verzweifelten Drehung warf ich mich beiseite, packte sein Bein mit beiden Händen und zerrte mit aller Kraft daran. Gleichzeitig stieß ich mit den Füßen nach seinem anderen Bein.

Erneut hatte ich das Gefühl, gegen einen Stahlträger getreten zu haben. Die Erschütterung pflanzte sich wie eine Welle aus vibrierendem Schmerz durch meinen Körper fort und trieb einen keuchenden Laut über meine Lippen. Aber ich hatte Erfolg. Eisenzahn zitterte und stand eine halbe Sekunde lang reglos da. Aus seinem Inneren drang ein schrilles, immer heller werdendes Heulen, dann hörte ich ein trockenes Knacken, als zerbreche ein Ast. Er kippte wie ein gefällter Baum nach hinten und zerschlug dabei die Bodenfliesen. Aber nur, um fast im gleichen Moment herumzurollen und sich mit einer schwerfällig scheinenden Bewegung wieder in die Höhe zu stemmen.

Ich war eine halbe Sekunde vor ihm auf den Beinen, machte einen Schritt in Richtung Tür und warf mich herum, als seine Hand vorschnellte. Seine Krallen gruben sich in die zertrümmerten Reste der Haustür und zermalmten sie vollends.

Ich prallte zurück, sah mich verzweifelt nach einem Fluchtweg um und rannte mit weit ausgreifenden Schritten auf die Treppe zu. Hinter mir erhob sich Eisenzahn wie ein zum Leben erwachter Albtraum. Die Treppe begann unter meinen Füßen zu beben, als er zur Verfolgung ansetzte.

Immer zwei, drei Stufen auf einmal nehmend, stürmte ich die Treppe hinauf, erreichte den ersten Absatz und lief weiter, ohne mich auch nur nach meinem Verfolger umzusehen. Die Treppe endete auf einem düsteren, scheinbar endlos langen Korridor, von dem zahlreiche Türen abzweigten. Ich stürmte weiter, erreichte sein Ende und polterte die nächste Treppe hinauf.

Als ich das dritte und letzte Stockwerk erreicht hatte, betrug mein Vorsprung gute zwanzig Yard. Ich lief weiter, bis ich am Ende des Korridors angelangt war, sah unschlüssig von einer Tür zur anderen und wandte mich schließlich dem Fenster zu. Eisenzahn kam schnell näher. Das ganze Haus schien unter seinen stampfenden Schritten zu erzittern. Er hatte eine Menge von seiner Schnelligkeit eingebüßt, wie mir ein rascher Blick über die Schulter zeigte. Er lief torkelnd wie ein Betrunkener und zog das rechte Bein sichtbar nach. Trotzdem war er noch immer fast so schnell wie ich.

Der Anblick zerstreute auch den letzten Rest von Zweifel. Ich schlug das Fenster ein, beugte mich hinaus und sah einen drei Stockwerke tiefen, nachtschwarzen Abgrund unter mir. Aber direkt neben dem Fenster führte eine verbeulte Regenrinne entlang, und die Mauer schien mir alt und rissig genug, meinen Fingern und Zehen Halt zu bieten.

Mit einer entschlossenen Bewegung schwang ich mich nach draußen, klammerte mich mit einer Hand und einem Bein an der Regenrinne fest, suchte mit dem anderen Fuß sicheren Halt auf dem Fensterbrett und griff mit der rechten nach oben. Unter meinen Fingern war rissiger feuchter Stein und Mörtel, der unter meinem Griff zerbröckelte. Zu allem Überfluss hatte es auch noch zu regnen begonnen, nicht sehr heftig, aber doch genug, die Wand mit einem glitschigen Schmierfilm zu überziehen.

Langsam – und fast krampfhaft darum bemüht, nicht in die Tiefe zu blicken – begann ich an der Regenrinne nach oben zu klettern. Die altersschwache Konstruktion ächzte und knarrte bedrohlich unter meinem Gewicht, aber die Angst gab mir zusätzliche Kraft und ich brauchte kaum eine Minute, den überhängenden Rand des flachen Ziegeldaches zu erreichen. Hastig sah ich in die Tiefe. Das zerborstene Fenster schien unendlich weit unter mir zu liegen, und die Straße darunter war hinter den Schatten der Nacht verschwunden. Von Eisenzahn war noch keine Spur zu sehen. Aber es konnte nur noch Sekunden dauern, ehe er das Fenster erreicht hatte.

Ich sah nach oben. Die Dachkante ragte einen guten halben Yard über die Mauer hinaus, sodass mir nichts anderes übrig blieb, als vorsichtig zuerst die linke, dann auch die rechte Hand von meinem Halt zu lösen, nach der durchhängenden Regenrinne zu greifen und einfach darauf zu hoffen, dass sie mein Gewicht tragen würde.

Für einen kurzen, schrecklichen Moment bog sich die gesamte Konstruktion unter meinem Gewicht durch. Ich angelte mit den Füßen nach dem Regenrohr, glitt aber an dem feuchten Eisen ab und verlor vollends den Halt. Eine halbe Sekunde lang kippte der Himmel über mir zur Seite, dann lief ein spürbarer Ruck durch das rostzerfressene Eisen, irgendwo ertönte ein Laut, als zerbreche Metall – und ich spürte, wie meine improvisierte Leiter vollends aus der Wand riss.

Mit letzter Kraft warf ich mich vor, bekam die Dachkante zu fassen und klammerte mich mit aller Macht daran fest. Die regenfeuchten Ziegel boten meinen Händen kaum Halt, aber ich krallte mich fest, spürte, wie meine Fingernägel der Reihe nach abbrachen, und griff blindlings mit der anderen Hand nach. Im gleichen Moment stürzte die Dachrinne polternd unter mir in die Tiefe.

Drei, vier Sekunden lang hing ich mit hilflos pendelnden Beinen an der Dachkante. Meine Füße scharrten über die Wand, aber ich fand keinen Halt und ich fühlte, wie meine Finger Millimeter für Millimeter über den feuchten Schiefer glitten; langsam, aber unbarmherzig. Verzweifelt zog ich die Beine an, machte einen gewagten Klimmzug, unter dem das ganze Dach zu erbeben schien, und zog mich ein Stück weiter nach oben. Aber nur, um sofort wieder auf dem glitschigen Dach zurückzurutschen.

Verzweifelt begann ich mit den Beinen zu strampeln, streifte die Schuhe ab und schrammte mit den Zehen über die Hauswand. Diesmal fand ich Halt. Meine nackten Zehen stemmten sich in einen Mauerriss, und für einen ganz kurzen Moment konnte ich mein Körpergewicht verlagern und nach festem Halt suchen. Mit einem letzten, erleichterten Seufzer zog ich mich auf das Dach hinauf.

Besser gesagt – ich wollte es.

Ein gewaltiger Schatten erschien vor dem regenverhangenen Nachthimmel, dann senkte sich ein nackter Fuß, der nur zur Hälfte aus Fleisch und Haut und zur anderen aus schimmerndem Eisen bestand, auf meine linke Hand und trat so wuchtig zu, dass ich meinen Halt losließ und erneut nach hinten zu kippen begann. Im letzten Moment konnte ich meinen Sturz bremsen, aber nur, um mit hilflos pendelnden Beinen weiter über dem Abgrund zu hängen. Und ich spürte, wie die Kraft in meiner rechten Hand von Sekunde zu Sekunde nachließ.

»Sie machen es mir wirklich nicht leicht, meine Aufgabe zu erfüllen, Mister Craven«, sagte Eisenzahn kopfschüttelnd. Er beugte sich vor, und obwohl ich genau wusste, dass er nichts als ein Automat und zu solcherlei Regungen gar nicht fähig war, glaubte ich für einen Moment, ein schadenfrohes Glitzern in seinem verbliebenen Auge zu sehen. »Aber ich verstehe nicht ganz, warum Sie sich die Mühe gemacht haben, an der Wand hinaufzuklettern«, fuhr er im Plauderton fort. »Sie hätten die Treppe nehmen können, wissen Sie? Genau wie ich.«

Und damit trat er mir auf die andere Hand. Das Letzte, was ich sah, war sein hämisches Grinsen. Dann kippten der Himmel und das Dach in einem grotesken Salto nach hinten weg, und ich fiel wie ein Stein in die Tiefe.

Obwohl in dem Zimmer an die hundert Kerzen brennen mussten, war es nicht richtig hell. Ein sonderbarer, flackernder Schein hing in der Luft wie graues Licht, und mit dem Knistern des Kaminfeuers drang noch ein anderer, unwirklicher Laut in das Schweigen der Nacht. Das Haus war still geworden, nachdem auch die letzten Dienstboten gegangen waren, viel stiller als sonst. Und da war noch etwas. Ein nicht mit Worten zu beschreibender, aber überdeutlich fühlbarer Unterschied, etwas, als ...

Sarim de Laurec hob stöhnend die Hand an die Stirn. Für einen Moment hatte er das Gefühl gehabt, das Zimmer auf bizarre Art und Weise sich biegen und winden zu sehen. Etwas war mit den Farben geschehen, das zu beschreiben ihm selbst in Gedanken die richtigen Worte fehlten. Die vertraute Umgebung, in der er seit mehr als zwei Jahrzehnten lebte, war ihm mit einem Male fremd und unheimlich erschienen, so fremd, als wäre er unversehens in eine vollkommen andere, ihm unverständliche Welt verschlagen worden.

Dann war das Gefühl gegangen.

Geblieben war die Furcht.

Sarim de Laurec hatte Angst. Und es war eine Angst ganz anderer Art, als er sie jemals zuvor kennen gelernt hatte. Er hatte Angst, ohne zu wissen wovor, und es war, als wäre in ihm noch etwas, ein fremder, feindseliger Geist, der an seiner Seele nagte und fraß wie eine unsichtbare Ratte.

Der Franko-Araber versuchte den Gedanken zu vertreiben, stand auf und ging mit raschen Schritten zu dem kleinen Teewagen neben dem Kamin hinüber, um sich – ganz gegen seine sonstigen Gewohnheiten – einen Drink zu mixen. Seine Hände zitterten so stark, dass das Eis im Glas klirrte, und der ungewohnte Alkohol brannte wie Feuer in seiner Moslem-Kehle. Aber er beruhigte ihn auch. Nach einer Weile spürte er, wie die Angst wich und sein normales, logisches Denken wieder die Oberhand gewann.

Sarims Augen wurden schmal, während er sich, das Glas noch immer in der Hand und den scharfen Geschmack des Cognacs auf der

Zunge, einmal um seine Achse drehte und das Zimmer in allen Einzelheiten musterte. Das Gefühl der Furcht war vergangen, aber de Laurec wäre nicht der Mann gewesen, der er war, wäre er einfach über den Zwischenfall hinweggegangen.

Was war das gewesen?, dachte er. Wirklich nur seine Nervosität – oder vielleicht mehr? Ein Angriff mit Mitteln der Magie oder Teufelskraft? Sekundenlang wog de Laurec alle ihm möglich erscheinenden Erklärungen gegeneinander ab.

Es mochte sein, dass das, was er gefühlt hatte, ein geistiger Angriff gewesen war, der Versuch eines anderen, Gewalt über sein Denken und seinen Willen zu erlangen. Bruder Howard?

Das war die eine Möglichkeit, überlegte de Laurec.

Die andere, die ihm weit wahrscheinlicher erschien, war, dass er noch immer unter den Auswirkungen des fehlgeschlagenen Versuches litt, das Kristallhirn der GROSSEN ALTEN unter die Kontrolle des Templerkapitels von Paris zu bringen. Er hatte die Berührung dieses unendlich fremden, bösen Geistes nur für Sekunden gespürt, aber er hatte gefühlt, welch ungeheure Macht dieses uralte Etwas besaß.

Als Sarim de Laurec an diesem Punkt seiner Überlegungen angekommen war, verspürte er einen scharfen, sehr tief gehenden Stich in der Schläfe. Er fuhr zusammen, krümmte sich wie unter einem Schlag und versuchte den Schmerz zu vertreiben. Als ausgebildeter Magier der Templerloge hatte er gelernt, seinen Körper perfekt zu beherrschen und Schmerzen nach Belieben abschalten oder zumindest dämpfen zu können.

Diesmal versagte sein Können. Im Gegenteil – der Schmerz steigerte sich zu plötzlicher Raserei, füllte seinen Schädel aus und schickte dünne brennende Adern aus purer Agonie in seinen Körper. De Laurec keuchte. Seine Hand krampfte sich so fest um das Glas, dass es zerbrach und die Scherben tiefe Wunden in seine Haut schnitten. Er taumelte, fiel rückwärts gegen den Barwagen und stürzte in einem Hagel von zersplitternden Gläsern und Flaschen zu Boden. Blut lief über seine Hände, eine Scherbe zerschnitt seine Wange, und der Inhalt der zerborstenen Flaschen bildete eine große, scharf riechende Lache aus den Mosaikfliesen des Bodens.

De Laurec spürte nichts von alledem.

Es war so wie beim ersten Mal, nur tausendfach schlimmer.

Das Zimmer zuckte und bebte vor seinen Augen, als wären die

Wände und die Einrichtung plötzlich zu grässlichem Leben erwacht. Fremde, unangenehme Farben überlagerten die zarten Pastelltöne der Tapeten und Gardinen, und aus den Schatten krochen *Dinge*.

De Laurec schrie. Verzweifelt bäumte er sich auf, schlug wie von Sinnen um sich und presste die Hände gegen die Augen, aber es nutzte nichts. Er konnte weiter sehen, als verfügte er plötzlich über zusätzliche Sinne, und er sah weit mehr, als er es mit seinen normalen menschlichen Augen je gekonnt hätte.

Das Zimmer veränderte sich weiter. Die Wände bogen und verzerrten sich auf groteske Weise. Graue, blasphemische Scheußlichkeiten starrten ihn aus den Rissen und Wunden der Wirklichkeit an, Blasen schlagende Tentakel peitschten, und da, wo der Boden sein sollte, kroch ein unheimlicher schwarzer Sumpf.

Dann, so schnell, wie die Visionen gekommen waren, verschwanden sie wieder. Mit ihnen verging der grausame Schmerz in de Laurecs Schädel, und plötzlich war die Welt wieder so, wie Sarim de Laurec sie kannte.

Beinahe jedenfalls.

Es dauerte lange, bis dem *Puppet-Master* des Templerordens die Veränderung auffiel.

Die Wirklichkeit hatte Flecken bekommen.

Es war ein sonderbarer, sinnverdrehender Effekt, der ihn abermals aufstöhnen ließ, kaum dass er sich mühsam in eine halbwegs sitzende Position hochgestemmt hatte. Dutzende von kleinen, verwaschenen grauen Flecken übersäten das Bild, das ihm seine Augen zeigten. Sie waren nicht statisch, sondern bewegten sich ununterbrochen, flitzten wie kleine graue Nebeltierchen hin und her und huschten jedes Mal davon, wenn er versuchte, genauer hinzusehen. Es war, als wäre sein Blick plötzlich getrübt; die grauen Flecken schienen auf seinen Netzhäuten zu sein, sodass es ihm unmöglich war, sie direkt anzusehen. Einen Moment lang versuchte er, sich an diese Erklärung zu klammern.

Aber er wusste auch, dass es nicht so war. Er hatte graue Flecken wie diese schon einmal gesehen, vor nicht einmal zwei Tagen.

Und dann hörte er die Stimme.

Sie war lautlos und erklang direkt in seinem Gehirn, und sie sprach Worte, die Sarim de Laurec noch nie zuvor in seinem Leben gehört hatte; Worte aus einer Sprache, die vor zweihundert Millionen Jahren untergegangen war, zusammen mit dem Volk, das sie benutzte.

Und trotzdem verstand er sie.

Länger als eine Stunde blieb er reglos und mit geschlossenen Augen hocken und lauschte auf die unsichtbare Stimme in seinem Schädel.

Als er endlich aus seiner Erstarrung erwachte, war alles Leben aus seinen Augen gewichen. Sie waren grau und matt, und alles, was darin noch loderte, war das Feuer des Wahnsinns. Sein Gesicht war schlaff, als lege das, was jetzt die Herrschaft über seinen Körper hatte, keinen Wert mehr auf die Kontrolle seiner Muskeln.

Aber er war nicht nur äußerlich verändert. Die größere, schlimmere Veränderung hatte sich lautlos und unsichtbar abgespielt, hinter seiner Stirn und auf einer Ebene seines Denkens.

Sarim de Laurec, der *Puppet-Master* des Templerordens, hatte einen neuen Herren gefunden.

Der erste halbwegs klare Gedanke war Erstaunen. Verwunderung darüber, dass ich noch lebte. Dann Schmerz. Ein Schmerz, der nicht genau zu lokalisieren war, sondern überall in meinem Körper wühlte, als zupfe jemand genüsslich an jedem einzelnen Nerv, den ich hatte. Dann begannen sich die düsteren Schleier zu lichten, die mein Bewusstsein umgaben; ich hörte Geräusche, spürte die Kälte des Regens auf der Haut und das harte Pflaster der Straße unter dem Kopf; und schließlich gerann der Schmerz zu einem grässlichen Brennen und Stechen in meinen Fußknöcheln und einem kaum weniger peinigenden Pochen in meinem Rücken. Jemand schlug mir ins Gesicht, nicht sehr fest, aber beständig, und eine Stimme rief immer wieder meinen Namen. Ich öffnete die Augen.

Ich lag auf dem Rücken inmitten eines gewaltigen Trümmerhaufens aus Holz, Metall und einem widerlich weichen, grünlich-gelben Etwas, das durchdringend nach faulem Obst stank. Eine gewaltige behaarte Hand hatte mich am Jackenaufschlag gepackt und halbwegs in die Höhe gezerrt, und eine zweite, nicht weniger große Hand klatschte immer wieder abwechselnd auf meine rechte und meine linke Wange. Darüber, noch immer halb verzerrt hinter treibenden grauen Schleiern, starrte mich Rowlfs Bulldoggengesicht an.

Er schlug noch drei, vier Mal zu, dann schien er endgültig davon überzeugt zu sein, dass ich wieder bei Bewusstsein war, denn er hörte auf, auf mich einzuprügeln, und setzte mich stattdessen wie ein Spielzeug aufrecht hin. Sofort sackte ich wieder zusammen, aber Rowlf zerrte mich abermals hoch, grunzte wütend und lehnte mich mit dem Rücken gegen das, was von dem zerborstenen Gemüsekarren übrig geblieben war.

»Verstehst du mich?«, fragte er. Seine Stimme klang sehr ernst.

Ich nickte, und auf Rowlfs breitem Gesicht machte sich ein erster Schimmer vorsichtiger Erleichterung breit. »Alles in Ordnung mit dir?«, fragte er noch einmal.

»Noch«, murmelte ich schwach. »Aber du kannst aufhören, mich weiter zusammenzuschlagen. Ich habe für heute genug Prügel bezogen.«

Rowlf grinste, ließ meine Schulter los und griff blitzschnell wieder zu, als ich erneut zur Seite zu kippen drohte. In meinem Kopf machte sich ein ekelhaftes Gefühl breit: kein Schmerz mehr, aber eine Mischung aus Schwindel und Schwäche, die beinahe schlimmer war.

»Wasn passiert, Kleener?«, nuschelte Rowlf, plötzlich wieder in seinen fürchterlichen Slang zurückfallend. »Wo kommste her, un warum nimmste niche Treppe, statt ausm Fenster zu springn?«

»Die gleiche blöde Frage hat mir gerade schon jemand gestellt«, stöhnte ich. »Bitte, Rowlf, mir ist nicht nach Scherzen zumute.«

Rowlf wurde übergangslos ernst. »Was war los?«, fragte er.

Ich dachte einen Moment ernsthaft über diese Frage nach, ohne zu einer befriedigenden Antwort zu gelangen. Dann machte irgendetwas hinter meiner Stirn hörbar *klick*, und ich fuhr mit einem leisen Schreckensruf hoch. Sofort wurde der Schwindel hinter meiner Stirn stärker. Ich griff Halt suchend nach Rowlfs Schultern, verfehlte sie, und fiel mit dem Gesicht voran in eine Ladung halb zerquetschten Gemüses. Rowlf half mir mit einem verzeihenden Lächeln auf.

»Wie lange ... wie lange liege ich hier schon?«, fragte ich, kaum dass ich wieder zu Atem gekommen war.

»'n paar Minuten«, antwortete Rowlf. »Ich hab grad noch gesehen, wie de vom Dach geflogn bist.« Er schüttelte den Kopf. »Dachte schon, ich müsste dich vonner Straße abkratzen, aber du has nochma Glückehabt.« Er wies mit einer Kopfbewegung auf den zertrümmerten Gemüsekarren, der meinen Sturz gebremst hatte und dabei selbst zu Bruch gegangen war. »Ohne dat Ding da wärste jetzt platt, Kleener.«

Ich starrte ihn einen Moment lang an, versuchte mich noch einmal hochzustemmen und kam wankend auf die Füße. Sofort begannen sich die Straße und der Himmel wie wild vor meinen Augen zu drehen. Ich wäre abermals gestürzt, hätte Rowlf mich nicht gestützt.

»Wir müssen weg«, sagte ich mühsam. »Schnell, Rowlf. Sonst sind wir beide tot.«

Seltsamerweise blieb Rowlf ernst; die spöttische Bemerkung, auf die ich wartete, kam nicht. »Der Mann, der dich vom Dach geworfen hat?«, fragte er.

Erstaunt sah ich auf. »Du hast ihn gesehen?«

»Nur sein' Schatten«, antwortete Rowlf. »Wer warn das gewesn?«

»Das wirst du schneller erfahren, als dir lieb ist, wenn wir nicht verschwinden«, antwortete ich. Instinktiv sah ich nach oben. Aber das Dach war leer. Natürlich, dachte ich bedrückt. Eisenzahn musste genauso wie Rowlf gesehen haben, dass ich den Sturz überlebt hatte. Wahrscheinlich war er jetzt schon auf dem Weg hier herunter. Wenn er noch nicht hier war, dann nur, weil ich an der Rückseite des Hauses abgestürzt war und das Gebäude keinen Hinterausgang hatte.

»Weg hier, Rowlf!«, sagte ich noch einmal. »Er bringt uns beide um, wenn wir nicht verschwinden.«

»Wer?«, erkundigte sich Rowlf. »Ich seh keinen nich.«

»Aber er wird gleich hier sein! Er muss den Block umgehen, aber er –«

Zumindest in diesem Punkt täuschte ich mich. Eisenzahn musste nicht. Er wählte den einfacheren Weg.

Einen halben Meter hinter Rowlf schien die Wand zu explodieren. Steine und Kalk flogen in hohem Bogen auf die Straße hinaus und trieben uns zurück, dann erbebte die Wand ein zweites Mal wie unter einem titanischen Hammerschlag, und ein fast zwei Meter hohes und halb so breites Stück der Ziegelmauer sank polternd in sich zusammen.

Und in der Bresche erschien eine verkrüppelt wirkende menschliche Gestalt. Ihr Stahlgebiss blitzte.

Howard drehte das Gesicht aus dem Wind, stieß die Tür vollends auf und sprang aus dem Wagen, noch ehe das Gefährt vollends zum Stehen gekommen war. Eines der beiden Kutschpferde begann unruhig mit den Hinterläufen zu stampfen, als in unmittelbarer Nahe ein Blitz aufzuckte. Kaum eine Sekunde später rollte das polternde Echo eines Donnerschlages durch die Nacht.

»Sie sind sicher, dass ich Sie nicht bis zum Haus fahren soll, Monsieur?«, erkundigte sich der Kutscher, als Howard den Wagen umrundete und ihm einen zusammengefalteten Geldschein hinaufreichte. »Es kostet nicht mehr«, fügte er gutmütig hinzu.

»Darum geht es nicht«, antwortete Howard rasch, zog mit der Linken den Hut tiefer in die Stirn und deutete eine Kopfbewegung zum Chalet an. »Mein Freund ist ein Sonderling, wissen Sie«, sagte er, lächelte entschuldigend und tippte sich bezeichnend mit dem Zeigefinger gegen die Schläfe. »Er hat Angst um seinen Rasen und wird fuchsteufelswild, wenn ein Wagen auf sein Grundstück fährt.«

Der Kutscher blickte ihn an, als zweifle er ernsthaft an seinem Verstand, sagte aber nichts mehr, sondern steckte den Geldschein ein, verkroch sich tiefer hinter der Krempe seines Regenhutes und ließ die Peitsche knallen. Wie zur Antwort dröhnte eine halbe Sekunde später ein weiterer Donnerschlag.

Howard wartete, bis der Wagen hinter glitzernden Regenschleiern verschwunden war, dann drehte er sich um, zog den Mantel noch enger um die Schultern und ging gebückt auf das große, schmiedeeiserne Tor zu, das die weiß gekalkte Gartenmauer durchbrach. Die rostigen Scharniere quietschten unheimlich, als er das Tor aufschob.

Wieder zerriss ein Blitz die Nacht wie ein verästelter blauweißer Riss im Himmel. Das plötzliche, grelle Schlaglicht ließ die Umrisse des Chalets als schwarzen Schattenriss aus der Nacht treten.

Howard schauderte, aber das rasche, eisige Frösteln, das über seinen Rücken lief, hatte nichts mit der Kälte zu tun, die wie ein klammer Hauch über dem Land lag. Es war der Anblick des Hauses gewesen, der ihn frösteln ließ. Es war nicht das erste Mal, dass er hier war. Aber er hatte gehofft, dieses fürchterliche Haus nie wieder betreten zu müssen ...

Schatten tauchten aus der Schwärze des Gartens auf und umschlichen ihn, dann wuchs ein großes, zottiges Ding direkt vor ihm aus der Nacht, ein Etwas wie die grässliche Parodie eines Hundes, mit Fängen aus Stahl und glühenden Augen aus rotem Kristall, in denen Mordlust loderte. Aber Howard ging mit unvermindertem Tempo weiter. Er wusste, dass ihm die leblosen Wächter dieses Hauses nichts zuleide tun würden. Sein Schicksal wartete im Inneren des Gebäudes auf ihn.

Die Tür des Chalets schwang nach innen, als er die breite Freitreppe hinaufging. Ein sanftes, gelbliches Licht glomm unter der Decke der gewaltigen Empfangshalle auf, und die Tür schloss sich wie von Geisterhand bewegt wieder, als er hindurchgetreten war.

Howard ging ein paar Schritte weit in die Halle hinein, blieb stehen und sah sich aufmerksam um. Er war allein. Trotzdem spürte er, dass er von zahllosen unsichtbaren Augen beobachtet wurde.

Fast eine Minute lang blieb Howard reglos stehen und wartete. Im Haus herrschte eine fast geisterhafte Stille, ein Schweigen sonderbar tiefer, unnatürlicher Art, das vom rollenden Echo der Donnerschläge noch betont wurde, und ein paar Mal flackerte das Licht. Howard sah nach oben und bemerkte, dass die Gaslüster, die bei seinem letzten Besuch vor zehn Jahren unter der Decke gehangen hatten, durch elektrische Lampen ersetzt worden waren. Ein dünnes, fast schmerzliches Lächeln stahl sich auf seine Lippen. Sarim de Laurec hatte schon immer eine Vorliebe für technische Spielereien gehabt. Was hatte er erwartet?

Am anderen Ende der Halle öffnete sich eine Tür. Ein schmales Dreieck grellweißen, blendenden Lichtes schnitt in die gelbliche Helligkeit der Halle, dann erschien ein Schatten unter der Tür, gleich darauf ein zweiter.

»Sarim?«, fragte Howard. Er blinzelte, konnte aber gegen das grausam helle Licht nichts als zwei unterschiedlich große menschliche Umrisse erkennen. Er machte einen Schritt, blieb wieder stehen und fuhr sich mit dem Handrücken über die Augen. Dann schloss sich die Tür, das grellweiße Licht erlosch, und aus den beiden tiefenlosen, flachen Schatten wurden Menschen. Und Howard unterdrückte im letzten Moment einen Schrei.

»Du bist also gekommen«, sagte Sarim de Laurec leise. Er lächelte kalt und schnell wie eine Schlange, bewegte sich zwei, drei Schritte auf Howard zu und machte eine befehlende Geste mit der Linken. Die zweite Person erwachte ebenfalls aus ihrer Erstarrung und trat an seine Seite. Ihr bodenlanges, besticktes Kleid raschelte hörbar. »Es freut mich zu sehen, dass du noch einen Funken Ehre im Leibe hast, Bruder Howard. Ich muss gestehen, dass ich nicht sicher war, ob du wirklich kommen würdest.«

Howard schien seine Worte gar nicht zu hören. Sein Blick saugte sich an dem schmalen, vor Furcht bleich gewordenen Gesicht der jungen Frau fest, die neben dem *Puppet-Master* stand.

»Ophelie«, flüsterte er. Seine Stimme bebte und hörte sich an, als würde sie jeden Moment brechen. »Was ... was haben sie mit dir gemacht?«

Die Frau wollte antworten, aber de Laurec gebot ihr mit einer knappen befehlenden Geste zu schweigen und lächelte abermals. Es wirkte noch kälter als das erste Mal. »Nichts«, sagte er. »Wir sind vielleicht hart, möglicherweise sogar so gnadenlos, wie du behauptest, Bruder Howard. Aber wir sind nicht grausam. Wir haben ihr nichts zuleide getan. Weder körperlich noch in anderem Sinne.«

»Stimmt das?«, flüsterte Howard. »Ist das wahr, Ophelie? Haben sie dir ... nichts getan?«

Diesmal hinderte de Laurec das Mädchen nicht daran zu antworten. »Es stimmt, Howard«, sagte sie. Ihre Lippen zitterten. In ihren Augen stand ein fürchterliches Flackern. »Aber ich ... ich habe Angst. Ich weiß nicht, was das alles hier bedeutet. Bitte, Howard – hilf mir.«

DeLaurec lachte leise. »Du siehst, Bruder Howard, wir stehen zu unserem Wort.«

Howard nickte. Die Bewegung kostete ihn unendliche Überwindung. »So wie ... wie ich«, antwortete er stockend. »Ich bin hier, wie du verlangt hast, Sarim. Jetzt ... jetzt lass sie frei!«

De Laurec lachte erneut. »Glaubst du wirklich, es wäre so leicht, Bruder?«, fragte er. »Du enttäuschst mich. Ich habe dir versprochen sie freizulassen, sobald du deine gerechte Strafe bekommen hast. Dieses Versprechen werde ich halten. Aber mehr auch nicht.«

»Was willst du noch, du Teufel?«, brüllte Howard. »Ich bin hier! Ich bin in deiner Gewalt! Töte mich, wenn du es willst, aber lass sie gehen. Sie hat euch nichts getan!« Er ballte hilflos die Fäuste, trat einen weiteren Schritt auf den Templer zu und blieb abermals stehen. »Was willst du noch?«, flüsterte er noch einmal.

»Deinen Tod. So, wie es beschlossen wurde, Bruder«, antwortete de Laurec kalt. »Aber ich habe mich entschlossen, dir noch eine letzte Chance zu gewähren.«

»Eine Chance?«, wiederholte Howard misstrauisch. »Was soll das, Sarim? Willst du mich leiden sehen?«

»Vielleicht«, antwortete de Laurec amüsiert. »Aber du weißt, dass ich Tapferkeit als eine der wichtigsten männlichen Tugenden schätze. Und tapfer warst du weiß Gott, auch wenn du deine Fähigkeiten gegen uns eingesetzt hast, statt –«

»Das ist nicht wahr!«, unterbrach ihn Howard. »Ich wollte nichts als meine Ruhe haben. Ich habe niemals gegen euch gekämpft.«

»Wer nicht für uns ist, ist gegen uns, Bruder«, sagte de Laurec. »Aber es ist müßig, wenn wir uns jetzt noch streiten. Du bist hier, das allein zählt. Und ich gebe dir eine Chance, dein Leben zu retten. Deines und das des Mädchens.«

»Das des ...« Howard brach mit einem keuchenden Laut ab, hob die Fäuste und trat drohend einen weiteren Schritt auf den Templer zu. »Was ... was soll das heißen, Sarim? Du hast versprochen sie freizulassen, wenn ich mich stelle.«

»So, wie du einmal geschworen hast, unserer Loge bis an dein Lebensende treu zu sein«, nickte de Laurec. »Aber höre mich an, ehe du mich einen Betrüger schimpfst, Bruder. Ich stehe zu meinem Wort. Ich tue sogar noch ein Übriges – ich gebe dir nicht nur die Chance, ihr Leben zu retten, sondern sogar dein eigenes.«

Er schwieg einen Moment, und als er weitersprach, war in seinen Augen ein Glitzern, das irgendetwas in Howard erstarren ließ. »Sag, Bruder«, fragte er, »spielst du noch immer so gut Schach wie früher?«

»Gehen Sie mir aus dem Weg«, sagte Eisenzahn ruhig. Seine Stimme hatte sich abermals verändert, sie klang jetzt eine Spur zu hoch und zu schrill für die eines Menschen und wurde von einem leisen, wimmernden Jaulen begleitet. Sein rechtes Bein klirrte wie ein Sack voll Metallschrott, als er auf Rowlf zutrat und mit einer befehlenden Geste die Hand hob.

Rowlf ballte die Fäuste, reckte kampflustig das Kinn vor und baute sich breitbeinig vor dem zwei Köpfe kleineren Mann auf. »Isser das?«, fragte er, ohne den Blick von Eisenzahn zu wenden.

Ich nickte. Dann fiel mir ein, dass ich hinter Rowlf stand und er die Geste kaum sehen konnte, und ich fügte ein hastiges »Ja« hinzu.

Rowlf schnaubte. »Was wollnse vonnem Kleenen?«, fauchte er Eisenzahn an. »Wennsem was antun wolln, müssense ers an mir vorbei, Männeken.«

Eisenzahn schwieg einen Moment, und ich glaubte fast zu sehen, wie die Zahnräder – oder was immer er anstelle eines Gehirnes hatte – hinter seiner Stirn rotierten. Dann ruckte sein Kopf herum, und sein zerstörtes Gesicht wandte sich wieder mir zu. »Ist das ein Freund von Ihnen, Mister Craven?«, fragte er.

»'n Freund?« Rowlf keuchte. »Das kannste dreimal sagen, Knirps. Un ich mag es gar nicht, wenn einer meine Freunde vom Dach schmeißt!«

»Wenn Sie wirklich Freunde sind, Mister Craven«, fuhr Eisenzahn ungerührt fort, »dann sollten Sie ihm sagen, wie aussichtslos es ist, gegen mich kämpfen zu wollen.« Seine Stimme klang plötzlich fast bedauernd. »Warum ziehen Sie Fremde mit hinein, Mister Craven? Ihr Freund kann Sie nicht retten. Sie gefährden nur sein Leben, wenn Sie –«

Rowlf brüllte wie ein wütender Stier, raste mit hoch erhobenen Armen auf Eisenzahn zu und schmetterte ihm mit aller Gewalt die Faust vor das Kinn. Eisenzahn machte nicht einmal den Versuch, dem Hieb auszuweichen. Es war auch nicht nötig. Ich ahnte, was geschehen würde, aber mein Warnschrei kam zu spät. Und Rowlf hätte wahrscheinlich sowieso nicht darauf gehört. Seine Faust krachte mit ungeheurer Wucht gegen Eisenzahns Kiefer.

Rowlf war mit Abstand der stärkste Mann, dem ich jemals begegnet war. Ich hatte gesehen, wie er zum bloßen Zeitvertreib Türen einschlug und armdicke Äste zerbröselte wie andere einen Zahnstocher; einmal war ich Zeuge, wie er einen jungen Stier niederschlug, mit einem einzigen Hieb seiner gewaltigen Fäuste. Und Eisenzahns Anblick musste ihm deutlich genug gesagt haben, dass er keinem »normalen« Gegner gegenüberstand. Diesmal schlug er nicht zu, um den anderen kampfunfähig zu machen, wie er es sonst tat. Diesmal schlug er mit aller Gewalt zu. Der Hieb hätte ein Brauereipferd gefällt.

Eisenzahn erschütterte er nicht einmal.

Dafür brach Rowlf sich seine Hand.

Er brüllte vor Schmerz, prallte zurück und schrie gleich darauf ein zweites Mal auf, als sich Eisenzahns Rechte wie eine Stahlklammer um sein Handgelenk schloss. Mit einem kurzen, unglaublich harten Ruck brachte er Rowlf aus dem Gleichgewicht, schleuderte ihn zu Boden und versetzte ihm mit der anderen Hand einen fast sanften Hieb gegen den Hinterkopf. Rowlfs Schmerzgeheul wurde zu einem erstickten Keuchen. Er fiel nach vorne, versuchte sich hochzustemmen und sank mit einem kraftlosen Seufzer zurück.

»Ich werde ihn nicht töten«, sagte Eisenzahn. »Es ist nicht meine Aufgabe.«

»Wie edel«, antwortete ich. Aber meine Stimme zitterte dabei und verdarb den spöttischen Klang, den die Worte eigentlich haben sollten. Eisenzahn kam langsam auf mich zu, im gleichen Tempo wich ich vor ihm zurück. Er schüttelte den Kopf.

»Das hat doch keinen Sinn, Craven«, sagte er sanft. »Sie wissen es. Sie haben längst erkannt, was ich bin.«

»Ja«, antwortete ich, während ich verzweifelt einen Fluchtplan nach dem anderen erdachte und wieder verwarf. »Eine Maschine.«

»Ein Automat«, bestätigte Eisenzahn. Seine Hände hoben sich und wurden wieder zu diesen grauenhaften Klauen. Rasiermesserscharfer Stahl schimmerte durch die zerfetzten Reste des hautfarbenen Materials, das ihn bedeckte.

»Und deine Aufgabe ist es, mich zu töten?« Meine Gedanken überschlugen sich. Ich saß in der Falle. Die Straße endete vierzig, fünfzig Schritte hinter mir vor einer Wand, und den Gedanken, irgendwie an Eisenzahn vorbeizukommen, um das offene Ende der Gasse zu erreichen, konnte ich gleichfalls vergessen.

»Das stimmt«, bestätigte Eisenzahn. »Umso weniger verstehe ich, weshalb Sie noch immer versuchen zu entkommen. Sie müssen wissen, dass es keinen Sinn hat. Sie sind schneller als ich, aber ich kenne weder Müdigkeit noch Schwäche. Sie können fliehen, so weit und wohin Sie wollen. Ich werde Sie einholen. Es ist eine reine Vergeudung von Energie und Material, wenn Sie weiter fliehen.«

»Das stimmt«, bestätigte ich. »Aber vielleicht unterscheidet mich das von einer Maschine.«

»Wie Sie wollen, Mister Craven«, sagte Eisenzahn. »Ich wollte es einfacher machen – für uns beide.«

Warnungslos sprang er auf mich zu.

Ich warf mich zur Seite, verlor auf dem regennassen Kopfsteinpflaster den Halt, fiel der Länge nach hin und rollte mich instinktiv zur Seite. Eisenzahns stählerner Fuß krachte dort nieder, wo eine halbe Sekunde zuvor noch mein Gesicht gewesen war, zermalmte den Stein und kam zu einem weiteren Tritt wieder hoch. Ich rollte weiter, entging auch seiner nächsten Attacke um Haaresbreite und kam torkelnd wieder auf die Füße.

Eisenzahn setzte mir lautlos nach. Seine Hände schnappten nach meinem Gesicht, verfehlten es um Millimeter und fetzten ein Stück Stoff aus meiner Jacke. Ich taumelte, schlug mir die Hände an seinem Arm blutig und spürte einen eisigen Luftzug, als ich einem weiteren Faustschlag wie durch ein Wunder entging.

Ich torkelte weiter zurück, stolperte und fühlte plötzlich harten Stein im Rücken. Eisenzahn sprang auf mich zu. Seine Glieder bewegten sich nicht mehr richtig; die Beschädigungen, die er erlitten hatte, mussten sein Koordinationszentrum in Mitleidenschaft gezogen haben. Trotzdem entging ich seinem nächsten Hieb nur um Haaresbreite, duckte mich zur Seite und prallte mitten in der Bewegung zurück, als seine Faust vorschoss und ein kopfgroßes Loch in die Wand schlug, vor der ich stand. Der nächste Hieb würde mich töten, das wusste ich.

Aber der tödliche Schlag, auf den ich wartete, kam nicht. Ein gewaltiger Schatten wuchs hinter Eisenzahns Gestalt in die Höhe. Ich hörte ein Geräusch, wie das Knurren eines gereizten Bären, dann schlossen sich Rowlfs gewaltige Arme von hinten um Eisenzahns Körper, verschränkten sich vor seiner Brust – und hoben ihn mit einem unglaublich kraftvollen Ruck in die Höhe.

Für die Dauer eines Atemzuges erstarrte der Maschinenmensch. Wieder erscholl aus seinem Inneren dieses schrille, misstönende Jaulen, und plötzlich bog sich sein rechter Arm in einer unmöglichen Bewegung nach hinten. Rowlf brüllte auf, als sich Metallfinger in seine Stirn gruben. Blut lief über das Gesicht des rothaarigen Riesen.

Der Stockdegen schien wie von selbst aus seiner Scheide zu springen. Ich riss die Waffe in die Höhe und stieß sie mit aller Gewalt in den zerfetzten Krater in Eisenzahns Gesicht, wo sein Kunstauge gesessen hatten. Die Klinge glitt eine halbe Hand breit in seinen Metallschädel hinein, traf auf Widerstand und bog sich durch, als ich noch einmal mit aller Macht nachstieß.

Ein heller, peitschender Laut erscholl. Blaue Funken sprühten aus dem Riss in Eisenzahns Schädel, und plötzlich lief ein hauchdünner blauweißer Blitz in einem irrsinnig schnellen Zickzack über die Klinge meines Degens. Für einen Moment schien der gesprungene Knauf aus gelbem Kristall wie unter einem unheimlichen, inneren Feuer aufzuglühen. Weißblaue Feuerlinien zeichneten die Konturen des *Shoggotensternes* nach, der darin eingegossen war. Dann raste der Blitz weiter und verschwand in meiner Hand.

Ein grässlicher Schmerz zuckte durch meinen Arm und ließ jeden einzelnen Nerv darin vibrieren. Ich prallte schreiend zurück und versuchte den Degen loszulassen, aber es ging nicht. Meine Finger klebten unverrückbar am Metall des Degens, und aus Eisenzahns Schädel zuckten noch immer dünne, verästelte Blitze. Mein Herz kam aus dem Rhythmus. Ich taumelte, fiel auf die Knie und warf mich mit aller Macht zurück. Und diesmal gelang es mir, die Hand vom Griff des Stockdegens loszureißen.

Es war vorbei, ehe ich zu Boden stürzte. Ein letzter, grellblauer Blitz zuckte aus Eisenzahns Schädel, dann verstummte das schrille Wimmern, und aus seinen Ohren, dem Mund und der Nase kräuselte sich dünner grauer Rauch. Das mörderische Feuer in seinem unversehrt gebliebenem Auge erlosch.

Obwohl die grellen Entladungen aufgehört hatten, schien mein rechter Arm noch immer in Flammen zu stehen. Mein Herz hämmerte wie rasend, und durch einen blutgetränkten Nebel sah ich, wie Rowlf neben mir auf die Knie sank und die Hand nach mir ausstreckte.

Dann verlor ich zum dritten Mal an diesem Tag das Bewusstsein.

»E2 auf E4«, sagte Sarim.

Howard runzelte die Stirn, sagte aber nichts, sondern blickte nur konzentriert auf das gewaltige Schachbrettmuster vor sich hinab. Sarims Zug war alles andere als originell. Genau genommen war es eine Eröffnung, wie sie jeder Anfänger gemacht – und damit von vornherein verloren – hätte.

»E7 auf E5«, sagte er schließlich. »Du enttäuschst mich, Sarim. Als ich das letzte Mal gegen dich gespielt habe, warst du ein Meister.«

De Laurec wartete, bis sich die hundegroße Bauernfigur klappernd auf das angegebene Feld bewegt hatte, ehe er antwortete. »Wer weiß, Bruder«, sagte er. »Vielleicht bin ich aus der Übung. Oder du hast nachgelassen.« Er machte eine einladende Handbewegung, »D2 auf D4. Dein Zug, Bruder.«

Howard starrte den dunkelhäutigen *Puppet-Master* sekundenlang an, ehe er sich wieder auf das Schachbrett konzentrierte. Das Feld war so wie alles, was es in de Laurecs Haus gab: gigantisch und vollgestopft mit technischen Spielereien. Als Schachbrett diente das Schwarzweiß-Muster der Bodenfliesen in Sarims großem Salon, wobei jedes Feld gute anderthalb Meter im Quadrat maß. Entsprechend groß waren die Figuren. Die beiden Königsbauern, die sich jetzt in der Mitte des Feldes gegenüberstanden, hatten die Größe zehnjähriger Kinder und bestanden aus goldfarbenem Metall. Und sie ähnelten auch wirklich zwergenwüchsigen Bauern.

Sarims Damenbauer stand jetzt neben seinem Königsbauer und somit auf einem Feld, auf dem Howard ihn schlagen konnte. Was sollte das, dachte er. Ein Spieler von de Laurecs Format opferte keine Figur, wenn er nicht etwas ganz Bestimmtes dabei im Sinne hatte. Einen Moment überlegte er, das Angebot anzunehmen und die Figur zu schlagen. Dann schüttelte er den Kopf, ging mit raschen Schritten zu seiner Grundlinie zurück und berührte seinen Damenbauer an der Stelle, die de Laurec ihm gezeigt hatte. Rasselnd setzte sich die Metallfigur in Bewegung und blieb stehen, als Howard die Hand zurückzog. »D7 auf D5«, sagte er.

De Laurecs linke Augenbraue rutschte ein Stück nach oben. »Du schlägst ihn nicht?«, fragte er. »Das wundert mich. Hast du Hemmungen?«

»Vielleicht«, sagte Howard leise. »Dein Zug.«

»Ich weiß.« De Laurecs Lächeln wurde eine Spur kälter. »Ich nehme dein Angebot jedenfalls an. E4 auf D5. Bauer schlägt Bauer.«

Die silberne Bauernfigur rutschte klirrend auf das bezeichnete Feld. Howards Damenbauer wurde beiseitegestoßen, blieb einen Moment klirrend und scheppernd auf dem Nachbarfeld stehen – und trollte sich vom Brett.

Doch er erstarrte nicht wieder zur Bewegungslosigkeit, wie Howard angenommen hatte. Aus seinem Inneren erscholl ein leises, metallisches Klicken, und plötzlich schoss einer der Metallarme vor. Rasiermesserscharfer Stahl blitzte dort, wo die Finger des Bauern sein sollten.

De Laurecs hämisches Kichern ging in Howards Schmerzensschrei unter, als sich die vier winzigen Klingen in seine Wade bohrten.

Der Himmel über der Stadt wurde langsam grau. Es musste irgendwann zwischen vier und fünf Uhr morgens sein, und so, wie es aussah, würde auch dieser Tag wieder mit Regen und unzeitgemäßer Kälte über Paris hereinbrechen. Beinahe automatisch kroch meine Hand zur Weste, um die Taschenuhr hervorzuziehen, aber dann führte ich die Bewegung nicht zu Ende. Selbst dazu war ich zu müde. Das regelmäßige Schaukeln der Kutsche begann eine einlullende Wirkung auf mich auszuüben.

»Gleich simmer da«, sagte Rowlf. Die Worte drangen nur undeutlich durch den dämpfenden Mantel aus Müdigkeit und Schwäche, der sich zwischen mein Denken und die Welt gesenkt hatte. Ich blinzelte, richtete mich ein wenig in den Polstern der Mietdroschke auf und lugte müde durch eine zerschlissene Stelle in den Vorhängen. Es war noch nicht hell genug, um viel von der Umgebung zu erkennen. Aber nach dem Wenigen, was ich sah, glaubte ich nicht, dass es eine Gegend war, die ich mochte.

Müde blinzelte ich zu Rowlf hinüber. Er sah so erschöpft und mitgenommen aus, wie ich mich fühlte. Seine rechte Hand war unförmig angeschwollen und lag wie ein Klumpen nutzlosen Fleisches auf seinem Schoß. Sein Gesicht war zerschunden und blutig, und in seinen Augen hatte sich zu dem Ausdruck von Erschöpfung und Schmerz noch der einer tiefen, quälenden Sorge gesellt. Wir hatten die halbe Stadt zu Fuß durchquert, ehe es mir – unter Zuhilfenahme meiner suggestiven Kräfte und einer Summe, die ausgereicht hätte, den altersschwachen Zweispänner zu kaufen – endlich gelungen war, einen Wagen zu bekommen. Das Dutzend anderer Kutscher, das wir vorher angesprochen hatten, hatte uns entweder davongejagt oder so getan, als existierten wir nicht. Ich konnte es ihnen nicht einmal verdenken. Wer nimmt schon mitten in der Nacht zwei Fremde auf, von denen der eine aussieht wie Frankensteins großer Bruder nach einer Schlägerei und der andere keine Schuhe anhat und nach verfaultem Gemüse stinkt?

Die Kutsche schaukelte um eine Straßenbiegung und wurde ein wenig schneller, und ich sah abermals aus dem Fenster. Die Gegend schien mit jedem Yard, den die Kutsche zurücklegte, schäbiger zu werden. Die Häuser waren schwarz vor Ruß und Jahrzehnte altem Schmutz, und die kleinen Fenster schienen wie blind gewordene Augen auf uns herabzustarren. Müde versuchte ich, Ordnung in das Durcheinander zu bringen, das hinter meiner Stirn herrschte, und dachte noch einmal über das nach, was ich von Rowlf erfahren hatte. Er hatte in einem Straßencafé am Opernplatz gewartet, wie Howard es ihm befohlen hatte, aber Lovecraft war lange vor Ende der Vorstellung wieder aufgetaucht – nur, um sofort in eine Kutsche zu springen und zu verschwinden, ehe Rowlf auch nur recht begriffen hatte, was vorging. Alles, was wir noch hatten, war die Adresse eines Mannes, von dem wir nichts außer seinem Namen wussten – und der Tatsache, dass er Howard hasste. Nicht gerade die idealen Voraussetzungen dafür, in einer Stadt wie Paris einen einzelnen Mann zu finden; einen Mann dazu, der sicher alles in seiner Macht Stehende tun würde, seine Spur zu verwischen.

»Wir hätten ihn inne Sahne schmeißn solln«, drang Rowlfs Stimme in meine Gedanken.

Ich sah auf, starrte ihn einen Moment verständnislos an und fragte: »Wen?«

»Den Blechkopp«, antwortete er. »'s wird 'ne Menge Ärger gebn, wenner jefunden wird. Wär besser gewesen, wir hättn verschwinden lassen.«

Ich nickte, zuckte gleich darauf mit den Achseln und sah demonstrativ aus dem Fenster. Natürlich hatte Rowlf recht: Es würde mehr als nur »Ärger« geben, wenn die menschengroße Puppe gefunden wurde und Madame Dupre ihre Aussage machte. Aber es war zu spät für solcherlei Überlegungen – und ich hatte auch keine Lust mehr, darüber nachzudenken. Eine Stadt mehr, in der es besser für mich war, mich nicht mehr blicken zu lassen, dachte ich. Was machte das schon? Allmählich begann ich mich daran zu gewöhnen, an jeden Ort nur einmal zurückzukehren.

»Wir sind da«, sagte Rowlf plötzlich. Ich schrak aus meinen Gedanken hoch, streckte die Hand nach der Türklinke aus und öffnete sie, kaum dass der Wagen angehalten hatte. Regen und ein Schwall eisiger Luft schlugen mir ins Gesicht, als ich auf die Straße hinabsprang. Weiter im Westen, über dem Zentrum der Stadt, wetterleuchtete das blaue Gleißen eines Gewitters. Sekunden später ertönte der erste, noch gedämpfte Donnerschlag.

Der Wagen fuhr weiter, nachdem Rowlf ausgestiegen war. Der Fahrer würde die beiden sonderbaren Gäste vergessen, die er mitten in der Nacht durch halb Paris kutschiert hatte, und sich am nächsten Morgen über das Bündel Geldscheine wundern, das in seiner Rocktasche war, dafür hatte ich gesorgt. Einen Moment lang wünschte ich mir, dass alle Probleme so leicht zu lösen wären – mit Geld und ein wenig Hokuspokus. Aber das würde wohl immer ein frommer Wunsch bleiben. Oder ein dummer, je nachdem.

Rowlf deutete auf einen winzigen Laden auf der gegenüberliegenden Straßenseite, dessen Fensterscheiben matt im grauen Licht der Dämmerung blinkten. »Dort.«

Seine Stimme klang gepresst, und ich war sicher, dass es nicht nur die Müdigkeit war, die ich darin hörte. Einen ganz kurzen Moment lang zögerte er noch, dann ging er, schräg gegen den Wind und den Regen geneigt, über die Straße und blieb vor der Tür des Ladens stehen.

Ich folgte ihm. Die Kälte schien zuzunehmen, als ich neben Rowlf stehen blieb, und für einen Moment glaubte ich ein helles metallisches Klirren unter dem Heulen des Windes zu hören. Erschrocken fuhr ich herum. Aber die Straße war leer.

»Was ist los?«, fragte Rowlf alarmiert.

»Nichts«, antwortete ich. »Ich bin nervös, das ist alles.«

Rowlfs Blick sagte mir sehr deutlich, wie wenig er mir diese Erklärung abnahm. Aber er ging nicht weiter auf meine Worte ein, sondern wandte sich wieder dem Laden zu, streckte die Hand nach der Klinke aus und rüttelte prüfend daran.

Die Tür war offen.

Rowlf runzelte verwundert die Stirn, sah mich einen Herzschlag lang an und trat dann vollends in den Laden hinein. Ich folgte ihm, nicht ohne vorher noch einen sichernden Blick auf die Straße zu werfen. Sie war noch immer leer.

Rowlf wartete, bis ich neben ihn getreten war, dann schob er die Tür vorsichtig wieder ins Schloss, bedeutete mir mit Gesten, ein Stück beiseitezutreten, und griff in die Tasche. Sekunden später glühte die gelbe Flamme eines Streichholzes auf und schuf eine flackernde Halbkugel aus Licht in der grauen Dämmerung, die den Laden erfüllte.

»Hallo?«, machte Rowlf. »Is einer da?«

Er bekam keine Antwort. Das Streichholz brannte knisternd ab und erlosch, und Rowlf riss ein zweites an. »Is hier einer?«, rief er noch einmal. »Kaspa biste da?«

Sekundenlang herrschte Stille, dann klangen irgendwo in der Dunkelheit vor uns Schritte auf. Rowlfs improvisierte Fackel erlosch wieder, und die Schritte kamen näher, während er nach einem weiteren Zündhölzchen kramte. Es waren sehr schwere Schritte. Nicht die Schritte des Mannes, als den Rowlf mir Gaspard beschrieben hatte. Instinktiv wich ich ein wenig weiter in die Dunkelheit zurück und legte die Hand auf den Griff meines Degens. Nach der Nacht, die hinter uns lag, hatte ich keine sonderliche Lust auf neuerliche Überraschungen.

»Zum Teufel, da is doch einer!«, raunzte Rowlf. »Sin Sie das, Kaspa?«

»Wenn Sie Monsieur Gaspard meinen, mein Freund, dann lautet die Antwort eindeutig nein«, antwortete eine Stimme aus der Dunkelheit. Ich kannte diese Stimme. Aber ich wusste nicht, woher. Lautlos zog ich den Degen aus dem Gürtel.

Rowlf knurrte etwas Unverständliches, riss sein drittes Streichholz an und fluchte ungehemmt los, als der Schwefelkopf absprang und seine Finger versengte. Aus den Schatten vor ihm erscholl ein leises, tiefes Lachen. »Sparen Sie sich die Mühe, mein Freund«, sagte die Stimme. »Ich mache Licht – warten Sie.« Sekunden später leuchtete das milde, weiche Licht einer Petroleumlampe im hinteren Teil des Ladens auf, und ein schmalschultriger, weißhaariger Mann trat hinter einem der Regale hervor. In seinen Augen, die in ein Netz winziger verästelter Fältchen eingebettet waren, glomm ein spöttisches Funkeln auf, als er erst Rowlf ansah und dann in meine Richtung blickte.

»Und auch Sie sollten mit dem Versteckspielen aufhören und herauskommen, Mister Craven. Und stecken Sie die Waffe weg. Wir sind nicht Ihre Feinde, das wissen Sie doch«, sagte Jean Balestrano.

»E5 auf F3«, sagte Sarim triumphierend. »Schach, mein lieber Freund.«

Howard duckte sich instinktiv, obwohl er wusste, wie sinnlos es war. Sarims Springer – eine mehr als zwei Meter große Scheußlichkeit, die wie ein säbelzahniger Albtraum von Pferd aussah – sprang mit einem gewaltigen Satz auf das angegebene Feld und zermalmte Howards vorletzten Bauern. Ein Hagel winziger, scharfkantiger Stahlsplitter brach aus den Nüstern des silbernen Riesenpferdes und traf Howards rechte Hand. Gleichzeitig zuckte ein blauweißer Blitz aus der Stirn der Eisenkreatur und traf den schwarzen König, und ein zweiter Schmerz zuckte durch Howards Körper. Er fiel auf die Knie und stemmte sich mit letzter Kraft wieder hoch. Vor seinen Augen begann sich das Schachfeld zu verzerren.

»Dein Zug, mein Freund«, sagte de Laurec gehässig. »Und wenn ich dir einen Rat geben darf – streng dich ein wenig an. Matt in vier Zügen, würde ich sagen.«

Howard ignorierte seine Worte und versuchte verzweifelt, sich auf das Spiel zu konzentrieren. Seine Gedanken wirbelten ziellos durcheinander, und jeder einzelne Schlag seines Herzens vibrierte als dumpfer Schmerz bis in seinen Schädel.

Wenn er sich nur konzentrieren könnte! Er hatte gespielt wie nie zuvor in seinem Leben. Mehr als die Hälfte von Sarims Figuren war geschlagen, aber auch die schwarzen Reihen hatten sich gelichtet – und für jede geschlagene Figur war eine neue Wunde in seinem Körper hinzugekommen. Er hatte kaum noch die Kraft zu stehen, und das Denken fiel ihm immer schwerer.

»El auf ... Fl«, sagte er mühsam. Rasselnd setzte sich sein König in Bewegung und kroch von dem bedrohten Feld herunter. De Laurec schüttelte tadelnd den Kopf.

»Das war nicht besonders klug«, sagte er. »Du hast meine Königin übersehen, fürchte ich. Dame H8 schlägt Bauer C4 und bietet Schach.«

Howard spannte sich, als die gewaltige silberne Dame diagonal über das Feld herangerast kam und seinen letzten Bauern niederwalzte. Ein handlanger Metallpfeil raste heran und bohrte sich in seine Schulter, eine halbe Sekunde später glühte der schwarze König unter einer neuerlichen Entladung grellblauer elektrischer Energie auf. »F8 auf ... G8«, stöhnte Howard.

Sarim seufzte. »Du enttäuschst mich wirklich, Bruder«, sagte er. »Dame C4 auf D4 und schon wieder Schach.«

Diesmal betäubte ihn der elektrische Schock beinahe.

Sekundenlang versuchte Howard die schwarzen Schleier zu vertreiben, die sein Bewusstsein zu verschlingen drohten. Sarims Gestalt schien sich wie in einem Zerrspiegel zu biegen, als er zu ihm aufsah. »War das wirklich so klug?«, fragte de Laurec. »Du wirst sterben, wenn du nicht Acht gibst.«

»Das ... glaube ich nicht«, stöhnte Howard. »Du warst schon immer ein guter Spieler, Sarim, aber du machst noch heute die gleichen Fehler wie vor zehn Jahren.«

»Ach?«, fragte de Laurec. »Und welche?«

»Du ziehst zu schnell«, murmelte Howard. Er wollte aufstehen, aber seine Muskeln versagten. »Dieser Zug ... kostet dich die Königin«, keuchte er. »Springer C2 schlägt Dame D4.«

Mit letzter Kraft stemmte er sich hoch und sah zu seinem Pferd hinüber. Die Figur rührte sich nicht.

»Was bedeutet das?«, flüsterte er. »Willst du ... mich betrügen?«

De Laurec schüttelte den Kopf. »Keineswegs, Howard. So wenig, wie ich deinen Springer übersehen habe. Ich möchte dir nur Gelegenheit geben, dir diesen Zug noch einmal zu überlegen. Ich spiele fair, weißt du?«

Mühsam taumelte Howard auf die Füße, wischte sich mit der Hand Blut und Tränen aus den Augen und drehte den Kopf. Die verschiedenfarbigen Figuren und Felder begannen wie wild auf und ab zu hüpfen, und es kostete ihn unendliche Überwindung, die einzelnen Figuren und ihre komplizierten Stellungen zueinander zu erkennen. Er konnte kaum mehr denken. Er hatte die Falle, in die Sarims Königin gelaufen war, sorgsam aufgebaut und das zweifache Schach und den Schmerz, den es bedeutet hatte, bewusst in Kauf genommen. Wenn de Laurecs Königin fiel, hatte er gewonnen. Selbst wenn seine Konzentration weiter sank, war seine rein zahlenmäßige Überlegenheit groß genug, die wenigen verbliebenen weißen Figuren einfach vom Brett zu fegen.

»Bleibst du dabei?«, fragte Sarim lächelnd.

Howard starrte ihn aus brennenden Augen an. »Warum sollte ich nicht?«

»Nun …« Der *Puppet-Master* kam ein paar Schritte näher und blieb unmittelbar neben der weißen Königin stehen. »Vielleicht siehst du dir die Figur erst einmal genauer an.« Er lächelte, hob die Hand und berührte die schimmernde Metallbrust der menschengroßen Statue. Ein leises Klicken erscholl, und ein Teil des bizarren Gesichtsvisiers schob sich summend zur Seite. Dahinter kam ein bleiches, angstverzerrtes menschliches Gesicht zum Vorschein.

Howard schrie auf. »Ophelie!« Für einen Moment flammte der Zorn so heftig in ihm auf, dass er sogar den Schmerz und die Schwäche hinwegfegte. »Sarim!«, brüllte er. »Du Ungeheuer. Du hast versprochen –«

»Was habe ich versprochen?«, unterbrach ihn de Laurec eisig. »Ich habe versprochen, dir eine Chance zu geben. Die hast du bekommen. Besiege mich, wenn du kannst.« Er kicherte böse. »Du brauchst nur diese Königin zu schlagen, und du hast praktisch gewonnen. Ich gebe zu, dass du der bessere Spieler bist. Also, bleibt es bei deinem Zug?«

»Sie hätten nicht hierherkommen sollen, Mister Craven«, sagte Balestrano. Er sprach leise, fast ohne Betonung und sehr langsam, als müsse er sich jedes einzelne Wort genau überlegen, wie man es bei alten Männern häufig antrifft. Aber der Blick seiner Augen strafte den Eindruck von Alter und Gebrechlichkeit Lügen. So wie beim ersten Mal, als ich dem Oberhaupt des Templerordens begegnet war, spürte ich die Macht, die dieser Mann ausstrahlte, mit fast körperlicher Wucht.

»Wer ist das?«, schnappte Rowlf. »Kennste den Alten, Robert?«

Ich nickte, machte eine rasche, besänftigende Geste in Rowlfs Richtung und trat einen Schritt auf Balestrano zu.

»Was … was wollen Sie hier?«, fragte ich stockend. Ich hatte die Überraschung, ausgerechnet Jean Balestrano an diesem Ort zu treffen, noch immer nicht überwunden. »Wir haben nichts mit Ihnen und Ihrer Sekte zu schaffen, Balestrano. Mischen Sie sich nicht ein.«

Der alte Templer seufzte. Ein Ausdruck von Trauer erschien in seinem Blick, den ich mir im ersten Moment nicht zu erklären vermochte. »Sie werden verletzend, Robert«, sagte er leise. »Sie wissen sehr wohl, dass unser Orden keine Sekte ist. Und nicht wir mischen uns ein, sondern Sie sind es, der sich in Dinge einmischt, mit denen er absolut nichts zu tun hat. Was wollen Sie hier?«

»Wir suchen jemanden«, antwortete Rowlf grob.

»Monsieur Gaspard, nehme ich an«, sagte Balestrano. »Aber ich muss Sie enttäuschen. Er ist nicht mehr hier.«

»Nicht mehr hier?«, wiederholte ich. »Wo ist er? Was haben Sie mit ihm gemacht, Balestrano?«

»Gemacht?« Der Tempelritter lächelte wieder sein sonderbar mildes Lächeln, schüttelte den Kopf und machte eine Bewegung mit der Linken, die den ganzen Laden einschloss. »Wir haben nichts mit ihm gemacht, Robert«, sagte er sanft. »Ich habe lediglich dafür gesorgt, dass er für eine Weile die Stadt verlässt, nachdem er Howard unsere Nachricht hat zukommen lassen.« Er lächelte weiter, aber etwas in diesem Lächeln änderte sich plötzlich; sein Blick wurde hart. »Womit wir beim Thema wären«, fuhr er fort. »Ich nehme an, Sie beide sind hier, um nach Bruder Howard zu suchen.«

Rowlf wollte auffahren, aber ich brachte ihn mit einer beruhigenden Geste zum Schweigen und trat einen weiteren Schritt auf Balestrano zu. Die Schatten hinter ihm bewegten sich. Stoff raschelte, dann klirrte hinter und neben mir Metall. Wir waren nicht allein. »Nicht *Bruder* Howard, Balestrano«, sagte ich betont. »Wir suchen unseren *Freund* Howard. Ich hoffe, der kleine Unterschied ist Ihnen klar.«

Balestrano seufzte. »Robert, Robert«, murmelte er kopfschüttelnd. »Ich weiß einfach nicht, was ich mit Ihnen machen soll. Auf der einen Seite sind Sie ein wirklich begabter junger Mann, der tausend gute Gründe hätte, auf unserer Seite zu gehen. Und noch dazu kann ich mich eines gewissen Gefühles der Sympathie Ihnen gegenüber nicht erwehren. Andererseits versuchen Sie ständig, sich in Angelegenheiten zu mischen, die Sie absolut nichts angehen.«

»Lassen Sie Howard frei, und ich gebe Ihnen mein Ehrenwort, Ihren Weg nie wieder zu kreuzen«, sagte ich zornig.

Balestrano antwortete nicht, sondern starrte mich sekundenlang durchdringend und mit einem sehr sonderbaren Blick an. Dann schüttelte er den Kopf und klatschte in die Hände. Fünf hochgewachsene Gestalten in den weißen Zeremoniengewändern der Templer lösten sich aus den Schatten und umringten Rowlf und mich. Keiner von ihnen sagte ein Wort, aber ihre Hände lagen drohend auf den Griffen der wuchtigen Breitschwerter, die in ihren Gürteln steckten.

Rowlf knurrte wie ein gereizter Hund. Aber selbst er schien einzusehen, wie sinnlos es wäre, mit Gewalt gegen diese Übermacht vorgehen zu wollen. Es waren nicht einfach nur fünf Männer, denen wir gegenüberstanden, sondern Tempelherren; Männer, die zu der gefürchtetsten Kriegerkaste gehörten, die es vielleicht jemals gegeben hatte. Ich hatte einmal gesehen, wie sie zu kämpfen verstanden. Und ich würde den Anblick niemals wieder vergessen.

So wenig, wie ich das Gesicht des dunkelhaarigen Templers je vergessen würde, der direkt neben Balestrano Aufstellung genommen hatte.

»Ger«, murmelte ich. »Du also auch. Bist du hier, um nachzuholen, was dir in Amsterdam misslungen ist?«

Looskamp fuhr wie unter einem Hieb zusammen. Sein Blick flackerte, und ich sah, wie sich seine Hand fester um den Schwertgriff krampfte. »Ich kann dich verstehen, Robert«, sagte er leise. »Aber was ich getan habe, musste getan werden.«

»Ich weiß«, antwortete ich. Plötzlich fühlte ich Wut, Wut und den sinnlosen, aber fast übermächtigen Wunsch, ihn zu verletzen. »Ich bin vielleicht dumm, Ger, aber nicht ganz so dumm, wie du zu glauben scheinst. Ihr brauchtet einen Köder, um den Wächter des Labyrinths zu überlisten. Aber du gestattest vielleicht, dass ich es nicht besonders lustig fand, dieser Köder zu sein.«

»Du hast es überlebt, oder?«, fragte Looskamp trotzig.

»Was nicht dein Verdienst ist«, schnappte ich. »Ein Mann ist gestorben, um mich aus der Falle zu befreien, in die du mich gelockt hast.«

»Bruder Looskamp«, sagte Balestrano scharf. »Craven! Was soll das? Ich bin nicht hier, um mir eure kindischen Streitereien anzuhören, sondern –«

»Sondern um sich davon zu überzeugen, dass ich wieder einmal in eine Falle getappt bin«, fiel ich ihm ins Wort. »Darin scheint ihr alle ja wahre Meister zu sein. Im Fallenstellen, meine ich.«

In Balestranos Augen blitzte es auf. Aber seine Stimme klang so ruhig wie zuvor, als er antwortete: »Ich fürchte, Sie verkennen die Lage, Robert. Wir sind keineswegs hier, um irgendjemanden in eine Falle zu locken. Im Gegenteil. Unser Hiersein dient eher Ihrem Schutz.«

»Schutz?« Ich lachte schrill. »Danke, Balestrano. Ihr Schutz ist mir zu riskant. Das letzte Mal habe ich ihn kaum überlebt.«

»Sie sind ein Narr, Robert«, sagte der Tempelherr leise. »Als mir gemeldet wurde, dass Sie auf dem Weg nach Paris sind, habe ich befürchtet, dass Sie Ärger machen werden. Mein Hiersein dient allein dem Zweck, Sie und Ihren schwachsinnigen Freund vor Schaden zu bewahren.«

»Schwachsinniger Freund?«, fragte Rowlf verwirrt. »Wen meinste denn? Is hier noch einer?«

Balestrano blinzelte verstört, aber ich gab Rowlf keine Gelegenheit, eine weitere dumme Bemerkung anzubringen. »Wir sind also Ihre Gefangenen, wie?«, fragte ich.

»Zu Ihrem eigenen Schutz, Robert«, bestätigte Balestrano. »Ich akzeptiere und ehre den Versuch, Ihren Freund Howard zu retten. Trotzdem muss ich Sie daran hindern, sich weiter in unsere Angelegenheiten zu mischen.«

»Es ist nicht allein Ihre Angelegenheit, wenn sie meinen besten Freund umbringen wollen, Balestrano«, antwortete ich zornig.

»Wir vollstrecken ein Urteil, Robert«, sagte Looskamp an Balestranos Stelle. »Wir bringen niemanden um.« Plötzlich klang seine Stimme erregt. »Zum Teufel, Robert – warum, glaubst du, sind wir hier? Dein Freund Howard war klug genug, allein zu uns zu kommen, aber du musst dich ja unbedingt einmischen. Begreifst du nicht, dass Bruder Jean nichts als dein Wohl im Sinn hat? Du würdest ebenfalls getötet, wenn du versuchen würdest, Howard zu retten. Wir sind zu deinem Schutz hier!«

»Ein schöner Schutz«, sagte ich böse. »Ich bin der Bestie, die ihr auf mich angesetzt habt, drei Mal mit knapper Not entkommen, und wäre Rowlf nicht im letzten Moment aufgetaucht, wäre ich jetzt schon tot. Ich verzichte auf einen solchen Schutz.«

Looskamp schwieg, und auch Balestrano blickte mich sekundenlang verwirrt an. »Ich fürchte, ich verstehe Sie nicht ganz, Robert«, sagte er. »Wovon reden Sie?«

»Wovon ich rede?« Diesmal musste ich mich mit aller Macht beherrschen, um nicht loszuschreien. »Von diesem mechanischen Monstrum, das Sie auf meine Fährte gesetzt haben, Balestrano!«

Der Ausdruck von Verwirrung in den Augen des alten Tempelherren wuchs. »Wovon reden Sie, Robert?«, fragte er noch einmal. »Welches mechanische Monstrum? Was meinen Sie?«

»Eisenzahn«, sagte ich böse.

»Eisenzahn?« Balestrano wirkte jetzt vollends verstört. »Wer soll das sein?«

»Blechkopp«, raunzte Rowlf. »Stell dich nich dumm, Alter. Du weißt genau, wen wir meinen.«

»Nein, das weiß ich nicht«, sagte Balestrano erregt. »Ich habe nicht die leiseste Ahnung, wovon Sie reden. Ich weiß nichts von irgendeinem mechanischen Monstrum, geschweige denn von irgendjemandem namens Eisenzahn oder« – er stockte einen Moment und blickte stirnrunzelnd in Rowlfs Richtung – »Blechkopp.«

»Ich habe keine Ahnung, welchen Namen Sie diesem Ungeheuer gegeben haben«, sagte ich zornig. »Aber Sie wissen sehr gut, wovon ich spreche. Ich meine die Mordmaschine, die mich im Zug überfallen hat. Das Ding, das Sie gebaut haben, um –«

»Niemand von uns hat so etwas getan, Robert«, unterbrach mich Looskamp scharf. »Im Gegenteil. Bruder Jean hat strikten Befehl gegeben, dass dir kein Haar gekrümmt wird.«

»Dann sind seine Befehle offenbar nicht richtig verstanden worden«, antwortete ich böse.

»Das ist unmöglich!«, behauptete Looskamp. »Niemand würde es wagen, seinen Worten nicht zu gehorchen.« Er funkelte mich an, schürzte wütend die Lippen und fügte hinzu: »Wer weiß – vielleicht hast du dir alles nur ausgedacht, um einen Grund zu haben, gegen uns vorzugehen.«

»Ausgedacht?« Wütend fuhr ich herum, stieß die Hand in die Rocktasche und zog das gläserne Auge hervor, das ich im Gras neben dem Bahndamm gefunden hatte. »Und was ist das?«, fragte ich, während ich ihm das Glasauge hinhielt. »Habe ich mir das vielleicht auch nur ausgedacht?«

Looskamp starrte sekundenlang abwechselnd mich und die schimmernde Glaskugel auf meiner Handfläche an, dann streckte er den Arm aus, nahm das Kunstauge mit spitzen Fingern auf und hielt es Balestrano hin. Der weißhaarige Tempelherr betrachtete es fast eine Minute lang, ohne auch nur ein Wort zu sagen. Aber der Ausdruck auf seinen Zügen wandelte sich in dieser Zeit von Unglauben zuerst in Staunen, dann in Schrecken und schließlich Zorn. Schließlich gab er das Auge an Looskamp zurück und wandte sich wieder an mich.

»Woher haben Sie das, Robert?«, fragte er.

Ich sagte es ihm. Balestrano hörte mit unbewegtem Gesicht zu, tauschte einen raschen Blick mit Looskamp und forderte mich dann auf, die ganze Geschichte zu erzählen. Ich tat es, schnell und erregt, aber ohne irgendetwas hinzuzufügen oder wegzulassen. Balestrano wirkte bestürzt, als ich zum Ende gekommen war.

»Bruder de Laurec«, murmelte er. »Es gibt nur einen Mann unter uns, der so etwas erschaffen könnte.« Die Worte waren weniger an mich gerichtet als an ihn selbst, und ich hörte den Schrecken, den er dabei empfand, deutlich aus seiner Stimme heraus.

»Aber das ist unmöglich!«, sagte Looskamp. »Bruder Sarim würde niemals gegen Euren Befehl handeln, Bruder Jean!«

Balestrano schwieg eine ganze Weile. Als er schließlich antwortete, war seine Stimme ganz leise. »Wir werden es herausfinden, Bruder Looskamp«, sagte er. »Auf der Stelle. Kommt.«

Howards Körper schien ein einziger Schmerz zu sein, und seine Gedanken weigerten sich, in geordneten Bahnen zu laufen. Das Schwarz-Weiß-Muster des Schachbrettes verzerrte und bog sich immer wieder vor seinem Blick.

»Warum gibst du nicht endlich auf?«, fragte de Laurec. »Du hast keine Chance mehr, Howard. Matt in vier Zügen.«

Howard stöhnte. Er wollte antworten, aber er konnte es nicht mehr. Alles in ihm war Schmerz.

»Wie du willst«, sagte de Laurec, als er nicht antwortete. »Dann bin ich wohl am Zuge, wie es aussieht. Dame A7 schlägt Turm C7.«

Rasselnd und klirrend setzte sich seine Königin in Bewegung, erreichte das Feld, auf dem Howards Turm stand und zerschlug ihn mit einem einzigen Hieb ihrer gewaltigen Metallarme. Irgendwo im Inneren der Konstruktion blitzte es auf; ein faustgroßer feuriger Ball hüpfte auf Howard zu, prallte dicht vor seinen Füßen vom Boden ab und rollte an seinem Bein entlang bis zur Schulter hinauf. Howard brach in die Knie und kämpfte verzweifelt gegen die Bewusstlosigkeit.

Seine Lage war aussichtslos. Er hatte gespielt wie nie zuvor in seinem Leben, trotz der Schmerzen und der Verzweiflung, die wie ein Gift in seinen Gedanken tobte, und de Laurecs Figuren regelrecht vom Brett gefegt, bis ihm nur noch der König und die Dame verblieben waren. Trotzdem würde er verlieren, denn der *Puppet-Master* setzte seine Dame immer rücksichtsloser ein. Während der letzten halben Stunde hatte die weiße Königin Howards Figuren nacheinander geschlagen. Und mit jedem Spielstein, der ausschied, biss ein neuer, quälender Schmerz in seinen Leib. Keine der Wunden war wirklich gefährlich; aber sie alle zusammen würden ihn umbringen, wenn das Spiel noch lange dauerte.

»Sieh endlich ein, dass du keine Wahl mehr hast«, sagte Sarim. »Du hast noch den Springer und einen Turm. Den Turm nehme ich dir beim übernächsten Zug, und damit hast du verloren. Es sei denn, du schlägst meine Königin.« Sarim kicherte. »Aber das wirst du nicht tun, nicht wahr?«

Howard hatte nicht mehr die Kraft zu antworten. Sein Blick suchte die weiße Königin und saugte sich an dem blassen Mädchengesicht hinter dem Stahlvisier fest, und in seiner Brust flammte ein neuer, viel tiefer gehender Schmerz auf. Er wusste, dass de Laurec die Wahrheit sprach. Die Dame würde seinen Turm schlagen, und nur mit seinem König und einem einzelnen Springer konnte er das Spiel nicht mehr gewinnen.

»Turm A6 auf E6«, murmelte er. »Schach.«

Seine Figur führte den Zug gehorsam aus. Ein dünner Blitz zuckte aus ihrer Vorderseite und traf den weißen König.

De Laurec lachte hämisch und stellte seine Dame zwischen Howards Turm und den bedrohten König.

Das Gewitter war mit voller Kraft losgebrochen, ehe wir die halbe Strecke zu Sarim de Laurecs kleinem Chalet hinter uns gebracht hatten, und es war das schlimmste Gewitter, an das ich mich zu erinnern vermochte. Meine Taschenuhr beharrte darauf, dass es sieben Uhr und somit schon längst Tag war. Aber der Himmel sagte das Gegenteil. Das Firmament hatte sich schwarz verfärbt und spannte sich wie eine gewaltige Kuppel aus geschmolzenem Teer von Horizont zu Horizont, aber der Himmel schien zu brennen. Die Blitze zuckten so rasch hintereinander zu Boden, dass es manchmal minutenlang hell war; dann wieder bewegten sich die beiden Kutschen durch absolute Finsternis, die vom Klatschen des strömenden Regens und den Geräuschen der Kutschen und Pferde erfüllt war. Es war ein Albtraum.

Obwohl wir fast eine Dreiviertelstunde unterwegs gewesen waren, hatten wir kaum ein Dutzend Worte miteinander gewechselt; und zu allem Überfluss hatten die Templer Rowlf und mich getrennt. Er war in den zweiten, gut fünfzig Meter hinter uns fahrenden Wagen verfrachtet worden, nachdem zwei von Balestranos Brüdern seine Hand verarztet hatten.

Ohnehin war es eine sehr sonderbare Fahrt gewesen. Obwohl sich die beiden Templer, die Balestrano und mich begleiteten, keine

Mühe machten, irgendwie anders als drohend auszusehen, und einer von ihnen sogar mit einem Dolch herumspielte, spürte ich, dass diese Männer nicht meine Feinde waren. Balestrano hatte keinen Zweifel daran gelassen, dass wir seine Gefangenen waren. Aber wenn, dann zu unserem eigenen Schutz. Ich glaubte ihm. Ich habe stets gespürt, ob mein Gegenüber mich belog oder die Wahrheit sprach, und ich war selten einem so ausgeprägten Gefühl von Wahrheit begegnet wie bei Balestrano. Die ganze Situation war absurd; gelinde ausgedrückt. Diese Männer waren zusammengekommen, um meinen besten Freund zu töten, und sie machten nicht einmal einen Hehl daraus. Und trotzdem waren sie nicht meine Feinde.

Ich atmete innerlich auf, als wir nach einer Ewigkeit anhielten und Balestrano mir wortlos bedeutete, den Wagen zu verlassen. Der Regen klatschte mir wie eine nasse Hand ins Gesicht, und vor dem Hintergrund der unablässig zuckenden Blitze wirkte das Haus, vor dem wir angehalten hatten, wie eine billige Theaterkulisse. Der zweite Wagen kam knarrend wenige Schritte neben uns zum Stehen. Die Räder versanken fast in dem sumpfigen Morast, in den der Regen den Weg verwandelt hatte, und als sich die Tür öffnete und Rowlf gefolgt von vier schweigenden Männern in dunklen Wettermänteln ins Freie sprang, spritzte Wasser hoch.

Balestrano hob die Hand, und zwei seiner Begleiter huschten lautlos an uns vorbei, öffneten das schmiedeeiserne Tor, das die brusthohe Gartenmauer vor uns durchbrach, und glitten hindurch. Eine halbe Minute später kam einer von ihnen zurück und nickte stumm. Erst dann gingen wir los. Mein Misstrauen regte sich stärker. Wenn dieses Haus einem von Balestranos Brüdern gehörte – wozu dann diese überflüssigen Sicherheitsmaßnahmen?

Lautlos näherten wir uns dem Haus. Der Regen strömte immer dichter, und die Blitze zuckten jetzt so dicht hintereinander, dass der parkgroße Garten des Anwesens fast taghell erleuchtet war. Die Luft knisterte von elektrischer Spannung, und der Donner rollte so mächtig, als lieferten sich über uns zwei himmlische Heerscharen ein Artillerieduell.

Balestrano blieb stehen, als wir uns der Tür bis auf drei Schritte genähert hatten. Einer seiner Begleiter eilte voraus und streckte die Hand nach dem löwenköpfigen Türklopfer aus, kam aber nicht dazu, ihn zu benutzen, denn in diesem Moment glitt das gewaltige Tor wie von Geisterhand bewegt nach innen. Balestrano ging los, als wäre so etwas das Selbstverständlichste von der Welt, und auch seine Begleiter folgten ihm ohne das geringste Zögern. Wohl oder übel mussten auch Rowlf und ich das sonderbare Haus betreten, obgleich mir alles andere als wohl dabei in meiner Haut war.

Es war nicht nur die Tatsache, dass ich um Howards oder etwa um mein Leben fürchtete. Diese Art der Angst kannte ich. Aber die Furcht, die ich jetzt spürte, war anderer Art. Es war, als spüre etwas in meiner Seele die Anwesenheit einer Gefahr, die meinen normalen menschlichen Sinnen noch verschlossen war.

Nun, was das anging – ich besaß noch ein paar mehr als die üblichen fünf Sinne. Während ich zwischen Balestrano und Looskamp durch die hohe, von elektrischem Licht beleuchtete Empfangshalle ging, versuchte ich den logischen Teil meines Denkens auszuschalten und mich auf die tiefer liegenden, animalischen Schichten meines Bewusstseins zu konzentrieren, auf die Teile des menschlichen Geistes, die mich zu dem befähigten, was die allermeisten Menschen mit Worten wie Zauberei und Magie bedacht hätten, nur weil sie nicht in der Lage waren, die wirkliche Natur dieser Kräfte zu erfassen.

Aber der Erfolg war gleich null. Dieses Haus war ... tot. Ich spürte die Anwesenheit von Leben, aber es waren nur Rowlf und Balestrano und seine Männer. Dann, nach Sekunden, fühlte ich einen weiteren menschlichen Geist. Ich konnte seine Gedanken nicht lesen – das habe ich nie gekonnt und wollte es auch nicht können –, aber ich spürte den Schmerz und die Verzweiflung, die ihn erfüllten. Und dann erkannte ich ihn.

Ich blieb so abrupt stehen, dass der hinter mir gehende Templer die Bewegung zu spät registrierte und in mich hineinrannte. »Howard«, sagte ich. »Howard ist hier, Rowlf.«

»Das wissen wir, Craven«, sagte Balestrano scharf, ehe Rowlf antworten konnte. »Begehen Sie jetzt keine Dummheit. Wenn Sie versuchen, Ihrem Freund zu helfen –«

»Werde ich auch zu Schaden kommen, ich weiß«, unterbrach ich ihn wütend. »Warum haben Sie mich hergebracht, Balestrano? Glauben Sie im Ernst, ich sehe tatenlos zu, wie Sie meinen Freund abschlachten?«

»Ich fürchte, Sie haben keine andere Wahl, mein Junge«, sagte er sanft. »Dies hier sind Dinge, die Sie nichts angehen.«

»Das werden wir sehen«, zischte ich.

Seltsamerweise antwortete Balestrano nicht mehr, sondern sah mich nur eine Sekunde lang mit sehr sonderbarem Blick an, ehe er sich abrupt abwandte und schnell weiterging.

Wir durchquerten die Halle, und Balestrano öffnete eine niedrige Tür an ihrem gegenüberliegenden Ende. Ein schmaler, nur von einer einzelnen elektrischen Lampe erhellter Gang nahm uns auf. Ich betrachtete die sonderbare Lichtquelle neugierig, während ich hinter dem alten Templer durch den Korridor schritt. Natürlich hatte ich schon von elektrischem Licht gehört – das war eine dieser neumodischen (und sündhaft teuren) Erfindungen, die sich jetzt überall auf dem Kontinent ausbreiteten und denen niemand im Ernst eine große Zukunft zutraute. Aber es war das erste Mal, dass ich eine elektrische Lampe sah. Der Anblick verwirrte mich. Aber das hätte der Anblick einer menschengroßen, sprechenden Puppe, die sich wie ein Wesen aus Fleisch und Blut bewegte, vor Tagesfrist auch noch getan.

Als wir das Ende des Ganges betraten, blieb Balestrano stehen. Wie vorhin am Tor gingen zwei seiner Männer an ihm vorbei und verschwanden hinter der Tür; und wie vorhin warteten wir, dass sie wiederkamen.

Ich wandte mich an Looskamp, der einen halben Schritt hinter mir stehen geblieben war. »Bruder Jean scheint diesem Laurec nicht gerade zu trauen«, sagte ich.

Looskamp sah mich mit sonderbarem Ausdruck in den Augen an. »Unsinn«, sagte er, so schnell und so heftig, dass die Antwort kaum überlegt war, sondern ganz automatisch zu erfolgen schien. Dann zuckte er mit den Achseln, starrte einen Moment zu Boden und nickte, wenn auch sehr widerwillig. »Vielleicht hast du sogar recht«, sagte er plötzlich. »Irgendetwas stimmt hier nicht.«

Balestrano sah auf. »Bruder Looskamp!«, sagte er scharf. »Schweig!«

»Warum?«, fragte ich wütend. »Glauben Sie, ich wäre blind, alter Mann? Es gibt nur zwei Erklärungen für das, was ich hier sehe – entweder es ist bei euch Templern üblich, mit einer Armee und dem Schwert in der Hand eure Freunde zu besuchen, oder hier stimmt wirklich etwas nicht. Wer ist dieser Sarim?«

Balestrano schwieg einen Moment, dann seufzte er. »Sie haben recht, Craven«, sagte er. »Es wäre sinnlos, die Wahrheit zu leugnen. Bruder de Laurec ist der *Puppet-Master* unseres Ordens, der –«

»Der was?«, unterbrach ich ihn.

Der greise Templer lächelte verzeihend. »Es ist sein Talent, Macht über leblose Dinge zu gewinnen«, erklärte er. »So wie DeVries der *Ani-*

mal-Master war, dem die Herrschaft über die hirnlose Kreatur gegeben war.«

Ich begriff. »Der Herr über die leblosen Dinge«, murmelte ich. »Dann war diese ... diese Kreatur, die Rowlf und mich fast umgebracht hätte, sein Werk?«

»Ich fürchte es«, gestand Balestrano. »Das künstliche Auge, das Sie mir gaben – erinnern Sie sich?«

Das war die mit Abstand dämlichste Frage, die ich in den letzten Wochen gehört hatte. Trotzdem nickte ich nur stumm.

»Es gibt nur einen Menschen auf der Welt, der so etwas erschaffen kann«, sagte Balestrano. Plötzlich wirkte er besorgt. »Bruder de Laurec. Er hat meinen Befehl missachtet. Und ich fürchte, nicht nur diesen.« Er wandte sich an Looskamp, und seine Augen waren dunkel vor Sorge. »Wir hätten es niemals berühren sollen, dieses Teufelsding.«

»Wovon reden Sie?«, fragte ich.

»Von nichts«, sagte Looskamp rasch. »Jedenfalls nichts, was dich etwas anginge, Robert.«

»Ach?«, sagte ich spitz. »Wie zum Beispiel kristallene Gehirne, meinst du?«

Looskamp wollte auffahren, aber Balestrano brachte ihn mit einem raschen Wink zum Schweigen. »Lass nur, Bruder Looskamp«, sagte er. »Craven hat nicht einmal so Unrecht. Vielleicht war es ein Fehler, den Herrn des Labyrinths in unsere Gewalt bringen zu wollen. Dieses Ding ist von Übel und nicht für Menschenhand gedacht. Wir hätten es zerstören sollen.«

»Was ... was bedeutet das?«, fragte ich leise. Ein schrecklicher Verdacht begann in mir Gestalt anzunehmen. »Was haben Sie getan?«

»Wir haben versucht, die Macht des Gehirns unter unsere Kontrolle zu bringen, Craven«, antwortete er ernst. »Aber der Versuch scheiterte.«

»Scheiterte? Was geschah?«

»Nichts, was einer von uns erklären könnte«, erwiderte Balestrano ausweichend. »Nur so viel – um ein Haar wären ich und alle, die Sie hier sehen, ums Leben gekommen. Bruder de Laurec war es, der uns rettete.« Er schwieg eine Sekunde. »Aber ich fürchte«, fügte er dann hinzu, »dass irgendetwas mit ihm geschehen ist.«

Die Tür am Ende des Ganges wurde geöffnet, und einer der beiden Templer kam zurück. Er hatte Hut und Mantel abgestreift und trug jetzt nur noch das Zeremoniengewand des Ordens – schwarze Hosen, ein feingewebtes Kettenhemd, das in einer Art Kapuze endete, und darüber ein weißes Hemd mit dem gleichschenkeligen Kreuz des Templerordens. In seiner Rechten blitzte ein Schwert. Balestrano wandte sich um und sah ihn fragend an.

Der Mann nickte, trat beiseite und machte eine einladende Handbewegung. Dicht hinter Balestrano verließen wir den Gang und traten in einen weiteren, nur schwach beleuchteten Korridor hinaus. Eine Treppe führte an seinem jenseitigen Ende in die Höhe. Der Templer deutete schweigend mit dem Schwert hinauf, und wir gingen weiter.

Am oberen Ende der Treppe befand sich eine einzelne, nur angelehnte Tür. Flackerndes elektrisches Licht drang durch ihre Ritzen, und als ich hinter Balestrano hindurchtrat, bot sich mir ein Anblick, der mir im wahrsten Sinne des Wortes den Atem stocken ließ.

Wir standen auf einer schmalen, von einem brusthohen Geländer gesicherten Galerie, unter der sich ein gewaltiger, rechteckiger Saal ausdehnte. Eine Unzahl elektrisch betriebener Kronleuchter, deren Birnen bei jedem Blitz, der draußen niederzuckte, hektisch zu flackern begannen, beleuchtete eine bizarre Szene: Der Fußboden der Halle war mit gewaltigen schwarzen und weißen Fliesen ausgelegt. Fliesen, deren Muster ein übergroßes Schachbrett bildeten. Ein Feld, auf dem die grausamste Parodie dieses Spiels der Könige ablief, die man sich nur denken konnte.

Die meisten Figuren waren bereits ausgeschieden und lagen zermalmt und teilweise bis zur Unkenntlichkeit zerstört am Rande des Spielfeldes; ein gewaltiger Haufen ineinander geknoteter metallener Leiber und Glieder. Fünf der sieben Figuren, die noch auf dem Feld standen, waren Maschinen. Schreckliche, ins Riesenhafte vergrößerte Karikaturen von Schachfiguren, deren bloßer Anblick mir einen eisigen Schauer über den Rücken jagte. Die beiden Könige waren zweieinhalb Meter hohe Giganten, die nur aus Stacheln und reißenden Klingen zu bestehen schienen und in unheimlichem elektrischem Licht glühten. Die zwei Springer waren riesenhafte, grässlich verzerrte Pferdeköpfe auf einem metallenen Torso, und die Dame, die neben dem weißen König stand, ähnelte jenem geschmackvollen Folterinstrument, das ich unter dem Namen Eiserne Jungfrau kannte – nur dass ihre Stacheln nach außen gekehrt waren.

Die beiden letzten Figuren schließlich waren Menschen. Es dauerte einen Moment, bis ich den einen von ihnen erkannte, denn das

Licht flackerte ununterbrochen und tauchte das Spielfeld in verwirrende Muster.

»Howard!«, keuchte ich. »Um Gottes willen – das ist Howard!«

Instinktiv wollte ich loslaufen, aber Looskamp ergriff mich am Arm und zerrte mich so heftig zurück, dass ich vor Schmerz aufstöhnte. Aus den Augenwinkeln sah ich, wie zwei der Templer ihre Schwerter zogen und die Waffen drohend auf Rowlf richteten.

Die zweite Gestalt unten auf dem Spielfeld sah auf, als sie meine Stimme hörte. Für einen Moment begegnete ich dem Blick zweier dunkler, stechender Augen, dann wandte der Mann den Kopf; sah Balestrano an und nickte knapp. »Bruder Jean.«

»Was bedeutet das?«, fragte Balestrano scharf. »Was soll das alles, Sarim? Rede!«

»Ich führe nur Euren Befehl aus, Bruder«, erwiderte Sarim de Laurec. Seine Stimme klang spöttisch. »Die Exekution des Verräters Lovecraft.«

»Ich gab dir den Auftrag, ihn zu töten«, sagte Balestrano zornig. »Nicht, ihn zu Tode zu foltern.«

»Wer spricht hier von Folter?«, sagte de Laurec lächelnd. »Bruder Howard ist aus freien Stücken hier – fragt ihn selbst.«

»Stimmt das?«, fragte Balestrano.

Howard hob mühsam den Kopf. Er hockte auf den Knien und schien kaum noch die Kraft zu haben, sich zu bewegen, und als er sich zu der Galerie umwandte, auf der wir standen, sah ich, dass seine Kleider blutig waren. Aus seiner rechten Schulter ragte etwas, das aus der Entfernung wie ein abgebrochener Degen aussah. Sein Gesicht war eine Maske der Pein.

Ich stöhnte vor Zorn und stemmte mich instinktiv gegen Looskamps Griff. Die Finger des Flamen suchten eine bestimmte Stelle an meinem Hals und drückten kurz und warnend zu. Mein Widerstand erlahmte. Ich kannte diesen Griff.

»Er hat recht, Jean«, stöhnte Howard. »Misch dich nicht ein. Es … es ist mein freier Wille.«

»Howard!«, brüllte ich. »Was soll das heißen? Was geschieht hier?«

Howard sah auf, als würde er mich erst jetzt erkennen. Ein mattes Lächeln huschte über seine Züge und verschwand wieder unter dem Ausdruck von Qual. »Misch dich nicht ein, Robert«, flüsterte er. »Was hier geschieht, geht dich nichts an.«

Einen Moment lang starrte ich ihn an, dann befreite ich mich –

ganz langsam, um ihn nicht zu einer Unbesonnenheit zu verleiten – aus Looskamps Griff, trat vollends an die Brüstung heran und starrte auf den dunkelhäutigen Mann hinab, der wenige Schritte neben Howard stand.

»De Laurec«, murmelte ich. »Was tun Sie da? Ich warne Sie – ich werde Sie eigenhändig umbringen, wenn Sie Howard –«

»Halten Sie den Mund, Craven«, unterbrach mich de Laurec kalt. »Ein Mann, der eigentlich schon tot sein müsste, sollte keine Drohungen ausstoßen. Umso weniger, wenn er nicht in der Lage ist, sie wahr zu machen. Aber wenn es Sie beruhigt, sage ich es noch einmal: Ihr *Freund«* – er betonte das Wort auf eine Art, die allein Grund genug für mich gewesen wäre, ihn umzubringen – »ist vollkommen freiwillig hier. Ich gab ihm die Chance, um sein Leben zu spielen, und das ist schon mehr, als ihm zusteht.«

»Spielen?«, sagte ich. »Was für eine Art von Spiel soll das sein?«

De Laurec lachte abfällig. »Ein Intelligenzspiel, Craven. Machen Sie sich nichts daraus, wenn Sie es nicht verstehen. Man nennt es Schach. Vielleicht haben Sie schon davon gehört.« Er grinste, kam ein paar Schritte näher und wandte sich wieder an Balestrano. »Natürlich kann ich ihn auch gleich töten, wenn Ihr es befehlt, Bruder Jean.«

Balestranos Gesicht war wie aus Stein. »Warum hast du meinen Befehl missachtet, Sarim?«, fragte er, als hätte er de Laurecs Frage gar nicht gehört. »Warum hast du den Eliminator auf Craven angesetzt? Du weißt, dass diese Maschine niemals ohne meine Einwilligung benutzt werden darf.«

»Das ist eine lange Geschichte«, erklärte de Laurec. »Wenn Ihr gestattet, erzähle ich sie Euch, sobald ich mit Howard fertig bin. Es dauert nicht mehr lange.«

»Nein – ich gestatte nicht«, sagte Balestrano ärgerlich. »Ich verlange eine Antwort, Sarim! Ich habe ausdrücklich befohlen –«

»Verzeiht, Bruder«, fiel ihm de Laurec ins Wort. »Aber Ihr habt nichts mehr zu befehlen.«

Balestrano erstarrte. Ein Schlag ins Gesicht hätte ihn kaum weniger überraschend treffen können als die Worte de Laurecs. »Was«, murmelte er. »Was ... was soll das heißen?«

»Das, was ich gesagt habe«, sagte de Laurec kalt. »Ich verweigere dir den Gehorsam, du alter Narr. Du wirst niemandem mehr befehlen.«

Looskamp war mit einem einzigen Schritt neben mir. »Dafür wirst du dich verantworten müssen, Sarim!«, sagte er drohend. »Ich befehle dir, mit diesem grausamen Spiel aufzuhören und hierherzukommen.«

»Ach ja?«, sagte de Laurec lächelnd. »Und wenn ich nicht gehorche?«

Looskamp legte die Hand auf das Schwert. »Dann töte ich dich«, sagte er leise.

Sarim de Laurec lachte leise. »Warum versuchst du es nicht, Bruder?«, sagte er. »Vorausgesetzt, du bringst das Kunststück fertig, lebendig hier zu mir herunterzukommen«, fügte er hinzu. Damit hob er die Arme und klatschte in die Hände.

Looskamp stieß ein zorniges Knurren aus, riss sein Schwert aus dem Gürtel und rannte, Balestranos Rufe, der ihn zurückhalten wollte, ignorierend, zum Ende der Galerie und auf die Treppe zu, die hinunter in die Halle führte.

Er hatte noch nicht einmal die erste Stufe erreicht, als unten ein schreckliches Klirren und Scheppern anhob. Eine rasche, zuckende Bewegung ging durch den Haufen zermalmter Riesenfiguren, der neben dem Schachfeld aufgeschichtet war – und dann erhoben sich zwei, drei der grausigen Metallskulpturen und bewegten sich wie ungeschickte Riesen auf die Treppe und den heranstürmenden Templer zu!

»Um Gottes willen!«, keuchte Balestrano. »Zurück, Bruder Looskamp! Zurück!«

Aber Ger schien taub geworden zu sein. Mit unverminderter Geschwindigkeit stürmte er die Treppe hinab, schwang sein gewaltiges Schwert und griff die vorderste der Riesenfiguren an. Seine Klinge schnitt einen silbernen Blitz in die Luft, traf mit ungeheurer Kraft auf den stachelbewehrten Stahlschädel des Ungeheuers – und brach ab.

Looskamp schrie, prallte, von der Wucht seines eigenen Hiebes nach vorne gerissen, gegen die Maschine – und schrie gleich darauf ein zweites Mal und jetzt vor Schmerz, als sich der gekrümmte Dolch, den das Ding anstelle eines Armes hatte, in seinen Oberschenkel bohrte.

De Laurec klatschte abermals in die Hände. Der Stahlgigant erstarrte.

»Ihr seht, Brüder«, sagte er kalt, »es gibt nichts, was ich zu fürchten hätte. Nicht hier.«

»Was soll das heißen, Sarim?«, sagte Balestrano mit bebender Stimme.

De Laurecs Blick war so hart wie der Stahl, aus dem seine Horrorgeschöpfe geschmiedet waren. »Begreifst du das wirklich nicht, du alter Narr?«, fragte er. »Deine Tage sind gezählt.« Er deutete erst auf mich, dann auf Balestrano. »Wäre es diesem jungen Narren nicht gelungen, den Eliminator zu vernichten, dann wärest du der Nächste gewesen, den er besucht hätte. Aber nun seid ihr ja alle freiwillig gekommen. Das erleichtert mir die Sache. Ihr werdet sterben.«

»Und dann?«, fragte Balestrano so ruhig, als hätte er die Drohung in de Laurecs Worten gar nicht gehört. »Was hättest du davon? Es würden andere kommen. Du kannst nicht alle töten.«

»Wer sagt, dass ich das vorhabe?«, fragte de Laurec lächelnd. »Ich werde der Einzige sein, der der Heimtücke Cravens entgeht. Nicht, ohne ihn vorher zu töten, versteht sich.«

»Du Verräter!«, brüllte Looskamp. »Damit kommst du nicht durch!«

»O doch, Bruder Looskamp«, murmelte Balestrano dumpf. »Ich fürchte, er könnte es.«

De Laurec verbeugte sich spöttisch. »Euer Zutrauen ehrt mich, Bruder«, sagte er. »Umso mehr, als Ihr recht habt. Wenn dies alles hier vorbei ist, dann werde ich der neue Herr der Templerloge sein. Und ich fürchte, es wird ein paar ... Veränderungen geben. Zum Ersten werden wir diesen lästigen Necron und seine närrischen Anhänger vernichten. Dann sehen wir weiter.«

»Du Narr«, murmelte Balestrano. »Du hast nichts verstanden. Der Orden der Tempelherren war niemals eine Bruderschaft des Schwertes. Du wirst keinen Erfolg haben, wenn du versuchst, ihn dazu zu machen.«

»Überlasst das getrost mir«, sagte de Laurec lakonisch.

»Bringt ihn um!«, kreischte Looskamp. »Nehmt eure Waffen und erschlagt diesen Verräter endlich, Brüder!« Drei, vier Männer aus Balestranos Begleitung zogen auch unverzüglich ihre Schwerter und machten Anstalten, seiner Aufforderung zu folgen.

De Laurec schürzte nur abfällig die Lippen und klatschte wieder in die Hände. Neben dem Schachfeld erhob sich ein gutes Dutzend der eisernen Kreaturen und näherte sich klappernd und scharrend der Treppe, und auch aus dem Gang, durch den wir gekommen waren, ertönten plötzlich metallisch klingende Laute. Ich machte mir nicht einmal die Mühe, mich herumzudrehen. Ich wusste, was hinter uns war. Und auch die Templer schienen zu begreifen, wie sinnlos es wäre, gegen diese seelenlosen Maschinen kämpfen zu wollen. Einer nach dem anderen blieb wieder stehen, während die Maschinen rasselnd durch den Saal glitten und die Treppe hinaufzuscheppern begannen. Schließlich bildeten sie an beiden Seiten der Galerie eine undurchdringliche Mauer und blieben wieder stehen.

»Nun, wo die Verhältnisse geklärt wären«, sagte de Laurec spöttisch, »werdet ihr gestatten, dass ich erst einmal eine Angelegenheit zu Ende bringe, ehe ich mich der nächsten zuwende.« Er kicherte, ging wieder zu seinem Feld zurück und winkte mit der Hand.

»Auf, Bruder Howard«, sagte er spöttisch. »Zeig unseren Gästen, wie meisterlich du das königliche Spiel beherrschst.«

Howard stöhnte. Vergeblich versuchte er sich auf die Füße zu stemmen, brach wieder zusammen und murmelte etwas, das ich nicht verstand. Aber sein letzter verbliebener Offizier – ein Springer – setzte sich rasselnd in Bewegung und bedrohte de Laurecs König. Der *Puppet-Master* machte nicht einmal den Versuch, dem drohenden Schach zu entgehen, sondern zog seine Dame über das Feld, um Howards Springer zu jagen.

Trotz der aberwitzigen Situation, in der wir uns befanden, schlug mich das Spiel rasch in seinen Bann. Ich hatte ein paar Mal den Größenwahn aufgebracht, mit Howard Schach zu spielen, und wusste, wie gut er war – und er bewies seine Meisterschaft auch jetzt, trotz des erbärmlichen Zustandes, in dem er sich befand. Immer wieder entgingen sein König und der Springer den Nachstellungen der weißen Dame, und immer wieder brachte er das Kunststück fertig, de Laurecs König mit nur einem Offizier vor sich her zu treiben. Aber auf Dauer würde es ihm nichts nutzen. Selbst der beste Schachspieler der Welt kann einen König nicht nur mit seinem eigenen König und einem Springer matt setzen. Es ist unmöglich. Trotzdem spielte er mit einer Meisterschaft, die jeden anderen Gegner nach spätestens zehn Minuten total entnervt hätte.

De Laurec nicht. Im Gegenteil. Je mehr ihn Howard vor sich hertrieb, desto amüsierter wirkte er. Und er spielte – gelinde ausgedrückt – wie der letzte Trottel. Schließlich besaß er den Nerv, seine Dame direkt neben Howards König zu platzieren und kichernd »Schach« zu rufen.

Mein Unterkiefer klappte vor Unglauben herunter, als sich Howard unter einem elektrischen Blitz krümmte, mühsam wieder zu

Atem kam – und seinen König zurückzog, statt die Dame zu schlagen, die vollkommen ungeschützt neben ihm stand!

»Howard!«, brüllte ich. »Bist du von Sinnen? Warum schlägst du sie nicht?«

Howard stöhnte, und wie zur Antwort stieß de Laurec ein neuerliches, fast wahnsinnig klingendes Kichern aus. »Das ist ja gerade der Trick, Craven«, brüllte er triumphierend. »Er könnte es, aber er will es nicht. Dann würde nämlich seine kleine Freundin mit dran glauben müssen, wissen Sie?«

Verwirrt sah ich mir die weiße Königin genauer an. Im ersten Moment erkannte ich nichts als den Eisen gewordenen Albtraum, den ich die ganze Zeit gesehen hatte – aber dann erhaschte ich einen Blick unter ihr Visier, und was ich dort sah, ließ mir das Blut in den Adern gerinnen.

Es war ein Mädchengesicht. Ein blasses, von dunklem Haar eingerahmtes Gesicht, dessen Augen schwarz vor Furcht geworden waren.

Sarim brüllte vor Lachen, schlug sich vergnügt auf die Oberschenkel – und bot Howard ein weiteres Mal Schach. Diesmal ging Howard für fast eine Minute zu Boden, ehe er wieder so weit bei Atem war, seinen König zurückzuziehen.

Meine Gedanken schienen sich zu überschlagen, während unter uns das ungleiche Spiel weiterging. Ich versuchte erst gar nicht darüber nachzudenken, wer diese Frau war oder was Howard mit ihr zu schaffen hatte. Wer immer sie war, schien sie ihm wichtig genug, sein eigenes Leben und das unsere zu opfern, um sie zu retten. Das musste ich akzeptieren.

Und de Laurec nutzte es gnadenlos aus. Seine Dame huschte in Zügen, die einem auch nur mittelmäßigen Schachspieler die Tränen in die Augen getrieben hätten, über das Feld, jagte Howards König hierhin und dorthin und scheuchte praktisch im Vorbeigehen noch seinen Springer umher. Vor den Fenstern tobte das Gewitter immer heftiger. Blitze warfen zuckende Reflexe in die Halle.

Aber Howard gab nicht auf. Er krümmte sich ununterbrochen vor Schmerz und Schwäche, aber er spielte wie ein junger Gott. Immer wieder griff sein Springer an, bedrohte de Laurecs König und zwang seine Dame so, das Kesseltreiben auf seinen eigenen König wenigstens für eine Weile zu unterbrechen.

Schließlich brachte er sogar das Kunststück fertig, de Laurecs verbliebenen Springer in eine Falle zu locken und zu schlagen.

Sarim de Laurec bekam einen Lachanfall.

»Fantastisch, Bruder, fantastisch!«, brüllte er, wobei er aus Leibeskräften applaudierte und sich zwischendurch die Tränen aus den Augen wischte. »Du spielst wirklich gut. Wenn nur diese dumme, dumme Dame nicht wäre, wie?« Und damit bot er Howard abermals Schach.

Ich glaubte den Schmerz zu spüren, der Howards Körper schüttelte, als ihn der elektrische Blitz traf. Verzweifelt starrte ich auf das Schachbrett und die gigantischen Figuren hinunter. Meine Gedanken überschlugen sich. Wenn ich ihm nur helfen könnte! Aber ich konnte nicht gegen Maschinen kämpfen. Meine magischen Kräfte, die mich schon mehrmals aus brenzligen Situationen herausgeholt hatten, versagten hier. Geistlose Maschinen waren gegen Hypnose ziemlich immun.

Aber ich war verzweifelt genug, es zu versuchen. Wenn man ertrinkt, greift man sogar nach einer Seifenblase, wenn gerade kein Strohhalm bei der Hand ist.

Mit aller Macht konzentrierte ich mich, starrte den weißen König an und fühlte ... nichts.

Natürlich nichts. Was hatte ich erwartet? Die einzigen Lebewesen dort unten waren Howard und de Laurec. Alles andere waren Maschinen.

Die einzigen Lebewesen?

Es dauerte eine endlose Sekunde, bis ich begriff. Wie in einer blitzartigen Vision sah ich noch einmal das glatte, so täuschend echte Gesicht Eisenzahns vor mir, spürte noch einmal den Unglauben, als ich begriff, dass er kein Lebewesen war, sondern ein Automat ...

Und dann dauerte es noch einmal eine Sekunde, bis ich meinen Schrecken überwand und mich nach vorne warf; so heftig, dass die steinerne Brüstung unter meinem Anprall bebte.

»Howard!«, schrie ich mit überschnappender Stimme. »Die Dame! Vernichte die Dame. Sie ist eine Maschine!«

Meine Stimme ging fast im Bersten eines weiteren, gewaltigen Donnerschlages unter, aber Sarim fuhr trotzdem mit einem wütenden Zischen herum, und auch Howard erstarrte für eine endlose Sekunde. Dann flammten seine Augen auf, und ein grauenhafter Schrei brach über seine Lippen.

»Craven!«, brüllte de Laurec. »Halten Sie sich raus, oder –«

»Springer B8 auf C6«, sagte Howard laut. »Schach!«

Sarim fluchte, starrte mich einen Moment hasserfüllt an und wirbelte dann herum. »König E5 auf E6«, sagte er. »Das nutzt dir nichts mehr, Howard. Gib auf.«

»Springer C6 auf D4«, erwiderte Howard. »Schach.«

De Laurec fluchte noch lauter, ballte die Fäuste und starrte zu mir herauf, als wolle er mich mit Blicken töten. »König E6 auf E7«, sagte er. »Was soll das, Howard? Du bekommst mich nicht.«

»Nein?«, fragte Howard kalt. Von seiner Schwäche war nichts mehr geblieben. Hoch aufgerichtet stand er da und starrte abwechselnd de Laurec und seinen König an. Aber seine Stimme bebte, als er weitersprach. »Vielleicht habe ich dich schon, Bruder. Auf diesen Zug bist du schon vor zehn Jahren immer wieder hereingefallen. Wie ich sehe, hast du nichts dazugelernt.« Er hob die Hand und deutete auf seinen Springer.

»Springer D4 auf F5, Sarim. Schach und Gardez.«

Seine Figur führte den Zug gehorsam aus, und de Laurec stieß einen gellenden Wutschrei aus, als zwei dünne, knisternde Blicke aus den Augen des Stahlpferdes schossen und seinen König und seine Dame gleichzeitig trafen. Von draußen ertönte ein ungeheuerlicher Donnerschlag, wie um seine Worte zu unterstreichen.

»Damit kommst du nicht durch, Howard«, kreischte Sarim. »Du betrügst! Es war nicht vereinbart, dass dir irgendjemand helfen darf.«

»Dein Zug!«, sagte Howard kalt.

De Laurec starrte ihn eine endlose Sekunde lang an. Dann lächelte er wieder. »Was glaubst du, gewonnen zu haben?«, fragte er schließlich. »Ich gebe zu, dass ich beim nächsten Zug meine Dame verliere – aber damit steht das Spiel allerhöchstens unentschieden. Es war ausgemacht, dass du gewinnen musst.«

»Du betrügst«, stellte Howard fest. »Ich hätte es mir denken können. Du hast schon immer gerne betrogen.«

»Schweig!«, brüllte de Laurec. »Es spielt keine Rolle mehr, ob ich betrüge oder nicht. Ihr werdet so oder so sterben.« Er kicherte, hob den Arm und deutete auf seinen König. »E7 auf E8«, sagte er. »Nimm dir die Dame, wenn es dir Freude bereitet. Du verlierst trotzdem.«

Howard schlug seine Dame. Die gewaltige Stahlkreatur verging in einem grellen Blitz, der auch Howards Springer zerfetzte, aber de Laurecs Reaktion bestand in einem abfälligen Verziehen der Lippen.

»Bravo, Howard«, sagte er kalt. »Mein Kompliment. Du hast fantastisch gespielt. Aus diesem Grunde gewähre ich dir sogar eine weitere Gnade: Du darfst noch leben und zusehen, wie deine Freunde sterben – allen voran dieser Narr Craven.«

Und in diesem Moment erwachten die riesigen Schachfiguren abermals zum Leben.

Ich hörte einen Schrei, wirbelte herum und sah, wie Looskamp auf Händen und Füßen die Treppe heraufzukriechen begann, verfolgt von einem Ding, das wie der Albtraum eines Eisenskorpiones aussah. Auch von der anderen Seite her rückten die gigantischen Killermaschinen heran.

Die Templer wichen zurück, zogen ihre Schwerter blank und bildeten einen dicht geschlossenen Kreis um Balestrano und mich. Nicht, dass es etwas nutzen würde. Eine einzige dieser Maschinen musste reichen, uns alle zu töten. Und wir standen gleich dreißig dieser stählernen Monster gegenüber. Langsam, aber unaufhaltsam, rückten sie näher.

»Jetzt sterbt ihr«, kreischte de Laurec. »Ihr habt euch zu früh gefreut. Der Sieg ist mein!«

Ich starrte den näher rückenden Maschinen entgegen, schätzte hastig die Zeit ab, die mir noch blieb, und warf einen letzten Blick in die Halle hinunter. De Laurec sah mich direkt an. Vielleicht wäre dies der richtige Moment für eine theatralische – oder auch nur hämische – Bemerkung gewesen, aber dazu fehlte mir die Zeit.

Ich stieß Balestrano und den Templer, der vor ihm stand, zur Seite, sprang den Schachmördern entgegen und riss beide Arme in die Höhe. Meine Lippen formten Worte, die ich vor Jahren auswendig gelernt und schon fast wieder vergessen hatte, und mein Geist tat Dinge, die ich selbst nicht wirklich verstand und die ich im Grunde niemals hatte können wollen.

Aber sie wirkten.

Für einen kurzen Moment hatte ich das Gefühl, eins mit dem tobenden Gewitter draußen über dem Land zu sein, keinen Körper mehr zu haben, sondern nur noch aus pulsierender, berstender Kraft und Licht und Hitze zu bestehen, dann …

Ein unglaublicher Donnerschlag ließ das Gebäude erzittern.

Die elektrische Beleuchtung erlosch. Knallend zerbarsten die Glühbirnen, und einer der Kronleuchter brach aus seiner Halterung und stürzte zu Boden. Blaue, zischende Elmsfeuer rasten durch den Saal, sprangen über Steine und Menschen und Metall und erloschen.

Dann explodierten die Fensterscheiben. Alle auf einmal und nach innen.

Ein grellweißer Blitz zuckte durch eines der zerborstenen Fenster herein, schlug in den Boden und raste in irrsinnigem Zickzack durch die Halle, um die Maschinenmenschen zu treffen und zu weiß glühendem Schrott zu verschmelzen.

Aber davon merkte ich schon nichts mehr. Ich verlor das Bewusstsein und ging zu Boden. Allmählich bekam ich auch darin Routine.

Diesmal dauerte es Stunden, bis ich erwachte. Ich lag auf einer Couch in einem kleinen, behaglich eingerichteten Salon, und das Erste, was ich sah, war das ausgeglühte Skelett eines elektrischen Kronleuchters, der über mir an der Decke pendelte. Dann regte sich etwas neben mir, und als ich den Kopf wandte, erkannte ich das faltenzerfurchte Gesicht Jean Balestranos. In seinen Augen stand eine Mischung aus vorsichtiger Erleichterung – und Angst.

Angst vor mir, dachte ich düster. Es war nicht das erste Mal, dass ich diesen Ausdruck in den Augen eines Menschen las. Aber bei Balestrano tat er besonders weh.

»Sind wir schon alle tot und im Himmel, oder leben wir noch?«, fragte ich. Meine Stimme klang fremd in meinen eigenen Ohren. Eher wie ein Krächzen.

Balestrano lächelte flüchtig und wurde sofort wieder ernst. »Wir leben noch, Robert«, sagte er. »Dank Ihnen.«

Ich erwiderte sein Lächeln, versuchte mich aufzusetzen und sank stöhnend wieder zurück, als sich das Zimmer um mich herum zu drehen begann.

»Überanstrengen Sie sich nicht«, sagte Balestrano sanft. »Sie haben sehr viel Kraft verbraucht.« Er schwieg einen Moment, seufzte tief und hörbar und sah mich wieder mit einer Mischung aus Freundlichkeit und mühsam unterdrückter Angst an. »Ich will gar nicht wissen, was Sie getan haben, Robert«, sagte er ernst. »Aber was immer es war, ich danke Ihnen. Ohne Sie wären wir tot.«

»Es war kein –« Ich bemühte mich, das Wort spöttisch klingen zu lassen »– kein Teufelswerk, wenn Sie das meinen, Balestrano, sondern –«

»Ich will es nicht wissen«, sagte er noch einmal und diesmal so scharf, dass ich unwillkürlich aufsah.

»Warum?«, fragte ich. »Können Sie es nicht mit Ihrem Gewissen vereinbaren, sich von den Mächten das Leben retten zu lassen, die Sie bekämpfen? Ich habe so wenig mit dem Satan zu tun wie Sie.«

»Ich weiß«, antwortete Balestrano. »Und jetzt hören Sie auf davon, Robert. Wir haben später Zeit genug, uns über alles zu unterhalten. Vorerst werde ich dafür sorgen, dass Sie und Ihr Freund Rowlf gesund gepflegt werden und Sie wieder zu Kräften kommen. Das ist das Mindeste, was ich Ihnen schulde.«

»Nein, Balestrano«, sagte ich leise. »Sie schulden mir mehr.«

Balestrano schwieg, aber sein Stirnrunzeln vertiefte sich.

»Ich habe Ihnen das Leben gerettet«, fuhr ich fort. »Ihnen und jedem einzelnen Mann in Ihrer Begleitung. Vielleicht habe ich sogar Ihren ganzen verdammten Orden vor dem Untergang gerettet, und das wissen Sie. Mit einem Dankeschön allein kommen Sie mir nicht davon.«

Es dauerte lange, bis Balestrano antwortete. »Und was verlangen Sie?«, fragte er, obwohl er die Antwort so gut kannte wie ich.

»Howard«, sagte ich. »Sie werden Howard in Ruhe lassen. Ich brauche Ihre Pflege nicht, so wenig wie Ihre Dankbarkeit. Alles, was ich verlange, sind frische Kleider und eine Kutsche, die uns zurück nach Paris und zum Bahnhof bringt. Howard und Rowlf und ich fahren noch heute zurück nach London. Und Sie werden diese teuflische Menschenjagd abblasen, die Sie seit zehn Jahren veranstaltet haben.«

Balestrano antwortete nicht, sondern sah mich nur weiter ernst und voller Trauer an. Aber es war auch nicht nötig, dass er irgendetwas sagte. Ich las die Antwort in seinen Augen. Jean Balestrano war ein mächtiger Mann, und er war ein harter Mann. Vielleicht der härteste und mächtigste Mann, der in diesem Teil der Welt lebte. Aber er war auch ein Ehrenmann.

Ich wusste, dass er seine Schuld begleichen würde.

Aber ich war mir nicht sicher, ob wir noch Freunde sein würden, wenn wir uns das nächste Mal trafen.

Das Mädchen aus dem Zwischenreich

»Ratten!« John Penwicks Stimme zitterte in einer Mischung aus Triumph und grimmiger Befriedigung, während er den Stiel seiner Schaufel immer und immer wieder auf die Ratte hinuntersausen ließ.

Das Tier war längst tot, aber Penwick schlug noch fast ein halbes Dutzend Mal zu, ehe er die Schaufel endlich schwer atmend sinken ließ, einen Schritt von dem frisch ausgehobenen Grab zurücktrat und sich kampflustig umsah. Seine schwieligen Hände umspannten den Schaufelstiel viel fester, als nötig gewesen wäre.

»Ratten!«, sagte er noch einmal. »Wie ich diese Biester hasse! Nicht einmal die Toten können sie in Frieden lassen.«

»Ganz besonders die nicht«, sagte Rowland, sein Begleiter und Kollege. »Die haben sie zum Fressen gern, weißt du?«, fügte er spöttisch hinzu.

Wie Penwick war auch er ein Mann jenseits der fünfzig, und wie er war er von kleinem, stämmigem Wuchs, jedoch früher ergraut; sein linkes Bein war etwas kürzer gewachsen als das andere, und auch sein linker Arm wies bei genauerem Hinsehen eine leichte Beeinträchtigung auf. Anders als Penwick hatte er Zeit seines Lebens als Totengräber auf dem kleinen Friedhof von St. Aimes gearbeitet; die einzige Beschäftigung, die ein Krüppel wie er in einem an Arbeit nicht reich gesegneten Land finden konnte, ohne dabei ständig schief angesehen oder verlacht zu werden.

»Verdammte Biester!«, murrte Penwick, spie aus und stieß die tote Ratte mit der Fußspitze über den Rand der zwei Meter langen und ebenso tiefen Grube, die Rowland und er im Laufe des Nachmittags ausgehoben hatten. »Die Vorstellung, dass ich selbst eines Tages da unten liegen und von diesen Viechern angeknabbert werden könnte, macht mich jetzt schon krank.«

»Bloß keine Angst«, erwiderte Rowland grinsend. »So ein Sarg ist ganz schön stabil. Bis sie sich durchgefressen haben, haben die Würmer schon das Gröbste erledigt.«

Er kicherte, als er sah, wie Penwicks Gesicht bei dieser Vorstellung einen deutlichen Ton heller wurde, sah noch einmal zu der toten Ratte auf dem Grund des frisch ausgehobenen Grabes hinab und spähte dann mit schräg gehaltenem Kopf in den Himmel. Es wurde früh dunkel an diesem Abend, und vom nahen Meer trieben schwere, bauchige Regenwolken heran. Es war kalt. Zu kalt für einen August, selbst für die Kummer gewöhnten Bewohner der englischen Kanalküste.

»Machen wir Schluss für heute«, sagte er. »Die Beerdigung ist morgen erst um elf. Den Rest können wir vorher erledigen.«

Penwick schien widersprechen zu wollen, besann sich dann aber eines Besseren und schwang sich die Schaufel wie ein Gewehr über die linke Schulter.

Nebeneinander gingen die beiden Männer zwischen den verwilderten Grabreihen des kleinen Friedhofes hindurch auf den windschiefen Schuppen zu, der verborgen hinter einer Hecke am jenseitigen Ende des Geländes stand.

Rowland zog einen übergroßen, rostigen Schlüssel aus der Tasche, sperrte die Tür auf und riss ein Streichholz an, mit dem er die Kerze direkt neben dem Eingang entzündete.

Der flackernde Lichtschein enthüllte ein Durcheinander von Eimern, Blumentöpfen, Schubkarren, halbfertigen Grabsteinen und verwitterten Platten, unordentlich übereinandergeworfenen Werkzeugen und grauen Leinensäcken. Rowland runzelte die Stirn. Das tat er immer, wenn er den Schuppen betrat.

Irgendwann, dachte er, würde er diesen Raum, der ihnen gleichzeitig als Umkleideraum wie Werkzeugkammer diente, aufräumen. Aber das nahm er sich schon seit Jahren vor.

Die beiden Männer zogen sich schweigend um, verstauten ihre Werkzeuge und verließen den Schuppen wieder. Die Dämmerung begann sich wie ein graues Leichentuch über das Land zu senken, als sie das Friedhofstor durchschritten und sich auf der Landstraße nach Osten wandten, dem wenige hundert Schritte entfernten Ortseingang von St. Aimes zu.

Plötzlich blieb Rowland stehen, klopfte suchend mit der Hand auf die Tasche seiner groben schwarzen Jacke und zog eine Grimasse.

»Was ist los?«, fragte Penwick.

»Mein Tabaksbeutel«, knurrte Rowland. »Ich muss ihn im Schuppen gelassen haben.« Sein Stirnrunzeln vertiefte sich und wurde ärgerlich. »Ich gehe zurück und hole ihn.«

»Soll ich mitkommen?«, erbot sich Penwick.

Rowland wehrte mit einer Handbewegung ab. »Nicht nötig. Warum gehst du nicht vor in den Pub und trinkst ein Glas für mich mit? Ich komme nach.«

Plötzlich verzogen sich seine Lippen zu einem spöttischen Lächeln. »Du brauchst keine Angst um mich zu haben, John«, sagte er. »Die, die da auf dem Friedhof liegen, sind äußerst ruhige Mieter, weißt du? Außerdem kenne ich die meisten.«

Sein Spott rief einen Ausdruck plötzlicher Sorge auf dem Gesicht Penwicks wach. »Versündige dich nicht«, sagte er ernst. »Niemand sollte die Toten verspotten. Und gib auf die Ratten Acht.«

Rowland lachte gutmütig, wandte sich um und ging mit schnellen Schritten den Weg zurück, den er gerade erst gekommen war.

Es wurde schnell dunkel jetzt, als die Sonne untergegangen war und der Seewind die Wolken rascher vor sich her über das Land trieb. Der Kies knirschte sonderbar unter seinen Schuhen, und die Schatten zwischen den regelmäßig dastehenden Grabsteinen schienen an diesem Abend ein wenig tiefer als sonst.

Rowland ging unwillkürlich schneller, und für einem Moment war es ihm, als höre er noch einmal Penwicks Worte, die ihm zuflüsterten, mehr Respekt vor den Toten zu haben und sich besonders vor den Ratten in Acht zu nehmen.

Rowland vertrieb den Gedanken, zog fröstelnd die Schultern zusammen und lief mit gesenktem Kopf die letzten zwanzig, dreißig Schritte zu dem kleinen Werkzeugschuppen. Er hatte Schwierigkeiten, im Dunkeln das Schloss zu öffnen, und die drei Streichhölzer, mit denen er die Kerze entzünden wollte, brachen nacheinander ab, sodass er es schließlich aufgab und fluchend im Dunkeln herumtastete, bis er seine Arbeitsjacke und den Tabaksbeutel darin gefunden hatte.

Als er sich aufrichten wollte, verspürte er einen scharfen, reißenden Schmerz in der rechten Hand. Mit einem Fluch fuhr er auf, steckte instinktiv den Finger in den Mund und schmeckte frisches, salziges Blut.

Einen Moment lang überkam Rowland die bedrückende Vorstellung, dass da irgendetwas vor ihm in der Dunkelheit hockte und nach seiner Hand geschnappt hatte, aber dann siegte sein logisches Denken. Es gab hier drinnen nichts, was ihn beißen konnte. Nicht einmal Penwicks Ratten, fügte er spöttisch in Gedanken hinzu. Der Schuppen war zwar alt und heruntergekommen, aber ringsum abgedichtet, und er achtete streng darauf, dass kein Ungeziefer und Kroppzeug den Weg in sein Inneres fand. Nein – er hatte sich an irgendeinem Werkzeug verletzt, das herumlag. Irgendwann würde er hier drinnen doch einmal für Ordnung sorgen müssen.

Den blutenden Finger noch immer im Mund, wandte sich Rowland um, verließ den Schuppen und schloss die Tür sorgfältig wieder hinter sich ab.

Als er sich herumdrehte, sah er das Licht.

Im ersten Moment glaubte er, einen Schein vom Ort her zu sehen, aber dann wurde ihm klar, dass die Quelle des Scheins ein gutes Stück zu weit im Westen lag, um in St. Aimes zu sein – und vor allem ein gutes Stück zu nahe.

Der Totengräber runzelte verwirrt die Stirn. Das Licht war sehr sonderbar: Es konnte nicht von einer Laterne oder Kerze stammen, denn dazu leuchtete es zu gleichmäßig, und die immer dunkler werdende Nacht verlieh ihm einen beunruhigenden, grünlichen Schein.

Und es schien irgendwo auf dem Gelände des Friedhofes zu entstehen, diesseits der kniehohen, zerbröckelnden Mauer, die den Gottesacker umschloss ... Rowland machte einen Schritt und blieb abrupt wieder stehen. Den blutenden Finger hatte er noch immer im Mund, aber er hatte ihn vergessen und saugte nur noch automatisch an dem brennenden Schnitt. Plötzlich fielen ihm die dunklen Geschichten und Legenden wieder ein, die man sich in St. Aimes um diesen Friedhof erzählte. Rowland hatte nie viel darauf gegeben, denn er stand mit dem Tod zu sehr auf du und du, um in ihm noch irgendetwas Mystisches oder auch nur Bedrohliches zu sehen, aber er hatte sie alle gehört.

Man erzählte sich, dass an dem Ort, an dem sich heute der Friedhof der Gemeinde befand, schon einmal Tote beigesetzt worden waren, in vorgeschichtlicher Zeit. Die Kelten, die dieses Land Jahrtausende zuvor beherrscht hatten, sollten ihre Toten hier begraben haben, und vorher sollte dies ein Ort finsterer Beschwörungen und blasphemischer Riten gewesen sein, ein Ort, beherrscht von Wesen oder Dingen, deren Namen nicht vergessen waren, die aber niemand mehr auszusprechen wagte.

Rowland verscheuchte den Gedanken, nahm endlich den Finger aus dem Mund und löste sich von seinem Platz. Trotz der leicht morbiden Art, in der er sein Brot zu verdienen pflegte, war er ein überaus pragmatischer Mensch, der den Dingen auf den Grund ging, die er nicht verstand.

Das Leuchten würde eine natürliche Erklärung haben, und er würde sie herausfinden.

Trotzdem ertappte er sich dabei, immer wieder nach rechts und links zu sehen, während er auf die Quelle des geheimnisvollen Lichtscheines zuging, und das Gefühl, beobachtet und belauscht zu werden, wurde stärker, obwohl er sich dagegen wehrte.

Langsam kam das unheimliche grünblaue Leuchten näher. Rowland sah jetzt, dass es tatsächlich nicht von einem Feuer oder einer Lampe stammte, sondern ...

Er blieb abrupt stehen, als ihm klar wurde, woher der unheimliche Lichtschein kam.

Der schwache Glanz hatte sich zu einer mehr als mannshohen, leuchtenden Halbkugel aus giftgrünem Licht gesteigert und im gleichen Maße an Leuchtkraft zugenommen, wie das Tageslicht vollends erlosch und sich die Nacht über die Küste senkte.

Und er kam aus der Erde!

Direkt aus dem Grab, das Penwick und er während des Nachmittags ausgehoben hatten!

Rowlands Herz begann zu hämmern. Plötzlich bedeckte kalter, klebriger Schweiß seine Stirn, und seine Hände zitterten so stark, dass er sie zu Fäusten ballen musste, um sie zu beruhigen. Alles in ihm schrie danach, sich sofort umzuwenden und wegzulaufen, so schnell und so weit er konnte.

Aber er tat es nicht.

Stattdessen ging er weiter, langsam und mit schwerfälligen, schleppenden Schritten, umkreiste den flachen Erdhügel, den Penwick und er bei ihrer Arbeit aufgeworfen hatten, und beugte sich mit klopfendem Herzen über die zwei Meter tiefe Grube.

Das grüne Leuchten erfüllte ihren Grund wie strahlendes, trübes Wasser. Etwas Formloses, Großes schien sich darin zu bewegen, bizarre Fratzen und Grimassen zu bilden, aber es verschwand immer sofort, wenn Rowland versuchte genauer hinzusehen.

Die Grube war leer.

Es dauerte einen Moment, bis dem Totengräber auffiel, was an dem Bild nicht stimmte: Die tote Ratte, die Penwick in das Grab geworfen hatte, war nicht mehr da.

Von plötzlicher, kreatürlicher Angst erfüllt, fuhr Rowland hoch und herum, machte einen Schritt und blieb mit einem entsetzten Keuchen stehen.

Der Weg hinter ihm war nicht mehr leer.

Im ersten Moment glaubte er, die Dunkelheit selbst wäre zu grausigem, quirlendem Leben erwacht.

Dann erkannte er, dass es Ratten waren.

Tausende von hässlichen, fetten Ratten, die lautlos hinter ihm aus der Nacht gehuscht waren und die schmalen Kieswege zwischen den Gräbern wie eine lebende Decke füllten. Kleine, tückisch funkelnde Augen starrten ihn an wie leuchtende Spiegel, in denen sich der unheilige grüne Schein brach.

Ratten!, dachte er entsetzt. Penwicks Ratten, die gekommen waren, um den Mord an ihrem Bruder zu rächen!

Ein winziger, klar gebliebener Teil seines Denkens sagte Rowland, dass das kompletter Unsinn war und Ratten so etwas wie Rache nicht kannten, aber seine Augen und seine Ohren sagten ihm das Gegenteil, und als er sich erschrocken bewegte, lief ein schwerfälliges Zucken durch die Masse der Rattenleiber, und die gewaltige haarige Armee schob sich ein Stückchen weiter auf ihn zu, sodass die ersten beinahe seine Schuhe berührten.

Rowland schrie in irrsinniger Angst auf, fuhr herum – und prallte ein zweites Mal zurück!

Hinter ihm, auf der anderen Seite des Grabes, stand eine Gestalt. Es war eine Frau. Eine schlanke, nicht sehr große Frau mit dunklem Haar und großen, auf bizarre Weise gleichermaßen freundlich wie unbeschreiblich drohend blickenden Augen, die reglos wie eine lebensgroße Statue am Kopfende der frisch ausgehobenen Grube stand und schweigend zu ihm und der Rattenarmee herüberstarrte.

Das grüne Leuchten umspielte ihren Körper wie ein unseliger Heiligenschein, und es schien, als dringe ein Teil dieses fantastischen Lichtes direkt durch ihren Leib hindurch, sodass er halb transparent erschien. Sie ist beinahe nackt, dachte Rowland verstört. Einzig um ihre Hüften und ihre Brust zogen sich zwei dünne, mit blitzendem Metallschmuck verzierte Tücher und ihr Kopf …

O mein Gott!, dachte Rowland. Ihr Kopf. Ihr Kopf!

Ein Schrei stieg in seiner Kehle empor, aber er kam nicht mehr dazu, ihn auszustoßen.

Etwas traf ihn wie ein Fausthieb zwischen die Schulterblätter, dann fühlte er den Aufprall eines kleinen, pelzigen Körpers im Nacken,

Bruchteile von Sekunden darauf einen scharfen, plötzlichen Schmerz.

Er taumelte. Wieder trafen ihn die kleinen, pelzigen Bälle wie Schläge. Er schrie, machte einen blinden, taumelnden Schritt und spürte, wie das lockere Erdreich unter seinen Füßen nachgab.

Mit einem Schrei stürzte Rowland vornüber, prallte auf dem Boden des Grabes auf und stemmte sich auf Hände und Knie hoch. Er führte die Bewegung nie zu Ende.

Das Letzte, was er sah, war die hoch aufgerichtete Gestalt des Mädchens, die näher an das Grab herangetreten war und aus ihren schrecklichen Augen auf ihn herabstarrte. Und ihre Hand, die sich in einer raschen, befehlenden Geste hob.

Dann stürzten die Ratten in das Grab hinab.

Lady Audley McPhaerson sah an diesem Abend ganz besonders attraktiv aus – soweit eine grauhaarige, etwas zu kurzbeinig geratene Matrone, deren Körpergewicht sich um den zweiten Zentner bewegte und die ihrem sechzigsten Geburtstag näher war als dem fünfzigsten, attraktiv auszusehen vermag. Aber das Kleid, das sie trug, war das mit Abstand teuerste und aufwendigste, das mir jemals untergekommen war, und das Saphirdiadem in ihrem hochtoupierten Haar musste ungefähr dem Gegenwert einer mittleren englischen Ortschaft entsprechen. Ihre Stimme übertönte den Lärm der Gäste, die den gewaltigen Ballsaal von Penderguest Hall füllten, mit Leichtigkeit. Die Pointe versteht wohl nur, wer den Ballsaal schon einmal gesehen hat.

Ich hatte ihr Lachen schon draußen in der Halle gehört und hätte eigentlich gewarnt sein müssen. Aber ich war leichtsinnig genug gewesen, mir einzubilden, irgendwo in der Menge untertauchen und ihr auf diese Weise entgehen zu können. Jetzt war es zu spät, mich noch unauffällig zurückziehen zu wollen.

Lady Audley hatte mich bereits entdeckt und walzte, mit ihrem gewaltigen Busen die Menge wie ein Schlachtschiff beiseitepflügend, auf uns zu. Auf ihrem Gesicht lag ein rosiger, verräterischer Glanz, der darauf schließen ließ, dass das Glas Champagner in ihrer Rechten nicht das erste an diesem Abend war.

»Robert!«, rief sie, den Vortrag des Violinsolisten auf der Orchesterempore mit Leichtigkeit übertönend, stürmte auf mich zu, schloss mich in die Arme und drückte mir einen ebenso herzhaften wie feuchten Kuss auf die Wange.

»Robert! Mein lieber Robert Craven!«, sagte sie. »Wie schön, dass Sie uns die Ehre geben. Lord Penderguest sagte mir bereits, dass Sie für den heutigen Abend zugesagt haben.«

Sie entließ mich endlich aus ihrer Umarmung, trat einen Schritt zurück und musterte mich von Kopf bis Fuß. Ihre kleinen, von zahllosen Krähenfüßchen eingefassten Augen funkelten. »Sie werden uns doch das Vergnügen bereiten, uns an einer Ihrer entzückenden Séancen teilnehmen zu lassen, oder?«, fragte sie.

Ich rang mich zu einem Lächeln durch, verbeugte mich und sagte: »Dazu bin ich hier, Mylady.«

»Oh, wie entzückend!«, sagte Lady Audley. »Damit ist der Verlauf des heutigen Abends ja gesichert.« Sie nippte an ihrem Glas, wobei sie den kleinen Finger übertrieben abspreizte, und deutete auf Howard, der neben mir stehen geblieben war und die kurze Szene mit einer Mischung aus Verwirrung und mühsam zurückgehaltener Erheiterung verfolgt hatte.

»Sie haben Besuch mitgebracht, Robert? Wie entzückend.«

»Ja. Ein …« Ich brach ab, als ich einen raschen, warnenden Blick aus Howards Augen auffing, rettete mich in ein verlegenes Lächeln und begann mit einer Handbewegung auf Howard erneut: »Ein entfernter Verwandter meines verstorbenen Vaters, Lady Audley. Mister Phillips.«

»Phillips?« Lady Audley blinzelte. »Sind Sie Engländer, Mister Phillips?«

Howard schüttelte rasch den Kopf. »Amerikaner, Lady Audley. Aber ich lebe nicht mehr drüben in den Staaten. Schon lange nicht mehr.«

»Amerikaner?«, wiederholte Lady Audley. »Nein, wie entzückend!« Sie kicherte, leerte ihr Champagnerglas und angelte mit einer grazilen Bewegung ein neues vom Tablett eines vorübereilenden Butlers. »Darüber müssen Sie mir unbedingt mehr erzählen, Mister Phillips. Wir sehen uns sicher noch; später bei Roberts Séance.«

»Sicher«, sagte Howard. »Ich denke schon, dass wir Gelegenheit zu einem Informationsaustausch finden werden.«

Lady Audley blinzelte, als müsse sie einen Moment ernsthaft über Howards Worte nachdenken, dann nippte sie erneut an ihrem Glas, nickte uns noch einmal zu und verschwand in der Menge.

»Entzückend«, sagte Howard kopfschüttelnd. Ein dünnes, schwer zu deutendes Lächeln spielte um seine Lippen. »Wer ist sie?«

»Lady Audley?« Ich sah mich rasch nach allen Seiten um, um mich zu vergewissern, dass keine allzu neugierigen Ohren in unserer Nähe waren und mithörten, ehe ich antwortete: »Ein ... Original, würdest du wohl sagen. Der letzte Spross irgendeines aussterbenden Adelsgeschlechtes, glaube ich. Ein bisschen verrückt, aber sehr nett.«

Ein livrierter Butler kam auf uns zu und hielt uns ein Tablett mit Champagnergläsern entgegen. Ich nickte dankend, nahm eines der Gläser und trank einen kleinen Schluck, während Howard mit einem raschen Kopfschütteln ablehnte und wartete, bis sich der Diener wieder entfernt hatte. Im strahlenden Licht der von zahllosen Lüstern erhellten Halle wirkte er noch immer ein wenig blass; wenn man genau hinsah, erkannte man die dunklen Ringe unter seinen Augen und die leicht teigige Färbung seiner Haut; deutliche Anzeichen der schweren Krankheit, die er gerade hinter sich hatte. Es war beinahe acht Wochen her, dass wir London wieder erreicht hatten, aber Howard hatte die Verletzungen, die ihm der wahnsinnige *Puppet-Master* in Paris zugefügt hatte, noch immer nicht vollends verkraftet. Aber das war nicht weiter verwunderlich. Neun von zehn normalen Menschen wären an diesen Wunden gestorben.

»Lass uns irgendwo hingehen, wo wir reden können«, sagte er plötzlich. »In Ruhe.«

Das war leichter gesagt als getan. Der Ballsaal von Penderguest Hall ist einer der größten Londons, so wie die Empfänge, die Sir und Lady Penderguest in regelmäßigen Abständen zu geben pflegten, die beliebtesten und wahrscheinlich am besten besuchten sind. Ich schätzte, dass sich allein hier im Saal an die zweihundert Personen aufhielten – Aristokratie, Geldadel, der eine oder andere Künstler, den man zu kennen hatte, ein paar hohe Regierungsangehörige. Und in den angrenzenden Räumen musste sich noch einmal die gleiche Anzahl Gäste aufhalten. Es war nicht der erste Empfang der Penderguests, auf den ich ging.

Trotzdem entdeckte ich nach kurzem Suchen eine wenigstens einigermaßen abgeschiedene Ecke unter einem der Fenster, eine winzige, von Pflanzenkübeln und wucherndem Grün eingefasste Oase der Ruhe: zwei kleine Sesselchen, zwischen denen ein dreibeiniger Tisch stand. Ich deutete mit einer Kopfbewegung darauf und ging voraus.

»Was hat Lady Audley gemeint, als sie von einer Séance sprach?«, begann Howard, kaum dass wir uns gesetzt hatten. Das Lächeln war von seinem Gesicht verschwunden. Seine Züge wirkten beinahe ausdruckslos, aber in seinen Augen stand ein Ernst, den ich nur zu gut kannte. Ich hatte diesen Moment gefürchtet, seit ich vor Wochenfrist die Einladung der Penderguests bekommen hatte.

»Eine kleine Belustigung, die die Penderguests ihren Lieblingsgästen bieten«, antwortete ich. »Ein harmloser Spaß, mehr nicht.«

»Und du ... spielst eine Rolle bei diesem ... harmlosen Spaß?«, fragte er gedehnt.

Diesmal dauerte es einen Moment, ehe ich antwortete. Es war eine Menge geschehen, seit ich das Erbe meines Vaters angetreten hatte und damit praktisch über Nacht zu einem der wohlhabendsten Bürger Londons geworden war. Ich hatte mich eingelebt und zwar keine wirklichen Freunde gefunden, aber doch eine Menge Bekanntschaften geknüpft und mir einen gewissen Ruf in der Londoner Plüsch-Gesellschaft erworben.

Während der letzten vier Monate waren Howard und ich beinahe ununterbrochen zusammen gewesen, aber von den zwei Jahren davor wusste er so gut wie nichts. Und ich war ziemlich sicher, dass ihm eine Menge von diesem *nichts* nicht gefallen würde.

»Es ist wirklich nichts als ein harmloser Spaß«, sagte ich lächelnd. »Séancen und spiritistische Sitzungen sind in der letzten Zeit in Mode gekommen, weißt du?«

»Und du nimmst daran teil?«, vergewisserte sich Howard. »Nur so oder als Medium?«

»Letzteres«, bekannte ich kleinlaut. »Aber glaube mir, Howard, es ist wirklich ...« Ich sprach nicht weiter, als ich sah, wie sich seine Züge verfinsterten. Für einen Moment hatte er wirklich Mühe, sich noch zu beherrschen und mich nicht anzufahren, das sah ich. In seinen Augen blitzte es. Ich hatte ihn gebeten, mich zu begleiten, weil ich es für eine gute Idee hielt, um ihn abzulenken und endlich wieder auf andere Gedanken zu bringen. Es waren nicht nur die körperlichen Wunden, unter denen er litt, seit wir aus Paris zurück waren. Es hatte mit diesem Mädchen zu tun, das er in de Laurecs Haus zu sehen geglaubt hatte. Ich für meinen Teil wusste noch immer nicht mehr als ihren Namen und die Tatsache, dass sie die Tochter François Gaspards war, und ich hatte es nicht gewagt, Howard nach weiteren Einzelheiten zu fragen.

Alles, was ich gewollt hatte, als ich ihn mitnahm, war ein wenig harmlose Zerstreuung. Aber ich hatte plötzlich das sichere Gefühl, dass es kein besonders guter Einfall gewesen war.

Einen Moment lang hielt ich seinem Blick noch stand, dann erhob ich mich mit einer abrupten Bewegung und deutete auf die quirlende Menge im Saal. »Reden wir später darüber«, sagte ich ausweichend. »Die Penderguests erwarten mich.«

»O ja«, sagte Howard böse. »Zu deiner kleinen Zirkusvorstellung.«

Ich fuhr herum, setzte zu einer geharnischten Antwort an, schluckte sie aber dann im letzten Augenblick herunter und drehte mich demonstrativ weg.

Mein Blick glitt fast sehnsüchtig die geschwungene Marmortreppe am hinteren Ende des Saales hinauf. Eine der Türen auf der Galerie dort oben führte zu dem kleinen Salon, in dem Sir und Lady Penderguest mich wahrscheinlich schon ungeduldig erwarteten; unsere Séancen fanden keineswegs in aller Offenheit statt, sondern beschränkten sich auf einen kleinen, erlauchten Kreis.

Aber ich war mir plötzlich nicht mehr sicher, ob es wirklich gut war, heute Abend dorthinauf zu gehen; und noch viel weniger, ob ich Howard mitnehmen sollte.

Krampfhaft versuchte ich mir eine Ausrede einfallen zu lassen, die es mir ermöglichen würde, das Bankett zu verlassen, ohne die Penderguests allzu sehr vor den Kopf zu stoßen.

Aber es war zu spät. Lady Audley musste die Nachricht von meinem Eintreffen bereits weitergegeben haben, denn noch während ich mir krampfhaft den Kopf nach einer plausiblen Ausrede zerbrach, tauchte sie in Begleitung Lady Penderguests wieder aus der Menge auf und steuerte zielsicher auf Howard und mich los.

Als ich mich diesmal zu Howard umwandte, war der Ausdruck in seinen Augen der pure Zorn. Aber er sagte nichts mehr.

Penwick hatte das fünfte Bier getrunken, ohne dass Rowland zurückgekommen wäre, und obwohl es sich um das dünne englische Ale handelte, spürte er die Wirkung des Alkohols bereits in beträchtlichem Maße; umso mehr, da er an diesem Tage so gut wie nichts gegessen hatte. Und er begann sich Sorgen um Rowland zu machen. Der Anblick der toten Ratte ging ihm nicht aus dem Sinn und auch nicht diese sonderbar rasche Dämmerung, die sich über den Friedhof gelegt hatte, als Rowland zurückging, um den vergessenen Tabaksbeutel zu holen.

Mit einem Stirnrunzeln verscheuchte er den Gedanken, hob die Hand, um ein neues Bier zu bestellen, und sah zum wiederholten Male zum Eingang. Der kleine Pub war überfüllt, und an der Theke drängten sich die Gäste in Zweier-, zum Teil in Dreierreihen, aber das taten sie jeden Abend, denn St. Aimes war mit Zerstreuungen nicht gerade reich gesegnet. Wer nicht gerade dem Kirchenchor oder dem örtlichen Bibelkreis angehörte (was auf die Allerwenigsten zutraf), hatte kaum eine andere Möglichkeit, sich irgendwo ein paar Stunden um die Ohren zu schlagen. Auch Penwick verbrachte einen großen Teil seiner Freizeit hier.

Aber an diesem Abend schien ihm das Bier nicht zu schmecken. So sehr er sich auch bemühte, musste er doch immer wieder an Rowland denken, und genauso hartnäckig kehrte das Bild der großen Ratte wieder, die ihn aus ihren schwarzen Knopfaugen voller boshafter Intelligenz angefunkelt zu haben schien, ehe er sie erschlug.

Jemand trat zu ihm an den Tisch, und als Penwick aufsah, blickte er in ein paar schmaler, vom Alter trüb gewordener Augen, die in ein faltiges Gesicht eingebettet waren.

Kilian. Einer der ältesten – vielleicht der älteste überhaupt – Einwohner des Ortes und auf jeden Fall ein Original. Er trieb sich immer im oder in der Nähe des Pubs herum, hatte niemals Geld und war stets bereit, für ein Ale oder einen verdünnten Whisky eine seiner verrückten Geschichten zum Besten zu geben. Heute stand Penwick nicht der Sinn nach seinem Gerede; er rang sich zu einem abgehackten Nicken durch, machte eine abweisende Handbewegung und starrte wieder in sein Glas.

Aber Kilian ging nicht, sondern ließ sich im Gegenteil auf der anderen Seite des Tisches nieder und nuckelte an dem schal gewordenen Bier, das er mitgebracht hatte. »Bist nervös, wie?«, fragte er.

Penwick sah auf, runzelte die Stirn und blickte wieder in sein Bier. »Verschwinde«, sagte er. Als Kilian zögerte, griff er in die Tasche, nahm eine kleine Münze hervor und schob sie über den Tisch, ohne den Alten anzusehen. »Geh«, sagte er noch einmal. »Kauf dir ein Bier und lass mich in Ruhe.«

Kilian griff mit einer blitzschnellen Bewegung nach dem Dime und ließ ihn in der Rocktasche verschwinden, dachte aber nicht daran zu gehen. »Du bist nervös«, behauptete er. »Seh ich doch. Guckst dauernd zur Tür und auf die Uhr. Worauf wartest du?«

Penwick wollte auffahren, überlegte es sich aber dann anders und nahm einen großen Schluck aus seinem Glas. »Auf Rowland«, sagte er. »Er müsste eigentlich längst hier sein.«

»Ah ja.« Kilian nickte wissend. »Dein neuer Kollege, wie? Wie gefällt dir dein neuer Job als Totengräber?«

»Ich bin städtischer Angestellter«, gab Penwick beleidigt zurück. »Und wie mir der Job gefällt, spielt wohl keine Rolle, oder? Ich muss leben.«

Der Alte grinste, wackelte mit dem Kopf und schob sein Glas vor sich auf der Tischplatte hin und her. »Wo ist denn Rowland?«, fragte er.

»Zurückgegangen«, knurrte Penwick. »Er hat seinen Tabaksbeutel vergessen. Aber er müsste längst wieder hier sein«, fügte er, eigentlich gegen seinen Willen, hinzu. Was ging es den Alten an, wo Rowland blieb?

Er leerte sein Glas, rülpste ungeniert und stand auf. »Ich gehe besser zurück und sehe nach, wo er bleibt«, sagte er.

»Würde ich nicht tun«, murmelte Kilian in einer so sonderbaren Art, dass Penwick unwillkürlich mitten in der Bewegung innehielt und den Alten stirnrunzelnd ansah.

»Was soll das heißen?«, fragte er.

Kilian schenkte ihm ein zahnloses Grinsen. »Ist nicht gut, die Toten in ihrer Ruhe zu stören«, sagte er. »Bald ist Vollmond. Niemand sollte nach Dunkelwerden noch auf den Friedhof gehen. Nicht an einem solchen Tag.«

»An einem solchen Tag?«, wiederholte Penwick betont. »Wie meinst du das? Ich war ein Dutzend Mal nachts auf dem Friedhof, und –«

»Die Sterne stehen nicht gut«, unterbrach ihn Kilian. »Rowland hätte es wissen sollen. Die Ratten sind unruhig.«

»Die … Ratten? Hast du Ratten gesagt?« Penwick setzte sich wieder.

»Hab ich gesagt«, bestätigte Kilian mit einem blöden Grinsen. »Sie sind unruhig, die grauen Herrscher. Etwas geht vor. Die Sterne stehen bald wieder richtig.«

»Ich habe eine Ratte gesehen«, murmelte Penwick. Die Worte des Alten hatten irgendetwas in ihm berührt – aber er konnte nicht sagen, was. Etwas Dunkles. Etwas wie eine Erinnerung an etwas, das er gar nicht erlebt hatte ...

»Gibt eine Menge Ratten auf dem Friedhof«, kicherte Kilian. »Sie mögen die Toten.«

»Das ... meine ich nicht«, sagte Penwick stockend. »Es war ... keine gewöhnliche Ratte.« Plötzlich stockte er, sah sich rasch und erschrocken nach beiden Seiten um, als wäre ihm erst jetzt richtig zu Bewusstsein gekommen, was er da sagte, und sprach dann, wesentlich leiser, weiter. »Irgendwas stimmte nicht mit ihr, weißt du?«, sagte er. »Sie sah mich an, als ...«

»Als wüsste sie, dass du sie hasst?« Kilian kicherte wieder, leerte sein Glas mit einem Zug und fuhr sich mit dem Handrücken über den zahnlosen Mund. »Jaja, sie sind schlau, die grauen Herrscher. Wissen, wer ihre Feinde sind und wer nicht.«

»Du sprichst über sie, als wären sie Menschen«, sagte Penwick. Seine Worte sollten spöttisch klingen, aber in seiner Stimme war ein ganz leichtes Zittern, das ihn selbst erschreckte.

»Sind sie auch«, sagte Kilian ernsthaft. »In gewissem Sinne jedenfalls.«

Penwick starrte ihn an, stand dann mit einem Ruck auf und stieß seinen Stuhl zurück. »Du bist ja verrückt, Alter«, sagte er. »Erzähl einem anderen deine Schauergeschichten. Ich gehe jetzt und sehe nach, wo Rowland bleibt.«

»Würde ich nicht tun«, sagte Kilian noch einmal lächelnd. »Bleib lieber hier. Die Sterne stehen nicht gut.«

Penwick drehte sich mit einer zornigen Bewegung um und kämpfte sich mit Händen und Ellbogen zum Ausgang durch.

Die Nacht lag wie eine schwarze Decke über der Stadt, als er den Pub verließ. St. Aimes lag wie ausgestorben vor ihm.

In den allerwenigsten der zwei oder drei Dutzend Häuser, aus denen der winzige Ort bestand, brannte noch Licht, und der Wind fing sich mit einem unheimlichen Heulen zwischen den schmalbrüstigen, eng beieinander stehenden Gebäuden. Die Geräusche der Zecher hinter ihm im Pub klangen seltsam gedämpft, als wären sie gar nicht wirklich, sondern hätten mit diesem Reich aus Dunkelheit und Schweigen, in das sich St. Aimes verwandelt hatte, im Grunde nichts verloren. Es muss auf zehn Uhr zugehen, dachte Penwick schaudernd. Der Pub würde bald schließen, und dann würde St. Aimes endgültig der Nacht und dem Schweigen anheimfallen.

Penwick versuchte die sonderbaren Gedanken abzuschütteln, aber es gelang ihm nicht. Im Gegenteil. Das bedrückende, unheimliche Etwas, das wie eine unsichtbare Hand auf seiner Seele lastete, schien eher noch stärker zu werden.

Es musste an dem dummen Zeug liegen, das Kilian geredet hatte, dachte Penwick. Vielleicht war es nicht gut, sich zu sehr mit den verrückten Geschichten des Alten zu beschäftigen.

Trotzdem gingen ihm seine Worte nicht aus dem Kopf. Die Sterne stehen nicht gut, hatte er gesagt.

Penwick legte den Kopf in den Nacken, blinzelte den Alkoholdunst fort und sah in den Himmel hinauf. Nun, im Augenblick standen die Sterne überhaupt nicht; zumindest waren sie nicht zu sehen. Vom Meer her waren schwere schwarze Regenwolken über die Küste gekrochen und löschten das Licht von Mond und Sternen aus, und die Luft roch nach Salz und Regen.

Penwick schauderte, schlug den Jackenkragen hoch und blickte sich um. Er hatte sich fest vorgenommen, noch einmal nach Rowland zu sehen, aber die Worte des Alten hatten ihn mehr beunruhigt, als er zugeben wollte. Und er war müde. Wahrscheinlich war Rowland klüger als er gewesen und lag schon längst im Bett, und am nächsten Morgen würde er sich totlachen, wenn er erfuhr, dass Penwick noch einmal zum Friedhof zurückgegangen war und nach ihm gesucht hatte.

Er überlegte noch einen Moment, dann wandte er sich nach links und begann rasch die Straße hinunterzugehen. Als er den Schatten des Pubs verließ, wuchs eine Gestalt aus einer Seitenstraße hervor und vertrat ihm den Weg.

Penwick fuhr zusammen, blieb mitten im Schritt stehen und unterdrückte einen erschrockenen Ausruf, als er Rowland erkannte.

»Du?«, fragte er verwirrt. »Was –«

»Tut mir leid, wenn ich dich erschreckt habe«, unterbrach ihn Rowland. Seine Stimme klang ein bisschen hastig, fand Penwick. »Ich habe auf dich gewartet.«

»Und ich auf dich«, erwiderte Penwick und machte eine Kopfbewegung zum Pub zurück. »Du wolltest nachkommen.«

»Ich ... weiß«, antwortete Rowland stockend. »Tut mir leid, aber ich wollte nicht dort hineinkommen. Hab hier draußen auf dich gewartet.«

»Und ich dort drinnen«, entgegnete Penwick. Er hatte seinen

Schrecken überwunden und fühlte plötzlich einen gerechten Zorn in sich aufsteigen. »Verdammt, ich habe mir Sorgen um dich gemacht!«, sagte er. »Wo warst du die ganze Zeit? Hast du den Tabak erst geerntet?«

»Ich wurde ... aufgehalten«, antwortete Rowland stockend. Wieder fiel Penwick auf, wie sonderbar seine Stimme klang. Gehetzt und ein wenig atemlos; die Worte wurden von einem sonderbaren, pfeifenden Geräusch begleitet. Misstrauisch blickte er Rowland an, aber dessen Gesicht lag noch im Schatten des Hauses, sodass er nichts als eine amorphe dunkle Fläche wahrnehmen konnte, unterbrochen von zwei kleinen glitzernden Stellen, wo seine Augen waren. Er machte einen Schritt auf Penwick zu, aber der wich in einer wie zufällig aussehenden Bewegung im gleichen Moment ein Stück zurück und hob hastig die Hand.

»Ich habe etwas entdeckt«, sagte er. »Etwas, das ich dir unbedingt zeigen muss. Komm mit.«

»Wohin?« Penwick schauderte. »Etwa auf ... den Friedhof?«

Rowlands Antwort bestand in einem raschen, zischelnden Lachen, das Penwick ganz und gar nicht gefiel. Wieder versuchte er einen Blick auf das Gesicht seines Gegenübers zu erhaschen, und wieder wich Rowland rasch einen Schritt in den Schatten zurück und entzog sich so seiner Beobachtung.

»Natürlich nicht«, antwortete er. »Bei mir zu Hause. Aber komm jetzt. Ich stehe schon zwei Stunden hier herum und warte auf dich. Mir ist kalt. Und wir müssen uns beeilen.«

Ehe Penwick noch eine Frage stellen konnte, wandte er sich um und ging mit raschen Schritten die Straße hinab auf das kleine, etwas abseits stehende Haus zu, in dem er wohnte. Für einen Moment kam es Rowland so vor, als wären seine Schritte federnder und eleganter geworden als bisher; das leichte Hinken schien vollkommen verschwunden zu sein.

Rowland schob den Eindruck auf das schlechte Licht und den Alkohol, bedachte Kilian in Gedanken mit einem saftigen Fluch und ging rasch hinter Penwick her.

Sie sprachen kein Wort mehr, bis sie Rowlands Haus – das im Grunde nur aus zwei übereinander liegenden Zimmern und einem mit mehr gutem Willen als handwerklichem Geschick daraufgesetzten Dach bestand – erreichten und eintraten. Penwick wartete, dass Rowland eine Lampe oder wenigstens ein Streichholz anriss, aber er tat weder das eine noch das andere, sondern bedeutete ihm nur mit einem ungeduldigen Wedeln der Hand einzutreten, zog rasch die Tür hinter sich zu und eilte geduckt auf die Treppe am anderen Ende des Zimmers zu. Ein schwacher, stechender Geruch stieg in Penwicks Nase, als der kleine Totengräber an ihm vorübereilte.

»Was, zum Teufel, bedeutet das?«, fragte Penwick, allmählich von einer sanften, aber immer stärker werdenden Beunruhigung erfüllt. Aber wieder bekam er keine Antwort. Rowland blieb nur kurz auf der Treppe stehen, wedelte ungeduldig mit den Armen und ging weiter. Augenblicke später polterten seine Schritte auf dem Holzboden des oben gelegenen Zimmers.

Penwick zuckte mit den Achseln, schob seine Bedenken endgültig beiseite und folgte dem anderen.

Auch das obere Zimmer war dunkel, aber Penwick spürte instinktiv, dass er nicht mehr allein mit Rowland war. Er blieb, noch halb auf der Treppe, stehen, presste die Augen zu schmalen Schlitzen zusammen und sah sich aufmerksam in der erdrückenden Schwärze um, die das Zimmer wie eine substanzlose finstere Wolke erfüllte.

Im ersten Moment erkannte er nichts als schwarze, massige Umrisse, die Schatten der Möbel und des Gerümpels, das Rowland in dem oberen Zimmer aufgehäuft hatte. Das einzige Fenster war geschlossen und die Läden vorgelegt, sodass nur ein schmaler, blausilberner Streifen dämmerigen Lichtes hereinfiel, aber er hörte Rowland atmen – und er spürte, dass noch jemand im Zimmer war. Oder sollte er besser sagen – etwas?

Es war ein sonderbares Gefühl, im ersten Moment eher verwirrend als erschreckend – als streiche ein unsichtbarer Wind aus einer anderen, finsteren Welt über seine Seele. Dann, erst mit einiger Verspätung, fühlte er das erste, zaghafte Anklopfen der Furcht.

»Bist du ... allein?«, fragte er. Seine Stimme schien in der Dunkelheit zu versickern, als hätte der Raum plötzlich keine Wände mehr, sondern wäre unendlich, sodass sich die Worte in der Ferne verloren. Er hörte Rowland irgendwo vor sich in der Dunkelheit hantieren: Glas klirrte, dann hörte er das charakteristische Klappern von Streichhölzern, aber Rowland machte immer noch kein Licht.

Penwick schauderte. Er war nicht sicher – aber war da nicht außer den Geräuschen, die Rowland verursachte, noch ein leises Schaben und Kratzen, ein Trappeln wie von winzigen harten Pfoten auf den Holzdielen?

»Rowland, warum antwortest du nicht, verdammt?«, fragte er. Seine Stimme bebte, und ohne dass Penwick es verhindern konnte, begannen seine Hände zu zittern. Plötzlich hatte er das Gefühl, von tausend unsichtbaren Augen aus dem Dunkel heraus belauert und angestarrt zu werden.

»Was zum Teufel soll ich hier?«, fuhr er fort. »Wenn du mir nicht gleich sagst, was der Unsinn soll, verschwinde ich wieder.«

»Ich bin ja da«, erklang Rowlands Stimme irgendwo aus der Schwärze vor ihm. »Warte, ich mache Licht. Dann siehst du, warum ich dich geholt habe.« Er kicherte leise und in einer Art, die Penwicks Beunruhigung zu jäher, unbegründeter Furcht aufflammen ließ. Wieder bildete er sich ein, dass Rowlands Worte von einem pfeifenden, beinahe hechelndem Geräusch begleitet wurden.

Endlich flammte links von ihm der winzige Glutpunkt eines Streichholzes auf. Penwick blinzelte, als der gelbe Feuerkäfer erst zum Flackern eines Streichholzes und dann zur blauweißen, ruhig brennenden Flamme einer Petroleumlampe emporwuchs. Das Licht breitete sich seltsam träge im Zimmer aus, und aus den drohenden Schatten wurden wieder Möbel und sorglos aufeinandergestapelte Kisten.

Penwick trat mit einem Schritt in den Raum hinein und sah sich um. Das Zimmer bot das übliche Chaos, das er von Rowland gewohnt war – aber irgendetwas war verändert.

Er wusste nur nicht, was.

Einen kleinen Moment noch, John«, sagte Rowland. »Ich bin gleich so weit.«

Penwick wandte sich um. Rowland stand mit dem Rücken zu ihm vor der Lampe, und seine Hände beschäftigten sich mit irgendetwas, das Penwick nicht erkennen konnte. Ein dunkler, formloser Schatten schien um seinen Kopf zu flattern. Und war sein Haar nicht dunkler und viel voller, als Penwick es in Erinnerung hatte?

Dann hörte er wieder das Geräusch: ein leises, hastiges Trappeln und Schaben, gefolgt von einem huschenden Laut, der Penwick einen eisigen Schauer über den Rücken laufen ließ.

Mit einer fast entsetzten Bewegung drehte er sich herum – und erstarrte.

Hinter ihm war eine Gestalt. Sie stand etwas außerhalb des Lichtkreises, sodass Penwick sie nur als dunklen, verzerrten Schatten erkennen konnte, aber es ging etwas spürbar Drohendes von dem flachen schwarzen Umriss aus.

Und Penwick war absolut sicher, dass sie vor einem Augenblick noch nicht dort gestanden hatte!

Wer … wer sind Sie?«, keuchte er. »Und was …«

Seine Stimme versagte, als die Gestalt aus ihrer Starre erwachte und mit einer sonderbar fließenden Bewegung in das Licht der Petroleumlampe hineintrat.

Der Anblick verblüffte ihn so sehr, dass er für einen Moment sogar seine Angst vergaß.

Vor ihm stand eine Frau. Die Fremde war nicht sehr groß, aber von außergewöhnlich gutem Wuchs, das konnte er sogar in der schlechten Beleuchtung des Zimmers erkennen, eine Schönheit, deren perfekte Gestalt noch von der hellgrünen, lose fallenden Toga betont wurde, die ihren Körper vom Hals bis zu den Zehenspitzen verhüllte. Ihre Hände steckten in grässlichen, an Raubtierkrallen erinnernden Handschuhen, und ihr Gesicht …

… waren die skelettierten Reste eines ins Absurde vergrößerten Rattenschädels, an denen da und dort noch Fetzen verfaulten Fleisches oder eingetrockneter, zu grauem rissigen Pergament verschrumpelter Haut hingen!

Bleiche Knochen schimmerten wie lackiertes Elfenbein, das Gebiss, dessen Lippen weggefault waren, schien ihn höhnisch anzugrinsen, und in den leeren Augenhöhlen des Rattenkopfes saßen faustgroße, grünlich schimmernde Kristalle, in denen sich der Schein der Lampe tausendfach brach und spiegelte, sodass es aussah, als lebten sie noch. In halber Höhe des Schädels waren zwei münzgroße Löcher in den Knochen gebohrt worden, durch die Penwick den Blick zweier dunkler, grausamer Augen auffing.

»Gott!«, keuchte Penwick. »Was bedeutet das?«

Und plötzlich war die Angst da. Eisig wie eine unsichtbare, gnadenlos harte Hand griff sie nach seinem Herzen, schnürte ihm die Kehle zu und presste seinen Magen zu einem schmerzenden Klumpen zusammen.

Er schrie auf, prallte zurück und wirbelte herum, um zur Treppe zu stürzen, führte die Bewegung aber nicht zu Ende.

Ein Strom dunkler, schwarzbrauner Körper ergoss sich wie eine lebende Flutwelle über die Stufen und strömte auf trappelnden hornigen Krallen in den Raum. Knopfgroße schwarze Augen blitzten tückisch.

Ratten!, durchzuckte es Penwick. Das waren *Ratten!*

Mit einem Schrei prallte er zurück, griff ziellos in die leere Luft.

»Du brauchst keine Angst zu haben«, sagte Rowland hinter ihm. »Wenn du vernünftig bist, wird dir nichts geschehen, John. Im Gegenteil!« Er kicherte, und diesmal war das pfeifende, so schrecklich rasselnde Geräusch, das seine Worte begleitete, nicht mehr zu überhören.

»Du wirst zu den Auserwählten gehören, John!«, kicherte er. »Warum wehrst du dich?«

Die Frau mit dem Rattenschädel sagte etwas; ein Wort, das Penwick nicht verstand und das sich kaum so anhörte, als stamme es aus einer menschlichen Kehle. Rowland nickte, kam mit einem sonderbaren, trippelnden Schritt näher und hob die Lampe, sodass ihr Lichtschein nun auch auf sein Gesicht fiel.

»Lä, R'lyeh«, sagte er. »Hng – da pkchaa tsitischl!«

Penwick erstarrte.

Rowlands Worte entstammten keiner Sprache, die irgendeine menschliche Rasse jemals gesprochen hatte.

Aber er war auch kein Mensch mehr.

Sein Gesicht war dunkel, bedeckt mit feinem, drahtig schimmernden Fell. Die Augen hatten jedes Weiß verloren und glitzerten wie große Knöpfe unter der flachen, von zwei spitzen zuckenden Ohren beherrschten Stirn. Nase und Mund waren zu einer einzigen, spitz nach vorne zulaufenden Schnauze zusammengewachsen, aus der zwei Reihen fürchterlicher Reißzähne schimmerten.

Nein, das war nicht mehr Rowlands Gesicht.

Es war das Gesicht einer Ratte!

Lady Audley höchstpersönlich hatte das Zimmer abgeschlossen, nachdem der letzte Teilnehmer unserer illustren Runde die kleine Bibliothek betreten hatte, und wie üblich hatten sich zwei Diener auf der anderen Seite der Tür postiert, um dafür zu sorgen, dass wir auch wirklich nicht gestört wurden.

Howard und ich hatten nebeneinander an dem großen runden Tisch Platz genommen, der zusammen mit den dazugehörigen Stühlen die gesamte Einrichtung des Raumes bildete. Im ersten Moment hatte er sich geweigert, mit heraufzukommen, sondern nach Hut und Mantel verlangt und ernsthaft Anstalten gemacht zu gehen. Nur Lady Penderguests Überredungskunst – und wahrscheinlich auch seine Überlegung, mir die Peinlichkeit eines Skandales zu ersparen – hatte ihn letztlich dazu bewogen, zu bleiben und sogar an unserer Séance teilzunehmen.

Aber er hatte kein Wort mehr mit mir gesprochen seit unserer Beinahe-Auseinandersetzung unten im Saal. Und er wich auch meinem Blick aus. Trotzdem war ich froh, dass er geblieben war. Er würde rasch begreifen, dass es sich wirklich nur um einen harmlosen Hokuspokus handelte.

Lady Penderguest löschte nacheinander die Kandelaber, die an den Wänden brannten, und der Raum versank in schattigem Halbdunkel. Schließlich brannte nur noch eine einzige, matte Gaslampe und tauchte den Tisch in eine Insel gelblicher Helligkeit, die an den Rändern verschwamm.

Wir warteten, bis Lady Penderguest auf dem letzten verbliebenen Stuhl Platz genommen hatte und wie üblich mit einem leisen Nicken das Zeichen zum Anfangen gab. Schweigend ergriffen wir uns bei den Händen und bildeten so einen großen, allseits geschlossenen Kreis. Selbst Howard ergriff, wenn auch mit säuerlicher Miene und einem Ausdruck in den Augen, der irgendwo zwischen blanker Wut und mühsam unterdrücktem Spott schwankte, meine und die Hand seines Nebenmannes, lehnte sich zurück und tat wenigstens so, als würde er die Augen schließen und sich konzentrieren.

Etwas war anders als sonst.

Nach einer Weile begann Lady Audley, die wie immer mit der größten Begeisterung bei der Sache war, leicht mit dem Oberkörper hin und her zu schwingen und leise, summende Töne auszustoßen, und nach weiteren Sekunden fiel auch Lady Penderguest darin ein – sie war immer die Nächste, die in »Trance« fiel, denn sie war fast mit der gleichen Begeisterung bei der Sache und brauchte lediglich einen Vorreiter, der ihr Mut machte und sie der Peinlichkeit enthob, als Erste zu beginnen.

Aber etwas war nicht so wie sonst.

Ich spürte, wie eine kribbelnde Stimmung lustvollen Grauens von der Versammlung Besitz ergriff, wie stets bei diesen spiritistischen Sitzungen, aber das war nicht alles. Bisher waren diese Séancen nichts als ein harmloser Spaß gewesen, den die allerwenigsten Beteiligten wirklich ernst nahmen. Diesmal war … etwas Fremdes dabei.

Ich hatte Mühe, nicht zusammenzuschrecken und den Kreis zu unterbrechen, als ich es spürte. Ich wandte rasch den Blick und sah Howard an.

Auch der Ausdruck auf seinen Zügen hatte sich verändert. Der abfällige Spott in seinen Augen war verschwunden und hatte einem Ausdruck ungläubigen Staunens Platz gemacht. Seine Lippen bebten.

Aber ich las auch die misstrauische Frage in seinem Blick. Rasch und so, dass nur Howard die Bewegung sehen konnte, schüttelte ich den Kopf und deutete auf Lady Audley. Er schloss kurz die Augen. Er hatte verstanden, dass das, was hier geschah, auch mir neu und unheimlich sein musste.

Die grauhaarige Aristokratin hatte aufgehört, sich hin und her zu wiegen und zu summen. Trotz des schwachen Lichtes konnte ich erkennen, dass ihr Gesicht alle Farbe verloren hatte. Ihre Wangenmuskeln waren gespannt, so fest, als presse sie die Kiefer mit aller Macht aufeinander, und auf ihrer Stirn glitzerte feiner Schweiß.

Plötzlich begannen ihre Lippen zu beben. Ein röchelnder, unheimlicher Ton drang aus ihrer Brust.

»Iä – N'ghy n'ghya«, keuchte sie. *»Näthägn oa Shub-Niggurath, näfthfath whaggha nagll.«*

Howard fuhr wie unter einem Peitschenhieb zusammen und sprang auf, so heftig, dass sein Stuhl umkippte und rücklings auf den Boden schlug.

Lady Penderguest, die direkt neben Lady Audley saß, schrie gellend auf, prallte zurück und riss ihre Hand los, und auch die anderen Beteiligten fuhren mit einem entsetzten Keuchen hoch, schrien auf oder erstarrten auf ihren Plätzen vor Schreck.

Aber es waren nicht die fürchterlichen, unmenschlichen Laute, die den Kreis auf so abrupte Weise gesprengt hatten!

Im gleichen Moment, in dem Lady Audleys Lippen begonnen hatten, jene unmenschlichen Lautballungen zu bilden, hatte sich das Licht verändert. Der gelbliche Schein flackerte, war plötzlich von etwas Grünem, Ungreifbarem durchdrungen, und von einer Sekunde auf die andere erfüllte ein geradezu bestialischer Gestank den Raum.

Lady Audley begann zu wimmern. Ihre Lider flogen mit einem Ruck auf, aber der Blick ihrer Augen war trüb vor Entsetzen; sie sah nicht uns, sondern schien etwas unglaublich Schreckliches zu erblicken.

»Cindy!«, wimmerte sie. »Cindy!« Und dann, noch einmal und so gellend und spitz, dass der Schrei mir schier das Blut in den Adern gerinnen ließ: »Cindy!«

Etwas Unheimliches geschah. Die fürchterliche Grünfärbung des Lichtes vertiefte sich, und plötzlich tanzte etwas Bleiches, formlos Weißes wie transparenter Nebel in der Mitte der Tischplatte. Jemand schrie, Stühle polterten, und zwei, drei Personen sprangen in Panik auf und stürzten zur Tür, konnten sie aber nicht öffnen.

Ich nahm von all dem kaum etwas wahr, sondern starrte weiter auf das tanzende weiße Etwas, das wie Nebel über dem Tisch wallte und wogte. Plötzlich wurde es kalt, schneidend kalt, und mit einem Male streifte mich ein eisiger moderiger Luftzug, wie der Hauch aus einem Grab.

Dann ballte sich der Nebel zusammen, wuchs in Augenblicken zu einer zwei Meter hohen, flackernden Säule aus wirbelndem Weiß und reiner Bewegung –

und formte sich zu einer menschlichen Gestalt!

»CINDY!«, brüllte Lady Audley. Ihre Stimme brach, schnappte über und wurde zu einem hellen, fürchterlichen Kreischen. Ihre Augen schienen vor Entsetzen fast aus den Höhlen zu quellen, während sie auf die flackernde, halb durchsichtige Mädchengestalt starrte, zu der sich die Ektoplasmawolke geformt hatte.

Dann geschah etwas Furchtbares. Es ging unglaublich schnell, so rasch wie das Senken und Heben eines Augenlides, und außer Howard und mir erkannte wohl niemand seine wahre Bedeutung.

Unter der Gestalt und irgendwie im Inneren der massiven Tischplatte erschien etwas Schwarzes, Waberndes, ein Klumpen formlos glitzernder ... Dinge, die sich wanden und zuckten und bebten. Ein peitschender, schleimig schwarzer Arm zuckte wie eine glitzernde Schlange empor, drang durch den Nebelkörper des Mädchens und riss ihn mit einer unglaublich harten Bewegung auseinander, so rasch und plötzlich, wie eine Sturmböe den Morgennebel zerreißt. Für den Bruchteil einer Sekunde glaubte ich einen Schrei zu hören, einen Schrei so voller Entsetzen und Furcht, wie ich ihn noch nie zuvor in meinem Leben vernommen hatte. Dann verstummte er. Der Nebelkörper und das schwarze Ding in der Tischplatte waren verschwunden, und plötzlich war das Licht wieder normal.

Lady Audley kreischte noch einmal, schlug die Hände vor die Augen und kippte mitsamt ihrem Stuhl nach hinten. Zwei andere Frauen begannen hysterisch zu schreien, während der grauhaarige Mann in der Uniform eines Marineadmirals neben Howard kurzerhand in Ohnmacht fiel.

Howard war der Erste, der die Lähmung überwand. Mit zwei, drei hastigen Schritten war er um den Tisch herum und kniete neben Lady Audley nieder.

Im gleichen Moment brach in der kleinen Bibliothek endgültig eine Panik aus.

Die Sperrstunde war längst vorüber. Der Pub hatte geschlossen, und die letzten Gäste waren nach Hause gegangen, aber der Wirt hatte Kilian noch zu bleiben gestattet, bis er die Stühle hochgestellt und seine Kasse abgerechnet hatte. Er wusste, dass der Alte kein wirkliches Zuhause hatte, sondern in Scheunen oder unter abgestellten Wagen schlief; und obwohl er ihn einerseits nicht mochte, weil er ständig die Gäste anbettelte und mit leeren Taschen und hungrigen Augen vor dem Pub herumlungerte, tat er ihm auf der anderen Seite auch leid; er gönnte ihm die wenigen Minuten, die er sich noch in der Wärme des Lokals aufhalten konnte.

Es war fast elf, als Kilian das Gebäude verließ und – leicht schwankenden Schrittes – auf die nachtdunkle Straße hinaustrat. Hinter ihm wurde die Tür ins Schloss gedrückt und der Schlüssel klirrend gedreht; wenige Augenblicke später verlosch auch das letzte Licht hinter den blind gewordenen Butzenscheiben, und die Nacht nahm auch von der letzten Insel blasser Helligkeit in der Stadt Besitz.

Unentschlossen blickte der Alte die Straße hinab und überlegte, wo er für diese Nacht unterkriechen sollte. Die offene Remise, in der er in den letzten Wochen fast regelmäßig geschlafen hatte, erschien ihm nicht gut an diesem Abend. Es war kühl, und die Luft roch nach Regen und Sturm; schwere bauchige Wolken hatten die Sterne und den Mond verschlungen, und die Finsternis der Nacht war irgendwie ... dichter als sonst.

Trotzdem war sie nicht tief genug, die dunklen, huschenden Körper vollends zu verschlucken, die den südlichen Rand des Ortes einzukreisen begannen.

Kilian machte einen Schritt, fuhr sich verwirrt mit dem Handrücken über die Augen und blinzelte, aber die Schatten verschwanden nicht, sondern wurden im Gegenteil deutlicher.

Sie waren klein. Nicht viel länger als eine kräftige Männerhand, mit dünnen, ekelhaft nackten Schwänzen und blitzenden Zähnen. Und es waren viele.

Kilian zögerte einen Moment. Dann huschte ein dünnes, wissendes Lächeln über seine eingefallenen Züge. Er kicherte, wandte sich um und blickte in die entgegengesetzte Richtung.

Das jenseitige Ende der Straße – das gleichzeitig auch die Grenze von St. Aimes markierte – war zu weit entfernt, ihn Einzelheiten erkennen zu lassen. Aber der Wind trug das Scharren und Kratzen harter Pfoten zu ihm herüber.

Der Alte kicherte, wackelte blödsinnig mit dem Kopf und begann mit hängenden Schultern die Straße hinabzuschlurfen.

Die Ratten reagierten auf sein Näherkommen mit unruhiger Bewegung und einem dünnen, warnenden Pfeifen und Quieken.

Aber Kilian ging unbeeindruckt weiter. Er war zu betrunken, um durch den Anblick allein zu erschrecken. Und er wusste zu viel, um durch das Geschehen wirklich überrascht zu sein.

Langsam näherte er sich der Front der kleinen grauen Nager, blieb schließlich doch stehen und stieß ein hohes, meckerndes Lachen aus. Eine Ratte näherte sich ihm, schnüffelte misstrauisch an seinem rechten Schuh, blickte dann aus brennenden kleinen Äuglein zu ihm empor – und entfernte sich wieder. Eine zweite Ratte kam heran, beschnüffelte ihn ebenso und trollte sich gleichfalls.

Kilian kicherte erneut. »Jaja, ihr wisst es«, sagte er. »Nicht wahr, ihr wisst es? Oh, ihr seid klug, ihr grauen Herren. Viel klüger als wir Menschen. Ihr kennt euren wahren Herren, nicht wahr? Und ihr seid nicht so blind und taub wie wir.«

Er lachte wieder, ging weiter und sah sich dabei mit kleinen, ruckhaften Bewegungen nach rechts und links um. Die schmale, kaum befestigte Straße war übersät von Ratten, und die Böschung zu beiden Seiten schien zu zucken und zu beben, als wäre sie selbst ein großes, lebendes Wesen.

Es mussten tausende, wenn nicht zehntausende von Ratten sein, die dem unhörbaren Ruf gefolgt und aus der Dunkelheit herbeigeeilt waren.

Aber Kilian hatte keine Angst. Er wusste, dass ihm die Ratten nichts zuleide tun würden; wenigstens im Moment noch nicht.

»O nein«, kicherte er. »Ihr tut dem alten Kilian nichts, nicht wahr? Ihr grauen Herren wisst, dass Kilian nicht euer Feind ist. Und ihr wisst, dass auch er *weiß*. Oh, nicht so viel wie ihr, natürlich nicht, aber er weiß viel. Und was er nicht weiß, das will er gar nicht wissen. Es gibt böse Dinge unter der Erde. Sehr böse Dinge.«

Kilian kicherte noch einmal blöde, warf einen langen, spöttischen Blick auf die wogende schwarze Masse der Ratten und schlurfte mit hängenden Schultern weiter.

Es dauerte fast eine halbe Stunde, bis sich Lady Audley wieder so weit beruhigt hatte, dass sie in der Lage war, einen zusammenhängenden Satz von sich zu geben und auf Fragen zu antworten.

Howard, ich und einer der anderen männlichen Gäste hatten ihre annähernd zwei Zentner in einen kleinen, an die Bibliothek angrenzenden Nebenraum geschleppt und sie auf eine Chaiselongue gebettet, wo sie die ersten zehn Minuten wie gelähmt dagelegen hatte, zitternd, mit starren, weit aufgerissenen Augen und immer wieder kleine, keuchende Laute ausstoßend.

Während sich Howard und Lady Penderguest um sie bemühten, war ich in die Bibliothek zurückgegangen und hatte eine Weile ernst mit Sir Penderguest gesprochen. Es war nicht sehr fair, was ich ihm sagte, und obwohl er meine Worte mit steinerner Miene zur Kenntnis nahm, verriet mir der Ausdruck in seinen Augen doch, dass dieses Gespräch unserem guten Verhältnis einen gehörigen Knacks versetzt hatte.

Aber es wirkte. Sir Henry Penderguest war bleich und verstört, als ich mich herumdrehte, um zu Howard und Lady Audley zurückzugehen, aber ich wusste, dass er dafür sorgen würde, dass nichts von dem, was während der Séance geschehen war, bekannt wurde.

Howard sah auf, als ich den Raum betrat und die Tür hinter mir zuzog. In seinen Augen glomm eine stumme Frage auf.

»Es ist alles in Ordnung«, sagte ich rasch. »Niemand wird etwas erfahren. Jedenfalls vorerst nicht.«

Lady Penderguest, die auf der anderen Seite der Chaiselongue Platz genommen hatte und Lady Audleys Hand hielt, sah erstaunt auf, aber ich ließ sie gar nicht erst zu Wort kommen, sondern öffnete die Tür noch einmal und machte eine eindeutige Bewegung mit der Hand.

»Es wäre sehr freundlich, wenn Sie uns einen Moment mit Lady Audley allein ließen, Lady Penderguest«, sagte ich in einem Ton, der die höfliche Wahl meiner Worte zu blankem Hohn degradierte. Lady Penderguest erbleichte, bedachte mich mit einem Blick, der einen Stein zum Erfrieren gebracht hätte, und rauschte beleidigt hinaus.

Rasch schloss ich die Tür hinter ihr, ging zu Howard hinüber und ließ mich neben Lady Audley auf die Knie sinken. Ihre Augen waren geöffnet, aber ich hatte das Gefühl, dass ihr Blick geradewegs durch mich hindurchging. In ihren Pupillen flackerte etwas, das mich an den Ausdruck in den Augen einer Schwachsinnigen erinnerte. Was immer sie gesehen hatte, musste ihren Geist dicht an den Rand des Wahnsinns getrieben haben. Vielleicht darüber hinaus.

»Bist du sicher, dass niemand etwas sagen wird?«, erkundigte sich Howard.

Ich nickte, ohne zu ihm aufzublicken. »Vollkommen sicher«, antwortete ich. »Die Penderguests würden sich eher erschießen, ehe sie auch nur ein Wort von dem, was hier vorgefallen ist, verlauten ließen.«

»Was hast du ihnen gesagt?«, fragte Howard.

Ich zuckte mit den Achseln. »Spielt das jetzt noch eine Rolle?«, fragte ich. »Ich weiß nur, dass ich seit zehn Minuten zwei Freunde weniger habe. Hat sie etwas gesagt?«

»Lady Audley?« Howard verneinte. »Noch nicht. Ich fürchte, wir werden einen Arzt rufen müssen«, fügte er nach kurzem Zögern hinzu.

»Warte noch damit«, bat ich. »Vielleicht kann ich ihr helfen.«

Howard runzelte zweifelnd die Stirn, räumte aber schweigend seinen Platz, sodass ich mich neben Lady Audley auf die Couch setzen konnte. Zögernd griff ich nach ihrer Hand, legte die Linke auf ihre Stirn und versuchte ein Schaudern zu unterdrücken, als ich spürte, wie eisig ihre Haut war. Ihr Puls jagte, aber gleichzeitig ging ihr Atem sonderbar flach und ihre Finger zuckten in unregelmäßigen Abständen.

»Sie hat einen Schock«, erklärte Howard überflüssigerweise.

»Ich weiß«, antwortete ich, gebot ihm mit einer raschen, unwilligen Kopfbewegung zu schweigen, schloss die Augen und konzentrierte mich.

Es war nicht das erste Mal, dass ich versuchte, meinen Geist mit dem eines anderen Menschen zu verschmelzen. Ich habe es oft getan, aber es ist mir noch nie gelungen, wirklich in Worte zu fassen, was ich dabei empfinde. Worte sind wie Krücken, die nur unzureichend beschreiben können, wie es ist, eine innige Verbindung mit dem Geist – mit dem *Selbst* – eines anderen Menschen einzugehen.

Es war nicht so, als würde ich ihre Gedanken lesen oder einen Blick in ihre Seele tun; für einen Moment war ich sie und sie war ich. All ihre Erinnerungen, ihre Empfindungen und Sehnsüchte, der ganze gewaltige Schatz ihrer Erfahrungen und ihrer geheimsten Wünsche lagen offen vor mir, als wären es meine Erinnerungen und Wünsche, und ich spürte die Panik, das unglaubliche Entsetzen, das sie empfunden und das ihren Geist in die Umklammerung des Wahnsinns getrieben hatte.

Für einen Moment begann mein Herz zu rasen. Ich spürte, wie mir am ganzen Leib kalter, klebriger Schweiß ausbrach, wie die Angst und das Grauen auch mich zu überwältigen drohten und mein Atem schnell und hektisch wurde. Es kostete mich ungeheure Überwindung, diesen Orkan von Gefühlen und Empfindungen niederzukämpfen.

Ich wusste nicht, wie lange ich so reglos dasaß und versuchte, nichts als Ruhe zu empfinden, den tobenden Hexenkessel von Gefühlen in meinem Inneren zu beruhigen und etwas von dieser Ruhe in ihren Geist zu senden. Irgendwann, nach Minuten, die mir wie Stunden vorkamen, beruhigte sich ihr hämmernder Puls, und auch ihr Atem wurde langsam wieder normal. Ich spürte, wie die unnatürliche Kälte aus Lady Audleys Haut wich, ganz langsam und nur widerwillig, aber beständig.

Als ich die Augen öffnete, war ihr Blick klar.

Howard sprang mit einer erschrockenen Bewegung herbei und fing mich auf, als ich zur Seite kippte. Plötzlich, von einer Sekunde auf die andere, fühlte ich mich so schwach und kraftlos wie ein Neugeborenes. Eine Woge unendlicher Müdigkeit drohte meine Gedanken hinwegzuspülen. Ich stöhnte, suchte kraftlos an Howards Arm nach Halt und sank gegen die Rückenlehne der Chaiselongue, als Howard mich aufrichtete.

»Was hast du?«, fragte er besorgt.

Ich winkte ab, schüttelte müde den Kopf und zwang mich, die Augen zu öffnen. Dunkle, substanzlose Schleier wogten vor meinem Blick. Mir wurde übel. Erst jetzt begann ich zu spüren, wie sehr mich der stumme Kampf angestrengt, welche Kraft er von mir verlangt hatte.

»Alles in Ordnung?«, vergewisserte sich Howard noch einmal.

Ich nickte, schob seine Hand zur Seite und wandte mich mit einem Lächeln, das auch noch den letzten Rest meiner Kraft erforderte, an Lady Audley.

»Wie fühlen Sie sich?«, fragte ich mühsam. »Besser?«

Lady Audley schien meine Worte überhaupt nicht zu hören. Sie antwortete nicht, sondern starrte mich nur aus ungläubig aufgerissenen Augen an. Ihre Lippen bebten.

»Gütiger Gott!«, flüsterte sie. »Was ... was haben Sie getan, Robert? Wer ... was sind Sie?«

Ich wollte antworten, aber diesmal war es Howard, der mich mit einer raschen Geste unterbrach und sich an Lady Audley wandte.

»Erinnern Sie sich, was geschehen ist?«, fragte er. »Bitte, Lady Audley – es ist wichtig. Sehr wichtig.«

Lady Audley zuckte zusammen wie unter einem Hieb. Wieder flammte für einen Moment ein schwacher Schimmer ungläubigen Entsetzens in ihrem Blick auf. Aber diesmal hatte sie sich besser in der Gewalt.

Sie nickte, sehr knapp und mit einer abgehackten, mühevoll wirkenden Bewegung, fuhr sich nervös mit der Zungenspitze über die Lippen und versuchte sich aufzurichten.

»Ich ... erinnere mich«, murmelte sie verstört.

Ihre Stimme zitterte, und ich spürte, dass sie erneut kurz davor stand, die Beherrschung zu verlieren.

»Sie haben einen Namen gerufen, Lady Audley«, sagte ich leise. »Erinnern Sie sich? Cindy. Sie haben ein paar Mal ›Cindy‹ gerufen.«

»Cindy ...«, wiederholte sie leise. Ihr Blick verschleierte sich, und plötzlich glitzerten Tränen in ihren Augen. Aber sie kämpfte das Schluchzen, das aus ihrer Kehle emporsteigen wollte, mit aller Kraft zurück.

»Dieses Mädchen«, sagte Howard vorsichtig. »Diese ... Erscheinung – war das Cindy?«

Lady Audley sah mit einem Ruck auf. »Sie ... Sie haben sie auch gesehen?«, flüsterte sie. »Sie war wirklich da? Sie haben sie wie ich gesehen?«

»Wir alle haben sie gesehen«, bestätigte Howard. Seine Stimme bebte vor Ungeduld. Ich warf ihm einen raschen, warnenden Blick zu, richtete mich ein wenig auf und griff noch einmal nach Lady Audleys Hand.

»Es war keine Halluzination«, sagte ich so sanft, wie es mir überhaupt möglich war. »Wer war dieses Mädchen?«

»Cindy«, murmelte Lady Audley wieder. Ihre Finger krampften sich plötzlich so fest um die meinen, dass es schmerzte. »Meine kleine Cindy. Sie ist ... sie war meine Nichte. Ich ... ich habe sie geliebt wie ... wie eine Tochter, und sie mich wie eine Mutter.«

»War?«, erkundigte sich Howard.

Lady Audley nickte. »Sie ist tot«, schluchzte sie. »Sie ist ... gestorben. Vor zwanzig Jahren gestorben, verstehen Sie?« Ihre Augen weiteten sich, während sie abwechselnd mich und Howard anstarrte. »Sie ist tot!«, flüsterte sie noch einmal.

»Was hat sie mit ihren Worten gemeint?«, fragte Howard eindringlich. »Bitte, Lady Audley, versuchen Sie sich zu erinnern. Es ist wichtig! Sehr wichtig. Sie hat um Hilfe gerufen. Wer oder was bedroht sie?«

»Ich ... weiß es nicht«, schluchzte Lady Audley. »Aber sie braucht Hilfe. Sie ist in Gefahr!«

»Ich weiß«, murmelte Howard. Er schwieg einen Moment, starrte an Lady Audley vorbei ins Leere und fuhr stockend und mit seltsam flacher, gezwungen ruhiger Stimme fort: »Sie haben ... Worte gesprochen, erinnern Sie sich? Sonderbare Worte.«

»Worte?«, wiederholte Lady Audley.

»Iä – N'ghy, n'ghya!», zitierte Howard aus dem Gedächtnis. »*Näthägn oa Shub-Niggurath, näfthfath whaggha nagll.* Erinnern Sie sich?«

»Erinnern?« Lady Audleys Lippen begannen erneut zu zittern. »Das ... das soll ich gesagt haben? Aber das ist ... das ist unmöglich. Ich soll so etwas gesagt haben? Diese furchtbaren ... Laute?«

»Sie haben es gesagt«, bestätigte Howard. »Aber Sie erinnern sich nicht?«

Sie schüttelte den Kopf. »Nein«, flüsterte sie. »Alles, woran ich mich erinnere, ist ...« Sie brach ab, schwieg einen Moment und begann zu weinen.

»Cindy«, schluchzte sie. »Meine arme kleine Cindy. Wir ... wir müssen ihr helfen.« Plötzlich richtete sie sich auf, ergriff meinen Unterarm mit beiden Händen und presste ihn mit verzweifelter Kraft. »Sie werden ihr helfen, Robert!«, flehte sie. »Sie werden ihr doch helfen, oder?«

Es war Howard, der an meiner Stelle antwortete.

»Das werden wir, Lady Audley«, versprach er. »Das werden wir. Aber Sie müssen uns auch helfen. Wir müssen alles wissen, alles über Cindy und ihren Tod und –«

Ich hörte nicht mehr zu. Lady Audley antwortete mit leiser, stockender Stimme, aber ihre Worte glitten irgendwie an meinem Bewusstsein vorbei, ohne den Schleier aus Schwindel und ungläubigem Entsetzen durchdringen zu können, der sich plötzlich zwischen mich und die Wirklichkeit geschoben zu haben schien.

Es hatte lange gedauert, bis ich wirklich begriff. Ich hätte die Worte gleich erkennen müssen, obgleich es ein gutes halbes Jahr her war, dass ich solche Laute, wie Lady Audley sie ausgestoßen hatte, zum letzten Mal gehört hatte. Aber irgendetwas in mir hatte sich dagegen gesträubt, mich einfach daran gehindert, die Wahrheit zu erkennen, obwohl sie zum Greifen nahe vor mir lag.

Jetzt war der Schleier zerrissen. Die Wirklichkeit hatte mich eingeholt.

Es waren die Worte einer Sprache, die vor Millionen Jahren untergegangen war, zusammen mit dem Volk, das sie gesprochen hatte. Ein Volk uralter, böser Götter, die einst die Erde beherrscht hatten.

Das Volk der GROSSEN ALTEN.

Der Wind hatte aufgefrischt, und die Böen hatten – scheinbar zufällig – die Wolkendecke über dem Friedhof aufgerissen, sodass die bleiche Scheibe des Mondes sichtbar geworden war und ihr silbernes Licht auf das frisch ausgehobene Grab warf.

Das Schweigen des Gottesackers war dem Scharren und Kratzen ungezählter kleiner Pfoten gewichen. Überall zwischen den Gräbern war Bewegung. Schwarze, huschende Bewegung, ein Wallen und Wogen und Schieben in keine bestimmte Richtung, als wäre der Erdboden selbst zum Leben erwacht. Zahllose Krallen rissen und scharrten den Erdboden auf, zerrten an Gras und Moos, scharrten über Holz und Knochen und gruben und wühlten. Die Ratten waren zu Millionen gekommen, und über die Felder und Straßen strömten noch immer weitere herbei, hunderttausende der kleinen, pelzigen Nager, die dem lautlosen Ruf folgten, den sie empfangen hatten.

Die Frau mit dem Rattenschädel war an ihren Platz am Kopfende des Grabes zurückgekehrt. Sie stand da, reglos und mit ausgestreckten, wie zu einer Beschwörung erhobenen Händen. Sie hatte das grüngraue Gewand wieder abgestreift, sodass das Mondlicht ihre zarte Haut wie eine silberne Hand streichelte.

Das grüne Glühen war erloschen, aber das Grab war trotzdem nicht leer. Auf seinem Boden wogte etwas Formloses und Finsteres, das trotzdem eine Aura unglaublicher Macht und Dunkelheit ausstrahlte. Es war nichts Fassbares, sondern beinahe nur ein Schatten, ein dunkles Wabern und Gleiten, als schicke sich die Dunkelheit am Grunde des Grabes an, allmählich Substanz zu gewinnen.

Länger als eine Stunde stand die Fremde so da, reglos und wie zur Salzsäule erstarrt. Dann fuhr sie plötzlich herum, riss den rechten Arm in die Höhe und stieß einen einzelnen, fast absurd klingenden Laut aus.

Sekundenlang geschah nichts. Dann teilte sich die Dunkelheit jenseits des Grabes, und zwei weitere Gestalten erschienen inmitten des Rattenheeres, Gestalten mit menschlichen Körpern – aber den Gesichtern von Ratten.

Stumm traten sie bis auf Armeslänge an die Unheimliche heran, blickten aus ihren schwarzen Rattenaugen zu dem knöchernen Gesicht empor und lauschten den lautlosen Befehlen, die sie ihnen gab. Dann wandten sie sich in einer synchronen Bewegung, als wären sie im Grunde ein einziges großes Wesen, das nur durch Zufall in zwei Körpern weilte, um und begannen davonzugehen.

Das Rattenheer teilte sich vor ihnen. Die Tiere wichen lautlos zur Seite und bildeten mit ihren Körpern einen Weg, der die beiden Rattenmenschen nahezu zum entgegengesetzten Ende des Friedhofsgeländes führte.

Der Boden war hier stärker aufgerissen und zerfetzt als dort, woher sie kamen. Die Ratten hatten den Boden aufgegraben und einen gewaltigen, zwei Meter tiefen Krater freigeschaufelt. Aus dem dunklen Erdreich ragten Holzsplitter und verfaulte Bretter wie gebleichte Knochen hervor; Trümmer des Sarges, den die scharfen Krallen der Tiere zerrissen hatten. Dazwischen, unförmig und verklumpt mit feuchtem Erdreich und den vermoderten Resten ehemals weißer Tücher, lag ein Körper. Ein Leichnam, vor Monaten beerdigt und nun aus seiner ewigen Ruhe gerissen.

Der Krater schien wie in einer lautlosen Explosion auseinanderzuspritzen, als die Ratten die Annäherung der beiden Zwitterwesen spürten und ihnen Platz machten. Ohne zu zögern, traten die beiden Männer mit den Rattengesichtern in den Krater hinab, bückten sich nach dem Leichnam, hoben ihn auf und trugen ihn schweigend den Weg zurück, den sie gekommen waren.

Wieder blieben sie auf Armeslänge vor der Unheimlichen stehen, und wieder vergingen Minuten, ehe die Frau mit dem Knochenschädel aus ihrer Starre erwachte.

Langsam hob sie die Hand über das offene Grab. Ihre Lippen formten unheimliche Laute, die selbst die Rattenmänner erschaudern ließen. Das schwarze Wabern am Grunde der Grube wurde stärker.

Auf einen lautlosen Befehl des Mädchens hin traten die beiden Männer dicht an den Rand des Grabes heran und warfen den Leichnam hinab.

Aus dem Grab ertönte ein schreckliches Geräusch. Für einen ganz kurzen Augenblick begann die Schwärze zu kochen. Schleier und Schlieren aus noch tieferem Schwarz bildeten sich, absurde, unmögliche Umrisse, Fratzen und Grimassen, peitschende dünne Fäden ...

Dann beruhigte sich das körperlose Kochen und Brodeln wieder, und auch die furchtbaren Laute verstummten.

Und der Leichnam, den die beiden Rattenmänner in die Grube geworfen hatten, war verschwunden.

Es war sehr lange nach Mitternacht, als wir nach Hause zurückkehrten. Der Empfang hatte noch angedauert, als Howard und ich uns von Sir und Lady Penderguest verabschiedet hatten und gegangen waren. Es war ein sonderbarer Abschied gewesen; merklich kühler und distanzierter als bisher, und ich hatte gespürt, dass nicht nur Howard froh war, dass wir gingen. Ich bezweifelte, dass mich die Penderguests noch einmal auf einen ihrer Empfänge einladen würden.

Allerdings verschwendete ich daran in diesem Moment kaum mehr als einen flüchtigen Gedanken.

Das Haus war dunkel und still. Die Dienerschaft war schon lange zu Bett gegangen, und auch Rowlf hatte sich wohl zurückgezogen, denn auch hinter den Fenstern des Gästezimmers brannte kein Licht mehr.

Howard bedeutete mir mit stummen Gesten, oben auf ihn zu warten, warf Hut und Mantel achtlos auf die Garderobe und verschwand in seinem Zimmer.

Der dicke Teppich dämpfte meine Schritte, als ich die Treppe ins erste Stockwerk hinaufging, und die Teppiche und Vorhänge, die an den Wänden drapiert waren, schienen zusätzlich jedes Geräusch aufzusaugen.

Ich bewohnte das Haus seit fast einem halben Jahr; Zeit genug, jeden Winkel und jede Ecke zu kennen, und erst recht Zeit genug, mich hier heimisch zu fühlen.

Aber keines von beidem war der Fall.

Die riesige, dreistöckige Villa in einem der vornehmsten Viertel Londons war – wie alles, was ich besaß – ein Erbe meines Vaters gewesen. Und wie alles, was ich von ihm geerbt hatte, war das Haus zehn Mal größer und kostbarer als alles, was ich zuvor kennen gelernt hatte.

Und ich hatte mich vom ersten Moment an nicht wohl in seinen Mauern gefühlt.

Zu Anfang hatte ich geglaubt, es läge einfach an seiner Größe. Auf jemanden wie mich, der den größten Teil seines Lebens in den New Yorker Slums verbracht hatte, wirkte eine Umgebung wie diese naturgemäß im ersten Moment beängstigend. Ich war es nicht gewohnt, in einer Villa zu leben, in der man jede Mahlzeit in einem anderen Zimmer einnahm, in der es separate Räume zum An- und Auskleiden gab, ganze Zimmerfluchten, die für Gäste reserviert waren, gleich drei Bibliotheken und noch eine Anzahl von Räumen, die einfach leer standen. Und ich war es erst recht nicht gewohnt, von morgens bis abends von einer ganzen Heerschar von Dienern und Hausmädchen umsorgt und bemuttert zu werden.

Aber Reichtum ist eine Sache, an die man sich gewöhnt; sehr schnell sogar.

An dieses Haus hatte ich mich nicht gewöhnt, im Gegenteil. Irgendetwas Unsichtbares, körperlos Böses schien seine Mauern zu erfüllen, etwas wie ein beständiger eisiger Hauch, der weniger mit den normalen menschlichen Sinnen als vielmehr mit der Seele spürbar war. Selbst an hellen Tagen schien immer ein Hauch von Düsternis in den Zimmern zu hängen, und oft – vor allem nachts und vor allem, wenn ich allein war – hatte ich das Gefühl, beobachtet zu werden; als hätten die Wände Augen. Es war nichts Feindseliges in diesem ... Etwas, das spürte ich deutlich.

Aber es war erschreckend.

Erschreckend und vor allem fremd.

Ich vertrieb den Gedanken, ging ein wenig schneller und betrat die Bibliothek. Der Raum war dunkel; nur durch die Fenster, deren Vorhänge zur Hälfte zugezogen waren, fiel ein schwacher Streifen silbernen Mondlichtes herein, sodass ich die Umrisse der Möbel als schwarze, massige Schatten erkennen konnte. Vor der südlichen Wand leuchteten die drei Ziffernblätter der Standuhr wie geheimnisvolle, matt grüne Augen.

Ich schloss die Tür hinter mir, ging zum Schreibtisch und streckte die Hand nach der Tischlampe aus, während ich mit der anderen in meiner Westentasche nach Streichhölzern kramte.

Irgendwo hinter mir raschelte etwas.

Ich erstarrte mitten in der Bewegung, nahm die Hand behutsam aus der Tasche und drehte mich ganz langsam herum. Draußen vor dem Fenster rissen die Wolken auf, und die beiden dreieckigen Streifen silbernen Mondlichtes wurden heller, aber die Dunkelheit jenseits von ihnen schien sich eher noch zu verdichten. Die Schatten wurden schwarz und gleichzeitig härter, wie mit scharfen Tuschestrichen gezogen. Dann wiederholte sich das Rascheln.

Und diesmal war es so deutlich, dass ich vollkommen sicher war, es mir nicht bloß eingebildet zu haben.

Mit angehaltenem Atem sah ich mich um. Das Rascheln war jetzt permanent zu hören, ein gedämpfter, scharrender Laut, der mich an das Kratzen kleiner scharfer Krallen erinnerte; gleichzeitig glaubte ich einen schwachen, moderigen Geruch zu verspüren.

War da nicht eine Bewegung? Zuckte und wogte es nicht in den Schatten, als wäre die Dunkelheit selbst zum Leben erwacht?

Meine Hand tastete nach der Schreibtischschublade, zog sie lautlos auf und fand den kleinen, zweischüssigen Damenrevolver, den ich darin aufzubewahren pflegte. Vorsichtig, um kein überflüssiges Geräusch oder etwa eine verräterisch hastige Bewegung zu machen, zog ich ihn hervor.

Wieder hörte ich den raschelnden Laut, viel deutlicher diesmal – und näher. Es klang, als rieben sich kleine, weiche Körper aneinander. Der Friedhofsgeruch wurde stärker.

Mein Herz begann zu hämmern, und das Verlangen, aus dem Zimmer zu stürzen, wurde beinahe übermächtig.

Mit aller Selbstbeherrschung, die ich aufzubringen imstande war, trat ich zum Fenster, tat so, als blicke ich neugierig auf die Straße hinab – und riss mit einer einzigen Bewegung den Vorhang herunter. Gleichzeitig wirbelte ich herum und riss die Waffe in die Höhe.

Der Anblick ließ mich erstarren.

Das Mondlicht strömte wie ein silberner Scheinwerferstrahl durch das Fenster und tauchte den rückwärtigen Teil der Bibliothek in beinahe taghelle Helligkeit.

Der Boden dort drüben bewegte sich! Schwarze Schlangen aus Finsternis bebten und zuckten auf dem Teppich, bizarre Grimassen aus Substanz gewordener Dunkelheit grinsten mich an, glitzernde Spinnenbeine tasteten zitternd in die Luft ...

Dann zerstob die Illusion. Die Dunkelheit ballte sich zu Körpern, und ich sah, was es wirklich war.

Ratten.

Auf dem Teppich vor dem Kamin lagen Dutzende von Ratten! Große, hässliche Tiere mit schwarzgrauem Fell, die meisten tot. Nur wenige hatten noch die Kraft, sich mit zuckenden Bewegungen von der Stelle zu rühren.

Für endlose Sekunden blieb ich reglos und erstarrt vor Schreck und Ekel vor dem Fenster stehen. Der Anblick krampfte meinen Magen zu einem harten, schmerzhaften Klumpen zusammen. Meine Hand umklammerte den nutzlosen Revolver so heftig, dass sie zu zittern begann, und trotz des eisigen Schauers, der immer und immer wieder meinen Rücken hinablief, brach mir überall am Leib der kalte Schweiß aus.

Trotzdem war es mir unmöglich, den Blick von der grauenhaften Erscheinung zu nehmen.

Die Ratten bildeten einen großen, zuckenden Berg aus Leibern und ineinander verkrallten Gliedmaßen, eine einzige, schwärzliche Masse, die wie ein riesiges bizarres Tier zuckte und bebte.

Erst als eine der grauenhaften Kreaturen auf mich zuzukriechen begann, erwachte ich endlich aus meiner Erstarrung.

Mit einem Schrei sprang ich zurück, prallte gegen die marmorne Fensterbank und riss den Abzug des Revolvers durch.

Der peitschende Knall zerriss die Stille wie ein Kanonenschlag. Die Kugel verfehlte das Tier und riss eine Handbreit neben ihm Splitter aus dem Boden, denn meine Hände zitterten so stark, dass ich die Waffe kaum zu halten, geschweige denn zu zielen vermochte. Aber die Ratte erschlaffte trotzdem mitten in der Bewegung, zuckte noch einmal und lag dann still.

Wie zur Antwort auf den Knall des Pistolenschusses ertönte irgendwo im Haus ein erschrockener Ruf, dann hörte ich eine Tür schlagen und eine zweite Stimme schreien, aber die Geräusche schienen irgendwie nicht an mein Bewusstsein zu dringen, sondern blieben irreal und bedeutungslos. Der furchtbare Anblick hielt mich noch immer gefangen, und mit jeder Sekunde, die sich meine Augen mehr an die Dunkelheit gewöhnten und ich weitere Einzelheiten zu erkennen vermochte, wuchs der Schrecken noch.

Die Ratten bildeten einen fast halbmeterhohen, kribbelnden, wogenden Klumpen vor dem Kamin, aber dahinter, wie eine grausige Spur, zog sich eine ununterbrochene Kette toter Tiere quer durch die Bibliothek, lief im Zickzack über den Parkettboden und endete vor dem Schreibtisch.

Mein Herz schien einen Schlag zu überspringen und hämmerte dann mit schmerzhafter Wucht und doppelt schnell weiter, als ich sah, dass einer der aufgedunsenen Kadaver direkt neben der Lampe auf der Schreibtischplatte lag, wenige Zentimeter von der Stelle entfernt, an der meine Hand gewesen war.

Ich trat ein Stück vom Fenster fort und sah, dass sich die Spur aus toten oder sterbenden Ratten auf der anderen Seite des Schreibtisches fortsetzte, in einem leicht geschwungenen Bogen zur anderen Seite des Zimmers führte und am Fuße der Standuhr abbrach.

Das hieß – nicht an ihrem Fuß.

Die Tür des mannshohen, monströsen Möbels stand eine Hand breit offen, und aus dem Spalt blickten mich die gebrochenen Augen einer Ratte an, erfüllt von einer Wut, die sich selbst im Tode noch in ihren Blick gebrannt hatte.

Draußen auf dem Gang wurden polternde Schritte und Stimmen laut, dann wurde die Tür aufgestoßen; so heftig, dass sie wuchtig gegen die Wand krachte. Howard und Rowlf stürmten dicht hintereinander in die Bibliothek und blieben wie angewurzelt stehen. Howard keuchte, während Rowlf einen sonderbaren, quietschenden Laut ausstieß und zurückprallte.

Aber ich bemerkte die beiden kaum, sondern starrte aus ungläubig aufgerissenen Augen auf die Standuhr.

Die plötzliche Erschütterung ließ ihre Tür vollends aufgehen. Und aus dem schmalen Raum dahinter quollen Dutzende von toten Ratten wie eine schwarze, haarige Lawine auf den Boden …

Irgendetwas hatte Garey Stome geweckt. Er wusste nicht, was; und er wusste nicht, woher das Geräusch gekommen war – aber der Laut war zu deutlich gewesen, um irgendwo zufällig entstanden zu sein; und zu real für den Teil eines Traumes, der ihm irgendwie in die Wirklichkeit gefolgt war.

Für eine Weile blieb Stome reglos und mit geöffneten Augen auf dem Bett liegen, starrte die niedrige, fleckige Decke über seinem Kopf an und lauschte. Schließlich wiederholte sich der Laut.

Es war ein Geräusch wie von Schritten; zahllosen, raschen, trippelnden Schritten, nicht die von Menschen, sondern von Tierfüßen ...

Stome lauschte noch einen Moment, dann schlug er – sehr vorsichtig, um seine Frau, die an seiner Seite lag und schlief – nicht zu wecken, die Decke beiseite, schwang die Beine aus dem Bett und stand auf. Die Kälte der Nacht war in das kleine Zimmer gekrochen und ließ ihn frösteln. Mit lautlosen Schritten ging er zum Fenster, zog die Gardine einen Spalt breit auf und spähte auf die Straße hinunter.

Der Anblick unterschied sich in nichts von dem Bild, das er seit fünfundvierzig Jahren zu sehen gewohnt war, wenn er aus dem Fenster sah. Die schmale, wie mit einem Lineal gezogene Straße, zu deren Seiten sich die Hand voll Häuser von St. Aimes drängten, lag verlassen und dunkel hinter ihm. Der Himmel war mit schweren Regenwolken verhangen, und nur hier und da lugte ein Stern oder ein Stück des samtblauen Nachthimmels hervor. Nichts schien sich zu rühren, nirgendwo war eine Bewegung oder ein Anzeichen von Leben zu gewahren.

Aber das Geräusch war da.

Stome fuhr sich verwirrt mit dem Handrücken über die Augen, zog die Gardine ein wenig weiter auf und presste das Gesicht gegen die Fensterscheibe.

Das Glas war so kalt, dass er im ersten Moment zurückschreckte. Während der letzten Tage hatte es nicht geregnet, aber der Wind hatte einen eisigen Hauch vom Meer her über das Land geblasen, als hätte sich der Winter entschlossen, vor der Zeit zurückzukehren. Stome fühlte die Eiseskälte, die mit der Dämmerung in St. Aimes Einzug gehalten hatte, selbst durch das geschlossene Fenster hindurch. Eigentlich, dachte er schaudernd, war es viel kälter, als es sein durfte, selbst zu dieser nächtlichen Stunde.

Noch einmal blickte er nach rechts und links und wollte sich schon vom Fenster abwenden, um wieder in die Wärme seines Bettes zurückzukriechen, als er das Licht sah.

Im ersten Moment war es nicht mehr als ein Flackern; ein kurzer, blassgrüner Blitz, der die Nacht irgendwo im Westen für Bruchteile einer Sekunde erhellte und genauso schnell wieder erlosch, wie er gekommen war. Dann flammte es ein zweites Mal auf, dann ein drittes, viertes, und jedes Mal hielt das Licht länger an und waren die Pausen aus Dunkelheit dazwischen kürzer.

Stome blinzelte. Er hatte niemals zuvor in seinem Leben ein Licht von so sonderbarer, gleichzeitig blasser und doch durchdringender Farbe gesehen, und einen ganz kurzen Moment lang versuchte er sich einzureden, dass es nicht wirklich war und er nur Dinge sah, die ihm seine übermüdeten Augen vorgaukelten. Aber dann flammte das Licht erneut auf, heller und viel durchdringender als bisher. Fast, als hätte irgendetwas in dem grünen Schein seine Gedanken gelesen und winke ihm nun spöttisch zu ...

Und für einen Moment glaubte er den geduckten, seltsam verzerrten Schatten eines Menschen vor dem grünen Schein zu erkennen.

Stome schauderte. Eine leise Stimme in seinem Inneren flüsterte ihm zu, dass es besser wäre, sich nicht um dieses sonderbare Licht zu kümmern, sondern wieder ins Bett zu gehen und die Augen zu schließen, aber gleichzeitig glaubte er auch zu wissen, dass dieses Licht Gefahr bedeutete, eine Art von Gefahr, vor der er nicht davonlaufen konnte, selbst wenn er es gewollt hätte.

Einen Moment lang zögerte er noch, dann schloss er die Gardine, wandte sich um und schlich auf Zehenspitzen aus dem Zimmer. Er zog die Tür hinter sich ins Schloss und schlich die steile Treppe ins Erdgeschoss hinunter.

Rasch zog er sich an, schlüpfte in Stiefel und Jacke und nahm nach kurzem Zögern das Gewehr aus dem Schrank. Er fühlte sich einfach wohler, als er das vertraute Gewicht der doppelläufigen Schrotflinte in der Armbeuge spürte.

Die Kälte schlug ihm wie eine gläserne Hand ins Gesicht, als er das Haus verließ. Ein sonderbarer, gleichzeitig fremder wie vertraut erscheinender Geruch wehte mit dem Wind heran, und als er auf die Straße hinaustrat, glaubte er wieder das Geräusch zu hören, das ihn geweckt hatte, nur dass es diesmal viel näher und irgendwie bedrohlicher wirkte.

Mit einem entschlossenen Schritt trat er vollends auf die Straße hinaus, nahm das Gewehr in beide Hände und drehte sich einmal um seine Achse. Das Huschen und Trappeln erfüllte die Nacht wie der grausige Gesang des Windes, und im Westen war noch immer das unheimliche grüne Leuchten zu sehen, lautlos und flackernd und auf schauderhafte Weise gleichzeitig erschreckend wie faszinierend.

Der Friedhof, dachte Stome schaudernd. Das Licht kam aus der Richtung, in der der Friedhof lag. Wieder glaubte er ein warnendes Flüstern zu hören, und wieder schwankte er einen ganz kurzen Moment zwischen dem Wunsch, einfach zurückzugehen, und seiner immer stärker werdenden Neugier.

Aber Garey Stome war Zeit seines Lebens ein Mann der Tat gewesen, und seine Neugier siegte auch diesmal. Mit einem neuerlichen Lächeln vertrieb er seine Bedenken, packte das Gewehr fester und ging los.

Das Rascheln und Wispern in den Schatten wurde lauter, als er das Dorf verließ und auf die niedrige, halb verfallene Bruchsteinmauer des Friedhofes zusteuerte. Ein paar Mal glaubte er eine Bewegung vor oder neben sich zu erkennen, aber was immer es war, es verschwand, wenn er genauer hinsehen wollte.

Das grüne Blitzen hatte sich zu einem beständigen, sanft pulsierenden Leuchten gewandelt, als er das Friedhofstor erreichte. Seine Quelle schien irgendwo im hinteren Teil des Geländes zu liegen, aber es war der gleiche bizarre Effekt, den er schon auf dem Weg hierher bemerkt hatte – jedes Mal, wenn er versuchte genauer hinzusehen, schien irgendetwas seinen Blick abzudrängen, sodass es ihm unmöglich wurde, sich auf eine bestimmte Stelle zu konzentrieren.

Stome zögerte. Seine Zungenspitze fuhr nervös über die Lippen, während sich seine Hände immer fester um den Schaft des Gewehres krampften. Das Metall hatte die Kühle der Nacht aufgesaugt und fühlte sich eisig an.

Mit einem Male war Stome sich gar nicht mehr sicher, ob es wirklich eine so gute Idee gewesen war, hierherzukommen. Aber er war schon zu weit gegangen, um jetzt zurückzugehen und so tun zu können, als wäre nichts geschehen.

Und er hatte das sichere Gefühl, dass er gar nicht mehr zurück konnte, selbst wenn er es gewollt hätte. Die Schatten wogten und huschten hinter ihm, und da war noch immer das Huschen und Rascheln wie von Hunderten winziger Körper, die sich aneinanderrieben. Aus der Dunkelheit schienen ihn unsichtbare Augen anzustarren, und es lag irgendetwas Lauerndes in der Schwärze, die sich wie eine Mauer um ihn zusammenzuziehen begann.

Stome raffte noch einmal all seinen Mut zusammen und trat durch das nur angelehnte Tor. Die beiden gewaltigen schmiedeeisernen Wolfsfiguren, die beiderseits des Tores Wache hielten, schienen jede seiner Bewegungen mit ihren starren Blicken zu verfolgen.

Unter seinen Schuhen knirschte der Kies, als er zwischen den schmalen Grabreihen hindurchging, auf die Quelle des grünen Leuchtens zu. Der pulsierende Lichtschein wurde immer stärker. Der Rhythmus erinnerte Stome auf unheimliche Weise an das Schlagen eines riesigen, bösen Herzens.

Er blieb stehen, sah sich mit einer Mischung aus Furcht und immer stärker werdender Verwirrung um und versuchte, das Dunkel zwischen den Gräbern mit Blicken zu durchdringen. Der Boden erschien ihm schwarz, obwohl er mit hellen Kieseln belegt war, und es sah aus, als ... lebe er.

Stome schauderte. Der Geruch, der ihn vom Ort her begleitet hatte, war stärker geworden: eine sonderbare Mischung aus dem Geruch feuchter Erde, Moder, Fäulnis und noch etwas anderem, das er kannte, aber nicht einordnen konnte.

Fröstelnd wandte er sich um, warf einen Blick auf die flackernde Halbkugel aus grünem Licht, die noch immer im hinteren Drittel des Friedhofes pulsierte, und trat dann vom Weg hinunter.

Der Boden unter seinen Füßen gab nach.

Stome keuchte, griff Halt suchend in die Luft, ließ das Gewehr fallen und kippte mit haltlos wirbelnden Armen nach vorne, als das lockere Erdreich unter seinen Füßen wegrutschte. Er fiel, überschlug sich drei, vier, fünf Mal, prallte auf etwas ekelhaft Weiches und unterdrückte im letzten Moment einen Schrei, als er erkannte, was seinen Sturz gedämpft hatte.

Es war eine Ratte!

Das Tier quiekte und zappelte, scharrte mit seinen scharfen Krallen im Boden und versuchte verzweifelt, wieder freizukommen.

Stome fuhr mit einem Schrei in die Höhe, schleuderte das Tier von sich und wirbelte herum.

Eine eisige Hand schien nach seinem Herz zu greifen und es zusammenzudrücken, als er begriff, dass das Loch, das da so jäh im Boden aufklaffte, nichts als ein Grab war, ein Grab, das wieder geöffnet worden war. Der Sarg darin war zerschlagen und zerfetzt, und unter dem krumigen feuchten Erdreich waren die Umrisse eines Körpers zu erkennen.

Eines menschlichen Körpers!

Stome prallte mit einer entsetzten Bewegung zurück – und erstarrte.

Der Rand der Grube, in die er gestürzt war, hob sich als messerscharf gezogene Linie gegen das Schwarzblau des Nachthimmels ab. Und darauf, in beinahe militärisch anmutender Präzision nebeneinander aufgereiht, hockten die Ratten.

Hunderte von Ratten.

Stome fuhr herum und schrie auf, als er sah, dass auch auf der anderen Seite des Kraters die Ratten hockten, zahllose der kleinen, hässlichen Tiere, vom grünen Widerschein des flackernden Lichtes zu unheimlichen Schatten verzerrt. Und aus der Dunkelheit tauchten immer mehr und mehr auf ...

Stome begann zu schreien. Plötzlich, von einer Sekunde auf die andere, fegte eine Woge grauer Panik jeden Rest klaren Denkens aus seinem Bewusstsein. Das Rascheln und Schleifen wurde lauter, und mit einem Male wusste er, was dieser fürchterliche Laut bedeutete: Es war das Geräusch von Rattenfüßen, die über den Boden scharrten.

Von Millionen von Rattenfüßen ...

Stome stürzte ziellos nach rechts, dann nach links, prallte zurück und drehte sich, halb von Sinnen vor nackter, wilder Panik, im Kreis. Aber überall waren die Ratten, ganz egal, wohin er auch blickte.

Sein Fuß berührte etwas Hartes – das Gewehr, das er fallen gelassen hatte. Stome keuchte, hob die Waffe mit zitternden Händen auf und riss den Kolben an die Wange. Eine rasche, zuckende Bewegung ging durch die Rattenarmee, aber Stome achtete nicht darauf, sondern zog beide Abzüge hintereinander durch.

Der dumpfe Knall der doppelten Explosion verschluckte das angstvolle Quieken und Pfeifen der Ratten. Zwischen den Tieren schoss eine Fontäne aus Erdreich und Staub in die Höhe. Sieben, acht der kleinen Nager wurden von der Schrotladung zerfetzt, aber zehn Mal so viele stürmten herbei, füllten die Lücke und ergossen sich wie eine braunschwarze Flut über den Rand des Kraters. Stome schrie vor Furcht, klappte den Lauf der Flinte herunter und versuchte mit fliegenden Fingern zwei neue Patronen in die rauchende Öffnung zu schieben.

Seine Bewegung war viel zu langsam.

Die Ratten erreichten ihn, begannen an seinen Beinen emporzuklettern oder sprangen in die Höhe, rissen mit scharfen Krallen an seiner Hose und verbissen sich in seine Kleider. Stome ließ das Gewehr fallen und schlug mit bloßen Händen nach den Tieren, deren Zähne und Krallen sich in seine Haut gruben. Aber für jede Ratte, die er tötete oder verjagte, stürzten zehn neue herbei.

Stome taumelte, verlor auf dem glitschigen Boden den Halt und fiel nach hinten.

Sofort stürzten sich die Ratten zu Hunderten auf ihn.

Stome bäumte sich auf. Er schrie, schlug in blinder Agonie um sich, versuchte instinktiv, sein Gesicht und seine Augen mit Armen zu schützen, aber die Ratten waren überall. Er spürte, wie er aus Dutzenden von kleinen schmerzenden Wunden zu bluten begann, wie das Leben in schnellen, pulsierenden Stößen aus ihm herausfloss und sich seine Sinne verwirrten.

Der Schmerz wurde bedeutungslos, irreal, unwichtig. Eine sonderbar wohltuende Müdigkeit begann sich schwer und betäubend in seinen Gliedern breitzumachen, und mit einem ganz kleinen, noch klar gebliebenen Teil seines Denkens begriff er, dass er jetzt sterben würde.

Aber der Tod kam nicht.

Die Schmerzen verblassten weiter und verschwanden schließlich vollends, und auch das Gefühl der Schwere hob sich wieder von ihm. Die blutigen Schleier, die seinen Blick verwischt hatten, zerrissen, und mit einem Male konnte er wieder sehen, viel schärfer und deutlicher als zuvor.

Langsam setzte sich Garey Stome auf, fuhr sich mit der Hand über das Gesicht und sah sich um.

Die Ratten hatten sich zurückgezogen und bildeten einen weiten geschlossenen Kreis um ihn herum. In den Blicken ihrer kleinen, pupillenlosen schwarzen Augen stand ein sonderbar wissender Ausdruck, der Stome im ersten Moment schaudern ließ, dann aber etwas tief in ihm berührte und antworten ließ.

Ein leises Knirschen drang an sein Ohr, und als er aufsah, erkannte er die Schatten von zwei, drei Menschen am oberen Rand des Grabes ...

Eine halbe Stunde später kam Garey Stome wieder nach Hause. Seine Frau erwachte, während er die Tür zum Schlafzimmer schloss und neben das Bett trat, blinzelte aber nur einmal kurz und drehte sich dann auf die andere Seite, als er sie mit ein paar geflüsterten Worten beruhigte und gleichzeitig aus seiner Jacke schlüpfte.

Den sonderbar pfeifenden Ton, der seine Worte begleitete, registrierte sie zwar. Aber sie war noch viel zu müde und zu schlaftrunken, als dass er ihr wirklich aufgefallen wäre.

Howard hatte die Lampen angezündet, und das Licht tat meinen an die Dunkelheit gewöhnten Augen fast weh. Der helle Schein enthüllte gnadenlos ein Bild des Grauens. Vorhin, als ich das Arbeitszimmer betreten und nur Schemen erkannt hatte, war es erschreckend und unheimlich gewesen.

Jetzt war es ein Albtraum.

Es war eine Szene wie aus einem Gemälde von Hieronymus Bosch: verstümmelte und verunstaltete Körper, zuckende Bündel aus Fell, ineinander verschlungen und im Todeskampf erstarrt. Als sich das Entsetzen, das wie eine haarige Spinne meinen Rücken hinaufgekrochen war, legte, wurde mir übel. Ich spürte, dass ich mich übergeben musste.

»Mein ... Gott ... was ... ist ... das?«

Es dauerte Ewigkeiten, bis die Worte den Schleier der Lähmung und grenzenlosen Entsetzens durchbrachen, der sich um meine Sinne gelegt hatte, und ich Rowlfs Stimme erkannte. Mit aller Kraft, die mir noch geblieben war, löste ich meinen Blick und starrte erst Rowlf, dann Howard sekundenlang an und machte einen schwerfälligen Schritt auf die Standuhr zu.

»Nicht«, sagte Howard scharf. »Rühr sie nicht an, Robert!«

Ich gehorchte. Es war nicht das erste Mal, dass ich erlebte, wie sehr der harmlose Eindruck täuschte, den die vermeintliche Standuhr auf einen unbefangenen Besucher ausübte; weiß Gott nicht! Hinter ihrer Fassade verbarg sich nichts anderes als eines der geheimnisumwitterten *Tore* der GROSSEN ALTEN. Aber sowohl Howard als auch ich hatten seit den Ereignissen in Paris angenommen, dass das bizarre Transportsystem der ausgestorbenen Dämonenrasse zusammengebrochen sei.

Das Bild, das sich uns bot, überzeugte uns auf recht drastische Weise vom Gegenteil. Keine zehn Pferde hätten mich jetzt noch dazu gebracht, die Uhr auch nur zu berühren!

»Was ist passiert?«, fragte Howard. Obwohl er sich Mühe gab, so ruhig und sachlich wie gewohnt zu klingen, hörte ich das Zittern in seiner Stimme deutlich. Ich warf ihm einen raschen Blick zu und bemerkte, dass sein Gesicht bleich wie Schnee und von feinen Perlen glitzernden Schweißes bedeckt war. Sein Adamsapfel hüpfte ununterbrochen auf und ab, als müsse er schlucken, um seiner Übelkeit Herr zu werden.

»Ich weiß es nicht«, murmelte ich. »Ich bin hereingekommen,

und ...« Ich sprach nicht weiter, denn in diesem Moment bewegte sich etwas dicht neben meinem rechten Fuß. Ein kleiner grauer Ball kroch auf mich zu, stieß ein klägliches Quietschen aus und verendete. Voller Entsetzen führte ich mir die Tatsache vor Augen, dass längst nicht alle Ratten tot waren.

»Ich weiß nicht, was das alles bedeutet, Howard«, sagte ich noch einmal. »Es war alles schon so, als ich hereingekommen bin.« Ich wies auf die Uhr. »Sie müssen durch das *Tor* gekommen sein.«

Howard sah mich zweifelnd an. Er machte einen Schritt auf die offen stehende Uhr zu, blieb stehen und ließ sich dicht neben dem Strom graubrauner toter und sterbender Ratten in die Hocke sinken. Seine Gelenke knackten. Einen Moment lang sah er sich suchend um, dann deutete er mit einer Kopfbewegung auf das Lineal, das auf meinem Schreibtisch lag, und streckte fordernd die Hand aus.

Ich reichte es ihm. Howard stützte sich mit der Linken am Boden auf und angelte mit dem Ende des Lineals nach der Tür der Standuhr. Die Scharniere knirschten leise, als das massive Eichenholzblatt vollends nach außen schwang.

Howard prallte mit einem nur halb unterdrückten Schreckensruf zurück, als Hunderte und Aberhunderte von toten Ratten wie eine braune Lawine aus der Uhr kollerten und sich auf dem Boden verteilten. Kleine, trübe Rattenaugen starrten uns beinahe vorwurfsvoll an. Ein widerlicher Geruch erfüllte mit einem Male das Zimmer.

Mit rasendem Herzen trat ich hinter Howard und spähte in die Uhr. Die komplizierte Mechanik des Läutwerks war verschwunden, aber das hatte ich erwartet. Was ich nicht erwartet hatte, war der zuckende rotweiße Korridor, der hinter der Tür begann.

Er war rund, wenn auch nur annähernd, denn seine Wände befanden sich in beständiger zuckender Bewegung und er schien sich unablässig zu biegen und zu winden wie ein Schlauch. Tropfen von weißer und roter Flüssigkeit drangen überall aus Wänden und Decke, und es war nicht auszumachen, aus welchem Material er bestand. Aber ich hatte das sichere Gefühl, etwas Lebendigem gegenüberzustehen ...

Howard packte sein Lineal fester, beugte sich weiter vor und schob die Tür langsam wieder zu. Immer wieder musste er damit innehalten, um tote Ratten beiseitezuschieben, die die Tür blockierten, und ich hatte das Gefühl, dass der Tunnel stärker zuckte und bebte, je weiter sich die Tür schloss.

Dann ging es nicht weiter. Ich sah, wie sich Howards Gesicht vor Anstrengung verzerrte und er in seiner unsicheren Position das Gleichgewicht zu verlieren drohte; gleichzeitig bog sich das dünne Holzlineal durch, obwohl die Tür jetzt frei war. Howards Gesicht verzerrte sich, während er gegen den unsichtbaren Widerstand ankämpfte, aber das einzige Ergebnis war, dass sich das Lineal noch weiter durchbog und schließlich splitternd zerbrach.

Mit einem unterdrückten Fluch richtete sich Howard auf, stieß ein paar tote Ratten mit dem Fuß zur Seite und legte beide Hände auf die Tür. Er tat es sehr behutsam, so, als erwarte er, dass irgendetwas Schreckliches geschähe. Aber es passierte nichts, und nach einer weiteren Sekunde des Zögerns stemmte sich Howard mit mehr Kraft gegen die Tür und versuchte sie schließlich mit der Schulter zuzudrücken.

Es gelang ihm erst, als Rowlf und schließlich auch ich neben ihn traten und ihm halfen, und selbst zu dritt hatten wir alle Mühe, die Uhr zu schließen. Es war nicht so, als müssten wir wirklich gegen einen fühlbaren Widerstand ankämpfen; vielmehr schien sich die Tür selbst mit aller Gewalt gegen unseren Druck zu stemmen, und als das kleine Messingschloss schließlich einrastete, hörte es sich fast an wie ein leises Stöhnen.

Keiner von uns sprach es aus, aber als ich in die Gesichter der beiden anderen blickte, sah ich, dass sie so froh waren wie ich, den Anblick dieses lebenden Korridors nicht mehr ertragen zu müssen.

Howard wandte sich wieder um, ging erneut in die Hocke und hob schließlich einen der kleinen Nager am Schwanz in die Höhe.

»Schau dir das an«, sagte er nur.

Widerwillig ließ ich mich neben ihm in die Hocke sinken, schluckte bitteren Speichel herunter und versuchte mich innerlich gegen den Anblick zu wappnen.

Es war schauderhaft. Die Ratte war tot, aber jetzt, nachdem ich mich zwang, den Anblick zu ertragen, sah ich auch, dass sie nicht an ihren Verletzungen verendet war.

Sie war nämlich nicht verletzt.

Der Kadaver wies keinerlei äußerliche Wunden auf. Was ich dafür gehalten hatte, waren in Wirklichkeit große, glitzernde Stellen, an denen das Fell nach innen gewachsen zu sein schien, und auch die vermeintlich zerbrochenen Glieder waren so gewachsen!

Und endlich begriff ich. Nicht eines der zahllosen Tiere, die hier bei uns im Raum waren, war gewaltsam ums Leben gekommen. Es war eine Armee grausiger Missgeburten, die durch das *Tor* im Innern der Uhr gekommen war ...

Vom Meer her wehten immer noch Kälte und feine Regenschleier heran, und durch die Wolken, die so tief über dem Land hingen, als drücke sie eine unsichtbare Riesenhand auf die Erde herab, sickerte das erste zaghafte Grau der Dämmerung. Blasse Nebelschleier stiegen wie zitternde Geisterhände aus dem Boden, und irgendwo, sehr weit draußen auf dem Meer, erklang der klagende Laut eines Nebelhornes.

Kilian hatte nicht gut geschlafen. Er hatte es nicht gewagt, in die Stadt zurückzugehen, und so hatte er sich bis weit nach Mitternacht in der Nähe des Friedhofes herumgetrieben, ehe er schließlich im Schutze einer uralten Ulme eingeschlafen war.

Kurz vor Morgengrauen hatten ihn Stimmen geweckt.

Kilian war ein alter Mann, der nicht mehr so viel Zeit zu verlieren hatte, als dass er wirklich Angst haben musste, zu sterben. Aber die Erfahrungen seines Lebens als Sonderling und Trinker hatten ihn vorsichtig werden lassen; er war wie ein Tier, das instinktiv an Flucht denkt, ehe es sein Bewusstsein einschaltete, und so hatte er sich beim ersten Laut verkrochen und gewartet, bis die Schritte verklungen und die Schatten wieder in der Nacht verschwunden waren.

Dann war er ihnen gefolgt.

Es waren vier! Drei Männer aus St. Aimes und eine junge Frau, die er noch nie gesehen hatte und die sonderbare Kleidung trug und ab und zu in einer Sprache mit den dreien sprach, die Kilian nicht verstand, deren absurder Klang aber irgendetwas in ihm anrührte und zu Eis erstarren ließ.

Die vier hatten den Friedhof betreten und waren zwischen den Grabsteinen verschwunden, aber wieder hatte Kilian es nicht gewagt, ihnen direkt zu folgen. Er war stattdessen außen um den Friedhof herumgegangen und hatte ihn an einer Stelle betreten, von der er wusste, dass ihm hinter der Mauer wachsendes verwildertes Buschwerk Deckung gewähren würde. Jetzt lag er, mit angehaltenem Atem und vor Erregung klopfendem Herzen, im Schutze der dornigen Sträucher und spähte zu den vier Gestalten hinüber.

Das noch blasse Licht des Morgens enthüllte einen unheimlichen

Anblick. Das Mädchen hatte seinen Mantel abgestreift und stand mit hoch erhobenen Armen und geschlossenen Augen wie eine Betende am Kopfende eines geöffneten Grabes. Die Männer hatten sich auf den drei anderen Seiten der rechteckigen Grube postiert und schienen zu warten; worauf, wusste Kilian nicht.

Die Zeit verging, ohne dass sich einer der vier rührte. Allmählich wurde es heller, und er konnte mehr Einzelheiten erkennen. Die vier Menschen waren nicht allein. Überall auf dem Boden rings um das geöffnete Grab bewegten sich kleine graubraune Körper, und mit dem Rascheln des Windes wehte ein leises, helles Wispern heran.

Kilians Gesicht verzog sich zu einem dünnen, blödsinnigen Lächeln. Ein Speichelfaden lief aus seinem Mundwinkel und tropfte zu Boden; er merkte es nicht einmal. Der Blick seiner alten, trüb gewordenen Augen wandte sich in den Himmel und suchte den Mond, der jetzt nur noch als blasser Schemen hinter den Wolken sichtbar war; schon fast hinter dem Horizont verschwunden. »Jaja«, kicherte er. »Morgen ist Vollmond, nicht wahr? Ihr grauen Herren wisst schon, was das bedeutet.«

Wie zur Antwort raschelte es jetzt auch neben ihm, und als Kilian zur Seite sah, erkannte er eine handlange, graubraun gestreifte Ratte, die auf lautlosen Pfoten herangehuscht war und ihn anstarrte. Der Blick ihrer schwarzen Knopfaugen war nicht der eines Tieres. Kilian erkannte die böse, lauernde Intelligenz, die hinter diesem Blick lag. Und er verstand die Botschaft, die ihm die Ratte mitteilte. Es war keine Telepathie oder sonst irgendeine Art der Kommunikation, die die Menschen kannten, sondern ein blitzartiges, unerklärliches Austauschen von Wissen. Kilian wusste einfach, was die Ratte ihm sagen wollte. Und er begriff den Ernst dieser letzten Warnung.

»Ist gut, ist gut«, sagte er, unablässig nickend. »Kilian geht. Ihr grauen Herren braucht keine Angst zu haben, dass er sich in eure Angelegenheiten mischt. Und er wird auch den anderen nichts sagen.«

Der alte Säufer kicherte noch einmal blödsinnig, dann kämpfte er sich den Weg, den er durch den Dornenbusch gekommen war, zurück, stieg prustend und schnaubend über die Mauer und verschwand in der Dämmerung.

Die Ratte sah ihm nach, als hätte sie seine Worte verstanden.

»Hört denn dieser Wahnsinn niemals auf?«, murmelte ich mit bebender Stimme.

»Nein«, antwortete Howard. Er klang bedrückt, sein Gesicht war grau vor Sorge. »Das kann es nicht, Robert«, sagte er mit großem Ernst. »Dann wäre nämlich die Serie zu Ende, und wir zwei würden arbeitslos. Das Stempelgeld für abgetakelte Geisterjäger ist miserabel, das kann ich dir sagen.«

Ich starrte ihn irritiert an, dann zuckte ich resignierend mit den Schultern und wandte mich wieder der Handlung zu. Howard hatte – wie immer – recht.

Vor den Fenstern kroch graue Dämmerung in die Nacht, aber wir saßen noch immer beieinander; keiner von uns hatte auch nur einen Gedanken daran verschwendet, sich zurückzuziehen oder gar Schlaf finden zu wollen. Es war fünf Uhr – eine Zeit, zu der ich normalerweise zu Bett ging und gewisse abartig veranlagte Menschen bereits wieder aufstanden –, und wir hatten den Rest der Nacht damit verbracht, die toten Ratten zu beseitigen und wenigstens wieder einigermaßen Ordnung zu schaffen. Nicht, dass es uns gelungen wäre. Der Aasgestank würde sich noch monatelang in Tapeten und Vorhängen halten, und überall auf dem Teppich waren dunkle Flecken zurückgeblieben. Aber wir hatten wenigstens die Rattenkadaver beseitigt und sogar das Kunststück fertig gebracht, dies zu tun, ohne die Dienerschaft dabei aufzuwecken. Die Männer und Frauen, die in meinem Dienst standen, waren zwar Absonderliches gewöhnt, aber ein paar hundert verstümmelte Ratten, die aus dem Nichts in meiner Bibliothek auftauchten, gehörten nun doch nicht dazu.

Mit zitternden Händen griff ich nach meiner Tasse mit längst kalt gewordenem Kaffee, trank einen Schluck und stellte sie mit einem übertrieben kräftigen Ruck wieder ab, als Howard sich die wahrscheinlich fünfzigste Zigarre während dieser Nacht anzündete. Er hatte argumentiert, dass der Tabaksgeruch den Aasgestank überdeckte – was nicht stimmte, es roch jetzt zwar nicht mehr nach Aas, sondern nach *verbranntem* Aas – aber ich hatte mich trotzdem geschlagen gegeben.

»Ich versteh dat nich«, murmelte Rowlf. »Du has doch gesacht, dass dat *Tor* nich mehr geht. Der Lausdreck –«

»De Laurec«, verbesserte ihn Howard müde, aber Rowlf fuhr unbeirrt fort: »Der Lausdreck hat doch das Gehirn zu Klump geschlagen.«

Wir hatten angenommen, dass die Gefahr, die von diesem Dimensionstunnel ausging, damit endgültig beseitigt sei. Seit ein paar Stunden jedoch wussten wir nun, dass das nicht stimmte. Was immer de Laurec oder Balestrano getan hatten – sie hatten die *Tore* nicht zerstört.

Howard deutete mit dem glühenden Ende seiner Zigarre auf die tote Ratte, die auf einem Stück Papier auf dem Tisch lag. Ich hatte ein paar Stunden Zeit gehabt, mich an den Anblick zu gewöhnen; trotzdem krampfte sich mein Magen schon wieder zu einem schmerzhaften Klumpen zusammen, als ich das verstümmelte Tier ansah. »Zumindest funktioniert es nicht mehr so, wie es sollte«, sagte er. »Sieh dir dieses Tier an. Ich vermute, es war eine völlig normale Ratte, als es das *Tor* betreten hat.«

Mein Magen kroch ein Stück weit in meiner Speiseröhre hinauf. Bitterer Speichel füllte meinen Mund. »Wie ... bitte?«, sagte ich mühsam.

Howard seufzte. Einen Moment lang hielt er meinem Blick stand, dann sah er weg, sog an seiner Zigarre und seufzte abermals. »Ich weiß nicht viel über die *Tore*«, begann er.

»Aber offensichtlich immer noch eine Menge mehr als ich«, unterbrach ich ihn spitz. Howard runzelte die Stirn.

»Ich habe meine Gründe, dir nicht alles zu sagen«, murmelte er. »Du bist noch nicht so weit, Junge.«

Zorn kochte wie eine heiße Woge in mir hoch. »Aber ich bin weit genug, mich umbringen zu lassen«, sagte ich böse. »Ich bin weit genug, mitten in der Nacht eine Armee halb verkrüppelter Ratten in meinem Arbeitszimmer zu finden, und ich bin weit genug, dir um die halbe Welt nachzureisen, um dich vor den Nachstellungen deiner verrückten Logenbrüder zu retten. Zum Teufel – wann wirst du aufhören, mich wie einen Idioten zu behandeln, Howard?«

Die letzten Worte hatte ich fast geschrien, aber Howard blieb ganz ruhig. Er hatte eine Art, immer ruhiger und sanfter zu werden, je mehr ich mich aufregte, die mich rasend machte. »Wenn du aufhörst, dich so zu benehmen, Robert«, sagte er leise.

Ich starrte ihn an. Howard hielt meinem Blick gelassen stand. »Es hat überhaupt keinen Sinn, wenn wir uns jetzt streiten, Robert«, sagte er sanft. »Ich weiß wirklich nicht viel über die *Tore*. Dein Vater wusste eine Menge darüber, aber er hat mir niemals alles verraten. Selbst von dem *Tor* in dieser Uhr habe ich nur durch Zufall erfahren.«

»Immerhin wusstest du genug darüber, um es zu benutzen«, erinnerte ich ihn.

Howard nickte. »In äußerster Not«, bestätigte er. »Aber so, wie es jetzt aussieht, würde ich es nicht mehr wagen.«

Ich schluckte, blickte einen Herzschlag lang die geschlossene Tür der Standuhr an und wandte mich dann wieder an Howard. »Wie meinst du das?«

»Ich weiß nicht viel über die *Tore«,* sagte er noch einmal, »aber dein Vater erklärte mir, dass sie eine Art Weg durch eine andere Dimension darstellen.« Er lächelte schief. »Ich weiß, wie verrückt sich das anhört, aber genau das waren seine Worte. Wer diesen Weg betritt, der existiert nicht mehr wirklich. Nicht ... nicht körperlich, verstehst du? Dein Körper wird in Atome aufgelöst und in unglaublich kurzer Zeit zu einem anderen *Tor* transportiert. Dort wird er wieder zusammengesetzt. Du ... begreifst, was ich meine?«

»Natürlich«, sagte ich und schüttelte den Kopf.

Howard lächelte. »Es ist schwer zu erklären«, gestand er ein. »Versuch es so zu sehen – du existierst nur noch als Idee, sobald du ein *Tor* betrittst. Und aus dieser Idee wird wieder ein Körper, sobald du es verlässt.«

»Dat mit'n Ratten war 'ne Scheißidee«, warf Rowlf ein. Er war aufgestanden und zum Fenster gegangen, um auf die Straße hinauszusehen.

Howard blieb vollkommen ernst. »Ich weiß nicht, ob es nur dieses *Tor* hier betrifft oder das ganze System«, fuhr er fort. »Jedenfalls scheint es nicht mehr zu funktionieren. Die Ratten wurden entmaterialisiert, aber irgendetwas hat nicht funktioniert. Sie wurden nicht mehr richtig zusammengesetzt – laienhaft ausgedrückt.«

Ein eisiger Schauer raste über meinen Rücken, als ich begriff, was er meinte. »Willst ... willst du damit sagen, dass ... dasselbe mit einem Menschen geschehen würde, wenn er ...« Ich sprach nicht weiter. Der Gedanke ließ mich innerlich zu Eis erstarren.

»Ich fürchte es«, sagte Howard. »Jedenfalls möchte ich es nicht ausprobieren.«

»Aber woher sind sie gekommen?«, fragte ich. »Ich glaube nicht, dass es Zufall war –«

»Vielleicht unterhaltet ihr euch später darüber«, unterbrach mich Rowlf. »Da kommt 'ne Droschke. Sieht aus, wie wennse hier halten würde.«

Howard und ich standen gleichzeitig auf und traten neben ihn. Rowlf hatte recht – im schwachen Licht des heraufziehenden Tages war ein vierspänniger Wagen zu erkennen, der quer über den Ashton Place herangefahren kam und zielsicher vor meinem Grundstück hielt. Der Kutscher sprang vom Bock, wieselte um den Wagen herum und riss den Schlag auf. Augenblicke später wälzten sich zwei Zentner tüllverhüllten Specks auf die Straße und wackelten auf die Tür zu.

»Das ... ist Lady McPhaerson!«, sagte ich erstaunt. »Was in aller Welt will sie hier? Noch dazu zu dieser Zeit?«

»Das habe ich befürchtet«, murmelte Howard. »Es wäre auch zu schön gewesen ...« Er schloss mit einem Seufzen, drehte sich abrupt vom Fenster weg und gab Rowlf einen Wink.

»Geh hinunter und mach die Tür auf«, sagte er. »Schnell, ehe sie klopft und die Dienerschaft weckt.«

Rowlf gehorchte. Wir hörten ihn die Treppe hinunterpoltern und durch die Halle stürmen; wenige Augenblicke später knarrte die Eingangstür, und Lady Audleys Stimme klang auf.

Howard wickelte hastig die tote Ratte in das Papier, sah sich einen Moment hilflos um und platzierte sie in Ermangelung eines besseren Verstecks schließlich im Kamin, während ich das Fenster aufriss, um den üblen Geruch aus dem Zimmer zu vertreiben. Auf die Idee hätte ich auch schon vor zwei Stunden kommen können.

Wir waren kaum mit unseren Vorbereitungen fertig, als die Tür aufging und Rowlf wieder hereinkam, gefolgt von Lady Audley, die zu ihrem Doppelkinn nun auch noch dunkle Ringe unter den Augen trug. Sie schien in dieser Nacht so wenig geschlafen zu haben wie wir.

»Robert«, begann sie, ohne sich mit irgendwelchen überflüssigen Schnörkeln aufzuhalten, »ich muss Sie sprechen.« Zielsicher walzte sie auf mich zu, ließ sich in einen Stuhl fallen und griff nach der Kaffeekanne.

»Lassen Sie, Lady Audley«, sagte ich. »Er ist kalt. Aber Rowlf kann neuen aufbrühen.«

Rowlf nickte und verschwand, während sich Howard – schon wieder eine neue Zigarre im Mund – zwischen mir und Lady Audley am Tisch niederließ.

»Ich sehe, Sie haben auch keinen Schlaf gefunden«, begann Lady Audley. »Das ist verständlich, nach allem, was geschehen ist. Und es enthebt mich der Peinlichkeit, Sie wecken zu müssen.«

Ich tauschte einen raschen Blick mit Howard. Vielleicht war es besser, sie in diesem Glauben zu lassen. Es wäre mir schwergefallen, den wahren Grund zu erklären.

»Es hätte nichts gemacht«, antwortete ich. »Aber Sie haben recht. Howard und ich haben die ganze Nacht darüber nachgedacht, was nun während der Séance wirklich geschehen ist. Aber leider wissen wir es nicht.«

»Aber ich«, erklärte Lady Audley.

Verwirrt sah ich sie an. »Sie ... wissen?«, murmelte ich.

Lady Audley McPhaerson nickte mit großem Ernst. »Sie können es nicht wissen, mein Junge«, sagte sie. »Sie sind jung und unbefangen, und das ist auch gut so.«

Ich hatte meine Züge wohl nicht halb so gut unter Kontrolle, wie ich es gerne gehabt hätte, denn Lady McPhaerson lächelte plötzlich und fuhr – in eindeutig gönnerhaftem Ton – fort: »Machen Sie sich nichts daraus, Robert. Sie sind vielleicht ein begnadetes Medium, aber Ihnen fehlt einfach noch die Erfahrung, wissen Sie? Irgendwann werden Sie begreifen, dass es Dinge zwischen Himmel und Erde gibt, die sich unsere Schulweisheit nicht erklären kann.«

Das kam mir irgendwie bekannt vor, aber ich war klug genug, sie nicht zu unterbrechen.

»Was meinen Sie damit?«, fragte Howard.

Lady Audley bedachte ihn mit einem Blick, der jeden anderen in den Sessel hätte schrumpfen lassen. »Ich meine damit, Mister Phillips«, sagte sie, »dass Robert unsere kleinen Séancen bisher nicht ernst genommen hat. Widersprechen Sie mir nicht, Robert«, sagte sie mit erhobener Stimme, als ich sie unterbrechen wollte. »Ich habe Sie längst durchschaut. Für Sie war das alles nur ein großer Spaß, bei dem Sie sich köstlich über uns alberne alte Frauen amüsiert haben, nicht wahr?«

Sie blinzelte. Ein flüchtiges Lächeln stahl sich auf ihre übermüdeten Züge und erlosch wieder. »Das ist Ihr gutes Recht, Robert«, fuhr sie fort. »Aber seit heute Nacht sollten Sie wissen, dass es mehr ist als ein Spaß. Vielleicht war es das, bisher. Aber Sie sind ein Medium, auch wenn Sie es nicht wahrhaben wollen.«

Ich schwieg einen Moment, während Lady Audley sichtlich den Schrecken genoss, den ihre Worte für mich bedeuten mussten. »Wissen Sie, Lady Audley«, sagte ich schließlich, »es gibt da etwas, was ich Ihnen erklären muss ...«

Howard begann zu husten.

»Warum finden Sie sich nicht einfach damit ab, mein lieber Robert«, sagte Lady Audley. »Ich weiß, wie schwer es Ihnen fallen muss, aber es gibt so etwas wie Geister und übersinnliche Dinge. Wenn Sie älter werden, werden Sie noch begreifen, was ich meine. Schauen Sie – die meisten meiner Freunde halten mich für verrückt, und ich lasse sie in diesem Glauben. Aber ich bin es nicht, ganz und gar nicht.«

»Lady Aud –«, begann ich erneut, wurde aber sofort wieder von ihr unterbrochen.

»Sagen Sie jetzt nichts, Robert, sondern hören Sie einfach zu«, sagte sie gönnerhaft. »Ich begreife nur zu gut, wie schwer es Ihnen fällt, meinen Worten Glauben zu schenken. Für Sie ist die Welt in Ordnung. Aber glauben Sie mir, die Geister sind so real wie Sie und ich. Meinetwegen lachen Sie mich aus, doch seien Sie so nett und hören Sie zu.«

»Aber Lady Audley«, sagte ich, der Verzweiflung nahe. »Ich halte Sie ganz und gar nicht für verrückt. Im Gegenteil. Sie können nicht wissen, dass –«

»Warum hältst du nicht den Schnabel und hörst einfach zu?«, unterbrach mich Howard. »Vielleicht ist es ja wirklich wichtig, Robert.«

Ich gab auf.

Lady Audley warf Howard einen dankbaren Blick zu. »Ich danke Ihnen, Mister Phillips«, sagte sie und fügte nach einem übertriebenen geschauspielerten Verziehen der Nase hinzu: »Übrigens, was rauchen Sie für einen Tabak?«

»Warum?«, fragte Howard.

»Er riecht nicht besonders gut«, sagte Lady Audley. »Um ehrlich zu sein, er stinkt nach verbrannter Ratte.«

Howard schluckte, während ich mit letzter Kraft ein Grinsen unterdrückte. Gottlob kam in diesem Moment Rowlf mit einer Kanne frisch aufgebrühtem Kaffee zurück, und Lady Audley schwieg, bis er eingeschenkt und das Zimmer wieder verlassen hatte. Danach leerte sie schweigend hintereinander drei Tassen, ehe sie sich mit einem genussvollen Seufzer zurücksinken ließ.

»Warum sind Sie hier, Mylady?«, begann Howard steif. »Doch sicher nicht nur, um Rowlfs Kaffee zu genießen.«

Ich sah ihn warnend an, aber Lady Audley schien seine Worte nicht übel zu nehmen. »Natürlich nicht, Mister Phillips«, sagte sie. »Mein Überfall hat mit dem zu tun, was gestern Abend auf der Séance geschehen ist.« Lady Audleys Stirn umwölkte sich. »Ich möchte Sie um einen Gefallen bitten, Robert. Einen sehr großen Gefallen, wie ich gleich vorwegschicken muss. Wahrscheinlich werden Sie mich hinterher für völlig verrückt halten, aber ich flehe Sie an, einer alten Frau zu vergeben.«

»Nur zu«, sagte ich. »Nach dem, was heute Nacht geschehen ist, erschüttert mich nichts mehr.«

»Auch nicht, wenn ich Sie bitte, mich nach St. Aimes zu begleiten?«, fragte Lady Audley.

»St. Aimes?«, echote ich.

»Der Ort, wo Cindy begraben liegt«, erklärte sie leise. »Ich möchte, dass Sie mit mir dorthin gehen, Robert. Genauer gesagt, zum Friedhof von St. Aimes.«

Ich muss sie angestarrt haben, als zweifele ich an ihrem Verstand, denn sie fügte hastig hinzu: »Ich weiß, was Sie jetzt denken, Robert. Aber ich flehe Sie an, helfen Sie mir.«

»Warum?«, fragte Howard.

»Warum?« Lady Audley kreischte fast. »Das fragen Sie noch, nach dem, was Sie selbst heute Nacht erlebt haben, Sie ... Sie ... Sie *Amerikaner,* Sie?«

Howards Mundwinkel zuckten. Aber er blieb – zumindest äußerlich – ernst. »Sie missverstehen mich, Mylady«, sagte er und stieß eine Qualmwolke in ihre Richtung. »Im Gegensatz zu Robert bin ich mir der Tatsache bewusst, dass Ihre kleinen Séancen alles andere als eine harmlose Spielerei sind. Das war auch der Grund, aus dem ich dagegen war.«

»Dann sollten Sie verstehen, was ich in St. Aimes möchte«, erwiderte Lady Audley heftig. Plötzlich, und ohne dass ich mir erklären konnte, warum, war sie voller Feindseligkeit. »Cindy ist in Gefahr. Sie haben gehört, wie sie mich um Hilfe angerufen hat.«

»Cindy«, erklärte Howard sanft, »ist seit zwanzig Jahren tot, Mylady.«

Lady Audley schluckte hörbar. Ihr Gesicht wurde noch blasser. »Das weiß ich, Sir«, antwortete sie steif. »Aber ihre Seele ruft mich um Hilfe. Sie ist in Not. Vielleicht sind Sie als Amerikaner nicht daran gewöhnt, von Dingen wie einer unsterblichen Seele zu reden, aber wir sind hier nicht in den Staaten, sondern in einem zivilisierten Land, und wir wissen die alten Werte zu würdigen.«

»Howard wollte Ihnen sicher nicht zu nahe treten, Mylady«, sagte ich hastig. »Aber trotzdem – was glauben Sie dort erreichen zu können?«

»Ich muss ihr helfen«, sagte Lady Audley heftig. »Aber ich brauche Sie dazu, Robert.«

»Mich? Aber was könnte ich –«

»Überlassen Sie das ruhig mir, mein Junge«, unterbrach sie mich. »Ich sagte es schon einmal, und ich sage es wieder: Sie sind ein Medium, sogar ein ganz außergewöhnlich begabtes Medium, Robert. Wir müssen nach St. Aimes. Cindy braucht meine Hilfe. Und ich glaube, dass Sie mich dabei unterstützen können. Nun?«

Ich schwieg einen Moment, sah erst sie, dann Howard und schließlich die vermeintliche Standuhr an, die in geradezu unverschämter Harmlosigkeit an der Wand hinter mir thronte. Für einen Moment glaubte ich, ein leises, schabendes Kratzen durch das fingerdicke Eichenholz zu hören. Ich konnte das Gefühl nicht begründen – aber die Ahnung, dass die Ereignisse der Nacht in direktem Zusammenhang mit der verunglückten Séance standen, wurde immer drängender.

Schließlich löste ich meinen Blick von der Uhr, wandte mich an Lady Audley und starrte sie abermals sekundenlang an, ohne etwas zu sagen.

Nach einer Weile lächelte sie, als hätte sie meine Gedanken gelesen. »Ich habe mich erkundigt«, sagte sie. »Der nächste Zug geht um acht Uhr fünfzehn.«

»Worauf warten wir dann noch?«, fragte Howard.

Während im Haus die Dienerschaft allmählich erwachte und die Stille der Nacht den noch müden Geräuschen des neuen Tages wich, trafen Howard und ich die letzten Reisevorbereitungen. Viel gab es ohnehin nicht zu tun; obgleich die letzten Wochen beinahe Misstrauen erweckend friedlich verlaufen waren, hatten Howard und ich es uns zur Angewohnheit gemacht, immer einen Koffer mit dem nötigsten Reisegepäck griffbereit zu haben, desgleichen eine eiserne Reserve an Bargeld und Papieren, um auch für einen überraschenden Aufbruch gerüstet zu sein.

Auch Lady Audley hatte ihren Kutscher unter einem Vorwand weggeschickt und ihm aufgetragen, zu Hause irgendetwas von einem Telegramm zu erzählen, das sie für einige Tage fortrief; eine recht fadenscheinige Ausrede, die aber ihrem Zweck dienen mochte. Jetzt war sie bei mir – in meinem Schlafzimmer, wohlgemerkt –, sah mir zu, wie ich die letzten Kleinigkeiten zusammensuchte und redete dabei ununterbrochen. Nachdem wir uns bereit erklärt hatten, sie zu begleiten, schien der Bann gebrochen; Lady Audley hatte endgültig alle Hemmungen über Bord geworfen und sprudelte alles hervor, was sie über Magie, Geisterbeschwörungen und Okkultes nur wusste; und das war eine Menge.

Das meiste davon war ein geradezu gotteslästerlicher Blödsinn.

»Wissen Sie, Robert«, sagte sie gerade, »es gibt tatsächlich so etwas wie einen Astralleib, auch wenn die meisten so genannten normal denkenden Menschen nicht daran glauben.« Sie lächelte geheimnisvoll. »Jedenfalls behaupten sie, es nicht zu tun. Aber im Innersten glauben sie alle daran, bloß sind wir ja heutzutage so aufgeklärt und zivilisiert, dass wir nicht mehr zugeben können, an okkulte Dinge zu glauben.« Sie wälzte ihre gut zwei Zentner ein Stück näher und legte den Kopf in den Nacken, um mir ins Gesicht blicken zu können.

»Sie sind da selbst ein gutes Beispiel, mein lieber Junge«, fuhr sie mit einem Verschwörerblinzeln fort. »Sie sind ein sehr begabtes Medium. Sie wissen es nur noch nicht.«

»So?«, machte ich und tat so, als suche ich in einer Schublade. Sie enthielt absolut nichts von Bedeutung, aber Lady Audley begann langsam, mir auf die Nerven zu gehen; ich dachte insgeheim an die zweistündige Bahnfahrt, die ich zusammen mit ihr durchzustehen hatte, und glaubte Howards schadenfrohes Grinsen schon jetzt zu sehen.

»O ja«, sagte Lady Audley bestimmt. »Sie werden es noch besser verstehen, Junge. Später, wenn Sie älter und erfahrener sind.«

Ich drehte mich betont langsam zu ihr herum und sah sie an. »Lady Audley«, sagte ich ruhig. »Es gibt da etwas, was ich Ihnen gestehen muss. Sie werden es ohnehin erfahren, wenn sie mit uns nach St. Aimes fahren, und –«

»Sie brauchen nichts zu sagen, Robert«, unterbrach sie mich, plötzlich ebenso ernst wie ich. Ein neuer, sonderbarer Ausdruck war in ihren Augen erschienen. »Ich weiß von Ihrem Vater, Robert.«

»Sie ... wissen?«, wiederholte ich verstört.

Sie nickte, plötzlich ganz gönnerhafte Mutter. »Aber selbstverständlich, Junge«, sagte sie. »Jeder hier in London weiß, wer Ihr Vater war – Roderick Andara, der Hexer, nicht?« Sie schüttelte den Kopf, als sie mein Erschrecken bemerkte, und fuhr noch immer im gleichen sanften Ton fort: »Ihr Vater war drüben in den Staaten ein berühmter Mann, und wir hier in London leben nicht hinter dem Mond. Aber sie brauchen sich keine Sorgen zu machen. Niemand trägt Ihnen nach, was Ihr Vater getan hat.«

»Sie wissen, von ... von seinem ... seinem Geheimnis?«, wiederholte ich verstört. Ein Eimer eiskalten Wassers, der urplötzlich über meinem Kopf ausgegossen worden wäre, hätte mich nicht mehr erschrecken können als dieses plötzliche Eingeständnis.

»Aber natürlich«, sagte sie, trat noch weiter auf mich zu und hob die Hand, als wolle sie meine Wange streicheln. Ich wich ein Stück zurück.

»Schauen Sie, Robert, niemand hat das gut gefunden, was Ihr Vater tat. Aber Sie leben lange genug hier, um zu wissen, wie unsere Philosophie ist – leben und leben lassen. Andara war sicher ein begabter Mann, der es verstanden hat, die Menschen drüben in Amerika mit seinen Taschenspielertricks zu verwirren. Ich glaube, er ist sogar ein bisschen berühmt geworden. Aber wissen Sie – nein«, verbesserte sie sich selbst, »das können Sie ja gar nicht wissen – ich denke, nach allem, was ich über ihn und auch Sie, Robert, erfahren habe, hat er wirklich ein gewisses magisches Talent besessen. Zumindest war er ein Medium, sonst wäre es ihm kaum gelungen, seine Zuschauer so perfekt zu täuschen. Und Sie haben dieses Talent geerbt, Robert.«

»Mein Vater?«, murmelte ich, hin und her gerissen zwischen vorsichtiger Erleichterung und dem immer stärker werdenden Gefühl, lauthals loslachen zu müssen. »Sie glauben, dass er ein ...«

»Ein Medium war, ja«, führte Lady Audley den Satz zu Ende. »So wie Sie, mein Junge.«

Abrupt drehte ich mich wieder und fuhr fort, den Inhalt der Schublade von links nach rechts und wieder zurück zu sortieren. Lady Audley hätte das verräterische Zucken meiner Mundwinkel garantiert falsch gedeutet. Dabei war die Sache nicht halb so komisch, wie sie mir im Moment noch vorkam. Es würde mehr als nur Probleme geben, wenn wir den Friedhof von St. Aimes erreichten und dort auch nur einen Bruchteil dessen vorfanden, was ich befürchtete.

Es war mir noch immer nicht gelungen, die losen Fäden miteinander zu verknüpfen – aber irgendetwas sagte mir, dass das Geschehen hier im Hause und das Schicksal von Lady Audley McPhaersons Nichte in direktem Zusammenhang miteinander standen.

Ich war heilfroh, als Howard schließlich an meine Tür klopfte und mich ungeduldig aufforderte, mich zu beeilen. Erleichtert ließ ich die Lade zugleiten, wandte mich um und ging an Lady Audley vorbei zur Tür.

Besser gesagt, ich wollte es.

Ich streifte ihren Arm, als ich an ihr vorüberging, nicht sehr heftig und nur für den Bruchteil einer Sekunde. Aber für einen unendlich kurzen Moment berührte meine Hand ihre nackte Haut, und …

Es war wie das Überspringen eines elektrischen Funkens an zwei unterschiedlich geladenen Polen: schnell, heiß und unglaublich kraftvoll. Lady Audley stieß einen kleinen, fast komisch klingenden Schrei aus, schlug die Hand vor den Mund und taumelte rücklings gegen die Tischkante; gleichzeitig hatte ich das Gefühl, einen Schlag zwischen die Schulterblätter und gleich darauf zwischen die Augen zu bekommen. Der Raum verschwamm vor meinem Blick, meine Gedanken machten sich selbstständig und begannen wie wild im Kreis zu hüpfen, und für einen winzigen Augenblick flackerte ein Schemen zwischen mir und dem runden Gesicht Lady Audleys, zu schnell, um es genau zu erkennen, aber auch zu deutlich, um eine reine Einbildung zu sein.

Ich merkte erst, dass ich auch geschrien hatte, als die Tür mit einem harten Ruck aufgestoßen wurde und Howard hereingestürmt kam, gefolgt von einem grimmig dreinblickenden Rowlf.

»Was ist passiert?«, keuchte Howard. »Robert, Lady McPhaerson – was geht hier vor?«

Weder Lady Audley noch ich antworteten. Sekundenlang starrten wir uns nur wortlos und aus ungläubig aufgerissenen Augen an, dann löste sich Lady Audley aus ihrer Starre, trat einen Schritt auf mich zu, hob die Hand an den Mund und tastete über ihre Lippen. Eine Sekunde lang starrte sie ihre Fingerspitzen an, als erwarte sie, dort etwas Bestimmtes zu entdecken, dann senkte sie die Hand wieder, und ihr Blick saugte sich erneut in meinem fest.

»Robert«, flüsterte sie. »Was … was war das?«

Ich antwortete nicht, sondern schüttelte nur benommen den Kopf. Hinter meiner Stirn drehten sich noch immer die Gedanken wirr im Kreis. Es fiel mir seltsam schwer zu denken, und es war, als wisperte hinter meinen eigenen Gedanken noch eine zweite, fremde Stimme. Hilflos schüttelte ich den Kopf, hob den Arm und streckte die Hand nach ihrer aus. Meine Finger zitterten.

»Nicht, Robert!«, sagte Howard warnend.

Ich ignorierte seine Worte. Vorsichtig bewegte ich mich weiter, spreizte die Finger und berührte mit den Fingerspitzen die Lady Audleys.

Diesmal war es anders. Kein explosives Überspringen ungebändigter Kräfte, sondern ein Vorgang, der eher mit einem behutsamen Verschmelzen zu beschreiben ist. Etwas aus ihr griff nach meiner Seele und verband sich mit etwas in mir; und ich sah und wusste …

Das Mädchen saß seit Stunden stumm am Fenster des kleinen, eher schäbig als bürgerlich eingerichteten Hotelzimmers und blickte auf die Straße hinab. Die Sonne war aufgegangen, während es die stumme Wacht angetreten hatte, und die Straßen hatten sich mit Menschen und Kutschen gefüllt, aber das Mädchen hatte sich nicht geregt.

Starr wie eine Statue aus Stein hatte es auf seinem Stuhl gehockt; nur dann und wann war der Blick seiner sonderbar dunklen, beinahe pupillenlosen Augen nach Westen geirrt, ohne dass sich der Kopf dabei bewegt hätte. Die junge Frau hätte tot sein können, so unbeweglich saß sie da.

In den Zimmern und Korridoren des Hotels war das Leben erwacht: Schritte, Stimmen und Gelächter waren durch die dünnen Wände mit den billigen Papiertapeten gedrungen, der Geruch von frisch aufgebrühtem Kaffee, der aus dem Frühstücksraum heraufzog; später dann hatte eines der Zimmermädchen an die Tür geklopft und war wieder gegangen, nachdem ihr niemand aufgemacht hatte.

Auf nichts von alledem hatte die dunkelhaarige Fremde in irgendeiner Form reagiert. Nicht einmal ihre Lider hatten sich bewegt; ihre Augen blickten starr wie die einer Toten auf die Straße hinab, und selbst ihre Körpertemperatur war gesunken, im gleichen Maße, in dem das Feuer im Kamin kleiner geworden und die Kälte durch die schlecht isolierten Mauern hereingekrochen war.

Aber sie war nicht tot, ganz und gar nicht, wenn auch der Körper, dessen sie sich bediente, schon vor zwei Jahrzehnten zum letzten Mal geatmet und sich bewegt hatte. Waren auch ihre Lebensfunktionen auf ein Minimum herabgesunken, ganz wie bei einem Tier, das sich zum Winterschlaf zusammengerollt hatte, so war ihr Geist noch bei vollem Bewusstsein, wandelte auf dunklen Pfaden und sah Dinge, die einem normalen Menschen unverständlich und bizarr erschienen wären.

Irgendwann im Laufe des Morgens erwachte sie aus ihrer sonderbaren Starre, aber es schien nur ihr Körper zu sein, der den Weg in die Wirklichkeit zurückfand. Ihr Blick blieb trüb, und die Augen bewegten sich noch immer nicht, sondern lagen wie starre matte Kugeln in den eingesunkenen Höhlen. Nur um ihre Lippen spielte ein dünnes, selbstzufriedenes Lächeln.

Langsam stand sie auf und wandte sich zur Tür, verließ das Zimmer aber erst, nachdem sie einen Moment an der Tür gelauscht und sich davon überzeugt hatte, dass sie allein und niemand auf dem Flur war.

Niemand wusste wirklich, wer das Zimmer bewohnte: Der Portier unten in der Halle glaubte, es an ein frisch verheiratetes Paar vermietet zu haben, und das Personal lächelte nur anzüglich, wenn die Frage aufkam, warum seit zwei Tagen niemand das Zimmer verlassen oder auch nur den Zimmerservice gerufen hatte. Und die Fremde wollte, dass es noch eine Weile so blieb.

Rasch wandte sie sich nach links, ging mit gesenktem Blick und schnellen, weit ausgreifenden Schritten den Korridor entlang und blieb vor der Treppe stehen. Sie zögerte, ging aber dann weiter, als sie Stimmen aus dem Erdgeschoss hörte und wusste, dass der Portier mit neuen Gästen beschäftigt war und ihr nicht mehr als einen flüchtigen Blick schenken würde.

Es wäre ihr ein Leichtes gewesen, sich seinen Blicken vollends zu entziehen, so, wie es ihr ein Leichtes war, zur gleichen Zeit an zwei oder auch mehr verschiedenen Orten zu sein. Aber sie hatte gelernt, mit ihren Kräften hauszuhalten und stets mit einem Minimum an Aufwand auszukommen. Die perfekteste Tarnung war noch immer gar keine Tarnung. Es gab keine bessere Maske als die des Gewöhnlichen.

Das Mädchen durchquerte die Halle, ging jedoch nicht zum Ausgang, sondern zu der schmalen Tür neben der Portiersloge, hinter der sich die Küche und die anderen, nicht für die Gäste des Hotels bestimmten Räumlichkeiten befanden.

Es schloss die Tür hinter sich, sah sich einen Moment suchend in dem halbdunklen, niedrigen Korridor um und steuerte schließlich eine weitere Tür an. Dahinter lag eine steile, ausgetretene Holztreppe, die in den Keller hinabführte. Die morschen Stufen knackten und ächzten unter seinem Gewicht.

Die Fremde erreichte einen Vorratsraum und durchquerte ihn, ging auch durch den angrenzenden Weinkeller, ohne den verstaubten Flaschen und Fässern mehr als einen flüchtigen Blick zu gönnen, und trat schließlich in einen feuchtkalten, von Moder und fauligem Wasser beherrschten Raum ganz am Ende der Gewölbekette. Es war eine Kammer, die nicht benutzt wurde und schon seit Jahren, vielleicht Jahrzehnten, leer stand und dem Verfall anheimgegeben war.

Für ihre Zwecke war sie ideal.

Sorgsam drückte sie die verquollene Tür hinter sich ins Schloss, drehte sich wieder herum und lauschte einen Moment. Zuerst hörte sie nichts außer dem gedämpften Geräusch ihrer eigenen Atemzüge, aber dann vernahm sie leises Tappen und Huschen, ein Schleifen und Rascheln wie von kleinen, hornigen Pfoten. Ein durchdringender, unangenehmer Geruch lag plötzlich in der Luft, dann hörte sie ein leises Fiepen.

Langsam griff das Mädchen in die Tasche, nahm eine Packung Zündhölzer hervor und riss eines davon an. Das Streichholz schien unnatürlich hell zu brennen und erfüllte das niedrige Gewölbe mit rotgelbem, flackerndem Licht.

Sie war nicht mehr allein.

Im ersten Moment sah es aus, als wäre der Boden vor ihr zu pelzigem, quirlendem Leben erwacht. Der rötliche Schein des Streichholzes spiegelte sich auf knopfgroßen schwarzen Augen, warf blitzende Reflexe auf hervorstehenden Zähnen und winzigen, rasiermesserscharfen Klauen.

Für einen ganz kurzen Moment zögerte sie noch, denn das, was sie zu tun beabsichtigte, flößte selbst ihr Furcht und ein Gefühl banger, angsterfüllter Erwartung ein. Es mochte sein, dass sie einen Schritt tat, den sie nicht mehr würde rückgängig machen können. Ihre Macht reichte weit, und sie gebot über Kräfte und Wesen, die sich der Vorstellung der meisten Menschen entzogen; aber selbst für sie konnte der Stein, den sie ins Rollen bringen würde, zu schwer sein, um ihn wieder aufzuhalten. Vielleicht würde sie eine Lawine auslösen, die nicht nur die anderen, sondern auch sie unter sich begrub.

Aber dann verscheuchte sie den Gedanken, löschte das Streichholz mit einer raschen, wedelnden Bewegung der Rechten, riss ein zweites an und hielt es hoch über den Kopf.

Etwas in seinem Lichtschein schien sich zu ändern. Mit einem Male wirkte das rote Glühen düster und bedrohlich. Die Kälte verging, und ein unangenehmer, erstickender Hauch begann sich in dem kleinen Gewölbe auszubreiten, während die Lippen des dunkelhaarigen Mädchens düstere, verbotene Worte aus einer längst vergessenen Sprache zu flüstern begannen ...

Lady Audley schrie auf, warf sich zurück und taumelte abermals gegen den Tisch. Ihre Finger lösten sich aus meiner Hand und im gleichen Moment erlosch die geistige Verbindung; so abrupt, dass auch ich taumelte und mir für einen Moment schwarz vor Augen wurde.

Ich spürte kaum, wie mich Rowlf wie ein Kind bei den Schultern ergriff und festhielt. Erst als er begann, mir leicht mit dem Handrücken ins Gesicht zu schlagen, zerrissen die betäubenden Schleier um meinen Geist.

»Robert – was in drei Teufels Namen geht hier vor?«, schnappte Howard wütend. Sein Blick irrte unablässig zwischen Lady McPhaersons und meinem Gesicht hin und her. »Was geschieht hier?«, zischte er. »Was hast du getan?«

Ich ignorierte ihn, schob Rowlfs Hände beiseite und kniete neben Lady Audley nieder. Sie war neben dem Tisch zusammengesunken und schluchzte unterdrückt. Ihre Schultern zuckten und bebten, und Tränen malten schmierige Spuren auf ihre gepuderten Züge.

»Lady Audley«, sagte ich sanft. »Es ist vorbei. Sie brauchen keine Angst mehr zu haben.« Instinktiv wollte ich sie an der Schulter berühren, um sie zu beruhigen, aber ich führte die Bewegung nicht zu Ende, als ich sah, wie sie angstvoll zusammenzuckte.

»Zum Teufel, was –«, begann Howard, aber diesmal ließ ich ihn nicht ausreden, sondern fuhr ärgerlich herum und funkelte ihn an.

»Jetzt nicht, Howard«, sagte ich wütend. »Ich erkläre dir alles, aber später.« Ich wandte mich wieder an Lady Audley. Sie hatte aufgehört zu weinen und schien sich wieder einigermaßen unter Kontrolle zu haben.

»Was war das, Robert?«, flüsterte sie mit bebender Stimme. »Haben Sie ... haben Sie es auch gesehen?«

Ich nickte. Ich wusste, dass sie das Gleiche erlebt und gespürt hatte wie ich. Es waren nicht nur Bilder gewesen; die allein hätten nicht so erschreckend sein können. Was selbst mich bis auf den Grund meiner

Seele erschüttert hatte, war das Wissen gewesen, das mit diesen Bildern gekommen war.

»Eine Art Vision«, murmelte ich. »Vielleicht das«, fügte ich in einem schwachen Versuch, scherzhaft zu sein, hinzu, »was Sie das zweite Gesicht nennen würden, Lady Audley.«

Lady McPhearson blieb vollkommen ernst. »Das Mädchen, Robert«, flüsterte sie. »Wissen Sie, wer das war?«

Ich schüttelte den Kopf, nickte gleich darauf und zuckte hilflos mit den Schultern. »Ich ahne es«, sagte ich. »Aber ...«

»Das war Cindy«, unterbrach mich Lady Audley. »Dieses Mädchen war Cindy, Robert. Meine Nichte. Sie ist in großer Gefahr. Wir müssen ihr helfen.«

»Ihre Nichte ist tot, Mylady«, sagte Howard leise.

Lady Audley nickte. Wieder liefen Tränen über ihr Gesicht, aber sie weinte jetzt lautlos. »Ich weiß«, sagte sie. »Und trotzdem haben Robert und ich sie gesehen, Mister Phillips.«

Sie setzte sich auf und starrte Howard aus geröteten Augen an. »Sie ist in Gefahr, Mister Phillips«, sagte sie noch einmal. »Fragen Sie Robert. Was ... was wir erlebt haben, war ein Hilferuf.«

Vielleicht hatte Lady Audley recht, und das Mädchen, das wir gesehen hatten, war tatsächlich ihre Nichte gewesen. Aber zumindest in einem Punkt hatte sie sich geirrt.

Ich war mir sicher, dass unser gemeinsames Erlebnis alles andere als ein Hilferuf gewesen war.

Es war eine Botschaft. Die Bilder waren uns geschickt worden, sie und das Wissen, das sich damit verband. Sie waren eine Warnung.

Ich wusste nur noch nicht, wovor.

Der Morgen empfing uns mit Kälte und dünnen Schwaden des gefürchteten Londoner Nebels. Ein klammer Hauch lag über der Straße und ließ das Gras in den Vorgärten glitzern. Ich ging instinktiv schneller und mit gesenkten Schultern, als Rowlf endlich den Wagen aus der Remise geholt hatte und vor dem Tor vorgefahren war. Auch Howard und Lady Audley, die mit mir das Haus verlassen hatten, beeilten sich, in den Wagen zu kommen, wo wir wenigstens vor dem kalten Wind geschützt waren.

Ein sonderbares Gefühl hatte von mir Besitz ergriffen: eine Mischung aus Unruhe und ... ja – obgleich ich mich des Gefühles fast schämte, beinahe Vorfreude, nach fast zwei Monaten endlich wieder dieser lauten schmutzigen Stadt entfliehen zu können.

Ich war so in Gedanken, dass ich Howard auf den Fuß trat, als wir in die Kutsche einstiegen, aber zu meiner Verwunderung reagierte er nur mit einem Stirnrunzeln darauf, setzte sich kopfschüttelnd mir gegenüber auf die Bank und sah mich scharf an. Ich hatte ihm erzählt, was Lady Audley und ich gesehen hatten – aber nur das. Nichts von der Furcht, die die Vision begleitet hatte, und nichts von den düsteren Ahnungen, die mich seither plagten. Aber Howard kannte mich gut genug, um genau zu spüren, dass mich etwas bedrückte.

Ungeduldig zog ich den Wagenschlag hinter Lady Audley zu und wartete, bis Rowlf unser Gepäck verstaut und auf dem Bock Platz genommen hatte. Seine Peitsche knallte, und endlich setzte sich das Gefährt schwerfällig in Bewegung.

»Wie kommen wir nach St. Aimes?«, fragte Howard plötzlich. »Der Ort klingt nicht so, als hätte er einen Bahnhof.«

»Das nicht«, antwortete Lady Audley. »Aber ich werde eine Kutsche mit schnellen Pferden mieten, sobald wir aus dem Zug steigen. Keine Sorge wegen der Kosten«, fügte sie spitz hinzu. »Die übernehme ich, mein lieber Phillips.«

Der Wagen bog von der Hauptstraße ab, schaukelte ein paar Yard weiter – und kam mit einem so abrupten Ruck zum Stehen, dass ich um ein Haar von der Bank gerutscht wäre. Auch Howard kämpfte eine Sekunde lang um sein Gleichgewicht, dann fuhr er hoch, riss fluchend die Tür auf und schrie Rowlf an: »Was zum Teufel soll das?«

Rowlf antwortete irgendetwas, das ich nicht verstehen konnte, und ich sah, wie der Zorn auf Howards Gesicht einem fragenden Ausdruck Platz machte.

Ich machte eine beruhigende Geste in Lady Audleys Richtung, stemmte mich ebenfalls hoch und beugte mich neugierig aus dem Wagen, während Howard auf der anderen Seite ausstieg und den Mantelkragen hochschlug, als der Wind mit einem triumphierenden Heulen wieder über ihn herfiel.

»Was ist los?«, fragte ich an Rowlf gewandt.

Der rothaarige Riese zuckte mit den Achseln und deutete nach vorne.

Die Straße war nicht mehr leer. Ein Stück vor uns, nicht mehr als zwanzig Schritt entfernt, im schwachen Licht des Morgens fast nur als Schemen zu erkennen, stand eine Gestalt. Reglos und hoch aufgerichtet und mitten auf der Straße, in einer Haltung, die mir deutlich sagte, dass sie an dieser Stelle auf uns gewartet hatte; aus welchem Grund auch immer.

Dann bewegte sich die Gestalt, und aus dem grauen Schemen wurde ein Körper. Sekunden später blickte ich in das Gesicht eines vielleicht zwanzigjährigen, rothaarigen Burschen, der in seiner abgerissenen Kleidung (und mit einem Gesicht, das wohl seit einem Monat nicht mehr mit Wasser in Berührung gekommen war) noch immer wie ein Geschöpf der Nacht aussah. Langsam kam er näher, sah erst Howard, dann mich und schließlich Rowlf in eindeutig abschätzender Weise an und wandte sich schließlich wieder an mich.

»Bitte?«, sagte ich. Ich kam mir ein bisschen albern dabei vor, aber der Rothaarige schien genau auf diese Reaktion gewartet zu haben. Ein rasches, nervöses Lächeln huschte über seine Züge. Ich bemerkte, dass sein Atem nach billigem Weinbrand roch, und wich unwillkürlich ein kleines Stück von ihm weg.

»Sie sind Craven, oder?«, fragte er. »Ronald Craven.«

»Robert«, verbesserte ich ihn. »Aber sonst stimmt es.« Ich maß ihn mit einem langen, bewusst missbilligenden Blick. »Kennen wir uns?«

Der Bursche schüttelte hastig den Kopf und kam wieder einen Schritt näher. Ich widerstand nur mit Mühe dem Impuls, abermals zurückzuweichen, um seiner Alkoholfahne aus dem Weg zu gehen. »Nö«, sagte er. »Aber ich hab einen Brief für Sie.« Er grub in der Tasche seiner schwarzen, viel zu weiten Arbeitsjacke, kramte einen zerknitterten Umschlag hervor und hielt ihn mir hin, zog die Hand aber hastig wieder zurück, als ich danach greifen wollte.

»Die Frau, die ihn mir gegeb'n hat, hat gesagt, ich krieg ein Pfund von Ihnen«, behauptete er.

»Ein Pfund?« Ich runzelte die Stirn und maß ihn erneut mit einem langen, misstrauischen Blick. Ein Pfund war eine hübsche Stange Geld, für einen – unter Umständen – schlechten Scherz. Aber wer sollte sich wohl einen Scherz mit mir erlauben? Außerdem konnte er kaum gewusst haben, dass wir ausgerechnet hier entlangfahren würden. Vor einer Stunde hatten wir ja selbst noch nicht gewusst, dass wir London so überstürzt verlassen würden.

»Gib es ihm«, murmelte Howard. Er hatte den Wagen umrundet und war neben mich getreten, ohne dass ich es gehört hatte. Aus den Augenwinkeln sah ich, wie sich Rowlf auf dem Kutschbock spannte, als fürchte er, dass der Rothaarige uns angreifen würde.

Ich überlegte noch einen Moment, nickte dann und zog eine Pfundnote aus der Tasche.

Der Bursche reichte mir den Brief, riss mir die Banknote aus der Hand und verstaute sie mit einem triumphierenden Grinsen in seiner Tasche.

Neugierig drehte ich den Brief in der Hand. Schon ein erster, flüchtiger Blick sagte mir, dass es kein Scherz war, auch kein übler Trick dieses zwielichtigen Burschen, der sich auf diese Weise ein Pfund ergaunern wollte. Er trug keinen Absender, aber auf seiner Vorderseite war mit kleiner, krakeliger Handschrift *Für Robert Craven* geschrieben.

»Wer hat Ihnen das gegeben?«, fragte ich. »Und wann?«

»Grad, vor'n paar Minuten«, antwortete der Bursche. »War so 'ne komische Tussi mit dunkler Haut, fast wie 'ne Araberin. Hat mich dort drüben angequatscht, auf der anderen Straßenseite. Sah aus, als hätte sie auf euch komische Vögel gewartet.«

Instinktiv blickte ich über den menschenleeren Boulevard zur anderen Seite der Straße hinüber. Aber natürlich war die Frau, die mir diesen Brief gesandt hatte, nicht mehr da. Und ich konnte mir auch die Mühe sparen, hinauszugehen und nach ihr zu suchen.

»Ich ... danke Ihnen«, sagte ich. Aber der Bursche machte keine Anstalten, sich zu rühren.

»Was ist denn noch?«, fragte ich. »Sie haben Ihr Geld doch bekommen.«

»Sie hat gesagt, ich soll warten, bis Sie ihn aufgemacht haben«, grinste der Bursche. »Weiß nicht, warum. Aber sie hat gesagt, Sie wüssten es sicher.«

Ich tauschte einen verwirrten Blick mit Howard und riss den Brief auf. Er enthielt ein kleines, sorgsam in der Mitte gefaltetes Blatt.

Ein leeres Blatt.

Zwei, drei Sekunden lang starrte ich den weißen Bogen Papier sprachlos an, dann fuhr ich mit einem wütenden Ruck herum und fauchte den Rothaarigen an: »Was soll der Unsinn? Wenn das ein Witz sein soll, ist es kein guter, mein Freund.«

Der Bursche grinste in unverhohlener Schadenfreude. Aber er machte noch immer keine Anstalten, zu gehen, sondern blickte mich weiter an. »Sie hat noch etwas gesagt«, sagte er. »Sie sollen warten, bis ich weggegangen hin. Sie hat gesagt, Sie wüssten schon, warum. Ehrlich, Mister ...«

Das wusste ich ganz und gar nicht, so wenig, wie ich mir erklären konnte, warum die geheimnisvolle Briefschreiberin ihre Nachricht nicht der Post anvertraut oder gleich unter meiner Tür durchgeschoben hatte, denn wir waren kaum fünf Fußminuten von meinem Haus entfernt. Trotzdem trat ich mit einem Achselzucken um den Wagen herum und blieb wieder stehen. Der Wind trug das Quieken einer Ratte heran, aber ich versuchte es zu ignorieren, denn der Gedanke weckte unangenehme Erinnerungen in mir.

Der Wind schlug mir doppelt kalt ins Gesicht. Ich schauderte, schlug den Mantelkragen hoch und vergrub die Hände tief in den Taschen, während der Bursche vor mir die Straße überquerte und sich dabei ein paar Mal zu mir umsah, wie um sich zu vergewissern, dass ich auch wirklich stehen blieb. Auf seinem Gesicht lag dabei ein Ausdruck, der mir gar nicht gefiel. Es war ein Lächeln, aber eines, das eher an ein gehässiges Grinsen als alles andere erinnerte. Ein dumpfes Gefühl der Beunruhigung machte sich in mir breit. Nach allem, was ich bisher erlebt hatte, war es vielleicht nicht gut, gleich alles zu tun, was irgendein dahergelaufener Fremder von mir verlangte.

Der Bursche erreichte die gegenüberliegende Straßenseite, blieb noch einmal stehen, um zu mir zurückzublicken, wandte sich um und ging weiter.

Aber nur ein paar Schritte.

Wieder hörte ich das Quieken, und diesmal war der Laut anders als bisher – schriller, kreischender, irgendwie ... wütender; so misstönend, dass ich unwillkürlich aufsah und nach dem Tier Ausschau hielt.

Ich entdeckte es kaum einen Steinwurf entfernt auf der anderen Seite der Straße.

Es war ein gewaltiges, struppiges Tier, graubraun und so groß wie eine Katze, und es benahm sich irgendwie ... falsch. Es rannte nicht davon, wie es Ratten normalerweise zu tun pflegten, wenn sie sich während der Tagesstunden auf eine Straße verirrt haben, und es war auch nicht auf der Flucht vor irgendeinem Feind, sondern hockte nur reglos da, schnupperte in die Luft und schien mich aus seinen kleinen boshaften Augen direkt anzustarren. Sein Fell war gesträubt, und vor seinem Maul stand weißer, flockiger Schaum.

Ich war nicht der Einzige, der die Ratte entdeckte. Auch Howard zuckte wie unter einem Hieb zusammen, und aus dem Wagen erklang ein unterdrückter Schrei, als Lady Audley das ekelhafte Tier sah.

Die Ratte sprang auf die Straße und kam mit einem schauerlichen Zischeln und Hecheln näher. Ihr Fell war gesträubt, und ich sah jetzt, dass in dem weißen Schaum, der von ihren Lefzen troff, Blut war.

Auch der junge Bursche, der mir den Brief gebracht hatte, blieb stehen, drehte mit einem Ruck den Kopf und blickte dem riesigen Nager entgegen. Sein Lächeln gefror zu einer Grimasse.

Das Quieken der Ratte steigerte sich zu einem irrsinnigen Zischen und Heulen. Mit einem letzten, gewaltigen Satz überwand sie die Straße, federte auf den Rothaarigen zu und riss ihn mit ungeheurer Wucht von den Füßen. Ihr Heulen ging im erschrockenen Aufschrei des Jungen unter.

Endlich erwachte ich aus meiner Erstarrung. Mit einem Schrei stürzte ich vor, griff unter den Mantel und zerrte den kleinen, zweischüssigen Damenrevolver hervor, den ich bei mir zu tragen mir in letzter Zeit angewöhnt hatte. Alles ging unglaublich schnell. Die Riesenratte rang den Burschen nieder. Der Junge brüllte vor Schmerz und Angst, bäumte sich auf und brachte seinen Arm zwischen sich und die zuschnappenden Fänge der Bestie.

Ich schoss im gleichen Augenblick, in dem sich die Fänge des Ungeheuers in den Arm des Rothaarigen gruben.

Die Entladung der kleinen Damenpistole hörte sich seltsam dünn und schwächlich an, aber die Ratte fuhr, wie von einem unsichtbaren Fausthieb getroffen, zusammen, ließ von ihrem Opfer ab und strauchelte. Ihr Kreischen war plötzlich das des Schmerzes, nicht mehr der Wut. Wie irr begann sie sich um ihre eigene Achse zu drehen, heulte und kreischte und versuchte nach der Wunde in ihrer Schulter zu schnappen.

Ich blieb stehen, zielte erneut und sorgfältiger und zog den zweiten Abzug der kleinen Waffe durch.

Diesmal traf ich besser. Das Tier bäumte sich noch einmal auf, brach in den Vorderläufen zusammen und starb.

Irgendwo hinter mir erklang ein zweites, wütendes Zischen.

Erschrocken fuhr ich herum, sah einen Schatten auf mich zufliegen und riss instinktiv die Arme in die Höhe. Ich spürte einen Schlag, verlor auf dem regenfeuchten Pflaster den Halt und stürzte, instinktiv die Hände vor Gesicht und Kehle reißend.

Aber der Angriff galt nicht mir.

Diesmal waren es gleich ein Dutzend Ratten. Sie waren irgendwo aus dem Gebäude hinter mir gekommen, vielleicht auch aus der Kanalisation oder einem Kellerloch, und jagten jetzt zischend und fiepend auf den gestürzten Rothaarigen zu.

Der Bursche erkannte die Gefahr im letzten Moment. Er bäumte sich auf, schlug mit dem unverletzten Arm nach den Tieren und zog gleichzeitig die Beine an den Körper, um nach den kleinen Angreifern zu treten. Die erste Ratte erwischte er mit der Faust, die zweite geriet unter seine Füße. Dann waren die anderen über ihm, und der Unglückliche verschwand unter einem Wust quirlender braungrauer Leiber.

Hinter mir begann Lady Audley zu schreien, während Rowlf mit einem Satz vom Wagen sprang, auf dem nassen Kopfsteinpflaster ausglitt und benommen liegen blieb.

Es war dieser Anblick, der mich aus meiner Erstarrung riss. Verzweifelt sprang ich hinzu, trat eine Ratte aus dem Weg und griff, ungeachtet der Gefahr, in der ich mich selbst befinden mochte, nach den ekelhaften Tieren. Der Rothaarige schrie und brüllte vor Schmerz und Entsetzen, während ich die Ratten, die sich in seine Kleider und seine Haut verbissen hatten, von ihm herunterzuzerren versuchte.

Binnen Sekunden handelte ich mir ein halbes Dutzend schmerzhafter Bisse und Kratzer an Händen und Armen ein, und einer der ekelhaften Nager wollte gar nach meiner Kehle schnappen. Ich brach ihm das Genick, packte eine zweite Ratte im Nacken und zerrte sie von der Brust des Rothaarigen herunter. Wie von Sinnen schlug er um sich. Sein Bein traf mich vor die Brust und schleuderte mich zurück. Ich fiel, erschlug noch im Stürzen eine Ratte und sprang sofort wieder auf die Füße, um dem armen Jungen zu Hilfe zu eilen.

Ich kam zu spät. Seine Bewegungen wurden bereits schwächer, und als ich das nächste Mal neben ihm niederkniete, flohen die Ratten quietschend und pfeifend in alle Richtungen.

Der Junge war tot.

Und noch während ich versuchte, den Anblick zu verarbeiten, gellten hinter mir abermals Schreie auf. Mit einem Ruck fuhr ich hoch, wirbelte herum und erstarrte vor Schreck.

Die Straße schien zu grässlichem Leben erwacht zu sein. Es dauerte einen Moment, bis ich begriff, was das graubraune Wogen und Zucken zu bedeuten hatte, das sich wie eine schlammige Flutwelle auf Howard und mich zubewegte.

Es waren Ratten.

Hunderte von Ratten, die mit einem wütenden Zischen und Quieken heranfluteten wie eine lebende Woge. Ihre stahlharten Klauen verursachten ein kratzendes Geräusch auf dem Boden, und die Fänge der Tiere waren drohend gebleckt.

Und diesmal war ich das Opfer!

Es war sehr viel kälter geworden in dem kleinen Kellerraum. Das Mädchen hatte bei seinem zweiten Besuch eine Lampe mitgebracht, aber ihr Licht blieb blass und kraftlos, obwohl der Docht weit herausgedreht war. In den Ritzen und Spalten des alten Mauerwerkes glitzerte Raureif, und der Atem des Mädchens tanzte als kleine vergängliche Dampfwölkchen vor seinem Gesicht auf und ab.

Eine Stunde oder länger hatte es auf dem Boden gekniet, reglos, stumm und beinahe ohne zu atmen. Wieder war es in diese sonderbare Starre verfallen, in der es schon die Nacht und einen Teil des Morgens verbracht hatte, aber diesmal war sein Geist auf anderen Wegen gewandelt, hatte sein stummer Ruf anderen Wesen gegolten, Wesen voller Fremdheit und Schrecken.

Erneut hatte die junge Frau gezweifelt, und erneut hatte sie sich gefragt, ob es recht war, was sie tat; und ob sie nicht an Mächte rührte, die auf ewig vergessen und vergraben bleiben sollten.

Und erneut hatte das Mädchen seine Zweifel besiegt und war fortgefahren, seine Vorbereitungen zu treffen. Es war leicht für ein Wesen mit seiner Macht. Leichter als vieles, was es zuvor getan hatte. Trotzdem wusste es, dass es mit äußerster Vorsicht zu Werke gehen musste. Es war mächtig, aber wie alles war auch Macht relativ und DER, DEN ES RUFEN WOLLTE, würde sein Opfer sehr genau begutachten und furchtbar in seinem Zorn sein, wenn es nicht seiner Zufriedenheit entsprach. Und noch etwas war anders, etwas, womit es nicht gerechnet hatte. Als es zum ersten Mal in diese sonderbare Welt voller sonderbarer verwundbarer Wesen getreten war, war dies an einem Ort geschehen, an dem seine Macht gewaltig war und es aus den unversiegbaren Quellen geistiger Energie schöpfen konnte, aus dem es erschaffen worden war, vor so langer Zeit.

Hier war es in einer Stadt der Menschen, an einem Ort, der anders, ganz anders war als jeder, den es jemals erblickt hatte. Seine Macht war noch immer gewaltig, und doch war sie ein Nichts gegen das, was es gewohnt war.

Es gab störende Einflüsse hier. Sonderbare Gedanken, die es nie gedacht hatte, und Gefühle, die es nie gefühlt hatte, begannen von ihm Besitz zu ergreifen. Zum ersten Mal in seiner nach Äonen zählenden Lebensspanne begann es an der Richtigkeit seines Tuns zu zweifeln. Es war gewohnt, Schicksale zu manipulieren und Leben zu opfern wie Figuren auf einem Schachbrett. Es hatte sich nie etwas dabei gedacht. Jetzt war es, als wispere eine Stimme hinter seinen Gedanken. Eine Stimme, die fremd und erschreckend war.

Es wurde Zeit, dass es diesen sonderbaren Ort mit seinen störenden Einflüssen verließ. Vielleicht auch diesen Körper, wenngleich es ein seltsames Vergnügen dabei empfand, ihn zu benutzen.

Nach einer Weile – einer Stunde, vielleicht auch zwei – durchdrang ein leises Schaben und Kratzen die unheimliche Stille des Kellergewölbes, und aus einer schmalen Spalte in einer der Wände huschte ein fußlanger, massiger Körper auf die Kniende zu.

Dunkle Augen musterten das starre Gesicht des Mädchens mit einer Mischung aus Ehrfurcht und mühsam zurückgehaltener Gier. Winzige Krallen scharrten über den Stein wie in bohrender Ungeduld. Eine zweite Ratte erschien, ebenso fett und abstoßend wie die erste, dann eine dritte, vierte und fünfte. Schließlich, nachdem die Tiere auf die Frau zugehuscht waren und in einem Halbkreis, der zu perfekt war, um noch zufälliger Natur zu sein, vor ihr Aufstellung genommen hatten, trippelte eine sechste Ratte aus ihrem Versteck hervor.

Sie war beinahe doppelt so groß wie die anderen. Ihr Fell war weiß, nicht grau, und ihre Augen waren von einem dunklen, an die Farbe geronnenen Blutes erinnernden Rot. Langsam näherte sie sich dem Mädchen, blieb auf Armeslänge vor ihm sitzen und starrte es durchdringend an.

Nichts war zu hören. Kein Laut, kein Geräusch, nicht einmal die Atemzüge des Menschen oder der sechs Tiere, die seinem unhörbaren Ruf gefolgt waren. Nur ihre Blicke sprachen miteinander.

Nach einer Weile erwachte die Albinoratte aus der Starre. In ihrem Blick war plötzlich ein neuer, beinahe wissender Ausdruck.

Wie auf ein geheimes Zeichen hin wandten sich die sechs Tiere um und huschten davon. Und auch das Mädchen stand nach einer Weile auf, löschte die Laterne und verließ das Gewölbe.

Aber es ging jetzt nicht mehr in sein Zimmer zurück.

Die Tiere waren überall. Und es waren nicht Hunderte, sondern Tausende: Ratten aller nur denkbaren Größe und Rasse, alte und junge Tiere, Ratten von wenig mehr als Mausgröße bis hin zu terriergroßen Bestien. Und der Ring der Tiere schloss sich unbarmherzig!

Wie eine braune Flutwelle ergossen sie sich aus Kellerfenstern und Gullys auf die Straße, eine quirlende, quietschende Armee braungrauer struppiger Körper, die rasend schnell näher kam. Sekunden, ehe sie den Wagen erreichten, teilte sich der rasende Strom in zwei ungleichmäßige Hälften, wie ein Meer, das sich vor einem Felsen teilt, um ihn zu umspülen. Trotzdem stiegen die beiden Pferde schrill wiehernd auf die Hinterläufe. Eines der Tiere stürzte, verhedderte sich im Zaumzeug und blieb liegen. Das andere zerrte verzweifelt an den ledernen Riemen, die es hielten. Dann berührte eine Ratte eher versehentlich seinen Hinterlauf, und das Tier drehte vollkommen durch. Mit einem irrsinnigen Kreischen bäumte es sich noch einmal auf, versuchte loszurennen – und riss das ganze Fuhrwerk um.

Lady Audleys angsterfüllte Schreie gingen im Schmerzgebrüll der beiden Pferde und dem Krachen und Splittern der umstürzenden Kutsche unter. Sekunden später überspülten die Ratten den Wagen und die beiden Tiere wie eine Flutwelle aus lebendem braunem Morast. Rowlf versuchte noch, das umgestürzte Fuhrwerk zu erreichen, kam aber nicht weit, als sich gleich Dutzende von Rattenzähnen in seine Hände und durch seine Hosenbeine gruben.

Aber all das registrierte ich nur am Rande, denn sowohl Howard als auch ich sahen uns plötzlich von einer ganzen Armee gierig zischelnder Ratten eingekreist! Zwei, drei Sekunden lang begnügten sich die Tiere damit, den Kreis um uns herum zu schließen – und dann griffen sie an.

Plötzlich schien die Welt nur noch aus braunen und grauen Fellen und scharfen Krallen und schnappenden Zähnen zu bestehen. Ich riss die Hände vor das Gesicht, als ein Dutzend Tiere seine Zähne in meine Arme und Hände grub.

Neben mir schrie Howard wie von Sinnen. Ich sah, dass die Ratten in dichten Trauben auf seinem Rücken und in seinen Hosenbeinen hingen.

Jedes Mal, wenn er einen der Nager von sich herunterschlug, schienen dafür drei neue heranzustürmen. Auch Rowlf und mir erging es nicht viel besser, obwohl sich die Wut der Ratten aus irgendeinem Grunde auf Howard zu konzentrieren schien.

Noch einmal bäumte ich mich auf, schüttelte drei, vier Ratten aus meinem Haar und taumelte auf Howard zu. Mein Herz raste wie wild, als ich sah, wie er unter dem Ansturm der Ratten zu Boden ging. Wie von Sinnen brüllte ich Howards Namen, stürzte neben ihm auf die Knie nieder und schleuderte die Ratten mit beiden Händen zur Seite. Zwei, drei Tiere bissen nach mir, aber wie vorhin, als ich versucht hatte, dem Rothaarigen zu Hilfe zu kommen, griffen sie mich auch diesmal nicht wirklich an, sondern spritzten in alle Richtungen auseinander und flohen, und ich sah aus den Augenwinkeln, dass auch die Tiere, die sich auf Rowlf gestürzt hatten, von ihrem Opfer abließen und verschwanden.

Howard lebte. Seine Brust hob und senkte sich in schnellen, unregelmäßigen Stößen, und sein Atem war von einem schrecklichen Rasseln begleitet. Aber er lebte. Hastig hob ich seinen Kopf an, wischte ihm mit dem Ärmel das Blut aus dem Gesicht und schüttelte ihn vorsichtig. Er stöhnte, versuchte meine Hand zur Seite zu schieben und öffnete mühsam die Augen.

Und plötzlich fiel mir die Stille auf.

Der Angriff der Rattenarmee hatte nicht nur aufgehört – sie waren fort! Die ganze Masse der widerlichen Tiere war verschwunden, in den wenigen Augenblicken, in denen ich mich zu Howard durchgekämpft hatte. Hier und da lag ein vereinzeltes Tier tot oder sterbend auf der Straße, und hinter mir erklang ein fast Mitleid erregendes Quieken. Aber die gewaltige Rattenarmee war fort, so schnell, als wäre sie nicht mehr als ein Spuk gewesen ...

»Der Wagen«, stöhnte Howard. »Was ist mit ... mit Lady McPhaerson?«

Ich sah auf, fuhr wie unter einem Peitschenhieb zusammen und ließ Howards Oberkörper behutsam auf das Pflaster zurücksinken. Schwankend und mit schmerzverzerrtem Gesicht stand ich auf, blieb noch einmal kurz stehen, um mich davon zu überzeugen, dass auch Rowlf nicht ernsthaft verletzt war, sondern genau wie Howard und ich nur aus zahllosen kleinen und sicher schmerzhaften Wunden blutete, und ging auf den zertrümmerten Wagen zu.

Die beiden Pferde waren tot, in wenigen Sekunden von den Ratten regelrecht skelettiert, und der Wagen selbst war ein einziges Chaos aus zerborstenem Holz und Glassplittern. Zitternd vor Schwäche stieg ich über die zertrümmerten Reste eines Rades, beugte mich vor und blickte mit klopfendem Herzen in den Wagen.

Eine eisige, unsichtbare Hand schien über meinen Rücken zu streichen und sich kribbelnd um meinen Nacken zu legen.

Die Bänke waren zertrümmert, eine der Türen war geborsten und hatte die Splitter wie hölzerne Speerspitzen ins Wageninnere gestoßen; überall war Blut, und zwei oder drei tote Ratten lagen mit verrenkten Gliedern da.

Aber das war nicht das Schlimmste. Ich war auf Schreckliches gefasst gewesen, selbst darauf, Lady McPhaerson schwer verwundet oder gar tot vorzufinden.

Aber sie war weder das eine noch das andere.

Lady Audley McPhaerson war verschwunden …

Erster Teil des Zyklus DIE DREI WELTEN

Ian Irvine
DER SPIEGEL
DER ERINNERUNG
Roman
384 Seiten
ISBN 978-3-404-20569-1

Drei Welten, einst durch Magie miteinander verbunden
Vier Völker, die keinen Frieden kennen.
Und ein Spiegel, der alles zerstören könnte.
Die Magiebegabte Karan soll ein uraltes Relikt stehlen: den Spiegel von Aachan – einen seltsamen, trügerischen Gegenstand, der niemals vergisst, was er einmal gesehen hat. Gemeinsam mit dem brillanten Chronisten Llian begibt sie sich auf die Suche, ohne zu ahnen, welche Gefahr von dem Spiegel ausgeht. Denn er birgt ein uraltes Geheimnis, das den Völkern helfen kann zu überleben … oder das sie vernichten könnte.

Bastei Lübbe Taschenbuch

Erster Teil des neuen Zyklus
DIE DRACHEN-NIMBUS-HISTORIE

Irene Radford
DER PRÜFSTEIN
DER DRACHEN
Roman
480 Seiten
ISBN 978-3-404-20570-7

300 Jahre vor der Zeit, über die in DER GLASDRACHE berichtet wird, ist Coronnan ein aufgewühltes Reich. Viele Magier arbeiten nur für die eigenen Ziele. Am Höhepunkt dieses chaotischen Zeitalters erkennen die Drachen, dass sie eingreifen müssen. Ihre verbündeten Menschen sind Nimbulan, ein Magier, und Myrilandel, eine Hexe und Heilerin, die zwischen Menschen und Drachen vermitteln soll. Doch selbst die Magie der Drachen reicht vielleicht nicht aus, um ihren Hauptgegner zu bezwingen – einen fanatischen Blutmagier ...

Bastei Lübbe Taschenbuch